San Tiago Dantas
A RAZÃO VENCIDA

PEDRO DUTRA

San Tiago Dantas
A RAZÃO VENCIDA

– O IDEÓLOGO –
(1911 – 1945)

V. 1

EDITORA SINGULAR

São Paulo
2014

Dados Internacionais de Catalogação na Publicação (CIP)

D978s   Dutra, Pedro
            San Tiago Dantas: A razão vencida – O ideólogo (1911-1945). / Pedro Dutra. São Paulo: Singular, 2014.
            V. 1, 752 p.
            ISBN: 978-85-86626-71-5
            1. Dantas, San Tiago, 1911-1964, biografia. 2. Intelectual, biografia, Brasil. 4. Jurista, Brasil. I. Título.

                                                                             CDU: 929

Revisão: Paola Morsello
Diagramação: Microart Design Editorial
Capa: Aeroestudio
Fotos: Arquivo família San Tiago Dantas Quental

© desta edição [2014]
Editora Singular

Tel/Fax: (11) 3862-1242
www.editorasingular.com.br
singular@editorasingular.com.br

À memória de meus avós Flávia e Pedro Dutra,
dedico este livro.

A Flávia, Pedro e Guilherme,
o amor de seu pai.

"... a lição de um grande homem não atinge a plenitude da eficácia, senão quando, por um ato de raciocínio, o excluímos de nossa subjetividade, para o contemplarmos, na objetividade de sua posição histórica, pensando e agindo como pessoa dramática da sociedade em que viveu."

(San Tiago Dantas)

"A homenagem do biógrafo ao biografado é biografá-lo".

(Millôr Fernandes)

ÍNDICE GERAL

APRESENTAÇÃO	15
CAPÍTULO I – ORIGENS	21
Antepassados: Inhaúma, Porto da baía de Guanabara	23
San Tiago Dantas: origem	25
O herói liberal e o herói de guerra	27
A profissão das armas	30
A Revolta da Chibata	33
A profissão civilista	35
Encontro na capital federal	36
CAPÍTULO II – INFÂNCIA	39
Nascimento e infância no Rio de Janeiro	41
Véspera da Primeira Guerra Mundial	42
O irmão e a irmã	44
A avó e o menino: Copacabana	46
Primeira Guerra Mundial	49
Revolta militar em Copacabana	51
Estadia em Paranaguá	56
A Coluna Prestes	58
CAPÍTULO III – ADOLESCÊNCIA EM MINAS GERAIS	61
A vida em Belo Horizonte	63
Aprendizado mineiro	68
O ginasiano sem escola	74
O fascínio da autoridade	76
Regresso ao Rio de Janeiro	78
Vestibular	81

CAPÍTULO IV – O PÁTIO DA ESCOLA	85
Faculdade de Direito	87
Centro de Estudos de Última Hora	89
Primeiras influências: crítica à democracia liberal	93
Mudança para Ipanema	96
Centro Acadêmico de Estudos Jurídicos – CAJU: os amigos da vida toda	98
A esquerda e o caminho de San Tiago	102
CAPÍTULO V – A "MODERNA OBRA DA REAÇÃO"	109
A "moderna obra da reação"	111
O oficial da reação	116
O legado e o legatário	120
Encontro na Livraria Católica	120
O evangelizador da reação e o conversor	122
A geografia da reação	124
O conferencista e seu itinerário	126
A matriz da reação	128
A agenda da contrarrevolução	132
A reação no Brasil	136
O *affair Dreyfus* e o alinhamento das correntes de direita	138
As estrelas da nova direita	141
CAPÍTULO VI – FASCISMO	147
O fascismo francês	149
L'Action Française	152
Mussolini e o fascismo	153
O jurista do fascismo	161
O fascismo e o Brasil de 1929	165
CAPÍTULO VII – O JOVEM PUBLICISTA	167
Estreia na imprensa	169
O CAJU e a Universidade: a excelência intelectual	170

A vida em 1930 173
Início da vida pública 177

CAPÍTULO VIII – O FIM DA REPÚBLICA VELHA 187
A República carcomida 189
A ditadura do Governo Provisório 197
A presidência da Federação Acadêmica 201

CAPÍTULO IX – O JOVEM IDEÓLOGO 203
O Partido Nacional Fascista Brasileiro 205
O fascismo e a Igreja: a conciliação buscada 206
A revolução instável 210
Reação à Revolução de 1930 211
Uma perspectiva revolucionária? 213
O perigo de uma revolução mal ganha 217
Ação política diária 220
Piratininga 223
O futuro do CAJU 227
A vida em São Paulo 229
Editor de *A Razão* 231
Encontro com Plínio Salgado 235
A revolução benigna de Plínio Salgado 236
Articulista político 242
Sinais de desencanto 250
A ementa radical 258
O Coringa 260
Dissídio ideológico com Plínio Salgado 262
Retorno ao Rio de Janeiro 263
A vida prática a enfrentar 264

CAPÍTULO X – O MILITANTE INTEGRALISTA 267
Professor 269
A revolução fracassada: sangue e esperança paulistas 271
Revolução? 273

Wäs liegt an meinen Glück! (Que importa a minha felicidade!) 277
O nazismo no poder 278
Uma desastrosa aventura 286
A vida múltipla 293
O militante discreto 296
Sinais de desalento 300
Integralistas e comunistas: o embate nas ruas 307
Interlúdio mineiro: solidão e participação 309
Retorno ao Rio de Janeiro 312
O superintegralismo: pureza e finalismo revolucionário 314
Revolta comunista: o êxito impossível 317
A chaga da tortura 319
Triunfo e paralisia da Ação Integralista Brasileira 321
O revolucionário e o poder 324
Os curtos e fulminantes anos 327
San Tiago e Plínio Salgado – a atração dos extremos 330
As perdas definitivas 331
O professor e a política 333
Sinais de mudança 336
O catedrático menino 342
Getúlio e o Chefe integralista 343

CAPÍTULO XI – QUAL DIREITA? 349
1937: a ditadura do Estado Novo 351
O poder negado e o poder a conquistar 354
A revolta sem líder 356
A defesa da História 364
Direito e Economia 367
A segunda cátedra 370
Prenúncio de uma revisão liberal 374
O advogado 376
O ato final de Plínio Salgado 378
Um único livro de Direito 379

Sangue sobre solo europeu 381
O tirano e a democracia 385
Qual direita? 387
A ditadura brasileira 389
O antirracismo brasileiro 389
A capitulação de Paris 392
Getúlio e a guerra 393
O desconcerto da direita nativa 395

CAPÍTULO XII – O MESTRE 399
A cátedra definitiva 401
A alma desencantada 402
"Papio" 404
Advocacia 405
A invasão da Rússia 407
A democracia e o Estado burocrático 408
Diretor da Faculdade Nacional de Filosofia 409
O êxito do Bem 411
O Mestre 412
Os Estados Unidos e o Brasil na guerra 414

CAPÍTULO XIII – NOVO NORTE 419
Stalingrado: prenúncio da derrota do Eixo 421
Rompimento público com o Integralismo 422
O novo trabalhismo 426
Intervenção do governo na economia 430
O amigo do poder 432
A advocacia e o poder 433
Vida acadêmica: vaidades e verbas 434
Ensino ao homem de Estado 438
Evolução ou capitulação? 438
Kursk e Sicília: o começo do fim da guerra 441
A queda do *Duce* 442
A frente interna e o professor 446

CAPÍTULO XIV – UMA NOVA ORDEM 449
   A nova ordem que se vai implantar 451
   Antigos e novos atores na cena política 453
   O protesto medido dos mineiros 454
   Getúlio é obrigado a reagir 457
   Planejamento: Estado ou governo? 459
   A vaidade dos títulos professorais 463
   Solidariedade intelectual 466
   Sangue brasileiro na Europa 470
   A frente russa e a nova frente na Europa 471
   A liberação de Paris 473
   As conquistas da União Soviética 475
   Getúlio e as vozes da oposição 476
   O Manifesto dos professores de Direito 478
   O ministro da Guerra é candidato 481
   A aliança entre Getúlio e Prestes 482
   O destino de Mussolini e Hitler, e o fim da guerra na Europa 484
   Os comunistas apoiam Getúlio 487

CAPÍTULO XV – ARREMATE 489
   A saída da Faculdade de Filosofia 491
   Getúlio é derrubado: povo nas ruas, militares no palácio 495
   O presidente consentido 496
   O grande eleitor 497
   O arremate 499

NOTAS 503

FONTES 685

ÍNDICE ONOMÁSTICO 737

APRESENTAÇÃO

O homem, que muitos dizem ser o mais inteligente do Brasil, tem pressa. Assim uma reportagem na revista *O Cruzeiro*, a maior do País, se referia a San Tiago Dantas em 1960. Mas quem foi, ou melhor, quem é San Tiago Dantas?

Brilhante e precoce, sem dúvida. Líder estudantil aos dezessete anos, aos vinte editor de jornal e teórico fascista, um ano depois professor de Direito, a seguir prócer integralista e crítico do nazismo; catedrático aos vinte e cinco, fundador de duas faculdades e titular de três cátedras antes dos trinta anos e ainda diretor da Faculdade de Filosofia, no Rio de Janeiro. Um ano depois, em 1942, repudia publicamente o Integralismo, defende a declaração de guerra ao Eixo, propõe a união nacional das forças políticas, reunindo os comunistas inclusive, para afirmação de um regime democrático, e em 1945 elabora parecer firmado por seus colegas professores que nega fundamento jurídico à proposta continuísta do ditador Getúlio Vargas. E, explicitamente, defende substituir a propriedade privada pelo trabalho como núcleo de uma ampla reforma social.

A acusação de oportunista não demorou a lhe ser lançada, e será renovada e ampliada dez anos depois. Então, o alvo será o jovem jurisconsulto procurado por grandes empresas nacionais e estrangeiras convertido em banqueiro, que se alia aos trabalhadores ao ingressar no partido que Getúlio criara para abrigá-los; e, no início da década de 1960, ministro do Exterior, recusa-se a sancionar o novo regime cubano e reata relações diplomáticas com a União Soviética. No começo de 1964, depois de no ano anterior tentar controlar, sem êxito, a espiral inflacionária à frente do Ministério da Fazenda, já mortalmente doente, e agônica a República de 1946, tenta sensibilizar as forças partidárias e articulá-las em uma frente ampla de apoio às reformas democráticas para resgatá-las da polarização que já engolfara a política nacional. Em vão: a direita o vê como um trânsfuga, os conservadores como um ingênuo, e a esquerda desacredita os seus propósitos.

E quase todos o veem como o manipulador, senão o malversador de seus dotes intelectuais, que, diziam seus críticos, derramavam uma luz fria, que iluminava mas não aquecia, e justificavam todas as capitulações necessárias a satisfazer a sua premente ambição política. Entre essas capitulações, servir o seu talento à causa populista de líderes sindicais cevados nos cofres públicos e a um vice-presidente, depois presidente da República, cuja inépcia e tolerância com a agitação promovida pelo seu próprio partido teriam precipitado o País no descalabro administrativo e na convulsão política que teriam fermentado o golpe militar de abril de 1964.

Mas a trajetória política de San Tiago, que ele confundiu com a sua vida, autoriza ou desmente essa afirmação? Não teria ele senão buscado imprimir racionalidade e consistência ideológica ao debate político de seu tempo, nele intervindo e empenhando desassombradamente o vigor de sua inteligência, dos dezoito anos até a véspera da sua morte, há exatos cinquenta anos?

A resposta a essa questão está na história de sua vida, encerrada, precocemente também, aos cinquenta e três anos incompletos, em plena maturidade intelectual, quando já descera, em abril daquele ano de 1964, uma vez mais, a noite das liberdades públicas no País.

Este primeiro volume da biografia de Francisco Clementino de San Tiago Dantas, nascido no Rio de Janeiro em 1911, estende-se até 1945, um ano divisor em sua trajetória e também no curto século XX. Então, o jovem ideólogo da direita radical, nutrido pela reação ao legado da Revolução Francesa acrescido pela Igreja Católica e reafirmada pelo fascismo italiano, cedera lugar ao defensor de uma social-democracia nascida da dramática experiência da Segunda Guerra Mundial. O "catedrático menino" tornara-se o mestre consumado que desprezava os títulos professorais e amava os alunos e era por eles amado. E o jurisconsulto notável, que via na ciência jurídica nativa o maior entrave à realização do Direito entre nós, já encontrara na advocacia a retribuição material ao seu tenaz aprendizado, em medida raramente alcançada entre os seus pares.

Saber, ter e poder. Dessa tríade que San Tiago tomou para si como metro de sua trajetória, apenas o último elemento – o poder político – ele não alcançaria plenamente. Mas nesses primeiros trinta e quatro anos de vida ele se habilitou, como poucos antes ou depois, a buscar o fugidio poder político que o fascinara já ao pisar no pátio da Faculdade de Direito, aos dezesseis anos.

O aprendizado que lhe permitisse formular um projeto político consistente de reformas estruturais para o País – o *saber*; e o *ter* – a conquista dos meios que lhe possibilitassem cursar uma carreira política desembaraçada de sujeições materiais: reviver para o leitor de hoje essa saga invulgar na história da inteligência brasileira é o propósito e o desafio desta biografia que o Autor procura cumprir, com o lançamento deste primeiro de seus dois volumes.

Dar voz a San Tiago inscrevendo seus textos elegantes e precisos na narrativa e situando-o em seu contexto histórico mostrou-se o método indicado a descrever, com a fidelidade possível, a sua espantosa atividade intelectual. Nesse sentido, o recuo no tempo se impôs para identificar as suas origens familiares, cujo exemplo ele exaltava, e para mapear as matrizes ideológicas que cedo San Tiago se esforçou por dominar e o inspiraram a primeiro defender a "moderna obra da reação": a Revolução Francesa e a reação às suas conquistas; o surgimento da nova direita no começo do século XX, precedendo as revoluções bolchevista, fascista e nazista; e, no rastro sangrento da Primeira Guerra Mundial, o embate ideológico que levaria à Segunda em 1939.

Ao jovem ideólogo somou-se o "catedrático menino" que não frequentou regularmente o ginásio e pouco frequentou a Faculdade de Direito, porém desde cedo acumulou espantosos e sucessivos "tempos de estudo" mais tarde desdobrados inclusive em aulas célebres transcritas em apostilas e ainda hoje, oito décadas depois, editadas em livro.

E sobre essas qualidades inegáveis, sobre a admiração e as controvérsias que se acenderam à sua trajetória, esse homem naturalmente grave e professoral difundia um afeto generoso e franco pela família, vendo nos sobrinhos, sempre próximos, os filhos que não pôde ter, e tendo nos amigos da escola os companheiros inseparáveis de toda a vida.

"De muitos, um", dizia o sinete que San Tiago estampava em seus livros. Essa síntese ele procurou retirar das ideias e viveu plenamente essa busca, aprendendo para ensinar, ensinando para esclarecer, esclarecendo para transformar. E, no entanto, o poder político não foi alcançado. Mas San Tiago deixou a sua saga intelectual a crédito da história de seu País.

***

Américo Lacombe, Plínio Doyle e Vicente Chermont de Miranda já octogenários recordaram o colega de faculdade e o amigo de toda a vida em depoimentos e cederam seus arquivos pessoais à cópia pelo Autor. Plínio Doyle, testamenteiro de San Tiago, depois de o Autor haver copiado boa parte dos documentos de San Tiago recolhidos ao Arquivo Nacional por iniciativa de Plínio, cedeu ao Autor o que denominou o "arquivo literário" do amigo e por ele não enviado ao Arquivo Nacional: inúmeras cartas escritas e recebidas, de valor único ao conhecimento de San Tiago.

Os oito sobrinhos de San Tiago, filhos de sua irmã Dulce e de seu amigo, o médico João Quental, honram a generosa linhagem intelectual do tio: Raul,

Felippe, Lúcia, Inês, Maria, Francisco, Violeta e João Luiz abriram seus arquivos, inclusive fotográfico, e atenderam aos sucessivos pedidos de informações e esclarecimentos ao longo de duas décadas, sem, jamais, questionar o Autor sobre o seu trabalho, que generosamente leram uma vez concluído.

Hélio Vianna Filho cedeu manuscritos das memórias inacabadas de seu pai que iluminam boa parte da vida universitária de San Tiago, seu colega de turma na Faculdade de Direito. Mirthya Gallotti deu à cópia correspondência de Antônio, assim como Ariovaldo Dumihense a de Octavio de Faria.

A abnegação ao ofício, sempre mal reconhecido pelo poder público nativo, dos funcionários do Arquivo Nacional entre 1989 e 1991 tornou nele possível a pesquisa do Autor. A gentileza dos entrevistados permitiu ao Autor colher preciosas informações e considerações sobre a vida e a trajetória de San Tiago.

A Paulo Mercadante devo a sugestão de transformar um ensaio sobre San Tiago em sua biografia, e a Millôr Fernandes o registro ao Autor, por um de seus ditos luminosos, de que "a homenagem do biógrafo ao biografado é biografá-lo".

Miguel Reale cedeu seu arquivo pessoal e respondeu a reiteradas perguntas, sem reservas ou sugestões ao Autor. Antônio Paim indicou fontes e corrigiu equívocos ao longo de todo o trabalho. Alberto Venancio Filho, mestre da crítica construtiva, exerceu-a minuciosamente lendo e corrigindo o manuscrito, e Nestor Goulart Reis foi um consultor incansável e seguro. Antônio Carlos Villaça, que anteviu este trabalho, sempre solícito, prestou informações e deu indicações ao Autor.

Paulo Francis, José Guilherme Merquior, Celso Lafer, José Gregori e Abram Eksterman já ao início estimularam o Autor a enfrentar a tarefa, e José Casado insistiu em ver logo editado este primeiro volume, ao qual Hélio Sussekind trouxe valiosas sugestões editoriais.

Ana Maria Quental buscou fontes e mostrou ao Autor a casa de Petrópolis de San Tiago, e Lurdes Montenegro guiou-o pela trama genealógica de seu primo San Tiago. Astolpho Dutra reviveu inúmeras vezes, com o mesmo entusiasmo do aluno de Direito, a lembrança do mestre e amigo.

Jorge de Serpa Filho, Gilberto Paim, Francisco Mendes Xavier, Wilson Figueiredo, Newton Rodrigues, Oswaldo Peralva, Arthur João Donato, Paulo Ferreira Garcia, Emmanuel de Morais, José Mário Pereira, João Geraldo Piquet Carneiro e Marco Antônio Marques foram interlocutores generosos e prestativos. José Alexandre Tavares Guerreiro pôs à disposição do Autor sua monumental biblioteca sobre história europeia e Arthur Barrionuevo e Eduardo

Augusto Guimarães esclareceram dúvidas sobre questões econômicas. Nelson Eizirik e Bolívar Moura Rocha trouxeram sugestões literárias ao texto.

Paulina Moscovitch, Thäis Varnieri Ribeiro, Fernando Botelho Prado, Mário Cezar de Andrade, Neusa Mesquita, Tereza Machado, Carlos Eduardo Toro, Paulo Sérgio Pinheiro, Mario Losano, Ana Elisa Mercadante, Maria Cristina Dutra, Patrícia de Campos Dutra, Julio Wiziack, Ana Maria Moscovitch, John Forman, Maria Lúcia Pádua de Lima, Rui Coutinho, Celso Campilongo, Paulo Mattos, Silvana Silva, Ilda Tomé, Alessandra Melo, Dieter Brodhum e Viviane Braga em momentos diversos contribuíram com o Autor em seus trabalhos.

Américo Masset Lacombe, Antônio Carlos Coltro, Antônio Carlos Mendes, Antônio Cezar Peluso, Antônio Cláudio Mariz de Oliveira, Antônio Meyer, Carlos Teixeira Leite, Celso Cintra Mori, Edgard Silveira Bueno, Eduardo Muylaert, Eros Grau, Eurico Souza Leite, Felipe Locke Cavalcanti, Fernando D'Oliveira Menezes, Hélio Lobo Junior, José Carlos Xavier de Aquino, José Yunes, Luiz de Camargo Aranha Neto, Manuel Alceu Affonso Ferreira, Marcelo Martins de Oliveira, Márcio Thomaz Bastos, Mário Sergio Duarte Garcia, Michel Temer, Paulo Alcides Amaral Salles, Paulo Lucon, Roberto Rosas, Rui Reali Fragoso, à mesa de almoço às sextas-feiras, deram, com reiterada e amigável cobrança pela conclusão deste livro, um valioso estímulo ao Autor.

Agradeço especialmente o decidido apoio de Tom Camargo e o dedicado empenho de Luís Antônio Magalhães em verem publicada esta biografia.

***

Deve o Autor registrar o designado e invencível silêncio de Edméa de San Tiago Dantas, viúva do biografado. À exceção de uma brevíssima entrevista, na qual respondeu a duas sucintas indagações, nada mais disse sobre a vida de San Tiago, com quem foi casada por trinta anos.

Regina Cortes, com amiga dedicação, ordenou todos os milhares de documentos copiados em um arquivo meticuloso, sem o qual este livro não poderia ter sido escrito, e acompanhou, ao longo de duas décadas, os trabalhos do Autor. Em ocasiões distintas, Laura Brito fichou incontáveis documentos, Marli Morais achou obras esgotadas e Rose Zuanetti localizou citações e registros. Selma Carneirinho digitou o texto deste volume algumas vezes, com competência; e Francis Assis atendeu às incontáveis demandas no curso dos trabalhos, sempre atenta e gentil.

Textos não publicados de autoria de San Tiago e de terceiros consultados e citados neste volume – recolhidos de arquivos públicos e pessoais pelo Autor – foram, todos eles, copiados e reunidos em um único arquivo, referido pelo nome do biografado. Em caso de dúvida sobre fatos e opiniões, narrados e expressos em depoimento ou registrados em texto, somente foram considerados pelo Autor aqueles corroborados por fonte documental autônoma.

Os juízos e as conjecturas formulados pelo Autor nesta biografia são de sua exclusiva responsabilidade, assim como eventuais erros e omissões nela verificados.

Agradeço ao meu editor, José Carlos Busto, o desassombro em aventurar-se a editar este livro e a sua dedicação aos trabalhos de sua publicação.

O Autor.

CAPÍTULO I

ORIGENS

Antepassados: Inhaúma, Porto da baía de Guanabara

San Tiago Dantas: origem

O herói liberal e o herói de guerra

A profissão das armas

A Revolta da Chibata

A profissão civilista

Encontro na capital federal

"É notável como as cidades antigas, a que a nossa família está ligada, fazem parte da nossa própria infância. Na verdade, quase revejo muitas delas, e espero 'voltar' a algumas..."[1]

- **Antepassados: Inhaúma, Porto da baía de Guanabara**

O capitão-mor Estácio de Sá, buscando resguardar a recém-criada cidade do Rio de Janeiro da ameaça de ocupação pelas tropas francesas, estimulou o povoamento da faixa litorânea da baía de Guanabara.[2] Na antiga tapera de Inhaúma, antes ocupada pelos índios tamoios, duas sesmarias foram estabelecidas em meados do século XVI; uma delas coube aos jesuítas, grandes proprietários de terras próximas à cidade do Rio de Janeiro, e a outra a Antônio da Costa. Situada ao fundo da baía a tapera e mais tarde freguesia de Inhaúma vivia da lavoura, escoando a sua produção, e a que ali chegava procedente de Minas Gerais, através dos rios Faria, Timbó e Jacaré; do porto de Maria Angu, no "mar de Inhaúma", aonde iam desaguar aqueles rios, canoas e faluas partiam abastecidas de cargas e passageiros, com destino à metrópole.[3]

Ao ser elevada em 1640 a curato – povoado ao qual a Igreja destinava um vigário específico – já dispunha Inhaúma de uma capela construída, sob a invocação de São Tiago, por Custódio Coelho e por este doada ao vigário-geral, Clemente Martins de Matos, a fim de que fosse elevada em capela curada do território.[4] Assim foi feito, e nos assentos do ano de 1722 informava o cura da "Igreja do Apóstolo São Tiago" que Joana de Abreu Soares, de "vinte anos, pouco mais ou menos", buscava licença para casar-se com Manoel Dantas Correa, natural do Rio de Janeiro, onde fora batizado em 1695.

Ao contrário de Joana, que nascera em Inhaúma e cujo pai aí "vivia da lavoura da cana", Manoel residia na freguesia de "Sam João de Caray", atual Icaraí. É provável que Manoel e Joana tenham fixado residência em Inhaúma, pois a filha do casal, Felipa, foi batizada nessa paróquia e nela viria a desposar o alferes Felippe Santiago.[5] A filha de Felippe e Felipa, Maria Ignácia, "andando de amores" com José Correa de Abreu, "so se deu em a noite de seda. fr. desta Semana fogir (...) da Caza de seu Pay p. a Caza do Pay do Suppe. (Suplicante)"; declarando que "fogirão (ambos) para Cazar...", na petição no ano de 1757 que ao Vigário Geral "por esmola" suplicavam fossem recebidos na Igreja, afirmavam que Maria Ignácia estava "depozitada em huma Caza honrada ate com efeito se receberem...", pois sendo ambos "suman. te. pobres e naturais deste Bispado receiam q' o Pay (Felippe) da supp.da. (suplicada) q' homem mal entencionado obre alguma couza contra elles...".[6] Não consta que Felippe Santiago tenha obrado algo contra sua filha e seu genro. Dele pouco se sabe além de seu casamento com a mãe de Maria Ignácia, Felipa de Abreu Soares, em 1738. Desconhecida sua ascendência, sequer seu nome de batismo é certo: os assentos da diocese de Inhaúma ora o referem por Felippe S. Thiago, ora dos Zouros, dos Oiros, ou de Queróz, registrando-o apenas como residente na paróquia de "S. Thiago de Inhaúma", e que teria, posteriormente, alcançado o posto de alferes.

Só a República traria a obrigatoriedade do registro civil, criando para tanto cartórios especiais. No Brasil Colônia e no Império eram os assentos civis feitos quando os pais levavam os filhos a batizar na Igreja, e as notas então tomadas indicavam – quando o faziam – toscamente a linhagem familiar. Àquela época, a população majoritariamente analfabeta, muitas vezes o pároco se não o escrivão, preferindo os nomes de origem religiosa, apontava os apelidos familiares dos recém-nascidos ou o nome dos nubentes que solicitavam bênçãos à Igreja. Santiago possivelmente terá sido assim acrescentado ao de Felippe, em homenagem ao apóstolo, orago da freguesia de Inhaúma.

O filho de José e Maria Ignácia, Dionízio, trouxe o apelido Santiago de seu avô materno Felippe. As notas deixadas por San Tiago sobre a genealogia de sua família referem esse seu trisavô paterno como tendo, na mocidade, se dedicado à Marinha Mercante e a seguir, realizado financeiramente, se recolhido à sua fazenda, em Inhaúma.[7] Não há indicações concretas de que o jovem Dionízio de Santiago tenha participado do comércio e do transporte marítimos, embora fossem correntes essas atividades em toda a baía de Guanabara, e, menos ainda, com êxito financeiro. Ao contrário, ao casar-se em 1804, aos trinta e quatro anos de idade, com sua prima Joaquina Brígida, filha de seu tio materno Cláudio, era Dionízio um lavrador de poucos recursos, como atestava o escrivão que lhes encaminhou o pedido de dispensa da Igreja para o casamento: "supposto tambem o seja (pobre, como Brígida), com tudo he mosso agil e industriozo pode muito bem no exercício da agricultura tratar...". Brígida nascera na Sé – Rio de Janeiro –, mas "*sempre assistira*" em Inhaúma, e contava então cerca de vinte e três anos.

O matrimônio dos primos não se revestiu de lances dramáticos como o dos pais do noivo, mas submeteu Dionízio e Brígida aos rigores da lei canônica: "Primos, filhos de irmãos", importou esse fato, conforme se lê da petição que dirigiram à Igreja, em convívio entre eles, o que resultou "contrahirem (...) entre sy hum nimio affecto de sorte, q' se conheceram carnalmente, e de q'(Brígida) se acha gravidada (...) (embora) não tendo sido feito de contracto com animo de facilitar a dispensa, mas por mera fragilidade...". A Dionízio e Brígida foi mandado "varresem a sua Igreja Matriz de Inhauma por espasso de oitenta dias e q'ouvissem outras tantas Missas...". Cumprida a penitência, casaram-se sob as bênçãos da Igreja, em 1804.[8]

Propriedade dos jesuítas até a expulsão destes do Brasil pelos portugueses em 1759, Itaguaí era, desde a Colônia, relevante enclave econômico. O tráfego entre a capital e o sul do País, e daí para Minas Gerais, cruzava-lhe as terras, e os tropeiros nelas se abasteciam de seus produtos.[9]

Para esses sítios transferiu-se Dionízio com a família e aí dedicou-se ao seu ofício habitual; suas lavouras progrediram, e, em pouco tempo, abriu em seu novo domicílio uma fazenda junto à serra de S. Tiago, na freguesia de S. Pedro e S. Paulo do Ribeirão das Lajes.[10] Em um de seus maiores romances, *Dom Casmurro*, Machado de Assis situa a origem da família Santiago, do personagem central Bentinho, em Itaguaí, em data contemporânea à estada dos antepassados de San Tiago naquela região: "Minha mãe era boa criatura. Quando lhe morreu o marido, Pedro de Albuquerque Santiago, contava trinta e um anos de idade, e podia voltar para Itaguaí (...) Não quis; (...) vendeu a fazendola e os escravos (...) naquele ano da graça de 1857, Dona Maria da Glória Fernandes Santiago contava quarenta e dois anos de idade".[11]

O filho de Dionízio, Francisco, que será o primeiro ascendente de San Tiago a trazer-lhe o nome completo – San Tiago Dantas – teria nascido ainda em Inhaúma, mas iria fixar-se no novo endereço, de onde era natural sua noiva e prima distante, Clementina Maria de Jesus, pertencente a uma família fluminense tradicional, os Sá Freire.[12] Francisco e Clementina casaram-se em 8 de setembro de 1842, na fazenda N. Senhora das Dores, onde dois anos mais tarde, em 19 de maio de 1844, nasceu-lhes um filho, batizado Francisco Clementino de San Tiago Dantas, o futuro herói da guerra do Paraguai, o avô cujo nome San Tiago herdará e a quem devotará grande admiração.[13]

- **San Tiago Dantas: origem**

Ao visitar Portugal em 1948, já professor e advogado famoso, San Tiago será agraciado com o título de cidadão honorário de Antas, lugarejo pertencente ao conselho de Vila Nova do Famalicão, não muito distante da cidade do

Porto. Daí dirá provirem seus antepassados, e o nome San Tiago Dantas seria uma evocação de antigos lusitanos transplantados para o novo mundo, que dessa forma e a um só tempo reverenciavam o padroeiro de Antas – o mesmo apóstolo São Tiago, orago de Inhaúma – e recordavam a terra natal. Em mensagem de agradecimento que então dirige à "Junta da Freguezia de Santiago D'Antas", reconhecendo "a benevolência da Junta dessa freguesia considerando-me seu paroquiano", San Tiago diz que a nenhuma homenagem poderia ser "tão sensível (...) por me ver ligado à terra de onde a memória da minha família diz terem imigrado os meus antepassados...".[14] Contudo, em nota biográfica que escreve sobre o major Dantas, seu avô paterno, San Tiago não faz referência a sua suposta ascendência lusa; remonta as origens da família, pelo lado paterno, a Dionízio, avô do major Dantas – seu trisavô, portanto –, confirmando, apenas, que Dionízio nascera em Inhaúma.[15]

Os assentos da paróquia de Inhaúma, a partir dos quais foi possível traçar a linha ascendente paterna de San Tiago, igualmente não revelam antepassados diretos portugueses. Antônio Dantas – trisavô de Dionízio, pelo lado materno, e o primeiro Dantas, nesse ramo, cuja origem foi possível precisar – residia na Sé, no Rio de Janeiro. Os dados a ele relativos foram anotados na diocese de Inhaúma, de onde provinha também seu filho Manoel e a mulher dele, Joana, e neles não se acha indicação da origem lusa direta.[16] A ascendência lusa a que San Tiago alude é, portanto, legítima, mas não pelo modo com que a fez supor e, sim, em tempo remoto e possivelmente pelo lado Dantas, que aqui teriam chegado não depois de meados do século XVII, quando terá nascido Antônio Dantas.

O apelido Santiago denota origem religiosa ou geográfica e, embora encontradiço em Portugal pelo menos desde o século XVI, seria proveniente da Espanha, que tem no apóstolo São Tiago – o irmão do Evangelista João – seu padroeiro. Segundo lenda surgida por volta do século VI, estariam os ossos do apóstolo enterrados na região onde mais tarde se ergueu a cidade de Santiago de Compostela, na Galícia. A devoção ao santo disseminou-se, estimulando a criação de uma ordem religiosa que o tomou por patrono e foi responsável pela construção da igreja a ele dedicada, e que se distingue da do vilarejo de Antas, em Portugal, construída também em fábrica românica como a de Compostela, porém sem a riqueza desta, que a iria tornar conhecida, em especial a majestosa fachada barroca a ela acrescentada no século XVIII.[17]

Em variadas formas grafa-se o apelido familiar: Sant-Iago, encontrado nas antigas certidões; São Tiago, que a prosódia portuguesa admite, mas dificilmente a brasileira, que prefere San Tiago, tal o próprio se identificava e ficou conhecido fora do círculo familiar; San Thiago, muito empregado pela imprensa ao nomear o futuro ministro das relações exteriores; e Santiago, como por vezes o próprio assinava, informalmente, e é hoje usado, tanto para topônimos como para apelidos e nomes. Iago provém de Iacob ou Jacob, do hebraico Iakóv, "o que segura o calcanhar, o que arma cilada, o que suplanta". Já o sobrenome Dantas tem, claramente, origem geográfica: formado pela adjunção da preposição ao topônimo Antas, o modo simples teria sido encontrado primeiro, apelido de família oriunda de Antas, lugarejo situado no "concelho de Coura", entre o Douro e o Minho, em Portugal; a forma Dantas é mais recente.[18] Assim, Santiago, apelido que nesta linhagem foi Felippe "dos Ouros" o primeiro a trazer, não terá tido outra origem senão a religiosa, mas verificada já em terras brasileiras, em Inhaúma, e não em Portugal. E o encontro de um Santiago com uma Dantas deu-se, como visto, com a união de Felippe e Felipa, ainda que assim não viesse a assinar-se a filha do casal, e a ordenação dos nomes Santiago e Dantas em um único, familiar, só haja ocorrido duas gerações depois.

- **O herói liberal e o herói de guerra**

Em 1842, no ano em que os bisavós paternos de San Tiago, Francisco e Clementina, casavam-se no interior do estado do Rio de Janeiro, eclodiu, simultaneamente em São Paulo e Minas, a revolução liberal. Em Minas a rebelião irradiou-se de Barbacena em direção ao oeste da província. Na cidade de Paracatu, onde os irmãos Manoel e João Carneiro de Mendonça – filhos de um fazendeiro de gado na vizinha Araxá – haviam se estabelecido e casado com duas irmãs, respectivamente Vitória e Josefa Carlina, o movimento atraiu logo voluntários.[19] João Batista, filho de Manoel e Vitória, e seus primos estavam entre eles, liderados por Josefa Carlina, a qual, uma vez batida a insurreição pelas tropas do Barão de Caxias,[20] foi levada em correntes à cadeia de Ouro Preto.[21] João Batista, contudo, não se deixou prender: embrenhou-se a pé no sertão, vencendo em fuga os chapadões do noroeste do estado e a seguir, cortando a serra do Espinhaço, alcançou afinal a província de Goiás, onde se estabeleceu na capital.

"Em gado e com escravos de seu serviço", João Batista fez razoável fortuna, e em 1858 casou-se com Maria das Mercês de Almeida Camargo, pertencente a uma família local.[22] O destino veio, porém, turvar a crônica heroica da juventude de João Batista; depois de penosa enfermidade morreu-lhe a mulher, deixando ao seu encargo criar quatro filhos pequenos. A devoção do marido à companheira e a dor de perdê-la somaram-se à má sorte nos negócios, consumindo-lhe as finanças e a alegria; abriu-se o período de "heroica viuvez", inteiramente dedicado aos filhos, um "gesto espontâneo de sacrifício, de esquecimento de si mesmo", como escreverá seu bisneto, que via no exemplo de João Batista "generosidade (...) tamanha que inclinou o destino de seus descendentes", e, em especial, o destino de Dindinha, a filha de João Batista e a avó adorada de San Tiago.[23]

Francisco Clementino, que somou os prenomes dos pais e em cuja homenagem foi San Tiago batizado, deixou as terras fluminenses nas quais seus antepassados trabalhavam havia mais de um século. O "jovem alto, magro de boa aparência, sonhador algo exaltado, opinativo e intransigente, alegre e benquisto entre primos e primas, com rasgos, porém, de melancolia",[24] aos dezoito anos veio para a Corte, e aí ingressou na Academia Militar e sentou praça no primeiro batalhão de artilharia a pé, em fevereiro de 1863.[25]

No ano seguinte, achou-se o Brasil, ao lado da Argentina e do Uruguai, em guerra contra o Paraguai. O soldado raso San Tiago Dantas, em dezembro desse mesmo ano, seguiu para a frente de batalha, e sob o comando de Osório participou da luta "pelo fogo e corpo a corpo", na resistência que os brasileiros – que haviam ocupado a ilha de Redenção, situada no rio Paraná – opuseram às tropas inimigas que lhes assaltaram a posição.[26] O lance seguinte foi o arremesso das forças brasileiras ao território adversário; Francisco Clementino integrou esse contingente, assim como esteve engajado em sucessivos combates que se travaram até a capitulação final das tropas paraguaias em 1868.[27]

A campanha do Paraguai valeu ao soldado, "em atenção aos serviços militares prestados no combate da ilha de Redenção", a concessão, por decreto imperial, da Ordem da Rosa, em grau de cavaleiro.[28] E nele solidificou a vocação profissional. Em 1872, com o curso da Escola Militar completo, foi promovido ao posto de capitão, aos vinte e oito anos de idade. As fotografias que dele se conservam mostram-no nessa época com "a face levemente encovada, de maçãs salientes, os bigodes finos, uma pêra rala, os fartos cabelos ondulados jogados para trás, e os olhos de um brilho febril, em que transparece a intensidade das emoções".[29] Que redobrariam quando, transferido para a província do Rio Grande do Sul, foi designado em 1874 para dar combate aos *muckers*, fanáticos religiosos os quais, rebelados contra a autoridade provincial, já haviam, em bem-sucedidas escaramuças, batido as forças oficiais e rechaçado a primeira carga de tropas do exército contra eles lançada.[30] Vitorioso com o aniquilamento dos rebeldes em sangrentas refregas, nas quais saiu ferido, o feito militar sob o seu comando conferiu grande notoriedade ao capitão Dantas, que passou a frequentar a sociedade local. Convidado a proferir no Pantheon Literário de Porto Alegre uma palestra, que intitulou "Sobre o casamento", o "autor compenetrou-se do que expunha por forma tal – como recorda um cronista da época –, que nessa mesma ocasião contratou aliança matrimonial com interessante jovem rio-grandense, Justa de Azambuja".[31]

O futuro major Dantas e Justa Patrícia Azambuja casaram-se a 21 de março de 1875, na cidade de Rio Preto, na "Província de S. Pedro do Sul".[32] San Tiago relembrará a avó paterna: "Justa era de excepcional beleza, de porte senhoril, e conservou até a velhice a formosura majestosa, ia dizer olímpica, que exercia sobre todos certo fascínio". Justa era filha de Antônio Patrício de Azambuja, um estancieiro e criador de gado sediado no município de São Jerônimo, e de sua mulher Ana Osório, filha reconhecida do marquês do Herval (general Osório). A vida do casal, marcada pela dor da perda prematura de vários filhos, e a do próprio major, deixou à Justa a amargura que seus descendentes registraram em depoimentos mais objetivos do que o de seu neto.[33]

Após uma curta carreira política, quando se elegeu – para a legislatura de 1879/1880, na legenda do Partido Liberal – deputado à Assembleia estadual, o capitão Dantas foi transferido para o Paraná, aonde veio a estabelecer uma colônia militar, deixando em definitivo o Rio Grande.[34] Em 29 de novembro de 1884, nasceu na colônia Chopim, a sudoeste do Paraná, Raul, o único filho homem do major Dantas e de Justa Azambuja a alcançar a maioridade, juntamente com três irmãs mais velhas, dentre os oito descendentes do casal.[35] Por essa altura teriam surgido os primeiros sinais da sífilis,[36] que, mais tarde, já em Cuiabá e muito doente, fez o major dirigir ao filho, às vésperas de este completar quatro anos de idade, uma carta "que será lida quando puderes entendê-la". "Uma bronquite pertinaz", escreve, "uma debilidade extrema, desânimo, um certo torpor nas faculdades mentais, tudo anuncia que meu fim não pode estar muito longe".[37] De fato, seis meses depois morria o herói da Guerra do Paraguai. Ao confiar aos cuidados do filho a família que deixava prematuramente – "poderia viver muito ainda, pois tenho apenas quarenta e quatro anos" – desculpava-se o major pelo severo legado, e lembrava a Raul: "deixo (te) em troca (...) um nome que se não se tornou ilustre, conservou-se puro e nobre como o recebi de seus avós".[38]

Os assentamentos de sua caderneta militar mostram Felippe José Correa de Mello em 1880 como ajudante do Depósito de Aprendizes Artilheiros, na fortaleza de São João, no Rio de Janeiro.[39] Nascido em Formiga, no estado de Minas Gerais, em 1852, o avô materno de San Tiago ingressou na Academia Militar em 1882 e ao final do ano seguinte foi nomeado ajudante de ordens da presidência da província de Goiás. Em início de 1885, já se achava casado com Geraldina Carneiro de Mendonça, filha de João Batista, nascida em Goiás Velho em 12 de agosto de 1862. Em lombo de burro, com a mulher e a filha Violeta, retornou a Minas em 1892, indo servir, no posto de capitão, ao governo do estado na capital Ouro Preto, onde comandou o Quinto Batalhão da Força Pública.[40]

Ao contrário do avô paterno de San Tiago, o bravo major Dantas, a carreira militar não reservou emoções a Felippe José; nela não conheceu as batalhas reais travadas no Império – encerrada a maior delas, a campanha do Paraguai, ainda em sua adolescência – nem participou Felippe das sedições militares verificadas no curso de sua trajetória profissional, que se sucederam do ocaso da Monarquia ao período inicial da República. Sua maior preocupação foi prover o bem-estar da família, ampliada com a morte de seu sogro, João Batista, que lhe deixou a cuidar as irmãs de sua mulher Geraldina, uma viúva e outra solteira, as quais acolheu Felippe em sua "casa modesta de militar, pobremente mobiliada, sem objeto de valor".[41]

Inaugurada a nova capital do estado, e, estando a filha única, Violeta, "muito crescida (...) aprendendo francês, piano, português e aritmética...", fez Felippe planos de nela residir, e afinal foi transferido para o comando da Força Pública da ainda chamada Cidade de Minas, ao qual renunciou, porém, em 1899 por ver recusada uma indicação que fizera.[42] A família se adaptou à nova capital, e aí residiu até Felippe se transferir para o Rio de Janeiro, onde encerrou a sua pacata carreira de oficial de Exército, promovido por antiguidade ao posto de coronel.[43]

- **A profissão das armas**

A profissão das armas apresentou-se naturalmente a Raul, fosse no exemplo significativo do pai, fosse pela determinação da mãe, Justa. Havendo cedo enviuvado e distante das raízes rurais que lhe bastariam à sobrevivência e à educação do único filho homem, ela terá percebido que ao modelo paterno vantajosamente iriam somar-se os favores oferecidos pela formação militar, que, além de ensino e pensão, aos alunos assegurava uma carreira profissional definida.[44] Raul, que fizera o curso secundário no Colégio Militar,[45] não se sentiu contudo atraído pelo Exército; a crônica doméstica talvez lhe trouxesse, sobre as glórias do herói de guerra, notícia das dificuldades do chefe de família, amargo nas vicissitudes das quais em vão protestara a seus superiores.[46] Mas não só esses fatores poderão ter agido sobre a decisão de Raul em seguir carreira na Marinha.

As Forças Armadas surgiram como expressão política no cenário nacional ao fim da Guerra do Paraguai, em 1868. O conflito revelara à população provas da coragem dos soldados, e os chefes militares logo fariam sentir ao meio político o poder interno que passaram a desfrutar.[47] O golpe militar que trouxe a República foi a primeira mostra concreta do intervencionismo militar na vida brasileira, característica que gradativamente se estabeleceu como um dos vícios maiores da crônica imaturidade política nacional.

O envolvimento das forças militares no processo político a que se assistiu nessa fase inicial da República não significou, porém, identidade de pensamento ou de meios entre essas forças. Presentes no oficialato naval os ideais monarquistas e resistentes seus membros às ideias positivistas que no Exército encontraram largo curso e o aproximaram dos republicanos, pôde a Marinha reagir à preeminência da força terrestre que se viu estimulada com a ascensão do marechal Floriano à presidência da República, e que o fracasso da revolta da armada de 1892 extremara. E, em meio à decadência de sua frota, soube a Marinha manter, adaptando-as, as tradições vindas do Império,[48] tal como o processo de recrutamento de sua oficialidade, dirigido ao estrato superior da classe média urbana, o que lhe conferia, sobre o Exército, um traço aristocrático a emprestar a seus quadros maior prestígio social.[49] Mas a classe política republicana submeteu-se à realidade ditada pela estrutura de forças que a sustinha, e em consequência deferiu ao Exército os favores orçamentários na medida do poder que esta corporação passou a desfrutar, preferindo-a à sua congênere de armas.

O equilíbrio entre as duas forças existente no Império não seria na República jamais igualado, mas a disparidade na dotação de recursos a ambas viria a ser reduzida. Em 1902, o almirante Júlio Noronha, atento à evolução naval em curso no exterior, porém isento de ambições pessoais que haviam alimentado a aventura de seu companheiro e líder da revolta da Armada, Custódio de Mello, iniciou pela imprensa uma vigorosa campanha de reaparelhamento da esquadra. A época era oportuna. O governo Campos Salles, que se encerrava, impusera forte política deflacionária ao País; deixara cheios os cofres ao sucessor Rodrigues Alves no quadriênio seguinte. Dois anos depois, em 1904, foi aprovado em lei um programa de reaparelhamento que previa a encomenda a estaleiros ingleses de vários vasos de guerra de pequena e média tonelagem. As discussões em torno do plano extremaram-se; sobretudo eficazes foram as críticas vibradas pelo futuro ministro almirante Alexandrino, verberando a diversidade de vasos a serem adquiridos e a pouca tonelagem individual deles. A ascensão de Afonso Pena à presidência da República em 1906, e a designação do antigo crítico para a pasta da Marinha fizeram vencedora a oposição ao plano, em consequência reformulado: três gigantescos e modernos encouraçados – *dreadnoughts* – foram encomendados a estaleiros ingleses.[50]

À virada do século, esforçava-se o Império Britânico por manter-se senhor dos mares, a via natural de sua afirmação militar; a defesa de suas distantes colônias e sobretudo o crescente poderio naval alemão determinaram à Marinha Real buscar constantes aperfeiçoamentos tecnológicos para sua esquadra, a fim de mantê-la imbatível. A disputa que se iniciou entre os dois países pela supremacia naval atraiu a atenção do mundo.[51] Por essa altura, os estaleiros britânicos iniciavam a construção dos *dreadnoughts*, o novo modelo de encouraçado que iria revolucionar a guerra naval. Se o plano Noronha atendia às necessidades da Marinha brasileira e à realidade do País, o projeto vitorioso de Alexandrino – maravilhado pela novidade tecnológica dos países desenvolvidos – casava-se justamente ao espírito nacional, então de um patriotismo triunfante, esplêndido na reforma urbana promovida por Rodrigues Alves na capital federal, que dera, às suas áreas nobres, uma feição europeia bastante a rivalizar com Buenos Aires, então a mais sofisticada metrópole da América do Sul.[52]

Em 8 de abril de 1905 Raul ingressou na Armada como guarda-marinha-aluno, e foi designado para servir no Rio de Janeiro, aí iniciando o período de aprendizado e adestramento. Quatro anos depois, foi desligado da escola e promovido a segundo-tenente. Apresentou-se à bordo da corveta *Benjamin Constant*, rumando de imediato, em sua primeira viagem como oficial, para Santa Catarina. Raul terá se desincumbido com eficiência de suas tarefas iniciais; a missão que lhe foi assinada a seguir, em julho daquele ano, isso demonstrou: embarcar com destino à Inglaterra para buscar o *dreadnought Minas Gerais*, um dos dois encomendados pela Marinha brasileira a estaleiros britânicos.[53] A 5 de fevereiro de 1910, com Raul a bordo, a belonave suspendeu do porto de

New Castle; a essa veio juntar-se a fragata americana *North Caroline*, que trazia o corpo do embaixador brasileiro em Washington, Joaquim Nabuco.[54]

- **A Revolta da Chibata**

A 18 de abril de 1910, entrou o *Minas Gerais* em águas do Rio de Janeiro. A população da cidade correu a saudá-lo, "gritando vivas calorosos" e agitando "milhares de lenços brancos", ao ver que ao singrar a baía de Guanabara, por entre "embarcações de todas as formas e de todas as dimensões, (...) avultava gigantescamente a massa do *dreadnought* incomparável e único".[55]

O primeiro *dreadnought* saíra dos estaleiros navais ingleses em dezembro de 1906. Os encouraçados até então construídos traziam quatro canhões de doze polegadas, dispostos em duas torres fortificadas, traseira e dianteira, e em um dos lados da embarcação alinhavam canhões de seis polegadas. Já os *dreadnoughts* exibiam dez bocas de fogo de trinta centímetros instaladas, duas a duas, em cinco torres postadas no centro do navio, capazes de atirar por qualquer um de seus lados e alvejar a uma distância de cerca de treze quilômetros, em uma única salva, um número maior de granadas. O *São Paulo*, da mesma classe que o *Minas Gerais*, impressionava ainda mais: deslocando quase vinte mil toneladas, ao longo de cento e sessenta e cinco metros, além dos doze canhões de trinta centímetros, trazia vinte e dois de doze centímetros, e, protegido por uma blindagem de vinte e três centímetros, cruzava a uma velocidade máxima de vinte e um nós.[56] Não é de estranhar, portanto, a impressão causada ao povo do Rio de Janeiro, em cujas ruas ainda predominavam os veículos à tração animal, e os sentimentos nele despertados, os quais foram, não com menor efusão, registrados no jornal *O País* pelo jovem cronista Gilberto Amado, de quem San Tiago mais tarde se tornará amigo: "a chegada do *Minas Gerais* (...) fez palpitar numa vibrante emoção patriótica toda a alma nacional (...) o Brasil inteiro saudou no vulto agigantado do colosso dos mares sul-americanos o símbolo soberano de sua própria pujança, a expressão concreta de sua energia de nação".[57]

Logo depois, foi o *Minas Gerais* palco de uma das mais degradantes revoltas da história brasileira. Se a formação e a origem social da oficialidade da Marinha a distinguiam em relação à do Exército, por outro lado caracterizava-a uma rígida segregação entre o oficialato e os praças, ao contrário do que ocorria na força terrestre, onde essa divisão feria-se menos asperamente. Os efeitos diretos da segregação presente na Marinha extremaram-se precisamente com a incorporação dos *dreadnoughts*. A prática do castigo corporal imposta aos marujos não desaparecera; em um dos primeiros atos do governo de Deodoro fora expressamente abolida, sendo, porém, logo reestabelecida, furtivamente, com a criação da "Companhia Correicional", cujas normas prescreviam a imposição do "castigo severo (...) reconhecida e reclamada por todos os que exercitam a autoridade sobre o marinheiro...", e cominavam às faltas graves a pena de "vinte e cinco chibatadas".[58] Eram os praças recrutados, em sua maioria, entre os indivíduos mais humildes, quando não convocados à força. Incorporados, nenhuma instrução ou noções suficientes de hierarquia lhes eram ministradas; a segregação imposta pelos oficiais submetia o convívio nas embarcações a um regime de terror, mantida a subordinação à custa de brutais castigos físicos. Nos navios, aos oficiais não cabiam senão as funções verbais de comando, deixada a operação das máquinas – complexa e estafante, cumprida nos abafados porões dos navios – exclusivamente aos marinheiros. Esses não tardaram a compreender a quem de fato incumbia conduzir os navios, em especial os modernos *Minas Gerais* e *São Paulo*.[59]

Quando, em meados de novembro de 1910, a bordo do *Minas Gerais*, e ante a guarnição perfilada no convés, foi o marinheiro Marcelino sangrado às costas à custa de dezenas de chibatadas vibradas com um açoite feito de uma corda de linho penetrada de agulhas de aço – que sobressaíam do tecido que fora deixado encharcar –, não bastaram, dessa vez, os tambores rufando para abafar os gritos do supliciado.[60] Na noite do dia 22, duas salvas desferidas dos poderosos canhões do *dreadnought* atroaram sobre a cidade do Rio de Janeiro rebentando vidraças: o pânico tomou conta da população, e o governo entendeu de imediato a linguagem dos insurretos liderados pelo marinheiro João Cândido: o fim da chibata ou a capital do País seria arrasada.[61] O móvel da revolta impôs pesada humilhação à Marinha brasileira ao revelar cruamente o seu atraso como força guerreira, moderna apenas nas belonaves importadas, cujo comando via rendido a um marujo negro – o primeiro e único nessa dupla qualidade a comandar uma armada ciosa de suas tradições aristocráticas.

O governo do marechal Hermes da Fonseca, que então se iniciava, reagiu sensatamente, concedendo anistia aos revoltosos, irritando, porém, a oficialidade naval, que não tardaria a vingar-se dos rebelados mandando assassinar muitos deles.[62] O episódio, contudo, foi visto pela Armada antes como um ato de insubordinação, ainda que admitida a inumanidade da chibata. Ao fim da Revolta, a Marinha celebrou seus oficiais mortos e condecorou os que lhe defenderam a disciplina. Dentre esses, foi mandado elogiar nominalmente, "pelo auxílio prestado no restabelecimento da ordem por ocasião dos tristes acontecimentos" dos meses de novembro e dezembro de 1910, o tenente Raul de San Tiago Dantas.[63]

- **A profissão civilista**

A Revolta da Chibata emocionou a cidade do Rio de Janeiro, mas não abalou a estrutura política do País. Essa já alcançara relativa estabilidade com a "política dos governadores" – a conciliação de forças urdida pelo presidente Campos Salles na virada do século, a qual fora no ano anterior, em março de 1909, submetida à prova inédita.[64]

Nitidamente burguesa e como legítimo e pioneiro anúncio de opinião pública nacional, a candidatura de Rui Barbosa à presidência da República incandesceu o País, opondo-se à do marechal Hermes da Fonseca e reagindo ao militarismo que já penetrara a jovem República brasileira.[65] Sexagenário, o parlamentar baiano sempre destoara na cena política, fosse pelas suas excepcionais qualidades de inteligência e cultura, fosse pela especialidade de seu temperamento altivo, não raro áspero, e por vezes contraditório. Paradoxalmente, Rui, que distinguia a elite do País até em seus excessos, jamais nela fora naturalmente aceito: a esta se impusera, ou melhor, a esta impusera seu enorme engenho intelectual e oratório.[66]

A classe política foi fendida em sua cúpula com a postulação autônoma do velho senador, que recebeu o apoio de políticos dissidentes da Bahia, do Rio de Janeiro e de São Paulo, apoio antes reativo à dominação do líder parlamentar situacionista Pinheiro Machado do que genuíno em si mesmo.[67] A campanha presidencial de 1909, que logo tomou o nome de civilista, abalou a modorra verificada nas disputas anteriores, meras nomeações oficiadas pelo conciliábulo dos líderes. Por meio desse sistema abertamente articulado sobre a fraude eleitoral – o motor da "política dos governadores" –, a presidência da República tocava, alternadamente, aos estados mais populosos da federação: ora a um representante de São Paulo – a terra do café e das finanças –, ora a um representante de Minas Gerais – a terra do leite, e sobretudo da astúcia política.

A eleição era realizada pelo bico de pena, com o qual se escreviam nas atas os votos efetivos, sendo a esses diligentemente acrescidos pelos mesários quantos mais bastassem à eleição do candidato da situação dominante. A seguir, uma comissão de "verificação dos poderes", formada por deputados pertencentes à legislação anterior, "degolava" os adversários e diplomava os "recém-eleitos", nos termos ditados pelo poder central.[68]

O resultado final, devidamente previsível em todos os pleitos, neste apontou o marechal Hermes da Fonseca vencedor. A campanha civilista de Rui Barbosa eviscerou as fundações corruptas do processo eleitoral da Primeira República, mas não frutificou como exemplo democrático. Porém, juntamente com a Revolta da Chibata, em 1910, inscreveu-se na crônica familiar dos San Tiago Dantas: a sedição militar fora deflagrada no início da carreira de Raul, quando a Marinha experimentava o fastígio de sua renovação como força guerreira, e seus efeitos iriam influir na formação do temperamento rígido do futuro almirante; e o exemplo de Rui Barbosa viria a ajudar San Tiago a reafirmar os ideais democráticos – repudiados em sua mocidade – quarenta anos mais tarde, quando dedicaria ao grande político um de seus mais penetrantes ensaios.[69]

Esses dois signos, opostos entre si, o da autoridade incontrastável e o da pluralidade democrática, fixavam-se na cena brasileira às vésperas do nascimento de San Tiago, e iriam reger-lhe o seu curto mas fecundo destino político.

- **Encontro na capital federal**

A cidade que assistira aos acontecimentos de 1909 e 1910 havia-se transformado radicalmente nos últimos anos. A nova avenida – Central, hoje Rio Branco –, aberta em 1905 deslocara o eixo da vida comercial do Rio de Janeiro da rua do Ouvidor, que corria do Largo de São Francisco – ponto das seges e vitórias tiradas a cavalo – até o primitivo ancoradouro da Praça XV.[70] A nova avenida rasgava ao tráfego dos primeiros veículos automotores a ligação do porto, havia pouco construído rente à praça Mauá, à avenida Beira-Mar, que, ornada de belos jardins parisienses, cintava as amplas e sucessivas curvas das enseadas da Glória, do Flamengo e de Botafogo.[71] O túnel ligando a rua Real Grandeza à rua do Barrozo fora aberto ao tráfego havia pouco, estendendo a comunicação viária até as praias contíguas e desertas do Vigia do Leme e de Copacabana.[72] Da avenida Beira-Mar, o caminho em direção ao sul da cidade, e para onde se estendia a sua área urbana privilegiada, abria-se pela rua São Clemente, que em suave declive iria ter no grande espelho da lagoa Rodrigo de Freitas; a estreita planície, avançada à direita deste ponto até o sopé do maciço da Gávea, já exibia sobrados típicos da florescente classe média, construídos em lotes desmembrados às chácaras imperiais que no século anterior circundaram o Jardim Botânico, e das quais algumas ainda se contavam.[73]

José Felippe Correa de Mello, o avô paterno de San Tiago, não guardara, porém, boas recordações da capital federal quando a visitou em 1891; instalado na travessa São Salvador, no bairro de Botafogo, assustaram-no as febres que então assolavam a cidade. Ao transferir-se com a mulher Geraldina e a filha Violeta de Belo Horizonte para o Rio de Janeiro, buscou Felippe abrigo no então distante bairro da Gávea, que supunha a salvo das epidemias.[74] Ao pé da pedra que empresta o nome ao bairro, e tendo na rua Marquês de São Vicente a lhe serpentear o sopé da encosta a sua principal via de acesso, aí se instalou Felippe. Da Gávea ao centro da cidade o trajeto era vencido em bondes, que corriam ao longo da rua Jardim Botânico até o largo do Humaitá, para onde confluem, paralelas, as vias de ligação à praia de Botafogo, as ruas Voluntários da Pátria e São Clemente.[75] Em uma esquina desta com a rua da Matriz, viera residir Sabino Besouro, que servira no Exército com Felippe. A filha de Felippe, Violeta, logo fez amizade com Anadia, filha de Sabino e Cassiana Azambuja, irmã de Justa.[76]

Raul acompanhara a mãe, Justa, em visitas à casa da prima Anadia e aí conheceu Violeta, e o namoro que iniciaram, entrecortado pelas viagens a serviço do jovem oficial da marinha, mesmo assim terá sido bastante para que decidisse propor casamento à filha do general Felippe. Em dezembro de 1910, em meio à revolta da Armada, Violeta Correa de Mello e Raul de San Tiago Dantas, os pais de San Tiago, casaram-se.

CAPÍTULO II

INFÂNCIA

Nascimento e infância no Rio de Janeiro

Véspera da Primeira Guerra Mundial

O irmão e a irmã

A avó e o menino: Copacabana

Primeira Guerra Mundial

Revolta militar em Copacabana

Estadia em Paranaguá

A Coluna Prestes

*"Eu e você fomos crianças cerebrais
e pouco expansivas".*[1]

- **Nascimento e infância no Rio de Janeiro**

Violeta, ciente das longas ausências do marido, não quis afastar-se da amiga Anadia e do círculo social que passara a frequentar ao mudar-se de Belo Horizonte para o Rio de Janeiro no começo daquele ano de 1910; além disso, igual era a vontade de sua sogra, Justa, que veio morar com o jovem casal. Raul fora o objeto de todos os seus cuidados e planos e, oficial de Marinha, não era apenas o apoio com que Justa contava, mas entre mãe e filho estabelecera-se uma firme identidade de temperamentos, afinada pela mesma rigidez de caráter.[2] Violeta compôs com argúcia a atmosfera familiar que se formava e, em breve, incorporada com a chegada de sua mãe, Geraldina, que, viúva, veio residir também com o casal em uma pequena casa de vila em Botafogo.[3] No antigo bairro ainda restavam palacetes remanescentes do Império, e as mansões republicanas eram construídas em suas ruas principais; nas vias secundárias, abrigava-se a média burguesia que ocupava as muitas vilas formadas por moradias térreas e sobrados estreitos, simples mas confortáveis. Os bondes ligavam Botafogo ao centro, vencendo a rua Voluntários da Pátria até o pavilhão Mourisco, daí cortavam os belos jardins que ornavam a enseada, subiam a rua Senador Vergueiro e ganhavam o coração da cidade.[4]

A interseção das ruas Voluntários da Pátria e Real Grandeza era um dos pontos mais movimentados do bairro. A Igreja matriz situada pouco acima, na Voluntários, reunira em seu redor o discreto comércio local, formado sobretudo de padarias, armazéns e pequenas lojas; e, através do túnel da rua Real Grandeza (o túnel Velho), o tráfego com destino a Copacabana crescia continuamente.

A avenida Izabel de Pinho, hoje rua Camuirano – as ruas das vilas chamavam-se então avenidas – inflete da rua Real Grandeza, à direita; segue por cerca de cento e oitenta metros, quebra à esquerda em ângulo reto, e pinça a rua Voluntários da Pátria logo antes do cruzamento desta com a Real Grandeza.[5] A pequena vila de casas que nesse trecho se formara era encerrada por portões em ambas extremidades, tanto na Real Grandeza quanto na Voluntários da Pátria, e o acesso a ela, restrito aos moradores.

Na casa de número 1, à esquerda de quem entrava na Villa Izabel de Pinho pela rua Real Grandeza, às quinze horas e cinquenta minutos do dia trinta de outubro de 1911, nasceu o primogênito de Raul e Violeta, batizado Francisco Clementino de San Tiago Dantas, "o nome de teu Avô, porque é mais ilustre do que o meu e assim és hoje o representante de uma Família Ilustre", como Raul explicará em carta dirigida aos filhos, então com a mesma idade com que recebera o "Dever Sagrado" que lhe confiara seu pai, o avô ora homenageado.[6]

O segundo-tenente Raul pouco tempo ficou com o filho recém-nascido. Em junho daquele ano deixara o *Minas Gerais*, e "pelo bom cumprimento de seus deveres, zelo e interesse pelo serviço, atestado pelo asseio, disciplina e ordem notados a bordo", fora mandado elogiar por ordem do presidente da República, e a seguir transferido para o contratorpedeiro *Rio Grande do Norte*. Incumbido da "artilharia, alojamento e porões", Raul embarcou no início de dezembro, logo após o nascimento do filho, para uma longa viagem, tocando primeiro em Montevidéu, seguindo para Assunção, no Paraguai, e depois subindo o rio Paraná, em cujas margens, meio século antes, seu pai, o primeiro-tenente Francisco Clementino, sagrara-se herói de guerra.

Só em março do ano seguinte Raul veria Francisquinho – como será San Tiago chamado pelos pais –, que deixara com quarenta e cinco dias. A rotina do jovem oficial da Marinha seguiria assim, pontuada de viagens, longas e breves, intercaladas de estadas no Rio de Janeiro.

- **Véspera da Primeira Guerra Mundial**

Não se sabe ao certo quando a família do tenente Raul deixou a casa da Villa Izabel de Pinho; as primeiras recordações de San Tiago tiveram lugar ainda em Botafogo, já em um pequeno sobrado da rua Conde de Irajá, esquina com a rua Voluntários da Pátria.[7] Agora dois novos personagens integravam a família: Dulce, sua única irmã, nascida a 17 de agosto de 1914, e Dindinha, como os netos conheceriam a avó materna Geraldina. Essas duas presenças femininas marcarão fortemente San Tiago, e ao lado de sua mãe, Violeta, da avó paterna, Justa, de poucos parentes próximos e alguns amigos, formarão o estreito círculo social da família de San Tiago Dantas.

A vida do País, cuja maioria da população morava no campo, seguia sem maiores abalos. O café ditava o caixa do Tesouro Nacional, e a oligarquia rural paulista, sustentada no crédito público à exportação de seu maior produto, combinara-se com os astutos políticos mineiros na conciliação urdida com a

"Política dos Governadores" no começo do século, e assim tocavam, isentos das "cóleras da democracia", a vida política brasileira.[8] Os palacetes da nova avenida Paulista eram erguidos com o dinheiro do café, que estimulava a industrialização do estado de São Paulo e o afirmava como centro econômico do País, enquanto o Rio de Janeiro beneficiava-se do fastígio oficial de reunir, como capital federal, as elites política e burocrática nacional em uma metrópole remodelada, em sua área nobre, segundo o estilo europeu. Mas ambas as cidades viviam àquela altura, meados da década de 1910, sob os padrões do século passado, levemente atualizados.

São Paulo era ainda um "pedaço de polo pregado na fralda da América", uma cidade fria, molhada sempre por uma garoa renitente.[9] A sua força de trabalho, majoritariamente de operários de origem estrangeira, produzia sob um regime de quase servidão não muito diverso do que se viram submetidos os colonos que vieram substituir os escravos nos cafezais, e a oligarquia do campo, cultivando obscuras origens bandeirantes, alimentava uma pequena burguesia urbana, crescente e ativa, mas vinculada aos padrões rurais. Já a capital federal vivia em função dos negócios do Estado – a política e a administração pública. Os jornais disso se ocupavam, e o comércio, ainda dominado por portugueses, era a principal fonte dos recursos que giravam nesta cidade cuja despreocupação de seu povo significava antes um relaxamento dos costumes provincianos vigentes nas demais regiões do País e não uma filiação a novos valores culturais, como se assistia na Europa.[10]

Dois assassinatos viriam influir na transformação desse estado letárgico. No dia 28 de junho de 1914, um colegial bósnio alvejou mortalmente o arquiduque Franz Ferdinand, herdeiro do Império Austro-Húngaro, que em carro aberto percorria as ruas de Sarajevo inspecionando as tropas das províncias Bósnia e Herzegovina, recentemente incorporadas ao Império, e que eram hostis à província vizinha, a Sérvia, com quem os austríacos enfrentavam problemas. Iniciou-se uma rápida articulação diplomática, e os tratados de apoios mútuos entre os Países europeus foram acionados; em pouco tempo, formou a Alemanha junto à Áustria, e a Rússia, temendo vê-los senhores dos Bálcãs, apoiou a Sérvia. Embora a estabilidade europeia assentada ao longo de meio século parecesse sólida, ela não tardou a ruir; em quase todos países reservistas foram mobilizados, e a 26 de julho o Império Áustro-Húngaro declarou guerra à Sérvia; cinco dias depois, a Alemanha fez o mesmo em relação à Rússia, e a 10 de agosto França e Inglaterra envolveram-se no conflito, levantando armas contra o Império dos Habsburgos.[11] Começava a Primeira Guerra Mundial, e o século XIX findava.

O Brasil proclamou-se neutro. As notícias do conflito aqui chegaram devagar, mas com elas avivou-se o militarismo que iria mesclar-se de um nacionalismo emotivo, uma tintura que o tempo mostraria indelével em nossa cultura política. Os ecos da guerra alcançaram a rotina de Raul, ao menos formalmente. A linguagem das tarefas militares ganhou o tom áspero da batalha alheia, contudo, à realidade brasileira: em missão específica, Raul suspendeu do porto do Rio de Janeiro, "com ordem de explorar a Ilha da Trindade, fazendo deixar as suas águas os navios que estivessem ancorados, pertencentes a qualquer nação beligerante (...) dada uma volta em torno da ilha e também houve exploração em terra, mas tudo normal".[12]

Inteiramente inofensiva à segurança do território nacional, a guerra trouxe a Raul o único benefício possível: seu soldo foi acrescido de uma gratificação à conta do conflito europeu, o que explicaria a mudança de endereço da família, que trocou a casa da Villa Izabel de Pinho pelo sobrado da rua Conde de Irajá.

Não à bala, mas pela lâmina de um punhal que lhe foi cravado às costas no saguão de um hotel no Rio de Janeiro, morreu Pinheiro Machado em setembro de 1915. A roda viciada das eleições da República Velha perdia o seu exímio manipulador; impassível, arguto, o senador gaúcho pusera-se na convergência das forças políticas da época e soubera acomodar-lhes os interesses maiores, exibindo a destreza de um político que entendera os mecanismos – e sobretudo a debilidade – das instituições políticas de seu momento. Assim Pinheiro Machado elegera o marechal Hermes da Fonseca, furtando ao povo a vitória nas urnas de Rui Barbosa no pleito de 1910, e influíra nas disputas estaduais mais significativas no período em que atuou. O seu desaparecimento estremeceu as estruturas políticas da República Velha e contribuiria para a sua derrocada.[13] Ao modo nativo, lento e de incerto passo, entrava em agonia o século XIX, a ser definitivamente sepultado entre nós pela Revolução de 1930.

- **O irmão e a irmã**

San Tiago e Dulce cresciam unidos, cercados pelos cuidados da mãe e de Dindinha, e sob o olhar temido da avó Justa, que dava aos netos a mão a beijar. À casa modesta dirigiam-se as atenções dos mais velhos; a mesa farta, que sobrepujava as da vizinhança, o esmero no vestir e apresentar as crianças eram hábitos trazidos da família mineira; a ordem e a disciplina revelavam o traço severo do militar criado pela mãe autoritária: os companheiros de brincadeira de San Tiago contavam-se no círculo familiar, e, quando a família transferiu-se para Copacabana, as aventuras limitavam-se aos fundos do quintal vizinho.[14] As exceções a essa rotina eram os aniversários, marcados pelas visitas de tios e amigos da família e de umas poucas crianças; Dulce era então vestida com um traje novo e San Tiago, como mostram fotografias da época, gordo e de olhos vivos, exibia um traje de marinheiro com quepe do navio onde servia o pai.[15]

A severidade de Justa e Raul era compensada pela delicadeza de Violeta com os filhos, mas cabia a Dindinha enriquecer a vida de San Tiago e Dulce. Magra, pequena e sempre vestida de preto, os cabelos brancos apanhados em um coque perfeito, Dindinha trazia, sobre um universo de preocupações materiais que repartia com a filha, uma alegria constante, toda voltada aos netos, e traduzida sobretudo em histórias e passeios com que animava o pequeno mundo das crianças.[16] Entre San Tiago e a avó cresceu uma relação fortíssima; Dindinha terá logo percebido a inteligência excepcional do neto, e a sua dedicação a ele e a Dulce ganhava uma função suplementar: mitigar o contraste entre as culturas presentes, de duas famílias tão distintas habitando o mesmo teto, e impedindo assim que esse fato pesasse sobre os seus netos. Esse propósito, plenamente alcançado, explicará o vínculo entre ela e "o homem que não escolheu uma carreira para não se separar da avó".[17]

A conciliação articulada por Dindinha acomodava as afeições manifestadas de fontes diversas. A severidade de Justa esterilizava-se na distância que os netos dela mantinham; e a rigidez de Raul continha-se nos padrões educacionais então correntes, que a sua formação acentuava, mas não perdia a sua atenção sempre voltada à família, e a preocupação, que nunca o deixou, em vê-la unida e próxima.[18]

Ao completar dez anos de serviços prestados à Marinha, em 1916, viu-se Raul em condições de alugar uma casa mais confortável, com telefone, artigo ainda escasso. Em nome do tenente San Tiago Dantas, registrava a lista telefônica daquele ano, sob o número sul 2.507, o novo endereço da família: rua D. Marciana, 123, atual Álvaro Ramos, também em Botafogo.[19] No ano seguinte, matriculou-se Raul na Escola Profissional de Artilharia e voltou a servir no *Minas Gerais*, quando se deu a deflagração do "estado de guerra, iniciado pelo Império Alemão contra o Brasil", em 27 de outubro de 1917.[20] No final desse ano, Raul foi transferido a servir no encouraçado *São Paulo*, já como artilheiro, primeiro comandando uma das torres do navio, assumindo a seguir a chefia de uma das divisões de artilharia da embarcação.[21]

A ascensão social dos San Tiago iria traduzir-se, uma vez mais, em nova locação residencial, agora menos humilde. Vagando a casa ao lado da qual morava o futuro desembargador Elviro Carrilho, casado com a irmã de Raul, Déa, este e a família deixaram a residência da rua D. Marciana, onde pouco tempo permaneceram.[22]

- **A avó e o menino: Copacabana**

Ao final do século passado, três acessos davam entrada a Copacabana, um vasto areal onde cresciam, em meio à vegetação agreste, pitangueiras e cajueiros: o mais longo deles partia de Botafogo pela lagoa Rodrigo de Freitas, alcançava a praia de Ipanema e, ao termo desta, a de Copacabana, onde, em seu final, localizava-se a Igrejinha, no atual posto seis. O outro caminho natural começava pela rua Copacabana (hoje rua da Passagem), vencia a trilha íngreme aberta no morro do Leme e descia por trás do morro do Inhangá (na altura das atuais rua Barata Ribeiro com a rua Inhangá), que então se ramificava pelas pedras cravadas na areia até à beira-mar, aí dividindo as praias do Vigia do Leme e de Copacabana. Já o acesso mais utilizado partia do final da rua Real Grandeza, subia o morro da Saudade e dava na rua do Barroso (depois Siqueira Campos). Em 1892, a companhia de bondes Jardim Botânico rasgou a rocha do morro da Saudade, vazando o primeiro túnel a ligar o novo bairro ao núcleo da cidade, e, oito anos mais tarde, quando várias ruas nele já se achavam traçadas, foi o túnel Velho aberto ao tráfego de passageiros. Nascia Copacabana.[23]

"A avenida Atlântica estava começando a ser construída (...) a horizontalidade infinita daquele cenário branco e desértico (pois não havia automóveis na praia, e eram poucas ainda as casas) é o que mais me ficou na memória".[24] A construção da avenida Atlântica que San Tiago recordará era, em verdade, a reconstrução da via destruída pela ressaca no início de 1919, quando foi duplicada a pista. Pereira Passos, o prefeito que remodelou o centro da cidade, construíra em 1906 a avenida à beira-mar, para tanto desbastando as pedras fincadas à altura da rua Inhangá como estímulo à edificação, que ganhou isenção de tributos. A abertura do túnel Novo nesse mesmo ano determinara a construção da estação de bondes na esquina das atuais Salvador Correa (hoje Princesa Isabel) e Gustavo Sampaio (altura onde mais tarde foi erguido o antigo Hotel Meridien); desse ponto até a estação anteriormente localizada na praça Malvino Reis (depois Serzedello Correa), que acolhia o tráfego proveniente do túnel Velho, confinavam-se os primeiros limites do bairro urbanizado.

A presença de Dindinha tocava a alma do neto, fazendo o menino solitário de Botafogo sentir o prazer indizível das descobertas, para sempre cristalizadas em sua memória: "lembro-me dos anos remotos da nossa vida na rua Tonelero, em Copacabana, a avenida Atlântica estava começando a ser construída...", quando a "nossa aventura se resumia em termos ido sem camisa da rua Figueiredo Magalhães até a Igrejinha, o que parecia uma excursão naqueles tempos".[25] E, de fato, aos olhos do menino naquela praia agreste, era uma excursão.

Copacabana tomara o nome da santa cuja imagem teria vindo do Peru, e para entronizá-la ergueram os pescadores da primitiva praia de Sacopenapã, ao início do século XVII, a pequena ermida no braço de pedra que ao final da praia (depois posto 6) entra pelo mar, e que ficaria conhecida como a Igrejinha.[26] A nova avenida, à beira-mar, em substituição à anterior, mais ampla e com pequenos canteiros ajardinados no centro, veio unificar a praia antes dividida em duas pelas pedras do Inhangá, a primeira batizada praia do Vigia, que se estendia a partir do morro do Leme, e a praia de Copacabana, que do fim daquela alongava-se até a Igrejinha.[27] Seguir em direção à pedra do Leme era ver "a praia bordejada por um matagal imenso interrompido apenas por uma única casa, na altura da atual rua Duvivier".[28] A paisagem retida na memória de San Tiago refere o largo trato de terra compreendido entre a praça do Lido e a última rocha da cadeia do Inhangá, que beirava perpendicularmente a linha-d'água e era ainda visível quando foi erguido, em meados de 1923, o hotel Copacabana Palace. Mas outras residências já se contavam na orla marítima, fora desse limite; parcela da média e alta burguesia viu nessa ampla e aberta área litorânea, situada na zona sul da cidade, a alternativa residencial elegante, e sobretudo moderna, ao tradicional bairro de Botafogo. Palacetes e "vilas" (aqui significando mansões) foram construídas na avenida Atlântica, misturando estilos arquitetônicos e incorporando novidades, garagens para autos sendo a mais notável delas.[29]

Não há registro exato da data em que Raul e família deixaram Botafogo por Copacabana, mas a Lista Telefônica editada em setembro de 1917 já lhe trazia o novo endereço: rua Tonelero, 290, e a lembrança da Igrejinha, que San Tiago evocaria de seus passeios, confirma a época: pois foi ela "estupidamente demolida para construção da fortaleza" em 1918.[30]

O túnel Velho desembocava na rua do Barrozo (mais tarde Siqueira Campos) e o bonde que o atravessava descia até a primitiva estação localizada no cruzamento com a rua Nossa Senhora de Copacabana (depois avenida), no vértice de um dos ângulos inferiores da praça Malvino Reis. A praça fora urbanizada em 1911, passando a denominar-se Sezerdello Correa, quando se estabeleceu a ligação entre as duas paralelas Barrozo e a Hilário de Gouveia e se definiu o quadrilátero encerrado pela rua Nossa Senhora de Copacabana. A casa que Raul alugou, vizinha à de seu cunhado, na rua Tonelero, n. 290, distava poucos passos da rua do Barrozo e situava-se no lado direito, no sentido sul – pouco acima do seu cruzamento com a Figueiredo Magalhães –, onde, quatro décadas mais tarde, o adversário político de San Tiago, Carlos Lacerda, sofreria um atentado à bala. A nova casa fazia muro com a chácara do comendador Peixoto, uma grande gleba que se projetava da boca do túnel até a rua Tonelero, formando um enclave delimitado pelas atuais Anita Garibaldi e Figueiredo Magalhães. Nesse pequeno bairro que mais tarde tomaria seu nome, nele fizera o comendador construir casas contíguas à sua propriedade e as alugava a famílias de classe média; a de Raul, em um único andar, debruçava sobre a calçada da rua de terra as janelas do quarto de Justa e a da sala de visitas, e as dos demais cômodos abriam para um alpendre armado de um gradil de ferro, que corria perpendicularmente ao prédio.[31]

Violeta, uma vez instalada em Copacabana, matriculou San Tiago, a completar seis anos em outubro daquele ano de 1917, e Dulce, com quatro feitos em agosto, no curso infantil Jardim das Rosas, que ocupava uma casa térrea, de beirado colonial, na rua Hilário Gouveia, junto à praça Serzedello Correa. Um ano depois as crianças foram transferidas para o recém-inaugurado Externato Pitanga, localizado em frente à praça, na [então] rua Nossa Senhora de Copacabana, no local onde hoje se encontra uma agência dos Correios.[32] O mundo do menino que não convivia com outras crianças e era dominado pelos personagens saídos dos livros de Júlio Verne e pelas aventuras de Robinson Crusoé lidos por Violeta, foi penetrado de vida real, cujos mistérios logo formaram o desafio que Francisquinho pôs a sua inteligência elucidar. Animado de novos conhecimentos, delineava o seu futuro para a plateia cativa de seus parentes, trepando em caixotes e em inflamados discursos anunciava que ainda o veriam falar ao público em francês.[33] Aos novos amigos da escola, mesmo nas brincadeiras em que imitava Carlitos, o menino de uma inteligência "absolutamente excepcional" mostrava uma alegria legítima, mas sempre subordinada a uma continência que jamais abandonaria.[34]

A nova vida de San Tiago não excluiu, porém, a presença sempre segura de Dindinha – "ainda me lembro da minha mão dentro da mão dela"[35] –, que o levava por todos os caminhos, ora pela praia, ora "pelas ruas do centro". Aí se achavam as curiosidades modernas que o bairro passara a oferecer: o cinematógrafo, os automóveis cada vez mais numerosos cruzando as ruas, e, a principal delas, o hábito do banho de mar. Em torno da praça Sezerdello Correa e da primitiva Igreja nela erguida, em pobre estilo neogótico, cuja construção fora iniciada em 1910, crescia o comércio local do bairro; além das padarias e mercearias, o Estábulo Mimoso, localizado na rua Santa Clara, fornecia "leite especial a toda hora", e os primeiros cinematógrafos foram abertos ao longo da nova avenida Nossa Senhora de Copacabana, que, com o corte no início da década de 1920 de mais uma pedra do maciço Inhangá, fora rasgada em direção ao posto 6. A vida doméstica dos San Tiago viu-se alterada no novo domicílio. Raul levava as crianças à praia ainda agreste, frequentada por homens vestidos em camisetas e com maiôs de lã descidos até os joelhos, e as poucas mulheres que nela se arriscavam, ainda mais cobertas e com a cabeça protegida por um chapéu próprio, molhavam-se rapidamente n'água, assistidas pelo "senhor banhista", como eram chamados os salva-vidas.[36]

- **Primeira Guerra Mundial**

Em março de 1918, as tropas alemãs em território francês posicionaram-se em uma linha ofensiva que se abria da fronteira com a Bélgica e, formando um arco invertido cujo centro distava apenas algumas milhas de Paris, arrematava-se no vale do rio Marne, na região nordeste da França. O ataque em massa que lançavam contra as forças contrárias, buscando decidir a guerra em que a Europa havia quatro anos se encontrava mergulhada, foi rechaçado. Embora os soldados do general Ludendorff recuassem ordenadamente, o moral da tropa se esgotou e o alto-comando alemão, vendo não lhe ser possível senão manter uma luta defensiva, propôs o armistício, aceito em setembro daquele ano. Mas endereçou a proposta não à França, cujos campos se achavam juncados de cadáveres de seus soldados, ou à Inglaterra, aliada desta desde a primeira hora, e sim aos Estados Unidos, ingressos na luta havia apenas um ano.[37]

O presidente norte-americano, Woodrow Wilson, estabeleceu os pontos da paz, os aliados europeus acrescentaram condições, e a Alemanha, em Versailles, antiga residência de reis franceses, a 28 de junho de 1919, submeteu-se, comprometendo-se a pagar as pesadas indenizações exigidas. A França viu na vitória o triunfo da civilização contra a barbárie, encarnada pelos vencidos; mas da Inglaterra, ainda em meio aos combates, um dos mais notáveis homens do século, o economista J. Maynard Keynes, já apontara, no outro lado do Atlântico, os verdadeiros vencedores, os regentes da nova ordem mundial.

A guerra apenas abreviou a afirmação da supremacia econômica dos Estados Unidos sobre o resto do mundo, entrevista desde a virada do século. Dispondo a oeste de um vasto território ainda sendo conquistado, tendo ao norte um vizinho amigo e ao sul um subjugado, a ex-colônia inglesa, à altura da Guerra do Paraguai, erguera-se de uma devastadora guerra civil disposta a ocupar suas terras e a submeter as que lhe fossem necessárias à sua segurança e expansão.[38]

No Brasil, a deflagração do conflito repercutiu em todos os planos da vida do País. A filiação à pobre e reacionária cultura portuguesa registrada ao longo do Império fora parcialmente rompida com a República, sendo a elite nativa seduzida pelo fastígio da cultura francesa da *belle époque*. A essa voga, veio somar-se um reavivado espiritualismo horrorizado das atrocidades da guerra e um nacionalismo de origem menos nobre, mas inspirado pelas virtualidades, que então começavam a ser valorizadas, de um território imenso e cortado de contrastes entre seus núcleos urbanos em formação acelerada e a vida semi-bárbara de seu interior.[39] A economia nacional, cujo primeiro arranco industrialista foi frustrado em seguida ao golpe militar que derrubou a monarquia, achou inesperado alento com a expansão das exportações na súbita demanda por produtos primários, que se abriu com o envolvimento dos Países europeus nos combates, e o estímulo à substituição das importações de manufaturas determinado pelo fechamento dos portos das nações desenvolvidas. O governo federal cegou contudo à oportunidade extraordinária: as divisas fortes acumuladas não articularam em bases sólidas, como se esperaria, a produção agrícola, e esses recursos foram deixados às investidas da indústria que já crescia dependente dos cofres públicos. Pelo ano de 1917, como reflexo direto da aguda carestia dos víveres, eclodira a primeira greve geral de operários urbanos.[40] As primeiras sementes das convulsões seguintes haviam sido lançadas.

No plano externo, exausta a banca de esterlinos com a guerra, substituiu o Brasil seus credores ingleses pelos norte-americanos, e, em termos quase formais, como se viu, verificou-se por essa nova linha de dependência,[41] que explica, igualmente, a partida do oficial artilheiro Raul de San Tiago Dantas, em meados de 1918, levando a reparar no *Brooklyn navy-yard*, em Nova Iorque, o histórico *São Paulo*, e não na Inglaterra, onde fora construído juntamente com o *Minas Gerais*.[42]

Na ausência de Raul, Violeta levou os filhos a ver os tios e parentes maternos em Juiz de Fora, e de lá, em carta aos que ficaram no Rio de Janeiro, escreve San Tiago, então com oito anos, em outubro de 1919: "Mamãe recebeu duas cartas de Papai e o *navy-yard* promete "o histórico *São Paulo*" para experiências em dezembro o que acho muito duvidoso".[43] E, de fato, incerta seria a data de retorno de Raul, como prevê o precoce correspondente, pois, em um postal enviado à mãe em finais de 1919, Raul diz "creio que estaremos aí pelo ano Bom". Mas em outro, remetido a 20 de janeiro de 1920, escreve Raul: "vou indo regularmente", já não estimando o regresso à casa, passados dezoito meses de sua partida. Mas ele não se demoraria muito mais. E com o seu regresso a rotina da família em Copacabana viu-se restabelecida. Ao contrário da vida do bairro, que começava a agitar-se, refletindo a do País.

- **Revolta militar em Copacabana**

A exaustão da máquina política revelada com a morte do senador gaúcho Pinheiro Machado, um dos líderes daquele período, e a crise econômica, aberta pelo rudimentar processo de industrialização ensaiado em choque com a arcaica estrutura rural do País, começavam a desdobrar-se em sucessivas convulsões. De São Paulo, jovens e não tão jovens artistas e escritores, em janeiro de 1922 proclamaram moderna a semana de festivos eventos que organizaram no imponente Teatro Municipal, construído no topo da suave encosta do vale do Anhangabaú. Mas esses acontecimentos só seis anos mais tarde tomarão atenção do jovem San Tiago, então em exames para ingressar na Faculdade de Direito do Rio de Janeiro. Naquele ano de 1922, o menino de dez anos foi acordado por uma salva dos canhões do Forte de Copacabana, que atroaram suas granadas sobre o bairro, rompendo o silêncio da estrelada e amena madrugada de inverno carioca. Nas trinta e seis horas seguintes, até a tarde do dia 6 de julho, Copacabana converteu-se em uma praça de guerra.

A doença de Rodrigues Alves o impedira de iniciar o mandato para o qual fora eleito, e seu vice, Delfim Moreira, ocupou o posto por pouco tempo, abrindo-se em 1919, novamente, a questão sucessória. A indicação para a presidência da República do paraibano Epitácio Pessoa, de origem estranha ao eixo político São Paulo-Minas Gerais, de onde saíam os titulares do poder central, revelou os primeiros abalos concretos na máquina política até pouco antes tão bem acionada por Pinheiro Machado. Epitácio, porém, reafirmou no posto a autoridade e a sabedoria já conquistadas em longa vida pública e agiu ao início com firme independência, vetando inúmeras leis, negando aumento aos militares e, em inédito desassombro, nomeando civis para as pastas do Exército e da Marinha. A crise econômica adiada pela guerra, mas que em meio a essa já fizera sentir entre nós seus efeitos sociais, extremou-se, correndo o Tesouro, em prática consagrada, a salvar o preço do café e a tomar empréstimos externos para equilibrar suas contas. Nesse contexto, precipitou-se a disputa pela sucessão presidencial para o período que se abriria em 1922.

Ao contrário do que ocorrera no Império, na República foi a ordem constitucional sucessivamente afrontada por sublevações verificadas no Exército e na Marinha, cujos chefes viam nessa atitude o instrumento para reivindicarem posições na vida política do País que supunham merecer e que a elite civil, a seu ver injustamente, lhes negava. No início da década de 1920, iniciou-se contudo uma transformação significativa nos corpos militares, sobretudo no Exército, não quanto à mentalidade autoritária de natural desconsideração à ordem constitucional, mas sim em relação aos agentes insubordinados e à motivação deles: cediam os chefes a liderança das sedições aos moços tenentes, que em apaixonadas e pouco claras proclamações içavam a bandeira da justiça social e da lisura na vida política, e assim traziam para as Forças Armadas, em prejuízo de sua profissionalização e disciplina, uma indelével inclinação política, a determinar daí por diante a intermitência de assaltos à ordem constitucional, culminando com o golpe militar de abril de 1964, que San Tiago assistirá, na mesma cidade do Rio de Janeiro, quarenta e dois anos depois, e a seis meses de sua morte prematura.

A classe média urbana, cuja expressão se fizera notar ao apoiar a candidatura presidencial de Rui Barbosa, vinha somar suas vozes em protesto contra o regime eleitoral ostensivamente viciado, e desse estado deu mostra espetacular quando, concentrada na avenida Rio Branco, lançou, de centenas de bocas, à face do candidato oficial da oligarquia política, o mineiro Arthur Bernardes, "todos os epítetos, todas as injúrias", deixando "seu séquito de amigos rapidamente tresmalhado a chufas e cachações pelas ruas laterais...".[44] Nesse quadro de crescente insatisfação, as frações dissidentes da oligarquia política, em especial a comandada pelo líder fluminense Nilo Peçanha e que se denominou "Reação Republicana", viram nos militares rebeldes um instrumento de força apto a ser manipulado para propósitos imediatos; essa associação funesta iria sedimentar-se na vida política nacional, freando-lhe a evolução democrática.

A divulgação de cartas, nas quais críticas grosseiras eram feitas ao Exército e cuja autoria foi injustamente atribuída a Arthur Bernardes, inflamou os espíritos já exaltados. Imprensa e políticos tomaram posição, atacando e defendendo Bernardes, esquecida a óbvia e reconhecida falsificação dos documentos que dera origem ao desconcerto reinante. A vitória de Bernardes sobre Nilo Peçanha, que se apresentara candidato representando a "Reação Republicana", não encerrou a crise, antes a agravou. O Exército, que se declarara fundamente ferido em sua honra com o episódio das "cartas falsas", proclamou-se agora ultrajado. Um incidente local, envolvendo a guarnição militar do Recife, motivou um descabido telegrama de apoio do marechal Hermes da Fonseca a seu colega de Pernambuco, e o ex-presidente da República foi por tanto punido pelo titular, Epitácio Pessoa, e recolhido preso. Ainda que a prisão do marechal tenha durado apenas algumas horas, foi o pretexto para que um punhado de tenentes liderados por Eduardo Gomes e Siqueira Campos arrematassem rapidamente a rebelião que teve como centro geográfico o Forte de Copacabana, comandado pelo filho do marechal, o capitão Euclides Hermes da Fonseca.[45]

Os tiros de advertência desferidos na madrugada do dia 5 de julho sobressaltaram a população carioca, mas a mobilização das forças do governo foi lenta, decidida após fracassada tentativa de acordo com os rebeldes; só à tarde começou a ação das tropas legalistas: as bocas dos túneis de acesso a Copacabana foram ocupadas, o morro do Cantagalo escalado com o propósito de a partir daquele ponto fixar em alvo o inimigo, e um destacamento seguiu para as praias do Leblon e de Ipanema, visando as autoridades, por esses movimentos, isolar o sítio da revolta. A marinha foi convocada e enviou os *dreadnoughts Minas Gerais* e *São Paulo*, e o destróier *Paraná*. Aprestou-se a cavalaria, as comunicações e o abastecimento de água e luz foram controlados.[46]

A manhã desse dia 5 não trouxe as notícias aguardadas pelos revoltosos; ao contrário, falhara integralmente a articulação com os demais núcleos do levante. Os alunos da Escola Militar de Realengo, dentre eles destacando-se o tenente Juarez Távora, em apoio aos revoltosos tomaram no primeiro momento a fábrica de cartuchos e, municiados, marcharam para a Vila Militar, onde contavam somar-se às tropas ali rebeladas; mas nas balas com que foram recebidos encontraram resposta inversa à esperada e retrocederam à Escola, sendo aí presos. A Vila Militar não descera as suas tropas para ocupar o centro da cidade, e o grito de revolta de um dos tenentes que ali servia, à frente de destacamento que comandava, fora logo sufocado; tampouco a fortaleza de Santa Cruz formara com os revoltosos, e a guarnição do Forte do Vigia do Leme, de onde partira um contingente para juntar-se às tropas rebeladas do

Forte de Copacabana, havia sido rendida por um destacamento legalista, que deixara entrar no quartel supondo-o aliado. Aos insubordinados no Forte de Copacabana restava recorrer aos poderosos canhões de 305mm, cujas casamatas sobressaíam brilhantes ao sol claro banhando a ponta da pedra avançada mar adentro, e às bocas de fogo auxiliares, de 190 e 75mm. Os oficiais governistas não acreditavam ao alcance dessas peças de artilharia os prédios do centro da cidade; o primeiro projétil lançado do Forte de Copacabana tivera seu curso certeiramente calculado pelo próprio comandante insubordinado, o filho do marechal Hermes, mas a má operação da peça o fez cair sobre uma estação da Light, causando as primeiras vítimas da revolta: três civis, mortos soterrados. Mas os disparos seguintes não se desviaram e alvejaram sucessivamente a ilha das Cobras, o depósito naval, o túnel Novo e o quartel-general das tropas legalistas, que tiveram alas do prédio destruídas e mortos dois soldados e um sargento, ação que convenceu os oficiais do engano em que incorreram e os fez transferir imediatamente o comando central das operações. O contra-ataque do governo, desfechado pelos canhões das fortalezas não rebeladas, não foi imediato, e, quando iniciado, na tarde do dia 5, achou resposta de Copacabana, mas pouco durou a troca de obuses, interrompida ao pôr do sol.

À noite, as tropas governistas já ocupavam o bairro; haviam descido pela rua do Barrozo vindas do túnel Velho, alcançando a rua Barata Ribeiro; pelas ruas do centro do bairro, haviam se deslocado das posições à entrada do túnel Novo, convergindo para a praça Serzedello Correa, ocupando o trecho final da rua do Barrozo e a paralela Hilário de Gouvea. De um posto elevado, instalado na rua Tonelero, na manhã do dia 6 o capitão Eurico Gaspar Dutra divisou os *dreadnoughts* e o destróier *Paraná*. Com o alvorecer, os bombardeios sobre o Forte de Copacabana foram reiniciados, inclusive com o apoio de um hidroavião. Dos trezentos amotinados ao início dos combates, restaram no quartel rebelado apenas vinte e oito, havendo os demais aceitado a oportunidade de dispersar, oferecida pelo comando. Agora buscavam os revoltosos, em especial o tenente artilheiro Siqueira Campos, um dos mais destacados líderes da revolta, atingir com as granadas do canhão de 190mm o Palácio do Catete; os tiros porém encristaram, pois o tenente artilheiro havia esquecido de trazer consigo a tabela de cálculo reduzido que elaborara e permitiria corretamente direcioná-los; os canhões de 305mm, a sua vez, não funcionaram, constatando o capitão Hermes não terem sido propriamente lubrificados. Os revoltosos haviam contudo imposto algumas baixas às forças do governo; beneficiando-se da imperícia do comandante do *São Paulo*, que o posicionara erradamente, oferecendo-o em alvo às baterias do forte, estas fizeram fogo ao *dreadnought*, fazendo-o largar as amarras e rumar avariado para o fundo da baía.

Mas aos rebelados a situação era insustentável na manhã do dia 6. As tropas legalistas controlavam toda a área em torno do forte, isolado no vértice formado pelas linhas guarnecidas da praia de Copacabana e da rua Francisco Otaviano; a paisagem do bairro, inteiramente nua de prédios elevados, permitia a visão dos morros que o circundavam, tomados por soldados do governo. E os rebelados sitiados em seu reduto inicial de combate não contavam com apoio algum. Por volta das 11 horas, após parlamentar com o ministro da guerra naquela madrugada, o historiador Pandiá Calógeras, o primeiro e único civil até então a jamais chefiar o exército brasileiro, informou ao capitão Euclides Hermes estar sua tropa inteiramente cercada; o capitão foi autorizado por seus colegas rebelados a deixar o Forte de Copacabana para entender-se com as autoridades, mas foi preso na residência de seu pai, onde parara, em caminho das negociações, para saber notícias deste. Duas horas depois, em ligação telefônica feita do palácio do governo para o Forte, Siqueira Campos recusou o apelo de seu comandante para render-se. Ao contrário, decidiram os revoltosos deixar o Forte.

Não somavam trinta os amotinados quando por volta das treze horas da tarde iniciaram a caminhada pela avenida Atlântica em direção ao centro da cidade. Pelo trajeto alguns se evadiram, aproveitando os largos espaços livres ainda encontrados entre as casas. O contingente restante suspendeu a marcha pouco adiante, próximo ao Hotel Inglês, e pediram à empregada de uma casa vizinha que lhes servisse água. A seguir, pela altura da rua do Barrozo, foram abordados por um oficial à frente do destacamento governista ali estacionado, que lhes propôs entregarem-se, o que foi recusado com viva indignação. Ao cruzarem os rebeldes a linha da torre da Igreja situada na praça Serzedello Correa, receberam das tropas do governo, localizadas nas esquinas da ruas do Barrozo e Hilário de Gouvea, nutrido fogo cruzado, e sofreram as primeiras baixas; abrigando-se na areia, por detrás da mureta da calçada e nas dunas levantadas pelas obras em curso naquele trecho, buscaram os rebeldes responder ao fogo, em volume absolutamente desproporcional.

Menos de duas horas depois da sortida do Forte de Copacabana, foram os rebeldes feitos prisioneiros sob a mira de baionetas, morto um civil, um dos tenentes, e feridos Siqueira Campos, Eduardo Gomes e Newton do Prado, que logo viria a falecer. Copacabana voltava à vida normal, e um novo ciclo abriu--se na história brasileira.

A revolta foi mais uma a agitar a capital federal e não seria objeto de cuidado especial por parte da família de San Tiago. Esta comentaria os fatos que testemunhou: a ocupação do bairro por tropas do exército; o movimento dos soldados distribuídos ao longo da rua do Barrozo, próximos à residência da rua Tonelero, até à esquina com a avenida Atlântica, na praça Serzedello Correa, onde ficava o Externato Pitanga; soldados entrincheirados na rua Hilário de Gouvea, que San Tiago e Dulce bem conheciam, pois haviam estudado no Jardim das Rosas nela localizado. Talvez Raul tenha participado diretamente das operações; seu registro na folha de serviços da Marinha o dá como servindo novamente no *Minas Gerais* durante a revolta, mas nada nesse período a propósito desses acontecimentos aí se acha anotado.[47] Contudo, Raul poderá ter discutido com o coronel Santa Cruz sobre as ações militares, pois Dindinha, sua sogra, era amiga íntima da irmã de "Rapa-Coco" (como era o coronel conhecido), que comandava o Primeiro Regimento de Cavalaria onde fora recolhido preso o capitão Hermes.[48]

- **Estadia em Paranaguá**

Pequenos furtos, algumas rixas, mortes só em acidentes de trabalho. O ano de 1924 foi pacífico no porto de Paranaguá; café, mate e pescado eram os principais produtos embarcados nos porões dos navios que ali tocavam regularmente e traziam à pequena cidade do litoral paranaense o comércio exterior que movimentava as seis casas bancárias e as oito agências de vapores nela instaladas.[49]

Raul deixou o Rio de Janeiro a dezoito de março de 1924 e três dias depois desembarcou em Paranaguá. Foi recebido pelas autoridades locais, e o *Diário do Commércio*, a "folha matutina de maior circulação no litoral paranaense", saudou o capitão-tenente, informando a seus leitores da origem ilustre do oficial, filho do major Dantas, um dos desbravadores do oeste do estado. Em "ato de vista geral", recebeu Raul, três dias após a sua chegada, o comando da Escola de Aprendizes de Marinheiros, que exerceria por um ano.

Desse período pouco se sabe sobre a família San Tiago Dantas, exceto que ela não mais contava com a presença de Justa, mãe de Raul e a severa avó de San Tiago e Dulce, que falecera em 1923; mas não é difícil estimar o evidente contraste que todos terão sentido entre a praia de Copacabana e o porto paranaense.[50] Um ano depois do levante do forte da Igrejinha, o bairro carioca viu-se transformado com a inauguração do Copacabana Palace Hotel.

Rompendo a "horizontalidade infinita" da linha beira-mar, ergueu-se o edifício, espetacular em suas linhas e no luxo de seu interior; sólido, uma formidável massa de concreto elaborado nos frisos e nos apliques de suas colunas, com gradis de ferro decorando as sacadas dos apartamentos voltados para o mar e para os morros nus, o hotel alvíssimo rebrilhava ao sol, único, à admiração dos moradores e visitantes do bairro.[51] Uma varanda corria ao longo da fachada por sobre o andar térreo do prédio e oferecia aos pedestres – que a ela tinham acesso por escadas que desciam à frente da entrada do hotel – uma visão única da beleza da praia em toda a sua extensão. Do fim da Segunda Guerra e até a sua morte em 1964, San Tiago, como toda a elite brasileira residente no Rio de Janeiro ou em trânsito pela cidade, frequentará assiduamente o hotel que viu ser construído em sua infância. Já em Paranaguá, a paisagem antes evocaria os ancestrais fluminenses de San Tiago, habitantes das margens da baía de Guanabara: o município, banhado pelas águas atlânticas, é penetrado pelo estuário do Paranaguá, formado por quatro baías, todas navegáveis, e a maior delas, batizada com o nome da cidade, acolhe o curso de dezenas de rios que descem da serra do Mar.[52]

O edifício da Escola de Aprendizes Marinheiros ficava no centro da cidade, no plano levemente elevado de um quarteirão defrontado com o prédio da Prefeitura, cuja esquina à esquerda faz ângulo com a escola municipal; no lado inferior do quarteirão, na rua da Praia, um pequeno cais recorta a linha-d'água de um dos braços da baía, junto ao qual encostavam apenas botes e escaleres.[53] A vida de Raul burocratizou-se longe das viagens marítimas; mas ele era uma das autoridades municipais: em dias de festa, marchava à frente do corpo da escola, e, celebrando a batalha do Riachuelo ferida na campanha do Paraguai, desfilou em formação pelas ruas da cidade saudando o presidente do Estado que a visitava.[54] Na Escola Municipal Franco Sobrinho não há registro do aluno Francisco, pois por aquela altura San Tiago já cursava o ginásio, que teria iniciado, segundo a memória familiar, no Rio de Janeiro, no Colégio Aldricht.[55]

Equiparado ao Colégio Pedro II, o "Gymnásio Paranaense" achava-se instalado no centro de Curitiba (posteriormente o prédio da Secretaria de Cultura do estado) e promovia exames avulsos. San Tiago inscreveu-se para prestá-los e, a 4 de dezembro de 1924, o futuro professor e jurista, notável pela lógica e a síntese de suas formulações, obtém na prova de Português um "simplesmente", sendo-lhe conferido grau 3; nas que se seguem, a 6 e a 22 daquele mês, conferiu-lhe a banca um "plenamente", grau 6 em Aritmética, e uma "distinção", grau 9,5 em História do Brasil. Nessa matéria, aliás, escreviam-se naquele instante as letras capitais dos fatos que fariam Raul e sua família deixarem o Paraná quatro meses mais tarde – e San Tiago, pela primeira vez na vida, a separar-se de sua adorada Dindinha e da sua "mãezinha", como ele sempre chamara a Violeta.

- **A Coluna Prestes**

A prisão não havia arrefecido o ânimo rebelde dos tenentes líderes do levante de 1922; ao contrário, a seus olhos haviam-se agravado as causas que os haviam levado à ação empreendida, assim como, de outra parte, não descansavam seus insufladores civis, especialmente Nilo Peçanha.[56] No poder, o presidente Arthur Bernardes, ressentido dos agravos que sofrera, mantinha a ordem institucional por meio de sucessivas imposições de estado de sítio, cujos poderes ditatoriais reivindicava e obtinha do Congresso, e promovia a dispersão dos elementos militares simpatizantes à causa rebelde pelas diversas unidades do País. No Rio Grande do Sul, o reinado do caudilho Borges de Medeiros, que havia três décadas se perpetuava no governo e havia apoiado o movimento de 1922 erguendo a voz de sua província contra o situacionismo político vigente, chegava a termo em meio a uma conflagração sangrenta, na qual denunciavam os tenentes o apoio do governo federal em favor dos opositores do chefe gaúcho.[57] Em meio a esse quadro, no início de 1924, desapareceu Nilo Peçanha, líder fluminense e um dos principais insufladores dos militares rebeldes. Estes, insatisfeitos, fecharam a conspiração em torno de seus companheiros com o propósito de "por cobro à sede de vingança do novo presidente da República".[58]

Em verdade, desciam mais fundo as causas dessa conspiração militar, que sem dúvida se ligava, pelo fio da história, ao movimento de dois anos antes; porém, naquele primeiro semestre de 1924 o motivo era claro e preciso: derrubar o inimigo, e este era o presidente da República. Na noite verdadeiramente fria da madrugada de 5 de julho, em Santana, bairro central da cidade de São Paulo, atroaram novamente os canhões rebelados. Exatos vinte e quatro meses depois da madrugada carioca, viam-se agora sobressaltados os paulistanos. Os combates urbanos, muitos deles travados com inédita violência, duraram cerca de três semanas e importam consideráveis baixas, humanas e materiais, sem que os sediciosos fossem feitos prisioneiros das tropas legalistas, como ocorrera no Rio de Janeiro; antes, recuaram os rebeldes em direção ao sul do País, pois lá também levantaram-se contra o governo federal unidades do exército sediadas no interior dos estados.[59] E dentre essas destacavam-se os corpos da região das Missões, no sudoeste do Rio Grande do Sul; comandando o Batalhão de Engenharia aquartelado em Santo Ângelo, o capitão Luís Carlos Prestes, já credor de justa notoriedade como brilhante oficial de exército, estreitou laços revolucionários com os tenentes de 1922 que tinham ido ao sul para esse fim, em especial Juarez Távora e Siqueira Campos, e com seus colegas que lá serviam, entre eles o tenente João Alberto.[60]

Finda a refrega na capital do estado de São Paulo, os revolucionários derivaram para o oeste do Paraná, em torno da bacia do rio Iguaçu, cujo curso o major Dantas seguira meio século antes, batizando-lhe alguns de seus belíssimos saltos. As tropas do capitão Prestes deixaram a província gaúcha, já assombrando as forças legalistas o talento desse jovem estrategista, e o general Isidoro Dias Lopes, líder do movimento paulista, em abril de 1925, cedeu o comando aos soldados e chefes da Divisão São Paulo e da "Coluna Sul-Riograndense".[61] Em Foz do Iguaçu, a 13 daquele mês, reuniram-se os chefes de ambas as forças; estava dado o passo inicial para a formação da coluna Prestes.

Quando tem início a grande marcha da Coluna, que por cerca de dois anos serpentearia pelo sertão brasileiro – a mais longa e mais complexa ação verdadeiramente militar jamais vista em território nacional –, ao lado dos seus comandantes formavam, entre outros, Juarez Távora, Siqueira Campos, João Alberto, Cordeiro de Faria e Djalma Dutra uma expressiva amostra da jovem elite militar da época, com a qual San Tiago conviverá ao longo de toda sua vida política, e que ainda influiria nos rumos do País, vitorioso o golpe militar de abril de 1964.

As forças governistas não venceram a Coluna, que intencionalmente evitou os enfrentamentos diretos. Disciplinados, os revoltosos agiam sob a liderança incontrastável e carismática de seus chefes, em especial a de Prestes, responsável direto pelo sucesso de manobras táticas modernas e precisas.[62] Mesmo não alcançando seu propósito maior – arregimentar a população para derrubar o governo –, os feitos da Coluna eram suficientes para inquietar as autoridades que já temiam por sua segurança, desde a internação das forças rebeldes no interior do Paraná e do Rio Grande do Sul. À conta desse temor, decidiu o governo federal cuidar da mobilidade de suas tropas no interior do País; confinadas em sua maioria nos grandes centros, sobretudo na capital federal, o deslocamento dos soldados era especialmente complexo. Já em seguida à eclosão do movimento, em julho de 1924, o governador de Minas Gerais e artífice da candidatura de Bernardes à presidência da República, Raul Soares, criara a "Cruzada Republicana", formada por contingentes da polícia militar, que seguiram para São Paulo em apoio às forças legalistas. Agora, ao se cogitar da segurança do estado, o rio São Francisco, por ser navegável entre Minas Gerais e Bahia, evidenciou-se como um ponto estratégico, o que determinou a imediata organização do transporte fluvial naquele trecho.[63]

Em 19 de fevereiro de 1925, Raul recebeu em Paranaguá um telegrama do novo presidente do estado de Minas (assim denominados os chefes dos governos estaduais antes da edição da Constituição Federal de 1934), Mello Vianna, em que este o informou que "amigos indicaram seu nome para dirigir os serviços de navegação do rio São Francisco, hoje a cargo do estado...", e consultava se "lhe convinha essa comissão recebendo remuneração por conta do estado". A resposta afirmativa de Raul seguiu no dia seguinte, e a 27 daquele mesmo mês de fevereiro o presidente do estado que trinta anos mais tarde acolheria San Tiago como um de seus políticos mais expressivos, confirmou o comandante Raul no posto. Os trâmites burocráticos demoraram, e só a 23 de abril embarcou Raul com a família, "no paquete Campos Salles... de regresso ao porto do Rio de Janeiro, tendo tocado no porto de Santos e terminado a viagem a vinte e oito do mesmo mês e ano". Dois dias depois, o "Secretário de Estado dos Negócios da Agricultura, Indústria, Terras, Viação e Obras Públicas" nomeou o comandante Raul "para exercer as funções de Diretor da Navegação do rio São Francisco e seus afluentes, com residência em Pirapora, percebendo mensalmente a gratificação de um conto e quinhentos mil réis".[64]

CAPÍTULO III

ADOLESCÊNCIA EM MINAS GERAIS

A vida em Belo Horizonte
Aprendizado mineiro
O ginasiano sem escola
O fascínio da autoridade
Regresso ao Rio de Janeiro
Vestibular

"E depois de descer ao centro em um bonde de Cruzeiro, que evoca os meus tempos coloniais do Ginásio Mineiro... ."[1]

- **A vida em Belo Horizonte**

Raul permaneceu apenas uma semana no Rio de Janeiro vindo de Paranaguá, pois a 7 de maio de 1925 apresentou-se ao presidente Mello Vianna no Palácio da Liberdade, em Belo Horizonte, aonde chegara pela manhã, viajando no trem noturno da Central do Brasil.[2] Seu destino final era Pirapora, cidade situada na margem esquerda do rio São Francisco, no norte do estado, e para lá cuidou de levar a família, mas não San Tiago, que deixou na capital mineira para prosseguir os estudos ginasianos, o que não seria possível fazer no interior.

Com a partida de Raul e Violeta, levando a irmã Dulce, então com doze anos, os primeiros dias de San Tiago em Belo Horizonte foram passados em companhia de Dindinha. Hospedados em casa de amigos que Violeta teria aí conhecido no começo do século ao vir residir com os pais na nova capital mineira, será a presença da avó que o neto irá recordar nas notas de saudade desesperada que sobre ela mais tarde escreverá: "nossa vida em comum, rindo de tudo que acontecia, com indizível senso humorístico que ela punha em tudo que se passava em torno, foi uma dessas épocas felizes, tão impregnadas de uma jovialidade afetuosa e pura, que nós passamos por ela sem sentir e é muito mais tarde que lhe vamos conhecer o esplendor".[3] Porém, essa época logo se interrompeu; com a partida de Dindinha para reunir-se à filha, San Tiago foi alojado em uma pensão de estudantes na capital mineira.

O ouro que havia enriquecido as igrejas barrocas e deu nome à primeira capital da província já escasseava ao início do século XIX nos veios abertos no coração das Minas Gerais. Mas a agonia da zona de mineração, que tivera em Ouro Preto o seu centro político, só se viu arrematada com a República, na reordenação política que a ela se seguiu. A Constituição estadual votada sob o novo regime previu a transferência da sede do governo, e a disputa que se feriu entre São João del Rey e Juiz de Fora para sediar a futura capital foi decidida pelos recursos drenados para o Tesouro estadual da exportação do café, espalhado pelo sul e pela zona da Mata do estado. Em substituição à antiga Villa Rica, foi erguida entre os morros do Curral Del Rey, nas escarpas da

Mantiqueira, a Cidade de Minas, denominação abandonada pouco depois de sua inauguração, em 1897, em favor de Belo Horizonte.

Ao chegar San Tiago em 1925 a Belo Horizonte, já eram vencidos os tempos heroicos vividos até a década anterior, quando as obras essenciais à sua estrutura impunham aos homens vestidos de fraque o uso de botas de cano alto e às senhoras trazer a barra da saia apanhada para vencer o barro permanente das ruas.[4] Na área do antigo arraial Curral Del Rey foi implantado o núcleo urbano da nova cidade. Este foi dividido em quarteirões de cento e vinte por cento e vinte metros, rasgados por ruas de vinte metros de largo que se cruzam em ângulo reto, e são cortadas por avenidas ainda mais amplas, em ângulo de quarenta e cinco graus, desenhando-se um recorte peculiar onde o quadriculado das ruas é vazado pela malha losangular articulada pelas avenidas; nos interstícios das ruas com as avenidas abrem-se praças rodeadas por quadras de faces irregulares, ora espetadas em ângulos agudos, ora desenhadas em perfis côncavos. Uma avenida – a do Contorno – enformava o núcleo urbano, e outra, a mais larga delas, com cinquenta metros – a "avenida" batizada Afonso Pena –, atravessa-o em seu sentido maior.[5] O futuro consultor jurídico do Conselho Federal de Engenharia e Arquitetura, professor da Escola de Belas Artes e mais tarde catedrático de Direito Civil, defendendo uma tese vitoriosa sobre conflitos de vizinhança, terá palavras severas para a cidade que o acolheu adolescente: "Belo Horizonte (...) foi uma cidade nascida num mau período, quando a falta de gosto e a falta de dinheiro mediocrizaram ao máximo a construção".[6]

San Tiago equivocou-se, como de hábito, ao recompor e analisar o seu passado; à época da construção de Belo Horizonte, estava cheio o Tesouro mineiro, nutrido pelo imposto de exportação do café, então recolhido aos cofres estaduais.[7] E tampouco se viu mediocrizada a sua construção. Ao contrário, ressalvadas algumas impropriedades originais do projeto do engenheiro Aarão Reis e sobretudo as desvirtuações posteriores a ele impostas pelos dirigentes públicos, significou a nova capital uma importante demonstração de vitalidade urbanística e arquitetônica, e não menor de capacidade empresarial. Nas duas décadas seguintes à queda da monarquia, assistiu-se a um surto de renovação urbana no País e, no caso mineiro, à implantação de uma cidade. Sete anos após a inauguração de Belo Horizonte, em 1897, foi a vez de o Rio de Janeiro ter seu centro remodelado por Pereira Passos, e São Paulo, já próspero e não diretamente dependente dos cofres públicos, viu a sede de seu governo ganhar novos serviços à conta de investimentos públicos e privados.

A arquitetura desse período comentado por San Tiago bem traduzia os principais fatos políticos e culturais do momento: o fim do trabalho escravo, a nova ordem política republicana, e o significativo avanço das técnicas de engenharia. Ao longo de todo o Império, nem sequer as habitações mais luxuosas dispunham de instalações de água corrente, esgoto, eletricidade e gás, e o trabalho doméstico, extremamente penoso, era executado pelos escravos. O fim do regime servil, coincidindo com o surgimento de novas técnicas de construção, determinou a mudança desse quadro; as facilidades que surgiram dispensaram o exército de serviçais antes necessários, e a recente ordem política, enfatizando o poder dos governos estaduais, ressaltou a obrigação deste de encaminhar os problemas urbanos, o que influiu na definição de um novo conceito de aproveitamento dos lotes metropolitanos.[8]

As casas que San Tiago descreveu na Belo Horizonte dos primeiros tempos teriam obedecido ao "princípio de trazer a fachada ao alinhamento da rua, cortaram-se os beirais com feias platibandas, ao lado da casa, de um só pavimento, o terreno continuava fechado não por gradis, mas por um muro alto, onde se abria o portão de entrada. Deste, em poucos passos, se alcançava a varanda lateral, por onde se abriam as portas das salas. A própria varanda se separava por uma mureta, onde as senhoras e moças se debruçavam sobre a calçada, numa comunicação mais franca do que dos sobrados ouro-pretanos".[9] A reação à arquitetura do sobrado da antiga capital mineira, explícita no desenho das casas belo-horizontinas, tão bem descritas nesse trecho, não a situou contudo San Tiago na época devida, que se viu marcada por uma arquitetura de transformação.

O ecletismo, que sucedeu ao estilo neoclássico dominante no Império e prevaleceu nas construções do início do século, justamente o período comentado por San Tiago, distinguiu-se por trazer uma nova forma de aproveitamento do lote urbano, mantido, é verdade, o alinhamento do prédio à rua, mas integrando a faixa lateral do terreno não edificada ao corpo da casa por meio de uma varanda lateral, permitindo assim uma melhor insolação e arejamento às residências; as "feias platibandas", com o arruamento e a construção de passeios nas maiores cidades, fizeram-se necessárias para distrair o fluxo das águas pluviais antes despejadas em queda livre dos beirais coloniais sobre os pedestres; e nos lotes mais amplos, recordavam os pomares as chácaras antigas. As construções desse período se viram portanto valorizadas; a preocupação dos arquitetos em assimilar os avanços tecnológicos evidenciou-se na escolha e na forma de aplicação dos novos materiais empregados – sobretudo os elementos de ferro – e no acabamento das obras que conferiam aos moradores maior conforto e distinguiam a posição social do proprietário.[10]

San Tiago, ao recordar e indiretamente deplorar o ecletismo presente na arquitetura belo-horizontina, parecia contradizer-se ao exaltar o padrão colonial brasileiro como a verdadeira expressão artística nacional, e, simultaneamente, sentir-se atraído pelo moderno, em especial na literatura. Tal contradição – em seu círculo maior, entre o tradicional e o moderno – ficou bem marcada na cultura brasileira nesse período entreguerras, ainda que sobre tal ponto haja descido um pesado silêncio; o próprio Alceu Amoroso Lima, que enfaticamente recomendaria aos jovens ingressar na Ação Integralista Brasileira, distinguiu-se como o crítico generoso do modernismo. Esse paradoxo, que estará ainda presente no espírito de San Tiago ao final da década de 1940, quando escreveu essas reminiscências sobre Belo Horizonte e já havia abdicado de seu ideal autoritário da mocidade, parece encaminhar uma outra contradição, que ele viverá a partir dos anos 1950, simétrica à anterior: sendo um dos expoentes da elite nacional, ingressa no populista Partido Trabalhista Brasileiro e converte-se no porta-voz das reformas estruturais – as "reformas de base" que horrorizariam a classe dirigente nacional, assanhariam a reação conservadora e levariam ambas a articular o golpe militar de abril de 1964.

Talvez por indicação dos amigos com os quais San Tiago e Dindinha se hospedaram quando chegaram a Belo Horizonte, foi San Tiago deixado aos cuidados de D. Marieta Fernandes, que mantinha uma pensão para estudantes em uma ampla casa localizada na avenida Afonso Pena, no lado direito de quem a sobe, na esquina para onde confluem em diagonal a rua Aimorés e perpendicularmente a avenida Brasil.[11] A nova casa de San Tiago era um prédio sólido, composto de três blocos interligados; o bloco central, em forma de torre quadrada, erguia-se recuado sobre os outros dois, dispostos em alas paralelas que avançavam até à rua. Uma antiga fotografia, focalizando em diagonal o prédio, mostra em primeiro plano a ala junto à rua Aimorés, de onde se abriam três janelas laterais, e uma única voltada para a avenida Afonso Pena; no plano secundário, "a copa de uma imensa e quase negra mangueira" derramada sobre o telhado ensombrecia a ala oposta, onde se viam janelas dando para o jardim fronteiro à casa, dividido por um pequeno caminho central que corria até a mureta rente ao passeio; entrevistos na imagem pouco nítida, cresciam nos fundos da casa bananeiras e coqueiros.[12]

As pensões espalhavam-se pela cidade, acolhendo estudantes do interior destinados às faculdades inauguradas em seguida à cidade.[13] San Tiago seria exceção; ainda ginasiano, com catorze anos a completar em outubro de 1925, é cercado de cuidados especiais por D. Marieta, que o mantém junto aos seus e não com os demais pensionistas, universitários, o que não impediria porém o menino, "o mais inteligente de todos que conheceu", de fugir à noite pelas janelas dos fundos para conversar com os estudantes mais velhos e passear pela cidade.[14] Começava San Tiago a viver "a paixão pela liberdade que obseda a adolescência e que me impulsionava para a vida isolada, à custa de meus próprios recursos".[15] Se essa vida isolada ditava-lhe uma "imperiosa"[16] saudade de sua mãe e de Dindinha, os seus "próprios recursos" o levariam a conhecer uma "Belo Horizonte nas primeiras décadas deste século, quando raras eram as ruas que ultrapassavam o 'lindes' da avenida do Contorno (...) desertas e desabrigadas, na monotonia dos quarteirões idênticos...".[17] Sob os óculos grossos de míope, o ar intelectual do rapaz gordo mal esconde o prazer quase sensual das explorações em que se inicia, não mais pela mão de Dindinha, na "horizontalidade infinita da praia de Copacabana", mas espiando "os fundos das casas, algum canto de praça", que "tinham uma frescura familiar, de que ninguém se esquecia".[18]

A casa de D. Marieta estava praticamente no meio do caminho de San Tiago em Belo Horizonte, que se estendia do Ginásio Mineiro, no alto da "avenida", próximo ao atual Corpo de Bombeiros, ao Bar do Ponto, situado abaixo, no encontro da "avenida" com a rua da Bahia, no terreno hoje ocupado pelo Hotel Othon. Desse período em Belo Horizonte nada ou quase nada ficou registrado, e o próprio a ele alude superficialmente, como fará sempre a propósito de seu passado. Mas é razoável supor que San Tiago tenha encontrado na pensão de D. Marieta dois de seus futuros amigos, o ministro da Educação da ditadura Vargas, Gustavo Capanema, que em 1942 nomeará o jovem catedrático de Direito Civil diretor da Faculdade Nacional de Filosofia no Rio de Janeiro, e Gabriel Passos, o deputado nacionalista com quem San Tiago, então indicado para a pasta das Relações Exteriores, formará no primeiro gabinete parlamentarista, em 1961, em uma das mais notáveis equipes políticas já reunidas na história do Poder Executivo brasileiro. Em 1925, quando chegou San Tiago a Belo Horizonte, Passos e Capanema, já formados em Direito, ainda residiam na cidade, este possivelmente na casa de D. Marieta.[19]

San Tiago não terá frequentado o Ginásio Mineiro como aluno regular, havendo prestado ante sua banca exames avulsos, como fizera no Ginásio de Curitiba.[20] A Raul foi indicado procurar um jovem professor, Abgar Renault, que preparava alunos particulares que se submetiam à banca do Ginásio Mineiro para os exames avulsos, e com esse colega da Faculdade de Direito de

Capanema e Passos, inicia San Tiago seus estudos em Belo Horizonte. Não iniciaria apenas os estudos, mas também o magistério: seguro dos conhecimentos de francês que antes lhe ministrara sua mãe, a sua vez toma San Tiago alunos particulares, dedicando-se, assim, desde os catorze anos de idade, à mais genuína de suas vocações – o ensino –, a única a não lhe faltar a retribuição plena, que nas outras, pelas quais dividiu seu enorme talento, buscou ansiosamente e viu negada.[21]

- **Aprendizado mineiro**

A maturidade intelectual de San Tiago, que assombrará seus colegas de faculdade no Rio de Janeiro em março 1928, menos de dois anos depois de haver ele deixado Belo Horizonte, diz que os anos vividos em Minas foram decisivos para sua formação. Esta terá sido feita à margem da frequência escolar, entrecortada pelas transferências de posto do pai militar e também desprezada pelo estudante autossuficiente. A sua curiosidade intelectual nessa época poderá ter sido suprida não só pela leitura contínua, mas também pelo convívio com Abgar Renault e Capanema, este também um aluno brilhante. Por intermédio desses amigos mais velhos, San Tiago terá tomado nota da vida cultural da cidade, que tinha seu eixo na rua da Bahia, precisamente a partir do Bar do Ponto. Nesse sobrado com testada de linha curva fazendo a bainha das ruas Tupis e Bahia, na junção delas com a avenida Afonso Pena, reuniam-se senhores e jovens, e tudo se comentava; daí, a caminhada acima pela rua da Bahia ia achando as sedes da intelectualidade belo-horizontina e do poder político mineiro dos anos 1920. No primeiro quarteirão, o cinema Odeon; seguiam-se a Livraria Alves, onde chegava o mundo exterior, de Proust a Mário de Andrade, e o Café Estrela, posto de literatos iniciantes que viriam gravar-lhe o nome no universo literário de Minas. Um pouco adiante, na confluência da rua da Bahia com a Paraopeba (hoje avenida Augusto de Lima), estava a Câmara Estadual, templo do noviciado político para os eleitos da "bitola estreita" – assim chamados os deputados estaduais iniciantes na carreira política – do Partido Republicano Mineiro; defronte ao prédio da Câmara, onde depois funcionou o Arquivo Público Mineiro, erguia-se o Grande Hotel (substituído pelo edifício Maleita), ao qual um grupo de rapazes do Café Estrela, com Carlos Drummond de Andrade à frente, dirigira-se em 1924 ao encontro dos modernistas Mário e Oswald de Andrade em visita à cidade. Também na rua da Bahia conferenciavam, decidindo a sorte dos mineiros, os líderes da famosa "Tarasca" – a comissão executiva do Partido Republicano Mineiro – em um sobrado na esquina com a rua Guajajaras, no prédio do *Diário de Minas*, a voz do absoluto Partido Republicano Mineiro, e em cuja redação o poeta Drummond iniciara sua carreira de jornalista.[22]

Belo Horizonte era então uma "capital profundamente quieta e bem pensante [que] amava o soneto, deleitava-se com sua operazinha... [e] acatava o Santo Ofício...", como a recordaria o memorialista Pedro Nava meio século mais tarde; as novidades lá chegavam, contudo, e o mesmo Nava encontraria nos jovens reunidos no Café Estrela e no Bar do Ponto os agentes modernistas que iriam deitando ao solo mineiro as novas sementes literárias, tiradas sobretudo dos frutos paulistas da poesia de Mário e Oswald de Andrade.[23] Orçando oitenta mil habitantes e passados quase trinta anos de sua inauguração, a capital de Minas era então uma cidade que não apenas permitia o contato direto entre todos os membros de sua pequena elite, como atraía às suas escolas os filhos mais dotados dos proprietários rurais.[24] Assim, a Belo Horizonte, e não mais necessariamente a São Paulo – como se dera no Império e onde haviam estudado alguns dos políticos ainda em atividade – acorriam jovens de todo o estado, o que permitiu formar ao longo da década de 1920 uma notável geração de políticos, cuja atuação iria influir decisivamente nos destinos do País. Com essa geração conviverá diretamente San Tiago no parlamento entre 1958 e 1964, e de quase todos seus representantes receberá decidida oposição.

Além de Abgar, Capanema e Passos, dos futuros companheiros de política nos anos 1950 e 1960, terá San Tiago eventualmente conhecido ou ouvido falar de Mário Casassanta, futuro reitor da Universidade de Minas a ser criada por Francisco Campos, e que juntamente com os três primeiros havia colado grau em Direito em 1914.[25] Estes, na faculdade, conviveram com Milton Campos, um dos futuros próceres da União Democrática Nacional – UDN; governador de Minas entre 1946 e 1951, e ministro da Justiça do primeiro governo da ditadura militar, Milton formou-se em 1922, juntamente com Pedro Aleixo, líder na Câmara Federal da mesma UDN em 1960, ao tempo em que San Tiago cumpria seu primeiro mandato naquela casa, nas fileiras do Partido Trabalhista Brasileiro – PTB. Os amigos de San Tiago em seu último ano do curso de Direito, 1924, conheceram o calouro Dario de Almeida Magalhães, mais tarde editor do jornal *O Estado de Minas*, e a partir da década de 1940 titular, como San Tiago, de uma das grandes bancas de advocacia no Rio de Janeiro. Em 1925, quando San Tiago chegou à pensão de D. Marieta, dois outros alunos ingressaram na Faculdade de Direito: Bilac Pinto, futuro proprietário da *Revista Forense*, que terá em San Tiago um de seus diretores; e José Maria Alkmin, um estudante humilde cuja astúcia política iria tornar-se legendária.

Assim como Bilac Pinto e Pedro Aleixo, Alkmin não frequentava o grupo do Café Estrela, dos "intelectuais da rua da Bahia", pois como outro rapaz pobre do interior, Juscelino Kubitschek, cogitava apenas de concluir seu curso e obter melhor colocação do que a de funcionário dos Correios e Telégrafos. Mas eram curtos os caminhos naquela Belo Horizonte: Juscelino, estudando Medicina – diplomou-se em 1927 –, era colega de Pedro Nava, muito cedo ligado aos grupos literários, e seu amigo Alkimim iria estagiar no escritório do Dr. Abílio Machado, então um dos mais prestigiosos da capital, onde iniciaram a carreira de advogado Milton Campos e Pedro Aleixo.[26] Todos acabavam por se conhecer, e a elite mineira, madura nos anos 1940, ia-se formando por uma trama intrincada de relações de parentela, de categorias sociais – Milton e Dario eram filhos de desembargadores e Capanema, filho de família de prestígio em sua terra, Pitangui – e de amizades juvenis.[27] Em breve, sobre alguns deles os experientes líderes do Partido Republicano Mineiro poriam os olhos, chamando-os à militância política.

Em meados da década de 1920, Minas vivia em pleno fastígio do poder político: Arthur Bernardes saíra da presidência do estado para ocupar a da República, e deixara o cargo a seu amigo Raul Soares, cuja carreira viu-se interrompida por uma crise cardíaca fatal, em meio ao mandato.[28] Mello Viana foi eleito para concluí-lo, e encontrou o estado com problemas complexos. Belo Horizonte, concebida também como polo econômico, só iria desempenhar essa função depois de 1930, vencida a desconexão viária então existente entre as zonas produtoras do estado: o café cobria a zona da Mata e o sul, os vales do oeste e do norte abrigavam gado criado extensivamente, enquanto os primeiros operários iam rodando a indústria têxtil em Juiz de Fora e, em torno da capital, a siderurgia começava a devorar o minério dos morros próximos, apurando a chama nacionalista na política. Ainda assim, eram esses os principais fatores de vitalidade da economia mineira, só suplantada – e aí largamente – por São Paulo.[29] Essa geografia, feita de ilhas de riqueza, era contudo ligada pelas linhas da política, atividade na qual os mineiros não se permitiam dispersar.

O mais populoso estado da Federação – mesmo esses números não sendo exatos –, a Minas cabia a maior bancada no parlamento federal.[30] A unidade de seus representantes convertia-se no efetivo poder com que contava para enfrentar o vigor paulista, lastreado em uma economia incontrastável. O enfrentamento entre ambos os estados não se daria porém, absorvidas eventuais dissidências pelo brasileiríssimo alvitre político da conciliação, nascida no Império, serenamente transposta para a República, e nesta devidamente acomodada no quadro da "política dos governadores".

Com a nova capital, estruturara-se o Partido Republicano Mineiro – PRM, em 1897. Republicanos seriam todas as agremiações políticas estaduais pelo Brasil afora na República Velha, e a única exceção significativa foi o Partido Democrático, constituído em São Paulo em 1926, já próximo contudo do término desse ciclo histórico. A política mineira em seus hábitos atendeu à geografia do estado, defendido pelas montanhas que o separavam da então capital federal e também isolavam seus habitantes uns dos outros. As relações pessoais foram assim marcadas por uma reserva natural, que, se não repelia o convívio, tinha-o sob pensão de uma severa continência. Ao político mineiro da República Velha formado no PRM incomodava a exposição que não fosse a própria do exercício do poder público, e a seus constituintes aprovava ter o líder político junto a eles, nas pequenas cidades de onde eram originários.[31]

Por outro lado, inoculada a fraude no cerne do sistema eleitoral, corriam a eleições isentas de outras influências que não a da astúcia nas negociações travadas no seio da famosa "Tarasca", a comissão executiva do Partido Republicano Mineiro. As negociações obedeciam a uma hierarquia estabelecida a partir da cúpula do partido; o governador emprestava o apoio político do estado ao presidente da República, que ajudava a eleger; os caciques que dominavam o aparelho do partido, e eram os responsáveis pela elevação do governador ao Palácio da Liberdade, comunicavam-se com os chefes municipais – os coronéis do interior – e com eles acordavam a operação da máquina junto aos eleitores, isto é, coordenavam os pleitos devidamente fraudados.[32] Esse sistema, notadamente em Minas Gerais, funcionou sem maiores traumas; sucederam-se os titulares máximos do partido, ficaram famosas as escaramuças entre as facções internas, mas jamais se assistiu ao transbordamento dessas lutas para o domínio público. Verdade é que, muitas décadas depois, pôde-se perceber que esses embates pelo poder refletiam a situação geral do País, mas valeu, para o momento vivido, a contenção inabalável dos chefes políticos. Só a Revolução de 1930 poria termo a esse estado, embora dele muito fosse incorporar.

O processo representativo em vigor na Primeira República, e cuja crítica seria um dos fundamentos da revolução que trouxe o seu fim, foi à época justificado por meio análogo ao que fora invocado a propósito do fim da escravidão: jamais se viram as causas desta, morais e econômicas, discutidas em profundidade, mas a sua eliminação dominou os debates ao longo de todo o Império, o que armou os escravistas e lhes permitiu estender o regime servil ao limiar do século XX, em consequência negando ao País a possibilidade de afirmar um sistema de produção moderno. Abertamente corrupto, o sistema eleitoral republicano era todavia justificado, veladamente, pela oligarquia política com a eleição dos mais habilitados à direção do País em uma nação de analfabetos;[33] e, como todas as dinâmicas perversas, qual a do regime servil, essa também tolerava o debate estéril sobre a sua eliminação, porém dele excluía a investigação das causas de sua existência. Nesse contexto, os argutos líderes políticos da República Velha perceberam que os golpes contundentes a esse estado de malversação programada da vontade nacional só poderiam ser desferidos não das camadas populares, mantidas bestializadas sobretudo pelo deliberado analfabetismo, mas pela fração diminuta dos intelectualmente mais aptos, capazes de ascender socialmente e eventualmente afrontar-lhes o poder. Assim, cuidavam os próceres de os trazer ao processo político, e da teia familiar mineira, de fios longos porém estendidos a partir de um núcleo relativamente estreito e fechado,[34] os mais habilitados se viam logo atraídos, sendo-lhes oferecida primeiro a deputação estadual, a "bitola estreita", e a seguir a "bitola larga" da deputação federal.[35]

Arthur Bernardes, que ascendeu à presidência do estado em 1918, seguira esse percurso. Morto o sogro, substituiu-o na liderança política do município de Viçosa e daí projetou-se no cenário estadual, com o perfil do político mineiro cortado para a época: possuidor de uma noção cruamente objetiva do exercício do poder, que não admitia contestações efetivas ao mando político, e dos traços moderadamente liberais dos representantes da zona da mineração do início da República que iam cedendo lugar ao conservadorismo dos representantes da zona da Mata. Uma vez eleito, assenhorou-se Bernardes do partido de seu estado, reduzindo a oposição interna oferecida a sua liderança, tal como quatro anos depois, já na presidência da República, arrostou seus adversários com uma energia só comparável à exibida pelo rude marechal Floriano Peixoto. Com Bernardes, o contraponto de um vinco autoritário veio alinhar-se à celebrada vocação conciliatória dos políticos mineiros; e assim ora um ora outro desses traços passou a ditar-lhes a linha a seguir.[36] Os grandes nomes desse período desapareceriam ou veriam sua influência degradada com o golpe liderado por Vargas em 1930. Porém, foi na era Bernardes, ao longo da década de 1920, que muitos dos representantes da geração política que se seguiu – a que San Tiago pertencerá – irão formar-se, e ele, adolescente em Belo Horizonte, vivia os momentos iniciais desse processo.

Os moços do Café Estrela cuidavam de brandir suas peças literárias. Em julho de 1925, o poeta inédito em livro, Carlos Drummond de Andrade, e o crítico literário que o tempo frustrou, Martins de Almeida, lançaram *A Revista*.[37] Ao lado de textos acadêmicos e modernistas, as resenhas de livros destacavam, além de autores brasileiros e portugueses, autores franceses, de Anatole France a André Gide, este um dos autores preferidos de San Tiago ao lado de Proust. Mas, no plano político, reclamavam os moços de *A Revista* atuações firmes e medidas recuperadoras, a serem impostas sem concessões: "Será preciso dizer que temos um ideal? Ele se apoia no mais franco e decidido nacionalismo. A confissão desse nacionalismo constitui o maior orgulho de nossa geração (...) assistimos ao espetáculo cotidiano e pungente das desordens intestinas, ao longo das quais se desenha, nítida e perturbadora, em nosso horizonte social, uma tremenda crise de autoridade. No Brasil, ninguém quer obedecer", dizem no editorial do primeiro número para, no seguinte, denunciar: "Anda por aí, em explosões isoladas, um nefasto espírito de revolta sem organização nem idealismo, que tenta enfraquecer nosso organismo social. Para combatê-lo, sentimos a necessidade de o governo ser a função de uma vontade forte, de um espírito dominador. Se o poder for se tornando periférico em vez de centralizar-se, teremos a dispersão das forças latentes do País. No momento atual, o Brasil não comporta a socialização das massas populares...".[38] Os jovens modernistas de Belo Horizonte soavam clara e antecipadamente alguns tons da música que o ideólogo San Tiago toaria em sua pregação autoritária cinco anos depois.

O movimento cultural da capital mineira no ano de 1925 não se limitou porém à edição de *A Revista*; o Teatro Municipal, na esquina das ruas da Bahia com Goiás, fora palco de estreia da sociedade de concertos sinfônicos local e de concertos de jovens pianistas oferecidos às damas da sociedade; o poeta Catulo da Paixão Cearense nele dissera versos, e a companhia teatral "Iracema de Alencar" encenara peça do escritor, seguida pela do ator Jaime Costa, que trouxera ao público comédias representadas no Rio de Janeiro.[39] Os cartazes do cinema Pathé anunciavam fitas silenciosas e das sessões de sexta-feira do Odeon, na rua da Bahia, saíam consagrados os artistas que encantavam os sonhos provincianos dos cinéfilos, entre eles o poeta Drummond.[40] Livros chegavam regularmente à Livraria Alves, mostrando autores nacionais em plena força poética, que dominou a primeira fase do modernismo literário, todos produzindo, inclusive Menotti del Picchia, Cassiano Ricardo, paulistas como os dois Andrade, que San Tiago viria encontrar poucos anos depois em São Paulo.[41]

No plano político, Arthur Bernardes, cego – como seus pares também – à turbulência social verificada em sua gestão – os primeiros indícios da falência do regime – obedecia à disciplina rígida do sistema vigente, e escalou naquele ano de 1925, com apoio de São Paulo, Washington Luís para substituí-lo, cabendo a vice-presidência da República a Mello Vianna. Sem o saber, Minas e São Paulo repartiam o poder pela última vez. Ao Palácio da Liberdade ascenderia Antônio Carlos Andrada, cioso herdeiro da nobre linhagem de José Bonifácio, o patriarca da Independência. E à gare da estação ferroviária, na praça Rui Barbosa, o povo acorria para receber os donos do poder quando estes retornavam, ungidos e solenes, da capital federal. Tais manifestações eram estimuladas pelas autoridades em busca de uma franja de prestígio popular para as suas maquinações oligárquicas, e atraíam os belo-horizontinos pelo aparato que envolvia os líderes e pela intimidade com que eles, nesses momentos, se davam ao povo e, fugazmente reais, sugeriam representar a vontade popular.

- **O ginasiano sem escola**

Em dezembro de 1925, San Tiago prestou exames parcelados ante a banca do Ginásio Mineiro; terá aproveitado as aulas de seu professor Abgar Renault, como mostra o "plenamente" – grau 7,55 – alcançado em inglês, e em francês obtém a segunda melhor nota, "plenamente" – grau 6,66 – entre as publicadas no *Minas Gerais*, na edição do dia 14 daquele mês.[42] As férias no início de 1926 seriam junto à família, em Pirapora, para onde San Tiago seguiu pelo pequeno trem do sertão que vencia lentamente os quatrocentos e trinta e dois quilômetros que a separavam da capital do estado, varando à noite o "imenso tabuleiro, coberto pelo cerrado".[43] Pirapora crescera na margem direita do rio São Francisco, que nessa altura tem cerca de quinhentos metros de largo, e, como a maioria das demais cidades ribeirinhas, viu sua vida econômica fortemente influenciada pelo rio.[44] A missão de Raul à frente da "Diretoria de Navegação do rio São Francisco e seus afluentes" logo se mostrou áspera, pois sob o título sonoro apresentava-se uma dura realidade: a empresa contava com uma única embarcação, o que colocava a navegação fluvial em Minas em situação inferior à da Bahia, como em carta bem escrita e hábil o capitão-tenente informa ao presidente do estado, Mello Vianna. Este terá encontrado em Raul um servidor competente; à sua direção foram destinados recursos para a montagem de um "paquete para impulsionar a navegação no majestoso São Francisco com o propósito de levar vida e progresso à população ribeirinha".

A vida da família em Pirapora, recordada posteriormente por San Tiago, não terá sido boa, mas as estadias lá passadas, abriram-lhe, sobre a vida de Belo Horizonte, novas fronteiras a explorar, e os fatos vividos no sertão jamais lhe sairão da memória:[45] os passeios a cavalo com a avó, que montava à antiga, as pernas lançadas ao lado; a travessia do rio enorme, para alcançar a casa situada na margem esquerda, cercada pelo mato crescido; o encontro com a vida mesma do interior, a sua gente simples, tudo deslumbrou o adolescente urbano.[46] Mas expôs também à sua vista a crueza da vida sertaneja, carente de tudo, primitiva, miserável, em um País que se dizia – e era – essencialmente agrícola. O San Tiago revolucionário da década de 1930 não verá outro caminho para vencer essa letargia feita de desarticulação social e econômica, de ignorância quase absoluta, senão submeter o País a um processo de organização radical das instituições, imposto sob um regime político autoritário.

Por essa altura, os estudantes que haviam residido na pensão de D. Marieta ensaiavam os primeiros passos na vida política e profissional. Já em 1925, Gabriel Passos figurava entre os oradores em uma das "manifestações de apreço" prestadas ao governador Mello Vianna, que retornava da capital federal a Belo Horizonte indicado para vice-presidente da República. Logo depois, Passos seguiu para Oliveira, onde começou a advogar, sem contudo perder contato com a capital; seu colega Gustavo Capanema foi também para o interior, elegendo-se vereador em Pitangui. Abgar Renault, ex-professor de San Tiago, e orador de sua turma na Faculdade de Direito, começou a lecionar regularmente no Ginásio Mineiro e lançou-se à praça pública, preparando sua deputação estadual. E Milton Campos, que ficara na capital, entre defesas forenses, publicava artigos em *O Estado de Minas*, salpicados de cautelosa ironia e medido ceticismo, como convinha a um jovem político em ascensão.[47] Os "intelectuais da rua da Bahia", que se lançavam na política ou aderiam à máquina burocrática – quando não congeminavam as duas ações –, iam absorvendo o "grave senso da ordem", cada vez, mais rico de influências, inclusive do exterior.[48]

San Tiago terá tido notícia das ações de seus amigos que se iniciavam na política, assim como de uma das figuras a ter, em breve, grande influência em sua formação intelectual: Francisco Campos, a jovem estrela do pensamento autoritário brasileiro, que ascendia ao plano executivo com a posse de Antônio Carlos na presidência de Minas Gerais, em setembro de 1926.

- **O fascínio da autoridade**

"Sinto que V. Exa. tão moço e com seu talento, sustente uma ideia tão centralizadora", afirmou Bias Fortes, um dos novos agentes da máquina do PRM, em aparte surpreso àquele jovem deputado estadual em 1920.[49] Francisco Luiz da Silva Campos nascera em Dores do Indaiá, no oeste do estado, em 1895, e do berço trazia os favores da tradição oligárquica das Minas Gerais: era sobrinho-neto de um ministro do Império e laços de parentesco ligavam-no a boa parte da elite política de seu estado, entre eles Gustavo Capanema e o futuro interventor em Minas Gerais, Benedito Valadares.[50] Na Faculdade de Direito de Belo Horizonte, o facho abrasivo de uma excepcional inteligência e o impacto de uma precoce e vasta cultura jurídica e política revelou-se no aluno que saudou em francês o professor visitante, no acadêmico premiado pela excelência nos estudos e no orador de sua turma. Sobre tais distinções, outra se revelou, como se nele fosse ingênita: a celebração da autoridade.[51] Ainda nos bancos da escola, a partir desse princípio formulou Campos, como seria chamado, seu credo político, do qual jamais se afastaria: que o futuro da democracia dependia do futuro da autoridade.

A vida política de Francisco Campos nasceu da acuidade de Raul Soares; o presidente do estado fora seu professor na Faculdade de Direito e aí assistiu ao famoso concurso em que Campos disputou uma cátedra, alcançando-a em primeiro lugar, e, vendo-a injustamente cedida a terceiro, testemunhou seus esforços para obtê-la, publicando em dois anos cinco expressivos trabalhos sobre direito e finanças.[52] O noviciado da "bitola estreita", a deputação estadual, fora cumprido exemplarmente por Campos; a surpresa de seu colega Bias Fortes era legítima e sintetizava a de seus pares, tanto maior era o brilho do jovem parlamentar que abertamente proclamava a prevalência da autoridade sobre a liberdade, pois "não se concebe, em sociedade organizada, liberdade que não seja regulada, disciplinada e preceituada".[53] Na Câmara Federal, para onde fora elevado na legislatura de 1921, servindo-se de uma clara e articulada linguagem, temperada sempre pela ironia e pela frieza desconcertantes de uma personalidade altiva e solitária, destacara-se Campos na defesa do autoritário Arthur Bernardes, verberando as sedições militares e justificando o reforço e o predomínio do Poder Executivo com tal brilho que o sagaz deputado

Gilberto Amado nele viu "uma aurora maravilhosa, que honra a intelectualidade brasileira".⁵⁴

O prognóstico mostrou-se certeiro. Em meio ao segundo mandato, renunciou Francisco Campos para ocupar, a convite do presidente de Minas, Antônio Carlos, a Secretaria do Interior, à qual estavam afetos os negócios da educação. O autoritário revelou-se um educador extraordinário e moderno; em seu breve discurso de posse no cargo, ao fixar os pontos a enfrentar na educação pública, sustentou que a tarefa a cumprir era "organizar a instrução (...) incorporando, assim, aos benefícios da civilização à densa e compacta massa de analfabetos, transformando-os em outros tantos instrumentos de produção de bens econômicos e espirituais (...) urgente e imperativa exigência (...) dos interesses fundamentais da circulação e incremento da riqueza coletiva". E assim fez, e os números são impressionantes: o ensino primário e normal foram inteiramente reformados, três milhares de escolas criadas, professoras foram enviadas à Europa e aos Estados Unidos para estagiar, e foi criada a Universidade de Minas Gerais. O jovem professor, e político já experimentado na vida parlamentar, viu o objetivo essencial da educação, e à sua consecução vinculou a formação dos quadros dirigentes do País e a modernização da economia nacional, ao declarar, explicitamente, que "é obra do ensino profissional preparar elites para o mercado, assim como o ensino clássico prepara elites para a vida pública".⁵⁵ Essa perspectiva, em que o orador especializou a educação pública a partir da realidade nacional, será em essência a que o professor San Tiago Dantas trinta anos mais tarde arguirá em memorável debate com o economista ultraconservador Eugênio Gudin, que, ao contrário, recomendava à elite educar-se nos grandes centros europeus.⁵⁶

Pelos jornais e certamente por intermédio de Abgar Renault já estaria San Tiago informado da ação de Campos enquanto cumpria sua rotina de estudante;⁵⁷ além da reforma do ensino, San Tiago terá percebido a celebração da autoridade sobre as franquias democráticas, defendida por Campos, tal como já se defendia na Europa, e Mussolini ia por aquela altura se afirmando na Itália.

A influência de Campos recairia não apenas sobre o espírito jovem de San Tiago, mas também sobre a vida pública brasileira a partir de 1930, e inscrever-se-ia no pensamento político nacional. Francisco Campos consagrou-se pelo ano de 1926 como uma força política nova, capaz de revitalizar o velho tronco do autoritarismo brasileiro. E assim seria: até sua morte em 1968, tirano e tiranetes não prescindiram do seu talento excepcional quando entenderam necessário apurar os garrotes do poder discricionário ante a insinuação de ventos democráticos.

A vida diária de San Tiago seguia; os parcos registros disponíveis mostram-no vencendo exames, distinguindo-se em "história universal" e álgebra, e livrando-se de física e química.[58] As leituras do estudante incluíam, além das novidades que os modernistas lançavam em profusão, e que a ele não seriam estranhas, os poemas de Vicente de Carvalho, autor de *Poemas e canções*; lançado em 1908 e reeditado em 1924, seria o único livro remanescente da belíssima biblioteca de San Tiago – dispersa após a sua morte – a trazer registro de sua estada em Minas – "Belo Horizonte, 1926".[59] O romantismo irrefragável dos versos do poeta paulista venceu incólume o código parnasiano vigente em sua época e o fez extremamente popular, ainda que presentes em seu estilo traços de um arcaísmo lusitano. San Tiago aprendeu com os modernos o medido descompromisso da forma; a sua frase trará, desde seus primeiros escritos, uma objetividade isenta de qualquer gratuidade, articulada com precisão sobre verbos de sentido preciso; por vezes, a ênfase estará no emprego discreto da ordem inversa e na regência exata, quase castiça, traduzindo as leituras variadas e intensas de todos os gêneros literários a que ele se aplicava.

- **Regresso ao Rio de Janeiro**

Ao final de 1926, teria San Tiago a atenção voltada para um fato concreto: em Pirapora, seu pai supervisionava a conclusão dos serviços de montagem do vapor *Mello Vianna*, iniciada em agosto e, pouco depois, o jornal *A Cidade* registrava que a vizinha cidade de Januária "teve a grande satisfação de ver ancorado nas suas águas revoltas a majestosa unidade flutuante (...) a (...) soberba unidade da Navegação Mineira", feito que, dizia o jornal, devia-se "aos governos realizadores e à ação máscula do ilustre oficial da marinha Santiago Dantas".[60] A missão terminara; ao conceder a dispensa que lhe requereu Raul, cumpria o presidente do estado, Antônio Carlos, "o grato dever de manifestar a magnífica impressão (...) [d]esse distinto oficial da Marinha, quer como administrador, quer como técnico (...)".[61] No dia 16 de maio de 1927, Raul apresentou-se à Diretoria de Pessoal, no Rio de Janeiro, para aguardar reversão à ativa.

O trem com destino ao Rio de Janeiro deixava Belo Horizonte pela estação da Praça Rui Barbosa às quatro e meia da tarde, e não menos de dezesseis horas e vinte minutos depois chegava à estação Pedro II, próxima à praça Onze, na capital federal. O rude desenho da serra da Mantiqueira, que as pesadas locomotivas da Estrada de Ferro Central do Brasil venciam lentamente em direção ao mar, contrastava com os longos tabuleiros da planície do sertão mineiro no caminho entre Belo Horizonte e Pirapora, percorridos por San Tiago em sua estada em Minas Gerais, que findava naquele mês de maio de 1927.

Nos três anos de ausência de sua cidade natal, San Tiago pudera perceber os principais acontecimentos vividos pelo País e que marcariam a história brasileira – com a qual ele lutaria por se confundir – nas quatro décadas seguintes, precisamente o tempo de vida que o destino já reservara àquele rapaz precoce e amável. A transferência de seu pai para o interior de Minas Gerais, em 1925, avisara-o da surtida da Coluna Prestes, em sequência à insurreição a que assistira em 1922, menino de onze anos, em seu bairro carioca de Copacabana. Em Belo Horizonte, o estudante solitário assistiu às manifestações do modernismo iniciante, esteticamente rebelde e politicamente conservador, dos jovens escritores mineiros; e percebeu a ação firme com que cultos e serenos homens públicos repartiam entre si a condução dos destinos do estado e do País, designadamente mantendo as massas populares analfabetas e assim à margem do processo político, enquanto se ia formando boa parte da nova elite política, que transitaria para a Segunda República e reuniria um dos melhores quadros da história brasileira, o próprio San Tiago vindo nela se inscrever. Mas, sobretudo, apreendeu o estudante a verdadeira atmosfera mineira da época, onde pairava "o grave senso da ordem", de que todos os políticos eram penetrados e sob o qual se configurara o postulado do mando, o traço distintivo do poder político na República Velha e inscrito indelevelmente na cultura política do País.

Ainda em Copacabana, mas não mais na rua Tonelero, a nova casa dos San Tiago achava-se agora na curta rua Inhangá, próxima à residência anterior. O número 42 ficava no terço inicial da via que liga a avenida Copacabana à rua Barata Ribeiro, correndo em diagonal, acomodando-se ao desenho da rocha do mesmo nome ali incrustada e então claramente visível, atrás do Copacabana Palace havia pouco erguido. A casa seguia o traçado da rua; a frente estreita e os fundos amplos, alcançando o quintal, para onde dava o quarto de San Tiago, a rua Barata Ribeiro.[62] O bairro não cessara de crescer a partir do núcleo primitivo na praça Serzedelo Correa; *bang-lows* eram erguidos e nesse estilo seria a casa alugada por Raul, próxima à residência do jornalista Mário Rodrigues, onde um ano mais moço do que San Tiago crescia também admirado do encanto do bairro o futuro teatrólogo Nelson Rodrigues.[63]

A vida junto à praia era, sem dúvida, paradisíaca; a ocupação do antigo areal, onde até poucos anos antes cresciam apenas pitangueiras, processava-se rapidamente, e com ela a integração de seus habitantes aos seus favores naturais: a água fria do mar, o refrigério incomparável dos longos e tórridos verões, e a brisa dele soprando sobre a breve planície desdobrada à frente dos morros infiltrava seu frescor perfumado nas residências permanentemente abertas para recebê-la. A rudeza da luta diária parecia, e nesse contexto mostrava-se, distante.[64]

"Havia homem no Catete e café nos armazéns (...) aquilo ia durar".[65] Não duraria muito. As medidas iniciais do novo presidente da República, Washington Luís, sugeriam a inversão dos sinais políticos: o levantamento do estado de sítio vigente desde o governo anterior, uma anistia prometida aos revoltosos de 1922, 1924, 1926, e a disposição ensaiada de nova reforma econômica. Como de hábito, foram as medidas cumpridas parcialmente, e a reforma não surtiu os efeitos estimados, mas as circunstâncias comerciais daquele momento mostraram-se favoráveis ao País agrícola que não arrancava a industrialização efetiva de sua economia: o preço do café subiu, e a grande safra brasileira daquele ano de 1927 achou compradores, o último lance favorável antes da depressão de 1929, que transformaria a ordem econômica mundial e a brasileira e traria o fim da República Velha no ano seguinte.[66]

As prerrogativas da adolescência abriram-se ao estudante aplicado; com os amigos Rubens Porto e Belizário Távora, San Tiago organizou um clube de dança, cujas sessões, com as moças da vizinhança, tinham lugar entre os móveis pesados da austera sala de visitas do pequeno *bang-low*, sob o olhar benevolente de Violeta e o entusiasmo de Dindinha.[67] A simpatia do rapaz de boa estatura, que trazia um *pince-nez* pousado sobre os olhos muito vivos e deixava aflorar continuamente no rosto cheio um sorriso franco de belos dentes, cruzou pela primeira vez os limites domésticos e alcançou uma moça humilde da vizinhança. O namoro que iniciaram achou todo o entusiasmo do futuro professor; encontrou, porém, a grave apreensão de Violeta, e essa barreira San Tiago não cogitou vencer.[68] O exímio dançarino, de porte nada atlético – os quadris largos sobressaíam na silhueta de ombros estreitos e joelhos valgos –, e o sedutor astucioso de olhos vivos por trás das lentes grossas do *pince-nez* e da palavra inteligente percebeu que essas qualidades fluiriam naturalmente no meio social que começava a formar, mas não deveriam exibir o mesmo curso desimpedido no meio familiar. Ao jovem de dezesseis anos, que se preparava para prestar vestibular à Faculdade de Direito, aprazado para março de 1928, e que viu frustrado seu primeiro romance, revelou-se a possibilidade de a existência, com as suas múltiplas exigências e oportunidades, ser cumprida em planos autônomos, entre a família e o meio social – e assim seria.

- **Vestibular**

A vida dos adolescentes os quais as famílias de classe média podiam destinar aos cursos superiores era balizada, a partir dos onze, doze anos, pelo ingresso, dali a quatro, cinco, em um dos cursos superiores que permitiam uma rápida e efetiva ascensão social – Direito, Medicina e Engenharia. Estudar em colégios ou com professores particulares e vencer as bancas examinadoras oficiais era a tarefa desses jovens, que enfrentavam as dificuldades materiais de uma vida modesta mas relativamente segura. O empenho dos pais concentrava-se na educação dos filhos para que os superassem na escala social, e nisso eram ajudados pela simplicidade dos padrões vigentes nas primeiras décadas do século; a mesa farta e o cuidado com os poucos trajes de um vestuário acanhado monopolizavam as atenções das mães e avós, como se dava com Violeta e Dindinha, e os chefes de família, sobretudo funcionários públicos como Raul, com os medidos vencimentos percebidos, pagavam o aluguel, quando possível, na zona sul da cidade e saldavam a conta do armazém em uma época de baixa inflação.

A quebra da rotina a que se vira submetido San Tiago em Belo Horizonte – longe da família e fora da escola, aluno de professores particulares – não lhe comprometera a carreira futura e muito menos o aprendizado; ao contrário, a liberdade que tão cedo passara a desfrutar deixara-lhe aberta uma larga perspectiva, e os temas e os meios para enfrentá-los se punham livremente em razão direta da sua curiosidade. Assim, no estudo das matérias que primeiro o atraíram – o ensino, a política e a literatura –, San Tiago pôde somar às leituras a experiência havida do convívio pessoal que estabelecera com amigos mais velhos na pensão de D. Marieta. Nesse contexto, onde o formalismo do ensino fora excluído, San Tiago cedo percebeu que à base do verdadeiro aprendizado estava uma aplicação tenaz, que ele sempre conservaria, assim como do convívio com seus conhecidos mineiros percebeu também que o curso de Direito melhor serviria aos seus interesses intelectuais que se iam rapidamente definindo.[69]

Ao regressar ao Rio de Janeiro, não havia ainda San Tiago completado as últimas provas ante a banca do Colégio Pedro II que lhe certificassem a conclusão do curso ginasial, quando foram abertas as inscrições para o vestibular na

Faculdade de Direito. Ao contrário de Raul, cuja vocação para a carreira militar casara bem à tradição herdada de seu pai e coincidira com a de seu sogro, San Tiago exibia uma inclinação inteiramente diversa; o fascínio da palavra, falada e escrita, dominava-o desde a infância, e a disciplina que cedo exibiu nos estudos teria nesse apelo ingênito o seu maior estímulo, ao contrário da disciplina militar aplicada a uma estrutura corporativa rígida, isenta de qualquer especulação. Esse fator determinou sua opção profissional, e não a forte miopia, de onze graus, como quis a lenda criada por alguns de seus amigos.[70]

A 16 de março de 1928, San Tiago prestou exame escrito de literatura brasileira. Em duas páginas e meia manuscritas em traço ainda contido mas já preciso, a prenunciar a bela caligrafia lançada e firme que exibirá até às vésperas da morte, o vestibulando dissertou com absoluta desenvoltura sobre o tema; desfiou o assunto em suas principais linhas – periodização, influências e características – em uma linguagem não apenas correta mas já exibindo os sinais do estilo de requintada simplicidade que seria um de seus mais poderosos instrumentos intelectuais. Revelou perfeito conhecimento da cena literária; com segurança, afirma que, em seguida aos "efeitos que a guerra fez sentir sobre nós, (...) hoje, da confusão reacionária, que começa agora a serenar, surgirá uma época nova da literatura brasileira, (...) de construção e de grandes empreendimentos [pois] disseminou-se largamente o espírito nativo, e talvez se aproxime o momento em que esse espírito será o formador único da nossa Arte. Assim seja".[71]

Fluente e bem escrita, a prova de história universal feita a seguir por San Tiago, revelou o aluno aplicado porém sem a notável segurança que exibira ao falar de literatura brasileira e que depois mostraria, a 19 de março, quando o ponto sorteado na prova de sociologia versou sobre "Deveres para com a família – Casamento – Sua indissolubilidade – Sociedade paterna – Sociedade heril". Então, citando Augusto Comte, o filósofo positivista que entre nós teve inusitada acolhida e definitiva influência, repete San Tiago a lição da época, que via na "família o fundamento da sociedade", e acrescenta: ela "estabelece a ordem como princípio fundamental, moraliza e educa o homem, é, enfim, uma escola de aperfeiçoamento moral que sustenta as boas tradições e prepara os fortes caracteres"; mas, com habilidade, lembra que o divórcio, "no Brasil onde está viva a questão", não era admitido, ao contrário do que se dava em "inúmeros países adiantados, como os Estados Unidos da América do Norte, a Inglaterra e outros mais". Ao tratar da sociedade heril – "a moral heril prescreve os deveres e os direitos entre amos e servos" – mostra que ela "hoje é a que existe entre patrões e operários ou criados domésticos", e nota que "a falta de uma legislação bem esclarecida tem talvez permitido que se desenvolva a questão social", isto é, a oposição de interesses entre essas categorias. Em sua conclusão, lembra San Tiago que sobre esse tema, "que obseda a Europa, desde meados do século XIX, têm escrito grandes pensadores, entre os quais avulta Karl Marx, autor da obra *O capital*; e, acrescenta, a 'questão social' tem provocado a formação de 'movimentos revolucionários', como os que proclamam a República Comunista dos *Soviets* na Rússia".

Aqui também valeu-se San Tiago de sua própria curiosidade intelectual, além da aplicação do estudante, aliás modestamente reconhecida pela banca que lhe concedeu média final sete.[72] De fato, o descompasso das reformas sociais no Brasil em relação às nações adiantadas já era gritante àquela época, mas não devido à falta de reclamo social: o nascente operariado e uns poucos mas ativos parlamentares esclarecidos reivindicavam e propunham leis para o encaminhamento da "questão social", que todavia esbarravam na oposição de uma elite econômica, empedernida e preconceituosa, à qual se aliava uma classe política astuta mas primária, incapaz de discernir além dos meros interesses imediatos o sentido real das necessidades nacionais.

Nesse contexto, não apenas a questão do divórcio era agitada sempre ante a grita da Igreja Católica. Os direitos do operariado – o vocábulo "trabalhador" ganharia curso corrente no governo de Getúlio Vargas – já tinham merecido projetos específicos e mesmo um Código do Trabalho fora elaborado, mas dormia a Câmara Federal ante as justas reivindicações que os operários, ainda submetidos a um regime de semiescravidão, passaram a vibrar sobretudo a partir de 1917. A solução da "questão social", que preocupava o vestibulando, não seria encaminhada segundo a experiência de "inúmeros Países adiantados". O seu encaminhamento democrático, como se dava naqueles Países, seria pervertido a seguir pelo ditador Getúlio Vargas, que, com fria e egoísta astúcia, aniquilaria o debate legislativo, substituindo-o por uma política concessiva, em que a iniciativa social viu-se frustrada pela intervenção arbitrária do Poder Executivo por ele encarnado, silenciadas à força as legítimas lideranças operárias, em favor de uma coorte de pelegos sindicais. O atraso social do País e de boa parte da classe política foi imediatamente percebido por Getúlio, não lhe sendo difícil manobrar em conjunto esses fatores, para erguer-se como o pai dos trabalhadores. As concessões feitas ao correr de seu longo período ditatorial – mesmo representando um avanço, já que nada ou quase nada havia nesse campo – vieram a inculcar no pensamento político do País algo semelhante ao que se dera com a escravidão, em óbvio prejuízo à real evolução política e social da classe trabalhadora. Ou seja, o trabalho ficou sendo visto como uma "questão" a ser resolvida pela força – omissiva ou comissiva, conforme o momento – do Estado, e não como um fator próprio do processo de geração de riquezas nacionais e que portanto deve achar a sua regulação pelos meios institucionais vigentes, como se tem "em inúmeros países mais adiantados", no dizer exato do jovem vestibulando.[73]

CAPÍTULO IV

O PÁTIO DA ESCOLA

Faculdade de Direito

Centro de Estudos de Última Hora

Primeiras influências: crítica à democracia liberal

Mudança para Ipanema

Centro Acadêmico de Estudos Jurídicos – CAJU: os amigos da vida toda

A esquerda e o caminho de San Tiago

"... a Universidade do Rio de Janeiro de 1930. O (...) ambiente de desinteresses encerra e esteriliza as inteligências. Não se investiga. A Universidade nada estuda, nada sabe, nada ensina. (...) Nós, no Brasil, não temos ainda verdadeiramente a consciência da Universidade. Ainda não sentimos a sua existência nacional."[1]

- **Faculdade de Direito**

"Uma figura exótica, de intelectual adolescente, agressiva no tom antigo e na expressão fidalga... de *pince-nez*, falando em termos eruditos, como um sofista grego", cujo talento precoce havia sido anunciado à sua chegada à faculdade, sugeriu o trote aos alunos mais velhos: subir o primeiranista a uma cátedra na sala de aula, "em meio a zombarias e assobios", para dissertar sobre o tema "A necessidade e a utilidade do *pince-nez* nos narizes aquilinos". San Tiago fala por mais de uma hora; o raciocínio exposto em fio, ininterrupto, "o porte viçoso, altaneiro, a fronte ampla, quase dominadora, olímpica, o olhar luzidio, e penetrante, a voz redonda, bela, cheia". Foi necessário descê-lo da tribuna, onde "havia imposto silêncio e recebia aplausos da plateia atordoada pela exibição...".[2] Entre os colegas de trote estavam os futuros amigos de San Tiago, alunos da Faculdade de Direito do Rio de Janeiro, companheiros que se distinguiriam no meio universitário, primeiro como alunos e mais tarde como professores.[3]

A Faculdade de Direito do Rio de Janeiro resultara da fusão, em 1920, das duas faculdades então existentes: a Livre de Direito e a Faculdade de Ciências Jurídicas e Sociais. A escola fora instalada em um velho casarão, na rua do Catete, "remendado, sujo, apertadíssimo, sufocado pela pequenez do ambiente", a antiga residência do visconde de Cruzeiro, genro do marquês de Paraná – chefe do gabinete de Pedro II, que habilmente desempenhou esse papel político para o qual San Tiago iria se preparar mas não alcançar.[4]

No Império, as faculdades de Direito absorviam os filhos-família da aristocracia rural, em estágio preparatório para o exercício do poder político; limitada e insuficiente, a instrução superior era contudo significativa no meio social acanhado. O ensino jurídico ia lustrando os herdeiros do campo com verniz europeu, sobretudo francês, e, à razão do talento e da aplicação individual de uma minoria de estudantes e professores, ensaiava modelar uma cultura política brasileira. A relação entre a vida pública e a educação universitária, em especial no caso do bacharel em Direito, era praticamente absoluta; a atividade política seguia-se à formação do advogado, e este, de posse do diploma, assumia posto no Executivo ou ganhava uma deputação, após breve passagem por uma promotoria ou por um juizado de menor entrância. Com a República, perdeu a elite rural o privilégio da universidade, e já nas primeiras décadas do século XX notava-se a presença crescente de membros de uma camada média da população urbana, cujos filhos, muitos deles de imigrantes – sobretudo em São Paulo – levavam à faculdade o sonho da ascensão social, pela habilitação em uma profissão nobilitadora.[5]

Quando San Tiago ingressou na faculdade em abril de 1928, evidenciavam-se as transformações em curso nos quadros estudantis, como registrariam os depoimentos de dois de seus futuros amigos, Afonso Arinos de Mello Franco, filho de influente ministro no governo Delfim Moreira, e Miguel Reale, filho de um médico italiano, mais tarde companheiro de San Tiago na Ação Integralista Brasileira.[6] O primeiro, cioso da sua estirpe política fundada no poder rural, recordaria sua colação de grau em 1927, na mesma faculdade em que San Tiago era admitido: "recebi – diz Arinos – em cerimônia realizada no grande salão do Automóvel Clube [no Passeio Público, no centro do Rio de Janeiro] o meu diploma... confesso que sem nenhuma emoção especial que me tornava 'doutor'. A carreira não me preocupava; o futuro não me amedrontava".[7] A Reale apresentava-se outra ordem de consideração, em seus primeiros dias na Faculdade de Direito de São Paulo: "A faculdade (...) já abrigava alguns espíritos mais rebeldes, inquietos perscrutadores do futuro, havendo mais experiência vital no pátio do antigo Convento de São Francisco (...) do que nas cátedras solenes (...) já começa o fluxo de novas categorias sociais aos institutos universitários...".[8]

Sem dúvida, entre os filhos da classe média urbana, como eram San Tiago e Reale, a "experiência vital" dos pátios das escolas alastrava-se rapidamente; estes sim, ao contrário de Arinos, preocupavam-se com o futuro, pois nele não tinham lugar previamente assegurado. A vida universitária desses jovens iria definir-se pela luta em ascenderem socialmente e também pela busca da transformação política do País, dela participando ativamente. Já no segundo ano de seu curso, estará San Tiago, como Reale, cuidando do próprio sustento, sem prejuízo da intensa vida política que logo iniciam. Esta questão não se pôs a Afonso Arinos, que, formado em 1927, seguiu para Belo Horizonte onde o esperava uma das Promotorias de Justiça. O caso, escreveria mais tarde, "de minha nomeação para esse cargo fora pitoresco, e encontrara eco na imprensa política, de forma desagradável para mim".[9] Não fora pitoresco o caso. Arinos fora nomeado para um dos cargos públicos mais cobiçados pelos advogados graças, exclusivamente, ao prestígio político do pai, Afrânio de Mello Franco; a escolha do titular do cargo ignorava, intencionalmente, o mérito do indicado, para beneficiar os apaniguados políticos, como então eram chamados os aventurados funcionários públicos apontados por esse critério. San Tiago será nomeado promotor substituto sete anos depois no Rio de Janeiro, posição que irá ocupar até dezembro de 1937; todavia, à época de sua nomeação, já era reconhecido pelo seu excepcional mérito como professor de Direito, ainda muito moço, e após haver servido, aos vinte anos de idade, no gabinete de Francisco Campos, no Ministério da Justiça.

- **Centro de Estudos de Última Hora**

"O intelectual adolescente, de expressão fidalga" assistiu às primeiras aulas de Direito na segunda semana de abril de 1928, e a impressão que causara aos colegas no trote a que fora submetido confirmou-se na facilidade em aprender e no interesse em participar da "experiência vital existente no pátio da Faculdade". E essa não podia ser mais rica; os alunos dividiam-se pelas associações, centros e grêmios, opondo-se, aliando-se, enfrentando-se. Embora a vocação associativa dos estudantes não fosse recente, a ela eram novos os temas políticos e culturais correntes naquele momento.

Várias associações universitárias formaram-se ainda no Império, a mais expressiva delas ao tempo da Regência. À maneira das agremiações congêneres na Europa, os estudantes da Faculdade de Direito de São Paulo em 1834 fundaram em segredo a *Burschenschaft*, a "Bucha", como se tornou conhecida; o caráter secreto, que seria mantido até início do século XX, imprecisou os dados sobre a sua formação e atividades; sabe-se, contudo, que teria sido criada com o propósito de ajudar aos estudantes pobres, e que não tardaria a alcançar considerável expressão com a elevação de seus membros aos mais importantes cargos públicos, sendo significativa a sua participação na campanha republicana. Com outro propósito – o de dar corpo político à categoria e congregar estudantes dos cursos superiores do País –, os estudantes da mesma Faculdade de São Paulo formaram em 1906 o Centro Acadêmico XI de Agosto.[10] No Rio de Janeiro, as escolas de Direito foram criadas com a República, e em 1916 foi fundado, na Faculdade Livre de Direito, o Centro Acadêmico Cândido de

Oliveira – mais tarde conhecido como CACO –, batizado em homenagem ao diretor daquela escola.[11]

Essas duas associações, que iriam perpetuar-se sobre os recessos democráticos que intermitentemente assaltavam a vida nacional, repercutiam intensamente a inspiração política dos estudantes, registrando a trepidação das instituições públicas do País – sobretudo a partir da campanha civilista de Rui Barbosa em 1910 –, assim como exibiam a especialização das "novas categorias sociais" que se iam definindo. Na Capital Federal, em 1925, o interesse associativo já se multiplicara, e a Federação Acadêmica do Rio de Janeiro, formada nesse mesmo ano e a qual San Tiago viria a presidir cinco anos depois, reunia as escolas superiores.

O apelo à vida pública soava, então, mais forte aos estudantes; cada um sentia-se agente do processo político, e os candidatos a cargos eletivos começavam a se dirigir a eles, não em busca de votos, subsídio perfeitamente dispensável aos pleitos então abertamente fraudados, mas com vistas à fluência de suas posições políticas em um meio de crescente significação.[12]

Porém, o ensino de Direito não condizia com a vitalidade do corpo discente. A criação de faculdades livres não se dera por critério elaborado: ampliara-se, simplesmente, a oferta de vagas sob o princípio lasso da descentralização da educação. Nesse regime, as escolas somavam-se continuamente, e as reformas também: entre a proclamação da República e a Revolução de 1930, o ensino superior sofreu pelo menos cinco reformas, uma a cada oito anos em média, durante os cursos superiores cinco.[13] Nesse quadro, o estudo de Direito, como as demais matérias, não alcançou um índice mínimo de qualidade: os professores, na medida de sua dedicação, conferiam a pouca substância que o magistério nesse contexto permitia, e os alunos especialmente interessados conseguiam aprender o suficiente ao início da profissão.[14] O ensino universitário inepto, ao final da década de 1920, vinha somar-se ao interesse político dos estudantes como um dos temas a serem por eles amplamente debatidos.

Não terá sido por outra razão que San Tiago ligou-se, com alguns dos colegas do primeiro ano, ao Centro de Estudos de Última Hora, onde em reuniões noturnas repassavam os pontos ministrados nas aulas. A aptidão didática de San Tiago, que ainda não completara dezessete anos de idade, mas trazia a experiência de professor particular de francês em Belo Horizonte, ainda ginasiano, logo se revelou, e foi ele eleito para a presidência do Centro. Mas a sua atividade em meio à animação do pátio da Faculdade não se limitava ao Centro de Estudos de Última Hora; convidado pelo Centro Acadêmico Cândido Mendes, que atraía o interesse da maioria dos alunos, San Tiago fala aos seus associados sobre a relação entre Direito Natural e Direito Positivo.[15] Um outro aluno do primeiro ano, Hélio Vianna, fora também convidado e relatou um parecer de sua autoria sobre Direito Constitucional. Fechado e suscetível, Hélio era um *scholar* nato; disciplinado, à sua conta estudava metodicamente: lia sem cessar, frequentava os teatros e conferências, que dominavam a vida social da cidade, e excursionava pelos morros e vales que, então visíveis e livres, circundam o Rio de Janeiro, aonde Hélio chegara vindo de Belo Horizonte para trabalhar como selecionador de couros na firma de exportação de seu pai. San Tiago apoia o parecer defendido por Hélio no CACO, e o convida a ser secretário do Centro de Estudos de Última Hora; Hélio aceita, e desse momento até o fim da vida – trinta e seis anos depois – terá em seu colega de classe um de seus amigos inseparáveis.[16]

San Tiago encontrou em Hélio o parceiro para explorar, aos dezesseis anos, a vida movimentada do centro político do País. Nas notas deixadas por Hélio para suas memórias inacabadas, o registro dos fatos revela a atividade incessante a que se lançam os dois estudantes no ano de 1928.[17] Juntos, ofertam a compra de livros usados, em leilões anunciados no *Jornal do Commercio* – na década de 1950, adquirido por San Tiago e no qual Hélio irá colaborar –, frequentam o teatro e assistem a sessões de declamação. Em longas caminhadas noturnas pela cidade, conferem as obras lidas: Machado de Assis e Eça de Queirós já faziam parte da ementa literária de ambos, vencendo San Tiago também os clássicos portugueses Herculano e Castilho, os estrangeiros recentes – Anatole France, Bernard Shaw, Oscar Wilde e Pirandello – e os prêmios Nobel, como o indiano Tagore, o dinamarquês Hamsun e o italiano D'Annunzio, eram lidos em francês ou tão logo traduzidos. Muitos autores brasileiros do século XIX figuravam no acervo dos ávidos leitores, agora conhecendo os modernos, desde Ribeiro Couto ao "estranho Macunaíma, de Mário de Andrade".[18] E liam os jornais e revistas, únicas fontes de informação rápida: "aos sábados saía a revista *Para Todos* (...), seguida do *Cruzeiro*, havia pouco lançada por Assis Chateaubriand, a quem San Tiago venderá na década de novecentos e sessenta, com grande prejuízo, o *Jornal do Commercio*, que era então a leitura diária dos estudantes, juntamente com *O Jornal*, onde o crítico literário Tristão de Athayde trazia em dia as novidades daqui e do exterior".[19] Antes de o rádio tomar as residências e da popularização do cinema, o que aconteceria na década seguinte, o teatro oferecia o espetáculo popular, e as companhias de Oduvaldo Vianna e Procópio Ferreira dividiam os palcos da cidade com companhias francesas e italianas; enquanto isso, os intelectuais da época faziam-se conhecer ao público em conferências realizadas nos salões e bibliotecas da cidade:

ensaístas-jornalistas, como Gilberto Amado e Medeiros de Albuquerque, analisavam os temas do momento, e poetas de todos os níveis, desde o muito lido Guilherme de Almeida à poetisa iniciante Maria Eugênia Celso, declamavam os mistérios da alma que procuravam revelar em seus versos.[20]

Não menos atraentes aos dois amigos de escola e leituras – atentos a essas iniciativas todas, assíduos nas torrinhas dos teatros e presentes às conferências e saraus – eram os *meetings* que tinham lugar nas escadarias do Teatro Municipal, defronte ao Palácio Monroe, que no outro extremo da Cinelândia abrigava o Senado Federal, cujo prédio foi impiedosamente mandado demolir meio século depois por um dos ditadores do regime militar. Ali, políticos e líderes – estudantis e operários – expunham-se a uma plateia diversa da que San Tiago vira cercar os próceres mineiros pouco tempo antes em Belo Horizonte; entre esses oradores, fulguravam os deputados Maurício Lacerda e Otávio Mangabeira, donos de um estilo forte, arrebatado, onde a dicção clara e a frase correta eram matizadas pela emoção, conforme reclamavam as variações do tema, com grande efeito retórico. San Tiago, que dominaria mais tarde a arte da oratória, jamais alcançaria, contudo, influir em seus discursos o tom aliciante com o qual os oradores de sua mocidade cativavam as massas, ao contrário de Carlos Lacerda, filho de Maurício, e um dos adversários políticos de San Tiago nos anos 1950 e 1960.[21]

A realidade política e cultural do País crescia aos olhos dos estudantes, mas estes a viam desassociada da vida universitária; reunidos no CACO, decidiram propor à congregação da faculdade a inclusão da cadeira de Sociologia no currículo universitário, matéria que sentiam presente em seus interesses, porém alheia em sua formação. A pretensão não foi atendida, mas terá inspirado San Tiago a promover a troca do nome do Centro de Estudos de Última Hora para Centro Acadêmico de Sociologia e Direito. Na prática, o estudante de Direito começava a responder ao vestibulando que, um ano antes, em seu exame de português, prevê "uma época nova (...) de construção e de grandes empreendimentos (...) o momento em que o espírito nativo será o formador único da nossa Arte".[22] O "espírito nativo" começava a delinear-se, e a dissidência entre escritores modernistas, iniciada em 1924, era um dos primeiros sinais da separação dos ramos ideológicos, fruto de um mesmo tronco antiliberal, que amadurecia ao final da República Velha.

- **Primeiras influências: crítica à democracia liberal**

O "espírito nativo" encontrou na faculdade um cultor dedicado no quartanista Narcélio de Queiroz. Um ano antes, em 1927, esse cearense de vinte e dois anos publicara na revista da escola – *Época* – um vibrante artigo em defesa do Grupo da Anta, liderado pelo romancista paulista Plínio Salgado.[23] Se San Tiago via, como escrevera em sua prova de vestibular naquele mesmo ano, "serenada a confusão reacionária" seguinte ao movimento modernista, os novos rumos deste começariam a lhe ser esclarecidos por esse colega, ávido leitor também dos "autores das grandes sínteses", como San Tiago irá recordá-lo mais de vinte anos depois, quando a doença crônica já entorpecia o brilho intelectual de seu amigo.[24]

O modernismo bradado pelos artistas paulistas em 1922 rebentara na esteira dos movimentos estéticos europeus, e já em seguida à sua eclosão abriu-se uma reação, nascida do próprio movimento, ao sentido da produção modernista que, sem lhe negar a renovação deflagrada, requeria a incorporação de valores nacionais a sua temática. O poeta Menotti del Picchia nessa linha alcançou enorme sucesso popular com o seu poema "Juca Mulato", e foi um dos primeiros autores a reagir à filiação do modernismo brasileiro aos movimentos análogos estrangeiros.[25] Nesse sentido, o também modernista Oswald de Andrade lançara em 1924 o Manifesto da Poesia Pau-Brasil, onde exaltava a "alegria dos que não sabem e descobrem", e investia "contra o gabinetismo, a prática culta da vida", defendendo o "bárbaro e nosso" e "o contrapeso da originalidade nativa para inutilizar a adesão acadêmica".[26] Mas os modernistas que formavam o Grupo Verde-Amarelo, o mesmo Menotti del Picchia, o poeta Cassiano Ricardo e Plínio Salgado,[27] denunciaram a bem-humorada proclamação do poeta paulista, acusando Oswald de haver "descoberto o Brasil na Europa", enquanto eles queriam, ao contrário, descobrir "o Brasil no Brasil mesmo", a sua terra e o seu homem, para opor esses valores aos do "futurismo italiano, contra o dadaísmo francês, contra o expressionismo alemão".[28]

O nacionalismo verde-amarelista extremou-se, e os seus seguidores recompuseram-se no Grupo da Anta, cuja liderança Plínio Salgado assumiu. Seu romance *O estrangeiro*, lançado em 1926, foi bem recebido pela crítica modernista e viu esgotada sua primeira edição em vinte dias. Misto de projeto literário e plataforma política, no primeiro romance do futuro chefe da Ação Integralista Brasileira, a trama, servida por um estilo forçadamente original, não se afirma, entrecortada pelas intervenções do narrador/autor. Traz, contudo, uma visão política sobre a realidade brasileira, sobressaindo o férvido nacionalismo do romancista que por meio de um de seus personagens afirma: "A civilização estrangeira é uma toxina secretada pelo adventício, para anular todos os meios de defesa do organismo nacional, como o fenômeno biológico das invasões mortais das bactérias...".[29] Plínio Salgado reconhecia a importância da "onda modernista, última expressão de uma época em agonia [que] sutilizou nossa intuição", mas defendia que o movimento deveria ir ao âmago da nacionalidade, onde cumpria despertar as verdadeiras forças nativas simbolizadas na cultura indígena, gênese da raça americana, da qual todos devíamo-nos orgulhar; tanto mais porque dessa reorientação da nossa cultura surdiria, segundo o autor, a "invasão das Cidades, a grande revolução do pensamento nacional, de que somos pobres batedores, destinados ao sacrifício".[30]

Esse confronto entre os vetores do modernismo indicava que, no plano literário, ultimava-se uma substituição do norte do movimento, iniciada com Pau-Brasil e afirmada em sua primeira fase com o Grupo da Anta: o internacionalismo e o cosmopolitismo, que haviam impulsionado inicialmente o movimento modernista, eram substituídos pelo nacionalismo e pelo regionalismo.[31] Naquele ano de 1928, Oswald de Andrade alvejou o reduto do Grupo da Anta, ao lançar o Manifesto Antropófago; aforismático e irreverente, propunha uma síntese, não muito clara, das forças estéticas e revolucionárias, ao declarar que "só a antropofagia nos une. Socialmente. Economicamente. Filosoficamente".[32]

Ainda que instigante, a proposta do autor de Pau-Brasil não atrairia San Tiago e seus colegas, em busca de uma agenda política nova. À vista desses estudantes, e precisamente no ano em que San Tiago ingressa na Faculdade, a "confusão reacionária" que ele vira começava a clarear no plano literário e refletia com nitidez a crescente polarização das novas correntes ideológicas em formação no País. De um lado, os reacionários, entre eles Plínio Salgado, que lutavam por uma ida ao seio da nacionalidade de onde extrairiam os elementos – o "espírito nativo" – a animar a construção de um novo Brasil; de outro lado, os revolucionários, que propunham uma síntese dos elementos culturais nacionais aos estrangeiros renovados, como fonte de uma revolução capaz de substituir uma ordem política vencida por outra, moderna. Aos primeiros, as transformações não se fariam senão pela reação; aos segundos, ao contrário, deveria ser feita à frente, incorporando à revolução o novo, e não o antigo.

Dessas escaramuças literárias surgiam aos estudantes indicações para uma pauta de ação política, de tintura nacionalista. Em que pese o provincianismo de Plínio Salgado – que ele jamais venceria – e a exacerbação caricatural do indianismo que celebrava, a sua pregação iria ganhar inegável força retórica e uma feição de liderança sob a sua fórmula inicial, a "Anta não sistematiza: age".³³ Mas essa pregação era ainda um fato de extração estética, irradiado das províncias literárias rebeladas em sua agitada modernidade.³⁴ Tal limitação foi percebida também por San Tiago e seus colegas em busca de fontes políticas renovadas, em contraste com a ordem política vencida da República Velha – eleições fraudadas, liberalismo oratório, desatenção à questão social. Esses vícios, acreditavam, não seriam resolvidos pela adoção das fórmulas democráticas, como a norte-americana ou a inglesa. E tampouco seria bastante o recurso à velha ementa autoritária nativa, de apenas reforçar os poderes em mãos do chefe de Estado, a exemplo do que se buscara com a reforma constitucional de 1926, promovida por uma classe política assustada com as sucessivas sedições militares verificadas em 1922, 1924 e 1926. Aos espíritos inquietos, faltava discutir, efetivamente, as bases de uma nova ordem política que propiciasse a reforma geral do Estado, que extirpasse os vícios políticos presentes na vida pública do País.

Entre os novos autores que examinavam a questão social em sua perspectiva institucional, cuja obra já chamara a atenção de San Tiago, já se destacava um alagoano precoce e trabalhador. Curiosa figura de sertanejo fidalgo, educado na Alemanha com o dinheiro dos engenhos de açúcar da família, Pontes de Miranda, em 1916, aos vinte e três anos de idade, escrevera um livro pioneiro e até hoje atual sobre o instituto jurídico do Habeas Corpus. Em 1922, lançara a mais ambiciosa obra de investigação jurídica já escrita no Brasil, *Sistema de ciência positiva do direito*, que San Tiago leu avidamente;³⁵ nela, Pontes de Miranda defendia ser o Direito "uma ciência natural [que] em sua feição teorética tem leis rigorosas e não somente tendências...", do mesmo modo que as demais ciências, com as quais o Direito formava um quadro único, indiviso.³⁶ O Direito somava-se à sociologia, mas era à política que ele se destinava, e esta deveria ser considerada, assim como o Direito.

Sem articular inteiramente suas proposições, em um estilo copioso, em dois trabalhos seguintes ao *Sistema*, Pontes de Miranda reclamava com renovado vigor a tradução do que advogava no plano jurídico para o plano político, ou seja, a extensão à política dos princípios científicos, uma vez que "a política deve tender ao máximo de administração de solução, e ao mínimo de despotismo de predomínio".³⁷ A "administração de solução" importaria na redução do "despotismo de predomínio", segundo Pontes de Miranda, vigente no regime político de então, e que se caracterizava pela "entrega da função legislativa a corpos não técnicos, eleitos sem o critério de capacidade científica, que seria o único tolerável, [o que] equivale à entrega da medicina, por eleição, aos indivíduos – engenheiros, carpinteiros, ou soldados – que consigam o maior número de votos". As eleições resumiam-se, afirmava, a uma "pressão numérica, com que se insere o jogo de azar no despotismo (eleição em vez de autoritarismo hereditário), mas continua o despotismo, a imposição da vontade de alguém para fazer as vezes da verdade".[38]

O despotismo estava na prevalência da maioria, obviamente inculta e portanto incapaz de governar, e, no caso brasileiro, também incapaz de promover as transformações indispensáveis ao progresso do País. Ou seja, a democracia liberal, além de ineficaz, era despótica, por impor à nação os menos capazes.[39] Pontes de Miranda trilhava uma linha de reação paralela à aberta pela fração modernista rebelada e, ao atacar os fundamentos das instituições políticas vigentes, aperfeiçoava o padrão político da reação que se formava, pois verberava o sistema eleitoral, não apenas o sistema corrupto então vigente entre nós, mas qualquer um onde se achasse "a pressão numérica", que não levava à "verdade científica", sendo esta, exclusivamente, a que fosse versada pela elite intelectual do País. Democratizava-se, concluía, quando se deixava aos competentes a função pública superior; e o ideal seria que se elaborasse a lei, "com a segurança da verdade científica e sem o elemento despótico dos governantes e das assembleias".[40]

Silenciando sobre as significativas diferenças entre a democracia praticada na Europa e nos Estados Unidos e o regime aqui vigente, seus críticos nativos viam a democracia exausta e vencida entre nós. A San Tiago e seus amigos, que se punham à vanguarda dessa crítica, não bastava vencer o regime liberal; viam adiante: era preciso criar uma alternativa ao regime liberal que o substituísse. San Tiago, sobre a pauta delineada pelos modernistas nacionalistas como Plínio Salgado, encontrava em Pontes de Miranda o propugnador de uma nova ordem institucional.[41] A trama autoritária adensava-se à direita na agonizante República Velha.

- **Mudança para Ipanema**

As diárias das viagens e as gratificações poupadas encorajaram o pai de San Tiago, Raul, em 1928, servindo no cruzador *Rio Grande do Sul*, a contratar um financiamento junto ao Banco Lar Brasileiro para a compra de uma casa no bairro de Ipanema, um belo areal pouco populado, na zona sul do Rio de Janeiro.

A nova residência da família San Tiago Dantas era um sobrado onde dois andares se apertavam em um pequeno lote na rua Barão de Jaguaripe, número 47, que corre em paralelo à linha do oceano, porém mais próxima à franja da lagoa Rodrigo de Freitas. Sempre batida pela brisa solta do mar, a praça aberta à frente da Igreja da Paz, erguida em estilo neogótico não menos feio do que o prédio da paróquia da vizinha Copacabana, centralizava a vida do bairro.[42] A praia de Ipanema, mesmo ligada à do Leblon, é mais curta do que a de Copacabana, e dessa não exibe a curva generosa e a "horizontalidade infinita" que deslumbraram Francisquinho e sua avó Dindinha; a sua beleza está justamente em seus limites: ao norte, a pedra do Arpoador a avançar, breve e rente, sobre o encontro das águas de Ipanema e de Copacabana; e, na ponta oposta, erguendo-se mar adentro, abrupto e imenso, o maciço Dois Irmãos, em cuja borda, pouco acima da linha-d'água, fora talhado na pedra havia alguns anos o caminho para as praias desertas do Joá.

A vida em Ipanema era ainda mais serena do que a vida em Copacabana. Não mais para Francisquinho, porém; o encargo financeiro suportado por Raul com a compra da casa onerava o curto orçamento familiar, pois, além do novo acadêmico, a irmã Dulce iniciara o ginásio naquele ano de 1928. Redobraram-se os esforços de D. Violeta e Dindinha para atender às exigências domésticas que agora se concentravam ainda mais em torno dos filhos; mesmo assim, não bastava o soldo de Raul. Amigo da família, o general Santa Cruz assistiu ao colega da Marinha e obteve para Francisquinho, que mal completara dezessete anos, o cargo de auxiliar extranumerário na 4.ª Secção de Contabilidade da Polícia do Distrito Federal. Uma fotografia dessa época mostra o jovem funcionário público com um *pince-nez* de lentes muito grossas pousado no nariz reto, turvando o brilho dos olhos negros; o rosto, de traços equilibrados exibe a testa ampla, o cabelo batido de brilhantina, riscado à esquerda, e um bigode discreto já lhe marcava o parecer, amadurecendo-o. A 7 de janeiro de 1929, San Tiago começou sua rotina de funcionário público. O serviço na Seção de contabilidade não era pesado, e a sua atividade escolar jamais seria afetada pelos deveres do cargo; o salário baixo bastava aos livros que San Tiago ia comprando e às despesas do estudante que se internava em longas discussões nos cafés próximos à Faculdade de Direito.[43] Ao morrer, em setembro de 1964, aos cinquenta e três anos incompletos, iniciava San Tiago o trigésimo quinto ano de atividade no serviço público, em uma carreira sempre ascendente e por todos reconhecida, mas na qual lhe seria negado o posto máximo.

- **Centro Acadêmico de Estudos Jurídicos – CAJU: os amigos da vida toda**

Localizado à rua do Catete na altura em que esta faz uma ampla curva fechando o lado fronteiro à Igreja do largo do Machado, o Café Lamas vivia praticamente todas as horas do bairro. À entrada, tabuleiros de frutas frescas, nacionais e importadas, debruçados sobre o passeio atraíam às compras chefes de família de volta à casa, vindos da cidade; depois do balcão, abria-se o refeitório, uma ampla área retangular com espelhos nas paredes laterais, onde almoçavam os que seguiam para o expediente da tarde; alguns fregueses eram atendidos na pequena barbearia instalada nos fundos da loja, junto ao salão de bilhar onde jogadores empenhavam-se em longas partidas, servidos de cerveja por garçons, quase todos portugueses. Ao entardecer, o café ganhava mais vida, recebendo funcionários públicos, e políticos de volta das sessões da Câmara e do Senado; e aos fregueses retardatários vinham-se unir jornalistas e estudantes, que varavam a noite em conversas e discussões, junto à boemia universal de todos os bares.

Nos últimos dias de 1928, San Tiago e Hélio Vianna encontraram no Café Lamas um grupo de colegas da escola, alguns deles já seus conhecidos e havia pouco aprovados nas provas para o terceiro ano; com eles entraram noite adentro debatendo a política da escola, mas sobretudo os destinos de um centro que completara em setembro último seu primeiro aniversário. Ao saírem do Café, San Tiago e Hélio concluíram que o Centro Acadêmico de Direito e Sociologia tornara-se estreito às suas ambições universitárias; nas férias escolares, que se iniciavam, os dois amigos prepararam-se para ingressar no Centro Acadêmico de Estudos Jurídicos – o CAJU; a eles se juntaria outro colega do primeiro ano, Thiers Martins Moreira. Natural de Campos, no interior do estado do Rio de Janeiro, Thiers se mudara para Niterói e na faculdade se tornaria um dos amigos de San Tiago pelo resto da vida.[44]

Na tarde do dia 1.º de setembro de 1927, cinco primeiranistas da Faculdade de Direito – Aroldo de Azevedo, Sílvio Lacerda de Abreu e Auricélio de Oliveira Penteado – liderados por Vicente Constantino Chermont de Miranda, reuniram-se na casa de um deles, Flávio Caldeira Brandt, em Copacabana, ao fim da rua Constante Ramos, junto ao maciço de pedra encostado à rua Pompeu Loureiro, que ainda não era ligada à rua Tonelero pelo túnel hoje existente, e fundaram uma sociedade estudantil a que deram o nome de Centro Acadêmico Jurídico Utilitário, logo conhecido por CAJU. A forte personalidade de Chermont de Miranda, "o espírito mais organizador e poderoso que passou pela Universidade nos últimos anos",[45] como o definirá San Tiago, determinaria os dois objetivos principais da agremiação: estimular entre seus afiliados o estudo das matérias do curso e influir politicamente no meio universitário e na vida nacional, devendo ser suas regras estatutárias estritamente observadas.

Sem dúvida, a personalidade de seu fundador seria decisiva para a afirmação do Centro; logo após a sua fundação, no início de 1928, em uma roda no pátio da escola onde estavam colegas de sua turma agora cursando o segundo ano, Chermont indagou, em tom provocativo: "– Quem aqui é o papa-hóstia?" Um rapaz magro, antes alto do que baixo para os padrões da época, de barba cerrada e sobrancelhas densas, nítidas no rosto cavado e pálido, apresentou-se serenamente: "– Américo Lourenço Jacobina Lacombe".[46]

A seu lado, um outro rapaz, espadaúdo, a face talhada em ângulos duros no crânio saliente, ouvia calado as discussões inflamadas, que logo se abriram. Tímido, ao contrário do que poderia sugerir o porte e o parecer severo, Plínio Doyle da Silva exibia já àquela época a qualidade que, inalterada, iria marcar-lhe nobremente a vida: a absoluta fidelidade aos amigos, que estenderia ao Centro, embora jamais viesse a participar diretamente dos debates políticos que nele seriam travados.[47]

A esse pequeno círculo vieram se unir outros estudantes daquela turma de 1927. Filho de um abastado comerciante italiano de Santa Catarina, Antônio Gallotti já ouvira San Tiago em uma sessão do CACO, e, ao lado de outro colega, Gilson Amado, irmão do conhecido senador Gilberto Amado, estivera presente ao trote de calouro imposto a San Tiago.[48] Gallotti, como ficaria conhecido no meio empresarial brasileiro, no qual seria uma das mais articuladas e influentes figuras à frente da maior concessionária de energia elétrica e telefonia do País, a Light & Power – o "polvo canadense", alvo permanente da esquerda nos anos 1950 e 1960 –, distinguia-se de seus outros colegas ao somar qualidades aparentemente contrárias e pouco usuais. Em um meio ainda provinciano, mesmo na capital federal, Gallotti exsudava cosmopolitismo e sociabilidade extraordinários, que o habilitariam mais tarde a transitar por todos os ambientes do poder, no País e no exterior; o "homem coração, que ama até o que estuda e que na memória a gente só vê rindo", como San Tiago descreverá o amigo, era, ao mesmo tempo elegante, atento aos seus compromissos sociais – que multiplicava com extrema facilidade – e aplicadíssimo nos estudos.[49] Essas qualidades todas fluíam naturalmente, em meio à vivacidade que infundia aos círculos que frequentava. Estará presente em todas as ações do CAJU, articulando, opinando, criticando. Empresário, sua habilidade negocial encantará San Tiago, a cujo saber recorrerá continuamente; e, amigo, seria impecável e o único entre os mais próximos a San Tiago a com ele compartilhar intensamente as amenidades de uma vida social que o sucesso profissional de ambos não cessaria de refinar e ampliar.

Gilson Amado, vindo de Sergipe, trazido pelo irmão, o senador da República e publicista afamado Gilberto Amado, era em tudo o estudante da época. Inebriado pela ação estudantil, apanhava as ideias agitadas no debate febril a que assistia como armas de ação rápida, e, arrebatado, bradava-as aos adversários do pátio da escola; feito orador oficial do CAJU, seus discursos eram inflamados, cheios da espontaneidade juvenil que seus outros colegas cajuanos raramente se permitiriam exibir em sua ação política, à qual procuravam emprestar toda gravidade que a vocação do Centro, sempre lembrada, de intervir no cenário político nacional requeria.

O rapaz de traços finos, de gestos medidos e suaves a indicar um temperamento introvertido, compunha o intelectual conservador, e os colegas logo viram em Octavio de Faria um dos mais próximos parceiros intelectuais de San Tiago naquele início de aventura ideológica.[50] Filho de Augusto Faria, rico industrial e membro da Academia Brasileira de Letras, Octavio trafegava com maduro desembaraço no mundo da cultura nacional, acompanhado de seus cunhados famosos, Afrânio Peixoto, médico e polígrafo, e Alceu Amoroso Lima, crítico literário e líder católico. Ao chegar à Faculdade, Octavio já havia lido extensamente e, mais importante, boa parte da literatura reacionária francesa, renovada pela *L'Action Française*, movimento monárquico fortemente conservador e de marcante presença ideológica, fundado no começo do século.

Todos se fizeram sócios do CAJU, somando-se ao núcleo primitivo; e teve início, irmanada sob estrita disciplina, uma incansável atividade intelectual e estudantil.[51]

Quando San Tiago e Hélio ingressaram no CAJU, seu núcleo original já estava formado – e o apelido original do Centro seria mantido. A admissão era intencionalmente severa: "A organização original e perfeita do Centro muito facilita nossa ação. Atraídos pela luz que vem desta oficina" – dizia o seu inflamado orador oficial Gilson Amado –, "os candidatos ao Centro aproximam-se de nós, e, pela observação de sua vida e de seus métodos, começam a admirá-lo. Em seguida, apresenta um trabalho de Direito, Sociologia, História, etc., por onde se evidencia inteligência, capacidade de trabalho ou boa vontade do candidato. A tese discutida é um assunto novo, que entra em debate atraindo as atenções de todos; a unanimidade que é exigida para sua aceitação, garante a perfeita unidade do Centro para um ambiente em que os seus membros podem trabalhar, sem empecilhos de desigualdades e desconfianças".[52] Novos nem sempre, mas os temas eram objeto de esforçada análise pelos aspirantes; e destes, uma vez admitidos, era cobrada aplicação nos estudos. Para tanto, preparar os pontos dados em aula converteu-se em uma das primeiras tarefas do Centro, e um sistema rígido foi criado com essa finalidade: "cada matéria tinha uma Comissão de Estudos, em geral de cinco membros; cada um estudava e preparava um certo número de pontos que, após a aprovação da Comissão, eram distribuídos em cópias a todos os demais membros".[53] Mais tarde, ante o sucesso dos pontos preparados pelos cajuanos, foi imposta expressa proibição "aos senhores sócios de cederem os pontos do Centro, ou cópias dos mesmos, a pessoas estranhas", sendo os infratores passíveis de expulsão; da mesma forma, seriam impostas multas aos sócios que apresentassem seus trabalhos com atraso.[54]

Tal rigor justificava-se à vista dos objetivos explícitos do Centro, de alcançarem seus associados, sobre os demais alunos, uma incontestável superioridade escolar, o que iria acontecer um ano depois, quando, corrigidas as provas finais, das seis distinções atribuídas, cinco seriam conquistadas por membros do CAJU.[55] Os cajuanos procuravam valorizar essa superioridade pela formalidade que emprestavam às suas ações ordinárias; na farta correspondência trocada entre eles, a hierarquia do Centro e os títulos de seus dirigentes eram estritamente observados, e o tratamento de "Vossa Excelência" era empregado rotineiramente.[56]

San Tiago submeteu-se à admissão ao Centro Acadêmico de Estudos Jurídicos no início de 1929, apresentando um trabalho com o título de *Emphyteuse* – provavelmente um dos pontos do currículo de Direito Civil do segundo ano do curso de direito que então começava. A facilidade com que vence a matéria, inexpressiva e árida mesmo no âmbito do Direito, convence o leitor do domínio que o autor facilmente exerce sobre o tema por ele escolhido.[57] Além disso, é evidente o cuidado de San Tiago na apresentação do trabalho: autógrafo, a caligrafia lançada e firme corre no texto limpo e sugere a mão formada pela escrita contínua, em estudo regular e metódico; a folha de rosto é paginada, as distâncias entre as entradas seguintes observadas em rigorosa medida, e, em pequenos recortes assinalados à margem esquerda, notas em letra reduzida nomeiam os subtemas tratados.[58] A defesa oral da tese feita pelo autor entusiasmou a todos os cajuanos; Américo Lacombe e Antônio Gallotti, juntamente com o agitado Gilson Amado e o discreto Plínio Doyle, admitiram o aspirante, assim como ao seu colega de turma, o aplicado Hélio Vianna, que viu sua tese, *Os ciclos da evolução social brasileira*, aprovada com elogios do revisor Lacombe.[59]

Por essa altura, San Tiago já desenvolvera o seu método de estudo, o verdadeiro instrumento de seu notável brilho intelectual: ainda ginasiano, somava "tempos de estudo", cortando noites inteiras, disciplinadamente;[60] em uma primeira etapa, lia o material a estudar, com absoluta concentração; em seguida, fazia a redução mental do texto aos seus pontos essenciais e a vertia no papel em medida ordenação gráfica – títulos, subtítulos, chaves, colchetes, notas. Essa estruturação, da análise para a síntese, articulava um discurso expositivo e claro; atenta leitura interna finalizava o discurso, e a memória o reservava. Não é de estranhar, portanto, o ar professoral exibido já ao entrar na Faculdade de Direito, aos dezesseis anos, a mostrar essa capacidade de estudo unida a sua maior vocação: San Tiago parecia estudar para ensinar, o que fascinava os cajuanos, levando um deles, Lacombe, a dizer mais tarde que San Tiago parecia não estudar: apenas recordava o que lera ou ouvira em aula.[61]

O filho do oficial da Marinha, cuja tradição familiar somava a glória de lutas já esquecidas e as asperezas da vida modesta, de volta ao Rio de Janeiro descobrira, em 1928, na Faculdade de Direito, um mundo cosmopolita, rico de fatos e personalidades que, junto aos novos companheiros do CAJU, abria uma outra perspectiva: a ação política, a partir do pátio da escola.

- **A esquerda e o caminho de San Tiago**

O café continuava a escorrer pelo porto de Santos e a abastecer o Tesouro Nacional de divisas estrangeiras, mas o braço negro que o cultivara ao longo de mais de um século não chegou às indústrias nascentes; ali dominava o braço imigrante. Os filhos dos fazendeiros também deixavam o campo, cuja baixa produtividade das culturas não alimentava a todos os herdeiros dos antigos desbravadores, e indo para a capital federal e para São Paulo reivindicavam e ocupavam, pelo favor das nomeações apadrinhadas, os postos burocráticos da jovem República. No Rio de Janeiro concentrava-se a maioria deles, enquanto na capital do café, menor a presença estatal, formava-se uma elite de profissionais liberais para atender aos negócios dos imigrantes, não aqueles colonos semiescravizados da lavoura, mas outros, que pela virada do século aqui haviam chegado e uma década depois começaram a espetar, no horizonte frio e úmido da cidade, as chaminés das primeiras indústrias do País.

Em 1910, no estado mais rico do País, quando a eletricidade começou a rodar as turbinas das fábricas, mais de 80% da força que nelas mourejava era estrangeira, em sua maioria italianos que para cá vieram em busca de melhores condições de trabalho, alguns deles escapando à repressão promovida pelas autoridades de sua terra contra os anarquistas, cujo número havia crescido consideravelmente ao final do século anterior. O liberto que largara o eito dispersara-se pelos subúrbios dos centros metropolitanos, uns poucos deixando-se ficar pelos campos; os herdeiros sem terra, agora donos dos principais postos da administração pública, traziam consigo o desprezo pelo trabalho regular, especialmente aquele destinado a servir ao público, que associavam ao do escravo, e com desprezo análogo começaram a ver o labor dos proletários, cumprido em condições inumanas.[62]

Entre os operários italianos e espanhóis que aqui chegaram havia os que ainda em sua terra conheceram a literatura e a pregação anarquista de Kropotkin e Bakunin, defensores da dissolução do Estado e da supremacia da classe trabalhadora. Pela palavra desses imigrantes floresceram os movimentos operários voltados à reivindicação de melhores salários e condições de trabalho. Pouco depois, alguns intelectuais aderiram à causa anarquista e com a deflagração da Primeira Guerra Mundial, em 1914, redobraram o vigor na defesa dos interesses do proletariado.

Durante o conflito, que iria estender-se até 1918, os preços de exportação dos produtos alimentícios elevaram-se consideravelmente, aquecendo a economia nacional; cresceram as indústrias de alimentos e têxtil, mas não se consolidou uma indústria de base, nem uma infraestrutura viária capaz de lastrear o desenvolvimento do País, enquanto a alta do custo de vida, verificada em índices jamais alcançados, foi o efeito então mais sentido pela população.[63] As reivindicações dos trabalhadores reagiram a esse estado, e em maio de 1917 estalaram greves que causaram o primeiro abalo dessa natureza na política superior do País, com a sucessiva paralisação de indústrias na capital paulista, nos bairros operários da Mooca, do Cambuci e do Brás, processo que se estendeu também à capital federal, onde se registraram paredes em diversas fábricas. O presidente da República, Wenceslau Braz, instado a receber os líderes operários paulistas, a tanto se recusou, alegando serem eles dominados pelas ideias anarquistas; na Câmara, o deputado carioca Maurício de Lacerda, o vibrante orador que San Tiago assistira em comícios nas escadarias do Teatro Municipal no Rio de Janeiro, criticou duramente o presidente da República, acusando-o de insensibilidade à questão operária. Mas em favor do chefe de Estado acorreu o mais tarde presidente de Minas Gerais e um dos líderes da

Revolução de 1930, Antônio Carlos Andrada: dominado pelo "grave senso da ordem", aplaudiu a repressão à agitação, ainda que justa fosse a sua causa, como admitia.[64]

Em uma economia de baixa competividade como a brasileira, o trabalho não era reconhecido como um fator essencial da produção; era tratado como um simples insumo, utilizável e renovável segundo a vontade livre dos patrões. O governo, a sua vez, agia pela mesma forma: admitia, dispensava – ficaram famosas as "derrubadas" de funcionários públicos tão logo assumia um novo governo – e remunerava seus funcionários com base em critérios políticos, o valor do trabalho em si absolutamente ignorado. A justa oposição dos operários a esse estado era tratada como uma mera questão policial, e as reivindicações de melhores salários e condições de trabalho eram diretamente associadas a agitações capazes de abalar a estrutura estatal. Esta não seria abalada, é verdade, mas o exemplo da revolução real, que em outubro de 1917 pusera abaixo o regime czarista na Rússia, foi tomado como um estímulo novo para muitos dos que lutavam pelas reformas da ordem econômica. A princípio conhecidos por maximalistas, e só mais tarde por comunistas, os liderados de Lênin, embebidos das ideias de Karl Marx, começam a ser admirados e combatidos. No movimento anarquista brasileiro, que criticara a Revolução Russa, abriu-se a primeira cisão em 1919, e um pequeno grupo liderado por Astrojildo Pereira aderiu ao novo ideário;[65] três anos depois, em 1922, com mais oito companheiros, fundou Astrojildo no Rio de Janeiro o Partido Comunista Brasileiro, filiando-o explicitamente à orientação de Moscou, seguindo estritamente as diretrizes da Internacional Comunista e adotando os estatutos do Partido argentino, que se pautara pela mesma linha.[66]

Ao lado dos movimentos que rebentaram naquele ano de 1922, em especial o modernista nas artes e na literatura e a insurreição dos tenentes em Copacabana, a fundação do Partido Comunista marcou o momento em que a questão social ganhou à esquerda um núcleo propugnador. Sectário e combativo, iria o novo partido influenciar sucessivas gerações de intelectuais e políticos – e ser capaz de opor duro combate à direita, não menos sectária e combativa.

A doutrina marxista era praticamente desconhecida dos intelectuais brasileiros, à exceção de dois dos fundadores do Partido Comunista Brasileiro – PCB; dispondo de poucos livros para a divulgação – o Manifesto Comunista, redigido por Marx em 1848, só seria aqui editado em livro em 1924 – e inspirados pela ação revolucionária dos líderes soviéticos, o PCB nos primeiros anos de sua existência buscava seus membros junto à classe sindical.[67] Em 1925, foi lançado o jornal *A Classe Operária*, de curta duração, e já começavam os militantes comunistas a sentir a mão pesada e alerta da repressão policial, sempre presente na vida do partido que não viveria no século XX senão brevíssimos períodos de legalidade. O Congresso Nacional, mostrando a energia que lhe faltara para votar o projeto do Código de Trabalho apresentado por Maurício de Lacerda dez anos antes, aprovou a Lei Celerada em 1927, que tornava inafiançáveis os crimes definidos em Lei anterior, nestes podendo a autoridade enquadrar, praticamente, toda a ação reivindicatória dos trabalhadores.[68] Leis trabalhistas começavam, todavia, a ser votadas, assegurando aos operários algumas garantias, antes como forma de retardar a extensão dos direitos trabalhistas devidamente articulados em um código de normas que viesse a ordenar as relações entre capital e trabalho. Repetia-se o processo verificado ao tempo do Império, quando a classe política, em longos torneios de ociosa oratória parlamentar, imprecava contra a "nódoa da escravidão", mas demorava em simplesmente erradicá-la, ponderando os graves próceres políticos sobre os perigos de votarem medidas ditas radicais, tais as que implicassem reformas de estrutura, a maior delas a abolição. Cegavam os conservadores republicanos, tal como haviam feito seus pares no Império, à realidade: sem uma força de trabalho cujos direitos essenciais fossem garantidos, não se alcançaria um desenvolvimento capitalista moderno, precisamente o que diziam defender.[69]

No meio acadêmico, alguns professores da Faculdade de Direito do Rio de Janeiro começavam a defender ideias socialistas de reforma, embora sem aderirem ao ideário comunista. Leônidas Rezende, professor de economia política, aproximou-se de Astrojildo Pereira e franquiou ao Partido Comunista Brasileiro as páginas de seu periódico, *A Nação*, onde juntamente com Maurício Lacerda haviam registrado e lamentado a morte de Lênin em 1924. Não seria longa essa oportunidade e nem deixaria de suscitar questionamento entre os teóricos do partido, uma vez que o professor, mesmo iniciado na doutrina marxista, não abrira mão do credo positivista de sua juventude.[70] Contudo, a difusão das ideias comunistas no meio estudantil ganhou por seu intermédio considerável impulso, a que veio juntar-se outro mestre, o professor de Direito Comercial Castro Rebello.[71] Em 1927, foi criado no âmbito do Partido a Juventude Comunista, cujo líder era o estudante de medicina Leôncio Basbaum; a Juventude empreenderia no meio acadêmico uma apaixonada divulgação da Revolução Russa e de seu programa de pôr fim à exploração, que denunciava, da classe operária pela classe dominante.[72] Como ocorria no próprio Partido, a literatura marxista era pouco conhecida entre os jovens, mas a síntese que dela era feita bastava a acender a imaginação e a arrebatar o ânimo de decidida parcela dos estudantes, que passavam a bater-se a partir de um trinômio tirado da doutrina de Marx: a interpretação materialista da história, o determinismo econômico e a luta de classes.[73] Àquela altura, o determinismo econômico seria o fator de menor perigo à ordem estabelecida, e a interpretação materialista da história angustiava os círculos católicos; mas a luta de classes, apresentada como inerente à produção capitalista, e o seu reconhecimento como único meio de ascensão proletária, essa era a bandeira a afrontar a ordem política dominante, sobretudo porque a classe dirigente mostrava-se incapaz de enfrentar politicamente o fenômeno proletário que crescia na vida do País.

Ainda assim, as realizações dos comunistas eram modestas. Em 1928, quando San Tiago ingressou na Faculdade de Direito, não somava o Partido mais de quinhentos membros, e vinha de eleger dois representantes ao Conselho Municipal, como era chamada a Câmara de Vereadores. Mas registrava publicamente a sua militância, inflamava o debate no pátio da escola e desafiava o CAJU.

Os objetivos de San Tiago quando ingressou no CAJU, coincidiam com os da sua nova agremiação: fixar uma posição ideológica consistente, capaz de habilitá-los a enfrentar os comunistas. Não era uma tarefa simples. Os comunistas estavam perfeitamente articulados; da doutrina marxista que viam afirmada por Lênin tiravam seu discurso radical, a combinar modernidade e sofisticação. E o seu partido exibia uma vitalidade ideológica muito superior à sua expressão numérica e ostentava o compromisso com uma causa internacional vitoriosa, como provava o espetacular sucesso da revolução comunista de 1917. Os conservadores, sem uma bandeira política articulada, açulavam, em resposta, a repressão estatal. San Tiago e os cajuanos logo perceberam que a dificuldade em enfrentar os comunistas estava em combatê-los no plano ideológico no pátio da escola, e, em ambos os domínios, a vantagem deles era evidente. A posição ideológica buscada pelos cajuanos iria se definir em breve, e San Tiago será o seu principal formulador.

A residência do comerciante de café Domingos Lourenço Lacombe – pai do cajuano Américo – ficava no alto da rua Smith Vasconcellos, no bairro do Cosme Velho. Com sua mulher, a educadora Isabel Jacobina Lacombe, que no começo do século fundara o Colégio Jacobina para moças de classe média alta, o pai de Américo recebia os amigos para fartos almoços domingueiros onde todos se sentavam à mesa, e a conversa prolongava-se até o final do dia.[74]

O grupo reunia-se havia muitos anos e era variado, somando-se aos amigos do comerciante os colegas de D. Belinha, como era conhecida a professora.[75] A lembrança do conselheiro Rui Barbosa, que até pouco antes de sua morte, em 1923, não falhava nas visitas à prima Belinha, projetava-se sobre todos os convidados; outros amigos também desaparecidos eram substituídos, como o industrial Manoel Lima pelo filho Alceu, agora à frente dos negócios do pai, e que sob o pseudônimo de Tristão de Athayde escrevia uma coluna de crítica literária publicada aos domingos em *O Jornal*.[76] Havia pouco – em agosto de 1928 – convertido à fé católica, Alceu Amoroso Lima voltara toda a sua enorme capacidade intelectual à defesa da Igreja, de sua linha política, e assumira-lhe a liderança laica. Lacombe, entusiasmado com a inteligência do amigo, apresentou-o a Alceu.

Os "tempos de estudo" de San Tiago encontraram um caminho a percorrer, e o CAJU o seu ideólogo. O pátio da escola iria contar em breve com um novo contendor – os radicais de direita, reunidos no CAJU, aos quais os de esquerda logo chamariam, não sem razão, de fascistas. E, entre eles, o mais brilhante era o mais jovem: San Tiago Dantas.

CAPÍTULO V

A "MODERNA OBRA DA REAÇÃO"

A "moderna obra da reação"
O oficial da reação
O legado e o legatário
Encontro na Livraria Católica
O evangelizador da reação e o conversor
A geografia da reação
O conferencista e seu itinerário
A matriz da reação
A agenda da contrarrevolução
A reação no Brasil
O *affair Dreyfus* e o alinhamento das correntes de direita
As estrelas da nova direita

"E com essa palavra 'reacionário', o que se quer hoje em dia exprimir é o que verdadeiramente se denomina espírito de direita, ou reação contra a plenitude dos princípios liberais, quando estes atuam como entrave à ação da autoridade legal."[1]

- **A "moderna obra da reação"**

A separação entre a Igreja Católica e o Estado foi determinada pelo Governo Provisório em seguida ao golpe militar que pôs termo à Monarquia e instaurou a República. E os seus efeitos foram logo sentidos: o fim da subvenção estatal à Igreja; a perda dos direitos políticos dos religiosos; só o casamento civil, e não mais o religioso, seria reconhecido legalmente; os cemitérios foram municipalizados; a religião foi eliminada dos currículos escolares e proibido o governo de subvencionar as escolas religiosas.[2] A separação causou extrema perplexidade à Igreja. A elite política e intelectual do País que antes via a Igreja naturalmente associada à presença do Estado, dela se distanciou. O maior país católico do mundo, no dizer do clero, exibia ao início da República uma separação total entre a sua elite e a Igreja, e esta, depois de quatro séculos de identidade com o Estado, viu-se subitamente obrigada a reaparelhar-se, e Roma logo proveu os meios necessários: novas divisões eclesiásticas, dioceses e seminários foram criados, assim como novos hospitais e escolas dirigidos por religiosos. Nos púlpitos os padres passaram a pregar obedecendo estritamente à linha geral estabelecida por Roma, cujo objetivo era recuperar à Igreja a sua influência na sociedade, decrescente a partir de 1789, com o advento da Revolução Francesa. A crítica a esta e à Reforma protestante, dois séculos antes, constituía a agenda política da Igreja, sendo a sua síntese a reação ao modernismo, que, ao ver da Igreja, dominara a cultura ocidental a partir do século XIX.[3] Ao exercício de sua missão apostólica, associava a Igreja a defesa da restauração da autoridade política – que a reconhecesse como único guia espiritual da sociedade.[4]

A pregação da Igreja disseminou-se por todo o País. De entre os bispos, sobressaiu-se D. Sebastião Leme, arcebispo de Olinda; em sua carta pastoral de 1916, ele rudemente havia interrogado seus prelados: "Que maioria é esta tão insensível quando leis, governo, literatura, escolas, imprensa, indústria, comércio e todas as demais funções da vida nacional se revelam contrários ou alheios aos princípios e práticas do catolicismo?".⁵ E os convocara a agir, questionando a instrução religiosa dos intelectuais brasileiros.

O sergipano Jackson de Figueiredo viu nas palavras de D. Leme um repto irrecusável e iniciou a sua caminhada na Igreja. A partir de então, sempre fiel à direção de D. Leme – em 1921 feito arcebispo do Rio de Janeiro – não conheceria o pensamento católico brasileiro mais intensa e mais complexa liderança do que a exercida por este militante feroz, para quem a Igreja seria a cidadela a preservar e em torno da qual deveria organizar-se a sociedade. Baixo, o crânio grande no corpo pequeno, o olhar transmitia a energia que não lhe faltava, e o giro rápido de sua vida, a encerrar-se tragicamente dez anos depois, em 1928, parecia responder a um turbilhão interior, que o impelia à ação compulsiva. Nascido em Sergipe em 1891, Jackson formou-se em Direito na Bahia, e dessa época data um punhado de ensaios seus celebrando escritores desconhecidos.⁶ Mas Jackson não se demorou na literatura. A sua conversão ao catolicismo foi integral; com autorização de D. Leme, em 1918 comprou a Livraria Católica; em 1921, lançou a revista *A Ordem* e, em 1922, sempre com apoio de D. Leme, fundou o Centro Dom Vital.⁷ Jackson de imediato converteu esses núcleos em polos de irradiação do pensamento católico, e a Igreja, por intermédio deles, começou a atrair expressiva parcela da inteligência nacional, que a ajudaria a resgatar o poder político que perdera com a implantação da República.

A ação de D. Leme visava simultaneamente às elites, procurando interessar os intelectuais no debate dos temas relevantes para a Igreja, e atrair as massas com festejos religiosos grandiosos, como o Congresso Eucarístico, promovido no ano do centenário da Independência.⁸ A iniciativa mostrou-se extremamente eficaz em ambos os planos, e revelou a acurada percepção de D. Leme sobre as relações políticas no Brasil; habilmente, jamais deixou a ação laica irmanar a Igreja a posições partidárias em um limite que a comprometesse, mas sempre procurou fazer valer sempre as posições da Igreja no plano político. Sob a sua liderança, a influência da Igreja na sociedade afirmou-se ao longo da década de 1920 e da seguinte, entre o período agônico da República Velha e a afirmação do Estado Novo – ou seja, entre o declínio da autoridade política constituída em um regime de liberalismo formal, que se esboroava, e a afirmação da liderança política autoritária, cujo exemplo começava a se disseminar na Europa, e que no Brasil seria consolidada ao longo da década de 1930 por Getúlio Vargas.

Incansável, Jackson de Figueiredo conversava nos cafés, mantinha intensa correspondência com todos que o procuravam, e os seus artigos na imprensa tinham sempre a mesma finalidade: a recristianização da sociedade.[9] Publicados a partir de 1920, neles Jackson mostrava a sua adesão estrita à doutrina social da Igreja e às suas fontes temporais, e a ela deu voz própria no Brasil.[10] Voz que San Tiago ouviria com todo interesse de aspirante a ideólogo.

A Primeira Guerra Mundial (1914-1918), estimulara um nacionalismo que ganhava adeptos e linhas definidas; não apenas propugnava a valorização da terra e da gente brasileira, em direta crítica à presença – ainda expressiva – do português na sociedade, sobretudo na capital federal, mas acentuava uma inflexão analítica: era o momento de se pensar o Brasil, os seus problemas e a solução objetiva deles.[11] Jackson filiou-se a essa corrente, mas iria dar-lhe um matiz distinto, ao ver no nacionalismo uma "ação de uma elite que (...) quer dar a uma dada pátria o sentimento e a ideia que já constitui uma raça histórica, tão legítima quanto as mais legítimas se julguem"; e a esta elite caberia a "crítica das tradições" de seu país, e, das tradições mais expressivas, promover "a constante apologia, para que se façam verdadeiros dogmas ante a consciência de todos os membros da comunidade". A tradição mais expressiva na sociedade brasileira era, afirmava Jackson, o catolicismo, a única "força" a nela exibir um "caráter universal";[12] logo, o nacionalismo deveria associar-se à defesa da Igreja, a qual, todavia, não podia "aliar-se na sua ação social a doutrinas de fundo individualista", ou com elas ser tolerante.

As "doutrinas de fundo individualista" já haviam sido identificadas e duramente combatidas por Joseph de Maistre ao final do século XVIII, o fundador do pensamento católico laico contrarrevolucionário.[13] Desencadeadas pela Reforma protestante do século XVI e dois séculos depois galvanizadas pelos iluministas, as "doutrinas de fundo individualista" teriam-se materializado com a Revolução Francesa. Por essa razão, a Igreja fixara a Revolução Francesa como alvo maior do seu combate, como resumia Jackson: "Quando nós, tradicionalistas, nacionalistas, católicos, condenamos a revolução, damos também a este termo uma significação limitada: a revolução é a negação justamente dos dogmas nacionais, paralela quase sempre à negação religiosa".[14] Significação limitada mas precisa o bastante a nortear as armas do pensamento contrarrevolucionário, do qual Jackson, abertamente, tornou-se, ao longo da década de 1920, o maior divulgador no Brasil. Mesmo a sua crítica à influência portuguesa, que era um dos objetivos primeiros do movimento nacionalista, viu-se arrefecida em razão da adesão do Integralismo Lusitano à doutrina política católica, esta "a mais sã, ou melhor, a única verdadeira entre tantas doutrinas".[15]

Jackson investiu contra os frutos da Revolução Francesa de 1789: igualdade, representação popular, direitos do cidadão; estes, dizia, os males por ela trazidos para a vida política. Sem rodeios, afirmava: "A liberdade, como princípio organizador, é uma quimera, não existe na história, é força, por conseguinte, destruidora"[16] e, em consequência, "a democracia, [é], pura e simplesmente 'um falso espírito', o mais sórdido dos embustes à boa fé ambiciosa da maioria dos homens, a torpe sabedoria de audaciosos, que ousam explorar as sociedades mais cultas com um sistema de incitamentos e louvores às mais baixas tendências da massa popular..."[17] "A sofisticaria democrática", cujas raízes recuavam à Reforma Protestante, teria frutificado na Revolução Francesa, crescera no paganismo que a esta se seguiu, e, agora, na segunda década do século XX, era parte do "cosmopolitismo judaico" conspiratório e ameaçava "dominar todas as ordens da atividade humana".[18] Na autoridade incontrastada exercida pelo chefe de Estado, Jackson via o único meio de combater tal "irrealismo democrático", e por essa razão saudava nos regimes nutridos pelo "ideal antirrevolucionário", que via surgir, "as realizações políticas e sociais do Fascio na Itália".[19] Mussolini, ao seu ver, afirmaria as realizações dos ideais antirrevolucionários, mesmo pondo em risco o futuro de seu próprio país, como Jackson observou, premonitoriamente, "pois representava o princípio de autoridade em sua forma realista".[20] Mesmo sob risco, o exemplo de Mussolini vaticinava Jackson, era o exemplo a ser seguido: "a vitória dele foi o esmagamento de cem afirmações com um século ou mais de vida, e que pareciam eternas. Pouco a pouco, soberania popular, três poderes, liberdade de imprensa, imprensa confundida com opinião pública, estarão reduzidas a cinza...".[21]

Na primeira metade da década de 1920, Jackson, pioneiramente, no Brasil percebeu e proclamou a identidade entre regimes políticos e movimentos de direita – ambos permeados pelo "ideal antirrevolucionário" – e a doutrina social da Igreja.[22]

Jackson havia estudado com afinco a obra de Joseph de Maistre, nascida do repúdio à herança da Revolução Francesa, mas não se limitou a ecoar a obra do fundador do pensamento laico contrarrevolucionário; ele acompanhava a atualização do pensamento contrarrevolucionário promovida pela nova direita francesa, liderada por *L'Action Française*, movimento fundado no início do século XX. Com Charles Maurras, o seu líder, monarquista e nacionalista radical, Jackson figurou o desdobramento político da reação da Igreja ao legado da Revolução: a democracia e a República sucederam à comunhão da Igreja com o Estado monárquico, e o povo na praça sucedeu à batina nos templos. E, desse ângulo, percebeu que aos católicos brasileiros não apenas a separação da

Igreja do Estado os preocupava, mas sim o fato de a sua fé haver perdido a sua expressão social, haver sido convertida em anátema de um novo tempo, tendo sido a glória de sua época. Fazia-se nítida a angústia dos católicos, expressa por D. Leme em sua carta pastoral, o que permitiu a Jackson defender o pensamento reacionário – inclusive nomeando-o assim – com inédito desassombro entre os conservadores brasileiros. Ao mirar os exemplos de Joseph de Maistre e de Charles Maurras, somando a contundência e a agressividade deles à sua pregação, Jackson filiou o pensamento conservador nacional ao exemplo europeu, aliando-o à recente experiência fascista, alargando a perspectiva dos conservadores nativos, que se queriam originais e procuravam negar a influência ideológica externa que recebiam.

Da França, segundo o fio ideológico de Jackson, agora vinha não apenas a lição da Revolução, mas o seu contrário também, o pensamento contrarrevolucionário, que, atualizado, frutificara objetivamente no fascismo italiano: o combate ao socialismo materialista, a rejeição à democracia, o nacionalismo radical, a defesa da autoridade política incontrastada. Essa, segundo Jackson, "a moderna obra da reação".[23]

Embora Jackson e seus liderados fossem pregadores dedicados, a doutrina política da Igreja não conquistou de imediato um número expressivo de seguidores. A sua maior influência só seria sentida a partir do final de 1928, quando Alceu Amoroso Lima o sucedeu à frente do movimento laico da Igreja e a seguir disseminou o seu legado ideológico. Mas a agenda fixada por Jackson era clara desde o início, como já mostrava a crítica, ácida e exata, do romancista Lima Barreto em 1922: "(...) o catolicismo (...), por todos os meios, tem visado fins políticos, pacientemente, sorrateiramente (...). A Igreja quer aproveitar ao mesmo tempo a revivescência religiosa que a guerra trouxe, e a recrudescência exaltada do sentimento de pátria, também consequência dela, em seu favor aqui, no Brasil. (...), mas tal culto tende a excomungar, não o estrangeiro, mas as ideias estrangeiras de reivindicações sociais que são dirigidas contra os credos de toda a ordem. O Jeca deve continuar Jeca, talvez com um pouco de farinha a mais. Estas reformas me parecem odiosas e sobremodo retrógradas".[24]

Esta e todas as demais críticas não abalaram, contudo, Jackson. Nem o seu estilo empedrado, ginasiano, que o distinguia de seus mentores, Joseph de Maistre e Charles Maurras, ambos escritores notáveis, o incomodava: o seu objetivo não era a literatura, e sim a sua missão catequética – ajoelhar à Igreja os infiéis, e situá-la novamente em seu lugar devido: inscrita no aparato estatal, a servir de consciência da nação, para que esta professasse o seu credo político tradicionalista, antirrevolucionário, exatamente o cerne da crítica de Lima Barreto. Nessa missão, Jackson era desabrido, agressivo e absolutamente radical: "Quem não está com a Igreja, está contra a Igreja", dizia.[25]

A pregação de Jackson alicerçou o propósito de D. Leme: por meio de núcleos laicos, ser a Igreja capaz de atrair parcela da intelectualidade à causa católica. Mas não se limitou a esta conquista, em si expressiva: a catequese de Jackson rendeu uma leva de convertidos, e entre estes estava o futuro continuador da sua obra, que além de a disseminar, iria refiná-la. Três meses antes da sua morte brusca, verificada em novembro de 1928, o sucessor de Jackson, Alceu Amoroso Lima, ajoelhara-se em obediência à Igreja. Este convertido não teria a força catequética de Jackson, mas seria capaz de conversões políticas expressivas – entre elas a de San Tiago.

- **O oficial da reação**

Em uma abafada tarde de abril de 1929, Américo Lacombe levou San Tiago ao escritório da fábrica de tecidos Progresso, no Rio de Janeiro, localizado em um prédio na rua da Candelária, na esquina da rua Visconde de Inhaúma, a conhecer Alceu. "Entre um papel e outro, que o contínuo trazia", mais ouvindo do que falando, impressionado com a maturidade intelectual de San Tiago, Alceu deu-lhe um livro que acabara de ler, *Deus e a inteligência*, do padre americano Fulton Sheen, que lhe "tinha dado o empurrão final para que eu caísse dentro do lago católico".[26] O mesmo não aconteceria a San Tiago, mas Alceu percebeu que, entre aqueles jovens estudantes, e em especial em relação a San Tiago, mais um campo se abria à missão que havia pouco chamara a si: difundir a doutrina da Igreja, à qual submetera pela entrega da conversão, todo o seu espantoso empenho intelectual. Deste, San Tiago será credor e testemunha pelo resto da sua vida, ligado a Alceu por uma mútua e generosa amizade.[27]

O intelectual amigo da família Lacombe, crítico literário do *O Jornal*, sob o pseudônimo Tristão de Athayde, ao fim da década de 1920 era um homem diferente daquele burguês finamente educado entre a capital federal e a Europa. À efervescência da *belle époque* diretamente sorvida em Paris, somara o jovem Alceu a sedução nativa do seu Rio de Janeiro, remodelado havia pouco em singular metrópole tropical.[28] Mas a ebulição vivida no início do século havia-se transmudado na demanda íntima do intelectual, que o crítico literário não alcançou deter, e o homem rompeu com a conversão à fé católica. Alceu, em seu trânsito para os domínios do sobrenatural, abandonou a sua disponibilidade intelectual.[29] Sempre fora ele refratário à vida diária da cultura nacional, dela participando apenas por meio da sua coluna de crítica literária e pela assinatura de revistas;[30] mesmo o seu conversor, jamais o convidou a sua casa, nunca o visitou, e poucas vezes se encontraram pessoalmente. Foi a viva correspondência que manteve com Jackson iniciada um ano depois de conhecê-lo, em 1919, até a morte de Jackson em novembro de 1928, o instrumento de sua conversão religiosa e também da transformação do crítico de feição liberal – mas não tanto quanto depois recordaria – em áspero oficial da reação.[31]

"Muito ao contrário de você, jamais separo o homem do livro ou que seja que haja escrito...",[32] respondeu Jackson à primeira carta que Alceu lhe enviou, na qual este, reconhecendo no severo interlocutor "um homem com quem se pode discutir", buscara reafirmar a independência de sua crítica literária. Indiferente, Jackson vibrou a sua obsessão religiosa e advertiu Alceu que havia "incendiado muito coisa em derredor", agradando-lhe "o espetáculo destas devastações", ao seu ver "depuradoras"; e outro não seria o espetáculo ao qual suas palavras levariam os olhos de Alceu: a devastação dos seus princípios de independência intelectual, a começar por "essa (de Alceu) vaidade: a liberdade de pensar, o pensado por mim mesmo, etc.". Timidamente, o crítico literário tentava esgueirar-se: "quanto mais me feres a vaidade literária, (...) chamando de ingênua e falha toda a minha cultura, mais me sinto preso a ti, a quem considero como único e verdadeiro amigo que tenho, embora um abismo de ideias nos separe e pouco nos encontremos pessoalmente". Pressentindo temporário esse abismo, Jackson respondeu: "Você diz que não ataca a Igreja. Eu lhe digo: ataca e muito", mofando dos que, como Alceu, jactavam-se "dessa vaidade: liberdade de pensar, o pensado por mim mesmo, etc.". O crítico literário sentia a força da pregação de Jackson, e já ao início de 1923, a cinco anos de sua conversão pública, segredou-lhe: "Sou como você, um espírito conservador em política, embora julgue que essas minhas ideias precisem de uma certa atenuação em virtude da situação que tenho".

Entre agosto de 1924 e março de 1927 não se têm reunidas as cartas trocadas por ambos. Mas em 1926 delineava-se um Alceu desencantado com a realidade de seu país e abalado em seu princípio de independência crítica; ao analisar a obra de Graça Aranha e de Oswald de Andrade, Alceu neles acusava a falta de "uma terceira condição fundamental à nossa arte... o elemento espiritual", e afirmava que "só uma raça forte, naturalmente forte, tem uma arte forte [e] enquanto uma nacionalidade não se afirma como nacionalidade, é escusado procurar processos de criar artificialmente meios expressivos originais".[33] A progressiva espiritualização de Alceu ia-se ancorando nos elementos distintivos da direita que haviam seduzido Jackson, e surgiam na sua crítica às soluções correntes à desordem a "que foram levados os regimes de liberalismo excessivo, especialmente nos países latinos, inclinados à indisciplina, à instabilidade e ao verbalismo"; o remédio a esses males políticos não proviria contudo "do voto do eleitor onisciente e mecanizado, numa simples contagem de números (...) [mas sim] do fortalecimento da atividade produtiva (...) da solidarização corporativa...". Dessa nova linha de ação política resultaria "o saneamento da vida coletiva", e, a tanto, impunha-se estabelecer um regime que tivesse "como fundamento uma doutrina moral, isto é, de contenção e guia de consciências", necessário para vencer um "Brasil real, entregue a si mesmo, a seus instintos indolentes, a sua indisciplina latente, a sua adorável bondade e candura (...) um Brasil mulato, em pleno desbocamento (...) que se agadanha pelas esquinas".[34] Era indispensável a Alceu ter, à base da ordem política reformulada sobre o princípio da autoridade, uma doutrina moral, "de contenção e guia de consciência", que afirmasse o "pensamento moderno de reação à desordem política", e se opusesse aos novos enciclopedistas "desencadeadores da nova Revolução Francesa" em que "todos os Kerenskis do parlamentarismo agonizante [vão] preparando o caminho para os lenines de amanhã".[35]

Jackson, férvido em sua paixão religiosa – "sou um homem, já lhe disse, em que a consciência só procede bem quando procede tiranicamente"[36] – intuíra, certeiramente, que o racionalismo sofisticado do seu interlocutor não seria batido em torneios culturais; com álgida objetividade, observou a seu correspondente: "Nos períodos iguais ao que atravessamos (...) a autoridade, para salvar o essencial, tem que desistir de muitas características da sua identidade cristã. Na prática, (...) só se organiza se sabe esquecer detalhes", arrematando que o "trabalho atual (...) é o de refazer o senso de autoridade (...) os homens que conquistaram o poder têm de ressuscitar a autoridade".[37] A "devastação" de Jackson estava feita, e ele, satisfeito, escreveu ao discípulo: "de uma coisa estou certo, a esta hora: é que você poderia colaborar comigo na defesa do que chamo de as obras avançadas da verdade social...".[38] O crítico rendeu-se, afinal, ao conversor, inteiramente: "Você como de costume viu justo. Estou muito mais perto da Igreja do que já estive". Porém duvidava de si e da ação de seu mentor: "Você representa na vida o homem que eu teria querido ser. E daí a verdadeira obsessão que você sempre exerceu sobre mim. Julgo-me sinceramente inferior a você e por isso mesmo não posso compreender que lucro possa ter você nessa correspondência".[39] Não poderia haver lucro maior para a

Igreja. Alceu jamais deixaria de servi-la com seu espantoso vigor intelectual,[40] já no fim na década de 1920 como o severo oficial do credo autoritário vibrado por Jackson, e, cinco décadas depois, septuagenário, em plena ditadura militar, desafiando, em nome do novo humanismo católico, os algozes das liberdades públicas, e deles exigindo o respeito às franquias individuais, que a experiência lhe ensinara insubjugáveis.

Aos trinta e seis anos de idade, rico, lido e viajado, a palavra do convertido Alceu, do discípulo fiel de Jackson de Figueiredo, do intelectual respeitado, no ocaso da República Velha, caía sobre os jovens estudantes de Direito – sobre San Tiago – como uma inapelável condenação a um mundo vencido e a revelação de um mundo novo. Vencido era o mundo do regime liberal instituído pela República, e novo era o mundo da reafirmação dos valores tradicionais revitalizados, sob o predomínio da autoridade e tendo por fonte inspiradora a doutrina católica.

San Tiago não teria conhecido Jackson; e Lacombe, que provavelmente o conhecera, pois desde o seu ingresso na faculdade em 1927 frequentava os círculos católicos, poderia tê-lo apresentado a San Tiago, como fizera a Alceu. Mas Lacombe só se aproximou mais de San Tiago ao final de 1928, quando da morte de Jackson. Esta, contudo, não terá passado desapercebida a San Tiago, em razão da especulação que logo envolveu a "estranha pescaria", em um radioso domingo, 4 de novembro de 1928, em que Jackson perdeu a vida. Estranha, pois afinal um pescador experimentado não se aventuraria a lançar o seu anzol das pedras lisas e rentes à linha-d'água, lavadas seguidamente pelo mar forte, naquele pesqueiro no Joá, sabidamente perigoso.[41] Os rumores imediatamente deflagrados não cessariam jamais, e Alceu iria rebatê-los sempre.[42] A sua defesa contrasta, porém, com os últimos escritos de Jackson dando conta do seu estado de espírito e com a sua sombria declaração sobre o seu futuro, a poucos dias de sua morte, antes fortalecendo do que eliminando os rumores sobre o seu suicídio, a realizar dramaticamente as metáforas, repetidamente empregadas pelo líder católico em seus escritos, de um mar violento a tragá-lo. Suicídio inconsciente ou não, acidente não raro entre pescadores experimentados, Jackson morreu como viveu, acendendo controvérsias. Esta, sobre a sua morte, seria logo suplantada pela sua obra, a qual, agora, Alceu, lançado por Jackson ao "lago católico" meses antes, daria seguimento imediato.[43]

- **O legado e o legatário**

Morto Jackson, D. Leme convocou Alceu a substituí-lo na direção dos núcleos laicos da Igreja por ele criados. Embora a ação empreendida por Jackson sob o comando do cardeal tivesse seguido a orientação geral traçada pelo papa Pio XI ao início daquela década – de ir a Igreja ao encontro da sociedade e a ela expor a sua doutrina[44] –, e nessa linha mostrava-se fecunda com suas sucessivas conversões, a de Alceu entre outras, ela semeava arestas desnecessárias; o agressivo tradicionalismo de Jackson afastava ou simplesmente não atraía à causa católica, na medida desejada, importantes segmentos da sociedade, e o caráter insular e áspero da sua pregação limitava-lhe o alcance. Alceu, sempre generoso com a memória do amigo, buscou contudo reverter esse quadro. Em dia com a literatura e as ideias correntes, exsudava uma rara simpatia aristocrática; e, mesmo reservado, rejubilava-se em sua fé. Jackson, ao contrário de Alceu, consumira-se em sua fé; arrebatado por um tirânico fervor catequético e subjugado por um ardente tradicionalismo, pregara um catolicismo feroz, de aberta hostilidade a todos insubmissos à sua ordem.[45]

Inteiramente identificado com a orientação ideológica de seu antecessor – ao oposto do que mais tarde insistiria em afirmar –, Alceu cuidou de reestruturar os centros laicos da Igreja, para expandir e sofisticar a ação e o alcance deles.[46] Por meio de uma campanha pública, aumentou o número de assinantes da revista *A Ordem* e dinamizou o Centro Dom Vital, criando uma agenda de palestras sobre temas atuais.[47] Praticamente falida, converteu a Livraria Católica em uma sociedade anônima, chamou o capital necessário à sua sobrevivência e, em um gesto ousado, entregou a sua direção a um jovem poeta que lhe fora apresentado por Jackson e viera de lançar seu primeiro livro de poemas, mal contando vinte e dois anos.[48] Na pequena loja da Livraria, Lacombe apresentou San Tiago ao novo gerente, o poeta Augusto Frederico Schmidt, a quem conhecera no Centro Dom Vital.[49] O livresco, estudioso e sobretudo racional estudante de Direito encontrou no inquieto Schmidt apenas a primeira qualidade – a de grande leitor. Nada mais os aproximava, mas nada iria separar aqueles companheiros de mocidade, apesar das rusgas que ambos viveriam mais tarde.

- **Encontro na Livraria Católica**

Schmidt em tudo diferia de San Tiago. Aos sete anos de idade, em 1913, a família mudara-se para a Suíça, e a sua educação fora feita em francês, enquanto a mãe, sensível e ávida leitora, buscava curar os pulmões com o frio seco das montanhas geladas; a morte súbita do pai três anos depois obrigou a mãe doente a trazer o filho de volta ao Brasil, e ela logo o deixaria também. Órfão aos 13 anos, Schmidt, como seria conhecido por todos, foi criado por uma família amiga e frequentou várias escolas, sendo sucessivamente reprovado em todas elas.[50] Empobrecido e incapaz de vencer os estudos formais, restou-lhe a dureza dos balcões de casas comerciais do Rio de Janeiro. Em busca de melhor sorte, em 1923 seguiu para São Paulo, no "tempo do café, das fortunas do café (...) [n] a hora do frêmito [quando] davam-se as primeiras conversões ao Comunismo [e] outros voltavam-se para a reação, para as doutrinas da ordem".[51] A vida do jovem caixeiro na terra das fortunas do café não foi menos dura; deixara o balcão, mas cruzava o estado vendendo aguardente e madeira – e lendo sem cessar, romance e poesia, em livros comprados nas livrarias francesas da capital paulista, Garreaux e Gazeam.[52]

A paixão pela literatura o levou a acompanhar a vida literária do País; em 1924, viajou ao Rio de Janeiro para assistir a uma conferência do escritor Graça Aranha na Academia Brasileira de Letras – acontecimento que seria tomado como marco da adesão dos cariocas ao modernismo estético dois anos antes deflagrado pelos paulistas[53] –, quando provavelmente conheceu Jackson de Figueiredo. Regressando a São Paulo, passou a frequentar uma pensão na avenida Brigadeiro Luís Antônio, onde residia o jornalista e deputado Plínio Salgado, vindo de São Bento de Sapucaí, no interior do estado.[54] Logo Schmidt fez-se amigo do futuro chefe da Ação Integralista Brasileira, então colaborador do jornal *Correio Paulistano* e escrevendo seu primeiro romance, *O estrangeiro*, cujas provas deu a ler ao jovem carioca de vinte anos.[55] Sem deixar de manter uma ativa correspondência estendida a vários destinatários em diversos estados do País, transferindo-se para o Rio de Janeiro, Schmidt fez-se companheiro de conversas e projetos literários de Jackson de Figueiredo. Na véspera da "estranha pescaria" que o vitimou, esteve Schmidt com Jackson, e foi ele o portador da dura notícia a Alceu Amoroso Lima, o amigo comum.

O primeiro livro de poemas de Schmidt, lançado em 1928, *O canto do brasileiro Augusto Frederico Schmidt* foi bem recebido pela crítica, que em sua discreta filiação moderna viu nítidos traços românticos. Mas não terá sido pela qualidade de literato que Alceu indicou Schmidt para dirigir a Livraria Católica – e menos ainda por nele ter visto qualquer habilidade na catequese de infiéis. Além da afinidade literária e ideológica – ambos impregnados de cultura francesa e partilhando o mesmo espírito contrarrevolucionário –, Alceu percebera – e o tempo iria lhe dar razão – a extrema sociabilidade de

Schmidt, que se casava naturalmente ao seu inegável dom literário, não trazendo essa fusão incomum prejuízo a qualquer uma dessas atividades contrapostas. À frente da Livraria, Schmidt logo lhe expandiu, se não as vendas, o prestígio, dela fazendo um ponto de reunião de intelectuais; e, jovem, atraiu outros, aspirantes à carreira literária, ao magistério e ao jornalismo, ou à política, como seria o caso de San Tiago. Em pouco tempo, a Livraria converteu-se em um dos polos de irradiação do pensamento de direita, ainda que o jovem poeta nela não se engajasse com o entusiasmo de seus amigos estudantes: a ele bastava estar no centro dos acontecimentos, próximo a seus líderes, bem como ter a primeira notícia da evolução das ideias e das ações. A elasticidade intelectual, a onipresença de Schmidt impressionava a todos, mas San Tiago via no amigo mais: o sentido para o sucesso, a facilidade de trânsito social, a capacidade de pressentir o novo.[56]

- **O evangelizador da reação e o conversor**

Em sua nova missão, Alceu contava também com a colaboração do padre Leonel Franca, seu confessor, e que em agosto de ano anterior lhe dera a sua "segunda comunhão".[57] Sobre Alceu, Franca exerceria não a autoridade eclesiástica, tal a de D. Leme, mas uma decidida influência intelectual; se fora Jackson de Figueiredo a arrancar o crítico literário à sua "disponibilidade", foi com o apoio do discreto jesuíta, "a mais ardente das almas no mais franzino dos corpos",[58] que Alceu cumpriu a sua tarefa de divulgador da doutrina social da Igreja. A soma dessas vocações e inteligências, comandadas por D. Leme, sobre o trabalho inicial de Jackson, reafirmaria o prestígio político da Igreja pelas duas décadas seguintes em uma forma inédita na República.

Ainda cursando o ginásio, Leonel Franca manifestou seu desejo de tornar-se um "filho de Santo Inácio". Em 1908, ingressou, aos quinze anos, no noviciado, cuja finalidade era "amestrar os candidatos à vida religiosa, na prática da oração e das virtudes, daquelas principalmente que sintetizam os conselhos evangélicos e serão objeto dos sagrados votos: pobreza, castidade, obediência".[59] Padre Franca, como viria a ser conhecido, professaria exemplarmente esses votos, a eles imprimindo a marca de uma ativa inteligência que o levaria ao magistério e ao apostolado, sobretudo entre os jovens, com um fervor silencioso mas inquebrantável a contrastar com sua frágil figura, acometida desde a mocidade por uma severa cardiopatia. Concluídos os estudos preparatórios em 1912, Franca seguiu para Universidade Gregoriana, em Roma, a principal escola eclesiástica, para estudar filosofia; de volta três anos depois, iniciou o magistério no Colégio Santo Inácio, fundado no Rio de Janeiro por padres jesuítas em 1903, lecionando várias matérias, de química a história natural. Em 1920, voltou a Roma e à mesma universidade para estudar teologia, onde permaneceu até 1924, período em que assistiu à tomada do poder pelo líder fascista Benito Mussolini, em 1922, e a consequente derrocada da República nascida com a unificação da Itália em meado do século anterior.

Ao retornar ao Brasil em 1925, Franca retomou o magistério, desta feita no Colégio Anchieta, em Friburgo, mas, doente, transferiu-se para o Rio de Janeiro; e aí, por determinação de D. Leme, passou a assessorar a Jackson de Figueiredo no Centro Dom Vital, na sua obra de "restauração católica" da sociedade brasileira, tornando-se o fiador doutrinário de sua pregação.

Os papéis de Jackson e Franca complementaram-se naturalmente; aquele, aberto, agressivo, ambicioso; este, discreto, dedicado, disciplinado.[60] Jackson estava na rua, nos cafés, à frente do Centro Dom Vital, da revista *A Ordem*, da Livraria Católica, conversando com todos, escrevendo sobre assuntos políticos em suas ásperas crônicas de jornal; Franca oficiava missas, ouvia confissões, ensinava e doutrinava. Fluente em inglês e alemão, além do italiano, francês e latim – acervo linguístico que o jovem San Tiago exibiria com surpreendente precocidade –, estava em dia com os temas de interesse da Igreja e com a obra de Jackson, assim como Alceu. Em sua *História da filosofia*,[61] entusiasticamente saudada por Jackson, pois escrita "do ponto de vista... graças a Deus, da filosofia tradicional católica",[62] Franca registrara a sua profissão ideológica a marcar toda a sua obra, de combate ao protestantismo, a todas as formas de modernidade, ao divórcio, ao aborto: "A verdadeira originalidade (...) é o dom raro, ainda entre espíritos superiores, de renovar sem revolucionar, de engrandecer o edifício do saber humano sem lhe minar as bases, de rasgar às investigações futuras novas perspectivas sem quebrar a harmonia das antigas. (...) Nem evolucionar é demolir, nem progredir é desfazer o trabalho das gerações passadas".[63]

Não a advertência direta em face do socialismo materialista demolidor de estruturas e crenças burguesas, que no pátio da escola San Tiago e seus colegas do CAJU enfrentavam, soava das palavras do padre Franca. Mas, sutil, reduziam elas a originalidade em renovar à atualização dos valores eleitos pela Igreja, e não pela substituição deles por outros cultivados a partir de traumáticas rupturas históricas, inauguradas com a Reforma Protestante e a sua "filha legítima", a Revolução Francesa – em especial esta, que separara brutalmente a

Igreja ao Estado, "divinizara o homem", lançara-o em busca do novo e, por essa razão, havia-se transformado no anátema do pensamento católico e deflagrara uma renhida reação às ideias que a animaram e às instituições políticas e culturais que afirmou.[64]

Foi com a colaboração de Franca que Alceu, em 1929, fundou a Ação Universitária Católica (AUC) diretamente ligada ao Centro Dom Vital, para, "pela primeira vez (...) tentar o movimento orgânico e sistemático de ação católica nos meios universitários", para tanto "coordenando as forças vivas da mocidade brasileira", e voltada à "piedade, ao estudo e à ação", como constava de seus estatutos.[65] Estudo e ação sem dúvida interessavam a San Tiago, que todavia diria até ao final da vida ser "bruxuleante" a sua fé; a crença em Deus e a prática religiosa que o acompanharam nos exemplos domésticos da "mãezinha adorada" e da irmã Dulce, muito piedosas, não lhe venceriam a penetrante racionalidade a que submetia seus propósitos.[66]

- **A geografia da reação**

O ingresso na Faculdade aos dezesseis anos significava, em um corte brusco, o fim da adolescência. Mas não para San Tiago. A sua estada em Belo Horizonte, aonde chegara em 1923, aos doze anos incompletos, já o havia amadurecido; longe da família, morando em pensão, o menino estudioso que convivera com a elite acadêmica da capital mineira, cinco anos depois já se sentia e se portava como um estudante veterano. Ao fim do primeiro ano na faculdade, fizera as suas amizades, ingressara no CAJU, alinhara-se ideologicamente – como convinha a um universitário de Direito daquela época – e iniciara a sua carreira profissional no serviço público. San Tiago vivia plenamente no início de 1929.

O pequeno sobrado na rua Barão de Jaguaripe, residência da família do capitão Raul, distava duas quadras da lagoa Rodrigo de Freitas, cujo espelho-d'água refletia então apenas os belíssimos morros que a cercam, o Corcovado sobressaindo ao fundo. O movimento do bairro não se fazia contudo em torno das margens agrestes da lagoa e sim pelo lado oposto, ao longo da rua Visconde de Pirajá, traçada ao meio da faixa de terra a separar a praia de Ipanema e a lagoa. Todas as manhãs, com um dos seus dois ternos sempre bem passados, San Tiago aí tomava o ônibus em direção ao centro da cidade, em um ponto próximo à padaria, ao lado da Igreja Nossa Senhora da Paz, frequentada por sua mãe e sua avó.[67] O trajeto identificava, em ordem inversa, a discreta ascensão social da família San Tiago Dantas: uma pequena casa alugada em uma rua simples de Botafogo, depois, por um breve intervalo, outra, maior, em Copacabana, e finalmente um sobrado próprio no novíssimo bairro de Ipanema.

O primeiro destino de San Tiago era o departamento de contabilidade da Polícia Civil, onde começara a trabalhar em janeiro daquele ano, para cumprir um expediente tedioso; três décadas e meia depois, à frente do Ministério da Fazenda, ele enfrentaria, sem sucesso, os sombrios números da contabilidade, ainda lançados à mão, do País precipitado em um caos político sem precedentes.[68] Ao fim da tarde, início da noite, se não houvesse aula interessante a assistir na faculdade – o mais provável a ocorrer –, o destino seria a Livraria Católica, na rua Rodrigo Silva, n. 7, em frente ao Café Gaúcho e ao lado do prédio de *O Jornal*, no qual Alceu Amoroso Lima colaborava como crítico literário desde 1919. Entre Schmidt, o poeta-gerente da livraria, e um San Tiago já à vontade no meio estudantil, onde começava a creditar a admiração e o respeito intelectual de seus colegas, estabeleceu-se uma identidade imediata e viva. Aos vinte e dois anos, cinco a mais do que San Tiago, Schmidt lia abundantemente, sobretudo literatura francesa, conhecendo os escritores contemporâneos, de Maurice Barrès a Marcel Proust, e acompanhava o movimento intelectual francês, em torno do qual girava boa parte da intelectualidade nacional.[69] Porém, sobre esse frêmito intelectual, soberano pairava o dr. Alceu – como seria sempre tratado –, que não afrouxava a linha editorial da livraria, fazendo-a importar as obras dos doutrinadores que iam renovando o pensamento contrarrevolucionário.[70] Além de literatura – romance e poesia –, San Tiago encontrava nos balcões da Livraria os autores de *L'Action Française* e as obras que começavam a surgir sobre o fascismo na Itália. Um grupo mais assíduo ia-se formando; além de San Tiago, outros cajuanos, os católicos praticantes Octavio de Faria, cuja tese de admissão ao CAJU trazia o sugestivo título "Desordem no Mundo Moderno", e Américo Lacombe, um dos fundadores da Ação Universitária Católica (AUC), que, tal como Hélio Vianna, monarquista convicto, estava interessado em estudar História e não Direito.[71]

De Paris, nas férias de julho daquele ano de 1929, Octavio indagava a Lacombe se ele havia recebido o "boletim" editado pela AUC, que trazia a programação das conferências realizadas no Centro Dom Vital e no colégio Santo Inácio, nas quais Alceu e o padre Franca eram palestrantes habituais, secundados por outros integrantes do Centro Dom Vital, que também se reuniam na Livraria.[72]

Separadas por menos de vinte anos – Jackson nascera em 1891, Alceu e Franca em 1893, Schmidt em 1906 e San Tiago, o mais moço entre os cajuanos, em 1911 –, duas gerações se encontravam.[73] Alceu alugara à viúva de Jackson a sua biblioteca, com cerca de quatro mil volumes, e a pusera à disposição dos frequentadores da AUC e do Centro.[74] Nela estava reunida a literatura contrarrevolucionária europeia, as coletâneas em livros dos artigos de Jackson, as obras de seus discípulos, às quais vinham somar-se as novidades da Livraria Católica e os livros escritos pelo próprio Alceu, que nesse ano de 1929 reeditou a primeira e lançou a terceira "Série" de seus artigos de crítica literária e, ainda, a sua obra inaugural de doutrina católica, de uma longa série que então começava, um opúsculo, "De Pio VI a Pio XI".[75] Esse acervo consumia tempos de leitura de San Tiago. A pauta da "moderna obra da reação", que saltava dos maçudos artigos de Jackson, ganhava vida na exuberância de Alceu, ilustrada pela sua vivência pessoal de Paris, que ali vira o século XIX terminar com a deflagração da primeira grande guerra em 1914, assistira no auditório de *L'Action Française*, na *rue de Rome*, às conferências de seus líderes, Maurice Barrès, Charles Maurras e Léon Daudet, e acompanhara, na leitura aplicada de suas obras, a renovação por eles promovida do pensamento contrarrevolucionário, iniciado pelo "genial Joseph de Maistre", até o advento do fascismo italiano, que a Igreja via com crescente simpatia.[76]

- **O conferencista e seu itinerário**

A disposição dos cajuanos em enfrentar os comunistas no pátio da escola era crescente. Mas faltava a San Tiago – que já se projetava como o principal ideólogo do Centro – dar corpo ao seu projeto político. No começo daquele ano de 1929, ele fizera uma palestra aos seus colegas sobre "Uma nova concepção do fato social", seguida de duas outras, "Romantismo na literatura" e "Conceito racional e conceito científico de liberdade". Em sua prova de vestibular, San Tiago afirmara que, na literatura brasileira, havia-se disseminado "largamente o espírito nativo", e que se aproximava o momento "em que esse espírito será o formador único da nossa arte". Para San Tiago, o "espírito nativo" seria agora bem diverso daquele que animara os poetas românticos em sua idealização de liberdade: ele estaria sendo celebrado pelo autoritarismo político presente na literatura do grupo Anta, de Plínio Salgado, e estaria próximo ao cientificismo autoritário de Pontes de Miranda, que fora objeto da segunda palestra de San Tiago. Nela não era difícil notar já em seu título a influência de

Pontes – "uma das maiores eminências do pensamento moderno no Brasil".[77] San Tiago nele viu um articulado formulador do pensamento jurídico de reação à ordem democrática e, na literatura do grupo Anta, em seu nacionalismo primário, um exemplo dessa reação.

A "moderna obra da reação", descortinada na obra de Jackson de Figueiredo, ampliada por Alceu e padre Franca, e explicada nas obras trazidas pela Livraria Católica, revelava uma linha que se estendia historicamente da Revolução Francesa ao fascismo italiano.[78] Certamente, esses temas não se achavam em ordem linear. O fascismo exibia um dinamismo derivado de sua fluidez doutrinária, ao contrário do rígido pensamento contrarrevolucionário, e, ainda, ao oposto deste, defendia a construção de uma sociedade nova e não o retorno àquela vencida pela Revolução Francesa. Mas, sem dúvida, entre o pensamento conservador – sobretudo como fora ele recebido pelos católicos brasileiros – e o fascismo, serpenteava um fio condutor que San Tiago começou a explorar.

Nesse contexto, o olhar de San Tiago voltou-se para primeira etapa desse circuito, a Revolução Francesa de 1789: a afirmação dos princípios da democracia representativa, da soberania popular sobre a monarquia francesa intimamente vinculada à Igreja. Um século e meio depois, os mestres conservadores de San Tiago creditavam à Revolução a origem de todos os males políticos que viam, em especial o bolchevismo, materialista e vitorioso, o qual Alceu, repetindo Jackson, denunciava: "a revolução Russa, agindo é certo sobre um ramo infelizmente segregado e deturpado do velho tronco autêntico e apostólico da Igreja verdadeira – veio repetir em ponto grande as cenas de vandalismo religioso, de sarcasmo sistemático, de perseguição à Fé, que iniciara há século e meio a Revolução Francesa".[79]

Os cajuanos seguiam a mesma rota, projetando-a simetricamente: do pensamento contrarrevolucionário ao fascismo italiano. Gilson Amado, o orador oficial do CAJU, em um inflamado discurso feito no encerramento das aulas daquele ano de 1929, afirmava que, enquanto "alguns" – os comunistas, evidentemente – "armavam-se com falsas doutrinas (...) aceitas por novidade, cabotinice", os cajuanos sentiam "orgulho sadio e precioso de sermos originais", pois "(...) as conversas científicas criaram-nos uma mentalidade nova que nos dá força para não temer aplaudir sinceramente a autoridade, e coragem de não nos tornarmos escravos da popularidade; mentalidade que nos deu a certeza da falência dos princípios que só desvarios inúteis da Revolução Francesa consagram; mentalidade que nos apresenta, sem *ambages* [rodeios], o papel verdadeiro das teorias libertárias, sem que as preguemos como necessárias ao nosso País; mentalidade que nos leva a afastar, não aprioristicamente como, em geral, o fazem aqueles que as aceitam, as enganosas teorias igualitárias e alienígenas, destruidoras da nacionalidade"; e concluía: "como Mussolini, lembrando aos seus compatriotas o peso formidável que tinha sobre as costas, o destino da Pátria, podereis dizer também, que tendes grande peso: o destino do Centro".[80]

O destino político do CAJU por aquela altura estava traçado: defender a reação ao regime liberal, e este nascera da Revolução Francesa. A Revolução Francesa desafiava San Tiago, ideólogo em formação: era necessário começar por conhecê-la, ao seu legado corrosivo, até chegar ao fascismo italiano, para, então, enfrentar a esquerda no pátio da escola.

• **A matriz da reação**

O punhado de parisienses que na tarde do dia 14 de julho de 1789 tomou a Bastilha – uma fortaleza tricentenária construída para proteger a face oeste da capital e transformada em prisão para uns poucos criminosos comuns e asilo para doentes mentais – eram levados pela agitação política que desde o ano anterior crescia na França e àquela altura fora incendiada pela escassez de pão na cidade. Só mais tarde o 14 de julho seria vestido com o simbolismo com que romperia os séculos seguintes; mas a queda da Bastilha fixou o início da degringolagem da ordem monárquica – e os fatos ocorridos entre aquele dia de verão europeu e o fim do verão seguinte, quando o pensamento contrarrevolucionário começou a ganhar consistência doutrinária, impressionam pela rapidez com que se sucederam e pela transformação radical e definitiva que impuseram à cena política ocidental. A Revolução, já ao seu início, determinou velocíssimas transformações.[81] Não admira, portanto, que esses fatos, contrapostos à débil experiência política brasileira, século e meio depois, arrepiassem ainda os conservadores brasileiros, como Jackson de Figueiredo e seus jovens leitores, San Tiago um dos mais aplicados entre eles.

Embora a França fosse um dos países mais ricos da Europa, servido por uma forte agricultura e já vivendo a primeira fase da Revolução Industrial, em 1788 sofrera uma crise estrutural sem precedentes. As questões econômicas e sociais verificadas a partir de meados do século, desde o déficit público aumentado pelo custo da Guerra de Independência dos Estados Unidos à fermentação cultural polarizada pelos enciclopedistas, não foram enfrentadas com as reformas políticas capazes de evitar a ruptura a ocorrer no ano seguinte. Ou seja, o regime de Luís XVI não encontrou forma de vencer a crise, senão adiá-la. Como consequência, a escala social vergava sob o peso desse desequilíbrio. A sua vez, a Igreja Católica identificava-se inteiramente com o regime monárquico: autenticava a fonte divina do poder real, que isentava de impostos a renda de suas terras, a cobrir um décimo do território francês. E a nobreza tradicional, cevada em seus privilégios feudais, já dividia o poder com uma franja de monopolistas e intermediários enriquecidos com o crescente financiamento à Coroa e com os negócios feitos à sua sombra, entre eles a compra de postos na administração pública.[82] À margem, crescia a burguesia, que vivificava os núcleos urbanos, principalmente Paris, e mostrava-se ávida por ascender socialmente, mas via naquela ordem, enfarpelada em privilégios, um entrave irremovível.

Nesse quadro de permanente tensão, pelo meio de 1788 a nobreza relutava em seguir financiando a dívida do reino.[83] A crise fiscal instalou-se; para vencê-la, o rei convocou os Estados-Gerais. Inerte por quase um século e meio, essa assembleia consultiva era formada por representantes dos três corpos sociais: o clero, a nobreza e o terceiro estado, composto por representantes dos demais franceses, das cidades e do campo, à exceção dos servos. Tinha lugar o primeiro fato político de entre aqueles que determinariam o fim do Antigo Regime. Iniciada a reunião dos Estados-Gerais em maio de 1789, o Terceiro Estado, o contingente mais numeroso e a traduzir a inquietação do país vivo fora dos círculos clerical e nobiliárquico, rebelou-se contra o sistema de votação por ordem, que o desfavorecia, e reclamou a contagem dos votos pelo número, agora certo de que representava a maioria da nação e por isso deveria falar por ela. Desatendido pelo rei, em um passo decisivo, o Terceiro Estado autoproclamou-se "Assembleia Nacional", e a seguir, em junho, à Assembleia se uniram elementos liberais da nobreza e do clero, e ela converteu-se em "Assembleia Constituinte". Nasceu um órgão plural e soberano que, subtraindo ao rei o Poder Legislativo nele concentrado, criaria as novas instituições político-administrativas da França. Nessa primeira fase da Revolução, ergueu-se a Assembleia como o órgão a um só tempo capaz de vencer os monarquistas, que queriam por seu intermédio apenas atualizar as instituições vigentes, e de formalizar as aspirações políticas irradiadas das ruas de Paris e do campo, silenciando o rei, o clero e a nobreza, que o apoiavam. Teve início a desarticulação do Antigo Regime.

Menos de um mês depois da queda da Bastilha, a revolta popular deixou a capital e espalhou-se por todo o interior da França sob a forma de saques a castelos dos senhores feudais e a propriedades de ricos burgueses enobrecidos;

a mensagem era clara e simples: o povo da cidade e do campo não mais aceitava o regime de privilégios a beneficiar a nobreza e o clero.[84] A Assembleia Constituinte, vendo a insurgência popular engolfar o país aterrorizando-o, reagiu, e a 4 de agosto de 1789 votou, com o apoio de nobres e clérigos liberais, a sua primeira série de normas verdadeiramente revolucionárias: aboliu a servidão no campo e reduziu drasticamente os privilégios feudais, um complexo de isenções fiscais e vantagens administrativas que beneficiavam os senhores da terra e gravavam a lavoura dos servos e dos pequenos produtores rurais.[85] O regime vigente sofreu um golpe decisivo; corretamente, a população, o Terceiro Estado, e mesmo membros liberais do clero e da nobreza, haviam identificado a iniquidade dos privilégios revogados. O fim deles respondeu à inquietação popular, mas não esgotou o propósito maior da Assembleia: dotar o país de uma Constituição. A comissão incumbida da sua redação, afinada com o espírito da época e tendo à vista o recente exemplo norte-americano da *Bill of Rights*, redigiu uma tábua de princípios dos quais derivariam as regras constitucionais. A 26 de agosto de 1789 foi editada a Declaração dos Direitos do Homem e do Cidadão. Um preâmbulo e 17 artigos definiam o novo homem – livre e igual – e revogavam as principais instituições do Antigo Regime, à exceção da monarquia.

A Declaração fixou os principais pontos de uma nova ordem política formulada no aceso do processo revolucionário em que conviviam e se conformavam tendências diversas, coincidentes porém no repúdio majoritário à desigualdade e à falta de liberdade que caracterizavam o Antigo Regime. É sensível na Declaração a tensão existente entre a eliminação das restrições políticas e dos privilégios antes vigentes, a afirmação de direitos individuais e políticos e a reforma cautelosa da ordem econômica e social.[86] Mas a habilidade política dos seus principais autores a fez fluir na forma singela dos seus dispositivos. As liberdades individual, religiosa, de opinião e de imprensa foram asseguradas, assim como a supremacia da Lei a disciplinar o interesse geral, armando o cidadão para resistir à opressão e ao abuso do poder estatal, ao mesmo tempo em que este poder era rearticulado: a soberania residia na nação e não mais no rei; a separação dos poderes foi determinada; o direito à propriedade foi declarado inviolável e sagrado; uma força pública foi criada; o pagamento de impostos e a prestação de contas pelos órgãos públicos foram estipulados.

O ímpeto reformista não cessou; editada a Declaração e revogados os privilégios feudais, extinguiu a Assembleia os privilégios da Igreja, o mais ostensivo deles o domínio sobre cerca de um décimo do território francês; em novembro daquele ano, todos os bens da Igreja Católica foram postos à disposição do Estado e declarados bens nacionais. No ano seguinte, após extinguir algumas ordens religiosas recolhidas, a Assembleia decretou, no segundo semestre de 1790, a Constituição civil do clero, que reordenou a estrutura da Igreja, determinou que os bispos e os curas fossem eleitos pelos cidadãos e prestassem juramento de fidelidade à nação, ao rei e à Constituição. O golpe foi duríssimo; assentada solidamente sobre uma estrutura administrativa milenar cerradamente hierarquizada sob comando indisputado do papa, as regras revolucionárias não afrontavam apenas a doutrina da Igreja, mas desacatavam a sua organização, a sua vida diária, ao intervir em sua relação cotidiana com seus fiéis.[87] A Revolução incorporava ao conflito político o confronto religioso.

Em junho de 1791, uma tentativa de fuga de Luís XVI foi frustrada, e a reação internacional à Revolução, embora incapaz de ameaçar o novo regime, foi ativamente explorada por alguns revolucionários, o que deu corpo a um republicanismo até então inexpressivo, e fez com que a deposição de Luís XVI passasse a ser debatida abertamente. Iniciou-se uma nova fase da Revolução. A sua consolidação vinculava-se, na palavra inflamada de uma nova leva de líderes, à guerra às monarquias vizinhas, às quais imputavam uma firme aliança conspiratória com os emigrados.[88] A radicalização triunfou; em 1792, a França achava-se em guerra com a Áustria e a Prússia, e no ano seguinte com Grã-Bretanha, Holanda e Espanha. A queda da monarquia em França veio em setembro de 1792, e o julgamento e a execução do rei em janeiro de 1793, pela lâmina da guilhotina, inventada havia menos de um ano, segundo seu autor para humanizar a morte, até então imposta pelo machado do carrasco.

O processo revolucionário adensou-se em meio à guerra. Em abril daquele mesmo ano de 1793, foi instalado no âmbito da Convenção, que substituiu a Assembleia como órgão dirigente do país, o Comitê de Segurança Geral (*Comité de Sûreté Générale*). Composto por doze membros, sob a liderança de Maximilien Robespierre, a partir de julho daquele ano o Comitê converteu-se no órgão executivo máximo da República francesa. Em um processo revolucionário até então sem líderes, tocado por um conjunto de brilhantes formuladores e atores raramente vistos reunidos ao longo da História, esse solitário advogado do interior distinguiu-se pela inexcedível frieza e determinação com que à frente do Comitê implantou e conduziu a eliminação física de cerca de dezesseis mil pessoas, opositores ou não simpatizantes do poder revolucionário.[89] O Terror, como ficou conhecida a ação do Comitê, acentuou a laicização do Estado francês; sob o comando de Robespierre, o Ser Supremo foi celebrado oficialmente, a Igreja católica praticamente silenciada, o calendário gregoriano substituído por um novo, revolucionário, e a identificação com a

República romana buscada intensamente, do seu paganismo aos hábitos sociais. Esse regime, que revelou o lado mais sombrio da Revolução, em sinistra antecipação aos regimes totalitários do século XX, não durou mais de um ano, o próprio Robespierre sendo deposto e morto em julho de 1794 – no Termidor, o penúltimo mês do calendário revolucionário – pela mesma forma pela qual fizera eliminar tantos outros franceses.

Com o fim do Terror, seguiu-se uma procura de ordenação da vida do País, pelos termidorianos, os políticos alçados ao poder, sobreviventes aos acontecimentos dramáticos dos anos anteriores. A Revolução voltou-se para si e procurou prevenir excessos, e a sua tarefa imediata era a redação de uma nova Constituição, a terceira, editada em 1795; nela, a Declaração dos Direitos do Homem foi mantida, mas polida: embora a igualdade, a liberdade, a segurança e propriedade consistissem a essência daqueles direitos, o direito de resistir à opressão, presente no texto original da Declaração e constante nas Cartas anteriores, foi eliminado. Era evidente a preocupação em criar uma ordem política duradoura por parte dos termidorianos, agora reunidos no Diretório, o novo órgão executivo da República. Em 1799, nele ressurgiu como um de seus integrantes o abade Sieyès, o talentoso formulador legislativo do início da Revolução e hábil sobrevivente ao Terror. Em meio à instabilidade interna que desde a sua origem acometera o Diretório, coube a ele, supondo dominá-lo, encaminhar o fim do processo revolucionário. O abade atraiu para a cena política direta o vitorioso general das guerras revolucionárias, o corso Napoleão Bonaparte, para formar uma junta governativa e substituir o Diretório. Bonaparte logo mostrou ao mundo que o seu gênio não se limitava à ação militar, estendia-se também à ação política, e nesta o seu comando era indivisível, tal como o exercia à frente das suas tropas. O jovem general inscreveu-se definitivamente no processo revolucionário: no último ano do século, com seus soldados, tomou o poder em 18 Brumário do ano VIII – 9 de novembro de 1799, no calendário gregoriano, que voltaria a viger.

- **A agenda da contrarrevolução**

A reação à Revolução Francesa nasceu, como esperado, entre a classe expelida do poder: nobres e aristocratas emigrados, que foram buscar apoio junto às casas reais europeias para derrubar o novo regime. Não foi contudo dessa reação, aliás infrutífera, que adveio a resposta ideológica que animaria de então por diante o pensamento autoritário de direita, partilhado por San

Tiago e seu grupo na faculdade, em sua luta contra os comunistas que, como eles, queriam o fim do débil regime liberal vigente no Brasil. A resposta às ideias afirmadas pela Revolução, isto é, o pensamento contrarrevolucionário, achou no irlandês Edmund Burke o seu primeiro formulador.

Parlamentar e orador experimentado, Burke publicou suas *Reflexões sobre a revolução em França* no segundo semestre de 1790, quando já havia sido iniciado o desmantelamento do regime feudal, a eliminação dos privilégios da nobreza e do clero, editada a Declaração dos Direitos do Homem e do Cidadão, estatizadas as propriedades da Igreja, reordenado administrativamente o País, reorganizado o Judiciário, outorgada a constituição civil do clero – ou seja, em curso acelerado o processo de liquidação das bases institucionais do Antigo Regime. Escritas em um estilo torrencial – dezenas de páginas em forma de carta –, somando intuição, experiência política, análise, fatos, previsões, as *Reflexões* exibem todavia um ritmo invejável, responsável pelo seu sucesso imediato e pela sua perene legibilidade.

Burke começou seu ataque afirmando que a Revolução pretendia aniquilar a monarquia francesa e em seu lugar implantar um regime articulado a partir de uma "constituição geométrica", ou seja, uma construção artificial, porque não provada pela experiência, e por essa razão incapaz de cumprir o seu anunciado propósito democrático. O contrário, dizia, do que ocorrera na Inglaterra, onde a Revolução de 1688 – que restaurara a monarquia após a tentativa republicana liderada por Oliver Cromwell – fora uma verdadeira revolução, pois conseguira estruturar uma monarquia constitucional, com líderes experientes e aptos a governar, pois dotados de sabedoria (*wisdom*) e virtude (*virtue*) – para governar.[90]

Burke percebera, já às primeiras normas legais editadas pela Assembleia, o fim próximo da monarquia francesa, e a sua crítica à Revolução – às suas instituições, aos seus atores e às ideias que a animavam – não cuidava apenas de analisá-la como fato político, mas de combatê-la para frustrar-lhe o exemplo. Nessa linha, pontuando os eventos revolucionários, Burke somou, sem maior ordem mas sempre com vigor expositivo, seus comentários. Investiu contra a nova concepção de poder e os seus novos titulares, dizendo não ser o governo órgão executor de ideias abstratas, como se apresentava o liderado pelos revolucionários, pois o governo "não era feito em razão do direito natural, uma abstração frustra, era o esforço da sabedoria humana para prover as necessidades humanas";[91] por isso, "um certo quantum de poder deveria existir" e ser exercido por mãos capazes e não caudatárias de assembleias populares que encenavam a "farsa de deliberações, com tão pouca decência quanto liberdade", na qual seus integrantes "agiam como comediantes em uma feira, diante de uma audiência turbulenta",[92] e, ao disputar "leilões de popularidade", convertiam-se em "bajuladores e não em legisladores".[93]

Essas assembleias a serem eleitas pelo voto seriam, segundo Burke, a expressão tão veraz quanto negativa da descabida pretensão dos revolucionários em igualar entre si todos os cidadãos, dando-lhes uma tábua uniforme de direitos que habilitaria metafisicamente todos os homens a governar, redigida pelos "políticos das letras", uma nova espécie, "muito ciosa de si mesma e quase sempre propensa à novidade".[94] Negava Burke essa igualdade, que via artificial: "aqueles que tentam nivelar, nunca igualam (...) apenas pervertem a ordem natural das coisas, [já que] em todas as sociedades compostas de diferentes categorias de cidadãos é necessário que umas se sobreponham às outras"; por exemplo, "as corporações de alfaiates e carpinteiros", pela simples invocação de "prerrogativas da natureza", não poderia ser igualada àqueles cidadãos dotados de *wisdom* e *virtue*, atributos próprios da aristocracia, como se tinha na Inglaterra.[95] A escolha do governo não era, portanto, uma questão de número, aberta a todos os cidadãos: "dizer que vinte e quatro milhões [então a população da França] deveriam prevalecer sobre duzentos mil, só se a constituição de um país fosse uma questão aritmética. Este tipo de argumento, para os homens que podem raciocinar, é ridículo".[96]

O propósito revolucionário horrorizava Burke; ele o contrapunha ao exemplo da Inglaterra, em seu entender uma monarquia constitucional verdadeiramente democrática, na qual "todas as reformas que empreendemos tomaram por princípio a referência ao passado, e as reformas futuras serão cuidadosamente promovidas tomando em conta os precedentes análogos, a autoridade e o exemplo".[97] Não era admissível que a vontade dos indivíduos, facultada a sua expressão a cada um deles, indicasse os governantes; ao contrário, as sociedades requeriam, especificamente, fossem "a vontade dos indivíduos controlada e suas paixões dominadas", o que "só poderia ser feito por um poder exterior aos indivíduos", insuscetível à paixão popular.[98] Burke defendia um processo que promovesse o balanceamento das forças sociais, e não deixasse aos "homens o comércio de suas razões individuais".

Em conclusão, deveria prevalecer apenas a razão que consultasse a tradição,[99] pois a tradição era uma força social insuperável, e os juízos consolidados pelo tempo que dela naturalmente surdiam, os preconceitos (*prejudices*) eram a única diretriz segura de consciências, porque punham "a mente no curso estável da razão e da virtude, impedindo que o homem hesitasse no momento de decidir";[100] ou seja, permitiam que o homem decidisse atento à tradição – e não conforme a razão da história.

Burke repudiava o homem nascido da Revolução que reclamava para si a titularidade de direitos individuais inalienáveis e se via no centro de todas as prerrogativas jurídicas e políticas, afirmando, assim, um individualismo que, desdobrado no plano político, vencia o dogma da seleção divina dos reis e a unção de uma aristocracia governante. Daí o ataque frontal de Burke ao núcleo ideológico da Revolução, que divisou com notável perspicácia e antecipação, chegando a prever o seu fim pelas mãos de um tirano, como seria, e foi, Napoleão. Em sua crítica, opôs os preconceitos (*prejudices*), decantados da experiência histórica, à razão individualista e criadora de princípios políticos "metafísicos", tais os inscritos na Declaração dos Direitos do Homem e do Cidadão. Negou Burke legitimidade à nova ordem política apoiada no número de cidadãos – no povo –, dizendo-o incapaz de governar, e imputou a uma cabala literária, formada por uma fração de intelectuais convertidos em demagogos, uma campanha ordenada de descrédito da nobreza e do clero.[101]

As *Reflexões* logo estabeleceram a agenda contrarrevolucionária: princípios e formas a serem opostos ao pensamento político trazido pela Revolução estão nelas alinhados, vigorosamente. A reação, à direita, ao regime democrático encontrou, no Brasil também, nas *Reflexões* o seu breviário.

Mas as *Reflexões* não seriam o único guia do pensamento contrarrevolucionário. Sete anos depois, em 1797, Joseph de Maistre alargou a vereda aberta por Burke com a publicação de *Considerações sobre a França*, cujo período inicial revela o teor e a sombria elegância do estilo desse advogado *savoyard*[102] desencantado com a Revolução: "Estamos presos ao trono do Ser supremo por uma corrente sutil que nos submete sem nos escravizar. O que há de mais admirável na ordem universal das coisas é a ação dos seres livres sob a mão divina".[103] Esta é a perspectiva das *Considerações*: pôr a obra revolucionária diante de Deus, para que os homens vissem a iniquidade dos seus atos.

A Revolução era em si maléfica – ela havia tudo corrompido. O mal, dizia Maistre, é o cisma do ser, e a Revolução fora o cisma da vida política. A barbárie consciente governara as suas ações, ela promovera, sistematicamente, atrocidades, a corrupção calculada e, sobretudo, a irreligiosidade. Em consequência, o povo fora liberado de sua crença religiosa – do catolicismo –, as leis fundamentais do Estado subvertidas e a monarquia violentada. O oposto deveria ocorrer: a única ordem política admissível era aquela formada em torno da Igreja Católica, que "reinava havia dezoito séculos sobre grande parte do universo, sobretudo em sua fração mais esclarecida", e, ao contrário das demais religiões, fora fundada sobre fatos milagrosos e reveladores de dogmas incompreensíveis, nos quais todavia uma grande parte do gênero humano seguia acreditando piamente e era defendida, ao correr dos séculos, pelos homens mais notáveis, apesar dos esforços de uma seita inimiga que não cessava de contra ela rugir.[104]

Maistre punha a Igreja Católica no centro da vida social e via no protestantismo uma "seita inimiga" no plano religioso e, com antecipação, no político também, pois a Revolução havia descortinado ao homem a sua consciência política, e esta heresia era análoga à heresia protestante, que admitia aos seus sectários o livre e público exame de consciência, ao contrário dos católicos, cuja consciência estava nas mãos de Deus e tinham na Igreja o caminho exclusivo até Ele.[105]

Política e religião eram, na verdade, uma coisa só: "a custo, podia-se distinguir o legislador do padre"; todas as instituições imagináveis repousavam sobre uma ideia religiosa, e tais instituições só seriam duradouras se fossem divinizadas, isto é, revelassem, na criação delas, o propósito divino e não obedecessem "à razão humana, ou o que se chama filosofia, uma força essencialmente desorganizadora". Maistre repudiou as Constituições escritas pela Revolução – não poderiam trazer nelas impresso o comando divino, porque era certo que o homem não tinha capacidade para as criar, sequer pela experiência, como admitia Burke. O homem nada era capaz de criar; só a intercessão divina o guiava, e não havia espaço para deliberações, assembleias, nem para normas legais taxativas, como a Declaração dos Direitos do Homem e do Cidadão, pois os direitos derivavam de uma ordem anterior não escrita, e "existente porque existente", e a ação humana limitava-se a declará-los, e esta ação era tarefa reservada aos reis e aos nobres.[106] Por exemplo, os direitos do povo eram uma concessão do rei, e os direitos essenciais do rei e da aristocracia não tinham data nem autor.[107] Não se tratava, portanto, mais de a tradição, a experiência, substituir a *"raison raisonante"* (a razão pensante) dos revolucionários, como defendia Burke, e sim de a ordem divina ser revelada nas instituições políticas, o que só seria possível pela subordinação do Estado à Igreja.

- **A reação no Brasil**

Maistre excedeu a crítica de Burke não apenas em refinamento literário e virulência, mas ao defender, como sintetizou em uma frase famosa, fosse feito o contrário da Revolução, e não apenas o seu combate.[108] Isto é, não defendia o Antigo Regime, que dera a Revolução – um castigo divino à impiedade dos franceses –, mas uma sociedade integralmente subordinada à Igreja, aos dogmas da fé católica: em verdade, defendia uma retroação às brumas medievais, do saber murado dos claustros e de servos ajoelhados.[109] Maistre extremou a reação de um catolicismo identificado com o Estado monárquico e dele violentamente apartado pela Revolução, como fora o francês. A sua crítica apoiada na invocação ao saber divino e à fúria punitiva do Criador, que vincam as *Considerações*, exerceu um apelo inexcedível junto à Igreja, enquanto a crítica de Burke fecundou uma alternativa objetiva à realidade revolucionária e entusiasmou seguidas gerações de espíritos conservadores.

As ideias de Burke encontraram imediata recepção no Brasil. Em 1812, o visconde de Cairu, o artífice da abertura dos portos determinada por D. João VI em 1808, quando este aqui chegou corrido de Portugal pelas tropas de Napoleão, publicou *Extratos das obras políticas e econômicas do grande Edmund Burke*. Em seu prefácio, Cairu comparou a Revolução a uma sífilis política "(...) esse segundo, e ainda mais pestífero, mal francês", e os "falsos direitos do homem" a uma ilusória promessa de "felicidade do mundo". Monarquista e católico radical, Cairu temia o povo e o seu governo – a República –, que a liberdade defendida na Declaração dos Direitos do Homem fatalmente traria: "A (...) liberdade à francesa, que só consiste no desenfreio das paixões animais, e na destruição da ordem estabelecida".[110]

O temor de Cairu, alimentado pela obra de Burke, imantaria boa parte da classe política do Império e da Primeira República, como San Tiago percebera no "grave senso da ordem" defendido pelos políticos mineiros que conheceu ainda ginasiano.

Escrevendo na década de 1920, Pontes de Miranda ecoava Cairu na crítica feita por Burke à extensão dos votos a todos os cidadãos, tomando, literalmente, exemplos deste inclusive.[111] Em um ensaio sobre Cairu, publicado no início dos anos 1950, San Tiago o viu como o protagonista de sua época e o identificou como o autor de "nossas primeiras publicações de doutrina política, em que sua posição, ao mesmo tempo liberal e anti-republicana, se define, alicerçando um regime do tipo monárquico-constitucional, fortemente ancorado no sentido de ordem e de autoridade".[112] Como o deputado San Tiago perceberia em 1962, boa parte da elite brasileira ainda àquela altura era tributária dos preconceitos políticos centenários definidos por Burke e, movida por uma "empedernida classe proprietária", opôs tenaz resistência às reformas estruturais defendidas por San Tiago, no ocaso da ordem democrática da República de 1946.[113]

A influência de Maistre compreensivelmente se fez sentir mais sobre os pensadores católicos.[114] Padre Franca, sem o citar, defendia o propósito último de Maistre de retroceder a uma sociedade medieval e via a Revolução Francesa como uma obra do Mal.[115] Em Jackson de Figueiredo, contudo, a influência de Maistre foi solar e absoluta; citava-o abundantemente e buscou reproduzir-lhe a contundência, mesmo se lhe faltasse o domínio da língua, que fez de Maistre um dos expoentes da literatura francesa. O conhecimento da obra de Maistre, de quem cogitou escrever a biografia, permitiu adicionalmente a Jackson ver na cruzada de *L'Action Française* a atualização do pensamento contrarrevolucionário, pela incorporação a ele dos temas políticos defendidos pela extrema direita ao início do século XX: o repúdio à democracia parlamentar, o nacionalismo radical, o antissemitismo, o antissocialismo.[116]

Nesse processo, sem o pesado véu teológico da obra de Maistre, surgiu uma nova direita com um vigoroso sentido objetivo, o que possibilitou aos tradicionalistas, como Jackson e Alceu, a um só tempo aceitar a vivificação do pensamento contrarrevolucionário e atrair à nova direita jovens como San Tiago. *L'Action Française* facilitou esse trabalho de catequese política; além de uma ágil organização, seus líderes, aos quais não era exigido fidelidade à doutrina católica, nela infundiram uma considerável vitalidade intelectual. Maurice Barrès, Charles Maurras e Léon Daudet cedo haviam alcançado o prestígio literário que manteriam como escritores prolíficos.[117] Os romances de Barrès, as obras políticas de Maurras e as crônicas de Daudet eram então muito divulgados.[118] San Tiago àquela altura estaria lendo os autores de *L'Action Française*, e possivelmente os seus boletins, ou os almanaques anuais; e, pouco tempo depois, referia-se a Maurras como "o grande e debatido chefe de *Action Française*".[119] Octavio de Faria citará em sua obra de defesa do regime fascista, *Maquiavel e o Brasil*, o autor do primeiro livro sobre o fascismo publicado fora da Itália, Georges Valois, egresso de *L'Action Française*.

Da França viera o pensamento contrarrevolucionário, e de lá, mais de um século depois, vinha a nova direita; ao conhecê-la, San Tiago avançava em seu projeto ideológico.

- **O *affair Dreyfus* e o alinhamento das correntes de direita**

O regime monárquico de Napoleão III, instaurado em 1852, foi submetido à opinião popular e emergiu do plebiscito realizado em 8 de maio de 1870, apoiado pela a maioria dos franceses. Mas esse apoio não impediu de a 4 de setembro a República ser novamente proclamada, e desta vez vir a ser consolidada. O contencioso aberto com a Prússia sobre as fronteiras ao norte da França pusera em armas ambos os lados, e a derrota dos franceses, dois dias antes, a 2 de setembro, na batalha de Sedan, travada a leste de Paris, na região da Alsácia-Lorena, decretou o fim da monarquia. O novo governo "de defesa nacional", tentou resistir às tropas prussianas, mas o cerco destas a Paris duas semanas depois da vitória de Sedan mostrou a inutilidade daquele propósito. Em janeiro do ano seguinte as partes beligerantes assinaram o armistício não antes de as tropas invasoras cruzarem, em formação, o Arco do Triunfo, na principal avenida de Paris, e um pedaço da Alsácia-Lorena ser cedido à vizinha Prússia.

O novo regime não editou uma constituição, mas em 1875, vencida a última tentativa de restauração monárquica, foram votadas leis constitucionais que instauraram uma República parlamentarista. Nesse período inicial do regime, o poder ficou nas mãos dos republicanos moderados, para os quais, no dizer de Léon Gambetta, um dos seus líderes mais expressivos, a "política é a arte do possível", expressão que os políticos brasileiros converteriam em justificativa para reiteradamente frustrarem as tentativas de reforma legislativa efetivas, tais as defendidas por San Tiago ao início da década de 1960.[120] Com a revisão das leis constitucionais em 1884, a forma republicana de governo foi declarada intangível. A III República francesa consolidou-se, reunindo as suas frações partidárias.[121]

A derrota em face da Prússia deixara em alguns espíritos o desejo de vingança, que, progressivamente, começou a se expressar na reivindicação de um nacionalismo de novo feitio e de um governo forte que o promovesse. Voltada à defesa do espírito patriótico, do espírito militar e do espírito nacional, Paul Déroulède, à frente da "Liga dos Patriotas", proclamava, "o ódio já nasceu; a força vai nascer".[122] Ecoando análogo rancor, Édouard Drumont, em uma série de livros, em especial *France Juive*, afirmava – infundadamente – que sessenta por cento da economia francesa era dominada pelos judeus, os únicos que haviam lucrado com a Revolução Francesa; e por meio da "Liga Nacional Antissemita da França", por ele fundada em 1890, propagava um antissemitismo feroz.[123] Com os nacionalistas e antissemitas, formaram os demais antiparlamentaristas e os monarquistas, alinhados no ataque ao regime republicano, dizendo-o incapaz de unir a França e defendê-la a partir da promoção dos interesses dos franceses. Esses vetores ideológicos provinham de origens distintas e mostravam matizes peculiares, mas a convergência deles em um movimento mais expressivo e duradouro não tardaria, e um acontecimento dramático, a arrebatar e a dividir o País, seria o catalisador desse novo núcleo de pensamento e de ação da direita radical francesa, que iria inspirar outros, no Brasil inclusive.

Em setembro de 1894, uma lista de documentos militares foi encontrada na cesta de lixo da embaixada alemã em Paris por um agente do serviço de inteligência francês, no curso de uma investigação rotineira. Mesmo sem qualquer indício que o ligasse ao fato, o capitão do exército francês Alfred Dreyfus foi acusado de espionagem em favor do inimigo da guerra de 1870. Ao fim de um processo célere e irregular no Conselho de Guerra, Dreyfus foi condenado à prisão perpétua e degredado para a Ilha do Diabo, colônia francesa na América do Sul, ao largo da Guiana. A mulher do capitão, inconformada, enfrentou o Exército e a imprensa antissemita liderada por Drumont à frente de seu jornal, *La Libre Parole*, e lutou pela inocência do marido, vendo, com razão, que ele fora responsabilizado à conta da sua origem: primeiro judeu a ocupar posto no Estado-Maior do Exército, em uma época de crescente antissemitismo, e nascido na Alsácia, região de fronteira que, juntamente com parte da vizinha Lorena, a França entregara à contígua Alemanha nos termos do armistício firmado em 1871, e que por essa razão tornara-se objeto de áspera reivindicação por parte dos nacionalistas. Porém, mesmo depois de haver sido Dreyfus degredado para cumprir pena na Guiana Francesa, o vazamento de informações continuou; as investigações, agora feitas com desassombro e lisura processual, provaram a inocência de Dreyfus, mas ainda assim o Exército recusou-se a admiti-la.

No início de 1898, o escritor Émile Zola publicou um artigo, "J'Accuse" ("Eu Acuso"), em que denunciou o ministro do Exército de haver cometido crime judiciário na condução do processo movido contra Dreyfus; Zola foi processado por calúnia, condenado e refugiou-se na Inglaterra. Nascia o *affair Dreyfus* (o caso Dreyfus) que logo atraiu a atenção internacional, inclusive a de Rui Barbosa, que, perseguido pelo truculento marechal Floriano Peixoto, então presidente da República, exilara-se em Londres e de lá escreveu, no *Jornal do Commercio* – seis décadas depois comprado por San Tiago – pioneiro artigo em defesa do capitão, mostrando as irregularidades cometidas na condução do processo que o condenara, tema cujos aspectos jurídicos San Tiago viria renovar em estudo célebre.[124] Na França, o *affair* fendeu a sociedade; em todos os círculos formaram-se ou partidários ou adversários do capitão, e nos debates acalorados entraram todos os elementos ideológicos presentes na política francesa e que nela remanesceriam, mesmo depois de o capitão absolvido e reincorporado ao exército, em 1906, por decisão de um tribunal civil.

Os antiparlamentaristas, antissemitas, nacionalistas radicais e monarquistas haviam-se alinhado contra a absolvição de Dreyfus; acusavam os defensores do capitão de invocar conceitos vagos, tais os de justiça e verdade, enquanto eles postulavam princípios objetivos: o exército, a honra da pátria, a bandeira, o estado forte. Com o propósito de combater os conservadores, a "Liga da Defesa do Homem e do Cidadão" foi criada em janeiro de 1898. Os partidários do capitão, muitos deles nela abrigados, anticlericais, liberais, protestantes e judeus, temiam a ligação dos oficiais do exército com a direita e opunham-se ao militarismo que começava a crescer; já os *antidreyfusards* das diferentes correntes, em janeiro de 1899 reuniram-se na "Liga da Pátria Francesa", entre eles os escritores Maurice Barrès, Charles Maurras e Léon Daudet.[125]

Essas ligas, avivadas pelo *affair*, teriam duração efêmera e não seriam capazes de subverter o Estado francês; mas deram maior visibilidade às correntes ideológicas em curso e as fixaram no debate político. E nelas despontaram as estrelas da reação conservadora, notadamente Maurice Barrès e Charles Maurras.

- **As estrelas da nova direita**

Maurice Barrès nasceu em 1862, em Charles-sur-Moselle, na região de Vosges, a leste de Paris, filho de um próspero engenheiro e da filha do prefeito da sua cidade natal. Aos onze anos foi interno em um colégio em Nancy, cidade próxima pela qual se elegeria o deputado mais moço da França, aos vinte e sete anos, já romancista consagrado. Enviado a Paris para cursar Direito, trocou os estudos pela literatura, e o sucesso foi rápido. Em três anos, a partir de 1888, iniciou a publicação da sua primeira trilogia romanesca, sob o título *O Culto do Eu* – nesse ano lançou *Sob o olhar dos bárbaros*, e *Um homem livre*; *Jardim de Berenice* encerrou o ciclo em 1891. Já o primeiro dos três livros conquistou a atenção do público e da crítica. Nele, como nos dois seguintes, por meio de seus personagens dispostos em situações diversas – na vida feérica de Paris, na sua nativa Lorena ou em meio a uma campanha política da província –, Barrès celebrava o culto do eu, a exaltação do próprio ser como meio de elevação existencial capaz de permitir "sentir o mais possível, analisando o mais possível e de envolver-se e dedicar-se o mais possível", para esse fim contrapondo e experimentando diversas realidades.[126] Mas a elevação existencial não seria alcançada apenas pela experimentação da realidade, senão pela superação de suas exigências concretas; a fim de liberar-se, de se pôr acima e a salvo dos "bárbaros", era necessário dispor de meios que habilitassem essa elevação – em uma palavra, riqueza material, que permitisse consolidar a elevação que a experimentação da realidade traria aos espíritos capazes de projetar-se sobre a trama dos fatos ordinários da vida e de nela a seguir intervir especialmente. Os dois planos do pensamento de Barrès, literário e político, que andariam mesclados sempre em sua fecunda carreira de romancista e publicista, já estavam delineados nessa segunda trilogia; de um lado, o culto da juventude, do domínio enérgico da realidade para transformá-la, o que deu à sua obra dessa fase inicial uma perspectiva contestatória e iria fazer o autor imensamente popular entre os jovens na virada do século XX; e, de outro, o traço conservador, na celebração da pátria, de sua terra e de seus mortos, de sua defesa contra a ameaça "bárbara" aos seus valores ingênitos, a ordem, a hierarquia.[127]

A influência de Barrès sobre San Tiago foi decisiva tanto no plano político quanto no plano pessoal; neste, em certa medida foi duradoura. A se acreditarem suas as palavras atribuídas a San Tiago para definir o caminho a seguir para alcançar o poder político – saber, ter e poder –, nelas repontava a lição pregada por Barrès, mesmo depois de San Tiago haver renunciado ao credo autoritário de direita defendido por Barrès, ao final dos anos 1930. Poucos políticos brasileiros buscaram em tal medida a elevação existencial e material – esta, no caso de San Tiago, exclusivamente alcançada na vida privada – que os habilitasse à participação efetiva na vida pública, seguindo a sugestão de Barrès, como San Tiago buscou.[128] "Tenha dinheiro, e será considerado"; livre das agruras materiais, seria possível ao homem elevar-se e assim influir socialmente, recomendava Barrès pela boca de um de seus personagens.[129]

Em seus escritos políticos, Barrès, em lugar do parlamentarismo vigente, reclamava um regime no qual fossem outorgados ao presidente da República poderes que lhe permitissem defender, sem contestação e acima de todos, o interesse nacional; nesse sentido, inverteu o significado político do vocábulo nacionalismo. Até então empregado para referir a defesa do princípio das nacionalidades, a autodeterminação dos povos, a igualdade de direitos proclamada na Revolução Francesa, passava o vocábulo a expressar os valores tradicionais:[130] "O nacionalismo é protecionista; concerne os grandes interesses da pátria",[131] diria, pois era a liga social capaz de unir indivíduo a indivíduo e classe a classe, em uma comunidade a qual um governo forte manteria coesa, sem que as diversas regiões do País perdessem a sua própria energia, o que ocorria no regime parlamentarista. Preso às raízes do País, à sua terra, à sua tradição – ao solo e ao sangue, aos seus mortos – o nacionalismo de Barrès cifrava-se, "exigindo [que] todos os julgamentos tivessem por referência a França",[132] e assim se mostrava apto a catalisar aquela "energia nacional", viva na alma de um "enraizado".[133] Energia Nacional era o título de sua segunda trilogia, cujo romance inaugural e mais lido, *Os Desenraizados* (*Les Déracinés*), foi publicado em 1897, título decalcado pelo futuro chefe da Ação Integralista Brasileira, Plínio Salgado, em seu romance nacionalista, *O estrangeiro*, que lançou em 1926.

O nacionalismo de Barrès, ao mover-se no sentido da criação de um Estado nacional, confrontava o socialismo de extração marxista, no qual a classe trabalhadora iria se unir sobre as fronteiras nacionais.[134] Nesse sentido, opunha-se ao capitalismo liberal, em defesa do proletariado e sobretudo de uma classe média urbana fortemente nacionalista, mas rejeitava o friso marxista de um sindicalismo centralizado e alinhado internacionalmente, em seu lugar defendendo a conciliação entre o capital e o trabalho articulada por um governo forte; ou seja, substituir o coletivismo pelo corporativismo, para combater a exploração capitalista. A ideia de um nacionalismo justaposto a um socialismo despido do perfil marxista, como Barrès o definira, trouxe mais nitidez às correntes nacionalistas de direita, exacerbadas pelos antidreyfusards, mas até então carentes de uma cintura ideológica.[135] A presença expressiva delas no plano político, e o desejo de nele influir efetivamente, moveu Maurice Pujo e Henri Vaugeois a fundarem, em 1899, com a colaboração de Barrès e Charles Maurras, que com eles haviam formado na Liga Patriótica Francesa, *L'Action Française*, no mesmo ano em que o capitão Dreyfus foi novamente julgado, teve sua pena reduzida e foi a seguir perdoado.[136]

Charles Maurras nasceu em 1868, em Mardigues, na Provença; surdo desde os catorze anos, fez seus estudos sozinho; leu intensamente os clássicos e os contrarrevolucionários, neles encontrando a defesa da ordem, que, sem hesitação, passaria a advogar até sua morte, aos oitenta e quatro anos. *L'Action Française* seria a sua tribuna pelo resto de sua longa vida; a ela deu a consistência que lhe permitiu revitalizar e difundir o pensamento contrarrevolucionário, atraindo novas lideranças e projetando-o de suas origens no século XVIII à direita radical do século XX.

Maurras admitiu o nacionalismo de Barrès e a ele acrescentou a defesa do regime monárquico, ao qual atribuiu a inspiração nacionalista, pois só nele seria possível existir a coesão política necessária à integração da França, de toda a França, pois a figura do rei desestimularia a disputa pelo poder, ao qual a Revolução Francesa, ao seu ver, dera forma insidiosa ao abri-lo ao concurso irresponsável das massas. O imperador representaria o país real, cioso de suas tradições e unido em torno de seu monarca, em contraponto à República, uma ficção legal concebida pelos revolucionários e que por essa razão não poderia realizar a afirmação nacional indispensável.[137] Aliás, outro não era o argumento dos autoritários brasileiros de direita na década de 1920, e a seguir adotado pelos integralistas; entre nós a República, argumentavam, também havia sido criada a partir de uma idealização jurídica – era, pois, uma ficção legal –, e assim se mostrava incapaz de irmanar a nação na realização de um projeto nacional, que, admitiam, não seria alcançado pelo retorno à monarquia, mas sim pelo advento de um líder liberto das implicâncias da democracia.

Em 1900, Maurras pôs em debate o regime monárquico em uma série de artigos publicados na imprensa e mais tarde reunidos em livro de grande repercussão, *Inquérito sobre a monarquia*. Se era inviável o retorno à monarquia na França, a sua defesa bem articulada feita por Maurras apurou a crítica ao regime republicano vigente e deu ao nacionalismo barrèsiano um sentido de completude, o "nacionalismo integral", como o renomeou Maurras.[138] O *Inquérito* conquistou adeptos à causa monárquica, ou, antes, à tese instrumental da monarquia tradicionalista, e distinguiria de então por diante, ao lado do nacionalismo integral, a posição ideológica de *L'Action Française* em toda a sua trajetória. Aprofundando a crítica à democracia nascida com a Revolução, Maurras dizia "o poder não é uma ideia, é um fato, e este fato só é aceito quando ele se faz sentir: toda a crítica do mundo nada pode contra a força do conquistador";[139] por conseguinte, a política deduzia-se dos fatos e não de princípios – morais, religiosos ou filosóficos –, e assim devia ser objetiva, e feita a partir da experiência. Esta era a mestra da política, mas, advertia Maurras, o "mundo se modificava com extrema lentidão, se, de fato, se modificava", e "as partes variáveis são as menos importantes: o que importa é o que se mostra constante".[140] Por isso, a objetividade deveria pautar a ação política e a experiência endereçá-la, mas esta sugeria antes a estabilidade, a tradição, que seria a depuração crítica da experiência, como já mostrara Burke.

O retorno à monarquia e ao tradicionalismo pré-revolucionário mostrava-se inviável, sem dúvida, mas a defesa de seus valores, celebrando o culto à nação, ou seja, a afirmação do nacionalismo integral, animado pelo culto do "solo e do sangue", mostrava-se possível e encontrava na sociedade francesa um espaço a ser ocupado. Para esse fim, a revista semanal lançada com *L'Action Française* foi transformada, em 1908, em jornal diário, quando nela ingressou Léon Daudet, católico e monarquista, que trouxe à *L'Action Française* as suas qualidades de orador e polemista brilhante, que, complementando as de

Maurras, de doutrinador e debatedor, deram novo vigor e inédita agressividade à causa.

Sobre a apatia da classe média, sobretudo dos parisienses, que depois do *affair Dreyfus* apreciavam crescentemente a vida urbana enriquecida com os frutos da Revolução Industrial e os seus reflexos transformadores nas artes, a esquerda desenhava o seu perfil com maior nitidez; e, se não conquistava católicos, entre estes surgiam os que não se opunham ao regime republicano e defendiam os novos valores democráticos. Configuravam-se nitidamente dois dos principais inimigos de *L'Action Française*: a esquerda e a nascente democracia cristã, esta especialmente perigosa, pois se apresentava, ao contrário da esquerda, como uma opção possível aos católicos agrupados sob a liderança de Maurras. Este percebeu a ameaça e astuciosamente fez *L'Action Française* porta-voz dos derrotados no *affair Dreyfus*, da classe média conservadora sem acesso ao fastígio da *belle époque*, e dos católicos que temiam o anticlericalismo alimentado por um regime liberal. Apoiando-se no verbo denunciador e sempre pronto a eleger traidores da pátria, *L'Action Française*, monarquista, nacionalista, defensora da Igreja, antissemita e antissocialista, ergueu-se como a crítica implacável do regime parlamentar republicano. E encontrou o seu público, e o seu crescimento foi imediato. O jornal diário, principal veículo do movimento, era vendido nas ruas e nas portas das igrejas por um grupo de jovens, os *camelots du roi* – camelôs do rei –, que a seguir se estruturaram e formaram uma espécie de milícia de apoio a *L'Action Française*, modelo pioneiro a inspirar os fascistas na Itália, e no Brasil os camisas pardas da Legião Mineira, de Francisco Campos e Gustavo Capanema, e, depois os camisas verdes da Ação Integralista, entre eles San Tiago e outros cajuanos.[141]

CAPÍTULO VI

FASCISMO

O fascismo francês
L'Action Française
Mussolini e o fascismo
O jurista do fascismo
O fascismo e o Brasil de 1929

"O fascismo continua mascarado, para a opinião brasileira, pela capa que lhe lançaram os seus detratores – de terrorismo e violência individual. Não se quebra facilmente um tabu que a ignorância nacional e o veneno dos fuorisciti, *uma conserva, o outro alimenta".*[1]

- **O fascismo francês**

L'Action Française contava com o apoio da maioria dos católicos, que via a República liberal incapaz de vencer o conflito entre capital e trabalho e rejeitava a proposta socialista, dizendo-a materialista e radical. Assim, a questão social surgia aos católicos necessariamente associada à ordem que permitisse a preservação dos valores cristãos, e esta requeria não a luta de classes, e sim a harmonia dos corpos sociais, que o regime liberal não era capaz de promover.[2] Maurras não era católico, mas recebia o apoio dos católicos, cujo pensamento político coincidia com o seu, ainda que o formulasse por outro ângulo; via no corporativismo uma dedução lógica do nacionalismo e acreditava que a afirmação de um regime forte que o promovesse resolveria naturalmente a questão econômica, pois esta era um dos desdobramentos da questão política, a preceder as demais: *politique d'abord* (política em primeiro lugar), dizia Maurras, fórmula que encantaria os autoritários brasileiros e explicaria em parte o fascínio que o regime corporativo sobre eles exerceria, ao subordinar a ordem econômica à vontade incontrastada do Poder Executivo.

Mas para a ala jovem de *L'Action Française* a questão econômica não podia ser reduzida dessa forma. O nacionalismo integral de Barrès não tivera o desdobramento necessário no plano econômico, e resvalava no corporativismo defendido por Maurras e pelos católicos, cujo teor conservador não podia deixar, como não deixava, de afastar os trabalhadores e causar desconfiança ao patronato. Necessitava *L'Action Française* de uma linha capaz de atrair os sindicatos, que consistisse numa alternativa à proposta dos socialistas. Dentre aqueles ativistas, distinguiu-se o católico Georges Valois, defensor da aproximação do movimento com as classes produtora e operária.

Nascido em 1878, em sua juventude Valois ligara-se à esquerda sindicalista e em 1905 publicara um livro, *L'homme qui vient* (O homem que vem), título que Plínio Salgado daria, em explícita analogia, ao seu segundo romance,

O esperado, publicado em 1931, tal como fizera em relação ao romance de Barrès, *Os desenraizados* e o seu *O estrangeiro*, de 1926, revelando a inconfessada influência – quando não o exemplo direto – sobre ele exercida pelos nacionalistas autoritários reunidos em *L'Action Française*. Em seu livro, Valois via o "homem que vem" como o autor de uma nova forma de autoridade, humanizada e benfeitora[3] – tema também presente na obra de Plínio Salgado – capaz de superar a democracia e sua ilusória representação popular, nada mais do que a "escolha de indivíduos capazes por aqueles incapazes", e que entregava o poder a uma "oligarquia de poderosos empresários unidos na satisfação dos seus interesses à custa do interesse nacional".[4] A crítica à debilidade do regime democrático e à oligarquia econômica não fixou todavia Valois na esquerda; ele se filiou a *L'Action Française* e aí se dedicou aos temas econômicos e à militância sindical, escrevendo incessantemente e participando de diversos movimentos nos quais buscou traduzir para o plano econômico o nacionalismo integral de Barrès.

Ao nacionalismo integral, antiliberal e antiparlamentar, Valois acresceu o combate à plutocracia, à franja superior da classe proprietária, que, segundo afirmava, abusando de seu poder econômico sob a complacência do regime liberal, submetia ao seu interesse a economia francesa e os seus trabalhadores. Valois buscou atrair as correntes que se opusessem ao regime vigente e a ele não aceitassem a alternativa avançada pela esquerda: operários, combatentes da guerra de 1914, monarquistas, nacionalistas, republicanos e, mesmo, comunistas, os quais tentou converter à sua nova bandeira, procurando ver entre os extremos uma linha comum.[5] Dessa coalizão de forças, acreditava, sairia a sustentação de um novo regime cuja linha de ação seria a intransigente defesa dos interesses nacionais e a organização da economia do País sob a coordenação do Estado – do Poder Executivo. O modelo mais próximo à formulação de Valois era o fascista de Mussolini, implantado havia pouco, em 1922, que o próprio Maurras saudara, vendo nele alvos comuns aos de *L'Action Française*: a democracia, o liberalismo e o socialismo.[6]

Valois achou no fascismo italiano inspiração suficiente para criar, em novembro de 1925, o *Faisceau*, tradução literal do Fasci italiano,[7] e, no ano seguinte, lançou o primeiro livro sobre o fascismo escrito fora da Itália, *Le fascisme*, que marcou o seu rompimento com o pensamento de *L'Action Française*, sobretudo com o imobilismo que via em Maurras. Valois identificou a fonte do fascismo no nacionalismo integral de Barrès, cujo pensamento, dizia, vinha completar com *Le fascisme*. Não se tratava apenas de aliar ao nacionalismo o socialismo de extração não marxista, o que o autor de *Os desenraizados* fora o primeiro a fazer, mas ver na fusão dessas correntes o resultado necessário, o fascismo; ou seja, nas palavras do próprio Valois, "nacionalismo + socialismo = fascismo".[8] O fascismo seria produto da fusão de duas grandes correntes ideológicas do século XIX, o nacionalismo e o socialismo, afirmando-se como a superação natural da democracia, do liberalismo e do socialismo marxista,[9] qualidade que preveniria o fascismo de incorrer no erro da revolução socialista russa, que, segundo Valois, "fracassou porque negou um dos principais motores da atividade humana, a propriedade", ao contrário da "revolução fascista [que] se afirmou porque fez reentrar na disciplina nacional os titulares da propriedade".[10]

O fascismo, a seu ver, era moderno, pois reunia os elementos políticos formados ao final do século XIX e início do XX o que o tornava substituto da democracia parlamentar, consumida pela oratória política e pela retórica jurídica.[11] O novo regime, articulado a partir de uma concepção total da vida nacional e devido à organização corporativa de sua economia, seria aberto à classe operária como fizera a Revolução Francesa em relação à burguesia.[12]

Maurras rompeu com Valois e despejou sobre ele e o *Faisceau* uma série de calúnias e difamações bem escritas, publicadas em *L'Action Française*. E a recepção dos fascistas italianos, sem ser agressiva, foi todavia fria: trataram seu colega com condescendência e não lhe deram crédito maior e ao seu *Faisceau*, vendo nele faltar a enérgica e violenta liderança que levara os *fasci di combattimento* ao poder em 1922. Sem apoio na própria direita e sem meios materiais, o ânimo do líder do *Faisceau* arrefeceu. No segundo congresso do movimento, em fevereiro de 1928, as divisões internas eram incontornáveis, e o próprio Valois não escondeu o desencanto com o movimento que lançara; em junho, fundou o Partido Republicano Sindicalista e aproximou-se de grupos sindicais de esquerda.[13] Ali permaneceria até a sua morte, em fevereiro de 1945, aos sessenta e seis anos, no campo de concentração nazista de Bergen-Belsen, aonde a polícia política nazista o enviara junto com outros líderes da Resistência à ocupação alemã.[14]

A *L'Action Française*, a ruptura de Valois não causou dano maior; este, insuperável, foi causado pela própria Igreja. Em dezembro de 1926, Pio XI tornou pública uma decisão tomada em 1914 por Pio X, que proibira aos católicos a leitura de sete livros escritos por Charles Maurras. Pio XI, ao divulgar aquela decisão, proscreveu *L'Action Française* do universo católico. Embora Maurras fosse sabidamente ateu, ele defendia as posições políticas da Igreja com notável vigor.[15] Precisamente o seu prestígio entre os católicos, levou o

Vaticano a ver *L'Action Française* como uma ameaça, pois esse prestígio era detido por um movimento a ela não subordinado. Assim, entre o crédito que *L'Action Française* trazia à Igreja e a independência que conquistara, friamente o Vaticano optou por perder aquele a tolerar esta. Os efeitos sobre o movimento foram imediatos e devastadores. Entre os quadros que a abandonaram estavam Jacques Maritain e Georges Bernanos, que mais tarde exerceriam decisiva influência sobre Alceu Amoroso Lima. Impenitente, Maurras seguiria à frente de seu movimento, inabalável em seu radicalismo conservador até sua morte, em 1952, depois de haver sido comutada, por razões de saúde, a pena de prisão perpétua a que fora condenado ao fim da guerra por haver colaborado com o invasor nazista.[16]

- *L'Action Française*

Ao contrário do que pretendera Valois com o seu frustrado *Faisceau*, *L'Action Française* dirigia-se ao estrato superior da classe média, à sua fração politizada, engajada no debate ideológico; jamais buscaram seus líderes estender às camadas populares o apelo de sua causa.[17] Ainda que a defesa da restauração monárquica fosse sabidamente infrutífera, era ela indicativa do sentido geral da pregação de *L'Action Française*: a restauração de uma ordem social solidamente articulada em corpos sociais organicamente definidos, cuja direção caberia à elite do País – a aristocracia –, comprometida com o ideário nacionalista integral sem a contrastação das demais forças, muitas menos por parte das massas. Essa hipótese exigia outra circunstância, e ela se desenhou na experiência italiana. Mussolini desde o início de sua carreira buscou o poder, e a criação dos *fasci di combattimento*, sob a sua liderança, não tinha outra finalidade senão atender a esse propósito. O seu talento político nutriu-se da ação nas ruas: primeiro como socialista revolucionário, aperfeiçoou-se como jornalista político e consagrou-se como orador dramático do seu público, as massas, desde a classe média aos deserdados de toda sorte; sua ação revelou, sempre, uma álgida objetividade, de engajamentos temporários, subordinada à estrita conveniência do momento e frisada pela violência de seu curso, transgressora de compromissos assumidos.

Um século e meio depois, em 1929, a Revolução Francesa ainda estava viva entre os cajuanos, como mostrou Gilson Amado em seu discurso de encerramento dos trabalhos do Centro Acadêmico naquele ano na Faculdade de Direito. Não se tratava de uma alusão histórica, de uma elaboração analítica do inflamado orador: ele referia o legado da Revolução revisto pela nova direita francesa, em especial pelos ideólogos de *L'Action Française*, que haviam retomado o pensamento de Burke e de Joseph de Maistre e o atualizado, a ele trazendo os novos vetores da reação, surgidos ao final do século XIX: o nacionalismo extremado, o antiparlamentarismo, o antissemitismo e o antissocialismo radical, os quais achariam os seus desdobramentos objetivos no fascismo italiano. Nesse processo, os doutrinadores de *L'Action Française* constituíam-se para San Tiago em um elo formidável, ao estenderem desde a Revolução Francesa até a Revolução Fascista o pensamento contrarrevolucionário, ou melhor, a "moderna obra da reação", a que se referia Jackson de Figueiredo, dando-lhe uma armadura ideológica capaz de ombrear-se à dos socialistas.

Aos 19 de agosto de 1929, conforme está na ata de reunião do CAJU, "o orador inscrito previamente, Sr. San Tiago Dantas, vai a tribuna fazer sua comunicação, primeira de uma série que se propõe a fazer, sobre a organização do Estado Fascista",[18] dividida em três partes: "o liberalismo do século XIX, a democracia em si e nos séculos XIX e XX, e sobre a teoria objetiva do Estado, e o Estado fascista...".[19] Das palestras ficou apenas o registro de haver o orador falado sem ler – como faria com frequência cada vez maior –, porém com notável desembaraço, anotou o redator da ata, Hélio Vianna.[20] San Tiago dava um passo ousado em sua formação de ideólogo e apresentava aos seus colegas a sua "moderna obra da reação". E ela era diretamente influenciada pelo fascismo italiano, que ele, como poucos no Brasil, viria a conhecer e que iria moldar o seu feitio ideológico.

- **Mussolini e o fascismo**

Entre a unificação do país ocorrida em meados do século XIX, e, o início da Primeira Guerra Mundial em 1914, a Itália evoluiu de forma desigual, como desigual chegara à Unificação política em 1861. A industrialização do norte do país trouxe a riqueza da concentração monopolista com as primeiras indústrias pesadas que ali se instalaram na virada do século XIX e se consolidaram com a guerra; mas extremou as reivindicações dos operários nelas submetidos a um duro regime de trabalho. Processo análogo repetiu-se nas terras vizinhas, nas quais pelas mãos de camponeses mal pagos crescia o trigo que alimentava boa parte da população italiana. O avanço econômico do país, ainda assim, foi notável; porém o regime parlamentar nascido com a Unificação e tendo por estatuto político a Constituição da República de Piemonte de 1847 não conseguiu absorver os diferentes interesses que se formaram na sociedade italiana, e as lideranças políticas mostraram-se incapazes de sintetizá-los.[21] A Itália viu-se em combate com a eclosão da Primeira Guerra Mundial, em 1914, com o país dividido e o parlamento desacreditado. A consequência maior desse estado veio com o término do conflito em 1918: o fim do regime democrático, abertamente defendido pelas correntes radicais de esquerda e de direita, e pouco depois determinado por um novo líder, Benito Mussolini.

Mussolini nasceu em 1883, em Dovia di Predappio, na Emilia Romagna, filho de um ferreiro socialista e de uma professora, morta o filho ainda jovem. Em Gualtieri, cidade próxima a Dovia, concluiu o curso secundário e foi contratado como professor do ginásio local. Seguindo o exemplo do pai, ligou-se aos socialistas radicais, tornou-se um dos principais redatores de sua publicação e, em todas as oportunidades, oferecia-se como orador, exibindo já um incontido arrebatamento contra seus opositores. Essas duas atividades, de jornalista e orador, seriam constantes na carreira do futuro líder fascista; com elas, somadas a uma aguda percepção dos anseios da classe média italiana, à frente do movimento que fundou bateu os adversários que se ergueram em seu caminho até a conquista do poder máximo, em outubro de 1922.

Em 1902, Mussolini emigrou para a Suíça, seguindo a rota de muitos jovens de sua região, mas, ao contrário destes, não se fixou em nenhum emprego. Ao retornar à Itália quatro anos depois, fixou-se em Forlí, cidade próxima a Dovia, e tornou-se editor do jornal socialista *La Lotta di Classe*, do qual, em dois anos, dobrou a tiragem. Por essa altura, o Partido Socialista Italiano já se achava dividido entre os reformistas e os intransigentes. Aqueles conviviam com o regime parlamentar nascido com a Unificação, pois viam a sua participação indispensável à conquista de direitos sociais – direito de associação, de greve, imposto de renda progressivo, sufrágio universal, entre outros –, os quais, alcançados, acreditavam operariam uma transformação gradual do sistema vigente em direção ao regime socialista. Já os socialistas intransigentes rejeitavam a linha reformista, arguindo que ela seria absorvida e relativizada pela elite política liberal que comandava o país e assim não seria capaz de levar a Itália ao socialismo verdadeiro – este só seria alcançado por meio da ruptura radical da ordem política vigente. Em 1911, Mussolini participou do Congresso do Partido Socialista. Com uma oratória radical, defendeu asperamente a expulsão dos reformistas. E, três meses depois, a convite dos líderes do partido, assumiu a direção da publicação máxima dos socialistas, o diário *Avanti!*, com oficinas em Milão. Pouco mais de um ano depois, quintuplicou-

-lhe a tiragem, e o número de filiados e a representação política do partido cresceram consideravelmente.²²

A sua nova atividade transformou-o inteiramente; de um inflamado revolucionário *romagnolo*, ganhou Mussolini, já um jornalista político reconhecido, uma tribuna aberta no centro político e econômico do país, em meio ao intenso debate ideológico então vivido na Itália. À sua volta formou-se um grupo de sindicalistas revolucionários radicais que reclamavam a ação direta, já céticos sobre o êxito da linha intransigente do partido. Com eles, em 1913, Mussolini fundou a sua própria revista, *Utopia*, e os seus pontos de vista políticos ganharam novos contornos. A sua visão do socialismo, marcada desde o início pelo radicalismo dominante na Emilia Romagna e que seu pai encarnara em sua mocidade, seguia fortemente revolucionária, mas sofrera o caldeamento das leituras feitas à margem da fórmula marxista tradicional; sobressaía, agora, o papel a ser cumprido por uma liderança individual na condução de uma necessária renovação da elite dirigente, a ser feita por meio de uma ação incontrastada e restrita ao âmbito do próprio país. Ao início de 1914, a inclinação ideológica de Mussolini indicava um nítido dissenso em relação à linha do Partido Socialista Italiano.²³

Em agosto daquele ano de 1914 todas as forças políticas foram mobilizadas com o início da guerra; o partido socialista firmou posição contrária ao ingresso da Itália no conflito, ao inverso dos sindicalistas revolucionários, que não tardaram a cobrar de Mussolini uma definição. E este respondeu a 18 de outubro nas páginas do *Avanti!*, com um artigo cujo título sintetizou a sua nova posição: "Da neutralidade absoluta à neutralidade ativa e operante". O artigo surpreendeu o partido, e a sua direção, reunida nos dias seguintes, repudiou a posição de Mussolini, exigindo-lhe um desmentido. À sua recusa, seguiu-se o rompimento de Mussolini com o partido, versados mutuamente a acusação de traição e o protesto de fidelidade ao socialismo, ambos jamais aceitos pelas partes envolvidas.²⁴

A posição unilateral defendida em público por Mussolini determinou a sua expulsão do Partido Socialista, porém não o seu ostracismo. Recebendo apoio de correntes opostas aos socialistas e de socialistas dissidentes, fundou o seu jornal, *Il Popolo d'Italia*, e a ele atraiu o apoio financeiro de empresários que viam a entrada da Itália na guerra ao lado dos aliados como uma oportunidade de expansão de seus negócios.²⁵

Mesmo formando entre os vencedores, a derrota da Alemanha significou aos olhos dos italianos uma *vitoria mutilata*, sem as compensações territoriais que supunham devidas pela perda de seus filhos e pelos vultosos recursos despendidos no conflito. A essa frustração, somaram-se as dificuldades econômicas que as medidas determinadas pelo governo, formado pela coalizão dos liberais e dos democratas no poder desde a Unificação, para recuperar o equilíbrio das contas internas e externas só fizeram aumentar. Entre os segmentos mais revoltados da população contavam-se os soldados retornados da frente de batalha, especialmente os *arditi*, uma tropa de elite do exército. Nesse quadro político e econômico de crescente complexidade, Mussolini viu a oportunidade de se situar, e, junto aos *arditi*, a outros ex-combatentes, aos nacionalistas e a uns poucos socialistas reformistas, fundou em março de 1919, na *piazza del Santo Sepolcro*, no centro de Milão, os *fasci italiani di combattimento*.[26] À frente dos *fasci*, Mussolini entrou no jogo político italiano.

A vitória da revolução bolchevique em outubro de 1917, na Rússia, deu aos socialistas intransigentes exemplo e ânimo decisivos, e neles logo fixou a noção irreprimível de que a revolução socialista iria estender-se inexoravelmente pela Europa, e a sua eclosão na Itália não tardaria. No início de outubro de 1919, o partido socialista reuniu-se em Bolonha, e uma nova proposta foi aprovada: em lugar da linha reformista dominante, seguida desde a sua fundação e defendida pela maioria de seus deputados, o partido agora subordinava-se à III Internacional Comunista, instalada em Moscou em março daquele ano sob o comando de Lênin.[27] E o exemplo revolucionário russo converteu-se no caminho a seguir para a afirmação do socialismo na Itália, devendo o proletariado italiano, inclusive, "ricorrere all'uso della violenza per la difesa contro le violenze borghesi, per la conquista dei poteri e per il consolidamento delle conquiste rivoluzionarie".[28] "Fare come in Russia" tornou-se o mote dos socialistas italianos.[29]

Realizadas em novembro de 1919 pela primeira vez pelo regime universal e proporcional, as eleições gerais para o parlamento revelaram um coeficiente maior de votantes e um quadro inédito na história do país: dois partidos à margem do núcleo dirigente tradicional, os socialistas e o recém-criado Partido Popular conquistaram a preferência da população.[30] Porém, os socialistas, fiéis às diretrizes radicais de seu novo programa revolucionário, observando a "mais feroz intransigência", recusaram-se a compor com os demais partidos, para formar um novo governo.[31] Abriu-se uma grave fenda no regime parlamentar; tornara-se impossível governar o país sem o concurso dos *popolari* e dos socialistas, que detinham as maiores representações no parlamento, mas não era possível obter o concurso simultâneo deles. Esse quadro não demorou a revelar, dramaticamente, toda a sua complexidade.

As numerosas greves havidas em 1919 não foram um fator isolado;[32] em agosto do ano seguinte, cerca de meio milhão de operários metalúrgicos encerraram-se nas indústrias no norte do país, protegidos pelas *guardie rosse*, e passaram a dirigi-las por meio das comissões, células organizadas nas fábricas pelos operários, sob a liderança dos socialistas, para defesa de seus interesses. Embora breve, a ocupação das fábricas exasperou o temor e a rejeição da classe média à linha política radical dos socialistas. No campo, a situação era semelhante; liderados pelos socialistas, expressiva parcela dos lavradores havia conquistado direitos até então inéditos, fato que contrariava não apenas os interesses econômicos dos proprietários rurais, mas enfraquecia-lhes o poder local, a eles tradicionalmente vinculado. A burguesia agrária e urbana assistia pela primeira vez ao sucesso real dos socialistas, traduzido nas conquistas de seus liderados, enquanto os seus representantes no parlamento não alcançavam resultados iguais, levando-a a concluir não ser a ação política tradicional tão eficaz quanto a ação extremada dos socialistas. E, ao fundo, sobre o sucesso real dos socialistas italianos, assombrava o exemplo da Revolução Russa, afigurando-se inevitável. Ergueu-se, por todo o país, uma grande *paura* – um grande medo –, como a história registraria o estado de espírito da burguesia italiana naquele momento.[33]

Mussolini não tardou a reagir; tal como aliara a ação *fasci di combattimento* à defesa dos interesses dos proprietários rurais ante as reivindicações dos camponeses, reforçou a presença dos *squadristi* nos centros urbanos e lançou-os em luta aberta contra os socialistas. Contando com a experiência dos *arditi*, de ex-combatentes da Primeira Guerra, e de jovens à margem da força de trabalho regular, a violência fascista, organizada e sistemática, mirou a bem articulada estrutura dos socialistas em todo o país: sedes do partido e de prefeituras, cooperativas, jornais e gráficas, centros culturais etc. – "devemos dar ao adversário o sentido do terror", dizia um dos líderes fascistas.[34] E, de fato, o terror era crescente: o número de mortes e feridos e os danos materiais eram maiores por parte dos socialistas, confirmando o êxito sinistro da violência fascista.[35]

A partir de então, larga faixa da classe média começou a apoiar os *fasci*, ao lado de diferentes escalões da burocracia estatal – exército, polícia e Judiciário – cuja maioria de seus integrantes passou a agir em favor dos fascistas.[36] Outra era a situação dos socialistas; mesmo tendo uma bandeira radical de luta e ânimo forte, eles não haviam se preparado para enfrentar o seu principal adversário. A crença absoluta de que o regime capitalista achava-se em seus estertores na Itália, e a invencível divisão interna que cindia o partido, comprometiam-

-lhe a articulação necessária e frustravam a definição de sua liderança efetiva. Ao contrário, os fascistas. Embora havendo dissidências internas, Mussolini era o líder inconteste dos *fasci* e, já em sua criação, identificara o combate aos socialistas como um de seus objetivos mais importantes.[37] A crise interna do Partido Socialista desaguou em uma cisão em janeiro de 1921, da qual resultou a fundação do Partido Comunista Italiano. O novo partido atendia à determinação programática fixada no Segundo Congresso da III Internacional Comunista, que ditava, entre outros pontos, a constituição de um partido comunista subordinado a Moscou e inteiramente desvinculado dos socialistas, pois só assim seria capaz de promover a revolução comunista, que Lênin vira inevitável ocorrer em breve na Itália.[38]

Ao fim do *biennio rosso*, o *fasci* já se apresentavam como a resposta aos anseios de larga faixa da classe média, sendo um dos mais importantes deles a restauração da ordem pública.

As eleições gerais de maio daquele ano de 1921 refletiram a situação em curso. Para disputá-las, Mussolini aliou-se ao bloco nacionalista e foi eleito com uma votação expressiva, ao contrário de seus companheiros, que somaram poucos votos.[39] Já como deputado, em novembro Mussolini consolidou o *fasci italiani di combattimento* no Partido Nacional Fascista, exemplo que San Tiago procuraria, em vão, seguir. Ao definir a linha do novo partido, Mussolini foi claro: "O fascismo (...) não é um partido: é um movimento, nós não acreditamos em programas dogmáticos (...) nós nos permitimos o luxo de sermos aristocráticos e democráticos; conservadores e progressistas; reacionários e revolucionários (...) conforme as circunstâncias de tempo, de lugar, de ambiente, em uma palavra, da história".[40] O programa do partido trazia propostas que atrairiam a classe média – salário mínimo, jornada de trabalho de oito horas, seguro social e participação dos operários na gestão das empresas e do serviço público –, e, no plano político, defendia o sufrágio universal e o voto feminino.[41] Esse programa não seria executado por essa forma, e muito menos sem um custo significativo para os trabalhadores italianos; mas cumpriu o papel de formalizar a ação dos fascistas.

Em agosto, ao ser constituído mais um gabinete, uma greve iniciada pelos ferroviários estendeu-se pelos principais setores da economia; os fascistas, uma vez mais, aproveitaram-se da situação e, opondo aos socialistas a violência eficaz dos *squadristi*, tomaram-lhes o controle das maiores cidades do centro e norte da Itália.[42] A crise do gabinete entrou em sua fase aguda, e desenhou-se o caminho de Mussolini ao poder. No seio do partido fascista, cresceu a força dos *squadristi*, que reclamavam uma solução por seus meios, o que Mussolini já sabia não ser viável; se os fascistas não eram capazes de chegar ao poder por via eleitoral, tampouco conseguiriam alcançá-lo pela força somente: era preciso manter-se em meio à divisão existente entre as principais correntes políticas e, daí, seguir manobrando, enquanto a violência fascista dirigida aos socialistas por ora poupava as forças liberais que se articulavam no núcleo dirigente do país.

O regime parlamentar mostrava-se esgotado, incapaz de ordenar as forças em curso na Itália, e o rei Vittorio Emanuele III impotente para exercer, mesmo de forma simbólica, uma autoridade bastante a serenar os ânimos. Mussolini, seguro de ser a força mais dinâmica na política da Itália naquele momento, em medida escalada visando ao poder, organizou uma grande demonstração de milicianos fascistas em Nápoles no dia 24 de outubro de 1922.[43] Na verdade, outro era o propósito dos fascistas: os milicianos ocupariam simultaneamente as sedes administrativas, ameaçariam as autoridades civis de diversas cidades do centro e do norte da Itália, e, a seguir, uma falange deles convergiria de Nápoles a Roma. Quatro dias depois, os milicianos fascistas, liderados por Mussolini, marcharam sobre a capital italiana. A 30 de outubro de 1922, o rei encarregou Mussolini de formar um novo gabinete.

Aos trinta e nove anos, o mais jovem primeiro-ministro da história italiana, contando apenas com três dúzias de deputados entre os mais de quinhentos a formar o parlamento, porém liderando uma poderosa milícia formada e atuante à margem da lei, uma vez no poder seguiu valendo-se de sua fórmula habitual de ação, conjugando o terrorismo fascista e a manobra política oportunista.

Aproveitando-se do desejo da opinião pública de ver cessar a violência, iniciada com a guerra e continuada com a ação dos socialistas e dos fascistas, Mussolini se apresentou como o conciliador capaz de alcançar esse objetivo: à exceção dos socialistas e dos comunistas, admitiu em seu gabinete representantes das demais forças políticas e em troca obteve do parlamento plenos poderes, inclusive para editar decretos com valor de lei, não sem antes lembrar a eles ser capaz, com seus *squadristi*, de eliminar toda oposição ao seu governo.[44] O que, todavia, passou a fazer, metodicamente. Em janeiro do ano seguinte, 1923, sempre com a cumplicidade das lideranças políticas tradicionais, Mussolini formalizou a existência da milícia fascista. E para controlar o partido em face do frenético adesismo que o assolou e traçar as principais linhas da política do novo regime, criou o Grande Conselho Fascista, sob a sua chefia. Com esse conjunto de medidas, Mussolini logo se afirmou aos italianos como chefe de governo e líder de um novo regime, com ele iniciado.

As forças tradicionais da política parlamentar, o centro liberal cujos líderes governavam a Itália desde a Unificação, seguiam acreditando poder valer-se de Mussolini como instrumento transitório de reordenação do país, mesmo cientes de que a ação dos fascistas contribuíra decisivamente para a criação da instabilidade política e social que eles não haviam sido capazes de vencer. Porém, o quadro de legalidade formal do gabinete Mussolini, sustido pelo núcleo da classe política dirigente, não perdurou. A repressão às forças de esquerda e às organizações sociais a ela ligadas prosseguiu, ao mesmo tempo em que a censura à imprensa era imposta, e os tributos reduzidos, em especial os incidentes sobre as indústrias e os bancos, o que valeu ao governo o apoio, imediato e vigoroso, do empresariado. A classe média, que Mussolini aprendera a auscultar, apoiava a pacificação do país, cegando à natureza dos meios empregados pelo governo para alcançá-la.[45]

Alimentada pelos fascistas, cresceu a ideia de que, fosse Mussolini destituído do poder – hipótese de resto impossível, ante a presença opressiva por todo o país da milícia fascista e do apoio do exército –, o país daria um "salto no escuro" e ficaria ingovernável. O temor de um *salto in buio* foi a senha final da derrocada da democracia na Itália. Daí por diante, Mussolini converteu-se no principal polo da política italiana, e caminhou decididamente para instalar a ditadura fascista.[46]

Até 1929 – ano em que o jovem San Tiago explicou aos seus colegas a estrutura do Estado fascista – foram editadas as leis que consolidaram a ditadura do partido sobre o regime parlamentar, cujo aniquilamento gradativo, e às demais instituições democráticas vigentes, o próprio Mussolini passara a comandar a partir de outubro de 1922.[47] Em abril de 1926, nova lei eliminou formalmente a disputa entre capital e trabalho, ao tornar obrigatória a reunião dos trabalhadores de todas as categorias profissionais em corporações operárias e patronais subordinadas ao Estado. O golpe final na autonomia dos sindicatos foi dado com o regulamento dessa lei, que lhes desmantelou a organização em favor dos sindicatos formados segundo a nova norma. O passo seguinte foi a edição, em abril de 1927, da *Carta del Lavoro*, que dezesseis anos mais tarde serviria de inspiração a Getúlio Vargas, quando este, tal como Mussolini, desprezando os projetos legislativos já existentes sobre a matéria, outorgou discricionariamente a Consolidação das Leis Trabalhistas.[48] Sistematizando em trinta declarações os princípios que haviam inspirado as leis corporativas anteriores e inspirariam as posteriores, a *Carta del Lavoro* justificava a intervenção estatal – do Executivo – na economia quando a iniciativa privada faltasse ou se mostrasse insuficiente – sempre ao critério discricionário do governo – para promover o desenvolvimento econômico do país. A *Carta* consagrou a aberta e avassaladora intervenção do governo fascista na ordem econômica do país como uma das formas de a dominar inteiramente.[49]

Imposta essa nova ordem econômica, as relações entre capital e trabalho foram reordenadas, erguendo-se o Executivo em seu árbitro máximo: media e decidia, exclusivamente, as reivindicações operárias, ao mesmo tempo em que, sem o mesmo rigor, concertava com a classe empresarial – já uma decidida aliada do governo – a planificação da economia, extremando o modelo dirigista formado no curso da Primeira Guerra.[50] No início de 1928, a economia italiana mostrava-se autárquica, com todos seus conflitos absorvidos e decididos no aparato burocrático do Estado, e este, a sua vez, totalmente identificado com o Executivo. Os expressivos subsídios concedidos às grandes empresas, e os salários dos trabalhadores deixados desvalorizar pela inflação, possibilitaram os primeiros resultados positivos desse planejamento forçado, que a propaganda fascista não deixou de exacerbar.[51]

Na nova ordem política, o Grande Conselho deixou de ser órgão do partido e passou a ser órgão do Estado, subsistindo inerme o Parlamento, cujos membros não mais eram eleitos livremente e cuja iniciativa legislativa lhe fora retirada. O partido fascista e sua hierarquia, sob a chefia do *Duce*, inscritos na estrutura do Estado, com este se confundiam inteiramente, assim como o regime corporativo, no plano econômico, distinguia o novo Estado italiano.[52] A pálida monarquia italiana alinhou-se inteiramente ao ditador, e a desfalcada classe política a ele se dobrou, mortos, presos, confinados ou exilados os opositores do regime. A Igreja Católica finalizou o processo de inteligência com o novo regime e dele recebeu, entre outras concessões, a obrigatoriedade do ensino religioso nas escolas de todo o país – tal como pouco depois ardorosamente defenderia Alceu Amoroso Lima – sacramentada no Pacto de Latrão, firmado em fevereiro de 1929 entre Mussolini e o Vaticano, pelo qual era também garantida a sua autonomia política.[53]

- **O jurista do fascismo**

A atenção de San Tiago em setembro de 1929 voltava-se à experiência fascista italiana, e aos olhos do estudante de Direito avultava a obra jurídica de institucionalização do regime que lhe dera densidade ideológica, realizada a partir de 1925. O principal artífice desse arcabouço legal fascista exibia todos os qualificativos a atrair o interesse e o entusiasmo intelectual de San Tiago.

Nascido em Nápoles em 1875, aos vinte e dois anos Alfredo Rocco conquistara uma cátedra em Direito Comercial, e pouco depois, já autor consagrado, era um jurista completo. Servido por uma notável cultura e um estilo elegante e simples, Rocco distinguira-se ao filiar-se à Associação Nacionalista Italiana, que pelo começo do século transitara de suas origens literárias para o plano das ideias políticas. Rocco participou desse processo, no qual o elitismo intelectual dos nacionalistas somou-se às ideias antiliberais em curso, e a ele acrescentou elementos econômicos e jurídicos, sobretudo as ideias corporativas. Defensores de um Estado forte, capaz de projetar a Itália no cenário internacional, os nacionalistas entendiam para tanto indispensável ao Estado disciplinar toda atividade econômica do país, ordenando as relações entre o patronato e o proletariado por meio de um regime corporativo que viam como uma forma evoluída de um sindicalismo autêntico, apto a desenvolver organicamente o país, liberto da matriz socialista e despido do respectivo acento revolucionário. A aproximação dos nacionalistas com os fascistas, que teve em Rocco um grande incentivador, efetivou-se em 1923; os nacionalistas, com seus quadros mais sofisticados, logo ganharam uma projeção expressiva no novo governo.[54]

Primeiro na Câmara dos Deputados, depois, em 1925, como ministro da justiça, Rocco afirmou-se como o versátil legista do regime fascista. Em 1927, enunciou os principais tópicos do que chamou a "doutrina política do fascismo" em uma série de conferências e discursos, que reuniu sob o título *La trasformazione dello Stato* e também em opúsculos que tiveram larga divulgação, os quais certamente San Tiago terá lido.[55]

Reafirmando a existência de uma doutrina própria, o que até então o próprio Mussolini negara, Rocco dizia que o fascismo "deve combater todos os demais partidos seguindo o método da mais decidida, racional, sistemática intransigência (...), pois só assim o verbo se torna carne e a ideia fato". Essa afirmação de absoluta intransigência reproduzia literalmente a orientação de Antonio Gramsci ao Partido Comunista Italiano, feita três anos antes.[56] A intransigência revelava-se na ação – a ação violenta – e era, obviamente, a negação do Estado democrático, fato que Rocco justificava, argumentando que o "Estado democrático não dominava as forças nele em curso mas era por elas dominado: elas decidiam e o Estado a elas se subordinava e a elas dava cumprimento".⁵⁷ Isso se dava porque o Estado democrático, não dispondo de uma ideia condutora a impor, degradava-se em um campo aberto de lutas entre todas as correntes e forças existentes, cada qual reclamando o direito que supunha ter. Ao contrário, segundo Rocco, o Estado fascista realizava ao máximo o poder e a coesão política da sociedade, e esta não era uma simples soma de indivíduos, mas um organismo que tinha sua vida própria e seus próprios fins, que transcendiam àqueles dos indivíduos.

A organização do Estado era o objetivo máximo na institucionalização do regime fascista, e nesta o "problema preeminente era aquele do direito do Estado e dos deveres do indivíduo e das classes; [e] o direito do indivíduo, quando reconhecido, não era senão o reflexo do direito do Estado".⁵⁸ A liberdade individual era uma concessão do Estado ao indivíduo, assim como a atividade econômica, sem que todavia a propriedade privada fosse abolida e assim perdida a motivação individual dela derivada, que deveria ser voltada à promoção do desenvolvimento necessário ao fortalecimento do Estado e, portanto, a este deveria estar submetida.⁵⁹ A lógica da intervenção aberta e ampla do Estado na economia justificava-se para ordená-la aos seus fins maiores; por essa razão, as classes produtora e trabalhadora, organizadas em corporações segundo a natureza de suas atividades, deveriam ser inscritas no aparato estatal, e nele os conflitos entre elas seriam absorvidos e dirimidos, preservada a ordem social necessária ao fortalecimento do Estado – em lugar da luta de classes em âmbito internacional, o fascismo trazia e realizava a ideia da solidariedade de classes no âmbito da nação, afirmava Rocco.⁶⁰

À época do individualismo, da debilitação do Estado, da indisciplina, representada pelo Estado liberal, o fascismo opunha a época da socialidade (*socialità*), da autoridade, da hierarquia, da supremacia do Estado: "La nostra formula è questa: tutto nello Stato, niente al di fuori dello Stato, nulla contro lo Stato" dizia Rocco.⁶¹ Nesse contexto, cabia ao Estado defender a moralidade pública, o que importava dizer dever o fascismo ocupar-se da questão religiosa e assim professar e defender a religião católica.⁶² À época da reivindicação do indivíduo à sociedade, que a Revolução Francesa inaugurara, concluía Rocco, seguia-se a reivindicação da sociedade ao indivíduo, que a Revolução Fascista trouxera.⁶³ Essa revolução, ou melhor, como dissera Joseph de Maistre, o contrário da Revolução Francesa, era identificada por Rocco sobretudo a partir de janeiro de 1925, quando Mussolini iniciou, eliminadas de vez as estruturas democráticas do regime parlamentar, a implantação do Estado ditatorial fascista, que teve nele, Rocco, o grande arquiteto.

O Estado fascista erguera-se, explicava Rocco, sobre a liderança inquestionável de um homem extraordinário, o intérprete do povo italiano, que a ele falava diretamente, senhor de uma oratória moderna, de muitas ideias e poucas palavras, um discurso nervoso, martelante e preciso, banidas a retórica e a literatura. Segundo ele, Mussolini era dotado de um senso agudo de realidade, qualidade responsável por sua objetividade e também por sua mutabilidade, tão criticada por seus adversários, que não a viam assim, ou seja, fruto daquela virtude política. Do mesmo modo, falhavam os críticos em ver que, de um homem de Estado como Mussolini, não se devia esperar a coerência formal dos atos, senão ver no realismo político do líder a razão determinante deles. Líder do povo italiano, Mussolini somava ao seu realismo político uma invulgar tenacidade, e exibia assim uma coerência inflexível na busca de seus objetivos, uma perspicaz adaptabilidade no uso contingente dos meios a isso necessários, arrematava Rocco.[64]

A inscrição do movimento fascista em uma doutrina política articulada achou em seu legista o seu melhor autor; afinal, fora ele, como o próprio Mussolini reconheceria, o seu "amigo Rocco", o "parteiro de suas ideias", a elas dera forma e com esta o Estado fascista fora estruturado, em sua fase inicial.[65]

No Brasil, ao final da década de 1920, o regime fascista admirava apenas a alguns membros da colônia italiana, sobretudo os empresários paulistas; o maior deles, o conde Matarazzo, publicamente elogiava o regime de Mussolini, mas, tal como seus patrícios, via-o aplicável à Itália e não ao Brasil.[66] O fascismo era visto como um fenômeno que fora capaz de reerguer a Itália em um país unido sob o comando de um líder que lhe ordenara a vida econômica e social, batera os comunistas e pusera termo ao jogo partidário, o qual, segundo os novos donos do poder, levara o país ao caos. Só depois da Revolução de 1930, os autoritários brasileiros voltariam maior atenção ao regime corporativo com o qual Mussolini enquadrara os conflitos entre operários e patrões, submetendo-os, e, igualmente, a economia do país, ao controle estrito do Estado. A assimilação, mesmo parcial, do exemplo fascista não seria imediata, mas seria nítida no regime liderado por Getúlio Vargas a partir de 1930.

Outra era a recepção do movimento fascista entre os católicos brasileiros. Ainda em 1923, ao subir Mussolini ao poder, Jackson de Figueiredo já o havia saudado como o continuador do pensamento contrarrevolucionário, avaliação partilhada pelos integrantes do Centro Dom Vital e sancionada por D. Leme.[67] De então por diante, chegavam à Livraria Católica as obras dos autores contemporâneos italianos e franceses que historiavam a trajetória do fascismo e desenhavam os seus contornos ideológicos. Quando San Tiago falou a seus colegas sobre o Estado fascista em setembro de 1929, já contava com uma farta bibliografia em italiano – idioma que San Tiago dominava também – e em francês. A obra pioneira de Georges Valois sobre o fascismo terá sido uma das primeiras a serem lidas – afinal os franceses chegavam ao Brasil sempre à frente dos demais autores estrangeiros; mas outros autores vinham diretamente da Itália, ou em tradução francesa, como terá sido o caso dos discursos e das biografias sobre Mussolini, e uma série de outras obras fascistas.[68] A análise do regime fascista italiano só a partir de 1970 seria feita com a isenção e profundidade que lhe transformaram a história até então escrita.[69] Mas, em linhas gerais, a sua trajetória era bem conhecida contemporaneamente.

- **O fascismo e o Brasil de 1929**

Além do círculo católico, o fascismo não era visto como capaz de resolver a questão nacional, embora suscitasse admiração crescente e o seu alvo coincidisse com o alvo da maioria dos pensadores brasileiros: a agônica democracia liberal e o socialismo vitorioso.[70] Àquela altura, Alceu Amoroso Lima denunciava a "desordem a que foram levados os regimes de liberalismo excessivo, especialmente nos países latinos, inclinados à indisciplina, à instabilidade, e ao verbalismo"; temia, porém, a "prisão dos 'ismos', (comunismo e fascismo)", reclamando, em substituição a esses regimes, outro, inspirado em uma "doutrina moral, isto é, de contenção e guia de consciências".[71] E Plínio Salgado, que dali a três anos, em 1932, iria fundar a Ação Integralista Brasileira e para ela decalcaria formas de organização e adereços fascistas, via difícil a defesa da democracia liberal vigente: "em face das prementes realidades econômicas dos povos, devemos colocar o problema sob o ponto de vista retardatário do liberalismo dos nossos partidos oposicionistas?",[72] ao mesmo tempo em que criticava as experiências políticas recentes: "Aparecem duas tisanas para as doenças da Europa: o comunismo e o fascismo. Ambos, materialistas, decretam a falência da democracia (...) será esse o dilema para os jovens povos da América? Que rumo devem seguir os países novos, como o Brasil?".[73] Em mesma linha, Pontes de Miranda já taxara a democracia liberal como sendo a ditadura do número, do sufrágio indiscriminado, aberto a todos, e dizia que o verdadeiro regime democrático só seria alcançado pelo governo dos mais qualificados.

Os autoritários nativos caros a San Tiago estavam todos unidos em sua crítica à democracia. Porém nenhum deles, ao enfrentar as questões que denunciavam, indicava os meios hábeis a vencer a desgastada ordem liberal e, simultaneamente, afrontar o socialismo revolucionário: nenhum deles propusera uma alternativa política concreta e sistematizada à situação política vigente. Limitavam-se a desacreditar a experiência bolchevista e a experiência fascista – esta com menor sinceridade e vigor, por certo –, vitoriosas nos regimes políticos instaurados em 1917 e 1922, na Rússia e na Itália, respectivamente.

Ao contrário San Tiago. Àquela altura – e ainda por boa parte da década seguinte – o regime fascista surgira a ele como o exemplo de solução concreta e moderna à crise da democracia liberal. O fascismo reunia os elementos todos de uma resposta objetiva às questões identificadas também na imperfeita e exangue democracia brasileira, exibia um raro dinamismo e o seu líder uma inegável argúcia: afinal, em menos em três anos de ação política, Mussolini assumira a chefia do governo italiano, com apoio do rei e do parlamento, e implantara o novo regime. Igualmente, o amálgama doutrinário e a estrutura institucional do fascismo atraiam San Tiago: o nacionalismo, a estimular o espírito nativo capaz de irmanar a nação; um Estado forte e centralizador, tendo à frente um líder apto a comandar a vida do país, liberto do embaraço parlamentar, mero corpo político formado pela mentira numérica do voto, próprio de regimes constitucionais idealistas, como era a decadente democracia brasileira; o corporativismo, a solução ordenada e moderna ao conflito entre capital e trabalho, a prevenir a convulsão da luta de classes; uma perspectiva moral promovida pelo substrato religioso da nação católica (tal a italiana, a brasileira), reconhecido pelo Estado, e que a este permitia apurar a sua identificação com as massas; e, ainda, uma articulada malha de normas legais a formalizar e disciplinar o regime.

Aos olhos de San Tiago, surgia enfim um Estado dinâmico, capaz de a um só tempo dominar a revolta proletária insuflada pelos socialistas e enfrentar o capitalismo internacional; e, assim, liderado por um chefe à frente de sua terra e de seu povo, capaz de realizar um projeto nacional.[74]

Nesse contexto, o jovem ideólogo vislumbrava possível realizar a "moderna obra da reação", a ideia transformada em ação política – ação que levava ao poder: o poder político que já o seduzira, e o qual ele buscaria de então por diante.

CAPÍTULO VII

O JOVEM PUBLICISTA

Estreia na imprensa
O CAJU e a Universidade: a excelência intelectual
A vida em 1930
Início da vida pública

"O jornal de São Paulo pode ser o início de uma vida política, no melhor meio, e na melhor época."[1]

- **Estreia na imprensa**

Pelo final de 1929, San Tiago dedicava-se a redigir o seu primeiro artigo publicado na imprensa, sobre um livro de Alceu Amoroso Lima a sair. Já afirmado como legítimo sucessor de Jackson de Figueiredo na liderança do pensamento laico da Igreja, Alceu era a referência intelectual dos cajuanos e de San Tiago em particular. A inteligência e o ar grave de San Tiago fascinaram Alceu, avesso à vida social e à intimidade das rodas literárias, mas não às atividades intelectuais. E estas eram então incessantes. Alceu "agitara a vida intelectual" – assim San Tiago escreve ao noivo de sua irmã Dulce, o estudante de Medicina João Quental – com "um curso de sociologia que realizou (...) que (...) sairá em breve em livro. (...) até eu escrevi um artigo, que breve aparecerá".[2]

O artigo – o primeiro de San Tiago na imprensa – sob o título "O grande livro de Tristão de Athayde", o pseudônimo literário de Alceu, só seria publicado em *O Jornal* no ano seguinte.[3] O texto, claro e objetivo, traduz a aplicação do jovem recenseador em esquematizar a obra *Esboço de uma introdução à economia moderna*. À abertura categórica – "há livros que mal surgem tomam posição definitiva na cultura de um povo", segue-se a indicação, precisa, do propósito do livro: a crítica, cerrada e radical, de Alceu à celebração do fato econômico em si como objeto da análise do pensamento materialista, cujo prestígio era crescente. O autor seguia o caminho inverso, mostra San Tiago: "onde o materialismo histórico vê como condição primária da vida social o desenvolvimento econômico, ele vê a espiritualidade, que prende o homem à sua existência sobrenatural e o integra verdadeiramente no universo". Esse caminho era a "reconstituição do todo orgânico social, em que o economismo e a espiritualidade se harmonizavam, podendo verdadeiramente solucionar o problema, que dentro do economismo encontra apenas soluções parciais". San Tiago não negava o desenvolvimento econômico como condição ao progresso do Brasil, antes o indicava como condição necessária, citando inclusive os Estados Unidos como exemplo, embora notasse que os pioneiros, responsáveis pelo progresso norte-americano, aqui não houvessem chegado, e em lugar deles vieram os católicos. E com esses, a espiritualidade, que inscreveram na nossa formação cultural, "a sua diretriz inicial (que) não podíamos ignorar". Nesse contexto, surdiu a solução defendida por Alceu de justapor a espiritualidade ao "economismo", e não deixá-lo isolado, como faziam os materialistas. Era, portanto, conclui San Tiago, forçoso alcançar uma solução integral, e não parcial, pois só a solução integral seria capaz de articular um "todo orgânico social". Esse "todo orgânico", contudo, adverte, não seria alcançado por uma sociedade rendida à democracia liberal como era a brasileira, mas, "ao contrário, só as sociedades que se disciplinam e obedecem a uma subordinação laboriosa dos instintos individualistas conseguem construir a sua personalidade e manter a estabilidade e a ordem".

"O grande livro de Tristão de Athayde" exibia um grande mérito, arremata San Tiago: "é uma crítica dura que obriga à definição"; e, naquele momento, esse estímulo era necessário, porque "as verdades parciais já não contentam. Nós estamos cansados de relatividade".[4]

A recensão do jovem comentarista superava em muito a obra analisada; nela, ao seu modo sistematizador de ideias estudadas com certa ligeireza e claro sectarismo, prescrevia Alceu um regime econômico fundado sobre os valores cristãos consolidados na Idade Média como remédio a uma "civilização que há três séculos perdeu o centro de gravidade, vive em vão a procurar o equilíbrio perdido".[5] Mas, o livro de Alceu, além de revelar o escritor maduro aos dezoito anos, ajudou San Tiago a interpretar, valendo-se de suas leituras recentes, a realidade política brasileira; em sua crítica está prefigurado um dos eixos de sua ação política prestes a ser iniciada: a rejeição ao materialismo redutor, possível apenas em uma sociedade que fosse capaz de disciplinar os impulsos individualistas nela correntes.

O artigo seria lido em todo o círculo católico e notado por outros intelectuais. San Tiago jamais deixaria a imprensa; dias depois de morto, e vitorioso o golpe militar de abril de 1964, publicaram os jornais uma nota sua onde lançava, em forma articulada e objetiva, como em seu primeiro escrito, sugestões para uma conciliação nacional que evitasse o que então temia e ocorreu: o aniquilamento, pela violência das armas, do regime democrático estabelecido em 1946. Trinta e cinco anos antes, porém, San Tiago estava no começo de sua viagem. Já havia feito a sua opção e já rascunhara o seu projeto político, à sua maneira: estudando, expondo, esclarecendo. Faltava-lhe a ação. Esta não tardaria.

- **O CAJU e a Universidade: a excelência intelectual**

O CAJU crescera e se fizera respeitado e combatido no meio universitário em seu segundo ano de existência, ao final de 1929.[6] Contava vinte e um associados, e a sua direção reunia-se à noite, nas salas vazias da faculdade, ou na casa do senador Arnolfo de Azevedo, pai de Aroldo, colega de turma de San Tiago, sob o comando de seu presidente Chermont de Miranda, ao lado de seu vice, Américo Lacombe.[7] À frente da tesouraria, o sisudo Plínio Doyle exibia igual zelo e organização que celebrariam posteriormente o famoso bibliófilo. Antônio Gallotti surpreendia sempre os colegas pela vitalidade intelectual e social que infundia aos ambientes, característica que o acompanharia inalterada por toda vida, enquanto a animação do orador oficial, Gilson Amado, genuína e ingênua, suavizava-lhe o esforço de emular o irmão Gilberto, famoso senador por Sergipe. E os futuros mestres de história e de geografia, Hélio Vianna e Aroldo Azevedo, compunham a secretaria do Centro com San Tiago, o mais moço entre eles.[8]

Renovando-se naquele ano a direção do Centro Acadêmico Cândido de Oliveira – o CACO, a maior agremiação estudantil da Faculdade –, o CAJU decidiu conquistá-la e lançou seu presidente, Chermont de Miranda, à disputa; do lado contrário, o estudante Letelba de Brito, apoiado pela esquerda. Feriu-se uma luta viva, em que não faltaram braçadas entre os dois candidatos, vencida a eleição por Letelba.[9] Naquele momento, em que "a política se dividia" e fazia todos descrentes no liberalismo, conquistar a presidência do CACO teria sido para o CAJU uma importante afirmação ideológica no pátio da escola.[10] A pretensão frustrou-se, e a preferência pelo candidato apoiado pela esquerda era justificável: o CAJU apresentava-se e vangloriava-se de ser a elite intelectual da escola, sempre em busca de notas altas, os seus integrantes mobilizados na reação às ideias socialistas. Já a esquerda dedicava-se aplicadamente a um hábil proselitismo, aberto a todos e agitando uma bandeira moderna, a construção de uma nova ordem política, sobre a certeza científica que o dogma marxista assegurava; a esquerda apresentava o futuro, enquanto a direita, mesmo buscando-o, não desprendia os olhos do passado.

Batido na disputa direta pelo poder na faculdade, reuniu o CAJU seus quadros e reforçou a luta pelo prestígio intelectual no meio universitário. Os cajuanos haviam percebido que a má qualidade do ensino e a desorganização da escola iriam tornar os "boletins" que preparavam – apostilas resumindo os pontos dados em aula – em um instrumento eficaz de estudo com o qual os sócios poderiam obter distinções – como eram então denominadas as notas altas – e com elas afrontar seus adversários ideológicos. E em certa medida conseguiram: a disputa por distinções acabou por trazer novamente o debate político para a sala de aula, agora à margem da ação do CACO. Castro Rebello, professor de Direito Comercial e mestre admirado por todos os alunos, mas, ainda assim, aos olhos do CAJU suspeito por ser simpatizante das ideias esquerdistas, ao encontrar Lacombe na secretaria da escola acusou-o, diante de outros colegas, de haver elaborado uma lista com nomes de alunos do Centro aos quais deveriam ser concedidas distinções, e de a ter entregue ao professor Militão, que ao dar as notas consultava-a abertamente. Aluno e professor discutiram, Lacombe afirmando que apenas informara os nomes dos alunos que haviam preparado os pontos de todas as cadeiras, material que Militão elogiara e do qual gostaria de ter uma cópia. A suspeita de Castro Rebello procederia, embora ele próprio houvesse distinguido, em suas notas, muitos dos cajuanos agraciados por Militão.[11]

A acusação de Castro Rebello abalou os cajuanos, que se sentiram duramente agravados, e, pior, novamente derrotados ante seus opositores. O mestre reconhecido por todos os alunos trazia para suas aulas o debate ideológico entre a direita e a esquerda; e nesse debate os cajuanos viam-se em desvantagem, já que a excelência que mostravam na redação de pontos de aula não vencia o debate promovido pelo competente professor de Direito Comercial. Mas os cajuanos persistiam. San Tiago somava aplicação e uma grande facilidade de exposição à diligência de Hélio Vianna, ambos incumbidos de preparar os pontos do segundo ano; escrevendo ao presidente do CAJU, Hélio informava "o que realizou de prático o meu Dep.[artamento] foi somente a confecção de 10 pontos de Direito Civil e Comercial (...) cinco de cada matéria, 2 para cada sócio (...) esbocei uma revisão dos pontos de Administrativo, que eu e San Tiago, em poucos dias liquidaremos...".[12]

No segundo aniversário do CAJU, em outubro de 1929, seguindo a linha escolhida de acentuar a excelência intelectual do Centro, Américo Lacombe propôs fosse realizado um "Inquérito de Sociologia (...) em torno da Unidade Nacional", como instrumento para se conhecer a realidade do País, o que foi aceito por todos, formando-se uma comissão encarregada de sua elaboração, tendo Américo Lacombe como presidente, assistido por San Tiago, Hélio Vianna e Octavio de Faria.[13] O termo "sociologia" não denotava ainda o significado autônomo que posteriormente veio encontrar; nele se conciliavam os estudos sociais e políticos, dentro de uma perspectiva marcadamente histórica, e assim foi o estudo concebido. Mas o projeto dependia de outro, maior: a criação da revista do Centro, projeto que logo passou a dominar a imaginação de seus dirigentes. Esses planos aguardariam, contudo, o ano seguinte.

O final do ano de 1929 trouxe as provas finais e a partida de muitos dos cajuanos para o interior, onde moravam suas famílias. San Tiago, mais uma vez passou com facilidade pelos exames, para os quais não estudava especialmente. Como recordaria Américo Lacombe, San Tiago não estudava na faculdade: apenas recordava mentalmente o que ouvira nas aulas, o que lera nas apostilas. De fato, San Tiago não se preocupava em obter notas máximas. Essas ficavam, no CAJU, sobretudo com Octavio de Faria e Antônio Gallotti.[14] San Tiago ficou na cidade com Hélio Vianna, que mourejava na firma do pai vendendo e acompanhando os embarques de partidas de couro destinadas a outros estados. Na tesouraria da Polícia, o funcionário extranumerário San Tiago cumpria o expediente rapidamente, tendo à frente o dia mais largo, com a suspensão das aulas. De seu primeiro posto burocrático não ficou registro, senão de seus dados funcionais, brevemente anotados à mão pelo próprio San Tiago em um esboço de currículo.[15] Uma única vez, em meio à guerra ideológica travada no pátio da escola, a condição de servidor da Polícia lhe foi lançada, e em um contexto equivocado e injusto: o professor Castro Rebello, reagindo ao proselitismo direitista dos cajuanos e certeiramente percebendo que de San Tiago partiam as formulações mais consistentes nesse sentido, acusou-o de estar a serviço da Polícia política. Informado do equívoco, desculpou-se o professor, de público como o acusara, perante o estudante; San Tiago e seus colegas jamais deixariam de relembrar o fato, realçando, na memória de lutas passadas, a nobreza de caráter do mestre.[16]

- **A vida em 1930**

Ultrapassada a disputa com a esquerda, a vida fora da faculdade movimentava-se. Américo Lacombe, que acabara de passar para o quarto ano do curso de Direito, convidou San Tiago e Hélio Vianna, que iniciariam o terceiro ano, a abrirem um escritório de advocacia; como solicitadores – estudantes do quarto e quinto ano – poderiam prestar alguns serviços menores e acompanhar processos judiciais no foro da capital.[17] Os sócios alugaram a sala número 12 do terceiro andar do Edifício Glória, na Cinelândia, no centro do Rio de Janeiro. Acompanhamento de processos para escritórios maiores, pequenos expedientes administrativos e inventários de pouco valor eram as causas buscadas pelos advogados, que assim se identificaram no papel timbrado que fizeram imprimir.[18]

Com a chegada do final do ano letivo, San Tiago viu a oportunidade de voltar ao seu primeiro ofício, exercido ainda como ginasiano.[19] Em dezembro, no início das férias, sublocou com Hélio Vianna, por uma hora diária, uma sala em prédio na esquina da rua do Carmo com a rua do Ouvidor, no centro da cidade, e organizaram um Curso de Preparação para os Vestibulares da Faculdade de Direito da Universidade do Rio de Janeiro.[20] O "notável e pomposo C.P.P.E.V.D.F.D.U.R.J." iria prosperar nos meses seguintes, aproveitando-se, segundo Américo Lacombe, dos "trouxas que estudam para fazer vestibular".[21] A San Tiago couberam as aulas de Filosofia e de Literatura Brasileira; a Hélio, as de História Universal e do Brasil. A prosperidade não foi alcançada, mas quando os alunos pagavam, quitadas as despesas, o saldo era consumido em livros e festejado em um "bom almoço no restaurante Olímpico; (...) às dez e meia, no fundo desse bar alemão, que poupa a minha bolsa e alimenta o meu vício, eu reapareço, escreve San Tiago, normalmente com o Hélio, comendo um peixe tranqüilo e bebendo um largo chopp. Não um chopp vulgar, como esses que reparam a sede dos funcionários públicos. Mas um chopp '*mosel*', um dispendioso chopp '*mosel*', vinho branco da pátria do romantismo, acidulado com um jato de sifão...".[22] De então por diante, San Tiago não cessará de lecionar. Aos dezoito anos, as pequenas turmas do curso trouxeram ao jovem professor a audiência necessária a seu aprendizado profissional. E o treinavam para enfrentar os auditórios – e no ano vindouro de 1930, muitos deles iriam se abrir a San Tiago, marcando o início efetivo de sua vida pública, precoce e breve.

San Tiago rompe o ano-novo de 1930 ao lado dos pais (o capitão Raul e d. Violeta), da "avozinha querida", de Dindinha, e em companhia de Hélio, que viera visitá-los de sua pensão em Copacabana. Ao longo de 1929, San Tiago somara significativas realizações: ingressara no CAJU e tornara-se seu ideólogo, cumprindo um aplicado roteiro de estudos e de convívio intelectual; fizera-se admirado por seus colegas e respeitado pelos seus adversários políticos no pátio da escola; iniciara sua vida profissional como funcionário público, como solicitador e como professor; estreara na imprensa. E conquistara amigos, amigos para a vida inteira, o seu "grupo".[23]

Ao contrário da maioria dos colegas em férias,[24] San Tiago, tendo se livrado do serviço militar à conta de uma forte miopia – onze e nove dioptrias, recordaria seu amigo Hélio[25] –, vencia em janeiro de 1930 uma pesada rotina de trabalho sob o sol do verão carioca, "(...) o calor, um calor tirânico, um calor que derrota, que dissolve, que funde. E que só à noite, e aqui em Ipanema, nos abandona para dormir um sono curto de feitor fatigado. De manhã volta, com látego e ordens". Além do calor, o trabalho no curso de vestibular o desanimava: "Se você tem bem em mente a imagem física, moral e intelectual do 'homem estafado', tem a certeza de que é a minha imagem. Eu, homem do sono, todo dia estou de pé às seis e meia. Já às sete, um ônibus me leva para uma sala excusa de um 2.º andar, à rua do Carmo, onde tenebrosamente me entrego à tarefa macabra de deformar e corromper nove almas. Ali, com as janelas despudoradamente abertas à luz do sol, vou destilando a dúvida, a incerteza, a crítica, nesses pobres espíritos incautos, virgens de todo ainda, dos males mentais da humanidade. Felizmente a Natureza vai se encarregando, com grande zelo, de defender essas vítimas contra a possível penetração de qualquer ideia, e eles, mais felizes que você, sem dúvida, cada vez amam mais o Cinema e mais desprezam a Filosofia". E a rotina diária de San Tiago assim se encerrava: "Às 11 horas, vencendo os meus preconceitos políticos mais elementares e irredutíveis, começo a servir o Estado. E só às 6 horas, atente bem, só às 6 horas, o Estado me restitui a minha liberdade, quando já toda a energia se me esgotou, no contato aviltante da Cousa Pública e da Administração".[26]

Nem tudo, porém, era o amargor literariamente exacerbado das cartas aos amigos distantes; em uma de suas raras idas à praia, em Ipanema em um domingo, San Tiago desfrutava os favores do verão em uma cidade litorânea belíssima, àquela altura ainda enfrentando o provincianismo de seus dirigentes, que ele narra indignado: "Quanto à vida moral, posso dizer que, do ponto de vista coletivo, vamos mal. Um certo Luzardo (...) proíbe agora nas praias, a ausência de roupão, salvo dentro d'água (medida andrógina), o *maillot* menos três palmos abaixo da cintura (!!), e, o que é preocupador, o calção, o calção masculino, acima do joelho! Tudo é justo contra um governo policial, que pensa que moraliza por proibir o que é uma manifestação sem malícia de um estado de espírito contemporâneo – certo ou errado, mas não corrigível policialmente – e que por certo ignora que na Idade Média cristã na ingenuidade ainda fresca dos primeiros séculos, tomava-se banho em Bâles, em uma promiscuidade moral de homens e mulheres, nus".[27] Não menos atento, o jovem intelectual, que se gabava de ser um bom dançarino e ensinava a Hélio Vianna letras de sambas e de tangos,[28] ao chegar o carnaval escreve ao seu colega Chermont, em Belém do Pará: "estamos na véspera do Carnaval. O Samba que eu recomendo a você é 'Na Pavuna'. Notável".[29]

A vida intelectual seguia também animada, e San Tiago a descreve a seus amigos ausentes: "O Sr. Gilberto Amado – o famoso senador por Sergipe e irmão de seu colega Gilson – retomou sensacionalmente a sua posição de intelectual e jornalista, inaugurando uma crônica semanal, às quartas-feiras, no 'O Jornal', que tem sido admiradíssima. Estudos curtos, vivos, coloridos, num estilo admirável de nervosidade e de luz, e com uma informação copiosa e modernissíma".[30] E comenta os projetos de seus amigos: "Março, o Sr. Octavio de

Faria nos dará, em livro, um ensaio sobre Machiavel",[31] e indagava a Chermont: "Quando estive com você a última vez, antes do seu embarque, você me disse que ia ler na viagem fascismo e Pontes. Depois não falou sobre isso na carta". E San Tiago fala de seus projetos também: "espero fazer até fevereiro, um longo ensaio, cem ou cento e poucas páginas, sobre o corporativismo fascista e cristão. Ensaio que publicarei na 'Ordem', em três ou quatro números, e que por sinal agora serão mensais". E lamenta-se de não ter tempo de "organizar a Universidade".[32]

Gilberto Amado exsudava inteligência no parlamento, na imprensa, nas palestras. Seu discurso sobre os homens práticos do Império, feito em 1916 na Câmara Federal, aos vinte e nove anos de idade, foi logo visto, acertadamente, como uma das mais agudas análises políticas do regime que findara uma geração antes;[33] e da mesma forma os seus artigos, os quais San Tiago comentava. Seus discursos e ensaios valiam páginas de história acadêmica, e o seu estilo, solto e simples, distinguia o ensaísta verdadeiramente moderno, um dos primeiros, senão o primeiro no País, mais tarde reafirmado no memorialista excepcional.[34]

Além de suas qualidades intelectuais, uma triste notoriedade envolvia Gilberto Amado quando San Tiago escrevia: o assassínio em público de um desafeto seu, o poeta Aníbal Teófilo, a tiros, crime que arrebatou durante meses a opinião pública do Rio de Janeiro e levou o senador a dois júris, que o absolveram, mas não da sombra que o acompanharia por toda a vida. Gilberto Amado casava à política partidária uma rica atualidade cultural frisada por um travo conservador na denúncia das mazelas nacionais que ordinariamente fazia. A análise era penetrante, vivaz, porém San Tiago nela identifica, corretamente, a ausência de uma síntese objetiva – artigos pouco doutrinários, isto é, sem nenhum fim doutrinal, onde o autor "conclui pouco, e geralmente nada aconselha ou manda"[35] –, o que, ao fim, alinhava-a às demais análises, não tão brilhantes e agudas, mas igualmente sem resposta aos problemas apontados. San Tiago, ao contrário, ansiava por levar a sua formulação doutrinária ao debate público. A indagação a Chermont sobre a leitura da obra de Pontes de Miranda e sobre o fascismo, a promessa de ele próprio escrever um ensaio sobre esse mesmo tema e o desejo de discutir a reforma universitária indicavam aquele propósito. Que começou a ser cumprido nos artigos que San Tiago publicará na imprensa ao longo daquele ano de 1930. Neles, a sua formulação doutrinária tornou-se pública, e o seu objeto era aquele saído de suas leituras: a conciliação de valores tradicionais aos valores modernos. Em uma palavra, a "moderna obra da reação".

De Belém do Pará, aonde fora em férias visitar a família, o presidente do CAJU, Chermont de Miranda, pedia ajuda a San Tiago, "será conveniente auxiliares um pouco, no que te for possível, a nosso amigo Gilson, nos trabalhos preparatórios de organização da revista", cujo lançamento já tardava. Chermont alertava para os custos, e San Tiago fazia sugestões ao editor: "Conversei com o Gilson sobre a revista, que absorve todo o seu amor. E fiz, como me cabia, a proposta cabotina, de inserir uma secção, com as 'comunicações' e conferências, redigida sob a forma de debate. Gilson achou bom. Vamos ver. (...) Fica cabotino como o diabo, mas dá muita originalidade, você não acha? Depois, o 'cabotinismo do centro' para nós é um dever".[36] A seção não foi incluída, e a *Revista de Estudos Jurídicos* foi lançada em maio de 1930. No verso da capa estampava a composição da nova diretoria do CAJU, e na primeira página o índice enumerava os artigos.[37] Trazendo o endereço da "redação na rua general Polidoro, 131" – em Botafogo, possivelmente a residência do cajuano Plínio Doyle –, a *Revista* exibia um balanceado índice de colaboradores – advogado, professor, político, poeta, historiador e integrantes do próprio CAJU, e assim justificava o cabotinismo do centro, defendido por San Tiago.[38] No discurso feito a seus colegas do Centro no encerramento do ano letivo anterior e reproduzido na *Revista*, a temática indicava a participação de San Tiago em sua redação; nele, Gilson Amado atacara a Revolução Francesa, os seus epígonos radicais, segundo o orador os comunistas, e elogiava os fascistas de Mussolini, ou seja, as mesmas referências presentes no aprendizado político a que agora San Tiago começava, objetivamente, a dar corpo.

- **Início da vida pública**

Em dois artigos sucessivos, "Organização universitária", publicado em maio na *Revista de Estudos Jurídicos*, e "Crônica universitária: a lição de Córdoba", publicado em agosto daquele mesmo ano de 1930, no jornal *Novidades Literárias*, San Tiago faz uma penetrante análise da universidade brasileira, com um vigor surpreendente. "Nós, no Brasil, não temos ainda verdadeiramente a consciência da Universidade. Ainda não sentimos a sua existência nacional. (...) no Brasil, a formação cultural ainda não tem verdadeiramente um sentido concreto e brasileiro", diz, liminarmente; as universidades brasileiras, prossegue, eram dispersivas, "(...) sem um caráter, sem um sentido construtor, preparam gerações indefinidas, sem unidade realizadora na sociedade em que vivem. Gerações sem mentalidade. Gerações que mais parecem multidões desordenadas, que falanges coesas, ordenadas e fortes. (...) aglomerados amorfos, sem unidade de cultura e de espírito".[39] Aos estudantes interessava apenas "fazer-se representar na administração das escolas. (...) reivindicações de classe, fruto do liberalismo atual e das tendências socialistas que lhes demarcam a cultura, [e] entendem de fazer emanar da vontade soberana do corpo discente a organização da própria universidade".[40] Era preciso lutar por uma organização universitária que desse aos estudantes, diz San Tiago, "o ambiente, de que careciam as suas inteligências sufocadas e o seu largo anseio de renovação cultural, [uma] docência livre, o provimento das cátedras por concursos, [e] (...) uma revisão completa dos programas e dos cursos, para que se atualizasse a cultura, se renovassem os métodos, se adaptassem melhor às necessidades locais as condições gerais de ensino".[41]

Além do socialismo materialista a inspirar o revolucionarismo da classe estudantil, San Tiago via como causa da crise da universidade a "sociologia moderna", que a dominava e pretendia transformar o homem em simples elemento da sociedade e esta na "última finalidade do universo"; daí surgia, afirma, um "espírito forçadamente anti-metafísico (que) reduziu toda investigação sobre o homem a um sistema de conhecimentos empíricos, a que fosse de todo alheia qualquer observação filosófica". Mesmo os Estados Unidos, infensos à voga socialista, haviam adotado o critério de ensino daí resultante, de divisão da cultura por especializações técnicas, que formava uma cultura dirigida apenas a "um fim essencialmente social", em "benefício da sociedade que ela realiza, e não propriamente o aperfeiçoamento humano". Era necessário opor a "essa socialização [que] no Brasil hoje em dia se esboça (...) uma forte reação espiritual",[42] pois só ela seria capaz de animar a criação de universidades, "centros de preparação de homens, de um escol eugênico e espiritual, onde se apurem as qualidades do meio". Por essa forma, "em vez de limitar a cultura à especulação técnica, caminharemos da especialização para a integração num circulo maior de cultura, de modo a simultaneamente educar o indivíduo e a pessoa. Ao primeiro dando o contingente de valor técnico, com que ele se integrará na sociedade de que é parte. À segunda elevando, pela compreensão geral do universo em que vive, para os seus destinos morais e metafísicos".[43] Cético quanto à possibilidade de essa transformação realizar-se sob o regime político vigente, San Tiago conclui, desafiador: "Já é tempo de não sermos incoerentes e absurdos, por causa desta preguiça de aprofundar problemas. Preguiça funesta, que anarquiza o pensamento da nossa já desorganizada e inquieta geração onde há católicos com ideias rousseaunistas e comunistas com ares liberais".[44]

A má qualidade do ensino era evidente a todos universitários, a todos estudantes de Direito, colegas de San Tiago. O vigor de sua crítica não estava apenas em sua contundência e apuro literário, notáveis em um rapaz de dezoito anos – como registrou o jornalista que o entrevistou sobre esse tema[45] –, mas também em seu alcance: professores sequiosos apenas por títulos e postos que incrementassem o movimento de seus escritórios de advocacia, alunos em sua visão limitada e a classe dirigente ignorante da função civilizadora da universidade. Já a identificação de um vinco socialista, a marcar a América espanhola e o Brasil, e de uma sociologia moderna redutora a permear nossa sociedade, como causas do estado da universidade brasileira, subordinavam-se à agenda política, de San Tiago. Nela, a certificação ideológica surgia-lhe inevitável, e assim os rincões ideológicos se excluíam, radicalmente: ou direita ou esquerda; ou fascista ou comunista.[46] Nesse contexto, a missão da universidade era também colhida pela vaga ideológica, inapelavelmente, e vinculava-se à formação de uma elite destinada a alcançar o poder sem as vicissitudes do voto – sem o embaraço da representação popular.

A sociologia redutora que San Tiago dizia inspirada pelo socialismo materialista a dominar nossa sociedade fora o objeto de seu artigo, "O conceito de sociologia" publicado em maio de 1930, na revista *A Ordem*, fundada por Jackson de Figueiredo e então dirigida por Alceu Amoroso Lima. Como nos artigos precedentes, San Tiago fixa o seu tema ao início, peremptoriamente: a indefinição nacional a todos desnorteava e inspirava uma "fé messiânica" a dominar o estudo da "Sociologia brasileira". Nesse contexto, San Tiago vê traçados dois caminhos: "a educação científica positiva, que o século XX recebeu como herança do século passado, [e] a renascença espiritualista que agita o pensamento das elites modernas, (...) restaurando a metafísica onde ela parecerá definitivamente abatida". Era indiscutível, acrescenta, que o pensamento nacional não ficaria no objetivismo atual, porque "não há incompatibilidade entre o objetivismo sociológico e qualquer metafísica, e ele acreditava que "uma Política surgirá com moldes e finalidades superiores aos de simples medidas de organização".[47]

A sociologia católica, segundo San Tiago, via o homem dotado de personalidade, e esta o fazia capaz de transcender o empirismo gerado pelo socialismo materialista – a prevalência da sociedade sobre o homem. Essa transcendência, inerente ao homem, não poderia ser ignorada, e ela vincularia a universidade; ou seja, o ensino não poderia deixar de promover a "integração das verdadeiras finalidades humanas" em conjunto com o ensino especializado. Por essa razão, a sociologia católica era o único remédio à ideia da sociedade como o fim em si mesma, defendida pelos socialistas materialistas e, inadvertidamente, adotada pelos defensores, como os norte-americanos, da especialização técnica, à qual a universidade se voltava.

A preocupação em conciliar o objetivismo sociológico – que outros conservadores admirados por San Tiago, como Pontes de Miranda, defendiam – com a transcendência inerente ao homem, que o reporia como centro de uma nova "Política", como afirmavam os católicos, era claramente buscada por San Tiago. Ele sentia a tensão entre a doutrina política da Igreja, plasmada por Jackson de Figueiredo e continuada por seu amigo e mestre Alceu Amoroso Lima, e a nova "Política", desenhada à sua frente pelo fascismo italiano. Sem o auxílio da fé católica, que lhe faltava, não era possível a San Tiago subordinar-se integralmente à doutrina da Igreja, como ele revela a seu colega Chermont de Miranda: "tanto o desacreditado materialismo 'científico', como qualquer espécie de espiritualismo me parecem ter na fé, na incondicionalidade fideísta a mesma base, a mesma origem. (...) Mas se o meu espírito vier um dia ter a religião de origem ainda se modificará muito. Nessas remotas fronteiras da cristandade, eu ainda vou ficar hesitando muitos anos".[48] Chermont, a sua vez, pragmático, como mostraria depois em sua crítica ao integralismo de Plínio Salgado, já descartara a espiritualidade na sua crítica ao regime liberal, embora tolerasse o apoio dos católicos. Mas San Tiago hesitava em fazer público o seu conflito, mesmo não lhe faltando o exemplo do ateu Charles Maurras, nacionalista de direita e líder de *L'Action Française* e, sobretudo, presente o exemplo próximo do fascismo italiano, que só em final de 1929, depois de sete anos no poder, firmara uma concordata com a Igreja, em uma manobra tática cuidadosamente executada por Mussolini.

Não por acaso, o artigo seguinte de San Tiago, publicado em agosto daquele ano de 1930 no jornal *Novidades Literárias*, fundado por Augusto Frederico Schmidt naqueles dias, foi uma entrevista com Pontes de Miranda. O espírito científico do grande jurista rondava San Tiago; Pontes, como o chamavam os cajuanos, via o Direito como uma ciência entre as demais, e é nesse domínio que os temas com ele são versados na matéria, sob viva admiração do entrevistador, que ao apresentá-lo afirma: "ele não se explica por nenhuma das diretrizes do ambiente (...) seus métodos de pesquisa são outros; a sua própria mentalidade é outra e o campo da observação onde ele atua, é outro, completamente outro, que o dos juristas nacionais". E esses traços eram qualificados, "já não me quero referir, quando digo 'juristas nacionais', senão àquela reduzida minoria que se diferencia da massa imensa dos que são assim chamados". Indagado sobre a universidade, o entrevistado preferia "não falar do que quase não existe. O ensino do Direito pode se dizer que não se faz, aqui. Há somente professores notáveis e estudantes notabilíssimos". Contudo, prossegue Pontes, "uma Universidade salvaria o Brasil", (...) uma universidade "onde se estudasse por 'espírito científico', por interesse geral de pesquisa. Aí, (...) formar-se-iam os cidadãos, os dirigentes do País". San Tiago secunda o seu entrevistado, e faz também dura crítica ao ensino jurídico: "a cultura jurídica (...) ensinada sem uma superestrutura científica que a unifique e organize, a ciência jurídica degenerou aqui numa cultura fragmentária e primária, formada de regras, de vagos princípios, de teorias descosidas, e preceitos de formulário, em torno da qual se tecem associações dialéticas e se produz uma humilhante retórica (...) perdido, pouco a pouco, o sentido orgânico do Direito".[49]

A admiração de San Tiago pela obra de Pontes de Miranda, que começara a ler antes mesmo de entrar na faculdade, e a distinção que dele faz em relação aos demais juristas era inteiramente procedente, assim como a sua crítica à doutrina jurídica brasileira. Mas àquela altura seduzia-o o exemplo do jurista excepcional e do crítico severo da democracia liberal; essa composição, que San Tiago vira no jurista fascista Alfredo Rocco, avalizava o seu projeto pessoal de confluir a sua vocação ao estudo de Direito à sua vocação política. E o cientificismo de Pontes de Miranda, casado à sua crítica à democracia liberal, não contrariava a defesa de um ensino universitário formador da elite dirigente do País, e assim permitia a San Tiago conciliá-lo com o respeito às finalidades transcendentes do homem, sem que se perdesse o sentido de reação antiliberal.[50]

Pontes de Miranda representava um estímulo pessoal a San Tiago e uma influência atenuante à posição da Igreja, cuja defesa exacerbada da renovação espiritual da sociedade parecia ao jovem ideólogo pouco objetiva – como o jogo político, ao qual se lançava, sugeria.

As distinções, os pontos de aula agora comercializados entre os alunos da escola e a *Revista* aumentavam o prestígio do CAJU. Octavio de Faria, já amigo dos cajuanos, ingressou formalmente no Centro, apresentando uma tese cujo título, *A desordem do mundo moderno*, anunciava claramente a posição política do autor.[51] Na mesma época, foi admitido também Thiers Martins Moreira, colega de classe de San Tiago e Hélio Vianna. Nascido em Campos, no norte fluminense, e residente em Niterói, onde conhecera e tornara-se amigo do sociólogo Oliveira Vianna, a quem apresentou aos outros cajuanos. Em meados de 1930, o Grupo – como os amigos mais próximos a San Tiago iriam identificar-se – ganhava a forma que preservaria ao longo das décadas seguintes:

Américo Lacombe, Antônio Gallotti, Chermont de Miranda, Gilson Amado, Plínio Doyle, Octavio de Faria, San Tiago, Hélio Vianna e Thiers Martins Moreira. Chermont, Lacombe e Plínio eram especialmente dedicados ao CAJU, e com eles San Tiago exercia a sua liderança intelectual, agora em companhia de Octavio. Católico praticante, tal como seu colega de classe Lacombe, conhecedor da França e de sua literatura, sobretudo os autores conservadores caros ao seu cunhado Alceu Amoroso Lima, Octavio já se voltara à literatura e à política, e lia os doutrinadores fascistas enquanto rascunhava o livro que publicaria no ano seguinte, *Maquiavel e o Brasil*, uma ardente defesa do fascismo, seguindo a linha traçada por Alfredo Rocco, para quem o fascismo realizava a práxis romana, que teria tido em Maquiavel o seu primeiro atualizador.[52]

Os artigos publicados por San Tiago estenderam o seu prestígio além do âmbito da faculdade, e ele se sentia cada vez mais à vontade nos meios intelectuais da Capital Federal, que passara a frequentar. Assistia às palestras e aos cursos ministrados por Alceu Amoroso Lima e pelo padre Franca no Instituto Católico e no Colégio Santo Inácio,[53] visitava autores que lia, como Oliveira Vianna e Pontes de Miranda, e já se sentava à roda que se formava na Livraria Católica, dirigida por seu amigo Augusto Frederico Schmidt.

Pelo final da tarde, iam chegando à livraria não fregueses mas escritores de todos os gêneros e matizes, primeiro convidados pelo poeta-gerente Schmidt, depois espontaneamente. Schmidt, próximo à hora da chegada dos amigos, ao ver um cliente punha um livro à mão passando-se por cliente também, e assim, sem ter quem o assistisse, o cliente-intruso se ia, liberando-se Schmidt para a roda de conversa.[54] Boa parte da intelectualidade carioca, ainda não dividida em territórios ideológicos opostos, como iria acontecer depois da Revolução de 1930, reunia-se na sala ao fundo da livraria. Entre outros, os discípulos de Jackson de Figueiredo, os católicos Hamilton Nogueira, biógrafo de Jackson e mais tarde colega na Câmara Federal de San Tiago; Perilo Gomes; Nelson Romero, biógrafo de Farias Brito, o filósofo que exerceu grande influência sobre Jackson de Figueiredo e filho de Silvio Romero, este um dos mais importantes críticos literários anteriores a Alceu; o advogado Sobral Pinto, inflamado na defesa da Igreja e de seus clientes, entre eles, anos depois, o líder comunista Luís Carlos Prestes; o católico Amaro Simoni; o ferino crítico literário Agripino Grieco; o talentoso jornalista Lourival Fontes, sergipano, amigo de Jackson de Figueiredo e também de Gilberto Amado, simpatizante do regime fascista e mais tarde ministro de propaganda da ditadura Vargas; o escritor Álvaro Moreyra, cuja casa seria o último salão literário da Capital Federal; os jovens romancistas Marques Rebelo e Jorge Amado, havia pouco chegado da Bahia para cursar Direito e que, por indicação de seu primo Gilson Amado, fora morar na pensão de Hélio Vianna, onde passava o dia lendo romances e preparando o seu primeiro, *O país do carnaval*, que publicaria no ano seguinte, em 1931; Jayme Ovalle, curiosíssima figura de intelectual sem obra mas admirado por muitos deles por sua certeira intuição artística, como Schmidt; e o poeta consagrado Manuel Bandeira; o aristocrático sobrinho do escritor, e seu homônimo, Afonso Arinos, ardente barrèsiano, cuja amizade então iniciada com San Tiago não seria abalada nem quando Afonso a ele se opôs, tenazmente, na Câmara Federal.[55]

A inteligência, a cultura e a maturidade de San Tiago eram imediatamente reconhecidas nos círculos em que ingressava. Essa situação não lhe era estranha; muito cedo teve noção dessas qualidades e as dominou, ajudado pelo seu temperamento que a elas se acomodava espontaneamente. Alegre mas grave, sofisticado mas gentil, a sua presença era agradável, e ele cuidava que o seu brilho intelectual não parecesse, em sua conversação fluida, desconcertante a terceiros.[56] Trouxe para o discurso ordinário regras de cerimônia, que versava com naturalidade, ora se situando como sujeito às circunstâncias, ora sugerindo a figuração de hipóteses a partir das quais avançava a sua proposição; Américo Lacombe relembraria o amigo a dizer que determinado autor o fizera perceber, vira-se obrigado a concordar, e, em discussões com colegas, como forma de introduzir sua opinião, dizia vamos admitir etc. Advogado famoso mas ainda jovem, escrevia a um político conhecido "faça-me o favor de avisar-me quando o senhor vier ao Rio, para que eu possa ter o prazer de convidá-lo a jantar". A polidez e a simpatia conferiam, adicionalmente, a San Tiago o controle da distância, entre ele e seus interlocutores, intelectuais ou não; embora afável, seria sempre o professor.[57] A uma rude carta de Carlos Lacerda, seu adversário político nos anos 1960, que protestava por uma resposta aos ataques que lhe fazia pela imprensa, San Tiago respondeu com um impessoal "devolva-se", grafado no verso do envelope.[58]

Mais tarde, seus adversários e mesmo alguns de seus amigos e admiradores diriam, com evidente excesso e não raro velado despeito, que essa destreza intelectual convertia-se em racionalismo extremo e turbava a sua reconhecida acuidade de análise, sobretudo em relação a alguns fatos dinâmicos da ação política. Nada disso, porém, reduzia a justa admiração genuína e intensa de seus colegas e das novas relações que San Tiago ia travando nos diferentes ambientes nos quais circulava com crescente desenvoltura. Octavio, seu companheiro em longas caminhadas e discussões sobre política pela orla das praias do Flamengo e de Botafogo, depois das tediosas aulas da faculdade – caso as assistissem, hipótese cada vez menos frequente no caso de San Tiago –, diria mais tarde: "éramos muitos na Faculdade Nacional de Direito, lá pelos anos de 1930, os que estudávamos (ou lutávamos) à sombra de uma bandeira comum: o CAJU. Pertencíamos a turmas diferentes, nossas idades não eram as mesmas, tínhamos orientações políticas e sociais bastante diversas, não professávamos os mesmos credos religiosos. Mas em dois pontos, se me recordo bem, não havia a mais leve discrepância entre nós: a lúcida rejeição de qualquer ideologia de base marxista e a mais absoluta admiração pela inteligência de San Tiago Dantas. Jurávamos por ela (...) todos rezavam pela mesma cartilha 'Santiaguesca'. Não há exagero, pois, em dizer que entre os artigos de fé do CAJU, um dos mais firmes, dos mais intocáveis era a admiração pela inteligência do jovem e 'quase calouro' (pela idade, entenda-se) Francisco Clementino de San Tiago Dantas".[59]

Essa inteligência não cessava de trabalhar. Em setembro daquele ano de 1930, depois de haver publicado três artigos no semestre anterior, a pedido de Augusto Frederico Schmidt, San Tiago faz a sua primeira crítica literária. A abertura segue o mesmo padrão dos artigos anteriores: sentencioso, diz a propósito de *Libertinagem*, de Manuel Bandeira, "a sua poesia, realizada à flor da alma, vivendo do puro sofrimento dos sentidos, se desvenda facilmente aos olhos de todos. E o poeta se faz geralmente amado, porque é geralmente compreendido".[60] Essa popularidade era, à vista do crítico, um estímulo nocivo ao autor de *Libertinagem*. No livro achavam-se "algumas das coisas melhores da nossa poesia (quando) espírito do autor se revela em todo esse dolorido misticismo, que nos faz reencontrar a sobra de quanto momento amargo passageiro, por que passamos"; mas havia, também, "um certo artificialismo de escola, de um certo modernismo convencional, que atingiu o autor muito pouco na época do modernismo revolucionarizante, mais que ficou marcado em poemas medíocres, compilados neste livro". O artificialismo, diz San Tiago, aniquilara o modernismo, mas este tivera o "préstimo de abrir as barreiras falsas" que continham a literatura e esta, "liberada do modernizante revolucionarismo", retomava o seu vigor. Contudo, no livro de Manuel Bandeira "ainda se sente todo o passado artificialismo", já sem razão de ser, uma vez vencido o "modernismo-escola". Ainda assim, arremata o crítico, *Libertinagem* colecionava "dez ou doze desses poemas magníficos com que o Sr. Manuel Bandeira desconcerta a gente".[61]

A San Tiago, o revolucionarismo era também ativado pelo modernismo, e não só pelo socialismo, como ocorrera na universidade. San Tiago não criticava o modernismo em si, renovador da linguagem e da temática do romance e da poesia, mas a vertente revolucionarizante dele, que, ao seu ver aproximava-o do socialismo, e, assim, sugeria uma inexata identidade entre este e o modernismo literário. Afinal, a San Tiago, a reação, tanto ao liberalismo quanto ao capitalismo e ao socialismo, afigurava-se moderna também, como era ao seu ver a revolução fascista.

Esse não era, porém, o contexto evocado em *O Quinze*, romance de Rachel de Queiroz, publicado naquele ano de 1930, contando a autora dezenove anos, um a mais que o seu recenseador, que publica sobre o romance um segundo artigo de crítica. "Em torno das secas, [sempre houve] a certeza de que elas criariam um grande romance nacional (...) a seca seria um tema dostoievskiano", diz San Tiago. Mas, observa, a autora "não pretendeu dar ao *Quinze*, (...), uma tese central. (...) quis fazer apenas a narrativa dolorosa dos martírios, da vida que a natureza transforma e destrói, (...) sem procurar um sentido para esses martírios". "Marcou assim estreitamente os limites da obra", conclui. Ao contrário, José Américo de Almeida, escreve San Tiago, que em 1928 publicara *A bagaceira*, "o maior romance nacional. Nacional no sentido objetivo, no sentido em que é o que mais exprime do Brasil, terra e homem".

O juízo, cuja acuidade o tempo confirmou, permitiu a San Tiago contrapor ao modernismo de Manuel Bandeira, que via ainda parcialmente refém do revolucionarismo, o modernismo do autor da *A bagaceira*, este animado pelo verdadeiro nacionalismo da terra e do homem – do solo e sangue, de que falava Maurice Barrès, o defensor de um socialismo nacional, expurgado da tintura marxista, que a direita europeia adotara no início do século XX, os fascistas italianos haviam levado ao poder e San Tiago defendia.

CAPÍTULO VIII

O FIM DA REPÚBLICA VELHA

A República carcomida
A ditadura do Governo Provisório
A presidência da Federação Acadêmica

> *"Quando o País atravessava, sob o governo do Sr. Washington Luís, a suprema crise do Estado liberal, e via falir o plano financeiro do governo que fora o objetivo central da sua administração, nenhum brasileiro estava estranho ao ânimo revolucionário, que era o estado de espírito de 'salvação nacional', reinante de Norte a Sul."*[1]

- **A República carcomida**

Cumpridos os três primeiros anos de seu governo iniciado em 1926, o presidente da República, Washington Luís, vencia as contestações que se erguiam sem maior vigor, e a fração do País economicamente expressiva experimentava relativa prosperidade. Desde 1924, cabia a São Paulo, o grande estado produtor de café, a responsabilidade de defender o preço de seu maior produto, reduzindo o ônus do governo federal pelo patrocínio direto da intervenção estatal inaugurada no começo do século.[2] Ainda assim, o equilíbrio do mil-réis mostrava-se precário, pois, mesmo com a crescente industrialização do País, era daquela monocultura voltada à exportação que ainda provinha a receita a suster o incerto equilíbrio do Tesouro brasileiro.[3] Entre o início da década e o ano de 1927, verificara-se um relativo equilíbrio entre produção e consumo mundiais de café. O Instituto do Café de São Paulo, mesmo à custa de um progressivo endividamento, armazenara estoque e controlava os números do produto, mas uma safra recorde colhida naquele ano de 1927 abalou a estabilidade dos preços e fez crescer desmesuradamente as reservas. A presença do Estado como garantidor da produção e os preços ainda favoráveis animaram os cafeicultores, que contraíram novos empréstimos bancários certos de uma elevação futura das cotações. Nesse quadro de endividamento e produção crescentes, sobreveio a crise que explodiu em outubro de 1929 com o craque da bolsa de Nova Iorque e deflagrou uma convulsão econômica mundial sem precedentes.[4] O frágil equilíbrio das contas do café brasileiro rompeu-se com a queda abrupta e violenta das cotações internacionais do produto, e esse abalo repercutiu por toda a sociedade brasileira.[5]

O impacto da crise no País foi forte, mas a atenção maior dos dirigentes estava presa à sucessão presidencial, e, como de hábito nesse processo, conflagraram-se as forças políticas. Em começos de 1929, Minas Gerais, tendo à frente o "sutil Andrada" – Antônio Carlos, presidente do Estado –, o exímio articulador político cuja subida ao poder San Tiago assistira em Belo Horizonte, ensaiara a sua candidatura, advertindo ao presidente da República, Washington Luís, que, desta feita, a Minas Gerais caberia o posto máximo no próximo termo presidencial, a ser inaugurado com as eleições de março de 1930, conforme prescrevia o regime do "café com leite": a um paulista na presidência da República, deveria seguir-se um mineiro, devidamente garantida a eleição pela fraude oficial praticada habitualmente nos pleitos nacionais. Mas Washington Luís tinha os olhos fixos em São Paulo, mais precisamente em Júlio Prestes, figura em ascensão na terra do café após ter sido eleito para completar a governadoria local. O mineiro astuto entreviu escapar a sua última oportunidade de assumir o governo federal, se confirmada a inclinação de Washington Luís, e acionou o seu brilhante secretário de educação, Francisco Campos, em busca do apoio do Rio Grande do Sul, onde Getúlio Vargas havia pouco deixara o posto de ministro da Fazenda e assumira o de governador. O novo líder gaúcho iria revelar-se um articulador não menos sagaz e ainda mais frio que os mineiros, e a seu lado trazia uma nova geração de políticos hábeis, nela se destacando João Neves da Fontoura, a quem, como a Francisco Campos, San Tiago irá mais tarde servir. Esses dois "homens novos" e especialmente talentosos em julho de 1929 acordaram em segredo uma aliança – a "Aliança Liberal" – conjuminando a união dos dois estados com vistas ao pleito presidencial. Antônio Carlos, ao perceber que sua candidatura não teria êxito contra a oficial de Júlio Prestes, preferiu ver a dissidência ser arrostada pelo gaúcho a medir-se com o candidato de Washington Luís, e assim Minas cedeu e apoiou a candidatura de Getúlio à presidência da República, lançada em setembro de 1929.[6]

No CAJU, a preocupação não se prendia às eleições, pois estas eram vistas apenas como mais um lance fraudulento articulado por uma ordem política vencida e cuja renovação já se impunha; pelo momento, cumpria seguir na luta ideológica contra a esquerda, essa a força mais perigosa, sobretudo em seu último movimento, o de buscar atrair os tenentes insurretos líderes das rebeliões de 1922 e 1924 à causa marxista. Em carta a Chermont de Miranda, um alarmado Lacombe dava nota desse estado: "Meu tio acaba de me contar que comprou um palacete na avenida Paulista, no valor de 500$000$000 por 120! Pobre café. Não sei como isto vai desatar. A crise da indústria também anda feia. Todas as fábricas de tecido estão paradas. Como consequência estamos cheios de vadios e comunistas. O Minervino [líder operário comunista e vereador] foi preso em Petrópolis agitando as massas. Dizem que os revolucionários [Luís Carlos] Prestes & Cia estão todos convertidos ao bolchevismo.

É num momento desses que a política se divide". E concluía o preocupado correspondente, expressando o seu pensamento e o de seus colegas: "cada vez menos creio em liberalismo".[7]

A conversão ao marxismo do capitão do exército Luís Carlos Prestes ainda não se dera formalmente. Depois de haver arrancado de Santo Ângelo, no Rio Grande do Sul em outubro de 1924 e serpenteado pelo sertão brasileiro à frente da Coluna que tomaria o seu nome, vendo frustrado o seu objetivo de levantar as massas em armas contra a ordem política vigente, Prestes internara-se na selva boliviana em fevereiro de 1927. Lá, em dezembro daquele ano, um dos fundadores do Partido Comunista Brasileiro, Astrojildo Pereira, fora ter com ele, levando-lhe livros, "tudo quanto pudemos conseguir, na ocasião, de literatura marxista existente no Rio – Marx, Engels, Lênin etc., uma boa dúzia de volumes, quase todos em francês das edições de *L'Humanité*".[8] Prestes permaneceu em seu exílio, e no Brasil foi convertido pela imprensa em o "Cavaleiro da Esperança", firmando-se-lhe a legenda de revolucionário.[9] E, de fato, Prestes passou a ser uma referência revolucionária e a portar-se como tal; a um jornal paulista declarou que "a guerra civil era o único meio de solucionar os problemas brasileiros e que a rebelião era apenas uma questão de tempo", sem contudo confessar a sua adesão ao marxismo.[10] Mesmo assim, o Partido Comunista Brasileiro passou a vê-lo como um aliado inestimável, capaz de levantar e liderar as massas na derrubada da ordem capitalista. Em maio de 1929, uma delegação do partido comunista, que se achava em Buenos Aires para onde Prestes havia se transferido, foi ao seu encontro.[11] Nada foi acertado concretamente, dizendo Prestes ao líder da Juventude Comunista, Leôncio Basbaum, que necessitava prosseguir estudando a literatura marxista. Uma vez mais, a aproximação não rendeu frutos; a adesão de Prestes ao Partido Comunista Brasileiro só ocorreria em 1934, após complexas negociações em Moscou.[12] Em final de 1929, cuidava o "Cavaleiro da Esperança" de manter viva a sua flama de revolucionário; camuflado, encontrou-se com o candidato Getúlio Vargas em Porto Alegre, ainda antes das eleições, mas reservou seu apoio, o que não impediu Getúlio de liderar o golpe de 1930 sem a sua colaboração.

A aproximação junto a Prestes tentada pelos comunistas, embora frustrada, teria sido mantida em sigilo, segundo o estudante de Medicina Basbaum; não se sabe, todavia, se o segredo fora estendido a seus companheiros da Juventude Comunista, entre eles Francisco Mangabeira, colega dos cajuanos, e se esse, ciente da articulação, dela teria tirado partido no pátio da escola, nas escaramuças com os cajuanos. Ou a notícia do impressionado Américo

Lacombe em carta a seu colega era uma inferência sua de que Prestes, com suas declarações revolucionárias, houvesse já aderido ao bolchevismo.[13] O tempo daria razão a Lacombe, mas, naquele momento, importava o fato politicamente posto ao exame dos inquietos membros do CAJU: a esquerda avançava, e a República, agora cortada de dissidências internas, abalava.

A campanha da Aliança Liberal foi deflagrada com apoio apenas dos estados do Rio Grande do Sul, de Minas Gerais e da Paraíba, cujo cacique, João Pessoa, formava na chapa com Getúlio Vargas. Mas ganhou inesperado ímpeto nos centros urbanos, acorrendo a população aos *meetings* promovidos pelos aliancistas, em um movimento que parecia recordar o ânimo aceso pela campanha civilista de Rui Barbosa vivida dezenove anos antes. Nesse intermédio, porém, a feição metropolitana do País se transformara. Agora, engrossavam os *meetings* novos contingentes de operários e da pequena burguesia, que haviam crescido consideravelmente. "Gente de verdade, gente como formiga", registrou o cajuano Aroldo de Azevedo,[14] afluiu à Esplanada do Castelo, no centro do Rio de Janeiro, para assistir ao comício do candidato Getúlio Vargas.

O candidato gaúcho, que chegara à capital federal a bordo de um aeroplano sobrevoando a baía de Guanabara em uma radiosa manhã carioca, não cortava a figura carismática tradicional: baixo, muito baixo, as mãos grossas quase sempre enfeixadas às costas faziam ainda mais saliente o ventre cheio; os olhos brilhantes e frios, tudo apreendiam e nada revelavam, sempre inescrutáveis. Mas, como o País iria se dar conta, Getúlio Vargas conseguiria fazer que a sua astúcia e frieza, e mesmo a sua indecisão, figurassem ao povo uma virtude posta a seu favor pelo líder. E a esse povo Getúlio dirigiu um discurso elaborado pela melhor receita política de então: cada espectro social nele encontrava sua cota de interesse específico, em uma cadenciada sucessão de parágrafos curtos e bem escritos, salteados por uma medida indignação contra o governo federal ao qual se opunha. Com seu forte sotaque gaúcho, pouco conhecido do povo carioca, a arenga do candidato foi eficaz. A plataforma da Aliança Liberal, refletida no discurso de seu candidato, ratificava a retórica reformista ao melhor estilo pátrio: em traços largos configurava as questões todas, identificava-lhes alguns efeitos, silenciava sobre suas causas e protestava por soluções ambiciosas, fundadas em bom senso e elevados princípios morais, tudo patrocinado pelo Poder Executivo, liderado pelo seu chefe. Por exemplo, a tutela dos operários era proposta em lugar da afirmação ampla de seus direitos, e apoiava--se antes em um fundamento moral, pois o "amparo do proletariado deve ser contemplado pela nossa legislação, para que não se continue a ofender os brios morais dos nossos trabalhadores com a alegação de que o problema social no

Brasil é um caso de polícia". E em exata prefiguração da política getulista, autoritária e paternalista, esses direitos, apontados como sendo de fundo moral, deveriam ser concedidos sob estrito controle do governo: "tanto o proletariado urbano como o rural, necessitam de dispositivos tutelares, aplicáveis a ambos, ressalvadas as respectivas peculiaridades".[15]

O discurso de Getúlio Vargas atraía a massa, acentuando o trato paternal das angústias populares; a larga ementa das promessas era agitada sobre uma realidade econômica agravada, agora pesando sobre a população urbana. Desde o início da Primeira Guerra Mundial finda em 1918, o preço dos gêneros de primeira necessidade não cessara de subir acima da renda popular, e os sucessivos governos mostravam-se inabilitados para ordenar uma política capaz de promover o aumento da oferta de tais produtos. E, muito menos em plena campanha da Aliança Liberal, seria o governo de Washington Luís capaz de promover a tempo as reformas prometidas, sobretudo depois de a crise de 1929 haver desequilibrado as relações de troca em desfavor dos países exportadores de produtos agrícolas, no momento em que a oligarquia rural inquietava-se com o estado do Tesouro Nacional, que historicamente sangrava.

Apesar do sucesso de sua campanha, dos acordos políticos costurados por seus articuladores, os apoios ostensivos que a Aliança Liberal conquistava afiguravam-se insuficientes ao seu êxito no pleito marcado para março de 1930. E, de fato, verificada a eleição, Júlio Prestes foi confirmado vencedor. O desânimo abateu os aliancistas. Porém, uma combinação de fatores distintos, imprevistos uns, novos outros, reverteu esse quadro e alterou o curso da vida política do País em definitivo. Desde janeiro daquele ano de 1930 os jovens revolucionários gaúchos haviam atraído para a causa da Aliança o tenente-coronel Góes Monteiro, e com ele traziam a insurgência militar à ordem constitucional que já na primeira década republicana empolgara parte da oficialidade do exército e nos anos 1920 animara os tenentes rebeldes. A articulação golpista nas Forças Armadas mostrava-se ainda mais frágil do que na classe política; mas iria se consolidar ao final do movimento rebelde, assegurando-lhe o êxito. Em 30 de maio de 1930, de Buenos Aires Prestes divulgou um manifesto no qual proclamou-se socialista revolucionário e criticou o imperialismo britânico e americano, e a oligarquia brasileira. No dia seguinte, Getúlio Vargas lançou o seu manifesto, criticando duramente a eleição da qual saíra derrotado pelo candidato paulista indicado pelo presidente da República. Até aquela altura, registrava-se uma condensação de forças distintas, coincidentes apenas no repúdio ao encaminhamento da questão sucessória.

Minas perdera a vez de assumir a presidência da República porque Washington Luís faltara ao compromisso de alternar a um nome de São Paulo um nome mineiro; o Rio Grande do Sul, que estruturara a sua economia à margem do café e formara a sua geração política republicana pela educação positivista autoritária, acreditava melhor estar a sua elite habilitada a dirigir os destinos do País; já a Paraíba, tendo à frente a forte personalidade de João Pessoa, candidato à vice-presidência na chapa de Getúlio, concentrava a permanente insatisfação do Nordeste, em razão de seu crônico alijamento da primeira plana da política nacional. Contudo, a 16 de julho, um fato inesperado veio arrematar as vacilações da Aliança Liberal e precipitar as ações até então vistas com desdém pelos cajuanos: o assassinato de João Pessoa, que surpreendeu o País e inflamou os aliancistas. Os motivos passionais do homicida não seriam conhecidos senão muito mais tarde; naquele momento, a versão política, inteiramente provável dada às circunstâncias locais que opunham o assassino e a vítima, inflamou o País.

O crime proveu o fato unificador que os aliancistas buscavam sem encontrar. Antônio Carlos deixara o governo de Minas, mas o novo presidente do estado, Olegário Maciel, aderiu à causa revolucionária, apoiado por Arthur Bernardes, o ex-presidente da República que em seu governo enfrentara com o estado de sítio as insurreições militares de 1922 e 1924. No sul, o caudilho Borges Medeiros sancionou o movimento rebelde. As datas da insurreição foram marcadas e desmarcadas. Finalmente, a 3 de outubro iniciaram os rebeldes a sua caminhada, as tropas marchando de Minas e do Rio Grande do Sul em direção à capital federal. No Nordeste, o movimento estourou na madrugada do dia quatro, sob o comando do tenente Juarez Távora, tendo a Paraíba como centro das operações. Em alguns assaltos, como na capital mineira, foram os rebeldes recebidos com fogo vivo, mas as escaramuças, sem maiores consequências, cessaram em todos os estados com a adesão das tropas governistas às rebeladas, à velocidade em que as precárias comunicações nacionais permitiam. Três semanas depois de iniciado, o golpe achava-se vitorioso em todo o País.

Não na capital federal, porém. A notícia de que no dia 3 de outubro a tropa havia deixado os quartéis em Belo Horizonte e a seguir em Porto Alegre, João Pessoa (novo nome da capital da Paraíba) e Recife, dando início à revolução, alcançou alguns cajuanos no prédio da Faculdade de Direito, na rua do Catete, onde, lembraria Hélio Vianna, "terminávamos os trabalhos relativos aos títulos das 187 teses de nosso Inquérito de Sociologia".[16]

A incerteza dominou a população da capital federal, ao contrário do presidente da República, que, acreditando na mecânica do regime que desde o fim da monarquia fora capaz de superar suas crises internas, e supondo-se senhor de uma autoridade política bastante a comandar a obediência de seus correligionários e a disciplina das Forças Armadas, limitou-se a baixar medidas burocráticas: a decretação do estado de sítio, de feriado escolar e no comércio, e a convocação dos reservistas do exército. As medidas trouxeram mais inquietação, especialmente a última, que alarmou os moradores da Capital, alguns deles imaginando seus filhos em combates fratricidas com as forças rebeldes; contudo, os combates não ocorreriam, nem os filhos da classe média tampouco neles lutariam: um deslavado nepotismo esvaziou as fileiras de convocados, nelas ficando apenas os jovens humildes, sem parente ou padrinho que lhes traficasse junto às autoridades o favor de uma dispensa, que começou por liberar das armas os filhos e o genro do presidente da República.[17]

A censura às comunicações, basicamente ao telégrafo, em uma época em que o rádio e navegação aérea eram incipientes, aumentou a incerteza, acrescida pelas notícias esparsas e alarmistas da imprensa. Pouco a pouco o descrédito em um confronto militar tomou conta da população, que voltou à sua rotina, ao passo que as forças estacionadas na cidade articulavam um golpe no bojo do golpe, que se irradiara pelo resto do País e nele triunfara. Ao contrário do que se dera nos estados, na capital federal a articulação militar às forças rebeldes não alcançara êxito; nenhum dos chefes militares aí sediados havia formado com os conspiradores. Somente a partir do dia dez de outubro, os chefes do exército articularam-se, e, a 22, assegurados de que a marinha de guerra não voltaria sua artilharia costeira contra a força terrestre, ultimaram os preparativos que consistiam não no levante imediato da tropa, mas sim na coleta de assinaturas dos oficiais generais; essa providência, em meio à nação convulsa, demorou dois dias, e só depois foram expedidas as ordens para deflagrar a operação. À noite, as tropas aquarteladas na praia Vermelha, marcharam em direção a Botafogo pela orla da baía de Guanabara. Na manhã do dia 24, às nove horas, a artilharia de costa disparou uma salva de quinze tiros, registrando o apoio dos estados da Federação à revolução; tendo à frente o general Tasso Fragoso, uma coluna de soldados subiu a rua Farani, em direção ao Palácio Guanabara, sede do governo federal. Lá encontram um batalhão da polícia, que logo confraternizou com os rebelados; estes estacionaram nos jardins do palácio, rodeados por uma grande multidão que ali acorrera pela rua Pinheiro Machado, e, inflamada pela oratória do deputado socialista Maurício Lacerda, saudou os recém-chegados.[18]

Os cajuanos e os demais estudantes haviam assistido, sem aulas e sem entusiasmo, aos dias de revolução na capital federal, que as praias da zona sul transformam em férias de primavera. Um batalhão acadêmico reunira em armas alunos e professores da capital em defesa da legalidade, mas desfez-se aos primeiros exercícios de adestramento: a 24 de outubro, quando a multidão começava a cercar o palácio presidencial, uma "nova chamada do Batalhão é feita para o picadeiro, tendo nessa ocasião o bravo coronel Homero Maisonette declarado que as forças de Terra e Mar, a fim de pacificarem a família brasileira, e evitar as lágrimas das mães brasileiras, resolveram depor o Presidente Washington Luís. O que fora declarado antes, na incorporação, ficou por não dito...".[19]

Em sua pensão em Copacabana, Hélio Vianna foi chamado por Jorge Amado e juntos foram à avenida Atlântica, onde encontraram outros colegas da faculdade;[20] no começo da tarde, San Tiago chegou à pensão de Hélio e com Jorge seguiram até o Palácio Guanabara. Em meio aos populares, a polícia e soldados, os cajuanos e o futuro romancista, que então escrevia o seu primeiro livro, assistiam aos últimos momentos da República Velha.[21]

No palácio, o presidente seguia impassível. Reunido com o Ministério, almoçava enquanto os generais rebeldes hesitavam na antessala, onde foram postos a aguardar: os revolucionários, a revolução esperava.[22] Finalmente, findo o almoço do presidente, os generais decidiram entrar na sala de despachos; perfilaram-se perante o chefe de governo, saudou-o em continência o general Tasso Fragoso, e seguiu-se um ríspido diálogo entre o líder rebelde e o presidente, encerrado com a recusa de Washington Luís em deixar o palácio, senão como prisioneiro. Abriu-se um impasse na tropa; os oficiais mais jovens queriam um desfecho rápido, enquanto Tasso Fragoso queria assegurar ao presidente sitiado que este "deixará o poder com todas as honras e garantias".[23] O dia avançava. Finalmente, por volta das cinco horas da tarde, chegou ao palácio o cardeal D. Leme, e Washington Luís acedeu em sair. San Tiago, Hélio Vianna e Jorge Amado viram o presidente deixar o palácio pela porta lateral: no automóvel, impecável e silente, sentou-se em seu lugar habitual, tendo à sua esquerda o prelado e à frente o general Tasso Fragoso; sob os apupos da multidão, o último representante da República Velha deixou o posto rumo à prisão no Forte de Copacabana e ao exílio.[24]

Os três amigos retornaram à pensão de Hélio Vianna, e um acabrunhado San Tiago seguiu para casa do amigo Américo Lacombe, aonde encontrou igual estado de espírito.[25]

O desenlace do golpe seguiu a mesma linha sinuosa da revolta. Os militares que haviam levado, e o viram aceito, o ultimato a Washington Luís para que deixasse a presidência formaram uma Junta, sob a presidência do general Tasso Fragoso. E logo se feriu uma guerra de telegramas: os aliancistas reivindicavam a imediata entrega do poder, fisicamente detido pela Junta, e esta, abancada no Palácio do Governo na capital federal, negava-se a atender a esse ultimato. O tenente-coronel Góes Monteiro, exibindo a determinação que o levara à chefia, dos corpos armados da Aliança, ordenou às suas tropas, estacionadas no estado de São Paulo, avançassem em direção ao Rio de Janeiro. O chefe da revolução, Getúlio Vargas, do Rio Grande do Sul recusou qualquer conciliação com a Junta, lembrando que "seus elementos participavam da revolução quando esta já estava vitoriosa".[26] A determinação do chefe político e do comando militar da Aliança logo dobraram a Junta, fulminando-lhe a ingênua crença de "que tudo estaria resolvido com o golpe de Estado, de modo que os contendores depusessem as armas, organizando-se a nova ordem de coisas fora e acima dos partidos que haviam pelejado".[27]

A 31 de outubro, Getúlio desembarcou na capital federal, e até a sua posse, a 3 de novembro seguinte, foi alvo de entusiásticas manifestações de apoio popular. Na qualidade de chefe do movimento revolucionário, trajando farda militar que vivamente lhe contrastava o físico – tal como aconteceria, em ponto maior, ao general Castelo Branco, o ditador que lhe seguiria na próxima ruptura democrática. Tendo o lenço vermelho dos aliancistas laçado ao pescoço, em seu discurso de posse na chefia do governo Getúlio mostrou o seu frio e objetivo estilo autoritário, que a sociedade brasileira iria experimentar pelos quinze anos seguintes em grau sempre crescente. Saudando em primeiro lugar as Forças Armadas, advertiu que o movimento, que pusera abaixo a ordem constitucional vigente, outra ordem ergueria, inteiramente renovada e assentada sobre a defesa dos interesses verdadeiramente nacionais.[28]

- **A ditadura do Governo Provisório**

A Revolução de outubro de 1930 não foi aceita pelos católicos, estigmatizados desde a Revolução Francesa de 1789 com o rompimento traumático da ordem estabelecida. Evoluir e não revolucionar, pregava o padre Franca: evoluir a sociedade em direção à Igreja, ao comando desta, o centro e guia da sociedade. A Revolução de outubro daquele ano de 1930, mesmo não guardando afinidade com a francesa e menos ainda com a russa de 1917, significava uma ruptura da ordem constituída, e esse fato era suficiente para inquietar os católicos. No Centro Dom Vital e na Livraria Católica, tal estado era perceptível, como recordaria Hélio Vianna.[29]

San Tiago e os cajuanos não aderiram à revolução, não apenas por serem alguns deles, como Chermont de Miranda, Aroldo de Azevedo e Gilson Amado, filhos e sobrinho de parlamentares; os jovens autoritários do CAJU viam no movimento uma injustificável quebra da ordem constitucional, e, mais, inútil: a questão era o regime liberal, e o seu descrédito fora sintetizado pelo cajuano Gilson Amado: "apesar do espalhafato, não creio na tal Aliança Liberal (...) não me atrai (...) esse liberalismo".[30] O liberalismo proclamado pela Aliança soava falso aos cajuanos que viam na motivação de seus próceres um regionalismo insatisfeito com o encaminhamento da questão sucessória. E mais: a eles, a verdadeira revolução consistiria, ao contrário da vitoriosa, na substituição da ordem política em vigor por uma ordem autoritária articulada a partir de valores nacionais precisamente identificados e, assim, capaz de reformar, sob comando de um chefe incontestável e pelo primado da ordem, a vida nacional, opondo efetiva resistência ao comunismo internacional.

Essa revolução que se proclamava liberal não seria afirmada por Getúlio Vargas e seus companheiros, acreditavam os cajuanos e San Tiago. Candidato derrotado às eleições, Getúlio subira ao poder com o apoio dos tenentes, cuja recorrente indisciplina, traduzida nas rebeliões ao longo da década de 1920 e que o comando do exército não soubera reprimir, era animada pela convicção, crescente no oficialato desde o golpe que impusera a República em 1889, da superioridade militar sobre o "elemento civil", à frente dos destinos do País.

O início do novo governo mostrava-se conturbado, apesar da violência – então inédita no Brasil – das medidas repressivas por ele tomadas. Em substituição às leis votadas pelo Congresso, que foi dissolvido, ao novo chefe do Poder Executivo foi outorgado o poder de editar decretos-leis, e um dos primeiros deles, redigido em novembro de 1930 pelo advogado Levi Carneiro,[31] estipulava que "o Governo Provisório exercerá discricionariamente em toda a sua plenitude as funções e atribuições, não só no poder executivo, como também do poder legislativo, até que, eleita a Assembleia Constituinte, estabeleça toda a reorganização constitucional do País". Ao mesmo tempo, eram "suspensas as garantias constitucionais e excluídos à apreciação judicial os decretos e atos do Governo Provisório ou dos interventores federais, praticados na conformidade da presente lei ou de suas modificações ulteriores", e nomeados interventores federais para cada um dos estados da Federação. E, ainda, era "criado o Tribunal Especial para processo e julgamento de crimes políticos, funcionais e outros, que serão discriminados na lei da sua organização".[32] A estruturação legal da ditadura do Governo Provisório, como o novo regime passou a ser oficialmente denominado e referido, não escondia o exemplo recente do regime fascista italiano – decretos-lei, centralização administrativa, criminalização dos atos políticos de oposição e, sobretudo, liberdade absoluta para reprimir, com violência inclusive, toda a contestação ao regime.[33]

As novas medidas alteraram bruscamente a vida de todo o País. Entre os cajuanos, Chermont de Miranda, Aroldo Azevedo e Gilson Amado, viram seus pais e tio, este o famoso senador Gilberto Amado, perder suas cadeiras no Congresso dissolvido – bem como todas as legislaturas estaduais – pelo governo ditatorial. Uma enorme leva de "carcomidos" – assim chamados os parlamentares e funcionários públicos, entre eles ministros do Supremo Tribunal Federal demitidos sumariamente de seus postos pelo ditador – vagava desamparada à margem do poder, agora centralizado na capital federal. Silenciada a vida política nos estados com a complacência do Supremo Tribunal Federal, que não vira ilegalidade nas ações do novo governo – no "critério político do chefe do governo" a determinar suas ações –, as demandas mais relevantes das administrações estaduais passaram a ser trazidas à capital federal, e os chefes locais percebiam nesse novo processo o seu poder, antes desfrutado em larga medida naqueles centros locais, ser enfeixado nas mãos do ditador e de seu estreito círculo de colaboradores.[34] Gilberto Amado registrou essa transformação em sua vida pessoal e nos círculos do poder, na capital federal: "Os dias iam tornar-se bem sombrios. Visitas escassas. Boataria ameaçadora sussurrando, invadindo-me a casa deserta como um enxame de moscas. (...) O Jockey Club [a sede social do clube, no centro da cidade, onde a elite política e econômica da capital se reunia, localizada na esquina das avenidas Rio Branco com Almirante Barroso] encheu-se de presenças insólitas. Lenços vermelhos coloriam-lhe os salões. Revólveres tumefaziam as nádegas de numerosos frequentadores novos. Sujeitos austeros, pacíficos, assim como malandros da sociedade, transformaram-se em 'guerreiros'. Capitalistas das mesas de jogo moviam-se pesadamente, também de armas na cinta. Uns andavam de botas e usavam blusões de combatente, amarrados com cinturões de soldado. O ridículo se insinuara no melodrama".[35]

A implantação da ditadura do Governo Provisório fulminou a República Velha, mas não satisfez a San Tiago e aos cajuanos; a Augusto Frederico Schmidt e aos católicos, seus adversários desde a primeira hora, menos ainda. A nova situação tinha, porém, contornos mais severos; opor-se ao liberalismo canhestro e decadente da República Velha fora tarefa relativamente simples, pois havia um alvo fixo e atraente – o próprio governo –, e as liberdades públicas então asseguradas permitiam a contestação – não radical – à situação vigente. No novo regime, outro era o contexto, visível já na sua definição legal – ditadura. Além disso, cerrado o parlamento e reduzido o círculo do poder, este se fechara sobre si, pondo à margem a opinião pública, os estudantes, os mais politizados sobretudo, entre eles San Tiago e seus companheiros. Porém, Schmidt, mesmo opondo-se ao novo regime, logo mostrou seu talento social. Incansável à frente da Livraria Católica, acompanhara nos estertores da República Velha as sessões do Senado e da Câmara e ali conhecera os parlamentares mais expressivos, os vitoriosos com o novo regime e os derrotados mas sobreviventes a ele.[36] Schmidt manteve os amigos antigos, entre eles muito "carcomidos", e logo fez outros, entre os "homens novos", como o brilhante jurista e ex-deputado mineiro Francisco Campos, que, ministro da Educação do novo governo, vindo para a Capital Federal passou a frequentar a Livraria Católica, e o mais representativo e influente dentre eles, Oswaldo Aranha, o gaúcho cosmopolita, que imediatamente sentiu-se à vontade na sociedade carioca e arrebatou-lhe os salões.

Em São Paulo, Schmidt manteria seu amigo Plínio Salgado informado das atividades de San Tiago, depois do encontro que promovera entre os dois em outubro anterior, quando Plínio regressava da Europa pelo porto do Rio de Janeiro. Escritor e jornalista de sucesso, Plínio fora eleito em 1928 deputado estadual pelo Partido Republicano Paulista, a convite do então governador do estado, Júlio Prestes. Mas, ao embarcar para Europa em abril de 1930, desencantado com a política, estava convencido de que só uma revolução resolveria a crise em que o País se encontrava, causada pela falência do regime liberal; sobrevindo a revolução de outubro, a decepção de Plínio foi imediata, como disse a Schmidt: "uma Revolução em nome de um defunto. Em nome desse liberalismo que já não constitui nem objeto de discussão em qualquer país do mundo".[37] Mas o desapontamento mostrou-se fugaz. Embora deputado pelo Partido Republicano Paulista, e, como tal, "carcomido", Plínio, alegando que só "indignos e covardes são os que se esquivam de servi-la, em nome de preconceitos partidários [quando] a pátria está nos seus grandes transes históricos", mal chegado a São Paulo aderiu à nova situação, ingressando na Legião Revolucionária Paulista, cujo manifesto, divulgado em 4 de março do ano seguinte, redigiu.[38] A conversão de Plínio ao novo regime iria possibilitar a Schmidt aproximar seu grupo, especialmente San Tiago, da ação revolucionária em São Paulo dali a poucos meses.

- **A presidência da Federação Acadêmica**

O acidentado desfecho da revolução no Rio de Janeiro, estendido por todo o mês de outubro, fechou as portas da Faculdade de Direito, como das demais, adiando os exames de final de ano. San Tiago ganhou as noites livres, restando apenas o expediente diurno da Tesouraria da Polícia a vencer, o que lhe permitiu prolongar as conversas com os amigos e haver maiores "tempos de estudo". A sua atenção, porém, voltava-se para os atos do novo governo. Vitoriosa a revolução, o País experimentava uma situação inédita; em quatro décadas de República, pela primeira vez a ordem constitucional fora rompida, e as reações, sobretudo as vindas de São Paulo, prenunciavam incertezas à frente. Essas incertezas pairavam também sobre o destino político dos cajuanos, de San Tiago em especial, já comprometido ideologicamente. Os artigos publicados na imprensa ao longo daquele ano de 1930 que findava lhe haviam trazido notoriedade no meio estudantil, e esta lhe trouxe um novo desafio, bem-vindo àquela hora.

Criada em 1925, a Federação Acadêmica reunia representantes dos cursos superiores para levar a voz dos alunos universitários ao governo federal, sem exibir todavia o prestígio político do Centro Acadêmico Cândido de Oliveira (CACO), cuja presidência os cajuanos haviam disputado e perdido para os comunistas no ano anterior. Ainda assim, a Federação era um órgão plural, que recebia alunos das diferentes faculdades, e San Tiago, ao lado dos cajuanos Chermont de Miranda, Américo Lacombe, Thiers Martins Moreira e Antônio Gallotti, para lá foram, uma vez batidos pelos comunistas no pátio da Faculdade de Direito. San Tiago já havia se envolvido nos trabalhos da Federação; eleito em 1929 chefe do seu departamento de publicidade, propusera resoluções, participara da criação da Casa do Estudante e por mais de uma vez fora o orador oficial da Federação quando esta recebeu a visita de estudantes de outros estados, e alunos estrangeiros, entre estes argentinos da Faculdade de Córdoba, que San Tiago tomou como modelo de reforma universitária em seu artigo, "Lição de Córdoba".

A atividade de San Tiago levou-o à presidência da Federação exatamente naquele mês de outubro de 1930, e o pôs em alvo da esquerda, agora representada por seu colega de faculdade – e três décadas depois no Ministério de João Goulart – Francisco Mangabeira, que tentou sem êxito impugnar a sua posse no cargo.[39]

Uma das questões postas à presidência de San Tiago foi a realização, ou não, dos exames finais nas faculdades; com a interrupção das aulas no começo de outubro determinada pelo governo, uma vez deflagrada a Revolução, criou-se imediatamente a forte expectativa entre os alunos de serem aprovados por decreto, sem necessidade de prestarem as provas de fim de ano. San Tiago e os cajuanos à frente da Federação Acadêmica opuseram-se a essa possibilidade, entendendo-a injusta com os alunos aplicados. Foram, contudo, obrigados a ceder e a defender a posição majoritária, e, logo ao início do Governo Provisório, solicitaram uma audiência ao ministro da Justiça, o gaúcho Oswaldo Aranha, então responsável pelos assuntos relativos à educação. O ministro recebeu os alunos no papel do revolucionário vitorioso: afirmou haver encontrado o País próximo da ruína administrativa e os convidou a ajudá-lo a reconstruí-lo. Os cajuanos não se impressionaram com o ministro e foram procurar Francisco Campos, que logo assumiria a nova pasta da Educação, mas este nada prometeu, e afirmou não saber por que os exames não poderiam ser realizados. Mesmo assim, os exames não foram realizados: os alunos de todas as séries foram aprovados, em todo o País, por decreto.[40]

A posição dos cajuanos era coerente; na luta contra a esquerda no pátio da escola, a excelência nos estudos sempre fora uma das armas do CAJU. Mas, mesmo defendendo a posição da maioria dos alunos à frente da Federação Acadêmica, San Tiago e seu grupo seguiam sendo atacados pela esquerda. Tendo assumido a presidência sob forte oposição, a liderança de San Tiago se viu enfraquecida desde o início. Pouco depois, em dezembro, ele reconheceu a força da oposição, ao deixar a presidência, como está na Ata da reunião que registra a sua renúncia: "O Sr. San Tiago Dantas passa a ler um memorial de sua curta gestão como presidente da Federação, declarando que desde que fora empossado, se vira sem o apoio do Diretório da Faculdade de Medicina, dizendo, porém que a oposição feita por este Diretório foi cortês e quase sempre muito moderada. Disse ainda ter sofrido uma campanha exterior toda ela movida por ódios pessoais de elementos subversivos pertencentes ou aderentes à classe acadêmica. Alonga-se em considerações e termina reiterando ao Conselho Diretor e a cada um de seus membros protestos de considerações".[41] Os "elementos subversivos" eram evidentemente os comunistas, que tinham os cajuanos por fascistas – "éramos chamados de fascistas", diria mais tarde Américo Lacombe[42] – e viam em San Tiago o seu articulado líder. E não sem razão.

CAPÍTULO IX

O JOVEM IDEÓLOGO

O Partido Nacional Fascista Brasileiro
O fascismo e a Igreja: a conciliação buscada
A revolução instável
Reação à Revolução de 1930
Uma perspectiva revolucionária?
O perigo de uma revolução mal ganha
Ação política diária
Piratininga
O futuro do CAJU
A vida em São Paulo
Editor de *A Razão*
Encontro com Plínio Salgado
A revolução benigna de Plínio Salgado
Articulista político
Sinais de desencanto
A ementa radical
O Coringa
Dissídio ideológico com Plínio Salgado
Retorno ao Rio de Janeiro
A vida prática a enfrentar

"O grande mal da Revolução Brasileira foi ter considerado desnecessário criar uma base doutrinária para justificar e finalizar o seu mandato."[1]

- **O Partido Nacional Fascista Brasileiro**

Seguidamente batidos pela esquerda no pátio da faculdade, os cajuanos já haviam constatado o nexo entre ideologia e ação, que os seus adversários traduziam concretamente no domínio que exercem sobre as agremiações estudantis. A San Tiago estava claro faltar à direita materializar-se em um movimento consistente, capaz de até mesmo propugnar por uma revolução e de a promover se as condições se apresentassem. Os poucos movimentos surgidos até então, confusos os seus propósitos e ainda mais obscura a formulação deles, eram totalmente inexpressivos e os seus integrantes, desconhecidos, sem vínculos com o núcleo do pensamento de direita.[2]

Em um punhado de folhas de papel, uma com o timbre da Federação Acadêmica do Rio de Janeiro, outra com seu nome sobre a rubrica "advogado",[3] na letra clara de San Tiago lê-se o esboço da estrutura de um Partido Nacional Fascista – o mesmo nome do partido fundado em 1922 na Itália por Mussolini. Um "conselho", formado por "parlamentares, ministros, professores e governadores fascistas"; uma "Diretoria Geral", o "diretório do partido nacional fascista", com sede no Rio de Janeiro, e "diretórios regionais", um em cada estado da Federação.[4] Um plano tático de ação seguia-se à definição da estrutura, alinhadas as etapas distintas: "primeiro movimento: aproximação", que compreenderia a discussão sobre a "situação política, o comunismo, o liberalismo e o nacionalismo". O "segundo movimento" compreenderia um programa de "instrução fascista", por meio de "livros e de conversa", e "instrução antiliberal e sobre sociologia brasileira". O "terceiro movimento" visaria à expansão e "hierarquização" do movimento. Um setor cultural era previsto no âmbito do partido, com "cursos de idiomas, de secretaria e de serviços bancários"; uma "biblioteca social e um cinema social", projetos relacionados à "cultura física e esportes"; e, expressamente decalcado do modelo fascista italiano, uma "obra balila nacional", isto é, voltada ao adestramento de jovens. Um departamento cuidaria da "propaganda", diretamente voltada aos "eleitores aos círculos político e jornalístico".[5]

A idealização de um partido fascista era sugestiva e contemporânea à constatação a que San Tiago chegara de que, àquela altura, os principais elementos do regime fascista, implantado na Itália havia sete anos – e os quais ele havia estudado –, poderiam servir à formulação de uma linha de ação política no Brasil e, portanto, um partido que os promovesse entre nós deveria ser criado. A criação de um Partido Nacional Fascista não encontrou, porém, ambiente no Brasil. Mas nem por isso San Tiago deixou de buscar a ação política.[6]

- **O fascismo e a Igreja: a conciliação buscada**

No final de 1930, San Tiago enfrentava um desafio ideológico crucial. A aproximação com os católicos, em especial a amizade com Alceu Amoroso Lima, abrira a ele uma rica – e decisiva, em sua formação política – vereda intelectual: a Livraria Católica, o círculo de intelectuais que à sua volta se formou, as sinalizações ideológicas, as sugestões literárias e um corpo de doutrina social sólido como a própria Igreja. Porém, a ação política ferida além do pátio da escola, à qual San Tiago visava e para tanto armara-se ideologicamente, exigia mais – e aí a solidez da doutrina social da Igreja era a sua própria limitação. San Tiago percebeu que a retroação a uma sociedade centrada em torno da Igreja, como pregavam os seus líderes, mesmo sem a rigidez formal do modelo medieval, era impossível ser alcançada e insuficiente no mundo marcado pelas violentas transformações trazidas com o fim da Primeira Guerra Mundial. A "moderna obra da reação" exigia a incorporação de uma nova realidade, dos elementos dela indissociáveis: uma classe média urbana em ascensão; o fenômeno proletário; os aspectos dinâmicos presentes mesmo no capitalismo incipiente praticado no Brasil; e também os revolucionários padrões artísticos que iam registrando essas transformações. Enfim, todo esse inédito conjunto de fatores sociais e culturais cosmopolitas, que simultaneamente vieram se justapor ao forte perfil rural da sociedade brasileira abalada pela crise econômica de 1929, precisava encontrar uma síntese.

Essa necessidade era palpável, e a esquerda a ela já respondera, com a sua proposta radical. Embora seus quadros fossem modestos e a sua militância formada ainda majoritariamente por operários, à sua bandeira acorriam, em número crescente, intelectuais e estudantes estimulados pelo exemplo europeu de uma militância sofisticada e apoiada por expressivas forças políticas, vivo o exemplo vitorioso e próximo da Revolução Russa de 1917. Mas não só. Os comunistas contavam em favor de sua ação com uma proposta ideológica consistente, a qual, reduzida à sua expressão mais simples, mostrava-se especialmente incisiva: uma revolução total para substituir uma ordem vencida – movida pela cupidez e pela insensibilidade da classe dominante cuja ementa liberal só aos seus interesses atendia – por outra ordem, igualitária, cujos termos se articulavam com rigor científico, e na qual o Estado serviria aos cidadãos e não seria controlado por um punhado deles. É verdade que essa proposta aterrorizava a classe média e não apenas a classe dominante; mas não havia entre nós uma contrapartida igualmente revolucionária, que recuperasse os valores tradicionais caros aos católicos e àquelas classes, e, simultaneamente, não defendesse o retorno a uma sociedade pré-capitalista, como soava a doutrina social da Igreja pregada por Alceu Amoroso Lima.

San Tiago já havia percebido que Jackson de Figueiredo, com aguda antecipação, vira no fascismo um aliado da Igreja no combate ao materialismo comunista; contudo, a Igreja não poderia aliar a sua doutrina ao compósito ideológico do fascismo. A Concordata firmada com o Vaticano havia um ano, ao final de 1929, fora um passo decisivo para o reconhecimento do regime italiano pela Igreja, porém resultara de uma longa negociação política, partida e contrapartida objetivas, bem definidas e estipuladas. Aos doutores da Igreja, como o cardeal D. Leme e seus discípulos padre Franca e Alceu, a sua doutrina social devia permanecer intacta, ou seja, ela deveria distinguir-se pela preeminência, absoluta e indisputada, da Igreja na sociedade. Esta giraria ao redor daquela, e, sob essa perspectiva, fascismo e socialismo não difeririam essencialmente, pois exibiam um anti-individualismo explícito na supremacia do Estado sobre o homem, que ambos os regimes pregavam, e a Igreja – a pastora dos homens – não podia aceitar. Por essa razão, Alceu chegava a associar o fascismo às diretrizes socialistas. Essa colocação inquietou San Tiago. Em verdade, a assimilação entre essas bandeiras que ele via, e que eram opostas no plano ideológico e político, se aceita na formulação proposta por Alceu, levaria San Tiago a um impasse, cujo desfecho só poderia ser a ruptura com os ideólogos católicos capitaneados pelo seu amigo. Esta era, claro, uma hipótese inaceitável a San Tiago, não apenas no plano pessoal, mas do ponto de vista político também. Ele já havia percebido que a força da Igreja na sociedade brasileira, uma vez devidamente mobilizada, ganharia uma expressão política até então inalcançada na República, muito além da influência intelectual que o cardeal D. Leme buscava. E mais: San Tiago via traços de identidade entre o fascismo e as posições da Igreja, ao contrário da associação que Alceu fazia entre fascismo e comunismo. Faltava, acreditava San Tiago, esclarecer esse ponto, a saber, a identidade existente entre o fascismo e a doutrina, ou, ao menos, entre o fascismo e o interesse político da Igreja, e não apenas distinguir entre fascismo e comunismo. San Tiago teria comentado com o próprio Alceu a sua inquietação, e deste terá recebido o desafio de enfrentá-la em um artigo, a ser publicado na revista *A Ordem*, dirigida pelo líder católico. A essa tarefa San Tiago se lançou no final de 1930, e, em janeiro de 1931, "Catolicismo e fascismo" veio a público.

San Tiago abre seu artigo com uma citação do sociólogo italiano Toniolo,[7] que afirmava não ser necessário reformar as instituições sociais modernas, senão substituir-lhes o espírito animador; este, para os católicos, anota San Tiago, seria o espírito a transformar interiormente o homem, cristianizando-o, e assim tornando-o apto a transformar a sociedade. Nesse processo de "cristianização da sociedade" era, contudo, "necessário que a sociologia católica não [perdesse] o lado prático que ataca, e (...) [definisse] sobre o material complexo de fatos sobre que [devesse] agir".[8] A esse fim, San Tiago cita os trabalhos recentes de escritores franceses e do próprio Toniolo, para mostrar possível aproximar criticamente os princípios da doutrina cristã às "normas políticas dos estados contemporâneos". Fixada essa referência aos pensadores católicos, San Tiago questiona a afirmação feita por Alceu de que o fascismo se enquadraria "dentro das diretrizes socialistas". Não havia dúvida serem o fascismo e o socialismo "anti-individualistas", como afirmava o crítico, mas, no fascismo, contrapõe San Tiago, "não há a absorção de nenhuma manifestação da iniciativa privada, que continua a agir livremente, dentro dos limites de coexistência harmônica que o Estado lhe impõe"; nele, "a iniciativa privada é a fonte primordial de toda atividade, em que traveja toda a estrutura econômica do Estado corporativo", diz, citando a *Carta del Lavoro*. E, conclui, "não é isso positivamente socialismo". Retificada a equivocada identificação feita por Alceu, cabia "examinar (...) a semelhança prática, e identidade quase, das fórmulas fascistas e daqueles princípios de ação política, que os sociólogos cristãos deste e do século passado vêm acumulando". O ponto de contato mais significativo ocorria entre uma "lei de convivência de classes", a substituir a luta de classes, como pedia Alceu, e o corporativismo fascista, que, como afirmara textualmente Mussolini, estruturara a organização sindical fascista. Era nítido, prossegue San Tiago, que nesse ponto "o fascismo fez obra cristã", e, embora nele a presença do Estado ampliara-se, "pouco mais se poderá ver que no estadismo cristão", arremata o autor.

A razão do estreitamento do "círculo de atividade privada" no fascismo, devido à ação interventora do Estado, explicava-se porque o fascismo "não conta com o fator moral, unificador e harmonizador, na medida em que contaria o Estado cristão". Essa carência, segundo San Tiago, obrigava o Estado fascista a "compensar em violência política o que não está controlado por força moral". Havia, contudo, um "fundo filosófico expresso do fascismo", revelado na sua finalidade, a vincular a cooperação entre as classes, que buscava o fortalecimento da nação. Toda nação trazia uma vocação histórica, isto é, "um patrimônio material e espiritual que lhe imprime uma personalidade por cuja existência e expansão deve lutar". E, "em limites assim moderados, o nacionalismo é uma virtude, que corresponde a um valor positivo – a pátria, e que cerca, defende e guia o grupo social". San Tiago exclui desse "finalismo nacional" o ultranacionalismo alemão – o nazismo –, dominado pela "noção de superioridade racial e moral do povo alemão", pois esse ultranacionalismo "vem por certo colidir com os princípios cristãos, deslocando o núcleo da vida social do homem para o Estado". Ao contrário, aponta, o finalismo fascista encontrava-se com o finalismo sobrenatural cristão; o traço de identidade entre ambos surgia claro, porque "em toda a legislação fascista, mesmo econômica, não é difícil descobrir, além do fim nacional, um aperfeiçoamento espiritual do homem". Nessa "dilatação da fórmula finalista (...) eu vejo para a sociologia cristã o processo fácil de integrar o fascismo". Essa integração não seria, porém, uma acomodação estática, mas um processo dinâmico, capaz, inclusive, de ampliar os limites do fascismo, e de lhe permitir vencer a crise econômica de 1929, causada por uma "economia de produção a que o liberalismo havia conduzido", substituindo-a por "uma economia de consumo a justo-preço". Mas, conclui San Tiago, "é aí que o fascismo pára (...) e uma reforma destas só moralmente se poderia começar (...). É aí também que o cristianismo poderia começar, para continuar".

O artigo do rapaz de dezenove anos completados em outubro anterior foi uma brilhante e ousada iniciativa. Dominando as obras citadas, lidas em seus idiomas originais, inclusive o italiano, fato singular entre os pensadores nacionais de então,[9] San Tiago corrigiu a posição de Alceu, que não percebera a distinção essencial entre fascismo e comunismo a sobrepor-se a outras afinidades, entre estas o anti-individualismo e a violência estatal. Mais importante, o artigo deu aos católicos e aos demais seguidores da doutrina social da Igreja uma chave adicional para apoiar o regime fascista sem contrariar a posição da Igreja, como a expressiva maioria deles desejava. E, inegavelmente, o artigo era também uma peça de um talentoso advogado: a justificativa avançada por San Tiago para defender a violência do Estado fascista, se engenhosa e aliciante, era todavia inaceitável, inclusive à vista da história recente, pois o próprio Mussolini celebrava publicamente a violência e a empregava como arma de ação política ordinária desde o início do movimento fascista, e despido de qualquer outra justificativa. Tampouco o argumento de San Tiago de que a força moral da Igreja dispensaria o uso da violência estatal era procedente, à vista do desmentido de Jackson de Figueiredo, a quem "a primeira verdade a defender atualmente é a de que o crime político é o mais sério, o mais grave de todos os crimes, e, por conseguinte, o que acarreta maiores responsabilidades".[10]

A retórica refinada e sectária não diminuiu a repercussão do artigo, que permitiu a San Tiago harmonizar as suas convicções sobre o regime fascista, às quais não queria abdicar, e sobre doutrina da Igreja, a qual não desejava ferir. E, ainda, destacou-o entre os autoritários nativos, muitos deles também admiradores do regime fascista, a maioria, porém, receosa em admitir abertamente o seu apoio ao regime de Mussolini.

- **A revolução instável**

Estabelecida a ditadura, presos, exilados e desarticulados os adversários do novo regime, ainda assim este mostrava-se instável em seu núcleo. Os tenentes, como eram e seriam de então por diante referidos os oficiais do exército sublevados de 1922 e das revoltas seguintes, mesmo depois de anistiados e promovidos pela revolução de outubro, valiam-se o poder político que a indisciplina militar lhes havia creditado na década anterior e agora, nomeados interventores em substituição aos presidentes dos estados (à época assim chamados os governadores), cujos mandatos haviam sido cassados, reclamavam a imediata execução de reformas radicais e acusavam as oligarquias locais de, beneficiárias e mantenedoras da ordem liberal vencida, resistirem à ação revolucionária.[11]

Ainda em outubro de 1930, Oswaldo Aranha, ministro da Justiça do novo governo, percebeu a necessidade de se traçar um rumo comum às forças que haviam apoiado a Revolução – de um lado os tenentes, reformistas, e, de outro, os políticos, defensores da reconstitucionalização do País.[12] Com a aprovação do ditador Getúlio Vargas, o apoio do líder militar da revolução, coronel Góes Monteiro, à participação do general (na verdade, argentino naturalizado e oficial da política militar do estado) Miguel Costa, de grande prestígio em São Paulo – e que ao seu início batizara, ao lado de Prestes, a Coluna Prestes –, e dos "tenentes" João Alberto e Juarez Távora, Oswaldo Aranha criou a Legião de Outubro, também chamada Legião Revolucionária. Não concebida como um partido político, a Legião serviria à "mobilização de todos os seus elementos (os aliancistas revolucionários), em prontidão militar para qualquer eventualidade, em prontidão civil para a colaboração cívica na fase de reconstrução e reorganização [visando] (...) o bem do Brasil, como um todo, subordinando os interesses regionais ao bem comum".[13] As ações nesse sentido não tardariam e viriam primeiro de São Paulo.

A criação da Legião de Outubro evidenciava o desconcerto dos revolucionários com a nova situação. A ação que derrubou o governo constitucional esgotara-se, e a criação da Legião à margem do governo ditatorial, porém com o consentimento e apoio do chefe do governo do qual os líderes legionários participavam, visava remediar aquela situação de paralisia. O objetivo da Legião era vivificar a revolução, cujo vigor, em contato com a realidade político-administrativa do País, exaurira-se em seu ato inicial. Em verdade, a Revolução não conseguira afirmar-se com a derrubada do governo anterior. O propósito dos "tenentes", que se proclamavam os únicos verdadeiros revolucionários, era, sob a cobertura da Legião, alijar as oligarquias locais e os liberais que ao lado dos tenentes haviam feito a revolução. A motivação ideológica dos tenentes era imprecisa, contudo; dela sobressaíam apenas os seus traços mais salientes: um reformismo social vago, forrado por um nacionalismo radical e antidemocrático, de difícil articulação e sem indicações concretas de ação.[14]

- **Reação à Revolução de 1930**

No dia 24 de outubro de 1930, antes da posse de Getúlio Vargas no governo federal, a Junta Governativa que depusera Washington Luís na capital federal nomeara o general Hastimphilo de Moura para assumir o governo de São Paulo; este formara um secretariado com integrantes do Partido Democrático que haviam apoiado a revolução e fora opositor do banido Partido Republicano Paulista, a força política até então dominante no estado. "Governo dos quarenta dias", assim viria a ser conhecida essa curta administração estadual paulista por haver resistido por esse prazo às sibilinas manobras de Getúlio; a mais significativa delas foi a nomeação do "tenente" João Alberto para à margem do governo paulista representar o governo federal como seu delegado político e militar, e a designação do "general" Miguel Costa, oficial da poderosa força pública do estado de São Paulo, para comandá-la.[15]

A 7 de novembro, no dia seguinte à divulgação de um manifesto de Luís Carlos Prestes, os comunistas realizaram um grande comício na capital paulista, imediatamente dissolvido pelos soldados da força pública e presos os seus líderes. Logo, porém, verificou-se que o comício fora autorizado, diretamente, por João Alberto, desconsiderada a autoridade do secretário de segurança, o professor de Direito Vicente Ráo, que o mandara reprimir energicamente. O incidente extravasou o âmbito do governo. Não só o comício, João Alberto autorizara também o funcionamento do Partido Comunista Brasileiro – proscrito em todo o País desde 1924 – em São Paulo, e justificou o seu ato, alegando "compromissos com alguns dos promotores do *meeting* por ter conspirado com eles, mas que, conhecendo a organização do Partido Comunista Brasileiro, que julgava fraca e deficiente, preferia dar-lhes liberdade, pois que reputava o comunismo uma inconsequência do Brasil".[16] Pouco depois, na tarde do dia 12 de novembro de 1930, João Alberto e Miguel Costa lançaram a Legião Revolucionária de São Paulo, o primeiro fruto da Legião de Outubro; enquanto sete mil legionários desfilavam pelas ruas da capital, uma proclamação à população paulistana era despejada de aeroplanos em sobrevoo pela cidade.[17]

Tão logo rebentara a Revolução de Outubro, as reivindicações do operariado sucederam-se mais intensas e organizadas, agravadas pela crise econômica que reduzira a atividade industrial no maior centro produtor do País. Inúmeras greves rebentaram já em novembro de 1930, a maior delas paralisando cinco mil operários, durou duas semanas.[18] Para enfrentá-la, o governo dos quarenta dias criou uma comissão de políticos e a 16 de novembro essa comissão dirigiu-se pelos jornais aos operários, para os advertir: "no que concerne à questão operária, relevante pela sua própria natureza, é necessário que todos, desde já, conheçam que a revolução veio conferir ao operário a posse das justas e razoáveis reivindicações que o preocupam. O que não é possível, porém, é que esta solução resulte imediata, dada a necessidade de um prévio conhecimento da situação em seus detalhes". E concluía: "qualquer reclamação ou sugestão que o operariado tenha a fazer será atendida pela comissão infra-assinada...".[19] Bacharelesca na forma e no conteúdo, a comissão foi obviamente ignorada pelos operários e desagradou ao delegado político e militar da revolução, João Alberto, que percebeu o primarismo político e a ineficácia da medida. João Alberto lutara ao lado de Prestes e mesmo agora, opondo-se ideologicamente ao antigo comandante, da sua experiência na Coluna Prestes retivera um sentido social na análise política dos fatos, e tinha a seu lado o comandante de força pública, o "general" Miguel Costa, que se dizia socialista e acreditava que "o bolchevismo [tomaria] conta do mundo nos próximos cinquenta anos";[20] e ambos lideravam a Legião Revolucionária de São Paulo, em nome da qual pretendiam expurgar os políticos profissionais, como diziam na proclamação da Legião. A 20 de novembro, unilateralmente, João Alberto decretou um aumento linear e geral de salários de 5% e fixou a jornada de trabalho em quarenta horas semanais.[21] A medida desautorizou uma vez mais o governo de quarenta dias, e seus integrantes renunciaram duas semanas depois. A seguir, João Alberto determinou ao Banco do Estado de São Paulo, controlado pelo Tesouro estadual, entregar as fazendas executadas judicialmente pelo banco para ressarcir-se de empréstimos não pagos a soldados dos batalhões irregulares – isto é, voluntários –, os quais, vitoriosa a revolução, haviam sido dissolvidos.[22]

- **Uma perspectiva revolucionária?**

À direita e à esquerda, a radicalização crescia, enquanto os chefes das forças revolucionárias buscavam compor as suas divisões com a criação das Legiões Paulista e Mineira, esta última lançada em fevereiro de 1931 pelo ministro da Justiça, Francisco Campos. Luís Carlos Prestes, o líder da Coluna de 1926, de seu exílio, em manifesto divulgado a 6 de novembro de 1930, já havia disparado um duro ataque à revolução e a seus antigos comandados: "Camaradas! Com a quartelada do Rio de Janeiro, está terminada a primeira parte da contra-revolução que, dirigida pelos politiqueiros de Minas e do Rio Grande, com a conivência, consciente ou inconsciente, mas sempre criminosa, de oficiais 'revolucionários', foi iniciada em diferentes pontos do País, nos primeiros dias de Outubro".[23]

Outra salva, mais nutrida, foi desferida em março de 1931, do Uruguai, desta vez explicitando Prestes a sua adesão à esquerda radical: "A todos os revolucionários sinceros e honestos, às massas trabalhadoras que neste momento de desilusão e desespero se voltam para mim, só posso indicar-lhes um caminho: a revolução agrária anti-imperialista sob a hegemonia incontestável do partido do proletariado. O PCB, Seção brasileira da Internacional Comunista".[24]

Os ataques de Prestes, convidado por Getúlio Vargas para liderar a Revolução de Outubro de 1930 e que havia pouco rejeitara a anistia e a promoção a general do exército que Vargas vinha de lhe conceder, foram especialmente sentidos pelos tenentes. Eles reconheciam em Prestes um verdadeiro líder militar, o estrategista brilhante e o comandante audaz, forjado no fogo vivo do combate, à frente da Coluna Prestes quatro anos antes.[25] Embora a adesão de Prestes ao Partido Comunista Brasileiro só viesse a ser formalizada bem mais tarde, a sua proclamação de março fez duro contraste com a Revolução de Outubro, e Prestes passou a ser visto como o líder da esquerda radical no Brasil, fato que sobressaltou a direita e os católicos especialmente. Os tenentes receavam o destemor de Prestes, e, do extremo sul do País, crescia e projetava-se sobre o País a sua imagem de líder capaz de, sem trepidar, fazer uma revolução pelas armas – em sentido oposto à da quartelada de outubro. A aura de verdadeiro revolucionário – o único capaz de transformar as estruturas do País, ainda que em sentido equivocado ao ver de seus opositores – começava a assumir o recorte legendário que mais tarde seria indelevelmente associado à imagem do antigo comandante da Coluna, que de então por diante passaria a ostentar apenas o seu nome e não mais o de Miguel Costa precedendo-o.

Os duros ataques de Prestes não atingiram apenas aos tenentes, seus antigos comandados; estes se somaram às manifestações de outros segmentos pelas quais a esquerda se dividia, nem sempre harmoniosamente. A essa altura, as divergências da esquerda haviam desaparecido aos olhos da direita; esta por um prisma único associava à esquerda radical – partido comunista e outras facções não menos sectárias – as medidas do interventor João Alberto tomadas à frente do governo de São Paulo. Essa inquietação, também sentida pelos quadros políticos locais e pela classe média urbana, era fortemente influenciada pela Igreja e já fora expressa pelo jornal *O Estado de S. Paulo*, em tom de advertência: "Não ponhamos na organização industrial do Brasil mão temerária e destruidora. Ponhamos mão firme, mas cautelosa".[26]

Oswaldo Aranha percebeu o receio e a instabilidade que a fama do revolucionário alastrava pelo País, e a polarização que ela podia acarretar. Habilmente, moveu-se para atrair a força mais reativa à ofensiva comunista: a direita e os católicos, então especialmente próximos, acenando-lhes com a renovação de rumos da revolução, que as Legiões seriam capazes de promover – e, sobretudo, o combate à esquerda radical que elas poderiam oferecer.

Filho do senador Olavo Egydio de Souza Aranha, oriundo de uma rica família de Campinas, cidade próxima à capital paulista, Alfredo Egydio de Souza Aranha, à frente de sua prestigiosa banca de advocacia e das empresas que dirigia, frequentava os meios político e econômico de São Paulo.[27] A ascensão de seu primo Oswaldo Aranha ao poder central abriu-lhe a possibilidade de ampliar a sua influência. A 15 de março de 1931, como recordaria Hélio Vianna em suas memórias inacabadas, Alfredo Egydio, trazendo consigo de São Paulo o escritor e jornalista Plínio Salgado, com a presença de San Tiago e dos cajuanos Chermont de Miranda, Antônio Gallotti, Américo Lacombe e Hélio

Vianna, e provavelmente de Augusto Frederico Schmidt, foram recebidos por Oswaldo Aranha.[28] Elegante e cosmopolita, contrastando com seus colegas revolucionários, o ministro gaúcho exsudava simpatia e verve, e, como faria a todos os que o visitavam, preparou-lhes cuidadosa recepção.[29] Tendo sobre a mesa livros sobre o fascismo, o ministro narrou aos presentes a sua participação na revolução, detalhou a enorme tarefa a cumprir pelo novo governo e, para mais os impressionar, como um sinal de sua disposição ao combate, uma metralhadora se via displicentemente encostada à parede da sala da bela casa da Ladeira do Ascurra, no bairro carioca das Paineiras, onde recebia seus convidados.[30] A esses, disse Oswaldo Aranha que ouvia seguidamente "jecturações no espaço", ou seja, palpites sobre política jamais executados.[31] Alfredo Egydio mostrou ao primo a sua determinação em agir e o informou de que pretendia lançar um jornal em São Paulo, *A Razão*, de apoio à Legião Revolucionária Paulista e à Legião de Outubro; e "ficou resolvido que San Tiago iria para São Paulo, a fim de ser, com Plínio Salgado, redator-chefe do novo jornal... [percebendo] um conto de réis por mês".[32]

Aos dezenove anos de idade, no quarto ano da Faculdade de Direito, San Tiago foi escolhido pelo líder mais importante da Revolução de Outubro depois de Getúlio Vargas para dela participar diretamente: como jornalista, dividindo a direção de um jornal com o romancista e jornalista político consagrado Plínio Salgado; e como ideólogo, atendendo ao pedido do ministro, feito na mesma ocasião, para que redigisse o manifesto da futura Legião Revolucionária do Rio de Janeiro, ao lado do talentoso jornalista Lourival Fontes, cuja simpatia pelo fascismo italiano era já conhecida.[33] Era, sem dúvida, uma oportunidade aberta a San Tiago de participar da ação política diretamente, ação além do pátio da escola, que ele tanto buscava e para a qual se preparava afincadamente. Mas não seria esse o único fator a movê-lo a apoiar a revolução, à qual ele se opusera, entendendo-a incapaz de substituir a vencida ordem liberal por outra, apta a promover a "moderna obra da reação". San Tiago terá visto na radicalização de Prestes e na ousadia do partido comunista o estímulo à polarização capaz de unir a direita e, nesse contexto extremado, abrir uma vertente ao pensamento fascista, que ele defendia. Essa possibilidade não era irreal, e, àquela altura, convulsionado o País, soava possível ao ardor intelectual do jovem ideólogo.

A avaliação de San Tiago sobre a Revolução de Outubro de 1930 desdobrava-se por dois planos: o primeiro, a contradição entre uma revolução nascida de uma Aliança Liberal não ser o meio capaz de erradicar uma ordem liberal vencida, o que levou San Tiago a não apoiá-la; o segundo, a criação de uma Legião Revolucionária capaz de eliminar a ordem liberal, mas incapaz de promover a revolução verdadeiramente necessária, que o levou a apoiá-la para salvar esse último objetivo. Essa revolução, poderia San Tiago supor, a Legião Revolucionária só seria capaz de promovê-la se a ela fosse possível fixar uma diretriz correta, sobre a confusão ideológica de seus chefes, em especial se fosse retificada a agenda social propagandeada pelos tenentes e eliminadas as precipitadas concessões ao operariado, tais as que João Alberto fizera e se mostrava tentado a repetir. Nesses termos retificados, San Tiago poderia acreditar a Legião apta a promover uma verdadeira revolução, inclusive habilitada a dar de combate à esquerda radical. Por outro lado, San Tiago poderá ter percebido também que, naquele momento convulsionado da vida do País, a distinção de rumos de uma revolução que se apresentasse sob uma liderança carismática, como era a de Prestes, poderia ser viável e mesmo atrair setores mais vulneráveis da classe média – tradicionalmente conservadora e católica –, os quais talvez não percebessem, em toda a sua extensão, a radicalização à esquerda desse movimento, fosse em razão de um abrandamento tático de seu discurso, fosse à conta de uma aliança ocasional que o revolucionário Prestes viesse a firmar com outras forças descontentes. Nessa hipótese, aqueles estratos da população, ou parte deles, poderiam somar-se às forças já comprometidas com uma revolução socialista, como já supunha San Tiago estar boa parte do operariado das grandes cidades. Essa análise da cena política e os temores que ela inspirava eram vistos pela ótica polarizada do jovem ideólogo, onde ação e reação deveriam opor-se com vigor.

Publicado a 26 de março de 1931 na revista *Mundo Ilustrado*, havia pouco lançada pelo cronista Henrique Pongetti, o artigo de San Tiago, "A extinção do legalismo", mostra um San Tiago desassombrado e engajado, decidido a expor abertamente a sua adesão ao fascismo e disposto a combater frontalmente os comunistas.[34] Tomando por epígrafe uma citação de Joaquim Nabuco, onde este dizia que em torno da votação da Abolição todas as diferenças partidárias se haviam silenciado, San Tiago diz que o momento da morte oficial de um "liberalismo em ruínas (...) que marcará a extinção da sua burguesia inútil e enfraquecida", embora dramático também ao envolver toda a nação, fora ditado por uma revolução que já ao início mostrava-se aquém do que dela se devia esperar; ela "enfraqueceu o poder de que se apoderou, desiludiu o messianismo do povo que nela confiara", e, o que era fatal ao seu sucesso, não dispunha de "uma fórmula de equilíbrio", e assim "nada criou ou revolucionou no campo teórico ou no campo prático, e renovou-se no serôdio liberalismo com que afinal sempre se agitam as massas revoltadas". A inexistência de um projeto de poder fulminava as pretensões do movimento e, adverte San Tiago, "no mundo moderno, revoluções mal ganhas são concessões vultosas ao comunismo", acrescentando que, mesmo na sociedade brasileira, que rompera com "todas as fontes espirituais de vida", estavam postas as "premissas que, desenvolvidas nas suas conclusões extremas, levam, primeiro ao capitalismo e depois ao socialismo". Nem o tradicionalismo, capaz de frear essa evolução do capitalismo predador ao socialismo materialista, resistiria a uma revolução que "destrói mais do que cria, como na presente se deu"; ao contrário, o ritmo dessa evolução perversa acelerava-se e, sem projeto político próprio, acabava por beneficiar o comunismo, "e isso todo o Mundo sente lendo os jornais oficiosos e não comunistas de São Paulo, hoje, que se vão criando lugares comuns acentuados com a linguagem e as atitudes comunistas, sem esposarem abertamente o programa, mas fazendo o jogo franco do partido". E, acrescenta, "nem o catolicismo brasileiro tem a força e a vida para entrar como força ativa nesse encontro de fatores sociais", embora "vale(sse) como resistência".

O "passado que perdura" convertia-se em fator de união, permitiria avançar porque se desdobrava no presente sem as rupturas traumáticas, subversivas como eram todas as revoluções. A recente experiência italiana isso mostrava. Mas, observa San Tiago, ela não era compreendida entre nós, pois "o fascismo continua mascarado, para a opinião brasileira, pela capa que lhe lançaram os seus detratores – de terrorismo e violência individual. Não se quebra facilmente um tabu que a ignorância nacional e o veneno dos *fuorisciti*,[35] uma conserva, o outro alimenta". A San Tiago, a hora era de luta, e ele apresenta suas armas: "Nós estamos num instante da mais rigorosa intransigência,[36] de um reacionarismo extremo e exaltado. (...) Em que no nosso combate a comunistas não podemos e não devemos conhecer quartel". E arremata, desafiador: "Não transigiremos em nada, porque somos por natureza diferentes, porque para cada fórmula ou solução comunista possuímos uma simétrica, que não podemos abandonar". A "solução simétrica" era a solução fascista, de combate não só ao socialismo, mas ao capitalismo também, que levava àquele: "Não cedamos ao capitalismo e aos seus teorizadores senão o que realmente não ofender os princípios nacionalistas e espiritualistas em que nos temos de acastelar".[37]

- **O perigo de uma revolução mal ganha**

A crítica de San Tiago à Revolução de 1930, ao seu fracasso ao apenas decretar a morte oficial de um "liberalismo em ruínas" e não em "revolucionar" a sociedade brasileira, seria consistente à vista das Legiões. San Tiago foi mais longe, porém: ofereceu resposta à crise que, segundo ele, uma "revolução mal ganha", pretendendo superá-la, criara. San Tiago, certamente, fazia referência à "revolução mal ganha", de fevereiro de 1917, na Rússia, a qual, à falta de uma base que "revolucionasse no campo teórico ou no campo prático", não permitira a Kerensky afirmar o poder em suas mãos, oito meses depois empolgado por um golpe dos bolcheviques liderados por Lênin, este sim armado com um sólido projeto revolucionário tanto no campo teórico quanto no campo prático. A "revolução mal ganha" na Rússia de Kerensky pagara um preço fatal apontado por San Tiago: "uma vultosa concessão ao comunismo".

O socialista Alexander Kerensky integrava a Duma, órgão consultivo, com representantes eleitos, criado em 1906 pela monarquia czarista. No novo governo instalado com a revolução de fevereiro de 1917, promovida pela insurreição popular na capital São Petersburgo, à qual se seguiu a queda da monarquia Romanov, no poder desde 1613, a Duma foi convertida no parlamento russo, e Kerensky assumiu a pasta da Justiça e em julho a chefia do governo.[38] E iniciou um processo de institucionalização do novo regime, aprazando para a última semana de outubro daquele ano as eleições para compor uma Assembleia Constituinte. Mas o curso trágico da guerra e o talento revolucionário de Lênin alteraram esse quadro. Aliada à França e à Inglaterra, a Rússia viera sofrendo sucessivas derrotas frente às tropas alemãs, e esses fracassos desintegravam rapidamente a unidade do seu exército. Insatisfeitos, os soldados haviam criado os *soviets* (conselhos, em russo) para reivindicar melhores condições de abastecimento para a tropa. Os comunistas viram nessa experiência um rastilho revolucionário e a generalizaram, organizando os *soviets* de operários nas fábricas, sobretudo em São Petersburgo e Moscou. Passaram a defender a paz imediata com a Alemanha e extremaram a sua oposição ao governo provisório de Kerensky e às forças que o apoiavam. Com ousadia e habilidade, lançaram a palavra de ordem que célere correu e seria inscrita na história da revoluções: "todo o poder aos *soviets*".[39] Kerensky ordenou a repressão aos comunistas, mas estes reagiram; retornando a São Petersburgo de seu exílio na Suíça, Lênin ordenou fosse deflagrada imediatamente a insurreição armada.[40] Dois dias depois, a 25 de outubro, segundo o calendário então vigente na Rússia, e a 7 de novembro, segundo o calendário ocidental gregoriano mais tarde adotado, os comunistas tomaram, sem maior resistência, o Palácio de Inverno, a sede do governo, e ocuparam a capital São Petersburgo. Na manhã seguinte, Lênin informava ao povo russo que o governo provisório havia sido deposto, o poder transferido ao comitê militar-revolucionário, e as tropas sediadas na capital já se encontravam sob seu controle.[41] Ainda assim, os comunistas não tiveram condições de evitar as eleições para a Assembleia Constituinte, que registraram grande comparecimento popular e a expressiva derrota dos comunistas;[42] a Constituinte instalou-se em janeiro de 1918 e chegou a votar várias leis, entre elas as relativas à criação de uma República Democrática Russa, a abolição da propriedade rural dos nobres e a sua distribuição entre os camponeses".[43] Mas a liderança de Lênin mostrou-se inflexível: era chegada a hora da ditadura do proletariado. Os comunistas dissolveram a Constituinte, romperam com os socialistas revolucionários e negociaram a paz em separado com a Alemanha.

Kerensky asilou-se nos Estados Unidos, e o seu curto governo ficou indelevelmente marcado como o interlúdio trágico entre a revolução democrática frustrada e a vitoriosa revolução comunista, tomando-o a direita como exemplo do risco em não se combater, sem tréguas, a esquerda revolucionária.[44] Em verdade, um conjunto de causas levou à ascensão dos comunistas ao poder, assim como à ascensão do fascismo, sendo algumas delas comuns, como a guerra e seus devastadores efeitos, outras específicas de cada sociedade. Inegavelmente, porém, a ousadia e o talento revolucionário de Lênin à frente de seus liderados deram a vitória aos comunistas, e foi precisamente esse fato, a esmagar a frágil liderança de Kerensky, que celebrizou o novo líder russo, impressionou a todos e aterrorizou a direita.

O exemplo russo soava próximo à realidade brasileira, esse é o alarme que San Tiago vibrava. Na Rússia ocorrera uma revolução "mal ganha", e em seu curso um líder verdadeiramente revolucionário, com um projeto político a animá-lo, tomara o poder. A Revolução de Outubro de 1930 fora, também, "mal ganha", e somente Prestes havia declarado a sua opção revolucionária – e no Brasil somente Prestes era um líder provado em combate militar, e não forjado em "quarteladas" incruentas.[45] O temor de San Tiago não se limitava à possível ação de Prestes – subir do sul do País à frente de um movimento revolucionário e tomar o poder; estendia-se, também, ao remédio buscado. As ideias fascistas eram as únicas capazes de confrontar com êxito a onda comunista que começava a seduzir intelectuais e estudantes brasileiros, já apontara San Tiago em seus dois artigos publicados naquele ano. Mas os simpatizantes do regime fascista apenas entremostravam-se, encurralados pela reduzida mas eficiente militância comunista e, como San Tiago também já apontara, por não haver ainda a direita formulado um programa político consistente.

O artigo de San Tiago, "A extinção do legalismo", sinalizava, naquele momento, a renovação da direita no Brasil, não apenas pelo vigor intelectual de seus dezenove anos completados no mesmo mês da Revolução de 1930, ou porque formasse ao lado dos católicos, mas pela ousadia com que, ao apoiar abertamente o regime fascista italiano, vencia o confinamento em que até então a direita nativa se achava, e inscrevia em sua agenda o combate à esquerda revolucionária, que na Europa os fascistas travavam. Até então, os autoritários de direita brasileiros relutavam em admitir influências externas, fosse à conta de uma vaidade intelectual provinciana, como era o caso de Plínio Salgado, ou de exacerbado orgulho intelectual, como se dava com Pontes de Miranda, ou ainda por disciplina religiosa, a que se obrigava Alceu Amoroso Lima.

Longe da Europa, o isolamento cultural do Brasil era considerável e, assim, a experiência russa e italiana eram pouco conhecidas, e discuti-las significaria alijar do debate ideológico a maioria dos agentes políticos, que as desconheciam. Porém, ao contrário da geração precedente, San Tiago e seus colegas não traziam vínculos existenciais e culturais com o debate ideológico travado a partir da Terceira República francesa nascida em 1870, e desdobrado ao longo de quatro décadas, sobre o fastígio da *belle époque* até o início do conflito de 1914. A geração de San Tiago formou-se sob o signo desse conflito, que adensou e radicalizou os ramais ideológicos, cujos sectários, sobre o naufrágio do liberalismo e do espólio da guerra de 1914-1918, alcançaram o poder na Rússia e na Itália. Essa dupla e antagônica experiência revolucionária arrebatou o interesse da geração de San Tiago, e o seu interesse em particular; San Tiago pensava em termos revolucionários e, mesmo sem a intensidade e profundidade das experiências russa e italiana, o Brasil, e ele em especial, viviam uma transformação inédita. Agir concreta e revolucionariamente sobre esse frêmito político seria o desafio seguinte posto a San Tiago.

- **Ação política diária**

Na mesma reunião na qual Oswaldo Aranha pedira a San Tiago que escrevesse um artigo sobre os rumos da revolução, e foi atendido com "A extinção do legalismo", fora discutida a organização da Legião de Outubro no Rio de Janeiro, a Legião Fluminense – tendo o ministro solicitado a Lourival Fontes e a San Tiago preparassem a minuta de seu manifesto. San Tiago encontrou em Lourival um interlocutor. Sergipano como Jackson de Figueiredo, Lourival dele se aproximara e após a sua morte ligou-se ao cardeal D. Leme e passou a frequentar os círculos católicos, convivendo com Augusto Frederico Schmidt e os cajuanos na Livraria Católica. Seguindo a intuição de Jackson, que precocemente vira no fascismo a realização de boa parte da doutrina social da Igreja, em especial o combate ao socialismo materialista, Lourival acompanhava a política italiana, da qual se tornou franco admirador e conhecedor e, por essa época, fundou uma revista de política não ao acaso intitulada *Hierarquia*, na qual vários integralistas iriam colaborar – tradução do título da revista *Gerarchia* criada por Mussolini em janeiro de 1922, e que se tornara a revista oficial do fascismo.

O texto do manifesto da Legião Fluminense reflete a colaboração de San Tiago e a identidade entre o jovem ideólogo e o experiente jornalista. O documento soma afirmações e rejeições com as quais procurava recortar um perfil ideológico para a Legião Fluminense; comparado ao manifesto da Legião Paulista, redigido por Plínio Salgado, o contraste é visível: este reflete o estilo pesado do romancista autor de *O estrangeiro*, traindo a superficialidade da sua afetação modernista presente nesse romance, enquanto o manifesto redigido por San Tiago e Lourival Fontes é vazado em um estilo verdadeiramente moderno, fluente, com parágrafos curtos e claros, em busca da atenção do leitor, ao contrário do texto de Plínio Salgado, no qual o autor se faz presente obsessivamente, a ele antes buscando impactar um lastro intelectual que lhe configurasse um perfil doutrinário consistente.[46]

San Tiago e Lourival Fontes, provavelmente ainda naquele mês de março de 1931, reuniram-se com os ministros Oswaldo Aranha e Francisco Campos, este o chefe da Legião Mineira, no Palace Hotel – no centro do Rio de Janeiro, onde hoje se ergue o edifício Marques do Herval –, e a eles apresentaram o manifesto da Legião Fluminense, que a pedido do primeiro haviam redigido. O texto foi aprovado pelos ministros, mas a criação da Legião Fluminense enfrentou problemas desde o início.[47] Oswaldo Aranha designou para coordenar-lhe os trabalhos de constituição seu conterrâneo, o médico Raul Jobim Bittencourt, cuja proposição inicial, feita em uma reunião em que presentes San Tiago, os cajuanos e Augusto Frederico Schmidt, consistia em que a Legião só admitisse revolucionários da primeira hora. Schmidt rejeitou liminarmente a proposta. Ele, San Tiago, os cajuanos e os católicos não haviam apoiado a revolução e só agora, com a criação das Legiões e a pedido de Oswaldo Aranha, concordavam em dela participar; mantida a exigência formulada por Bittencourt, o grupo retiraria o seu apoio, como recordaria Hélio Vianna.[48] Da mesma forma, Schmidt, falando em nome da Igreja, vetou o nome de Lindolfo Collor para chefia da Legião Fluminense, sob o argumento de que o ministro do trabalho não teria apoiado a criação de sindicatos cristãos, proposta defendida por Alceu Amoroso Lima. Outra proposta, que teria sido apresentada por

Bittencourt, foi também rejeitada pelo grupo: estruturar a Legião segundo o modelo fascista italiano; Hélio Vianna, em suas memórias inacabadas, registrou que "felizmente morreu a triste ideia de uma Legião de Outubro (fluminense) de tendência nitidamente fascista, embora imbuída de um nacionalismo brasileiro".[49] San Tiago, embora defensor da doutrina fascista, terá visto na proposta uma dose fatal de irrealismo; afinal, o movimento fascista italiano desenvolvera-se no quadro dramático do pós-guerra italiano, em torno de um líder carismático, um revolucionário formado no combativo Partido Socialista Italiano e vitorioso em sua ação no seio da política tradicional italiana, da qual acabaria por arrebatar o poder. No Brasil, não havia condições sequer próximas a essas, especialmente o líder carismático – este, como visto, estava na trincheira oposta, na esquerda, combatendo a direita, que não sabia como se estruturar.[50] E foi, precisamente, a dificuldade em encontrar um chefe para a Legião Fluminense a causa determinante da sua frustração.[51]

Realista e sutil, seria a fórmula política proposta por San Tiago e Lourival Fontes no manifesto por eles redigido; como convinha, eram rejeitados o "o erro da cópia norte-americana", e "a imitação da diretriz fascista", sendo certo que "o comunismo bolchevista não resolve, como pensam alguns ideólogos, os problemas em que a nação brasileira angustiosamente se debate". Por outras palavras, dois equívocos deveriam ser evitados: a democracia norte-americana e o novo regime comunista russo. A diretriz fascista não era rejeitada, apenas não poderia ser simplesmente aplicada à realidade brasileira; veladamente, porém, o modelo fascista era sugerido: "aproveitemos a lição para fazer da 'Nova República' um sistema de governo nacionalista (...) em que haja representação real de classes; em vez de um legislativo de políticos palavrosos, um legislativo de técnicos; em vez de empirismo na elaboração das leis, a prévia consulta aos estudiosos e a conselhos especializados, para que a regra jurídica se adapte à realidade, fugindo-se ao absurdo de pretender que a realidade se amolde à regra jurídica".[52] A realidade do momento era aquela vista pelas lentes dos radicais: sem concessões à democracia parlamentar, à mentira do voto que elegia os menos capacitados como entre nós Pontes de Miranda já ensinara aos cajuanos, à farsa da representação popular, a colher o voto das massas urbana e rural inculta, incapazes de decidir o seu destino e as quais somente Luís Carlos Prestes acreditava capazes de revolucionar o País – como o acusara o seu antigo liderado, o tenente Juarez Távora. A democracia parlamentar deveria ser substituída por um conselho de técnicos incumbido de formular as normas de direção do País. Esse modelo já era defendido pelo sociólogo Oliveira Vianna, que San Tiago conhecera havia pouco, sob o argumento de que os integrantes do parlamento não dispunham do conhecimento especializado necessário à elaboração de normas hábeis (técnicas) a enfrentar os complexos problemas nacionais.[53]

Cumprida as duas primeiras tarefas – a publicação de seu artigo sobre os rumos da revolução, "A extinção do legalismo", e a redação do manifesto da Legião Fluminense, lançado a 6 de abril de 1931 – San Tiago deu início a sua missão mais importante: mudar-se para São Paulo e assumir, ao lado de Plínio Salgado, a editoria do jornal *A Razão*, a ser lançado dali a poucos meses. A ação política, diária e intensa, estava por começar. Ela jamais deixaria de fascinar San Tiago – e, em sua voragem, não o pouparia.

- **Piratininga**

No dia 12 de abril de 1931, um domingo, os pais e alguns amigos foram embarcar San Tiago no cais da praça Mauá, no Rio de Janeiro, de onde, por mar, seguiu para São Paulo, em uma curta viagem de navio – uma noite a bordo, até o porto de Santos; daí San Tiago terá tomado o trem, ou o autocarro – como ainda eram chamados os ônibus –, que em cerca de duas horas venciam, pelos trilhos ou pela nova estrada de rodagem, as ásperas escarpas da serra do Mar, até alcançar a cidade de São Paulo.[54]

Raul e Violeta apoiaram a decisão do filho – ou a ela não se opuseram. Adolescente, San Tiago já se vira afastado dos pais e da avó Dindinha quando fora deixado em Belo Horizonte em uma pensão de estudantes, para se preparar para os exames ginasiais. A separação de agora – a sua ida para Piratininga, como ele nomeou a sua estadia em São Paulo – encontrava-o não apenas homem feito, mas um precoce e engajado publicista. O seu sucesso intelectual sem dúvida envaidecia a família, porém ela sentiria a falta do Francisquinho, do seu apego a Violeta, a Dindinha e à irmã Dulce, assim como do vínculo estreito e carinhoso formado entre pai e filho. Raul, embora ardoroso getulista, admirava e respeitava a posição política de San Tiago, e admirava a energia e o brilho com que ele a defendia.[55]

Três dias depois, San Tiago escreve a Lacombe, instalado no Hotel D'Oeste, "um dos bons hotéis desta cidade, na própria esquina da rua Boa Vista com a rua de S. Bento, isto é, no Triângulo (...)".[56] O Hotel D'Oeste, então um dos melhores da cidade, situava-se à margem do Triângulo, formado pelas ruas São Bento, Quinze de Novembro e Boa Vista, a área nobre do centro de São Paulo, por onde corria um fluxo constante de pedestres, afluindo aos escritórios, aos bancos, ao pequeno comércio e aos magazines, que começavam a surgir, próximos ao Edifício Martinelli, o primeiro arranha-céu havia pouco erguido na capital paulista. Embora com uma população bem menor do que a do Rio de Janeiro – cerca de novecentos mil habitantes, seiscentos a menos do que a capital federal –, a metrópole paulista extasiou o jovem carioca, habituado à horizontalidade infinita do oceano Atlântico e à brisa batida do mar de Ipanema, fluente até o remanso majestoso da lagoa Rodrigo de Freitas, que o acordava todas as manhãs. A massa humana a ondular célere nas ruas e avenidas largas do centro da capital paulista, e daí até aos bairros divididos pelas classes sociais frisadas com uma nitidez a ele até então inédita, impressionava San Tiago[57] – e o frio: encravada no topo da serra do Mar nivelada em um planalto a oitocentos metros de altitude, em cuja encosta abrupta os ventos soprados do litoral chocavam-se e, subindo, adensavam-se em uma névoa molhada pela umidade liberada pelas matas que então a circundavam, São Paulo enregelava San Tiago já no início de outono.[58] Mas não inibiu a sua "muita ardência de conhecer Piratininga nos seus bairros e nas suas casas, antes de a conhecer nos seus homens e crônicas".[59]

Em um de seus primeiros domingos em São Paulo, San Tiago escreve a Lacombe: "debaixo da névoa ainda fina, às cinco horas da tarde, fui até o Cambuci das ruas proletárias intermináveis. E desci a pé a rua Ana Nery, do Cambuci à Mooca, enquanto o crepúsculo caía. É uma coisa humana e imensa essa cidade de pobres de São Paulo. (...) Só os meninos correm e riem. Meninotas (as carmelas) passeiam, de braço às quatro e cinco, riem entre si, no namoro quotidiano. Os velhos, as mulheres gastas, acabadas, mulheres de tear, discutem, ralham, e se encolhem em casacos velhos. Eu não senti na Mooca nem repouso, nem simplicidade, nem alegria. Da rua inteira, sobe uma atoarda indistinta, um rumor surdo e grande, que inquieta. É a turba indistinta, em que cada homem não é um, e um milésimo, em que a vida resiste. Uma turba escura, cor de chumbo, despreocupada, mas não sei porque, exteriormente ameaçadora".[60]

Nada em São Paulo remetia San Tiago a sua experiência até então vivida no Rio de Janeiro. Às cinco horas da tarde de um domingo no início de maio, o subúrbio carioca ainda arderia ao sol do final tardio de verão, e as vilas operárias nele construídas não exibiriam o ar taciturno dos bairros proletários paulistanos. Os milhares de funcionários públicos, a corte a rodear os negócios do governo conduzidos por uma casta burocrática sempre maleável aos interesses mais articulados, os grossos contingentes militares nela estacionados davam à capital federal uma atmosfera única. E a vida assim fluía, cosmopolita, mas caudatária em boa parte da onipresente e pesada estrutura do Estado.[61] Outra era a vida em São Paulo. A disputa viva entre os prestadores autônomos de serviços, industriais e comerciantes; a receita da mais pujante agricultura do País acorrendo à capital do estado; a crescente assimilação social de seus diversos imigrantes: essa pluralidade de traços peculiares ditava o ritmo febricitante da cidade, e a imensa massa operária nela imersa avultava aos olhos de San Tiago: ele a via inerme em sua coletividade sombria, cumprindo uma "vida mecânica, [onde] desapareceu o indivíduo de todo",[62] indefesa ao canto igualitário e materialista dos comunistas, sempre ativos.[63]

Pouco depois de haver chegado a São Paulo, San Tiago foi a Belo Horizonte assistir a um desfile da Legião Revolucionária Mineira, criada em fevereiro daquele ano pelo ministro da Justiça, Francisco Campos, e a 21 de abril falou aos universitários mineiros; preocupado, escreve a Lacombe: "Eu já não sei falar à universidade e já não posso falar como um deles. Que fazer?"[64] Preparar-se politicamente para o embate com a esquerda, em uma sociedade burguesa esfacelada, essa a palavra que San Tiago – de fato não mais um simples universitário – dirige aos estudantes mineiros.[65] Naquele momento, diz ele, a "mocidade das escolas" era chamada a se pronunciar, não mais como "uma vanguarda sem orientação e sem doutrina, tão pronta em acender calorosamente a luta, como em abandoná-la na hora de mais fragor", mas como uma mocidade disposta a promover uma "revalorização ideológica de suas campanhas", que deveria ter por "ideal único, a fórmula de salvação dos valores perdidos e de sua contínua e longa reconstituição". Não era possível contar com as "elites desorientadas, [afastadas] do exame cultural e político dos valores nacionais", elites as quais, no governo, haviam desencantado a nação, e esta "começou (...) a carecer de espírito cívico, de devoção à autoridade, de respeito à lei, ao poder, à hierarquia" e assim deixou-se levar pelo "espírito revolucionário" de outubro de 1930. A verdadeira revolução, porém, seria aquela feita por "uma mocidade conservadora de valores", capaz de restaurar "a palavra conservador no seu grande e nobre sentido, distinguindo-a de passadista ou rotineiro", e capaz de ensinar "aos brasileiros de cincoenta anos, que é voltando-se para os grandes valores que se formaram no passado, que o Brasil de hoje poderá restaurar no plano político todos os imperativos da realidade nacional". Nessa luta, um exemplo recente deveria estar presente no espírito desses verdadeiros revolucionários: "o da juventude italiana de 1919, lutando na defesa da pátria contra o comunismo avassalador". E conclui o palestrante, com uma palavra de ordem: "Só vos cabe, senhores estudantes, ir neste momento para a vanguarda, onde vos chamam".

San Tiago, ele próprio, já atendera ao chamado: fora para São Paulo, para a vanguarda, bater-se pela recuperação dos "grandes valores formados no passado", para, a partir deles, renovar as elites e regenerar a nação, tendo em vista o exemplo da juventude (fascista) italiana. Nesse trânsito, era necessário revestir o idealismo que o animasse de um "sentido construtor", a substituir a realidade extrínseca, artificial, por outra, como "observara Plínio Salgado", "intrínseca, criadora das resistências espirituais da raça". Então, seria possível eliminar a "corrupção da sociedade burguesa, o imperialismo estrangeiro, [que] veio por diante do velho Brasil dos patriarcas rurais, [e instaurou] o novo Brasil da luta de classes".[66]

Esse novo Brasil da luta de classes era patente em São Paulo, nas "massas sombrias" do Cambuci e da Mooca, nos carbonários do Brás e nas manifestações e greves operárias. Em entrevista ao *Diário da Tarde*, "o intelectual San Tiago Dantas (...) que visitou a capital mineira por ocasião da grande parada legionária, [e] atualmente reside em São Paulo e vai dirigir, ao lado de Plínio Salgado, o matutino *A Razão*, disse que o governo federal não poderia cegar a esse fato, negando a São Paulo a "independência administrativa a que tem direito, (...) sob pena de ver se acentuar o esquerdismo separatista, com que o povo paulista marca o seu inevitável protesto contra o golpe que abateu a autonomia do seu Estado".[67] Fulminada a classe política paulista com a revolução, diz San Tiago, "a grande massa, que não tem uma orientação definida, (...) é o melhor veículo das tendências esquerdistas, que pendem para movimentos revolucionários radicais. O comunismo, cujo vulto em São Paulo alarma tanto o País, tem uma estrutura partidária talvez pouco mais sólida que no Rio. Seus partidários serão numerosos nas fábricas e nas usinas. Mas o que lhe dá um relevo enorme, e uma projeção especial no momento político presente, é a suspeição talvez fundada que recai sobre alguns membros do governo de manterem com chefes comunistas ocultas ligações partidárias, e sobretudo certas simpatias que se acentuam das correntes mais incertas de opinião e da imprensa".[68]

San Tiago via a ameaça comunista crescer diariamente; pouco antes de deixar o Rio de Janeiro em mudança para São Paulo, escrevera a seu cunhado: "Você leu o manifesto do PD [Partido Democrático]. Por baixo desse desencontro de todas as forças, torrentes que se cruzam em mil sentidos, há um lençol d'água, que não se confunde, e que se avoluma: – é o comunismo".[69] Agora, ao regressar a São Paulo vindo de Belo Horizonte, escreve a Hélio Vianna, constatando essa ameaça, que presenciava: "Hoje, começou uma greve nas escolas contra a permanência do interventor. Estudantes fizeram passeatas, um grupo passou aqui na rua de S. Bento, debaixo da minha janela. Sem chapéu, acanalhados, malta vadia que vê nisso tudo um pretexto de parede apenas, e cuja insurreição tem mesmo força, porque são tratados sempre com concessões e brandura. Enquanto isso, o comunismo vai subindo nas multidões, e se entranhando nas classes mais altas". Mesmo "os jornais mais burgueses dão de repente um editorial comunista. Foi outro dia a própria 'Folha da Manhã' do Rubens do Amaral. Explica-se. São as redações minadas, os descuidos ou as facilidades da direção". Essa situação devia-se em parte ao "pobre João Alberto", o interventor, que, "como um desatinado, vai divorciando de si toda a política do estado", e, submetido aos "vigamentos impretéritos do P.R.P.", não conseguia controlá-la.[70]

- **O futuro do CAJU**

Enquanto aguardava o lançamento da *A Razão*, San Tiago repartia essas preocupações com o seu "grupo", do qual apenas fisicamente se separara; escrevia frequentemente a esses amigos e deles cobrava notícia da vida que deixara no Rio de Janeiro havia menos de um mês.[71] Chermont de Miranda, o ativo presidente do CAJU, em carta o informou haver o Centro lançado finalmente o terceiro número de sua revista, naquele maio de 1931, agora sob novo título: *Revista de Estudos Jurídicos e Sociaes* (antiga *Revista de Estudos Jurídicos*).[72] No editorial da *Revista*, Chermont explicava que a demora em se tirar o terceiro número e a alteração do título achavam a mesma justificativa: o período revolucionário vivido pelo País no ano anterior. Todos os negócios haviam sido então afetados, e a orientação da *Revista* não menos; não mais cabia aos cajuanos, no contexto político do País inteiramente transformado, cuidar apenas de questões jurídicas. O "reajustamento" da *Revista* atendia a essa nova realidade e passava a englobar o estudo da Sociologia, ampliando a fronteira universitária do CAJU, agora visando influenciar faculdades de outros estados a organizar centros de estudos semelhantes.[73] Era apresentado o Plano Geral do "Inquérito de sociologia brasileira, em torno da formação nacional", anunciado no segundo número surgido em agosto de 1930, e referidos os cento e oitenta e quatro temas propostos para as teses discriminadas de modo esquemático.

Naquele ano, quando fora concebido, o "Inquérito" pretendia não apenas estimular o estudo dos problemas sociais brasileiros, mas promover a reação à falta de identidade nacional, ao mimetismo, ao empirismo administrativo e ao primitivismo político que caracterizavam a história do Brasil. Ao propor diretrizes que norteassem o estudo da sociedade brasileira, o "Inquérito" subsidiaria a compreensão objetiva da realidade nacional, ponto de partida para alcançar a "uma unidade espiritual" capaz de consolidar a "unidade nacional".[74] O "Inquérito", porém, não foi concluído, embora a sua iniciativa tenha sido saudada pelo sociólogo Oliveira Vianna, para gáudio do cajuanos. A sua concepção marcara o início da inflexão do CAJU do pátio da escola para a arena aberta da vida pública; um ano depois, o núcleo do CAJU já havia extremado a sua linha ideológica, e San Tiago era, sem dúvida, a sua estrela maior. A ele recorreu o presidente Chermont de Miranda, em carta datada de maio de 1931, pois, então quintanistas os fundadores do Centro e assim prestes a deixarem a faculdade concluído o curso de Direito naquele ano, dominava-os a preocupação em perpetuar o CAJU.[75] San Tiago, em resposta a Chermont, imediatamente formulou um projeto para esse fim, seguindo a linha ideológica do núcleo do CAJU.

O CAJU divide-se, escreve San Tiago, em três "fases progressivas da sua existência social. Ao início, fora o "círculo de amigos colegas de turma, com espírito já sério mas ainda novato de segundanistas". Na segunda fase, o Centro assumiu funções e organizou-se; nesse momento, o elemento político, [veio] juntar-se ao espírito da associação". A terceira e última fase – a que se aproximava, pois cumpridas as precedentes – "marca o desenvolvimento extremo do Centro da sua primitiva forma de círculo particular de estudo, para o seu termo de instituto supletório da organização universitária e escolar". E conclui San Tiago: "É nesta fase que o Centro ficará totalmente fascista, que a sua orientação filosófica se consolidará, que ele (...) romperá com as cátedras, e fará a sua revolução".[76] A revolução consistiria em o Centro, por intermédio de seus integrantes, projetar-se na arena política trazendo íntegro o padrão ideológico de seu grupo mais influente, que tinha em San Tiago o seu mentor.

A sua "'Teoria geral da formação dos Centros de Estudos Jurídicos' [foi] imensamente apreciada", Antônio Gallotti informou em carta a San Tiago; mas ela, acrescentou, iria depender, para afirmar-se, da educação ideológica que o Centro houvesse ministrado aos seus associados e do espírito político de seus chefes: "se podemos ter confiança neste último, do primeiro só a experiência nos dirá".[77] Gallotti notava que aos líderes do CAJU, San Tiago à frente, estruturar um partido nos moldes do Partido Fascista Italiano, e assim confrontar a esquerda, era uma possibilidade a ser efetivamente considerada, mas não em relação aos demais cajuanos. San Tiago já esboçara a estrutura de um Partido Fascista Brasileiro nos moldes de seu congênere italiano e via a sobrevida do

Centro condicionada a ele tornar-se fascista. A sua determinação em mudar-se para São Paulo em busca da ação política mostrava a sua disposição, que ele já fizera pública em seus artigos em jornal, em partir para o confronto aberto com a esquerda radical, no momento em que o País vivia a sua maior crise política desde a queda da monarquia, quarenta anos antes. Essa expectativa de luta iria angustiá-lo dali por diante – e, mais tarde, frustrar-se.

- **A vida em São Paulo**

Ao lado da preocupação com a situação política, San Tiago enfrentava a necessidade objetiva de instalar-se na cidade que já o tinha "conquistado de todo" com seu "enervamento" e o seu povo, que "não sei por que milagre, ia ressurgindo afora da crise".[78] Para deixar o Hotel D'Oeste, contava com a ajuda de Alfredo Egydio, que queria "arranjar alojamento à altura da minha personalidade"; San Tiago o encontra "em uma casa de apartamentos a rua Sete de Abril, 73, quase na Praça da República, das normalistas (estudantes do ginásio estadual Caetano de Campos, ali localizado) nem sempre inalcançáveis".[79] Com dois contos de réis pretende mobiliar o apartamento e antecipa os convites aos amigos: "espero que de vez em quando um de vocês me anuncie um '*week-end* de uma semana!' (...) uma viagem por aqui de uma semana, faz-se com 300$, e até menos, se for diurna". E a eles segue informando do seu começo de vida em São Paulo: "Desde ontem sou aluno da Faculdade de Filosofia de S. Bento, cujo curso quero fazer com muito esmero. Isso me salvará da dispersão que o formalismo sempre traz ao espírito, e garantirá a continuidade dos meus estudos superiores (não sei é onde me ficará tempo para estudar direito, (...) [a] futura possível fonte do pão".[80] O plano de estudos de Filosofia não terá ido adiante, e o estudo de Direito era feito pelas apostilas que seus colegas enviavam, desnecessária a assistência às aulas, medíocres, como lhe dava conta Hélio Vianna.[81] A questão estava em atender à burocracia escolar e não ao pobre conteúdo do ensino; nesse sentido, San Tiago pede a Hélio Vianna "que se lembre da minha frequência, em provendo-a pela corrupção dos bedéis, e financiando essa corrupção mediante um mútuo entre nós, de curto prazo".[82]

Por essa altura, meados de maio de 1931, "o apartamento ficou passável sobretudo graças a um dormitório que ficou sem nenhum ar conjugal ou de bordel. E só me falta um divã, que servirá mais tarde, e depois de verificado se há lugar na sala ou no hall. Planejo agora um telefone, que completará a minha ruína, mas que está ficando indispensável por não haver um geral, no prédio".[83]

E escreve a Hélio, convidando-o a visitá-lo, "você aproveitaria um *ralenti* [uma pausa] dos seus negócios, gastaria cem mil réis de passagem, e ficaria morando neste apartamento, onde eu lhe dou casa e roupa lavada, sobrando em fastos as refeições, que são baratas, e o mais que o gênio ditar. Você ficaria uma semana, e poderia, nesse tempo, entrar na liça do jornal conosco. Pense".[84]

A estadia em São Paulo já ditava a San Tiago uma nova e áspera realidade: conciliar a fulgurante e precoce vida pública de que desfrutava no Rio de Janeiro à convivência consigo mesmo, longe da família e do círculo dos amigos.[85] Essa experiência mostrou-se insuscetível, como logo San Tiago perceberia, à racionalidade que facilmente impunha à sua produção intelectual, aos seus textos e discursos. Ao anunciar a seu futuro cunhado, João Quental, sua ida para São Paulo, San Tiago entrevira essa dualidade, que agora começava a surpreendê-lo em seus reflexos e intensidade: "O que esta ida representa para mim de sentimentos e ideias opostas, você que é da família faz ideia. (...) Quem tem de fazer, como eu, a sua vida, quem tem de marcar o seu lugar, não pode esquecer as portas que se abrem, e nem mesmo talvez as janelas (...). O jornal de São Paulo pode ser o início de uma vida política, no melhor meio, e na melhor época. Pode ser uma experiência curta, que me restitua a minha atual forma". Embora dizendo nunca ter estado "tão descansado e tão forte, diante de um plano qualquer", admitia pesar-lhe "o sacrifício de deixar mamãe e Dindinha, sacrifício em que eu procuro não pensar porque não sinto muitas forças de o enfrentar, principalmente por ver Dindinha tão velhinha e saber o que ela vai sofrer".[86] Distante dos amigos e da família, San Tiago sofria a solidão que o cercou em São Paulo e que ele, ao contrário do que pensara, não conseguia romper. Ao chegar fizera as visitas programadas, cumprindo as introduções que lhe foram dadas ainda no Rio de Janeiro, mas elas não se desdobraram em um convívio franco.[87] Em maio, havia pouco em São Paulo, escrevera a Lacombe: "aqui estou com a curta bagagem das minhas novidades, e com uma extensa bagagem de saudades, para esgotar sobre você, umas e outras, e pedir o socorro da sua presença, nesta solidão em que (...) me faltam vocês, falta o meu pessoal, faltam os meus livros, faltam as conversas, as preocupações, os encontros, e já não tenho aquela sofreguidão de viajante que chega, abre as malas, corre a cidade, fecha as malas, e parte; já sou o que tem tempo para ver, porque vai ficar".[88] Nem a recepção de suas cartas, "o seu sucesso no nosso meio só se pode chamar estrondoso (...). Todos querem as tuas cartas. Lê-las é a ânsia de cada um de nós e às vezes até se esboçam conflitos...", que Gallotti lhe referia, o animava.[89]

- **Editor de *A Razão***

Mas a vida seguia. No dia dois de maio de 1931, no Tabelionato Veiga, na rua São Bento, n. 5-A, era levado a registro que "Francisco Clementino de San Tiago Dantas, jornalista, solteiro", ali havia comparecido com "Alfredo Egydio de Souza Aranha, advogado, casado, Plínio Salgado, jornalista, viúvo, e Gabriel Vandoni de Barros, advogado, casado", e de comum acordo haviam constituído entre si a sociedade comercial por quotas, de responsabilidade limitada, sob a firma social de "Empresa Editora A Razão Ltda.", com o capital social de trezentos contos de réis, dividido em trinta cotas de dez contos de réis cada uma, sendo vinte e sete delas atribuídas a Alfredo Egydio e uma cota aos demais sócios. Estipularam, ainda, que a sociedade seria dirigida e administrada por Alfredo Egydio, a ele cabendo todos os direitos e obrigações a ela respectivos, inclusive a nomeação de gerente, redatores e demais auxiliares da sociedade, mediante as condições então estabelecidas.[90] Proprietário da *A Razão* e seu financiador, Alfredo Egydio exerceu essas funções, desde o primeiro momento, de forma inquestionável; a edição do jornal, confiada a Plínio Salgado e a San Tiago, deveria atender ao comando único do dono.

Rico de nascença, advogado de vasta clientela e empreendedor de sucesso – industrial e banqueiro, foi um dos fundadores do atual Banco Itaú, cuja direção entregou na década de 1950 a seu sobrinho, Olavo Setubal[91] –, Alfredo Egydio era um conservador empedernido. Ao prometer ao seu primo, o poderoso ministro da Justiça da revolução, Oswaldo Aranha, fundar um jornal em São Paulo para apoiar a Legião Paulista, Alfredo Egydio buscava também erguer-se como interlocutor entre o novo governo e a elite de seu estado, duplamente ferida: ao candidato dela, vitorioso à presidência, Júlio Prestes, fora sonegado o posto e fora ele exilado pela Revolução de 1930; e o interventor João Alberto, impingido a São Paulo pelas forças vitoriosas, não tinha o crédito dos políticos paulistas que haviam apoiado a revolução. Além do apoio à Legião Paulista, a linha editorial de *A Razão* iria procurar contrabalançar a radicalização, vista pelos conservadores nas reivindicações de reformas sociais avançadas pelos tenentes, as quais muitos associavam a concessões indevidas à esquerda. A posição do jornal no cenário político paulista interessava ao governo federal, e esse era o objetivo de Alfredo Egydio.

Ao confiar a linha do jornal a seus editores – Plínio Salgado e San Tiago –, reconhecia-lhes o talento jornalístico, mas, empresário, Alfredo Egydio os tinha como seus empregados e *A Razão* como um de seus negócios. Plínio trabalhara em seu escritório de advocacia e com seu apoio direto fora feito deputado estadual, e a viagem que fizera à Europa em 1930, como preceptor do sobrinho de Alfredo Egydio, tivera a sua aprovação.[92] A relação com San Tiago era diversa; Alfredo Egydio o conhecera como o jovem ideólogo e líder estudantil cujo talento precoce fizera-o um dos representantes do pensamento conservador chancelado pela Igreja Católica, em meio às diferentes correntes políticas entre as quais Oswaldo Aranha naquele momento decisivo para a revolução buscara apoio. O dono de *A Razão* sem dúvida admirava essas qualidades de San Tiago, porém essa admiração encerrava-se no plano intelectual – no plano dos negócios, a ele cabia ditar as regras.

A convivência com Alfredo Egydio mostrou-se cerimoniosa; embora San Tiago antes de se mudar para o apartamento que alugara à rua 7 de Abril fosse com frequência, senão diariamente, ao escritório de Alfredo Egydio, na rua Líbero Badaró, 46, recolher a sua intensa correspondência, uma relação mais próxima entre eles não se formou.[93] Essa distância era estranha a San Tiago. Na capital federal, a vida fluía sob o clima sempre festivo da cidade, e ao fim da tarde os intelectuais, quase todos desfrutando de uma sossegada colocação em algum órgão da administração pública, reuniam-se nas livrarias, nas cadeiras dos cafés derramadas sobre as calçadas, ao lado de políticos dos diversos estados da Federação. A política nacional, as cobiçadas verbas do Tesouro federal, intrigas intelectuais e alguma literatura animavam as conversas, compondo uma vida cultural cujo círculo de personagens, variado e plástico, não exibia barreiras ao ingresso de novos integrantes. Adolescente, San Tiago vira-se naturalmente admitido a esse círculo, que lhe reconheceu imediatamente o talento, e ao mudar-se para São Paulo já convivia com os principais intelectuais e políticos residentes no Rio de Janeiro. O mesmo não acontecia agora em São Paulo, onde a vida gravitava em torno das questões locais, expressivas sem dúvida, mas não em um ambiente plural como o da capital do País, que a elas dava um perfil cosmopolita único. A elite política e econômica paulista, sobretudo depois da Revolução de 1930, fechara-se ainda mais sobre si, amargando um duro alijamento por parte do governo federal. A agitação modernista recortara-se em facções ideologicamente definidas, quando não separadas por questões pessoais inconciliáveis – como se dera com dois de seus maiores expoentes, Mário de Andrade e Oswald de Andrade –, reunindo-se seus diferentes grupos na redação de jornal – tal fora o caso de Plínio Salgado, Menotti Del Picchia e Cassiano Ricardo no *Correio Paulistano* –, nos salões da aristocracia paulista frequentados por Mário de Andrade, e na boemia de Oswald de Andrade.

A solidão de San Tiago em São Paulo recordava-lhe a vida em Belo Horizonte, longe da família, ginasiano residindo em pensão; mas agora se fazia mais aguda, pois nela pesava a ausência dos amigos, do grupo que com eles San Tiago formara e no qual o seu talento encontrava sempre um estímulo sincero: "é preciso, escreve, não esquecer que os meus amigos daqui já têm mais de trinta anos (...) e por isso, já que nada nem cartas, nem saudade, me pode prender aí, que ao menos eu me prenda, com desespero aos meus amigos".[94] Aos amigos, sem dúvida, San Tiago estava preso, porém a sua ansiedade era aumentada pelo seu ardor juvenil em agir, em cumprir o seu projeto político imediato. Hélio Vianna, maduro, percebeu o exagero nessa inquietação e repreendeu o amigo: "Achei muito sentimentalista certo trecho da mesma carta. Se chegares a fazer versos pela tua sentidíssima ausência passarei uma descompostura. Que diabo, rapaz! Estás metido numa aventura esplêndida e não queres aguentar os ossos do ofício de cavador de oportunidades...".[95] A oportunidade seguia aberta; o jornal tardava, e San Tiago via em Alfredo Egydio uma inesperada frieza, que Schmidt em carta ao amigo confirmava: "estive aqui [no Rio de Janeiro] rapidamente com o Alfredo. Veio misterioso, se negando a me dar qualquer informação sobre política, jornal, etc. De uma reserva assombrosa".[96]

Aguardando o lançamento do jornal, San Tiago entediava-se: "Minha vida literária e intelectual [acha-se] tão reduzida, que hoje a Rachel de Queiroz foi para mim uma evasão. Conversamos horas e horas na casa do Arthur Motta, no Paraíso. Ela é notável no seu amor pelo barbarismo do Norte", escreve a Hélio Vianna. E elabora sobre o tema, dizendo estar "certo hoje, de que é o espírito do cangaço que pode tudo no nosso futuro", pois, "um povo que apeia da parada o Sagrado Coração e põe no lugar João Pessoa é o maior povo da terra. (...) Lampião e o Padre Cícero são duas somas de figuras. O bandoleiro e o santo – a suprema força da matéria e a força suprema do espírito – fazem daquele povo uma raça no esplendor ascensional da barbárie. (...)". E conclui: "o cangaço está à espera do seu historiador, do seu poeta, do seu romancista, e do seu sociólogo".[97] Octavio de Faria reage prontamente ao devaneio de San Tiago interpelando o amigo: "Que mania de 'cangaço' é essa? Isso é Rachel de Queirosismo?".[98]

Enquanto isso, a atividade intelectual dos cajuanos seguia no Rio de Janeiro, e ela era noticiada em detalhe a San Tiago. A novidade mais expressiva nesse sentido provinha do mesmo Octavio. Sempre presente às atividades escolares e políticas dos cajuanos e sempre solidário aos colegas,[99] embora distante das atividades mundanas deles, Octavio discutia com San Tiago a agenda comum a ambos: "Por aqui, tudo agitado. Agitado o Rio, agitado o tempo, as escolas, a política, o meio cinematográfico, as artes plásticas (uma exposição visível!), o mundo musical, a propaganda comunista, o meio da rua (...) e até a Ação Universitária Católica!...". A agitação dos comunistas encontrava reação nos católicos liderados por Alceu Amoroso Lima, entre eles Octavio e seus colegas da Ação Universitária Católica (AUC), que naquela altura defendiam ardorosamente a obrigação do ensino religioso, aceito pelo ministro da Educação, Francisco Campos.[100] Aos comunistas, Octavio enfrentaria com a edição de seu livro, *Maquiavel e o Brasil*, uma candente defesa do regime fascista italiano, a ser lançado dali a pouco, no momento em que Georges Valois, o autor que o apresentara – e a boa parte da direita nativa, Plínio Salgado entre eles – ao fascismo italiano, já rejeitara a doutrina italiana, para desencanto de Octavio, que transmitiu a San Tiago: "tinha ainda que comentar o livro do Georges Valois sobre 'Finanças Italianas' mas não dá tempo. Dessa vez o fascismo 'é a mania??? da Europa' (...) mas já compreendi. De 1926 para cá veio virando casaca. Já em 1930 prefaciou a tradução francesa do 'Plano Quinquenal' [formulado por Stalin] 'Êta virada!'".[101]

A essa virada, San Tiago iria reagir nas páginas de *A Razão*, cujas obras de instalação prosseguiam, como, entusiasmado, dava nota a seus amigos: "Hoje está em obras o nosso prédio. Cava-se o embasamento para a rotativa, e nem pude entrar lá de tanto pó e tanta cal. Em cima, onde instalaremos a redação, foi preciso desalojar um centro espírita, que resistiu quase até o despejo, mas hoje saiu entre pragas, com as cadeiras, os livros, a farmácia, e demais apetrechos litúrgicos. Temos todo o andar, salvo um canto, onde perdura um alfaiate, mais resistente que os discípulos de Kardec e Bittencourt, e que só daqui a uns meses cairá".[102] E, de fato, pouco depois San Tiago anunciava: "O jornal que vai materialmente assumindo um vulto comovedor, e de cujo prédio eu expulsei hoje aquele alfaiate, por uma astuciosa manha que a mim mesmo envaideceu, o jornal, que em S. Paulo já é um assunto e será dentro de um ano uma força, deve surgir por fins deste mês – para os idos de maio, portanto – alto e largo, de margens finas, títulos pequenos, clichês raros na primeira página e entrevistas. Reina a alegria no seu corpo redatorial, e o Alfredo Egydio entra galhardamente na reta das despesas, sem considerar o que ficou na curva já passada".[103] *A Razão* seria lançado em junho seguinte, e San Tiago descreve suas futuras instalações aos amigos: "No salão do fundo, que representa uns quatro quintos do andar, mandamos dividir três salas de 4x4, onde cada um de nós se instalará, e no salão restante alojamos a redação; na frente fica uma saleta de espera e uma sala de conversa, onde o Alfredo Egydio instalará a sua mesa. No segundo andar, montamos a zincografia e o serviço fotográfico, a revisão. E aí tem você o que vai ser esse jornal, que o nosso esforço pode fazer ainda uma grande cousa, mas que vai nos dar um trabalho heroico, principalmente pela atual fraqueza do corpo redatorial. Se vocês não nos socorrerem com artigos e notas, estaremos perdidos, e de tanto trabalho cairemos esfalfados".[104]

A esse socorro San Tiago logo se dedica, cuidando de angariar colaboradores. Ao sociólogo Oliveira Vianna, pede um artigo, vibrando a sua maior preocupação política no momento: "O comunismo e o separatismo embriagam a mocidade e os homens já formados. A compreensão do Brasil, a sua visão objetiva, real, é, como o senhor vem dizendo há tantos anos, o nosso único caminho de salvação. E nós precisamos ouvir agora novamente essa verdade...". Essa verdade, que, segundo San Tiago, deveria materializar-se no combate ao comunismo ameaçador, era também partilhada por Alceu Amoroso Lima e pelo advogado católico Sobral Pinto, companheiro de Alceu no Centro Dom Vital, aos quais San Tiago escreve no mesmo sentido, e ambos aceitam colaborar no jornal. Aos cajuanos, a Jorge Amado e a Augusto Frederico Schmidt também seguia pedido de colaboração, e a este San Tiago pede que lhe obtenha uma entrevista com o ministro da Justiça, Francisco Campos, de quem Schmidt já se fizera amigo.[105] *A Razão* foi afinal lançado ao público. Ao lado de seu colega de editoria, Plínio Salgado, romancista e jornalista consagrado, aos vinte anos incompletos, San Tiago começaria em breve a sua curta mas fecunda carreira de publicista em São Paulo.

- **Encontro com Plínio Salgado**

Augusto Frederico Schmidt havia apresentado San Tiago a Plínio Salgado ao este regressar, em outubro de 1930, de sua viagem à Europa, escalando no Rio de Janeiro, antes de seguir para São Paulo. Em abril de 1931, encontraram-se novamente em casa de Oswaldo Aranha, quando Alfredo Egydio exibiu ao ministro o plano de criação de *A Razão*, e ambos, Plínio e San Tiago, foram escolhidos redatores do jornal. Plínio logo reconheceu o talento de San Tiago; este, a sua vez, talvez não se tenha impressionado tanto com o perfil cultural de Plínio, mas certamente lhe marcou o genuíno entusiasmo com que este discorria sobre um projeto político nacionalista e de reação à situação vigente no País. Mais tarde, Plínio apresentaria uma versão distorcida de seu encontro com San Tiago: ele, Plínio, teria sido o criador de *A Razão* e o autor do convite a San Tiago para com ele lá trabalhar. Uma vez chefe da Ação Integralista Brasileira, que fundaria no ano seguinte, 1932, Plínio passou a elaborar sistematicamente as suas recordações – mesmo as então recentes – alçando-se, sempre, à posição de intérprete privilegiado da cultura brasileira, das artes à política, e a de líder revolucionário pronto ao sacrifício do comando, como se percebe de muitos de seus textos. Essas elaborações seriam recorrentes de então por diante e mostram não necessariamente má fé, mas o seu provincianismo intelectual, cujos reflexos pesariam sobre a sua disposição revolucionária.[106]

- **A revolução benigna de Plínio Salgado**

Plínio Salgado nasceu em 1895, em uma pequena cidade no nordeste do estado de São Paulo, encravada na franja da serra da Mantiqueira, próxima à divisa de Minas Gerais. O café tomava o vale que se abre ao largo do São Bento do Sapucaí, onde Plínio retornou aos dezoito anos, quando, morto o pai, viu-se obrigado a interromper os estudos. Trabalhando como mestre-escola e esporadicamente como agrimensor, ali fundou um jornal semanário; as suas crônicas publicadas na pequena folha mostravam já um escritor fluente, e algumas delas foram lidas e reproduzidas por Monteiro Lobato em sua *Revista do Brasil* e no jornal *Correio Paulistano*, na capital do estado. Plínio firmou-se como uma das figuras de destaque na vida de São Bento e lançou-se à política participando da fundação do Partido Municipalista, que reunia representantes de dezesseis municípios do vizinho Vale do Paraíba, em oposição ao Partido Republicano Paulista, o órgão oficial da classe dirigente estadual. Poupado pela gripe espanhola, uma pandemia surgida ao fim do conflito mundial na Europa e que também alcançou as Américas, dizimando milhões de pessoas nos dois continentes, um duro golpe marcaria a vida pessoal e política do futuro fundador da Ação Integralista Brasileira: dias depois do nascimento de sua filha, em 1918, contando pouco mais de um ano de casado, morreu-lhe a mulher. Abalado, Plínio foi tomado por um forte fervor religioso, o qual, de então por diante, vincaria a sua ação política.

O início de sua vida literária levou Plínio a São Paulo, e daí ao *Correio Paulistano*, onde encontrou no início de 1920 o escritor, e seu antigo colega de ginásio, Menotti Del Picchia à frente da redação. Menotti exerceu imediata influência sobre Plínio; recomendou-lhe trocar a poesia de seu livro de estreia pela prosa e abrir-se às experiências literárias em curso, o que Plínio faria, antes pela forma, adotando uma escrita forçadamente moderna, que conferiu inegável prestígio ao seu primeiro romance, publicado em 1926.[107] Sob esse verniz modernizante, a temática de *O estrangeiro* é, contudo, francamente conservadora. Sucesso imediato – a edição esgotou-se em três semanas –, o romance era inegavelmente atual: procurava uma forma nova de expressão, e a sua perspectiva era abertamente política: "O meu primeiro manifesto integralista foi um romance. (...) Em abril de 1926, publicou-se o romance; nunca mais abandonei esta batalha", dirá mais tarde Plínio.[108] Ritmo sincopado, personagens avassalados pelo discurso ideológico do narrador, imagens exóticas e de gosto duvidoso, as quais se sucedendo em série buscavam reproduzir a trepidação da vida urbana, moderna, em oposição à beleza e à verdade da vida rural, coalhavam o romance: "O crepúsculo garrafa-de-vinho-tinto quebrava-se na cabeça noturna da montanha ao longe. O mato vestiu o pijama violeta. E veio a estrela da tarde como uma vela na mão da noite estalajadeira, que trazia na outra mão o copo de água da lua"; e "Kodakisava aspectos, recantos emotivos, vestia impressões de pormenores urbanos. O espírito caleidoscópico multiplicava-se em prismas feridos de imagens incompletas".[109]

Um dos principais temas da pauta, nitidamente conservadora, do autor será a cidade, vista como sendo um fator de desagregação social, a perverter o sentimento nativo – puro – do campo: "O urbanismo (...) é a morte da nacionalidade. Porque é a morte do homem transformado no títere cosmopolita. O homem degrada-se em contato com o homem; só a íntima correspondência com a Natureza o eleva da condição universal de símio".[110] As grandes cidades brasileiras desenraizavam-se, e com elas o homem, do solo e do sangue nativos; elas abriram-se à entrada desordenada de influências alienígenas e nelas se formava um proletariado contaminado pelo materialismo trazido pelos imigrantes: "A civilização estrangeira é uma toxina secretada pelo adventício, para anular todos os meios de defesa do organismo nacional, como o fenômeno biológico das invasões mortais das bactérias...".[111] Era necessário que "a nossa formação espiritual brasileira [tivesse] por base a completa destruição dos ídolos europeus e o despertar das energias adormecidas no recesso do sangue e da alma do Brasil".[112]

A exaltação ao "solo e ao sangue" mostrava a herança explícita do nacionalismo conservador de Maurice Barrès,[113] e a visão distorcida da urbanização, da cidade grande, era, segundo essa mesma linha de pensamento, identificada ao modernismo, necessariamente materialista, a fonte da insurgência civil – afinal, a Revolução Francesa nascera nas cidades e estendera ao campo, até ao pároco da aldeia, a sua voragem destruidora dos valores tradicionais. Agravava o caso brasileiro o imigrante, trazendo em sua algibeira a revolução moderna, o anarquismo, o socialismo, que se infiltravam nas fábricas das grandes cidades e ameaçavam as lavouras. A tudo isso assistia inerme a inteligência brasileira, dizia Plínio. Nos artigos e conferências publicados um ano depois de *O estrangeiro*, Plínio cobrava a ação política aos intelectuais, a partir da atenção às fontes nacionais, e simultaneamente reclamava a volta às origens indígenas, ao passado primitivo, esse o berço da nacionalidade; dizia haver chegado o "momento da intelectualidade brasileira influir decisivamente nos destinos do País", unidos "políticos e intelectuais numa frente única".[114] No plano político, a democracia liberal estava vencida, lançados ao "rol das coisas inoportunas (...) sistemas eleitorais, processos de escolha, voto descoberto ou voto secreto, organização de partidos, constituição de assembleias políticas, presidencialismo ou parlamentarismo...".[115]

Ao capitalismo liberal, que florescia nas grandes cidades, e resultava na "luta de classes, associava-se a noção de liberdade política, que saíra da Revolução [Francesa], [e] torn[ara]-se a arma do individualismo absorvente e do desentendimento social". Porém, o "receituário da Revolução Francesa já não resolv[ia] os problemas, pois, depois da 'Revolução Russa', surgia de um lado, o imperialismo doutrinário de Moscou, estendendo seus tentáculos pela mentalidade universal, e de outro, as diferentes expressões de imperialismos capitalistas, governando o mundo de dentro dos *bureaux* dos magnatas".[116] Diante desse quadro, punha-se uma opção clara: "ou pela obra de unificação espiritual da nacionalidade dentro das nossas condicionalidades históricas, geográficas e sociais, ou pela abdicação completa de nossos direitos de afirmação, de nossa fisionomia de povo e de país". O novo homem de Estado, habilitado a cumprir essa obra de unificação espiritual da nacionalidade, necessitava dispor de uma "grande capacidade intuitiva, para, por assim dizer, adivinhar as necessidades de uma Nação enorme, por todos os títulos prodigiosa, mas, como uma criança, que o é na realidade, muda completamente, até há pouco, e agora apenas balbuciante".[117]

Por aquela altura, em 1927, os principais pontos do pensamento político de Plínio Salgado já se achavam fixados e eles coincidiam, como ele próprio observou, com aqueles sancionados pela doutrina católica: um nacionalismo exacerbado, a recear a ameaça do estrangeiro; a celebração da vida rural, a única em comunhão com a natureza pura, a fonte regeneradora do homem; o repúdio à urbanização, à metrópole diluidora dos valores morais tradicionais, inspiradora de um materialismo desenfreado no qual cresciam, simultâneos e simétricos, um liberalismo econômico ganancioso e individualista e o comunismo revolucionário e materialista; e a crença na intuição salvadora de um líder capaz de comandar a renovação espiritual da massa e a promover a sua união sobre a ruína de uma democracia parlamentar.

A conciliação entre as teses, contrárias entre si, da doutrina social da Igreja e da defesa da revolução, o católico Plínio Salgado alcançou pela interpretação que deu à obra do pensador Farias Brito. Ao longo da década de 1920, por meio da leitura de ensaios e artigos em jornais de Jackson de Figueiredo, Plínio conheceu o pensamento contrarrevolucionário de Joseph de Maistre, a sua atualização pelos nacionalistas radicais de *L'Action Française* e a celebração do fascismo italiano visto como o desdobramento atualizado dessa corrente de pensamento.[118] Igual à trajetória percorrida por San Tiago poucos anos depois – Plínio ao início e San Tiago ao fim da década de 1920 –, mas, no caso de Plínio, católico fervoroso, a influência de Jackson de Figueiredo foi considerável e incisiva.

Com um pequeno ensaio publicado em 1916, Jackson havia resgatado a obra do cearense Farias Brito, que não foi, à sua edição ou posteriormente, uma obra fundamental na filosofia brasileira.[119] Porém, com a sua habitual intuição, Jackson percebeu que o espiritualismo, que Farias Brito dizia presente na ação humana cotidiana como se a essa realidade fosse intrínseco, seria uma força aliada no combate ao materialismo que então, na visão dos católicos, sob a égide da modernidade, conquistava mentes com o exemplo da Revolução Russa vitoriosa. Por outras palavras, o espiritualismo de Farias Brito afigurava-se aos olhos de Jackson uma sadia e necessária exaltação e defesa da religiosidade, cujo lugar era a vida cotidiana, marcada negativamente por um crescente materialismo fomentado pela era moderna.

A leitura de Plínio da obra de Farias Brito ultrapassou contudo os limites divisados por Jackson; se a espiritualidade estava presente nas ações cotidianas, logo, no entender de Plínio, vincaria igualmente as ações políticas, validando-as, em especial as ações voltadas ao combate do materialismo; e, por essa linha, a revolução política seria admitida – ainda que, em princípio, recusada pela Igreja e por Jackson tenazmente.[120] Essa chave de interpretação abriu, contudo, a Plínio a conciliação entre o pensamento católico, a ação política revolucionária e um nacionalismo regressista. A ação política assim formulada, ao seu ver seria a única capaz de viabilizar uma "(...) obra de unificação espiritual da nacionalidade dentro das nossas condicionalidades históricas, geográficas e sociais...".[121]

Ao final da década de 1920, Plínio já havia conciliado, ao seu modo, a doutrina católica com o seu pensamento político, e daquela seguia as principais linhas. Nesse contexto, a obra de unificação espiritual da nacionalidade só seria alcançada por meio de uma revolução, como Plínio enfaticamente viria a defender, entremostrando os seus contornos. Esses contornos, porém, dificilmente a qualificariam como uma revolução no plano político onde Plínio a queria ver afirmada.

O sucesso de *O estrangeiro* fez o governador Júlio Prestes convidar e eleger Plínio deputado estadual pelo partido oficial – o Partido Republicano Paulista – em 1927, mas a experiência não o satisfez; o descrédito com a política nacional era absoluto, e a ideia de transformá-la tomou conta de seu espírito.[122] Nesse sentido, o ano de 1930 foi decisivo. Em abril, Plínio embarcou para uma longa viagem ao Oriente próximo e à Europa, como preceptor de um sobrinho de Alfredo Egydio de Souza Aranha. Essa seria a sua "experiência política renovadora", como a qualificaria mais tarde, já na liderança da Ação Integralista, com a ênfase com que as suas ações passariam a então ser descritas. Em carta a amigos, dizia que o fascismo não era indicado ao Brasil, "mas é coisa semelhante. O fascismo (...) não é propriamente uma ditadura (como está sendo o governo da Rússia enquanto não chega à prática pura do Estado Marxista), e sim um regime. Penso que o Ministério das Corporações é a máquina mais preciosa. O trabalho é perfeitamente organizado. O capital é admiravelmente bem controlado". O fato mais significativo da viagem, apontado pelo próprio Plínio, foi o seu encontro com Mussolini. No relato da entrevista, visivelmente elaborado, Plínio se pôs no mesmo plano de interlocução do ditador italiano para reforçar a impressão que buscava provocar em seus leitores: "Contando eu a Mussolini o que tenho feito, ele achou admirável o meu processo, dada a situação diferente de nosso País. Também como eu, ele pensa que, antes da organização de um partido, é necessário um movimento de ideias".[123] A análise de Plínio estava correta em ver os resultados do sistema corporativo italiano no controle férreo imposto pelo Estado às relações entre capital e trabalho – a pesar sobretudo a este último –, que na Itália do início dos anos 1920 foram o foco maior de agitação política. Plínio equivocava-se, todavia, ao supor que um movimento de ideias estivera à base do *fasci di combattimento*; como o jovem San Tiago já havia percebido e dali a pouco mostraria em seus artigos, Mussolini era um político pragmático, capaz de influir ao *fasci* a direção conveniente ao momento dado, recorrendo sempre à violência, e com ela, na altura em que Plínio o encontrou, já havia consolidado a ditadura fascista na Itália, e só então cuidava de estruturar-lhe um corpo de doutrina política.

Porém, esse equívoco em nada abalou o pensamento de Plínio; o seu diagnóstico ficava cada vez mais nítido, e crescia-lhe a ideia de uma revolução; em Paris, teria redigido um manifesto nesse sentido e retornou ao Brasil disposto a iniciar o que chamaria o seu "apostolado".[124] Este não teve início imediato, pois a Revolução de Outubro de 1930 tudo transformou.

Plínio não demoraria a se desencantar com os rumos da Revolução de Outubro. Em carta, disse a Augusto Frederico Schmidt que a Revolução havia sido feita "em nome de um defunto... desse liberalismo que já não constitui nem objeto de discussão em qualquer país do mundo", e, acrescentava, na cena política nacional "não apareceu um homem de coragem. Que chegue, e dê golpes. Que arrase preconceitos. Que veja os verdadeiros perigos a que estamos expostos".[125] Porém os protestos enérgicos de Plínio seriam antes literários. Católico praticante, ele admitia, em tese, a revolução como decorrência da ação política – como se viu, ampliando o entendimento da Igreja –, mas logo iria mostrar-se incapaz de polarizar a ação política para desdobrá-la em um movimento que visasse à tomada do poder. Em uma palavra, Plínio propunha uma renovação benigna.

Ele já identificara a sua ação política a um apostolado e sintetizou, com desconcertante franqueza, o seu conceito particularíssimo de revolução, ao afirmar esperar "que o povo se levante num grande movimento de fé, que realize o seu destino, e estarei satisfeito", enfatizando que "não estamos num conflito: estamos numa batalha. Nossa campanha inicial se define: com Deus, e contra Deus. São os dois campos. Basta, no momento. Para o grande arranco".[126]

A ideia, em sí contraditória, de uma revolução identificada a um transporte místico coletivo em busca da unção divina, seria aceita e decididamente apoiada pela Igreja. Plínio mais tarde iria sentir, sem as identificar contudo, as limitações dessa sua aspiração que via revolucionária, e que jamais abandonaria. San Tiago já percebia essas limitações; ele conhecia a trajetória vitoriosa da ação revolucionária fascista, a liderança fria e crua de Mussolini, que dizia ser "necessário agir, mover-se, combater e, se o caso, morrer. É o sangue que dá movimento à roda sonante da história", fórmula que os seus *squadristi* seguiram para conquistar e manter o poder, e que San Tiago àquela altura, como visto, justificava.[127]

A revolução prenunciada por Plínio diferia radicalmente da revolução defendida por San Tiago; mas essa constatação, a decepcionar San Tiago e os cajuanos que com ele adeririam ao Integralismo, só ocorreria plenamente mais tarde, na segunda metade da década de 1930.

Na sessão do CAJU na qual San Tiago se despediu dos colegas ao partir para São Paulo para ao lado de Plínio editar o jornal *A Razão*, Hélio Vianna lembrou que ao conhecê-lo não fora difícil prever o sucesso do amigo, que agora começava a se realizar. Agradecendo, San Tiago citou Joaquim Nabuco, lembrando que "êxitos da idade madura devem concordar com os ideais da mocidade". San Tiago partira em busca desses últimos.

- **Articulista político**

"Nesta casa de trabalho e fé", a 8 de junho de 1931 foi rodado o número de teste de A Razão, "uma bandeira desfraldada para as multidões. Catecismo de verdade. Evangelho da Fé".[128] Assim dizia o artigo de fundo do jornal, de "um formato enorme e incômodo de ler", cuja distribuição regular começaria a 15 seguinte, uma segunda- feira, a partir da redação localizada na rua José Bonifácio, 41, no centro da cidade de São Paulo.[129] San Tiago, ao lado de Plínio Salgado, editará *A Razão* por cerca de quatro meses e nela escreverá pelo menos sessenta e dois artigos, em uma das fases mais fecundas de sua carreira de jornalista político, a se repetir vinte e cinco anos depois, quando comprará o *Jornal do Commercio*, no Rio de Janeiro.

Em seus artigos, todos assinados, à exceção de algumas "Notas Políticas", San Tiago analisará a cena nacional, então dominada pela Revolução de 1930 e por seus efeitos imediatos, mais intensamente sentidos em São Paulo, cuja fração expressiva da classe política, reunida no Partido Republicano Paulista, havia sido apeada do poder pela revolução, e os aliados aos revolucionários, integrantes do Partido Democrata, já aos primeiros dias da nova ordem começaram a dela ser alijados. Em estilo fluente, porém denso, San Tiago desfiará seu ideário por entre os temas de seus artigos.

Em seu primeiro artigo publicado no novo jornal, San Tiago diz que a Revolução de 1930 não estabelecera a centralização integral do País, uma medida natural e dela esperada naquele contexto; suas ações se limitaram ao plano administrativo, a questões de hierarquia. Era nítida, denuncia, a inexistência de um "espírito revolucionário (...) quer no sentido do determinismo materialista, quer no sentido idealístico e renovador de um nacionalismo claramente definido, isto é, representativo de um profundo senso realístico dos nossos fenômenos sociais".[130] Crescia uma pregação indignada pela moralização da vida pública por parte dos novos detentores do poder; porém, diz San Tiago, moralizar era apenas reagir a um certo estado, ação que não consistia um "espírito revolucionário, mas reacionário".[131] o que o leva a ver o verdadeiro espírito revolucionário na "geração novíssima", uma força que acreditava invencível e capaz de dar "uma estrutura mais sólida a este grande Brasil (...) que a Revolução de Outubro revelou amorfo e incaracterístico, inconsciente de si mesmo, desconhecendo (...) as contingências de suas realidades mais imperativas". Quem dispusesse de um "senso realístico [a consistir] o verdadeiro e único espírito revolucionário", estaria habilitado a promover uma revolução efetiva.[132]

No governo revolucionário, entre seus chefes, o único habilitado a perceber a necessidade de uma mudança de cultura e de operar essa transformação, era, afirma San Tiago, Francisco Campos. Indo San Tiago ao Rio de Janeiro entrevistá-lo, o ministro da Educação recebeu o jovem repórter "demoradamente (...) na sua sala de despachos e no conforto mais calmo de seu gabinete de estudos em Copacabana". Ao reproduzir em artigo escrito em junho de 1931 o pensamento do "didata da Revolução", como o chamou, San Tiago não esconde a sua admiração pelo pensamento autoritário de Campos: "não é nas fórmulas abstratas, mas nas fórmulas de ação concreta que a ação do Estado deve se informar. O fortalecimento do poder, a obra desembaraçada e contínua de uma patriótica ditadura serão a seu ver condições intrínsecas da reconstrução nacional. Mas não será fascinando o espírito das massas com o inútil devaneio dos congressos e das constituintes que se dará um passo em favor dessa reconstrução". O perigo, prossegue, estava em essa mudança radical e necessária não se operar, e, portanto, era indispensável "que o povo brasileiro [fosse] orientado por um só sistema de vontades": só assim a revolução seria uma "etapa, e não um acidente, da nossa formação política e social".[133]

San Tiago já havia definido a sua linha ideológica, calcada na experiência fascista, e essa casava-se à formulação de Campos, embora ele viesse a negar, sempre, qualquer afinidade com o regime de Mussolini.[134] O futuro próximo confirmaria a percepção de San Tiago em relação ao "didata da Revolução": seis anos depois, em 1937, Campos seria o cérebro jurídico da ditadura de Vargas, esta, sim, uma ditadura imposta e conduzida a partir de um sistema de vontades unívoco, desembaraçado da opinião popular e também do apoio das demais forças da direita, entre elas a Ação Integralista de Plínio Salgado, a qual, implantado o novo regime, Getúlio logo proscreveu.

Em julho de 1931, San Tiago escreveu dezessete artigos; em todos eles, a sua firme posição ideológica se acha refletida. A Revolução de 1930, diz, coincidia, em um ponto com as demais daquele século, a russa e a fascista; elas haviam tirado os "povos do império das formulas abstratas" e os lançado "contra a realidade dos problemas que os afligem",[135] e esses problemas não mais seriam resolvidos pela democracia parlamentar: "não creio que haja ainda um só brasileiro que julgue que o seu país será salvo pelas câmaras", pois "os partidos são formas anômalas, cuja constituição será dentro de anos capitulada, como as greves, as crises, as revoluções, entre as anomalias que periodicamente assaltam as sociedades".[136] Esse arcaísmo, a consulta à vontade popular, nascera de um "erro, (...) fruto do idealismo democrático do século passado, que impôs a sua doutrina do Estado sem a consulta à realidade dos povos, mas com a consulta sistemática às fórmulas abstratas e aos princípios subjetivistas, das suas teorias filosóficas". Porém, das lições do pós-guerra (1914-1918) um novo direito político havia se formado "não mais sobre fórmulas, mas sobre os próprios feitos concretos".[137] Entre os fatos da realidade concreta, à qual os revolucionários de 1930 precisavam encarar segundo San Tiago, ele chama a atenção para a "luta de classes, alimentada pelo *chômage* [desemprego] e pela crise econômica, açulada pelas agitações políticas de praça, proclamada e guiada pelo comunismo internacional, [que] vem cavar sob a democracia brasileira o abismo, em que uma a uma vão caindo, todas as democracias do mundo".[138]

A 13 de julho daquele ano de 1931 o "tenente" João Alberto renunciou ao cargo de interventor de São Paulo. Jamais tendo contado com o apoio da elite civil paulista que apoiara a revolução, antes a tendo afrontado Getúlio com a sua nomeação, João Alberto não fizera esforço para dela se aproximar – afinado, aliás, com o presidente da República, que desde o primeiro momento tinha com São Paulo uma relação prevenida: embora tivesse aberto o cofre do Banco do Brasil aos empresários paulistas, negava ele à maior força econômica do País a projeção política que ela aspirava.[139] A crise que levou à renúncia de João Alberto fora precedida de grande agitação nas ruas da capital paulista; em início de abril de 1931, o Partido Democrático rompera com a revolução e a seguir começara a articular com os militares da Força Pública do estado, e a 28 de maio seguinte deflagraram um movimento para derrubar João Alberto, sem sucesso, porém. Inúmeras prisões foram feitas pelas tropas do governo, o que não impediu a tensão política de aumentar na capital até a queda do interventor dois meses depois, em julho.[140] San Tiago descreve aos amigos esse período tumultuado: "Naqueles dias, conheci o risco da arruaça, com os jornais ameaçados, a rua José Bonifácio cheia, e eu heroicamente à porta do jornal, com os contínuos fiéis, à espera de um assalto ou de um engano de porta (somos vizinhos do Partido Democrático), com as portas de ferro da oficina, corridas, e inexpugnáveis. Estava eu apenas no jornal, pois enviara toda a redação em reportagem, eu e os contínuos, com três portas descidas e uma aberta, impassível mas trêmulo. De repente um clamor, e uma onda cresceu para o jornal. Gritei:

– Fecha! e correu-se a porta, já tinham entrado uns dez, que eram populares assustadiços. E esse abre e fecha, durou três dias. Segunda-feira fizemos o jornal com praças embaladas, guardada a rotativa, para não sair sem censura. E só deixei o jornal às dez e meia da manhã seguinte, quando saímos à luz". A situação não seria resolvida rapidamente, e San Tiago a noticia a Lacombe, "já estive com o Oswaldo [Aranha], sempre audacioso, muito forte. Veio como você sabe resolver o caso da interventoria, que tem dado o que mastigar aos dentes do articulista. A pobre cidade de São Paulo é um mando revolucionário *in fieri*. Mas tudo isso é proibido pela censura".[141]

Cumprindo a diretriz fixada por Alfredo Egydio e sancionada por Oswaldo Aranha, San Tiago cobre a retirada de cena do interventor demissionário e, ao louvá-lo no artigo em que comenta a sua saída, faz uma aguda análise da revolução a partir de seus principais líderes, que cercavam o ditador Getúlio Vargas. A Revolução de 1930 fora "um sistema de forças, e não uma força, que a preparara e realizara", no qual haviam-se cruzado o "civilismo gaúcho com o militarismo dos chamados 'revolucionários puros'", e desse encontro emergira "o político mais forte do momento, querido nos partidos e querido nos quartéis, que é o senhor Oswaldo Aranha. E na ala extrema da coluna dos 'tenentes', está o maior e o mais alto dos seus valores – o coronel João Alberto".[142] Não prestava apenas uma homenagem que supunha justa a João Alberto; San Tiago, sem desmerecer a nenhum deles, finamente contrastava o interventor a Oswaldo Aranha, sem dúvida a estrela política da revolução, depois de Getúlio. Se Aranha rapidamente dominara os salões da elite nacional aos quais a trama política se estendia, João Alberto por eles não se interessava e mesmo os desdenhava.

Além da linha do jornal a ser seguida, havia uma identificação entre o jovem ideólogo e o "tenente" revoltoso da Coluna Prestes, agora coronel, cuja fama o sugeria sempre disposto à ação, o que tornava o elogio a João Alberto mais vívido e ao mesmo tempo mais amargo, pois, em meio a uma revolução que precisava se afirmar como tal, deixava a frente política um combatente, segundo supunha San Tiago, capaz de a ela trazer o acento enérgico ausente. Com a renúncia de João Alberto, San Tiago viu desfalcadas as fileiras imaginárias das tropas combatentes que buscava arregimentar com seus artigos em *A Razão*, para reagir ao desafio, já nas ruas, do comunismo internacional. Este exigia o enfrentamento, o qual San Tiago já defendera abertamente e agora advertia: a "juventude católica (...), que breve será chamada à luta religiosa, não mais para falar das tribunas e da imprensa, mas para agir nas arruaças e quem sabe nos combates".[143]

San Tiago seguia o fio do pensamento conservador, que imputava à Revolução Francesa, na sua releitura feita pelos autoritários de *L'Action Française*, a fonte dos males modernos, em especial a democracia parlamentar, incapaz de dominar as forças que, desgovernadas em seu interior, em 1914 haviam precipitado o Ocidente em uma guerra brutal e gerado o seu fruto bastardo: a Revolução Russa de 1917, a pregar a dissolução de valores, em cuja renovação, ao contrário, estaria a solução dos problemas atuais, como, dizia San Tiago, ensinavam os fascistas italianos. O comunismo e a sua competente propaganda revolucionária precisavam ser enfrentados nas ruas e nas fábricas, e essa reação só Mussolini fora capaz de articular pela forma devida, como o seu triunfo em 1922 mostrava. Esse era o modelo defendido abertamente por San Tiago, no ardor de seus vinte anos, e essa posição sem dúvida o distinguia dos quadros conservadores, em especial de Plínio Salgado, seu companheiro de redação. Mas a juventude católica não viria, ao contrário do que supunha San Tiago, às ruas combater. San Tiago pregava solitariamente.

E inspirava-se na experiência fascista e por essa ótica via a realidade brasileira, e para ela reclamava os remédios ali aplicados. A 19 de março de 1931, Getúlio promulgara por decreto a lei que regularizava a sindicalização das classes patronais e operárias, concedendo-lhes o direito de defender, perante o "Governo da República e por intermédio do Ministério do Trabalho, Indústria e Comércio, os seus interesses", e disciplinava a constituição dos sindicatos e a formação de federações de sindicatos e confederações.[144] Aos olhos de San Tiago, a medida não era, contudo, suficiente para enfrentar "a crua realidade da luta de classes" que a Revolução de 1930 trouxera, revelando, de um lado, "um grande povo (...) descontente da sua sorte" e, de outro, "nos palácios e nos clubes, uma pequena classe, que usava e abusava da sua força e do seu poder". Subitamente, "a burguesia paulista estava diante do proletariado" e logo se deu conta que neste "se infiltrava a propaganda bolchevista, fazendo a revolução econômica pairar sobre as cabeças como uma ameaça". As "classes proletárias" brasileiras sem dúvida aspiravam à justiça, mas não tinham "convicções socialistas" ou buscavam "as formas de organização social e econômica do marxismo", porque não se insurgiam "contra os valores fundamentais da alma brasileira, entre os quais estão o cristianismo e a fé nacional". A legítima "sede de justiça" das "classes proletárias", explorada por "uma pequena classe que abusava de seu poder", não as haviam levado ainda a aderir conscientemente às teses socialistas, apesar do competente trabalho dos agitadores bolchevistas, dizia San Tiago.

O risco estava presente e devia ser combatido, mas era indispensável estabelecer de imediato uma "justiça de classes", desde que não fosse vinculada nem aos patrões, nem aos empregados; essa justiça de classes só poderia ser exercida pelo Estado, "um poder superior às classes", o único "organizador e o julgador do trabalho e do capital", capaz de promover a harmonia social e a colaboração, que deveria ser a "regra natural no convívio das classes".[145] A sua vez, os políticos profissionais – "e é um absurdo haver classes políticas", afirma San Tiago – serviam-se do sistema eleitoral para intervir na vida pública, e por esse meio haviam trazido "ao terreno prático a sua união com o Estado", guiados não "por civismo, pois não é a ideia de deveres mas a soma de interesses, que [os] identificaram aos fins públicos". Em verdade, o regime parlamentar servia, valendo-se das classes políticas, à classe dominante, e assim inclinava o Estado aos seus interesses, quando o seu papel deveria ser o de árbitro de todas as forças sociais. Esse quadro polarizado e conflituoso exigia, conclui San Tiago, "um regime de autoridade, pois sem autoridade não haverá justiça".[146]

Uma vez mais San Tiago antecipava-se. Getúlio, tendo ao lado o "didata da Revolução", seguirá em 1937 esse caminho derivado da experiência fascista, estruturada pelo jurista Alfredo Rocco, predecessor de Francisco Campos: a submissão integral ao Poder Executivo de todas as forças sociais, especialmente das relações entre capital e trabalho. A atenção de San Tiago à experiência fascista era permanente; quando, por conta da reforma do ensino promovida pelo governo italiano, noticiou-se naquele mesmo mês de julho de 1931 a primeira crise entre a Igreja e o regime de Mussolini depois de este haver assinado em 1929 a Concordata com o Vaticano, San Tiago observou que o fascismo, como doutrina, nada continha a obrigá-lo a "reivindicar a tutela e a orientação da educação", que assim deveria ser aberta à influência benéfica da Igreja. Porém, mais importante, no curso desse dissídio, era ter em conta de que, "entre o finalismo nacional da educação fascista e o finalismo sobrenatural da educação cristã", havia uma saudável relação de complementaridade a ser preservada, a qual, tornada em uma "questão irredutível", poderia "trazer um choque, fatal ao Fascismo e danosíssimo à Igreja", pois abriria "à invasão comunista, o único grande dique [a própria Igreja] que o mundo moderno tinha para lhe opor".[147]

Em outro artigo, San Tiago trata do tema no Brasil, afirmando que, "mesmo para os que, como nós, não aceitam a liberdade de consciência posta acima de qualquer ordem externa, (...) a lei que introduz o ensino religioso nas escolas, encontra ampla defesa (...). No Estado integral que desejamos, aberto a todas as atividades populares, o ensino deve participar da religião nacional (...) constituindo nas nossas escolas a cátedra católica, que corresponde aos imperativos da religião brasileira, da religião que formou os fundamentos da cultura da raça".[148] Em pleno exercício de seu proselitismo ideológico, San Tiago saudava a ampla reforma do ensino promovida por Francisco Campos, deflagrada menos de seis meses depois de este haver assumido o Ministério da Educação, que reorganizou e modernizou o ensino superior e secundário e reintroduziu o ensino religioso nas escolas oficiais.[149] E, mesmo sem ser católico praticante, San Tiago prestava contas à Igreja, especialmente a Alceu Amoroso Lima, que havia liderado, vitoriosamente, a campanha em defesa do ensino religioso – da doutrina católica, por certo – nas escolas públicas.

Educação era, aponta San Tiago em outro artigo, um dos fatores a determinar o papel ativo, mas equivocado, de que o Exército se investira na República, como escreve na entrevista que fez com o ministro do Exército, Leite de Castro. Uma força política atuante, "um partido continuamente de armas na mão", como mostravam as sucessivas sedições militares a culminar com a Revolução de 1930, o Exército rompera na República a tradição de estrita disciplina constitucional que guardara no Império. San Tiago, que no final da década seguinte iria escrever um ensaio célebre sobre o papel do Exército na sociedade brasileira, diz que a "educação racionalista" introduzida nas escolas militares havia substituído a hierarquia, "o seu fundamento natural", pela "razão (...) lançando o individualismo no Exército, destruindo a unidade moral da classe, e fazendo de cada soldado ou general um juiz de Governo, e não mais um seu subordinado para a consecução de fins atinentes à expansão e à integridade nacional". San Tiago conclui que "esse desvio das classes armadas, do seu campo natural de atividade para o campo das lutas políticas internas do País", verificou-se devido à "falta de uma 'política militar', de um objetivo permanente para a ação do Exército, de uma indicação da finalidade histórica a cumprir".[150]

Essa posição do Exército, de partido de armas na mão, contrariava o ideólogo; ao Exército não caberia esse papel, pois a revolução verdadeiramente transformadora não se confundia, nem deveria nela se apoiar, com a insubordinação militar, e não poderia, sob pena de perecer rapidamente, aceitar o Exército ver-se transformado em partido ou facção política. As revoluções russa e fascista haviam isso ensinado; seus chefes civis trouxeram, sob as suas enérgicas lideranças, os respectivos exércitos às suas causas vitoriosas, e não o inverso. Ao final da vida, instalada a ditadura militar em abril de 1964, cinco meses antes de sua morte, San Tiago verá o partido de armas na mão tomar o poder no Brasil, e o deter por duas décadas.

Já os líderes revolucionários de 1930 haviam tomado "individualmente" o governo e "tiveram sempre, como principal título para dela serem mandatários, a sua identificação perfeita com a Revolução ou com os seus chefes", surgindo um mandato político de natureza especial – "o mandato revolucionário, que era a investidura num cargo pela própria Revolução, encarnado juridicamente no seu chefe supremo.[151] A Revolução de Outubro estiolava-se, afirmava San Tiago, que, com notável antecipação, caracterizava a vazia mecânica revolucionária: ela se legitimava em si mesma, não estava ancorada em princípios, pois não os tinha.[152] Essa fórmula de legitimação reflexa do poder tomado à força, San Tiago veria repetida, próximo ao seu fim, em abril de 1964, por seu amigo Francisco Campos – porém havia muito não mais seu parceiro ideológico – quando este foi chamado a prover uma tintura jurídica ao golpe militar que então se impôs no poder.

Em relação ao mesmo Campos e à Legião Mineira por ele criada em fevereiro daquele ano de 1931, o desalento de San Tiago crescia também; apesar de ter desfilado quinze mil legionários pelas ruas de Belo Horizonte em abril seguinte, a Legião já perdera a disputa em que se lançara com o governador mineiro, o octogenário Olegário Maciel. San Tiago registra em seu artigo publicado a 29 de julho o primeiro sinal do óbito do movimento liderado por Francisco Campos, que o "didata da revolução" prometera ser a nova forma doutrinária em que se apoiaria a revolução, mas em realidade havia se transformada em uma "Legião liberal" por haver transigido com as forças políticas locais do estado, as quais, supostamente, devera combater.[153] Outro fato, a gerar efeitos análogos a esse no espírito de San Tiago, era a crescente rejeição a São Paulo por parte dos revolucionários. Com a saída de João Alberto da interventoria, o Partido Democrata logo viu frustradas as suas expectativas de tomar as rédeas do poder no estado. O seu indicado para o cargo, Plínio Barreto, foi cruamente vetado pelo interventor já fora do poder, e em seu lugar foi nomeado um juiz de Direito sem nenhuma expressão política, o qual, depois de uma curta permanência no posto, seria premiado pelo ditador com um assento no Supremo Tribunal Federal.[154] Na verdade, crescia a reação dos paulistas à centralização administrativa e política promovida pela ditadura do Governo Provisório, que fulminava o frágil regime federativo instalado com a República e cuja principal vítima era São Paulo, o estado mais rico da Federação.[155]

• **Sinais de desencanto**

Esses primeiros sinais de desencanto de San Tiago, entrevistos no tom crítico de seus artigos, não demorariam a extremar-se dramaticamente. A sua ida para São Paulo se dera em função de uma forte ambição política, e, feito o convite para editar *A Razão*, nele vira San Tiago a oportunidade de realizá-la. O desejo de influir no debate dos rumos da revolução tendo por tribuna um jornal de ideias apresentara-se com um fascínio inexcedível. Da redação do jornal, publicando seus artigos assinados, San Tiago estaria em um ambiente intelectual ajustado à sua personalidade e inteligência: expondo, debatendo, pregando ideias, como realmente começou a fazer, com grande talento e maturidade. O jovem ideólogo, que ainda não completara vinte anos, mas já conquistara junto à nova elite do País o seu lugar no centro dos acontecimentos políticos, não demorou, porém, a sentir o seu projeto pessoal confrontado com o universo político brasileiro, que logo se impôs, como era natural – e o abalou profundamente.

A construção ideológica de San Tiago fora feita com o vigor de sua inteligência, nutrida sempre por impressionantes "tempos de estudo". A sua larga familiaridade com a história e com os textos políticos atuais, em especial sobre o fascismo, era convertida em exposições e análises racionais superiormente articuladas, e ele se viu cativo dessa sua sedutora faculdade intelectual. Mas nesse processo faltava uma maior percepção do concreto, da vida diária da política brasileira em sua dinâmica e lógica desafiadoras, que sua precocidade intelectual e cultural não lhe podiam ainda suprir. Os fatos e os personagens que se apresentavam e agiam à frente de seu posto em *A Razão* eram reais; e, embora as suas análises fossem sempre refinadas, San Tiago não percebia essa realidade em toda a sua crueza, em todos os seus desdobramentos muitas vezes desconcertantes. Os exemplos nesse sentido se sucederam rapidamente, na voragem dos acontecimentos de uma revolução de rumo incerto.

Entre esses exemplos, destacava-se o de Luís Carlos Prestes, um destemido e provado chefe revolucionário, sem dúvida apto a irromper pelo território nacional liderando os comunistas aos quais recentemente passara a elogiar, tal como San Tiago receava e vinha advertindo. Depois de haver serpenteado a sua desafiadora Coluna por boa parte do País em meados da década de 1920, Prestes exilara-se na selva boliviana e a seguir fixara-se na Argentina, de onde dardejava ferozes proclamações contra a nova ordem política, rompido com seus antigos companheiros da Coluna, todos à frente da Revolução de 1930, e de lá não se movia. A sua vez, ao "tenente" interventor João Alberto, antigo integrante da Coluna, não faltava igualmente destemor, mas carecia de ânimo para a vida política regular e de habilidade para liderar o estado de São Paulo, cujo governo lhe fora entregue, e ele, denunciando uma campanha promovida por "um reduzido grupo nativista", deixara para se "recolher à modéstia da [sua] vida privada", no momento em que San Tiago protestava por grandes transformações a serem lideradas pelos paulistas.[156] Por outro lado, a ação das forças de esquerda, que somava anarquistas e comunistas em uma frente ideológica não muito firme embora enérgica, carecia de quadros para enfrentar as tropas do governo, não indo além de escaramuças em portas de fábricas, em comícios e passeatas, por mais numerosos e inflamados que fossem àquela altura esses eventos; o mesmo João Alberto chegara a desacreditar publicamente o perigo comunista, afirmando ser o partido comunista incapaz de vencer as suas divisões internas e portanto a sua ação não poderia consistir uma real ameaça à ordem pública.

Em relação a Plínio Salgado, seu companheiro de editoria em *A Razão*, embora San Tiago lhe creditasse o mérito de haver sido um dos primeiros literatos de sucesso a perceber com nitidez os sinais de ruptura social e a reclamar o engajamento dos intelectuais na transformação da mentalidade política do País, a sua iniciativa não ia além desse protesto.[157] Como visto, Plínio defendia uma revolução benigna, adstrita ao receituário conservador sancionado pela Igreja Católica, como os seus escritos até aquela data e agora à frente de *A Razão* mostravam. Essa revolução seria liderada por um chefe cujo descortino consistiria em promover uma reforma espiritual da sociedade, para recuperar-lhe os valores nativos, tais os defendia Plínio.[158] San Tiago desejava uma reorientação cultural da sociedade brasileira, subscrevendo muitos dos valores defendidos pela Igreja, mas estava advertido das óbvias limitações políticas desse processo, ao contrário de Plínio. O regime fascista, segundo San Tiago, vinha afirmando valores cristãos e assim vencendo essa limitação. Plínio, contudo, não partilhava o exemplo eleito por San Tiago. Das páginas de *A Razão*, Plínio supunha mostrar o caminho ao líder da revolução vitoriosa, pondo-se, como de hábito, em sua posição oracular: "Continue, pois, o Sr. Getúlio Vargas a sua conscienciosa administração; seja o bom tutor deste povo infantil. Assuma a carinhosa, mas austera e vigilante atitude paterna para com este nosso Brasil que está se revelando muito criança para decidir seus próprios destinos".[159] Essa formulação, simplória no conteúdo e mais ainda na forma, era todavia natural ao seu autor: Plínio assim via a realidade a sua volta, e era sobre ela que ele desenhava a sua revolução espiritual acreditando-a capaz de gerar efeitos políticos verdadeiramente transformadores, que, segundo ele, superariam as revoluções russa e a fascista.

Analisando a conjuntura internacional àquela altura, Plínio afirmava, por essa mesma ótica redutora, que a "ofensiva [das forças conservadoras] deve ser mais contra o Capitalismo Internacional do que contra o próprio comunismo russo. Este é muito menos bolchevizante [sic] do que aquele. Se ambos são cruéis, o Capitalismo é muito mais cruel por ser hipócrita e nem ao menos oferecer uma ilusão aos que sofrem os horrores da fome e da penúria por ele mesmo criados. Deixar que o mundo continue sem governo, nas mãos desses materialistas e desumanos que são os reis da finança, é deixar ameaçados todos os valores aproveitáveis da Civilização".[160] Além disso, o regime russo periclitava, "não que nos ameace o perigo imediato do regime comunista, que está fracassando, dia a dia, nos passos à retaguarda de Stalin".[161] Em seu comentário conceitualmente confuso sobre o capitalismo, Plínio ecoava o ressentimento generalizado que a crise deflagrada pelo craque da Bolsa de Valores de Nova Iorque em 1929 causara, fato que atenuou a crítica à economia autoritária e fechada da Rússia. Mas a previsão de Plínio sobre o fracasso do regime de Stálin era totalmente infundada, e os dados disponíveis então já revelavam o contrário de sua afirmação: por aquela altura, 1931, Stálin já silenciara ou aniquilara fisicamente a oposição ao seu governo, invertera o sentido internacionalista do regime fundado por Lênin e defendido por Trotsky, e assim havia se consolidado no poder, o qual só deixaria com a sua morte duas décadas depois, resistindo o regime por ele estabelecido até a última década do século XX.

Igualmente imprecisa era a afirmação feita por Plínio de que o regime fascista se assentara sobre um firme "base ideológica",[162] que permitira ao atual "Estado fascista" apresentar-se "como expressão de superamento de todas as doutrinas, de todas as diretrizes e de todas as energias", e que a um só tempo realizava "a síntese de todas as fisionomias nacionais e de todas as doutrinas, de todas as aspirações humanas, no conjunto harmonioso de sua estrutura".[163] Plínio reproduzia integralmente a formulação igualmente simplista e equivocada do francês Georges Valois, autor do primeiro livro escrito sobre o fascismo fora da Itália e o primeiro, senão o único até então, lido pela direita brasileira sobre o regime de Mussolini.[164] Valois dissera que o fascismo sintetizara com sucesso as doutrinas vigentes, capitalismo e socialismo, uma óbvia imprecisão. E não só: à altura em que Plínio escreveu, Valois já abandonara essa sua distorcida visão do fascismo e convertera-se ao socialismo, como Octavio de Faria, outro leitor de Valois, havia comentado em carta a San Tiago, escrita pouco antes.[165] Tampouco o fascismo erguera-se e fora consolidado sobre uma base doutrinária, como o próprio San Tiago já mostrara em seus artigos recentes no mesmo jornal em que Plínio escrevia, inclusive justificando a violência empregada pelo Estado fascista, o qual, de fato, eliminara a "cocaína libertária", mas constituíra a suprema garantia da liberdade, referidas por Plínio, apenas para os poucos beneficiários do regime, como duramente haviam sentido os militantes da esquerda e os liberais, mortos, presos e exilados pelo regime de Mussolini.

Essa flagrante desinformação de Plínio não o abalaria mesmo se corrigida, pois a ele o fascismo era uma corrente na direção certa, mas não a ser seguida no Brasil, e sim a ter alguns elementos aproveitados à formulação política que ele, Plínio, elaborava: "o fascismo, afirmava, é revolucionário, porque a sua tendência, cada vez mais, é para atingir o Estado Integral, chegar até o integralismo".[166] Ou seja, o fascismo poderia ser considerado uma etapa na evolução rumo ao regime político ideal, como aquele que, em Portugal, "o Sr. Oliveira Salazar iniciou, [um]a obra notável de reconstrução econômico-financeira".[167] Essa visão do fascismo era inteiramente distorcida, como Plínio poderia constatar lendo os artigos de seu colega de editoria de *A Razão*. Ser preciso, todavia, não era o objetivo de Plínio, e sim conciliar à linha da Igreja o seu projeto revolucionário; daí a simpatia com que via o regime de Salazar em Portugal, uma ditadura decididamente apoiada pela Igreja Católica e pela direita radical portuguesa influenciada pela doutrina da *L'Action Française* e pelo fascismo italiano, inclusive por uma das suas mais nítidas expressões, O Integralismo Lusitano, do qual Plínio copiaria o nome em sua Ação Integralista Brasileira, que lançaria dali a um ano.[168]

Arguto, Augusto Frederico Schmidt bem sintetizou o perfil de Plínio, que não se casava ao perfil de um revolucionário decidido à conquista do poder; em carta a San Tiago, Schmidt expressou a sua ansiedade em relação à atitude do futuro chefe integralista: "O Plínio está escrevendo muito bem. Precisa ir elevando cada vez mais a voz até ficar violento. Só a violência interessa".[169] Ou seja, os elementos os quais San Tiago via como requisitos essenciais à ação revolucionária – objetivo concreto definido e ação enérgica para alcançá-lo –, e que constituíam o "espírito revolucionário" indispensável a qualquer revolução, não atraíam a Plínio, que acreditava que a revolução seria feita por um líder capaz de fazer o povo se levantar num grande movimento de fé, como ele já deixara claro.[170]

Não há registro sobre a divergência de visões – ou sobre qualquer outro tema – entre os editores de *A Razão*. É certo, contudo, que essas divergências e outras, futuras, jamais, até o precoce fim de San Tiago, abalaram a amizade que entre eles se formou naquele período, e, três décadas depois, o belo discurso de Plínio, homenageando na Câmara dos Deputados o amigo morto, mostra a força desse vínculo.[171] Mas, àquela altura, a visão política de Plínio não poderia deixar de acrescer, decisivamente, o desapontamento de San Tiago, que via os fatores responsáveis pelo sucesso da revolução fascista e reclamava fossem eles considerados para o caso brasileiro: a disposição à luta – à violência, se o caso – para enfrentar os comunistas, e um "espírito de reforma", ao menos semelhante ao que permitira aos fascistas, uma vez no governo, mesmo sem um elenco de princípios ideológicos a guiá-los, promover as transformações que viram necessárias à afirmação do regime, inclusive eliminando toda oposição encontrada. Ao inverso, Plínio defendia uma revolução benigna, à frente de *A Razão*, uma casa de "fé e trabalho". San Tiago sentia-se ainda mais só para cobrar às forças de direita organizar-se e fazer valer a sua bandeira para influir no novo contexto de forças políticas, que via lasso: a revolução e seus líderes cada vez mais se compraziam em reagir a algumas das práticas políticas e administrativas herdadas da República Velha, e, instalados no poder, sem o saber as iam incorporando.

A penetrante percepção e a aguda intuição da realidade política – a ação dos homens e o desdobrar dos fatos diários da vida nacional que surpreendiam a análise de San Tiago – naquele momento distinguiam o ditador Getúlio Vargas, como os próximos quinze anos em que ficaria no poder comprovariam. Manobrando lateralmente, avançando a passo medido mas seguro em seu projeto pessoal, Getúlio ia abrindo e fechando espaços, concedendo e negando pretensões, promovendo reformas menores, sobrestando outras, aliado sempre à fluência do tempo; só, sem o dividir, o ditador estava e mantinha-se no centro do poder. Este quadro era bem diverso daquele a forrar a experiência que saltara a San Tiago das intensas leituras e da reflexão que fizera e com as quais compusera o seu projeto ideológico.

Ainda que alguns dos pontos da nova direita radical europeia houvessem sido incorporados à estrutura jurídica da ditadura do Governo Provisório, a vida política brasileira exibia outra ordem de acontecimentos, diversa e bem menos complexa do que aqueles que haviam transformado a vida europeia ao fim da Primeira Guerra – a vida italiana em particular, que San Tiago mirava. Na Itália, a implantação do fascismo, por ele defendida ardorosamente, ocorrera com áspera violência, que engolfara o país e quase o levou a uma guerra civil. O *biennio rosso*, deflagrado pelos aguerridos comunistas italianos, e a violenta resposta dos *squadristi* fascistas, havia convulsionado o país em meio ao torvelinho social que se seguiu na Europa a partir de 1918 e envolvera a Itália em uma grande *paura* (um grande medo), fomentado pelo exemplo da Revolução bolchevique de 1917 na Rússia. Esses e outros fatos dramáticos, e muitas vezes sangrentos, e os seus efeitos agudos, criaram um contexto que tornou possível a afirmação do regime fascista na Itália. No Brasil, todavia, nada remotamente semelhante ocorrera. As transformações sociais verificadas a partir do fim da guerra de 1914-1918, as sedições militares ocorridas na década seguinte, a crise econômica de 1929, todos esses acontecimentos, embora significativos, morreram ao longo de uma década e se desdobraram objetivamente na Revolução de 1930. E esta, com seus homens no poder, achava-se sem rumo, segundo San Tiago. Nessa situação, a experiência fascista convertia-se em uma referência distante, e não em um exemplo concreto, que pudesse ser, mesmo adaptado, transplantado à experiência brasileira. Por outro lado, se houvesse um espírito de reforma e uma disposição à ação por parte da direita nativa e dos revolucionários de 1930, essa possibilidade talvez pudesse existir, mas esses fatores não se apresentavam. Assim, inexistentes o espírito de reforma e disposição à ação, não havia nem haveria revolução, como San Tiago a entendia, e sim uma mera reação ao regime anterior, frustradas as transformações necessárias – enfim, sem que fosse realizada a "moderna obra da reação".

A realidade política brasileira abalou o projeto político de San Tiago, mas ele não se deu conta, de imediato, desse fato e, não sendo capaz de o dimensionar conscientemente, sentiu-se intimamente atingido. Surgiu um San Tiago deprimido, incerto sobre a sua maturidade, dizendo a sua irmã Dulce que, "apesar das minhas palavras e da minha espetaculosidade, creio que toda a minha vida mental de criança ficou comigo", e também descrente de si próprio – "eu cheguei [ao limiar da vida] boêmio de alma, e lutando com uma tendência para o fracasso, que me tortura".[172] E desencantado de tudo e todos, como mostram as cartas enviadas aos amigos. A Américo Lacombe, San Tiago se queixa de sua rotina, uma jornada a estender-se das duas da tarde às duas da madrugada, preso ao "desamor desta minha vida mórbida, sem almoçar nunca, com uma saudade louca das manhãs, das claras manhãs da minha casa em Ipanema". Outra era a sua vida em São Paulo: "acordando de tarde, no bafio de um quarto, e erguendo-me tediosamente para um banho interminável, depois do qual saio, na vida já decadente das 4 horas pelas minhas ruas comerciais, brancas, até um barbeiro que é o meu antro de felicidade. Pago-a por dois réis. Saio barbeado, depois do encanto sutil de uma massagem e de uma toalha quente, com o frio do mentol e do pó se acabando na face, e com ele a felicidade. Entro no jornal às 5 horas, e escrevo um artigo como se executa alguma coisa de fisiológico. Não releio, mando compor e desço as escadas pesado e murcho, para ir às 7 a um restaurante francês de quatro réis, tomar a minha primeira refeição, que é o jantar. O dono do restaurante, Sr. Freddy, francês decadente e meloso, que toca uma bateria acompanhando o gramofone, cumprimenta-me. (...) E depois me enfurno na redação desinteressante até uma, duas da manhã, quando não até as quatro. Trabalho mal organizado, no fundo. Mas sem quem se interesse pela sua organização. De tudo isso vem o meu profundo tédio. E nessa solidão da alma, nessa insatisfação da vida, todos os meus ferimentos se reabrem".[173] Essa rotina, San Tiago seguia desde que "veio à luz esta malfadada folha, por cuja morte rezemos todos, que com a graça de Deus virá, amém".[174] A Alfredo Egydio não faltavam palavras menos contundentes: "[ele] sente a minha reserva indisfarçada que me ditará uma atitude irrecorrível a qualquer hora. O 'osvaldismo' [o apoio indiscriminado a Oswaldo Aranha] do jornal é argumento I. A prepotência do dono, que instaurou o terror da redação às oficinas, é o II. E daí por diante. Ninguém avalia o *dessous* moral do homem".[175]

A remediar essa situação, San Tiago concebe um novo projeto pessoal: obter junto ao seu colega capixaba, Monjardim Filho, uma promotoria pública no Espírito Santo, "e depois... advocacia, [uma] carreira jurídica, sem grandes ambições",[176] "uma existência quilombola em dois anos pelo interior. O sonho de uma promotoria, com seiscentos mil réis e as custas, que se apodera da minha imaginação. Lá, numa casa retirada, que eu imagino chácara ou casa de jardim grande, como a nossa em Pirapora, (...) lançaria (...) a base dos meus estudos de anos seguidos, complicado esquema de linhas e chaves sem fim onde há, desde São Tomaz até o Fascismo, o plano de que seria um sistema de política corporativa".[177] Essa ideia motivou uma dura repreminda por parte de Chermont de Miranda: "sou terminantemente contra esse projeto louco e lírico de promotoria no Espírito Santo. (...) não arranjes meios e modos de sair daí. Considero isso um ato de absoluta loucura". O enérgico presidente do CAJU, como de hábito, olhava diretamente a realidade. Nesse mesmo sentido, Hélio Vianna, experiente, escrevia: "Acho que não havendo grande vantagem imediata ao teu afastamento daí, com um pouco de diplomacia podias manter uma razoável distância com o Alfredo Egydio de modo a evitar choques e sem prejuízo da tua necessária e reconhecida altivez. Nem ele terá menos coragem de aborrecer-te propositadamente percebendo que não és um preso como o Plínio e que a tua saída importaria na perda de toda essa porção de colaboradores que o Tristão e as tuas relações arranjaram aqui, e que são, evidentemente, com o Plínio, tudo o que se salva de *A Razão*". Schmidt, sempre dramático, uniu-se ao coro de Chermont e Hélio, dizendo a San Tiago, "peço a Deus que você compreenda a importância da sua missão ali".[178]

A realidade era diversa da que San Tiago a via e sentia. Alfredo Egydio criara o jornal para apoiar seu primo ministro da Justiça, Oswaldo Aranha, e para se fazer ouvir na elite política paulista; mas por conta desse propósito, aliás evidente como mostrara o anúncio de criação da *A Razão* feito na presença do próprio Oswaldo Aranha e de San Tiago, o empresário não abdicara dessa sua qualidade: o jornal era dele, ele o dirigia segundo seus planos, e a função de editores políticos executada por Plínio Salgado e por San Tiago neles não interferia. Plínio, que já trabalhara com Alfredo Egydio, estava advertido desse fato, ao contrário de San Tiago. Este, a sua vez, não teria o destino sombrio que para si antevira; jamais cumpriria uma carreira jurídica sem grandes ambições, ou daria curso ao vasto plano de estudos então imaginado. Ao contrário, sua carreira jurídica seria notável, assim como realizaria a sua vocação do magistério menos de cinco anos depois, tornando-se catedrático, por concurso, aos vinte e cinco anos.

A excepcional facilidade descritiva de San Tiago sem ele perceber amplificava as sensações então presentes em seu espírito. As cartas que dirige a sua irmã Dulce são elaborações dramáticas da infância, com análises soturnas do presente e projeções trágicas sobre o futuro. O seu fracasso profissional vislumbrado em óbvio equívoco e a incapacidade apontada para a vida corrente são afirmadas em tintas fortíssimas. A sua análise, uma vez tornada introspectiva, descreve cenários bem elaborados, mas quase sempre distantes da realidade, extremando o racionalismo de San Tiago em alguns instantes decisivos de sua trajetória, como esse em que vivia em São Paulo naquele início do segundo semestre de 1931.

A solidão de San Tiago na capital paulista apresentava-se invencível, como ele já se queixara aos amigos: deixara a família, a "mãezinha", a sua adorada avó, Dindinha, a presença sóbria mas sempre solidária e amiga do pai, e o carinho entusiasmado da irmã, todos que desde cedo haviam cercado de atenções o menino precoce. E o seu grupo também ficara no Rio, e com ele a audiência generosa e genuína dos amigos sempre fascinados com a sua inteligência – Chermont, Gallotti, Gilson, Plínio Doyle e Lacombe –, os quais, todos no quinto ano da Faculdade, colaram grau ao final daquele mês de agosto de 1931, antecipadamente, devido à reforma do ensino que abreviara o curso ao alterar-lhe o currículo.[179] E na turma do quarto ano de San Tiago achavam-se Thiers Martins Moreira e Hélio Vianna.

Na fria São Paulo, vencendo uma rotina extensa, San Tiago viu-se lançado na vida adulta e crua da redação de jornal e da política nacional. Aí contava com o seu talento para cumprir a sua função, mas esse talento mostrou-se insuficiente a criar vínculos sociais que o fixassem em sua nova jornada. San Tiago e o jovem ideólogo sentiam-se, e estavam, sós.

- **A ementa radical**

Em um artigo publicado a 4 de agosto, sintomaticamente intitulado "Contra-ordem", San Tiago trai toda a sua frustração pessoal e o seu desencanto com a política brasileira daquele momento.

Nele diz que o avanço doutrinário que a Revolução de Outubro poderia ter promovido estava comprometido; ela havia entrado para a categoria das "revoluções sem programa, (...) ou simples 'revoluções morais'" e apenas "historicamente é que se pode considerar a Aliança Liberal como precursora da Revolução", pois, fosse o seu programa seguido, "o Sr. Getúlio Vargas teria no dia seguinte ao da Revolução convocado eleições, e, dada posse ao presidente eleito, teria cancelado o seu mandato transitório, fazendo cessar incontinenti a ordem revolucionária". Mas nada disso acontecera; Getúlio estava no poder, equilibrando a seu favor as forças que o sustinham, e a Revolução seguia sem rumo e, em consequência, crescia a inquietação da classe política, a reclamar eleições e a convocação de uma Constituinte. "A nossa 'Revolução sem programa', privada do seu 'espírito de reforma', já não terá senão de passar, para que o País retome o ritmo da sua vida constitucional, e apele às urnas os cidadãos", conclui San Tiago.[180]

O amargo registro estava feito, e dali a pouco, em outubro, San Tiago deixará o jornal; até lá, embora prossiga na mesma linha ideológica, o seu texto é menos enérgico, torna-se preponderantemente teórico e mais frio também. Verbera, por exemplo, a ignorância política do gaúcho Assis Brasil, "a triste figura", a exibir o "vazio de suas ideias e a ignorância que tem do Brasil". Em termos não menos crus, refere o Partido Republicano Paulista, vencido pela Revolução de 1930, como um "partido de burgueses sem ânimo guerreiro... a viver da eterna política de conciliábulos (...) que defendia pessoas e não programas".[181] O político gaúcho e o extinto partido, que ensaiava renascer, acenavam com a defesa da constituinte, bandeira agitada em oposição à ditadura do Governo Provisório; San Tiago reage e acentua a sua crítica: "sou adepto convicto do partido único, pois as máquinas partidárias eram descabidas nos momentos da normalidade e nos regimes em que o Estado coordena e dirige as atividades múltiplas da Nação".[182] Extremando o seu radicalismo, defende o que chama de "o Estado social-nacional", que "nega todas as liberdades individuais ou de grupos, que venham ferir os princípios fundamentais do regime". Não admite a luta de classes, porque "a finalidade das classes não deve estar nelas mesmas, porém na grandeza da Nação e na felicidade geral". E defende que "os detentores dos meios de produção têm deveres para com o Estado (...) acima de seus interesses próprios, da mesma forma que o trabalhador, gozando da proteção direta do governo, não pode sobrepor os seus caprichos às superiores diretrizes do Estado. Todo o aparelhamento econômico, como toda a organização social está sob a imediata fiscalização do Estado, nos seus mínimos movimentos. E a iniciativa particular" pode ser estimulada, mas deve "se subordinar aos impositivos que as necessidades gerais da Nação determinarem". Dessa forma, conclui San Tiago, "condicionando as forças sociais, o Estado, pelos seus órgãos diretivos, é a própria expressão política das classes, não tomadas do sentido dualístico da dialética marxista, mas na sua significação profissional".[183]

Em outro artigo, indiretamente contrastando a Revolução de 1930 às correntes políticas vigentes que descreve, San Tiago volta ao seu tema principal: ausência de um lastro de princípios a "justificar e finalizar o mandato [da Revolução]". Por outras palavras, a nortear o "espírito de reforma" que guiara e executara a reforma administrativa da Itália, derrubando estruturas superadas, e que assim permitiu articular a seguir a doutrina do Estado fascista. Nessa linha, San Tiago mostrava a complexidade da função política, que não se confundia com a simples "gerência", baseada na "confiança do mandante e na eficiência do mandatário". O "Estado" não era um "simples instituto burocrático", mas deveria estar voltado à "consecução de fins (...) propícios à natureza humana"; a Revolução, arremata, não percebera esse "*substratum*", que é "o princípio coordenador da ação de um regime".[184] Uma revolução, prossegue San Tiago, deve conter "em si os princípios criadores de um novo regime, tem o seu ponto de vista a priori firmado, sobre educação, sobre família, sobre problemas jurídicos e econômicos". Mas as lideranças da Revolução de 1930 pareciam isso não perceber, assim como ignoravam que uma nova Constituição, cuja campanha estava em curso promovida pela classe política paulista, deveria ser, necessariamente, uma "grande lei cuja significação revolucionária só uma clara definição de rumos hoje pode[ria] concertar", e redigi-la, incorporando tais princípios, era tarefa dos líderes da revolução, e não de "advogados e professores".[185] Nesses dois artigos San Tiago reproduzia e endossava integralmente o padrão do regime fascista, de controle da sociedade pelo Estado autoritário, nacionalista e dirigente da vida econômica e política do País, e reproduzia uma das linhas mestras do pensamento conservador, que entendia que a Constituição não poderia ser uma obra de teor idealista, necessariamente como seria aquela de "advogados e professores", mas deveria ser formulada a partir da consulta objetiva da realidade da nação, do seu solo e sangue, e ser conduzida pela elite dirigente do País, isenta das implicâncias do processo eleitoral próprio às democracias parlamentares.

Pouco depois, San Tiago lamenta o dissídio entre Francisco Campos e Oswaldo Aranha à conta da Legião Mineira, já agonizante, mas que traduzia em seu fracasso as divergências de rumos da revolução, ou antes, a sua frustração. Francisco Campos, "cujo alto espírito especulativo foi sempre impar entre os nossos políticos, (...) seria o Gentile da Revolução brasileira, (...) o mentor da revolução de espíritos que devia seguir a revolução dos homens"; já Oswaldo Aranha fora o homem em que o "povo brasileiro previu nele o chefe natural dos partidos, o homem da autoridade, do jogo franco, das violências nos momentos precisos".[186] Os perfis de ambos revelam a sutileza com que San Tiago exalta a posição de Campos e agora veladamente critica a de Oswaldo Aranha, lamentando a derrota política sofrida pelo primeiro em sua disputa com o governo de Minas Gerais, e que dali a meses iria traduzir-se em sua saída do Ministério. A comparação de Campos a Giovanni Gentile era precisa e, no contexto, elogiosa a Campos, embora este sempre tenha repelido qualquer identidade intelectual sua com o fascismo. Gentile dera ao fascismo de Mussolini o seu hábito teórico e fora o responsável pela reforma do ensino na Itália, tal como o didata da revolução, como o via San Tiago, que aqui promovera a reforma do ensino e renovava o figurino institucional do estado autoritário nativo.

San Tiago selava o seu desencanto com a revolução enunciado no artigo "Contra-ordem" e extremava a radicalização de sua ementa ideológica de propugnador da moderna obra de reação.

- **O Coringa**

No início de setembro, no mês em que deixa o jornal, em entrevista com o escritor e então interventor do estado da Paraíba, José Américo, San Tiago chama-o de "moralista da Revolução", para quem a "demissão de um funcionário desonesto [era] um ato revolucionário"; sarcástico, conclui dizendo que não era de uma revolução moral que o Brasil precisava.[187] Faltava à revolução, um "psicólogo das multidões", que mostrasse às massas que o novo governo viera para vencer as velhas estruturas. Mas esse psicólogo, diz, não estava disponível. Em seu lugar estava um "coringa", "o senhor Getúlio Vargas [que] está com todas as correntes e com todos os grupos (...) e num jogo sutil de acordos e negociações o chefe do governo vai fazendo com que todos parceiros saiam 'em casa' da complicada partida que disputam em torno do governo nacional". E, de fato, Getúlio assim se apresentava; um articulador incansável, furtivo e frio. Ele era, sem dúvida, o grande psicólogo do povo brasileiro, fato que San Tiago não conseguia perceber, embora notasse os efeitos de sua sutileza, que o cimentaria no poder por mais catorze anos. Naquele momento, diz San Tiago, Getúlio, "como ditador, foi de novo a grande satisfação dada ao espírito liberal e jurídico" do povo brasileiro, que "aceitou com a pacatez dos acontecimentos cívicos diários, o advento da ditadura democrática, republicana e federativa (...)". A contraordem que San Tiago denunciara ter ocorrido na revolução devia-se a essa "construção política que sucedeu a fase bélica do movimento, na qual o sr. Getúlio Vargas (...) encasulou o País para uma metamorfose da forma constitucional denominada República Velha para uma outra a que se chamou República Nova".[188] Ou seja, a Revolução de 1930 operara nada mais do que uma mera troca de nomes, o que levou San Tiago a indagar: "Para onde vamos? Não se sabe. Quem nos guia? Não se sabe. Quem será abandonado no caminho? Só o que se sabe, e isso claramente, é que não estamos todos marchando no mesmo rumo".[189] Porém, Getúlio marchava no seu rumo, e levava o País com ele. Astucioso, o Coringa vencia a falta de princípios políticos, a tibieza de caracteres políticos, a inexistência de um espírito de reforma, valia-se do moralismo indignado mas infrutífero dos homens da revolução, e assim seguia no poder. Este, o seu objetivo.

Em seus dois últimos artigos escritos para *A Razão*, San Tiago completa o seu obituário da revolução e indiretamente admite o triunfo do Coringa, ao declarar o fracasso do novo regime: "a sua grande lei, o Governo Provisório ainda não nos deu. Sua legislação tem tido até agora uma coincidência ocasional com a verdade, que lhe tira um sentido uniforme de progresso, que o otimismo nacional lhe queira dar. A lei orgânica, as leis didáticas do Sr. Collor [a nova legislação do trabalho], a reforma do ensino do Sr. [Francisco] Campos, o Código dos Interventores, a lei eleitoral, são esforços que erram e acertam".[190]

As reformas promovidas no Governo Provisório citadas por San Tiago, embora significativas, não seguiram uma diretriz revolucionária articulada como ele reclamava em seu projeto ideológico, e cuja defesa, pelas páginas de *A Razão*, fizera com talento e independência nos últimos quatro meses. Assim, concluía: "Não se poderá chamar Revolução brasileira, a que não viesse possuída desse espírito integralista, como foi o da Revolução Italiana de 1922, como foi no plano das catástrofes históricas, a Russa de 1917".[191]

- **Dissídio ideológico com Plínio Salgado**

Nesse último artigo, San Tiago indica, com nitidez, o dissídio entre a sua visão revolucionária e a de Plínio Salgado, ao referir as revoluções italiana e russa como integrais. O integralismo de ambas, segundo San Tiago, estaria na cerrada dinâmica delas, que avassalara não apenas os regimes que derrubaram, mas arrastaram também toda a sociedade no processo que executaram. Nesse contexto, a Revolução Russa era o exemplo mais frisante de "espírito revolucionário", embora em sentido errado, como entendia San Tiago. Já a Plínio Salgado, o integralismo – que ele jamais definiria com exatidão – sugeria a integração do plano social ao plano espiritual, unindo assim uma sociedade renovada pela atenção aos valores nativos – a terra e o homem brasileiros – a uma cultura imantada pela espiritualidade definida nos termos da Igreja Católica. Essa sua revolução Plínio sintetizaria no lema "Deus, Pátria e Família", que viria a adotar para a Ação Integralista Brasileira por ele criada dali a um ano, em outubro de 1932. Como visto em seus artigos, San Tiago não negava o sentido e a necessidade da reafirmação da espiritualidade na vida moderna. Não a via, porém, capaz de transformar, muito menos revolucionariamente, a sociedade brasileira.

O dissenso entre a visão de San Tiago e a de Plínio Salgado ilustrava esse fato e confirmava outro: a insuficiência, aos olhos de San Tiago, da ementa da direita brasileira, em face do problema político que ele via, por sua ótica extremada, como central àquela altura. A substituição do falido regime liberal por um regime de autoridade e o enfrentamento dos comunistas. As proposições nacionalistas de Alberto Torres, o radicalismo e as intuições de Jackson de Figueiredo e as análises de Oliveira Vianna, as estrelas do pensamento de direita nativo, não haviam encontrado uma síntese e muito menos uma linguagem política. E a Revolução de 1930 aos seus olhos desfizera-se completamente, incapaz de se afirmar como tal.

O jovem ideólogo, cujo brilho começava a ser publicamente reconhecido, via o seu projeto político novamente sem abrigo. Mas ele não desistirá de afirmá-lo. A sua adesão à Ação Integralista Brasileira ao lado de Plínio Salgado dali a um ano será ditada pela tentativa, tal a feita à frente de *A Razão*, de apontar-lhe um rumo verdadeiramente revolucionário.

- **Retorno ao Rio de Janeiro**

As queixas contra Alfredo Egydio finalmente levaram San Tiago à ruptura; o "motivo foi um artigo do Hélio [Vianna], que eu mandei que abrisse o jornal, ao que nosso pobre amigo se opôs com as mais tolas razões". Desautorizado, San Tiago pede aos amigos que não escrevam mais para *A Razão*, em protesto contra o constrangimento que sofreu por conta do tratamento dado pelo seu proprietário aos colaboradores que ele San Tiago trouxera para o jornal: "Por exemplo, o Tristão não é recebido pelo Alfredo [Egydio] com a gratidão que devia; (...) Outra coisa, o Sobral [Pinto] colabora a pedido meu, endereça-me os artigos...". E justifica-se aos cajuanos: "estou mais ligado a vocês que a *A Razão*".[192] Em outubro de 1931, San Tiago retornou ao Rio de Janeiro definitivamente.

De volta à família, às manhãs claras de Ipanema, um San Tiago curtido pelos seus desalentos encontrou a sua cidade mudada também. O CAJU caminhava para o seu fim – a sua revista não mais circulava –, sem ter-se convertido em um núcleo fascista de irradiação como ele gostaria; os colegas da turma seguinte à sua na Faculdade de Direito haviam colado grau em setembro daquele ano de 1931 e agora cuidavam da vida.[193] Américo Lacombe e Hélio Vianna já procuravam o magistério, e Gilson Amado o serviço público, enquanto Antônio Gallotti, com sua inesgotável vivacidade, começava a sua vitoriosa carreira de advogado; Plínio Doyle e Chermont de Miranda embrenhavam-se na vida dura da advocacia do foro – advogados "boca de foro", como San Tiago os chamaria, mas ressalvando, já mestre consagrado do Direito, que o conhecimento prático desses advogados valia boa parte das bibliotecas jurídicas.[194] E o solitário Octavio de Faria, autor consagrado de *Maquiavel e o Brasil*, iniciaria dali em breve a sua saga íntima, com a publicação do primeiro romance da série Tragédia Burguesa. Os "carcomidos" – os políticos alijados pela revolução de 1930 – já haviam reorientado suas vidas em um nível inferior, como o ex-senador e publicista Gilberto Amado, agora batalhando na advocacia e no magistério, porém já cuidando de aproximar-se do novo governo, propósito que alcançaria com grande êxito dali a pouco.

Nos cafés e nas livrarias, entre outros, pontificava o ubíquo Jayme Ovalle, o intelectual sem obra, à exceção de algumas canções para as quais Manuel

Bandeira escreveria as letras, mas dono de uma certeira e penetrante intuição literária, que logo o fizera uma figura indispensável à ampla roda de amigos que formou. Schmidt dele se aproximara arrastado pela paixão que o tomou pela sua irmã, a qual celebraria na dedicatória de um de seus livros..., "para Ieda, para que a poesia volte à sua fonte". A natureza frustraria cruelmente o amor do poeta, mas pela mão dele Ovalle conhecera os cajuanos. E, por sugestão de Schmidt, em homenagem a San Tiago, Ovalle, em sua nova gnomonia, que causou furor nos círculos literários da capital ao qualificar os tipos humanos, batizara de Dantas o seu tipo mais nobre. San Tiago encarnaria o anjo dos Dantas, segundo Ovalle o descreveu, conforme o registro do poeta Manuel Bandeira: "Os Dantas são os bons (toda a gente quer ser Dantas), os homens de ânimo puro, nobres e desprendidos, indiferentes ao sucesso na vida, cordatos e modestos, ainda quando tenham consciência do próprio valor". O poeta comentou a qualificação, dizendo "quem deu nome a este grupo foi o jovem jornalista San Tiago Dantas, cuja natureza aliás vai ser questão de debate no próximo 1.º Congresso da Nova Gnomonia, porque a muitos iniciados parece errada a categoria de Anjo atribuída ao Sr. San Tiago (alguns o classificam no exército do Pará)". A restrição à identificação de San Tiago ao Dantas traía a amargura de Bandeira com a crítica que San Tiago publicara no ano anterior sobre seu livro de poesia *Libertinagem*, amargura só superada dez anos depois, quando San Tiago, então diretor da Faculdade Nacional de Filosofia, nomeou o poeta para reger a cadeira de literatura hispano-americana.[195]

- **A vida prática a enfrentar**

Schmidt, sem deixar a gerência da Livraria Católica, fundara a Schmidt & Editor. A empreitada não teria sucesso comercial, mas publicaria autores e obras importantes daquele período, e ampliaria ainda mais o círculo e a influência de seu dinâmico proprietário.[196] Esse desembaraço social já pusera Schmidt em contato direto com a nova elite política do País, e com Francisco Campos em particular. Ao ser informado de seu retorno, Schmidt escrevera a San Tiago: "jamais São Paulo conheceu uma figura do seu valor" acrescentando, "Depois de *A Razão* você não é mais o estudante San Tiago mas um ser diferente, com realidades práticas, conhecido aqui no Rio pelos elementos políticos. (...) Sinto o seu futuro de uma maneira nítida, firme. Já o estou imaginando ministro. Qualquer coisa assim". As previsões do futuro mago das elites nos anos 1950, o poeta e o empresário de grande sucesso, seriam confirmadas.

O próprio Schmidt se encarregou de informar a Francisco Campos que San Tiago deixara *A Razão* e São Paulo. O "didata da revolução" imediatamente o convidou a integrar o seu gabinete, no Ministério da Educação. Nomeado a 29 de dezembro, quatro dias depois, a 2 de janeiro de 1932, San Tiago tomou posse e entrou em exercício no cargo de oficial de Gabinete do ministro de Educação e Saúde Pública; e a 4 de janeiro pediu exoneração da Tesouraria da Polícia.[197]

Schmidt tinha razão: não mais existia o estudante de Direito, senão o jornalista político, o ideólogo que em três meses escrevera sessenta e três artigos em um jornal de ideias, expondo as suas, radicais e estruturadas. Aos vinte anos havia pouco completados, o "anjo dos Dantas" rompia o ano de 1932 revestido de uma celebridade precoce, firmada para além do pátio da escola e do seu círculo de amigos mais próximos.

CAPÍTULO X

O MILITANTE INTEGRALISTA

Professor
A revolução fracassada: sangue e esperança paulistas
Revolução?
Wäs liegt an meinen Glück! (Que importa a minha felicidade!)
O nazismo no poder
Uma desastrosa aventura
A vida múltipla
O militante discreto
Sinais de desalento
Integralistas e comunistas: o embate nas ruas
Interlúdio mineiro: solidão e participação
Retorno ao Rio de Janeiro
O superintegralismo: pureza e finalismo revolucionário
Revolta comunista: o êxito impossível
A chaga da tortura
Triunfo e paralisia da Ação Integralista Brasileira
O revolucionário e o poder
Os curtos e fulminantes anos
San Tiago e Plínio Salgado – a atração dos extremos
As perdas definitivas
O professor e a política
Sinais de mudança
O catedrático menino
Getúlio e o Chefe integralista

> *"É preciso opor doutrina à doutrina. Ora, a liberal-democracia não apresenta mais um corpo de doutrinas sociais e econômicas capazes de resolver os graves e complexos problemas da hora em que vivemos. Nesse sentido é certa a frase de conhecido publicista: 'No mundo, não há mais lugar para liberais'; o dilema é fatal – ou o integralismo ou o comunismo".*[1]

- **Professor**

Aos quarenta e dois anos, Francisco Campos estava em pleno apogeu intelectual e político. Havia cinco anos reformara o ensino em Minas Gerais, dotando o seu estado de uma rede de escolas invejável no País e, tão logo assumira o Ministério da Educação, em novembro de 1930, iniciara a reforma do ensino em âmbito nacional com igual competência, por todos reconhecida.[2] Ministro interino da Justiça, exibia uma notável e atualizada cultura jurídica, em especial a alemã e a norte-americana, lendo-as em seus idiomas originais, e não apenas a doutrina francesa então dominante. E era um formulador notável; vazava em normas legais precisas as proposições que Getúlio Vargas a ele solicitava e as suas, que submetia ao ditador, em um estilo moderno, sintético e exato. Ideologicamente, era um autoritário visceral, admirador do regime fascista italiano, cuja estrutura institucional conhecia em detalhe, mas isso não admitia, como, de resto, quase todos os intelectuais nativos de direita. San Tiago encontrou no didata da revolução, como o chamou em artigo, outro interlocutor excepcional, e este, exímio professor, logo o viu como igual.

O Ministério da Educação chefiado por Campos ocupava o prédio da Assembleia Legislativa – a Gaiola de ouro, como o povo a chamava – situado na Cinelândia, à direita do Teatro Municipal e defronte à Biblioteca Nacional. Fechando o quadrilátero da praça, fronteiro ao Teatro erguia-se o Senado Federal – o Monroe – e, como a Assembleia Legislativa do Rio de Janeiro, então sem a vida parlamentar que os agitara até a Revolução de 1930.

Ao assumir seu posto de oficial de gabinete do ministro da Educação, San Tiago encontrou a implantação da reforma do ensino secundário e universitário promovida por Campos em pleno curso. O novo Ministério acumulava um considerável expediente burocrático a vencer; além da rotina, San Tiago recebia inúmeras cartas de amigos e conhecidos, entre eles Alceu Amoroso Lima e Plínio Salgado, todas com o mesmo objetivo: pedidos de nomeação de protegidos seus para cargos no Ministério, transferências de professores, promoções, enfim toda sorte de favores próprios a uma administração pública dominada pelo personalismo.³ Um novo oficial de gabinete, o gaúcho João Batista Alencastro Massot, que viera trabalhar ao lado de San Tiago, solicitou ao secretário-geral do Ministério, o mineiro Hugo Faria, providenciasse uma datilógrafa para atender à faina crescente do gabinete. Hugo lembrou-se de um seu conterrâneo, o médico sanitarista Aureliano Brandão, que havia pouco se mudara para o Rio de Janeiro com duas filhas gêmeas, Edméa e Edmée, então com 17 anos. Edméa foi contratada como datilógrafa e lotada no gabinete.⁴ Extremamente recatada, Edméa não demoraria a atrair a atenção de San Tiago.

Em abril daquele ano de 1932, a turma de San Tiago colou grau antecipadamente, assim como seus colegas fundadores do CAJU haviam feito em setembro anterior. San Tiago sequer compareceu à cerimônia; só em setembro seguinte receberia o diploma de conclusão do curso de Direito, na secretaria da Faculdade.⁵ O notável professor de Direito, cuja carreira no magistério estava prestes a começar, não trazia ilusões sobre o ensino universitário, e assim não via a sua formação profissional a ele associada. San Tiago jamais fora um aluno regular; não cursara o ginásio, frequentara episódica e burocraticamente as aulas do curso de Direito, ausentando-se delas completamente ao tempo em que residiu em São Paulo – todo o último ano letivo. Jamais se preocupou em somar distinções, posição que, entre os cajuanos, coube a Antônio Gallotti.⁶

Mesmo tendo sido promovido a chefe de gabinete interino com um salário de dois mil réis, o dobro do que percebera à frente de *A Razão* no ano anterior, o novo emprego não era estável.⁷ Em conversa com os colegas, San Tiago aventou a possibilidade de obter uma colocação no Tribunal de Contas ou de começar a advogar. A sua situação foi, contudo, definida pelo próprio Francisco Campos, que, vendo que não mais permaneceria à frente do Ministério por muito tempo, nomeou-o, a 25 de julho de 1932, para o cargo de professor interino de "legislação das construções – contratos e administração – noções de economia política", da Escola Nacional de Belas Artes, que então compreendia o curso de arquitetura.⁸ Três dias depois, San Tiago entrou em exercício na nova função. E a 17 de agosto, no belo prédio onde se localiza o museu do mesmo nome, formando um conjunto triangular com o Teatro Municipal e a Biblioteca Nacional, San Tiago ministrou a sua primeira aula, sobre a profissão de arquiteto.⁹ Contava vinte anos. Seria, para sempre, professor.

A experiência paulista, embora rica, deixara o travo de um fracasso. A urgência que San Tiago sentia em definir seu rumo profissional vinha carregada desse estado, e se fazia concreta; os seus vencimentos no Ministério eram suficientes a uma vida modesta; os de professor, porém, não bastariam a tanto. Todas as manhãs, seu único terno era passado antes de seguir para a cidade, e essa situação devia ser enfrentada sem demora.[10] Por outro lado, a nova vida no magistério o seduzia. Mas ela não se mostrou fácil ao início, apesar de seu brilho intelectual; muitos dos alunos eram de sua idade, alguns mais velhos, e os professores, todos.[11] San Tiago respondeu a essa situação valendo-se de sua arma predileta: uma intensa dedicação à tarefa à sua frente. Além de vencer a matéria específica de sua cadeira, começou a estudar, metodicamente, massudos tratados de Direito, e contratou aulas de alemão e latim a um padre, somando longos "tempos de estudo", disciplinadamente, em meio a sua atividade profissional. Um ano depois, lerá Goethe e Cícero no original, assim como Dante, Shakespeare, Cervantes e Proust.[12] O jovem *scholar* surgia ao lado do jovem ideólogo.

- **A revolução fracassada: sangue e esperança paulistas**

Em São Paulo, Plínio Salgado não descansara em busca de sua revolução. Em fevereiro de 1932 havia fundado a Sociedade de Estudos Políticos (SEP), na qual foi criado um órgão de proselitismo denominado "Ação Integralista Brasileira", reunindo alguns estudantes de Direito. Entre os integrantes da SEP, figurava o nome de San Tiago, mas não há indicação de que ele tenha participado diretamente de suas atividades.[13] O lance seguinte de Plínio viu-se adiado pela deflagração do movimento paulista, em 9 de julho daquele ano de 1932.

Ao contrário da Revolução de 1930 – à qual esta de 1932 reagia, diretamente – San Tiago não testemunhou a revolta paulista. A crônica dos eventos mostrou a garra do povo de São Paulo, nutrida por um decidido ânimo de luta contra a ditadura do Governo Provisório. A partir da nomeação de João Alberto como seu interventor em 1932, o desentendimento entre as forças políticas estaduais e federais só fizera crescer, e acabou por unir os integrantes das forças paulistas, até então em campos opostos. Os próceres do extinto Partido Republicano Paulista vieram formar ao lado dos Democráticos, também rejeitados pelos líderes revolucionários aos quais haviam apoiado supondo que os interesses de São Paulo seriam atendidos pela revolução, a começar pela liberdade de indicarem seus dirigentes. Essa reivindicação, reiteradamente negada pelos novos donos do poder, alimentara outras, catalisadas a seguir na demanda por uma constituinte escolhida pelo voto popular que elaborasse um estatuto democrático para o País. Evidentemente, governar sob as regras de uma Constituição redigida por representantes do povo selecionados em eleições livres não era o propósito dos tenentes e muito menos de Getúlio, firmemente instalado no poder: Getúlio vinha protelando a situação, "dando tempo ao tempo", uma expressão então corrente e que se incorporaria ao léxico político nacional, como um dos indicativos mais expressivos de sua debilidade institucional. Ainda assim, a 3 de maio de 1932, Getúlio havia formado uma comissão para elaborar o projeto de uma nova Constituição, e as eleições para a Constituinte foram marcadas para maio do ano seguinte.[14] A inquietação em São Paulo não cessara de crescer, porém; a 23 de maio, populares armados atacaram a sede da Legião Revolucionária e no tiroteio que se seguiu quatro estudantes foram mortos. Estava aceso o rastilho da revolta paulista. No curso desses incidentes foi empastelada *A Razão*, que deixou de circular.[15] Apesar de gaúchos e mineiros, também descontentes com a situação política, haverem se entendido para formarem unidos, São Paulo marchou sozinho.[16]

A revolta começou a 9 de julho com o decidido apoio da população, sobretudo na capital. As guarnições do Exército ali sediadas foram dominadas, e formaram-se inúmeros destacamentos de voluntários, muitos deles estudantes de cursos superiores, em contraste com a situação que San Tiago vira no Rio de Janeiro uma vez deflagrada a Revolução de 1930, quando, suspensas as aulas e convocados os reservistas, as praias da zona sul da cidade encheram-se de estudantes filhos da classe média, e na tropa, arregimentada para combates jamais travados, contavam-se apenas os desvalidos de toda sorte. Mas a revolta paulista estalou sem o devido preparo; o armamento era insuficiente, e a descoordenação entre os chefes militares, responsável pela precipitação das operações, logo mostrou que os líderes da revolta não haviam sido capazes de traduzir em ação revolucionária efetiva a determinação do povo paulista.[17]

Sem o esperado apoio das tropas do Mato Grosso que o general Bertoldo Klinger rebelaria – dos mil e quinhentos soldados prometidos, o oficial chegou a São Paulo à frente de pouco mais de uma centena –, sem a participação dos governos do Rio Grande do Sul e de Minas Gerais, frustrada em parte devido à prisão determinada pelo governo federal de líderes desses dois estados, os contingentes sublevados viram-se impossibilitados de marchar sobre a capital do País e empolgar o poder, isto é, derrubar Getúlio – a única ação capaz de assegurar a vitória aos paulistas. As tropas dos "separatistas", como os rebeldes foram alcunhados pelas forças da situação, estavam condenadas, desde o início, à defensiva. Ainda assim, parte delas as rompeu pelo vale do Paraíba em direção ao Rio de Janeiro e nas refregas aí travadas com forças federais mostraram uma bravura até então inédita em combates fratricidas, revelando a impressionante mobilização dos diferentes segmentos da sociedade paulista em apoio aos seus combatentes, da indústria às donas de casa, que articularam um notável esforço de guerra.[18] Porém, a 29 de setembro, as tropas paulistas que defendiam a frente sul, sob o comando do general Bertoldo Klinger, renderam-se às forças da ditadura; e os demais contingentes paulistas não tardaram a baixar armas, pondo fim aos confrontos a 1.º de outubro de 1932.[19]

Vitorioso, Getúlio cassou direitos políticos de seus adversários, exilou os líderes da revolta e autorizou a instalação da subcomissão redatora do projeto de Constituição a 1.º de dezembro de 1932.[20] Só em 1933 San Tiago voltaria a escrever em jornal, e dessa vez sobre tópicos discutidos na subcomissão. Nesse meio tempo, contudo, a sua atenção foi atraída pelo seu amigo Plínio Salgado. Cessados os combates, uma semana depois, a 7 de outubro de 1932, Plínio lançou a Ação Integralista Brasileira (AIB), com a publicação do Manifesto Integralista, lido no teatro Municipal, na capital paulista. O movimento instalou a sua sede no centro da cidade, e daí começou uma rápida articulação.[21] Desde o início, a AIB contou com a simpatia da direita, com a qual naturalmente se identificava; porém, decisivo ao seu êxito, foi o firme apoio da Igreja Católica, que a fez crescer rapidamente. Ainda em 1932, foram estabelecidos núcleos em Minas Gerais, Pernambuco, Bahia e Ceará, vindo a formar na AIB os grupos mineiros de Olbiano de Melo e a Legião Cearense do Trabalho, tendo à frente o padre Helder Câmara e o tenente do exército Jeovah Mota.[22]

- **Revolução?**

O projeto revolucionário de Plínio Salgado não mudara desde a sua formulação havia dois anos. Atendendo a um pedido de seu editor, o fascista Lourival Fontes, Plínio, em um artigo publicado na revista Hierarquia em março daquele ano de 1932, rememorou a sua visita à Itália pouco antes da Revolução de 1930 e o seu encontro com Mussolini. Em "Como eu vi a Itália", Plínio mostrou a mesma visão distorcida do regime italiano expressa em outros artigos, e exibiu a mesma falta de objetividade política de suas proposições. Segundo ele, a revolução francesa havia destruído o estado "essencialmente espiritual e totalitário" antes vigente, substituindo-o por um estado dominado por um "sentido econômico" que o tornara "antiespiritual e antiintelectual". O regime fascista havia, porém, restaurado a individualidade do homem, estabelecendo o "estado como seu espelho perfeito", permitindo-lhe "a ampliação" dessa individualidade, em um ambiente no qual "florescia a liberdade (...) devagar, mas firmemente", abrindo, assim, caminho para o surgimento do "indivíduo integral", um "ser tríplice, com uma finalidade natural", que se "desdobrava no trabalho, (...) [em] um objetivo intelectual (...), [que] colima a posse de conhecimentos" e, por fim, em uma "aquisição moral e espiritual", que "se manifesta nas relações (...) do finito com o infinito...". A "concepção fascista da existência", concluía Plínio, apresentava-se com uma "luz dos tempos novos".[23]

A visão da Revolução Francesa – que teria forjado uma vida moderna desagregadora e destituída dos valores tradicionais – era veiculada pelo pensamento conservador desde o início do século XIX e era firmemente partilhada pela Igreja. Já as referências ao regime fascista eram factualmente equivocadas; em 1930, quando Plínio fora à Itália, as liberdades públicas inexistiam havia muito tempo: toda a oposição ao regime fora proscrita, seus principais próceres mortos, exilados ou encarcerados e, doentes, largados à morte prematura, como o líder comunista Antonio Gramsci; mesmo o líder católico De Gaspari vira-se forçado a refugiar-se na biblioteca do Vaticano para escapar à sanha da polícia fascista. Tampouco o regime de Mussolini criara condições propícias à restauração da individualidade, à sua ampliação, como dizia Plínio. Ao contrário; como em todo estado totalitário – termo cuja criação é creditada aos fascistas[24] –, o governo, fortemente centralizado, projetava-se sobre a sociedade italiana, assujeitando os cidadãos todos ao seu controle e disciplina.[25] Na Itália fascista não havia lugar para a individualidade celebrada por Plínio, e muito menos cabia a afirmação de que do fascismo poderia surgir o "indivíduo integral", que ele desenhava como uma formulação da Ação Integralista Brasileira.

Lesse os artigos escritos pelo seu amigo San Tiago ou com ele conversasse, evitaria Plínio os grosseiros equívocos em que incorria sobre o regime fascista.[26] O propósito de Plínio, porém, era outro: já ao início do Integralismo avantajar-lhe a fortuna ideológica; para tanto, interessava-lhe relacioná-lo a um regime europeu vitorioso no combate ao socialismo e, ainda, situar o fascismo como uma etapa no processo histórico de afirmação do Integralismo. Ou seja, Plínio apresentava-se como o formulador de uma doutrina original, nativa, em sintonia, porém, com a moderna doutrina europeia de reação ao liberalismo democrático e de combate ao socialismo materialista.[27] Para cumprir esse propósito, isentava-se de maior rigor factual e ideológico, e apresentava o Integralismo – segundo ele, estágio posterior ao fascismo – capaz de criar as condições necessárias ao surgimento do "indivíduo integral". Nesse contexto figurado por Plínio, a atualidade e a singularidade ideológica do Integralismo estariam estabelecidas, e a AIB seria uma nova força política, inteiramente diversa das demais.

Essa perspectiva reponta no Manifesto de Outubro, de lançamento da AIB naquele mês de 1932. Nada menos revolucionário, contudo, do que esse decálogo, em cuja sentença inicial se lê que "Deus dirige os destinos dos povos", e no qual se afirma que o valor do homem é medido "pelo sacrifício em favor da Família, da Pátria e da Sociedade".[28] Plínio já definira a revolução como um movimento de restauração dos valores cristãos, e este era o propósito maior da AIB, certo Plínio de que o apelo nesse sentido – que, segundo ele, se revestia de uma aura mística – e não a arregimentação de seguidores dirigidos à conquista do poder político, galvanizaria a sociedade brasileira em torno dos integralistas. Nessa altura, os integralistas seriam uma força majoritária, e o poder seria a eles inevitavelmente transferido por seus detentores, ajoelhados ante a irreprimível vaga integralista que arrebataria o País. O Manifesto fazia clara essa visão, ao dizer "ou os que estão no Poder realizam o nosso pensamento político, ou nós, da AIB, nos declararemos proscritos espontaneamente, da falsa vida política da Nação, até o dia em que formos um número tão grande, que restauraremos os nossos direitos de cidadania, e pela força desse número conquistaremos o poder da República".[29]

Ao fixar como meta da AIB receber o poder de seus detentores, e não havê-lo pela ação revolucionária, Plínio talvez mirasse, por analogia, porém em largo equívoco, o pedido feito a Mussolini pelo rei Vittorio Emanuele III em novembro de 1922 para que formasse e assumisse a chefia de um novo gabinete parlamentar, com o qual o líder fascista chegara ao poder na Itália. Situação equivalente a essa jamais ocorreria no Brasil, e, muito menos, tendo Plínio por protagonista. Como San Tiago sabia, por haver estudado a história recente do fascismo italiano, este se impusera à dividida classe política italiana pela violência no combate que dera aos aguerridos comunistas, combate sempre sangrento e que levou uma Itália conflagrada pelos efeitos do conflito de 1914-1918 à beira de uma guerra civil. À véspera de assumir o poder, Mussolini marchara sobre Roma com seus milicianos, então inquestionavelmente a força política mais organizada (e violenta) do País, apoiada por significativos estratos da classe média, das Forças Armadas, da Polícia e do Judiciário. Nada no perfil político de Plínio o autorizaria a semelhante conjectura, formulada exclusivamente à conta de sua enorme ingenuidade intelectual. E nada identificava Getúlio Vargas, solitário e firme no poder, à vacilante e carente de liderança classe política italiana do final de 1922, que assistiu ao líder do partido fascista, detentor de menos de sete por cento das cadeiras no parlamento, empolgar o poder.

Plínio persistiria nesse enlevo revolucionário, nele acreditando piamente até constatar, surpreso e vencido, que os milhares de integrantes da Ação Integralista Brasileira – os quais consistiriam o primeiro partido de massa existente no País – espalhados por todo o Brasil, jamais haviam impressionado o ditador gaúcho, como este disso daria prova quando, em 1937, a dispersou pela força de um simples decreto.

Lançado o Manifesto de Outubro, Plínio dedicou-se a ampliar os quadros da AIB. Um dos núcleos mais importantes da Sociedade de Estudos Políticos era o formado pelos alunos da Faculdade de Direito de São Paulo – a Faculdade do Largo de São Francisco, como ficou conhecida; com a fundação da AIB, quase todos os integrantes daquele núcleo a ela aderiram, e Plínio viu a mesma possibilidade no Rio de Janeiro, sobretudo por lá contar com a ajuda de seu amigo San Tiago. No início de 1933, Plínio e o quartanista de Direito, o paulista Miguel Reale, reuniram-se com San Tiago e o seu grupo e discutiram a criação do núcleo da Ação Integralista Brasileira no Distrito Federal, que foi instalado em abril daquele ano. Thiers Martins Moreira, Antônio Gallotti, Hélio Vianna, Américo Lacombe e Chermont de Miranda, liderados por San Tiago, inscreveram-se no novo núcleo da "Província da Guanabara" – essa a designação dos núcleos estaduais, repetindo a vigente no Império.[30]

O encontro com Plínio, a amizade que lhe votava San Tiago e a coincidência em pontos substantivos entre o perfil da AIB e o dos jovens autoritários do "grupo" liderados por San Tiago levaram-nos a aderir ao movimento.

San Tiago conhecia a peculiar noção de revolução de Plínio Salgado e estava advertido de quanto ela distava da sua. Mas, objetivamente, era a esquerda o inimigo a combater, e esta, apesar dos dissídios internos, já se achava organizada desde 1922, com a fundação do Partido Comunista Brasileiro. E esse combate, na calculada avaliação de San Tiago, poderia ser feito a partir das fileiras da AIB, que contava inclusive com o forte apoio da Igreja Católica; aliás, esse apoio permitiria, como de fato permitiu, o rápido crescimento e disseminação da AIB, sobretudo pelo interior do País, onde a Igreja muitas vezes era a presença dominante. A esses fatores somava-se outro, de ordem geral e incontestável: eliminada a vida partidária pela ditadura do Governo Provisório, a Ação Integralista surgia como a única alternativa possível aos jovens que aspiravam à vida política fora do fechado quadro dirigente do País – e legalmente admitida, ao contrário do Partido Comunista Brasileiro, cujos integrantes eram sempre assediados pelas autoridades. Nesse contexto, a AIB surgiu como o abrigo natural ao jovem ideólogo e a seu grupo de amigos, desde os bancos da escola ardentes militantes da direita. E um outro fator significativo arrematou a decisão de San Tiago e de seu grupo: a sanção intelectual de Alceu Amoroso Lima.[31]

- ***Wäs liegt an meinen Glück!* (Que importa a minha felicidade!)**

O romance com a jovem mineira, colega de Ministério, fora breve; em 6 de fevereiro de 1934, aos vinte e três anos incompletos, San Tiago casou-se com Edméa Brandão, três anos mais moça.

O casal foi morar em um sobrado erguido em um lote estreito mas confortável, à rua Barão de Jaguaripe, n. 42, em Ipanema, próximo à casa dos pais do noivo, situada um pouco acima, do outro lado da rua, no n. 171. Pouco depois, Dulce e João Quental se casaram e foram morar no térreo do mesmo sobrado, ocupando o casal sem filhos o andar superior, ao qual uma escada lateral dava acesso independente, cruzando o pequeno jardim fronteiro, rente à porta de entrada.[32]

D. Violeta, a mãezinha adorada, ao saber das intenções matrimoniais do filho, chamara a futura nora à sua casa e a informara, delicada mas taxativamente: San Tiago tivera caxumba na adolescência e jamais poderia gerar filhos, e Edméa aquiesceu em casar-se.[33] O temor expresso por San Tiago, em carta a Lacombe à véspera do casamento, de não deixar "filhos que se lembrem dos meus gestos, e que tenham, e levem pelos tempos, certeza e memória da minha inteligência", desapareceria com o nascimento dos filhos de sua irmã Dulce e do médico João Quental, em quem San Tiago teria um amigo sempre próximo.[34]

Aos sobrinhos, o jovem e grave professor não conteria uma afeição franca e alegre, sempre por eles retribuída, inclusive no apelido dado ao tio, "Papio". Já Edméa não conseguiria se aproximar dos sobrinhos de seu marido; só bem mais tarde, San Tiago já morto, vencido o ressentimento da falta de filhos, deles se aproximou.[35] Mas Edméa tornar-se-ia amiga das mulheres dos amigos próximos de San Tiago, e esse fato amenizaria a convivência do casal.[36]

A San Tiago a sua nova vida trouxe-lhe uma indagação objetiva: aonde o seu talento o levaria?

Professor aplicado, era firme a sua decisão de fazer carreira no magistério, e a esse propósito dirigia seus impressionantes "tempos de estudo". Os magros proventos pagos pela Escola de Belas Artes e Arquitetura não cobriam, todavia, as exigências materiais do devorador de livros, agora acometido também pelas exigências da vida de casado. O desembargador Elviro Carrilho da Fonseca e Silva, tio de San Tiago – casado com a irmã de seu pai, Raul –, socorreu o sobrinho, obtendo-lhe a nomeação para o cargo de Promotor Público Adjunto interino, da Procuradoria Geral do Distrito Federal, naquele mês de abril de 1933.[37] San Tiago imediatamente passou a repartir seu tempo agora estudando também Direito Penal, sua matéria de trabalho na Promotoria.

- **O nazismo no poder**

Ainda em fevereiro daquele ano de 1933, San Tiago retomara o seu papel de publicista, e publicará nos meses seguintes no jornal *A Nação* dez artigos.[38] O primeiro deles, "A lição do hitlerismo", apareceu cinco dias depois de Adolf Hitler haver recebido a incumbência do marechal Hindenburg, presidente da Alemanha, de compor e chefiar o novo gabinete, depois de o seu partido – o Partido Nacional Socialista Alemão dos Trabalhadores – haver conquistado maioria simples, com trinta e três por cento dos votos, das cadeiras do *Reichstag* – o parlamento alemão – nas eleições realizadas em novembro de 1932. Os nazistas, como eram chamados os nacional-socialistas, no novo gabinete contavam com apenas três dos ministros, mas Hitler rapidamente consolidaria o seu poder no cargo, o qual só deixaria pelo suicídio em 1945, ao final da Segunda Guerra Mundial, por ele deflagrada seis anos antes.

Adolf Hitler nasceu em Braunau, pequena cidade austríaca próxima à fronteira alemã, em abril de 1889. Concluído o ginásio em Linz, mudou-se para Viena, e ali, entre 1909 e 1913, por duas vezes viu recusada a sua admissão à Escola de Belas Artes. Transferindo-se para Munique, seguindo o exemplo de muitos austríacos que defendiam uma pátria única de língua alemã, Hitler alistou-se voluntariamente no exército alemão e, com o início da guerra em 1914, seguiu para a frente da batalha. Nos quatro anos de combate serviu como mensageiro entre os destacamentos das tropas alemãs, e pouco antes do final do conflito, em 1918, foi ferido pelas descargas de gás lançadas pelo inimigo, uma das novas e mortíferas armas responsáveis pela carnificina havida na Primeira Guerra, o que lhe valeu a concessão da Cruz de Ferro em primeiro grau, condecoração por bravura em combate.[39]

Em outubro de 1918, o alto comando do exército declarou a impossibilidade de a Alemanha seguir combatendo, e o governo concedeu anistia aos presos políticos, na esperança de aliviar a tensão surgida na frente doméstica; em vão, porém. Liberto, o líder da esquerda radical, a *Spartakusbund* – Liga de Espártaco, os espartaquistas –, Karl Liebknecht, declarou que, fosse proclamada a República, a paz seria imediata. Uma semana depois, a 29 de outubro, a guarnição de marinheiros de Kiel, cidade portuária ao norte do país, recusou-se a entrar em combate, e logo foram formados conselhos de operários e militares, nos moldes dos Sovietes russos. Os focos de rebelião acenderam-se na tropa ao longo da frente ocidental e nas principais cidades alemães. Enquanto em Berlim milhares de operários capitaneados pelos espartaquistas protestavam contra a monarquia e a guerra, em Munique, a 7 de novembro de 1918, o líder do Partido Socialista Independente, Kurt Eisner, tomou o poder e declarou a Baviária, o maior estado alemão depois da Prússia, uma República socialista. Dois dias depois, o Kaiser Guilherme II abdicou, a República foi proclamada e o poder entregue ao majoritário Partido Social Democrata (Sozialdemokratische Partei Deutschlands – SPD), enquanto isso, os espartaquistas tomaram o palácio imperial, e Liebknecht anunciou a instituição da República soviética alemã.[40]

As negociações de um armistício aceleraram-se, e um pedido formal foi feito ao governo norte-americano pela Alemanha; a 11 de novembro de 1918 o armistício foi assinado, cessando todos os combates. A sua divulgação surpreendeu o povo alemão. No primeiro semestre daquele ano o exército conquistara importantes vitórias sobre as tropas aliadas, mas as fulminantes derrotas a ele impostas em agosto e setembro seguintes haviam sido apenas parcialmente anunciadas. Quando o governo foi informado pelo alto comando das forças alemãs de que estas não poderiam resistir ao avanço das tropas inimigas, e assim viu-se obrigado a firmar o armistício, o choque sentido por todo o país foi imenso, sobretudo porque as tropas alemãs guardavam as fronteiras nacionais que achavam-se preservadas.[41] Alastrou-se um enorme ressentimento popular: a Alemanha fora "apunhalada pelas costas" – derrotada na mesa de negociação e não no campo de batalha.[42] Embora distorcida, essa ideia avivou a chama revolucionária que incandescia o país; as forças de direita rapidamente associaram essa "traição" à insurgência comunista, imputando-lhe o propósito de, sobre a derrota humilhante na guerra, tentar subordinar a Alemanha à Rússia. Ao ressentimento popular veio somar-se o receio de que a Alemanha seguisse o rumo da Rússia bolchevique.

Na véspera do ano novo de 1918, a Liga Espártaco converteu-se no Partido Comunista Alemão e seis dias depois liderou uma revolta armada na capital alemã. Os social-democratas, à frente da coligação de partidos no poder, aliaram-se aos militares, às forças de direita e valeram-se dos milicianos – os *Freikorps* – tropas livres – formadas por soldados havia pouco desmobilizados da frente de batalha. A 11 de janeiro o governo, com o apoio dos *Freikorps* e depois de dois dias de intensos combates nas ruas, retomou o controle de Berlim. A revolta comunista foi esmagada, e os principais líderes do Partido Comunista Alemão, entre eles Liebknecht e a grande teórica marxista Rosa Luxemburgo, foram assassinados.[43] Pouco mais de um mês depois, Eisner, que proclamara a República Bávara e estava à frente dela, foi também assassinado, tomando o seu lugar Eugen Levine, líder do Partido Comunista na Bavária, que imediatamente procurou organizar um governo nos moldes soviéticos. Mas o governo alemão e as forças de direita que o apoiavam estavam advertidas do recente exemplo de uma "revolução mal ganha" – como San Tiago identificara aquela debilmente liderada por Kerensky na Rússia e que havia aberto caminho para a revolução bolchevique – e a tentativa dos comunistas de reproduzi-la na Bavária encontrou dura resposta: em meados de abril de 1919, tropas do governo, uma vez mais apoiadas pelos *Freikorps*, convergiram sobre Munique e, um mês depois, a efêmera revolução comunista alemã findava com um saldo de muitos mortos entre seus autores.[44]

Em meio às revoltas, a Constituição da nova República Alemã foi redigida e votada pelo parlamento – *Reichstag*. Embora moderna e voltada à defesa da democracia, o sistema eleitoral por ela estabelecido não proveria a estabilidade que os novos e difíceis tempos à frente viriam exigir. Até o fim do regime de Weimar,[45] brutalmente terminado por Adolf Hitler tão logo ascendeu ao poder em 1933, nada menos do que vinte gabinetes – um a cada oito meses – sucederam-se no governo da República proclamada em 1919, todos formados por coalizão, uma vez que nenhum dos vinte e sete diferentes partidos jamais alcançou a maioria para formar um governo independente.[46] A manutenção da ordem interna nesse quadro de permanente instabilidade política foi o primeiro desafio da nascente democracia alemã, ao lado do cumprimento do Tratado de Versalhes, assinado com os países vencedores da guerra de 1914-1918. Suas cláusulas leoninas obrigaram a Alemanha a pagar vultosas reparações àqueles países pelas perdas por eles sofridas no conflito, além de a Alemanha se ver obrigada a reconhecer-se publicamente culpada pela deflagração da guerra e ter parte de seu território desmembrado e ocupado por tropas estrangeiras. Profético, Lord Keynes, o grande economista da primeira metade do século XIX, alertou que o cumprimento do tratado implicaria não apenas um cruel sacrifício do povo alemão, mas seria a semente de uma nova guerra.[47]

Nesse clima de desalento e incerteza, a Alemanha viu crescer a carreira política de Adolf Hitler.

O exército alemão situou-se imediatamente no quadro conflagrado do pós-guerra. Temerosos da ação da esquerda radical, seus chefes criaram um programa de educação política para os soldados; em palestras ministradas por oficiais, eram exaltados os valores da nacionalidade e advertido o perigo representado pelos bolcheviques. Com o armistício, Hitler não deixou imediatamente a vida militar, a única atividade regular que até então exercera. Servindo em um quartel próximo a Munique, no verão de 1919 ali assistiu aos turbulentos acontecimentos políticos que se seguiram ao fim do conflito, e estava entre os ouvintes dessas palestras; pouco tempo depois, ausente um dos palestrantes, foi chamado a ministrá-las. O sucesso foi imediato.[48] Hitler captava os principais temas de interesse do momento e os reduzia, com extrema facilidade, à sua forma mais simples; aliando-os à linha programática definida, expressava-os com uma contundência dramática pouco comum. Hitler encontrara a sua ocupação e nela se encontrara: "posso falar", escreveria referindo, conscientemente, a sua capacidade de atrair grande número de ouvintes, acrescentando: "Eu sei que os homens são conquistados menos pela palavra escrita do que pela palavra falada, e que as grandes transformações se devem aos grandes oradores e não aos grandes escritores".[49] Os efeitos sinistros dessa oratória arrebatadora o povo alemão e o mundo só conheceriam em toda a sua extensão duas décadas depois.

Dispensado afinal do exército, Hitler continuou a fazer o que ali aprendera: falar em público empregando sempre frases simples e breves, pontuadas de *slogans* dramáticos. Entre seus ouvintes estava o chefe do pequeno Partido Alemão dos Trabalhadores, fundado em 1918 e que reunia um pequeno grupo de extrema direita, antissemita e opositor ao sindicalismo revolucionário. Hitler aceitou o convite para se filiar ao Deutsche Arbeiterpartei (DAP) – a sigla em alemão do partido – em 1920. Em pouco tempo, dominou-o: deu-lhe uma nova denominação, Partido Nacional Socialista Alemão dos Trabalhadores – Nationalsozialistische Deutsche Arbeiterpartei (NSDAP), em alemão, e que logo seria abreviado para "nazi" –, ajudou a redigir-lhe um programa, criou-lhe a bandeira com a cruz gamada – em breve a temida suástica – deu-lhe um uniforme e impôs a saudação ao líder, a ele, Hitler; o braço direito estendido à frente, copiada dos fascistas italianos.[50] Uma fotografia tirada por essa época mostra-o de pé, sobre um caixote em uma rua nevada de Munique, discursando a um punhado de ouvintes; pouco depois, falava nas grandes cervejarias da cidade, ponto de encontro predileto dos bávaros, atraindo um número sempre crescente de ouvintes. A SA – *Stürm Abteilung* (tropa de assalto), criada pelo capitão do exército Ernst Röhm, juntou-se ao partido, e Hitler a destinou à guarda das reuniões dos nazistas e a tumultuar as reuniões dos adversários. Tendo ao lado um punhado de correligionários fanáticos seduzidos pela sua liderança, Hitler iniciou a sua caminhada rumo ao poder.[51]

Os efeitos da guerra e da instabilidade política que a ela se seguiu na jovem República de Weimar resultaram na brutal hiperinflação que devastou a Alemanha – em novembro de 1923 eram necessários um trilhão de marcos para se ter o mesmo poder de compra de um único marco em 1914. Em meio a esse quadro caótico, Hitler liderou uma revolta – *Putsch* – em Munique, logo debelada, mas que o fez conhecido além da Bavária. Condenado a cinco anos de prisão, cumpriu apenas nove meses, suficientes para que ditasse o seu livro, *Minha luta*, um descosido e mal escrito programa de ação, surpreendente, todavia, em sua álgida franqueza e objetividade.[52] Publicado em 1925, nele Hitler reiterou os temas de sua pregação: a defesa do nacionalismo radical, a supremacia da raça ariana, a eliminação dos judeus, o combate aos comunistas e a expansão territorial da Alemanha em busca do espaço que a ela via vital – o *Lebensraum* –, e ao qual, afirmava, o povo alemão teria direito para cumprir o seu destino de raça superior a governar uma Europa sem a contaminação de povos inferiores.

O fracasso do *Putsch*, inspirado na Marcha sobre Roma liderada por Mussolini em 1922, fez Hitler perceber, como também ocorrera a Mussolini, que não chegaria ao poder apenas pela violência de sua milícia, mas participando do jogo político, que ele abertamente condenava. Nesse sentido, alinhou a ação do partido à ação de outros grupos nacionalistas radicais de direita, e continuou ativo, concentrando seus esforços na Bavária. Entre as sanções impostas pelas autoridades alemãs em decorrência do *Putsch*, constava a proibição de o líder do Partido Nacional Socialista falar em público. Em início de 1927, a proibição foi revogada, e Hitler, nos dez meses seguintes, pronunciou mais de cinquenta discursos. A sua notável oratória ganhara outra dimensão. O local, a iluminação, a distribuição dos ouvintes, a precedência dos próceres nazistas abrindo alas embandeiradas para a entrada de seu líder, que chegava ao local do evento em um carro precedido de batedores estadeando a impressionante e intimidatória presença dos camisas pardas da SA, nada era improvisado. Os comícios do chefe nazista, que passaria a ser chamado de *Führer* (condutor), o equivalente ao Duce italiano – transformaram-se em espetáculos políticos, cuidadosamente concebidos e planejados especialmente para a sua atuação.[53] O discurso era igualmente preparado por Hitler; martelava os seus temas habituais, encaminhando-os com uma aguda percepção do clima reinante na audiência: a denúncia do Tratado de Versalhes, fruto da traição da classe política que seguia no poder associada à ganância dos empresários judeus, estes agentes de uma conspiração internacional articulada contra o povo alemão, e a necessidade de se criar um estado ariano forte, capaz de duramente confrontar os comunistas e de forjar uma nova Alemanha.[54]

Mas ao início de 1925, Hitler percebera que o seu discurso não venceria a esquerda na preferência dos politizados trabalhadores alemães, e de então por diante orientou a sua oratória à classe média, cuja voz definhara com a hiperinflação. Mesmo contando com apenas doze assentos no parlamento obtidos nas eleições de 1928, os nazistas chegaram a Berlim. Em novembro, Hitler, em um comício na capital alemã, atacou os regimes democráticos, os quais, dizia, em lugar do comando de um grande líder, atribuíam às massas, por meio de eleições, a condução dos destinos do país. A percepção de Hitler atendia ao seu propósito: em lugar de identificar o seu partido com uma classe determinada, como faziam os comunistas em relação aos trabalhadores, deu-lhe um caráter de movimento – como Mussolini também fizera com o *fasci di combattimento* –, deixando fluido o seu programa, tornando-o atraente a diferentes estratos da classe média.[55]

Assim como se dera na Itália ao início da década de 1920, a violência política – espancamentos, assassinatos e toda sorte de abusos – uma década depois entrou para o cotidiano da vida alemã, em boa parte patrocinada pelos nazistas, com a crescente complacência das autoridades alemãs. Foi, contudo, a crise econômica mundial de 1929 o grande e inesperado motor do brusco e impressionante crescimento do partido nazista. O craque da Bolsa de Nova Iorque ceifou a recuperação da economia alemã, que havia pouco se livrara da hiperinflação e melhor equacionara com os aliados o pagamento das indenizações de guerra. Com a crise, o desemprego alastrou-se por toda a sociedade alemã, alcançando duramente a classe média, inclusive universitários, muito dos quais encontraram abrigo no partido nazista e esperança na inflamada oratória de seu líder. No verão de 1930, a Alemanha contava com mais de três milhões de desempregados, e o número de filiados ao partido nazista crescera de cerca de meio milhão para quase dois milhões.[56] Os comunistas eram os tradicionais beneficiários da crise econômica. Porém, os nazistas surpreenderam a todos, inclusive a eles mesmos, nas eleições de setembro de 1930 com a resposta do povo alemão, especialmente a vinda da classe média à pregação de Hitler. Apuradas as urnas, os nazistas, que no pleito de 1928 haviam recebido apenas oitocentos mil votos, conquistando então doze cadeiras, viram seus candidatos somarem seis milhões e quatrocentos mil sufrágios e sua bancada no *Reichstag* crescer para cento e sete deputados, enquanto os comunistas ganharam treze cadeiras, chegando a setenta e sete.[57] Mas os comunistas não viam os nazistas como o seu adversário maior, como os grandes rivais da classe trabalhadora, e sim os social-democratas, que estavam à frente da coligação que governava o país. Diziam os comunistas preferir ver os nazistas no governo a salvar a República social-democrata então vigente.[58]

Se o fracassado *Putsch* de 1923 dera a Hitler projeção nacional, com o resultado das eleições de outubro de 1930 ele se converteu, subitamente, em um político de projeção europeia. Líder do segundo partido mais votado na Alemanha, atrás apenas dos social-democratas e à frente dos comunistas, Hitler negou-se a unir-se à coligação governista, avisando que só aceitaria o posto de chanceler (primeiro-ministro). Por essa altura, ele já atraíra o interesse de expressiva parcela do empresariado alemão, que começou a financiar generosamente o partido nazista. Nas eleições presidenciais de 1932, em um lance ousado, bateu-se com marechal Hindenburg, o herói da Primeira Guerra, que buscava a reeleição. Reproduzindo o modelo das campanhas presidenciais norte-americanas, Hitler eletrizou o país cruzando-o em um avião e, em uma sequência vertiginosa, discursou nas principais cidades alemãs no curto termo da campanha, chamando a si, perante seus ouvintes, agora em sua maior parte integrantes da sofrida classe média, a responsabilidade de dar à Alemanha um novo destino, cuja afirmação ele prefigurava com o vigor de sua oratória inflamada. Hitler não esperava vencer as eleições, mas o segundo lugar que obteve fez o número de votos em seu partido dobrar, para treze milhões. E, já como a segunda mais popular figura política do país, seguia designadamente o seu projeto; os nazistas disputavam as eleições parlamentares, porém o seu líder negava-se a participar do governo, senão como chanceler. Essa cega determinação a princípio não foi entendida nem pelo seu partido nem pelo eleitorado. Mas, como o tempo mostraria, trazia a marca do singular e sombrio talento político de Hitler.[59]

Hitler parecia ser e era um caso único; nele se somavam todos os fatores que inabilitariam de plano qualquer outro político em uma nação culta e desenvolvida, como era a Alemanha. Hitler não tinha passado, família, religião, formação profissional ou ocupação fixa, colegas de escola ou amigos. Impelia-o uma vontade férrea, apegada à luta, à violência, imantada por uma determinação fria que não conhecia emoções, apenas os transportes, quase delirantes, de sua oratória incandescente. Ele movia-se politicamente guiado por uma intuição extraordinária, que o fazia identificar precisamente as tensões mais fundas do povo alemão. Assistia a essa intuição uma memória incomum, incorporada a uma autoconfiança ilimitada, com as quais iria dobrar o orgulho prussiano dos generais alemães, submetendo-os todos ao seu gélido comando pessoal. Hitler tocou o veio irracional da cultura alemã, e ao longo dos catorze anos de sua caminhada para o poder o explorou impiedosamente, como nenhum outro político alemão fora capaz.

Em novas eleições realizadas em novembro de 1932, o partido nazista perdeu votos, e o comunista ganhou. Essa queda alarmou as forças políticas anticomunistas, em especial a direita, que se voltou para Hitler, vendo-o como o líder capaz de aglutiná-las à frente do gabinete, em oposição à esquerda, e, ainda, disposto a lhes prestar obediência, se a ele fosse entregue a chancelaria. Von Papen, homem de confiança do presidente Hindenburg, ao contrário de Hitler, em quem este último não confiava, isso assegurou às forças políticas governistas, as quais entregaram o poder a Adolf Hitler.[60] O engano provou-se fatal. Contando o partido nazista apenas um terço dos votos dos alemães e três dos doze ministros no gabinete em cuja chefia tomou posse a 31 de janeiro de 1933, Hitler cuidou de nele ocupar os postos chaves: o seu, como chanceler, que lhe permitia aplicar o artigo 48 da Constituição Alemã e governar por decretos-lei, por ele editados, tal como Getúlio Vargas fazia, desde 1930; a pasta do interior, que controlava a polícia; e o ministro sem pasta, que foi entregue ao presidente do *Reichstag* e seu fanático liderado, Hermann Goering, que assumiu o comando da polícia da Prússia, o maior estado alemão.

No mesmo dia em que Hitler assumiu o posto de chanceler, uma onda de violência, promovida pelas milícias nazistas, tomou conta da Alemanha, visando aos comunistas, socialistas, social-democratas e aos judeus; em pouco tempo, campos de concentração foram instalados, os sindicados extintos, a oposição ao governo dizimada, e a perseguição aos judeus institucionalizada.[61] Mas, ao início de seu governo, Hitler era visto pela opinião pública internacional como um fenômeno aceitável na política de enfrentamento entre esquerda e direita; a sua ascensão ao poder foi avaliada a partir dessa ótica, sendo ele saudado como vitorioso na luta contra os comunistas, em um momento em que na Rússia o primeiro plano quinquenal tinha suas realizações ampliadas pela propaganda oficial do governo e impressionava as economias capitalistas, sofrendo ainda os efeitos da crise econômica de 1929.

Em seu artigo "A lição do hitlerismo", datado de 5 de fevereiro de 1933, San Tiago mostra-se em dia com a recente história alemã. A entrega do poder aos nazistas, seis dias antes, fora, diz, inevitável; "o presidente do Reich teve que entregar o poder ao partido que era o espírito e a força da jovem Alemanha", embora nesse lance sobressaísse a "vitória de um chefe cuja investidura não saiu dos comitês executivos nem dos conselhos, mas do próprio fato da sua conquista e de aclamação do povo alemão". Prosseguindo, San Tiago lembra que o "programa Nacional Socialista tinha já limites traçados pelo ambiente de sua formação política", e este não celebrava o Estado como valor absoluto, ao contrário do regime fascista, e sim "a nação e o povo alemão, que ocupava posição de fim a que a política se dirigia". A seguir, observa que "a famosa (e falsa) teoria de Rosemberg sobre a raça superior dá ao imperialismo da nação alemã, uma base científica na biologia, em que todo o partido se trilha ardentemente". Esse imperialismo seria dirigido ao Oriente, e no plano econômico San Tiago previa que a Alemanha superaria a crise se aderisse a essa "grande e fecunda ideia de autonomia econômica nacional".[62]

E, de fato, isso ocorreu. A recuperação alemã baseou-se no estrito controle de sua economia imposto pelo governo e no programa de rearmamento logo deflagrado por Hitler. E o avanço para Oriente viria em 1941, com a fatal invasão à Rússia.

San Tiago conhecia a doutrina nacional-socialista e a recente história política da Alemanha. Ele acompanhava a luta entre direita e esquerda na Europa, onde os então modernos regimes comunista e fascista se digladiavam. Embora parcela considerável da juventude alemã apoiasse o nazismo, como registrou San Tiago, a sua força vinha do apoio que encontrara na classe média, assim com se dera com o fascismo italiano. A essa insegurança generalizada que então dominava a classe média alemã, somou-se o cansaço que ela àquela altura sentia da agitação política a dominar por mais de uma década o país, agitação em grande parte causada pelos próprios nazistas.

• **Uma desastrosa aventura**

O nazismo não tinha o apelo do fascismo, ao ver de San Tiago. Não apenas a rapidez com que Mussolini conquistara o poder o impressionara – três anos durara a sua caminhada, enquanto a de Hitler levara catorze anos –, mas as características culturais da Itália e da Alemanha eram diversas, assim como ele via falsa a doutrina racial proclamada pelo nazismo, como apontou em seu artigo publicado cinco dias depois sobre a ascensão de Hitler ao poder. Por outro lado, havia identidades que aproximavam os regimes, a começar pelo mesmo contexto histórico em que ambos haviam surgido: o alinhamento à direita; o confronto direto e sangrento com a esquerda; e a efetiva liderança que Mussolini e Hitler exerciam sobre seus seguidores. Entre essas identidades, San Tiago viu outra, que logo apontou em novo artigo. Hitler, dizia, não tinha como ponto de partida para o seu governo um projeto de Constituição, mas sim um plano de ação. San Tiago vibrava a tecla conservadora afinada com a crítica formulada por Edmund Burke à Revolução Francesa, formulada ainda no século XVIII. Como se viu, Burke citava a Grã-Bretanha, cuja estabilidade política atribuía à sua Constituição não escrita. E San Tiago a tomava por exemplo para arguir que a Constituição não era um "meio reajustador da sociedade", e que em momentos de crise devia-se confiar na "exclusiva eficiência da ação dos governos"; disso a Itália, que "o gênio mussoliniano criou", fazia "prova cabal, de que a Constituição não pode ser para um regime novo, ponto de partida, mas tão somente síntese dos valores que a ação dos governos for restaurando".[63]

San Tiago fixou nesse artigo o tema central dos outros nos quais, pelos dois meses seguintes daquele ano de 1933, criticará os trabalhos da subcomissão encarregada de redigir o anteprojeto da nova Carta Federal,[64] a ser levado à votação em novembro seguinte na Assembleia Constituinte. Em "A lição do hitlerismo", San Tiago lembrara aos integrantes da subcomissão, à qual fora dada a incumbência "de fundar um regime – como podia estar incumbida de encontrar um tesouro dentro de um prazo certo", de que corriam o risco de não atinarem com o significado de sua tarefa. E, como exemplo de tal desorientação, aponta a proposta de adoção "do presidencialismo e do federalismo, (...) [que] parece mostrar que os pré-constituintes atribuem a causa da revolução de outubro ao mau gênio do Sr. Washington Luís".[65] O presidencialismo e o federalismo, identificados à democracia liberal, não podiam ser aceitos por San Tiago, pois não se casavam ao modelo autoritário e centralizado – ao *Stato-governo*, dos doutrinadores fascistas – que ele defendia. Nesse regime, o povo seria chamado a participar do processo político fora porém dos padrões idealizados a partir da Revolução Francesa e inscritos na democracia liberal. A "moderna obra da reação" defendia um governo forte, tendo à frente um líder com capacidade e determinação de agir desembaraçadamente, para vencer a crise que a democracia liberal criara ao haver desorganizado a sociedade, a brasileira inclusive, tal como ocorrera, em grau superlativo, na Itália e na Alemanha. A voz do povo necessitava ser drenada pelos filtros da representação de classe; não havia mais lugar para ela ser ouvida diretamente, pois já se mostrara inapta a eleger governos capazes e a criar instituições eficientes.[66]

Àquela altura San Tiago sentiu necessidade de esclarecer a sua posição. "Contra uma falsa política conservadora" é uma tentativa de "formular os termos do conservantismo verdadeiro", tarefa que ele reconhece não ser fácil. Para os católicos, diz nesse artigo, "e os que defendem a tradição católica, trata-se de conservar os valores espirituais e firmar a certeza do seu primado sobre a ordem social e política". Já a nação é o fim imediato do Estado, e o "objetivo da política [é] conservar os valores nacionais, isto é, as instituições sobre cuja prática repousa a vida nacional". Porém, os "fins da Nação só são inferiores aos fins do próprio homem". Nesse contexto, o "conservantismo e o nacionalismo" harmonizavam-se, sendo preciso, arremata, a "nós, brasileiros, (...) quebrar os padrões econômicos que se formaram sobre outra base que não a nacionalidade, e racionalizar o Estado de modo a adaptá-lo à realidade e aos tipos nacionais".[67]

A racionalização do Estado brasileiro deveria tomar como modelo a experiência italiana, assim San Tiago indicara em diferentes oportunidades e agora também, quando se discutia um dos temas mais complexos a ser enfrentados na redação da nova Constituição, o regime eleitoral. San Tiago aponta o fracasso que vê na doutrina liberal em fazer do povo o sujeito de direitos políticos, pois este "enquanto governado, enquanto súdito, não tem homogeneidade (...). É um organismo, dividido, complexo, distinto, (...)". A única forma de se reduzir a "variedade social a um plano orgânico" seria a discriminação dos indivíduos em classes, isto é, pelos "campos diversos de interesse econômico, de atuação social, de privilégios, [que] dividem os indivíduos nesses blocos chamados classes". Daí surgiria a "representação objetiva", que afastaria o risco de uma defesa estreita dos interesses particulares de cada classe em desfavor do interesse nacional. Esse regime possibilitaria "a evolução no sentido de uma estrutura orgânica do Estado (...) a própria marcha para a realização da democracia" e preveniria a desintegração do Estado, que favorecia "a concepção marxista no seio das classes proletárias organizadas". E, ainda, impediria a perpetuação do "Estado burguês, antinatural e antijurídico", uma tarefa não menos complexa, pois "as classes organizadas são as capitalistas que (...) tendem a ver no governo um instrumento de crédito e sucesso da empresa, e pela internacionalização dos negócios acabam também na desintegração do Estado". Ou seja, "a política da livre formação de classes é uma política que leva à destruição do Estado", enquanto o "critério verdadeiro seria o da importância nacional das classes. Uma classe prende a sua existência a determinados valores nacionais que crê ou sustenta. Daí decorre a sua maior ou menos importância, que a ação dos governos pode fazer variar, conforme queira fixar os rumos da política nacional".

Embora exaltando a solução à questão da representação política que a "reforma que o gênio mussoliniano concebeu e realizou", San Tiago conclui "não [ser] fácil resolver in concreto o problema da representação de classes",[68] especialmente entre nós, onde ela "será a forma por que um ou vários grupos tentarão dominar os outros", pois "no Brasil não há continuidade nem organicidade de interesses que permitam falar de classe nesse sentido".[69] Era necessário, arremata, "integrar a sociedade no Estado para salvar a democracia" e, nesse contexto, promover "uma objetivação radical das funções políticas. Não se trata de representar o indivíduo, portanto, mas o indivíduo com o complexo dos seus interesses sociais, logo – a classe".[70]

Essa objetivação radical não viria, todavia. Não havia, diz San Tiago, líder a promovê-la, líder o qual, senhor das suas virtudes de comando, arrebatasse o poder para, nele, conduzir o País às transformações indispensáveis. Em seu lugar, havia "homens públicos [que] acreditam que lhes basta a simulação intelectual com que brilham nas suas rodas partidárias. Fala-se da realidade brasileira. Não se diz qual seja, ao individualizar problemas. Fica-se sempre no empirismo de soluções ditadas pelas aparências de um caso, ou no verbalismo doutrinário que improvisa os técnicos do Estado".[71] E à base do Estado achava-se uma carência absoluta de valores, sob os quais as instituições deveriam necessariamente assentar-se; "se a vida de uma instituição depende da existência de um valor, essa instituição não nos serve porque não há o valor. A política é por isso mais difícil".[72]

Valores a orientar a política deveriam ser aqueles apregoados pela Igreja Católica, afirmava com grande eloquência o seu líder máximo no mundo laico, Alceu Amoroso Lima. Conselheiro do cardeal Leme, Alceu foi por ele indicado para dirigir a Liga Eleitoral Católica, criada em 1932 para dar voz à posição política da Igreja, sem, contudo imiscuí-la na disputa partidária em torno da Assembleia Constituinte. Valendo-se da estrutura da Igreja e sob a ativa liderança de Alceu, a Liga rapidamente se consolidou. Defendia a inclusão no novo texto constitucional de medidas que restaurassem a influência que a Igreja perdera desde a proclamação da República. Getúlio apoiava a posição da Igreja fixada diretamente por D. Leme. O presidente da República não era religioso, mas era sagaz. Ciente de que o Integralismo, desde o seu início, contava com o apoio decidido da Igreja – D. Leme à frente –, e em troca Plínio Salgado não só exibia a filiação da AIB à doutrina social da Igreja como prometia atender a seus interesses e valores em um eventual governo integralista, Getúlio cuidou de atender as pretensões da Igreja. E o fazia sem esquecer que, no momento mais dramático da Revolução de 1930, D. Leme abrira-lhe o caminho ao poder, ao arrancar pessoalmente da cadeira presidencial um recalcitrante Washington Luís que, mesmo cercado o seu palácio, nela se abancara, recusando-se a deixá-la.[73]

A campanha da Liga Eleitoral Católica alcançou o resultado visado, e dele San Tiago dava notícia; saudou a proibição do divórcio: "a grande obra do projeto, nesta parte, é a elevação da indissolubilidade do casamento, ao nível de preceito constitucional", e a disciplina do ensino, que, "se não pode ser privilégio do Estado, não pode ser tampouco obra exclusiva da União", achava na obrigatoriedade do ensino religioso, estipulado no texto da Constituição, "a sua consagração lógica".[74]

Contudo, a nova Constituição era uma "desastrosa aventura"; não fora desejada pelo ditador, nem "o país a suportava".[75] E, mais grave, tratava-se de um esforço inútil, afirmava San Tiago, pois "não há hoje em dia no mundo um governo consciente e sincero, que não considere uma política empírica, ditada por cada fato, a única saída possível para a reconstrução imediata dos povos. E que não considere portanto uma Constituição precoce, obra impossível e inútil". Os constituintes nativos, ao contrário, estavam empenhados em "inventar institutos",[76] em pura perda de esforços, inclusive porque "nem um só homem público que hoje governa o Brasil já deu satisfação pública à inteligência das diretrizes que guiam seus atos. (...) nada vale e pouco importa que pense ou diga um homem público que vive no desrespeito da inteligência. Suas opiniões são adornos ridículos que disfarçam a natureza do seu oportunismo".[77]

O desânimo de San Tiago vinha da sucessão de fracassos políticos do País e também de suas desilusões pessoais – como fora a sua recente experiência paulista – avivados pelos trabalhos da Constituinte. San Tiago os achava equivocados em sua orientação ideológica, na ausência de princípios norteadores e na mediocridade da maioria de seus autores.[78] Obviamente, não contava com uma Constituição que absorvesse a experiência fascista; porém, ávido por debater suas teses, via-se sem contendor ou parceiro, inclusive nos quadros da AIB. Seus artigos desse período, sobre a crítica objetiva aos trabalhos da Constituinte, traziam um tom desafiador. O povo brasileiro, diz, "sente a crise de inteligência que dizima os nossos negócios públicos. A inépcia, a indigência cultural, a incompetência, geram a irresponsabilidade, a desordem, a desconfiança, a fraude". Mas, ao mesmo tempo, esse povo "ama ouvir a resenha das suas misérias. Acolhe com ruído os seus revoltados detratores. Ergue triunfalmente os retratos que o pintam no esplendor das suas feridas, como se pressentisse misteriosamente nisso o começo de uma purificação".[79] Equivocadamente, pois purificação era impossível: "quem viveu no Brasil os dois últimos anos, e ainda acredita que se possa fazer previsões sociais é cego ou mal dotado para a observação mediana dos fatos. O país desnorteou os calculadores mais exatos. Desanimou os pessimistas e desencantou o otimismo mais risonho. Revelou aspirações profundas que abandonou quando iam ser apenas satisfeitas. Deixou entrever resistências que se desfizeram como cenários de cartolina".[80]

A Constituição não seguiu, por certo, as prescrições de San Tiago; em parte, tomou por referência a Constituição alemã de Weimar, a qual naquele momento Adolf Hitler estava esfacelando na Alemanha nazista. Seu texto inovou a história constitucional brasileira ao tratar da família, da educação e da cultura, da ordem econômica e da segurança nacional. Foi prevista a frequência obrigatória ao ensino primário e facultativa a frequência ao ensino religioso – da religião católica – nas escolas públicas, aberto porém o ensino religioso a todas as confissões. No capítulo relativo à ordem econômica prescreveu-se a nacionalização das minas, jazidas minerais e das quedas-d'água. A autonomia e a pluralidade dos sindicatos foram asseguradas, e estipulados pontos a serem tratados em legislação especial que disciplinasse as relações de trabalho; entre outros, fixação do salário mínimo, jornada de oito horas, férias remuneradas, indenização por despedida sem justa causa, medidas que só seriam cumpridas mais tarde, na ditadura do Estado Novo, e limitada aos trabalhadores urbanos. No plano político, foi incluída a representação classista, já experimentada na eleição para a Constituinte, somada à eletiva por sufrágio universal, pela qual diferentes categorias profissionais indicavam um número determinado de seus representantes à Câmara Federal.[81]

Desiludido, San Tiago não encontrava ânimo e tempo para o Integralismo, e este não o atraía especialmente; em setembro escreve a Américo Lacombe: "[a grande notícia foi] a chegada [ao Rio de Janeiro] dos integralistas. Não fui. Mas o Chermont diz que estava cômico. Parece que eles vencem mesmo. Emigrarei".[82]

Não emigrou, e escreveu um artigo a propósito de um filme – *Caminho da Vida*, dirigido por Nicolai Ekk – que assistiu no Rio de Janeiro. Primeiro filme falado em russo, narrava a história de meninos órfãos da Primeira Guerra internados em uma instituição, onde seriam reeducados. A crítica de

San Tiago mostra a extensão de suas leituras e o alcance do seu interesse pela história russa contemporânea. Segundo ele, a regeneração dos meninos – antes delinquentes urbanos – não era "causada por nenhum bom exemplo, por nenhuma ação de fora", pois toda a "influência do meio, de determinismo – no velho sentido positivista – é flagelada como uma heresia por conter a essência do mecanicismo". O homem, no novo regime comunista, diz, só poderia ser salvo pela "libertação social (...) salvação material no plano da sociedade e não pela salvação espiritual". O cinema russo "simplifica o homem. Esquece a vida psicológica que se torna um tema do cinema burguês. Maneja um 'homem' formal, abstrato, que não é o homem social nem o homem histórico. E todo o 'idealismo' que visa criar (não esqueçamos que o cinema russo é sempre um cinema prático, de tese, de propaganda), é um profetismo sem luzes. Estamos diante de um funcionário e não de um profeta".[83] San Tiago sintetizava precisamente os traços principais do regime comunista. Por aquela altura, Stálin já controlava todos os quadrantes da vida russa; o indivíduo achava-se inteiramente submetido ao Estado, e os expurgos – aprisionamento e morte sistemática daqueles apontados como adversários do regime, inclusive dos principais revolucionários de 1917 – extremavam esse fato.[84] O fascismo também pregava a submissão do homem ao Estado, porém sem a mesma rigidez e sinistra eficiência do regime russo, as quais em breve os nazistas também exibiriam. A impossibilidade de o homem salvar-se espiritualmente, de elevar-se sobre a sociedade onde vivia, toldava a criação artística e os tornava artistas burocratas da cultura oficial, argumentava San Tiago. Plínio Salgado creditava a perda do sentido espiritual à burguesia, e não só ao materialismo marxista, associando, em seus efeitos perversos, a burguesia do regime liberal democrático aos comunistas, proposição com a qual San Tiago não concordava e que ao seu ver dificultava a articulação ideológica do Integralismo, como dali a pouco deixaria claro.

Concluídos os trabalhos da subcomissão constituinte, a 15 de novembro de 1933 foi instalada a Assembleia Nacional Constituinte no Palácio Tiradentes, no Rio de Janeiro, tomando posse os deputados a ela eleitos em 3 de maio anterior, para debater e votar a nova Carta.[85] Coube ao deputado Raul Fernandes, em nome dos colegas, saudar o chefe de governo. Em um discurso servil, creditou ao ditador Getúlio Vargas a edição de um regime eleitoral que permitira a convocação da Constituinte e exaltou "a lealdade indefectível com que o Governo Provisório se desempenhou do primeiro e mais grave dos compromissos que assumiu para com a nação". Em resposta, o ditador leu uma "longa, enfadonha, medíocre e protocolar mensagem", sem uma "única palavra de louvor, conforto e adesão aos sentimentos democráticos que se encarnaram numa constituinte".[86] Otávio Mangabeira, ex-ministro do governo anterior e então exilado em Paris, criticou duramente os elogios feitos a Getúlio, dizendo que só no Brasil fora necessário derramar sangue para se votar uma Constituição nova; e esta estava sendo elaborada com a imprensa sob censura, comícios proibidos e, na época da eleição para a Constituinte, desterrados, em sua maior parte, os chefes políticos adversários da ditadura do Governo Provisório, e os outros que haviam ficado no País, haviam tido os seus direitos políticos cassados.[87]

Não há indicação de que San Tiago ao longo de 1933 tenha escrito outros artigos além desses publicados no jornal *A Nação* e do comentário ao filme russo. No resto do ano, San Tiago dividiu o seu tempo entre as aulas que ministrava na Escola de Belas Artes e Arquitetura, o expediente na Promotoria pública e o noivado com Edméa Brandão. "Estou – escreve a Américo Lacombe – cada vez pior, você não imagina. A minha agitada situação material (e moral), as letras vencidas, as dívidas de honra, o noivado que me custa um padecimento inaudito, e por outro lado o tempo, o fatal tempo, que consome o meu prestígio e aproxima o concurso, o fim do ano (sem casamento e sem casa) tudo me obseda sem intermitência. É um purgatório".[88]

- **A vida múltipla**

Em maio de 1934, mil e duzentos integralistas desfilaram pelas ruas da capital federal. San Tiago relutou em marchar, dando guarda ao chefe Plínio Salgado, mas acedeu em nome ao "decantado respeito ao Espírito" do movimento – como escreveu Antônio Gallotti – que o acompanhou. Nesse mesmo mês, San Tiago publicou um artigo no principal jornal do movimento, *A Offensiva*, que vinha de ser fundado. Nele, voltou a um dos temas caros aos conservadores: o predomínio da experiência sobre princípios fixos em normas legais a reger o governo: "em contato com os fatos irão sendo modeladas as regras particulares [e das] soluções particulares sairá pouco a pouco uma unidade, que não estava contida nos princípios gerais primitivos, mas em harmonia com eles".[89] San Tiago tinha em vista não a Revolução Francesa, mais do que centenária, e sim as revoluções contemporâneas, a russa, a fascista e a nazista. Todas essas haviam tido líderes, os quais, tendo arrebatado o poder a regimes constitucionais exaustos, foram, à frente do governo que implantaram, reagindo às circunstâncias com que se deparavam, seguindo uma linha de ação determinada e provendo "soluções particulares" ao "contato com os fatos" do momento, sem se preocupar em convocar uma Assembleia Constituinte que estruturasse um novo regime, e, menos ainda, em eleger um parlamento para com ele governar – ao contrário, trataram logo de os fechar ou anulá-los, como fizeram Lênin, Mussolini e Hitler, e dali a três anos faria Getúlio. Aos olhos de San Tiago, o inverso ocorria no Brasil; sem princípios, mesmo gerais, e também sem uma linha de ação determinada, a Revolução de 1930 tinha na Constituinte a prova de seu fracasso. Mais um exemplo nesse sentido era a proposta que se discutia em seu âmbito, de fixar um salário mínimo – esse o título de outro artigo de San Tiago: "O princípio é igualdade entre o valor econômico do trabalho e o valor do salário", argumenta, para acrescentar que "o salário mínimo é um filantropismo burguês".[90] San Tiago citava, uma vez mais – e já formando nos quadros da Ação Integralista – o exemplo do corporativismo fascista, que segundo ele, promovia a justiça social que possibilitava a "todo homem correr o risco do seu trabalho, mas lhe permitiria participar de todo o produto dele", não havendo lugar, portanto, para "filantropia burguesa", que o salário mínimo representava.[91]

A nova Constituição foi aprovada pela Assembleia Constituinte e promulgada a 16 de julho de 1934. A eleição indireta para presidente da República, então realizada na Câmara Federal, teve o ditador Getúlio Vargas como principal candidato, e ele foi naturalmente eleito. Plínio Salgado aventurou-se à disputa e colheu apenas um voto. Nas eleições para a renovação da Câmara Federal em outubro seguinte, os integralistas mais destacados candidataram-se a uma cadeira, e San Tiago estaria entre eles, mas nenhum deles foi eleito.[92] O principal responsável pelo descrédito da nova Carta seria o próprio Getúlio; ele não a desejara, como notara San Tiago, pois jamais tivera a intenção de ceder o poder, muito menos a um político eleito pelo voto direto, o qual ele mais tarde, pública e acintosamente, diria "não encher barriga". O golpe com o qual implantaria a ditadura do Estado Novo três anos depois, isso demonstraria.[93]

Em meio aos seus comentários políticos, San Tiago escreveu um ensaio sobre a obra do escritor francês François Mauriac. Nele, um de seus raros textos pouco claros, sem a medida habitual de sua fluência, San Tiago confessa "que viv[e] fora da igreja, fora do corpo de Cristo".[94] Como Charles Maurras, o líder de L'Action Française, San Tiago, não era católico, mas aceitava, sem os excessos de muitos de seus defensores, a doutrina social da Igreja.[95] O artigo foi publicado na revista A Ordem, dirigida por Alceu Amoroso Lima; ao inicio daquele ano de 1934, reconhecendo a sua precocidade intelectual, Alceu a ele escrevera: "reputo extremamente superior e muito humano o seu empreendimento de enriquecer os amigos com os cheques da sua grande experiência".[96] Essa experiência San Tiago precisava enriquecer profissionalmente. No mesmo mês de setembro em que publicou o ensaio sobre Mauriac, pedia ele a Alceu sua interferência para conseguir-lhe o posto de diretor da Casa de Rui Barbosa, havia pouco criada pelo Governo Federal para perpetuar e divulgar a obra e a memória do político baiano morto em 1923: "O sr. sabe como eu, professor sem grande biblioteca herdada ou comprada, tenho sido há uns dois ou três anos, o mais assíduo dos frequentadores dos livros do falecido Rui".[97] San Tiago planejava fazer concurso para a cátedra de Direito Romano, e "a 'Casa de R. Barbosa' seria para mim o paraíso jurídico (...) pois há na livraria do Rui tudo que antes de 1920 se fez de preciso".[98] E acrescentava: "Nada me entristece mais do que ter de gastar em advocacia ou noutra atividade, o tempo todo de que quero dispor por continuar meus estudos",[99] diz.

San Tiago cuidava de construir uma sólida formação jurídica, em meio a sua ação política de publicista e membro da Ação Integralista. E não só: seguia no centro da roda de amigos e a eles endereçava os cheques de sua experiência. Vinícius de Moraes, seu antigo companheiro do CAJU, escrevia-lhe perguntando o dia que deveriam "entrar na tipografia os meus poemas, pois o [poema] 'Incriado' está precisando de correções".[100] San Tiago respondia, assim como dava notícia do que fazia aos amigos, e estes o mantinham igualmente informado de suas atividades e de seus planos imediatos. Todos cuidavam da vida, difícil a todos eles. Hélio Vianna, Américo Lacombe e Thiers Martins Moreira às voltas com o magistério; advogados, Chermont de Miranda, o apolítico e discreto Plínio Doyle, e Antônio Gallotti, advogando e prestes a iniciar uma longa e vitoriosa carreira na Light & Power, a grande concessionária de serviços de eletricidade e telefonia.[101] O inquieto Gilson Amado embrenhava-se pelo serviço público, enquanto o recluso e solitário Octavio de Faria imergia em seus romances e artigos na imprensa.

Já casado aos 23 anos incompletos, San Tiago dividia-se entre a Promotoria, artigos na imprensa, a frequência ao curso de pós-graduação em Direito Público ministrado por Francisco Campos, e as suas atividades de professor na Escola de Belas Artes e Arquitetura; "o que me tortura", escreve a Hélio Vianna, "é o doutorado e o meu curso de Economia [que ministrava na Escola de Belas Artes e Arquitetura]. Ambos estão neste momento tão fora da minha realidade, que não sei como os levarei a bom termo (...). Mas com o Campos tenho obrigação de exibir resultados".[102] Sem dúvida, Francisco Campos, que o nomeara professor, muito esperava de San Tiago, e ele não o decepcionou e nem aos seus alunos na Escola de Belas Artes e Arquitetura. Em novembro de

1934, já ocupava interinamente a cátedra de Legislação e Noções de Economia, o que lhe valera da diretoria da Escola, "pelos resultados colhidos, os mais francos encômios" por haver imprimido "ao ensino da disciplina uma feição altamente pedagógica"; além disso, "o professor tem tomado parte em várias bancas de exame (...) e em várias comissões de caráter didático".[103] E não só na Faculdade de Belas Artes, senão integrando bancas examinadoras e auxiliando colegas a prestar concursos públicos.[104] Sobre esses compromissos todos, San Tiago lia intensamente: "Por mim continuo em Rousseau, dez horas de viagem até quebrar as *Confessions*, e agora mesmo acabei a *Lettre à d'Alembert sur les spectacles*. Vou entrar na *Nouvelle Héloïse*, mas sem grande pressa, lendo ao mesmo tempo *Émile*. Com o que me fica faltando a Correspondência. Passarei depois a um estudo sério do Janseanismo, que me preocupa, e para o qual comecei ontem mesmo a recolher material".[105] Essas obrigações todas o faziam pensar em um retiro, e tentava convencer seu pai a comprar um sítio fora do Rio de Janeiro: "Imagine que surge um sítio. Muito grande em Barão Homem de Mello, com cachoeira própria, lugar bonito, casa grande, eletricidade, 450m de altitude (Dindinha [a avó] aguenta), por 25.000 réis?".[106] Mais tarde, San Tiago compararia esse retiros, às *salidas* de D. Quixote, de Cervantes, ao qual dedicaria um ensaio, na década de 1940.

Por essa altura, início do segundo semestre de 1934, San Tiago e Edméa foram a Lindoia, no norte do estado de São Paulo, uma das estações de águas mais procuradas então; no caminho, San Tiago esteve por um dia na capital paulista, que deixara havia três anos. De lá escreveu a Hélio Vianna, informando-o que "a falta de dinheiro me torturou nos livreiros", e a Américo Lacombe, "vi o Plínio. Mas vi apenas (...) ele esteve sempre cercado quando o encontrei".[107]

- **O militante discreto**

Ao que tudo indica, San Tiago pouco convivia com Plínio Salgado, que morava em São Paulo e lá fixara a sede da Ação Integralista; além disso, a AIB, cujo número de filiados crescera consideravelmente, exibia uma estrutura burocratizada e dominada pela figura do Chefe.[108] Nessa situação San Tiago o encontrou em São Paulo. A distância entre ambos era real no plano das ideias, nítida também quando San Tiago analisa os laços entre o Integralismo e a burguesia, em um artigo sob esse título escrito em outubro daquele ano de 1934.

Rejeitando o "dualismo marxista", que, associando reflexamente o fascismo à burguesia e o comunismo ao proletariado, criara um "binômio burguesia-proletariado", San Tiago argumenta que as classes podiam "operar contra si mesmas", e não apenas oporem-se entre si. Essa operação contra si mesma era visível na burguesia, à conta de "tendências antagônicas que em seu seio (...) trabalhavam para a transformação dos standards espirituais e materiais da existência". Por outro lado, a mesma burguesia era capaz de resolver essas tendências antagônicas, valendo-se de mecanismos próprios de adaptação: "Se o maquinismo abre problemas, ela os quer resolver com mais maquinismo. Se a vida social desorganiza a família, ela a reorganiza sobre o divórcio. E acrescenta: "ela espera salvar-se da grande indústria pelos 'trusts', da imoralidade pela licença de corrupção pecuniária, dos governos pelo governo dos homens de negócio". Isso porque a dinâmica da burguesia a impelia, "seu movimento social é o de ir adiante. Seus ideais todos se resumem em utilizar a vida pública como instrumento para melhorar a vida privada".[109]

Por essa altura, San Tiago afirmava que o Integralismo, "considerado como estado de alma, é a volta ao 'verdadeiro' na vida da sociedade humana (...) a sua orientação [é] para a pureza do homem"; porém, realisticamente, não via a burguesia prestes a se esfacelar, privada de um norte espiritual, como apontava Plínio Salgado repetindo a formulação radical da Igreja Católica – e mais: San Tiago não ignorava o fato de que o fascismo tomara o poder com o apoio da burguesia urbana italiana. Essa constatação pesou-lhe significativamente, e ele registra a dificuldade que então sentia em conciliar a sua posição com a linha do chefe integralista: "(...) não vejo por onde entrar na questão da filiação burguesa do movimento fascista e do integralismo em particular. Deixo de lado algumas questões preliminares, por hoje: como seja a de saber até que ponto há um movimento fascista mundial (...) quero apenas narrar os fenômenos integralistas. E mostrar desde logo por onde que se opõe ao que podemos chamar a burguesia; é talvez uma face própria do Integralismo brasileiro, que não se encontra no fascismo europeu".[110]

A burguesia era um termo fluido, mas então identificado à crescente classe média urbana, e San Tiago, com grande acuidade, percebeu que ela não estava ferida de morte, antes era capaz de ajustar os seus valores e referências às variações sociopolíticas, em defesa de seus interesses. Portanto, a burguesia sobrevivia habilmente e adaptava-se às situações novas. Isso ficara claro a San Tiago, e ele, ao contrário de Plínio, não via na burguesia um inimigo tal como era a esquerda. E, mais importante, polidos os seus excessos e dirigida a sua energia, a burguesia era a base social com que a revolução que San Tiago defendia poderia contar. Os integralistas não iam, contudo, facilmente por esse caminho, divididos, como estava Plínio Salgado, por uma idealização da vida rural que opunham a uma burguesia urbana por eles acoimada de decadente e materialista, a qual, todavia, já provia quadros à AIB. San Tiago e seu grupo de amigos que com ele haviam ingressado na AIB eram um exemplo nesse sentido, o que o levara a reclamar para a AIB "temperamentos de primeira linha", declarando não querer "que os cordeiros se tornem lobos. Não quero que ninguém renuncie à sua raça".[111] Não haveria lobos, transformados ou de origem, no Integralismo, porém. A proposta revolucionária de Plínio Salgado era absolutamente peculiar: a Ação Integralista só aceitaria o poder se este lhe fosse entregue por seus detentores.

Ou seja, a proposta de Plínio Salgado revolucionária não era; sequer mostrava-se realista, sob qualquer ótica política. Nítido esse quadro desalentador, San Tiago se fez prudente, equidistante: ao tratar do Integralismo, identifica os temas, os personagens, relata, esclarece, analisa – mas arremata citando terceiros, sem se engajar: "são os moços que renunciaram à chamada vida prática para dar a vida a uma verdadeira revolução",[112] revolução a qual, seguida a linha oficial da AIB, jamais ocorreria, como, de fato, não ocorreu.

Em dois outros artigos, San Tiago trata do Integralismo sem esboçar defini-lo. A propósito do papel dos militares, se deviam eles se limitar às suas funções precípuas ou a eles seria admitido participar da vida política do País, San Tiago argumenta que, no regime integralista, essa questão estaria naturalmente resolvida; pois só o Integralismo seria capaz de reunir todas as forças da nação em torno de uma diretriz que as sintetizasse. Haveria, então, uma comunhão entre as Forças Armadas e o projeto nacional – "que bem se pode chamar ideal de Estado" –, o qual, executado, as classe armadas a ele adeririam naturalmente, e assim seria excluída "imediatamente das cogitações militares a participação nas variações efêmeras da opinião". O contrário disso vinha ocorrendo; no Estado brasileiro, inexistente "um plano nacional visível e superior às variações governamentais", os militares se prendiam às variações da política, e por essa razão "temos o descalabro do tenentismo", ou, com a vinculação dos militares "a uma ficção jurídica [uma Constituição idealista, como vigente até 1930], "temos a passividade e o aniquilamento da função militar". San Tiago estava ciente do interesse permanente dos militares por um "projeto nacional", autoritário e nacionalista. O tenentismo, imantado por essa ideia, fora a tentativa do Exército em tornar-se uma força política, e não aliar-se a uma – equívoco que San Tiago denunciara –, e, agora, ele dizia ser essa força o Integralismo.[113]

Outro exemplo de sua linha pessoal, que se ia fazendo nítida e distinta no quadro da Ação Integralista, surgiu em artigo no qual San Tiago critica a perseguição do governo aos comunistas. Havia, diz, legitimidade em ser comunista, tanto quanto em ser nacionalista, o que retirava razão à repressão do Estado voltada àqueles; o erro maior do governo não era opor "a polícia a uma certa ameaça viável de um partido", mas em "criminalizar o comunismo, pô-lo fora da lei", por conta do "desconforto da burguesia". A nobreza ideológica de San Tiago era seletiva, porém. Fustigava os comunistas, dizendo que o governo deveria permitir-lhes sair "da névoa, do mistério, do martírio, obrigando-os a assumir os limites da sua realidade atual [o que] exibiria o famoso Partido Comunista na sua escassez política completa, dividido em seu próprio corpo, sem homens de relevo para a vida pública, com o seu centro de responsabilidade definido e seguro".

Na provocação bem lançada talvez houvesse um traço de realidade, recordando San Tiago o articulista do jornal *A Razão*, que, três anos antes, temera a investida revolucionária, jamais desfechada, do líder comunista Luís Carlos Prestes. Contudo, além da provocação, desvelava-se a aparente nobreza do articulista; nela, embuçados, havia dois propósitos sectários. O primeiro estava no fato de que a perseguição em curso aos comunistas poderia, mais tarde, se voltar contra os integralistas – como de fato ocorreria, ainda que sem a mesma intensidade. E o segundo, e mais significativo, era o argumento versado de que a perseguição aos comunistas não se justificava no âmbito de um regime como aquele então vigente, que "não defende a Nação brasileira, defende a classe que o governa", em que "o Estado não professa doutrina alguma relativa aos seus destinos, em que se vê na vontade do indivíduo o molde único das formas políticas".[114] Sutilmente, San Tiago fixava o contraste do regime democrático repressor com o futuro Estado integralista, como ele via, este sim capaz de defender todas as classes integrando-as no regime corporativista, e representar e defender todos os indivíduos. Em uma palavra, no Estado integralista não haveria espaço para o comunismo germinar ou agir. E, caso seus seguidores tentassem, os novos donos do poder aí teriam um argumento – antes inexistente – para justificar a repressão, que então certamente moveriam contra os comunistas.

A leitura dos primeiros artigos escritos por San Tiago, já filiado à AIB, mostram-no analisando ou defendendo o Integralismo como um brilhante advogado – não como um de seus ideólogos. Esse posto até então monopolizado por Plínio Salgado veio a ser ocupado também pelo paulista e estudante de direito Miguel Reale.

- **Sinais de desalento**

Plínio Salgado lançara no ano anterior, 1933, o livro *O que é o integralismo* e naquele ano de 1934, *Psicologia da revolução*. Neles buscava, respectivamente, definir o movimento que liderava e teorizar sobre a revolução, tentando delinear a sua. Como de hábito, Plínio aplicava a sua visão redutora às questões que, primeiro, generalizava, muitas vezes artificialmente. Ampliava a crítica à burguesia, acusando-a de defender o liberalismo democrático, o qual seria também defendido "pelas extremas esquerdas do proletariado internacional". Não haveria contradição nessa afirmação, arguia, pois sendo o liberalismo democrático "o regime que não opõe a mínima restrição à prepotência do capitalismo sem pátria", porque nele evita qualquer interferência do Estado para que a burguesia possa exercer todas "as burlas em seu proveito", ele, o liberalismo, acabava por oferecer "ampla liberdade à luta de classes, facilita[r] o desenvolvimento marxista do fenômeno econômico e social, preparando as etapas preliminares da ditadura comunista". O resultado era simples: o homem fora "esquecido pelo Estado liberal-burguês [e] aniquilado e humilhado pelo Estado marxista soviético", e só poderia ser resgatado pelo Integralismo, afirmava Plínio.[115]

Os conservadores radicais viam a burguesia urbana encarnar as conquistas (negativas) da Revolução Francesa que denunciavam; o padre Franca já advertira: a revolução fora o desdobramento funesto da Reforma protestante. Fiel seguidor da doutrina social da Igreja, Plínio Salgado ia por essa trilha. Já o título de seu primeiro romance, *O estrangeiro*, sintetizava a sua crítica à burguesia urbana, sobretudo aos seus estratos médio e superior. *O estrangeiro* não era apenas o adventício de outras terras, mas também o citadino que perdera os valores do solo e do sangue – estes ainda presentes no homem do campo – no turbilhão diluidor de valores tradicionais que eram as metrópoles: "O cosmopolitismo, isto é, a influência estrangeira, é um mal de morte para o nosso nacionalismo. Combatê-lo é o nosso dever. (...) Os brasileiros das cidades não conhecem os pensadores, os escritores, os poetas nacionais",[116] escrevera Plínio, em mais uma de suas generalizações equivocadas. Essa valorização da vida interiorana seduzia o pensamento conservador nativo, e a Igreja Católica que aí derramava a sua influência fazia-se íntima do poder e com ele centralizava e orientava a vida das pequenas comunidades. Já na metrópole, onde o dinheiro se concentrava, o poder seguia-lhe a dinâmica e célere trocava de mãos, e estas, novas, não se prendiam facilmente aos valores tradicionais.[117]

Aos conservadores radicais, a burguesia urbana ostentava esse perfil destituído de valores que Plínio denunciava. Era, portanto, necessário recuperá-la, e uma revolução tendo esse objetivo seria apoiada pela Igreja Católica – isto é, uma revolução espiritual, como a proposta por Plínio Salgado,[118] e não a revolução fascista, que San Tiago tanto admirava e que encontrara apoio precisamente na crescente burguesia urbana, cujos receios, entre eles o grande medo do comunismo – e seus desdobramentos, materialismo e internacionalismo – foram ao início dos anos 1920 designadamente explorados por Mussolini, e a seguir, somados ao antissemitismo, extremados por Hitler na Alemanha. A recuperação espiritual da burguesia não era o objetivo dessas revoluções, e menos ainda fora da Revolução Russa. Esta fora feita em nome do proletariado, e a fascista achou a sua base social na burguesia urbana, tendo-a ao início no campo; porém, atento à dinâmica social, Mussolini trouxera seus *squadristi* do campo para a cidade, e Hitler soltara os seus camisas pardas pelas ruas da Baviéria, espalhando-os depois por toda a Alemanha.

No Brasil, San Tiago, impregnado por suas leituras, pressentira algo semelhante em sua estada em São Paulo, nas ruas proletárias do Brás e nas agitações das praças e às portas das fábricas, promovidas pelos comunistas. Ali vira a semente da revolução brasileira, ali estava a sua base social a ser conquistada, tal como haviam feito os fascistas na Itália, e não a ser regenerada espiritualmente, ação que não levaria seus autores ao poder político.[119]

Já a definição da aventada revolução integralista era bem menos clara. Plínio, que sempre se julgara um teórico político, vira-se acossado por uma esquerda ciosa dos robustos alicerces de sua doutrina e vitoriosa com a Revolução Russa, e se sentira compelido a dotar, desde o início, o Integralismo de uma base doutrinária.[120] *Psicologia da revolução* tem esse propósito especialmente. Haveria, escreve, uma "ideia-matéria (fato-histórico)", que corresponderia às "expressões objetivas da Sociedade", e uma "Ideia-Força (concepção filosófica)", que poderia "interferir no fato histórico, [mas não poderia] contrariar a índole substancial do fato histórico", o que importava na seguinte conclusão: "a realização objetiva da Ideia-Força está na razão direta da oportunidade histórica".[121] Por outras palavras, a revolução, segundo Plínio, precisava de ideias e de diretivas que a animassem e a norteassem, e de um líder capaz de identificar o momento histórico preciso de materializá-la. Desembaraçada a linguagem, tinha-se o óbvio de todas as revoluções: linhas de ação e um condutor à sua frente. Como dizia San Tiago, na então "miséria de regimes", os heróis eram o objeto imediato de nossa paixão política. Mas quais eram as diretivas necessárias à materialização da revolução espiritual, à materialização da revolução integralista de Plínio Salgado? As ideias seriam importantes, contudo não essenciais, como Mussolini já mostrara ao, vitorioso e com o poder nas mãos, dizer que só então chegara a hora de dar uma doutrina ao movimento fascista. No momento de agir, as diretivas, o caminho a tomar, que o instante reclamasse, esses eram os elementos essenciais de uma revolução, e o seu líder deveria enunciá-los e executá-los à frente de seus comandados.[122] Na doutrina elaborada por Plínio, o líder seria ele mesmo, e o seu carisma o estimulava a assim supor. Porém, nem o seu perfil, nem o objetivo que fixara à sua revolução sugeriam vê-lo à frente de uma revolução que não fosse aquela por ele anunciada, e esta não achava precedente histórico recente: a transformação espiritual da sociedade, que moveria os donos do poder a transferi-lo a força política que aguardava recebê-lo, no caso aos integralistas.

Onde, sobre a miséria dos regimes, estaria o herói revolucionário visado por San Tiago?

Em seus artigos publicados em *A Razão* e naqueles escritos depois de San Tiago haver ingressado na AIB, percebe-se que a sua proposta revolucionária calcada na experiência fascista abrira irrecorrível distância em relação à proposta revolucionária de Plínio Salgado. A visão exposta por Plínio de que a desnorteada burguesia urbana, beneficiária exclusiva do regime liberal democrático, só poderia (e deveria) ser recuperada por uma revolução espiritual, e de que a cupidez do capitalismo, estimulado pela burguesia, animalizava o homem e era a causa direta do marxismo e por isso era apoiada pelos comunistas, não revelava apenas um simplismo desconcertante, mas traía o forte acento do pensamento tradicionalista da Igreja Católica, inteiramente dissociado da experiência política moderna à qual San Tiago se filiara intelectualmente. Igualmente, o receituário integralista de fomentar uma revolução espiritual, e não de alcançá-la pelo combate direto e mesmo físico aos seus adversários, cegava ao exemplo das três revoluções europeias vitoriosas, ainda que a AIB arregimentasse expressivo contingente de correligionários. Os lobos, que San Tiago convocara para fazer a revolução integralista, se surgissem, não teriam lugar na revolução pregada por Plínio Salgado.

Ainda assim, San Tiago não discordaria publicamente da posição de Plínio, como se vê de seus escritos. E terá sido pouco provável que trouxesse, abertamente, o seu dissenso ideológico às reuniões e palestras que fazia no âmbito da AIB. Essa tarefa, por outra ótica, com grande energia intelectual, mas com comedimento ainda maior em relação à posição do "chefe", coube a Miguel Reale.

Um ano mais velho do que San Tiago, Reale nascera em 1910 em São Bento do Sapucaí, a mesma cidade natal de Plínio, mas ele só encontraria o líder integralista mais tarde, em 1932, quando Reale cursava a Faculdade de Direito em São Paulo. Filho de um médico italiano e de mãe brasileira de ascendência italiana e mineira, Reale fez o ginásio interno no colégio Dante Alighieri, fundado pela rica colônia italiana residente na capital do estado, e onde o ensino era todo ministrado em língua italiana. Nesse período, ao longo da década de 1920, Reale recordaria alguns de seus professores referir o "socialismo mazziniano", mas, certamente, terá ouvido também as notícias da implantação do regime fascista, a partir do final de 1922.[123] Ao entrar na faculdade, em 1930, Reale foi tomado pela inquietação política que sacudia o País e arrastou e dividiu os estudantes de Direito. Ali viveu todo o drama político de São Paulo deflagrado com a Revolução de 1930 e arrematado, tragicamente para os paulistas, com a Revolução de 1932, na qual combateu. Mais tarde diria que o socialismo revisionista que o atraía cedera lugar ao propósito de melhor estudar a realidade brasileira, então intensamente debatida na Faculdade de Direito.[124] O pensamento nacionalista em São Paulo tomou um acento regionalista, extremado pela derrota de 1932; os paulistas sentiam-se a locomotiva da economia do País, puxando vagões vazios, os demais estados da Federação. Levado por alguns de seus colegas, entre eles Alfredo Buzaid, um dos ministros da Justiça da ditadura militar instaurada em 1964, Reale aproximou-se da Sociedade de Estudos Políticos fundada por Plínio em início de 1932, de quem já lera os artigos publicados em *A Razão*.[125]

Reale ingressou na AIB em janeiro de 1933 e logo mostrou a sua invulgar capacidade de trabalho, que manteria praticamente inalterada até a sua morte aos noventa e cinco anos, em 2006, quarenta e dois anos depois da de seu amigo San Tiago. O liberalismo, diria Reale depois, àquela época já não contava com um líder de projeção nacional; o exemplo de Rui Barbosa já se diluíra em meio às conflagrações havidas em seguida à sua morte em 1923, e esse contexto "não podia deixar de levar à recepção de ideias que vinham de fora".[126]

Ao contrário de San Tiago, Reale não sofreu a influência da doutrina da Igreja, porém o nacionalismo, que o afastara do socialismo que primeiro o havia atraído, levou-o a formar com a direita que naquele momento vinha de ganhar com a nascente AIB uma nova expressão. A leitura dos fascistas a ele se apresentava como uma fonte natural de estudo: Reale e San Tiago talvez fossem os únicos integralistas ao início, e possivelmente ao longo de toda a duração da AIB, a lerem intensa e fluentemente no original os autores italianos.[127] Diferentemente do pensamento de Plínio, sempre atrelado à doutrina da Igreja, Reale já em seu primeiro escrito sobre o Integralismo procurou associar elementos do fascismo à concepção de um futuro Estado integralista, objetivo permanente de sua obra teórica, a mais consistente no âmbito da AIB, mesmo em relação à de Plínio.[128]

Seu primeiro trabalho, *Posição do integralismo*, foi escrito em abril de 1933, um ano antes da sua formatura em direito; nele Reale identificou os princípios que aceitava do fascismo, pois "marcam as diretrizes do estado moderno", e a eles somou os "princípios essenciais, decorrentes da ambiência e da índole do povo brasileiro".[129] Essa mescla de elementos do fascismo e do pensamento autoritário nativo, explícita e deliberada – o que Plínio e boa parte da direita nativa se recusavam a admitir –, seria uma constante na obra de Reale, voltada à formulação teórica de um Estado integralista. Embora significativa, a sua obra não se estendeu às proposições objetivas que orientassem os integralistas à conquista do poder; tal como os demais integralistas, Reale viu ser essa a tarefa do "chefe", como Plínio já era tratado por seus companheiros.

Reale viveu plenamente o dia a dia do Integralismo: em seus escritos teóricos, que se sucederam entre 1933 a 1937 à frente da Secretaria Nacional de doutrina da AIB, nos comícios, nas "bandeiras" e nos congressos, mostrou que nada escapou ao seu interesse e à sua dedicação à causa integralista.[130] A sua posição doutrinária abriu a mais coerente vertente no Integralismo, e o seu prestígio intelectual mais tarde incomodaria a Plínio, levando-o a destituí-lo da Secretaria Nacional de doutrina do movimento. Contudo, desde o início a AIB trazia a marca de sua contribuição intelectual e o registro de sua enérgica militância.

Porém, a sua visão sobre o fascismo não seria tão realista quanto a de San Tiago. Reale supunha possível harmonizar alguns dos elementos do fascismo àqueles da experiência autoritária nativa, sobretudo os enunciados por Alberto Torres. Acreditava fosse o corporativismo um substituto à dinâmica capitalista, que criticava violentamente,[131] se dele retirado o acento totalitário o qual atribuía à ação de Alfredo Rocco.[132] Por outras palavras, Reale acreditava que o corporativismo implantado em um Estado centralizado, como por ele proposto, não resultaria em um regime totalitário.[133] Ora, o corporativismo adotado pelo fascismo visava, precisamente, frustrar a disputa entre capital e trabalho,[134] não buscava ele ser uma alternativa ao regime capitalista, ou um meio de reformá-lo substancialmente. Rocco não cuidara de formular princípios teóricos, e sim de institucionalizar o regime fascista com os dados da realidade à sua frente e os (amplos e violentos) meios que a ditadura implantada por Mussolini lhe pusera à disposição. O corporativismo foi ajustado ao propósito do regime fascista, e não o contrário, e dele resultou o que o regime fascista visava: a absorção (e consequente frustração) dos conflitos entre capital e trabalho no *Stato-governo* então criado, que intervinha aberta e discricionariamente na economia, e formou uma sólida aliança com os grandes grupos empresariais italianos.

Esse o realismo autoritário com o qual Mussolini e Rocco impregnaram o fascismo que admirava San Tiago, e não era assim percebido por Reale. Pouco antes, San Tiago escrevera: "quem estudou a história fascista sabe disso. O corporativismo é uma doutrina elaborada no governo, pela sistematização da experiência, que começou por aplicar à sociedade, os princípios já elaborados no Sindicalismo e do Unitarismo econômico".[135] Não menos realista em relação ao conservadorismo nacional, San Tiago já criticara a posição de Alberto Torres – citado por Reale – sobre o corporativismo, que via inteiramente distorcida.[136]

A harmonização entre o fascismo e o conservadorismo nativo buscada por Reale não era aceita por San Tiago. E, menos ainda, a linha defendida pelo chefe da milícia integralista, Gustavo Barroso, cujos escritos delinearam a terceira vertente ideológica do Integralismo, ao lado da formulada por Reale e da pregada por Plínio Salgado. Já maduro e autor de uma obra literária variada ao ingressar na AIB – contava quarenta e cinco anos em 1933 –, Gustavo Barroso nesse ano publicara *Brasil – Colônia de banqueiros*. Como os demais integralistas, defendia um governo forte, nacionalista e corporativista e associava o liberalismo ao comunismo, dizendo que aquele propiciara este. Porém, afirmava ser o marxismo uma criação do materialismo judaico, este nutrido pelo controle das finanças internacionais, que deteria, e responsável pela corrosão moral da civilização cristã.

Em parte, Barroso coincidia com Afonso Arinos, que, fora dos quadros da AIB, em seu livro, *Preparação ao nacionalismo*, lançado também em 1934, via os judeus como os responsáveis por todas as revoluções modernas, a francesa, a russa e a fascista.[137] Em uma palavra, os judeus significariam a ganância financeira, a convulsão política, a desordem no mundo contemporâneo. Nesse contexto, segundo Gustavo Barroso, o marxismo era reduzido a "uma simples manifestação do internacionalismo judaico, assim como o capitalismo era empresa universal dos judeus ricos".[138] Gustavo Barroso extremava, contudo, seu antissemitismo, para além da – falsa – ideia, amplamente disseminada já no começo do século pelos líderes de *L'Action Française*, de que os judeus dominavam as finanças mundiais, e defendia, abertamente, a segregação deles. A linha política de Gustavo Barroso revestia-se de contornos sinistros, especialmente por já começar a ser aplicada efetivamente àquela altura por Hitler na Alemanha. Ela seria, todavia, minoritária na AIB, e rejeitada por Miguel Reale e por Plínio Salgado, que isolou a posição antissemita de Gustavo Barroso no Integralismo.[139] E San Tiago, entre os autoritários de direita terá sido um dos primeiros, senão o primeiro, a rejeitar o antissemitismo, ao declarar falsa a teoria racista do nazismo em artigo publicado cinco dias depois de Hitler haver assumido o poder em fevereiro de 1933.

A mais objetiva análise da situação política daquele momento, sob a então dominante perspectiva autoritária da direita, não viria, porém, dos líderes da AIB, senão do solitário "didata da revolução". Em uma conferência proferida na mesma Escola de Belas Artes e Arquitetura onde San Tiago lecionava, em setembro de 1934 Francisco Campos, em um estilo claro e direto, argumentava que, vencido o liberalismo democrático, vivia-se a era das massas, e estas só poderiam ser integradas politicamente se fossem mobilizadas e organizadas, o que só seria possível operar "mediante forças irracionais, e a sua tradução só é possível na linguagem bergsoniana do mito – não, porém, de um mito qualquer, mas, precisamente, do mito da violência, que é aquele em que se condensam as mais elementares e poderosas emoções da alma humana". No mito da personalidade as massas encontrariam "elementos de sua experiência imediata, um poder de expressão simbólica maior do que nos mitos em cuja composição entram elementos abstratos ou obtidos mediante um processo mais ou menos intelectual de inferências e ilações". Sob a fascinação da personalidade carismática, delineava-se o regime político próprio das massas: a ditadura, afirmada por um líder, "um homem (...) marcado pelo destino para dar às aspirações da massa uma expressão simbólica, imprimindo a unidade de uma vontade dura e poderosa ao caos da angústia e de medo de que se compõe o *pathos* ou a demonia das representações coletivas. Não há hoje um povo que não clame por um Cesar". A Alemanha, por exemplo, já o havia encontrado; fracassado o regime parlamentar, afogado em seus "métodos discursivos da liberal-democracia, Hitler organizava nas ruas, ou fora dos quadros do governo, pelos processos realistas e técnicos, por meio dos quais se subtrai da nebulosa mental das massas uma fria, dura e lúcida substância política, o controle do poder e da nação". E Campos arrematava friamente: "o que o Estado totalitário realiza é – mediante o emprego da violência, que não obedece, como nos Estados democráticos, a métodos jurídicos nem à atenuação feminina da chicana forense – a eliminação das formas exteriores ou ostensivas da tensão política".[140]

A formulação de Campos era clara: a era das massas havia chegado e, para as controlar, só as disciplinando sob a liderança de um líder carismático capaz de apreender-lhes as aspirações e de organizar, valendo-se de métodos violentos, um governo totalitário, este o único apto a administrar as tensões políticas inevitáveis. Não havia, então, outra fórmula política válida. A cortante objetividade de Campos não fazia duro contraste com a revolução espiritual proposta por Plínio Salgado – ela sequer a considerava como proposta de poder. Os comunistas, os fascistas e os nazistas haviam sucessivamente vivido, com variações, nos últimos dezessete anos, a experiência que Campos sintetizava e que prefigurava o futuro próximo; e, de fato, ao lado de Getúlio Vargas, seria Campos o instituidor da ditadura do Estado Novo, que o trouxe à frente do Ministério da Justiça, implantada três anos depois.

Não há elementos a sugerir ter partido de San Tiago a iniciativa de convidar o seu amigo e mestre a falar na Escola de Belas Artes e Arquitetura, mas, sem dúvida, a formulação de Campos sobre aquele momento político não poderá ter deixado de influir sobre o seu aluno de pós-graduação. Os efeitos dessa forte influência viriam em breve somar-se à busca de San Tiago por um maior realismo na linha ideológica a nortear a AIB.

- **Integralistas e comunistas: o embate nas ruas**

Mais numeroso em São Paulo do que no Rio de Janeiro, o contingente da AIB era mais ativo na capital paulista, e as suas ações mais conturbadas. As escaramuças entre integralistas e comunistas não cessavam de crescer, em resposta à polarização ideológica; naquele mesmo ano de 1934, Jorge Amado escrevia: "hoje, a situação é de tal modo trágica que aquele que não está de um lado está necessariamente do outro".[141] Seu amigo San Tiago, situado ideologicamente no ângulo oposto, declarava com igual ênfase: "É preciso opor doutrina à doutrina. (...) 'No mundo, não há mais lugar para liberais'; O dilema é fatal – ou o integralismo ou o comunismo".[142] Não seria fatal, mas vigoroso.

O início do governo constitucional de Getúlio Vargas em 1934 viveu um período de grande agitação social; além das greves verificadas sobretudo em São Paulo e na capital federal, comunistas – cuja liderança estava para ser transferida a Luís Carlos Prestes, que, residindo na Rússia, afinal fora admitido no Partido Comunista Brasileiro – e integralistas enfrentavam-se, trocando palavras de ordem, xingamentos e braçadas.[143] Porém, no domingo 7 de outubro de 1934, um conflito sangrento irrompeu. Os integralistas haviam programado uma grande concentração de seus afiliados na praça da Sé, em frente à catedral, ainda em construção, no centro da capital paulista. Uniformizados, milicianos integralistas por volta das catorze horas começaram chegar à praça, descendo em colunas de três pela av. Brigadeiro Luís Antônio. Os comunistas na véspera já haviam feito saber, em de panfletos distribuídos nas ruas, que iriam confrontar os seus adversários. Pelo meio da tarde, quando já era considerável o número de integralistas reunidos em frente à catedral, do topo do palacete Santa Helena, então em obras, "elementos extremistas [que] davam vivas ao proletariado, ao comunismo [fizeram] disparos contra os integralistas". Os policiais, destacados para manter a ordem, "nos diversos pontos da praça e nas suas diversas esquinas (...) descarregavam as suas armas"; os cavalarianos haviam apeado de suas montarias, que corriam desgovernadas. O conflito generalizou-se, com várias pessoas prostradas ao chão e "a ponta da vanguarda dos integralistas que havia alcançado a praça desmanchou-se, tomando seus componentes diversos rumos. Os chefes mais graduados tentavam evitar a dispersão sem resultados (...) sem saber de onde eram alvejados, os integralistas não se submetiam ao sacrifício inútil de se conservar em forma, como alvos magníficos para os que agrediam". O saldo da fuzilaria foi de quatro mortos e muitos feridos, quando o tiroteio terminou, pouco antes das dezessete horas.[144]

Os comunistas haviam cumprido as suas ameaças, dando sequência aos embates que vinham mantendo com os integralistas e nos quais mostravam uma enérgica determinação; nesse episódio, todavia, a agressividade deles tomou outro caráter, revelando a polarização que o Integralismo, cujo número de filiados crescia rapidamente, suscitava entre as forças de esquerda.[145]

Naquele mesmo mês de outubro, San Tiago teria cumprido a decisão de Plínio Salgado, que, animado com o crescimento da AIB, instruíra os principais integrantes do movimento a disputar eleições para a Câmara de Deputados, pelo Distrito Federal. Tal como os seus demais companheiros, San Tiago não foi eleito. Dessa primeira experiência, ele não deixou registro; vinte e cinco anos depois seria eleito para a Câmara Federal, onde a morte precoce o colheu em seu segundo mandato, em 1964.[146]

Em fevereiro daquele ano, a AIB, que já contava com dezenas de milhares de afiliados espalhados por todo o País, aprovou a sua estrutura no I Congresso Integralista, realizado em Vitória, Espírito Santo.[147] Em sua apresentação e em seus adereços via-se na AIB o decalque do fascismo italiano – braçadeira com o sigma, a letra grega significando integralidade; bandeiras; a saudação com o braço estendido, o cumprimento Anauê – você é meu amigo, no idioma tupi;

o uniforme; os desfiles em formação; e mesmo uma milícia integralista. Mas a semelhança entre o integralismo e o fascismo em boa parte esgotava-se nesses apetrechos, cuja transposição forçada dava ao movimento um aspecto caricatural, que suscitava ácida ironia.[148]

San Tiago cumpria uma atuação antes intelectual no movimento. Participava de suas atividades, fazia palestras em reuniões com seus membros e escrevia uns poucos artigos; uma fotografia dessa época mostra-o em uma reunião do núcleo da AIB no Rio de Janeiro: muito gordo, em calças brancas, camisa verde e gravata preta.

Nos artigos de San Tiago publicados nesse ano de 1934 distinguia-se antes o advogado brilhante – e não o militante – a defender a causa que lhe cabia e na qual acreditava, com fundas ressalvas, porém; tampouco ele se animara a teorizar sobre o movimento, caminho que percorreria facilmente. Um fato inesperado, porém, iria abrir-lhe, ainda que brevemente, a oportunidade de tentar fazer ouvir no âmbito da AIB a sua proposta ideológica, que partilhava com o seu grupo de amigos.

- **Interlúdio mineiro: solidão e participação**

Em início de dezembro de 1934, San Tiago escreve a Chermont de Miranda, que havia pouco se casara e mudara para Belo Horizonte, que sua mulher, Edméa, resfriara-se no banho de mar e acusava o "começo de um pequeno derrame na pleura, que o médico insiste em fazer reabsorver aí".[149] As licenças médicas para tratamento de doenças pulmonares não eram exceção, e não terá sido difícil a San Tiago reorganizar temporariamente a sua agenda na Escola de Belas Artes e Arquitetura e na Promotoria a esse fim.

Porém, os fantasmas que o haviam assombrado em São Paulo três anos antes cercaram-no novamente ao chegar à capital mineira; "uma tão grande melancolia... aqui não tenho público, nem socorro dos amigos", escreve a Hélio Vianna. O peso de sua imensa atividade intelectual agora contrastava duramente com o temperamento retraído de sua mulher Edméa, cuja única tarefa era cuidar de uma casa sem filhos, ela também distante de sua família e amigas. Edméa não alcançava o universo de San Tiago, e ele não percebia o dela e tentava racionalizar a sua grande melancolia: "passada a surpresa, o choque da infelicidade que não se esperava, chegada sobretudo uma consciência absoluta da causa e das proporções do sofrimento, vem uma espécie de hábito de repetição dos mesmos fatos, que diminui não a dor moral, mas o seu poder erosivo".[150] O tempo reduziria o poder erosivo desse sofrimento, e a vida do casal, de então por diante, iria acomodar-se em um ritmo íntimo silencioso e frio.

Em fevereiro, ao mesmo tempo em que dava notícia de sua chegada a Belo Horizonte, San Tiago planejava a volta: "Mãezinha adorada, (...) com certas precauções, não enjoei. Mas vim com todo tempo cheio de saudades e pensando seriamente em pôr termo a esta vida longa em Belo Horizonte (...). Um grande beijo cheio das saudades maiores por você e por Dinda [sua avó]. Abraços e saudades para todos. Seu, San Tiago".[151] O retorno não seria tão rápido, porém.

A procura de uma casa na capital mineira resolveu-se por uma permuta com Luiz Camilo Oliveira Neto, que fora nomeado pelo amigo comum e ministro da Educação, Gustavo Capanema, diretor da Casa de Rui Barbosa, cargo pretendido por San Tiago. Este ocupou a casa de Luiz Camilo em Belo Horizonte, e ele a de San Tiago no Rio de Janeiro.[152] Instalado em Belo Horizonte, a rotina especial do professor logo se impôs; "acordo", escreve, "cristãmente às 11,30. Almoço ao meio-dia. E depois de descer ao centro um bonde de Cruzeiro, que evoca os meus tempos coloniais do Ginásio Mineiro, e de rodar inutilmente por aquele mesmo bar do Ponto de há nove anos atrás, volto para casa (...) para os atrativos de um banho quente e de um chá. Quando não há visitas de noite, começo a estudar cedo. Tenho conseguido "tempos de estudo" excelentes, durante a noite. Mas não um rendimento proporcional. Vou deitar às 4 ou 4 e meia, feliz quando consigo reduzir uma quantidade apreciável dos tratados em que me emprego".[153] As visitas giravam em torno da família da mulher, todos mineiros como ela, e de alguns parentes distantes de sua adorada avó materna, Dindinha. Nessas casas simples, a mesa deslumbrava San Tiago e lhe desafiava o apetite voraz: "Ontem por exemplo comemos numa dessas casas um tutu com linguiça e lombo desfiado, capaz de abalar os mais empedernidos corações. Havia ainda uma empada de galinha de capa dourada. E como a cozinha mineira é tímida e sem confiança em si mesma, macarronada e salada de camarões. Nesta porém entrava um caldo de carne em vez de vinagre, que é notável. E neste desprezo daqui por doces, sobremesa de queijo e doce de leite".[154]

Em Belo Horizonte abriu-se a San Tiago uma oportunidade para empenhar-se nas ações da AIB. A convite de Olbiano de Mello, o chefe provincial de Minas Gerais, em abril de 1935 assumiu o comando de uma "bandeira", caravana de integralistas em visita a cidades do interior. Olbiano viera liderando a "bandeira" desde Juiz de Fora até São João Del Rey, onde San Tiago a assumiu.[155] A partir daí, envergando o uniforme integralista, percorreu várias cidades vizinhas, fazendo conferências, por vezes mais de uma em um mesmo dia. Visitou São João Del Rey, Sabará, Santa Luzia do Rio dos Velhos, Caeté, Diamantina, Juiz de Fora e Barbacena: "fiz o percurso todo de automóvel e fiquei conhecendo coisas interessantíssimas", escreve à mãe, acrescentando, "as conferências tiveram um sucesso imenso (...) o trabalho integralista foi proveitosíssimo. Mandarei um retrato de uma conferência em Barbacena".[156]

Animado com o resultado da sua "bandeira", San Tiago identificou a falta de interesse dos integralistas mineiros pelo estudo dos problemas nacionais e locais; ele via apenas uma política de propaganda em curso na afirmação, corrente no Integralismo, de que este precisava "revolucionar interiormente", mas, acrescentava, "o homem comum é incapaz dessas revoluções, ou melhor, é incapaz de realizá-las".[157] Era, preciso, portanto, instruir os militantes, a eles dar o sentido que o Integralismo visava; este, a sua vez, precisava ser definido objetivamente, como San Tiago pensava e se esforçava por fazer: "por ora, [pede a Américo Lacombe] diga ao Jehovah [Motta] que o Olbiano [Mello] me constituiu por conta, com a aprovação irrestrita da província, reorganizador do movimento intelectual em Minas. Formam comigo, firmes, dois homens que são a esperança da AIB em Belo Horizonte e um outro que é sem valor mas influente aqui".[158]

Mesmo estimulado pela breve mas produtiva militância mineira, San Tiago percebeu que, longe do Rio de Janeiro, não poderia ampliar os seu espaço na AIB, como pretendia. Esse fator somava-se ao desconforto que a sua ida para Belo Horizonte lhe causara, e a sua vida pessoal na capital mineira extremara. Imediatamente, começou a cuidar da sua volta ao Rio de Janeiro. Na recém-criada Universidade do Distrito Federal, viu mais uma oportunidade para retornar a sua cidade, e nesse sentido dispara uma carta a Lacombe, enumerando as cadeiras de que poderia lecionar.[159] A cadeira pretendida na nova universidade não seria conseguida, assim como não seria cumprido um programa de estudo de filosofia que formulou.[160] Já o concurso para cátedra na Escola de Belas Artes e Arquitetura, que San Tiago contara fazer naquele ano só seria realizado dois anos depois, em 1937; mas ele seguia estudando, pois, "diante das minhas exigências intelectuais dia a dia maiores, não posso ver o programa que estou fazendo sem um ano de estudos prévios".[161]

Ainda residindo em Belo Horizonte, San Tiago foi a Ouro Preto, cidade onde Dindinha, residira na infância. A visita rendeu três artigos, todos publicados no ano seguinte, nos quais exibe a sua destreza descritiva e um desembaraço crítico que revela a influência do convívio com seus colegas professores da

Escola de Belas Artes e Arquitetura. E foi de seu diretor, Archimedes Memória, que San Tiago recebeu, em maio de 1935, a convocação para as aulas, confiando que "a alegria da volta me apague este remorso de não ter estudado tanto como devia e podia".[162] De volta ao Rio de Janeiro, matriculou-se como aluno no curso de Letras Clássicas, na nova Universidade do Distrito Federal, criada em abril de 1935; não há indicação de que tenha frequentado regularmente esse curso, porém muito dos alunos inscritos na universidade seriam seus amigos mais tarde, alguns deles distinguindo-se em suas áreas de atuação.[163] Mas, sem dúvida, o ânimo político de San Tiago logo se viu renovado com os acontecimentos verificados na capital federal.

- **Retorno ao Rio de Janeiro**

Uma vez eleito, Getúlio chamara ao Ministério da Justiça o professor de Direito da Faculdade de São Paulo, Vicente Ráo, em pagamento ao apoio dado à sua candidatura pelo partido constitucionalista de São Paulo, ao qual Ráo havia se filiado. Antes, integrante do Partido Democrático, Ráo apoiara a revolução de 1932 e, derrotado, fora um dos exilados pelo próprio Getúlio. Cada vez mais conhecedor da medida – não só intelectual – dos homens que punha a seu serviço, Getúlio assinou ao professor a tarefa de redigir a Lei de Segurança Nacional. Ráo a aceitou prontamente e dela logo se desincumbiu; e a Câmara dos Deputados, sob o comando servil de Raul Fernandes, aprovou a nova norma em abril de 1935. As suas regras deram ao governo o controle absoluto e incontrastado da ordem pública nacional.[164] Os ditadores sempre se serviram – e sempre se viram afincadamente servidos por eles – de professores de Direito, de maior e menor brilho intelectual para formular as normas legais que lhes articulasse o poder discricionário, fato que Rui Barbosa já descrevera ao se referir a Floriano Peixoto, e agora Getúlio repetia.[165]

Em um artigo publicado em *A Offensiva*, o principal jornal integralista, pouco antes de retornar de Belo Horizonte ao Rio de Janeiro, San Tiago atacara duramente a Ráo e a lei, então prestes a ser aprovada; ela criava, diz, a "doutrina da repressão judicial" sobre a repressão policial ordinária. O receio de que ela fosse aplicada à AIB era nítido, mas San Tiago, desafiador, observa que o Integralismo, que se nutrira da "república democrática de ridículo e trágico destino" – isto é, da República Velha, como esta era então vista –, não seria abalado caso fosse declarado contrária ao Estado, pois "as fontes da sua criação política estão fora do alcance das leis repressivas".[166] Essa afirmação de San

Tiago era otimista: o Integralismo de Plínio Salgado jamais se oporia a Getúlio; mesmo quando por este proscrito, Plínio reverenciou o ditador.

Ao chegar ao Rio de Janeiro em maio de 1935, logo depois de editada a Lei Ráo, San Tiago encontrou um novo cenário político. Em fevereiro fora lançada a Aliança Nacional Libertadora. Formada por alguns oficiais da Marinha e do Exército, civis antifascistas, socialistas e comunistas, o movimento tinha por propósito responder ao avanço da direita e, por essa linha, compelir o governo a tomar medidas radicais no campo econômico e social. Em março, quando da sua instalação, o estudante de Direito e então membro do Partido Comunista Carlos Lacerda lançou o nome de Luís Carlos Prestes à presidência da Aliança. Embora clandestino, Prestes passou a ser a figura central da ANL, cujo programa, amplamente divulgado, declarava apoio a todas as classes e povos oprimidos, e se opunha aos fascistas, ao imperialismo e extremava as reivindicações trabalhistas. E, claro, opunha-se aos integralistas. A ANL registrou um rápido crescimento por todo o País, e se expressava, com grande eficiência, por diversos meios: manifestações de rua, núcleos em quartéis e sindicatos e até na Câmara de Deputados, pela voz de alguns parlamentares.[167] Pouco depois, Prestes, em mais um de seus manifestos, este datado de 5 de julho de 1935, em comemoração à revolta de 1922, afirmava que o "Integralismo é bem uma fotografia da podridão, da decomposição, da divisão dos interesses (...) das classes dominantes", e que estas "sentem já não poder dominar a vontade de luta das massas (...) [e] marcham, ostensivamente, (...) para a ditadura fascista"; naquele momento, afirmava o líder comunista, "a situação era de guerra e cada um precisa ocupar seu posto", e, portanto, as massas deveriam preparar-se "ativamente para o assalto" ao poder.[168] A radicalização de Prestes levou à defecção de muitos aliancistas. Mas era coerente com a experiência comunista. Assaltando o poder, Lênin o havia empolgado na Rússia em 1917. Por outro lado, as tentativas nesse sentido inspiradas pelos bolcheviques na Alemanha e na Itália pouco depois haviam falhado e feito crescer a direita, que naqueles dois países tomou o poder.

Porém, no primeiro semestre de 1935, a ANL exibia um súbito vigor e San Tiago podia recear que o seu chefe, Prestes, este sim um revolucionário provado e quem San Tiago, três anos antes, supusera romperia de seu exílio argentino e lideraria uma contrarrevolução à de 1930, afinal se decidisse a fazer agora a sua revolução comunista. A agitação nas ruas da capital federal e de São Paulo parecia sugerir um clima político no País a indicar essa possibilidade.[169] Direita e esquerda se enfrentavam sob uma nova Constituição que tentara conciliar os múltiplos matizes ideológicos em voga e um presidente da

República que nela não acreditava e estava decidido a não a cumprir. Getúlio deixava-se levar pelos acontecimentos, aguardando o momento de neles intervir. O primeiro momento chegou seis dias depois da publicação do manifesto de Prestes, divulgado em julho. Os seus termos, que pregavam o assalto ao poder, deu a Getúlio o pretexto que necessitava e desejava: com base na nova Lei de Segurança Nacional, proscreveu e fez desaparecer a ANL.[170]

- **O superintegralismo: pureza e finalismo revolucionário**

San Tiago viu o momento de agir, sem perder a oportunidade de defender os fascistas italianos. Em 1934, havia doze anos no poder e havendo a Itália superado parcialmente os efeitos da crise de 1929, Mussolini assistia aos principais países da Europa ocidental ainda manterem as suas colônias africanas; uma ação militar nesse sentido por parte de seu governo teria forte apelo popular e projetaria ao mundo o nacionalismo fascista. Em outubro de 1935, extremando um pequeno incidente, um grande contingente de tropas italianas invadiu a Abissínia (hoje Etiópia); surpreendidas pela feroz resistência encontrada, depois de seis meses de acirrados combates elas ocuparam o país, tratando os vencidos com extrema brutalidade. San Tiago não regateou o seu apoio a Mussolini; silenciando sobre o massacre deliberado de prisioneiros e da população civil, advogou a causa fascista: "O povo *abissínio* é dono de tesouro parado. Pela voz tormentosa da história, o mundo está em vésperas de lhe tirar esse mandato, inútil". O novo mundo era dos países fortes, conduzidos por líderes decididos, que estavam forjando um "momento exemplar da história moderna. Os povos que não projetaram no universo o seu espírito criador, e que se fizeram [apenas] gerentes [do] seu patrimônio, estão sendo chamados a uma prova irresistível. O esquecimento abre-se para os receber. O sol só iluminará os estandartes da vitória".[171] Essa vitória, que o fascismo italiano tão bem representava aos olhos de San Tiago, e ele sempre quisera traduzir para a cena política brasileira, ele decidiu persegui-la não com artigos, mas dando sequência à militância mineira.

Segundo San Tiago, o momento havia chegado para seu grupo que até então esperara, e o seu objetivo deles era nítido: dar à AIB "pureza e finalismo revolucionário".[172] Essa demanda adensara-se no espírito de San Tiago ainda ativa a Aliança Libertadora Nacional, à vista do prestígio que esta alcançara e de sua radicalização expressa em uma ousadia contestatória jamais vista na cena política nacional. Embora dominada pelos comunistas, a sua linha atraíra outros opositores dos integralistas e do governo federal, o que dera maior consistência a sua ação, muito bem divulgada. Dela surgira uma linha ideológica clara e um nítido finalismo revolucionário, exemplo que o Integralismo deveria seguir, no entender de San Tiago. Este, contudo, precisava fixar essa linha de ação, e não seriam aqueles, "acabados ou no apogeu", os quais até então não haviam conseguido discernir o finalismo revolucionário do integralismo, capazes de estabelecê-la. Havia, porém, limitações ao propósito de San Tiago e de seu grupo em liderar um movimento nesse sentido. Ele estava advertido de que a AIB, contando com cerca de quatrocentos mil afiliados espalhados por todo o País, e unidos em torno de um chefe a sua vez cercado por uma corte burocrática, convertera-se em uma estrutura pesada, que não seria facilmente conduzida.[173] Se não havia dúvida de que deveriam agir, era preciso reconhecer a extensão dos meios disponíveis, "muito impontuais para pretendermos um domínio geral e direto", escreve San Tiago; mas, extremando como sempre suas projeções racionais, acreditava que já "podemos dirigir sem chefiar".[174]

Essa proposta trazia delineado o perfil de sua ação política; identificar o problema, analisá-lo e planejar-lhe uma solução e, assim, intelectualmente armado, buscar influir na cena política. San Tiago jamais abandonaria essa linha de ação, que executaria com brilho, mas que iria confrontá-lo sempre à atuação dos homens práticos, que não precisavam para agir senão de sinalizações, quase sempre providas por intuições, ou deduzidas de uma cultivada matrei-rice política. Naquele momento não seria diferente. A ação de San Tiago e de seu grupo só conseguiria mover a cúpula da AIB pela influência ideológica que uma elite nela conseguisse infiltrar, escreve San Tiago: "quarta-feira esperamos o chefe, e no fim da semana o Jehovah parte para o Rio Grande do Sul. Vamos ver se ele consegue lá uma 'elite' como a que hoje temos em Minas".[175]

O chefe, Plínio Salgado, tinha por San Tiago uma forte amizade e admiração, como visto, mas era cercado pela sua assessoria, e esta era formada por burocratas do movimento, e ele os ouvia sempre. Mas não só: a proposta de San Tiago de dar ao Integralismo uma pureza e finalismo revolucionários contrariava frontalmente a proposta da AIB, formulada pelo próprio Plínio. Este jamais admitiria a criação de "um super-integralismo no seio do integralismo, reunido em torno do chefe", que articulasse "A Revolução Nacional (...)".[176]

Esse superintegralismo teria a pureza e o finalismo que San Tiago e seu grupo viam faltar à AIB. Mas, mesmo articulado em torno do chefe, na prática importaria em cooptá-lo, distanciando-o de tudo que ele até então afirmara. O integralismo superlativo de San Tiago nutria-se do fascismo italiano e coincidia com o integralismo de Plínio apenas no fundo comum à direita – o nacionalismo e o anticomunismo – e na cópia, pela AIB, de alguns dos adereços externos do *fascio*; porém o *manganello*, o porrete que os fascistas italianos celebrizaram vibrando-o largamente no crânio de seus adversários e que sintetizava a violência a caracterizar e a mover os *fasci di combattimento*, não se casava à revolução espiritual defendida por Plínio, a realizar-se pela genuflexão voluntária dos adversários, e não pelo assalto ao poder por eles detido. Como sempre objetivo, Chermont de Miranda escrevendo a San Tiago desvelava o elemento nuclear do finalismo revolucionário: "O integralismo aqui está começando a entrar pelo caminho certo: o da ação violenta".[177] Esse era o exemplo das três revoluções europeias que San Tiago e seu grupo viram vitoriosas, mas que repugnava a Plínio e contrariava o seu projeto de revolução espiritual.

Os comunistas, que estiveram à frente da Aliança Nacional Libertadora, eram, efetivamente, revolucionários, alguns deles provados, como Prestes e seus companheiros da Coluna que com ele transitaram para a esquerda, e muitos outros, que teriam seu batismo de fogo dali a pouco. Esses eram os inimigos declarados do integralismo, mas o enfrentamento a desafiar San Tiago e seu grupo voltava-se para própria AIB. Maurício Andrade, companheiro de militância de San Tiago em Minas Gerais, a ele escreveu nesse sentido: "aproxima-se (...) o momento difícil em que vamos lutar, não com os nossos inimigos e adversários políticos, mas com os nossos próprios companheiros, aqueles que, erroneamente, vieram juntar-se a nós, medrosos do fantasma do comunismo ou um desejo de retorno ao passado ou de conservação do presente"; na AIB, era evidente "a falta de poder de agitação, esta ausência de agressividade contra toda a ordem diversa da nossa".[178]

O superintegralismo de San Tiago e seu grupo fracassou. San Tiago reagiu à sua maneira: organizou o Centro de Estudos Sociais Brasileiros (CESB), em novembro de 1935, cujas "razões de existência" eram: "a) Concorrer para a ação conjunta e coordenada de todos os elementos de direita, [com] os seguintes objetivos: I – defender a unidade nacional; II – defender a liberdade de pensamento; III – defender a liberdade e o destino da Nação brasileira, contra os imperialismos capitalistas e comunistas; IV – trabalhar por um governo forte e eficiente, que defenda a nacionalidade, crie a sua riqueza e não oprima os seus filhos. b) Promover estudos coletivos em torno de problemas sociais e políticos do Brasil".[179] O CESB não teve vida longa. Mas identificou bem aquele momento decisivo na primeira fase da trajetória política de San Tiago: quando *o scholar* começava a projetar-se sobre o militante.

- **Revolta comunista: o êxito impossível**

A 23 de novembro de 1935, um sábado, quando os oficiais encerraram o expediente e deixaram o quartel entregue aos sargentos e praças como faziam habitualmente, o Vigésimo Primeiro Batalhão de Caçadores de Natal, na capital do Rio Grande do Norte, rebelou-se. Depois de resistir até a manhã seguinte, o chefe de polícia da cidade rendeu-se; e os insurretos, senhores da capital, instalaram o primeiro e único governo comunista do País. Sapateiro, estudante, funcionário do Correio e Telégrafos e sargento formaram o novo governo, que durou três dias. Um de seus primeiros atos foi mandar abrir a maçarico o cofre da agência local do Banco do Brasil, apropriar-se do dinheiro lá guardado e distribuir parte dele à população, que logo confraternizou com os rebeldes. O comércio foi saqueado, e os bondes proibidos de cobrar tarifa aos passageiros. Mas na quarta-feira seguinte, os chefes rebeldes já se sabiam derrotados: os reforços esperados do Recife, onde, segundo os planos recebidos pelos revoltosos de Natal, guarnições do exército deveriam levantar-se também, não vieram, enquanto a reação local logo se aprestou; um chefe político do sertão organizou seus homens e com eles deu combate aos rebelados que marchavam para conquistar cidades do interior, derrotando-os.[180]

No dia 24, o Vigésimo Nono Batalhão de Caçadores, uma das unidades localizadas na vila militar do Socorro, sublevou-se e marchou para o centro do Recife, mas seus homens foram barrados ao chegarem ao largo da Paz, à entrada da cidade, por tropas arregimentadas pela polícia estadual. Os combates prolongaram-se até o dia seguinte, quando, em reforço às forças legalistas, chegaram destacamentos do exército vindos de João Pessoa e Maceió, e os amotinados foram vencidos. Imediatamente, parte da força legalista foi deslocada para fechar o cerco aos rebelados em Natal. Por essa altura, o estado de sítio foi decretado em todo o País.

À frente de trinta militantes, em uma guarnição de mil e setecentos, o tenente da Coluna Prestes e agora capitão do exército Agildo Ribeiro, às duas e meia da chuvosa madrugada do dia 27 de novembro, levantou o terceiro Regimento de Infantaria, sediado na praia Vermelha, no bairro da Urca, no Rio de Janeiro.[181] O governo já esperava o desdobramento na capital federal das sublevações havidas no norte do País, e agiu prontamente; menos de duas horas depois, suas tropas já se achavam dispostas em linha de tiro, cercando o quartel rebelado e impedindo que os amotinados o deixassem. O comandante da operação, general Eurico Gaspar Dutra, à frente da I Região do Exército, incumbido da defesa militar do Distrito Federal, exigiu a imediata rendição dos amotinados,[182] que repeliram, por escrito, o ultimato: "general Dutra: Comandante da primeira R.M.'. Regimento sob nosso comando não se renderá antes vermos governo esfomeador Getúlio derrubado. Concitamos prezado companheiro salve Brasil ser entregue mãos estrangeiros por Getúlio, Flores e Catervas (...)".[183] Oficial experiente em repressão a sedições militares – estivera no cerco ao Forte de Copacabana rebelado em 1922 e participara do combate às tropas paulistas na Revolução de 1932 –, Dutra ordenou fogo de artilharia sobre as saídas do prédio do Terceiro Regimento de Infantaria, cruzando os projéteis sobre os rebelados, alvejados também pelos obuses disparados dos navios de guerra alinhados ao largo do quartel e pela metralha dos aviões militares, chamados em apoio às tropas terrestres. Às seis horas da manhã, o Terceiro Regimento de Infantaria achava-se imobilizado pelo fogo legalista. Mais tarde, o general Dutra registraria as ações de suas tropas naquele dia: "Causticados pelos canhões do primeiro Grupo de Obuses e ante a pressão da Infantaria, não puderam os amotinados insistir na defesa, submetendo-se à rendição, com o assalto levado a efeito no flanco esquerdo, com decisão e galhardia, pela primeira Companhia do Batalhão de Guardas, sob o comando do Capitão Djalma Álvares da Fonseca, e elementos avançados do segundo B.C. Às 13,20 horas terminava a luta".[184] Com o quartel em chamas e já praticamente destroçado, os revoltosos, rendidos, deixaram o Terceiro Regimento de Infantaria. Formados em coluna por um, a pé seguiram pela avenida Pasteur e depois de cruzarem as praias de Botafogo e do Flamengo, rumaram para o presídio da rua Frei Caneca, de onde mais tarde foram removidos para o xadrez da ilha das Flores.[185]

 O outro foco rebelde teve lugar na Escola de Aviação Militar do Campo dos Afonsos, no subúrbio carioca, onde trinta soldados, também na madrugada do dia 27, tomaram o comando da Escola, sendo mortos três oficiais legalistas; em seguida, os revoltosos atacaram o vizinho Primeiro Regimento de Aviação, comandado pelo tenente-coronel Eduardo Gomes, cuja resposta rápida pôs fim, ao cabo de três horas, aos combates.

 A revolta comunista, liderada por Luís Carlos Prestes, seguiu a orientação do VII Congresso da Internacional Comunista, realizado em Moscou em agosto de 1935, que decidiu deflagrá-la a partir das informações recebidas dos delegados brasileiros nela presentes. Estas diziam existirem no Brasil as condições a assegurar o êxito de uma revolta armada liderada pelo partido comunista, que eclodisse em diversos focos, sobretudo em quartéis do exército, e fosse apoiada por uma série de greves operárias deflagradas especialmente para esse fim. Nada mais distante da realidade, porém – um observador, desarmado de preconceitos ideológicos, facilmente verificaria inexistirem tais condições, fato de resto constatado a seguir.

- **A chaga da tortura**

Getúlio tirou o máximo proveito político da inquietação social causada primeiro pela onda contestatória levantada pela Aliança Nacional Libertadora e, a seguir, pela surpresa causada à população com a revolta comunista de novembro de 1935. Se a primeira dera a Getúlio o pretexto para articular os mecanismos repressores e acioná-los contra os adversários do governo, a Intentona de novembro, como passou a ser oficialmente referida, deu-lhe o motivo concreto que necessitava para deflagrar o seu projeto continuísta.

Dominada a revolta comunista na capital federal, Getúlio fez valer sua advertência de que, "no desempenho das altas atribuições de Chefe do Governo, não costumo medir responsabilidades nem consequências". E, de fato, assim procedeu; embora afirmando – mentirosamente[186] – que, em relação aos comunistas revoltosos, "até agora, todos os detidos são tratados com benignidade, atitude essa contrastante com os processos de violência que eles apregoam e, sistematicamente, praticam",[187] seu governo desencadeou uma feroz perseguição não só aos comunistas, mas a todos os adversários do governo.

O professor de Direito, um dos fundadores da Universidade de São Paulo, o ministro da Justiça, o autor da Lei de Segurança Nacional, Vicente Ráo, imediatamente deu forma jurídica à violenta repressão que se seguiu, servilmente sancionada pelo Congresso. Sob o pretexto de defender a pátria e a família brasileira do perigo comunista, Getúlio, sucessivamente, solicitou e obteve ao Legislativo poderes excepcionais à sua ação autoritária, com os quais governaria de então por diante. Sobre o estado de sítio já concedido em meio à revolta de novembro, foi-lhe outorgado poder de declarar o estado de guerra diante de novas revoltas; de cassar militares, da ativa e da reserva; de prender parlamentares; e de, sumariamente, demitir funcionários públicos.[188] Em janeiro de 1936, Ráo criou a Comissão Nacional de Repressão ao Comunismo e, em mais um movimento próprio à sua astúcia política, Getúlio entregou-lhe a chefia a um deputado federal.[189] Mas, em verdade, a Comissão agia conforme orientação de Ráo, e este, naquele mesmo mês, determinou a prisão de inúmeros intelectuais, jornalistas, deputados e colegas seus de magistério no Rio de Janeiro, entre eles os professores de Direito Castro Rebello, de quem San Tiago fora aluno, e Leônidas Rezende, conhecido por sua tentativa de fundir a doutrina marxista à positivista. Logo depois, entre outros escritores detidos, estava o romancista Graciliano Ramos, que retrataria a brutalidade da repressão política em suas extraordinárias *Memórias do cárcere*.

Boa parte dos presos foram recolhidos ao navio *Pedro I*, transformado em prisão e fundeado na baía de Guanabara, sob o sol do verão carioca que começava e à noite varrido pelos holofotes de dois *destróiers* que lhe faziam cerco permanente. A Justiça federal e depois o Supremo Tribunal Federal, este arguindo uma filigrana processual, curvaram-se imediatamente ao comando do governo, tal como fizera o Legislativo, e negaram pedido de *habeas corpus* impetrado em favor dos presos.[190] A ação policial das forças do governo – cerca sete mil presos apenas na área federal –, comandada – segundo o presidente da República – pelo "incansável (...) sereno (...) e persistente [Filinto Müller] (...), vinha obtendo resultados felizes sem necessidade de excessos". Não excessos, mas a tortura sistemática infligida a presos políticos sob guarda do governo, fez do chefe de polícia do Distrito Federal, Filinto Müller, uma das mais sombrias notoriedades da história política do País.[191] A partir de então, a tortura infligida a presos políticos foi inscrita no léxico do poder nativo, cujo assentimento, frio e explícito, Getúlio já registrara em seu diário, ao comentar, deliberadamente ignorando-a, a sorte reservada aos seus adversários: "Não posso é estar intervindo nas prisões ou nas solturas, absorver-me em casos individuais. Não tenho tempo para isso".[192] O tempo, contudo, associaria, designadamente, o nome de Getúlio a essa prática sinistra, que três décadas depois, no novo ciclo ditatorial inaugurado em abril de 1964, iria repetir-se, em medida e forma ainda mais intensas.

O fracasso sangrento da revolta comunista foi bem explorado pela propaganda oficial do governo, a começar pela alcunha depreciativa – Intentona, ação temerária – a ela pespegada, indelevelmente. E, no meio militar a morte de colegas de farda pelas mãos dos amotinados, fardados também, vincou-a como uma inaceitável agressão à honra castrense.[193] Getúlio executou todas as medidas de exceção que interessavam à manutenção do seu poder discricionário, desde a decretação do estado de guerra sem que esta existisse, até ao aprisionamento indiscriminado (e tortura) de adversários do regime, entre eles intelectuais e professores. Mas poupou os integralistas. Naquele momento, eles serviam como contraponto ideológico aos comunistas, e eram decididamente apoiados pela Igreja. E Getúlio já teria percebido que Plínio Salgado não exibia, sequer remotamente, a periculosidade revolucionária dos comunistas. De fato, tão logo a Lei Ráo de Segurança Nacional, começara a ser votada na Câmara, Plínio a defendia, em artigo publicado no maior jornal integralista, *A*

Offensiva, em posição oposta à de San Tiago, que a criticara duramente. Lúcido e frio, Getúlio, aprovada a Lei Ráo, escrevera em seu diário, o "integralismo é uma forma orgânica de governo e uma propaganda útil no sentido de disciplinar a opinião".[194]

Getúlio rumava à ditadura, que desejava de volta, e a tanto preparava a opinião pública. Na véspera do Natal de 1935, o governo federal prorrogou por mais noventa dias o estado de sítio, ficando o presidente já autorizado a convertê-lo em estado de guerra, quando seus poderes discricionários seriam ainda mais extensos. A liquidação da frágil República democrática fundada com a Constituição de 1934 ganhou força.

- **Triunfo e paralisia da Ação Integralista Brasileira**

E sem Plínio Salgado perceber, a liquidação da AIB também. Em um balanço feito em agosto daquele ano de 1935, Plínio anunciou os números de sua organização: quatrocentos mil afiliados, um deputado federal, quatro estaduais, mil cento e vinte e três núcleos organizados em quinhentos e quarenta e oito municípios espalhado pelo País.[195] A AIB, sem dúvida, era o maior partido político do Brasil, e, em pouco mais de três anos de existência, surpreendera a todos, especialmente ao Partido Comunista, que tinha na conquista das massas o seu principal objetivo. O vínculo do Integralismo com a Igreja Católica, claro desde a criação da AIB em outubro de 1932, viera sendo reforçado e era agora explícito. Em artigos recentes de jornal, Alceu Amoroso Lima dizia que o fascismo e o nazismo, com suas semelhanças e peculiaridades, eram "a barreira europeia contra o marxismo teórico e o sovietismo prático", enquanto no Brasil "a reação anti-comunista estava sendo empreendida pelas brigadas de choque integralistas, que já tem pago com sangue dos seus membros o desassombro dessa posição de risco e de repulsa categórico". Sem dúvida, o maior inimigo da igreja era o comunismo. Mas, além dessa identidade com o Integralismo, Alceu realçava outra, a "trilogia que o integralismo invoca, a todo momento – Deus, pátria e família – (...) é a mesma que toda sociologia cristã tem de invocar". Por essa razão, foi "o integralismo a agremiação política que de modo mais explícito e peremptório (...) aceitou todos os pontos do nosso programa [da Igreja Católica] na vida pública brasileira do momento atual". Portanto, não havia "do ponto de vista doutrinário, qualquer empecilho irremovível que impeça a entrada de católicos para o Integralismo".[196] Getúlio era sensível também a essa posição da Igreja Católica, embora soubesse que ela era condicionada ao interesse geral da Igreja, e este ele, na chefia do País, estava em posição privilegiada para negociar, segundo o seu interesse pessoal.

Da direita, e não da esquerda, vinha a atração de grandes contingentes populares sob uma bandeira revolucionária – ao menos formalmente, como era a integralista. E, ante ao fracasso da Revolta Comunista de 1935, seu prestígio era impressionante. Contudo, a AIB permaneceu imóvel, não agindo, como San Tiago desejava, no momento mais favorável para posicionar-se como o movimento capaz de ser uma barreira ao comunismo e mais: ser uma alternativa viável ao poder constituído, ou seja, em vez de mirar a conquista do poder, a AIB restou inerme, assistindo Getúlio nele se firmar.

Naquele ano de 1935, quando o confronto nas ruas entre os comunistas e integralistas extravasava a polarização ideológica, Plínio publicou um livro onde reuniu cartas dirigidas aos integralistas de diversos estados. A linguagem e a mensagem dirigida aos militantes, em uma dessas cartas, eram desconcertantes: "comungando na mesma ideia", escreve Plínio, "palpitamos no mesmo sonho, profundo e delicado, na mesma sinfonia gloriosa das vozes da pátria. Sentimos, juntos, o cheiro acre das belas batalhas; vibramos nas mesmas indignações e cóleras sagradas; e cantamos a giesta da primavera que anima o ritmo de todos os clarins e as cores de todas as auroras. É o carro da nossa revolução e é o carro da vitória". E arrematava: "Que nada se ponha em nosso caminho! Pois o Senhor Deus, eterno revolucionário e criador de ritmos de suprema beleza, deu-nos hoje o segredo misterioso da força e da glória da vida. Camisas-verdes em batalha!"[197]

Sonhos delicados e sinfonia de vozes decididamente não cortariam o figurino de um revolucionário veraz; tampouco dos enfrentamentos entre comunistas e integralistas recendera o cheiro acre de batalhas, e muito menos os integralistas foram tomados, em suas ações, por cóleras sagradas. E, mesmo "o Senhor Deus, o eterno revolucionário", houvesse conferido aos integralistas o segredo misterioso da força e da glória da vida, onde estaria essa liderança terrena com a qual deveriam eles lançar-se em batalha?

Em um estilo de um primarismo inacreditável em um jornalista experiente, e inaceitável em um chefe que se pretendia revolucionário, Plínio hipotecava, inteiramente, a sua revolução à força divina, e não à determinação de seus milhares de seguidores, que a força de uma liderança enérgica talvez pudesse mobilizar à luta, como San Tiago, nutrido pelo exemplo da trajetória fascista, acreditava capaz.

Na verdade, porém, o núcleo da AIB, Plínio à frente, sempre repudiara qualquer ação enérgica que visasse ao poder, e essa conduta foi uma vez reafirmada publicamente em outra carta, esta, publicada no dia de Natal de 1935, um mês depois de debelada a revolta comunista e já desencadeada a feroz repressão aos adversários do governo – ou seja, no momento em que o Integralismo via o seu prestígio crescer consideravelmente, pois a AIB poderia dizer confirmada a sua pregação de que o comunismo era a grande ameaça à sociedade brasileira. Porém, aos seus liderados que esperavam a palavra do chefe naquele momento de triunfo, Plínio, surpreendentemente, afirmou que não temia os inimigos do Integralismo, mas, "meditando sobre o movimento político-social" que ele, Plínio, criara, sentia-se apreensivo e temia "os meus próprios adeptos", porque eles, dominados por uma exaltação revolucionária, poderiam "perder aquilo que mais procuramos, (...) [o fundamento do nosso ideal]: a consciência de nós mesmos" e assim perderiam "o conceito da autoridade como eu a quero, e a concepção do chefe como é necessário a uma nação cristã". Naquele dia de Natal, concluiu Plínio, "volto-me para Cristo (...) pedindo-lhe, de todo o coração, que não nos deixe afastar (...) do estado, da sociedade, da família e do homem".[198] O risco estava na exaltação – e não na inércia – revolucionária, declarava o Chefe. Aonde fora ter "a realização objetiva da Ideia-Força [que] está na razão direta da oportunidade histórica", proclamada pelo autor de *Psicologia da revolução*?[199] O líder, que se dizia revolucionário, na verdade temia a revolução que seus liderados jamais fariam.

Aos olhos de San Tiago e de seu grupo, a liderança de Plínio Salgado à frente da AIB transformara-se em uma liderança pictórica; se a sua revolução espiritual jamais achara, e acharia, um figurino objetivo, o recuo de seu líder diante da oportunidade histórica única aberta naquele momento fulminava qualquer esperança remanescente partilhada por eles de virem a conquistar o poder.[200] A frustração do superintegralismo, de sua Revolução Nacional, com a qual San Tiago havia acreditado reorientar e afirmar o espírito revolucionário do Integralismo, e a desconcertante posição de Plínio em face dos fatos políticos no final de 1935, desenhavam o fracasso que San Tiago via agora pairar sobre a sua trajetória política iniciada ainda no pátio da escola. E, além desses fatos, San Tiago terá percebido outro. As ações do governo iam alterando o quadro político do País e começavam a deslocar o eixo sobre o qual o Integralismo se apoiava. O combate ao comunismo, a defesa de um nacionalismo radical e a renovação espiritual da sociedade, a ementa defendida por Plínio e que havia atraído milhares de seguidores a sua causa, fugia das mãos dos integralistas. E uma nova ordem política, a reunir aqueles elementos em um perfil ideológico próprio, estava sendo implantada a partir do poder, e o seu autor, Getúlio Vargas.[201]

- **O revolucionário e o poder**

Vitorioso em 1930, Getúlio não trouxera consigo um plano de governo nem a ele chegara aferrado a uma linha ideológica rígida. Mas tinha indicações precisas sobre o caminho a seguir, deduzidas de sua formação política no Rio Grande do Sul, dominada por um autoritarismo de fundo positivista implantado pelo líder gaúcho Júlio de Castilhos, que na década de 1890 comandara o estado.[202] Decidido repúdio à democracia parlamentar; um nacionalismo reativo; o aberto favor a um governo autoritário aliado à centralização administrativa; e um enérgico anticomunismo orientavam os passos políticos do ditador. Exibindo uma rara porém serena determinação, logo ao assumir o governo, em novembro de 1930, seguindo suas indicações, Getúlio enfrentou dois problemas significativos: a questão social – isto é, a conflituosa relação entre capital e trabalho, este representado pelo crescente proletariado presente na rápida expansão urbana, notadamente em São Paulo e no Rio de Janeiro – e a miséria do ensino no País.[203] Criou os Ministérios do Trabalho e da Educação, atribuindo-os a titulares competentes, Lindolfo Collor e Francisco Campos.

Ainda assim, a execução das novas normas do trabalho não foi imediata, e praticamente viu limitada a sua aplicação às duas maiores cidades do País. Paralelamente, começaram a ser criados institutos de aposentadoria e pensão de diferentes categorias profissionais – comerciários, bancários, estivadores etc. –, todas controladas pelo governo federal.[204] Desde o início de seu governo apresentado em uma roupagem paternalista, como se fora fruto de uma identidade pessoal entre Getúlio e cada um dos trabalhadores, o efeito dessa política trabalhista, sempre sob controle direto do governo, multiplicou-se, e com ele o prestígio do presidente da República junto à classe trabalhadora.

Já em 1933, a produção industrial voltara aos índices anteriores à crise de 1929, e o governo federal a partir de então começou a estender à economia a centralização que já impusera, absoluta, à ordem política. Além das ações específicas de política financeira, o Executivo passou a atuar nos outros setores da economia, criando órgãos para neles intervir diretamente, entre outros o Instituto do Cacau, o Instituto do Açúcar e do Álcool e o Departamento Nacional do Café, controlando os preços desses produtos e a rentabilidade de seus produtores, o Departamento de Aviação Civil e o Departamento Nacional de Produção Mineral.²⁰⁵ Igualmente, o governo controlou o crédito, editou a Lei da Usura, estabeleceu o parcelamento das dívidas, limitou os juros cobrados em empréstimos e fez o Tesouro Nacional assumir a metade da dívida dos agricultores, emitindo títulos da dívida pública, que foram entregues aos bancos credores. Em junho de 1934, criou o Conselho Nacional de Comércio Exterior e editou o Código de Águas, então um marco da afirmação nacional, previsto desde o início do século.

No plano político, em movimento calculado, em agosto de 1933 Getúlio nomeou Armando de Salles Oliveira, finalmente um interventor do agrado da elite paulista, enquanto fazia o inverso em Minas Gerais, indicando o novato Benedito Valadares para comandar o estado, libertando-se assim da intricada teia de interesses da política mineira.

Em movimento não menos hábil, alinhou o Exército, cujo histórico de insubordinação ao longo da República, com as suas sucessivas sedições a culminar na Revolução de 1930, fora um fator decisivo na instabilidade política do País. Aos tenentes rebeldes, Getúlio deixou o desgaste da experiência administrativa à frente das interventorias nos estados, encargo que aos poucos arrefeceu-lhes o ímpeto ideológico, jamais consistentemente formulado, enquanto apoiava-se no singular talento de Góes Monteiro para reordenar as correntes políticas internas na corporação. Embora ligado aos tenentes, Góes, ambicioso e inteligente, era contrário à ação política direta e permanente dos militares e mostrou-se capaz de reuni-los em torno do presidente da República. Simultaneamente, Getúlio cobrou a disciplina ao Exército mostrando-lhe que a Intentona Comunista nascera nos quartéis e que estes deviam ser postos sob estrita identificação ideológica ao Executivo, isto é, à pessoa do presidente da República.²⁰⁶ Assim, foi possível a Getúlio impor-se ao Exército, mesmo este sempre cético sobre a liderança civil do País, mas que não encontrava em seu meio uma expressão capaz de a substituir à frente do governo federal.²⁰⁷ Em outra manobra, Getúlio atraiu a Igreja Católica, fazendo inscrever na Constituição de 1934 as suas pretensões relativas ao ensino religioso e à proibição do divórcio, as quais não contrariavam boa parte do povo brasileiro. Ao alinhar em torno de si essas duas expressões políticas, o Exército e a Igreja Católica, ou seja, o poder temporal, em sua expressão mais objetiva e rudimentar, e o poder espiritual, em sua forma mais expressiva no País, Getúlio consolidava o seu prestígio junto ao povo brasileiro.

O personalismo exacerbado foi umas das chaves usadas por Getúlio para trazer em seu apoio o povo, desprezando a intermediação de partidos políticos e eleições. Essa linha autoritária era uma das mais nítidas a guiá-lo e se deduzia de sua formação política, nutrida pela tintura ideológica do caudilhismo gaúcho, uma experiência única na política brasileira, mas identificada ao núcleo autoritário que a dominava. Este, a sua vez, alinhava-se ao nacionalismo reativo, que se vira reforçado depois da guerra de 1918: o Brasil era um país destinado a um grande futuro, inestimável a riqueza de seu território, e o seu povo, cordato e inculto, necessitava ser conduzido a esse futuro que a Providência lhe reservara. Logo, a defesa do interesse nacional identificava-se naturalmente com um governo forte, capaz de arregimentar todas as forças do País e as coordenar para realizar o interesse nacional. Getúlio se colocou como o intérprete dessas forças até então desalinhadas pela falência do modelo liberal jugulado pela Revolução de 1930. E as manobrou habilmente.

Metódico e trabalhador, Getúlio reformou a máquina de governo e com ela centralizada sob seu controle fez-se senhor do poder que manejava. Executou com crescente disposição uma política marcadamente nacionalista e para a aplicar intervinha abertamente na economia, criando órgãos especiais da administração pública, os quais subordinava ao seu controle direto; promoveu a reforma do ensino, trouxe para o interior do governo a coordenação e a solução dos conflitos entre capital e trabalho[208] – assim como o planejamento econômico, com a definição de ações específicas voltadas para a indústria e para o comércio exterior –, e reforçou o controle das finanças públicas e do crédito. No plano político, Getúlio ergueu-se como o defensor máximo, e único líder, da família brasileira, ao reprimir a revolta comunista em novembro de 1935, que alardeou ser o maior perigo enfrentado pela sociedade brasileira.

A essas ações diligentemente executadas, Getúlio emprestava uma característica ímpar na política brasileira: a naturalidade com que exercia o poder político que detinha. Ao contrário de Plínio Salgado, que desejava uma revolução a resultar de uma renovação espiritual da sociedade, Getúlio seguia a lição das revoluções vitoriosas daquele século, todas recentes – a russa, a fascista e a nazista: só a violência estatal era capaz de sedimentar o poder revolucionário. Diversamente dos líderes daquelas revoluções, a violência com que Getúlio exercia o seu poder, embora efetiva como sentiam seus adversários, requeria um espectro menor e escondia-se mascarada em uma figura paternal que ele, como nenhum outro político brasileiro antes ou depois, soube compor com maestria. Além disso, o seu poder, real e incontrastado, jamais o seduziu integralmente. Getúlio não tinha amigos; aqueles que dele se aproximavam, deixava-os dele se afastar, assim como aceitava que seus inimigos dele se aproximassem, sempre conforme ditasse o seu interesse. Dizia-se que não guardava rancor, e essa seria uma de suas habilidades políticas. Em verdade, essa era uma das facetas surdas de seu temperamento: não prezava ele o convívio pessoal além da esfera social; interessava-lhe apenas a colaboração que os próximos, ou aqueles que dele se aproximassem, pudessem trazer ao seu governo marcadamente personalista, sendo esse interesse calculadamente objetivado e somado ao realismo com o qual, sempre, encarava o poder. Esse traço de sua fria personalidade permitiu-lhe cercar-se das melhores inteligências de seu tempo, as quais, medindo-lhes o custo, sempre atraiu ao seu serviço, mesmo depois de havê-las rejeitado ou perseguido, como era o caso de Francisco Campos e de Vicente Ráo, respectivamente.

O Coringa, como o jornalista San Tiago o alcunhava, conhecia o seu povo e melhor ainda os seus adversários, os quais, à exceção daqueles que liminarmente descartava, sabia não resistirem a um eventual chamamento para com ele colaborar acomodados em um cargo de seu governo.

Getúlio esquadrinhava a alma brasileira e dominava a vida do País. Nenhuma outra força política naquele ano de 1936 era capaz de enfrentá-lo. E nenhuma pretensão ideológica era capaz de resistir aos seus lances aliciadores. Mesmo à esquerda ele colhia os frutos de sua ação com sua política trabalhista, que, apesar de fulminar a independência do movimento sindical, apresentava-se, e era por eles sentida, como redentora dos trabalhadores brasileiros. E à direita Getúlio furtava a bandeira do Integralismo e a liderança de Plínio Salgado – sem este o perceber. Esse fato, porém, não passou despercebido a San Tiago.

- **Os curtos e fulminantes anos**

A evocação de seu avô em meio à elaborada descrição de Ouro Preto, que San Tiago visitara em sua bandeira integralista em meados do ano anterior, ganhava especial significado no início de 1936, quando foi publicada.[209] Onde estaria a indignação da verdadeira inocência, ou a vida que não pedisse astúcia ou aventura, mas pedisse apenas uma simplicidade de caráter? Certamente não naquele jovem de vinte e quatro anos, de olhar terno, composto, mas que se via um "homem feito, com esse pavoroso depósito vulcânico que tão curtos e tão fulminantes anos lançaram dentro e em torno de mim".[210] A sua ação política o havia levado a São Paulo e o trouxera, desencantado, de volta ao Rio de Janeiro; o casamento o havia levado a Belo Horizonte, e aí, precocemente amargurado, provara a ação política não mais na redação de jornal, porém na militância nas ruas. De volta a sua cidade, no início de 1936, San Tiago recolhia a frustração de sua trajetória política, havia três anos associada à Ação Integralista Brasileira.

O fato de a revolução espiritual defendida por Plínio Salgado contrariar toda experiência política então vigente já estava, havia muito, claro a San Tiago. Porém, a atitude do chefe integralista naquele momento em que a direita recebia um apoio jamais visto no País, em seguida ao fracasso da revolta comunista, era inexplicável.

Pelo início de 1936, San Tiago, Américo Lacombe, Antônio Gallotti, Chermont de Miranda e Thiers Martins Moreira estavam certos de que Plínio Salgado era incapaz de liderar a revolução integralista que pregava havia três anos. A hora do Integralismo anunciara-se com o fracasso da revolta comunista de novembro anterior, e Plínio não a aproveitara; ao contrário: no momento exato, recalcitrara. Receoso quando deveria ter-se mostrado ousado, Plínio freara o ímpeto de seus liderados, como mostrara a carta que a eles enviara no último Natal. A hora da afirmação definitiva do Integralismo, argumentava Chermont, havia passado, e com ela a expectativa real de conquistar o poder. Este, dizia Chermont, não seria conquistado sem a audácia de ações concretas de iniciativa dos integralistas, dentre as quais repontava aquela indispensável: a eliminação física do presidente da República, tarefa então simples, segundo defendia o enérgico Chermont: Getúlio era um alvo fácil em seus passeios solitários, ou acompanhado de apenas um auxiliar, à noite pelas ruas desertas de Petrópolis, para onde, nos meses de verão, transferia a sede do governo federal.[211] Essa proposta radical não seria jamais aceita por Plínio, não apenas em razão de seu temperamento, mas também à conta de sua ingênua avaliação sobre o presidente da República, a quem acreditava estar impressionando à frente de seus camisas-verdes, suposição em breve a ser cruamente desmentida, mas que àquela altura reforçava a imóvel linha política do chefe integralista. A presença da AIB, por si só, acreditava Plínio, pressionaria Getúlio a com ele afinal se compor – tal como previsto no Manifesto Integralista três anos antes: o poder viria ter aos integralistas, em torno deles gravitaria, inapelavelmente.[212]

San Tiago, Américo Lacombe, Antônio Gallotti reuniram-se na casa de Lacombe e discutiram deixar o Integralismo. San Tiago, que por hábito especulava mentalmente com todas as hipóteses, não alcançou decidir, sob o argumento, em parte veraz mas não suficiente a convencer Chermont, de que deviam a Plínio a projeção política que haviam alcançado no cenário nacional e por essa razão não poderiam abandoná-lo, apesar de partilharem todos o mesmo desencanto com o Integralismo.[213] Chermont não aceitou o argumento de San Tiago secundado pelos demais cajuanos. O empenho da luta revolucionária, dizia Chermont, tinha um elemento – dela indissociável – de radicalização, de ousadia, com o qual não se poderia transigir sem o perder e, assim, o espírito revolucionário. San Tiago não negaria esse ponto, fartamente confirmado pela história recente das revoluções vitoriosas, mas não conseguiria inscrevê-lo na realidade brasileira daquele momento, como era capaz Chermont.

Chermont rompeu com Plínio em dura carta a ele endereçada no começo de 1936, ao deixar a AIB. O ex-presidente do CAJU registrou a incapacidade de Plínio em agir; "esperei, a fim de ver se, no momento oportuno, você teria um gesto de força capaz de salvar o movimento. E, infelizmente, não só isso não se deu, como deram-se outras coisas que vieram demonstrar que esperarão debalde os que esperarem em você". E Chermont indicou o momento em que a inércia do chefe integralista fora decisiva para o fracasso, que via certo, do movimento: "por ocasião do movimento revolucionário que abalou a capital da República, [a revolta comunista de 1935] alguns, mais observadores, chegaram à dolorosa contingência de aceitar a verdade: (...) ninguém tomou a menor providência, (...) os dirigentes apenas se limitaram a reunir os integralistas (...) a fim de tornar mais fácil uma eventual chacina caso o movimento revolucionário [comunista] fosse vitorioso". E arrematava Chermont, denunciando a falta mais grave do líder da AIB: "a verdade é que você articula um vasto material revolucionário de homens que você não poderá satisfazer (...), mesmo porque o espírito revolucionário deles excede em qualidade, intensidade e quantidade ao seu próprio".[214] Meio século depois, Chermont recordaria a discussão com San Tiago, quando observou ao amigo que o Integralismo jamais alcançaria o poder, pois lhe faltava o ânimo revolucionário que Getúlio exibia.[215]

Antônio Gallotti diria mais tarde estar sempre pronto a explicar porque ingressara na AIB, mas não porque nela permanecera até o seu fim. Certamente, não apenas por gratidão a Plínio, como era também o caso de seus companheiros. Em verdade, eles, e San Tiago em especial, não queriam deixar a ação política tão pouco tempo depois de nela haver ingressado. Os motivos que levaram San Tiago a ingressar na AIB ainda nela o retinham, apesar do fracasso de sua iniciativa em criar um superintegralismo, de buscar orientar objetivamente a AIB em direção ao poder e de pressentir esse objetivo ser frustrado também pela forma que Plínio Salgado o buscava. Nesse sentido, San Tiago não discordaria de Chermont, e estava advertido da tibieza de Plínio. Porém, a sua permanência nos quadros da AIB, além de lhe permitir maior participação no debate político em um ambiente no qual a sua linha ideológica se não fora integralmente aceita não era rejeitada, seria em parte estimulada pelo paradoxo que Plínio Salgado representava.

- **San Tiago e Plínio Salgado – a atração dos extremos**

San Tiago somara ao aprendizado vivo do pátio da escola largos e silenciosos "tempos de estudo" e se tornara um brilhante e precoce ideólogo da direita, com um friso especialmente nítido. Com um vasto conhecimento dos processos revolucionários então modernos, em especial o fascista italiano, que admirava, quis adaptá-lo à realidade brasileira; a experiência no jornal *A Razão* propiciara-lhe o manejo elegante e fácil de uma linguagem moderna e sem excessos; seus artigos, escritos antes dos vinte anos, eram admirados, todos reconhecendo o seu talento e a sua maturidade intelectual; e o seu ingresso na AIB, mesmo se nela não tenha se distinguido por uma militância intensa, como a de Miguel Reale, acresceu-lhe o prestígio de jovem ideólogo, em um tempo dividido em campos radicalmente opostos.

Grave porém simpático, San Tiago não cortava o tipo idealizado de revolucionário, mas admirava seus interlocutores e a audiência de suas conferências pelo ânimo intelectual que infundia ao seu discurso.[216] Analisava, explicava, esclarecia; havia nele uma racionalidade inafastável, que lhe compunha perfeitamente a figura de ideólogo, na qual entrevia-se o *scholar*, a discernir os caminhos a seguir. Plínio Salgado diferia absolutamente de seu jovem amigo. Dominado por um provincianismo do qual jamais se libertaria e que lhe imantava todas as ações e reflexões, diria mais tarde que a evolução de seu espírito havia se processado "até chegar a síntese de toda a minha obra, que é a vida de Jesus", traço que lhe marcou, desde o início, a trajetória política, alinhando-a à Igreja Católica.[217] Essas duas características certamente não distinguiriam um líder revolucionário – que, de fato, Plínio não era –, mas, àquela altura, o identificavam com largos estratos da população brasileira, especialmente a espalhada pelo interior do País, e aí estava a principal razão do sucesso fulgurante da AIB. O provincianismo era próprio à expressiva maioria da população, largamente analfabeta e isolada em pequenas cidades, onde a maior influência cultural provinha da Igreja. E nas grandes cidades, parcela considerável da classe média ainda trazia firmes esses valores, e era à exaltação deles que a brilhante oratória de Plínio se dirigia, com inegável sucesso, assim como a esses contingentes da população a parafernália visual do Integralismo – uniformes, desfiles, bandeiras, saudação – impressionava.

Esse contraste entre a sofisticação e a atualidade intelectual do jovem ideólogo de direita, um militante discreto e professoral, e o primitivismo arrebatado e carismático do líder conservador, que acreditava possível uma revolução espiritual frutificar em fatos políticos transformadores, trazia a San Tiago uma perplexidade íntima que contribuía a retê-lo nos quadros da AIB.[218] O seu desânimo com a causa era, contudo, visível, naquele ano de 1936.

- **As perdas definitivas**

San Tiago via o seu projeto ideológico frustrar-se, mas, simultaneamente, avançava outro projeto seu, o magistério. A ele San Tiago lançou-se com renovado ímpeto. Por essa altura, o concurso para cátedra na Escola de Belas Artes já teria sido marcado para o ano seguinte, pois, em agosto de 1936, San Tiago e seu colega de Escola, o engenheiro Edison Passos, tendo em vista o concurso para cátedras na Escola, tomaram, "sob palavra de honra, o compromisso de mutuamente nos auxiliamos na preparação, organização e execução dos concursos que temos de fazer para preenchimento das cadeiras que hoje regemos na Escola Nacional de Belas Artes".[219] Dezoito anos mais velho do que San Tiago, Edson Passos era um engenheiro experiente e professor nessa área, com várias obras publicadas; o compromisso por ele redigido e firmado com seu jovem colega mostrava o prestígio intelectual de San Tiago entre seus pares na Escola.

Além do magistério e da preparação para a disputa de cátedra, havia o expediente da Promotoria pública a vencer, e, àquela altura, San Tiago já fora contratado para ser consultor jurídico do Conselho Federal de Engenharia e Arquitetura, criado três anos antes.[220] Novamente, San Tiago somava "tempos de estudo". As suas atividades no Conselho guardavam relação com o magistério na Escola, mas ao lado de seus pareceres curtos e bem lançados sobre questões relativas ao exercício profissional de engenharia e arquitetura, San Tiago estudava Direito Penal.[221] Rapidamente, o seu talento e aplicação foram reconhecidos nessa área também. Entre os maiores criminalistas da época, San Tiago participou da Conferência Brasileira de Criminologia, em julho daquele ano de 1936. O presidente da conferência, "Dr. Magarinos Torres, (...) declarou aberta a sessão, às 21 horas [e] às 21 horas e 10 minutos, o Dr. Santiago Dantas, relator da segunda tese, tem a palavra para sustentar o seu relatório e rebater as críticas feitas. Defende a necessidade de classificação de criminosos, discordando das objeções formuladas pelo Desembargador Vicente Piragibe, na sessão anterior".²²²

Sobre essa nova linha de atividade profissional, cuja excelência técnica logo foi reconhecida pelos seus novos pares, o segundo semestre daquele ano de 1936 somou ao desencanto com o Integralismo, que silenciara o publicista, outro golpe, mais fundo e especialmente doloroso: a morte de sua avó materna, sua adorada Dindinha. Cedo ela conseguira alcançar, sob a precoce inteligência do neto, a sua complexa sensibilidade, e o conquistara inteiramente. San Tiago, sem distanciar-se da mãe, pode assim somar afeto e compreensão em planos distintos mas complementares. Dindinha fora, sempre, a interlocutora de suas elucubrações e perplexidades. San Tiago sentia-a inteiramente dedicada a ele e à sua irmã Dulce até onde podia alcançar a sua memória: desde a companheira de passeios em camisa, ele ainda menino de cinco anos, pelo deserto areal da praia de Copacabana na década de 1910, até à confessora de seus projetos e aspirações, homem feito somando êxitos precoces, os quais ela recebia com uma alegria juvenil.²²³ A memória de Dindinha, àquela altura seria o "vulto que até o fim dos meus dias, encherá de poesia, de amor, de reconhecimento, o meu moço mas já tão desencantado coração".²²⁴

O silêncio do publicista e a aplicação do professor de vinte e quatro anos determinado a conquistar a sua primeira cátedra não significavam, porém, um recolhimento social, como a dor da perda de Dindinha poderia sugerir. Ao contrário, San Tiago transitava por diferentes círculos sociais com maduro desembaraço. Ao lado de Antônio Gallotti, frequentava os restaurantes e bares mais movimentados da capital federal; o do cassino da Urca, o bar do Hotel Plaza e a sede social do Jockey Clube, localizada na av. Rio Branco, na esquina com a av. Almirante Barroso, a poucos metros do hotel, situado no quarteirão seguinte da av. Rio Branco.²²⁵ Provavelmente apresentado por Gallotti, San Tiago conheceu Edmundo Luz Pinto. Grande conversador e orador brilhante, Edmundo tivera seu mandato de deputado federal por Santa Catarina cassado em 1930.²²⁶ Celibatário convicto, a sua sociabilidade elegante e discreta o fez centro de diferentes rodas, de política e de negócios, as quais animava com verve e inteligência. Gallotti e San Tiago encontravam Edmundo assiduamente para jantar,²²⁷ e, a seu pedido, Gallotti fora contratado como advogado pela Light, cuja presidência viria a ocupar três décadas depois. À inteligência de San Tiago, Edmundo ajudou a abrir os salões e mesas por onde a elite da capital federal, e portanto de boa parte do País, se encontrava. Sempre próximo aos amigos, Edmundo seria uma das figuras centrais nas festas elegantes do Rio de Janeiro, entre elas as que Gallotti, já à frente da Light, oferecia regularmente na mansão da empresa onde residiria, erguida em estilo francês do início do século e situada em um amplo terreno que ia da encosta do morro até à borda da rua São Clemente, no bairro do Botafogo, onde aproximava empresários das autoridades públicas então influentes.[228]

Em diferentes círculos, acadêmico, profissional, político, social, San Tiago ia se afirmando naturalmente. Mas neles movia-se em ritmos distintos.

- **O professor e a política**

O silêncio de San Tiago sobre a situação política naquele ano de 1936 não se deveu à falta de acontecimentos a desafiar o seu interesse e a sua ação de publicista engajado, até então constante. Da França, de onde viera o surto de ideias a animá-lo ainda no pátio da escola, chegava agora outra sorte de notícias: dessa vez, o novo não vinha das províncias conservadoras, mas sim dos domínios da esquerda. A esquerda francesa havia conseguido unir as suas correntes e formar um bloco capaz de deslocar as forças de centro que detinham o poder, e assim a Frente Popular saiu-se vencedora nas eleições parlamentares de maio de 1936, conquistando a maioria absoluta dos votos no parlamento, tendo à frente o Partido Socialista, chefiado por Léon Blum, judeu oriundo da Alsácia, a mesma região de Maurice Barrès, e como este um intelectual respeitado. Advogado, Blum tornara-se conhecido ensaísta e crítico literário e dramático, e entrara na política ao lado dos republicanos defensores do capitão Dreyfus, em posição oposta à de seu conterrâneo, que tanto influenciara San Tiago. Na mesma altura em que *L'Action Française* era fundada, no início do século XX, Blum ingressou no Partido Socialista e foi um dos arquitetos de sua reconstrução, depois de sua cisão determinada pela a saída dos comunistas em 1920. De então por diante, a sua presença identificou-se com o socialismo francês. Uma vez no poder, em 1936, promoveu medidas de forte repercussão social; entre outras, propôs e viu aprovadas pelo parlamento a jornada semanal de quarenta horas de trabalho e a concessão de quinze dias de férias aos trabalhadores assalariados, cuja renda aumentou; estabeleceu o regime de liberdade sindical e assegurou a efetivação do acordo coletivo de trabalho. O gabinete chefiado por Blum não resistiu, contudo, a mais de um ano de existência, e uma das razões da sua queda em junho de 1937 foi a sua posição de neutralidade assumida em relação à Guerra Civil Espanhola, que rebentara pouco depois da vitória da Frente Popular, no ano anterior.

Tal como ocorrera na França, na Espanha os republicanos aliados à esquerda saíram-se vencedores nas eleições realizadas em fevereiro de 1936, batendo a direita nacionalista. Porém, o regime político espanhol, apesar de sua evolução desde o início do século, não exibia a vitalidade democrática do francês, e o novo governo não pôde conter os socialistas radicais e os anarquistas que nele se recusaram a formar, nem a oposição, que logo se articulou, com igual sectarismo, para derrubá-lo. Esses movimentos, desatados logo depois das eleições, fenderam a sociedade espanhola entre republicanos, à esquerda, e nacionalistas, à direita, ambos expressando-se pela ação violenta nas cidades e no campo, em uma escala inédita. Quando em julho daquele ano as tropas rebeladas pelo general Franco deixaram a sua base colonial no Marrocos em direção ao continente, outras unidades do exército espanhol nele aquarteladas se levantaram também: começava a guerra civil, que opondo aquelas duas facções, duraria três anos e no Ocidente prenunciou a Segunda Guerra Mundial. Os nacionalistas apoiados pela Igreja Católica indicaram Franco chefe do governo espanhol, logo reconhecido pelos governos da Alemanha da Itália, que enviaram armas e tropas, enquanto os republicanos, ainda controlando o governo eleito em Madri, recebiam o suporte material da Rússia e o concurso de milhares de voluntários vindos das democracias europeias, sobretudo da França.[229]

Por essa altura, Mussolini consolidava a ocupação da Abissínia, que invadira no ano anterior, e Adolf Hitler, três anos depois de assumir o poder na Alemanha, dava cumprimento, com sinistra eficiência, às suas sombrias propostas amplamente alardeadas. A milícia e agora a policia, sob o comando do partido nazista, que já prostrara à sua direção a ordem constitucional do país, haviam fisicamente dizimado a oposição; a violência contra os judeus tornara-se uma política de Estado, executada sem restrições; e em março daquele ano de 1936, em aberta violação ao Tratado de Versailles, Hitler ocupara, com as tropas da *Wehrmacht*, a Renânia, o centro industrial da Alemanha desmilitarizado, desde o final da Primeira Guerra e sob controle dos franceses. Advertido por seus generais sobre uma possível reação do governo francês, Hitler afirmou que este nada faria.[230] E assim aconteceu. A ousadia do ditador alemão tinha a medida de sua violência política. As democracias europeias, notadamente a Inglaterra e a França, assim como a norte-americana, cegaram a esse fato, só percebido em todos os seus desdobramentos três anos depois, em setembro de 1939, quando Hitler invadiu a Polônia e deflagrou a Segunda Guerra Mundial.

Ao contrário da França, a crise que se seguiu à vitória da Frente Popular na Espanha não encontrou nas forças políticas do país a sua solução. Esta veio pela força das armas, as quais, depois de três anos de uma guerra civil brutal, consolidaram Franco no poder, que ocuparia por quatro décadas.

San Tiago acompanhava esse outro episódio revolucionário, ainda mais sangrento do que os anteriores. Nesse contexto, publicou seu único artigo sobre política escrito naquele ano de 1936. Nele diz que o Exército brasileiro há muito havia perdido o sentido orgânico de sua expressão; inimigos a combater não os tinha, senão "os inimigos acadêmicos dos jogos da Escola de Estado Maior", fato que ajudava a semear "no Exército uma grande dúvida sobre o destinatário da sua fidelidade política. Há os que professam uma disciplina formal, sem conteúdo, e dão assim seu apoio fiel a tudo que tenha forma e figura de governo. Há também os que se julgam ligados pelos juramentos não aos governos, mas à nação brasileira".[231] San Tiago não se enganava no enquadramento da questão, perfeitamente descrita; mas silenciava sobre o desdobramento dessa situação, já evidente. Se era possível supor que o Exército brasileiro em seu conjunto hesitava ao definir o seu papel na sociedade brasileira, os seus chefes mais representativos não tinham dúvida de que ao exército cabia tutelar a vida política do País. A ordem republicana fora instituída por um golpe liderado por um oficial do Exército, e de então por diante crescera no meio militar uma identidade peculiar entre defesa nacional e tutela política, esta sendo vista como inerente àquela. O Exército, sem inimigos externos a combater ou a temer desde a Guerra do Paraguai na década de 1860, com a República voltara-se para a vida nacional e, sobre a visão particular que sobre esta forjou, formulou o seu projeto de ação intervencionista. No entender do general Góes Monteiro – singular expressão intelectual nas Forças Armadas – era o exército um ator político, e, por essa razão, deveria formular a sua própria política – e não trazer para o seu interior a política partidária –, habilitando-se assim a intervir na vida do País quando julgasse necessário.[232] Menos refinado intelectualmente do que seu colega de farda, mas não menos objetivo, o general Dutra, então comandante das tropas aquarteladas na capital federal, o maior contingente do País, afirmava ser o Exército o "sentinela da nação".[233] Essa formulação não escapou à argúcia de Getúlio, que ao final de 1936 valeu-se da liderança de Dutra à frente da tropa e o nomeou ministro do Exército. E, vencendo a política dos generais, incomodados com a liderança intelectual de Góes Monteiro, nomeou-o, com apoio de Dutra, em meados de 1937, chefe do Estado-Maior do Exército.[234] Getúlio prefigurava o golpe de novembro de

1937, e San Tiago fixava em seu artigo o papel do Exército na vida política do País, sempre crescente de então por diante.

Mesmo acompanhando os fatos políticos externos, San Tiago nada publicou além do seu artigo. Estudava voltado para sua vida acadêmica. Américo Lacombe recordaria, sessenta anos depois, o amigo se preparando para a disputa de cátedra na Escola de Belas Artes e Arquitetura, imerso em incontáveis "tempos de estudo" e, em meio às suas atividades profissionais, regularmente internando-se com seus livros no sítio que seu pai havia comprado próximo ao Rio de Janeiro, no município de Sacra Família, vizinho à cidade de Vassouras.[235]

- **Sinais de mudança**

O cosmopolitismo intelectual de San Tiago era claro desde os seus primeiros artigos políticos e literários e seria um dos fatores de sua frustração com o Integralismo, mas não suficiente a levá-lo a com ele romper. Devido a outra ordem de fatores, Miguel Reale vivia situação semelhante à de seu amigo carioca. Em junho de 1936, Plínio Salgado o havia destituído do comando da Secretaria Nacional de Doutrina, que Reale ocupava desde a fundação da AIB. Embora não revelada e o próprio Reale a atribuísse à política interna do movimento manipulada pelo grupo que cercava o chefe, o motivo do seu afastamento seria outro: a projeção ideológica alcançada pelo jovem advogado paulista ameaçava a liderança intelectual de Plínio. A uma militância ativa, que já o levara ao norte e ao sul do País e o fazia varar repetidamente o interior de São Paulo, Reale somava igual energia intelectual; em seguida ao seu primeiro livro, *O estado moderno*, publicado em 1933, nos últimos três anos escrevera outros três livros, inúmeros artigos e incontáveis palestras, aulas e discursos.[236] E, ao contrário de San Tiago, que via na experiência fascista italiana o modelo a seguir, Reale buscava, já em seus primeiros escritos, mesclá-la ao nacionalismo nativo, em especial à formulação que lhe dera Alberto Torres. Em meio às diversas linhas do pensamento autoritário na cena nacional, em que nenhuma se distinguia especialmente das demais, a exposta por Reale aproximava-se da linha nacionalista de Plínio, embora esta fosse fluida e pouco clara em sua formulação, além de sua estreita identificação com a doutrina social da Igreja Católica, com a qual Reale não tinha maior afinidade. Este era o traço que avivava o contraste entre a obra de Plínio e a de Reale – e revelava a maior consistência teórica da obra de Reale em relação à obra do chefe da Ação Integralista.

Ao lugar de Reale, Plínio nomeou o futuro historiador de São Paulo, Ernani da Silva Bruno, sem maior expressão no movimento, para chefiar a Secretaria Nacional da Doutrina. Reale ficou profundamente desapontado, mas não rompeu com Plínio nem se afastou da AIB.[237] Disposto a manter a sua militância, fundou em São Paulo um pequeno jornal, *Acção*, cujo título sugeria inconscientemente uma resposta ao chefe, à hesitação do chefe, que frustrara também a San Tiago. Reale pediu ao amigo que escrevesse para o novo jornal, e foi prontamente atendido. Em janeiro de 1937, San Tiago publicou em *Acção* três artigos, "Concepção de Força Armada", "Integralismo e arte" e "Gide e a Rússia".[238]

O tema do primeiro artigo não era novo ao autor – a milícia integralista. Não há indicação precisa a respeito de sua escolha por San Tiago, sobretudo tendo em conta que a milícia fora dissolvida por Getúlio em abril de 1935; porém é claro no texto "Concepção de Força Armada" o propósito do autor em distinguir o papel da milícia no quadro político da época. Se a "má inspiração do governo não nos houvesse tirado das mãos a arma eficaz entre todas, com que operávamos a renovação das energias populares (...)", diz San Tiago, "por certo hoje a veríamos estendida nas ruas e nas estradas, com efetivos de centenas de milhares", acrescentando, com visível exagero, existir então no País, "ao lado da guerra civil e da desordem interna, (...) uma guerra social, que assume as formas mais graves e sutis, que se traduz em greves, em campanhas de descrédito, em formas incontáveis de sabotagem e de contrarrevolução". A única força capaz de vencer essa "guerra é a milícia, defensora da revolução naqueles inúmeros terrenos em que a luta contra ela não envolve a soberania". Nesse quadro extremo, e irreal, descrito por San Tiago, a contrarrevolução seria a ação dos comunistas, que só a milícia integralista seria capaz de enfrentar sem riscos à ordem estabelecida, pois a sua "destinação (...), que em face das doutrinas modernas do estado, não se confunde com o Exército nem com a Polícia, não os contrasta, não os diminui, nem os enriquece. Pois diante dela há um outro inimigo".[239]

Ao justificar a existência da milícia integralista, possivelmente San Tiago tinha em mente o exemplo das revoluções de seu tempo; em nenhuma delas os revolucionários haviam-se socorrido das Forças Armadas: assim fora na Rússia em 1917, onde os Sovietes tomaram o poder sob a ousada liderança de Lênin; cinco anos depois na Itália, quando Mussolini afrontara o poder constituído com os seus *fasci di combattimento*, subtraindo-o dos partidos majoritários, seus tradicionais detentores; e o mesmo fizera Hitler, onze anos depois, em 1933 – quando assumiu o poder, seus camisas-pardas já haviam dominado as ruas das principais cidades alemãs. Como mostrava a história recente (repetindo a revolução francesa), o êxito da revolução, à esquerda ou à direita, dependia da conquista das ruas dos grandes centros urbanos, e estas, onde as revoluções triunfaram, haviam sido tomadas pela milícia, a única força, segundo San Tiago, capaz de "operar a renovação das energias populares", as quais poriam no poder o seu líder. A má inspiração do governo em extinguir a milícia integralista, assim qualificada por um desencantado San Tiago, soava antes como um lamento pela inviabilidade óbvia de se aplicar à experiência brasileira o padrão das revoluções vitoriosas na Europa. E isso se devia, sobretudo, à ação de Getúlio: sem milícia, mas com as tropas regulares do Exército que comandava com habilidade e energia, ele havia posto fim à tentativa da contrarrevolução a que se referia San Tiago, e cujo (inexistente) perigo Getúlio não cessava de extremar, alardeando-o com uma finalidade precisa: não apenas reprimir a contrarrevolução liderada pela esquerda, o que estava fazendo com fria eficiência, mas derruir o regime democrático que a Constituição de 1934 desenhara.

"Integralismo e arte", o segundo artigo de San Tiago publicado em *Acção* também em janeiro de 1937. Nele San Tiago procura mostrar que o Integralismo não se opunha ao modernismo, e isso ficava claro feita a distinção, que afirma existir, entre dois tradicionalismos: "um que consiste na perda do poder inventivo, da fecundidade metódica; outro que consiste precisamente no oposto – na assimilação de toda a experiência, na fixação de toda riqueza adquirida para sem cessar reinvertê-la no fluxo da criação". Este último seria o tradicionalismo presente em todas as épocas e em "todos os grandes criadores que assimilaram do passado não os 'produtos', mas as 'leis de produção', não as aparências, mas a essência, e até num sentido mais filosófico, pode-se dizer – não a matéria, mas a forma". Assim, haveria "uma Arte moderna que é tradicionalista, neste último e grande sentido", e "só ela é Arte moderna, a outra, não sendo mais que uma imbecilíssima pasquinada". Portanto, conclui, "com tal Arte moderna o Integralismo está de corpo e alma, e engana-se quem pensar que há um esquerdismo infuso nas suas concepções".[240] Retórico, San Tiago tentava achar ao Integralismo um lugar no modernismo. Por certo, a experiência artística não havia sido totalmente rompida pelo modernismo, assim como não fora pelas escolas precedentes, as quais inovaram sobre o padrão vigente. San Tiago buscava se distanciar do tradicionalismo reativo, estático, a negar absolutamente o moderno, cuja eclosão dataria da Revolução Francesa – senão da reforma protestante, como queria o padre Franca, tese ardorosamente defendida pelos sectários da doutrina social da Igreja Católica. Esse tradicionalismo casava-se ao provincianismo de boa parte dos militantes e do círculo dirigente da AIB – de Plínio Salgado, inclusive[241] – e se fazia presente na cultura oficial do País. Mas esta já se dividia àquela altura, somando alguns modernistas ativos no interior do governo, em surda disputa com os tradicionalistas, em maioria.

San Tiago transitava bem pelos dois terrenos, não apenas à conta do seu cosmopolitismo, que o distinguia nos quadros da AIB especialmente, mas pelo fato de já haver ele identificado a ambivalência da experiência fascista em, simultaneamente, somar à reação, que promovia, frutos da modernidade, e à glorificação do passado imperial romano, que propagandeava, a busca pela inovação dinamizadora da sociedade italiana.[242]

San Tiago dizia ser o modernista Carlos Drummond de Andrade o maior poeta brasileiro. Drummond era então chefe de gabinete do ministro da Educação Gustavo Capanema, mineiro que San Tiago provavelmente encontrara, ginasiano, em Belo Horizonte, e que devia o seu cargo à indicação feita por D. Leme a Getúlio, por sugestão de Alceu Amoroso Lima. A trama de amizades e eleições intelectuais, sobrepondo-se, de forma mais ou menos exposta, à ideologia, era extensa e suavizava um convívio cultural de forças contrárias que acabavam por se justapor, acomodando-se uma às outras. Crítico literário, Alceu saudara o modernismo brasileiro e, mesmo depois de haver abandonado a crítica militante em seguida à sua conversão à fé católica em 1928, não o rejeitou; apenas cuidou de incluir no painel do movimento modernista um lugar à corrente que designou Reação Espiritualista, nela inscrevendo os autores católicos que riscaram letras modernas, como fora o caso de Plínio Salgado, sem contudo ostentar o vigor e o caráter dessa escola exibido pelos seus maiores autores.[243]

Essa dualidade de padrões culturais era clara no âmbito da própria Escola de Belas Artes e Arquitetura. O seu diretor, o arquiteto Archimedes Memória, integralista e membro da Câmara dos Quarenta, um dos órgãos máximos da AIB, formava na corrente conservadora das artes, ao contrário do modernista Lucio Costa – o urbanista de Brasília duas décadas depois –, que entre 1930 e 1931 dirigira a Escola por uns poucos meses e então estava à frente de seu escritório, aonde fora trabalhar um jovem arquiteto, Oscar Niemeyer. Católico e fundador ao lado de Francisco Campos dos extintos camisas-pardas, Gustavo Capanema assumira a pasta da Educação e da Saúde (então reunidas em um único Ministério) em meados de 1934 e uma das suas primeiras preocupações foi concentrar em um único prédio as instalações dispersas de seu Ministério.

Autorizada a construção de uma sede própria, um ano depois foi realizada uma licitação, na qual o projeto de Archimedes Memória foi declarado vencedor. Pouco antes, o arquiteto italiano Piacentini, autor de vários trabalhos para o governo de Mussolini e responsável pela construção da Cidade Universitária em Roma, inaugurada no ano anterior, havia sido convidado para elaborar projeto idêntico para o Rio de Janeiro.[244] Mas Lucio Costa convenceu o ministro a pedir ao arquiteto suíço, o modernista Le Corbusier, projeto para as duas obras: do novo prédio do Ministério da Educação e da Cidade Universitária. A construção da Cidade Universitária foi adiada, decidindo o governo construir o prédio para abrigar o Ministério da Educação. Em 1936, estavam traçadas por Le Corbusier as linhas do novo edifício, riscado na prancheta pelo jovem arquiteto Oscar Niemeyer, colega de Lucio Costa, e foi este o projeto aprovado por Gustavo Capanema.[245]

A preterição do projeto de Archimedes "Memória para um novo prédio do Ministério da Educação" indignou os conservadores – entre eles Alfredo Morales de los Rios, membro da comissão que o apontara vencedor, e presidente do Conselho Federal de Engenharia e Arquitetura, do qual San Tiago era consultor jurídico. E não sem razão, pois afinal seria razoável esperar que o governo de Getúlio Vargas não formasse com modernistas, correntemente associados à esquerda.[246] Mas o ministro Gustavo Capanema apoiou o projeto de Le Corbusier, ardorosamente defendido por Lucio Costa.

San Tiago acompanhou essas tratativas todas, cujos reflexos o alcançaram na Escola de Belas Artes e Arquitetura e no Conselho Federal de Engenharia e Arquitetura, e, ao que tudo indica, aliou-se à corrente modernista, defendida por alguns professores e apoiada majoritariamente pelos alunos, os quais elegeram San Tiago – um professor com menos de vinte e cinco anos, que lecionava Direito em uma Escola de Belas Artes e Arquitetura havia três anos – paraninfo de três turmas sucessivamente, certamente por reconhecerem as suas posições bem expostas e contemporâneas.[247] Posicionar-se no cenário da política universitária, forte na Escola, não seria apenas um movimento tático de San Tiago. A "moderna obra da reação", como San Tiago a via, não compunha apenas uma figura de linguagem; reação era à democracia, surgida da Revolução Francesa, porém incorporava elementos contemporâneos que lhe permitiram vencer o tradicionalismo estático "que consiste na perda do poder inventivo, da fecundidade metódica", reinventando-se e assim habilitando-se a conquistar o poder. Por outras palavras, a reação podia ser inovadora em determinados planos, sem estar aferrada apenas em recriar e a revalorizar o passado, como ocorria na ditadura de Salazar, em Portugal, esta sim essencialmente tradicionalista e ardorosamente apoiada pela Igreja Católica, caminho idêntico ao que os nacionalistas de Franco estava impondo na Espanha.

Uma vez mais, Getúlio surgia a San Tiago como exemplo de percuciência e habilidade política: deixava o Ministério da Educação e Cultura abrir e explorar uma vertente moderna em um governo autoritário, cada vez mais próximo do modelo fascista.

Nesse governo autoritário, os comunistas, depois do fracasso de sua revolta em novembro de 1935, duramente reprimida pela repressão policial de Getúlio. O romancista francês André Gide, um dos preferidos de San Tiago e de grande prestígio entre os literatos europeus, ao voltar dos funerais de seu confrade russo Máximo Gorki, aos quais fora assistir a convite de Stálin, cujo regime Gide até então defendia, registrou as impressões de sua visita em livro. *Retour de l'URSS* alcançou enorme repercussão. Até então admirado pelas suas realizações, frutos dos planos quinquenais maciçamente alardeados pela propaganda oficial como a estrela do planejamento econômico estatal que vinha conquistando adeptos, inclusive fora da Rússia, o regime comunista ainda não sofrera ataque tão candente. Gide relatou o desalento na vida russa; descreveu a dura vida dos operários, a desigualdade de seus salários em relação aos operários europeus e anotou a inexistência de qualquer crítica ao regime. Sem dúvida veraz em suas afirmações, *Retour de l'URSS* contradisse frontalmente a imagem fabricada pelo regime comunista desde a sua implantação, frustrando a imensa expectativa assim alimentada entre os intelectuais europeus, notadamente os franceses, admirados por seus congêneres brasileiros.

Embora professando o anticomunismo próprio à sua qualidade de integralista, que frisava, San Tiago comenta o panorama descrito pelo autor, registrando que "sempre duvidei das reportagens e impressões da Rússia, escritas pelos agentes intelectuais da burguesia. Duas coisas invalidam os seus testemunhos: primeiro a má fé com que quase todos veem e escrevem; segundo, a falta real de sensibilidade para uma experiência cuja precariedade nos apavora, mas cujos surtos instantâneos de mocidade não nos podem muitas vezes deixar de deslumbrar". De sua parte, porém, San Tiago diz que, "como anti-comunista e integralista, faço questão de afirmar que considero Rússia com mais admiração do que ódio, e que considero as lições soviéticas tão preciosas para a formação da nossa consciência de governo, como as de Mussolini, Hitler e Roosevelt". A referência a Roosevelt é expressiva. Ao contrário de Stálin, Mussolini e Hitler, Roosevelt, que vinha de ser reeleito, governava com o Congresso e o Judiciário independentes, asseguradas aos norte-americanos – menos aos negros então

– todas as garantias individuais próprias a uma democracia moderna, precisamente aquela tão veementemente criticada por San Tiago. O alinhamento da experiência norte-americana às ditaduras de direita e à russa, mesmo San Tiago não anotando as diferenças essenciais existentes entre elas, mostrava um lance decisivo em sua trajetória: o reconhecimento, embora acanhado, de um regime democrático ser capaz de oferecer uma resposta à crise global que eclodira em 1929. De fato, Roosevelt negociava com o Congresso e submetia-se à palavra do Judiciário, uma incisiva intervenção do Estado na economia, sem, todavia, violar as franquias democráticas, como ocorrera nas três revoluções europeias, a comunista, a fascista e a nazista.

San Tiago conclui seu artigo declarando: "a certeza do fracasso do stalinismo provou-nos a indignidade da Rússia para interpretar os anseios dos trabalhadores e conduzir a Revolução Universal". Mas ele já vira não ser o Integralismo também capaz de conduzir essa Revolução Universal, que a juventude buscava. Juventude e Revolução, para San Tiago, naquele momento já seriam um surto instantâneo da mocidade prestes a expirar.

Não por acaso, San Tiago aproximara-se de Reale, de quem divergia silenciosamente. Reale defendia a fusão da experiência fascista à experiência autoritária nativa, que San Tiago considerava vencida, ao contrário da revolução fascista, cuja dinâmica inovadora ainda o fascinava. Alijado Reale da direção da AIB e dirigindo o seu jornal, *Acção*, ele e San Tiago encontravam-se na distância que guardavam da orientação dominante na AIB, sem contudo dela se desligarem. Essa proximidade terá trazido – possivelmente a convite de San Tiago – Reale ao Rio de Janeiro, mais precisamente à Escola de Belas Artes e Arquitetura, onde, no primeiro trimestre de 1937, fez uma palestra sob sociologia e arte; e terá levado San Tiago a São Paulo, onde este terá falado sobre a "passagem do centro do sistema da propriedade privada para o trabalho", prenunciando um tema a ser por ele desenvolvido nas décadas seguintes, vencida a perspectiva autoritária.[248] O próximo lance político de Getúlio iria alcançar diretamente os dois companheiros e todos os demais camisas-verdes, determinando o patético desenlace da AIB.

- **O catedrático menino**

A 27 de julho de 1937, tiveram início as provas do concurso para provimento da cátedra de Legislação – Noções de Economia Política, que San Tiago já ocupava interinamente na Escola de Belas Artes e Arquitetura. Dos quatro candidatos inscritos além de San Tiago, só um, Marcílio Teixeira de Lacerda, disputou o posto. A 24 seguinte, o relator Sobral Pinto proclamou em sessão pública, tendo em vista as médias finais, "a indicação do candidato, Dr. San Tiago Dantas, para primeiro lugar, por unanimidade da banca examinadora".[249] Firmado o decreto de sua nomeação por Getúlio Vargas e pelo ministro da Educação, Gustavo Capanema, a 10 de setembro, San Tiago tomou posse na cátedra, e pouco depois deixou a promotoria do Distrito Federal.

O catedrático-menino, como os seus amigos mais próximos do CAJU o saudaram em uma farta mesa no Café Lamas, não completara vinte e seis anos de idade. No magistério San Tiago encontrou a retribuição que a vida política negava ao jovem ideólogo, no momento em que ela novamente se adensava.

- **Getúlio e o Chefe integralista**

Um ano antes, em 1936, o líder comunista Luís Carlos Prestes fora preso, o mesmo destino de inúmeros companheiros seus, de um senador e de quatro deputados. A repressão do governo havia ferido o Partido Comunista diretamente e, desprezando a inviolabilidade do mandato popular e a independência do Legislativo, o governo federal vinha mostrando ao País que a sua ação tinha o limite largo de sua necessidade em manter-se no poder. Em setembro daquele ano, o Congresso, de onde pouco antes haviam sido retirados presos pelo governo integrantes seus, aprovara mais uma decretação de estado de sítio, requerido pelo diligente ministro da Justiça, o professor de Direito Vicente Ráo – que mais tarde, impenitente, escreveria um livro com o título *Direito e a vida dos direitos*. E o Congresso aprova também a nova Lei de Segurança Nacional, redigida pelo mesmo professor, em aberta violação à regra constitucional presente nas democracias, que proibia a criação de tribunais especiais. Dobrado à vontade de Getúlio, o Legislativo perdera a voz.[250]

Ao início de 1937 teve início a campanha sucessória à presidência da República com vistas à eleição aprazada para janeiro de 1938, e Getúlio advertiu ao País de que "os prélios político-partidários, de modo algum devem alterar o ritmo da administração pública ou retardar a solução dos problemas nacionais".[251] Em busca designada do poder absoluto, Getúlio repetia Mussolini, que convivera com o parlamento italiano entre final de 1922, quando assumiu o governo, e o início de 1925, quando o fez ajoelhar definitivamente.

O paulista Armando de Salles Oliveira apresentou-se como candidato natural de seu estado às eleições presidenciais. São Paulo estava ainda ressentido dos agravos que desde a Revolução de 1930 o governo central lhe vinha impondo, e o seu candidato contou com o apoio parcial do Rio Grande do Sul e das facções oposicionistas da Bahia e de Pernambuco, reunidas na União Democrática Brasileira. O paraibano José Américo de Almeida apresentou-se à disputa como o candidato situacionista, somando apoio do seu estado, de Minas Gerais, de Pernambuco, da Bahia e ainda dos antigos partidos Republicano Paulista e Libertador, do Rio Grande do Sul, cujo governador, Flores da Cunha, se opunha a Getúlio e vinha engrossando o contingente da polícia do estado em aberto desafio ao governo federal. Getúlio não apoiou nenhum dos candidatos, embora sugerisse, maliciosamente, o seu favor a José Américo.[252]

A última candidatura a surgir foi a de Plínio Salgado. A Ação Integralista Brasileira, que se convertera em partido político, decidiu lançar o chefe à disputa. Dizendo-se o líder capaz de promover a revolução que desde 1932 vinha defendendo, Plínio chamou seus concorrentes de candidatos das oligarquias e prometeu seguir no combate aos comunistas. O lema de sua campanha revelava, porém, o sentido da AIB, como o seu líder a via; no discurso de lançamento de sua candidatura, o chefe integralista situou a sua plataforma de governo: "Por Cristo me levantei; por Cristo quero um grande Brasil; por Cristo ensino a doutrina da solidariedade humana e da harmonia social; por Cristo vos conduzo; por Cristo batalharei". E buscando dar uma demonstração de sua força política, fez desfilar cerca de vinte e cinco mil integralistas pela avenida Rio Branco, na capital federal. Não há registro da presença de San Tiago e de seus companheiros nessa passeata. Mas, ouvindo o chefe, San Tiago terá se certificado em definitivo de que a revolução que ele buscara, e acreditara capaz de transformar a estrutura política social do País, fora um "surto instantâneo da mocidade" que o acometera. Por essa altura, já visível o desconforto de San Tiago e seu grupo com o Integralismo, em um dos desfiles de que participaram, Gallotti, em meio à marcha, indagou a San Tiago se ele já havia identificado algum conhecido entre os assistentes. Constrangido, San Tiago respondeu: "vários, Antônio, vários".[253]

Em junho, o governo intencionalmente deixou expirar a vigência de noventa dias do estado de guerra, que substituíra o estado de sítio em vigor desde a revolta comunista em novembro de 1935, e não solicitou ao Congresso a sua prorrogação. Essa medida, somada à libertação de uns poucos presos de menor expressão política, agitou a campanha eleitoral. Em São Paulo, a 18 de julho, Plínio Salgado escapou ileso de um atentado à bala, e no tumulto que se seguiu várias pessoas ficaram feridas. O chefe integralista imputou a ação aos comunistas, cujo perigo denunciava insistentemente. No mês seguinte, em agosto, em um comício integralista em Campos, no estado do Rio de Janeiro, um tiroteio resultou na morte de treze pessoas e em dezenas de feridos.[254]

Impassível, Getúlio seguia manobrando. A centralização administrativa promovida pelo governo federal produzira os seus efeitos. A política municipal fora deixada ao controle das oligarquias estaduais, mas os principais centros urbanos do País, especialmente São Paulo e Rio de Janeiro, não escapavam ao controle exercido pelo governo federal.[255] Enfraquecidas, sem a vinculação que antes de 1930 ostentavam com o poder central, as oligarquias não representavam perigo, e o seu candidato, José Américo de Almeida, como os demais candidatos, era um figurante temporário no pálido espetáculo de democracia consentida, armada com a suspensão do estado de guerra. São Paulo, como esperado, formou na oposição e arrostaria, uma vez mais, as consequências de contrariar o governo federal; e Plínio Salgado seria facilmente manobrado por Getúlio.[256]

A Francisco Campos, Getúlio Vargas encomendou um novo texto constitucional, ao seu feitio autoritário de clara inspiração fascista. E, por intermédio de Benedito Valadares, interventor em Minas Gerais e homem de sua confiança, articulou o apoio dos governadores ao golpe que preparava. Àquela época, precárias as comunicações telefônicas e todas facilmente violáveis – o próprio Getúlio raramente falava ao telefone –, os entendimentos políticos sigilosos faziam-se necessariamente por conferências pessoais. Ao jovem político mineiro Negrão de Lima – mais tarde amigo de San Tiago –, indicado por Benedito e que então Getúlio sequer conhecia, foi cometida a missão de visitar os governadores todos, à exceção óbvia daqueles de oposição, para confidenciar-lhes a pretensão do presidente da República. Getúlio, que vinha aumentando desde 1931 o orçamento do Exército, nomeara o general Dutra ministro da Guerra, e, com o seu apoio, vencera a disputa por cargos entre os generais e indicara, em meados de 1937, o sagaz Góes Monteiro para a chefia do Estado-Maior do Exército, pondo, assim, o Exército ao seu lado.[257] Os governadores, advertidos dos fatos recentes da Revolução de 1930, quando os seus antecessores foram defenestrados de seus postos por meio de um simples decreto de Getúlio, acederam logo à trama golpista; e os generais, jamais afeitos ao regime democrático, viam a ditadura que se prenunciava como o regime próprio, e que tardava, ao País.

A pouco mais de três meses das eleições, a 30 de setembro de 1937, um documento foi revelado pelo governo; nele se achavam descritas "instruções da Internacional Comunista para a ação dos seus agentes no Brasil", o "Plano Cohen", como ficaria conhecido esse episódio, arremedo nativo do caso Dreyfus.

Baseado também em um documento falso, foi redigido pelo capitão do Exército, o integralista Olympio Mourão Filho, mais tarde um dos líderes do golpe de abril de 1964 – uma "vaca fardada" como ele próprio se intitularia.[258] O propósito do "Plano" – cuja fraude só seria revelada com a queda do Estado Novo em 1945 – era óbvio; no momento em que os comunistas já haviam sido derrotados em todas as suas frentes de ação e presos os seus líderes e as suas principais figuras, deles iria valer-se o governo para, ainda uma vez, imputar--lhes um poder subversivo que jamais tiveram, e desta feita em plena disputa eleitoral à presidência da República. Forjado no âmbito do Estado-Maior do Exército, onde Mourão Filho servia sob o comando de Góes Monteiro, que deu publicidade à fraude – se não a inspirou –, o Plano serviu a Getúlio de justificativa para suspender a ordem constitucional e as salvaguardas democráticas nela previstas, efetuar novas prisões de adversários políticos e garrotear a campanha eleitoral. A 29 de setembro, o general Dutra, em nome dos ministros militares, mesmo ciente da eficiência da repressão que já encarcerara toda oposição ao governo, afirmava que a "Lei de Segurança, posta em prática, revelou falhas e defeitos, que só serviram para pôr em liberdade os culpados. O processo, moroso e complicado, deixa ao alcance dos recursos dos advogados os delinquentes solertes e astuciosos".[259]

Getúlio, escudado pela manifestação dos generais, que aprovara, deu o fecho político à farsa ao obter do Congresso, sempre servil, autorização para decretar o estado de guerra, o que fez a 2 de outubro de 1937.[260] A seguir, comprometeu definitivamente os governadores com a conspiração, nomeando-os executores do estado de guerra, sob a supervisão dos chefes locais do exército, à exceção dos estados que lhe faziam oposição, nos quais designou oficiais do exército para executá-lo diretamente.

Ingenuamente, Plínio Salgado supôs estar sendo cumprido o desígnio que lançara no Manifesto Integralista em outubro de 1932: que os detentores do poder viriam ter aos integralistas, chamando-os a governar. Em discurso transmitido pelo rádio no começo de novembro, no qual expôs a posição da AIB naquele momento político decisivo, Plínio disse aos seus liderados: "O que eu quero não é ser presidente, mas o condestável da Nação. Evoco a figura de Nuno Álvares, sintonizador de energias nacionais da fundação da Nação Portuguesa. Evoco a figura de Caxias, sustentador do Império. Eu também quero ser um aglutinador de forças esparsas para com elas construir a grande Nação".[261] Depois de assistir à trajetória vitoriosa de Getúlio, que havia sete anos mantinha-se no poder, e o consolidava com a energia de um comando cada vez mais firme e uma determinação pessoal inédita na República, acreditar que ele, Plínio, poderia ser o condestável da nação raiava a obnubilação mental.

Não foi difícil Getúlio manobrar: fez propalar a notícia de que precisaria da colaboração de Plínio, e a este estaria reservado o Ministério da Educação no novo governo. O convite jamais lhe formulou pessoalmente o presidente, e este jamais a ele se comprometeu; por outras palavras, havia a simulação de um convite e, por certo, inexistia o compromisso de efetivá-lo[262] – e, por parte de Getúlio, havia a certeza de que Plínio o recusaria. Plínio trepidou e postergou a resposta; sem perceber, fez o jogo de Getúliocomo este previu e desejava. A seguir, Getúlio instruiu Francisco Campos e o general Dutra a conferenciarem sucessivamente com Plínio e sugerir-lhe o quanto o apoio dele e de seus integralistas significava às tratativas promovidas pelo presidente da República para pôr fim, como propagandeava o governo, à (então inexistente) agitação patrocinada pelos comunistas. Getúlio envolvia o líder integralista, ciente de que este se via como sendo um personagem decisivo nos acontecimentos, cujo desfecho era iminente.

Externamente, a aparência de poder de Plínio era absolutamente plausível, pois formavam nas fileiras da AIB cerca de meio milhão de seguidores do chefe, e, além da identidade entre a ementa integralista e a ação do governo, era forte a sugestão de proximidade entre Getúlio e Plínio, estimulada pelo primeiro e acreditada pelo segundo. No círculo fechado dos executores do golpe, cujos trâmites fora a Plínio permitido entrever nas fugazes reuniões às quais fora convidado, só ele cria existir um peso real – sensível além das aparências – à sua liderança. Getúlio, Francisco Campos, Dutra e Góes Monteiro sabiam que os integralistas não agiriam contra o governo. E Plínio não se furtou, ele mesmo, de isso provar. A 1.º de novembro retirou a sua candidatura à presidência da República, tão certo se achava da valia, para Getúlio, do apoio que com seu gesto julgava demonstrar; e fez os integralistas desfilarem perante o chefe do governo, à frente do Palácio Guanabara, na rua Farani. Getúlio, da sacada do prédio, sorridente, acenou aos camisas-verdes que o saudavam aos brados de "anauê" e ao canto de seu hinos; uma comissão deles subiu as escadas do palácio para saudar o presidente da República. Plínio não estava entre os que o homenageavam pessoalmente; cioso da importância que a si atribuía como chefe da AIB, assistiu, da amurada da rua da Glória, em frente ao hotel, os seus liderados marcharem a caminho do palácio para homenagear Getúlio. À noite, em longo discurso transmitido pela rádio Mayrink Veiga, o chefe integralista prestou apoio ao presidente da República.[263] De então por diante, Plínio não mais viu os conspiradores ou por eles foi ouvido.

CAPÍTULO XI

QUAL DIREITA?

1937: a ditadura do Estado Novo

O poder negado e o poder a conquistar

A revolta sem líder

A defesa da História

Direito e Economia

A segunda cátedra

Prenúncio de uma revisão liberal

O advogado

O ato final de Plínio Salgado

Um único livro de Direito

Sangue sobre solo europeu

O tirano e a democracia

Qual direita?

A ditadura brasileira

O antirracismo brasileiro

A capitulação de Paris

Getúlio e a guerra

O desconcerto da direita nativa

> *"Paira, entretanto, sobre o mundo de hoje um duplo perigo; de um lado, o do reacionarismo de direita, que, com sua ilimitada capacidade de renascimento e de disfarce, fará por certo sua reaparição; de outro lado, o do primarismo ideológico, que perde facilmente o contacto com a realidade, e impõe aos povos eras de desequilíbrio, de que eles só se recuperam com vastas comoções".*[1]

- ### 1937: a ditadura do Estado Novo

Sequer o Exército foi chamado. No dia 10 de novembro de 1937, os prédios do Senado e da Câmara Federal amanheceram cercados por cavalarianos da polícia militar do Distrito Federal; às dez horas, Getúlio reuniu no Palácio do Catete seus ministros e a eles deu a assinar o texto da nova Constituição federal, já aprovado pelos militares. Às sete horas da noite, no noticiário oficial *Hora do Brasil*, transmitido pela Rádio Nacional, a maior e mais potente emissora do País, criada em 1936 e sob controle do governo federal, Getúlio informou ao País que o "sufrágio universal" passara a ser "instrumento dos mais audazes e máscara que mal dissimula o conluio dos apetites pessoais e de corrilhos. Resulta daí não ser a economia nacional organizada que influi ou prepondera nas decisões governamentais, mas as forças econômicas de caráter privado, insinuadas no poder e dele se servindo em prejuízo dos legítimos interesses da comunidade".[2]

Estava instaurada a ditadura do Estado Novo – como seria designado o novo regime, copiando o título de seu congênere português, liderado por Antônio Salazar. Em seguida, cumprindo um compromisso previamente marcado em sua agenda, Getúlio foi jantar com a família à embaixada da Argentina.[3]

À exceção do ministro da Agricultura, o mineiro Odilon Braga, que se demitiu, e dos interventores da Bahia e de Pernambuco, afastados de seus cargos, não houve reação ao golpe palaciano. Ao contrário: oitenta deputados foram ao palácio cumprimentar o novo ditador, que vinha de lhes cassar o mandato legislativo e encerrar-lhes a carreira política. O aparato policial de repressão do governo foi imediatamente ativado, mais uma vez: novas prisões, mais sessões de tortura nas carceragens para onde eram recolhidos os adversários do governo, e exílio aos líderes da oposição. E a censura à imprensa e ao rádio foi ampliada e refinada. Mais tarde, o astuto Benedito Valadares observaria ter sido "possível fazer-se uma revolução às claras, sem o povo desconfiar". Em verdade, não se tratava de uma revolução, senão da consumação do Estado autoritário que Getúlio sempre almejara e a tanto se empenhara desde a democratização do País desenhada pela Constituição de 1934, a qual ele jamais prezara e tudo fizera para frustrar.

Plínio Salgado não foi avisado do golpe, cuja deflagração o surpreendeu. A seu pedido, Miguel Reale veio de São Paulo encontrar San Tiago, para, juntos, analisarem a nova Constituição, redigida por Francisco Campos e cujo texto este pouco antes do golpe mostrara a Plínio. Reale deixou São Paulo no trem noturno e ao chegar à capital federal pela manhã San Tiago o encontrou na Cinelândia, no centro do Rio de Janeiro, e seguiram para a Livraria Freitas Bastos, localizada na rua da Assembleia, próxima à rua Uruguaiana, onde compraram dois exemplares da nova Carta. A leitura feita imediatamente não lhes deixou nem dúvida nem ânimo. A ditadura estava implantada, e a AIB com os dias contados. Ambos foram encontrar Plínio em seu apartamento na rua São Clemente, no bairro de Botafogo, e a ele expuseram as suas amargas conclusões.[4]

A 20 de novembro, o general Góes Monteiro chamou Plínio a seu gabinete e lhe pediu que não dissolvesse a Ação Integralista. Porém, Francisco Campos, já ministro da Justiça, em nome do presidente, que recusara a entrevista pessoal que Plínio lhe solicitara e apenas encontrara o "caipira astuto e inteligente" socialmente, por duas vezes, disse-lhe que a colaboração de Plínio ao governo, inclusive a sua nomeação para o Ministério da Educação, dependeria do fechamento da AIB, mesmo ela não mais exibindo a designação política anterior, transformada agora em uma simples sociedade civil.[5] Inabalável, Plínio via-se ainda como um dos principais apoios ao novo governo e, para isso demonstrar, a 25 daquele mês de novembro uma vez mais fez os integralistas marcharem do centro da cidade em direção ao Palácio do Catete. Getúlio veio à sacada do prédio e saudou, sorridente, os camisas-verdes. A mesma mão que acenou aos integralistas em desfile, uma semana depois, a 2 de dezembro, dissolveu todos os partidos políticos, proibindo inclusive o funcionamento de sociedade civis que ostentassem a mesma denominação de antigos partidos políticos. Um artigo no decreto firmado pelo ditador bastou a desbaratar a AIB e seus milhares de filiados por todo o País.[6] Nenhum gesto em resposta ao ato do ditador se fez sentir das fileiras integralistas.

San Tiago não terá ficado surpreso, senão admirado, por mais uma manobra de Getúlio, cujo talento político ele já identificara no primeiro ano de seu governo, em 1931, quando, ainda estudante, ao lado de Plínio Salgado editara o jornal *A Razão*. Tampouco o terá surpreendido o descenso da AIB, sem qualquer reação. Apenas um protesto, antes um lamento surdo, registrado, em uma carta endereçada ao seu algoz em janeiro de 1938, enviada por seu "patrício e admirador", como Plínio Salgado a subscreveu.[7] Nela, exposta toda a ingenuidade e a invencível incompreensão do fenômeno político por parte do chefe integralista. No momento em que o movimento sucumbia, Plínio confessava ao vitorioso ditador a verdadeira natureza da AIB: "os integralistas", escreveu na mesma carta, "o que queriam era constituir uma espécie de ordem religiosa de sacrifício pela pátria, sem caráter político, como sempre foi nosso desejo desde 1932".[8] Plínio confirmava a sua involução política, diretamente proporcional ao seu arrebatamento religioso. Embora surpreendente em si essa declaração de um líder que se apresentava revolucionário, Plínio a ela acrescentou outra, a fulminar a AIB, ao afirmar que ela não tivera caráter político. Derrotado absolutamente, Plínio negava toda a trajetória da AIB, ao mesmo tempo em que revelava sua verdadeira face, de caráter religioso, sob uma débil postura revolucionária. Já despido de seu papel de líder do primeiro partido de massa da história do Brasil, que contava com meio milhão de seguidores, e agora, trajando um novo hábito, Plínio, à frente de uma ordem religiosa, arrematou a carta ao impassível Getúlio com um queixume franco e desconcertante: "Entre as coisas que mais amargavam essa massa [de integralistas], cumpre notar a inexistência, até hoje, de uma palavra de carinho do governo para com um movimento que tudo deu pela grandeza da pátria, sem nada haver pedido".

Além de apequenar seus liderados, atribuindo-lhes uma carência de afagos infantis, Plínio buscou a eles atribuir a decepção com a ação vitoriosa de Getúlio, e não a si próprio, apresentando-se, como sempre fazia, sobranceiro, como se fora um analista frio dos fatos políticos e sociais. Mas, em verdade, a decepção de Plínio era a maior de todas e o atingiu plenamente, e era ela que Plínio vazava em sua patética carta: era o seu projeto e a sua ação à frente da AIB, contrariando inclusive a posição enérgica que San Tiago pretendera fazer valer no movimento, que aluíam, desapareciam sem a reação que meio milhão de homens talvez fossem capazes de opor se energicamente liderados. Plínio assistiu a AIB resvalar mansamente para o ostracismo, fulminada pela força de um simples decreto, entre outros tantos firmados pelo ditador, que antes

Plínio em vão cortejara, com o apoio, sincero e ingênuo, da grande maioria de seus seguidores.

- **O poder negado e o poder a conquistar**

Não é certo que San Tiago conhecesse àquela altura a carta que Plínio enviou a Getúlio, embora fosse possível que o chefe a houvesse divulgado à direção da AIB. A sua leitura certamente arremataria a descrença política de San Tiago com o Integralismo, mas não seria capaz de afastar-lhe o interesse pela política, embora, sem dúvida, a causa que abraçara houvesse se esvaído. A primeira reação de San Tiago a esse novo quadro verificou-se em novembro, no mesmo mês da implantação do Estado Novo. Em companhia de Antônio Gallotti, San Tiago foi visitar Francisco Campos, agora ministro da Justiça; cinco anos antes, San Tiago servira como seu oficial de gabinete no Ministério da Educação, e, com Gallotti e Américo Lacombe, fora seu aluno no curso de Mestrado em Direito Público. Não mais o "didata da revolução" de 1930, como San Tiago então o qualificara, Campos já materializara no País a "moderna obra da reação", articulada sobre a nova Constituição Federal por ele redigida e inspirada na experiência fascista italiana, cujo exemplo se irradiara pela Europa, fecundando, inclusive, a nova Constituição polonesa, motivando a alcunha – polaca –, logo pespegada à nova Carta a reger o regime de Getúlio, até a sua queda em 1945.

Ciente do talento de San Tiago, a quem nomeara professor na Escola de Belas Artes e Arquitetura, de onde havia pouco ele sagrara-se catedrático, Campos convidou-o a trabalhar ao lado de Lourival Fontes, autor com San Tiago do manifesto da frustrada Legião Fluminense sete anos antes. Desde 1934, Lourival comandava o Departamento de Propaganda e Difusão Cultural, subordinado ao Ministério da Justiça, que dali a pouco, no início de 1938, seria inteiramente reformulado e, sob a rubrica de Departamento Nacional de Propaganda, o novo órgão teria sob seu controle todos os meios de comunicação do País, em especial a imprensa e o rádio, então dominantes. Empregando técnicas de propaganda autoritária, a combinar uma censura estrita a todos os meios de comunicação e um maciço proselitismo em favor do governo e em especial do ditador, já aplicada na Rússia, na Itália e na Alemanha, Lourival, confesso admirador do fascismo italiano, inteligente e bom escritor, vinha inculcando uma imagem positiva de Getúlio em expressiva parcela do povo brasileiro. As notícias sobre o governo eram produzidas pelo Departamento

Nacional de Propaganda, entregues à imprensa para publicação, e os jornais recalcitrantes veriam subitamente faltar papel em suas rotativas, pois o monopólio de sua importação fora outorgado ao governo exclusivamente. No rádio, o padrão foi reproduzido, destacando-se a *Hora do Brasil*, o programa noticioso produzido pelo Departamento Nacional de Propaganda (DNP) e transmitido pela Rádio Nacional para todo o País.[9]

San Tiago não aceitou o convite de Francisco Campos: "Professor, não queremos servir o Poder, queremos exercê-lo".[10] A altivez da resposta contornava a realidade atual então percebida por San Tiago, e visava ao futuro, pois, agora, o poder tinha dono e estava, como nunca antes, concentrado em uma única pessoa, Getúlio Vargas, que o exerceria pelos próximos sete anos. O poder então aberto à procura de San Tiago era o poder do saber, o termo inicial da fórmula inspirada em Maurice Barrès, que o seduzira: saber, ter e poder, este o caminho a percorrer.

San Tiago já iniciara esse percurso, e ele extravasava os limites da cátedra que conquistara na Escola de Belas Artes e Arquitetura. Em janeiro de 1938, o ministro da Educação, Gustavo Capanema, indicou-o, juntamente com seu amigo Afonso Arinos de Melo Franco, para ministrar um curso de férias na Universidade de Montevidéu, sobre história do Brasil do Império até a implantação do Estado Novo. San Tiago preparou-se com a dedicação habitual; alinhou os tópicos cronologicamente e, registrando os eventos dos quais havia pouco participara, San Tiago aponta a "insinceridade ideológica da revolução liberal de 1930, as lutas sociais no País, a 'decadência da Câmara, sua inferioridade moral e mental'; a continuação da hipertrofia do Executivo", fatores que desaguaram no golpe de 1937 e na nova ordem com ele imposta.[11]

A "sinceridade ideológica", que faltara à revolução de 1930, San Tiago já a denunciara em seus artigos como a maior falha daquele movimento, que ele via ter sido apenas uma revolta antioligárquica. Sincera, a seu ver, seria a revolução cujo líder conduzisse seus homens em ações planejadas visando ao objetivo óbvio de toda revolução: a tomada do poder político, para, então, promover as reformas que lhe confirmassem o propósito e justificassem a luta. Ora, se a Revolução de 1930, que tomara o poder, não cumprira a sua finalidade, a Ação Integralista, que parecera reunir os meios necessários a tanto, dele sequer se aproximara e, mais, fora humilhada, dissolvida por meio de um simples decreto firmado por Getúlio.

Embora visível a deliquescência do regime constitucional de 1934, cujo responsável maior era o próprio presidente da República incumbido de por ele zelar, o seu arremate pelo golpe de novembro de 1937 não pode deixar de surpreender a classe política. Dessa vez, a ditadura aviada por Francisco Campos pusera em mãos de Getúlio o poder absolutamente incontrastado, sem que, sequer, tivesse sido necessária a transferência de comando, como se dera na Revolução de 1930, quando, exilado o presidente eleito, fora empossado o chefe da revolução vitoriosa. Agora, da cadeira não se movera o presidente da República, nela abancado havia exatos sete anos; friamente, entre o alvorecer e o anoitecer do dia 11 de novembro de 1937, ele puxara as rédeas do poder, trazendo o País sob o seu controle absoluto.

A população não sentiu a mudança operada com precisão no espaço de um único dia útil. Porém, elementos da classe política, de oposição a Getúlio, e outros, como alguns integralistas, os quais, agora, sim, viam quão fugidia fora a revolução benigna de Plínio Salgado, logo buscaram dar forma ao seu descontentamento. Os entendimentos entre esses dois grupos começaram ainda ao final daquele ano de 1937 e entraram pelo início de 1938, e já em fevereiro havia um desejo comum de ação. As possibilidades de êxito dessa frente de opositores ao novo regime eram mínimas, porém. A única força capaz de confrontar o governo de Getúlio fora liderada pelo governador gaúcho Flores da Cunha, que aprestara a força policial do estado a essa eventualidade. Mas Getúlio já o golpeara preventivamente, por meio de uma articulada manobra comandada pelo general Dutra antes de novembro de 1937, e, sem disparar um único tiro, forçara seu desafeto a exilar-se no Uruguai. Armando de Salles, o frustrado candidato por São Paulo à presidência, fora preso logo depois de 11 de novembro, assim como tantos outros adversários do ditador, e, mesmo liberto, estava advertido de que seu estado não pegaria em armas novamente contra o poder federal. Ainda assim, a conspiração prosseguiu, com o apoio, ou antes com a simpatia, de correligionários dos ex-governadores gaúcho e paulista. A estes juntaram-se alguns militares de alta patente, mas não de maior expressão.[12]

- **A revolta sem líder**

O primeiro movimento foi uma ação singular dos integralistas.[13] Contavam os camisas-verdes com razoável número de militantes na Marinha, e com eles engendrou-se uma ação armada. Em 11 de março, um oficial e uns poucos marinheiros tomaram a Escola Naval, na ilha das Enxadas, próxima ao aeroporto Santos Dumont, sede do comando naval da capital, em busca de armamento para prosseguir nas ações em terra, que, naquele primeiro momento, consistiam na tomada da rádio Mayrink Veiga e da agência central dos Correios, locais próximos entre si. Mas quando os revoltosos preparavam-se para transportar as armas para o continente, receberam contraordem: era falso o aviso expedido para deflagrar a operação. As armas foram devolvidas, e imediatamente presos os revoltosos, inclusive aqueles que em terra haviam se dirigido aos prédios que deveriam ocupar.[14]

Embora o governo estivesse ciente da conspiração, a sua repressão foi branda; o chefe de polícia, Filinto Müller, publicamente isentou Plínio Salgado de responsabilidade pela ação. Este, fracassada a ação, teria fugido para São Paulo e aí se encontrado com dirigentes integralistas, entre eles San Tiago, que teria se afastado, a partir daquele momento, da conspiração.[15] Esta, porém, prosseguiu, com novas ações planejadas, assim como a intensificada vigilância da polícia, facilitada pelo fato de os conspiradores reunirem-se em uma casa na então deserta avenida Niemeyer.[16]

Logo depois do ensaio frustrado de março, Otávio Mangabeira, o combativo deputado federal na curta e tumultuada legislatura de 1934, que o golpe de 1937 encerrara, e o coronel do Exército Euclides Figueiredo, revolucionário de 1932, foram presos. Sentindo a necessidade de agir, os conspiradores traçaram um ambicioso plano, delineando dezenas de movimentos, e cujo objetivo maior era aprisionar o presidente da República e seus principais ministros: o Palácio do Governo seria invadido pelos revoltosos, o presidente conduzido a um navio de guerra depois de ocupado o Ministério da Marinha, os ministros detidos em suas residências, e as estações de rádio, telefonia e dos correios seriam dominadas em ações simultâneas.[17]

A chefia civil do movimento coube ao integralista Belmiro Valverde, médico urologista, que teve ao seu lado o chefe da província do Rio de Janeiro, Raimundo Barbosa Lima, cabendo o comando da tropa de assalto ao Palácio do Governo ao oficial reformado do Exército Severo Fournier, ex-ajudante de ordens do coronel Euclides Figueiredo, que não era integralista. Valverde e Barbosa Lima eram os únicos integrantes da direção da AIB a participar diretamente da ação; Plínio Salgado não mais saiu de São Paulo, para onde fora em março receando ser preso, e lá ficou: seguiria, pelo rádio, os acontecimentos, informou a seus liderados. A data para deflagração da ação armada foi marcada: nos primeiros minutos da madrugada da quarta-feira, 11 de maio de 1938, pois nesse dia a tropa de fuzileiros navais incumbida da guarda do Palácio Guanabara estaria sob o comando do tenente Júlio Nascimento, militante integralista. Porém, na véspera das ações, o armamento prometido vir de São Paulo não havia ainda chegado –, e os conspiradores enviaram um emissário a Niterói a comprar, no mercado local, uns poucos revólveres usados e munição.

De então por diante, os fatos precipitaram-se, desordenadamente. Pouco depois da meia-noite, os revoltosos, em sua quase totalidade marinheiros e sargentos, em dois caminhões e alguns automóveis, deixaram a casa da avenida Niemeyer, mas neles não formava o contingente esperado; muitos dos conspiradores faltaram à apresentação, na data e local combinados. Um grupo deles, ao cruzar a avenida Vieira Souto em direção ao Palácio do Governo no Flamengo, foi preso por uma patrulha da polícia, que estranhou o tráfego de caminhões à beira-mar àquela hora tardia. Imediatamente, a polícia entrou em prontidão. O fracasso, que já se anunciara no receio dos conspiradores e começava a tomar forma, desdobrou-se; falharam todas as tentativas feitas pelos revoltosos de deterem os ministros do governo, uma etapa essencial do plano de ação. O encarregado do destacamento incumbido de deter o ministro da Justiça Francisco Campos desistiu da missão. O responsável pelo conjunto dessas operações rumou para a residência do general Góes Monteiro, na rua Joaquim Nabuco, em Copacabana; o chefe do Estado-Maior do Exército, despertado pela movimentação em frente ao seu prédio em meio à madrugada deserta, alertou a polícia – e não abriu a porta aos revoltosos armados, que todavia tentaram, em vão, derrubá-la a pontapés. Sem sucesso, de volta à portaria do prédio, os revoltosos esperaram descesse o astuto militar e a eles se rendesse, o que obviamente não ocorreu, e levou os revoltosos a também desistirem da missão.[18] O coronel Canrobert Pereira da Costa, chefe do gabinete do Ministro do Exército, foi detido em pijama em sua casa, no bairro do Méier; posto em um automóvel, seguiu com seus captores, que pretendiam levá-lo ao quartel-general dos revoltosos, na avenida Niemeyer, mas, descobertos e perseguidos por um carro da polícia, embrenharam-se em fuga por um matagal à beira da estrada, abandonando o refém, o automóvel e seu motorista; ato contínuo, o coronel ordenou ao motorista que o levasse ao Ministério do Exército, onde o oficial apresentou-se ainda em pijama. Já o general Dutra não foi encontrado em sua residência pelos revoltosos, os quais restaram postados na taberna Alpina, na avenida Princesa Isabel, esquina com a rua Gustavo Sampaio, próxima à residência do Ministro do Exército, aguardando a chegada do líder da missão, que tardava, para decidirem a ação seguinte.[19] Nesse meio tempo, Dutra deixou a pé a sua residência – de onde, até então, não saíra –, cruzou com os revoltosos que não o reconheceram e dirigiu-se ao Forte do Vigia do

Leme, de onde partiu com um punhado de homens a atender o presidente da República, que do Palácio pedira ajuda.

O Palácio Guanabara fora a antiga residência da princesa Isabel; em um de seus salões ela assinou a Lei Áurea, abolindo a escravidão no País, um ano antes do golpe militar que implantou o regime republicano, quando os bens de propriedade da família imperial reverteram ao Tesouro Nacional. Em 1908, o prefeito do Rio de Janeiro, Souza Aguiar, reformou inteiramente o prédio, construído em 1865; entre inúmeros acréscimos então realizados, ganhou ele um belo jardim à frente de seu corpo central, a estender-se até a rua Guanabara, atual Pinheiro Machado – ainda com uma única pista de rolamento –, circundado por um gradil e um portão que se abria em perspectiva para a rua Paissandu, com as suas calçadas margeadas de palmeiras que lembravam o passado imperial. Em 1926, já cortada a rocha e por ela vazada a rua Farani, que assim se conecta à Pinheiro Machado, o palácio passou a ser a residência oficial do presidente da República. Dele saiu deposto Washington Luís em 1930, e junto ao gradil que cercava o seu belo jardim, San Tiago o vira cruzar pela última vez seus portões rumo ao exílio. Quase oito anos depois, em sentido inverso os revoltosos iriam cruzá-los.

Mas os revoltosos não desceram em frente a um dos portões de entrada, que lhes seria aberto, se não metros antes, o que os obrigou a correr por um longo trecho da rua Farani até alcançarem o palácio. A movimentação, no silêncio da madrugada, surpreendeu a guarita – que não fora avisada, pois seria rendida no momento em que os rebeldes descessem dos caminhões à sua frente –, e esta abriu fogo, que todavia não pôde sustentar por falta de munição. Os revoltosos a essa altura já eram em menor número; Fournier dispensara alguns deles em caminho, reduzindo o seu contingente, mas este era ainda suficiente para realizar a ação planejada. Ao ganharem os revoltosos os jardins do palácio, a resistência oposta a eles pelos sitiados limitou-se a tiros esparsos, vindos do interior do prédio, logo calados com rajadas de metralhadora disparadas por Fournier. O palácio – e o presidente da República – estavam absolutamente indefesos.

Os invasores dominavam a situação, porém Getúlio não deu sinal de render-se; ao contrário, ficou evidente a sua determinação de resistir pessoalmente ao ataque dos invasores. Ao ouvir os primeiros tiros, ele havia reunido sua família em seus aposentos no segundo andar do prédio, onde funcionava um único telefone, em linha especial; de arma à cinta, o ditador ficou à espera de que os revoltosos viessem buscá-lo. Mas o líder militar da revolta, Severo

Fournier, à frente de sua tropa, restou imóvel nos jardins do palácio devassado à sua frente. E, subitamente, por volta das duas horas da madrugada, Fournier deixou o teatro de operações, fugindo pelas traseiras do palácio em demanda do morro que ao fundo deste se ergue, enquanto alguns de seus soldados trepram nas árvores dos jardins buscando esconder-se das tropas governistas, cujo assalto temiam a qualquer momento.[20] Estas, porém, tardavam. Cobrado por telefone logo ao início da invasão do palácio pela valente filha do presidente, Alzira, o chefe de polícia, Filinto Müller, de seu posto no sinistro prédio da rua da Relação – onde indefesos adversários do regime eram, sob suas ordens, torturados regularmente – informou que um destacamento da polícia especial – tropa de choque havia pouco formada – já seguira para o palácio. Mas o primeiro a lá chegar, à frente dos praças que arregimentara no Forte do Vigia do Leme, foi o general Dutra. Anunciando-se ao portão, foi recebido à bala pelos revoltosos que lhe guarneciam a entrada; ferido de raspão na orelha, Dutra recuou, sem saber que Fournier já abandonara a luta.[21] Montado na garupa de uma motocicleta de um integrante da polícia especial – igual àquelas cujos motores eram feitos roncar no pátio do calabouço da rua da Relação para abafar o grito dos torturados[22] –, Dutra seguiu para a chefatura de polícia onde encontrou, no gabinete de Filinto Müller, que de lá não se movera, o tenente-coronel Cordeiro de Faria, interventor no Rio Grande do Sul, então em visita à cidade; fortuitamente informado do levante, o tenente-coronel lá fora ter em busca de notícia. Dutra, ferido, designou Cordeiro para, à frente de alguns homens, ir livrar o palácio presidencial.

Enquanto isso, as demais ações dos revoltosos fracassavam. O Comandante Cochrane, que deveria liderar a ocupação do Ministério da Marinha, aguardava, aboletado no bar do Palace Hotel, acompanhado de um grupo de oficiais, a ordem que não veio do general Castro Júnior, o líder à distância do movimento, para tomar o Ministério da Marinha em apoio a Fournier, o qual conduziria preso o presidente da República ao cruzador *Bahia*, que para esse fim fora rebelado e posto em movimento. Ainda assim, o prédio do Ministério foi tomado por outro oficial. Porém, por pouco tempo: os rebelados, cercados pela artilharia do Exército, renderam-se antes de serem alvejados.[23]

Já deserta a liderança dos rebeldes, estes remanesciam, contudo, em suas posições junto à entrada do palácio. Advertido desse fato, Cordeiro de Farias buscou os fundos do palácio, na divisa com o campo do Fluminense Futebol Club. Um ordinário portão de ferro comunicava os jardins traseiros do palácio ao elegante clube. O tenente-coronel do Exército – ex-integrante da Coluna Prestes – e a sua tropa de quarenta homens fizeram alto diante do portão trancado;[24] os rebelados, do outro lado do muro, permaneciam fixos em suas posições, de costas para o prédio do palácio, onde os reféns, intocados, aguardavam salvamento. Pelo telefone, Alzira Vargas cobrava o avanço das tropas libertadoras; estas se viam barradas pelo portão do jardim, e Cordeiro indagou à jovem sitiada pela chave, para que pudesse abri-lo. Ignorava-se a localização da chave.[25] Cordeiro manteve a tropa estacionada, aguardando que abrissem o portão à chave. A solução veio de um valente investigador de polícia, sitiado também no palácio, que, deixando o seu abrigo, abalou em uma decidida carreira e estourou, à bala, o cadeado do portão.[26] Só, à frente de seus homens e sem disparar um tiro, Cordeiro entrou no palácio cruzando o portão que lhe fora enfim aberto e render, sem encontrar resistência, os poucos revoltosos ainda postados no jardim e fazer descer das árvores os nelas encarapitados. Amanhecia. Pouco depois, entregue aos civis os revoltosos presos, sete deles foram friamente assassinados, nos mesmos jardins do palácio, cujo terreno jamais deixaram pelo tempo que durou a invasão.[27]

Getúlio recolheu-se a seus aposentos e, pela hora do almoço, deixou o Palácio Guanabara só, seguindo a pé pela rua Paissandu em direção ao Palácio do Catete, para cumprir sua rotina de despachos; já ao início de sua caminhada, reconhecido e cumprimentado por populares, logo viu formar-se um séquito de admiradores, que o acompanhou pelas ruas até o seu destino.[28] Depois de cumprido expediente, de volta ao Palácio Guanabara, Getúlio – enquanto centenas de prisões eram feitas sob as ordens do agora expedito Filinto Müller – recebeu o ministro da Justiça, Francisco Campos, e com ele definiu as medidas repressivas a serem tomadas: "Combinamos a criação de um tribunal marcial para o julgamento sumário dos culpados, a deportação dos suspeitos para a ilha Grande e Fernando de Noronha, a reforma do processo e da lei penal, e o restabelecimento do artigo 177 da Constituição", que permitia demissão imotivada de funcionários públicos.[29] Determinadas as medidas, Getúlio registrou em seu diário no dia seguinte ao assalto ao palácio: "Após o almoço, regressamos ao Catete. Aí despachei (...) e saí depois – fui ver a bem-amada. As emoções sofridas e recalcadas precisavam de uma descarga sentimental".[30]

Vivo, ativo, e festejado pela imprensa censurada, Getúlio saiu fortalecido da "intentona integralista", como os jornais e o rádio primeiro nomearam o episódio, repetindo o epíteto oficial dado à revolta comunista três anos antes; pouco depois, assim como se dera naquela revolta, a esta foi atribuída uma alcunha própria, "*Putsch* integralista", que a imprensa toda, cumprindo a orientação do poderoso Departamento Nacional de Propaganda, iria adotar, para o associar à fracassada revolta comandada por Hitler quinze anos antes, e também para fixar nos camisas-verdes a responsabilidade integral pela revolta.[31]

Uma vez mais, Plínio Salgado fizera o jogo de Getúlio, seu algoz – o qual sempre supôs aliado seu. Sem liderá-la, Plínio acabou por ser identificado, juntamente com seus militantes integralistas, a uma conspiração que em seu início exibia um espectro ideológico diverso. Mais sagazes, esses outros conspiradores deixaram aos integralistas prover os quadros para execução das ações – mas não o seu comando militar – e ao fim, com o fracasso patético delas, embora presos e exilados alguns, não foram aqueles conspiradores crismados pelo estigma a pesar sobre os camisas-verdes, de uma revolta frustra em toda a sua extensão, a somar tibieza moral e despreparo.

A incapacidade para a ação concreta por parte dos integralistas não surpreendeu o frio Getúlio, que sempre esteve informado dos movimentos deles, observados pela polícia, assim como o desfecho do assalto que se limitou às guaritas e à ocupação dos jardins do palácio, sem que os revoltosos nele entrassem para prendê-lo ou assassiná-lo indefeso; ao contrário, os revoltosos viram o líder da operação, antes de arrematá-la, abalar do combate deixando-os à própria sorte. Esses fatos não poderiam senão confirmar a certeira avaliação de Getúlio sobre a liderança de Plínio Salgado e de seus fugazes aliados. O próprio Getúlio assim fixou a aliança dessas duas correntes, em discurso pronunciado na sacada do Palácio do Catete na sexta-feira, dois dias depois dos acontecimentos, ao saudar os trabalhadores, prontamente organizados em uma passeata em sua homenagem: "a cupidez de alguns politiqueiros expulsos do poder (...) e a ambição de um grupo de fanáticos desvairados pela obsessão de impor ao país uma ideologia exótica concluíram-se na trama de uma ignóbil empreitada (...). Os indivíduos que assaltaram casas residenciais (...) eram meros sicários. Os chefes e seus prepostos imediatos fugiram acovardados; os mandantes e instigadores negam as responsabilidades e lavam, na bacia de Pilatos, as mãos tintas do sangue que fizeram derramar". E, senhor da situação e de seu poder ditatorial, agora reforçado, Getúlio arrematou o seu cortante veredito, informando à nação: "Eu constituo o povo brasileiro em auxiliar permanente do Estado; eu o constituo em legião para a defesa permanente dos interesses da Pátria".[32] Do Estado que ele, Getúlio, submetia à sua vontade e liderança, e dos interesses da Pátria, que identificava e cuja proteção a ele cabia, por designação própria, conduzir.

A trama da revolta estava eviscerada, sangravam nos cárceres cerca de mil e quinhentos presos.[33] A presteza e o talento sinistro de Francisco Campos e de

Lourival Fontes cuidaram de articular o triunfo governista, emprestando-lhe a doblez jurídica e a falácia da propaganda oficial necessárias. Um decreto-lei alterou a já draconiana Lei de Segurança Nacional, tornando o seu processo velocíssimo: presos ou foragidos, os indiciados seriam acusados em vinte e quatro horas, prazo igual deixado à defesa deles para consultar, em cartório, os autos do processo criminal, a seguir deferidos quinze minutos à defesa para se manifestar oralmente e em sessão secreta. A imprensa, a sua vez, receberia as matérias a publicar, todas seguindo a linha oficial traçada com precisão: a sociedade, inteiramente dependente dos jornais e do rádio, só podia conhecer o que a ela era apresentado pelas autoridades.

A tibieza e a sucessão de equívocos dos revoltosos encontraram par na estranha inação das forças de defesa do governo. Esta surpreendeu Getúlio, mas ele nada revelou. Silenciou sobre a demora acovardada de Filinto Müller, a indecisão inaceitável do tenente-coronel do Exército Cordeiro de Farias, ante um cadeado de portão de jardim, assim como sobre os frios assassínios, no palácio, de presos indefesos. Sobre os vencidos, nada a declarar; sobre aqueles que deveriam guardá-lo e não o fizeram, Getúlio, fiel ao seu estilo frio, seguiu usando-os, sobretudo a Filinto, o qual agora redobrava as suas ações sanguinários contra impotentes adversários do regime; quanto a Cordeiro de Farias, suas explicações, aceitas pelo Exército, ao entender do presidente, poderiam ser absorvidas no efetivo desassombro do general Dutra, que o ditador reconheceu publicamente. Como sempre, Getúlio avaliou o episódio politicamente. Sobre a sua eventual reação, ele já a tinha pronta; vivo, jamais os seu inimigos o prenderiam – a sua última bala tinha endereço certo, que ele mostraria ao País dezesseis anos depois.[34]

Presos foram Belmiro Valverde, Barbosa Lima Sobrinho e Severo Fournier, ao lado de militantes de menor expressão. A cúpula da AIB seguiu intocada; assim como foi Plínio Salgado excluído do processo que ao final sentenciou Belmiro e Fournier e cerca de trezentos integralistas a pesadas penas de prisão.[35] Plínio Salgado permaneceu em São Paulo, abrigado pelo interventor Adhemar de Barros, que o mantinha sob vigilância, mas sem o prender. Plínio, em liberdade, disse não ter sido informado da antecipação da data da revolta, condenando a sua execução e criticando Belmiro Valverde, que, preso, o defendeu.[36] Mais tarde, o chefe integralista apresentaria outras versões, nelas todas se eximindo de responsabilidade pelas ações armadas e criticando os combatentes. Os demais líderes integralistas, assim como os demais conspiradores, também silenciariam sobre os acontecimentos.

Não há indicação de que San Tiago tenha participado, mesmo indiretamente, da revolta integralista; ao contrário, ele teria se recusado a dela participar, embora ele e os cajuanos integralistas soubessem das articulações, as quais não eram segredo.[37] Até que ponto, e em que medida eram exatas as informações trocadas entre os líderes do Integralismo, todos distantes dos locais das operações, não é possível precisar. Mas as revoltas falhadas só conhecem líder aquele preso pelas forças vencedoras, ou, excepcionalmente, mesmo foragido, líder cuja determinação à luta tenha-se mostrado inquestionável na condução de seus militantes. Plínio Salgado não estava entre os primeiros e não se encaixava nesse último caso.

O assassínio de Getúlio não constou entre as hipóteses cogitadas pelos revoltosos; da agenda integralista esta jamais fez parte, e os revoltosos, Severo Fournier inclusive, estavam disso advertidos.[38] Plínio sempre supôs e alardeou a insensata possibilidade, só por ele figurada, de que Getúlio iria reconhecer a superioridade da doutrina integralista e a sua liderança, e com ele partilhar o poder. Nesse contexto, e não se sentindo seguro sobre as demais ações paralelas àquela que liderava, pode ter parecido inútil a Fournier deter Getúlio. Mas Fournier, no momento decisivo do assalto ao palácio do governo, temeu sobretudo a frieza do ditador, e ela o paralisou: ficou claro ao líder da revolta que Getúlio não se entregaria, mesmo expondo com essa decisão a sua família, que estava ao seu lado. Ou Fournier subia as escadas e no primeiro andar do palácio, à bala, detinha ou matava o presidente, ou fugia. Fournier, ao contrário de seu refém, não considerava a própria morte entre as suas ações a executar.[39]

Mais do que a tibieza dos revoltosos, em especial a dos líderes à distância da AIB – os quais tendo apoiado a revolta não se apresentaram ao combate –, a resistência de Getúlio terá impressionado San Tiago. O ditador tinha absoluta noção do poder – e o exercia implacavelmente. Dominada a revolta, nada sobrava da Ação Integralista, senão a sua humilhante derrota final e o consequente triunfo do governo, jactando-se o seu chefe de combater tanto a extrema esquerda quanto a extrema direita. Revolução no Brasil era exclusivamente aquela liderada pelo único revolucionário de sucesso: Getúlio Vargas.

- **A defesa da História**

"Nunca fomos incomodados por conta do Integralismo", essa a única informação prestada por Edméa de San Tiago Dantas ao comentar a vida política de seu marido, com quem foi casada por trinta anos.[40]

Depois da revolta integralista de maio de 1938, a vida de San Tiago seguiu sem sobressaltos. Em abril, San Tiago viajou com seu amigo Afonso Arinos a Minas Gerais, em visita a Belo Horizonte, Serro Frio, Diamantina e Ouro Preto. Em carta a Américo Lacombe, San Tiago deu notícia da viagem e do abatimento que o dominava. Belo Horizonte não lhe trazia boas recordações. Três anos antes, quando para lá se mudara em busca de um melhor clima para Edméa então acometida por uma inflamação pulmonar, queixara-se aos amigos de uma invencível solidão conjugal, ao mesmo tempo em que vira seus sonhos políticos aluírem com o fracasso do superintegralismo que então projetara. Agora, em abril de 1938, o Integralismo prestes a encontrar o seu desfecho patético, San Tiago somava novos desencantos íntimos: "só não volto para casa, porque não é bem esse o meu desejo (...) meu estado de espírito não é bom, para o que devem concorrer as causas do seu conhecimento. Fico um pouco inquieto de ter saído sem dar nenhum passo, e pergunto se o deixei de dar por covardia".[41]

À conta de uma vida social cada vez mais intensa, não faltariam às inquietações íntimas de San Tiago alternativas mundanas a lhe acalmar o espírito e que dissipariam o ímpeto de rupturas definitivas. Já a sua decepção política não conheceria remédio imediato. No elogio fúnebre ao conde de Afonso Celso, em artigo publicado em julho de 1938, San Tiago cita "os dias sombrios de hoje", nos quais, afirma "a palavra dada, a lealdade, a coerência íntima, a renúncia pessoal" eram "o maior e mais perdido tesouro de nossa formação política".[42] O exagero dessa afirmação era evidente: afinal, um país de frágeis instituições políticas, como era o Brasil, não contava, à base da sua formação, com tradições políticas fundadas em valores firmes, carência já denunciada pelo próprio San Tiago. Àquela altura, porém, ele extravasava o seu desencanto, e nas qualidades que celebrava do ilustre morto via as suas próprias qualidades, despendidas em uma causa tristemente vencida. Sem dúvida, San Tiago fora leal a Plínio Salgado, e a sua coerência ao credo integralista não se fizera sem uma carga considerável de renúncia intelectual e acomodação ideológica. Mas o passo da história acelerara-se em outra direção, e ela não tinha, no momento, lugar para San Tiago.

Porém ao professor, ao catedrático menino, havia lugar. Em julho, ele, que já tinha assento no Conselho da Universidade do Rio de Janeiro, foi designado a opinar sobre uma proposta de modificação do curso de Doutorado da Faculdade Nacional de Direito. O curso fora criado em 1931, com a duração de dois anos, após o curso de Graduação, cumprido em cinco. A reforma universitária cogitada deixaria o curso de Doutorado sem uma cadeira especial para estudos históricos, "e é a criação de uma tal cadeira que pretendemos sugerir", escreve San Tiago a seus pares.⁴³ Ele não entendia o estudo do Direito, sobretudo em nível de Pós-graduação, sem a sua perspectiva histórica própria: "No Brasil não se sentiu sempre, como em outros países, a necessidade de instituir o estudo de História do Direito Nacional"; do estudo de Direito Romano, argumenta, saltava-se ao estudo do Direito Civil atual, e os danos desse regime eram consideráveis à cultura: "a informação sobre o direito antigo foi depois o que mais nos veio a escassear, deixando-nos sem o colorido nacional e sem o sentimento de continuidade indispensável à cultura jurídica de um povo. Em consequência, (...) gradualmente foi-se perdendo o contato com a uma das mais ricas e nobres tradições jurídicas: a portuguesa e a brasileira. (...) Parece-nos, então, que nada se poderia fazer de tão útil para obviar esses males, como instituir no curso jurídico superior, em secção própria que é a de Direito Privado, uma cadeira especial de História do Direito Privado Brasileiro". O parecer de San Tiago foi aprovado por unanimidade. O fato de um professor de vinte e seis anos, ministrando um curso de legislação na Escola de Belas Artes e Arquitetura, ser escolhido para relatar essa matéria, em meio a professores titulares que a ensinavam na Faculdade de Direito, em seu curso de Pós-graduação inclusive, não se deveu apenas ao conhecimento técnico de San Tiago, ou mesmo ao seu brilho intelectual, ou ainda a sua proximidade com Francisco Campos e Gustavo Capanema. Esses fatores contariam, mas a reputação de San Tiago como publicista, então já afirmada acima de seu compromisso com o vencido Integralismo, deve ter sido um fator a contribuir para sua escolha.

San Tiago propôs, em seu parecer, uma visão geral do Direito brasileiro, não limitada à sua fonte original, o Direito Romano, mas desdobrada em toda a sua extensão, pondo não menor ênfase em seus fundamentos mais recentes, o português e o antigo Direito brasileiro. Em uma palavra, San Tiago defendia a inserção do Direito brasileiro em sua perspectiva histórica, e esta deveria ser a mais ampla possível, pois o conhecimento jurídico não poderia ser dissociado do seu contexto social, o que, em síntese, San Tiago sugere. Essa perspectiva domina o seu parecer, breve, escrito em estilo simples – raríssimos adjetivos, nenhuma citação ou jargão jurídico – e por isso surpreendente em um trabalho acadêmico.

- **Direito e Economia**

San Tiago assim pensava e escreveu no segundo dos dois únicos artigos publicados em 1938, "Reflexões sobre o emprego dos 'planos' em administração e economia", publicado no mês de julho, na *Revista de Economia e Estatística*. Nele, está clara a tentativa de apreensão do fenômeno em curso. San Tiago busca conceituar o que fossem planos econômicos, então uma novidade, traçar-lhes o contexto histórico e apontar um traço comum e inovador. A sua incursão nesse tema, ordinariamente estranho ao ensino jurídico, ganhava contudo sentido em sua atualidade, e trazê-lo à discussão por esse ângulo interdisciplinar era uma forma pioneira. Na verdade, San Tiago procurava fixar os pontos de contato entre direito e economia, em uma antecipação de mais de meio século. Um desses pontos, então mais nítido e inovador, era a planificação estatal da economia.

A hipertrofia do Executivo visível e crescente a partir da ditadura do Governo Provisório afirmou-se com o golpe palaciano de novembro do ano anterior. O governo, centrado na pessoa de Getúlio Vargas, passou a dominar, absoluto, a vida do País; fechadas todas as casas parlamentares, cassados todos os representantes eleitos em 1934, proibida e censurada qualquer manifestação contrária ao governo, este agia sem contrastação, valendo-se de seus amplos poderes inscritos por Francisco Campos na nova Carta Federal. O ministro da Justiça explicou, francamente, as novas funções do governo: "a construção constitucional da máquina do governo propriamente dita é simples e prática. Toda ela é construída em torno de uma ideia central, favorável à ação eficaz do governo: o governo gravita em torno de um chefe, que é o Presidente da República". Portanto, concluía, "a este cabe dar a impulsão às iniciativas dos demais órgãos do governo. O instrumento capital do governo é, porém, a administração. Cumpre, pois, que a máquina administrativa seja regulada segundo o mesmo método que presidiu à organização do governo".[44] Ou seja, a administração pública servia antes ao governo – e não ao público – e, centralizada e hierárquica, levava a vontade indisputada do governo, ditada pelo seu chefe, a todos os quadrantes da vida do País.

Esse modelo, claramente inspirado no fascismo italiano – *Stato-governo, accentrato, jierarchico* – veio casar-se perfeitamente ao autoritarismo político nativo, já estendido à administração pública. As derrubadas de funcionários caídos em desfavor dos donos da administração na República Velha agora ganhavam um figurino constitucional: por interesse do Estado – leia-se do governo – qualquer funcionário público poderia ser sumariamente demitido. A naturalidade com que Getúlio registrava em seu diário as medidas repressivas por ele determinadas traduzia uma absoluta identidade entre o ditador e o regime do Estado Novo; isto é, a ele e a boa parte da sociedade soava natural a preeminência arbitrária do Executivo em relação aos demais poderes do Estado, uma vez que o ditador, afirmando um projeto próprio de governo, era propagandeado como o mais fiel intérprete da vontade popular, das aspirações de um povo ao qual ele se dirigia diretamente e auscultava sem intermediários.

Nas democracias europeias, a centralização administrativa e a projeção do Executivo sobre os demais poderes afirmaram-se com a guerra de 1914-1918 e foram ampliadas pelo craque de outubro de 1929, quando se intensificou também nos Estados Unidos. A guerra inscreveu a intervenção do Estado nas economias liberais, a fim de que, simultaneamente, pudessem ser mobilizados todos os recursos do país, coordenadas e direcionadas as suas forças produtivas ao esforço bélico que se fez necessário, preservada íntegra, porém, a propriedade privada. Essa experiência intervencionista consolidou-se, ao mostrar ser possível, sem promover uma revolução que gravasse severamente ou expropriasse o capital privado, disciplinar as forças e os agentes econômicos em larga medida. De então por diante, a relação entre Estado, capital e trabalho transformou-se, e a sua disciplina legal variaria conforme o grau e a latitude da intervenção estatal no domínio econômico. Os nacionalistas italianos, com Alfredo Rocco à frente, foram os primeiros a formular ideologicamente esse fato a emergir da convulsão da guerra de 1914-1918. Segundo eles, a defesa do Estado não poderia mais ser promovida sem que este mobilizasse os recursos todos disponíveis e arregimentasse e coordenasse as forças produtivas a um fim determinado, prerrogativa que seria mantida mesmo em tempo de paz. O nacionalismo do final do século XIX ganhou assim expressão econômica, e esta mudou-lhe a feição política. Logo após o conflito, o ex-socialista Mussolini e os nacionalistas liderados por Alfredo Rocco entenderam-se, fundindo as suas forças políticas, e estas se desdobraram objetivamente no *Stato-governo*, isto é, no Estado absorvido no governo – no Poder Executivo –, este comandado por um líder carismático e autoritário, sendo o regime fascista italiano o seu maior exemplo.

A centralização administrativa e o dirigismo econômico que se seguiram poriam fim – como de fato puseram – ao conflito explosivo entre capital e trabalho, sem ser necessário promover a ruptura com o sistema capitalista. Esse regime permitiu aos fascistas – e à direita que nele se inspirou na Europa, na Argentina e no Brasil – a um só tempo rejeitar a democracia parlamentar, acusando-a de incapaz de atender a crise econômica que convulsionou a

Europa do pós-guerra, e rejeitar, a ele contrapondo-se radical e violentamente, o comunismo, acusando-o de dilapidador dos valores ocidentais.[45] San Tiago fixou essa transformação em seu artigo sobre Planos: "é interessante constatar [que] uma série de princípios e ideias filosóficas que o liberalismo político e econômico explanou, e que hoje repetidas cruamente já não encontrariam defensores entre os homens de Estado e de negócios que tanto se guiam por hábitos mentais seus consectários. Assim a ideia da harmonização espontânea dos interesses coletivos, que foi a tese de base do chamado 'otimismo econômico franco-americano', e que hoje ninguém pensaria em sustentar".[46]

Mas a natureza e o alcance da intervenção do Estado na economia variavam em função da natureza das instituições de cada país, e os extremos, opostos, estavam na Rússia e nos Estados Unidos.

Pelo final da década de 1930, Stálin não havia dizimado apenas a oposição ao seu governo, mas também todos os seus companheiros de jornada revolucionária, inclusive os membros históricos do partido comunista russo, e os principais chefes do Exército foram também assassinados. Com igual violência, a planificação da economia russa vinha sendo executada, desde a coletivização forçada da agricultura, que resultou na morte de milhões de camponeses, à construção, sob um regime brutal de trabalho, de grandes obras públicas. Os planos quinquenais, que se sucediam desde o final da década de 1920, dotaram o país de uma infraestrutura inexistente menos de duas décadas antes. O fato de esses planos não haverem surtido os efeitos esperados e o crescimento da economia russa ao longo da década de 1930 ter sido inferior ao da Alemanha e da Itália, onde as ditaduras nazista e fascista haviam conseguido reerguer as suas economias depois da crise de 1929, não era plenamente conhecido; ao contrário, bem propagandeada, a planificação da economia russa atraiu a admiração de economistas e políticos das democracias europeias e norte-americana.

Os regimes ditatoriais de esquerda e de direita passaram a exibir um traço comum – a aberta e incontrastada intervenção do Poder Executivo na economia – uma vez silenciados o Parlamento e o Judiciário. No caso da Rússia, não se tratava propriamente de intervenção, senão da presença singular do Estado monopolista, decorrente da aplicação do princípio cardeal do marxismo de que ao Estado cabe a titularidade de todos os bens e a iniciativa de todos os serviços. No caso da Itália, da Alemanha e do Brasil, a onipresente intervenção do Estado dava-se sem a supressão total da propriedade privada, a qual, todavia, ao Estado se viu atrelada.[47] Os Estados Unidos ainda lutavam com os efeitos da recessão de 1929, e os resultados do *New Deal*, uma efetiva intervenção do Estado na economia por meio de financiamentos públicos e da criação de órgãos especiais para regular serviços essenciais à população, não haviam sido ainda plenamente alcançados. O *New Deal* proposto por Franklin Roosevelt era eminentemente democrático, mas esse programa continha traços do dirigismo econômico até então inéditos na experiência norte-americana e assim atraiu o favor de alguns radicais, mas afrontou os liberais, e por essa razão foi visto, equivocadamente, pelas forças de direita, no Brasil inclusive, como indicativo da alegada superioridade da doutrina fascista.[48]

San Tiago sintetizou esse aparente paradoxo em seu artigo, observando que "a circunstância de ter sido a Rússia o primeiro estado a experimentar uma planificação total e sistemática da sua produção, vinculou estreitamente a técnica do plano ao socialismo. (...) Entretanto a ideia dos planos fez fortuna em todos os países, infiltrou-se naqueles que repeliam o socialismo e o próprio autoritarismo econômico, e hoje parece mais uma conquista universal da técnica de intervenção do Estado, do que um consectário de um sistema econômico qualquer".[49] A redução de San Tiago da intervenção do Estado na economia a uma técnica de administração indistinguia o traço essencial – ou democrático ou autoritário – de que essa intervenção se revestia: democrático nos Estados Unidos, e autoritário, ainda que com variação de grau, na Rússia, na Alemanha, na Itália e mesmo no Brasil.

Mas, sem dúvida, o tema do artigo mostrava uma clara relação entre direito e economia, a atrair o interesse de San Tiago, que entendia dever ser o direito estudado em um contexto histórico no qual diferentes forças sociais e econômicas atuavam.

- **A segunda cátedra**

Cogitada desde 1931, a Faculdade de Ciências Econômicas e Administrativas do Rio de Janeiro foi criada em dezembro de 1938.[50] Ao final daquele mesmo mês, a nova escola teve seu corpo docente provido por meio de concurso de títulos, e San Tiago foi um dos professores selecionados. Coube-lhe a cadeira de Direito Civil; a Eugênio Gudin, com quem na década de 1950 travaria uma notável polêmica sobre educação, coube reger a cadeira de Economia Bancária, e a de História Econômica da América e Fontes de Riqueza Nacional tocou ao amigo Afonso Arinos.[51]

Ao mais moço entre os catedráticos da Faculdade de Ciências Econômicas e Administrativas do Rio de Janeiro cumpriu proferir a aula inaugural da escola, a 17 de março de 1939. "A Missão do ensino econômico e administrativo na reconstrução brasileira", embora lido a uma plateia de alunos e professores, é, em verdade, um ensaio. Como observa ao início San Tiago, inaugural não era apenas a aula, senão o ensino da matéria, pois "através desse curso vamos abrir caminho para o estabelecimento no Brasil de estudos sobre a ciência da administração e do governo".[52] E o professor segue à risca esse propósito; sucessivamente, conceitua a administração como ciência, configura-lhe o objeto e explicita o seu método administrativo, "o processo especial pelo qual pensamos as soluções a serem encontradas".

Retirando da obra maior de Max Weber, *Economia e sociedade*, a caracterização dos "tipos de autoridade nas sociedades politicamente organizadas", San Tiago põe em evidência a relação entre a autoridade e a administração pública, um tema atual, mas ainda não explorado.[53] Autoridade carismática, explica San Tiago, baseava-se em um "vínculo de dependência [que] se estabelece apenas como resultado de uma ascendência psicológica do governante sobre o governado", produto do "dom de confiança absoluta, aquele que tem o homem de exceção de se impor integralmente à confiança de seus governados". E, no polo oposto, situava-se o "tipo de autoridade burocrática, ideal dos regimes do século XIX (...) cujo objetivo é o automatismo político, a função independente do homem que se coloque neste ou naquele lugar". Habilmente, San Tiago aduz uma característica própria à autoridade carismática, presente na ditadura do Estado Novo: a inexistência de um "mecanismo de revisão dos atos do chefe, nem de sua destituição, que só se faz pela perda do vínculo interno de confiança entre ele e seus subordinados". Hitler era o exemplo de autoridade carismática citado pelo autor, mas Getúlio nele se enquadrava também, embora sem os extremos do ditador nazista.[54]

Àquela altura, pelo final dos anos 1930, o vínculo interno de confiança entre o líder carismático e seus subordinados não podia assim ser qualificado, ao menos nas ditaduras surgidas das revoluções russa, italiana e alemã. Nesses regimes, aos quais vinha se alinhar a ditadura do Estado Novo, embora tendo líderes carismáticos à frente deles, aquele vínculo, ao início eventualmente existente entre o líder e seus seguidores, fora substituído por uma férrea submissão do indivíduo ao Estado totalitário. Esse fato era patente, mas a sua precisa identificação a San Tiago e aos seus ouvintes, mesmo àqueles bem informados, não surgia tão clara: os regimes liberais já haviam sido descartados, e as democracias ainda vigentes na Europa e mesmo a norte-americana viam crescer a intervenção do Estado na economia, e assim havia um quadro pouco nítido, em sua perspectiva geral, sobre os exatos contornos políticos dos regimes então existentes.

A revolução soviética nasceu da ousadia de Lênin, que voltou do exílio para liderá-la, e mesmo no poder, nas eleições que se seguiram logo após a sua conquista, os bolcheviques se viram derrotados. Mussolini, ainda que apoiado nos *fasci di combattimento*, ao lhe ser entregue o poder pelo rei da Itália, não somavam os fascistas sete por cento do parlamento italiano. Hitler, ao ser feito chanceler, o partido nazista, ainda que majoritário, detinha apenas um terço das cadeiras do parlamento alemão. Ou seja, todos esses líderes, embora inegavelmente carismáticos, empolgaram apenas uma pequena fração de seu povo e só consolidaram seus regimes a partir da tomada do poder, e por meio da violência estatal nele se mantiveram. E mesmo Roosevelt, eleito democraticamente, chegou a ser aconselhado a instalar uma ditadura por alguns liberais, e foi acusado de fascista, epíteto a ele pespegado por simpatizantes desse regime e pela ala conservadora da Igreja Católica, então dominante, entre eles o seu maior representante laico no Brasil, Alceu Amoroso Lima.[55]

Um sinal distintivo dos regimes democráticos, e portanto ausente nas ditaduras à esquerda e à direita, era a vida política, e San Tiago, referindo-a à administração pública, ressalta-lhe o significado: "Parece-nos que a política jamais será redutível a uma técnica. (...) [ela não pode] ser suprida pela interferência de técnicos".[56] Por outras palavras, a ciência da administração, fosse ela vinculada a uma autoridade carismática ou burocrática, não seria suficiente a substituir a ação política no governo das sociedades organizadas: "temos conhecido no mundo inteiro a experiência do órgão técnico elevado à função de governo, com maus resultados sempre, pela simples razão de não bastar ser grande técnico para ser grande governante. É necessário possuir visão especial, sentimento íntimo da conjuntura administrativa, para poder ver em particular amplitude as relações entre os problemas". San Tiago a seguir vincula, em reforço a sua celebração da política, a relação necessária, que vê deva existir, entre o líder político e a administração pública: "A ciência da administração, entretanto, longe de ser supérflua para os possuidores desses grandes dons, amplia sua capacidade, dilata os recursos dos que já encontram em si matéria política de tão alta qualidade e, principalmente, difundida pela grei, faz com que a passagem do seu verdadeiro chefe nunca seja em vão".[57] Habilmente, San Tiago confronta o líder carismático que se valia exclusivamente de seu magnetismo (e da manipulação, mais ou menos violenta, dos meios do Estado) para comunicar-se diretamente ao povo e assim fazer de sua palavra a Lei, com o líder forjado na ação política, na disputa partidária, esta um produto próprio das democracias.

Essa questão era absolutamente atual – mas não se apresentava a um governante autoritário. O sucesso naquela altura dos regimes revolucionários, afirmados em ditaduras totalitárias, confrontava as democracias tradicionais, opondo a rica vida política destas últimas à ação dos líderes autoritários daquelas. No Brasil, naquele exato momento, desdobrava-se, entre outros, um exemplo concreto da relação entre autoridade carismática – e despótica – e a ciência da administração pública, e San Tiago não desconheceria esse fato. E talvez desse exemplo surgisse essa sua cogitação, entre democracia e administração pública, que em verdade prenunciava outra, maior e mais complexa: de um lado, a democracia e a sua capacidade de renovar-se e, de outro, o vigor até então exibido pelas ditaduras, entre as quais a de Getúlio se incluía.

Nesse contexto, o ministro da Justiça, o seu amigo e mestre Francisco Campos, mal instalado o Estado Novo, havia fulminado uma proposta de eminentes juristas e engenheiros para criar órgãos técnicos, dotados de independência decisória, hierárquica e orçamentária, para regular os serviços públicos, cuja demanda crescia aceleradamente. Esses órgãos especiais de intervenção do Estado, e não do governo, na economia substituiriam o vigente modelo de fiscalização daqueles serviços, executado por órgãos ordinários da administração pública, e absolutamente ineficaz. Esse novo modelo seria articulado por meio de agências reguladoras independentes – assim nomeadas já na década de 1920 – e era inspirado no padrão norte-americano. Porém, o seu claro traço democrático – eram essas agências imunes à política partidária própria do Executivo, e fiscalizadas pelo Legislativo e revistas suas decisões pelo Judiciário exclusivamente – não poderia entre nós ser admitido, como de fato não foi, no regime centralizado e hierárquico cujo ápice subordinador, de toda a administração, era o presidente da República.[58]

"O problema brasileiro, que desde muitos anos agita os espíritos de todos nós, é essencialmente o da reconstrução administrativa", como o qualificava San Tiago, e ele vinha sendo enfrentado.[59] Uma reforma ampla seria promovida pelo governo ao início da década de 1940. Porém, as medidas já em curso desde a implantação do Governo Provisório, dez anos antes, evidenciavam um sentido contraditório, que em certa medida o artigo de San Tiago traduzia. A modernização em curso da administração pública era incontestável, mas a esta era sonegado o princípio da ampla revisão dos atos praticados por seus agentes pelo Judiciário, e ela era conduzida, assim como toda a política econômica, monocraticamente, isto é, conforme a vontade do titular do Poder Executivo. Silenciado o parlamento, decidia o presidente da República ouvindo conselhos consultivos, nos quais eram expressos os diferentes interesses econômicos privados que nesses órgãos alcançavam se fazer representar.

Surgia uma contradição entre o moderno e o conservador, entre democracia e ditadura; essa questão o artigo de San Tiago configurava, mas ela se mostrava incapaz de acomodar-se na fórmula de seu projeto ideológico originário – na "moderna obra da reação". Ao mesmo tempo em que descrevia a autoridade carismática e o dom da liderança que levava o povo a hipotecar o seu destino em mãos de um líder ao qual todo poder era conferido, San Tiago realçava o valor e a função imprescindíveis da política e a necessidade de se afirmar a ciência da administração como um instrumento indispensável à administração pública moderna e democrática. Essa contradição tomava conta do professor e do ensaísta, e vinha absorvendo o ideólogo. Poderiam a modernidade e a reação (e seus desdobramentos políticos) seguir convivendo, como até então vinham convivendo em seu espírito? O artigo seguinte de San Tiago, publicado em julho de 1939 a propósito dos cento e cinquenta anos da Revolução Francesa, sugeria que não.

- **Prenúncio de uma revisão liberal**

San Tiago procura julgar a Revolução Francesa "em sua extraordinária projeção histórica, quando ela (...) ainda alimentava com sua ardente substância de ideais e lutas dos povos". Exatos dez anos depois de o orador do CAJU e seu colega de turma Gilson Amado havê-la duramente criticada em um discurso cujo tema e conteúdo provavelmente contaram com a participação de San Tiago, este, agora, reconhece que o "mundo estava dentro da revolução francesa". E o autor nela imerge, nas suas ideias e experiência – para entender o presente, que lhe suscitava dúvidas. No plano ideológico, "toda a revolução feita para ver o que pode o homem, merece, sempre, quaisquer que sejam seus erros, não direi o aplauso, mas o respeito dos que não se conformam"; já no plano da experiência, ela havia enriquecido o homem com valores que projetou, e o primeiro desses valores era "aquele que justamente mais lhe tem sido contestado: a liberdade". Mesmo não tendo a Revolução implantado a liberdade, ela havia implantado o "ideal da liberdade". A liberdade não era mais um "meio, tornando-se um valor absoluto". Ela não fora, contudo, o único legado da Revolução, mesmo tendo sido o seu mais significativo; o outro fora a "entronização do povo na política", e San Tiago via, àquela altura, o "comunismo e o fascismo (...) governo de classe ou ditaduras [que] são ordens antagônicas, mas que nisto se igualam: são regimes de massa, de pronunciamento popular, de participação da multidão no governo ou na atmosfera do governo".[60]

Naquele contexto, a afirmação procedia: fascismo e nazismo ascenderam ao poder em democracias parlamentares, agônicas sem dúvida (inclusive pela ação daquelas forças políticas), assim como Lênin derrubou Kerensky, que assumira o poder com a queda de uma monarquia tricentenária, a qual, em seus estertores, já havia convocado eleições parlamentares. E mesmo sem maior apoio popular, ou depois de o ter perdido, os ditadores voltavam-se para o povo – ainda que à conta de uma repressão brutal então pouco conhecida no exterior –, e não para a aristocracia, em busca de ares de legitimidade ao poder que haviam empolgado. A sua vez, nas democracias avançadas, alargava-se continuamente o coeficiente eleitoral, desde a introdução do voto feminino aos crescentes estratos alfabetizados da população que nesses países passaram a participar desse processo. Nos Estados Unidos, então já a maior democracia moderna, onde o valor absoluto da liberdade exibia um amplo espectro, o seu presidente, Roosevelt, valia-se do rádio para dirigir-se diretamente ao povo americano. "Discute-se o sufrágio universal, o regime representativo, o parlamento; mas não se compreende mais governo, que não tenha nele [o povo] o foco originário de ação, que os juristas chamariam de soberania", afirma San Tiago. O exemplo a seguir citado, do "Estado alemão, onde a autoridade obedece à mais rígida hierarquização, e onde, pela aplicação do *Führerprinzip* [princípio do *Füher*], todo comando vem de cima, o povo – *das Volk* – está no centro da vida política e é a origem de todo poder", enquadrava-se em uma das hipóteses do autor, da multidão na atmosfera do governo.[61]

Àquela altura, meados de 1939, Hitler era visto e aceito por muitos como o líder do povo alemão, e líder vitorioso nas suas realizações diplomáticas. Dobrara a Inglaterra e a França em 1938, sucessivamente, com a anexação da Áustria à Alemanha e, no ano seguinte, com a incorporação da fração rica da Tchecoslováquia ao *Reich* alemão, aumentando-lhe o território e o poderio, firmara um pacto de não agressão com o seu maior inimigo político, a Rússia, confundindo simultaneamente a esquerda e a direita. A repressão interna aos adversários e a perseguição pelos nazistas – já com uma violência inédita – aos judeus e a outras minorias, era tolerada pelas democracias europeias, sobretudo a Inglaterra e França, as quais, cedendo às pretensões territoriais de Hitler, supunham assim apaziguar o *Führer*. A voz solitária de Winston Churchill, que, acertadamente, via nesse movimento expansionista nazista o prenúncio de uma nova guerra, não era ouvida. A noção de uma liderança carismática – vista no âmbito da conjuntura política internacional de então, antes de ela se precipitar uma vez mais no abismo de um conflito mundial –, tal a de Hitler, poderia ser estendida a Stálin e a Mussolini, e no Brasil a Getúlio.

O povo havia descoberto a sua voz política e, portanto, "daí para cá a sombra da revolução popular paira sempre no horizonte, como um apocalipse dos regimes". Em termos políticos esse era um fato recente e ainda não podia ser avaliado em toda a sua extensão, pois as ditaduras nascidas no século XX mostravam um perfil novo: eram instituídas em nome do povo, e rapidamente este via a sua liberdade cerceada em nome de um Estado presente em todos os quadrantes da vida social – o Estado totalitário –, comandado por um líder carismático e despótico.

Nesse quadro, cuja trágica nitidez só a Segunda Guerra Mundial a estalar dali a pouco mostraria, San Tiago ainda encontrou espaço para creditar ao cristianismo haver fornecido ao mundo o "primeiro sentido orgânico da liberdade", a ela dando "uma substância nova" ao fixar o homem "no plano mais alto em suas relações com o universo". O propósito de San Tiago ao referir o cristianismo seria permitir a ele próprio reconhecer outro crédito, esse recente e indisputável, e que era, até àquela altura, incompatível com a doutrina política da Igreja Católica: o valor absoluto da liberdade. Isto é, San Tiago ensaiava rever a posição da direita, da direita católica inclusive, e dar um passo fora de seu círculo. Antes, o repúdio absoluto à Revolução Francesa e à liberdade que ela enunciara; agora, a visão do cristianismo como uma das fontes, talvez a maior, dessa mesma liberdade. Não por acaso, San Tiago escreve a Alceu Amoroso Lima: "Meu Caro Dr. Alceu, mando-lhe pelo portador um número da Revista do Brasil, onde saiu um artigo meu sobre a Revolução Francesa. (...) neste artigo pus um certo número de coisas que me interessam profundamente, e que contam para a minha orientação tanto política como espiritual. Poderia o senhor ler o artigo, e depois, no nosso primeiro encontro, me dizer o que achou?".[62] Não se conhece a resposta de Alceu. Porém a posição de seu correspondente estava traçada: surgia-lhe uma nova orientação tanto política como espiritual. Em especial a política.

- **O advogado**

A segunda cátedra, de Direito Civil da Faculdade de Ciências Econômicas e Administrativas do Rio de Janeiro, foi incidental; o objetivo acadêmico maior de San Tiago era a conquista de igual cadeira na Faculdade Nacional de Direito, onde ele se formara havia seis anos. Mas nem por isso a nova cátedra foi menos significativa. Àquela altura, San Tiago somava títulos no serviço público e ia afirmando a sua vida profissional privada, em uma dualidade que ele jamais abandonaria, e a nova cátedra valorizaria ainda mais. Vinte e cinco anos depois, no último ano de sua curta vida, o ministro da Fazenda no agônico governo João Goulart no primeiro semestre de 1963, terá se lembrado do jovem professor da Faculdade de Economia ao tentar em vão deter o processo inflacionário voraz que um ano depois precipitaria o País em uma outra e ainda mais violenta ditadura do que aquela do Estado Novo.

Desde 1932, San Tiago era professor de Direito na Escola de Belas Artes e Arquitetura, e a partir de 1937 titular por concurso dessa cadeira; pela mesma altura, integrava o Conselho Técnico Administrativo daquela Escola, em meio a diversas tarefas universitárias, como participar de bancas examinadoras em concursos públicos, entre eles para o serviço diplomático, que ele em 1961 viria a chefiar. Mas exercer a advocacia, como profissão liberal, requeria um escritório próprio, e San Tiago achou tempo para instalá-lo.

O escritório que dividira com alguns de seus colegas ainda estudante de Direito e no qual prestavam serviços como estagiários ocupara uma sala no edifício Glória, na Cinelândia. O edifício Rex, onde em março de 1939 o advogado San Tiago instalou seu escritório, fica no quarteirão atrás da Cinelândia, na rua Álvaro Alvim. Comprimido entre outros e debruçado sobre a via estreita, o prédio, ao contrário do anterior, não tem a perspectiva aberta sobre aquela praça, onde, fronteiros, se acham a Biblioteca Nacional e então o Supremo Tribunal, à esquerda o Teatro Municipal e à direita o então Senado Federal. Mas no novo endereço funcionava o Conselho Federal de Engenharia e Arquitetura, onde San Tiago dava expediente como consultor. Por três mil réis mensais, e mais seiscentos à conta do consumo de "luz e aluguel do medidor", San Tiago ocupou a sala de número 721, do prédio número 37, da rua Álvaro Alvim com móveis comprados a Martins Junior & Cia em março de 1939 por um mil réis: um "bureau com 1,50m com tampo de vidro"; uma "cadeira curva, com palhinha"; um "grupo com 3 peças, de braços abertos estofados em pano couro"; e uma "estante com 1,20m com portas de correr".[63] A advocacia não demoraria a prosperar à conta não só do talento do advogado, mas de sua dedicação em formar a sua clientela. Seus amigos a ele recorreriam e o indicavam; Miguel Reale, que também abrira sua banca de advocacia em São Paulo, escrevia ao amigo: "Quando vi sua proposta, declaro-lhe que ela vem ao encontro ao meu desejo. Pode estar certo que todas as coisas no Rio serão confiadas à sua competência".[64]

Em meados de 1939, a sua maior tarefa era, porém, concluir a sua tese de Direito Civil, fazê-la editar em livro para encaminhá-la até o final do ano com o requerimento de inscrição ao concurso para a cátedra de Direito Civil perante a Faculdade Nacional de Direito. O tema escolhido por San Tiago, *Conflito de vizinhança e sua composição*, e que deu nome à monografia, era tirado de sua experiência de professor da Escola de Belas Artes e Arquitetura e de consultor jurídico do Conselho de Engenharia e Arquitetura.

Os amigos recordariam o ritmo de estudo intenso de San Tiago, já titular de duas cátedras, em busca da terceira: suas sucessivas estadias no sítio do pai, no município fluminense de Sacra Família, para onde seguia com inúmeros livros, lidos noite adentro até o amanhecer.

- **O ato final de Plínio Salgado**

Os "tempos de estudo" eram cada vez maiores, mas San Tiago não se desligara dos fatos políticos, e um deles – mais um no triste descenso da Ação Integralista Brasileira – vinha de ocorrer, protagonizado por Plínio Salgado. Os revoltosos liderados por Severo Fournier e Belmiro Valverde no assalto ao Palácio do Governo em maio do ano anterior haviam sido presos e condenados, alguns a longas penas de prisão, que ainda cumpriam; Fournier morreria no cárcere, tuberculoso, e Valverde só seria libertado com a anistia que se seguiu à queda do Estado Novo em 1945. Plínio Salgado, como se viu, não participara diretamente de nenhuma das duas ações integralistas armadas e, logo em seguida à primeira, em março de 1938, fugira para São Paulo, onde, pelo rádio, ouvira fracassar a revolta de maio. O chefe da Ação Integralista não fora preso e, chamado a depor na polícia, eximiu-se de qualquer participação, direta ou indireta, na revolta integralista, dizendo-a inconsequente e imputando a iniciativa dela exclusivamente a Fournier e a Valverde. Em maio de 1939, um ano depois da revolta, ainda presos os seus principais combatentes, Plínio, buscando vangloriar-se de uma liderança já perdida e em inútil corte ao governo, divulgou mais um manifesto, conclamando os integralistas a absterem-se de "quaisquer agitações subversivas e de manifestações de caráter político, perturbadoras da ordem pública". O ministro do Exército, general Dutra, não se impressionou com o aceno de Plínio, e o mandou recolher à fortaleza de Santa Cruz, na baía da Guanabara. Preso, o chefe prontamente negociou sua liberdade, oferecendo-se para exilar-se em Portugal, não sem antes solicitar ajuda financeira ao governo, que a teria concedido. Ao partir em junho de 1939 para Lisboa, pouco mais de um mês depois de sua detenção – tempo inferior ao cumprido por qualquer prócer integralista preso – em mais uma carta aberta, Plínio rogou ao seu carcereiro: "Senhor General [Dutra]: entrego, nesta hora, à guarda vigilante, à inteligência e à defesa do Exército, a obra que levei seis anos a construir. Nem eu, nem meus companheiros, queremos nada em troca dos serviços que temos prestado à Nação, a não ser o direito de amarmos o Brasil e de estarmos despertos para atender aos apelos da nacionalidade em suas horas trágicas".[65]

Da nacionalidade que cada vez mais fazia confundir com a sua pessoa, cuidava o ditador Getúlio Vargas – o qual sequer registrou em seu diário a melancólica partida do chefe integralista, cujos liderados um ano antes lhe haviam invadido o palácio.

- **Um único livro de Direito**

A 20 de novembro de 1939, San Tiago requereu sua inscrição "no concurso para professor catedrático de uma das cadeiras de Direito Civil, de acordo com o edital publicado e a ser processado nesta Faculdade. Oferece [acrescentou] 50 exemplares de sua tese impressa, intitulada: "O Conflito de vizinhança e sua Composição".[66]

O livro foi impresso à conta do candidato, e dedicado à memória de sua avó adorada, Dindinha – "A Geraldina Luiza Carneiro de Mello – presença invisível nos nossos esforços" e "A meus pais e minha mulher". Edméa datilografou três versões da tese de trezentas e cinquenta páginas do marido, até San Tiago se dar por satisfeito com o tratamento dado ao tema, que a sua experiência de professor da Escola de Belas Artes e Arquitetura mostrou comportar uma revisão, "permitindo, talvez, uma colocação mais segura do que os autores estrangeiros conseguiram realizar".[67] Seria o único livro de Direito escrito designadamente a esse fim por San Tiago.[68] Com ele surge o jurista aos vinte e oito anos de idade, senhor de uma rara cultura e segurança intelectual.

Não dedica o seu trabalho aos examinadores, nem procura qualificá-lo de uma "pequena contribuição à cultura jurídica pátria", afetando uma modéstia falsa, como era corrente entre portadores de títulos universitários. O seu propósito era fugir ao dogmatismo ornamental dominante na cultura jurídica brasileira, sempre afastada da lide forense e da compreensão dos interesses do cidadão que recorre ao Judiciário para os ver atendidos. San Tiago seguiu caminho inverso como diz no prefácio: "evitar toda investigação doutrinária sem propósito para o juiz. Quisemos elaborar um critério para o juiz, certos de que o papel precípuo da ciência jurídica é entrelaçar à lei a tarefa do magistrado". Preso ao seu propósito, San Tiago o alcançou plenamente. Ele venceu a particularidade e a aridez natural da matéria; o seu enquadramento, o estilo moderno de sua escrita, sem nenhuma concessão ao jargão, avassalador na literatura jurídica, e a larga análise da bibliografia existente em suas fontes originais distinguiram a obra já em seu lançamento.[69]

Por epígrafe de *Conflito de vizinhança*, San Tiago tomou uma fala de Pórcia, a heroína da peça *O mercador de Veneza*, de Shakespeare. Não é incomum citações de autores estranhos ao Direito figurarem em obras jurídicas, e a obra de Shakespeare atende a esse campo, como a quase a todos outros da experiência humana. Pode-se, contudo, especular sobre os motivos que levaram San Tiago a preferir essa citação: se ele tinha em mente o sentido literal do texto, ou, como sempre, vendo o Direito em sua perspectiva histórica, assim a escolheu. O texto citado comporta essas duas hipóteses. Nele, Antonio toma emprestado ao judeu Shylock três mil ducados, pelo prazo de três meses, para que seu amigo, Bassanio, tenha recursos para ir a Veneza fazer corte à bela Pórcia, senhora de Belmont. Sem outra garantia a oferecer pelo empréstimo, Antonio aceita, em caso de não poder saldá-lo, dar a Shylock uma libra de sua própria carne. Inadimplente Antonio, o caso é levado ao juízo do duque de Veneza, que, embora lamentando a forma pela qual a dívida fora contratada, não pode impedir Shylock de executá-la, o que importaria na morte de Antonio. O duque, porém, admite que o substituto do advogado de Antonio, impossibilitado de comparecer à audiência, manifeste-se, e este é Pórcia, que surge disfarçada. A sua elocução, um dos mais belos textos de Shakespeare, resume-se na citação escolhida por San Tiago.[70] Pórcia pede um momento a Shylock e lhe observa que havia algo mais no contrato de empréstimo: seus termos não davam a Shylock o direito de derramar sangue; eles referiam, expressamente, uma libra de carne humana. Assim, se Shylock ao cortá-la derramasse uma gota de sangue cristão, as sua terras e bens seriam, de acordo com a lei, confiscados pelo estado de Veneza.[71]

Embora haja na citação tirada de *O mercador de Veneza* um inegável friso jurídico na astuciosa interpretação dada por Pórcia ao contrato de empréstimo – o derramamento de sangue não previsto, a importar em Shylock perder suas terras –, a sua escolha por San Tiago ilustraria ainda outra questão, viva e dramática naquele momento. Quando *Conflito de vizinhança e sua composi-*

ção veio a público em dezembro de 1939, o sangue já cobria o solo europeu, e nele terras estavam sendo confiscadas não pela força da lei, mas pela força das armas. O sangue e o solo, que os nacionalistas franceses de direita, Maurice Barrès à frente, radicalmente defenderam ao início do século XX, vira-se transfigurado na pregação extremada de Hitler, sob a bandeira de um povo, um solo – o espaço vital de que o povo alemão necessitaria e por isso deveria ser incorporado ao *Reich*, segundo o líder nazista exigia. Transformada na tese central da política externa nazista desde o início do ano anterior, 1938, ela se materializara tragicamente havia dois meses, em setembro 1939, com a invasão da Polônia pela Alemanha. A epígrafe de *Conflito de vizinhança*, voluntária ou involuntariamente, aludiria também a esse conflito, que afetaria não só San Tiago, mas toda a civilização.

- **Sangue sobre solo europeu**

Hitler jamais fizera segredo de que a Alemanha sob a sua liderança não aceitava os termos do Tratado de Versailles a ela imposto pelos países vitoriosos na Primeira Guerra, pois, argumentava, necessitava ela de um espaço vital à sua expansão, e este espaço, afirmava, se encontrava à leste – tal San Tiago registrara em artigo escrito menos de um mês depois da ascensão de Hitler ao poder, em fevereiro de 1933. Segundo o *Führer*, os alemães todos deveriam reunir-se em uma grande Alemanha, cujo território deveria estender-se às áreas vizinhas, por onde eles se achassem. Com esse objetivo, Hitler vinha agindo desde 1933. Se as suas intenções eram claras no jogo diplomático que fazia com uma ousadia até então jamais vista, como davam nota seus discursos nos quais anunciava abertamente seus propósitos, a Inglaterra e a França, que não desejavam uma nova confrontação militar, cegaram todavia a essa realidade. Esta informava, como solitariamente observava Winston Churchill – uma das maiores lideranças conservadoras da Inglaterra, porém fora do gabinete chefiado por Neville Chamberlain – que uma nova guerra seria promovida por Hitler e envolveria a Inglaterra e a França, independentemente do desejo delas.

Churchill percebera com nitidez o alvo da política alemã e denunciava a complacência do parlamento inglês, ao qual pedia um plano para melhor armar as defesas inglesas à vista da "atitude dos *gangsters* nazistas".[72] Em vão. Chamberlain, ao contrário, acreditava que Hitler não iria lançar-se em aventuras, sendo o seu único interesse os alemães que viviam fora de seu país, em especial na Áustria, na Tchecoslováquia e na cidade portuária polonesa de

Danzig, cujo acesso se dava pelo "corredor polonês".[73] Portanto, todas as questões derivadas dessa situação poderiam e deveriam ser negociadas com o líder alemão. Este, habilmente, concordou e seguiu negociando, alertando, contudo, a seus interlocutores – a França também, alinhada à posição da Inglaterra – de que as relações com a Áustria deterioravam-se rapidamente.

Os conservadores franceses e ingleses – à exceção de Churchill – viam em Hitler um baluarte contra a expansão do comunismo russo.[74] Esse entendimento, somado ao plausível receio de uma nova guerra, estava à base da política de apaziguamento por eles seguida em relação ao *Führer*. Este negociava ao seu estilo. Depois de tumultuar a política interna da Áustria estimulando os nazistas locais, em fevereiro de 1938 Hitler apresentou um ultimato ao chanceler austríaco: de então por diante, total obediência de seu governo ao *Führer*. Ante a recusa, a pressão dos nazistas na Áustria aumentou; em sucessivos desfiles em diversas cidades, eles desafiavam o governo central, e este, cada vez mais abalado, decidiu convocar um plebiscito a 13 de março, para ouvir os austríacos sobre seguir o país independente ou anexar-se à Alemanha. Dois dias antes da votação, Hitler enviou um ultimato, desta feita definitivo, exigindo o cancelamento do plebiscito, a renúncia do chanceler austríaco em favor de um indicado seu e deslocou duzentos mil soldados da *Wehrmacht* para a fronteira entre os dois países. A Inglaterra recomendou à Áustria não revidar, para evitar uma conflagração. Mussolini, que em setembro do mês anterior visitara Hitler na Alemanha e com esta e o Japão pouco depois assinara um pacto anticomunista, não se opôs. Sem um único tiro disparado pelos nazistas, a 12 de março de 1938 a Áustria foi anexada à Alemanha.[75]

O sucesso do *Anchluss* – a anexação da Áustria à Alemanha – estimulou Hitler a aumentar a pressão sobre o seu alvo seguinte, os sudetos, habitantes das montanhas a noroeste e norte da Tchecoslováquia – região da Boêmia e da Morávia, fronteira à Alemanha – então majoritariamente populada por alemães, logo transformados em objeto da propaganda subversiva nazista, que os apontava (falsamente) como vítimas da opressão do governo tcheco. O processo de desestabilização adotado foi o mesmo utilizado na Áustria: violentos ataques e ameaças verbais ao país vizinho, nazistas, locais estimulados pelo governo alemão a criarem incidentes políticos, e maciça propaganda nazista contra o governo tcheco. Chamberlain, sempre acreditando em sua diplomacia e trazendo a França junto à Inglaterra, articulou uma conferência em Munique à qual a Itália, aliada da Alemanha, foi convidada para resolver a questão da "liberação" dos alemães na Tchecoslováquia – sem a presença desta, porém. Depois de sucessivas reuniões, a 30 de setembro de 1938 foi acordado – e informado ao governo tcheco – que a Alemanha poderia ocupar militarmente as áreas fronteiriças em território tcheco onde viviam alemães. Dez dias depois, as tropas alemãs já ocupavam toda a área demarcada. Ao retornar à Inglaterra, Chamberlain anunciou, triunfante, haver alcançado uma "paz com honra". Menos de um ano depois, a Inglaterra e toda a Europa estariam em guerra.

Outra vez sem disparar um único tiro, senão as suas ameaças verbais, Hitler ampliara a população, o território e o poderio econômico e militar do *Reich*.[76] E, sentindo a complacência da Inglaterra e da França, esta ainda o maior exército da Europa ocidental, cujas tropas abrigavam-se atrás da linha Maginot a defender a fronteira francesa com a Alemanha, Hitler avançou. Em comemoração ao sexto aniversários de seu governo, em janeiro de 1939, e seis anos depois de San Tiago haver escrito ser falsa a doutrina racial nazista e apontado que o imperialismo alemão iria voltar-se para o leste, Hitler em discurso em Nuremberg, com uma franqueza brutal, afirmou que, na hipótese de uma conflagração, a maior vítima não seriam os bolcheviques, inimigos políticos dos nazistas, mas sim os judeus, e que a Alemanha iria conquistar o seu espaço vital – o *Lebensraum* –, ao qual o seu povo teria direito. A ameaça, por sua inédita violência, foi recebida com incredulidade entre as democracias europeias, mas os sinais de apreensão começaram a se adensar.[77] E o passo dos acontecimentos acelerou-se. Em março de 1939, as tropas nazistas ocuparam o restante do território tcheco, enquanto aquelas enviadas três anos antes à Espanha para combater ao lado de Franco, com ele e as tropas fascistas italianas celebravam agora em Madri a vitória dos nacionalistas sobre os republicanos, finda uma guerra civil que devastou a Espanha. Franco, que se denominou Caudilho – versão em espanhol de *Führer* e *Duce* –, a estes prestou apoio político. Dois meses depois, Alemanha e Itália firmavam o Pacto de Aço,[78] seguido em agosto do Pacto de Não Agressão assinado pelos inimigos históricos, Alemanha e Rússia.[79] Essas ações diplomáticas não suspenderam a campanha nazista contra a Polônia, em torno da cidade livre de Danzig, que os nazistas reivindicavam, com violência crescente, seguindo o padrão sinistro mas vitorioso empregado na conquista da Áustria e da Tchecoslováquia. A guerra era, agora, vista como iminente, pois os poloneses não se deixariam ocupar pacificamente. Na última semana de agosto, a Inglaterra e a Polônia assinaram um tratado de assistência mútua absolutamente ineficaz, como dali a sete dias, a 1.º de setembro de 1939, seria visto por todo o mundo.

A guerra relâmpago – *Blitzkrieg* – movida pela Alemanha contra a Polônia foi devastadora, mas não tão veloz quanto inicialmente se supôs. Hitler não dispunha de armas e homens suficientes para estender a guerra além dessa conquista inicial, como o estado-maior de suas forças argumentava, situação que os generais alemães estimavam só poderia ser superada dali a dois anos. Porém, a obstinação ousada de Hitler e a sua impiedosa liderança, que já dobrara os chefes do Exército alemão, determinaram as ações desencadeadas a 1.º de setembro de 1939. A Polônia resistiu sozinha à investida nazista, e a assistência em armas e homens prometida por Inglaterra e França não se materializou. E não só: a 17 de agosto, a Rússia invadiu a Polônia, conforme combinara com a sua agora aliada, a Alemanha nazista. Onze dias depois, devastada apesar de uma brava resistência, a Polônia sucumbiu aos dois invasores, e viu ser implantada em seu território, a oeste, uma ditadura baseada na discriminação de raças e, a leste, uma ditadura baseada na diferença de classes, tendo ambas um sinistro ponto em comum: uma violência estatal contra civis jamais vista na política moderna.

A 3 de setembro, Inglaterra e França declararam guerra à Alemanha; logo foram seguidas por Canadá, Austrália, Nova Zelândia e Índia. O império britânico, como previra Churchill um ano antes, começara a ruir definitivamente. Mas não só ele, senão toda a ordem política mundial, desde as colônias europeias na África até à Ásia, onde o Japão, que em 1937 invadira e àquela altura ocupava a costa oriental da China, via surgir entre seus adversários um novo líder, Mao Zedong, e a Índia, o maior território colonizado, onde a luta pela independência da coroa britânica iria de então por diante crescer irreprimivelmente. A ruptura da ordem política não seria imediata, porém. Alemanha e Rússia, depois de esquartejarem a Polônia, voltaram suas forças para países vizinhos, firmando posições, um em frente ao outro, ao redor do mar Báltico. Em final de novembro de 1939, o Exército russo invadiu a Finlândia, onde encontrou feroz resistência, que todavia calou em março seguinte. Os nazistas, contudo, suspenderam suas ações terrestres. Embora as hostilidades entre os países beligerantes continuassem, elas tinha lugar no Atlântico norte e nos conflitos aéreos; nenhuma ação de guerra verificou-se em solo continental europeu até abril de 1940, quando se deu a ocupação da Dinamarca e da Noruega – Hitler aceitou a neutralidade da Suécia, tendo em vista suas ricas matérias-primas.[80]

A esperada invasão da França pela fronteira ao sul da Alemanha só ocorreria em maio de 1940. Esse intermédio de quatro meses ficaria conhecido como a "estranha guerra";[81] o que então se supunha uma estratégia, ou mesmo receio por parte de Hitler, cujas tropas eram em número e armamento – a não ser a sua força área – inferiores às aliadas, soube-se mais tarde dever-se a um acidente de guerra.[82] Um piloto da *Luftwaffe*, a Força Área alemã, viu-se obrigado a fazer um pouso de emergência na Bélgica devido ao mau tempo e, antes que pudesse queimar os documentos que transportava, foram eles apreendidos, e os planos de invasão da França conhecidos. Hitler cancelou as ações previstas e no processo de refazê-las uma sugestão ousada de um de seus generais surgiu e foi posta em prática.

- **O tirano e a democracia**

A 10 de maio de 1940, no mesmo dia em que Winston Churchill substituía Neville Chamberlain como primeiro ministro britânico, as tropas nazistas invadiram a Holanda e a Bélgica, que se haviam declarado neutras. Ignorando as fortificações da Linha Maginot na fronteira da Alemanha com a França, cento e trinta e seis divisões da *Wehrmacht*, apoiadas por paraquedistas, aviação e tanques, romperam em movimentos simultâneos: infantaria e paraquedistas rapidamente ocuparam a Holanda, enquanto os *Panzer*, surpreendendo os comandantes aliados, serpentearam pelas Ardenas, região belga limítrofe à Alemanha, coberta de floresta e montanhas de difícil passagem.[83] As tropas vindas da Holanda, que se rendeu a 15 de maio, rapidamente desceram próximas à costa do canal da Mancha, enquanto os tanques nazistas penetravam em território francês e, cruzando Sedan, onde se dera a rendição francesa à Prússia em 1870, rumaram em direção ao litoral. Duas semanas depois, o Exército belga estava cercado em seu território, e as tropas francesas e inglesas, as quais, cruzando o canal da Mancha tinham vindo dar combate aos invasores, viram-se encurraladas na praia francesa de Dunquerque. A elas restou uma retirada dramática, iniciada a 26 de maio, na qual, em seis dias, mais de trezentos mil desses soldados aliados cruzaram o canal em direção à Inglaterra. Nesse meio tempo, a Bélgica se rendeu ao invasor, e este, a 3 de junho, no dia em que a retirada das tropas aliadas por Dunquerque foi concluída, bombardeou Paris.

Aristocrata, soldado, prisioneiro de guerra na juventude, jornalista e historiador, Winston Churchill integrara gabinetes conservadores sem contudo os chefiar, como pretendia. Desde o início do século XX, quando fora visto como uma promissora liderança conservadora no parlamento, estava presente na cena política inglesa; polêmico, muitas vezes inábil, logo se firmou porém como um orador excepcional, ainda que irregular. Na segunda metade dos anos 1930 a fortuna política parecia o haver abandonado, e o historiador e jornalista pareciam substituir o tribuno na Câmara dos Comuns. Mas a ascensão de Hitler ao poder e a sua política bélica deram a Churchill, em um dos seus grandes discursos que iriam se suceder de então – outubro de 1938 – até final da guerra em 1945, o seu grande tema, e ele o explorou opondo-se ao seu partido e negando a ideia dominante entre ingleses e franceses de ser possível saciar o apetite do ditador alemão atendendo-lhe as reivindicações. O acordo de Munique, pelo qual a Inglaterra e a França em 1938 haviam deixado a Tchecoslováquia à sanha de Hitler, e que Chamberlain chamou de "a paz com honra", Churchill o qualificou de uma "total e irrecuperável derrota" e afirmou que a Inglaterra e a França estavam na iminência de um "desastre de primeira magnitude".[84]

Ao substituir Chamberlain na chefia do gabinete em maio de 1940, já em plena guerra, aos sessenta cinco anos incompletos o grande tribuno do parlamento inglês revelou uma capacidade de trabalho fenomenal e logo mostrou ser o líder capaz de enfrentar Hitler. Ao contrário deste, Churchill não hipnotizava seus ouvintes levando-os à beira da histeria. Mas, em uma linguagem literária superior e que podia ser, e logo foi, bem traduzida em vários idiomas, o seu apelo ao povo inglês para enfrentar o inimigo nazista em defesa da civilização ocidental converteu-se em uma resistência inquebrantável, que conquistou mentes em diversos países, no Brasil inclusive.

O contraste entre Hitler e Churchill logo se fez evidente. O tirano cujo poder não encontrava limite e havia dobrado a Alemanha à sua vontade enfrentava um líder de uma democracia que lhe exigia, a cada passo seu, as contas em sessões abertas do parlamento. O *Führer*, cuja palavra se convertera em lei, era agora enfrentado por um líder cujo poder dependia de uma permanente articulação partidária sempre complexa. Ao orador hipnótico dos comícios monumentais orquestrados com sombria eficiência para exaltar a sua liderança carismática sustida desde o início pela violência de sua milícia sanguinária, contrapunha-se o tribuno solitário, civil, sexagenário, cuja eloquência saltava dos efeitos sutis mas arrebatadores de seu verbo refinado. Ao aparato midiático, pioneiro e espetacular dos nazistas, Churchill respondeu com o gesto singular e genial, o V, da Vitória, figurando-o com uma das mãos em um aceno permanente ao povo inglês, o qual, como nunca antes ou depois, nele reconheceu o seu maior líder. Ao contrário de Hitler, Churchill falou a verdade ao povo inglês: crua e assustadora como ela então se mostrava, mobilizou a energia dos ingleses e inclinou os países neutros em favor da Grã-Bretanha: "Nada tenho a oferecer senão sangue, suor e lágrimas (…) nossa política é lutar (…) contra uma tirania monstruosa. Lutaremos até o fim, no mar, no ar, nas praias, nos campos, nas montanhas, defenderemos nossa ilha a qualquer preço (…) nós nunca nos renderemos. (…) Nossa política é a vitória – vitória a todo custo (…)

pois sem vitória não haverá sobrevivência. Mas eu assumo minha tarefa com confiança e esperança (...) e neste momento peço a ajuda de todos e digo: vamos todos juntos, unidos em nossa força". O discurso de "sangue, suor e lágrimas" e de "combateremos nas praias, em terra, no ar e nunca nos renderemos", como ficou conhecido na versão brasileira, ganhou imediatamente a memória dos jovens estudantes de San Tiago e de boa parte da elite brasileira.[85]

Churchill fixou com sua oratória o contraste entre ele e Hitler e o ofereceu ao mundo: entre os regimes, entre os líderes, entre os propósitos e entre os destinos em jogo no conflito. A democracia contra a tirania; o líder cujo carisma apelava à solidariedade dos povos contra o líder cujo carisma infundia medo; a determinação lúcida contra a obsessão irreprimível; a defesa de sua pátria contra a submissão de outras pátrias; a civilização e suas conquistas contra a barbárie da violência estatal. "Se Hitler invadisse o inferno, em me aliaria ao Diabo", sintetizou Churchill a sua determinação.

A voragem da guerra desencadeou um ritmo intenso de mudanças. Agora, todos olhares convergiam para Inglaterra. A democracia, revigorada, repontava no horizonte político e suscitava um entusiasmo que forças radicais à direita e à esquerda supunham morto.

- **Qual direita?**

Desde o seu início em 1933, sobre identidades evidentes o regime nazista exibia traços peculiares a distingui-lo da experiência fascista. Antes da invasão da Polônia, o extremado nacionalismo alemão que San Tiago criticara e o racismo nazista cuja falsidade denunciara, aos seus olhos não mais se explicavam apenas como uma questão interna da Alemanha. A violência com que Hitler dirigia a Alemanha desde 1933, voltada aos próprios alemães e sobretudo aos judeus, não achava paralelo no regime de Mussolini, mesmo sendo este uma ditadura impiedosa com seus adversários.

Na primeira metade da década de 1930, o *Duce*, já tendo silenciado a oposição, buscou uma maior aproximação com a sociedade italiana, e as iniciativas do governo nesse sentido marcaram este período como os anos de consenso do regime fascista, quando Mussolini obteve considerável apoio popular, ainda que este não tenha sido posto à prova do voto livre.[86] Esse estado fez Mussolini alimentar sonhos imperialistas, e a maior ação nesse sentido foi a penosa – em vidas e recursos – conquista da Abissínia em 1935. A reação das democracias europeias – cujas colônias na África e na Ásia haviam sido conquistadas antes da Primeira Guerra, como fora a Líbia pela Itália – a esse surto imperialista retardatário, que San Tiago havia apoiado, isolou a Itália no cenário mundial e estimulou uma discreta mas perceptível reação interna, vinda da classe política, silenciosa para sobreviver ao regime fascista, que se estendeu à parte da Igreja, crítica da formação estatista promovida no ensino escolar, e a intelectuais que não se deixaram seduzir pela cultura oficial do regime. Mussolini reagiu a essa situação. Buscou tornar a Itália menos dependente dos mercados externos e tentou ampliar o regime corporativo, um dos esteios da doutrina fascista, sem contudo obter o sucesso esperado: o seu resultado limitou-se a reafirmar a solução de inscrever o conflito entre capital e trabalho no interior do aparelho burocrático do Estado, em detrimento dos trabalhadores, sem reorganizar a produção do país como supunha um de seus maiores inspiradores, Alfredo Rocco, morto naquele ano de 1935.[87]

Por essa linha, a economia italiana fechou-se em busca de uma autossuficiência que amparasse o Império, cuja renascença Mussolini propagandeou em torno da campanha da Abissínia, supondo assim restaurar a glória da Roma antiga. A busca de um regime autárquico, como foi então definida a política econômica e social fascista, resultou em uma inédita intervenção do Estado na economia, não reguladora e fiscalizadora da atividade produtiva privada, como se dava na democracia norte-americana, mas em chave autoritária e, ainda, somada a uma estatização da atividade econômica sem precedentes à exceção da Rússia comunista.[88] Isolado pela comunidade mundial devido à covarde invasão da Abissínia, fechada a economia do país em busca de uma autossuficiência impossível de ser alcançada por conta das limitações naturais e sociais do país, incrementada a repressão interna ante os primeiros sinais de exaustão de um regime ditatorial que avançava pela segunda década de existência e ciente de que o sonho imperialista que passara a nutrir e com o qual pensava empolgar os italianos não seria alcançado valendo-se dos recursos bélicos de seu país, Mussolini aproximou-se de seu confrade Hitler. Nesse contexto, surgiram as leis raciais do regime fascista, editadas em 1938 e no ano seguinte.

Ao aliar-se ao *Führer*, Mussolini a este subordinou a sorte de seu regime e a sua própria. O fascismo perdia a originalidade que San Tiago nele vira, ao somar fracassos internos e ao subordinar-se à linha política de Hitler. De outro lado, a democracia parlamentar inglesa, liderada por um conservador, e apoiada pela sua descendente norte-americana, surgia com renovado vigor e mostrava a sua decisão em resistir ao avanço nazista.

- **A ditadura brasileira**

Nas Américas e no Brasil, havia certa tolerância em relação ao regime nazista. Hitler, que jamais fizera segredo do seu desprezo pela democracia, de suas intenções imperialistas e de que os judeus não fariam parte da nova pátria que dizia estar construindo,[89] contava com uma visão complacente de parte da elite política brasileira em relação às suas ações, às quais somava-se outro fator: àquela altura, a maior parte das ações bélicas tinha lugar na Europa central, não só a guerra deflagrada pela Alemanha, mas também a que a Rússia iniciara com a invasão da Polônia e a seguir com a ocupação dos países do Báltico – além da Finlândia, foram ocupadas a Letônia, a Lituânia e a Estônia. Esses conflitos feriam-se em um teatro de operações remoto, e, nesse contexto, a invasão em abril de 1940 da Dinamarca e da Noruega, países neutros e democracias modelares, embora evidenciasse o desejo de Hitler de ampliar o conflito, que não mais se confinava à execução de seus propósitos territoriais antes anunciados, era visto como um fato distante: as informações que aqui chegavam eram precárias, e os países até então invadidos por Hitler não guardavam maiores laços culturais com o Brasil, cujo governo, em seguida ao início dos conflitos, em setembro de 1939, havia-se declarado neutro em relação às partes beligerantes.[90]

O alinhamento entre os regimes nazista e fascista, com o claro predomínio do primeiro, desconcertava San Tiago, que recentemente já revira o papel da Revolução Francesa e defendera a preeminência e a permanência da política em plena ditadura do Estado Novo, em seu artigo sobre planejamento na economia. Os sinais de uma ruptura definitiva da ordem mundial eram crescentes – e, em igual medida, o universo ideológico de San Tiago era abalado pelos acontecimentos. A esse estado, veio somar-se a invasão da França pelos nazistas, iniciada a 10 de maio de 1940. Não mais a estranha guerra, mas a guerra real havia alcançado a pátria cultural da elite brasileira, de San Tiago e de seus amigos.

A conferência que San Tiago proferiu no Real Gabinete Português de Leitura no Rio de Janeiro, a 10 de junho de 1940, sob o sugestivo título *Camões e a raça*, dá a exata medida dessa sua inquietação ideológica.

- **O antirracismo brasileiro**

Quais regimes haviam falido? Que havia falido o regime parlamentar liberal antes existente nos países onde as ditaduras de direita haviam triunfado a partir do exemplo de Mussolini – no Brasil inclusive – era um argumento veraz, porém limitado; afinal, a democracia francesa, mesmo com suas imperfeições, não sucumbira, e o regime democrático na Inglaterra e nos Estados Unidos exibiam uma notável solidez institucional. Ainda assim, a falência da democracia parlamentar liberal era um mote tanto da esquerda quanto da direita radicais, e San Tiago, nas fileiras da direita, vinha sendo um dos mais ardentes críticos daquele regime.

Mas os sete meses de guerra, e em especial o último, a partir da ascensão de Churchill ao poder, minavam essa certeza radical. Os regimes autoritários à direita, agora com Hitler à frente, e à esquerda, com Stálin, haviam-se lançado à guerra de conquista, havendo antes esses inimigos viscerais entre si acordado os termos de suas ações imperialistas. Nesse contexto, não mais cabia a ardilosa defesa avançada por San Tiago à conquista da Abissínia por Mussolini em 1935. Diversamente do que San Tiago escrevera em relação ao "povo abissínio", os europeus, sob ocupação alemã, não eram "dono[s] de [um] tesouro parado", cuja "voz tormentosa da história" estivesse "em vésperas de lhe tirar esse mandato inútil", nem a Europa não nazista havia deixado de projetar "no universo o seu espírito criador". E tampouco, "o esquecimento abr[ia]-se para receber os países" sob domínio do invasor alemão.[91]

Em verdade, San Tiago estava perplexo, pois, tal como anotara em seu artigo sobre a Revolução Francesa, a história exibia agora uma densidade tal que cada homem parecia sentir-lhe pulsar o ritmo frenético, porém sem os instrumentos para entender os fatos a se desenrolarem dramaticamente à sua frente, situação que o deixava crivado de contradições: o regime nazista exibia um desprezo absoluto pelo "tesouro" da civilização europeia, desprezava o "espírito criador" que a Europa havia "projetado no universo" da cultura ocidental, submetia seu povo a um regime de força brutal e transformara o racismo em uma política de Estado, enquanto o regime fascista, caudatário do nazista, perdera suas características originais.[92]

A fim de justificar a falência, que declara, dos regimes políticos, San Tiago aponta em sua palestra a ambivalência dos regimes. De um lado, as democracias, uma "corroída pelas suas instituições, minada pela sua vida pública", outra capaz de "tirar dos mesmos princípios e norma de ação política, o alimento para uma combatividade sem par"; de outro lado, os regimes totalitários: uma nação dele extraía "meios de ação e um espírito de luta verdadeiramente singulares, enquanto outra nesse mesmo regime parece ter encontrado o esgotamento e a quebra da força moral". Essa ambivalência, contudo, não excluía o fato de esses regimes haverem falido politicamente, argumenta San Tiago. E sobre essa falência, ele vê "a ideia da raça prima[r] sobre todas", isto é, "a opinião de que a qualidade intrínseca de um povo é que vitaliza ou desvitaliza as instituições", diz San Tiago, que a seguir introduz um conceito de raça diverso daquele então corrente: "Quando dizemos 'raça' não tomamos a palavra no restrito significado antropológico que os racistas lhe atribuem, mas no significado amplo que abrange o conglomerado nacional de povos de várias origens, reduzido a unidade pela ação das circunstancias históricas e dos fatores culturais".

Era necessário àquela altura meditarmos sobre a nossa raça, brasileiros e portugueses, auscultando a sua natureza comum. Nessa reflexão, prossegue San Tiago, emergia a figura de Camões, em "outra ordem de ideias", que o tema lhe havia suscitado: "o valor didático do grande homem para revelar os problemas de seu povo". Camões, com o poema *Lusíadas*, era "uma das forças vivas" que havia "construído a nossa raça, dando-lhe estabilidade e unidade, [pois] o grande homem [e] o livro agem como fatores sociais tão poderosos como os outros", e o povo, "através da personalidade do seu herói (...) sente, descobre (...) a formulação do sentido que nele obscuramente se contém, (...) o que jazia inexprimido e obscuro no recesso da sua natureza". Citando Gilberto Freyre, que havia mostrado estar o português revestido de todas as adaptações necessárias "à aventura da colonização", e Sergio Buarque de Holanda, que havia mostrado "o constante propósito de criar uma civilização europeia na América, não raro com o sacrifício da sinceridade das soluções", San Tiago diz que, para onde quer que nos voltássemos, veríamos no brasileiro o "desejo e o poder de aclimatar as instituições criadas pela civilização, sobrepondo-as aos particularismo dos povos". Essa característica desdobrava-se por vários planos, entre outros o mimetismo político, o gosto por inovar, e a ausência da "diferenciação racial". Em consequência, "pode dizer-se que o antirracismo é uma das características primordiais da nossa raça. E pode acrescentar-se que a sua vocação tem sido e será difundir os valores da civilização, adaptá-los aos povos, ligar e misturar as culturas".

San Tiago negou um caráter político a sua fala, mas reconheceu não ser possível, naquele momento, uma palestra "sobre a raça deixar de ser um discurso político". Sem dúvida esse era o propósito de seu autor: nela é clara a sua busca por um novo discurso ideológico, pois o seu exaurira-se. Encontrar esse discurso, contudo, era uma tarefa complexa; desta feita, ao contrário do que ele vivera dez anos antes no pátio da escola, os regimes não exibiam perfis nítidos, como mostra o relativo hermetismo de San Tiago ao descrevê-los. Seria, como escreve, a democracia corroída pelas suas instituições a democracia francesa, e aquela, a exibir uma combatividade sem par, a inglesa? E o regime totalitário a encontrar "meios de ação e um espírito de luta verdadeiramente singulares", seria a Alemanha nazista, e seria a Itália fascista o regime a deparar-se com "o esgotamento e a quebra da força moral"? Provavelmente, essa era a visão de San Tiago. Porém, sem dúvida mais significativo era o seu propósito de situar a questão da raça em uma perspectiva inteiramente diversa da nazista: a raça, diz ele, era a reunião de povos sob o mesmo contexto histórico-cultural, e os seus líderes não eram políticos carismáticos, mas sim artistas universais, sendo Camões o líder de nossa cultura luso-portuguesa. O brasileiro, nessa comunhão com os portugueses ungida pela liderança galvanizadora do forjador da nossa cultura – o maior poeta da língua – era o exemplo de um povo antirracista, como, segundo San Tiago, eram o brasileiro e o português.

San Tiago apontara a falsidade do racismo nazista e a exacerbação do nacionalismo alemão logo à subida de Hitler ao poder. E, naquele momento, o fascismo, atrelado à política nazista, San Tiago via-o perder a originalidade que o fascinara.[93] Em sua palestra, San Tiago mirava a sua própria perplexidade ideológica. E ela só aumentaria com os acontecimentos seguintes.

- **A capitulação de Paris**

Quatro dias depois da palestra de San Tiago, Paris, que a Revolução Francesa, segundo ele, convertera no "centro do universo humano",[94] capitulou à tropa invasora: a rendição da França à Alemanha foi firmada a 22 de junho e, por imposição de Hitler, no mesmo lugar em que a Alemanha se rendera às tropas aliadas em 1918.[95] O território francês foi dividido entre a zona ocupada pelos alemães, e na restante, a estender-se da linha pouco abaixo do centro do país até a costa mediterrânea – à exceção da costa atlântica francesa, ocupada pelos alemães –, instalou-se a República de Vichy, como ficou conhecido o governo chefiado pelo marechal Pétain, consentido pelo invasor e ideologicamente não muito distante dele.[96] Herói da Primeira Guerra, Pétain foi um decidido defensor do armistício, contrapondo-se a Churchill, que queria seguissem as tropas inglesas e francesas dando combate à *Wehrmacht*. Mas o marechal tinha o apoio da direita no poder, dos conservadores, como era boa parte da classe média francesa, e, incidentalmente, dos comunistas que se quedaram inertes, obedecendo aos termos do Pacto de Não Agressão firmado por Hitler e Stálin havia pouco mais de um ano.

O regime de Vichy – nome da cidade onde instalou a sua sede – reuniu toda a direita francesa, severa crítica da III República que com ele se extinguia, na qual estavam presentes as suas diversas correntes, entre elas *L'Action Française*, que vinha de ser reabilitada pela Igreja Católica; em julho de 1939, o papa Pio XII suspendera a proscrição a ela imposta na década anterior por seu antecessor. Charles Maurras, seu fundador e ainda seu líder, imediatamente apontou o dedo aos seus inimigos tradicionais, e, ao lado da direita radical, que logo se tornou colaboradora do ocupante alemão, viram no governo de Vichy e no nazismo a materialização de seu programa antidemocrático, anticomunista e antissemita, havia muito inscrito na pauta da direita francesa.

A queda da França, a pátria cultural de San Tiago e da elite brasileira, foi desconcertante não apenas pela facilidade com que as forças alemãs derrotaram as francesas, mas sobretudo pela simpatia com que a direita, aliada à passividade da esquerda domada pelo Pacto de Não Agressão entre Berlim e Moscou firmado um ano antes, recebeu os ocupantes nazistas.[97] Na Itália, Mussolini arrematava a sua subordinação política e militar à Alemanha, declarando guerra à França já derrotada pelos nazistas.

- **Getúlio e a guerra**

Getúlio reagiu com frieza à eclosão da guerra na Europa e, fiel ao seu estilo político de controlar a partir do poder a sua distância dos fatos para primeiro medi-los e a seguir manobrá-los, assim fez. Àquela altura, havia quase dois anos no poder desde o golpe de novembro de 1937, mas havia nove contados da Revolução de 1930, o ditador cuidava de dar curso ao seu projeto de desenvolvimento econômico do País. O principal objetivo, já anunciado, era a construção de uma grande siderúrgica que aproveitasse o minério de ferro abundante em Minas Gerais e exportasse aço pelo porto do Rio de Janeiro. Mas o projeto esbarrava na insuficiência de capitais privados nacionais dispostos a correr o risco de um investimento desse porte em um ambiente econômico incipiente como era o brasileiro; e, a sua vez, o governo brasileiro não conseguia mobilizar os recursos necessários, sem o concurso de capitais externos até então também relutantes. Já a ditadura estava consolidada. A imprensa achava-se absolutamente controlada pela censura direta nas redações, pelo monopólio da importação do papel jornal em mãos do governo, e pela intervenção nas folhas de oposição. Fechadas as casas parlamentares em todo o País, extinto o regime eleitoral, a propaganda do governo apresentava o ditador envolto em uma roupagem mítica às massas, às quais, sobretudo aos trabalhadores urbanos dos grandes centros, Getúlio seguiria concedendo direitos mínimos e controlando os seus movimentos. Mesmo cuidando não se deixar rotular pelos modelos vigentes, a cintura ideológica desse processo, articulada pelo talentoso Francisco Campos, que em 1940 lançaria seu breviário político com o expressivo título de *O Estado nacional*, identificava-se com o fascismo italiano e silenciava aos extremos do regime nazista.

Procurando ajustar a situação externa aos seus interesses no âmbito desse quadro que ia sedimentando, Getúlio iria se mover a partir da declaração de neutralidade articulada pelos Estados Unidos e à qual o Brasil aderira logo ao início da guerra, em setembro de 1939. A 10 de junho de 1940, no mesmo dia em que Churchill assumia a liderança da Inglaterra – a única democracia europeia a (solitariamente) combater Hitler –, Getúlio fez a primeira de uma série de manobras para situar o Brasil no âmbito do conflito, que se intensificava na Europa. Em discurso a bordo do encouraçado *Minas Gerais*, denunciou "os velhos sistemas e formas antiquadas entram em declínio", e anunciou um novo padrão político: "Os povos vigorosos, aptos à vida, necessitam seguir o rumo das suas aspirações, em vez de se deterem na contemplação do que se desmorona e tomba em ruína. É preciso, portanto, compreender a nossa época e remover o entulho das ideias mortas e dos ideais estéreis". Nesse quadro, Getúlio inseria o seu projeto: "o Estado deve assumir a obrigação de organizar as forças produtoras, para dar ao povo tudo quanto seja necessário ao seu engrandecimento como coletividade".[98] O elogio às ditaduras nazista e fascista era óbvio e coerente com o aberto desprezo que Getúlio nutria pelas democracias parlamentares, expresso no regime que impusera ao País em novembro de 1937, sem sequer constituir um partido próprio e manter um parlamento de fachada como fizera Mussolini. Moderno aos olhos do ditador brasileiro era o mundo dos regimes fortes, que naquele momento triunfavam militarmente na Europa, e no Brasil ele trazia sob seu firme comando. Getúlio, porém, não supunha possível ou mesmo interessante aliar o Brasil aos nazistas, mas buscava negociar a neutralidade brasileira para obter dos Estados Unidos suprimento bélico para as debilitadas Forças Armadas nacionais, que eram a sua principal base de sustentação política, e conseguir recursos para construir a siderúrgica em Volta Redonda, o que lhe permitiria trazer definitivamente as forças produtoras sob seu comando indisputado.

As reações ao discurso do ditador brasileiro foram as esperadas; os representantes diplomáticos de Alemanha e Itália saudaram a sua fala, e o norte-americano a condenou, embora nela percebesse os meneios políticos habituais do ditador.[99] Getúlio reagiu às críticas também como esperado: determinou ao Departamento de Imprensa e Propaganda (DIP) que esclarecesse, em nota a ser enviada à imprensa e por esta obrigatoriamente publicada, o teor do discurso presidencial.[100] Como sempre deduzindo dos acontecimentos oportunidade para estreitar o seu poder pessoal, em março daquele ano de 1940 os esbirros do mesmo DIP já haviam arrancado às mãos de seus proprietários o jornal *O Estado de S. Paulo*, então o mais influente no mais rico estado do País, que ficaria sob intervenção do governo até o final da ditadura do Estado Novo.[101] Fracassados os entendimentos com empresas estrangeiras para construir a siderúrgica em Volta Redonda, Getúlio conseguiu em 1941 financiamento norte-americano e criou a Companhia Siderúrgica Nacional, sob controle do governo, atendendo à pressão dos militares, que não a queriam em mãos ou associada ao capital estrangeiro.[102] Vista como um divisor na industrialização brasileira, a implantação da siderúrgica ampliava, significativamente, o controle que o governo já exibia na vida política e econômica do País. Esse modelo atrairia a maioria da classe política e da classe empresarial nativa, e iria perdurar na vida nacional.

- **O desconcerto da direita nativa**

A afirmação da ditadura do Estado Novo dava-se em meio à guerra na Europa, na qual, àquela altura, o enfrentamento militar não era o único; dois regimes políticos se defrontavam: de um lado as ditaduras de direita nazista e fascista e, de outro, e a democracia inglesa e a norte-americana.[103] Os reflexos desse quadro desconcertavam parte da direita nativa, baralhando-lhe os conceitos. A perplexidade de Alceu Amoroso Lima era reveladora nesse sentido. O amigo de San Tiago e uma de suas primeiras e maiores referência intelectuais via nos regimes de direita "na Alemanha, na Itália, na Espanha, na Rumania, na Turquia (...) modalidades de socialismo". E entre esses regimes que lhe pareciam socialistas, o líder católico incluía Portugal, embora ressalvasse (equivocadamente) que este não era um regime totalitário "por ter uma estrutura essencialmente corporativa e doméstica, e não socialista e estatal, um profundo sentido cristão e tradicional em sua estrutura política, e uma economia de caráter clássico, recuperativo e orgânico e não moderno, destrutivo e mecânico".[104] Preso à linha tradicionalista da Igreja Católica, Alceu creditava o conflito europeu ao "individualismo e ao socialismo", que, segundo afirmava, haviam nascido da Revolução Francesa e "chegaram ao nosso século sob a forma dessa guerra-revolucionária – democrático-totalitária – que terminará, provavelmente, pela vitória da democracia e pela absorção do socialismo no neo-individualismo democrático-socialista que se anuncia". O próprio Alceu percebia em suas afirmações a perplexidade a dominá-lo, a qual, todavia, não se recusava a divulgar e justificar: "Tudo isso é confuso, sem dúvida. Mas a realidade nunca é simples. Tudo contradiz certas simplificações, de um ou de outro lado da barreira, mas corresponde ao que o bom senso nos ensina".[105] Esse bom senso impelia Alceu a concluir que "os interesses da civilização estão pedindo hoje, em primeiro lugar, a derrota da Rússia pela Alemanha, pois só a máquina militar nazista tem força para liquidar a máquina militar soviética. E o esmagamento do comunismo será um bem inapreciável para a civilização. Como o será, depois, a derrota da Alemanha pelo novo eixo Londres-Nova York, isto é, pela coligação das forças navais, aéreas e industriais anglo-norte-americanas, únicas capazes de liquidar com a máquina militar nazista".[106]

A sinceridade de Alceu era real, assim como a sua confusão. Surpreendia, contudo, a afirmação que fazia de pautar suas conclusões e afirmações pelo bom senso; em verdade, sob esse título ele expressava a posição e o desejo da Igreja Católica, que via não o nazismo, mas o comunismo, como a maior ameaça à sociedade, à brasileira inclusive. San Tiago, por outro lado, buscava decifrar a realidade a sua frente, sem dúvida complexa, reavaliando suas posições políticas. Ao contrário de seu amigo, já revira o papel histórico da Revolução Francesa e naquele momento distinguia o fascismo do nazismo, cujos elementos cardeais já recusara, vendo na aliança de ambos a ruína definitiva do primeiro. E San Tiago já havia notado que o apelo às massas feito por um líder carismático não fora uma prerrogativa exclusiva dos regimes de direita, notadamente de Mussolini e Hitler, mas um fato presente e determinante também na Revolução Russa e em certa medida na democracia inglesa. Naquela, a figura carismática de Lênin surgira impressionante pela destreza de sua conquista, e, em meio à guerra em curso, crescera a figura arrebatadora de Churchill. Nesse mesmo processo de revisão ideológica, San Tiago registrara, antes da deflagração da guerra, a influência que o pioneiro emprego do planejamento estatal na economia pelo governo comunista russo exerceria nas economias capitalistas em crise, nestas acentuando decisivamente a intervenção no Estado sobre a ação das forças econômicas.

Ou seja, San Tiago estava aberto à realidade, agora desembaraçado das lentes ideológicas as quais até pouco antes lhe distinguiam os fatos políticos. Em verdade, estava ávido para compreender o novo quadro político e nesse processo as suas certezas, desfeitas, abriam-lhe a vista a outras experiências, antes vedadas. Ao mesmo tempo, seguia a sua vocação maior e mais íntima, que sempre convivera, inabalável, com a sua vida política, mantendo íntegra a sedução sobre o seu espírito.

A 29 de julho de 1940, às quinze horas, teve início, na sede da Faculdade Nacional de Direito, no centro do Rio de Janeiro, o concurso para provimento das duas cadeiras de Direito Civil. San Tiago era um dos candidatos. Buscava a sua terceira cátedra. Não completara vinte e nove anos de idade.

CAPÍTULO XII

O MESTRE

A cátedra definitiva

A alma desencantada

"Papio"

Advocacia

A invasão da Rússia

A democracia e o Estado burocrático

Diretor da Faculdade Nacional de Filosofia

O êxito do Bem

O Mestre

Os Estados Unidos e o Brasil na guerra

"Professor é o que serei; a existência do professor será a minha existência; meus ideais, meus trabalhos, minha vida pública, quero que se contenham no professorado, e, se possível, que dele irradiem."[1]

- **A cátedra definitiva**

Disputavam duas cadeiras três candidatos: Arnaldo Medeiros da Fonseca defendeu a tese *Investigação de paternidade*; San Tiago, *Conflito de vizinhança e sua composição*; e Jaime Junqueira Aires, *Estudos sobre filiação*. A mais complexa e sofisticada, sem dúvida era a tese de San Tiago, e ele se distinguiu entre os examinados tanto na prova escrita quanto na aula ministrada e na arguição oral, as duas últimas feitas perante um auditório lotado, presentes o reitor Pedro Calmon, inúmeros professores, alunos e os seus fiéis amigos do antigo CAJU.[2] Arnaldo Medeiros da Fonseca já era professor da Faculdade de Direito, o que, no padrão corporativista da academia brasileira, significava não apenas aprovação previamente assegurada, mas com notas máximas, as quais lhe foram designadamente conferidas por todos os examinadores. Já San Tiago enfrentou as idiossincrasias políticas, e sobretudo a inveja aberta ao seu talento, como mostram os graus a ele atribuídos por um dos componentes da banca examinadora.[3]

San Tiago havia muito percebera que a política universitária consumia-se em si mesma, ignorando a sociedade à qual ela deveria voltar-se, e a maioria de seus atores guerreava em torno de títulos e cargos, desprezada a formulação de uma política de ensino superior. As notas de favor, o assento em bancas de concursos, as comissões remuneradas, as representações externas em solenidades, as designações para conselhos e viagens, a presidência de mesas de conferências e de homenagens, e sobretudo os títulos, sobre a vaidade primitiva, eram alavancas disputadas para o mercado de advocacia, estimuladas pela brevíssima carga horária exigida aos professores, e assim motivavam infindáveis disputas internas. Não por acaso, desde cedo o jovem professor viu seu talento e a sua vocação de mestre autêntico defrontar essas situações. E em seu discurso de posse na nova cátedra, embora ressalvando o mérito de seu concorrente Arnaldo Medeiros, San Tiago registrou essa deformação e a apontou como própria ao ensino universitário nativo, observando, contudo, que ele não a deixara alcançá-lo e que ela não lhe tolheria a carreira: "(...) [a cátedra] me custou não só o esforço e o trabalho aturado durante anos, como a luta contra os obstáculos que à posse de uma cadeira sempre se nos antolham; antipatias fundadas em antigas atitudes assumidas na minha modesta, porém clara e inequívoca vida pública, intrigas que se fazem mais perigosas quando disfarçadas na amabilidade e na blandícia, tudo isso serve para estreitar ainda mais os laços que nos prendem ao objeto desejado, e para criar entre ele e nós um vínculo indissolúvel, pois os tecidos são mais fortes no lugar das cicatrizações".[4]

Naquele momento, o catedrático de vinte e nove anos, detentor de três cadeiras de professor de Direito em três faculdades distintas – de Economia, Nacional de Direito e Pontifícia Universidade Católica – pois havia pouco fora convidado a assumir a cátedra de Direito Romano a ser criada no ano seguinte nesta última – tinha exata noção de seu triunfo precoce: "Sinto que ao ocupar tão cedo esta cátedra, não estou apenas vencendo uma etapa da minha carreira, mas estou escolhendo e assumindo o meu destino...".[5] Sem dúvida: ao tomar posse na cadeira de professor de Direito Civil na Faculdade Nacional de Direito da Universidade do Brasil a 30 de agosto de 1940, San Tiago seria, para sempre, professor, como o seu título registrava e ele de então por diante seria chamado por todos, presidentes da República inclusive, à exceção de seus amigos de mocidade.

No mês seguinte, em setembro, Augusto Frederico Schmidt lançou um novo livro de poemas, *Estrela solitária*, e os seus amigos o homenagearam com um almoço "de cerca de duzentos talheres", como noticiaram os jornais. Manuel Bandeira leu um soneto escrito em louvor ao homenageado, e San Tiago discursou saudando o poeta: "Revejo aquela tarde longínqua em que tínhamos – ai de nós! – um 22 e outro 16 anos. O 'Navio Perdido' aparecera em poucos meses. E aos olhos do adolescente que eu era então, asseguro-lhe que o poeta aparecia tão grande como hoje todos o vemos, e que na alma um pouco revolucionária que tínhamos naquele tempo, a sua glória já me parecia sem igual".[6] A alma não fora "pouco revolucionária", ao contrário, abrasara em sonhos de mudança, mas, agora, malferida, achava-se desencantada. "Aquele tempo" não estava tão distante, mas pelo final de 1940 assim soava no espírito de San Tiago, que já determinava o seu novo rumo.

- **A alma desencantada**

Desde meados de junho de 1940, a força aérea alemã bombardeava pesadamente Londres. Os ataques sucediam-se em ondas de destruição. Civis e militares mostravam uma tenacidade rara; a população ordeira reduzia suas perdas ao máximo, enquanto a defesa aérea e os aviões de caça ingleses davam tenaz combate ao inimigo. O propósito de Hitler era claro: abater o moral dos ingleses para a seguir invadir a ilha e consolidar o seu domínio da Europa ocidental. Churchill o desafiou, chamando os nazistas à luta, confiante na vitória, afinal vislumbrada a partir de setembro quando a blitz dos bombardeiros da *Luftwaffe* foi rechaçada e afastado o perigo do desembarque das tropas alemãs em solo britânico. Em mais uma de suas frases famosas, que logo ecoaram pelo mundo, Churchill, referindo-se aos aviadores ingleses que haviam repelido o inimigo, disse que "nunca tantos deveram tanto a tão poucos".[7] Uma vez mais o carisma do líder democrata projetava-se, contrastando o carisma do tirano nazista.

A guerra entrara na vida da classe média brasileira. Os combates, as declarações dos líderes, sobretudo Churchill e Hitler, aquele com um prestígio majoritário e excepcional, este motivando até então surda admiração de alguns e já o ódio de muitos, dominavam o noticiário, que a censura de Getúlio não encontrava meios de barrar. Em muitas residências nas capitais dos estados e em cidades do interior, os combates eram reproduzidos em mapas da Europa e do norte da África afixados na parede ou abertos em mesa, assinaladas por alfinetes coloridos as frentes de batalha.[8] E entre os alunos universitários era matéria diária nas conversas nos pátios das escolas. Não terá escapado a San Tiago que, no mesmo dia de janeiro de 1941 em que Mussolini visitava Hitler na Alemanha, as tropas britânicas liberavam a Abissínia do jugo fascista. Cinco anos antes, o integralista San Tiago justificara a conquista daquele "tesouro parado" pelas tropas italianas, e agora as via serem batidas pelo exército inglês, assim como, poucos dias depois, seriam também derrotadas na Líbia, antiga colônia da Itália. Em menos de dezoito meses de guerra, os fascistas pouco haviam combatido, mas já estavam derrotados militarmente. O regime do *Duce*, que encantara a alma revolucionária do jovem ideólogo, não resistira à prova inicial da luta em campo aberto, às cargas de infantaria apoiadas pelo fogo vivo da artilharia e da metralha da aviação inglesa, situação inteiramente diversa das expedições punitivas a civis desarmados e dos enfrentamentos às brigadas comunistas pelos *fasci di combattimento* nas ruas e campos da Itália.[9]

Pelo final daquele ano de 1940, San Tiago deixou o Rio de Janeiro em férias com destino a São Lourenço, em Minas Gerais, então uma das estações de águas mais procuradas pelos cariocas. Mas de lá escreve a Lacombe queixando-se de não estar lendo os livros que levara: "ainda não conquistei familiaridade com os lugares e objetos, para poder me isolar numa boa leitura", pois as "preocupações não me abandonam".[10] As preocupações de San Tiago estavam ligadas ao seu destino, e, como ele próprio dissera, "o encontro do homem com seu destino não se dá sem amargura".[11] Esse encontro aproximava-se a cada dia.

- **"Papio"**

Da amargura de não poder ter filhos, que extremava a sua solidão conjugal, não havia remédio, senão a forte afeição votada por "Papio" aos filhos de sua irmã Dulce.[12] Por essa altura, já haviam nascido cinco dos nove filhos de Dulce e João Quental, e San Tiago, ocupando o primeiro andar do sobrado e a família da irmã o térreo, via os sobrinhos todos os dias; e, quando o tio não saía cedo de casa, as crianças subiam ao primeiro andar para acordá-lo e com ele tomar café.

O professor, naturalmente grave e aplicadíssimo em seus "tempos de estudo", achava tempo e uma absoluta desconcentração de espírito para o convívio com os sobrinhos. Nesse ponto, San Tiago igualava-se a seu pai, Raul. O oficial da Marinha, que o menino San Tiago vira sempre em uniforme militar e ausente em longas viagens a serviço, era um avô dedicado e reunia a família em sua casa para almoços de domingo que os netos alegravam. San Tiago lia aos sobrinhos, hábito que com o tempo se transformaria em conversas sobre literatura, acompanhando o tio, sempre com vivo e afável interesse, as leituras dos filhos de Dulce e João Quental, que iam crescendo.

Aos amigos mais próximos, já longe os dias do pátio da escola, San Tiago votava uma amizade absoluta, cultivada pelo convívio constante e a estendida aos filhos destes, que iam nascendo.[13]

Américo Lacombe fora nomeado em 1939 diretor da Casa de Rui Barbosa e, como San Tiago e Antônio Gallotti, lecionava na recém-criada Pontifícia Universidade Católica; os dois primeiros Direito Romano e Teoria do Estado, respectivamente, e Lacombe História do Brasil. Hélio Vianna e Thiers Martins Moreira já haviam enveredado pelo magistério também, o primeiro lecionando História do Brasil e Thiers Literatura Portuguesa, ambos na Faculdade Nacional de Filosfia. Já Plínio Doyle batia o foro carioca diariamente, dominando aos poucos os caminhos e desvãos dos processos morosos que lá dormitavam e aos quais Chermont de Miranda, advogado militante também, despendia uma aplicada energia.[14] Gallotti abrira seu próprio escritório de advocacia, no qual começava a dividir seu tempo prestando serviços à Light, a poderosa concessionária dos serviços de telefonia e de energia elétrica no Rio de Janeiro e em São Paulo, exibindo já um talento raro para a advocacia de empresas e para lidar com titulares de órgãos do governo, atraindo a atenção dos dirigentes da Light, todos estrangeiros.

As diferentes rotinas não dispersavam os amigos, que se reuniam com frequência, geralmente em jantares; em um deles, San Tiago prescreveu, em sua caligrafia lançada e firme, o cardápio: "Menu para Jantar (...) *cock-tails*: *manhattan – vermouth, whisky, angustura bitter*; castanhas de caju; canapé de atum. Jantar: *grape-fruit; consommé chaud*; pato *braisé; sauce: champignons*, banana frita. Corta-se a banana no sentido longitudinal, e deixa-se de molho meia hora no azeite, com pimenta e sal. Frige-se a seguir e serve-se com o pato. Sorvete com bolo e biscoitos. Café".[15] Outros antigos cajuanos compareciam eventualmente aos encontros, entre eles o antigo orador do CAJU, Gilson Amado, e, às vezes, o solitário Octavio de Faria.

Gallotti, ainda solteiro e sempre sociável, era uma fonte permanente de informações e casos, que repartia com os amigos casados. Mas em San Tiago os amigos seguiam vendo o mentor ao qual recorriam por opiniões e sugestões, como mostram as cartas que lhe dirigiam a cada vez que se ausentavam do Rio de Janeiro, e as que escreviam ao amigo porventura ausente de sua cidade. As suas eram lidas por todos, e as análises e conselhos nelas expendidos discutidos entre eles. San Tiago reconhecia o significado da amizade que lhe votavam esses amigos próximos: "de um modo ou de outro, temos nos ajudado mutuamente a viver. E digo-lhe com sinceridade, que esta confiança é mais que confiança, assistência, é para mim uma força, um repouso...", escreve a Lacombe.[16] Em busca dessa força nos momentos mais solitários, onde quedas vertiginosas de ânimo muitas vezes acompanhadas de terríveis enxaquecas o abatiam profundamente, San Tiago rompia em confissões e desabafos a Lacombe e Hélio. Esses episódios foram rareando, contudo, à medida que a sua vida social ganhava intensidade e refinamento.

- **Advocacia**

O pequeno escritório de advocacia no edifício Rex, na rua Álvaro Alvim, deu lugar a um maior, situado na rua da Quitanda, 185, 4.º andar, mais próximo ao foro e à sede social do Jockey Club, na esquina da avenida Rio Branco com Almirante Barroso, cujo restaurante San Tiago frequentava. No mesmo prédio da rua da Quitanda, Schmidt já havia instalado a sua nova firma e, superada a experiência de gerência da Livraria Católica e de editor, despontava o homem de negócios cujo sucesso não tardaria. Ao lado de João Neves de Fontoura, o brilhante tribuno e companheiro de Getúlio desde a Assembleia Legislativa gaúcha na década anterior, e Luís Aranha, irmão de Oswaldo Aranha, líder da Revolução de 1930 e que a partir de então dominava os salões da alta sociedade carioca, haviam criado uma empresa, SEPA – Sociedade de Expansão Comercial –, voltada à promoção de negócios. San Tiago assessorava os amigos e aos parceiros deles, ampliando a sua clientela; por essa altura, convidou Jayme Bastian Pinto, um jovem advogado amigo de Luís Aranha, para integrar o seu escritório, onde já trabalhava José Vieira de Carvalho; e dali a pouco a eles veio se juntar, por um breve período, Rômulo de Almeida, antigo companheiro de San Tiago na Ação Integralista.[17]

De São Paulo, aonde fora por sugestão de San Tiago, Jayme deu notícia do encontro que tivera com Alfredo Egídio Aranha. O antigo proprietário do jornal *A Razão*, que San Tiago editara ao lado de Plínio Salgado havia dez anos, não guardara ressentimento de sua saída do jornal, justamente por discordar da interferência de seu dono em uma editoria; ao contrário, agora Alfredo Egydio desejava associar o seu escritório de advocacia ao de San Tiago. A sociedade não prosperou, mas a banca de San Tiago na capital federal respondia à reputação profissional de seu titular. Mais tarde, Jayme, advogado reconhecido, recordaria o antigo colega, que mal completara trinta anos de idade e já era solicitado a oferecer pareceres jurídicos em causas complexas.[18]

O prestígio intelectual de San Tiago não se limitava, porém, ao Direito. Alceu Amoroso Lima, que à frente do Centro Dom Vital mantinha firme a defesa da causa católica, recorreu uma vez mais ao amigo. Ele já o indicara professor titular de Direito Romano na Universidade Católica do Rio de Janeiro e, em maio de 1941, o convidou a falar sobre o cinquentenário da encíclica papal *Rerum Novarum*.

No Palácio Tiradentes, San Tiago, em um plenário esvaziado dos deputados federais, todos cassados pela ditadura do Estado Novo, abre a sua palestra exaltando o seu tema; era, diz, surpreendente que a encíclica "se tenha tornado um código tácito na prática dos povos, e que o seu ensinamento tenha contido um dos mais poderosos movimentos de subversão histórica, qual anunciava o socialismo no século XIX". San Tiago falava aos ouvidos crédulos dos fiéis da Igreja que ansiavam ver a Encíclica, em meio ao século XX conflagrado pela guerra, ainda capaz de gerar esses efeitos, sem dúvida, exacerbados pelo orador. O socialismo triunfara na Rússia e fracassara na Itália, a pátria do catolicismo, devido à ação concreta das milícias fascistas; mas o apoio formal da Igreja aos fascistas só fora efetivado em 1929, já consolidado no poder o regime fascista e habilmente negociado pelo Vaticano. Em 1941 o quadro se transformara inteiramente; o socialismo, já convertido à feição de Stálin, havia-se entendido com o nazismo e por extensão com o fascismo, uma aproximação até então inimaginável entre extremos absolutamente opostos. Essa aliança perturbava os conservadores, assustava a Igreja especialmente, mas não o orador, que não partilharia desse receio, pois, ao seu ver, o socialismo havia sofrido "uma desagregação íntima, quando as suas reinvindicações básicas passaram ao patrimônio comum dos povos".[19]

San Tiago referia-se possivelmente à busca do desenvolvimento que arrancasse os países subdesenvolvidos dessa condição baseado na industrialização acelerada, articulada por meio do planejamento estatal da economia, que a Rússia socialista pioneiramente inaugurara ao final da década de 1920. Um dos primeiros no Brasil a analisar o planejamento estatal da economia a partir da experiência russa, San Tiago agora olhava a sua adoção como técnica de governo, configurada às franquias democráticas – entre outras a preservação da propriedade privada, como ocorria no *New Deal* proposto por Roosevelt, um amplo plano de intervenção do Estado na economia para tentar vencer a forte recessão econômica deflagrada nos Estados Unidos pela crise de 1929.[20] Com as ressalvas próprias às democracias parlamentares, os regimes democráticos haviam adotado o planejamento estatal da economia, em maior ou menor medida, como meio de promover o desenvolvimento, o que, todavia, não importou na transferência das "reinvindicações básicas do socialismo ao patrimônio da humanidade" como afirmava San Tiago. O socialismo implantado por Stálin apresentava características peculiares, e o debate sobre a sua fidelidade ao ideário marxista já fora aberto. Mas a sua "desagregação íntima", mesmo se admitida ao início no plano doutrinário, não se estendia ao plano político; o regime russo não tardaria a mostrar uma coesão extraordinária, que salvaria a Europa de ser desagregada pela vitória do nazismo, até então tida por certa.

- **A invasão da Rússia**

Quando a operação Barbarossa começar, o mundo prenderá a respiração, disse Hitler aos seus generais, ao contrariá-los duplamente: em deflagrá-la naquele momento e na estratégia que impôs à sua execução.[21] Mas, de fato, o mundo surpreendeu-se quando no início do verão europeu, às três horas da madrugada do dia 22 de junho de 1941, um dia antes da invasão da Rússia por Napoleão em 1812, três milhões e seiscentos mil homens, seiscentos mil cavalos – a principal força de transporte do exército alemão –, dois mil e setecentos aviões, três mil e quinhentos tanques e três mil viaturas de transporte, agrupados em três exércitos, romperam pelo território russo. Essa imensa força de guerra, bem superior à inimiga, executando a maior operação bélica até então realizada, dividia-se por três direções: ao norte visando às repúblicas bálticas; ao centro avançando em direção à capital, Moscou; e ao sul varando a Ucrânia em direção à Crimeia, à beira do mar Negro.[22] O veloz avanço das forças nazistas encontrou uma resistência titânica dos soldados e do povo russo, todavia insuficiente; os invasores em poucos dias fizeram mais de trezentos mil prisioneiros. A ferocidade dos combates mostrou-se também inédita. Hitler ordenara às suas tropas fazer o menor número de prisioneiros e expressamente determinou que estes e a população dos territórios ocupados não fossem alimentados; em retirada, as forças russas destruíam todas as instalações que pudessem facilitar o avanço das tropas alemãs. Uma semana depois de iniciada a invasão, o chefe do estado-maior alemão contava com a capitulação do inimigo dali a quinze dias; a Rússia perdeu a guerra nos primeiros oito dias, anotou em seu diário.[23] Mas a Rússia não se desagregou. Ao contrário, como o mundo veria a partir de dezembro daquele ano.

- **A democracia e o Estado burocrático**

San Tiago completou trinta anos no mesmo mês de outubro de 1941 em que a Faculdade Nacional de Direito celebrou o seu cinquentenário. O mais moço entre seus pares, a ele coube, seguindo a tradição acadêmica, falar em nome da congregação dos professores da faculdade, na qual ingressara como catedrático no ano anterior. A sua saudação traz o sentido analítico de suas orações e o friso crítico que nelas não deixava faltar, em uma linguagem afirmativa mas serena. Um ano antes, ao tomar posse na cátedra, falara de sua trajetória acadêmica, do ápice que nela tão cedo alcançara, do esforço pessoal despendido, da satisfação do dever cumprido e do cenário incerto que nela descortinava; a sobriedade do discurso do novo catedrático contrastara com os elogios derramados à corporação habitualmente cumulados pelos seus colegas em suas orações inaugurais. Dessa vez o tema era outro, e a proposição do orador também; agora falava o jurisconsulto aplicado, maduro, expondo suas reflexões, cuja amplitude e objetividade ainda hoje não são comuns à cultura jurídica nativa, limitada a maioria dos seus autores aos seus aspectos formais.

As inovações legislativas, que entre nós se processavam lentamente sobre a longa e pesada existência da legislação medieval portuguesa, que até 1917, quando fora publicado do Código Civil, haviam regido a vida brasileira, haviam convertido o nosso direito antes em "um fruto da história do que obra do legislador", diz San Tiago. O direito privado parecia, assim, "independer por completo da ordem política". Esse processo operara uma transformação singular: "a política passara a dever obediência ao direito; este, em vez de ser, como sempre fora, uma criação dos governos, passava a ser uma ordem imanente a que toda boa política devia se circunscrever e sujeitar". Citando Max Weber, San Tiago identifica o Estado assim ordenado como "burocrático, um nome mais amplo e adequado que o de democracia". Sob o peso extraordinário dos acontecimentos que haviam comprometido as estruturas políticas e ideológicas vigentes, naquele momento a questão maior era, para o orador, o destino da ciência do Direito: se "pode qualquer política criar um direito, ou o direito, em sua natureza técnica, está comprometido com certos princípios éticos e sociais que colidem com alguns sistemas políticos e com outros se harmonizam".[24]

Esta pergunta San Tiago vinha a si próprio fazendo, formulada por outro ângulo: com quais princípios éticos e sociais deveriam a política e o direito se harmonizar? Mas havia ainda uma outra questão: qual seria a democracia a substituir a burocrática, que se mostrara impermeável às fortes transformações sociais determinadas pela Primeira Guerra e por essa razão havia permitido o surgimento dos regimes ditatoriais que deram causa à Segunda Guerra, em curso? A resposta a essa questão ainda não estava clara a San Tiago. E ele deveria buscá-la em meio ao exercício de uma nova função, a desafiar o seu talento.

- **Diretor da Faculdade Nacional de Filosofia**

A Faculdade Nacional de Filosofia, Ciências e Letras fora instituída em 1937 e dois anos depois passou a denominar-se Faculdade Nacional de Filosofia, compreendendo quatro seções: Filosofia, Ciências, Letras, Pedagogia, e uma seção especial, de Didática. A sua finalidade legal era "preparar trabalhadores e intelectuais para o exercício das altas atividades de ordem desinteressada ou técnica; preparar candidatos ao magistério do ensino secundário e normal; e realizar pesquisas nos vários domínios da cultura, que constituam objeto de ensino".[25]

O mineiro Gustavo Capanema fora indicado ao cargo de ministro da Educação pelo cardeal Dom Leme, acatando a sugestão de Alceu Amoroso Lima, e desde o começo de 1941 insistia junto a Alceu para que este assumisse a direção da faculdade. Cumprindo a orientação do cardeal de não se envolver em política partidária e diretamente com o governo, Alceu recusou o convite e indicou San Tiago para o posto que lhe fora oferecido.[26] San Tiago teria ficado em dúvida em aceitar convite. Por um lado, seria uma realização extraordinária em sua carreira acadêmica: ratificava a sua precocidade ao ser chamado antes de completar trinta anos a dirigir uma escola que formava professores, ele professor havia sete anos e detentor de quatro cátedras; e seria, também, o reconhecimento à latitude de sua inteligência, largamente estendida além da área jurídica, abrindo-lhe a atraente possibilidade de conviver com professores de diferentes disciplinas. De outro lado, seria uma inegável carga de trabalho a somar-se às aulas na Faculdade de Direito, na Faculdade de Economia e à sua advocacia, que prosperava continuamente.

A posse do novo diretor teve lugar em um acanhado prédio de escola municipal onde a faculdade fora instalada, no largo do Machado, a poucos metros do decrépito casarão onde San Tiago fizera o curso de Direito. Uma surpresa aguardava o novo diretor. Ao saudá-lo, o reitor da Universidade do Brasil, o médico Pedro Leitão da Cunha, aludiu à recente militância política de San Tiago dizendo–a uma etapa superada; a plateia, formada em sua maioria por estudantes, inquietou-se ao ouvir as referências ao Integralismo; o reitor demorou-se no ponto, para explicar que San Tiago não mais defendia aquela posição. Nesse momento, percebendo o descontrole iminente da situação, San Tiago, impassível, em voz baixa diz ao orador: "abrevie, professor, abrevie". O apelo foi atendido, e passada a palavra a San Tiago, ele se dirigiu aos alunos. Sem a formalidade das orações acadêmicas, historiou a evolução de suas ideias; falou da modernidade do fascismo em sua origem, do desvio político de seus ideais e do seu fracasso. A guerra tudo havia transformado e, mesmo àquela altura, ainda vitoriosa a Alemanha nazista que dominava a Europa ocidental e avizinhava-se de Moscou, surgia a necessidade de uma nova ordem política, mais aberta, menos sectária. A plateia aquietou-se.[27] Prosseguindo, San Tiago fixou a sua tarefa "de autonomização e diferenciação da cultura nacional" e, assim como fizera ao assumir a sua cadeira de Direito Civil havia um ano, criticou a inteligência nativa, dizendo jamais termos atingido "a elaboração de uma cultura filosófica que nos fosse própria", o que fez que "o pensamento nacional mesmo nos domínios especializados por onde enveredou, jamais deixou de ser contribuinte de uma cultura alheia e talvez por isso nunca traduziu as peculiaridades infungíveis da nossa natureza".[28]

Ao final do discurso, San Tiago foi aplaudido, como recordaria a futura educadora Henriette Amado, mulher de seu amigo Gilson Amado, e sua amiga, presente à cerimônia.[29] Mas a tarefa assinalada pelo novo diretor não era apenas aquela cometida à Faculdade de Filosofia, e que lhe cumpria como seu diretor realizar; ela se casava a sua tarefa pessoal de situar-se no plano das ideias, vencidas as que até então o haviam guiado. No plano material, a luta do novo diretor não seria simples. Ao receber das mãos do reitor Raul Leitão da Cunha, "o jovem professor de direito, de 29 anos, do qual me lembro vagamente", como rememoraria San Tiago pouco antes de morrer, vinte três anos depois, deparou-se com toda sorte de dificuldades materiais, a começar pela inexistência de uma biblioteca e de laboratórios indispensáveis aos cursos de Ciências. E sobre essa situação havia a estreiteza dos horizontes profissionais, pois as carreiras destinadas aos bacharelandos eram "incapazes de prover a subsistência de um profissional universitário e ofereciam, além disso, um número escasso de oportunidades".[30] Essa não era a situação pessoal do diretor da Faculdade de Filosofia; ao contrário, o seu sucesso profissional dele exigia cada vez mais.

- **O êxito do Bem**

O magistério passou a ocupar boa parte do tempo de San Tiago no ano de 1942; à direção da Faculdade de Filosofia, somou-se a partir de março a regência da cadeira de Direito Civil de sua primeira turma, que ele acompanharia por quatro anos, ministrando o curso completo dessa matéria. Mas a sua busca por uma nova identidade ideológica prosseguia, e estava refletida na saudação a outro amigo, dessa vez dirigida a Miguel Reale.

O seu colega de Ação Integralista, e seu maior teórico, depois de um breve autoexílio em Roma, uma vez fracassado o golpe integralista de 1938, voltara a São Paulo e no início de 1940 se inscrevera para disputar a cadeira de Filosofia do Direito. A congregação da faculdade em um primeiro momento negou-lhe a inscrição sob o argumento de "faltar-lhe dignidade moral"; a absurda vedação foi revogada, mas, realizado o concurso, recusou-se a congregação a reconhecer Reale vencedor.[31] A pedido do amigo, San Tiago elaborou um parecer e o argumento nele exposto deu solução jurídica à controvérsia em favor de Reale.[32] E o lado político desta resolveu-se pela ação do interventor

Adhemar de Barros, amigo de Plínio Salgado, a quem Reale recorreu. Em seguida à assunção da cátedra, Reale foi indicado pelo interventor para integrar o Conselho Administrativo do Estado, um órgão consultivo do Poder Executivo estadual, em um regime onde fora eliminada a vida legislativa.[33] Reconhecido, Reale convidou San Tiago a saudá-lo no almoço que lhe foi oferecido por seus amigos pela assunção do novo cargo, em janeiro de 1942.

"Juntos, fizemos, em plena adolescência, a nossa estreia política, militando naquele grande partido cuja pregação de ideias deu ao Brasil as sementes da sua nova consciência cívica", diz San Tiago com visível exagero. A Ação Integralista fora de fato um partido grande – o maior e o primeiro partido de massa do País – mas tivera um final melancólico. Ao orador importava, contudo, a partir daquela experiência desenhar um novo futuro político; nele, San Tiago antecipava exigências especiais: "o homem que, por amor do sucesso e para alcançar ou conservar o poder, infringe os princípios éticos a que o exercício da autoridade deve estar intransigentemente subordinado pode chegar a ser um político habilidoso mas não será jamais um grande homem público. Da mesma forma, aquele que, fiel aos seus princípios, não logra ou não sabe conservar o poder, será um grande homem de bem, mas não será um grande homem político". Era necessário, portanto, encontrar um novo equilíbrio, que só a identificação precisa de uma finalidade seria capaz de revelar: "a política, conclui San Tiago, pode ser definida como a arte de assegurar ao mesmo tempo o bem e o êxito, ou melhor, a arte de assegurar o êxito do bem".[34]

San Tiago ainda não sabia onde estaria o bem a ser politicamente alcançado. Porém o mal, desde setembro de 1939, crescia à vista de todos, à sua inclusive.

- **O Mestre**

Antes alto do que baixo para os padrões da época, uma calvície precoce, o bigode severo e os óculos de lentes muito grossas a vencer uma miopia de onze graus, os ombros estreitos e o ventre pronunciado, o andar pesado de joelhos valgos, os gestos sempre medidos davam ao jovem professor, quase sempre vestido em trajes escuros de corte tradicional, um ar grave no qual todavia uma cordialidade espontânea aflorava ao falar. Precedido pela fama de uma invulgar severidade acadêmica e de um talento didático incomum, e, ainda, do estigma do Integralismo que os estudantes de Direito associavam, não sem razão, ao fascismo responsável pela deflagração da guerra e no Brasil tinham por inspirador da ditadura de Getúlio, o novo professor fora motivo de inúmeras especulações. No ano anterior, ao assumir uma turma de quarto ano, reprovara vários alunos incapazes de vencer as questões das provas formuladas por San Tiago sob a forma de problemas a resolver. Porém, essas dúvidas começaram a ser dissipadas em uma manhã muito quente do mês de março de 1942, em uma sala de janelas abertas no andar térreo do prédio da rua Moncorvo Filho, no centro da cidade, próximo ao campo de Santana, ao início do segundo ano letivo da primeira turma, à qual o professor ministraria o seu primeiro curso completo de Direito Civil, com ela seguindo até o seu final dali a quatro anos letivos, em 1945.

À classe cheia de alunos que o aguardavam, San Tiago sentou-se à mesa e disse: "começamos hoje o nosso curso de direito civil".[35] E passou a expor a matéria; falou por uma hora sem interrupção, excedendo em dez minutos o tempo regulamentar: suas aulas teriam sempre essa duração e fluíam sem pausas ou digressões, o discurso sereno, sem hesitações, acelerações, dilações de ritmo, ou variantes temáticas. Exposta a noção do conceito, concentrava--se o professor no trato específico da matéria, analisando as suas instituições, sempre de forma técnica, porém crítica, com referências aos principais autores, desde os clássicos romanos aos mais recentes. Um dos alunos taquigrafou todas as suas aulas e as transcreveu integralmente; logo seus colegas passaram a disputar as cópias mimeografadas, cujo texto, os alunos perceberam, era idêntico, literalmente, à fala em classe, clara e escorreita, do professor.[36] Encerrado um dos primeiros pontos da matéria, o professor chamou os alunos à biblioteca da escola, que reunia obras clássicas não em grande número, mas representativas; San Tiago sabia por memória a localização de todas elas, e descreveu o conteúdo e as características das principais, inclusive as de Direito Romano, editadas em latim, e os imensos tratados dos autores alemães, muitos deles nas edições originais raramente consultadas, cujos comentários ao Código Civil editado em 1900 concorriam com a literatura francesa e italiana. Entre os autores brasileiros, citava Pontes de Miranda, seu amigo e já o maior jurista brasileiro de sua geração. Pelo fim do semestre, o professor novamente surpreendeu os alunos ao se colocar à disposição deles em seu escritório de advocacia aos sábados à tarde, para lhes esclarecer eventuais dúvidas sobre a matéria ministrada. O estilo inédito do jovem professor estendeu-se aos exames. Uma questão em forma de problema reproduzia situações enfrentadas por advogados no exercício diário da profissão, e a sua solução valia seis pontos, nota de aprovação; seguiam-se vinte perguntas breves, que valiam no total quatro pontos. Antes da primeira prova, já assim formulada, San Tiago anunciou aos alunos que admitiria a consulta livre não apenas ao texto do Código Civil, como era corrente, mas a qualquer livro ou mesmo notas que os alunos trouxessem de casa, proibida apenas a conversa ou a consulta entre eles. Iniciada a prova, o professor consumia o tempo dado a sua resolução lendo os jornais do dia.

Alunos de outras classes acorriam às aulas de Direito Civil no segundo ano, superlotando as salas, e as apostilas corriam de mão em mão pela Faculdade.[37] Além das provas escritas, ministradas duas vezes ao ano e chamadas parciais, havia ao final do ano letivo uma prova oral; a média das provas parciais escritas, de peso igual, era somada à nota obtida na prova oral, e daí, extraída nova média, cuja nota San Tiago anunciava: "você obteve tal média e passou de ano"; ou o inverso. Jamais houve reclamação por parte dos alunos.[38]

O rigor do professor foi enfrentado em boa parte pela maior aplicação dos alunos. E os receios destes sobre a posição política do mestre logo se dissiparam, sem que ele jamais tratasse de temas políticos ou fizesse referência a sua militância integralista. Mas a sua nova posição ficou clara aos alunos já em sua primeira aula, quando San Tiago, ao inscrever o direito civil no quadro geral do Direito, disse a seus alunos que este "está na Lei, mas a Lei não é todo o Direito", pois o "Estado pode ditar a norma jurídica, mas o simples fato de o fazer não significa que esteja agindo conforme o Direito, que a ela pode transcender e até contrapor-se, caso não se harmonize com as prerrogativas inerentes ao ser humano e à defesa do convívio social".[39] Ao final do curso de Direito Civil, coincidindo com o término do curso de Direito, San Tiago, uma vez mais, foi eleito paraninfo da turma, em dezembro de 1945, somando cento e quatro votos sobre quatro do outro candidato, o professor de Direito Internacional Haroldo Valladão, em uma turma de cento e vinte dois alunos.[40]

San Tiago referia aos alunos a sua posição política, que já fizera clara em seu discurso ao assumir a cátedra e em seu discurso de saudação à faculdade em seu cinquentenário, feito em outubro anterior, de que o Direito deveria harmonizar-se à sociedade, e não esta à Lei ditada pelo soberano. Se San Tiago já expressava a sua nova orientação ideológica, faltava decretar extinta a anterior, resolução que não tardaria.

- **Os Estados Unidos e o Brasil na guerra**

A 10 de novembro de 1941, discursando na comemoração do quarto aniversário da implantação do Estado Novo, Getúlio defendeu a solidariedade continental articulada pelos Estados Unidos desde o início do conflito havia dois anos. Traduzindo a pressão de seus chefes militares, Dutra e Góes Monteiro, Getúlio observou que o Brasil não poderia, contudo, afirmar essa solidariedade sem que o Exército estivesse aparelhado a enfrentar situações extraordinárias. O ditador mirava o programa de financiamento norte-americano aprovado pelo Congresso dos Estados Unidos em fevereiro daquele ano, que vinha possibilitando o suprimento de material bélico às tropas inglesas e a partir de junho também às tropas russas. A neutralidade norte-americana no conflito vinha sendo prolongada devido a esse apoio material prestado aos aliados, agora entre eles figurando a Rússia. Mas o isolamento norte-americano não durou. A 7 de dezembro de 1941, um domingo, trezentos e sessenta e seis bombardeiros e caças japoneses atacaram e destruíram boa parte dos navios de guerra norte-americanos ancorados no arquipélago de Pearl Harbour, no oceano Pacífico. O dia da infâmia, como o presidente Roosevelt o denominou, determinou a entrada dos Estados Unidos no conflito. Quatro dias depois Hitler declarou guerra aos Estados Unidos.

Enquanto isso, a situação das tropas nazistas na frente russa mudava radicalmente. Em meados de novembro, ainda no outono europeu, a temperatura caíra a doze graus negativos em Moscou. Os tanques alemães, alinhados a apenas dezoito quilômetros de distância do Kremlin, começaram a ter dificuldade em avançar. Obstinado, a 4 de dezembro, sob uma temperatura recorde de trinta e cinco graus abaixo de zero, Hitler ordenou às tropas alemãs avançassem; mas era impossível dar partida ao motor dos tanques e às peças de artilharia abrir fogo. No dia seguinte, uma nevasca impediu a exausta infantaria alemã de se deslocar. Mas não as tropas russas, que defendiam a capital; engrossadas por oitenta e oito divisões, muitas delas vindas da Sibéria, Stálin surpreendeu os invasores ordenando um contra-ataque. No dia seguinte, a frente alemã havia sido rompida e algumas de suas formações cercadas. Pelo fim de dezembro, a ameaça a Moscou fora repelida. Um mês depois, o exército vermelho, como as tropas russas eram referidas, havia forçado a *Wehrmacht* a recuar cerca de trezentos quilômetros da capital, e as suas perdas somavam quase um milhão de homens fora de combate, entre mortos, feridos e capturados. As baixas russas foram ainda mais elevadas. Porém o norte da guerra havia mudado; as tropas nazistas não eram mais invencíveis, e surgira uma nova potência militar.

A entrada dos Estados Unidos na guerra reorientou a política continental até então vigente. Roosevelt solicitou permissão ao governo brasileiro para enviar pessoal técnico às bases aéreas de Belém, Natal e Recife, pois os seus aviões não poderiam mais valer-se da rota do Pacífico, onde se desenrolava o conflito com os japoneses, para alcançar o extremo oriente. Além do pessoal técnico, Roosevelt enviou fuzileiros navais embalados para combate, fato que indispôs o comando militar brasileiro e evidenciou a pressão dos Estados Unidos por uma definição do Brasil em face do conflito. Getúlio relutava, tentando obter financiamento para o reaparelhamento das Forças Armadas, condição que lhe impunham seus chefes militares.[41]

A 28 de janeiro de 1942, o Brasil rompeu relações diplomáticas e comerciais com os países do Eixo – Alemanha, Itália e Japão. Logo a seguir, seria a vez do povo brasileiro sentir as consequências da guerra diretamente. A 15 e 19 de fevereiro, os navios cargueiros de bandeira brasileira, *Buarque* e *Olinda*, foram torpedeados ao largo da costa dos Estados Unidos, e pelo final do mês outro navio foi também afundado. Nesse contexto, o Brasil assinou contrato de empréstimo com os Estados Unidos destinado à compra de material bélico, cujo pagamento seria feito em parte com a venda pela companhia Vale do Rio Doce de 750 mil toneladas anuais de minério de ferro pelo prazo de três anos aos Estados Unidos e à Inglaterra. Ainda em março, mais dois navios brasileiros foram torpedeados por submarinos alemães.

Enquanto Getúlio ampliava o controle do governo sobre a economia do país e criava o Conselho de Defesa Nacional, a comoção interna causada pelo afundamento dos navios brasileiros desdobrava-se politicamente e, pela primeira vez desde a imposição do Estado Novo, exorbitava o estreito circulo do poder. A pretexto de comemorar a data da independência norte americana, os estudantes universitários organizaram na capital federal a 4 de julho uma marcha de apoio aos aliados, que denominaram, com singular propriedade, passeata estudantil antitotalitária. Rompia-se parcialmente a censura férrea do Estado Novo, e desta feita com o apoio de Oswaldo Aranha e do genro de Getúlio, Amaral Peixoto, interventor no estado do Rio de Janeiro. O êxito da passeata foi considerável, e os seus efeitos sentidos na cúpula do governo. O sinistro chefe de polícia da capital, Filinto Müller, que quisera reprimir a passeata, foi demitido, assim como Lourival Fontes, o talentoso propagandista, censor da imprensa nacional e declarado admirador do regime fascista italiano. Francisco Campos, o cérebro jurídico do Estado Novo, já licenciado do Ministério da Justiça, deixou-o em definitivo.

Mais cargueiros brasileiros foram torpedeados, cinco apenas em julho; em agosto a situação se agravou quando no espaço de três dias sucessivamente foram postos a pique na costa brasileira cinco navios de cabotagem, sendo mortos seiscentos e dez passageiros, os corpos de muito deles vindo dar à praia no litoral de Sergipe. A população, emocionada e indignada, reagiu indo às ruas nas grandes cidades; na capital federal, estudantes, entre eles os alunos de San Tiago na Faculdade Nacional de Direito unidos aos da Faculdade Nacional de Filosofia, engrossaram uma grande manifestação que a 18 de agosto marchou em direção ao Palácio Guanabara, sede do governo federal, exigindo ao governo a declaração de guerra aos países do Eixo. Getúlio, vindo à sacada do palácio tendo ao seu lado Oswaldo Aranha, o articulador sempre sensível às novas correntes políticas e já ocupando a posição mais liberal do governo, disse aos manifestantes o que eles queriam ouvir, mas hesitou em declarar guerra à Alemanha e à sua aliada Itália; preferiu, quatro dias depois, a 22 de agosto, decretar situação de beligerância entre o Brasil e aqueles dois países.[42] A medida não atendeu à expectativa da população; no Rio de Janeiro, as Faculdades, Nacional de Direito e de Filosofia, professores e alunos se mobilizaram. San Tiago, professor em uma e diretor em outra, dois dias depois, à frente de seus colegas de magistério dessas escolas, foi ao gabinete do ministro da Educação, Gustavo Capanema, "declarar sua solidariedade ao governo e oferecer seus serviços, em qualquer terreno, para a defesa da Pátria".[43] Uma semana depois, a 31 de agosto, sob o pretexto de que o estado de beligerância estivesse dando margem a interpretações confusas, o governo declarou guerra à Alemanha e à Itália.

"Interpretando os sentimentos do corpo docente do estabelecimento que dirige – registram os Anais do Ministério da Educação daquele mês de agosto de 1942 –, declarou o professor San Tiago Dantas que a Faculdade Nacional de Filosofia queria manifestar ao Governo o entusiasmo com que os seus professores e alunos receberam o ato de declaração de guerra, com o qual o Brasil respondeu a afronta dos países totalitários, do único modo consentâneo com a honra e a dignidade nacional. A Faculdade Nacional de Filosofia, concluiu seu diretor, foi, como devia, a primeira a manifestar-se, pois é o estabelecimento que tem a seu cargo definir os rumos do espírito, os rumos da cultura do Brasil."[44]

San Tiago sem dúvida interpretava e compartilhava o pensamento dos professores – alguns deles estrangeiros – e dos alunos sobre a declaração de guerra à Alemanha e à Itália, assim como a ideia de união nacional, que o conflito, alcançando o Brasil, imediatamente disseminou por todo o País. O apoio prestado ao governo ampliou-se, sem dúvida. Porém, desta vez a iniciativa viera das ruas, e não do palácio presidencial. Das massas ao ditador, e não deste àquelas. A armadura autoritária do regime trincou ao despertar de uma consciência pública autônoma. Os desdobramentos políticos desse fato seriam irreprimíveis, como logo perceberam os espíritos mais atilados. San Tiago estava entre esses, e daí a pouco agiria de modo consentâneo a essa nova realidade, na qual já se inscrevera mas ainda não proclamara a sua nova posição.[45]

CAPÍTULO XIII

NOVO NORTE

Stalingrado: prenúncio da derrota do Eixo

Rompimento público com o Integralismo

O novo trabalhismo

Intervenção do governo na economia

O amigo do poder

A advocacia e o poder

Vida acadêmica: vaidades e verbas

Ensino ao homem de Estado

Evolução ou capitulação?

Kursk e Sicília: o começo do fim da guerra

A queda do *Duce*

A frente interna e o professor

> *"É necessário que se tenha a coragem de proclamar a falência irremediável da direita no mundo moderno, por ela haver chegado, em quase todos os países, a uma contradição com os seus ideais primitivos."*[1]

- **Stalingrado: prenúncio da derrota do Eixo**

Pelo início de 1942, a ameaça das tropas nazistas a Moscou havia sido afastada e a invencibilidade da *Wehrmacht*, forjada nas fulminantes vitórias alcançadas nos dois anos anteriores, abalada. Dos mais de três milhões de soldados alemães envolvidos na ofensiva russa, as baixas, entre mortos, feridos e aprisionados, somavam novecentos e dezoito mil, enquanto o exército russo perdera três milhões e novecentos mil homens, feitos prisioneiros e deixados a morrer de fome pelo invasor.[2] A Rússia, contudo, não fora vencida militarmente; o seu imenso contingente de homens abastecia as suas fileiras, cujo ânimo fora revigorado com a defesa da capital, enquanto a vastidão de seu território engolfava a *Wehrmacht*, fazendo-a estender desmesuradamente a sua linha de frente e assim comprometendo o seu abastecimento.

Mas a guerra estava longe de estar decidida; ao contrário, repelidas às portas de Moscou, as tropas alemãs recompuseram a sua linha de frente e, na primavera de 1942, Hitler, supondo haver Stálin exaurido as suas reservas de tropas e armamentos (e cego à redução das suas), planejou uma grande ofensiva a ser desencadeada no verão. O seu objetivo era alcançar os campos de petróleo existentes no Cáucaso, ao sul de Moscou, próximos à fronteira da Turquia, a oeste, às margens do mar Negro, e a leste, na fronteira com o Irã, às margens do mar Cáspio. A tanto, as tropas alemãs precisariam descer pelo corredor formado pelos rios Donetz e Don, este mais a leste, e que seria cruzado por um dos corpos do exército invasor, para conquistar a cidade de Stalingrado, grande centro industrial, situada às margens do rio Volga, que desemboca no mar Cáspio. Stalingrado convertera-se para Hitler em um alvo emblemático, e, pela razão inversa, a sua defesa em uma questão política fundamental a Stálin.

A ofensiva alemã teve início a 28 de julho de 1942, e um mês depois Stálin nomeou o general Zhukov para defender a cidade que levava o seu nome. Nos expurgos da década de 1930, o ditador havia mandado assassinar toda a cúpula do exército russo, e, agora, Stálin autorizou fosse novamente empregada a denominação de oficial aos soldados de maior patente e promoveu jovens oficiais remanescentes ao generalato, nomeando Zhukov vice-comandante supremo das forças russas.[3] A medida de Stálin tinha um propósito que só poderia ser alcançado pela força das armas: a sobrevivência do seu regime, que dependia da reconquista pelo exército russo de metade do território europeu da União Soviética e de cerca de dois terços das reservas de ferro, carvão e petróleo das mãos do invasor alemão. Esse fato ficou evidente quando as tropas alemãs entraram, a 12 de setembro de 1942, na cidade que trazia o nome do líder comunista, e, já em seus primeiros prédios, encontraram uma encarniçada resistência oposta pelos soldados russos, lutando pela defesa de cada rua da cidade. Stálin, como faria Hitler dali a pouco, proibira o recuo de suas tropas, e o soldado que se rendesse teria a família presa, e os demais parentes, deixados em liberdade, teriam as rações alimentícias reduzidas. Inabalável, o ditador cumpriu a sua ordem com uma única exceção parcial: quando seu filho foi capturado em combate pelos nazistas, recusou-se a trocá-lo pela liberação de generais alemães capturados pelo exército russo, porém não prendeu a sua família.[4]

A batalha pelo controle de Stalingrado mobilizou a atenção mundial e eclipsou os combates, não menos renhidos, mas travados em meio ao distante oceano Pacífico entre a armada japonesa, então dominando as águas do sul, e a marinha norte-americana, cujo poderio aumentava continuamente, acompanhando o crescimento econômico dos Estados Unidos, que afinal começava a superar os efeitos da recessão de 1929.

- **Rompimento público com o Integralismo**

Em meio à retomada das ações ofensivas alemãs em território russo, a propósito do décimo aniversário da constituição da Ação Integralista Brasileira, extinta havia cinco anos, o *Diário de Notícias*, um dos mais lidos jornais cariocas, realizou uma série de entrevistas com antigos afiliados da AIB, entre eles San Tiago, "um dos mais proeminentes chefes integralistas e um dos principais doutrinadores do Sigma", dizia a matéria publicada a 4 de setembro de 1942. Segundo o jornal, San Tiago recebeu o repórter em seu escritório; em verdade, "o advogado e professor, e atualmente diretor da Faculdade Nacional de Filosofia", redigiu a entrevista e a enviou ao jornal, que a publicou na íntegra, excluindo apenas a citação de abertura.[5]

"É tempo de trazer a público, num amplo debate de boa fé, o problema do integralismo em face da guerra declarada pelo Brasil aos países fascistas", inicia San Tiago a entrevista. De fato, mesmo antes do ingresso do Brasil no conflito, a deflagração da guerra pela Alemanha nazista acolitada pela Itália e aproveitada pela Rússia, que, seguindo a sua então aliada Alemanha, invadira a Polônia, arrematara o desencanto de San Tiago com seu passado ideológico, fato que ele vinha registrando em suas manifestações. Porém, a declaração de guerra pelo Brasil aos países do Eixo exigia uma tomada de posição explícita em relação ao Integralismo, que até então San Tiago não havia formalizado.

A sua manifestação ao longo de toda a entrevista é franca mas cuidada. Começa por situar o integralismo "como expressão de ideal político da direita" e por atribuir a responsabilidade pela estratificação das posições políticas então verificadas (inclusive aquela) ao Estado Novo. Não houvesse sido nele extinta a vida política, diz San Tiago, "os homens que até 1935 ou 1937 militaram publicamente na esquerda ou na direita estariam hoje distribuídos em quadros novos"; o Estado Novo, ao impor "uma prolongada pausa na vida pública", causava, "inegavelmente, um grande mal", pois quando "o país veio novamente como hoje, a precisar de política, quando de novo se quis abrir debate sobre as ideias de cada um, relativas ao estado e a ordem social, ninguém tinha uma informação exata da posição ideológica dos nossos homens públicos".

A eliminação do regime parlamentar fora sem dúvida um grande mal ao País, porém a posição ideológica de Getúlio Vargas, Francisco Campos, Lourival Fontes e outros próceres da ditadura era conhecida, e a Constituição de 1937 dela não fazia segredo, como San Tiago bem sabia. A sua afirmação não era de todo precisa, mas lhe permitiu apontar a confluência da ditadura do Estado Novo com traços ideológicos do Integralismo – o que era exato – e assim acentuar ser o Estado Novo também um regime de direita, que, acrescendo a pauta integralista, aderira abertamente aos princípios do fascismo italiano e fora condescendente ao início com o nazismo, sobretudo por parte de seus chefes militares, Dutra e Góes Monteiro. Por essa forma, San Tiago abrigava a sua crítica ao Estado Novo não o confrontando diretamente, e permitia-se conclamar todas as correntes de opinião à união nacional, este o tema central de sua entrevista, eleito com perspicácia e antecipação. Nessa união nacional deveriam estar incluídos os comunistas, pois entre eles havia "valores imprescindíveis à construção brasileira", assim como os havia no Integralismo, afirma San Tiago. Agora, direita e esquerda podiam e deviam se unir em face de um contexto internacional extraordinário. Antes, todavia, era preciso submetê-las a uma leitura atualizada.

A "alma revolucionária" que o animara e San Tiago procurara impor à Ação Integralista fora, segundo ele, dissipada com a perda pelo fascismo da sua inspiração originária, "o propósito de resistir ao internacionalismo e à luta de classes preconizada pela esquerda, contrapondo-lhe o nacionalismo e a doutrina do equilíbrio das classes através dos sindicatos e dos organismos corporativos". Não a única, porém uma das mais significativas bandeiras do fascismo fora combater a esquerda internacionalista opondo-lhe um nacionalismo radical e propondo uma alternativa à ditadura do proletariado. Mas o regime fascista criara um aparelho burocrático repressor a alcançar toda vida pública italiana e, se não eliminou a propriedade privada, passou a controlá-la, enquanto o propalado ideal corporativo limitou-se a organizar o aparato de integral subordinação do movimento operário italiano ao governo ditatorial fascista. Habilmente, na entrevista San Tiago procura referir a diferença entre a ruptura promovida pela revolução comunista e aquela promovida pela revolução fascista, lembrando de que esta última fora ao início uma resposta aceitável pela elite econômica europeia e pela Igreja Católica ao fracasso da democracia parlamentar na Itália. Posteriormente, segundo San Tiago, ocorrera, o deslocamento do "[regime fascista] para o fascismo alemão": o fascismo italiano abandonara o princípio corporativista "para se tornar um simples socialismo de estado, e informando o regime ergueu-se uma filosofia – o racismo – (...) contaminando o primitivo sentimento nacionalista do fascismo com o elemento novo, o expansionismo alemão". San Tiago separa o racismo alemão dos "fascismos latinos", os quais não tiveram "o menor compromisso doutrinário, embora intelectuais houvessem sido conquistados pelo lado antissemita, que não é senão uma das farsas do racismo", que se tornara a "insígnia principal da direita".

O fascismo "nacionalista" havia-se misturado, prossegue San Tiago, com o "fascismo das minorias germânicas". Daí uma parte da direita francesa, por exemplo, achar-se "na vanguarda do mais torpe colaboracionismo", enquanto outra parte, "autenticamente nacionalista", dedicava-se a sabotar o invasor, "ao lado dos comunistas e dos verdadeiros patriotas". Nada, porém, havia capaz de "negar que os partidos de direita fracassaram como órgão de defesa nacionalista, pois ou vivem como satélite do regime alemão ou dele se isolam numa sadia demonstração de força moral, mas sem com isso poderem preservar o seu poder criador na política do futuro". Dessa admissão resultava o apelo que San Tiago faz à mocidade brasileira que se engajou "no movimento integralista no espírito de puro e ardente patriotismo [para que] rompa corajosa e resolutamente os seus compromissos ideológicos com a direita".

San Tiago encaminha a proposição final de sua entrevista afirmando que a "união nacional é o primeiro fruto que temos a colher desta guerra", e essa união não poderia se perder em especulações partidárias que a comprometessem. Assim como os integralistas, os comunistas deveriam ser assimilados à união nacional, mas impunha-se uma "diferenciação clara": essa união só poderia ser feita se houvesse uma inquestionável identificação "com o Brasil e com a América na plenitude da sua causa", e não como etapa intermediária de "uma aproximação maior com organizações revolucionárias de esquerda que se julgam acobertadas pela comunhão das Nações Unidas". A união nacional existiria somente se "solidária com os Estados Unidos, com a Comunidade Britânica, com a União Soviética e com os estados e organizações nacionais aliadas", e o seu propósito, conclui San Tiago, era ter "a liberdade de escolhermos e determinarmos, de acordo com o gênio dos nossos respectivos povos, as nossas instituições e ideais de vida, [sendo que] essa liberdade é a primeira cláusula do pacto das Nações Unidas, e, por conseguinte, é também a primeira do pacto da união dos brasileiros".[6]

A união nacional era a união dos brasileiros, do povo brasileiro, que o Estado Novo não ouvia, mas, a partir da entrada do Brasil na guerra, não mais pudera deixar de ouvir, pois o povo se fizera presente nas ruas ao dar vazão à comoção que o alcançara. Ligar o propósito de defesa da liberdade política interna à causa aliada de combate ao totalitarismo nazista e fascista – ao nazifascismo, como então passou a ser referido o pacto entre a Alemanha e a Itália –, como fazia San Tiago, refletia um sentimento verdadeiro, que se converteu imediatamente em uma bandeira de oposição, viva e cativante, a afrontar a ditadura de Getúlio e em especial a sua base militar.

A entrevista de San Tiago alcançou considerável repercussão, e seus amigos mais próximos foram surpreendidos ao lê-la no jornal, pois San Tiago a nenhum deles informou o teor dela, e eles não esperavam uma abertura tão ampla à esquerda, como a feita pelo entrevistado.[7] A União Soviética, formando ao lado das democracias inglesa e norte-americana, perturbou os conservadores e afrontou a direita nativa. Mas não a San Tiago, que em sua entrevista mirava o pós-guerra e a divisão ideológica que se desenhava e impunha a pergunta que ele formulou: como seria a convivência das democracias com a nova potência comunista que surgia no Leste Europeu?

A resposta a essa pergunta San Tiago buscará nos anos seguintes, e sua procura pautará a sua ação política. Mas à ação política ele não voltaria imediatamente. O poder, agora, não seria mais um objetivo juvenil; a sua conquista exigiria, mais do que antes, o ter e o saber. Um saber novo, e o ter, os meios materiais, somados ambos para alcançar o poder, renovada a sua perspectiva. Esse objetivo seria cumprido nos catorze anos seguintes.

- **O novo trabalhismo**

A 12 de setembro de 1942 as tropas alemãs entraram em Stalingrado e a 24 ocupavam dois terços de sua área urbana. Hitler, em discurso pelo rádio, assegurou ao povo alemão a conquista da cidade, quase toda em ruínas devido ao incessante bombardeio. Mas as tropas russas mantiveram suas posições ao sul, resistindo ao invasor de casa em casa. Em novembro, o general Zhukov, somando tropas descansadas àquelas em combate, iniciou o contra-ataque às posições alemãs, já fixadas pela defesa russa. Tendo sob seu comando duzentos e cinquenta mil homens, o general Von Paulus pediu autorização a Hitler para recuar, a fim de recompor a sua linha de frente. Porém Hitler, que havia substituído os mais experientes generais de seu estado-maior para deles não mais ouvir advertências sobre o risco de não admitir recuos sequer táticos, negou o pedido. Zhukov, percebendo a imobilidade do inimigo, acionou mais tropas para flanquear as posições alemãs e envolvê-las. Os combates ganharam uma ferocidade sem precedentes, e o mundo, que um ano e meio antes fora surpreendido pelo ataque alemão à Rússia, assistia, inteiramente mobilizado, a defesa de Stalingrado.[8] Sob o rigor do inverno que se iniciava, o mês de dezembro viu as tropas russas fecharem o cerco aos soldados de Von Paulus, isolando-os. Um mês depois, pelo final de janeiro de 1943, sitiados e sem suprimentos, não restou ao comandante alemão senão a rendição, a qual Hitler proibiu-lhe declarar; ao contrário, a 30 de janeiro, ordenou a Von Paulus resistir até ao último homem e o promoveu ao posto máximo, marechal de campo, patente cuja tradição militar alemã impunha ao detentor o suicídio em lugar da capitulação. No dia seguinte, Von Paulus, já somando duzentas mil baixas, rendeu-se; foram feitos cerca de noventa mil prisioneiros, entre eles vinte e quatro generais da *Wehrmacht*.[9]

Frustrada naquele início de 1943 a ofensiva alemã deflagrada em julho anterior, que visara a conquista de Stalingrado, o mesmo acontecia na África; o general Rommel, que havia estendido a linha de frente do *Afrika Korps* por mais de dois mil quilômetros no norte do continente, avizinhando-se do Canal de Suez e ameaçando o seu controle pelos aliados, vinha recuando rapidamente ante a dura contraofensiva liderada pelos ingleses sob o comando do general

Montgomery, iniciada em outubro de 1942. Às forças inglesas vieram somar-se as norte-americanas, que haviam desembarcado no Marrocos em novembro de 1942. Em janeiro seguinte, os aliados dominavam as frentes de combate no norte da África, e Rommel, derrotado, retirou-se do continente, deixando em mãos dos aliados mais de duzentos mil prisioneiros.[10]

O ano de 1942 findara como um limiar na vida de San Tiago. Senhor de sua inteligência, ela lhe dera tudo: o pátio da escola, onde a sua maturidade aos dezesseis anos fascinara seus colegas, alguns deles feitos amigos inseparáveis e dedicados vida afora; quatro cátedras de Direito e a direção da Faculdade de Filosofia, alcançadas antes dos trinta anos de idade e nas quais logo despontou o educador moderno a destoar de seus pares; e o jovem advogado prenunciando o jurisconsulto dos casos complexos.

Mas o ideólogo fora vencido. O fascismo, que o encantara e que alimentara o seu sonho de o ver, se não implantado entre nós, ao menos capaz de animar o superintegralismo que ele quisera infundir à Ação Integralista Brasileira, estava sendo definitivamente fulminado nos campos de batalha da Europa do leste e da África. Da Ação Integralista extinta em 1937 e que lhe consumira seis anos de seu engajamento político não restara vestígio. E o Estado Novo de Getúlio Vargas, que incorporara os elementos mais expressivos do fascismo, acrescendo-os aos postulados já afirmados do autoritarismo nativo, sofria os seus primeiros abalos, e a guerra, derramando os seus efeitos por toda parte, transformava a ordem política mundial.

Contudo, a perspectiva que emergia desse quadro era diversa daquela aberta em 1928 quando San Tiago, aos dezesseis anos, ingressou na Faculdade de Direito e iniciou a sua ação política; agora, não havia revolução no horizonte, e o cenário à sua vista mostrava uma situação oposta, na qual ele divisou uma nova bandeira e a defendeu publicamente: o alinhamento de todas as correntes políticas para a restauração da democracia, uma vez finda a guerra.

San Tiago já reafirmara pela imprensa o seu rompimento com o Integralismo em setembro de 1942, e então reclamara uma "União Nacional", na qual deveriam formar as correntes verdadeiramente comprometidas com o regime democrático. Mas apontou o risco maior à democracia a ser buscada: a extremação ideológica, vivida nos anos 1920 e 1930 anteriores à guerra, ressurgir ao final daquela em curso. Esse quadro San Tiago expôs em palestra feita na Faculdade de Filosofia em abril daquele ano de 1943, tendo por tema a influência inglesa no Brasil: o "reacionarismo de direita (...) com sua ilimitada capacidade de renascimento e de disfarce", e o "primarismo ideológico da esquerda, que perde facilmente o contato com a realidade", ameaçavam a democracia e a própria paz mundial, cujo fundamento não viria de "nenhum mecanismo regulador", porém de uma "reforma social ampla, rápida e profunda, através da qual fique assegurada a eliminação dos grandes contrastes de fortuna (...) deslocado da propriedade privada para o trabalho, o centro de coordenação da vida social", diz o conferencista.[11]

A união dos países democráticos empenhados em estabelecer uma paz duradoura era uma perspectiva que a guerra renovava sobre o fracasso da Liga das Nações, que não fora capaz de evitá-la. Já na Inglaterra, o debate entre defensores da democracia estava em curso. O liberalismo que vigera até ao início da Primeira Guerra, em 1914, não seria redivivo, assim como não mais seriam aceitáveis os regimes autoritários de direita, os quais, combatendo o liberalismo, haviam subido ao poder e dado início à guerra em 1939. Igualmente ameaçador a esse novo cenário que se buscava era o comunismo, que pregava – e a Revolução Russa de 1917 executara – a completa erradicação das instituições capitalistas e repudiava o regime democrático, vendo-o como produto nefasto daquelas instituições.

A influência inglesa que San Tiago referiu em sua palestra não decorria da liderança carismática de Churchill. Sempre atento ao movimento de ideias em curso no exterior, San Tiago acompanhava o debate aberto na Grã-Bretanha sobre a reconstrução do país, uma vez restaurada a paz. Entre as medidas que então se discutiam, sobressaía a instituição de um sistema de seguridade social. Essa preocupação atendia à experiência recente, apreendida havia pouco pelos políticos ingleses: que o apoio conquistado por Mussolini e Hitler junto à classe média decorrera do fato de esta, e não apenas o operariado, haver sido deixada ao acaso das variações da economia, sobre a qual ela não exerce influência bastante a lhe assegurar uma posição à altura de sua significação social.

Em carta ao reitor da Universidade do Brasil em junho daquele ano de 1943, San Tiago, na qualidade de diretor da Faculdade de Filosofia, sugere convidar o parlamentar e economista britânico sir William Beveridge, da Universidade de Oxford e então em viagem aos Estados Unidos, a vir ao Brasil expor o seu "Plano Beveridge de reforma e seguro social". Com a anuência do reitor, diz, organizaria na Faculdade de Filosofia um debate ou seminário público com eminentes economistas e sociólogos brasileiros para receber o professor inglês. Seria uma excelente oportunidade para aumentar o intercâmbio cultural com os aliados europeus, e, buscando um argumento político à sua proposta, acrescenta San Tiago que a vinda do convidado "permitirá que Sir Beveridge conheça a obra de excepcional alcance e importância legislativa realizada pelo governo no campo das questões sociais".[12]

Sutilmente, San Tiago propunha o inverso do que o seu elogio ao governo brasileiro sugeria: pois não lhe escapava o contraponto, nítido e moderno, que o "Plano Beveridge" fazia à "obra legislativa no campo das questões sociais", reacionária e tardia, do Estado Novo. Beveridge, então com sessenta e quatro anos, era um respeitado economista e reformista social. Em seu plano apresentado em 1942 ao parlamento inglês, e que viria a servir de base à implantação pelo governo trabalhista, a partir do fim da guerra, do "Estado de Bem-estar" inglês (*Welfare State*, como ficaria conhecido), Beveridge defendia a criação de um regime de seguridade social ao qual todo trabalhador contribuiria mensalmente e que teria a contrapartida de benefícios pagos em casos de doença, aposentadoria, desemprego e viuvez.[13]

Essa proposta fazia um duro contraponto à obra legislativa nativa, que vinha sendo editada fragmentariamente, ao ritmo da política concessiva de direitos elementares aos trabalhadores reforçada por Getúlio ao tomar o poder em 1930. Como sempre deixando-se reger pelos acontecimentos, o ditador havia entendido ser o momento indicado de, na qualidade de legislador exclusivo do País, reunir em uma única as normas esparsas relativas à disciplina do trabalho. Em primeiro de maio de 1943, no mês seguinte à proposta feita por San Tiago e jamais atendida, em discurso no estádio de futebol do Clube Vasco da Gama, então o maior da capital federal e cujas arquibancadas foram ocupadas por trabalhadores especialmente convocados e devidamente selecionados pelas forças de segurança, o ditador anunciou a outorga, por ato singular seu, da Consolidação das Leis do Trabalho, com a qual enformava a sua política paternalista de direitos trabalhistas e de controle das forças sindicais sob o comando estrito do Poder Executivo.

O exemplo do regime trabalhista fascista, deduzido da *Carta del Lavoro* editada por Mussolini em 1927, era (e ainda é, pois ela vige oitenta anos depois) claro na Consolidação. Ao assumir o poder em 1930, Getúlio estava advertido da situação dos trabalhadores urbanos do País e viu nas concessões parceladas a eles feitas a partir de então as medidas preventivas à investida das reduzidas porém ativas forças de esquerda. Aos trabalhadores Getúlio concedeu direitos elementares – tardios mas inéditos na atrasada sociedade brasileira – e aos patrões o dever de os cumprir, enquanto o governo era isento de assegurar os direitos sociais dos trabalhadores, tais os de greve e de livre associação, e também o direito à seguridade social, que Beveridge defendia, e San Tiago buscou sem mesmo ver discutido no Brasil.

- **Intervenção do governo na economia**

A exemplo do que fizera à vida política do País e às relações de trabalho, Getúlio estendera e vinha ampliando o controle autoritário sobre a economia. Esse processo, iniciado com a ditadura do Governo Provisório instaurada com a Revolução de 1930, acelerou-se a partir de novembro de 1937 com a instauração do Estado Novo, e ganhou novo feitio com a deflagração da guerra. Esta abalou o comércio internacional, e a entrada formal do Brasil no conflito em 1942 agravou os seus efeitos negativos, que, justificavam, segundo o ditador, "aperfeiçoar o aparelho político-administrativo, completando os órgãos constitucionais, preparando o país para a sucessão normal de seus dirigentes dentro das fórmulas da democracia funcional que instituímos". E acrescentou: "Consideramos mesmo bizantinismo indagar se o novo regime é ou não democrático".[14]

Nada havia de bizantino nessa discussão, pois ela surgia, natural e irreprimível, do fato de o Brasil, estando submetido a uma ditadura de óbvia inspiração fascista e tolerante com o regime nazista, achar-se aliado aos regimes democráticos que combatiam aquelas ditaduras, responsáveis pela deflagração da guerra em curso. As proposições seguintes do ditador procuravam minorar essa contradição, e nesse sentido a referência a uma "democracia funcional" era um artifício semântico para tentar distanciar o Estado Novo do fascismo italiano e dos congêneres sul-americanos, buscando aproximá-lo das democracias, em especial a norte-americana, cujo prestígio e influência eram crescentes no Brasil. Igualmente, a referência à "sucessão normal dos dirigentes" era uma astuta tentativa de Getúlio de assenhorar-se, em toda a sua extensão, do processo político, o qual, ganhando as ruas e inquietando militares que o apoiavam, poderia, como veio ao final acontecer, fugir-lhe ao controle. Já o aperfeiçoamento do aparelho político-administrativo traduzia o propósito de o governo trazer ao seu estrito controle as forças produtivas do País, e essa medida seria, como foi, alcançada com o incremento da intervenção do governo, por atos singulares do ditador, na ordem econômica nacional.

Desde o início do conflito, com a expressiva redução do tráfego, quando não o fechamento de rotas marítimas, as exportações brasileiras, majoritariamente de produtos primários, sofreram uma forte queda, aumentando o estoque desses produtos e, em consequência, deprimindo os seus preços de venda e a renda dos produtores no mercado interno. Ao inverso, elevou-se fortemente o preço dos produtos importados, entre eles dos insumos indispensáveis à produção local, tais como gasolina, óleo combustível, metais e máquinas. Sobre esses fatores negativos, viu-se o governo obrigado a elevar os seus gastos para atender aos custos de equipar as tropas a serem enviadas à luta na Itália, e a converter em moeda nacional parte considerável do crescente saldo comercial acumulado, medida inevitável mas que acelerou a corrosão do poder de compra do mil-réis, efeito logo sentido pelos trabalhadores, especialmente os urbanos, e que em 1942 já havia determinado o lançamento de uma nova moeda, o cruzeiro.[15]

Desde 1930, Getúlio vinha criando comissões para estudar determinados setores da economia, e órgãos reguladores (mas não com essa denominação) para disciplinar alguns dos serviços públicos concedidos, que haviam sido, todos eles, implantados pela iniciativa privada mas cuja expansão a veloz urbanização do País reclamava. Ao contrário, porém, do pioneiro modelo norte-americano, que entre nós havia inspirado advogados e engenheiros a defender já na década de 1920 a criação de órgãos reguladores essencialmente técnicos e independentes da ação político-partidária do governo, o modelo imposto por Getúlio não assegurava aos órgãos de intervenção do Estado na economia essas garantias indispensáveis ao devido cumprimento das funções legais a eles atribuídas. Sem esses atributos – independência hierárquica e orçamentária, mandato fixo outorgado a seus titulares e revisão de suas decisões exclusivamente pelo Judiciário –, os órgãos então criados por Getúlio foram, todos eles, reduzidos a simples órgãos ordinários da administração pública, uma extensão da ação, singular e incontrastada, do chefe de governo e de seus ministros.[16] Assessorado por Francisco Campos – que antes, fora do governo, defendera em artigos notáveis o modelo regulatório democrático norte-americano de independência dos órgãos reguladores –, Getúlio manteve íntegra a sua linha política autoritária, seguindo o modelo fascista, no qual o Estado era absorvido pelo Executivo – o *Stato-governo*, cerne institucional da ditadura de Mussolini. Os órgãos reguladores então criados tomaram a forma de "órgãos ordinários da administração pública", ou seja, em lugar de órgãos de Estado, órgãos de governo, a este inteiramente subordinados os seus titulares. Esse modelo, que iria perdurar permitindo a intervenção discricionária do governo na economia e distinguindo negativamente a estrutura da administração pública nacional, seria uma das principais causas do colapso dos serviços públicos verificado duas décadas depois, quando Vargas retornaria ao poder pelo voto popular.[17]

Entre os novos órgãos de intervenção do governo na economia então criados destacou-se a Coordenação de Mobilização Econômica, organizada em 1942 e dotada de amplos e arbitrários poderes, para dispor sobre a produção e fixar preços e salários.[18] O ex-tenente João Alberto, o revolucionário de 1930 e o primeiro interventor em São Paulo, ao qual San Tiago, jovem editor do jornal *A Razão* prestara em seus artigos decidido apoio, foi nomeado seu presidente. Representantes do setor privado figuravam no conselho consultivo do novo órgão, que agia sobre estrito controle do governo e se converteu em um importante local de interlocução dos empresários com o poder público, em um regime no qual o parlamento havia sido fechado. Entre os integrantes do conselho Getúlio nomeou seu companheiro de Faculdade de Direito e da Revolução de 1930, João Neves da Fontoura.[19]

- **O amigo do poder**

Gaúcho como Getúlio, João Neves ingressou na Faculdade de Direito de Porto Alegre em 1905, aos dezesseis anos. Uma personalidade vibrátil e uma aguda inteligência, logo mostrou um extraordinário talento oratório e de articulação política, que o levou, junto com alguns colegas, entre eles o futuro ditador, a aproximar-se de estudantes da Escola de Guerra de Porto Alegre, onde conheceu Eurico Gaspar Dutra e Pedro Aurélio Góes Monteiro, os principais nomes das Forças Armadas a suster o Estado Novo.

O ditador sempre admirou o talento de João Neves, mas teria com seu colega uma relação acidentada. Deputado federal em 1928 pela bancada de seu estado, João Neves destacou-se como o mais talentoso orador da Câmara; assistindo-o falar, Augusto Frederico Schmidt dele se aproximou e com ele firmou uma amizade duradoura e produtiva.[20] Ao lado de Francisco Campos, João Neves foi um dos principais articuladores da Aliança Liberal, mas, vitoriosa a Revolução de 1930, rompeu com Getúlio e renunciou à vice-governança do Rio Grande do Sul, recusando a seguir o governo do estado e o Ministério da Justiça, que o novo presidente lhe ofereceu; aceitou, contudo, a consultoria jurídica do Banco do Brasil que assumiu em paralelo ao seu escritório de advocacia, transferido para capital federal. Com as eleições realizadas dois anos depois da Revolução de 1932, João Neves voltou à Câmara dos Deputados, mas com o seu fechamento em 1937, devido à imposição do Estado Novo, reassumiu a consultoria jurídica do Banco do Brasil e simultaneamente retomou suas atividades de advogado privado.[21] Em 1940, juntamente com seu conterrâneo e amigo Luís Aranha, irmão de Oswaldo, e com Augusto Frederico Schmidt, fundaram a SEPA – Sociedade de Expansão Comercial, uma sociedade para explorar novos negócios, que logo prosperou em razão dos excelentes contatos de seus sócios com o Poder Executivo que comandava singularmente a vida econômica do País.

Luís Aranha fora um discreto porém eficiente articulador durante a Revolução de 1930, que teve em seu irmão Oswaldo o seu protagonista mais evidente depois de Getúlio, e sem dúvida o de maior trânsito social na nova ordem política imposta ao País. Mas Luís Aranha afastou-se de qualquer vinculação com o governo em solidariedade a outro irmão seu, militar, que ajudara o líder do golpe integralista, Severo Fournier, a exilar-se na embaixada da Itália em 1938, depois do fracassado assalto que este liderou, e dele desertou, ao palácio presidencial. Atendendo ao pedido de Getúlio, o governo fascista italiano, ignorando as garantias legais ao asilo político, entregou Fournier à polícia do Estado Novo, cujos juízes o condenaram à cadeia, na qual morreria doente.[22] Esse fato era de conhecimento de San Tiago, assim como de Schmidt, que havia sugerido a San Tiago transferir o seu escritório de advocacia para o mesmo prédio, na rua da Quitanda, número 185, onde a SEPA fora instalada.[23] San Tiago, em seu novo endereço, logo começou a prestar serviços à nova empresa e às que com ela começavam a se relacionar.

Os negócios da SEPA floresceram, impulsionados pelos contatos de Luís Aranha e de João Neves, imediatamente potencializados pela sociabilidade e pela astúcia comercial de Schmidt. João Neves, em maio de 1943, foi nomeado por Getúlio embaixador em Portugal, deixando o conselho consultivo da Coordenação da Mobilização Econômica, o que abriu a Schmidt uma nova frente de negócios, que ele não deixaria de aproveitar.

San Tiago aproximou-se de João Neves, e este viu nele um valioso colaborador, que os acontecimentos, alguns anos depois, iriam novamente reunir.

- **A advocacia e o poder**

A defesa da intervenção do Executivo na economia, sem a contrastação do jogo de interesses próprios ao regime democrático articulado majoritariamente pelo Congresso, integrava a ementa política do autoritarismo nativo que amalgamara elementos distintivos do fascismo italiano ao castilhismo gaúcho, do qual Getúlio era o vitorioso representante no plano federal.

Nesse contexto, a advocacia das grandes empresas estava cada vez mais próxima e dependente do Executivo e de seus órgãos superiores, na medida em que o governo ampliava a sua ação direta sobre a economia. A análise e a discussão das normas legais expedidas singularmente pelo presidente da República, seus efeitos sobre os negócios privados; as relações entre empresas privadas e órgãos públicos e com as empresas estatais que começavam a ser criadas; os atos expedidos pelas comissões, conselhos, enfim a ação dos órgãos de intervenção do governo na economia criaram um campo novo e complexo, a requerer novas interpretações e formulações jurídicas, as quais San Tiago, como poucos advogados, mesmo entre os mais experientes de seu tempo, achava-se habilitado a executar superiormente. A afirmação do seu talento jurídico no meio empresarial não tardou, e ele estenderia a sua habilidade pessoal a essa área também; o trato com seus clientes era cordial mas sóbrio, exsudando uma gravidade natural, sem afetação porém marcante. San Tiago imediatamente percebeu o valor de sua advocacia, e não o regateou na relação com seus clientes.[24]

- **Vida acadêmica: vaidades e verbas**

Sem mais o frêmito da militância integralista presente nos artigos, nas conferências e na vida partidária, a energia de San Tiago nos últimos seis anos, desde 1937, era drenada para o magistério e para advocacia, o que no seu caso não significava uma vida acomodada. Ao contrário. A cátedra de Direito Civil na Faculdade Nacional de Direito exigia-lhe pelo menos quatro aulas na semana e as duas outras, na Faculdade de Economia, onde ensinava noções de direito, e na Faculdade Católica, onde lecionava Direito Romano, exigiam aulas semanais; a essa atividade letiva, à qual jamais cumpriu sem previamente preparar as aulas a serem ministradas, somava-se a direção da Faculdade de Filosofia.[25] Dessas escolas, apenas a de Direito contava com mais de uma década de existência; as outras datavam de poucos anos antes, e quase tudo estava por fazer, em especial na Faculdade de Filosofia.

Em uma cidade extremamente aprazível, com um sistema de transporte urbano razoável em seus bairros nobres, em suas vias de poucos veículos particulares, o trajeto de San Tiago de casa ao centro da cidade era longo. Cedo San Tiago deixava o sobrado da rua Barão de Jaguaripe, em Ipanema, e seguia em direção ao centro da cidade, à rua Moncorvo Filho, próxima à praça da República, onde o aguardavam os alunos de seu curso de Direito Civil. Finda a aula da manhã, que sempre se prolongava na atenção que o professor dispensava aos alunos que o cercavam à saída da classe, San Tiago seguia para o centro da cidade, formado em torno da avenida Rio Branco. O almoço seria no restaurante da sede social do Jockey Club, ou no restaurante situado no alto Grande Hotel, que sucedera à *rôtisserie* Americana da rua Gonçalves Dias como ponto de reunião de empresários e políticos, ou ainda em um dos muitos restaurantes portugueses que dominavam a culinária carioca.[26]

No início da tarde, San Tiago seguia em direção à avenida Antônio Carlos, na Esplanada do Castelo, um trajeto feito de táxi – San Tiago jamais dirigiria automóvel –, para onde fora transferida a direção e parte das instalações da Faculdade de Filosofia, em um prédio onde antes se instalara a *Casa d'Italia*, de propriedade do governo italiano, situada na parte inferior do quarteirão, próxima à avenida Beira-Mar.

Vencido o expediente burocrático da faculdade, pelo final da tarde e se não muito forte o sol do longo verão carioca, San Tiago poderia seguir a pé pela avenida Antônio Carlos, onde estava sendo concluído o novo prédio do Ministério da Fazenda, cuja pasta vinte anos depois ele assumiria, em direção ao seu escritório na rua da Quitanda, e aí começava a sua jornada de advogado, a estender-se, muitas vezes, noite adentro.

O esforço de San Tiago em estruturar a Faculdade de Filosofia já somava algumas conquistas, modestas, todavia, na visão do seu diretor. No final do ano anterior, ele registrara a míngua de recursos destinados à faculdade – cujo objetivo era a formação de professores universitários – ao anunciar a transferência para o novo prédio da avenida Antônio Carlos das "aulas de cinco cursos dos que se ministram na Faculdade Nacional de Filosofia: filosofia, matemática, física, química e história natural", remanescendo no prédio do largo do Machado os "cursos de letras-clássicas, anglo-germânicas, neolatinas, ciências sociais, geografia e história, pedagogia e didática". Uma pálida conquista, "pois a separação em prédios distintos fere necessariamente o espírito da unidade essencial a uma entidade universitária, mas é inegável que teremos conquistado pelo menos aquela possibilidade de expansão material sem a qual o ensino decai de eficiência, sejam quais forem os esforços dos professores".[27] E, de fato, do esforço dos professores seguia dependendo a qualidade mínima que o ensino universitário exibia.

O propósito de San Tiago de dotar a Faculdade de Filosofia de uma estrutura física e docente à altura da sua finalidade enfrentava toda sorte de restrições materiais e, não menos angustiante, as inerentes à opressiva burocracia administrativa e à vida acadêmica, onde se sucediam rusgas entre mestres em disputas por horários, posições e cargos. Todas as questões administrativas eram levadas à decisão do diretor, que lidava ainda, com a burocracia gerada pelo Ministério da Educação. Ao ministro Gustavo Capanema, San Tiago encaminhava solicitações de recursos e de contratação de professores, e buscava atender aos seus pedidos. E logo incorporou ao seu estilo elegante o fraseado burocrático, nas cartas que ditava em despacho aos assuntos rotineiros. "Prezado amigo Carlos Drummond", escreve ao chefe de gabinete do ministro, "recebi o seu pequeno recado, encaminhando-me uma papeleta do Ministro para 'resolver a situação do [poeta] Jorge de Lima'. Ninguém mais do que eu terá prazer em dar ao Jorge de Lima, que tanto admiro, uma situação permanente na Faculdade de Filosofia, mas creio que a resolução do caso não está nas minhas mãos, e sim nas do próprio Ministro, pois o Jorge de Lima só poderá ser nomeado catedrático se for criada uma cadeira com o título "Literatura Portuguesa e Brasileira".[28] Em outra carta, ao "Magnífico Reitor" da Universidade do Brasil, encaminha a proposta "para que seja nomeado interinamente professor catedrático de Literatura hispano-americana desta Faculdade o sr. Manuel Bandeira (...) o indicado – uma glória das letras brasileiras – dispensa a enumeração de quaisquer títulos".[29]

A nomeação do poeta afinal efetivada cicatrizou a dolorosa ferida aberta pela crítica feita havia alguns anos ao livro *Libertinagem*, do mesmo Bandeira, na qual San Tiago apontara o poeta não de todo comprometido com a estética moderna, preso ainda à sua fase poética anterior. Bandeira, que contava entre os modernistas de 1922, reagira mal à crítica, e quando o seu amigo Jayme Ovalle, por sugestão de Augusto Frederico Schmidt, crismara de anjo do Dantas a posição nobre na sua peculiar tipologia de caracteres, Bandeira se opôs publicamente a essa escolha, ressentindo-se da analogia feita por Ovalle. O tempo mostraria a compreensão do poeta à crítica de San Tiago, aliás elogiosa, e a sua gratidão ao jovem diretor da Faculdade de Filosofia, que defendeu e obteve a sua nomeação de professor universitário.[30]

Mas a atenção do diretor não se confinava ao âmbito da faculdade. Desde o início de sua gestão, San Tiago, mesmo em meio à guerra, buscava contato com escolas e instituições estrangeiras, além de acolher professores refugiados de países beligerantes. Um desses contatos tinha uma finalidade imediata e básica: promover o ensino de inglês "prático para todos os alunos dos cursos de ciências (...) visando facilitar-lhes o manejo de livros e revistas inglesas"; muitos desses livros começavam a chegar à Faculdade, doados pela universidade de Oxford, "por intercessão do *British Council*", informava San Tiago ao ministro da Educação, ao qual submetia um plano de enviar à Inglaterra, ainda naquele ano, uma pequena e selecionada missão cultural, que teria a sua viagem patrocinada pelas Universidades de Oxford e Cambridge e pelo British Council, composta de "dois juristas, um economista, um sociólogo e um humanista", a qual "colheria um flagrante valioso da atual vida inglesa, comprometendo-se a divulgar em nosso meio suas observações".[31] Por essa mesma época, San Tiago tentava um intercâmbio de professores patrocinado pela Fundação Rockefeller, e escrevia ao adido da embaixada norte-americana indagando da possibilidade de obter uma bolsa de estudos para que um professor da faculdade pudesse fazer "desde já seus estudos especializados" de literatura nos Estados Unidos, e "a designação de um professor norte-americano para lecionar, no corrente ano, a cadeira de Literatura Norte-Americana" na Faculdade de Filosofia.[32]

Na Faculdade de Direito, San Tiago tinha análoga preocupação. À frente da cadeira de Direito Civil, buscava organizar a prestação de serviços auxiliares da Justiça gratuita; era, como explica ao diretor da faculdade, "uma singular oportunidade para introdução, em nossas Faculdades, de um ensino prático, verdadeiramente eficaz, capaz de corrigir as demasias de uma orientação teórica, sem recurso aos expedientes improdutivos de simulação de cenas jurídicas".[33] O "Serviço auxiliar da justiça gratuita anexo à cátedra do Prof. San Tiago Dantas" foi criado, e dava sequência a sua luta por um ensino verdadeiramente eficaz, que encontrava surda mas efetiva resistência em boa parte do professorado, resistência a qual San Tiago não deixou de registrar em manifestação na Congregação da Faculdade de Direito.[34] Com uns poucos professores, ele defendia a execução da reforma do ensino jurídico, com a adoção de um "método teórico-prático capaz de desenvolver não só a cultura intelectual, mas também as qualidades práticas do futuro juiz e advogado". Nada havia de novo nessa proposta, já prevista, como apontava, na reforma de ensino feita em 1931 por Francisco Campos, que determinava tivesse o ensino jurídico esse duplo aspecto; portanto, "não é por culpa do legislador, senão dos professores, que se conserva a velha maneira de ensinar exclusivamente através de preleções", embora, acrescenta, "em muitas cadeiras [e era o caso da sua cadeira de Direito Civil, que já ia pelo seu segundo ano consecutivo] o método de ensino tem progredido, e já não faltam os mestres que intercalam o estudo teórico com exercícios e aplicações de caráter profissional".[35] Novas propostas seriam formuladas e novos embates seriam travados por San Tiago com seus colegas sobre a finalidade e o exercício do magistério.

- **Ensino ao homem de Estado**

Em um debate sobre a determinação dos objetivos de uma Escola de Administração Pública, San Tiago defendeu o ensino de administração "para homens de estado". Embora reconhecesse a dificuldade em se reduzir "a uma técnica transmissível didaticamente essa complexa ciência do homem de estado", ele acreditava possível ministrar aos administradores de nível superior da administração pública "cursos", nos quais seriam versados pontos "do pensamento econômico, jurídico e técnico do país", que trariam expressivos "resultados para a direção política dos negócios públicos". Já em relação à formação de técnicos de nível médio para a administração pública, um dos temas versados no debate, necessitava a ciência da administração de alcançar um nível teórico "em que se acham a economia política e outras ciências sociais, entre eles o direito", que lhe permitisse agir como uma "linha mestra" a orientar a ação do governo não só nesse mas em todos os seus níveis.[36]

San Tiago reconhecia a pluralidade particular do verdadeiro homem de Estado, que o distinguia das demais vocações profissionais e de outras carreiras do serviço público. Em sua proposta, ele antecipava a noção de carreiras de Estado na administração pública, a exigir de seus titulares uma qualificação própria, só muito mais tarde definida. Os "homens de estado" deveriam ser informados dos temas de sua alçada, preservada a intuição, que não poderia faltar ao titular de um cargo político. Não se tratava de a este ministrar uma técnica, senão de somar à destreza inata dele conhecimento objetivo que apurasse o uso daquela.

A tese de San Tiago o distanciava ainda mais de sua posição ideológica anterior: em sua proposta, o homem de Estado tomaria o lugar do homem de governo que nos regimes autoritários, como era o Estado Novo, subtraía às instituições políticas o poder nelas investido, concentrando-o em suas mãos e executando-o singularmente. O homem de Estado contrapunha-se naturalmente ao homem de governo dos regimes autoritários.

- **Evolução ou capitulação?**

O exercício da função pública não velava a posição ideológica revista de San Tiago, e ele a ia reafirmando nitidamente. Indicado por Getúlio para dirigir a Faculdade de Filosofia, defendia a união nacional das forças políticas comprometidas com a restauração da democracia, proposta que em sua lógica política excluía o governo ao qual San Tiago servia; amigo do ministro da Educação, registrava publicamente a escassez de recursos destinados a sua escola, subordinada àquele Ministério; o mais novo entre os integrantes da Congregação da Universidade do Brasil, reprovava publicamente seus colegas resistentes à modernização do ensino, que ele fora um dos primeiros a adotar em seu curso de Direito Civil, com sucesso junto aos alunos; e publicamente defendia a formação do homem de Estado sobre a figura subalterna do homem de governo. Essas posições, todas elas, eram manifestadas serenamente, sem arroubos de qualquer natureza. Mesmo o seu brilho intelectual, inquestionável e presente em suas alocuções, em seus textos e, mesmo em sua conversa sempre amável, não era opressivo. Mas era, sem dúvida, impressionante a todos os seus interlocutores, assim como o seu sucesso profissional no magistério e na advocacia, alcançados com incomparável precocidade. De suas posições assumidas na Congregação da Universidade e nas Faculdades de Filosofia e de Direito, San Tiago era um defensor formidável.

Essa independência logo lhe valeu desafetos, que lhe cobravam o oportunismo do câmbio de suas posições políticas, a coincidir com a derrota das ideias antes defendidas, e apontavam a arrogância de um verbo fácil, que seria capaz de tudo explicar e de servir às capitulações que se fizessem necessárias ao seu interesse pessoal.[37] Mas a posição de San Tiago suscitava também franca admiração além do círculo de seus amigos. O crítico literário Álvaro Lins, que o conhecera no ano anterior, em 1942, registrou em sua coluna no jornal *Correio da Manhã*, "a impressão nada comum, que um San Tiago (...) sempre igual a si mesmo em todas as oportunidades, transmitia", e a impressão que lhe fizera a "sua inteligência, a sua capacidade de compreender e de exprimir todos os assuntos em debate", aliada a "uma certa nobreza que não vem só da inteligência e da cultura, mas da própria natureza humana, no que ela possa ter de espontaneamente superior e aristocrático (...) uma nobreza de gestos, de atitudes, de voz, de todo o ser que se exterioriza".[38]

Vindo do Recife, Álvaro Lins chegara ao Rio de Janeiro em 1941, aos vinte e nove anos, e logo se afirmou em seus artigos publicados no *Correio da Manhã* como crítico literário independente, ao lado de um Alceu Amoroso Lima inteiramente comprometido com a liderança laica da Igreja Católica. Quinze anos depois da morte de Jackson de Figueiredo, a quem Alceu sucedera nesse posto, a Igreja Católica ganhara uma preeminência inédita na República. Em 1932, Alceu fundara o Instituto Católico de Estudos Superiores, do qual nasceu a Pontifícia Universidade Católica, onde San Tiago lecionava, e desde aquela data Alceu presidia a Ação Católica, cuja influência fazia sentir junto ao Conselho Nacional de Educação, em que ocupava uma cadeira e de onde defendera ardorosamente, e vira implantado com a reforma da educação de Francisco Campos, o ensino religioso (católico) obrigatório nas escolas públicas. Com a evolução da guerra, Alceu vinha buscando se distanciar da sua posição radical de direita que tanto influenciara a opção ideológica anterior de San Tiago e a de seus amigos de faculdade. Mas Alceu relutava em admitir o pluralismo ideológico que San Tiago já defendia sob a forma de uma união nacional de todas as correntes políticas comprometidas com o regime democrático, as de esquerda inclusive. Um livro sobre a queda da França ante os nazistas, *A noite da agonia*, vinha de ser publicado, em tradução feita por Alceu. O seu autor, Jacques Maritain, rompera com a *L'Action Française* em 1928 e desde então caminhava em direção a uma posição liberal, à qual vinha atraindo expressivos seguidores entre os católicos.[39]

Comentando o prefácio escrito por Alceu à obra do católico Maritain, Álvaro Lins apontou a hesitação de Alceu em romper com a direita radical e associar-se à posição liberal de Maritain, católico como Alceu, e que passara a condenar todos os totalitarismos. A hesitação de Alceu devia-se ao receio dos conservadores, e em especial os católicos, à propagação do comunismo então estimulada pelo êxito militar da Rússia na guerra. A Igreja Católica não vira o nazismo, mas o comunismo, como a maior ameaça à sociedade, à brasileira inclusive, o que a levara a defender a derrota na guerra da Rússia pela Alemanha, que ao início Alceu acreditara possível e assim capaz de possibilitar "o esmagamento do comunismo (...) um bem inapreciável para a civilização" e, a seguir, defender a derrota da Alemanha pelos aliados.[40] Àquela altura, contudo, a derrota da Rússia era uma probabilidade cada vez mais remota, ao contrário da derrota do regime nazista e do regime de Mussolini, que Alceu vira como o "*condottiere* redivivo" cujo enfrentamento dos comunistas tivera uma "imensa importância histórica (...) não só para a sua Pátria mas para todos os continentes".[41] Nessa linha, Alceu procurava ressalvar, entre todos os totalitarismos condenados por Maritain, a ditadura de direita implantada por Franco na Espanha e por Salazar em Portugal, ambas decididamente apoiadas pela Igreja e visceralmente anticomunistas.[42]

O desconcerto da direita brasileira, que a posição de Alceu ilustrava e a de Álvaro Lins denunciava, era crescente e, em seu contexto, compreensível. O apoio aberto da direita nativa ao fascismo e velado ao nazismo frustrava-se, pois esses regimes, que pelo início daquele ano de 1943 estavam sendo batidos nos campos de guerra, eram aos olhos alarmados da direita, e em especial os da Igreja Católica, barreiras até então eficazes ao avanço do comunismo. A agravar esse quadro de inquietação, somava-se a afirmação do exército russo como a maior força bélica então existente.

- **Kursk e Sicília: o começo do fim da guerra**

À rendição do *Afrika Korps* de Rommel, em fevereiro de 1943, seguiu-se em março a capitulação das tropas italianas na Tunísia, encerrando uma série de insucessos militares dos fascistas iniciada ainda em 1940 com a fracassada invasão da Grécia, só alcançada com o socorro das tropas alemãs. Na frente russa, os soldados italianos não conheciam melhor sorte, e a discrepância em armamento e sobretudo no adestramento de seus soldados em relação à *Wehrmacht* era um fato notório.[43] Essa situação agravou-se com o domínio da África pelos aliados, fato que prefigurou a todos o lance seguinte – o desembarque de suas forças em território ocupado pelos nazistas na Europa ocidental, precisamente no sul da Itália, para assenhorar-se do Mediterrâneo.

Em fevereiro daquele ano de 1943, ingleses e americanos, atendendo ao protesto de Stálin, que vinha arguindo, não sem razão, enfrentar sozinho a ofensiva nazista, passaram a executar a "diretiva Casablanca", um plano que incluía o bombardeio às maiores cidades alemãs para, segundo diziam seus autores, não apenas destruir a indústria bélica e desorganizar a economia alemã, mas quebrar também o moral da população civil. Os efeitos dos bombardeios – um deles reuniu mil aviões visando a cidade de Colônia – sobre a população foram dramáticos, menores do que o esperado sobre as instalações bélicas, e não arrefeceram a cada vez mais obstinada determinação de Hitler em subjugar a Rússia.[44]

Derrotado em Stalingrado em início de fevereiro de 1943, o ditador nazista, buscando retomar a iniciativa das ações e preservar suas posições por meio de vitórias táticas, reagrupou suas forças já consideravelmente desfalcadas e planejou uma nova ofensiva contra tropas russas encapsuladas em um bolsão formado na linha de frente alemã, próximo ao importante entroncamento ferroviário de Kursk, oitocentos quilômetros ao sul de Moscou. A 5 de julho, em pleno verão, teve início a maior batalha de blindados da história, reunindo em combate cerca de dois milhões de soldados, cinco mil e oitocentos tanques e carros de assalto, e três mil e novecentos aviões em ação na estepe russa. A manifesta superioridade das forças sob o comando do general Zhukov, em armamento e tropas, definiu o desfecho do combate; a partir do dia 13, os russos tomaram a iniciativa das ações e os alemães se viram obrigados a recuar. A vitória russa na batalha de Kursk selou o destino da guerra na frente leste; de então por diante, a ofensiva seria, sempre, das forças de Stálin, até a conquista de Berlim, quase dois anos depois.[45]

Mas a três dias do desfecho da batalha de Kursk, ao alvorecer do dia 10 de julho, cento e oitenta mil soldados aliados, em sua maioria norte-americanos, acomodados em duas mil quinhentas e noventa embarcações, desembarcaram nas praias da Sicília, ao sul da Itália. Foi, afinal, estabelecida a segunda frente de combate aos nazistas como há muito reclamava Stálin. O avanço dos invasores foi rápido, vencendo a débil resistência italiana e o terreno montanhoso da ilha. A 22 de julho, o general Patton, carismático e controvertido comandante de blindados do exército norte-americano, tomou a cidade de Palermo e a seguir Messina, alcançando-as à frente de seu colega inglês Montgomery. Os nomes dos comandantes militares aliados começavam a ser conhecidos da opinião pública mundial, ao lado de seus colegas russos, pondo em segundo plano aqueles alemães, que até então haviam dominado o noticiário de guerra.

A vitória russa em Stalingrado fora um duro golpe ao povo italiano; as baixas em solo russo aproximavam-se de oitenta mil; mais de vinte mil soldados não retornaram da campanha africana, e o dobro desse número morrera em combate na Iugoslávia, Albânia e Grécia.[46] Os italianos podiam agora julgar, pela forma mais dolorosa, a prepotência cruel de Mussolini e seus sequazes ao se lançarem à guerra, impressionados pelas vitórias iniciais dos alemães em 1940 e confiantes de que a Inglaterra sucumbiria aos nazistas.

- **A queda do *Duce***

As tropas brasileiras ainda não haviam seguido para a frente de combate. Mas a vitória aliada já se desenhava nítida, especialmente entre os alunos de San Tiago; as ações militares na Europa eram matéria diária das conversas, enquanto crescia a expectativa sobre os seus efeitos na política brasileira.

Na Itália o desfecho do regime fascista precipitava-se. Ocupada a Sicília e avançando os aliados pela península, a cúpula do exército italiano instou Mussolini a pleitear junto a Hitler uma paz em separado com a Rússia, certos os oficiais da impossibilidade de derrotá-la. O ditador nazista descartou liminarmente essa possibilidade, assim como não atendeu ao pedido do *Duce* de apoio militar adicional para combater o invasor aliado, como a ele deixou claro no encontro de ambos a 18 de julho na pequena cidade de Feltre, na região do Vêneto. De então por diante, a pressão do alto comando das Forças Armadas italianas sobre Mussolini tomou forma, com a sugestão do rompimento da aliança existente entre a Itália e a Alemanha para poder a Itália buscar a paz em separado com os aliados. Mussolini reagiu a essa sugestão argumentando que a capitulação implicaria o confronto direto com a Alemanha e o desaparecimento, imediato, do regime fascista, que havia mais de vinte anos nele tivera o seu artífice, com o apoio daqueles mesmos companheiros que ora lhe sugeriam a rendição.[47] Os fatos não tardaram a desdobrar-se, rapidamente, nesse sentido.

A presença de tropas aliadas em solo italiano animou os partidos de oposição – cujos líderes haviam sido assassinados, exilados ou presos pelos fascistas –, e eles emitiram da clandestinidade sinais da sua presença. Um desses sinais foi percebido nas greves ocorridas em março nas principais indústrias do norte do país, sobretudo na grande fábrica da FIAT, em Turim, ação até então inédita no regime fascista. A dominar esse quadro, a situação dramática da economia do país, submetido a um esforço de guerra ao qual a população italiana jamais fora preparada.

Mas a iniciativa de uma ação concreta contra o governo de Mussolini veio da oposição interna no partido fascista, que exigiu a convocação do Grande Conselho Fascista. Criado em dezembro de 1922, tão logo os fascistas tomaram o poder, o Conselho era composto pelas figuras mais expressivas do partido e nele eram traçadas as principais diretivas do regime, sob a chefia e, até então, o controle do *Duce*. Àquela altura, todavia, os sinais de inquietação no partido já eram evidentes, e a exigência súbita e sem consulta prévia a Mussolini de sua convocação deveria ter alertado o *Duce* da gravidade da situação em seu partido. Ele, porém, acedeu sem reagir. Ao fim de dez horas de reunião, na madrugada do dia 25 de julho de 1943, no Palácio Veneza, no centro de Roma, uma moção, articulada previamente pela maioria dos hierarcas do partido, foi aprovada por dezenove votos a favor, sete contrários e uma abstenção: Mussolini foi acusado de haver concentrado poder indevidamente em suas mãos, inclusive a chefia das Forças Armadas, ordinariamente postas sob o comando do rei, violando a estrutura do Estado fascista.

Já em seu vigésimo primeiro ano no poder, Mussolini surpreendentemente não reagiu à iniciativa de seus companheiros; ouviu impassível a decisão e se dispôs a comunicá-la pessoalmente ao rei, dizendo apenas que os dissidentes vitoriosos haviam provocado a crise final do regime fascista.[48]

O rei Vittorio Emanuele III, desde 1900 no trono e que em 1922 se dobrara sem resistência ao líder dos *fasci di combattimento*, agora havia-se articulado com a cúpula do exército italiano buscando uma solução para a questão militar, e essa implicava a remoção de Mussolini do poder. A decisão do Grande Conselho aviou essa providência. Na tarde do dia 25, ao deixar a audiência com o rei, a quem fora formalmente comunicar a decisão de seu partido tomada naquela madrugada, Mussolini foi preso por ordem do Exército. O rei assumiu o comando das Forças Armadas e nomeou o marechal Badoglio chefe do governo.

O novo governo dissolveu o Partido Fascista, assim como as suas principais instituições; mas a liberdade política não foi restabelecida, embora os partidos já se organizassem. O propósito de Badoglio e do rei era firmar imediatamente um armistício com os invasores, cuidando de não afrontar os alemães, ainda formalmente aliados da Itália. Quarenta e cinco dias depois da instalação do novo governo, a 8 de setembro, o armistício foi firmado em Cassabile, na Sicília, perante o general Eisenhower, que no verão seguinte comandaria o desembarque das tropas aliadas na Normandia.

Se Mussolini fora afastado do poder por seus companheiros de partido sem esboçar reação, o rei, o general Badoglio e a cúpula do novo governo italiano, temendo os alemães, abandonaram às carreiras a capital do país uma vez assinado o armistício, refugiando-se em Brindisi, ao sul da costa adriática, sob controle aliado. Estupefata, a população de Roma via-se agora traída pelos homens que haviam derrubado o fascismo do poder. No dia seguinte, soldados alemães ocuparam Roma, enquanto tropas aliadas desembarcaram em Salerno, ao sul de Nápoles. Divulgada a notícia do armistício, os soldados italianos começaram a debandar em massa de suas formações nas áreas não dominadas pelos norte-americanos e ingleses; alguns deles juntaram-se aos *partigiani* da resistência italiana, que combatiam a partir das montanhas do norte, mas a grande maioria foi rendida pelos nazistas, que controlavam o norte do país acima de Roma.

A 12 de setembro, um comando alemão aerotransportado, em uma ação espetacular, resgatou Mussolini de sua prisão em Campo Imperatore, um altiplano a quase dois mil metros, no Gran Sasso, o maciço mais alto da região de Abruzzo, no centro da Itália. Seis dias depois, em uma proclamação transmitida pela rádio de Munique, Mussolini, pressionado por Hitler, que ameaçara destruir o norte da Itália, anunciou a formação da República Social Italiana, submetida ao estrito controle nazista e reunindo os fascistas radicais que haviam se oposto a sua deposição e fugido para a zona de influêcia alemã.[49] O novo governo foi sediado na pequena cidade de Salò, sob cujo nome ficou conhecido, próxima ao lago de Garda, na Lombardia, no norte da Itália.[50] Pelo final do mês de setembro, os aliados ampliaram os termos do armistício, e nele foram estipuladas cláusulas pelas quais o governo de Badoglio seria exercido. Entre elas, a declaração de guerra à Alemanha, anunciada a 13 de outubro.

Os *fasci di combattimento* chegavam ao fim, derrubado o *Duce* por um movimento tendo à frente um punhado de hierarcas fascistas, militares e um rei, todos eles preocupados com a sua sorte em face dos acontecimentos, cuja regência não mais dependia da vontade incontrastada deles, por mais de um vintênio imposta ao povo italiano, e sim da determinação do invasor estrangeiro ao sul e do ocupante nazista no restante do país.

San Tiago poderá ter-se recordado de haver lido a previsão de Jackson de Figueiredo, feita pouco depois da vitória dos *fasci di combattimento* em 1922, de que Mussolini poderia destruir a Itália, mas seria um bom aliado da Igreja no combate ao comunismo. Em relação ao Brasil, previsão análoga não fora feita, porém os reflexos da situação italiana, cujos desdobramentos eram noticiados pelos jornais locais, contrastavam ainda mais a ditadura do Estado Novo. Não havia uma articulação entre os opositores ao governo, pois Getúlio, ao contrário de Mussolini mas a exemplo de Hitler e Stálin, ao implantar o Estado Novo em 1937 não admitira a existência de partidos políticos – sequer constituíra o seu – nem a existência de órgão consultivo, como fora o Grande Conselho Fascista, e fechara o Congresso. Porém, com o torpedeamento de navios brasileiros por submarinos nazistas e a posterior declaração de guerra à Alemanha e à Itália, a inquietação crescia das ruas, e nelas os estudantes encontravam o seu espaço natural de manifestação. Do pátio da escola à praça pública – essa transformação San Tiago a assistia na direção da Faculdade de Filosofia e à frente de suas três cátedras.

Desde o seu desligamento do Integralismo em 1937, San Tiago vinha percorrendo o seu novo roteiro ideológico, redirecionando as suas fontes. A reavaliação das posições ideológicas processava-se em planos e ritmos distintos e por atores diversos. San Tiago expusera a sua posição publicamente no ano anterior, e esta, como visto, propugnava a instauração do regime democrático, com a participação de todas as correntes políticas, e incorporava as sugestões modernas de um trabalhismo renovado e democrático. Essa última proposição foi expressa na tentativa de trazer Sir Beveridge, cujo trabalho San Tiago fora um dos primeiros a ler no Brasil, e bem traduzia o seu novo perfil, que registrava uma significativa indicação de seu futuro político de defesa de um trabalhismo moderno, prenunciando em 13 anos o seu ingresso no Partido Trabalhista Brasileiro, a ser fundado em 1945.

- **A frente interna e o professor**

San Tiago acompanhava os movimentos sentidos no meio acadêmico e nos círculos da sociedade mais próximos ao governo, cumprindo a sua rotina nesses dois planos, e ela era cada vez mais intensa. Seus compromissos e obrigações acadêmicas sucediam-se.

Uma delas era a reforma da estrutura burocrática da Faculdade de Filosofia. Nesse sentido, San Tiago envia ao reitor Raul Leitão da Cunha a sua proposta, de "criar um serviço técnico para realização de tarefas de rotina (...) hoje injustificadamente concentradas nas mãos do Secretário ou do Diretor", e confiar aquelas tarefas a um oficial administrativo.[51] Não se tem registro da aceitação da proposta de San Tiago. Contudo, no início do mês seguinte ele escreve novamente ao reitor, dessa vez em resposta à determinação do Ministério da Educação de o diretor da escola permanecer "na sede do serviço" durante todo o tempo regulamentar do expediente. San Tiago lembra ao reitor de que ele tinha conhecimento de seu horário de trabalho acordado com o ministro da Educação previamente à sua aceitação do convite que este lhe fizera para dirigir a Faculdade de Filosofia: San Tiago dividiria o seu horário entre as aulas ministradas pela manhã na Faculdade Nacional de Direito, um expediente à tarde, entre as catorze e as dezesseis horas, na Faculdade de Filosofia, quando despacharia a rotina burocrática, e o atendimento ao seu escritório de advocacia, ao qual, "consigno as horas finais do dia". Ainda assim, afirma San Tiago, "posso dar às funções que desempenho, o cumprimento de que sou capaz, e não posso fazer alterações em prejuízo de qualquer delas". E acrescenta que não confiaria "no afrouxamento natural das medidas administrativas ou no constrangimento que as autoridades superiores possivelmente terão de fiscalizá-las", pois essa era uma "atitude que não se coaduna com o meu feitio moral e que, a meu ver, não pode convir a nenhum chefe, a não ser que ele não se peje de dar a seus próprios funcionários um exemplo cotidiano de indisciplina e descumprimento das ordens superiores". Concluindo, diz San Tiago que "nada me resta, pois, senão rogar a V. Mcia. que se digne a transmitir ao Exmo. Sr. Ministro o meu pedido de demissão do honroso cargo para que em dezembro de 1941 fui nomeado, e que espero ter exercido a contento de V. Mcia. e daquele titular".[52]

O pedido de demissão não foi aceito, e San Tiago prosseguiu em seu posto, cumprindo a sua rotina. Ainda naquele mês de setembro de 1943, ele apresentou ao Conselho Universitário da Universidade do Brasil um projeto de decreto-lei atribuindo "gratificação de tempo integral" aos professores catedráticos da Universidade do Brasil, desde que "em suas cadeiras estiverem promovendo pesquisas de origem experimental ou especulativa, cujo pleno desenvolvimento exija a consagração do tempo integral de trabalho do professor". Concedida a gratificação, seria vedado ao professor "exercer atividade gratuita ou remunerada fora do círculo de suas pesquisas e ocupações universitárias".[53]

Estimular a pesquisa, retendo na faculdade os docentes mais habilitados era o objetivo central da proposta de San Tiago. Outro, criar um intercâmbio com centros universitários estrangeiros; e, nesse caso, vencer as limitações impostas pela guerra era o primeiro desafio a superar, como mostram cartas recolhidas em seu arquivo. Ao jornalista e futuro biógrafo do escritor Lima Barreto, Francisco Assis Barbosa, indaga San Tiago se teria uma cópia do currículo do curso de jornalismo existente na Universidade de Columbia, em Nova Iorque, pois pretendia criar um curso análogo na Faculdade de Filosofia;[54] em carta a Francisco Venancio Filho, professor de Física do Instituto de Educação do Rio de Janeiro e do Colégio Pedro II, San Tiago propõe-lhe a criação de um curso de especialização sobre História das Ciências no Brasil. Esses dois cursos não seriam criados, mas mostram a disposição do diretor da Faculdade em ampliar o seu currículo.[55] Por essa altura, San Tiago pretendia viajar aos Estados Unidos para estudar a estrutura de pesquisa das universidades daquele país e adquirir livros e equipamentos científicos, necessários ao aparelhamento dos cursos da faculdade; ao destinatário da carta que nesse sentido escreve a seu colega norte-americano, San Tiago refere cursos regulares e temporários então oferecidos pela faculdade.[56]

Francisco Clementino de San Tiago Dantas, avô paterno de San Tiago Dantas. Rio Grande do Sul.

Justa Azambuja, avó materna de San Tiago Dantas.

Avós maternos de San Tiago Dantas: em pé, à esquerda, Felippe José Correa de Mello; sentada, à direita, Geraldina Luiza (Dindinha). E, em pé, no meio, Violeta Correa de Mello, mãe de San Tiago Dantas. c. 1906.

Violeta, mãe de San Tiago Dantas, um ano antes de seu casamento. Rio de Janeiro, 1909.

Raul de San Tiago Dantas, pai de San Tiago Dantas.

San Tiago Dantas (Francisquinho) aos cinco anos.

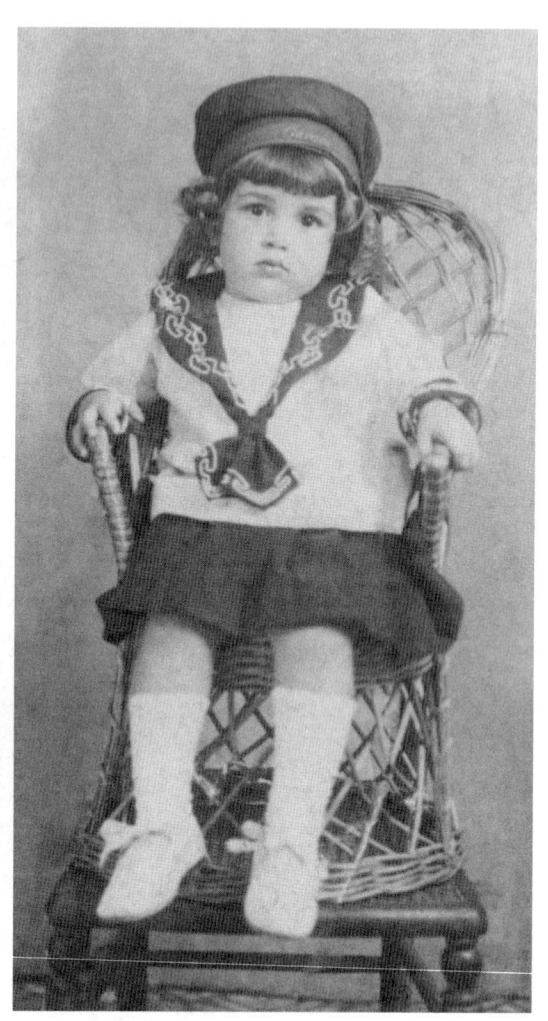

Dulce, irmã de San Tiago Dantas, aos dois anos.

San Tiago Dantas aos oito anos incompletos, 18 de fevereiro de 1919.

San Tiago Dantas, no alto à direita. Rio de Janeiro, Externato Pitanga, c. 1921.

San Tiago Dantas com a mãe, Violeta, e a irmã, Dulce. c. 1922.

San Tiago Dantas, aos dezenove anos, editor de *A Razão*.
São Paulo, 26 de agosto de 1931.

Os noivos San Tiago Dantas e Edméa. Rio de Janeiro, 1932.

San Tiago Dantas, professor na Escola de Belas Artes. Rio de Janeiro, 1933.

No alto, da esquerda para a direita: San Tiago Dantas, Edméa e João Quental. Abaixo, da esquerda para a direita: Violeta, Dindinha com Raul ao colo (primeiro filho de João e Dulce) e Dulce. Rio de Janeiro, 1935.

San Tiago Dantas. c. 1938.

Os amigos da vida toda. Em pé, da esquerda para a direita: Juju Chermont de Miranda, Rosita Moreira, Edméa San Tiago Dantas, Gilda Lacombe e Esmeralda Doyle. Sentados, da esquerda para a direita: Vicente Chermont de Miranda, Plinio Doyle, San Tiago Dantas, Antônio Gallotti, Américo Lacombe e Thiers Martins Moreira. Rio de Janeiro, 1939. Arquivo do autor.

Os amigos da vida toda. Em pé, da esquerda para a direita: San Tiago Dantas, Thiers Martins Moreira, Edméa San Tiago Dantas, Américo Lacombe, Hélio Vianna, Pedro Gallotti e Antônio Gallotti. Sentados, da esquerda para a direita: Arminda Gallotti, Edith Vianna, Gilda Lacombe, Henriette Amado, Gilson Amado e Rosita Moreira. Rio de Janeiro, c. 1945. Arquivo do autor.

CAPÍTULO XIV

UMA NOVA ORDEM

A nova ordem que se vai implantar
Antigos e novos atores na cena política
O protesto medido dos mineiros
Getúlio é obrigado a reagir
Planejamento: Estado ou governo?
A vaidade dos títulos professorais
Solidariedade intelectual
Sangue brasileiro na Europa
A frente russa e a nova frente na Europa
A liberação de Paris
As conquistas da União Soviética
Getúlio e as vozes da oposição
O Manifesto dos professores de Direito
O ministro da Guerra é candidato
A aliança entre Getúlio e Prestes
O destino de Mussolini e Hitler, e o fim da guerra na Europa
Os comunistas apoiam Getúlio

> *"Tudo faz crer que o bloco americano esteja em condições de assegurar a vitalidade da ordem democrática no mundo, sobre que se vai implantar, em pouco, uma nova ordem, uma nova paz".*[1]

- **A nova ordem que se vai implantar**

San Tiago não foi aos Estados Unidos, mas foi indicado delegado do Brasil à Conferência Interamericana de Ministros da Educação, realizada no Panamá entre os dias 27 de setembro e 5 de outubro.[2]

A viagem até o Panamá, cruzando a Amazônia e o extremo norte do País, feita em longos voos – provavelmente em um dos modernos DC-3, nos quais San Tiago voltaria a voar na década de 1950 entre Rio de Janeiro e Belo Horizonte[3] –, maravilhou San Tiago: "Hoje estou convencido – escreve ao amigo – que o avião, se não é um instrumento de prazer como o navio, é um processo de revelação do mundo mais perfeito do que os outros de que dispomos. A travessia do Amazonas de avião, por exemplo, não equivale a nenhum outro conhecimento...".[4] Como de hábito, a viagem rendeu uma ativa correspondência; os amigos recebiam longas cartas do viajante, endereçadas a cada um deles mas lidas por todos do "grupo", verdadeiros roteiros de impressões e registro de tudo que San Tiago via e conhecia pela primeira vez.

Chefiada pelo diplomata Paulo Germano Hasslocher, os representantes brasileiros integraram três comissões, e ao lado do professor Lourenço Filho, San Tiago encontrou o seu antigo professor de inglês em Belo Horizonte, Abgar Renault. Em sua comissão, San Tiago discutiu e viu aprovada sua proposta de ensino apenas da língua pátria no curso primário, e no grau secundário, "em que se alarga o horizonte mental da juventude, ministrar o ensino das quatro línguas americanas: o português, o inglês, o francês e o espanhol".[5] A criação da Universidade Interamericana foi um dos temas centrais da conferência; ao Brasil caberia indicar o titular da cadeira de Direito Internacional Público, "sem dúvida, a cadeira mais importante do Instituto Jurídico da Universidade".[6]

Mas o interesse de San Tiago não se limitava aos trabalhos pedagógicos, como ele deixou claro. Finda a conferência, a delegação do Peru ofereceu à brasileira um banquete, e San Tiago foi incumbido de agradecer aos anfitriões, e uma vez mais expôs a sua posição ideológica – na verdade, pregou-a publicamente.

Elegante, ele registra a "fidalguia" do ministro da Educação do Peru em "selar com este jantar de despedida a amizade e a mútua compreensão" que haviam aproximado as duas delegações no curso da conferência, para, a seguir, abandonando os volteios protocolares, expor a sua visão sobre a situação então vigente. O homem americano, despojado de recursos culturais, não fora ainda capaz de definir a sua civilização, e só a educação poderia prover-lhe os meios a vencer essa carência. Contudo, era preciso analisar o sentido diretor a conduzir esse processo. Ao dizer ser necessário encontrar o "nacionalismo compatível com a consciência americana", San Tiago criticamente insinuava o exemplo europeu, cujos povos, ao contrário do americano, dispunham de todos os recursos culturais à sua disposição e, no entanto, afundavam na barbárie de uma guerra mundial, movidos por "ideologias que levam a expressar os antagonismos nacionais, a aprofundar diferenciações entre os homens e criar em torno da nacionalidade um culto contrário à solidariedade universal". O nacionalismo americano, ao inverso, consistiria no "desejo de conhecer e compreender as peculiaridades nacionais de cada povo, para melhor descobrir os caminhos de uma educação e preparação universal".[7]

Cuidava San Tiago de distanciar o nacionalismo americano, que definia, do nacionalismo dominante na Europa, que criticava. A educação deveria ter o sentido da solidariedade, que animaria o nacionalismo americano, e esse objetivo só seria alcançado com o intercâmbio cultural entre os países do continente, o primeiro passo para a criação de uma Universidade Interamericana, "a que acorram estudantes de todo o hemisfério, e onde se realizem os estudos comparativos que formarão o nosso crescente patrimônio de cultura comum".[8] Esse patrimônio, observa San Tiago com um otimismo intencionalmente exagerado, incluía, entre as suas "tradições e aspirações constantes, o sincero amor pela democracia". Bem sabiam todos, a começar por ele, não ser exata essa afirmação, mas, naquele momento, a democracia era uma aspiração majoritária no continente, sobretudo em seu hemisfério sul, animada pela perspectiva de derrota dos regimes nazista e fascista e pela pujança bélica norte-americana, cuja influência dominava o continente.

Nesse sentido, conclui, "tudo faz crer que o bloco americano esteja em condições de assegurar a vitalidade da ordem democrática no mundo, sobre que se vai implantar, em pouco, uma nova ordem, uma nova paz".[9]

Ao lado da sua atividade pedagógica, San Tiago ia expondo os caminhos do seu pensamento político, cuja reformulação guardava passo que a experiência – jamais tão dramática como a vivida àquela altura – ia determinando.

Sem cessar, o professor ia aperfeiçoando sua cultura ao seu tempo, no plano político também.

E este se movia em direção à nova ordem que se iria implantar.

- **Antigos e novos atores na cena política**

Mesmo sem participar diretamente da vida política nacional, na Faculdade de Filosofia San Tiago recolhia os fatos trazidos pela militância estudantil que não cessava de crescer. A presença no estrato superior da administração pública que o seu posto burocrático lhe assegurava, e a sua participação na pequena elite dirigente do País, davam-lhe um quadro vivo da real situação àquela altura. O seu escritório e ele pessoalmente, como parecerista, eram crescentemente consultados, o que o aproximava dos círculos empresariais, cujos movimentos maiores seus colegas de magistério na Faculdade de Economia analisavam com rigor técnico cada vez mais refinado.[10]

As manifestações de desafio ao governo de Getúlio vinham sendo continuamente alimentadas pela declaração de guerra do Brasil ao Eixo, como era designado o pacto firmado ente a Alemanha, Itália e Japão. Em janeiro daquele ano de 1943 havia sido fundada a Sociedade Amigos da América, em aberta – já pelo nome – oposição ao Eixo; pouco depois, em maio, a pretexto do quinto aniversário da Revolta Integralista, uniram-se para realizar a "semana antifascista" aquela sociedade, o Conselho Antieixista dos funcionários do Banco do Brasil, e a Liga de Defesa Nacional, criada em 1915 pelo poeta Olavo Bilac em curso a Primeira Guerra Mundial, e que ressurgira da união de opositores do Estado Novo, do proscrito Partido Comunista e da União Nacional dos Estudantes (UNE), formada no ano anterior.[11] A ação desses grupos não era bastante a contestar seriamente o poder absoluto do governo, mas a mensagem dos protestos por eles formulados era clara e insofismável: o povo brasileiro fora atacado, e seus filhos mortos pelo Eixo, que tinha no governo brasileiro um descendente ideológico.

Getúlio, sempre guiado pelos acontecimentos os quais ele percebia com grande acuidade, reagia reforçando os seus quadros. Editada a Consolidação das Leis do Trabalho, o governo estimulou a criação de sindicatos e a ampliação de seus afiliados, retendo, porém, o controle de seus movimentos. E também confrontou os seus opositores. Em agosto em um Congresso Jurídico Nacional organizado pelo Instituto dos Advogados Brasileiros em comemoração ao seu centenário de fundação, o ministro da Justiça, Marcondes Filho, que o presidia, discordou da posição das delegações mineira, carioca e baiana e de outros congressistas, o que levou esses congressistas a abandonar o evento em aberto desafio ao representante do governo. Em meio ao segundo semestre de 1943, a dissidência entre setores da sociedade e o Estado Novo ampliou-se.

- **O protesto medido dos mineiros**

Pelo final de outubro de 1943 começou a circular clandestinamente um manifesto – mais tarde chamado Manifesto Mineiro – firmado por setenta e seis personalidades do estado, e que logo se disseminou, sobretudo no Rio de Janeiro e em São Paulo.[12] Em uma linguagem pesada e formal, afetando um "tom de conversação em família" para expressar "ideias e sentimentos", e recordando aos mineiros "o patrimônio moral como o espiritual" a serem preservados, os signatários do Manifesto diziam ter ido "buscar inspiração no passado", e deste deveriam ser tiradas as linhas de ação a perseguir naquele momento. Ao situar a sua inspiração no passado, o Manifesto dizia celebrar a tradição de liberdade do povo mineiro, que no Império teria sido expressa com a revolução liberal de 1842, reafirmada nos ideais à base da instituição da República e estaria inscrita na Revolução de 1930;[13] porém, esses ideais haviam sido desvirtuados no "presente capítulo" da vida política brasileira, pois ela havia se afastado "da espontaneidade histórica e [assim criadas às condições que a] transformam numa simples alavanca do governo de índole fascista".

A identificação do governo de Getúlio ao regime de Mussolini era evidente, mas os signatários do Manifesto sentiam-se à vontade em citá-la por ser aquele o momento preciso, "em que o mais antigo – o precursor dos Estados totalitários[14] – naufraga no mar profundo dos seus próprios vícios". Abria-se, então, a oportunidade para a "retomada de consciência dos valores democráticos, ou, para melhor dizer, da sua regeneração pelo sentimento e pelo pensamento". A esse fato, vinha somar-se a situação brasileira, pois "se lutarmos contra o fascismo, ao lado das Nações Unidas, para que a liberdade e a democracia sejam restituídas a todos os povos, certamente não pedimos demais reclamando para nós mesmos os direitos e as garantias que as caracterizam". E concluía o Manifesto, à maneira das petições judiciais: "nossas aspirações fundam-se no estabelecimento de garantias constitucionais que se traduzem em efetiva segurança econômica e bem-estar para todos os brasileiros, não só das capitais, mas de todo o Território Nacional".[15]

A identificação do Estado Novo com o regime fascista italiano era um fato notório que havia algum tempo ganhara as ruas, e o Manifesto o referiu quando o regime de Mussolini já havia sido derrubado e a vitória dos aliados no enfrentamento ao fascismo e ao nazismo afigurava-se inevitável. Já a democracia brasileira evocada pelo Manifesto distava consideravelmente das democracias norte-americana e inglesa, cujas forças se opunham nos campos de batalha ao fascismo e ao nazismo, ação que o Brasil ainda não efetivara. Nessa analogia traçada no Manifesto estava a sua maior contradição: "as ideias e os sentimentos", a que os signatários buscavam dar expressão, e as referências ao liberalismo do povo mineiro nele citadas diferiam daquelas próprias ao regime democrático vigente nos Estados Unidos e na Inglaterra. Os regimes políticos do passado nacional, celebrados pelo Manifesto, não tinham uma estrutura institucional próxima aos institutos da democracia anglo-americana; longe disso: iam da "chave de opressão dos povos", o poder moderador concedido ao imperador, aos golpes de estado que arremataram regimes vencidos, sucessivamente o monárquico e o da Primeira República, sendo que este último, a Revolução de 1930, achara inspiração institucional no derrotado e agora abertamente combatido modelo fascista.[16] Esses episódios foram antes insubmissões ao curso da política nacional cujo rumo eventualmente chocava-se com aquele seguido ou desejado por Minas.[17]

Não apenas as referências à democracia constantes no Manifesto não correspondiam, como insinuavam seus autores, ao perfil dos regimes norte-americano e inglês, mas muitos dos traços do pensamento conservador brasileiro surgiam claros no Manifesto. A "retomada de consciência dos valores democráticos, ou, para melhor dizer, da sua regeneração pelo sentimento e pelo pensamento", proposta no Manifesto, casava-se à doutrina social da Igreja Católica, que antes consubstanciara a postulação política de Plínio Salgado. Ou seja, o Manifesto não cogitava das forças sociais que já reclamavam o seu encaminhamento político em seu âmbito próprio, a arena partidária, como se dava nas democracias; mas considerava equacioná-las pela exação do sentimento, por meio de uma revolução espiritual (como, aliás, Plínio Salgado designadamente desejara). Essa revolução seria, nos termos do Manifesto, regeneradora dos homens, da família e, portanto, capaz de encaminhar ordeiramente as questões sociais. Nesse contexto, o sentimento e o pensamento convertiam-se na força regeneradora de valores democráticos – e não o entrechoque natural e desejável das forças partidárias em um contexto político próprio e determinado pela vontade manifesta do povo.

Essa linha marcadamente conservadora de interpretação da realidade social do Brasil traduzida no Manifesto cegava às consequências econômicas determinadas pela guerra, a pesar sobre a classe média e mais ainda sobre o proletariado nos grandes centros urbanos, sob a forma de uma inflação que pela primeira vez na vida brasileira exibia um ímpeto inquietador. A questão social, naquele momento, via o seu espectro crescer, mas o Manifesto silenciava a esse respeito.

O verdadeiro motivo à base do Manifesto era a questão política local. Entre os seus signatários estavam vários dos aspirantes à cena nacional que haviam acreditado a ela ascender com a Revolução de 1930 por eles apoiada, mas cuja afirmação, com a nomeação do interventor Benedito Valadares, ao contrário, cerrou-lhes o caminho. Esses quadros alijados da cena política agora temiam que a transição do Estado Novo para um regime democrático fosse comandada por Getúlio, e este, uma vez mais, os deixasse sem uma bandeira política. Desse contexto surgiu o propósito desses mineiros com o Manifesto: situarem-se na cena política em rápida transformação. Porém em um contexto cujos signatários não desejavam ver radicalmente transformado; neste deveria prevalecer o "grave senso da ordem", receituário propalado pela elite política mineira desde o início do século, de cautela medida ante as forças sociais, e que prescrevia fazer-se a revolução para "impedir que o povo a faça", como proclamara o revolucionário de 1930 Antônio Carlos, sob cuja liderança haviam surgido para a cena política os principais signatários do Manifesto.[18] Nele se defendia o fim da ditadura, porém a democracia a ser implantada deveria assegurar à elite política o controle das forças populares.[19]

San Tiago certamente terá percebido essas características do Manifesto – muitos entre os signatários eram seus amigos pessoais – e igualmente a distância que o separava deles em termos ideológicos. Como já expusera publicamente no ano anterior, a restauração do regime democrático no Brasil deveria ter como premissa uma união nacional entre todas as forças políticas, as de esquerda inclusive. Essa era a lição a emergir da guerra segundo San Tiago, e a única a seu ver capaz permitir a instauração de uma democracia moderna no País, que deveria tomar por eixo social a valorização do trabalho, exemplificada, entre outras, na proposta de seguridade social apresentada por Sir Beveridge, a quem, por essa razão, San Tiago quisera trazer ao Brasil para expor e debater o seu plano e por tanto não viu realizado o seu propósito.

A redemocratização entrevista no Manifesto não era a de San Tiago. San Tiago olhava o futuro a partir do presente; os signatários do Manifesto, a partir do passado – do passado idealizado.

- **Getúlio é obrigado a reagir**

A reação do governo ao Manifesto foi violenta, o que acabou por lhe dar uma divulgação que por outra forma os seus signatários não teriam alcançado. Entre eles, foram demitidos os que tinham cargos na administração pública federal ou estadual – aliás, a maioria entre os signatários de maior prestígio pessoal – e uns poucos, de menor expressão política, perderam os seus postos de trabalho em empresas privadas que cederam à pressão determinada por Getúlio.

Este alcunhou os autores do Manifesto de "leguleios em férias e seus pruridos demagógicos"; férias políticas por ele, Getúlio, impostas arbitrariamente não apenas àqueles mineiros mas à toda a sociedade brasileira. Ao acusar os signatários de leguleios – rábulas, advogados dados a manobras judiciais menores –, Getúlio atingia aos políticos mineiros, os quais conspiraram vitoriosamente na Revolução de 1930 que o pusera no poder, e ele, Getúlio, uma vez na presidência da República, cuidou de escantear, com a nomeação para o governo de Minas Gerais do interventor Benedito Valadares, estranho àquele grupo. Sem dúvida, havia entre esses políticos que viram a sua trajetória ascendente traiçoeiramente interrompida um vivo ressentimento pessoal; este, contudo, não era o efeito mais significativo do Manifesto, e sim o protesto contra a ditadura do Estado Novo e a dimensão que ele tomou. As contradições do Manifesto foram absorvidas pelo seu impacto público, e era a este que a reação do ditador se voltava.

Prosseguindo em sua resposta ao Manifesto, Getúlio afirmou que, "quando terminar a guerra, em ambiente próprio de paz e ordem, com garantias máximas à liberdade de opinião, reajustaremos a estrutura política da nação, faremos de forma ampla e segura as necessárias consultas ao povo brasileiro". No mesmo discurso, feito na inauguração do prédio do Ministério da Fazenda na capital federal em novembro de 1943, Getúlio identificou o seu capital político no jogo o qual vinha de ser obrigado a jogar: "das classes trabalhadoras organizadas tiraremos, de preferência, os elementos necessários à representação nacional". Getúlio procurava reter o comando do processo de transição para um regime democrático que se divisava cada vez com maior nitidez. Ele terá percebido que os mineiros, a sua vez, também haviam visto inexorável esse processo e com o Manifesto teriam buscado dele ter a primazia da iniciativa; daí Getúlio anunciar as etapas que fixou para conduzir "o reajuste das estruturas política da nação", buscando subtrair à oposição, dos mineiros inclusive, a liderança da transição que surgia inevitável prenunciando o fim do Estado Novo.[20]

O caudilho não desejava abrir mão do poder, mas, realista, via a oposição crescer, enérgica e pública; e para comandar a transição que se apresentava irresistível, Getúlio recrutou suas forças, e estas eram a "classe trabalhadora organizada" – por ele organizada, isto é, à feição de seu interesse político, e a qual ele referiu em seu discurso. O tempo mostraria a astúcia dessa manobra: a classe trabalhadora seria fiel ao seu tutor autoritário, e se então não o fixou no poder, acorreu ao partido que dali a dois anos ele criaria, e, com ele, o levaria sete anos depois ao poder novamente, então pelo voto.

O trabalhismo de Getúlio fora por ele estruturado e era por ele manipulado como força política; não lhe interessava a elevação do trabalho ao centro do debate institucional nos termos defendidos por San Tiago. Naquele momento surgiam os primeiros traços das duas vertentes do trabalhismo brasileiro a serem afirmadas na cena nacional. Uma inspirada no então vencido regime fascista, incrustada nas entranhas da administração pública e adaptada à política concessiva de direitos executada por Getúlio, que viria a ser largamente dominante e dotada de inegável vigor partidário, tendo em Getúlio o seu líder. A outra vertente do trabalhismo, à qual San Tiago iria mais tarde filiar-se, seria sempre uma corrente minoritária no partido e duramente combatida pelos correligionários majoritários; a corrente minoritária, que teria em San Tiago um de seus mais vigorosos propugnadores, defendia um trabalhismo programático, enriquecido pela experiência não da luta de classes ou da tutela pelo governo dos trabalhadores, de inspiração fascista, mas pela ascensão da classe trabalhadora vencendo as etapas e agruras do processo eleitoral democrático do pós-guerra.

Ao atingir a face política do governo, achou o Manifesto o seu efeito contundente; o ataque à ditadura do Estado Novo ganhava um dos mais representativos extratos da política nacional, que, mesmo silenciado desde 1937, se inscrevia na cena brasileira. O protesto inicial das ruas mobilizadas pelo ataque aos navios brasileiros pelos nazistas subiu à elite política do País e forçou o ditador a reagir publicamente, tirando da sombra as suas manobras. De então por diante, a oposição a Getúlio e ao seu governo ganhava a sutileza da política em seu plano superior, e nesse terreno lavrou incontida.

Porém, o agente mais insidioso a corroer o prestigio do governo não tinha a estridência da denúncia pública nem a malícia dos conciliábulos; mas era inexcedível em seus efeitos nocivos. A guerra alterara o quadro econômico mundial, e essas consequências eram sentidas por todos os brasileiros. Nos últimos três anos, o custo de vida subira cerca de quarenta por cento, e o governo reajustara o valor do salário mínimo, tabelara aluguéis e entre outros, o preço do pão, do açúcar e da carne. Mas essas últimas medidas não tiveram outro efeito senão o de gerar extensas filas nas portas dos armazéns e estimular o mercado negro.[21] Pelo fim de 1943, a economia incandescia a política, abrindo ao governo uma nova frente de combate.

- **Planejamento: Estado ou governo?**

No primeiro Congresso Brasileiro de Economia, realizado em janeiro de 1944, o seu presidente, o empresário gaúcho e amigo de Getúlio, João Daudt d'Oliveira, dizia que "aos governos cabe coordenar, de um plano superior, os elementos dispersos dessa obra e nisso está justificada a necessidade da participação dos representantes da produção em seus conselhos e gabinetes técnicos". Na verdade, havia um grande receio entre os empresários brasileiros de que se estabelecesse no País uma ordem econômica na qual fosse possível a eles ser oposta a concorrência de seus congêneres estrangeiros; o temor daqueles era serem absorvidos por estes últimos, devido à desproporção de recursos materiais e humanos em favor dos estrangeiros. Havia, também, a crença de que a competição, mesmo entre empresas nacionais, impedisse o País de ter uma indústria de base, sem a qual a economia não poderia avançar. Nesse contexto era necessário, dizia o orador, ser formulada, pelo governo, "uma política econômica (...) que represente a última decisão para os seus conflitos de interesses, e também o maior dos interesses em meio as suas decisões".[22]

Ouvidas as pretensões dos empresários, o governo, trazendo sob seu absoluto controle a administração pública – este o mais duradouro legado político de Getúlio, ao lado de sua política concessiva aos trabalhadores –, deveria ser o centro, irradiador e ativo, das decisões relativas à economia no País: planejamento, edição de normas jurídicas específicas, criação de empresas estatais e de conselhos técnicos eram medidas indispensáveis a serem promovidas, coordenadas e executadas pelo governo.

E, de fato, no Brasil a ditatura do Estado Novo não conhecia senão a vontade incontrastada de seu chefe e de seus auxiliares próximos estendida à ordem econômica, e o meio de os empresários temperá-la era deles se aproximar pessoalmente para expor e defender as suas pretensões. Os conselhos e os órgãos reguladores criados por Getúlio, todos eles privados de independência técnica e decisória, converteram-se assim no espaço propício a essa aproximação, admitida sob controle do governo.[23]

Em dezembro de 1943 foi criado o Conselho Nacional de Política Industrial e Comercial (CNPIC), ao qual o ministro do Trabalho, Indústria e Comércio, Marcondes Filho, incumbiu estudar "os princípios fundamentais que deviam orientar o desenvolvimento industrial-comercial do Brasil no futuro".[24]

San Tiago foi nomeado por Getúlio para integrar o Conselho e em março de 1944 assumiu o seu posto.[25] O tema não lhe era novo; ao contrário, em artigo publicado em 1938, enunciara os pressupostos e fixara os conceitos básicos do planejamento estatal que, ele registrava, deixara de ser um instrumento próprio do socialismo russo e fora adotado por outros países "que repeliam o socialismo e o próprio autoritarismo econômico e hoje parece mais uma conquista universal da técnica de intervenção do Estado, do que um consectário de um sistema econômico qualquer".[26] O planejamento estatal, dizia então, só poderia ser executado se outra solução não houvesse à realização de objetivos definidos politicamente e deveria atender a requisitos de ordem técnica irredutíveis, que não poderiam ser desprezados sob pena de o comprometer absolutamente.[27] Já adotado em outros países refratários ao "autoritarismo econômico", o planejamento poderia ser adotado no Brasil, e, cumprido o pressuposto de somente por meio da planificação estatal poder o objetivo visado ser alcançado, San Tiago argumentava ser ele cabível no "caso das grandes indústrias em países como o nosso, onde as circunstâncias atuais do meio produtor fazem ver a impossibilidade de implantá-los sem que se cubram certas etapas preparatórias destinadas à possibilitar a solução definitiva". Mas, observava, "não é o caso da organização de um produto como o café", que vinha tendo o benefício da intervenção do Estado desde o começo do século.[28]

A defesa do planejamento estatal, como o principal meio de promover o desenvolvimento industrial do Brasil, ganhou forma nos trabalhos dos quais San Tiago participou, liderados pelo empresário Roberto Simonsen. Em outubro, a Comissão encaminhou ao ministro um projeto de "planificação nacional", que, convertido em uma proposta de decreto-lei, foi remetido ao presidente da República. A proposta defendia a institucionalização do planejamento econômico, com a criação de órgãos executivos e deliberativos necessários à sua execução.[29] Ela não foi, todavia, convertida em lei, mas encaminhada à Comissão de Planejamento Econômico, criada pouco antes e subordinada ao Conselho de Segurança Nacional. Nessa nova Comissão, a relatoria da proposta de "planificação nacional" coube ao professor Eugênio Gudin.[30]

Decano dos economistas brasileiros, um dos fundadores da Faculdade de Economia ao lado de San Tiago e uma das vozes nela mais influentes, Gudin fora diretor por muitos anos de concessionária estrangeira de ferrovias e era um liberal formado no século XIX, cujas posições resistiram às transformações políticas e sociais determinadas pela Primeira Guerra.[31]

Em sua crítica ao "plano", Gudin denunciou, com especial verve, o emprego de conceitos econômicos equívocos e alvejou a crença de Simonsen de que fosse o planejamento estatal a solução de todos os problemas econômicos do País, uma "espécie de palavra mágica que tudo resolve, mística de planificação que nos legaram o fracassado 'New Deal' americano, as economias corporativistas da Itália e de Portugal e os planos quinquenais da Rússia". A seu ver, uma ampla análise dos erros cometidos na condução da economia nacional deveria ser feita para os corrigir, e nesse ponto, dizia, não havia maior divergência com Simonsen; essa surgia, irreconciliável, ao Simonsen "proclama[r] 'a impossibilidade de acelerar a expansão da renda nacional com simples iniciativa privada'" e tratar a "questão capital da interferência do Estado no campo da Economia privada como simples matéria a ser combinada entre o Governo e as entidades de classe como se o Brasil já fosse um Estado Corporativo, cujos destinos são decididos pelas 'câmaras de produção'".[32] Essa proposição defendida por Simonsen era, segundo Gudin, o "melhor caminho para a consolidação de um regime totalitário de capitalismo de Estado, em que já temos tão largamente avançado nos últimos dez anos", imputação já feita à União Soviética por alguns de seus críticos.[33]

Simonsen defendia o regime de intervenção na economia vigente na agônica ditadura do Estado Novo, reafirmando que "o grau de intervencionismo do Estado deveria ser estudado com as várias entidades de classe para que fosse utilizada, ao máximo, a iniciativa privada e não se prejudicassem as atividades já em funcionamento no país com a instalação de novas iniciativas concorrentes";[34] e citava a experiência estrangeira, arguindo que a "ciência e a técnica modernas fornecem seguros elementos para o delineamento dessa planificação. Haja vista o que se fez na Rússia e na Turquia, quanto ao seu desenvolvimento material; considerem-se as planificações levadas a efeito pelos Estados Unidos, pela Inglaterra e por outros países em luta, para reorganizar as suas produções, dentro de um programa de guerra total".[35] Por outras palavras, a aberta e incontrastada intervenção do Estado na economia deveria atender ao interesse concertado da empresa privada nacional, posta a salvo dos riscos de uma maior concorrência, no quadro de uma intervenção estatal planificadora da economia, a exemplo do que seria feito em diferentes países.

Simonsen tomava a experiência de intervenção do Estado na economia sem distinguir entre os regimes políticos nos quais esta se dava – assimilava a experiência norte-americana, que atendera às prerrogativas democráticas vigentes nos Estados Unidos, à experiência russa, promovida em um regime totalitário, e mesmo às "economias autoritárias", como fora a fascista italiana e era a do Estado Novo. Ou seja, Simonsen confundia a intervenção do Estado – na forma da Lei, revista pelo Judiciário, como se dava nos Estados Unidos e na Inglaterra – com a intervenção do Poder Executivo – do governo – incontrastada e não suscetível de revisão pelo Judiciário, como se tinha em grau máximo na União Soviética, e nas demais ditaduras, no Brasil inclusive.

Ao mesmo tempo em que criticava a supressão, em lugar da promoção, da livre concorrência, Gudin verberava as experiências de planejamento estatal, porém, ao contrário de Simonsen, as distinguia; a experiência russa de planejamento, dizia, só poderia ter ocorrido no regime político lá vigente, ao mesmo tempo em que criticava as realizações econômicas do *New Deal* de Roosevelt, então vista majoritariamente, por San Tiago inclusive, como um legítimo e eficaz esforço democrático de promoção de bem-estar social no enfrentamento da terrível recessão imposta pela crise de 1929.[36] A Simonsen a distinção entre regimes políticos – democráticos, totalitários e autoritários – nos quais o planejamento era adotado, não se punha, pois no Brasil, especialmente a partir de 1930, a intervenção do governo (e não do Estado) na economia era vista como uma prerrogativa natural e portanto aberta à vontade incontrastável do Executivo. E este a vinha exercendo de forma crescente e agora ao reclamo expresso do empresariado industrial, sem o feitio totalitário russo, por certo, porém sem considerar os pressupostos definidores da democracia norte-americana, que autorizavam naquele país a intervenção do Estado, e não do governo, na economia.

A defesa da intervenção do governo na economia proposta por Simonsen exibia laivos corporativistas e era revestida de um nacionalismo então especialmente sedutor, porque revigorado pelas consequências da guerra, e também caro aos militares brasileiros que sustentavam a ditadura de Getúlio e lideravam o Conselho de Segurança Nacional, ao qual se achava subordinada a Comissão de Planejamento Econômico, em cujo âmbito a crítica de Gudin à proposta de Simonsen fora feita. Entre os militares firmara-se a convicção de que somente contando com empresas sob o controle de acionistas brasileiros cuja atividade o governo pudesse imperativamente coordenar, quando não com empresas sob o controle direto do Estado, seria o Brasil capaz de proteger as suas imensas riquezas naturais e aparelhar as suas forças armadas, que, segundo eles, formavam a primeira e mais vigorosa linha de defesa dos interesses nacionais. Nesse contexto, Simonsen afirmava que a planificação por ele proposta seria capaz de cumprir "o alto propósito de assegurar ao Brasil a grandeza a que faz jus".[37]

O debate entre Simonsen e Gudin iria extremar-se, nomeando industrialistas e anti-industrialistas: aqueles legitimando a ação intervencionista promovida pelo governo e apoiada pelos militares, e estes, vendo no governo um fomentador do processo inflacionário já em curso e causador de ineficiências insuperáveis no processo produtivo.[38] San Tiago estava presente a essa discussão, e com seu artigo datado de oito anos antes, a ela já havia se antecipado. O tema estaria no centro da vida política e econômica do País de então por diante, e San Tiago já se achava inscrito nesse debate.

- **A vaidade dos títulos professorais**

Em fevereiro de 1944 San Tiago escreve ao seu amigo, padre Leonel Franca, diretor da Faculdade Católica, propondo-lhe ministrar um curso de Direito de Processo Civil Romano em paralelo ao curso de Direito Romano que coordenava naquela escola, então situada nas dependências do Colégio Santo Inácio, na rua São Clemente, em Botafogo.[39] San Tiago não ministrava aulas na Faculdade Católica com a mesma frequência com que o fazia na Faculdade Nacional de Direito. Assim como na Faculdade de Economia onde ensinava noções de direito, era reduzido o número de aulas de Direito Romano na Faculdade Católica, e nesta, ele as dividia com o seu assistente. Nem por isso nessas duas faculdades suas classes eram menos concorridas.

Os institutos do direito europeu, adotados pelo direito luso-brasileiro, provieram do direito romano compilado no século VI pelo imperador Justiniano e reelaborado a partir do século IX pelos seus intérpretes italianos, e a seguir estudado sempre nas escolas europeias. No século XIX, os tratadistas alemães dominaram e renovaram o estudo do Direito Romano, e San Tiago, ao se preparar para o concurso de cátedra de Direito Civil, estudou-o meticulosamente.[40] Não apenas o domínio da língua latina e a leitura dos clássicos, mas os amplos conhecimentos da história de Roma permitiam ao professor suscitar sobre a aridez natural da matéria, e à maioria dos estudantes distante da vida prática que os esperava, um interesse especial. Método análogo San Tiago aplicava em suas aulas de direito na Faculdade de Economia. Nelas, buscava um ponto de equilíbrio, alinhando as noções de direito, claramente expostas, aos princípios da economia, casando as duas matérias ao identificar precisamente os seus pontos de contato. Em ambas as escolas, assim como havia ocorrido antes na de Belas Artes, San Tiago sobressaía como um professor extraordinário, lecionando uma matéria secundária ao ensino especializado delas.[41]

O reconhecimento dos alunos nutria a dedicação de San Tiago ao magistério e explicava a desenvoltura com que defendia suas posições, muitas vezes contrárias ao pensamento da maioria de seus pares, e os confrontos que travou com alguns deles. A modernização do ensino de Direito já o opusera à boa parte de seus colegas, muitos com o dobro de sua idade e algumas vezes o seu tempo de professorado, como fora o caso da defesa da concessão de gratificação por dedicação integral ao magistério. Essa medida fora vista como um inquietante precedente, pois se ao início restrito a determinadas áreas de ciência, poderia a seguir ser vinculada às demais matérias, como era corrente na Europa e nos Estados Unidos, entre outras às de Direito, Medicina e Engenharia, ameaçando a atividade profissional liberal de seus professores, que viam no magistério público uma posição de prestígio junto à sua clientela particular. As posições de San Tiago trouxeram-lhe o respeito de seus pares, mas de muitos deles suscitou dura resistência sobre um tema trazido a debate na Congregação da Universidade do Brasil. E, uma vez mais, San Tiago declarou a sua posição em defesa da faculdade que dirigia.

A Faculdade Nacional de Filosofia fora criada em 1939, e o seu corpo docente formado em sua grande maioria por professores interinos e contratados, não tendo sido realizado concurso para provimento de suas cadeiras. Em fevereiro daquele ano de 1944 a questão foi levada ao reitor da Universidade do Brasil e a seguir à discussão na Congregação da Universidade, sendo essa situação encontrada em outras escolas também. A resolvê-la duas propostas foram apresentadas por professores nessa situação, ambas defendendo a efetivação dos ocupantes das cadeiras, dispensando-os de prestar concurso.[42]

A dispensa do concurso – o propósito de ambas – já fora aprovada pelo reitor da Universidade, Pedro Leitão da Cunha, que as submeteu ao exame da Congregação. San Tiago investiu contra as duas, pedindo expressamente que ficassem consignadas em ata as suas razões. O ponto central de sua crítica era a convergência dos efeitos negativos à qual as duas propostas conduziam – escaparem os ocupantes precários das cadeiras à disputa, em concurso aberto à participação de professores de outras origens.

San Tiago citava seus colegas que apontavam nos concursos (e estavam interessados em não prestá-los) "a fragilidade, a incerteza, a corruptibilidade do critério, as omissões" existentes, mas observava que "se esses defeitos empanam provas de competição, em que os candidatos e o público exercem sua fiscalização moral e a política do seu julgamento, que pensar de uma Comissão que não vai comparar, mas apenas habilitar ou inabilitar um candidato único, quase sempre já afiançado pelo nome e pelo prestígio das situações adquiridas?". A sua lógica era simples; os vícios dos concursos, presentes inclusive em seu concurso para a cátedra de Direito Civil e que ele próprio denunciara em seu discurso de posse, deveriam ser corrigidos, e não abolido o regime de concurso. Mesmo com as suas falhas, os concursos criavam "em torno da Universidade uma trincheira contra a fácil incursão dos semiletrados que têm, mais do que todos, a vaidade dos títulos professorais". San Tiago arremata o seu voto contrário às duas propostas, pondo uma ênfase rara em sua manifestação: "Levantem essa paliçada, e veremos afluir para as nossas Faculdades o sequioso bando dos semi-intelectuais, dos verbalistas, dos que fazem política nos institutos e sociedades médicas, jurídicas ou técnicas, e logo atrás desse primeiro bando veremos chegar o dos que consideram as cátedras compensadoras sinecuras, de vencimentos reduzidos, é certo, mas atraentes pela ociosidade que de fato proporcionam aos que não conhecem a responsabilidade intelectual".[43]

San Tiago foi derrotado. A Congregação aprovou a dispensa do concurso, e a matéria foi à decisão do ministro. Posteriormente, contudo, a posição de San Tiago seria acatada, ao menos na Faculdade de Filosofia por ele dirigida, que em meados do ano seguinte realizaria concurso para preencher, com professores efetivos, as suas cátedras. Mas naquele momento, o seu voto importou em um grande desgaste pessoal. Essa contrariedade somou-se à sua rotina de trabalho, dividida entre o magistério e uma advocacia cada vez mais exigente e desafiadora; a soma desses fatores levaram-no a escrever ao ministro da Educação, Gustavo Capanema, pedindo-lhe que aceitasse a sua demissão da direção da Faculdade de Filosofia. Elegante, apontava a única razão de seu pedido, "os meus atuais afazeres exagerados para as minhas forças, e seriamente dispersivos para o meu trabalho intelectual". Entre estes, citava nominalmente o seu novo posto no Conselho Nacional de Política Industrial e Comercial, "que me obriga a estudos fora do meu campo de especialização". Acreditava que a sua direção já dera à Faculdade uma maturidade que lhe permitiria seguir sem a sua colaboração, e ele sentia-se liberado da tarefa que lhe fora confiada. Capanema negou-lhe, contudo, o pedido, e San Tiago seguiu à frente da escola e de seus problemas.[44]

- **Solidariedade intelectual**

Em dezembro de 1943, a repressão à bala determinada pelo governo federal ao protesto de estudantes contra a prisão do presidente do Centro Acadêmico XI de Agosto, da Faculdade de Direito da Universidade de São Paulo, deixara dois mortos e reafirmou a determinação de Getúlio em resistir no poder. Essa determinação irmanava a situação política interna à externa no início de 1944; assim como a derrota da Alemanha nazista afigurava-se inevitável, o Estado Novo estaria com seus dias contados. Mas a ninguém era possível datar o desfecho dessas duas situações, ante a obstinação em resistir de seus principais atores.

San Tiago seguia absorvido por sua atividade acadêmica e pela advocacia. Esta lhe remunerava bem; em carta a Alceu Amoroso Lima, San Tiago oferece-lhe sua nova casa em Petrópolis, cidade na região serrana próxima à capital federal e que pelos próximos vinte anos, até o fim da vida, frequentaria assiduamente nas férias escolares e nos fins de semana.[45] A atividade acadêmica, ao contrário, não lhe oferecia a alternativa de escolher suas causas; ele se via nelas envolvido ordinariamente em razão de seu posto e sobretudo à conta de sua aplicada dedicação ao magistério. Uma dessas causas exigiu-lhe uma grande habilidade.

Situada no centro cultural da Europa, a Áustria não escapou à agitação política que se seguiu ao término da Primeira Guerra, ao início político do século XX. Na sua capital Viena, que concentrava um terço da população do país, os operários liderados pelos socialistas entraram em choque com as forças da democracia cristã, fortemente apoiada pela população do interior. A extremação dessa disputa dera o domínio político do país aos democratas cristãos, que em 1932 alteraram a Constituição, reforçando os poderes do Executivo. Nesse contexto surgiu Engelbert Dollfuss, um fervoroso católico militante do Partido

Social Cristão, chamado a integrar o gabinete de ministros em 1931 e 1932. No início desse ano, Dollfuss assumiu a chancelaria, contando, todavia, com uma maioria de apenas um voto a sustentar o gabinete que liderava. Admirador de Mussolini, àquela altura decididamente apoiado pelo Vaticano, Dollfuss guardava, porém, distância dos nazistas e do pangermanismo pregado pela doutrina hitlerista. Com apoio de Mussolini, Dollfuss, em março de 1933, suspendeu as funções parlamentares e criou uma frente patriótica com o propósito de com ela substituir os partidos políticos. O combate aos socialistas e aos nacional-socialistas de Hitler transformou-se em política de Estado, e pouco depois as organizações nazistas existentes na Áustria foram declaradas ilegais. No ano seguinte, em 1934, depois de esmagar à força a resistência dos operários socialistas, Dollfuss editou uma nova Constituição, inspirada na doutrina fascista e na doutrina social da Igreja, criando um estado corporativista cristão. A resposta dos nazistas, que contavam com crescente apoio dos austríacos, não tardou: em julho, elementos da milícia nazista local assassinaram o primeiro-ministro austríaco em seu gabinete de trabalho.

Além da identificação ideológica com Dollfuss, o apoio de Mussolini ao regime austríaco atendia a uma questão geopolítica básica: preservar a estabilidade da fronteira da Itália, a nordeste, com a Áustria. Assim, o apoio a Dolfuss prestado por Mussolini freou o avanço nazista na Áustria e permitiu ao novo chanceler seguir a política de distanciamento da Alemanha iniciada pelo seu antecessor. Por pouco tempo, contudo. O quadro geopolítico não tardou a se alterar com a aproximação de Hitler e Mussolini; o *Führer* incluiu na pauta da aliança entre os dois países o apoio do *Duce* à sua política expansionista, cujo primeiro passo era, precisamente, a anexação da Áustria: a aliança entre os regimes nazista e fascista italiano importava, na crua geopolítica de Hitler, na renúncia do apoio italiano ao seu vizinho de fronteira. Mussolini cedeu, e em março de 1938 Hitler anexou à força a Áustria à Alemanha, com o apoio, inclusive, de grande parte da população, que acorreu a ouvi-lo discursar na praça principal de Viena e proclamar a união dos dois países.[46] Um novo chanceler foi indicado pelos nazistas, e os métodos de governo desse regime foram logo impostos ao povo austríaco, inclusive a perseguição aos judeus.

Entre os perseguidos, estava um brilhante intelectual nascido com o século, e ardoroso defensor da política imposta por Dolfuss, de quem foi um próximo colaborador, Otto Karpfen, por essa altura já assinando, em seus livros e artigos, Otto Maria, o apelido secundando o prenome para simbolizar a sua conversão ao catolicismo.[47]

Pouco antes da tomada do poder pelos nazistas, Otto seguiu para a Bélgica, onde traduziu para o francês Carpeaux o seu nome alemão Karpfen;[48] e depois para o Brasil, com um pedido de asilo firmado pelo próprio papa Pio XII e dirigido a Alceu Amoroso Lima, que lhe conseguiu um emprego em São Paulo.[49] Carpeaux não se fixou em São Paulo, transferindo-se para o Rio de Janeiro. A sua imensa cultura, formada com o completo domínio das principais línguas europeias, impressionou vivamente a todos os brasileiros que com ele tiveram contato, e Carpeaux, já em 1941, começou a colaborar na imprensa, no jornal *Correio da Manhã* e nas publicações dos Diários Associados, então a maior cadeia de mídia do Brasil, comandada por Assis Chateaubriand. Àquela altura, Alceu pediu a San Tiago que cuidasse do processo de naturalização de Carpeaux, e no ano seguinte, em 1942, San Tiago o contratou para dirigir a biblioteca da Faculdade Nacional de Filosofia.[50]

A identidade entre o intelectual nascido e formado no centro da cultura europeia e o jovem diretor da Faculdade de Filosofia foi imediata. Não pela afinidade ideológica entre Carpeaux e San Tiago, vencida pela guerra deflagrada por Hitler e apoiada por seu acólito Mussolini, mas pela busca por um novo rumo no universo transformado da cultura ocidental. Essa busca é o tema central do primeiro livro publicado por Carpeaux já no Brasil e que ele dedicou aos seus amigos brasileiros, agradecendo-lhes a acolhida em sua nova terra, que lhe regenerara "a perdida fé nos homens" e lhe dera "o sentimento de uma nova vida e de uma nova pátria". Entre esses amigos, nominalmente indicados no prefácio de seu livro publicado em 1942, figura San Tiago, e na enumeração deles pode-se ter um expressivo retrato da intelectualidade brasileira daquela época.[51]

A ilustração de Carpeaux era surpreendente em nosso meio, assim como surpreendia a evolução de sua posição ideológica, de uma presença marcante no austro-fascismo, sancionado pela Igreja Católica, como esta havia feito com a direita radical no Brasil e cujo apoio ainda hesitava em retirar, para uma posição na qual já se entreviam traços da defesa de uma democracia de nítido acento social. A mútua admiração que nasceu entre os dois intelectuais, o maduro Carpeaux e o jovem professor de pouco mais de trinta anos, girava em torno dessa busca por uma nova linha ideológica, e foi registrada pelo próprio Carpeaux. Em carta a San Tiago, Carpeaux enviou-lhe um artigo sobre Hobbes e pediu a sua opinião; a sua vez, San Tiago tinha no bibliotecário um leitor voraz e diversificado, uma fonte inesgotável de referência intelectual e um parceiro de discussão sobre temas variados.[52] Carpeaux registrou o seu reconhecimento ao jovem professor; pelo final de 1943, a ele escreveu, "vou lhe dizer, com as poucas palavras que correspondem à falta absoluta de sentimentalismos em ambos nós, como o estimo grandemente...". San Tiago responde a Carpeaux, dizendo da importância em poder privar do seu convívio: "encho-me de confiança pensando que tenho ao meu lado e em mim mesmo a sua pessoa, pois isso é o que há de particular e definitivo no amigo".[53]

Pouco depois, Carpeaux voltou a escrever a San Tiago, dessa vez ao diretor da faculdade; segundo ele, alunos da faculdade haviam transmitido a redatores da revista *Diretrizes* informações relativas à sua atitude ideológica, que seria prejudicial ao Estado brasileiro. Carpeaux pedia a San Tiago abrisse inquérito administrativo para verificar a veracidade das acusações e, também, identificasse os nomes dos alunos envolvidos, dando a eles as "consequências de direito".[54] Em carta pessoal, San Tiago responde ao pedido formal de Carpeaux e pede ao amigo que desista do inquérito, pois acredita que as informações enviadas à revista não haviam partido de alunos e poderiam ter sido "sopradas de fora a algum desses pobres jovens, que em todas as faculdades trazem a 'coleira de uma tribo política'". San Tiago lembra que um inquérito "é a melhor forma de divulgação das infâmias e que seria proveitoso aos caluniadores, independentemente do resultado", e conclui observando a Carpeaux que a "sua vida, sua inteligência, suas ideias, são hoje conhecidas, discutidas e respeitadas no Brasil. A Faculdade se orgulha de ter os seus livros confiados à guarda de um autêntico homem de letras", pedindo-lhe enfrentasse o episódio com paciência, no "sentido próprio do termo".[55]

San Tiago falava com conhecimento de causa. Rever a posição ideológica anterior, de apoio declarado ao fascismo, como fora o seu caso aqui e o de Carpeaux na Áustria, mesmo ambos tendo-se oposto ao nazismo, não era um movimento visto isentamente. A derrota do fascismo italiano, patética e fulminante, a associação dele ao nazismo para além do plano político e militar, a espetacular ascensão da Rússia como potência militar, no momento lutando ao lado das democracias norte-americana e inglesa, trazendo consigo uma crescente corte de simpatizantes e partidários, estreitavam o espaço à crítica imparcial.

Carpeaux aceitou a sugestão do amigo, e a questão mostrou a sua falsidade em seu rápido esquecimento. O convívio com Carpeaux terá sido um dos grandes estímulos que San Tiago encontrou na direção na Faculdade de Filosofia. E Carpeaux lembraria a cultura do jovem diretor, a sua capacidade de leitura, inclusive na língua materna de Carpeaux.[56] Carpeaux logo depois tomaria nacionalidade brasileira, e, em sua nova pátria, começaria a escrever a sua grande obra, *História da literatura ocidental*, assombrosa por ser a empresa de um homem só e pela qualidade superior de sua exposição e análise, sem deixar de colaborar continuamente na imprensa, publicando seus pequenos ensaios, sempre com uma abordagem universal da literatura e da cultura em geral. Pelo final de 1944, Carpeaux deixou a biblioteca da Faculdade de Filosofia.

San Tiago, que vira o seu pedido de demissão recusado naquele ano, vê na inquietação de seus estudantes o crescente enfraquecimento do Estado Novo. Porém Getúlio não esmorecia. A essa altura, San Tiago já conhecera pessoalmente o ditador, que pelo final do ano anterior visitara a Faculdade de Filosofia, como mostra um registro fotográfico divulgado pelo onipresente Departamento de Imprensa e Propaganda do regime.[57] Daí por diante, San Tiago assistiria, cada vez mais próximo do centro dos acontecimentos, à queda de Getúlio Vargas.

- **Sangue brasileiro na Europa**

A decretação do estado de guerra contra a Alemanha e Itália em 31 de agosto de 1943 só iria surtir efeitos concretos onze meses depois, quando a 16 de julho de 1944 chegou a Nápoles, na costa mediterrânea italiana, o primeiro escalão da Força Expedicionária Brasileira (FEB), como ficaria conhecida a divisão de infantaria, congregando as forças do exército e da força aérea, enviada a combate no grande conflito mundial. A FEB foi incorporada ao IV Corpo do exército norte-americano, integrante do XV Grupo de Exércitos Aliados, sob o comando do marechal de campo inglês George Alexander, que quatro anos antes comandara, com sucesso, a retirada das tropas inglesas em Dunquerque, sob o fogo nazista.

Agora, já em posição de defesa ante o avanço aliado em curso em todas as frentes de luta a leste e ao sul da Europa, as forças nazistas iriam dirigir o seu fogo também aos quinze dos vinte e cinco mil soldados brasileiros, cujo batismo de combate se deu a 16 de setembro daquele ano de 1944.[58] O fato de as tropas brasileiras só entrarem em ação quando a derrota do inimigo alemão era inexorável – os últimos soldados da FEB enviados à Itália lá chegaram em janeiro de 1945, três meses antes da rendição da Alemanha – não diminuiu o apreço que a população brasileira votou aos seus compatriotas em armas. O alistamento dos "pracinhas", como os soldados passaram a ser conhecidos, revelou a face cruel do extrato mais pobre, e largamente majoritário, da sociedade brasileira: o alto índice de tuberculose, sífilis e a má nutrição dificultou a seleção dos convocados; à maioria incapaz de alcançar os índices físicos mínimos exigidos aos soldados destinados ao combate somou-se o despreparo da tropa assim formada.[59]

A atenção com que os brasileiros seguiam o confronto na Europa ampliou-se consideravelmente entre a população de menor renda – de onde partiu o contingente maior dos pracinhas – e se fixou sobretudo na ação de seus soldados na Itália. A defesa da democracia, agora efetiva e avivada com o sangue de brasileiros em luta contra as ditaduras fascista e nazista, trouxe o fator dramático à situação política contraditória do Estado Novo, e os desdobramentos naturais dessa situação aceleravam-se. A imprensa brasileira mobilizou-se para cobrir a campanha da FEB na Itália; o Departamento de Imprensa e Propaganda, que implacavelmente a censurava quando não ditava as matérias autorizadas a publicar, quis estender a sua ação à frente de combate na Itália, para seguir sonegando os fatos à sociedade brasileira. Mas editores dos principais jornais resistiram: estendesse o governo a censura aos despachos dos correspondentes dos jornais brasileiros que estavam dispostos a enviar à Itália, não haveria cobertura direta da campanha da FEB. O governo dobrou-se; os correspondentes seguiram, e as matérias por eles enviadas não apenas informaram o povo brasileiro sobre a corajosa luta de seus soldados, mas vieram a formar um capítulo próprio e de notável qualidade na literatura brasileira.[60]

- **A frente russa e a nova frente na Europa**

Em final de novembro de 1943, Churchill e Roosevelt haviam se reunido com Stálin em Teerã para traçar os lances seguintes da campanha desses aliados, unidos – episodicamente, como em breve ficaria evidente – no combate à Alemanha de Hitler. A Inglaterra era a resistente heroica, a primeira a enfrentar os nazistas, mas a sua força econômica e militar era absolutamente dependente dos Estados Unidos, que a apoiara materialmente desde o início da guerra, e nesta só entrara em final de 1941, quando atacada a sua força naval no Pacífico pelo Japão. Os dois anos de conflito haviam revigorado espetacularmente a economia norte-americana, vencendo em definitivo os efeitos da crise de 1929. Porém, a maior revelação entre esses aliados era sem dúvida a Rússia de Stálin, àquela altura já renomeada oficialmente de União Soviética. Desde a invasão de seu território pelas forças nazistas no verão de 1941, que a pegou desprevenida, a Rússia, entre os aliados, despendera o maior esforço na guerra; seu território fora penetrado em todas as direções pelas forças nazistas, e as suas três maiores cidades, inclusive a capital Moscou, haviam sido sitiadas e duramente castigadas pelo bombardeio inimigo. As perdas humanas somando combatentes e população civil, alvos de uma brutalidade sem precedentes por parte dos nazistas, compunham um quadro aterrador. Mas a Rússia, sob a liderança de Stálin, ainda que de forma dramática, alcançara um desenvolvimento inédito de sua indústria de base que, então, mostrava uma capacidade de produção e um desenvolvimento técnico extraordinários.[61]

Stálin era um ditador implacável, em medida análoga a Hitler, o que lhe dava um desembaraço único no jogo político do pós-guerra inclusive, que já se desenhava e por essa razão fora um dos objetivos, velado mas decisivo, do encontro de chefes de Estado em Teerã, em dezembro de 1943. O ditador russo tinha a seu crédito não apenas o fato de haver detido o avanço alemão definitivamente, mas o de haver forçado o agressor a recuar em direção às suas fronteiras originais a um ritmo irreprimível, com a retomada do território russo ocupado iniciada no segundo semestre de 1943. Já àquela altura entrevia-se que Stálin não pretendia conter a marcha de suas tropas aos limites de seu país, nem pretendia ser o libertador dos países vizinhos ainda ocupados pelos nazistas, e sim ser o novo ocupante deles.[62] Churchill mais do que ninguém prefigurou essa expansão a oeste da nova potência militar comunista e inquietava-se em ver o distanciamento que Roosevelt guardava dessa possibilidade.[63] Stálin, sem nada ceder, cobrou de seus interlocutores a abertura imediata de uma segunda frente na Europa Ocidental, já decidida ocorrer pelo desembarque de tropas norte-americanas e inglesas no litoral atlântico francês.

O desembarque das tropas aliada no sul da Itália em junho de 1943 foi seguido de outro desembarque, em janeiro de 1944, em Anzio, próxima a Nápoles, mas devido à tenaz resistência das tropas alemãs o avanço das forças aliadas tardaria mais do que esperado pelos aliados. Já as tropas soviéticas, alinhando mais de seis milhões de soldados e exibindo uma clara superioridade em armamentos, seguiu avançando sobre o território ocupado pelos alemães. A 6 de janeiro, pela segunda vez em dois anos, soldados russos cruzavam a fronteira da Polônia, desta feita batendo a *Wehrmacht*, enquanto ao norte, na costa do mar Báltico, romperam o cerco de quase dois anos imposto pelos nazistas a Leningrado;[64] e, ainda, os expulsaram da Estônia e ao sul retomaram a Crimeia. Porém, a chegada das tropas soviéticas à Polônia não significou a sua libertação, senão a transferência do jugo nazista para o jugo comunista, não menos cruel. Stálin, quando, em sequência à Alemanha, invadira e ocupara a

Polônia em 1939, mandara matar inúmeros oficiais do exército polonês e agora deixava novamente claro o seu propósito de submeter a Polônia à sua esfera de influência política e militar, eliminando toda oposição à sua política.

Ao amanhecer do dia 4 de julho a vanguarda da tropa norte-americana entrou em Roma pela via Appia Nuova e pela via Casilina, enquanto os alemães deixavam a cidade pela sua parte setentrional.[65] A notícia da derrota final da capital do fascismo, quase vinte e dois anos depois de sua ascensão ao poder, mal foi celebrada. Dois dias depois, ao longo da madrugada do dia 6 de junho de 1944, os paraquedistas britânicos desceram pouco além da linha costeira da Normandia, a nordeste de Paris; e ao amanhecer, os primeiros dos cento e cinquenta mil soldados, a maioria britânicos e norte-americanos, mas também canadenses e poloneses, transportados por duas mil embarcações, deixaram a costa inglesa, cruzaram o canal da Mancha e desembarcaram nas praias francesas da Normandia. Começava a operação *Overlord*, o maior desembarque bélico da história, e o mais sofisticado: enormes portos flutuantes foram rebocados e estacionados na costa francesa para a atracação das embarcações aliadas; e mangueiras submarinas foram estendidas sob as águas sempre agitadas do canal para garantir o suprimento de combustível aos veículos de combate desembarcados, em apoio à infantaria aliada.[66]

Os alemães foram surpreendidos. Não contavam com o desembarque no local escolhido, e embora o marechal Rommel, incumbido da defesa da costa francesa, houvesse feito construir à beira-mar casamatas de concreto para abrigar sentinelas em vigia às praias, o número e o armamento das tropas da *Wehrmacht* não eram capazes de opor maior resistência ao avanço aliado. Ainda assim, este não foi tão rápido, ao contrário da previsto.

- **A liberação de Paris**

Dois meses depois do desembarque aliado nas praias da Normandia, os maquis, integrantes do movimento de resistência francês, deflagraram ações de sabotagem visando à liberação da capital francesa, ocupada pelos nazistas havia quatro anos. A 10 de agosto entraram em greve os ferroviários e cinco dias depois a polícia parisiense, enquanto tropas aliadas desembarcavam na Riviera Francesa, próximo a St. Tropez, no Mediterrâneo. A Resistência francesa estava dividida entre a esquerda, liderada pelo partido comunista, que propunha o levante imediato na capital, e os seguidores do general De Gaulle, que defendiam aguardar maior proximidade das tropas aliadas. A posição dos comunistas, majoritários naquele momento, decidiu pela iniciativa imediata, embora a inferioridade numérica em armas e combatentes da Resistência fosse absoluta, em face dos vinte mil soldados alemães estacionados na cidade, entre os quais havia unidades blindadas da SS. Barricadas foram erguidas em diversos cruzamentos, sobretudo nos quarteirões da zona leste da cidade, onde a presença dos comunistas era mais expressiva. A 23 de agosto, o Comandante Supremo das Forças Aliadas na frente ocidental, general Eisenhower, liberou as tropas do general Leclerc, cujos soldados lutavam ao lado dos aliados, e uma coluna da Segunda Divisão Blindada do exército francês sob seu comando avançou em direção a Paris; simultaneamente, a Quarta Divisão de Infantaria do exército norte-americano deslocou-se na mesma direção.

Ao entardecer do dia seguinte, o escalão avançado dos soldados franceses chegou à periferia da capital e, às sete horas da manhã do dia 25 de agosto, entrou em Paris, secundado pelas tropas norte-americanas. Destacamentos da tropa francesa, já unida aos maquis, passaram a dar combate aos focos alemães de resistência dispersos pela cidade. Ao meio-dia, a bandeira tricolor francesa foi alçada na Torre Eiffel, mesmo sem o comando alemão haver aceito a proposta de rendição a ele oferecida pelos libertadores. Mas as forças alemãs estavam sendo reduzidas rapidamente; primeiro se renderam os oficiais do comando militar, abrigados no Hotel Majestic, e a seguir foi preso o general Choltitz, em seu quartel-general instalado no Hotel Meurice, vizinho à place de la Concorde. Embora Hitler lhe houvesse ordenado resistir e destruir Paris, o general fora convencido a se render sem cumprir a ordem recebida.

No final da tarde, o general De Gaulle chegou a Paris, instalou-se no prédio do Ministério da Guerra e de lá foi à sede da prefeitura, no Hotel de Ville, no centro da capital, onde foi recebido pelo Conselho Nacional da Resistência. E a seguir, em um discurso histórico, transmitido por uma cadeia de rádio, falou aos franceses e a eles creditou a liberação da pátria: "Paris! Paris ultrajada, Paris alquebrada, Paris martirizada, mas Paris liberada! Liberada por si mesma, liberada por seu povo, com a ajuda de toda a França, isto é, da França que luta, da verdadeira França, da França eterna".[67] Às três horas da tarde do dia seguinte, sábado, 26 de agosto, sob um sol radiante de verão, De Gaulle reacendeu a chama sobre a tumba do soldado desconhecido, inumado sob o Arco do Triunfo e extinta desde junho de 1940, quando as tropas nazistas haviam ocupado Paris e desfilado pela mesma avenida.

Depois, liderando os soldados franceses, desceu a pé a avenida dos Champs Élysées sob o aplauso frenético de uma multidão de mais de um milhão de parisienses, um número jamais reunido na história da cidade, muitos deles trepados nas árvores, outros comprimidos às janelas dos prédios laterais, todos saudando-o em vivas contínuos e proclamando nas ruas o novo líder da França.

Ao chegar à Catedral de Notre Dame, onde seria oficiada missa em ação de graças à liberação, franco-atiradores nazistas, das janelas superiores dos prédios que circundam a praça defronte à catedral, dispararam em direção à multidão; as metralhadoras afixadas nas torres dos tanques que haviam escoltado o general em sua caminhada revidaram o fogo, alvejando os prédios, enquanto, do meio da multidão arrojada ao solo, membros da Resistência, revólveres em punho, visavam os atiradores. Impassível, em passos lentos, o general caminhou para o interior da igreja, onde o sibilar de novos disparos fizeram os presentes lançarem-se ao chão. A sua elevada estatura o distinguia ainda mais – em meio à fuzilaria, De Gaulle manteve-se de pé, como se fosse inalcançável às balas.[68] O general tinha exata noção de seu gesto desassombrado e simbólico: ele permanecera, inquebrantável, à frente da defesa do povo francês desde o primeiro minuto, em combate ao invasor alemão; agora, liberada Paris, aclamada a sua desafiadora liderança em praça pública pelos seus conterrâneos, ele assumia o poder na França, derrotado o invasor.

- **As conquistas da União Soviética**

Na frente oriental, a preocupação de Stálin era fazer suas tropas alcançarem os países da Europa Central ocupados pelos nazistas antes das forças norte-americanas e inglesas; com esse propósito deslocou-as em direção à Romênia, que se rendeu na última semana de agosto, passando seus soldados a lutar ao lado dos russos contra os alemães. Quatro dias depois foi a vez de a Bulgária render-se, e a 19 de outubro, da Iugoslávia. Por essa altura, os alemães começaram a deixar a Grécia, depois de uma longa ocupação. Na Hungria, os nazistas ainda resistiam, mas pelo final do ano Budapeste estava cercada pelos soviéticos. A ofensiva iniciada no verão de Stálin havia não apenas expulsado os alemães dos Bálcãs – pela chegada do inverno, o seu sucesso expandira a presença da União Soviética para além de suas fronteiras, ditando um novo quadro geopolítico à região, a durar por meio século. Ao início de 1945, era claro aos generais alemães o próximo passo do exército soviético, depois dessa inflexão pelo centro da Europa: o reagrupamento de suas forças para assalto final ao território alemão.[69]

Ao mesmo tempo, a Alemanha via exaurir o seu último fôlego bélico; o surpreendente contra-ataque desencadeado sob a neve de dezembro, nas Ardenas, que os blindados da *Wehrmacht* haviam cruzado quatro anos antes para conquistar a França, fora rechaçado pelos norte-americanos depois de três semanas de feroz combate. Os aliados, a leste e a oeste, estavam prontos para a última batalha que travariam alinhados.

- **Getúlio e as vozes da oposição**

No Brasil, em julho de 1944, o interventor de Minas Gerais, Benedito Valadares, e o genro de Getúlio, Amaral Peixoto, interventor no estado do Rio de Janeiro, acompanhados do ministro da Justiça, Marcondes Filho, consideraram a edição de uma lei eleitoral e a formação de um grande partido nacional. Essas tratativas, conhecidas do presidente da República, não prosperaram de imediato. No mês seguinte, Oswaldo Aranha viu a cerimônia de sua posse na vice-presidência da Sociedade de Amigos da América ser interditada pela ação violenta da polícia e esse fato ser silenciado pela censura à imprensa. Aranha rompeu com o ditador e seu amigo, e pediu demissão do Ministério das Relações Exteriores. Em seguida, Góes Monteiro demitiu-se do Comitê de Emergência e Defesa Política da América, com sede em Montevidéu, no Uruguai, ao qual fora nomeado por Getúlio, que assim afastara do País o principal formulador e condutor da política militar de seu governo desde 1930. A essa sucessão de fatos, o ditador respondeu dizendo que, terminada a guerra, a nação poderia se pronunciar "através de amplas consultas às urnas (...) e fazer a livre escolha de seus mandatários".[70]

Nessa altura, Francisco Campos, o jurista do Estado Novo, que em 1942 deixara o Ministério da Justiça, retornou à cena propondo ao ditador fosse a Constituição vigente, de sua autoria, acrescida de emendas a serem previamente submetidas a uma Assembleia Constituinte, dotada de poderes inclusive para redigir um novo estatuto, se assim entendesse.[71] A proposta não foi aceita, e Getúlio, dirigindo-se ao País no final do ano, advertiu que, "no país de índole e formação democrática como o nosso, as transformações de caráter político social devem ser conduzidas dentro de processos de evolução gradual, sob o império da ordem".[72]

O ditador insistia ser o seu governo uma "democracia funcional", e a oposição a ele feita uma mera agitação de políticos ressentidos – os leguleios que o criticavam –, todos interessados em conturbar a vida política do País. Mas essa afirmação era desmentida pela realidade. Os seus principais auxiliares já haviam deixado seus cargos no governo. Francisco Campos fora o primeiro deles, e depois Getúlio demitira o sinistro chefe de polícia, Filinto Müller, ativo e cruel repressor da oposição ao governo, assim como o eficiente Lourival Fontes, que na chefia do Departamento de Imprensa e Propaganda construíra a imagem paternal do ditador, sobretudo junto aos trabalhadores. Oswaldo Aranha, a face liberal do regime e o grande articulador do governo à frente do Ministério das Relações Exteriores e junto à elite brasileira, renunciara ao seu cargo, rompido com o presidente, e a sua saída, nesses termos, indicou que a fissura na base de sustentação do governo chegara ao gabinete presidencial. Góes Monteiro, ao deixar seu posto em Montevidéu, retornou ao teatro de operações internas, a capital federal, e dali, desembaraçado das limitações burocráticas, pôde e começou a agir para definir a estratégia militar no processo de transição já deflagrado. Da embaixada em Lisboa, João Neves escrevera ao seu colega de faculdade sugerindo-lhe promover efetivamente a transição para o regime democrático, que o contexto político exigia. Apenas Dutra seguia no governo, em seu posto no Ministério da Guerra. Mas cumpria, agora com maior independência em face do presidente, a política das forças armadas, na qual preponderava, em razão de sua preeminência bélica, o interesse do Exército, cujo comando sobre as tropas estacionadas por todo o País, concentrado o seu maior contingente em homens e armas nos limites geográficos da capital federal, ele mantinha firme.

Porém Getúlio não esmorecia: lançava, uma após outra, suas salvas no meio conflagrado da política nacional, não acusava as defecções e desvalorizava as propostas da oposição, sem, todavia, perder a lucidez que a sua frieza, intacta, lhe servia. E percebeu que deveria cuidar, em meio às manobras que executava, de sua saída do poder, que àquela altura afigurava-se inevitável. Cobrir a sua retirada da cena política atenderia a dois propósitos: o primeiro, evitar a humilhação pública de ser aprisionado pelas forças que o depusessem, e este temor era reforçado pelo exemplo recente da queda de Mussolini, pela memória do assalto integralista que o fez refém no Palácio Guanabara havia seis anos, e, antes, pela ousada determinação dos comunistas na revolta de 1935; o segundo propósito da estratégia de retirada de Getúlio era manter íntegra a sua base popular, os trabalhadores organizados sob controle do governo, para dela se valer, como faria, na nova ordem política por vir. Trabalhadores os quais, pela primeira vez na história do País, ele havia aproximado do poder.

Logo ao início de 1945, escritores de todos os estados do País, reunidos em um congresso nacional, em unânime declaração de princípios exigiram fosse assegurada absoluta liberdade de expressão e um novo governo fosse eleito por sufrágio universal direto e secreto. O Departamento de Imprensa e Propaganda proibiu a divulgação do manifesto dos escritores, mas Góes Monteiro, em entrevista ao jornal *Folha de S. Paulo* no início de fevereiro, secundou a posição dos escritores, defendendo a realização de eleições presidenciais, observando ser esta uma promessa do presidente da República. A manifestação pública de Góes registrava a presença do exército no jogo político e o seu propósito era claro, ainda que sutil: mostrar à sociedade, à oposição em especial e ao próprio Getúlio, que o processo político em curso seguia e seguiria sendo avalizado pelas Forças Armadas e pelo Exército em particular.

No final do mês, o candidato derrotado por Getúlio no pleito indireto de 1934, o paraibano José Américo, falou ao jornalista Carlos Lacerda e afirmou que Getúlio não poderia ser candidato à presidência, pois havia se incompatibilizado com as forças políticas do País; e acrescentou que a oposição ao regime vigente já tinha seu candidato e a disputa pela presidência estava por começar. A entrevista foi publicada na íntegra pelo jornal carioca *Correio da Manhã*, que desafiou e venceu a censura; mal os exemplares do matutino haviam se esgotado nas bancas de jornal, o vespertino *O Globo* identificou o candidato à presidência, o brigadeiro Eduardo Gomes. Seis dias depois, a 28 de fevereiro, o governo editou a Lei Constitucional n. 9, nomeada de Ato Adicional, que previa eleições para presidente da República e para o Legislativo em data a ser marcada dali a três meses, e estabelecia que o novo Congresso Federal teria poder constituinte, mas o presidente da República poderia vetar qualquer proposta de regra constitucional, submetendo-a a um plebiscito nacional. A imprensa classificou a medida de fascista e identificou a óbvia manobra continuísta de Getúlio. Contudo, a crítica mais articulada a essa proposta veio dos professores da Faculdade Nacional de Direito, no Rio de Janeiro, sob a forma de um manifesto divulgado a 2 de março, em reunião onde estiveram presentes todos os professores da escola. O seu redator, San Tiago Dantas.

- **O Manifesto dos professores de Direito**

As vinte e seis páginas manuscritas do texto do Manifesto recolhidas por San Tiago ao seu arquivo pessoal trazem a sua letra clara e distendida pelo hábito da redação sempre aprazada em atendimento à urgência habitual das consultas jurídicas, e registram a facilidade com que em três dias redigiu o documento firmado por seus colegas professores.[73]

Feita ao início do texto a habitual celebração da vocação democrática do povo brasileiro, ferida pela implantação da ditadura do Estado Novo – "um ideal de Estado estranho à nossa compreensão de poder público" –, o Manifesto apontava, com a clareza que faltara ao Manifesto dos Mineiros, o divórcio existente entre a nação e o Estado, causado pela "incoerência aparente" da participação do Brasil na guerra. Se o "tipo ideológico" do Estado Novo havia impelido a nação "para a facção totalitária", esta reagira "vitoriosamente sob a armadura política" e impusera ao governo "a aliança com as democracias unidas". O Manifesto dos professores registrava o fato de ter sido a sociedade brasileira a responsável pela declaração de guerra ao Eixo, e não Getúlio, que, de fato, dela se esquivara o máximo possível, inseguro, à altura da sua decretação, sobre a vitória dos aliados.[74]

Aí estava, em síntese, a equação do problema: o governo, divorciado da nação, achava-se em meio a uma crise de Estado, "cuja superação o governo não dispõe (...) de meio jurídicos idôneos". Nesse contexto, as leis constitucionais editadas pelo ditador, em especial o Ato Adicional, eram ilegítimas.

O traço analítico de San Tiago revela-se na habilidade com que no Manifesto é feita a crítica à proposta do governo: as regras do Ato Adicional são contrapostas às regras da Constituição vigente, e não criticadas como tais. Não que estas últimas fossem leis de extração democrática, ao contrário, pois haviam sido impostas à nação e estruturaram a ditadura do Estado Novo; o Manifesto não discutiu esse ponto: intencionalmente circunscreveu a sua análise ao âmbito da própria estrutura normativa do Estado Novo, para mostrar que o ato adicional baixado por Getúlio a confrontava. Nesse sentido, o Manifesto ressaltava o fato da não realização do plebiscito previsto na Constituição de 1937 para a aprovação de seu texto, pois, houvesse sido ele realizado na data aprazada, poder-se-ia, agora, arguir ter o povo brasileiro exercido o poder constituinte, caso ele houvesse ratificado o texto da Carta de 1937. Mas, como Getúlio não realizara, deliberadamente, o plebiscito previsto na Constituição, a sua falta tolhia à "Carta outorgada toda sua legitimidade e toda [a sua] vigência transformava-se numa simples norma de fato, a que não resta outra existência senão a da força que a mantém".

A democratização do País, segue o Manifesto, exigia a independência dos poderes e "a demarcação de sua amplitude", ao contrário do que ocorria. O ditador fizera confundir em sua pessoa os atributos pertinentes aos poderes Legislativo e Executivo e conferira a si próprio "aquilo que jamais se conferiu a uma assembleia e talvez a um soberano: o poder constituinte permanente (...)

e a faculdade de decretar a constitucionalidade ou inconstitucionalidade das leis ordinárias", e, assim, "o chefe do governo se tornou a Constituição viva" do País. O novo regime a ser implantado deveria ser "escoimado de fascismo prático ou teórico", e as medidas nesse sentido era dever de todos apontar "ao patriotismo do governo", para que este convocasse uma "assembleia com pleno exercício do poder constituinte, a qual nada impede que o governo ofereça um projeto básico".

O Manifesto foi sem dúvida a mais aguda e precisa crítica feita às manobras legislativas de Getúlio. Astutamente articulando a contrastação das regras legais do Ato Adicional às que estruturavam o próprio Estado Novo, o Manifesto denunciava a insubsistência jurídica do regime em vigor. O argumento da legitimação da Carta de 1937 pelo plebiscito invocado no Manifesto e jamais realizado era capcioso – qualquer jurista sabe que plebiscitos são instrumentos falhos, quando não viciados, de aferição da vontade popular, em especial se realizados em regimes autoritários. Porém, naquele momento, era um argumento irrespondível: se Getúlio não cumprira sequer as normas jurídicas que ele mesmo impusera ao povo brasileiro por um ato de força em 1937, agora, quando o seu poder político se esvaía drenado pelo reclamo aberto da sociedade e aos olhos cúmplices do Exército, nenhuma legitimidade poderia ter qualquer norma jurídica por ele baixada.

Sobre esse ponto, o Manifesto acrescia outro ponto político e não menos contundente. Imputava a Getúlio um "ideal de Estado estranho a nossa compreensão do poder público, uma mística de autoridade pessoal incompatível com o nosso senso humanístico", que alimentava "uma passividade popular incompatível com a nossa formação libertária". Esse "ideal de Estado" era o contrário do Estado democrático, no qual o presidente exerce um poder delegado pelo povo, e não diz representá-lo exclusivamente, silenciando-lhe a vontade.

O Manifesto apontava não só a ruína da estrutura institucional do Estado Novo, mas denunciava a concepção personalista de Estado de seu titular e a mostrava incompatível com o regime democrático, e à sua implantação Getúlio não deveria mais se opor. A reação ao Manifesto foi imediata; no dia seguinte a sua publicação, em entrevista ao jornal carioca *Correio da Manhã*, Francisco Campos negou filiação fascista da Carta de 1937, de sua autoria.[75] Mas, segundo Campos, a Constituição tornara-se "um documento de caráter puramente histórico e não jurídico", e reconhecia que naquele momento, "o sentimento público [é] de fundo democrático, (...) é inútil qualquer tentativa destinada a subtrair à sua influência a modelagem das instituições políticas".[76] Campos formava entre os vencidos, e a imprensa, em sua quase totalidade, cuidava do futuro imediato. "Propugnam [os professores da Faculdade Nacional de Direito] o afastamento do presidente da República e dos interventores enquanto se processa a preparação eleitoral", dizia o *Correio da Manhã*, enquanto reclamava o *Diário Carioca*, em manchete: "faz-se mister o afastamento do chefe do Estado e dos chefes dos governos locais e a substituição pelo Presidente do Supremo Tribunal Federal e pelos chefes das magistraturas locais".[77]

- **O ministro da Guerra é candidato**

Outros manifestos e declarações à imprensa, já completamente livre – o Departamento de Imprensa e Propaganda, inerme, seria extinto a seguir, em maio – se seguiram; os paulistas reclamavam a elaboração de uma Constituição democrática por uma Assembleia Constituinte; a 10 de março, "no momento em que a nação, uníssona, clama pela normalização constitucional, os jornalistas sentem-se na obrigação de definir publicamente a sua posição política"; no dia seguinte, os artistas plásticos protestavam pela "urgente a plena existência de liberdade de pesquisa, à criação e à expressão artística".[78]

Não em manifesto, mas em duas entrevistas concedidas em março e abril, Plínio Salgado falou de seu exílio em Lisboa sobre a situação do Brasil. Afetando uma influência havia muito extinta na cena política nacional, e inteiramente dispersos seus liderados, Plínio dizia que, naquele momento, "todo o pensamento que julgo capaz de embasar a felicidade dos brasileiros eu consubstancio em duas palavras: Cristo e a Nação [que traduzem], as minhas ideias e convicções em, matéria social, moral e religiosa [que] estão no meu livro 'Vida de Jesus', que é o resumo de todo o meu pensamento e que representa uma obra de meditação durante dez anos, desde 1930 a 1940, e o que ali vem escrito mereceu palavras de louvor dos bispos brasileiros e portugueses, especialmente do Sr. Cardeal Patriarca de Lisboa". Quanto aos candidatos à presidência, Plínio desejava apenas que o Brasil, com "sua base cristã, na sua grandeza moral e cultural", resolvesse os seus problemas "conjugados com os supremos interesses da solidariedade continental e da harmonia cristã com todos os povos da terra, sem diminuição da sua nobre soberania".[79]

Plínio reafirmava o que sempre fora o núcleo do Integralismo, como ele o concebera e pregara: a versão partidária da doutrina social da Igreja, no início da década de 1930, e não por acaso ele distinguia o elogio do chefe da Igreja Católica em Portugal, que tinha no ditador Salazar – este um admirador confesso de Mussolini, de quem trazia um retrato à mesa de trabalho – o seu mais fiel governante.[80] Uma vez mais, Plínio frustava seus antigos militantes, ao dizer-lhes e ao País que a luta na qual aqueles haviam acreditado e se empenhado na Ação Integralista Brasileira não tivera uma finalidade política, não visara o poder, mas fora uma pregação de fundo religioso. As declarações do líder do primeiro e maior partido de massa do Brasil não tiveram maior repercussão; antes renovaram o desengano de muitos de seus antigos seguidores e o desdém de seus adversários mais sagazes. Liderados eram agora os trabalhadores dos grandes centros urbanos, e o seu líder estava sob fogo cerrado – mas não a sua liderança, como pouco depois todos veriam.

Getúlio viu-se obrigado a tranquilizar o seu público mais influente e informou aos militares que não seria candidato a sua sucessão. Mas o temor de Getúlio repetir o golpe de 1937 era evidente, e Benedito Valadares transmitiu-lhe a fórmula sugerida pelo atilado João Neves da Fontoura: ou Getúlio apoiava a candidatura do marechal Dutra, seu ministro do Exército, para disputar a presidência com o brigadeiro Eduardo Gomes, ou seria deposto. O ditador incumbiu Benedito de ir a São Paulo buscar apoio ao candidato da situação, e chamou Dutra ao seu gabinete e o informou que ele seria o próximo presidente da República, pois este era o desejo dele, Getúlio. A candidatura de Dutra foi lançada a 13 de março no Palácio Campos Elíseos, sede do governo paulista, numa clara demonstração de que a classe empresarial mais expressiva do País subscrevia o fim do Estado Novo – mas não desejava o desarranjo do aparato burocrático de governo, do qual Dutra, eleito, seria a óbvia garantia de continuidade.

O ditador estava sitiado; o Manifesto dos Professores arrancara a capa de legalidade com que ele vinha tentando recobrir suas manobras, e os candidatos à sua sucessão, ambos militares, já estavam lançados. Mas Getúlio ainda não fora derrotado.

- **A aliança entre Getúlio e Prestes**

Em uma surpreendente abertura à esquerda, em sua primeira entrevista coletiva à imprensa, a 2 de março de 1945, Getúlio afirmou ser possível a concessão da anistia aos presos políticos, inclusive a Luís Carlos Prestes. Contudo, afirmou, a anistia deveria ser decidida pelo parlamento a ser eleito, e considerada a posição das Forças Armadas. A 9 de março, Getúlio nomeou João Alberto, tenente da Coluna Prestes e revolucionário de 1930, chefe de polícia da capital federal, a quem incumbia a guarda dos prisioneiros políticos. Cinco dias depois de sua posse, a 14 de março, João Alberto, em entrevista ao *Correio da Manhã*, anunciou o fim da incomunicabilidade de Prestes, que estava preso desde 1936, acrescentando que a sua libertação não constituiria ameaça à ordem pública.[81] No dia seguinte à entrevista de João Alberto, a 15 de março, o jornal *O Globo* divulgou a primeira manifestação pública de Prestes; havia nove anos preso, o líder comunista do cárcere conclamava seus partidários a apoiar o governo: "se a democracia foi reestabelecida durante a guerra, a união nacional em torno do governo permitirá uma transição dentro da lei e da ordem até a constitucionalização definitiva do país".[82] Por essa altura, Agildo Barata Ribeiro, o líder da revolta comunista de 1935 que sublevara o Quartel da Praia Vermelha, enfrentara à bala as tropas do exército então comandadas pelo candidato à presidência, general Dutra, e fora por ele preso logo a seguir, foi por ordem de João Alberto transferido do Presídio da Ilha Grande onde se achava para a Casa de Correção, no Rio de Janeiro, onde se encontrou com Prestes, "recém-converso à linha do apoio incondicional a Getúlio".[83]

A 7 de abril, no dia seguinte ao início da "Semana Pró-Anistia", deflagrada pela imprensa em sequência à declaração de Getúlio de que não se oporia à concessão da anistia aos presos políticos, Prestes da cadeia telegrafou a Getúlio "pedindo a decretação da medida, se necessário com a exclusão de seu caso pessoal", e felicitando-o pelo estabelecimento das relações diplomáticas do Brasil com a União Soviética, ocorrido havia seis dias.[84] A 18 de abril, depois de ver apoiada pela sociedade a proposta de anistia que havia feito, Getúlio assinou o decreto concedendo-a aos presos políticos, que foram postos em liberdade; Prestes foi pessoalmente liberado por João Alberto do cárcere da rua da Relação, no centro do Rio de Janeiro. E, subitamente, o Supremo Tribunal Federal decidiu que os exilados políticos poderiam retornar ao País.

Apoiada pelos comunistas, a campanha pela permanência de Getúlio no poder até que fosse editada uma nova Constituição ganhou força: "Constituinte com Getúlio" tornou-se uma bandeira, o queremismo – "queremos Getúlio" – a palavra de ordem dos novos aliados, que não tardaram em trazer às ruas a sua proposta.

O alinhamento entre o ditador e seu prisioneiro e até então inimigo maior surpreendeu a todos e inquietou especialmente os militares.[85] Mas Getúlio avaliava o quadro a sua frente em seu contexto extremado pela guerra, cujo fim, como o de seu governo, estava próximo. E via consumar-se o destino dos ditadores fascista e nazista.

- **O destino de Mussolini e Hitler, e o fim da guerra na Europa**

Em abril, os norte-americanos avançavam em direção a Milão; a principal cidade da Lombardia era o derradeiro bastião de resistência nazista e da milícia fascista reunida em torno do *Duce* descido do poder e títere da República de Salò, comandada pelos nazistas, e cujos últimos dias os *partigiani* da Resistência italiana cuidavam de abreviar com ações de sabotagem em apoio ao avanço das tropas aliadas.

Mas a 12 de abril uma notícia surpreendeu o mundo e consternou as democracias envolvidas no conflito: o presidente Roosevelt falecera vítima de um acidente vascular cerebral. Havia muitos anos preso a uma cadeira de rodas devido a uma poliomielite, em seu quarto mandato Roosevelt já transformara os Estados Unidos. Tomando posse em 1933, enfrentou os efeitos renitentes da recessão seguinte à crise de 1929, ampliou a intervenção do Estado na economia por meio de órgãos técnicos independentes da ação partidária, regime que só a democracia norte-americana seria capaz de instituir efetivamente. Ao seu povo falou diretamente pelo rádio não para instilar ódio e exaltar a guerra, mas para a ele, que repetidamente o elegera, prestar contas de suas ações à frente do governo. Resistiu a entrar no conflito atendendo ao isolacionismo próprio dos norte-americanos, mas percebeu que a sobrevivência da democracia na Europa Ocidental dependia da ajuda material dos Estados Unidos e a estendeu aos combatentes do nazismo, à Rússia inclusive.[86] Ao ataque dos japoneses a sua marinha em Pearl Harbour, respondeu, todavia, com uma determinação que galvanizou o apoio de toda a população em um esforço bélico do qual resultou, em menos de cinco anos, um surto espetacular de desenvolvimento econômico que eliminou todos os traços da depressão iniciada em 1929 e iria empolgar o País pelas três décadas seguintes, inscrevendo Roosevelt como um dos maiores presidentes dos Estados Unidos, ao lado de Abraham Lincoln.

Pouco antes, ao final de março, temendo não ser o conquistador da capital da Alemanha nazista e supondo capturar vivo Hitler, Stálin apontara Zhukov líder do assalto final a Berlim e determinou-lhe avançar. As três frentes soviéticas moveram-se: elas somavam dois milhões e meio de soldados, homens e mulheres, seis milhões duzentos e cinquenta blindados, mais de quarenta mil peças de artilharia e sete mil e quinhentos aviões. Às três horas da madrugada do dia 16 de abril de 1945, o general Zhukov ordenou fogo a cerca de nove mil peças de artilharia, cujas bocas, somente nesse dia, despejaram mais de um milhão e duzentas mil salvas sobre Berlim e arredores.[87]

A ofensiva soviética não achou a contrapartida dos aliados britânicos e norte-americanos. Eisenhower, surpreendido com o contra-ataque alemão em dezembro anterior nas Ardenas e as pesadas baixas então sofridas, quis evitar novas perdas a decorrer de um assalto imediato a Berlim; e, contrariando Churchill e os próprios comandantes dos exércitos norte-americano e inglês, notadamente Montgomery e Patton, não autorizou o avanço de suas tropas, capazes de render a capital alemã antes dos soviéticos. Hitler, o único a acreditar ainda possível derrotar seus inimigos, contava com apenas quarenta mil soldados, exaustos e praticamente sem munição, outro tanto de veteranos da Primeira Guerra e rapazes, muitos deles com doze anos de idade, integrantes da Juventude Hitlerista.

No mesmo dia em que Getúlio anistiou os presos políticos no Brasil – 18 de abril de 1945 –, Mussolini chegou a Milão conduzido por um escolta da SS nazista, que lhe vigiava os passos.[88] Três dias depois, o comando central dos *partigiani*, chefiado pelos comunistas, divulgou uma diretiva conclamando o povo italiano à insurreição nacional para derrotar as forças nazistas e as tropas da República de Salò. Intermediado pelo arcebispo de Milão, Mussolini reuniu-se na tarde do dia 25 com o comando dos *partigiani*, infiltrado na cidade; no palácio do arcebispado, ouviu a proposta de seus interlocutores transmitida pelo representante das forças da resistência italiana – a rendição incondicional de todas as forças fascistas e dele, Mussolini. Antevendo um julgamento público pelos seus captores, Mussolini, na madrugada seguinte, unindo-se a uma coluna da *Wehrmacht*, deixou Milão em fuga, em busca de exílio na Suíça. Dois dias depois, no vilarejo de Musso, a coluna foi interceptada pelos *partigiani*; ao inspecionar os caminhões, um dos *partigiani* reconheceu, abancado ao fundo de um deles, trajando fardamento de soldado alemão, Mussolini. Com ele, foram detidos a sua amante, Claretta Petacci, que recusara abrigo na Espanha para ficar ao lado de Mussolini, e alguns fascistas que se haviam juntado à coluna, deixando os *partigiani* seguir os soldados alemães.[89]

A 21 de abril, as tropas de Zhukov já haviam cercado Berlim pelo norte e três dias depois as tropas do general Konev fecharam o cerco ao sul, isolando assim as tropas alemãs que defendiam a sua capital, tenazmente. No dia seguinte, os tanques russos, vindos do norte e seguidos pela infantaria, rodaram nos subúrbios de Berlin, cuja única rota de fuga àquela altura aberta era uma via em direção a oeste, pela qual alguns soldados e oficiais alemães se aventuravam na esperança de por ela furar o cerco soviético e renderem-se às tropas norte-americanas e inglesas.[90]

Na manhã do dia 28, designado pelo comitê diretor da Resistência italiana, chegou a Dongo, próximo ao lago de Como, para onde os prisioneiros haviam sido transferidos, o "coronel Valerio", membro do Partido Comunista Italiano e experimentado combatente desde o início das ações da Resistência; a sua missão, cumprir o veredito do comando dos *partigiani*: justiçar Mussolini. A ordem foi executada pelo próprio "coronel Valerio", que, com um tiro de pistola, matou Mussolini.[91] A seguir, os cadáveres de Claretta Petacci e dos demais fascistas também executados foram transportados para Milão, que àquela altura já havia sido liberada pelos *partigiani*, e levados ao *piazalle* Loreto, onde, em agosto do ano anterior, os cadáveres de quinze civis italianos mortos pelo ocupante alemão haviam sido expostos. No começo da tarde, os corpos do *Duce* e de sua amante foram dependurados pelos pés na trave superior da estrutura metálica de um posto de gasolina ali situado, de onde podiam ser vistos por toda a multidão que logo se formou. O rosto do *Duce* estava deformado pelos chutes antes desferidos pelos populares que o haviam primeiro visto ainda estirado no chão; ao ter o corpo alçado, a saia de Clara foi presa às suas pernas – a única reverência feita pelo povo italiano em face do ditador morto.[92]

A foto dos corpos de Mussolini e de sua amante expostos em praça pública logo correu o mundo, mas não chegou a Berlim, onde não mais circulavam jornais, nem mais operavam os serviços públicos; devastada pelo bombardeio diário da aviação aliada e alvejada continuamente pela artilharia soviética já infiltrada em seu perímetro urbano, a vida na capital alemã resumia-se à tentativa desesperada de velhos, mulheres e crianças pequenas em alcançar os abrigos subterrâneos.

Berlim ainda resistia, sem contudo barrar o avanço dos soviéticos. Na madrugada do dia 30 de abril, uma coluna do exército soviético avançou em direção ao centro da cidade, esmagando facilmente a resistência de uns poucos soldados da SS e de rapazes da Juventude Hitlerista. Em seu *bunker*, especialmente construído sob os jardins da chancelaria nazista, *Reichkanzlei* – a sede do governo nazista –, situada na Wilhelmstrasse, Hitler recebeu na manhã do dia 30 de abril a notícia do destino final de seu aliado italiano, quando lhe chegou também a informação do avanço da infantaria soviética. À tarde, com um tiro de pistola, Hitler suicidou-se, e Eva Braun, com quem se casara havia dois dias, seguiu-o ingerindo cianureto. Cumprindo ordens suas, os corpos foram queimados à porta do *bunker*. Os soldados russos estavam a menos de quinhentos metros de distância.

À noite, a rádio alemã divulgou a morte de Hitler, omitindo o seu suicídio. Os poucos soldados alemães remanescentes recuavam, buscando render-

-se às tropas norte-americanas ou inglesas, cientes das represálias russas, as quais, de fato, não tardaram.[93] À meia-noite, o comandante responsável pela defesa de Berlim rendeu-se aos soviéticos.

Em dezesseis dias de combate pela tomada de Berlim, entre 16 de abril e 2 de maio, o exército de Zhukov sofreu trezentas mil baixas, mortos cem mil soldados.[94] Na madrugada do dia 7 de maio, o general Jodl, no quartel de Eisenhower, assinou a rendição de todas as forças alemãs. Mas Berlim era soviética, e seguiria sendo o centro de um conflito, não tão intenso, não tão dramático, mas ainda assim a influir na política mundial. No dia 8 de maio de 1945 a Segunda Grande Guerra, formalmente chegou ao fim na Europa, depois de cinco anos e nove meses de combate, no qual perderam a vida cerca de cinquenta milhões de homens, mulheres e crianças, a grande maioria deles civis – um número superior à população do Brasil àquela altura, e equivalente à população da França ao início do conflito.

- **Os comunistas apoiam Getúlio**

Ao contrário da morte de um líder como Roosevelt, que comoveu o mundo democrático e a San Tiago, que a registrou aos alunos, em aula,[95] a morte trágica de ditadores é sempre esperada, mas a de Mussolini não deixou de impressionar aos próceres do Estado Novo, muitos deles admiradores aplicados do regime fascista. Seria razoável a Getúlio supor àquela altura que a hostilidade crescente ao seu governo poderia, uma vez mais, transformar-se em ameaça a si próprio, que não a temeria pessoalmente, mas ele não toleraria a humilhação de sua prisão. Fatos da revolta comunista em 1935, só dominada à bala, e da revolta integralista em 1938, quando se viu sitiado em seu palácio e salvo apenas pela tibieza dos invasores, estariam presentes em sua memória. Os integralistas, agora inteiramente dispersos, não se haviam distinguido por um destemor capaz de ações decisivas. Ao contrário, porém, dos comunistas, a começar pelo seu líder, Luís Carlos Prestes, cujo prestígio os nove anos de prisão só havia feito crescer por todo o País, em especial na capital federal. E Prestes não era um líder qualquer, senão um destemido e extremamente capaz oficial do exército, provado em combate, como mostrara ao País no comando das ações da Coluna que, por essa razão, tomou o seu nome. Getúlio tentara sem sucesso integrá-lo na Revolução de 1930, quando lhe ofereceu o comando militar do movimento, que Prestes recusou. Agora, à frente do Partido Comunista Brasileiro, cuja base firmara-se junto ao operariado – a mesma base política de Getúlio e cuja fidelidade o ditador contava preservar –, Prestes seria um adversário poderoso e, como sempre fora, destemido. Atraí-lo havia sido uma manobra tática necessária aos olhos de Getúlio para ter, como era seu hábito político, os adversários o mais próximo possível a si, mas também para que a ação dos comunistas junto ao operariado não debilitasse a base trabalhista de Getúlio, criada e tutelada por ele.

A Prestes interessava a sua liberdade, sem dúvida; porém o estabelecimento de relações diplomáticas entre Brasil e a União Soviética era um fato auspicioso, que seria creditado à sua liderança à frente do Partido Comunista Brasileiro perante os dirigentes soviéticos com o qual o PCB mantinha estrito alinhamento, assim como o fato da inclusão imediata do Partido no jogo político juntamente aos demais partidos que então foram constituídos. O PCB voltaria, como voltou, à legalidade que lhe fora sistematicamente negada.

Libertado do cárcere, Prestes não regateou o seu apoio pessoal e do Partido Comunista Brasileiro ao ditador, em sucessivas manifestações públicas. Em maio, o partido realizou um grande comício no Estádio do Vasco da Gama, e em seu discurso Prestes exaltou o governo que havia declarado guerra ao Eixo e estabelecido relações diplomáticas com a União Soviética. O compromisso dos comunistas era com o povo, e Prestes acrescentou que "honra aos homens do governo que sabem ficar com o povo e evitar com superior patriotismo o dilaceramento terrível das guerras civis". Em junho, em outro grande comício, realizado no Estádio do Pacaembu, em São Paulo, Prestes disse que os comunistas queriam chegar "através da união nacional, à verdadeira democracia antes e acima de tudo a uma assembleia constituinte"; e, por essa razão, apoiavam o governo "em defesa da ordem" e denunciavam aqueles que "pregam golpes salvadores ou a guerra civil, falando em democracia, mas que não passavam de instrumentos de provocação fascista". O apoio enérgico dos comunistas engrossou a campanha "Constituinte com Getúlio". Se das ruas, e da elite do País, vinha o protesto contra a ditadura e o ditador, este das ruas procurava responder, aliado agora ao seu, até então, maior inimigo, e inimigo incontroverso das elites.

CAPÍTULO XV

ARREMATE

A saída da Faculdade de Filosofia

Getúlio é derrubado: povo nas ruas, militares no palácio

O presidente consentido

O grande eleitor

O arremate

> *"... o melhor fundamento da paz não estará em nenhum mecanismo regulador das relações internacionais, mas numa reforma social ampla, rápida e profunda, através da qual fique assegurada a eliminação dos grandes contrastes de fortuna, removidos os obstáculos que o capitalismo hoje cria à plenitude da produção e à satisfação das necessidades humanas, e deslocado da propriedade privada para o trabalho, o centro de coordenação da vida social."*[1]

- **A saída da Faculdade de Filosofia**

A redação do Manifesto dos Professores de Direito uma vez mais pôs San Tiago no centro de um debate que não cessaria de acompanhá-lo vida afora. Nesse debate entravam dados factuais distorcidos, o despeito insopitável de alguns de seus adversários – à esquerda e à direita no meio acadêmico e no meio político – pelo seu sucesso intelectual e profissional, que uma perturbadora naturalidade pessoal acrescia. Ex-integralista, diretor da Faculdade Nacional de Filosofia e integrante do Conselho Nacional de Política Industrial e Comercial, todos cargos de nomeação exclusiva do presidente da República e, ainda, redator de um manifesto de condenação ao regime vigente e no qual se defendia a saída de seu titular: esses fatos, aos olhos de seus adversários, mostrariam o interesse pessoal imediato de San Tiago em aderir à nova ordem política que se avizinhava, para dela se beneficiar. A acusação de oportunismo político não tardou a ser lançada, e San Tiago não cuidou de a refutar. A sua posição e a dos demais opositores ao governo que com ele haviam mantido vínculo ou por ele haviam sido perseguidos foi saudada por Afonso Arinos, que, em artigo em jornal, disse ser legítima a posição de todos os que propugnassem pelo fim do Estado Novo, assinalando, todavia, inexistir o perigo de o regime soviético estender-se ao Brasil.[2]

Um decreto-lei editado em maio de 1945, proibindo a acumulação de cargos na administração pública, obrigou San Tiago a decidir entre deixar a direção da Faculdade de Filosofia ou a cátedra de Direito Civil na Faculdade de Direito.[3] A opção natural, que atendia a sua vocação, era pela cátedra de Direito Civil, à qual se habilitara com raro zelo e sucesso. Porém, San Tiago deixava a Faculdade de Filosofia não sem antes ver cumprido o seu último propósito à frente de sua direção. Em agosto de 1944, ele insistira junto ao ministro da Educação fosse editado um decreto-lei que atendesse aos interesses da Faculdade Nacional de Filosofia, entre os quais o provisionamento, por concurso, das cadeiras até então ocupadas interinamente, medida que defendera ardorosamente no ano anterior, enfrentando a maioria de seus colegas na Congregação da Universidade do Brasil, inclusive o reitor, que, ao contrário, defendiam fossem as cátedras providas em definitivo por um processo interno de efetivação. Editada a nova regra determinando a realização de concurso, o diretor da Faculdade de Filosofia pôde anunciar: "quer a legislação do ensino superior que as cadeiras sejam providas efetivamente só mediante concurso de títulos e provas, valendo o bom desempenho anterior delas como título no confronto entre os candidatos inscritos".[4] A Faculdade de Filosofia teve, afinal, as suas cátedras preenchidas por concurso, como sempre defendera o seu diretor.

A regra de desincompatibilização de funções públicas foi editada em maio de 1945, e San Tiago em carta informou ao ministro Capanema sua decisão de cumpri-la imediatamente: "vejo que serei compelido a me afastar da Faculdade Nacional de Direito se permanecer na direção da Faculdade de Filosofia, e nessas condições nada mais me resta senão renovar o pedido de demissão que, há um ano precisamente, dirigi a V. Excia., e cuja solução foi por V. Excia. adiada, para que se ultimassem, sem quebra de continuidade administrativa, algumas reformas e providências em curso". Essas reformas e providências já haviam sido cumpridas, mas San Tiago acrescenta outra razão a essa a justificar a sua decisão de deixar a direção da Faculdade de Filosofia: "no momento atual mais do que em qualquer outro, me seria intolerável afastar-me do convívio dos meus colegas e discípulos da Faculdade Nacional de Direito, unidos não apenas para estudar o Direito, mas para lutar por ele".[5] O ministro da Educação, Gustavo Capanema, aceitou o pedido de seu amigo, lamentando o afastamento do colaborador, e enaltecendo a "eficiência, brilho e projeção de sua presença no cargo de diretor da Faculdade Nacional de Filosofia".[6] Como aconteceria reiteradamente nos cargos públicos que ocupou, e contrariamente ao usual, San Tiago realçava-lhe a significação, e não o inverso.

O mesmo navio de transporte norte-americano – o *General Meighs* – que os levara a Itália aportou no cais da praça Mauá, no centro do Rio de Janeiro, a 18 de julho, trazendo de volta os pracinhas, depois de oito meses de combate. Desembarcados, cerca de cinco mil deles desfilaram em marcha militar pela nova via rasgada dos fundos da igreja da Candelária até a praça Onze, sob o delírio de uma multidão jamais vista reunida na capital do País. Homenageado também era o ditador, cujo nome batizava a nova avenida, Presidente Vargas, e que, em seu carro aberto, fechando o desfile, agradecia os aplausos entusiasmados da assistência numerosíssima.[7]

Porém, o povo não jogava diretamente o intricado jogo de pressões políticas, e sim os candidatos à presidência, que dispensavam a voz do povo, e a ouviam apenas para modular seus lances. Getúlio era o alvo de todos esses lances, e a sua solidão no poder crescia. Ele conhecia todos os seus adversários, a maior parte deles seus colaboradores até meses ou dias antes, mas conhecia, melhor do que eles, a poderosa máquina sindical que ele havia montado no interior da administração pública sob seu comando. Igualmente, tinha a noção exata de seu prestígio juntos aos trabalhadores, assim como também já sentira, como destinatário primário dela, a revolta de seus adversários radicais, os quais derrotara e mandara aprisionar ou exilar e vinha de libertar do cárcere, alguns deles já o apoiando.

Os candidatos à sucessão de Getúlio estavam definidos: o primeiro a ser lançado fora o brigadeiro Eduardo Gomes, em abril, pelo partido no qual entre outros adversários do governo se reuniram os signatários do Manifesto Mineiro, a União Democrática Nacional (UDN); e o candidato do governo, o ministro do Exército, general Dutra, fora indicado em julho pela legenda do Partido Social Democrata (PSD), que acolheu os chefes da estrutura burocrática do Estado Novo, a começar pelos interventores dos estados antes nomeados por Getúlio e ora liderados por Benedito Valadares e Amaral Peixoto. Getúlio, tendo articulado a criação do PSD, criara em maio o Partido Trabalhista Brasileiro (PTB), do qual se fez líder indisputado e ao qual vinculou a máquina de controle e manobra dos trabalhadores, por ele incrustada no Ministério do Trabalho.

A permanência de Getúlio na presidência da República fazia crescer o movimento queremista apoiado pelos comunistas que defendiam a redação de uma nova Constituição com Getúlio à frente do governo. As forças de oposição passaram a exigir a sua desincompatibilização imediata do cargo, pois já estava em curso o processo eleitoral que iria definir o seu sucessor. Em 10 de outubro, Getúlio editou um decreto-lei antecipando para 2 de dezembro as eleições estaduais antes fixadas para maio de 1946. Com essa medida, Getúlio abriu a possibilidade aos interventores dos estados de deixarem seus postos e disputarem a sucessão em seus próprios estados, hipótese que desagradou tanto à candidatura de Eduardo Gomes quanto à de Dutra; os correligionários do primeiro entreviram, com razão, uma possível manipulação do pleito nos estados, enquanto os partidários de Dutra perceberam que, uma vez eleito, ele governaria com vinte governadores que deveriam a eleição deles a Getúlio.

Os militares – e os dois candidatos também eram militares – reagiram a essa situação. Góes Monteiro, que assumira o Ministério do Exército substituindo a Dutra, dele desincompatibilizado em razão de sua candidatura, assegurou aos seus colegas de farda que daria solução à crise que se formara. Góes já se inscrevera no PSD, apoiava Dutra e publicamente vinha atacando a UDN, atribuindo-lhe inclusive intenções golpistas. E não via com bons olhos a aliança de Getúlio e Prestes, assim como toda a classe militar.

O quadro político mostrava-se extremamente complexo. Intelectuais, setores da alta classe média urbana, alguns militares, entre eles muitos dos que haviam retornado com a FEB da Itália, e boa parte da imprensa apoiavam a UDN, que contava com políticos distantes do poder, mas sem dúvida hábeis. O candidato Eduardo Gomes era visto como um bravo soldado, – fora ferido à bala na revolta do Forte Copacabana em 1922 e enfrentara os revoltosos comunistas em 1935 –, "um homem cheio de serviços à pátria", dizia a propaganda.[8] Mas a UDN nascera na oposição e, excluída da geografia do poder, não contava com um número suficiente de partidários capaz de projetá-la nacionalmente para enfrentar o PSD, que se valia da estrutura burocrática do governo, sobre a qual fora estruturado. Ainda assim, o candidato pessedista, o general Dutra, não arrancava, e era motivo de preocupação por parte de seus correligionários. Tal como Eduardo Gomes, Dutra não tinha experiência política, e, ao contrário de seu adversário, sequer exibia um porte militar que correspondesse à sua profissão. Elegante e simpático, o brigadeiro transmitia aos quarenta e nove anos um dinamismo que agradava ao seu eleitorado, enquanto Dutra, treze anos mais velho, reservado, uma péssima dicção que o fazia pronunciar o s com som entre o x e ch – "icho não xi chabe", remedava-o a voz do povo – inquietava seus correligionários com a possibilidade de derrota.

Porém, a incerteza maior estava não no desempenho dos candidatos nas urnas, nem se as eleições seriam realizadas, mas em que termos elas seriam realizadas. Getúlio se comprometera a realizá-las e a entregar o governo ao seu sucessor eleito pelo povo; contudo, ao mesmo tempo dizia que o povo não poderia ser contrariado em suas aspirações, lançando com essa afirmação uma dúvida que aflige ainda mais os candidatos a presidente, que sabiam ser o ditador o político mais popular do País.

- **Getúlio é derrubado: povo nas ruas, militares no palácio**

A resistência do ditador parecia inesgotável e assim a sua capacidade de manobra. E tanto Dutra quanto Góes, que haviam provido ao longo dos anos apoio militar a Getúlio, sabiam mais: que os seus gestos, todos eles, eram sempre politicamente calculados; e que ele não se deixava amedrontar. E resistiria pessoalmente a qualquer medida de força a ele dirigida.

Essa consideração não escapava a Góes. Servindo a Getúlio desde 1930, quando assumira o comando militar da revolução, ainda tenente-coronel, depois de Prestes haver recusado esse posto que Getúlio lhe oferecera, oficial de estado-maior ao longo de quase toda sua carreira, Góes alcançara um justo e raro prestígio intelectual entre seus pares. A ele se devia a formulação do pensamento do exército; ao exército, dizia, interessava não a política (como fenômeno social), mas sim ver cumprida a política (particular) do exército, isto é, a orientação ideológica que essa arma, dominante nas Forças Armadas nacionais, entendia ser devida observar pela classe política na condução dos destinos do País. Assim, a ação política partidária deveria ser penhor das forças armadas, do exército, que lhe velava os passos e a quem caberia reprimir aqueles ao seu ver equivocados. E, então, o árbitro desse controle da nação pelas Forças Armadas, segundo Góes, era ele mesmo, à frente da maior dessas forças. E o momento de determinar o rumo imediato do País havia chegado. E deveria ser definido naquele mês de outubro, pondo fim à tensão, já considerável, que comprometia as eleições – e a saída do poder de Getúlio era a decisão a ser tomada.

Esse momento encontrou o seu deflagrador a 25 de outubro, quando Getúlio nomeou o seu irmão Benjamin – notório por sua conduta irresponsável nos cassinos da cidade – para chefiar a polícia da capital, em lugar de João Alberto, próximo a Getúlio, mas também a Góes. João Alberto imediatamente informou Góes desse ato, que este ignorava. Em um gesto teatral, porém medido, Góes demitiu-se do Ministério da Guerra formalmente, mas continuou, de fato, em seu posto: convocou os comandantes da Marinha e da Aeronáutica para que comparecessem ao Ministério da Guerra e os notificou da sua decisão. No início da noite, carros blindados do exército deixaram os seus quartéis em São Cristóvão e na Tijuca e rodaram em direção ao centro da cidade. Dutra informou a Getúlio do movimento das tropas, e o ditador, já cercado o Palácio Guanabara pelos tanques do exército, ainda tentou negociar a sua permanência no poder. Essa proposta foi recusada por Dutra e Góes. Depor Getúlio do poder era o óbvio objetivo daquela medida; contudo, Góes tinha diante de si o inquietante exemplo argentino. Pouco antes, os militares portenhos haviam sido obrigados, por pressão dos trabalhadores nas ruas, a liberar da prisão domiciliar a que o haviam submetido o general Juan Domingo Perón, o populista vice-presidente da República, cujo estilo político era semelhante ao de Vargas. O receio de que Getúlio, preso, mobilizasse os trabalhadores brasileiros em sua defesa surgia como uma possibilidade concreta, na consideração dos chefes militares.[9]

Alertado da movimentação da tropa, Getúlio, ao lado de sua filha Alzira, preparou-se para resistir, pessoalmente, ao ataque que supunha seria desfechado para fazê-lo deixar à força o governo. Revólver à cinta, ele repetia sete anos depois o gesto no mesmo Palácio Guanabara, quando esperou, em vão, o ataque dos revoltosos integralistas. Mas, dessa vez também, não haveria ataque à pessoa do ditador.

Góes incumbiu o general Cordeiro de Farias de ir pessoalmente notificar o ditador que ele deveria deixar em definitivo o governo – Cordeiro de Farias, o mesmo oficial que, diante de um portão fechado por um simples cadeado, hesitara entrar com sua tropa no Palácio Guanabara para resgatar o mesmo ditador sitiado pelos revoltosos integralistas em 1938. O ultimato transmitido ao ditador para que deixasse o poder assegurava, expressamente, preservar-lhe a integridade física e a de sua família pelas forças do exército, que já cercavam o palácio e os principais prédios públicos da cidade. Em resposta ao ultimato, Getúlio disse ao general que "preferia que os senhores me atacassem e meu sacrifício ficaria como um protesto contra esta violência. Já que é um golpe branco, não serei mais elemento de perturbação".[10] No início da madrugada do dia 29 de outubro, depois de ocupar por quinze anos ininterruptos a presidência da República, Getúlio assinou a sua carta de renúncia, ato que ele não repetiria por essa forma nove anos depois.

- **O presidente consentido**

Horas depois, já na madrugada do dia 30, chegava, conduzido por um destacamento militar, à sede do Ministério do Exército, próximo à estação ferroviária da Central do Brasil, guarnecida por tanques e soldados embalados, o presidente do Supremo Tribunal Federal, mandado buscar por Góes a uma recepção social onde se encontrava com familiares seus. Perante oficiais do exército, Góes investiu, em nome das forças armadas, o ministro José Linhares, ainda em *toilette* de rigor com que comparecera, formalmente, à festa que havia pouco fora obrigado a deixar, na Presidência da República. A seguir, Góes informou ao novo presidente da República que na tarde daquele mesmo dia ele deveria retornar ao prédio do Ministério da Guerra para formalmente tomar posse no cargo e tratar com ele, Góes, da formação de seu governo.

Como determinado por Góes – que desde a sua renúncia ao posto de ministro do Exército nenhum outro tinha no governo[11] –, José Linhares tomou posse na tarde do dia 30 de outubro e declarou que "na qualidade de presidente do Supremo Tribunal Federal, assumo com o apoio das Forças Armadas, a presidência da república, esperando corresponder pelos meus atos a tão elevada investidura".[12] O novo presidente registrava o apoio não da sociedade ou mesmo da Lei que cabia ao tribunal por ele presidido interpretar, mas do poder real e manifesto das forças armadas, especialmente do exército. A sua declaração ratificava à sociedade que a ditadura do Estado Novo, que se encerrava, não inaugurava uma era de democracia plena, de submissão de todos, das forças armadas inclusive, à Lei. Tampouco seria exemplar a administração do novo presidente, mais preocupado em nomear integrantes da corporação a que pertencia para ocupar interinamente cargos no governo, e em empregar a sua parentela, subitamente numerosa, para cargos bem remunerados e estáveis na administração pública.[13]

Dois dias depois, Getúlio Vargas embarcou para sua estância, no município de São Borja, no Rio Grande do Sul.

Com as garantias asseguradas a nenhum outro ditador deposto àquela altura, sem qualquer agravo Getúlio deixou o poder pelas mãos dos militares que nele o haviam instalado quinze anos antes, nele o haviam mantido em 1934, e em 1937 subscreveram a implantação da ditadura do Estado Novo que agora, com seus tanques, derrubavam.[14]

- **O grande eleitor**

Deposto Getúlio pelo golpe militar de 29 de outubro, estava afastado o risco à realização das eleições presidenciais. Porém o receio dos chefes militares e dos chefes políticos do Estado Novo, que ainda subsistia em sua pesada estrutura burocrática mesmo após a queda de seu maior instituidor, tinha uma nova e desconhecida fonte: as urnas livres.

Getúlio era presidente de honra do PSD e do PTB, mas este último era o seu instrumento no jogo partidário que se inaugurava, ao qual o PTB não lançara candidato à disputa presidencial; assim, dela tornava-se o fiel, a decidir-lhe a sorte, como os fatos logo apontaram a todos: onde pesasse o apoio do PTB, dali sairia o vencedor do pleito. Esse apoio esperava-o o PSD. Fosse, contudo, negado esse apoio, a incerteza só seria dirimida com a abertura das urnas, esse um risco insuportável ao partido situacionista.

Na percepção certeira dos próceres do PSD, o seu candidato, o general Dutra, era uma incógnita crescente. A solução estava em recorrer ao grande eleitor que eles vinham de tirar à força do poder. Ao contrário dos líderes e dos candidatos dos partidos UDN e PSD, o poder político de Getúlio não estava nem entre os intelectuais nem na classe média urbana e nem mesmo na alta burocracia estatal, mas nos trabalhadores urbanos, cuja organização designadamente estruturara e inscrevera no corpo da administração pública, e que agora, arregimentados no PTB, não lhe negavam apoio.[15] Tampouco a capacidade de negociação de Getúlio, apeado do governo, vira-se reduzida.

Os pessedistas estavam advertidos desse fato e sabiam que a solução estava na palavra do chefe do PTB. A questão era motivar Getúlio a apoiar Dutra – ou antes, o que Dutra poderia oferecer ao PTB em troca do apoio deste. Inúmeros correligionários de Getúlio escreveram a ele nesse sentido. Porém, foi a objetiva opinião de João Neves da Fontoura a convencer o ex-ditador. Ele lembrou a Getúlio ter subido ao poder à frente de uma revolução e dele sido deposto por uma "quartelada",[16] mas que o apoio de seu partido ao candidato do PSD era indispensável à articulação das forças no cenário que se ia desenhar após as eleições. Embora veraz esse argumento, o ex-ditador entreviu um fato mais singelo: Dutra estava disposto a ceder o que fosse necessário para obter o apoio de seu antigo chefe. E Getúlio explorou esse fato. E Dutra curvou-se. Em carta ao PTB, Dutra afirmou que escolheria, para ocupar o Ministério do Trabalho em seu governo, pessoa de sua confiança, porém de comum acordo com o PTB, e que o seu partido apoiaria no Congresso as iniciativas do PTB para "defender e aperfeiçoar a legislação trabalhista". E, em um sinal distintivo do processo eleitoral brasileiro de então por diante, colocava "à disposição do PTB, imediatamente, no mínimo a importância de 500 mil cruzeiros" e garantiria "descarregar votação em seis deputados trabalhistas" nas próximas eleições.[17]

No dia seguinte, a 25 de novembro Getúlio aceitou a oferta feita a seu partido. Apesar de se dizer pessoalmente "agredido, injuriado, traumatizado pelo choque dos ódios e das paixões políticas venho dizer-vos [ao povo brasileiro a quem se dirigia] que esqueci tudo isso e encontrei, no amor pela minha pátria, forças para me renovar. Estou presente e venho cumprir a minha palavra".

E essa palavra admitia que o general Dutra, candidato do PSD, "colocou-se dentro das ideias do programa trabalhista e assegurou a esse partido, o PTB, garantias de apoio, de acordo com suas forças eleitorais. Ele merece, portanto, os nossos sufrágios".[18]

A palavra de Getúlio bastou.

A máquina burocrática do Estado Novo, que sobreviveu intacta à sua queda e teve os seus caciques filiados ao PSD, elegeu, com o apoio do PTB, o general Dutra presidente da República, outorgando-lhe uma maioria absoluta de cinquenta e cinco por cento dos votos. Mas o grande vitorioso foi Getúlio, eleito senador por dois estados e deputado federal por oito; e o seu partido, o PTB, a reboque seu, surgiu como a terceira força, decisiva na derrota dos opositores de Vargas, agrupados na UDN, cujo candidato alcançou apenas trinta e cinco por cento dos votos. O candidato dos comunistas, que se haviam alinhado ao ditador defendendo a sua permanência no poder, conquistou dez por cento dos votos.

- **O arremate**

San Tiago não cogitou voltar à militância política filiando-se a um partido – decisão a ser tomada dez anos depois; o seu objetivo naquele momento era lutar pela renovação do estado de direito. A primeira oportunidade de manifestar-se publicamente nesse sentido surgiu pouco antes do fim do ano.

Paraninfo já na primeira turma sob sua regência esse não era um fato inédito na sua carreira de professor: os alunos da Escola de Belas Artes e Arquitetura o haviam escolhido ao fim do seu primeiro ano letivo. Inédito, sem dúvida, foi o discurso do paraninfo da turma de 1945 da Faculdade Nacional de Direito.

A 12 de dezembro, os alunos reuniram-se no Teatro Municipal, no centro do Rio de Janeiro, e receberam o diploma das mãos do diretor da Escola, Pedro Calmon. Tendo por patrono Franklin Roosevelt, o presidente norte-americano falecido em abril daquele ano e por paraninfo o seu professor de Direito Civil que os havia acompanhado desde o segundo ano letivo, em 1942, os formandos e uma plateia que ocupava todos os lugares do teatro ouviram um discurso que em tudo fugiu à cansativa regra das orações paraninfais.

Como devido, porém numa linguagem de rara elegância, San Tiago saúda ao início seus alunos, dizendo-lhes que confiava nessa nova geração e a ela iria falar "com a franqueza que sempre coloquei no que vos disse, e haveis de ouvir-me com a independência que sempre encontrei e amei em cada um de vós, e que foram, uma e outra, o fundamento tácito do pacto de amizade ao qual devo o júbilo deste paraninfado". A seguir, San Tiago, fixando o tema da sua oração, cobra, frontalmente, à doutrina jurídica nativa a renovação do Direito, afirmando que este deveria defender-se de sua maior ameaça, que ele não hesita em afirmar vir "da própria cultura jurídica".

A grande culpa dos juristas de hoje, diz, e não apenas entre nós, mas em todos os países, vinha do fato de "não assumirem [os juristas] uma posição avançada na revisão dos conceitos dogmáticos e no ajustamento da ciência às novas realidades legislativas e às superiores exigências de reforma social". O Direito, diante de condições sociais vigentes, deve renovar-se, pondo-se em contato com o mundo moderno e assim podendo contribuir para "a mais completa reforma da sociedade". Objetivamente, prossegue, é necessário uma "mudança de base da ordem jurídica" a que a sociedade moderna aspira: "o deslocamento do centro do equilíbrio social da propriedade para o trabalho". Àqueles que vivem do seu trabalho, e "não têm outros ingressos além dos salários, a ordem civil oferece apenas insegurança, e o Estado um inocente paliativo da assistência em caso de desemprego ou de infortúnio". É, portanto, conclui, preciso reconstruir a ordem civil "partindo da ideia de que o trabalho é a forma definitiva e normal da participação do homem nas funções da sociedade".

San Tiago já propusera discutir, ao sugerir convidar Sir Beveridge a vir ao Brasil, a criação de um sistema de previdência social que assistisse ao trabalhador para além dos direitos mínimos que tão tardiamente a ele foram outorgados pela política concessiva de Getúlio. E de sua experiência recente no Conselho Nacional de Política Industrial e Comercial, San Tiago defendia a planificação da economia, a qual não podia mais ser deixada, entre nós, à desequilibrada disputa concorrencial. Todavia, a economia planificada, que se mostrava uma "tendência irreversível", não poderia importar na "retração dos meios jurídicos e sua substituição por uma atividade administrativa de caráter compulsório, arbítrio do poder público".

Aos juristas caberia criar regras para uma nova ordem econômica que a realidade de então exigia, prevenindo o arbítrio do poder estatal e o arbítrio do poder econômico privado. Essa tarefa encaminhava outra, a da reforma do Direito Público, cujo objeto maior era definir as regras para que a "forma governativa se realize e preserve a democracia essencial". O Estado Novo, diz San Tiago, sofreu a influência "do surto fascista europeu", estimulado por uma "profunda crise de ceticismo contra o que se chamou idealismo da constituição", que tomara conta da inteligência nacional e que se desdobrara no "divórcio entre o regime político e as nossas realidades sociais". A esse quadro veio se somar a "contribuição castilhista e o instinto centralizador que periodicamente se manifesta na nossa história", compondo o quadro da ditadura da qual naquele momento o País emergia.

San Tiago identifica as três linhas que compuseram o caldo ideológico do Estado Novo: o exemplo externo do fascismo italiano, o centralismo autoritário da direita nativa e o positivismo antiparlamentar propagado pelo gaúcho Júlio de Castilhos. Naquele momento, cabia à consciência jurídica brasileira pôr o País a salvo de toda ditadura. Nesse sentido, San Tiago avança uma afirmação que "a muitos pode parecer convicção mais política que jurídica: a de que só o regime democrático é compatível com o direito". Mas o regime democrático só será afirmado, diz, se o Estado for democratizado, asseguradas todas as prerrogativas próprias da democracia, desde o funcionamento pleno dos partidos políticos à liberdade plena de opinião.

Não bastaria, porém, cumprir a missão elevada e complexa de restaurar a democracia no Estado brasileiro, afirmando-a na cultura política do País. Outra tarefa cabe à cultura jurídica, que completa e eleva a sua missão: "alargar sobre os povos o novo humanismo, vencendo, no plano das instituições, as diversidades nacionais, e ligando o esforço criador de todas as épocas". O humanismo, conclui, é "a doutrina da unidade e da universalidade do homem, contraposta a todos os particularismos".[19]

O discurso de San Tiago arremata, esclarecendo-o, o seu trânsito ideológico e sintetiza a sua nova posição: a afirmação de uma democracia social servida por um Direito renovado pelos valores que a informavam: a soberania popular e a primazia do trabalho. Conciliar esses propósitos e efetivá-los na sociedade brasileira será a sua luta pelos seus próximos breves e intensos dezenove anos de vida.

NOTAS

CAPÍTULO I. ORIGENS

1. DANTAS, F. C. de San Tiago. Viagem a Ouro Preto, *Espelho*, jan. 1936.

2. Joaquim Justino de Moura dos Santos refere a concessão das sesmarias à invasão da cidade, no ano de 1565, pelos franceses. SANTOS, Joaquim Justino de Moura.*Tese sobre a freguezia de Inhaúma:* de 1743 a 1920. p. 30. Os franceses já teriam contudo se estabelecido no litoral fluminense desde a chegada de Villegaignon em 1555, havendo inclusive excursionado pelo continente. A expulsão das forças francesas deu-se em 1567. SARTHOU, Clóvis. *Passado e presente da baía de Guanabara:* 1565-1965. Rio de Janeiro: Freitas Bastos, 1964. p. 16-24; e LAMEGO, Alberto Ribeiro. *O homem e a Guanabara*. Rio de Janeiro: IBGE, 1948. p. 103-107.

3. Inhaúma, segundo uns, significa "água escura, torrente negra". SILVA, Romão J. da. *Denominações indígenas na toponímia carioca*. Rio de Janeiro: Brasiliana, 1966. Segundo outros, "ave preta" *Tese sobre a freguezia*, cit. Batiza, ainda, um rio nascido nas serras a oeste da cidade do Rio de Janeiro, que deságua na baía de Guanabara. Em 1640 dele já se tem registro. Cf. TEIXEIRA FILHO, Álvaro. Da terra de Santa Cruz, chamada vulgarmente o Brasil. In: *Roteiro cartográfico da baía de Guanabara e cidade do Rio de Janeiro*: séculos XVI e XVII. Rio de Janeiro: Livraria São José, 1975. O rio Faria (antes Farinha) receberia o Timbó (antes Gombitimbó) e o pequeno Faleiro, e desaguaria na baía de Guanabara, ou seria recebido pelo Inhaúma. O curso desses rios sofreu alterações com o povoamento da região. Cf. PINTO, Alfredo Moreira. *Apontamentos para o dicionário geográfico do Brasil*. Rio de Janeiro: G. Leuzinger & Filhos, 1888. v. 2, p. 184-185; ROCHA, João Clímaco da. *Dicionário potamográfico brasileiro*. Rio de Janeiro: Gráfica Lux, 1958; SANTOS, Joaquim Justino de Moura.*Tese sobre a freguezia de Inhaúma:* de 1743 a 1920 cit. Ao ser elevada à freguezia em 1743, Inhaúma "ao norte, estendia-se do Campinho (hoje Cascadura) até a Penha, limitando nesses pontos, com a freguezia de Irajá. A leste, partia da Penha, na freguezia de Irajá, acompanhando o litoral, ou 'mar de Inhaúma', no qual se situavam doze ilhas – na década de 1940, (...) foram unidas, formando a atual ilha do Fundão –, até a Ponta do Caju, então pertencente à freguezia do Engenho Velho. Ao sul, estendia-se da Ponta do Caju até as bases da serra (...) mais tarde denominada Andaraí Grande, separando-se nesse trecho (...) da freguezia do Engenho Velho. A oeste, fazendo divisa com a Freguezia de Jacarepaguá, o território de Inhaúma seguia pelas bases das serras do Andaraí Grande e de Jacarepaguá até atingir novamente o lugar denominado Campinho". *Tese sobre a freguezia*, cit. "Toda a navegação na baía era feita em veleiros: brigues, escunas, brigues-escunas,

patachos, sumacas, bergantins, iates, barcas, galeras, rascas, faluchos, balandras (...) enquanto que centenas faluas, perus, botes, canoas, e caíques davam conta do tráfego interno entre a Côrte e os numerosos portos da outra banda e do fundo da baía". Cf. SARTHOU, Clóvis. *Passado e presente da baía de Guanabara:* 1565-1965, cit., p.150-151.

4. Não se tem precisa a data de construção da capela. *Tese sobre a freguezia,* cit., p. 37. Vivaldo Coaracy faz referência a haver sido erguida, excepcionalmente, em pedra e cal. COARACY, Vivaldo. *O Rio no século dezessete.* Rio de Janeiro: José Olympio, 1965. p. 210. A Igreja, localizada no bairro carioca de Inhaúma, guarda o mesmo nome.

5. Manoel Dantas Correa era filho de Antônio Dantas Correa e de sua mulher, Antônia de Moura. Joana de Abreu Soares era filha de João de Abreu Oliveira e de Felipa da Sylva Nogueira. Certidão extraída do Processo Matrimonial de Manoel Dantas Correa e Joanna de Abreu Soares, datada de 1722. Arquivo da Cúria Metropolitana do Rio de Janeiro. Antônio, que seria o primeiro Dantas em linha direta com San Tiago, teria nascido no terceiro quartel do século XVII; seu filho Manoel foi por ele levado a batizar em dezembro de 1696. Contando-se a partir de Antônio, San Tiago pertenceria à oitava geração desse ramo Dantas. E a partir de Felippe, o primeiro a trazer o nome Santiago, pertenceria à sexta. Vários outros ramos fluminenses imbricam-se com esses Dantas e Santiago: Correa, Oliveira, Nogueira e Abreu Soares, Azeredo, Homem de Abreu, Correa de Queiroz, Martins de Andrade, Vasconcelos, Silva, Sá, Sá Freire.

6. José Correa de Abreu era filho de Pedro Homem de Abreu, também referido como Pedro Jordão de Abreu, e de Isabel Correia de Queiroz, tendo sido batizado na Igreja São Salvador do Mundo de Guaratiba, em 4 de abril de 1728. Certidões extraídas dos autos do processo de casamento de José Correia de Abreu e Ignácia Maria de Jesus ano 1757. Arquivo da Cúria Metropolitana do Rio de Janeiro.

7. Ms. de San Tiago Dantas. *Fazenda do Faleiro.* Faleiro era, então, um pequeno rio que nascia na freguezia de Inhaúma, atravessava a estrada nova da Pavuna e desaguava no rio Farias, em terras da Fazenda do Capão do Bispo. ROCHA, João Clímaco da. *Dicionário potamográfico,* cit.

8. Prossegue a citação: "cujo acontecimento (estar Brígida 'gravidada') p. r q' he publico, e notorio, se a oradora, isto é, nubentes no caso, (Brígida) não cazar com o or. (Dionízio), q'a quer amparar, e ressarci-lhe o danno causado, certamente, não achara outro homem, q' a q.ra rceber p.r m.er, e por isso vira a ficar inupta, e sujeita pela fragilidade do seu sexo a continuar nas offenças do Creador...". Os noivos, buscando-se escusar de cumprir integralmente a pendência, assim justificavam o seu pleito: "o Or. [orador, isto é, requerente] tem varrido vinte dias, ouvido outras tantas Missas, e a Oradora tem varrido quinze dias e ouvido e assistido outras tantas Missas, o complim.to das mais se lhes faz assas preciso, pr q'a Or.a [oradora] se acha gravidada e proxima de dar a luz o feto que traz, e p.r.q' mora distante da Matriz hua legoa, p.r isso tem experimentado pello exercício diário deterioram.to na sua saude, o Orador p.r q' he pobre cuida da agricultura e p.r isso tido desfalque no augmento das lavoiras pella falta a sua assistencia pois trabalha com os

proprios brassos para se poder limentar; p.r cuja cauza humildemente implora a V.S p.a que se digne pello amor de D.s comutarlhes o resto das suas penitencias em outras que mais comodadmente possão os Or.es cumprirem por tanto". Certidão extraída dos autos do processo de casamento de Dionízio José de Santiago e Joaquina Brígida de Vasconcellos, em 1804 – Arquivo da Cúria Metropolitana do Rio de Janeiro. Sobre as atividades de Dionízio escreveu San Tiago: "o qual, depois de ter sido, na mocidade, comandante de navios mercantes, se recolhe à Freguezia de Inhaúma, sua terra natal, à fazenda de Faleiro, de sua propriedade... e mais tarde passará a Itaguaí." Ms. de San Tiago Dantas. Essa versão de San Tiago é contestada pelos assentos feitos quando do casamento de Dionízio, acima transcritos. De fato, casou-se Dionízio mais tarde, já havendo inclusive residido fora de Inhaúma, em Irajá, o que poderia fazer supor o exercício de outras atividades, antes de se dedicar à agricultura. Mas nada leva a crer haver Dionízio trabalhado como marítimo, inexistindo qualquer referência documental nesse sentido. A agricultura àquela época desenvolvia-se entre a faixa média da população não escrava, sob o regime de arrendamento de lotes fracionados às grandes fazendas. Assim é possível que Dionízio tivesse a seu trato lote de terra arrendado a um dos grandes proprietários da região, o que, possivelmente, terá levado San Tiago a classificá-lo como fazendeiro. Ainda segundo seu trineto, Dionízio teria nascido a 17 de setembro de 1780 e morrido em 1.º de março de 1866. Em seu processo matrimonial, contudo, consta: "Dionízio Jose Sanct'iago (...) disse que era filho legítimo de Jose Correia de Abreu e Ignacia Maria de Jezus e que fora baptizado nesta Freguezia de Inhauma, e que assistira por dois anos na Freguezia de Iraja, e era solteiro livre, e desempedido... e que tem a idade de trinta e quatro anos, pouco mais ou menos". Este depoimento traz a data de 27 de novembro de 1804, o que indica o ano de 1770, como sendo o de nascimento de Dionízio, o que parece mais provável, pois sua mãe, Ignácia, nasceu em 1742 e casou-se aos quinze anos, nascendo-lhe Dionízio aos vinte e oito anos.

9. Inicialmente, vila São Francisco de Itaguaí. É cortada pelos rios Guandu e pelo ribeirão das Lajes.

10. Sobre Dionízio escreverá San Tiago: "Um homem de bem, na mais alta acepção da palavra. Tinha inteligência pouco vulgar, instrução vasta, embora não tivesse feito um curso regular, se fosse ambicioso poderia ter ocupado altas posições depois da Independência para qual ativamente trabalhou". A essa descrição, aduz San Tiago haver Dionízio alcançado a chefia do Partido Conservador, em Itaguaí. Somente a tradição de família, cuja versão terá San Tiago conhecido, poderá informar sobre essa fase da vida de Dionízio; em Itaguaí, inexistem documentos que corroborem a versão de seu trineto. Ms. de San Tiago Dantas. As referências geográficas indicadas por San Tiago são precisas. Cf. Processo Matrimonial de Francisco Santiago Dantas e Clementina Maria de Jesus – Arquivo da Cúria Metropolitana do Rio de Janeiro.

11. ASSIS, Machado de. *Dom Casmurro*. Rio de Janeiro: Civilização Brasileira, 1975. p. 75-76.

12. Clementina era filha do sargento-mor Luis José de Sá Freire e Ana Rosa Reborda de Vasconcelos. A família Sá Freire descenderia de um dos primeiros povoadores do Rio,

Crispim da Cunha Tenreiro, conforme dá nota Carlos Rheingantz, que arrola San Tiago no ramo Freire Dantas. RHEINGANTZ, Carlos G. A descendência dos primeiros povoadores do Rio. *O Globo,* Rio de Janeiro, 13 jul. 1965. A ligação familiar entre os Sá Freire e os Dantas era, porém, anterior ao matrimônio de Francisco e Clementina. Esta era, pelo lado materno, neta de Carlos Dantas de Vasconcelos, irmão de Felipa, trisavó paterna de seu marido, a Dantas que se une ao Santiago, o primeiro deles conhecido, Felippe. No processo matrimonial está referido que Clementina tinha com seu noivo "consanguinidade no 4.º grau mixto ao 3.º na linha colateral", o que obrigava a dispensa da Igreja para o matrimônio. Diz ainda a certidão que "os Oradores (isto é, os requerentes) não são ricos, porém possuem alguns bens, e o Orador he mosso trabalhador, e acredita e pode trata a Oradora com dessencia". Cf. Certidão expedida pela Cúria Metropolitana do Rio de Janeiro.

13. O futuro major Dantas teria sido criado, segundo seu neto, pelas tias, pois seu pai, o alferes Francisco enviuvou em 1848 e faleceu dez anos depois. Ms. de San Tiago Dantas. *O major San Tiago Dantas.* SANMARTIN, Olyntho. *O capitão Dantas e o episódio dos muckers*: cartas do engenheiro Alphonse Mabilde. Porto Alegre: Livraria do Globo, 1947. p. 23 (separata).

14. Ms. de San Tiago Dantas. *Mensagem à junta da freguezia de Santiago D'Antas.* San Tiago Dantas fez generosa doação em dinheiro à Junta da Freguezia de Santiago D'Antas, por essa ocasião.

15. Ms. de San Tiago Dantas *O major San Tiago Dantas.*

16. Arquivo da Cúria Metropolitana do Rio de Janeiro.

17. Cf. MACHADO, José Pedro. *Dicionário etimológico português.* 1. ed. Lisboa: Editorial Confluência, 1956. p. 493.

18. Em inglês, Iago tomou a forma James. Cf. *The compact edition of the Oxford dictionary.* New York: OUP, 1971; SARAIVA, F. R. dos Santos. *Novíssimo dicionário latino-português.* 5. ed. Paris: Garnier, s.d. Cf. *Dicionário etimológico,* cit. p. 56-57 e 493; e verbete "Santiago". In: *Grande enciclopédia portuguesa e brasileira.* Lisboa: Ed. Enciclopédia, p. 281 e ss; idem, ibidem, verbete "Antas", p. 776.

19. Ms. de San Tiago Dantas: *Ligeiro subsídio para a genealogia dos Carneiros de Paracatu.*

20. Mais tarde promovido a duque; Luís Alves de Lima e Silva tinha a esta altura a patente de brigadeiro, hoje correspondente ao posto de coronel do Exército. COSTA, Virgílio Pereira da Silva. *Duque de Caxias.* São Paulo: Ed. Três, 1974. Sobre a ação de Caxias reprimindo o movimento, consulte p. 102 e ss.

21. Uma análise da revolução liberal no contexto dos movimentos que agitaram o período regencial e a fase inicial do Segundo Império acha-se em HOLANDA, Sergio Buarque de (dir.). *História geral da civilização brasileira:* o Brasil republicano. São Paulo: Difel, 1972. t. 2, v. 2, p. 405 e ss. A notícia da prisão de Josefa Carlina é dada por José Antônio

Marinho, um dos revolucionários, em sua obra *História da revolução de 1842*. Brasília: Ed. UnB, 1978. p. 250.

22. Ms. de San Tiago Dantas.

23. João Batista e Maria das Mercês tiveram outros três filhos além de Geraldina: Vitória Eugênia, Antônia Domitila e Arthur. Ms. de San Tiago Dantas. Depoimento de Felipe San Tiago Dantas Quental. A devoção de João Batista à família é referida na crônica familiar, tal como San Tiago a registra; suas dificuldades financeiras – que muito iriam contribuir para seu retraimento e o iriam igualar a seus descendentes, todos modestos – teriam porém origem diversa da apontada por seu bisneto: seriam resultado de negócios mal conduzidos por um de seus sobrinhos. As poucas notas autobiográficas deixadas por San Tiago revelam-no inteiramente distante da sua habitual objetividade; a crônica familiar surge-lhe transformada em epopeia, onde os heróis superam-se a si mesmos no cumprimento do dever – como seu avô paterno, na campanha do Paraguai – ou na abnegação com que renunciam à própria vida em favor de seus descendentes, como teria sido o caso de João Batista e mais tarde de sua filha, Geraldina, a adorada Dindinha, avó materna de San Tiago. Tal dramaticidade, sem contudo a sofisticada elaboração com que a reveste o bisneto, já se acha presente no major Dantas, notadamente na carta que este dirige ao filho, às véspera da morte. Aliás, concede o major um toque de humanidade ao dizer que "os homens (da família) foram probos, patriotas e de costumes morigerados, pecando quiçá alguns pelo demasiado amor às mulheres", confissão que San Tiago jamais se permitiria formalizar, ainda que a visse verdadeira.

24. Ms. de San Tiago Dantas. *O major San Tiago Dantas*.

25. Em 18 de fevereiro de 1863. Ms. de San Tiago Dantas. *O major San Tiago Dantas*. San Tiago referiu a amigos a intenção, que tivera, de seguir a carreira das armas. Depoimento de Américo Lacombe. Essa intenção pode ter ocorrido ao menino, admirado das glórias do avô, mas não ao acadêmico de direito. Em suas memórias inacabadas, o colega de Faculdade de Direito e um de seus amigos mais íntimos, Hélio Vianna, escreveu: "Em 1930 frequentei o segundo ano do Centro de Preparação de Oficiais da Reserva (CPOR). Nele foi encarregado da Instrução Geral o meu cunhado (casado com a irmã de Hélio, Argentina), então Capitão Humberto de Alencar Castello Branco. A ele coube dar-me as indicações para que o amigo San Tiago Dantas pudesse requerer, no Exército, a certidão de sua invalidez para o serviço militar, por ter onze e nove graus de miopia. O que muito entristeceu seu pai, Raul de San Tiago Dantas, oficial de Marinha, filho e genro de oficiais de exército, seu pai tendo sido valoroso combatente do Paraguai." Ms. Memórias de Hélio Vianna.

26. Cf. Caderneta militar de Francisco Clementino de San Tiago Dantas. Arquivo do Exército Brasileiro.

27. Ms. de San Tiago Dantas. *O major San Tiago Dantas*. Dionísio Cerqueira evoca a partida dos alunos da Escola Militar: "Quando vi o Graça, o Amarílio, o San Tiago Dantas (...), e todos aqueles caros companheiros, em ordem de marcha, com a mochila às costas,

de capote bem emalado (...) achei-os admiráveis, e, confesso o meu pecado, tive tanta inveja, que não pude mais abrir um livro. Apoderou-se de mim a ideia de assentar praça e partir". CERQUEIRA, Dionísio. *Reminiscências da campanha do Paraguai*: 1975-1870. Rio de Janeiro: Biblioteca do Exército, 1980. p. 47. A descrição da batalha está em FRAGOSO, Tasso. *História da guerra entre a Tríplice Aliança e o Paraguai*, v. 2, p. 320. Ambos autores citados por San Tiago, in op. cit. Sobre a atuação militar de Osório nesse período, primeiro como brigadeiro efetivo e a partir de 1865 já marechal de campo e comandante do Primeiro Corpo do Exército, ver: MAGALHÃES, João Batista. *Osório*: síntese de seu perfil histórico. Rio de Janeiro: Biblioteca do Exército, 1978.

28. Em agosto de 1866. Cf. Ms. de San Tiago Dantas. *O major San Tiago Dantas*; e sua caderneta militar. Arquivo do Exército Brasileiro.

29. Ms. de San Tiago Dantas. *O major San Tiago Dantas*.

30. O episódio, cujo teatro principal foi o morro de Ferrabraz, no município de Sapiranga, ganhou especial notoriedade com o fracasso da primeira investida das tropas do Exército lideradas pelo coronel Genuíno Olympio Sampaio, que debandaram ante a resistência oposta pelos sediciosos; o próprio comandante morreria em uma emboscada. A atuação do capitão San Tiago Dantas, que participara da primeira missão, ao assumir o comando da segunda, foi decisiva: organizou as forças sob férrea disciplina, definiu em detalhe a estratégia de combate, e, sobretudo, participou diretamente dos enfrentamentos, angariando o respeito da população local, como testemunhou um autor contemporâneo: "Conseguira aquele capitão cavalheiresco o que pretendia: devolvera ao exército a sua honra e à população a sua paz. Esta última soube mostrar-se-lhe agradecida. Como suas feridas não permitissem um transporte a cavalo ou de carroça, os cidadãos mais gratos colocaram a seu dispor seus ombros. Carregaram-no em maca por todo o longo trajeto abaixo até ao rio, onde se achava ancorado um vapor, para acolhê-lo". SCHUPP, Ambrósio. *Os "Mucker"*. 4. ed. Tradução de Arthur Rabuske. Porto Alegre: Martins Livreiro, 1993. p. 314. Cf. também: *Capitão Dantas e o Episódio dos Muckers. Ligeira notícia sobre as operações militares contra os Muckers na Província do Rio Grande do Sul pelo Bel. F. C. de San Tiago Dantas*. Rio de Janeiro, 1877.

31. BLAKE, Augusto Victorino Alves Sacramento. *Diccionario bibliographico brazileiro*. Rio de Janeiro: Imprensa Nacional, 1893. v. 2, p. 428.

32. Ms. de San Tiago Dantas. *O major San Tiago Dantas*.

33. Ms. de San Tiago Dantas. *O major San Tiago Dantas*. Depoimentos de Lurdes Montenegro e de Olga Rego Freitas.

34. Ms. de San Tiago Dantas. *O major San Tiago Dantas*; SANMARTIN, Olyntho. *O Capitão Dantas e o episódio dos muckers*: cartas do engenheiro Alphonse Mabilde, cit., p. 23; CARNEIRO, David. *O Paraná na história militar do Brasil* Curitiba: Tip. João Haupt, 1942. p. 170-173. O autor, descrevendo os prédios militares de Curitiba, anota: "o 8.º Regimento, cuja construção foi iniciada em 1879 pelo capitão San Tiago Dantas e concluída em 1881 pelo capitão Francisco Monteiro Tourinho...". É possível que o capitão Dantas tenha deixado Curitiba para cumprir o mandato de deputado; são esparsos os registros

constantes na folha de serviços do militar existentes no Arquivo do Exército, referindo, a maioria deles, correspondência endereçada ao ministro. San Tiago com certeza baseou-se, ao elaborar a biografia de seu avô – que deixou inacabada –, em fontes mais precisas, as quais, todavia, não se acham indicadas. À colônia situou-se à sudeste do estado, no lugar denominado Chopim (nome provavelmente derivado de chopim, ave canora encontrada na região). À determinação do major Dantas deveu-se à fundação do primitivo povoamento em torno da colônia, que mais tarde resultou no município de Chopinzinho. O rio Chopinzinho, que banha o município, liga-se ao Chopim, que pertence à zona fisiográfica do rio Iguaçu; este nasce na serra do Mar e corre em direção ao rio Paraná, no qual se lança; pontilhado de saltos ao longo de seus 1.320 km, uma de suas principais cataratas tomou o nome de "Salto San Tiago Dantas", em homenagem ao major Dantas. Cf. IBGE, *Enciclopédia brasileira de municípios*. 1959. v. 31, p. 111-112. Outras colônias teria fundado o major Dantas, entre elas as de Erê, Xapecó e Xerém. Quanto à primeira, há registro da designação do major para estabelecê-la, datado de outubro de 1880; as demais referem-nas à tradição familiar. Arquivo do Exército Brasileiro. Depoimento de Lurdes Montenegro.

35. Ms. de San Tiago Dantas. *O major San Tiago Dantas*. Os registros da Marinha referem 25 de novembro de 1887 como a data de nascimento do futuro almirante. Raul de San Tiago Dantas. O *Dicionário histórico-biográfico brasileiro*, refere a data de 25 de dezembro de 1887. Raul faleceu no Rio de Janeiro em 19 de outubro de 1957. As irmãs de Raul são Stella Dulce, Diva Eresina e Déa Clementina.

36. Em junho de 1885, o cirurgião-mor Antônio de Souza Dantas e o primeiro médico do hospital militar, João Severino da Fonseca, atestam que o major Dantas, então comandante interino do Primeiro Batalhão de Artilharia a pé na Fortaleza de Santa Cruz, sofria de "sífilis manifestada em várias regiões do corpo e uma úlcera na face externa anterior do antebraço esquerdo" (Laudo Médico, 18 de junho de 1885. Arquivo do Exército Brasileiro).

37. Designado para servir como assistente na montagem de um laboratório pirotécnico em Cuiabá, falece nesta cidade em 11 de junho de 1889. SANMARTIN, Olyntho. *Capitão Dantas e o episódio dos muckers*, cit., p. 23. e Ms. de San Tiago Dantas. *O major San Tiago Dantas*.

38. Ms. de San Tiago Dantas. *O major San Tiago Dantas*.

39. A 23 de setembro, no distrito de Arcos, filho de Basílio José Correa de Mello.

40. Os dados ora referidos constam de manuscrito (Ms. de San Tiago Dantas. *General Felippe José Correia Mello*.) existente nos arquivos pessoais de San Tiago e foram, segundo indicado, transcritos da caderneta militar de Felippe José Correa de Mello. No arquivo do Exército não há registros relativos a Felippe, senão as datas das promoções que recebeu. Esses registros conferem com os respectivos indicados no manuscrito.

41. Ms. de San Tiago Dantas. *General Felippe José Correa de Mello*. A parte final desse texto é escrita pelo próprio San Tiago; a inicial traz uma caligrafia feminina, sem indicação de autoria, e, como em todos seus escritos sobre a família, a objetividade cede ao

sentimentalismo. San Tiago diz, ao comentar a vida simples de seu avô, que este a cumpriu "cultivando preciosamente seus poucos amigos, amando fervorosamente a mulher e a filha, dedicando-se aos parentes, cumprindo seus deveres de chefe de família e de soldado, e fazendo crescer o tesouro invisível de virtudes, de amor, de modéstia, de respeito próprio, de independência e de altivez, que ele e sua mulher legariam como herança única, não só aos seus descendentes, mas a todos que deles se aproximaram de suas vidas – sem brilho e sem manchas".

42. Carta de Felippe José Correa de Mello a Mariano. Ouro Preto, 1897.

43. Folha de serviços. Arquivo do Exército Brasileiro. Não foi possível precisar a data de transferência de Felippe para o Rio.

44. Nelson Werneck Sodré, contemporâneo de San Tiago, escrevendo sobre seus antepassados imediatos, diz: "Em minha família, pelo menos entre os parentes próximos, não havia militares. Parece que foi a decadência econômica que levou alguns, muito poucos, a escolherem a carreira". SODRÉ, Nelson Werneck. *Memórias de um soldado*. Rio de Janeiro: Civilização Brasileira, 1967. p. 1. O pai de Raul, o major Dantas, escreveu pouco antes de morrer: "Entretanto, a sorte dessas crianças preocupa-me. Sinto morrer deixando-as pobres no mundo. Sinto não poder encaminhá-las, não aplainar-lhes as primeiras dificuldades quando tiverem que lutar pela existência". "Minha mulher", prossegue o major Dantas, "tem energia e virtudes suficientes, há de esforçar-se por educá-los, mas suas ideias não são as minhas, se pode fazer de minhas filhas esposas virtuosas e boas mães, não preparará meu filho para o futuro que para ele sonho". Ms. de San Tiago Dantas. *O major San Tiago Dantas*. Se procedente a preocupação quanto às dificuldades materiais que sua família enfrentaria com sua morte prematura e preciso o juízo do major sobre a energia de Justa, quanto à capacidade de sua mulher em encaminhar o filho profissionalmente viu-se equivocado o major Dantas: a crônica familiar registrou o empenho de Justa em ver o filho servir à Marinha. Depoimento de Lúcia San Tiago Dantas Quental.

45. Entrada na folha de serviços da Marinha, de 11 de julho de 1912: mandado adicionar, para "os efeitos de reforma o período de quatro anos em que freqüentou com aproveitamento o Colégio Militar".

46. Cedo, o futuro major Dantas protestava ante seus superiores, reclamando promoção a segundo-tenente. Arquivo do Exército Brasileiro. Ministro da Guerra, Osório escreveu a seu antigo comandado na guerra do Paraguai que se sentira "molestado com o que lhe mandei dizer na minha (carta) anterior, que naturalmente foi expendida na amizade". E informava ao marido de sua neta: "Não estou disposto a dar-lhe a dispensa que me pede, continue portanto na administração da obra do quartel e mande-me o orçamento que exigi. Sou com estima, seu amigo". Rio de Janeiro, 23 de outubro de 1878. A partir da década de 1880, alegando dificuldades para submeter-se a tratamentos de saúde, eram frequentes os pedidos de licença e transferência formulados pelo major Dantas. Arquivo do Exército Brasileiro. San Tiago, contudo, refere a admiração do bisavô por Osório, que em homena-

gem a este batizou um dos saltos, dentre os vários nomeados pelo major Dantas, do rio Iguaçu. Ms. San Tiago Dantas. *O Major San Tiago Dantas*.

47. DANTAS, F. C. de San Tiago. *Rui Barbosa e a renovação da sociedade. Dois Momentos de Rui Barbosa*. Rio de Janeiro: Casa de Rui Barbosa, 1949. p. 18-20.

48. "Na Marinha, diz Afonso Arinos, refugiaram-se muitos remanescentes do monarquismo, o que deu à fase da consolidação da República (1893-1898) um visível predomínio do Exército, com quebra do equilíbrio vindo do Império". FRANCO, Afonso Arinos de Melo. *Rodrigues Alves*: apogeu e declínio do presidencialismo. Rio de Janeiro: José Olympio, 1973. v. 2, p. 484. Em seu minucioso ensaio, "As Forças Armadas na Primeira República: o poder desestabilizador", José Murilo de Carvalho observa: "Havia, (...) na Escola Naval, um excesso de ensino matemático e teórico (...). Mas lá não houve a invasão positivista, fato que reduziu de muito as preocupações políticas dos alunos." CARVALHO, José Murilo de. As Forças Armadas na Primeira República. In: FAUSTO, Boris (dir.). *História geral da civilização brasileira*: o Brasil republicano. São Paulo: Difel, 1975. t. III, v. I, p. 197.

49. "Pedro seria médico, Paulo advogado; tal foi a primeira escolha das profissões. Mas logo trocaram de carreira. Também pensaram em dar um deles à engenharia. A Marinha sorria à mãe, pela distinção particular da escola". Assim descreve Machado de Assis as dúvidas de Natividade, ao final da década de 1880, sobre o futuro de seus filhos, personagens centrais de seu penúltimo romance. ASSIS, Machado de. *Esaú e Jacó*. Rio de Janeiro: Civilização Brasileira; Brasília: INL, 1975. p. 81.

50. Lei 1.296, de 14 de dezembro de 1904. Nela previa-se a encomenda de três couraçados de 13.000 t., três cruzadores de cerca de 10.000 t., seis caças-torpedeiros, um transporte de carvão e um navio-escola. Cf. FRANCO, Afonso Arinos de Melo. *Rodrigues*, cit., v. 2, p. 484. O terceiro *dreadnought*, o *Rio de Janeiro*, não chegou ao Brasil: a incorporação do *Minas Gerais* e do *São Paulo*, somados à frota existente, deu ao Brasil incontrastável superioridade naval, alarmando a Argentina, o que levou o governo inglês a vender o *Rio de Janeiro* à Turquia. MORÉL, Edmar. *A revolta da chibata*. Rio de Janeiro: Pongetti, 1959. p. 32.

51. O plano de rearmamento britânico – que requeria para a armada inglesa poder igual à soma das duas maiores europeias – teve início em 1889. O plano alemão, que tinha por objetivo criar uma verdadeira marinha de guerra para um País sem história marítima, ao contrário da Inglaterra, começou a ser executado em 1897. Cf. MARTIN, L. W. O início da corrida naval. In: *História do século 20*: 1900-1914. São Paulo: Abril Cultural, 1968. v. 1, p. 171-176.

52. "A fascinação de Paris e a emulação com Buenos Aires vinha acentuar esta espécie de aspiração, que deixara de ser carioca para se tornar nacional, da construção da grande avenida que viesse eliminar o complexo de inferioridade e inflar o ingênuo orgulho das elites brasileiras". Cf. FRANCO, Afonso Arinos de Melo. *Rodrigues,* cit., v. 2, p. 345.

53. O *Minas Gerais* foi construído pela Vickers-Armstrong, nos estaleiros de New-Castle, sendo entregue à marinha brasileira em 1908. Cf. MORÉL, Edmar. *A revolta da*

chibata, cit., p. 33. Os dados sobre a carreira de Raul acham-se registrados em sua folha de serviço. Livro 47.288, p. 14 e 15. Arquivo da Marinha de Guerra.

54. Cf. NABUCO, Maurício. *Reflexões e reminiscências*. Rio de Janeiro: Ed. FGV, 1982. p. 187.

55. AMADO, Gilberto. *Mocidade no Rio e primeira viagem à Europa*. 2. ed. Rio de Janeiro: José Olympio, 1958. p. 41.

56. Cf. McCALLUM, R. B. Dreadnought. In: H*istória do s*éculo 20. São Paulo: Abril Cultural, 1968. v. 1, p. 181-188.

57. E prossegue Gilberto Amado: "O *Minas*, como o *São Paulo*, objeto também das nossas alvíssaras infantis, transitórios emblemas de grandeza fictícia, tiveram a triste história que conhecemos: o *São Paulo* errando solto no oceano, novo navio fantasma, e o *Minas* vendido como sucata". AMADO, Gilberto. *Mocidade no Rio*, cit., p. 40 e 43.

58. O açoite na Armada foi abolido em 16 de novembro de 1889, pelo decreto n. 3, e restabelecido pelo de n. 328, do qual, significativamente, não se achou o texto original, como informa MORÉL, Edmar. *A revolta da chibata*, cit., p. 31 e 80-81.

59. Cf. CARNEIRO, Glauco. *História das revoluções brasileiras*. Rio de Janeiro: O Cruzeiro, 1965. v. 1, p. 165-185. O inacreditável despreparo da Marinha brasileira para operar os novos navios é descrito por NABUCO, Maurício. *Reflexões e reminiscências*. Rio de Janeiro: Ed. FGV, 1982. p. 188-190. A esse propósito, já no século XVI, o corsário Drake, que servia à Coroa inglesa, formulara um conceito básico do poder marítimo, como registra G. M. Trevelyan: "Disciplina é necessária a bordo, e não feudalismo ou privilégio de classe social. A hierarquia do mar não é a mesma hierarquia da terra". TREVELYAN, G. M. *A shortened history of England*. London: Penguin Books, s.d., p. 249.

60. MORÉL, Edmar. *A revolta da chibata*, cit., p. 32.

61. CARNEIRO, Glauco. *História das revoluções brasileiras*, cit., v. 1, p. 168-169. Olbiano de Melo, nos anos 1930 companheiro de San Tiago na Ação Integralista Brasileira, testemunhou o bombardeio da cidade, que entre seus alvos visava o Palácio do Governo, então situado na rua Marechal Floriano (no prédio do antigo Itamaraty, no qual San Tiago viria a despachar como Ministro das Relações Exteriores, em 1961), "matando um pobre verdureiro e ferindo transeuntes despreocupados". MELO, Olbiano de. *A marcha da revolução social no Brasil*. Rio de Janeiro: O Cruzeiro, 1957. p. 25.

62. Quatro oficiais morreram ao resistir aos amotinados; entre estes registraram-se algumas baixas. Apaziguada a revolta com a concessão da anistia, insubordinou-se o batalhão naval, levantando-se o quartel da ilha das Cobras. Impiedosamente bombardeada pela esquadra, que aí contava com a colaboração do anistiado chefe João Cândido, muitos dos rebelados presos foram embarcados no navio *Satélite*, para serem desterrados na selva amazônica; a maior parte dos degredados morreria em meio à viagem, vítima de maus tratos, ou friamente fuzilada. Cf. MORÉL, Edmar. *A revolta da chibata*. cit., 151-161.

63. Em 10 de março de 1911. Arquivo da Marinha de Guerra.

64. "Naquele instante, exatamente, entrava em jogo o despotismo conjugado e irresistível da política dos governadores. O presidente da República, em todo o universal domínio dos direitos públicos e privados, reconhecia a mais completa e absoluta liberdade de ação aos governos locais, sob a única reserva de responderem, segura e constantemente,

pelos votos dos seus representantes no Congresso Federal. Senadores e deputados, no Rio, definitivamente, abriram mão de toda faculdade deliberante, para votarem sempre e sem discutir, segundo as ordens do Catete [palácio sede do governo federal]. E claro que para só deixar vir ao parlamento indivíduos de cuja conduta pudessem dar todas as seguranças, indispensável se tornava aos governadores, nas suas respectivas circunscrições, um poder completo e indiscutível, assim como ficava ao presidente da República, na esfera federal, o direito de transformar facilmente em leis todas as suas vontades". SANTOS, José Maria dos. *A política geral do Brasil*. Belo Horizonte: Itatiaia; São Paulo: Edusp, 1989. p. 287.

65. "Eu era, como quase todos os jovens da minha geração, exaltado pela referência a campanha civilista de Rui Barbosa, visceral antipinheirista". Pinheiro Machado, adversário político de Rui Barbosa no Senado. Apud BELLO, José Maria. *Memórias*. Rio de Janeiro: José Olympio, 1958. p. 95.

66. Cf. DUTRA, Pedro. *Literatura jurídica no Império*. 2. ed. Rio de Janeiro: Padma, 2004. p. 98-103.

67. Cf. MANGABEIRA, João. *Rui, o estadista da República*. 3. ed. São Paulo: Martins Ed., 1960. p. 118-134; e CARONE, Edgard. *A República velha (evolução política)*. 2. ed. São Paulo: Difel, 1974. p. 242-244.

68. "Duas falsificações mais importantes dominavam as eleições da Primeira República: o bico de pena e a degola ou depuração. A primeira era praticada pelas mesas eleitorais, com funções de junta apuradora: inventavam-se nomes, eram ressuscitados os mortos, e os ausentes compareciam; na feitura das atas, a pena toda-poderosa dos mesários realizava milagres portentosos. A segunda metamorfose era obra das câmaras legislativas no reconhecimento de poderes: muitos dos que escapavam das ordálias preliminares tinham seus diplomas cassados na provação final". LEAL, Víctor Nunes. *Coronelismo, enxada e voto*. 2. ed. São Paulo: Alfa-Omega, 1975. p. 229; e BARBOSA, Francisco de Assis. *Juscelino Kubitschek*: uma revisão na política brasileira. Rio de Janeiro: Guanabara, 1988. p. 183. Contra a candidatura de Rui, a fraude atingiu níveis jamais igualados, sendo que na capital federal muitas das seções eleitorais permaneceram fechadas, e o próprio candidato a muito custo conseguiu votar. Cf. MANGABEIRA, João. *Rui, O estadista*, cit., p. 132-133.

69. DANTAS, F. C. de San Tiago. *Rui Barbosa e a renovação da sociedade*, cit.

70. "A Avenida Rio Branco, então Avenida Central, não era, em 1910, apenas uma rua, uma artéria, mas o lugar de encontro obrigatório e cotidiano da elite política e social da cidade. (...) Desde onze horas da manhã da Galeria Cruzeiro até à esquina da Rua do Ouvidor (...) coalhava-se a Avenida de verdadeiras tulhas de deputados, senadores, repórteres, parasitas, curiosos, formando, com suas roupas de casimira preta ou de cor sombria, verdadeiras bolhas imóveis, coágulos escuros nas calçadas" AMADO, Gilberto. *Mocidade no Rio e primeira viagem à Europa*. 2. ed. Rio de Janeiro: José Olympio, 1958. p. 11. José Maria Bello, o historiador da República, em suas *Memórias*, recordou a sua primeira visita ao Rio, em 1906: "Fatigado de tanto andar sem destino, tomei um tilbury no Largo de São Francisco para uma volta pelo centro da cidade, tumultuada pelas grandes obras do Prefeito Pereira Passos". BELLO, José Maria. *Memórias*, cit., p. 46.

71. "O porto foi construído entre a Prainha e S. Cristóvão, com uma extensão de 3.500 metros; o projeto inicial recomendava uma maior extensão, da Prainha até o Caju. O novo porto iria substituir os primitivos embarcadouros de passageiros localizados na

Prainha (praça Mauá) e o Cais Pharoux, na Praça XV, e os pontos de atracação das embarcações de carga, situados entre São Bento e o Caju e entre São Bento e o Calabouço, ou seja, de um ponto mais interno da baía, São Bento, até um mais próximo ao centro da cidade, Calabouço". FRANCO, Afonso Arinos de Melo. *Rodrigues*, cit., v. 2, p. 328-329.

72. O túnel da Real Grandeza – mais tarde túnel Velho, em oposição ao "novo", do Leme – foi vazado em 1892 e servia exclusivamente à Cia. do Jardim Botânico, concessionária do serviço de bondes em Copacabana, até 1900, quando foi aberto ao tráfego de passageiros. CARDOSO, Elizabeth Dezouzart et al. *Copacabana*: history of the boroughs. Rio de Janeiro: Index, 1986. p. 34-43.

73. Algumas dessas chácaras foram desmembradas às antigas fazendas. Raul Soares, presidente de Minas Gerais quando o pai de San Tiago foi cedido ao governo mineiro em 1925 para dirigir a navegação do rio São Francisco, ao licenciar-se para tratamento de saúde, "foi morar numa chácara no Jardim Botânico (...) a casa era uma antiga fazenda, com o aspecto e todas as serventias das velhas propriedades rurais...". SALLES, Joaquim de. *Se não me falha a memória*: políticos e jornalistas do meu tempo. Rio de Janeiro: Livraria São José, 1960. p. 196-197.

74. "Vamos passando sem maior novidade, mas muito sobressaltados com as epidemias. Nunca vi o Rio tão ruim como hoje!! A vida aqui é impossível". Carta de José Felippe a seu primo Mariano. Rio de Janeiro, 6 de outubro de 1891. A mesma impressão registrara um jornalista alemão em 1883: "A primeira impressão do Rio não me foi nada favorável. A prevenção contra a febre reinante, o calor quase insuportável (...) não é sem razão que o Rio pode ser interessante, mas não agradável". KOSERITZ, Carl von. *Imagens do Brasil*. Tradução de Afonso Arinos de Melo Franco. São Paulo: Martins Fontes/Edusp, 1972. p. 17.

75. As ruas guardam ainda o mesmo nome, tendo havido alterações no traçado e na numeração delas. A rua São Clemente corria da praia de Botafogo à lagoa Rodrigo de Freitas; recordando uma das batalhas da Guerra do Paraguai, o trecho que segue do largo dos Leões até à lagoa passou a denominar-se rua do Humaitá, em cujo início encontra a rua Voluntários da Pátria, batizada em homenagem aos soldados que combateram na guerra de 1864-1868, entre eles o avô de San Tiago. Afonso Arinos, amigo de mocidade de San Tiago e a quem este sucederá no cargo de ministro das Relações Exteriores em 1961, recordou a viagem de bonde naquela época: "Corri para a Galeria Cruzeiro (no centro) esperei aflito o primeiro bonde da Gávea e comecei a longa viagem de volta, cheio de apreensão". FRANCO, Afonso Arinos de Melo. *A alma do tempo*. Rio de Janeiro: José Olympio, 1961. p. 61.

76. Depoimento de Lurdes Montenegro, filha de Anadia Besouro e Guilherme Tell Cintra. Não se pode precisar a data em que Felippe se transferiu para o Rio de Janeiro com a família. Segundo os registros de sua folha de serviços, por volta de 1908-1909 Felippe terá sido reformado. Depoimento de Inês Quental Ferreira.

CAPÍTULO II. INFÂNCIA

1. Carta de San Tiago a sua irmã Dulce San Tiago Dantas Quental. São Paulo, 19.06.1931.

2. Solteiro, Raul de San Tiago Dantas confiava à mãe o soldo que recebia na Marinha. Depoimento de Lúcia Quental.

3. Justa era a mais velha dos quatro filhos de Ana Osório (filha reconhecida do general Osório) e Antônio Azambuja, estancieiro gaúcho; os outros eram Cassiana, mãe de Anádia, Dario e Antônio, todos nascidos e casados na fazenda dos pais, no município gaúcho de São Jerônimo. Depoimento de Lurdes Montenegro, filha de Anádia e Besouro Cintra.

4. "O serviço de bondes era ótimo, freqüente, nunca faltando lugar a qualquer hora. O movimento de autos era reduzido e vagaroso. Não havia um só ônibus ou lotação, e os próprios caminhões eram raríssimos, visto que o transporte urbano de cargas se fazia por grandes carroças puxadas a burros". É de Afonso Arinos a descrição do Rio na década de 1910. *A alma do tempo,* cit., p. 60.

5. Hoje rua Camuirano, assim denominada a partir de 1945. BERGER, Paulo. *Dicionário histórico das ruas de Botafogo.* Rio de Janeiro: Fundação Casa de Rui Barbosa, 1987. p. 18. Nenhuma das antigas casas de vila subsiste; na rua Real Grandeza resta um antigo casarão contíguo à vila, erguido junto à porta de entrada da vila, do lado esquerdo. A casa onde San Tiago nasceu estaria situada à esquerda da entrada da vila, pela rua Real Grandeza. Passando em frente à antiga vila com seu colega de faculdade, o historiador Américo Lacombe, San Tiago apontando a pequena vila disse ali ter nascido. Depoimento de Américo Lacombe.

6. Carta de Raul de San Tiago Dantas aos filhos, 07.06.1916.

7. O sobrado distava duas quadras da antiga casa da Vila, e na década de 1990 achava-se de pé, embora desfigurado; situava-se no vértice inferior esquerdo do retângulo formado pelo cruzamento da rua Conde de Irajá com a Voluntários da Pátria, no sentido Lagoa/Praia de Botafogo. A rua Conde de Irajá começa na rua São Clemente à altura do n. 421 e termina na rua Pinheiro Guimarães no n. 70, e traz essa denominação desde 31 de outubro de 1917; assim é provável que fosse conhecida por Visconde de Irajá, sua denominação anterior, quando a família de San Tiago para lá se transferiu. Este, contudo, a refere por Conde de Irajá em carta à irmã.

8. A expressão, empregada em resposta às críticas que recebia, é do grande jurista do Império e republicano da primeira hora, Lafayette Rodrigues Pereira, que, renunciando ao seu ideal, aceitou a chefia do Gabinete que lhe propôs Pedro II. DUTRA, Pedro. *Literatura jurídica no império,* cit., p. 59.

9. A imagem é do estudante de direito Castro Alves, ainda no século passado. DUTRA, Pedro. *Literatura jurídica,* cit., p. 48. O clima da cidade, e portanto a sua fisionomia, só iria alterar-se com o desmatamento de sua periferia, iniciada a partir dos anos 1960 em grande escala: "A Paulicéia de ruas estreitas e casas modestas, que cabia no Triângulo e existiu até a Primeira Guerra – o São Paulo do café – em que imperava uma forte aristocracia territorial: gente que tinha mais orgulho da fazenda que da cidade...", observou Caio Prado Júnior. Apud BRUNO, Ernani Silva. *História e tradições da cidade de São Paulo.* Rio de Janeiro: José Olympio, 1954. v. 3, Coleção documentos brasileiros. p. 1316. Os traços interioranos resistiriam na metrópole; Plínio Salgado, futuro líder integralista e chefe político de San Tiago, jamais os perdeu, a começar pelo forte sotaque. Ao contrário, o cosmopoli-

tismo do Rio de Janeiro dissolvia as características provincianas de seus moradores com maior facilidade.

10. Uma aguda comparação entre as duas cidades e a significação delas no contexto geral do País naquele período é feita por SCHWARTZMAN, Simon. *São Paulo e o estado nacional*. São Paulo: Difel, 1974. p. 44-49.

11. TAYLOR, A. J. P. *The first world war*. London: Penguin Books, 1970.

12. Registro de 29 de setembro de 1914. Arquivo da Marinha de Guerra.

13. O assassínio de Pinheiro Machado ocorreu na tarde do dia 8 de setembro de 1915, no saguão do Hotel dos Estrangeiros, na praça José de Alencar, na confluência dos bairros cariocas do Catete e do Flamengo. O notável poder político que desfrutava Pinheiro vinha suscitando aberto rancor; dias antes, sua morte fora pedida por manifestantes em praça pública, e não faltaram especulações sobre os mandantes do crime. "Reduzir Pinheiro, de qualquer modo que fosse, tornara-se uma espécie de obsessão para os grupos mais exaltados entre os antigos e ferrenhos adversários da campanha civilista, e ainda mais entre antigos correligionários, civis e militares". Um deputado por Pernambuco chegara a apresentar ou ameaçara apresentar um projeto de lei em forma de sinistra blague, condensado num artigo único: Elimine-se o Pinheiro Machado. BELLO, José Maria. *Memórias*, cit., p. 94. Às habituais deficiências do inquérito policial, somou-se um silêncio irredutível do homicida sobre os motivos de seu ato. Cf. PORTO, José da Costa. *Pinheiro Machado e seu tempo*. Rio de Janeiro: José Olympio, 1951, p. 208-215; e CARONE, Edgard. *A República Velha*, cit., p. 300 e 302.

14. As informações sobre Justa, avó paterna de San Tiago, foram prestadas por sua prima Olga Rego Freitas, filha de uma irmã de seu pai. Depoimento de Olga Rego Freitas.

15. "Lembrei-me dos aniversários em que você estreava um invariável vestido rodado, muito armado e de faixa, ora côr de rosa, ora branco (...) lembrei-me dos meus aniversários e dos das outras crianças – tão poucas, – a que nós íamos." Carta de San Tiago a Dulce de San Tiago Dantas Quental. Rio de Janeiro, 19.08.1931.

16. Depoimento de Olga Rego Freitas.

17. A confissão – sobre a qual não mais se achou nota e a qual deve-se considerar a circunstância em que foi feita – está em uma carta dramática relatando graves dificuldades familiares, que San Tiago, morando em Belo Horizonte pela segunda vez, enviou a seu amigo Hélio Vianna. Belo Horizonte, 07.02.1935. Como visto antes, não há indicação concreta de que San Tiago houvesse pretendido seguir a carreira militar.

18. Cf. Carta de Raul de San Tiago Dantas à filha Dulce. Rio de Janeiro, 29.12.1934.

19. Assim chamada a partir de 1921, tem início na rua da Passagem e estende-se por cerca de 140 metros após cruzar a rua Assis Bueno, ao pé do maciço que ali se ergue, na divisa de Botafogo com a antiga praia do Vigia, primeiro vencido pela ladeira do Leme e depois varado pelo Túnel Novo. BERGER, Paulo. *Dicionário histórico das ruas de Botafogo*. Rio de Janeiro: Fundação Casa de Rui Barbosa, 1987. p. 10.

20. Em abril e maio daquele ano, dois navios cargueiros de bandeira brasileira foram torpedeados pelos alemães no canal da Mancha e na costa atlântica da França; com o afundamento do *Macau*, na costa da Espanha, e o aprisionamento do comandante e de um tripulante, decidiu o governo brasileiro declarar guerra ao Império Alemão. A participação do Brasil no conflito limitou-se ao envio de uma equipe de cirurgiões médicos e, em setembro de 1918, de uma divisão de esquadra de guerra para lutar ao lado dos aliados (isto é, contra o Império Alemão), ficando todavia o corpo da Marinha retido em Dakar, por haverem seus integrantes contraídos malária. Cf. PINHEIRO, Paulo Sérgio. Posição do Brasil na Primeira Guerra Mundial. In: *História do século XX (1914-1919)*. São Paulo: Abril Cultural, 1968. p. 725-728.

21. Folha de serviços. Arquivo da Marinha de Guerra.

22. A lista telefônica editada em setembro de 1917 traz o novo endereço do tenente Raul em Copacabana e não mais na rua D. Marciana, em Botafogo. Aliás, sobre a curta estadia da família na rua D. Marciana, não se tem um documento, ou depoimento, ou mesmo registro, além do citado. Sempre reservado e inclinado a um sentimentalismo exacerbado ao escrever sobre o passado, San Tiago em um dos manuscritos em que evoca a memória de Dindinha diz "lembra-me mais atrás ainda (...) na rua Conde de Irajá em Botafogo, nos meus cinco anos..."; no texto, autógrafo, "nos meus cinco anos" acha-se riscado. San Tiago completou cinco anos em outubro de 1916; nesta altura moraria na rua Conde de Irajá, ou já teria se transferido para rua D. Marciana; a sua dúvida, não quanto ao fato mas quanto à sua idade, talvez se explique em razão de ser por esta época, ao fim do segundo semestre, a data provável em que a família tinha deixado a rua Conde de Irajá, mudando-se para a rua D. Marciana. Aniversariando em outubro e trazendo a lista telefônica em março o novo endereço, não por muito tempo terá San Tiago vivido na casa da rua Conde de Irajá com cinco anos completos; ou já os terá completado no novo endereço. Em carta à sua irmã Dulce, em 1931, fará referência a "outras casas".

23. CARDOSO, Elizabeth Dezouzart et al. *Copacabana*, cit.

24. Ms. de San Tiago Dantas. *Dindinha*.

25. Ms. de San Tiago Dantas. *Dindinha*.

26. "A fachada estava voltada para terra, e não para o largo, e de seu interior apenas me recordo da imagem tradicional vinda do Alto Peru...", registra Afonso Arinos, que se mudou para Copacabana, indo morar ao pé da Igrejinha em 1911, quando nasceu San Tiago, seu futuro amigo. FRANCO, Afonso Arinos de Melo. *A alma do tempo*, cit., p. 38.

27. O maciço principal do Inhangá acha-se hoje circundado de prédios erguidos na avenida N.S. de Copacabana à altura da rua Fernando Mendes e da Gal. Alfredo Pimentel, que desemboca na rua Barata Ribeiro, próxima à Inhangá.

28. Ms. de San Tiago Dantas. *Dindinha*.

29. Cf. "Os bondes trazem o ar de Copacabana...", diziam as revistas da época. CARDOSO, Elizabeth Dezouzart et al. *Copacabana*, cit.

30. A expressão é de Afonso Arinos *A alma do tempo*, cit. p. 38-39.

31. Em cartão enviado por Raul a sua mãe consta esse endereço. Depoimentos de Lúcia Montenegro, Olga Rego Freitas e Rubens Porto. Após a morte do comendador Peixoto, foram suas terras doadas a cinco instituições de caridade; o bairro Peixoto formou-se a partir do fracionamento dessas áreas doadas. Cf. CARDOSO, Elizabeth Dezouzart et al. *Copacabana*, cit.

32. O Jardim das Rosas era de propriedade da Sra. Emília Rebecchi. Depoimento de Rubens Porto. Colega de San Tiago no curso infantil, depois no Externato Pitanga, e mais tarde seu aluno na Escola de Belas Artes, em 1932. A Lista Telefônica de 1919 traz o endereço do Externato Pitanga na praça Serzedello Correa, n. 12-14; anúncio publicado em 1934 na revista *Fon-Fon* dizia: "Externato, semi-internato. É o mais antigo do bairro de Copacabana, dirigido pelas diretoras D. Maria Luiza e Ercília Pitanga. Fundado há 27 anos". CARDOSO, Elizabeth Dezouzart et al. *Copacabana*, cit., p. 96.

33. Depoimento de Olga Rego Freitas. Dario de Almeida Magalhães, em discurso pronunciado no Instituto dos Advogados do Brasil, na sessão em homenagem aos sócios falecidos no correr do ano de 1964, com precisão identificou essa característica de San Tiago: "Bem cedo tomou consciência de que os dons de inteligência com que fora prendado lhe impunham o dever de aproveitá-los, por um esforço cultural que lhe permitisse realizar as aspirações que a sua vontade adolescente lhe despertava". MAGALHÃES, Dario de Almeida. Um analista excepcionalmente lúcido e penetrante. *Figuras e momentos*. Rio de Janeiro: Nova Fronteira, 1985. p. 244. E, de fato, San Tiago falará em francês ao público; quando em 1946 profere uma série de conferências na Faculdade de Direito em Paris, e como chanceler, ao receber o título de *doutor honoris causa* da Universidade de Cracóvia, na Polônia, em 1962.

34. Depoimento de Rubens Porto. Depoimento de Olga Rego Freitas.

35. Carta de San Tiago a Dulce San Tiago Dantas Quental. São Paulo, 19.04.1931.

36. Depoimento de Lurdes Montenegro.

37. A ofensiva teve início em 21 de março, o armistício foi proposto a 4 de outubro e aceito pelos americanos em resposta direta aos alemães, a 8 daquele mês, sendo os seus termos anunciados a 23 pelo presidente Wilson. Cf. TAYLOR, A. J. P. *The first world war*, cit., p. 218, 238 e 240.

38. KENNEDY, Paul. *The rise and fall of the great powers*. London: Fontana Press, 1989. p. 361.

39. O mais ácido dos críticos contemporâneos da República Velha, o romancista Lima Barreto, comentando o livro de um escritor católico, anotou com precisão os primeiros movimentos da onda católica tradicionalista que seria uma das principais correntes a alimentar mais tarde a Ação Integralista Brasileira, à qual San Tiago iria se filiar: "Sem que nada me autorize a tal explicitamente, eu filio (o livro) *Penso e creio* à ação do partido que se esboça aí com o título de nacionalismo. A Igreja quer aproveitar ao mesmo tempo

a revivescência religiosa que a guerra trouxe, e a recrudescência exaltada do sentimento de pátria, também consequência dela, em seu favor aqui, no Brasil». BARRETO, LIMA. *Impressões de leitura*. São Paulo: Brasiliense, 1956. p. 81.

    40. Cf. CANO, Wilson. *Raízes da concentração industrial em São Paulo*. São Paulo: Difel, 1977. p. 158. Escrevendo em 1918, Lima Barreto observou: "É assim o Brasil. Todos dormem e só se lembram, quando interrompem um pouco o sono, de apelar para o Estado, pedindo tais ou quais providências...". BARRETO, Lima. Vera Zassúlitch. *Bagatelas*. São Paulo: Brasiliense, 1961. p. 73. A greve teve lugar em São Paulo, em junho daquele ano, sendo melhores salários a principal reivindicação. CF. PINHEIRO, Paulo Sérgio. *Posição do Brasil na Primeira Guerra*, cit., v. 2. p. 725-728. SANTOS, José Maria dos. *A política geral*, cit., p. 356-361.

    41. Atribui José Maria dos Santos à declaração de guerra ao ajustamento de nossa política exterior a uma realidade preexistente (op. cit. p. 360.); de fato, já a partir de 1912 constituíam-se os Estados Unidos no maior mercado importador de produtos brasileiros, consumindo mais do duplo do mercado britânico. Cf. BURNS, E. Bradford et al. Sobre as relações internacionais do Brasil durante a Primeira República. In: FAUSTO, Boris (coord.). *História geral da civilização brasileira*. 3. ed. São Paulo: Difel, 1985. t. 3, v. 2, p. 377. Lima Barreto tratou o fato com sua habitual e cáustica objetividade: "O próprio Brasil que, por prudência se devia ter mantido neutro na contenda, embebedou-se com discurseiras, deixou a sua filosofia bonacheirona de matuto e meteu-se na guerra para tomar os navios mercantes alemães, passá-los a outras mãos, vender café, a fim de dar lucros e comissões avultadas a certo espertalhões fartos que chamam todos os mais de vagabundos (...). O Brasil, então, como sempre, o Brasil republicano tratou logo de desmanchar-se em zumbaias covardes à megatérica organização política do norte do continente (...) em seguida, sempre à reboque da América do Norte, declarou guerra à Alemanha...". São capazes de tudo. BARRETO, Lima. *Bagatelas* cit., p. 152-53.

    42. Os efeitos da guerra sobre a produção industrial criando novos parâmetros, em especial na indústria naval norte-americana, são tratados por KENNEDY, Paul. *The rise and fall of the great powers* cit., p. 361-362. As anotações existentes na folha de serviços de Raul de San Tiago Dantas na Marinha não permitem precisar a duração de sua estada nos Estados Unidos, certamente no *Brooklyn Navy-Yard*, porém deve ter sido longa, pois sendo a 16 de junho de 1918 designado para exercer a função de comandante da Primeira Divisão do *São Paulo*, com ele suspende do porto do Rio de Janeiro no dia seguinte, tendo chegado a Nova York em 7 de agosto daquele ano. O registro seguinte, a 21 de janeiro de 1919, assinala a assunção do comando da Segunda Divisão e da torre n. 2 do navio, e a próxima entrada, um ano mais tarde, a 17 de janeiro de 1920, marca a partida do Arsenal da Marinha de Brooklyn, não estando certa a data de regresso ao Brasil, deixando depois o porto de Nova Iorque. Arquivo da Marinha de Guerra. O *Minas Gerais* também seria reparado no mesmo estaleiro: "Com a criação da Missão Naval, eu e os colegas brasileiros, fomos designados para embarcar no encouraçado *Minas Gerais*, que se encontrava nos estaleiros de *Brooklin Navy Yard*, em Nova Iorque, sofrendo grandes transformações, colocando apa-

relhos de *fire control*, então inexistentes nos navios de guerra brasileiros. Em fins de 1921, regressamos ao Rio." SOUZA, Carlos Alves de. *Um embaixador em tempos de crise*. Rio de Janeiro: Livraria Francisco Alves, 1979. p. 23.

43. Esta é a primeira carta encontrada de San Tiago e está datada de "Juiz de Fora, 11 de Outubro de 1919". Traz acima, à direita: "carta n.1", e é endereçada aos "Queridos tios Déa e Elviro", aos quais, à maneira da época, deseja inicialmente "Que Deus lhes dê saúde e felicidade", enviando-lhe em despedida "Mil beijos do Francisco".

44. A descrição é de: SANTOS, José Maria dos. *A política geral*, cit., p. 364.

45. CARONE, Edgard. *A República Velha*, cit., p. 319-360; CARNEIRO, Glauco. *A revolta dos tenentes. História das revoluções*, cit., p. 223-249.

46. É vasta, e largamente conflitante sobre os fatos, a bibliografia relativa ao levante de 1922. Os fatos aqui narrados deduzem-se, principalmente, das obras de CARONE, Edgard. *A República Velha* cit., p. 352-360; CARNEIRO, Glauco. A revolta dos tenentes, cit., p. 223-249; FRANCO, Afonso Arinos de Melo. *Um estadista da República*. Rio de Janeiro: José Olympio, 1955. v. II, p. 1069-1078. E das obras, relatórios, depoimentos e noticiário transcritos por Hélio Silva: Relatório do coronel J. N. da Costa, p. 123-124; depoimento de Hermes da Fonseca Filho, p. 131; depoimento do tenente Antônio Siqueira Campos, p. 132-133 e 153-154; depoimento do major Pedro Chrysol F. Brasil, p. 148-150; depoimento do tenente Eduardo Gomes, p. 155. In: SILVA, Hélio. *1922:* sangue na areia de Copacabana. Rio de Janeiro: Civilização Brasileira, 1964.

47. Arquivo da Marinha de Guerra; os registros são relativamente minuciosos, mas não trazem informações específicas sobre esse período. Em dezembro de 1921, Raul de San Tiago Dantas fora promovido a capitão-tenente (Boletim Militar – 1/13 – 1958. Diretoria do Pessoal do Ministério da Marinha – DP-07).

48. Assim o depoimento do tenente Siqueira Campos, que acrescenta ter sido informado, por telefonema do Palácio do Governo, que, se qualquer tiro partisse do forte, o capitão Hermes, já postado diante de um pelotão, seria fuzilado. Esse fato teria, inclusive, motivado os revoltosos a deixarem o forte. Cf. depoimento de Hermes da Fonseca Filho, citado por Hélio Silva em *1922*: sangue, cit., p. 162.

49. Ernani Silva Bruno, historiador da cidade de São Paulo e colega de San Tiago na Ação Integralista Brasileira, recorda uma viagem a Porto Alegre, embarcando em Paranaguá, no início da década de 1920: "Tomei contato então com a novidade marítima de cinco dias, em navio do Lóide Brasileiro, revestida para mim de todas as características com que se defrontam os marinheiros de primeira viagem. Acordamos todos vomitando pela meia-noite, em nosso camarote, assim que o navio saiu da barra da baía de Paranaguá e começou a dançar ao embalo das ondas do oceano". BRUNO, Ernani Silva. *História e tradições* cit., p. 39.

50. Não foi possível localizar no arquivo pessoal de San Tiago Dantas qualquer referência, indireta que fosse, a sua permanência no Paraná, além das certidões escolares.

51. "As primeiras providências de Otávio [Guinle] foram comprar uma quadra inteira na praia de Copacabana e lançar no mercado títulos resgatáveis da Companhia de Hotéis Palace, fundada para gerir seus negócios no setor. O arquiteto francês Joseph Gire projetou o novo hotel, um prédio majestoso, com fachada inspirada nas do Negresco e do Carlton, grandes estabelecimentos da Côte d'Azur. As obras se iniciaram sem demora, mas não avançaram rápido o bastante para acolherem os convidados do governo nas comemorações do centenário da Independência. Nem mesmo o farto uso de materiais importados (até o cimento foi trazido da Alemanha) e a contratação de operários estrangeiros conseguiram evitar o atraso. O projeto também acarretava procedimentos de engenharia muito complexos para a época. Exigiu, por exemplo, fundações de catorze metros quando ainda não existiam estacas pré-fabricadas nem máquinas capazes de fincá-las. E, para proteger as estruturas do hotel contra a ação das ressacas, foi necessário construir uma grande barragem subterrânea. Com tantos obstáculos por vencer, o Copacabana Palace só seria concluído onze meses após as comemorações de 1922. (...) As normas que implantou refletiam um temperamento aristocrático, a busca constante do requinte e da qualidade e a visão de que o hotel deveria ser não apenas uma casa de hospedagem, mas também um ambiente sofisticado de lazer e diversão." BOECHAT, Ricardo. *Copacabana Palace*: um hotel e sua história. Rio de Janeiro: DBA Melhoramentos, 1998. p. 32.

52. NASCIMENTO JUNIOR, Vicente. *História, crônicas e lendas*. Paranaguá: Prefeitura Municipal, 1980. p. 157-158.

53. O político mineiro Daniel de Carvalho registra em suas memórias uma visita a Paranaguá onze anos antes de lá chegar a família San Tiago Dantas. CARVALHO, Daniel de. *Capítulos de memórias*. Rio de Janeiro: José Olympio. 1957. p. 106-107.

54. A festa é registrada pelo *Diário do Commercio*. Paranaguá, de 12.06.1925. A notícia ainda acrescenta: "foi melhorado o rancho dos aprendizes que saborearam finos acepipes, e saborosos doces".

55. Depoimento de Lurdes Montenegro. Não há qualquer outra referência oral ou escrita, além da feita nesse depoimento, que certifique haver San Tiago estudado no Colégio Aldricht. Nas certidões que San Tiago juntou para inscrever-se ao vestibular de direito há uma certidão, passada pelo Colégio Pedro II, que atesta haver ele prestado em 11 de janeiro de 1924 exame de "geografia corográfica e cosmográfica", tendo sido aprovado "plenamente" com grau 9.

56. "Ao malogro do movimento armado (de 1922) seguiram-se as prisões e transferências de unidades. Cinco meses de detenção fizeram de mim um bom revolucionário. O convívio, na prisão com outros oficiais mais esclarecidos em política, ensinou-me muita coisa", registrou o ex-tenente João Alberto Lins de Barros, a quem San Tiago encontrará como interventor em São Paulo após a revolução de 1930. BARROS, João Alberto Lins de. *Memórias de um revolucionário*. Rio de Janeiro: Civilização Brasileira, 1954. p. 21.

57. Em novembro de 1924, o "histórico *São Paulo*" foi palco de uma rebelião comandada pelo tenente Hercolino Cascardo; após trocar tiros com as fortalezas da baía de

Guanabara, mesmo em precárias condições, a belonave deixou a barra e acabaram seus tripulantes por asilarem-se no Uruguai. CARONE, Edgard. *A República Velha*, cit., p. 373-376; e SILVA, Hélio. *1922*: sangue cit., p. 417-424. Outra rebelião na Armada, e também envolvendo o mesmo navio onde servira Raul de San Tiago Dantas, foi chefiada por Protógenes Guimarães, em outubro de 1924, e no dizer de Hélio Silva a "conspiração Protógenes teve um final grotesco. Enquanto o aguardavam no encouraçado *São Paulo*, Protógenes foi a um sobrado da rua Acre [centro do Rio de Janeiro] onde a polícia o deteve sem maiores complicações, abancado, em uma roda de amigos, comendo frango assado...". SILVA, Hélio. *1922*: sangue, cit., p. 418.

58. As palavras são de Juarez Távora, conspirador de 1922 e 1924 e futuro ministro de estado na ditadura militar. *Uma vida e muitas lutas*: memórias. Rio de Janeiro: Biblioteca do Exército/José Olympio, 1974. v. 1, p. 128.

59. As duas facções em luta bombardearam indiscriminadamente alvos localizados no perímetro urbano; os canhões das tropas governistas visavam a cidade de fora para dentro, atingindo diversos bairros da capital, inclusive sua área central, e causando numerosas mortes. CARNEIRO, Glauco. *História das revoluções*, cit., p. 275.

60. "Embora praticamente desconhecido entre os revolucionários, o Capitão Luís Carlos Prestes era um nome de invulgar prestígio no Exército. Para isso concorriam sua valentia, força de vontade e inteligência, que na Escola Militar lhe tinham assegurado as mais altas notas". CARNEIRO, Glauco. *História das revoluções*, cit., p. 288.

61. Carta dirigida por Isidoro, em 3 de abril de 1925, aos principais chefes revolucionários. Apud CARNEIRO, Glauco. *História das revoluções* cit., p. 295.

62. "A Coluna e seus destacamentos travaram um total de 53 combates, desde escaramuças de horas até batalhas de dias, de que todos seus elementos tiveram de participar". CARONE, Edgard. *Revoluções do Brasil contemporâneo*. São Paulo: Ática, 1989. p. 48.

63. Em depoimento ao Autor, Américo Lacombe referiu o receio dos militares com os movimentos da Coluna Prestes a razão de o governo federal controlar a navegação do rio São Francisco, que serviria como via rápida ao transporte de tropas federais. Depoimento de Américo Lacombe. Jayme Bastian Pinto, colega de escritório de advocacia de San Tiago, em depoimento ao Autor ratificou o de Américo Lacombe. Depoimento de Jayme Bastian Pinto. Hélio Vianna, colega de faculdade de San Tiago e de Américo Lacombe, ao apresentar o currículo do amigo quando este pleiteava indicação para a chefia do gabinete parlamentar, em 1962, escreveu, a propósito de Raul de San Tiago Dantas: "Quando em Minas se resolveu dotar o rio São Francisco de navios destinados a estabelecer a ligação com a Bahia e o Nordeste, foi o então comandante San Tiago Dantas o oficial encarregado de devotadamente montá-los em Pirapora". F. C. de San Tiago Dantas. *Jornal do Commercio*, Rio de Janeiro, 24.06.1962.

64. Na carta datilografada que envia a Raul de San Tiago Dantas em 27.02.1925, o presidente Mello Vianna, agradecendo-lhe a aceitação do convite, escreveu de próprio punho: "A residência será em Pirapora". O secretário que assina o ato de nomeação de Raul

é o deputado federal e um dos mais importantes memorialistas desse período, Daniel de Carvalho.

CAPÍTULO III. ADOLESCÊNCIA EM MINAS GERAIS

1. Carta de San Tiago a Helio Vianna. Belo Horizonte, 07.02.1935.

2. Relatório de serviço do comandante Raul de San Tiago Dantas. Arquivo pessoal de San Tiago Dantas.

3. Ms. de San Tiago Dantas: *Dindinha*.

4. FRANCO, Afonso Arinos de Melo. *Um estadista,* cit., v. II, p. 277.

5. Cf. REIS, Aarão. "Ofício n. 26 de 23 de março de 1895, apresentando ao governo as plantas da cidade". In: GOMES, Leonardo José Magalhães (org.). *Memória de ruas*: dicionário toponímico da cidade de Belo Horizonte. Belo Horizonte: Secretaria Municipal de Cultura, Museu Abílio Barreto, 1992. p. 15-17.

6. Ms. de San Tiago Dantas: *Dindinha*.

7. "Nos últimos anos do século XIX, graças à situação do café, o tesouro mineiro nadava em ouro. Cesário Alvim alude, na carta a Bias Fortes (...), ao 'cofre público repleto de numerário'." FRANCO, Afonso Arinos de Mello. *Um estadista*, cit., p. 276. Apud WIRTH, John. Minas e a nação: um estudo de poder e dependência regional. In: FAUSTO, Boris (dir.). *História geral da civilização brasileira*: o Brasil Republicano. São Paulo: Difel, 1975. t. 3, v. 1, p. 77.

8. Sobre a história e a análise crítica da arquitetura e do urbanismo dessa época, consultar: REIS, Nestor Goulart. *Quadro da arquitetura no Brasil*. 6. ed. São Paulo: Perspectiva, 1987.

9. Ms. de San Tiago Dantas, provavelmente do final da década de 1940.

10. Assim sintetiza Nestor Goulart Reis esse período e sua significação. REIS, Nestor Goulart. *Quadro da arquitetura*, cit., p. 169-178.

11. Depoimento de Regina Fernandes Meireles, filha de D. Marieta. Cf. Delso Renault: "Na pensão de D. Marieta, à esquina de Afonso Pena com Aimorés, residem, por algum tempo, Gustavo Capanema, San Tiago Dantas, Gabriel Passos, Antônio Camilo de Faria Alvim (...) e Sócrates Bezerra de Menezes". RENAULT, Delso. *Chão e alma de Minas*. Rio de Janeiro: Livraria Francisco Alves, 1988. p. 113. O prédio foi demolido e por anos ficou baldio o terreno. É preciso o registro de Delso Renault quanto à exata localização do prédio: na "avenida", fazendo esquina com a rua Aimorés, que a sua vez faz esquina com a avenida Brasil, no vértice que formam, apontando para a praça Tiradentes, antes 21 de Abril. O nome atual da praça foi dado pela Lei Municipal n. 925, de 9 de junho de 1962, em função da estátua do "protomártir da Independência" que lá plantou a prefeitura. NUNES, Ismaília de Moura. A toponímia de Belo Horizonte. In: GOMES, Leonardo José Magalhães

(org.). *Memória de ruas*: dicionário toponímico da cidade de Belo Horizonte. Belo Horizonte: Secretaria Municipal de Cultura, Museu Abílio Barreto, 1992. p. 22.

12. Fotografia do arquivo pessoal de Regina Fernandes.

13. "Desde que viera para os penúltimos exames de preparatórios, em dezembro de 1920, Juscelino passara a morar em Belo Horizonte (...) De pensão – cama e comida – pagaria nos primeiros anos sessenta mil-réis, no porão onde residia d. Alzira Perpétuo Neves, na avenida Afonso Pena, no mesmo local onde hoje se ergue o arranha-céu do Banco Financial, ou na pensão de seu Miguel (...) na avenida Carandaí, para onde se mudou depois. Quando passou a ganhar oito mil-réis de diária, melhorou de passadio, pagando oitenta mil-réis como um dos integrantes da república que tinha por sede a pensão de dona Cota, a casa número 317 da rua Guajajaras, isto em 1924...". BARBOSA, Francisco Assis. *Juscelino Kubitschek* cit., p. 248.

14. Depoimento de Regina Fernandes Meireles, filha de dona Marieta, que ouviu de sua mãe a descrição desses fatos.

15. Ms. de San Tiago Dantas: *Belo Horizonte*.

16. Ms. de San Tiago Dantas: *Dindinha*. As referências de San Tiago, nesse sentido, são sempre dirigidas a Dindinha e à mãe, nessa ordem; não encontrou o Autor nenhuma referência de San Tiago ao pai, nesses escritos, ou em outros, a não ser menções episódicas. Em um de seus textos – uma evocação de uma estada em Petrópolis quando criança – San Tiago aparentemente descreve a figura paterna: "Alguém lançava sobre os ombros sua pesada pelerine de bordo e saía com seu passo largo e lépido para fazer, como sempre, o que quisesse, com aquela independência que nos fascinava" (Ms. de San Tiago Dantas).

17. Ms. de San Tiago Dantas: *Belo Horizonte*.

18. Ms. de San Tiago Dantas: *Belo Horizonte*. San Tiago voltará a viver em Belo Horizonte por alguns meses, em 1935. Quando deputado, em duas legislaturas, 1958-1962 e 1962-1964, esta última inconclusa, terá domicílio eleitoral e endereço residencial na cidade, mas ficará hospedado, o mais das vezes, no Hotel Normandy. O hotel não guarda mais os registros dessa época. Cf. Depoimento de Leopoldo Brandão.

19. Gustavo Capanema e Gabriel Passos residiam em Belo Horizonte quando San Tiago lá chegou, o que D. Regina Fernandes Meirelles, filha de D. Marieta, confirma, embora não saiba se na mesma época (D. Regina tinha então um ano de idade; em seu depoimento reproduziu a crônica familiar). Pedro Nava, que em sua obra não cita San Tiago, atesta: "Esse homem exemplar (Passos) tinha como amigos mais chegados, Gustavo Capanema (seu colega de [colégio] Arnaldo e de casa de pensão de D. Marieta Fernandes, prima da Bagadinha..." NAVA, Pedro. *Beira-Mar*: memórias 4. 3. ed. Rio de Janeiro: Nova Fronteira, 1985. p. 368. Delso Renault registra que Passos e Capanema residiam na pensão de D. Marieta. Cyro dos Anjos, em suas memórias, refere San Tiago como colega de Capanema e Passos, e que ambos seriam visitados pelo professor José Eduardo, o qual "só descia da sua professoral esfera, mortificando os calos nessa expedição periódica, para não deixar os

jovens alunos à mercê do Chico Campos, sereia da Faculdade, de quem tinha não pequeno ciúme. O gesto exprimia apreço incomum, e Capanema, Passos e San Tiago eram apontados com admiração e inveja". ANJOS, Cyro dos. *A menina do sobrado*. Rio de Janeiro: José Olympio, 1979. p. 204. Tal afirmação é factualmente equivocada: San Tiago ingressará na Faculdade de Direito no Rio de Janeiro em 1928; Capanema e Passos, como Abgar Renault, diplomaram-se em Belo Horizonte em 1924, sendo o primeiro dez anos mais velho do que San Tiago, e o segundo, onze; e se era tal o intento do aplicado professor, frustou-se-lhe a mortificação: Capanema e San Tiago, como se verá adiante, receberam enorme influência de Francisco Campos, um dos mais brilhantes, e fiéis, defensores do autoritarismo brasileiro. Em depoimento ao Autor, Cyro dos Anjos declarou que os fatos narrados em seu livro a ele foram reportados por amigos, e tal os ouviu, registrou-os. Dario de Almeida Magalhães disse, em fevereiro de 1991, não se recordar de San Tiago em Belo Horizonte nesse período; igualmente Pedro Salles, colega de turma de Juscelino Kubitschek e Pedro Nava. Em carta que escreveu a Alceu Amoroso Lima, o tratamento a Capanema, dez anos mais velho e então ministro da cultura, empregado por San Tiago, faz supor antigo conhecimento: "há dias o Sr. disse que o Capanema...". Rio de Janeiro, 03.08.1934. A sua vez, Capanema, ministro da cultura, em carta que dirige a San Tiago agradecendo a sua colaboração na direção da Faculdade de Filosofia, escreve: "a sua figura tão cara e simpática, a mim tão vinculada por velha estima e afetuoso entendimento". Rio de Janeiro, 11.05.1945. Gabriel Passos, em 1932, escreveu ao "Meu Caro San Tiago", tratando-o por tu, como se usava, intimamente. Tais indícios consistentes, não bastariam todavia à determinação do encontro entre eles; deve-se notar que em 1931 San Tiago, ainda estudante, foi nomeado oficial de gabinete do ministro da Justiça Francisco Campos, colega de Capanema, no primeiro gabinete formado por Getúlio Vargas, uma vez vitoriosa a Revolução de 1930, e ambos poderiam ter-se encontrado nessa oportunidade, assim como Passos, já funcionário do governo de Minas. Américo Lacombe, Chermont de Miranda e Plínio Doyle, colegas de faculdade de San Tiago e que o conheceram pouco depois de ele haver deixado a capital mineira, jamais o ouviram se referir à amizade que aí teria nascido com os dois políticos mineiros, mas apenas o fato de que San Tiago havia residido na mesma pensão em que aqueles moraram. Mas, na homenagem que a Câmara Federal prestou à memória de San Tiago, o deputado mineiro Aécio Cunha em seu discurso afirmou: "Na capital mineira fez o curso secundário e criou algumas amizades duradouras como as de Gustavo Capanema, Abgar Renault e Gabriel Passos". *Revista Forense*, 1964, p. 403. Essa é a única afirmação direta nesse sentido. E talvez procedente, pois na correspondência trocada por Capanema com sua mãe, residente em Onça do Pitangui, no oeste de Minas, constata-se que Capanema permaneceu em Belo Horizonte até início de 1926, depois de haver-se formado em dezembro de 1924, ainda que eventualmente viajasse ao interior. Em julho, agosto e setembro de 1925 escreveu à mãe de Belo Horizonte; em dezembro desse ano já estava advogando na capital com o Dr. Carlos Augusto Peixoto, em cujo papel timbrado lê-se o endereço do escritório: "Hotel Avenida, ap. 785"; ainda nesse mês, informando à mãe do casamento de Gabriel Passos, diz que receberá as cartas enviadas para a rua Aymorés, 917. Arquivo pessoal de Gustavo Capanema, CPDOC-FGV. Ora, esse foi, nessa época, por equívoco dos correios, o endereço da pensão de D. Marieta Fernandes, segundo informou sua filha; a pensão ficava na avenida Afonso Pena com Aymorés, o que pode explicar o critério de endereçamento temporariamente seguido. E a época coincide com a residência de San Tiago na casa de D. Marieta. Assim, pode-se deduzir que Capanema ou aí residia já formado, ou aí iria em busca de sua correspondência. Em qualquer das hipóteses, não escaparia de encontrar o "menino mais inteligente que D. Marieta já conheceu", o aluno de seu colega Abgar, que à noite conversava com os estudantes mais velhos.

20. Não foram encontrados os livros de matrículas do Ginásio Mineiro relativos aos anos de 1925, 1926 e 1927, ignorado o destino deles pelos responsáveis pelos Arquivos do Colégio Estadual; tampouco existe qualquer registro em nome de San Tiago no livro de atas de exames em 1925. Da mesma forma, não dispõe o Arquivo Público Mineiro de qualquer documento referente ao Ginásio Mineiro. Não foi possível ao Autor encontrar qualquer dos eventuais companheiros de San Tiago dessa época, estudantes regulares ou não. Lucas Lopes, futuro ministro da Fazenda no governo Juscelino, estudava então em Belo Horizonte, mas no Colégio Arnaldo; o renomado oftalmologista Hílton Rocha cursou o Ginásio Mineiro nos anos 1925 e 1926, mas não conheceu San Tiago então. Depoimentos de Hilton Rocha e Lucas Lopes.

21. Abgar Renault, entrevistado pelo Autor, já aos noventa anos de idade, disse não se recordar de San Tiago em Belo Horizonte; mais tarde, em conversa com seu confrade de Academia Brasileira de Letras, Alberto Venancio Filho, em agosto de 1993, disse, porém, haver ministrado aulas particulares a San Tiago. Em artigo publicado em novembro de 1992, escreveu Abgar: "San Tiago Dantas (...) meu inesquecível aluno de língua portuguesa, língua francesa e língua inglesa, em Belo Horizonte, quando eu ainda era apenas um professor e ele um adolescente excepcional". Diplomacia como estilo de vida. *O Globo*, Rio de Janeiro, dez. 1992. Francês, San Tiago teria aprendido com a mãe, e a tradição familiar. Cf. depoimentos de Lúcia San Tiago Dantas Quental e Olga Rego Freitas. O dá como ministrando aulas desse idioma já em Belo Horizonte, o que o depoimento de Américo Lacombe ratifica, assim como o de Dario de Almeida Magalhães confirma dele ter ouvido falar pela primeira vez quando ainda ginasiano: já era professor. Um analista excepcionalmente lúcido e penetrante. In: MAGALHÃES, Dario de Almeida. *Figuras e momentos*. Rio de Janeiro: Nova Fronteira, 1985. p. 244. Sem dúvida, terá San Tiago estudado inglês com Abgar, que, pouco mais tarde, em 1926, foi contratado para ministrar aulas nessa cadeira no Ginásio Mineiro, como professor regular, assim como San Tiago poderia ter estudado também francês e, simultaneamente, ministrado aulas a estudantes de seu nível ou imediatamente inferior.

22. As fontes primárias sobre a rua da Bahia são os autores que primeiro escreveram sobre Belo Horizonte: Octavio Penna, Vitor Silveira, Paulo Kruger Correa Mourão, que informaram os memorialistas da cidade, este último especialmente ao maior deles, Pedro Nava, ao qual se juntam Delso Renault, e, em um contexto mais amplo, Humberto Werneck, todos aqui citados.

23. O texto citado está em: NAVA, Pedro. *Beira-mar*, cit., p. 179. Assim escrevia um dos colaboradores – que se assina "Y" – do primeiro número, julho de 1925, p. 40, de *A Revista*: "Mesmo a vida intelectual já é outra em B. Horizonte, vida de pensamento e cultura, que harmoniza o ambiente transfigurado, a crear uma elite que já se nota". A edição da revista aqui citada é a mandada reproduzir por iniciativa do bibliófilo José Mindlin, em São Paulo, em junho de 1978.

24. "Os cafés e livrarias da Rua da Bahia e a redação do velho *Diário de Minas*, órgão do PRM, eram pontos em que se reunia o grupo...", registra Fernando Correia Dias. *João Alphonsus*: tempo e modo. Belo Horizonte: Centro de Estudos Mineiros da UFMG 1965. p. 48-49. Juntamente com os já citados no texto, formavam nesse grupo o futuro chanceler Afonso Arinos, o romancista Cyro dos Anjos e os escritores Euríalo Canabrava e João Dornas Filho. Além da Faculdade Livre de Direito, na praça da República, existiam na capital mineira a Faculdade de Medicina, a Escola de Engenharia, a de Odontologia e Farmácia, o Instituto de Química Industrial e a Escola de Agronomia e Veterinária. SILVEIRA, Victor. *Minas Gerais em 1925*. Belo Horizonte: Imprensa Oficial, 1926. p. 1118.

25. CASASSANTA, Mário. O jovem Abgar. In: RENAULT, Abgar. *Obra poética*. Rio de Janeiro: Record, 1990.

26. "Outros: os Pinto de Moura, o Alkimin, o Bherens e o Juscelino". NAVA, Pedro. *Beira-mar*, cit., p. 103. O segundo número de *A Revista*, de agosto de 1925, traz um anúncio: "Drs. Abílio Machado, Pedro Aleixo e Milton Campos Advogados/ Av. do Contorno, 1550/ (Escritório)/ B. Horizonte".

27. Cf. PANG, Eul-Soo. *Coronelismo e oligarquias*: 1889-1934. Rio de Janeiro: Civilização Brasileira, 1979. p. 39-45.

28. Pedro Nava recorda o fim de Raul Soares: "a última vez que [o] vi (...). Havia tempos que eu não via o Presidente, já estava frequentando as enfermarias da Santa Casa e começando a conhecer os sinais com o que o fim da vida se anuncia de modo decisivo, irrefragável, pela depressão das têmporas, por uma espécie de crescimento dos zigomas, pela ausência das gorduras que desnudam certos músculos e alteram a expressão do rosto dos pobres sursitários da Morte". NAVA, Pedro. *Beira-mar*, cit., p. 205.

29. RENAULT, Delso. *Chão e alma de Minas*, cit., p. 72 e 122; e SINGER, Paul. *Desenvolvimento econômico e evolução urbana*. São Paulo: Ed. Nacional/Edusp, 1968. p. 19-77 e 199-266. Raul Soares legou a seu sucessor recursos orçamentários, o que permitiu a Mello Viana a promover, sob um estilo populista (o qual o estudante Juscelino Kubitschek acompanhou diretamente) bem diverso do habitual circunspecto mineiro, uma boa administração. Cf. BARBOSA, Francisco de Assis. *Juscelino Kubitschek*, cit., p. 249.

30. John Wirth aventa a possibilidade de os números relativos à população serem inflacionados; os dados econômicos sobre a economia paulista e a mineira não deixam porém dúvida: a primeira ultrapassa a segunda já em 1880. Minas e a nação, cit., p. 81-82, notas 78 e 80.

31. Astolpho Dutra, chefe político de Cataguases, representante dos produtores de café da Mata Mineira e um dos líderes do PRM, tendo ocupado por mais de uma vez a presidência da Câmara Federal na República Velha, dizia que "o eleitorado mineiro votava no seu deputado por tê-lo ali às ordens, na cidadezinha, e não para vê-lo fugir até as lonjuras da beira-mar". Apud FRANCO, Afonso Arinos de Mello. *Um estadista*, cit., v. 2, p. 557.

32. CARVALHO, Daniel de. *Capítulos de memórias*, cit., p. 220 e 230-231.

33. Joaquim de Salles revelou a verdade nua sobre os fundamentos do sistema representativo da República Velha, como o sabiam seus próceres: "O fato é que num País de analfabetos as eleições reais representavam um mal sem remédio e esta é a lição que nos vem de outras partes onde o grau de instrução das massas equivale mais ou menos ao nosso. Sem instrução popular cívica não há opinião pública, e onde não há opinião pública, eleição verdadeira é uma loucura perigosa (...) Reformar a lei eleitoral no sentido de dar ao voto uma expressão real seria encher a Câmara e Senado da borra mental da Nação. Estávamos, pois, entre as pontas do dilema: ou a eleição seria verdadeira e a Câmara se transformaria num estábulo, ou não seria verdadeira e estaríamos em pleno regime da mentira e do ludíbrio". SALLES, Joaquim de. *Se não me falha a memória*, cit., p. 122-123. Como se sabe, optou-se por essa última alternativa; e, assim, jamais se cuidou, efetivamente, de se eliminar o analfabetismo, argumento máximo a justificar a fraude no sistema eleitoral.

34. Cid Rebelo Horta chega a afirmar que "a história política de Minas é, pois, num largo sentido, a história de suas grandes famílias que fazem o jogo de cena política desde a Colônia (...) formou-se (...) no tempo uma verdadeira cadeia de círculos familiares, ou parentelas, cujos membros ora se sucedem nas tarefas da chefia política local ou regional. É a constelação governamental de Minas Gerais". Famílias governamentais de Minas Gerais. *Segundo seminário de estudos mineiros*. Belo Horizonte: UFMG, 1956. p. 59.

35. Daniel de Carvalho aponta como exemplo da excelência do sistema político o nível elevado da bancada mineira de 1903, de onde saíram praticamente todos os futuros chefes políticos do período subsequente. CARVALHO, Daniel de. *Capítulos de memórias*, cit., p. 230.

36. Com o domínio do PRM por Bernardes, surge uma nova leva de políticos, entre eles o mais brilhante e o mais autoritário, Francisco Campos. Cf. MONTEIRO, Norma de Góes. Francisco Campos: trajetória política. *Revista Brasileira de Estudos Políticos*, Belo Horizonte, n. 53, p. 190, jul. 1981; MONTEIRO, Norma de Góes (coord.). Arthur Bernardes: uma vida dedicada à política. *Ideias políticas de Arthur Bernardes*. Brasília: Senado Federal, 1984. v. 1. p. 26 e ss; CALLICCHIO, Vera. FLAKSMAN, Dora. Partido Republicano Mineiro. BELOCH, Israel; ABREU, Alzira Alves de (coord.). *Dicionário histórico-biográfico brasileiro*: 1930-1983. Rio de Janeiro: Forense Universitária, 1984. v. 3, p. 2553-2557. Bernardes era grande admirador de Floriano Peixoto. Cf. MAGALHÃES, Bruno de Almeida. *Arthur Bernardes*: estadista da República. Rio de Janeiro: José Olympio, 1973. p. 8.

37. Esses diretores, e o poeta Emílio Moura e Gregoriano Canedo, redatores. O próprio "Estrela" parecia orgulhar-se de sua freguezia, como mostra o anúncio que fez publicar

em *A Revista* (Belo Horizonte, ano 1, n. 2, ago. 1925): "Confeitaria Estrella – O 'Estrella' é hoje em Bello Horizonte uma casa de elite, freqüentada pelas famílias de escól e preferida pelos acadêmicos de *linha...*".

38. Editorial. Para os espíritos creadores. *A Revista*, Belo Horizonte, ano 1, n. 2, p. 12-13, ago. 1925. Nesse sentido, a carta de Mário de Andrade a Drummond citada por BUENO, Antônio Sérgio. Entrevista. *O Estado de S. Paulo*, São Paulo, 9 out. 1976, p. 45.

39. Cf. MOURÃO, Paulo Kruger Corrêa. *História de Belo Horizonte*: de 1897 a 1930. Belo Horizonte: Imprensa Oficial, 1970. p. 365-369; e PENNA, Octávio. *Notas cronológicas de Belo Horizonte*. Belo Horizonte: Fundação João Pinheiro, 1997. p. 245-253.

40. "Senti-me outra vez na Belo Horizonte de 1915 e 1920 (...) Os artistas chamavam-se Clara Kimball Young, Geraldine Farrar, William S. Hart...", dirá o poeta. ANDRADE, Carlos Drummond. Da velha cidade. *Crônicas*: 1930-1934. Belo Horizonte: Ed. Formato, 1987. p. 8.

41. Oswald de Andrade lançou nesse ano *Pau-brasil*, livro de poemas, como são *Chuva de pedra*, de Menotti, e *Borrões de verde e amarelo*, de Cassiano Ricardo. Mário de Andrade lançara três anos antes *Paulicéia desvairada*, e desde o ano anterior, 1924, mantinha ativa correspondência com os rapazes do Café Estrela, sobretudo com Drummond.

42. Certidões exaradas em julho de 1926, no Rio de Janeiro, pelo Departamento Nacional de Ensino coincidem com a publicação do *Minas Gerais*.

43. Em um texto de 4,5 laudas, sob a forma de um diário, datilografado e com entradas nos dia 9 a 15 de março de 1949, San Tiago faz rápida alusão às viagens em férias a Pirapora.

44. Os dados aqui citados sobre Pirapora são contemporâneos à estadia de Raul na cidade. *Minas Gerais em 1925*, p. 614-617.

45. Muitos anos mais tarde, já doente, San Tiago promete ao filho de seu amigo Luiz Gonzaga Nascimento e Silva levá-lo a ver a boiada atravessar o rio São Francisco. Depoimento de Luiz Gonzaga Nascimento e Silva Filho.

46. Em notas sobre sua avó "Dindinha", San Tiago diz que "nossa vida em Pirapora esteve longe de ser feliz", mas não indica a causa desse estado. A única referência encontrada sobre a vida da família em Pirapora, além das poucas e esparsas deixadas por ele, é um fato narrado pelo jornal *A Cidade* – e do qual não podemos encontrar qualquer outra referência – editado na cidade vizinha de Januária, que na edição do dia 6 de junho de 1926 informa que "verificou-se ontem na residência do sr. Cte. Raul de Santiago Dantas o falecimento da jovem Catarina Fiorito, pupila daquele nosso amigo". Advogado de sucesso, comprará San Tiago uma fazenda em Pirapora, onde planejou, entre outras atividades, a produção industrial de queijos de "Minas".

47. Abgar Renault foi contratado professor do Ginásio Mineiro, em 1926; elegeu-se deputado em 1927, reelegendo-se a seguir, e, entre 1930 e 1931, secretariou Francisco Campos, que fora nomeado Ministro da Educação e Saúde do novo regime subsequentemente à

Revolução de 1930, precedendo a San Tiago, que passará a integrar o gabinete do ministro em dezembro de 1931; no ano seguinte, Abgar foi nomeado secretário de Interior do presidente de Minas, Olegário Maciel, onde encontrou seu colega de turma, Gabriel Passos, na secretaria de governo Cf. *Dicionário histórico-biográfico*, cit., v. 4 e 1, p. 2.920, 2.621, 363 e 391, respectivamente. Eleito vereador em 1927, Gustavo Capanema foi nomeado professor da Escola Normal de Pitangui, sendo secretário de Instrução do estado de Minas Gerais, Francisco Campos. SCHWARTZMAN, Simon et al. *Tempos de Capanema*. Rio de Janeiro: Paz e Terra; São Paulo: Edusp, 1984. p. 30-31. e RENAULT, Abgar. *Dicionário histórico-biográfico*, cit., v. 1, p. 607. Mílton Campos em 1925 é feito diretor da sucursal de *O Jornal* em Belo Horizonte. SALLES, José Bento Teixeira de. *Milton Campos*, cit., p. 5-25.

48. "Nas contendas dos partidos, na própria violência das paixões, distingue-se sempre, dominando-os em linha alta, o senso grave da ordem, que é o sinal mesmo do gênio mineiro". Texto de João Pinheiro, datado de 1906, ano de sua eleição para presidência de Minas Gerais. Cf. MONTEIRO, Norma de Góes (coord.). *Dicionário biográfico de Minas Gerais*: Período Republicano: 1889-1930. Belo Horizonte: Assembleia Legislativa de Minas Gerais, 1994, v. 2, p. 647, citado por Francisco Assis Barbosa em João Pinheiro: documentário sobre sua vida. ANDRADE, Carlos Drummond (sel.). In: *Brasil, terra & alma*: Minas Gerais/Rio de Janeiro: Ed. do Autor, 1967. p. 151.

49. Anais da Câmara dos Deputados, 1920, p. 590, citado por Norma Góes Monteiro (Francisco Campos: trajetória política. *Revista de Estudos Políticos,* Belo Horizonte, n. 53, jul. 1981, p. 190).

50. Idem, ibidem, p. 183.

51. Francisco Campos recebeu a medalha "Barão do Rio Branco", conferida ao melhor aluno da turma. Idem, Ibidem, p. 184. Gustavo Capanema e Pedro Aleixo seriam também agraciados com essa medalha.

52. A disputa da cátedra teve lugar em 1916. OLIVEIRA, Itamar de. *Francisco Campos, a inteligência no poder*. Belo Horizonte: Libertas, 1991. p. 34-36.

53. Francisco Campos foi feito deputado estadual em 1919, na 8.ª legislatura (1919-1922), designado relator da Comissão de Constituição e Justiça; o trecho citado está nos Anais da Câmara dos Deputados, 1919, p. 560, citado por MONTEIRO, Norma Góes. Francisco Campos, cit., p. 188.

54. Em discurso proferido a 10 de dezembro de 1921, na Câmara Federal, Francisco Campos atacou a Nilo Peçanha, candidato da dissidência à presidência da República, a quem chamou de "demagogo retardatário", observando que "o povo não acredita na virtude dessas subversões políticas, em que só os homens mudam e as coisas continuam as mesmas", altura em que Gilberto Amado lançou seu aparte premonitório: "São sentenças luminosas, magistrais, lapidares, perfeitas, que honrariam qualquer Parlamento. Eu me sinto honrado de ser brasileiro, assistindo a uma demonstração tão fulgurante de energia. É uma aurora maravilhosa que surge, que honra a intelectualidade brasileira". BONAVIDES, Paulo

(comp.). *Francisco Campos*. Brasília: Câmara dos Deputados; Rio de Janeiro: José Olympio, 1979. p. 46 e 53. Col. Perfis Parlamentares 6.

55. CAMPOS, Francisco. *Pela civilização mineira*. Belo Horizonte: Imprensa Official, 1930, p. 71. A posse teve lugar a 8 de setembro de 1926.

56. Cf. DUTRA, Pedro. As elites em debate: San Tiago Dantas e Eugênio Gudin. *Jornal do Brasil*, 3 nov. 1991.

57. Abgar Renault é um dos oradores na "manifestação de apreço" que os diamantinenses prestam a Gudesteu Pires, secretário de finanças do governo de Antônio Carlos, do qual Francisco Campos era secretário de instrução. Cf. MOURÃO, Paulo Kruger Corrêa, ob. cit. p. 391). Abgar, que viria a ser muito ligado a Campos, certamente já o conhecia por essa altura. Cinco anos mais tarde, ainda estudante de direito no Rio de Janeiro, estará San Tiago servindo ao ministro da justiça Francisco Campos, como seu oficial de gabinete, sucedendo ao seu ex-professor.

58. O exame de história universal, onde San Tiago alcançou grau 8,0, foi prestado em 15 de março de 1926, não esclarecendo as certidões a data dos demais exames, apenas as notas, grau 8,5 em álgebra e 5,0 em física e química, este feito em segunda época.

59. O Autor encontrou, entre a centena de livros que restaram da belíssima biblioteca de San Tiago, e que se achavam praticamente intocados desde a sua morte havia vinte e sete anos, em sua casa na cidade fluminense de Petrópolis, em 1991, um único volume desse período datado e assinado. Dos aproximadamente 16 mil volumes acumulados por San Tiago, segundo depoimento de Américo Lacombe, após a sua morte uns poucos foram doados a amigos, o restante posto à venda por sua viúva na Livraria Da Vinci, no Rio de Janeiro, onde grande parte desapareceu em um incêndio alí ocorrido. Perdeu-se o fichário da biblioteca particular de San Tiago, por ele mandado fazer por uma bibliotecária do Itamaraty, já falecida à altura em que escrevemos. Depoimento de Sylvia Ribeiro Póvoas. Mais tarde, os livros deixados em Petrópolis foram levados à leilão, também por sua viúva.

60. A soberba unidade da navegação mineira. *A Cidade*. Januária, 13 mar. 1927. *A Cidade* era um "hebdomadário dos interesses regionais do alto do São Francisco"; refletindo talvez o bacharelismo na vida pública, o redator da folha qualifica o oficial de Dr. Santiago Dantas. Em edição anterior, de 19 de dezembro de 1926, o mesmo jornal trazia a notícia da conclusão da montagem do "novo paquete que se apresenta belíssimo em todas as linhas da sua contextura", elogia a ação do comandante, que "se revela dia a dia um administrador clarividente e operoso".

61. Trecho extraído de carta de Antônio Carlos ao ministro da Marinha, enviada a Raul de San Tiago Dantas em 25.05.1927. Arquivo de Maria San Tiago Dantas Quental.

62. A casa era modesta. Três quartos, sala e banheiro fora da casa, como ainda era comum, mas já dispunha de telefone. Depoimento de Olga Nair de San Tiago Dantas Pimentel, sobrinha de Raul de San Tiago Dantas.

63. "Minha família morava, então, na rua Inhangá, nos fundos do Copacabana Palace (...) Ah, Copacabana de 1923, 1924, era docemente residencial, como o Botafogo de Machado de Assis." RODRIGUES, Nelson. *A menina sem estrela*. São Paulo: Companhia das Letras, 1993. p. 112 e 240.

64. Gilberto Amado recorda o bairro nessa época, em suas memórias: "O senador por Sergipe voltava para casa na Avenida Atlântica, depois da sessão do Senado, a tempo de dar mergulho, antes do jantar, no Pôsto Seis, cujas águas limpas então, conservam no fim da tarde, apesar do calor do dia todo – oh, milagre da nossa praia! – um frescor extraordinário. Correntes frias mesmo, brincavam com os nossos pés, como se o pólo estivesse em baixo". AMADO, Gilberto. *Presença na política*. Rio de Janeiro: José Olympio, 1960. p. 343.

65. AMADO, Gilberto. *Presença na política*, cit., p. 343 e 344.

66. CARONE, Edgard. *A República Velha*, cit., p. 392-94; Idem, *A República Velha: I. Instituições e classes sociais*. 3. ed. São Paulo: Difel, 1975. p. 50-51.

67. Depoimento de Rubens Porto.

68. Depoimento de Lurdes Montenegro. Esse o único registro dessa aventura amorosa de San Tiago.

69. Note-se que o ensino ginasial à época era, em média, superior ao de hoje e habilitava razoavelmente os poucos alunos aos quais era ministrado, a cursarem a faculdade, esta já de má qualidade. Depoimento de Lucas Lopes.

70. Nas memórias inacabadas de seu amigo Hélio Vianna, este registra a intervenção de seu cunhado, o então tenente Humberto Castello Branco – o mesmo que desejará ver San Tiago cassado de seus direitos políticos após o golpe militar de abril de1964 –, para apressar a dispensa de San Tiago do serviço militar obrigatório. Ms. de Hélio Vianna.

71. Cópias dos exames prestados por San Tiago Dantas.

72. Só essas três provas escritas restaram entre os documentos guardados por San Tiago. Foram realizados, conforme o sistema da época, exames orais, dos quais não foi possível junto à Faculdade Nacional de Direito no Rio de Janeiro obter os graus conferidos ao aluno. Hélio Vianna registrou nos exames orais a presença do professor Queiróz Lima, autor de um livro sobre Teoria do Estado, que o examinou, e provavelmente a San Tiago também, sobre Literatura. A propósito da Faculdade Nacional de Direito, o lastimável estado de seus arquivos no início da década de 1990 encontrava par na desmemória que domina a cultura jurídica brasileira. O Autor se viu obrigado a aguardar por meses o deferimento de autorização, no processo administrativo que foi aberto especialmente para que fosse autorizado consultar o bolorento e precário arquivo dessa escola. Não é de se estranhar, contudo, que, além da falta de verbas, se encontrasse esse impressionante quadro de abandono; afinal, o diretor da escola à época de nossa consulta – que declarou nada poder fazer para apressar o processo administrativo –, estranhando o nome, declarou jamais ouvira falar em seu colega de magistério, San Tiago Dantas.

73. Evaristo de Moraes Filho configurou precisamente esse quadro: "Não foi um País morto e parado que o movimento de 30 surpreendeu, muito pelo contrário (...) encontrou em vigor cerca de uma dúzia de leis trabalhistas; numerosos projetos de leis no Congresso Nacional, inclusive um Código de Trabalho; a reforma constitucional de 1926, dando competência privativa e expressa à União para legislar sobre trabalho, o Brasil já filiado à Organização Internacional do Trabalho desde sua fundação; a Comissão de Legislação Social, na Câmara, desde 1918". MORAES FILHO, Evaristo de. Sindicato e Sindicalismo no Brasil desde 1930. *As tendências atuais do direito público*: estudos em homenagem ao Prof. Afonso Arinos. Rio de Janeiro: Forense. 1976. p. 189-218.

CAPÍTULO IV. O PÁTIO DA ESCOLA

1. DANTAS, F. C. de San Tiago. Crônica Universitária: a lição de Córdoba. *Novidades Literárias*, 1.º ago. 1930. DANTAS, F. C. de San Tiago. Organização Universitária. *Revista de Estudos Jurídicos*, maio 1930, n. 1, p. 29.

2. Ver: AMADO, Gilson. San Tiago Dantas. *Correio da Manhã*. Rio de Janeiro, 5 set. 1965. "Ainda a propósito de San Tiago Dantas, há outro fato pitoresco, que relembro com saudade: em 1928, a turma que iniciava o curso de Direito compareceu à Faculdade, no primeiro dia de aula, espalhando um boato respeitável: diziam que entre os mais jovens do grupo havia um orador brilhante, grande conhecedor de Direito e, além do mais, poliglota. Esse jovem realmente existia: tinha 17 anos, [na verdade 16 anos] usava pince-nez e se chamava Francisco Clementino de San Tiago Dantas". In: DOYLE, Plínio. *Uma vida*. 2. ed. Rio de Janeiro: Casa da Palavra/Fundação Casa de Rui Barbosa, 1999. p. 34-35.

O *pince-nez* que San Tiago exibia ao chegar à Faculdade era então usado por muitos alunos de Direito. Depoimento de Américo Lacombe.

3. "Francisco Clementino de San Tiago Dantas, com 16 anos de idade, tendo preenchido as condições legais para matricular-se no primeiro ano, respeitosamente o requer (...) Rio de Janeiro, 30 de março de 1928". No requerimento à Faculdade de Direito da Universidade do Rio de Janeiro consta o pagamento da taxa de matrícula de cinquenta réis, em 13 de abril de 1928. Segundo depoimento de Américo Lacombe, "A Faculdade era particular, pagava-se por mês. A Politécnica não era paga. A nossa Faculdade entrou na Universidade conservando a autonomia financeira. Depois é que foi incorporada. Foi Francisco Campos que a incorporou, em 1931. Era uma Faculdade livre. Os mais humildes também pagavam. Mas havia tolerância". LUSTOSA, Isabel. *Lacombe, narrador*. Rio de Janeiro: Fundação Casa de Rui Barbosa, 1996. p. 24.

4. O prédio era chamado pelos estudantes de "Cocheira" ou "Estrebaria", como informa Aroldo de Azevedo, colega de turma de San Tiago e mais tarde um dos mestres da geografia brasileira. Um problema. *Revista de Estudos Jurídicos*. Rio de Janeiro, ano I, n. 1, p. 46, maio 1930. Ver também: AZEVEDO, Aroldo de. *Arnolfo Azevedo*: parlamentar da

Primeira República. São Paulo: Ed. Nacional, 1968. p. 504; FRANCO, Afonso Arinos de Melo. *A alma do tempo*, cit., p. 159.

5. No Império, um estudante humilde só por acaso ingressava na faculdade; esse o caso do comentarista da Constituição do Império, Pimenta Bueno; exposto à roda, foi adotado por uma família rica e assim pôde cursar a Faculdade de Direito em São Paulo. Ver: DUTRA, Pedro. *Literatura jurídica no Império*, cit., p. 49.

6. "Matriculado, enfim, em curso superior, tive as primeiras aulas a 9 de abril [de 1928]", escreveu Hélio Vianna no rascunho de suas memórias inacabadas. Ms. de Hélio Vianna, p. 38.

7. FRANCO, Afonso Arinos de Melo. *A alma do tempo*, cit., p. 190-191.

8. REALE, Miguel. *Memórias*. São Paulo: Saraiva, 1987. v. 1, p. 42 e 46.

9. FRANCO, Afonso Arinos de Melo. *A alma do tempo*, cit., p. 191.

10. Nome alusivo à data de instalação dos cursos jurídicos no País, em 1827, em São Paulo e no Recife.

11. O CACO filou-se à Federação Acadêmica em 1929; na ditadura Vargas, o CACO viu suas atividades praticamente anuladas pela repressão, e, com a ditadura militar, deixou de funcionar. Ver: CUNHA, Luís Antônio. Centro Acadêmico Cândido de Oliveira. In: BELOCH, Israel; ABREU, Alzira Alves de (coord.). *Dicionário histórico-biográfico brasileiro*, cit., v. 1, p. 762.

12. O primeiro exemplo dessa irradiação – dos palanques das praças para os pátios das faculdades – verificou-se na campanha civilista de Rui Barbosa à presidência da República em 1910, quando nascia San Tiago, que arrebatou grande número dos estudantes de Direito; meio século depois, ao início da década de 1960, às vésperas da morte de San Tiago, essa mesma irradiação irá se repetir, por causas e com agentes distintos.

13. Ver: VENANCIO FILHO. Alberto. *Das arcadas ao bacharelismo*: 150 anos de ensino no Brasil. São Paulo: Perspectiva, 1977.

14. Plínio Doyle, que ingressou na faculdade em 1927 – um ano antes de seu amigo San Tiago – descreveu o curso: "A turma do primeiro ano era de 182 alunos, claro que não iam todos às aulas, pois seria então uma balbúrdia, já que as salas não tinham espaço para tanto. No curso, terminado em 7 de setembro de 1931, quando colamos grau, tivemos doze matérias, e dos professores, na minha opinião, somente três merecem ser destacados: Castro Rebello (Direito Comercial e Falências); Portocarrero (Medicina Legal), que nos levou a uma aula prática do Instituto Médico Legal, para assistir a uma autópsia, e falava muito em Psicanálise, que estava então na moda; e Haroldo Valadão (Direito Internacional Privado). Os demais eram bastante fracos e as respectivas aulas apresentavam sérios defeitos". DOYLE, Plínio. *Uma vida*, cit., p. 30.

15. Um de seus amigos da vida toda, Antônio Gallotti, assistiu à palestra de San Tiago: "uma figura nova toma a tribuna: (...) lançando conceitos, descortinando ideias, de-

senvolvendo pensamentos, uma espécie de revelação, baluarte da tese espiritualista (...) e discute o tema do momento, a relação entre o Direito Natural e o Direito Positivo", recordaria Antônio Gallotti. Apud COELHO, José Vieira et al. *San Tiago vinte anos depois*. Rio de Janeiro: Paz e Terra/IEPES, 1985. Coleção Debates, v. 1, p. 49.

16. O parecer fora solicitado pelo Centro e lido por Hélio Vianna perante a sua Comissão de Direito Constitucional; analisava a demissão do Procurador-Geral de Justiça do Distrito Federal, então discutida na imprensa; Hélio Vianna manifestou-se pelo cabimento jurídico da demissão.

A firma Arthur Vianna & Cia. Ltda. – Exportação e Importação tinha sede em Belo Horizonte, e, no Rio de Janeiro, onde Hélio trabalhava, escritório no centro da cidade, na rua dos Ourives (hoje Miguel Couto), n. 137. Ainda adolescente, Hélio fugiu de casa, deixando Belo Horizonte para morar em São Paulo; resgatado pelo pai, com este jamais teve uma relação pacífica, dele se queixando continuamente, inclusive quanto à baixa remuneração de seu trabalho, como registra em suas memórias inacabadas. Essa dificuldade marcaria decididamente o futuro historiador, que, ao legar ao Instituto Histórico e Geográfico do Brasil o seu diário mantido ininterruptamente por mais de meio século, o fez com o encargo de o mesmo só ser dado a público setenta anos após a sua morte. Esse inestimável documento histórico estará, portanto, disponível somente a partir do ano 2042. Depoimento de Hélio Vianna Filho.

17. Pouco antes de falecer, começou Hélio Vianna a escrever suas memórias, integralmente baseadas em seu diário; não chegou a completar a obra, e o rascunho deixado avança até o ano de 1934. O Autor teve acesso a ele por intermédio de Hélio Vianna Filho, a quem San Tiago dedicava, como aos demais filhos de seus amigos próximos, atenção e carinho de um verdadeiro tio. As citações são extraídas do referido manuscrito.

18. Ms. de Hélio Vianna.

19. No início de 1929, Hélio registra em seu diário os números da sua biblioteca: 279 volumes, 174 adquiridos por 927$300 em 1928, tendo lido 111. Ms. de Hélio Vianna.

20. Amiga de San Tiago, filha do Conde Afonso Celso. Depoimento de Lurdes Montenegro.

21. Hélio Vianna e San Tiago assistiram o deputado Maurício Lacerda falar na instalação da Seção universitária do Partido Democrático, havia pouco fundado em São Paulo. Ms. de Hélio Vianna.

22. DANTAS, San Tiago. Prova de Literatura Brasileira. Vestibular, Rio de Janeiro, 16.03.1928.

23. Ms. de Hélio Vianna, p. 40. In: Correio Paulistano. Ver: SCHWARTZ, Jorge. *Vanguardas Latino-Americanas*: polêmicas, manifestos e textos críticos. São Paulo: Edusp/Fapesp/Iluminuras, 1995. p. 496. Na biblioteca da Faculdade de Direito da Universidade Federal do Rio de Janeiro, a coleção da revista Época acha-se desfalcada de inúmeros

exemplares, deste ano de 1927 e de todos aqueles em que San Tiago lá estudou, entre 1928 e 1932.

24. Depoimento de Américo Lacombe, corroborado por Alberto Costa e Silva: "Dinah Silveira de Queiroz era uma mulher bonita, de pele muito lisa e branca e olhos vivos e bondosos. Forçava o riso, talvez porque era triste. Comentava-se que o marido, o grande jurista Narcélio de Queiroz, (...) cada vez mais se abandonava à bebida". COSTA E SILVA, Alberto da. *Invenção do desenho:* ficções da memória. Rio de Janeiro: Nova Fronteira, 2007. p. 124.

San Tiago foi, na década de cinquenta, designado para, em nome dos advogados, saudar o juiz Narcélio de Queiroz, em sua elevação ao Tribunal de Justiça do Rio de Janeiro. Em seu discurso observa, recordando, as qualidades que cedo vira no contemporâneo de Faculdade: "É a seu pendor humanista que me quero referir, isto é, ao gosto pelas grandes sínteses da natureza humana, logradas por um Montaigne, um Cervantes, um Goethe, um Pascal...". "Saudação a Narcélio de Queiroz", In: *Figuras do direito*. Rio de Janeiro: José Olympio, 1962, p. 110.

25. Em 1942, Mário de Andrade, em conferência sobre "O movimento modernista", dizia que, apesar de já haver, em 1922, presente nas artes brasileiras forte acento nacionalista, "o espírito modernista e as suas modas foram diretamente importadas da Europa". ANDRADE, Mário de. *Aspectos da literatura brasileira*. São Paulo: Ed. Martins, 1972. p. 236. Escrevendo no ano do movimento, José Maria Bello, ao examinar os efeitos da onda modernista no quadro social da época, observava em um ensaio que possivelmente o vestibulando San Tiago terá lido: "ficamos a perguntar a nós mesmos se à elite intelectual cabe apenas esta função negativa e secundária, de espectadora tranquila e displicente da corrupção universal. Não lhe compete justamente a primazia neste grande movimento reacionário que, dentro ou fora da ordem legal, tem que salvar o Brasil? E nesta hipótese, quais os seus meios de ação, qual a direção que deve orientá-la, para integrá-la na vida nacional e fazê-la abandonar para sempre esses francesismo encantador e dissolvente?" BELLO, José Maria. Nacionalismo literário. *À margem dos livros*. Rio de Janeiro: Annuario do Brasil, 1923. p. 69-70. Mário da Silva Brito registra a crítica de Menotti del Picchia ainda em 1923; ver: A revolta modernista. In: COUTINHO, Afrânio (dir.). *A literatura no Brasil*. Rio de Janeiro: Sul Americana, 1970. v. 5, p. 21 e ss.

26. O texto do manifesto se acha transcrito por Jorge Schwartz em *Vanguardas latino-americanas*, cit., p.136.

27. Com menor expressão literária do que seus colegas, figuravam também no movimento Cândido Motta Filho e Alfredo Ellis Jr.

28. RICARDO, Cassiano. *Viagem no tempo e no espaço:* memórias. Rio de Janeiro: José Olympio, 1970. p. 36.

29. SALGADO, Plínio. *O estrangeiro*. Rio de Janeiro: José Olympio, 1972. p. 196.

30. SALGADO, Plínio. A Anta e o Curupira. *Obras completas*. São Paulo: Ed. das Américas, 1955. v. 10. p. 49 e ss.

31. Wilson Martins data de 1926 "o ano das grandes rupturas e das sensacionais fugas para a frente (o que, no caso, foi antes, por paradoxo, uma fuga imensa para o passado). A verdade é que o Modernismo, esgotado o primeiro impulso revolucionário e, ao que parecia, impotente para traduzir em obras o seu próprio programa, via-se de repente num beco sem saída". MARTINS, Wilson. *História da inteligência brasileira*. São Paulo: Cultrix/Edusp, 1978. v. 6, p. 373.

32. As citações do "Manifesto" estão em SCHWARTZ, cit., p. 142 e ss. Maria Eugênia Boaventura, em sua biografia de Oswald de Andrade, nota que as divergências seguintes ao lançamento do Manifesto Antropófago, entre o autor e seus companheiros modernistas, não cessariam de aumentar. BOAVENTURA, Maria Eugênia. *O salão e a selva*. Campinas: Ed. Unicamp; São Paulo: Ex Libris, 1995. p. 134 e ss.

33. SCHWARTZ, *Vanguardas latino-americanas*, cit. p. 499.

34. Manuel Bandeira viu, acidamente, o traço provinciano em boa parte da brasilidade que acometeu o modernismo: "O modernismo era suportável quando extravagância de alguns. Agora é a normalidade de toda a gente. Então depois que reinventaram a brasilidade, a coisa tornou-se uma praga. Os livros de poesia só falam de candomblés e de urucungos. Nos quadros só se vê pretos, carros de boi e desenho errado". BANDEIRA, Manuel. A Província, 9 de novembro de 1928. *Crônicas inéditas I* (Org. posfácio e notas de Julio Castañon Guimarães). São Paulo: Cosac Naify, 2008. p. 144.

35. Segundo Américo Lacombe, quando passou a conviver com San Tiago ao final de 1928, este já conhecia as principais obras de Pontes de Miranda e por ele tinha grande admiração. Depoimento de Américo Lacombe.

36. PONTES DE MIRANDA, Francisco Cavalcanti. *Sistema de ciência positiva do direito*. Rio de Janeiro: Ed. Jacintho Ribeiro dos Santos, 1922. v. 1, p. 73.

37. PONTES DE MIRANDA, Francisco Cavalcanti. Preliminares para a revisão constitucional. In: CARDOSO, Vicente Licínio (org.). *À margem da história da República*. Brasília: Ed. UnB. 1981. v. II.

38. PONTES DE MIRANDA, Francisco Cavalcanti. *Fontes e evolução do direito civil brasileiro*. Rio de Janeiro: Forense, 1981. p. 121-122.

39. Ver: LIMONGI, Dante Braz. *O projeto político de Pontes de Miranda*: Estado e democracia na obra de Pontes de Miranda. Rio de Janeiro: Renovar, 1998. p. 55.

40. PONTES DE MIRANDA. *Fontes e evolução*, cit., p. 123.

41. Pontes de Miranda em seu livro publicado em 1932, *Os fundamentos actuais do direito constitucional* analisa o "Estado Integral", e naquele mesmo ano, pouco depois, Plínio Salgado lançaria a Ação Integralista Brasileira.

42. Depoimento de Lurdes Montenegro.

43. Depoimento de Américo Lacombe.

44. "A partir do segundo ano, o grupo do CAJU aumentou, pois três primeiranistas – San Tiago Dantas, Thiers Martins Moreira e Hélio Vianna – se juntaram a nós, estudando outras cadeiras pelo prazer de estudar, e reconhecendo que o grupo inicial era seriamente dedicado aos estudos." DOYLE, Plínio. *Uma vida*, cit., p. 33.

45. Entrevista de San Tiago ao *Diário de Notícias*, 10 mar. 1931.

46. Depoimento de Vicente Chermont de Miranda.

47. Depoimentos de Américo Lacombe e Plínio Doyle.

48. Antônio Gallotti nasceu em 29 de agosto de 1908. Gilson Amado nasceu no mesmo ano.

49. Carta de San Tiago a Chermont de Miranda. São Paulo, 08.05.1931.

50. Octavio de Faria nasceu em 15 de outubro de 1908.

51. Depoimento de Vicente Chermont de Miranda. Da primeira denominação do Centro proveio a sigla CAJU, como recorda Aroldo de Azevedo na biografia de seu pai (*Arnolfo Azevedo, parlamentar da Primeira República* cit., p. 504). O Centro será a seguir denominado Centro Acadêmico de Estudos Jurídicos, e mais tarde, revelando a politização que toma conta de seus membros, Centro de Estudos Jurídicos e Sociais. Em uma das propostas de reforma dos Estatutos do Centro, cuja cópia se acha nos arquivos pessoais de Américo Lacombe, encontramos referência a Gilson Amado como um dos fundadores do Centro; o depoimento de Chermont de Miranda não traz essa afirmação; como quer que seja, Gilson Amado foi uma presença ativa no Centro, desde o seu início. Octavio de Faria só ingressaria no CAJU em 1930.

52. Discurso pronunciado na sessão solene de aniversário do Centro Acadêmico de Estudos Jurídicos, a 1.º de outubro de 1929. *Revista de Estudos Jurídicos*, ano 1, 1.º maio 1930, p. 41.

53. Depoimento de Plínio Doyle.

54. "Resolução de 27 de dezembro de 1929", baixada pelo presidente – em exercício – do CAJU, Américo Lacombe, e também firmada pelo primeiro-secretário, Hélio Vianna, dizia: "art. 4 Verificada a procedência da denúncia, será aplicada pelo presidente do Departamento ao sócio culpado uma multa na importância de dez mil réis (10$000)"; e o art. 6 prescrevia: "Para a melhor execução do contido nos artigos anteriores, deverão os presidentes das comissões permanentes rubricar todas as cópias de pontos do Centro".

55. Em carta a Gilson Amado, a 05.02.1930, estando em férias no Pará, escreve o presidente Chermont de Miranda: "Estou muito satisfeito com o nosso querido CAJU (...) das atuais seis distinções em todas as cadeiras, cinco são do CAJU". Frota Aguiar conta que o CAJU, que viu nascer, era tido como um grupo de intelectuais. Depoimento de Frota Aguiar.

56. A dois meses da formatura e próximo ao fim do CAJU, Almir de Andrade, em carta, diz: "Ex. Sr. Américo Lacombe: Comunico a V. Ex. que, ontem (...) houve uma sessão da Comissão de Direito Internacional Público, onde foi notada a ausência de V. Exa". Rio de Janeiro, 03.07.1931.

57. O trabalho de San Tiago correspondia ao ponto LVX e era intitulado: *Emphyteuse*: noção, objetos e caracteres. O jovem autor assim o organizou: I. Noção, origem e evolução histórica. II. Caracteres do Aforamento ou *Emphyteuse*. III. Objecto do Aforamento. O Código Civil brasileiro de 1916 – Lei 3.071, de 1.º de janeiro de 1916 –, estudado por San Tiago Dantas, definia a *enfiteuse* em seu art. 678: "Dá-se a *enfiteuse*, aforamento, ou emprazamento, quando por ato entre vivos, ou de última vontade, o proprietário atribui a outrem o domínio útil do imóvel, pagando a pessoa, que o adquire, e assim se constitui enfiteuta, ao senhorio direto uma pensão, ou foro, anual, certo e invariável". O instituto da enfiteuse foi revogado pelo atual Código Civil brasileiro – Lei 10.406, de 10 de janeiro de 2002.

58. San Tiago acha os fundamentos jurídicos expostos em seu trabalho nas lições do professor e autor de Direito Civil, Lacerda de Almeida, que ele recordará: "pertenci à última geração de estudantes que encontrou numa das cátedras de Direito Civil o mestre exímio do Direito das Coisas (...) (a sua) pequenina figura, nimbada pela pureza dos olhos claros e dos cabelos de algodão, deslizava pelos corredores paupérrimos da Faculdade". DANTAS, San Tiago. *Arcaísmo e modernismo*, cit., p. 102.

59. Octavio de Faria apresentou sua tese, *Desordem no mundo moderno*, em 27.06.1930. A tese de Maria Luiza Bittencourt, *Extradição no direito brasileiro*, foi discutida em várias sessões, porém não foi votada a inclusão da estudante no quadro social do departamento; segundo depoimento de Chermont de Miranda ao Autor, a recusa não se deveu à qualidade da tese da candidata, mas ao fato de ela ser mulher. Na mesma época, Vinicius de Moraes foi admitido com a tese *Consequências da vinda de D. João VI ao Brasil*. Ver: *Revista do CAJU*, n. 3; e MORAES, Laetitia Cruz de. Introdução geral. Vinicius meu amor. In: COUTINHO, Afrânio (org.). *Vinicius de Moraes*: poesia completa e prosa. Rio de Janeiro: Aguilar, 1974. p. 40. Thiers Martins Moreira ingressou no departamento do 4.º ano, também em 1930, com a tese *Educação e socialização*.

60. A expressão é do próprio San Tiago, em carta a Hélio Vianna datada de 07.02.1935. Da capacidade de estudo de San Tiago, Antônio Carlos Villaça escreverá: "Creio que os maiores leitores da história cultural do Brasil foram Rui[Barbosa], Pontes de Miranda, Alceu Amoroso Lima, San Tiago Dantas e o nosso [José Guilherme] Merquior". VILLAÇA, Antônio Carlos. *Os saltimbancos da porciúncula*. Rio de Janeiro: Record, 1996. p. 68.

61. Octavio de Faria, com quem San Tiago dividiria a celebridade intelectual daqueles primeiros dias, neles relembra o companheiro de Faculdade: "Mesmo para nós, seus amigos e colegas da primeira hora, quando ainda cursávamos as aulas da velha e querida Escola de Direito do Catete, mesmo para nós que o víamos quase todos os dias e com ele conversávamos e brincávamos longas horas, mesmo para nós, ele já era essencialmente um mestre (...) o que dele ouvíamos tinha um peso, uma densidade, um valor, que excedia o

que de outros, também amigos, também por nós admirados, ouvíamos e guardávamos". FARIA, Octavio de. San Tiago Dantas, as palavras de um professor. *Jornal do Brasil*, Rio de Janeiro, 23 ago. 1975.

62. "Havia (...) incontestavelmente, abusos e injustiças (...) durante mais de 35 anos dirigi fábricas com milhares de operários e bem sei o que vos digo. Confesso que trabalhei com crianças de 10, 12 anos e talvez menos (...) o horário normal era de 10 horas e, quando necessário, de 11, 12 horas (...) mulheres grávidas trabalhavam (...) até a hora de nascer o filho..." Conferência de Jorge Street em 29 de setembro de 1934: A legislação social trabalhista no Brasil. In: MORAES FILHO, Evaristo de (org.). *Ideias sociais de Jorge Street*. Rio de Janeiro; Brasília: Fundação Casa de Rui Barbosa; MEC; Senado Federal, 1980. p. 425; e LINHARES, Hermírio. As greves operárias, p. 216-217. Apud DULLES, John W. F. *Anarquistas e comunistas no Brasil*. 2. ed. Rio de Janeiro: Nova Fronteira, 1977. p. 26 e 54.

63. BAER, Werner. *A industrialização e o desenvolvimento econômico do Brasil*. 3. ed. Rio de Janeiro: Ed. FGV, 1977. p. 12-13.

64. DULLES, John W. F. *Anarquistas e comunistas no Brasil*, cit., p. 47-61.

65. LIMA, Heitor Ferreira. Apresentação. In: PEREIRA, Astrojildo. *Ensaios históricos e políticos*. São Paulo: Alfa-Omega, 1979. p. xxvii e xxviii.

66. PEREIRA, Astrojildo. *Ensaios históricos e políticos*, cit., p. 72.

67. Leandro Konder, ao analisar os esforços e as limitações dos primeiros militantes do PCB, registra que "em 1923, Octávio Brandão traduziu do francês o Manifesto Comunista, de Marx e Engels (...) No ano seguinte – 1924 – Samuel Speiski publicou-a em livro, em Porto Alegre (...) No plano da aquisição e difusão, de conhecimento teórico, entretanto, as coisas progrediam muito lentamente". KONDER, Leandro. *A derrota da dialética*. Rio de Janeiro: Campus, 1988. p. 142-143.

68. Em 1923, o deputado sergipano Carvalho Neto apresentara novo projeto de Código de Trabalho. MORAES FILHO, Evaristo de (org.). *O socialismo brasileiro*. Brasília: Ed. UnB, Câmara dos Deputados, 1981, p. 24 e 29. A Lei Celerada, cujo projeto foi apresentado por Anibal de Toledo, "tornaria inafiançáveis os crimes prescritos pelo decreto n. 1.162, de 12 de dezembro de 1890, isto é, os de 'desviar os operários e trabalhadores dos estabelecimentos em que forem empregados, por meio de ameaças e constrangimentos', assim como os de 'causar ou provocar cessação ou suspensão de trabalho por meio de ameaças ou violências, para impor aos operários ou patrões aumento ou diminuição de serviço e salário'. As penas desses delitos passariam de seis meses a um ano de prisão celular para o primeiro caso, e de um a dois anos para o segundo. Além disso, a Lei Celerada autorizava o governo tanto a fechar as agremiações, sindicatos, centros ou entidades que incidissem na prática de crimes ou atos contrários à ordem, moralidade e segurança públicas, quanto a vedar-lhes a propaganda, impedindo a distribuição de escritos ou suspendendo os órgãos de publicidade que se dedicassem a isso". DULLES, John W. F. *Anarquistas e comunistas no Brasil*, cit., p. 272-273.

69. "A questão servil, paradoxalmente, nunca se pôs no Brasil; agitou-a não a sua existência propriamente, mas a sua eliminação. (...) A percepção aguda de José Bonifácio em substitui-la gradualmente por um regime de trabalho livre tocara o ponto certo: a impossibilidade de se promover o desenvolvimento econômico de uma nação (...) tendo-se por base produtiva o braço escravo, quando já rompia na Europa a Revolução Industrial". DUTRA, Pedro. *Literatura jurídica no império*, cit., p. 113-114.

70. KONDER, Leandro. *A derrota da dialética*, cit., p. 152-153.

71. Formado em 1907, Edgardo Castro Rebello conquistou a cátedra de Direito Comercial em concurso realizado em 1914. Na ditadura do Estado Novo, de Getúlio Vargas, juntamente com Leônidas de Rezende e outros professores de Direito, Castro Rebello foi arbitrariamente preso e mandado à cadeia da Ilha Grande, por mais de um ano. Punia o ditador – que inaugurava essa forma de violência estatal contra o magistério – não o ideólogo comunista, o qual o Professor jamais foi, mas sim a sua independência e um intransigente sentido de justiça que nele jamais arrefeceu e o fez estimado por todos seus alunos, ao longo de quarenta anos de professorado. BARBOSA, Francisco Assis. Introdução. In: REBELLO, Edgardo de Castro. *Mauá & outros estudos*. Rio de Janeiro: Livraria São José, 1975. p. xvii; KONDER, Leandro. *A derrota da dialética*, cit., p. 154.

72. Embora a maioria dos membros da Juventude Comunista fosse formada por operários, os estudantes que a ela se filiaram influíram seus temas no meio estudantil; durante algum tempo, o jornal de Leônidas de Rezende, *A Nação*, publicava papeleta de inscrição nos quadros da Juventude. Um dos primeiros estudantes de Direito a ela filiar-se foi Francisco Mangabeira, contemporâneo de San Tiago na Faculdade. São escassas as informações sobre a Juventude Comunista, sobretudo quanto à sua atuação no meio universitário na década de 1920. Ver: BASBAUM, Leôncio. *Uma vida em seis tempos*: memórias. São Paulo: Alfa-Omega, 1976. p. 45-46; DIAS, Sônia; BENJAMIN, César. Francisco Mangabeira. In: BELOCH, Israel; ABREU, Alzira Alves de (coord.). *Dicionário histórico-biográfico brasileiro: 1930-1983*, cit., v. 3, p. 2059; LUSTOSA, Isabel. *Lacombe, narrador*. Rio de Janeiro: Fundação Casa de Rui Barbosa, 1996. p. 25.

73. Apud DULLES, John W. F. *Anarquistas e comunistas no Brasil*, cit., p. 22, nota 28. Ver também: BASBAUM, Leôncio. *Uma vida em seis tempos*, cit., p. 46.

74. Em carta a San Tiago, Antônio Gallotti comenta a hospitalidade dos Lacombe: "Depois o Lacombe carregou-nos, ao Chermont e a mim, para um daqueles adoráveis jantares, a que estavas tão habituado, num hábito que, conforme senti hoje, também por aqui deixou vestígios bem acentuados. Daquela vivenda encantadora que fica numa tão simpática elevação, como a exprimir uma superioridade que, realmente, existe naquela boa gente...". "O meu endereço é Smith de Vasconcellos, 30. A. Férreas. Rio.". Respectivamente, Carta de Antônio Gallotti a San Tiago. Rio de Janeiro, 12.05.1931; e Carta de Américo Lacombe a San Tiago Dantas. Rio de Janeiro, 17.05.1931.

75. D. Isabel Lacombe foi uma pioneira da educação feminina do Rio de Janeiro, tendo sido, nas palavras de seu amigo Alceu Amoroso Lima, "discípula de uma grande

educadora inglesa, Miss Eleanor Leslie, que aqui fundara o Colégio Progresso, onde se educaram gerações de moças no fim do segundo reinado". O crítico literário recorda a fundação do Colégio Jacobina para o qual "D. Belinha (...) convidou uma elite de professores que vinham introduzir novos métodos de ensino (...). João Kopke, Everardo Backheuser, Mrs. Andrews (que mais tarde fundaria um colégio com seu nome), Alberto Nepomuceno, Heitor Lira da Silva entre outros". Dona Isabel Jacobina Lacombe – Dona Belinha. LIMA, Alceu Amoroso. *Companheiros de viagem*. Rio de Janeiro: José Olympio, 1971. p. 184-185.

76. D. Belinha era prima em terceiro grau de Rui Barbosa; este, quando veio da Bahia para o Rio de Janeiro, hospedou-se com seu avô. Em seu trabalho sobre a reforma do ensino, Rui elogia os métodos pedagógicos adotados por Miss Leslie, seguidos por D. Belinha. LIMA, Alceu Amoroso. *Companheiros de viagem*. cit. loc. cit.; Depoimentos de Américo Masset Lacombe e de Francisco Masset Lacombe.

CAPÍTULO V. A "MODERNA OBRA DA REAÇÃO"

1. DANTAS, F. C. de San Tiago. Novo espírito. *A Razão*, São Paulo, 15 ago. 1931.

2. BRUNEAU, Thomas. *O catolicismo brasileiro em época de transição*. São Paulo: Ed. Loyola, 1974. p. 64-65.

3. DIAS, Romualdo. *Imagens de ordem:* a doutrina católica sobre autoridade no Brasil – 1922-1933. São Paulo: Unesp, 1996. p. 16; McBRIEN, Richard P. *Os Papas:* Os pontífices: de São Pedro a João Paulo II. 2. ed. São Paulo: Ed. Loyola. 2004. p. 357.

4. ROMANO, Roberto. *Brasil:* Igreja contra Estado. São Paulo: Kairós, 1979. p. 147; NEMO, Philippe. *Histoire des idées politiques:* aux temps modernes et contemporains. 2. ed. Paris: PUF, 2003. p. 1092.

5. VILLAÇA, Antônio Carlos. *O pensamento católico no Brasil*. Rio de Janeiro: Zahar, 1975. p. 83.

6. Ver: RIOS, José Arthur. Para uma história do Centro Dom Vital. *A Ordem*, n. 92, 2003, p. 25 e ss.

7. "*A Ordem* foi fundada em agosto de 1921. Jackson [de Figueiredo] convidou um pequeno grupo para encontrar-se com ele no Café Gaúcho, situado na Rua Rodrigo Silva, esquina da Rua de São José. Lá chegamos à hora marcada, numa noite desse mesmo mês; além de Jackson, estavam presentes Perillo Gomes, Durval de Moraes, José Vicente e eu. (...) O Centro Dom Vital foi fundado em abril de 1922. A finalidade dele era a criação de uma grande Biblioteca Católica, a edição de livros católicos de apologética, e a edição de livros católicos em geral. A coleção de livros católicos traz o nome de Coleção Eduardo Prado. O primeiro livro dessa Coleção é *Pascal e a Inquietação Moderna*, de Jackson de Figueiredo. O Centro Dom Vital se propõe única e exclusivamente a ajudar o Episcopado Brasileiro na obra de recatolicização dos seus ideais na prática social. Este dispositivo está escrito no número de A Ordem de 1.º de abril de 1922. O grupo inicial do Centro Dom

Vital era o mesmo grupo dos fundadores de *A Ordem*." NOGUEIRA, Hamilton. *Jackson de Figueiredo:* o doutrinário católico. Rio de Janeiro: Terra de Sol, 1927. p. 141.

8. Ver: DIAS. Romualdo. *Imagens de ordem*, cit., p. 25.

9. "O Café Gaúcho, durante o dia, e o São Paulo, durante a noite, eram os dois quartéis-generais do Jackson [de Figueiredo]. Uma variedade incrível de pessoas de todas as classes sociais, com as quais ele mantinha um permanente contato, políticos, intelectuais, ou mesmo simples vagabundos e boêmios, ali o encontravam diariamente, para as intermináveis palestras em que ele consumia as suas horas, entremeadas de uma atividade febril. A vida de Café, com o Jackson, possuía alguma coisa de permanentemente pitoresco e saboroso, tal a capacidade incessante de valorizar o momento que passa, que ele possuía. A aproximação de Jackson nos colocava imediatamente nessa outra dimensão, o ritmo da vida se acelerava e crescia de intensidade, abolindo-se totalmente a sensação natural e amarga que nos dá a repetição monótona do cotidiano da vida". Nota à Carta XC, de Jackson a Alceu, em 18/19 de janeiro de 1928 (parcialmente inédita) In: LIMA, Alceu Amoroso; FIGUEIREDO, Jackson de. *Correspondência:* harmonia dos contrastes (1919-1928). Org. por João Etienne Filho. Rio de Janeiro: ABL, 1991. v. 1. p. 300.

10. Como afirmou o próprio Jackson [de Figueiredo]: "É [ao papa] Leão XIII que devemos, não já a definição da verdade, mas o método para a sua aplicação na ordem prática. Foi ele quem nos mostrou tudo quanto 'podemos ser', em meio à nova ordem de cousas, esclarecendo os pontos em que é legítimo ceder às aspirações contemporâneas, e o porque podemos fazê-lo sem compromissos desmoralizadores da nossa fé." FIGUEIREDO, Jackson de. A obra de um grande Bispo. *Literatura reacionária*. Rio de Janeiro: Centro Dom Vital, 1924. p. 181-182.

11. "A partir de 1915, o nacionalismo invadiu a cultura brasileira. Expandiu-se na literatura a ponto de tornar suspeita qualquer obra que parecesse manter alguma distância em relação a ele. Deu origem a associações onde os intelectuais estavam onipresentes, e cujo protótipo foi a Liga de Defesa Nacional – criada em São Paulo pelo poeta Olavo Bilac e que logo encontraria adeptos em outras cidades". PÉCAUT, Daniel. *Os intelectuais e a política no Brasil*: entre o povo e a nação. São Paulo: Ática, 1990. p. 25-26.

12. FIGUEIREDO, Jackson de. *Do nacionalismo na hora presente*. Rio de Janeiro: Livraria Católica, 1921. p. 22, 26 e 31.

13. Sobre o conceito de pensamento contrarrevolucionário, ver: NEMO, Philippe. *Histoire des idées politiques*, cit., p. 1051 e ss.

14. FIGUEIREDO, Jackson de. *Do nacionalismo na hora presente*, cit., p. 29.

15. FIGUEIREDO, Jackson de. *Literatura reacionária*, cit., p. 125 e 127.

16. "L'éclat de rire de la raison (...)". FIGUEIREDO, Jackson de. *A reação do bom senso*: contra o demagogismo e a anarquia militar. Rio de Janeiro: Edição do Anuário do Brasil, 1922. p. 40.

17. FIGUEIREDO, Jackson de. Para a frente! *A reação do bom senso*, cit., p. 193-194.

18. FIGUEIREDO, Jackson de. *Literatura reacionária*, cit., p. 20-21.

19. Idem, ibidem.

20. Carta de Alceu Amoroso Lima a Jackson de Figueiredo. Rio de Janeiro, 24 de abril de 1927. In: LIMA, Alceu Amoroso; FIGUEIREDO, Jackson de. *Correspondência*, cit., v. 1, p. 106-107.

21. Carta de Jackson Figueiredo a Alceu Amoroso Lima, Rio de Janeiro, 22 de julho de 1927. In: LIMA, Alceu Amoroso; FIGUEIREDO, Jackson de. *Correspondência*, cit., v. 1, p. 118.

22. "Não sei bem até que ponto se conhece nos meios não católicos do Brasil, a ligação de caráter o mais íntimo que há entre as tentativas nacionalistas, monárquicas, integralistas, enfim reacionárias, em todos esses países, mesmo no nosso, e a intensa produção intelectual católica desses últimos vinte anos, maxime nos países de cultura latina". FIGUEIREDO, Jackson de. *A reação do bom senso*, cit., p. 132.

23. Jackson de Figueiredo a esse propósito observou: "Ninguém esqueça que o exemplo deve nos vir da França, mais do que nunca digna agora de que a imitemos. Não é de Revolução que precisamos e sim de Revisão". FIGUEIREDO, Jackson de. Revisão ou revolução? *A reação do bom senso* cit., p. 98. Sobre a filiação europeia do pensamento de Jackson de Figueiredo, ver: IGLÉSIAS, Francisco. Estudo sobre o pensamento reacionário: Jackson de Figueiredo. *História e ideologia*. 2. ed. São Paulo: Perspectiva, 1981. p. 111.

24. Lima Barreto analisava o livro de Perillo Gomes, discípulo de Jackson, *Penso e creio*, publicado em 1920. BARRETO, Lima. *Impressões de leitura*, cit., p. 80-81.

25. Depoimento de Américo Lacombe.

26. Depoimento de Américo Lacombe. Fulton Sheen, padre norte-americano, (1895-1979) foi o grande divulgador da doutrina católica nos Estados Unidos. Em artigo publicado dez anos depois da morte de San Tiago, Alceu Amoroso Lima diz que conhecera San Tiago "pouco depois da revolução de 30, em pleno Integralismo", o que é inexato. Cf. Um homem do amanhã. *Jornal do Brasil*. Rio de Janeiro, 20 set. 1974. A Revolução só ocorreria em outubro daquele ano, e San Tiago ingressou na Ação Integralista Brasileira depois de outubro de 1932. Em um texto escrito um ano após a morte de San Tiago, Américo Lacombe datou o encontro no segundo semestre de 1928. Alceu havia se convertido ao catolicismo em agosto de 1928; como visto, àquela altura San Tiago ainda não havia ingressado no CAJU e portanto não se fizera tão próximo de Américo Lacombe, fato que todavia não impediria a visita a Alceu. Em depoimento ao Autor, sessenta anos depois do episódio, Américo Lacombe declarou ter o encontro ocorrido em 1929, data que ratificara ao lembrar, em discurso, os vinte e cinco anos da morte do amigo, em 1989. O que Hélio Vianna confirma, no rascunho inacabado de suas *Memórias*: "Em 28 de maio de 1929 (...) falei (...) pela primeira vez a Alceu Amoroso Lima, a quem San Tiago e Américo Lacombe já haviam visitado em abril." Ms. de Hélio Vianna, p. 55.

A expressão "lago católico" está em: LIMA. Alceu Amoroso. *Cartas do pai*: de Alceu Amoroso Lima para sua filha madre Maria Teresa. São Paulo: Instituto Moreira Salles, 2003. p. 103.

27. LIMA, Alceu Amoroso. *Cartas do pai* cit., p. 467. O juízo de Alceu Amoroso Lima era decisivo, como recordaria Américo Lacombe: "O San Tiago ia fazer uma conferência no CAJU sobre o livre-arbítrio e o determinismo. Convidamos o Alceu. Me lembro que Antônio Gallotti e eu ficamos sentados em frente a ele, olhando para ver se ele estava gostando ou não. Alceu ficou fazendo uma cara assim. No fim, fez os maiores elogios ao San Tiago. Foi um alívio para nós". LUSTOSA, Isabel. *Lacombe, narrador*, cit., p. 27.

Alceu irá recordar San Tiago associando-o, em sua admiração, a Jackson de Figueiredo: "Como sempre ocorre, lamento hoje não ter me aproximado mais do San Thiago (...) E o San Thiago era uma personalidade 'mina', dessas que quanto mais se cava mais se encontram tesouros imprevistos, e que teve para mim um encanto especial, análogo ao do Jackson: ter conseguido harmonizar coisas aparentemente contraditórias. No caso do Jackson, a cultura com a religião. No caso do San Thiago, a cultura com a política. Como sempre serei o tipo acabado do inapto para a ação, esses dois exemplos têm uma sedução especial para mim, exatamente por representarem aquilo que eu gostaria de ser e não serei jamais – nem apóstolo autêntico, nem político (muito menos político...)". LIMA. Alceu Amoroso. *Cartas do pai*, cit., p. 467.

28. Alceu Amoroso Lima, a propósito da morte do amigo Themístocles da Graça Aranha – filho do escritor Graça Aranha –, recordou "aquela atmosfera que juntos respirávamos na capital do mundo, antes do Armagedon de 1914 (...) passeando as nossas displicências pelos crepúsculos dourados do Cours la Reine em 1913 (antes do) novo 'clima' do século sombrio e violento, que ia suceder ao 'fim do século', de cuja suavíssima e melancólica agonia participávamos, nas tardes e noites dançantes da Avenue Kleber (...) ainda a tempo de saborear-lhe todas as doçuras, todos os fervores, todas as papoulas, daquelas cidades gregas decadentes...". LIMA, Alceu Amoroso. *Companheiros de viagem*, cit., p. 101-102.

29. "Adeus à disponibilidade" é o título da carta que Alceu Amoroso Lima escreveu a Sérgio Buarque de Holanda em 1929, narrando a sua conversão à fé católica. Ver: LIMA, Alceu Amoroso. *Adeus à disponibilidade e outros adeuses*. Rio de Janeiro: Agir, 1969. p. 15-20. Alceu assim definiu a disponibilidade que abandonava: "Na literatura a noção de disponibilidade, que especialmente o grupo de Gide pôs em voga, isto é, a conservação do espírito sempre livre de toda ligação para estar pronto a receber qualquer ideia nova que chegue – essa noção criou uma literatura de artifício e de diletantismo que faz os artistas perderem 'la partie éternelle d'eux mêmes'". ATHAYDE, Tristão de. *Estudos*: primeira série. 2. ed. Rio de Janeiro: A Ordem, 1929, p. 121-122. Sobre a conversão de Alceu, ver: MARTINS, Wilson. *A crítica literária no Brasil*. 3. ed. Rio de Janeiro: Livraria Francisco Alves, 2002. p. 536.

30. "Detesto os jornais, mas adoro revistas. Imagine você que há dias estive contando com minha mulher o número de revistas que recebo e leio quase todas. Sabe quantas? 25.

Vinte e cinco". LIMA, Alceu Amoroso; FIGUEIREDO, Jackson de. *Correspondência*, cit., v. 1, p. 206.

31. Alceu Amoroso Lima foi apresentado a Jackson pelo escritor Afrânio Peixoto, como Alceu, casado com uma das filhas de Alberto Faria, pai também de Octavio, colega de faculdade de San Tiago. Ver: VILLAÇA, Antônio Carlos. *O desafio da liberdade:* a vida de Alceu Amoroso Lima. Rio de Janeiro: Agir, 1983. p. 62-63.

32. LIMA, Alceu Amoroso; FIGUEIREDO, Jackson de. *Correspondência*, cit., v. 1, p. 40. As demais citações da correspondência entre os dois líderes católicos foram extraídas dessa mesma obra.

33. ATHAYDE, Tristão de. *Estudos*: primeira série, cit. O texto foi escrito em 1926.

34. ATHAYDE, Tristão de. *Estudos*: segunda série, cit., p. 222. O livro foi publicado em 1928, e o texto, ora citado, foi publicado em *O Jornal*, no ano anterior.

35. ATHAYDE, Tristão de. *Estudos:* primeira serie, cit., p. 123-124.

36. LIMA, Alceu Amoroso; FIGUEIREDO, Jackson de. *Correspondência*, cit., v. 1, p. 130.

37. Idem, ibidem, p. 117.

38. LIMA, Alceu Amoroso; FIGUEIREDO, Jackson de. *Correspondência*, cit., v. 1, p. 76-77.

39. Idem, ibidem, p. 79.

40. "Terá sido, sem dúvida, um dos maiores leitores da história intelectual do Brasil, ele, Pontes de Miranda e Rui. Mas tanto Pontes quanto Rui foram mais especialistas, se voltaram para o direito com fervor, foram mais sistemáticos do que ele. Alceu, não. Leu tudo. Derramou a sua insaciável curiosidade, a sua voracidade por milhares de livros, literatura, filosofia, religião, economia, pedagogia, direito, sociologia, o mundo moderno que ele tanto quis compreender e exprimir". VILLAÇA, Antônio Carlos. *O desafio da liberdade*, cit., p. 30.

41. "Lembrei hoje de Jackson de Figueiredo. Aniversário de sua morte. Lembrei-me de que me falou da sua vida, das suas lutas, das suas dificuldades, poucas horas antes da estranha pescaria que o sepultou no mar em plena força de uma vida afirmativa, trágica, intensa". SCHMIDT. Augusto Frederico *O Galo Branco:* páginas de memórias. Rio de Janeiro: José Olympio, 1957, p. 356.

42. "Formou-se, naquele tempo, escreve Alceu Amoroso Lima, uma incrível e falsa legenda em torno dessa morte violenta. Jackson se teria suicidado! Seu cunhado, Rômulo de Castro, que o acompanhava, juntamente com seu filho Luís, então com oito anos de idade, já uma vez narrou, a pedido nosso, toda a tragédia do Joá (...) Bastaria a menção desse fato, isto é, a presença do filho de oito anos, para desfazer a incrível balela". LIMA, Alceu Amoroso. *Companheiros de viagem*, cit., p. 34. Alceu equivocou-se: Rômulo de Castro não era cunhado de Jackson, e sim genro de Farias Brito, pensador e amigo de Jackson. A

narrativa de Rômulo de Castro está transcrita em FERNANDES, Clea Alves de Figueiredo. *Jackson de Figueiredo:* uma trajetória apaixonada. Rio de Janeiro: Forense Universitária, 1989. p. 572 e ss.

43. "Aevum, [romance póstumo], de Jackson de Figueiredo (...) o texto fornece indícios que parecem confirmar a hipótese do suicídio (...). Em carta de 22/23 de julho de 1928 a Alceu Amoroso Lima, escrevia ele de forma enigmática: 'Se eu morrer, você publicá-lo-á (...) a morte de Jackson de Figueiredo, se não resultou de um suicídio deliberado, foi, de toda evidência, um suicídio psicanalítico." MARTINS, Wilson. *História da inteligência brasileira,* cit., v. 6, p. 540.

Alceu jamais publicou o texto integral desta carta de Jackson; Ver: LIMA Alceu Amoroso; FIGUEIREDO, Jackson de. *Correspondência,* cit., p. 197, t. II, nota 1. A mesma interpretação seria feita mais tarde: "Em uma de suas cartas, Figueiredo enfatiza a violência de suas batalhas. Diz que um lado de sua vida caracteriza-se pelo equilíbrio externo, no qual experimenta algumas conciliações e caminha por terrenos aplainados. De modo diferente ocorre com sua vida interior. Sobre esta ele diz: 'tinha que referver em mim e expandir-se, fosse como fosse, mesmo de encontro à dureza das rochas'. Imagens do mar apareceram com frequência associadas à dor deste homem que teve sua vida tragada pelas ondas!". DIAS, Romualdo. *Imagens de ordem,* cit., p. 136.

A declaração de Jackson sobre o seu futuro foi reproduzida por Afonso Pena Júnior: "Aqui, verdadeiramente, não há nada a narrar, mas um simples quadro a descrever. Foi a três de outubro de 1928, um mês justo antes da tremenda catástrofe. Partia eu para a Europa, e Jackson, no cais, esteve todo o tempo taciturno, de olhar fito no chão, sem uma palavra, sem um gesto, um outro Jackson, um Jackson que eu jamais vira. Até o momento em que o navio suspendeu ferros, estive da amurada a contemplá-lo e ele, em baixo, na mesma estranha atitude, como que petrificado por um grande sentimento. Durante a travessia, comentei muitas vezes com os meus a sua dolorosa figura, que nos cortara o coração e o encheu de pressentimentos. Soube, mais tarde, que, ao deixar o cais, ele dissera a Ernesto Cerqueira: 'Estou certo de que o Pena não volta desta viagem. Eu não torno a ver o Pena.' Desvendava-se, com este presságio, o segredo de sua imensa desconsolação." PENA JÚNIOR, Afonso. Jackson de Figueiredo. *Digesto Econômico,* s.d., p. 79.

44. MAINWARING, Scott. *A Igreja Católica e a política no Brasil (1916-1985).* Tradução de Heloisa Braz de Oliveira Prieto. São Paulo: Brasiliense, 1989. p. 43.

45. Entre os estudantes da época, a pregação de Jackson de Figueiredo era conhecida como "pau e reza". Depoimento de Almir de Castro, então estudante de Medicina, e amigo dos cajuanos, especialmente de Octavio de Faria.

46. Referindo-se ao início da sua militância, Alceu Amoroso Lima dirá que Jackson de Figueiredo exercera sobre ele uma influência póstuma, levando-o a "caminhar em outra direção, passando do liberalismo anterior para uma posição ortodoxamente autoritária, baseada no sentimento da disciplina e da ordem. Fui tomado, recordará, da convicção de que o Catolicismo era uma posição de direita. Esta crença ficou em mim durante muitos

anos". A caminhada de Alceu em direção a uma "posição ortodoxamente autoritária", em verdade, começara antes, no curso do seu diálogo epistolar com Jackson, como visto, e do qual resultou a sua "segunda comunhão", aos 15 dias de agosto de 1928, na igreja do Colégio Santo Inácio; então, já não havia mais nenhuma resistência do convertido ao credo autoritário defendido pela Igreja e divulgado pelo seu conversor, o que explica o desembaraço de Alceu ao substituí-lo na liderança do movimento católico laico.

Antônio Carlos Villaça, na década de 1980, já retificava a posição de Alceu: "Alceu é na década de 1930, um homem de direita, em sentido lato. Mantém-se fiel a Jackson, à herança jacksoniana, a um certo elitismo, a um certo catolicismo digamos tradicional. Não é um maurrasiano à maneira de Jackson, tão ligado a Léon Daudet, a Joseph de Maistre, a De Bonald, a todo o pensamento reacionário. Alceu tem um ritmo menos direitista, menos reacionário. Mas ainda está muito perto desse mundo de Jackson, de que só começará lentamente a desprender-se a partir de 1935, da leitura de um artigo do teólogo dominicano Congar, em La Vie Intellectuelle, 'Dieu est-il à droite?', artigo revelador. Deus não estava à direita". VILLAÇA, Antônio Carlos. *O desafio da liberdade*, cit., p. 107-108.

O próprio Alceu, em carta à filha monja, publicada vinte anos depois da sua morte, em 2003, dá uma versão mais próxima da realidade; admite haver mudado a sua forma de pensar em função de Jackson, para seguir a sua linha doutrinária, embora insista em haver afastado o Centro Dom Vital da política, o que não é exato, como se viu. LIMA. Alceu Amoroso. *Memórias improvisadas:* diálogos com Medeiros Lima. Petrópolis: Vozes, 1973. p. 120.

Hoje, a correta identificação da posição de Alceu àquela época começa a ser afirmada: "O que nos interessa observar aqui é que Lima permanece fiel ao programa contrarrevolucionário elaborado por Jackson de Figueiredo no período enfocado por nosso estudo. Embora não sustentasse o caráter combativo e a polêmica doutrinária com a mesma tonalidade com que atuava Figueiredo, manteve-se à frente do Centro Dom Vital e da revista *A Ordem* com o mesmo posicionamento elitista e obediente às orientações de D. Leme na realização da obra recristianizadora". DIAS, Romualdo. *Imagens de ordem,* cit., p. 81.

47. D'ELBOUX, Pe. Luiz Gonzaga da Silveira. *O Padre Leonel Franca*. Rio de Janeiro: Agir, 1953. p. 175-176. Para uma história do Centro Dom Vital, Ver: RIOS, José Arthur. *A Ordem*. edição comemorativa, dos 80 anos do Centro Dom Vital. v. 92, ano 82, 2003, p. 27.

48. "Não sei como [Augusto Frederico] Schmidt se aproximou de Jackson. Nesse tempo era ele simples caixeiro (...) de um exportador de laranjas, e morava num remoto subúrbio da Central (Nova Iguaçu). Escrevia versos entre apitos e laranjas. Em uma de suas cartas falou-me Jackson de um jovem poeta, 'contaminado' pelo modernismo poético, que Jackson abominava como sendo a expressão estética daquele 'espírito revolucionário' que, sob a influência de Joseph de Maistre, ele combatia a ferro e fogo. Tratava-se, dizia ele, de um rapaz de grande valor intelectual que desejava submeter-me alguns poemas. Troquei então algumas cartas com Schmidt. (...) Logo depois Schmidt se lançava, com alguns amigos, entre os quais o próprio Jackson na aventura de uma nova revista, que se chamou

Pelo Brasil e naturalmente pouco durou." LIMA, Alceu Amoroso. *Memórias improvisadas*: diálogos com Medeiros Lima. Petrópolis: Vozes, 1973. p. 114. Manuel Bandeira, em 1929, saudou a estreia de Schmidt: "Schmidt negociava em madeiras. E de repente apareceu com o *Canto do brasileiro Augusto Frederico Schmidt*. Esse menino madeireiro e hoje proprietário de uma livraria católica veio preencher o vácuo deixado nas letras pela morte de Artur Azevedo. Não tínhamos um bom poeta gordo. (...) A poesia de Augusto Frederico Schmidt é assim, meiga, triste, neo-romântica, mas gorda". *A Província*, 12 mar. 1929. BANDEIRA, Manuel. *Crônicas inéditas 1*. Org. posfácio e notas de Julio Castañon Guimarães. São Paulo: Cosac Naify, 2008. p. 170-171.

49. Depoimento de Américo Lacombe.

50. Sobre a família de A. F. Schmidt, há o depoimento de Almir de Castro. "Comecei a trabalhar aos 14 anos de idade porque não dava para os estudos...". ANTÔNIO, João. É preciso deixar que a Musa descanse à noite". *O Estado de S. Paulo*. São Paulo, 2 set. 1995. Apud SCHMIDT, Augusto Frederico. *O galo branco*, cit., p. 131-132.

51. Idem, ibidem, p. 142-143.

52. CALICCHIO, Vera; JUNQUEIRA, Ivan. Augusto Frederico Schmidt. In: BELOCH, Israel; ABREU, Alzira Alves de (coord.) *Dicionário histórico-biográfico brasileiro*: 1930-1983. Rio de Janeiro: Forense Universitária, 1984. v. 4. p. 3.114.

53. Ver BRITO, Mário da Silva. A revolta modernista. In: COUTINHO, Afrânio (dir.). *A literatura no Brasil*. Rio de Janeiro: Sul Americana, 1970. v. 5, p. 24.

54. Hélio Vianna em seu diário diz ter morado na mesma pensão em que morava Plínio Salgado, em São Paulo: Pensão Paulista, na Av. Brigadeiro Luís Antônio, n. 55. Em seu romance *O esperado* (1931), no capítulo "O clube talvez", Plínio Salgado faz referências às reuniões que se realizavam na pensão com o primeiro grupo de jovens intelectuais paulistas com o qual conviveu.

55. SALGADO, Plínio. Despertemos a Nação! *Obras completas*. São Paulo: Ed. das Américas, 1955. v. X, p. 17.

56. Antônio Carlos Villaça recordará Augusto Frederico Schmidt: "Parecia-me, como ele disse de Jackson [de Figueiredo], mais natureza do que inteligência. Tinha percepção fulminante, instantânea – de tudo. Era ágil, como um réptil. E vagaroso como um gato mimado. Iludia, driblava, ganhava tempo, envolvia, improvisava argumentos decisivos com uma ligeireza absolutamente impossível de ultrapassar-se. Tinha o dom, esse homem simples e até ingênuo, de tocar os seres no ponto exato". VILLAÇA, Antônio Carlos. *O nariz do morto*. Rio de Janeiro: JCM, 1970. p. 218.

57. Assim Alceu identificaria a sua conversão ao catolicismo, ao receber das mãos do padre Leonel Franca a eucaristia em 15 de agosto de 1928, na capela do Colégio Santo Inácio, no Rio de Janeiro, no dia em que a Igreja celebra a assunção de Nossa Senhora. LIMA, Alceu Amoroso. *Memórias improvisadas*. Petrópolis: Vozes, 1973. p. 119.

58. Leonel Franca – O maior (1951). LIMA, Alceu Amoroso. *Companheiros de viagem*, cit., p. 62.

59. D'ELBOUX, Pe. Luiz Gonzaga da Silveira. *O padre Leonel Franca* cit., p. 29, 35 e 36.

60. Padre Franca encarna, precisamente, a observação de Sérgio Buarque de Holanda sobre os jesuítas: "Não existe, a seu ver, outra sorte de disciplina perfeitamente concebível, além da que se funde na excessiva centralização do poder e na obediência. Foram ainda os jesuítas que representaram, melhor de que ninguém, esse princípio da disciplina pela obediência". HOLANDA, Sérgio Buarque de. *Raízes do Brasil*. Rio de Janeiro: José Olympio, 1936. v. 1. p. 11.

61. Publicada em 1918 e sucessivamente reeditada.

62. FIGUEIREDO, Jackson. *Literatura reacionária*, cit., p. 29-30.

63. FRANCA, Pe. Leonel. *Noções de história da filosofia*. 24. ed. Rio de Janeiro: Agir, 1990. p. 333-335.

64. Respectivamente: FRANCA, Pe. Leonel. *A Igreja, a reforma e a civilização*. 3. ed. Rio de Janeiro: Agir, 1934. p. 327; idem, *A crise do mundo moderno*. 2. ed. Rio de Janeiro: Agir, 1951. (Obras completas do Pe. Leonel Franca, v. 9). p. 94-95. Abencerragem desta linha tradicionalista, João de Scatimburgo, seguiu Franca: "Se o ser humano é o centro e a finalidade do universo, como quer a visão moderna da História, a Revolução Francesa se justifica por si mesma. Mas se o centro do universo transcende ao ser humano, para se localizar em Deus, não há justificativa para a ruptura revolucionária, e o derivar de suas emanações contra a ordem institucionalizada sobre a grandeza e a soberania da pessoa, resgatada na cruz". SCANTIMBURGO, João de. *O Brasil e a revolução francesa*. São Paulo: Pioneira, 1989. p. 301-302.

65. Ver: LIMA, Alceu Amoroso. *Pela ação católica*. Rio de Janeiro: Ed. da Biblioteca Anchieta, 1935, p. 230; ROSÁRIO, Irmã Maria Regina do Santo. o.c.d. (Laurita Pessôa Raja Gabaglia)*O Cardeal Leme – (1882-1942)*, Rio de Janeiro: José Olympio, 1962. p. 302; MATOS, Henrique Cristiano José. *Um estudo histórico sobre o catolicismo militante em Minas, entre 1922-1936*. Belo Horizonte: O Lutador, 1990, p. 194-195.

66. San Tiago reteria da doutrina cristã apenas uma "fé bruxuleante", segundo seu amigo Américo Lacombe. Depoimento de Américo Lacombe. Alceu Amoroso Lima dirá que, ao morrer, San Tiago se confessou a um padre, admitindo integralmente os princípios da fé católica, inclusive dando a esse "uma lição de teologia". LIMA, Alceu Amoroso. *Companheiros de viagem*, cit., p. 226. Trata-se de uma idealização do crítico; ao receber a extrema-unção, por iniciativa de sua irmã, ela sim extremamente religiosa, a voz de San Tiago já lhe deixara. Depoimento de Plínio Doyle.

67. Depoimento de Lurdes Montenegro.

68. Sobre a contabilidade manuscrita, Depoimento de Antônio Dias Leite.

69. Como recordaria Américo Lacombe: "Todos nós tínhamos os olhos em Paris. Não há dúvida nenhuma que a grande atração era ainda Paris. Todos que podiam, iam". LUSTOSA, Isabel. *Lacombe narrador,* cit., p. 27.

70. Hélio Vianna recordaria as sugestões de leituras; livros de católicos conservadores, inclusive de um dos próceres de *L'Action Française*, Léon Daudet: "E indicações de Augusto Frederico Schmidt, gerente da Livraria Católica, que eu frequentava. A ele ficamos devendo, ambos, o interesse pelo romancista Mauriac, sobre o qual mais tarde escreveríamos. Foi Schmidt quem me recomendou e vendeu *L'Estupide XIXe. Siècle*, de Léon Daudet, e outros livros úteis à minha formação literária. Não o fazia apenas como livreiro, mas por ser homem de admirações entusiásticas e contagiantes. Como a de Chesterton, por exemplo.". Ms. de Hélio Vianna, p. 57.

71. "E Alceu funda a AUC, Ação Universitária Católica, um grupo de jovens universitários, acadêmicos, dizia-se, Américo Lacombe, Álvaro Vieira Pinto, Paulo Sá, Rubens Porto, Luís Augusto de Rego Monteiro, a que depois se juntam, sequiosamente, ruidosamente, os futuros frades dominicanos Sebastião Hasselmann, Romeu Dale, Rosário Joffily, os futuros monges beneditinos Dom Basílio Penido (José Maria, Juca), Dom Irineu Penna (Weimar), militantes católicos entusiasmados". VILLAÇA, Antônio Carlos. *O desafio da liberdade*: a vida de Alceu Amoroso Lima. Rio de Janeiro: Agir, 1983. p. 83. Ver: VILLAÇA, Antônio Carlos. *O pensamento,* cit., p. 158.

72. Carta de Octavio de Faria a Américo Lacombe. Paris, 02.07.1929.

73. "Os rapazes o cercam. Alceu faz conferências. O grupo do Centro é vivaz: Sobral Pinto, José Vicente, (...) Hamilton Nogueira, (...) Perilo Gomes, (...) José Carlos de Melo e Souza, Francisco Karam, Durval de Morais. As reuniões são na Livraria Católica, rua Rodrigo Silva". VILLAÇA, Antônio Carlos. *O desafio da liberdade,* cit., p. 83-84.

74. "O desenvolvimento da Associação começou em 1929, atingindo uns 80 membros. Alugou-se para sede um apartamento na avenida Rio Branco, onde instalaram a biblioteca (cerca de 4.000 volumes) arrendada à viúva de Jackson". D'ELBOUX, Pe. Luiz Gonzaga da Silveira. *O padre Leonel Franca,* cit., p. 175-176

75. Rio de Janeiro: Centro Dom Vital, 1929.

76. Sergio Buarque de Holanda foi um dos primeiros – senão o primeiro – a identificar a influência dos pensadores de *L'Action Française* na obra e no apostolado de Alceu Amoroso Lima, continuador de Jackson de Figueiredo: "Aqui há muita gente que parece lamentar não sermos precisamente um país velho e cheio de heranças, onde se pudesse criar uma arte sujeita a regras e a ideais prefixados. Não é para nos felicitarmos que esse modo de ver importado diretamente da França, da gente da *Action Française* e sobretudo de Maritain, de Massis, de Benda talvez e até da Inglaterra do norte-americano T. S. Eliot, começa a ter o apoio em muito pontos do esplêndido grupo 'modernista' cujas realizações apesar de tudo me parecem sempre admiráveis. (...) Limito-me a dizer o indispensável: que os pontos fracos nas suas teorias estão sempre todos onde elas coincidem com as ideias de Tristão de Athayde". *Revista do Brasil*, RJ, 15.10.1926. Apud BARBOSA, Francisco de Assis

(org.). *Raízes de Sérgio Buarque de Holanda*. Rio de Janeiro: Rocco. 1988. p. 88. Alceu reagiu, mas sem negar o que se mostrava claro, e veraz, ao jovem autor, como poucos, então, em dia com os rumos do pensamento europeu: a forte influência da nova direita francesa sobre os católicos conservadores brasileiros: "O sr. Buarque de Holanda concede-me a honra (imerecida, etc.) de ser o principal culpado de uma coisa chamada – 'construtivismo'. O construtivismo, a seu ver, é um mal arquitetônico, um mal estático, um mal disciplinador, um mal intelectualista, que eu, e meus companheiros de culpa, importamos diretamente da *Action Française*, de Maritain, de Massis, de Benda, de Eliot, etc.". ATHAYDE, Tristão de. *Estudos:* primeira serie. 2. ed. Rio de Janeiro: A Ordem, 1929. p. 171. A recordação das conferências na sede de *L'Action Française* e do "fantástico" Léon Daudet, estão em: LIMA, Alceu Amoroso. *Memórias improvisadas,* cit., p. 145; a referência ao "genial Joseph de Maistre" está em *Estudos literários*. Org. por Afrânio Coutinho. Rio de Janeiro: Aguilar, 1966. v. 1. p. 784.

77. DANTAS, F. C. de San Tiago. Conceito de sociologia. *A Ordem*. Rio de Janeiro: Centro Dom Vital, ano X, n. 3, maio 1930, p. 198.

78. Lacerda de Almeida, professor de Direito Civil de San Tiago, em a *A Igreja e o Estado*, publicado em 1924, fizera a defesa do catolicismo como religião oficial do Estado. E arrematava: "Mussolini teve razão quando declarou o fascismo anti-liberal e anti-democrático; só com um sistema que empreste toda força à autoridade se poderá restaurar a verdadeira liberdade a conceder ao elemento popular a interferência que nunca lhe faltou nas organizações políticas de molde católico." *A Ordem*, ano VI, n. 53, jan.-fev.-mar. 1927, p. 79-80.

79. ATHAYDE, Tristão de. *De Pio VI a Pio XI*. Rio de Janeiro: Centro Dom Vital, 1929. v. XIII, p. 35-36. Alceu Amoroso Lima certamente, e San Tiago provavelmente, terá lido Pierre Gaxote, membro de *L'Action Française*, que em seu livro *La révolution française*, a viu de um ângulo abertamente reacionário, voltado ao combate da sua interpretação marxista que a Revolução russa estimulara. Ver: GAXOTE, Pierre. *La révolution française*. Paris: Arthème Fayard, 1923. *Apud* TULLARD, Jean; FAYARD, Jean-François; FIERRO, Alfred. *Histoire et dictionnaire de la Révolution Française* – 1789-1799. Paris: Robert Laffont, 1987. p. 1157. A associação entre as revoluções francesa e russa, aquela como exemplo desta, era corrente. Um dos ícones do modernismo, que Alceu Amoroso Lima bem conhecia, o escritor Graça Aranha que, em 1926, assim qualificava a Revolução Russa: "Na Rússia, o operariado fez o mesmo que a burguesia em 1789. O que essa conseguiu, então, será atingido agora fatalmente pelo operariado. Transcrito de: A questão social no Brasil. *A Manhã*, 20 fev. 1926". "O mundo terá, sem dúvida – acredita o Sr. Graça Aranha – o domínio das classes trabalhadoras". Entrevista a Roberto Lyra e Pedro Motta Lima. In: MORAES FILHO, Evaristo de (org.). *O socialismo brasileiro*. Brasília: Instituto Teotônio Vilela, 1998. p. 311. Ver, ainda: LICHTHEIM, George *Thoughts among the ruins:* collected essays on Europe and beyond. New York: Viking Press, 1973. p. 316.

80. "O espírito de nosso tempo". O discurso foi publicado no primeiro número da revista lançada no ano seguinte pelos cajuanos. *Revista de Estudos Jurídicos,* ano 1, n. 1, maio 1930, p. 40-45.

81. "Révolution, (...) means speedier change". [Revolução significa velocidade.]. CARLYLE, Thomas. *The French revolution.* New York: Modern Library, 2002. p. 167.

82. DOYLE, William. *The French Revolution*: a very short introduction. Oxford: Oxford University Press, 2001. p. 25-26.

83. Ver: FURET, François. *The French revolution: 1770-1814.* Oxford: Blackwell, 2000. p. 7.

84. Ver: FURET François. *The French revolution,* cit., p. 47.

85. Ver: TULLARD, Jean et al. *Histoire et dictionnaire de la révolution française – 1789-1799.* Paris: Robert Laffont, 1987. p. 48-49; LEFEBVRE, Georges. *The coming of the French revolution.* New York: Princeton University Press, 1962. p. 163 e 168.

86. Ver: Marcel Gauchet. In: FURET, François; OZOUF, Mona. *Dictionnaire critique de la révolution française.* Paris: Flammarion, 1988. p. 689.

87. Ver: TULLARD, Jean et al. *Histoire et dictionnaire de la révolution française,* cit., p. 675.

88. Ver: DOYLE, William. *The Oxford history of the French revolution.* 2. ed. Oxford: Oxford University Press, 2002. p. 176.

89. Robespierre assim justificou o Terror: "Se a base do governo popular em tempos de paz é virtude, a sua base em tempos de revolução é virtude e terror – virtude, sem o sentido do terror é desastroso, e terror sem o sentido da virtude é impotente... terror é tão somente justiça, pronta, severa inflexível. É portanto uma emanação da virtude e resulta da aplicação da democracia às necessidades mais prementes do País". SCURR, Ruth. *Fatal purity*: Robespierre and the French revolution. New York: Metropolitan Books, 2006. p. 304. Ver: DOYLE, William. *The Oxford history of the French revolution,* cit., p. 253-263.

90. Ver: BURKE, Edmund. *Reflections on the revolution in France.* London: Pelican Books, 1969. p. 144. A excelente versão em português dos trecho da obra de Burke aqui citados acham-se em BURKE, Edmund. *Reflexões sobre a revolução em França.* Tradução de Renato de Assumpção Faria, Denis Fontes de Souza Pinto e Carmen Lidia Richter Ribeiro Moura. Brasília: Ed. UnB, 1997.

91. Idem, ibidem, p. 150-151 e 248.

92. Idem, ibidem, p. 161.

93. Idem, ibidem, p. 276.

94. Idem, ibidem, p. 211-212.

95. Idem, ibidem, p. 138.

96. Idem, ibidem, p. 141.

97. Idem, ibidem, p. 117.

98. Idem, ibidem, p. 150-151.

99. Idem, ibidem, p. 281.

100. Idem, ibidem, p. 183.

101. Idem, ibidem, p. 211-214.

102. *Savoyard*: originário da Savoia, departamento da França, localizado na região Ródano-Alpes. Sua capital é a cidade de Chambéry.

103. MAISTRE, Joseph de. Considérations sur la France (1797), *Écrits sur la révolution*. Paris: Quadrige/PUF, 1989. p. 93.

104. Idem, ibidem, p. 99, 129 e 138.

105. Ver: WINOCK, Michel (dir.). *Histoire de l'extrême droite en France*. Paris: Éditions du Seuil, 1994. p. 33.

106. MAISTRE, Joseph de. Considérations sur la France (1797). *Écrits sur la révolution*, cit., p. 142.

107. Idem, ibidem, p. 143.

108. MAISTRE, Joseph de. Écrits sur la Révolution, cit., p. 178.

109. Isaiah Berlin identificou em Joseph de Maistre os germens do fascismo, a confirmar a antecipação de Jackson de Figueiredo, que no regime mussoliniano vira, como no franquismo e no integralismo lusitano, o "espírito antirrevolucionário": "O violento ódio de Maistre e seu desprezo por todos os intelectuais não significam um mero conservadorismo, nem a ortodoxia e a lealdade à igreja e ao estado nos quais ele foi criado, mas algo simultaneamente muito anterior e muito recente – algo que simultaneamente ecoa as vozes fanáticas da Inquisição e fere o que talvez seja a primeira nota do fascismo militante e irracional dos tempos modernos". BERLIN, Isaiah. *The crooked timber of humanity*. New York: Vintage Books, 1992. p. 150.

110. LISBOA, José da Silva. *Extratos das obras políticas e econômicas do grande Edmund Burke*. 2. ed. Lisboa: Editora Viúva Neves e Filhos, 1822. p. III. Sobre o jurista Visconde de Cayru, ver: DUTRA, Pedro. *Literatura jurídica*, cit., p. 23 e ss.; LOPES, José Reinaldo de Lima. *O direito na história*. São Paulo: Max Limonad, 2000. p. 188.

111. Edmund Burke dizia que os carpinteiros não poderiam ser nivelados à aristocracia, à conta de uma igualdade forçada; Pontes de Miranda cita os carpinteiros como socialmente não qualificados à legislatura. Escrevia Burke: "Acredite-me, senhor, aqueles que tentam nivelar nunca igualam. Em todas as sociedades compostas de diferentes classes de cidadãos é necessário que algumas delas se sobreponham às outras. Os niveladores, portanto, apenas mudam e pervertem a ordem natural das coisas; sobrecarregando o edifício social ao colocar no ar o que a solidez do edifício exige seja posto no chão. As corporações de alfaiates e carpinteiros por exemplo, que compõe a República de Paris, não podem ser

elevados à situação a qual, pela pior das usurpações – a das prerrogativas da natureza, o senhor as quer forçar a se adaptarem." BURKE, Edmund. *Reflexões sobre a revolução em França*. Brasília: Ed. UnB, 1997. p. 81. Dizia Pontes de Miranda: "A entrega da função legislativa a corpos não técnicos, eleitos sem o critério de capacidade científica, que seria o único tolerável, equivale à entrega da medicina, por eleição, aos indivíduos – engenheiros, carpinteiros ou soldados – que consigam maior número de votos". PONTES DE MIRANDA. *Fontes e evolução do direito civil brasileiro*, cit., p. 122.

112. DANTAS, F. C. de San Tiago. *Figuras do direito*. Rio de Janeiro: José Olympio, 1962. p. 19.

113. Raimundo Faoro fixa a jugulação do pensamento liberal no Brasil à altura em que Cairu o atacava divulgando Edmund Burke, às vésperas da independência e da redação da primeira constituição nacional: "A ossificação do modelo liberal, o absolutismo mascarado de D. João VI e de D. Pedro I, pela voz de seus intérpretes, soldado ao liberalismo restaurador, desclassificou todas as concepções liberais autenticamente liberais. O constitucionalismo, que se apresentou como o sinônimo do liberalismo, seguiu rumo específico, particularmente na Carta outorgada de 1824. O ciclo se fecha: o absolutismo reformista assume, com o rótulo, o liberalismo vigente, oficial, o qual, em nome do liberalismo, desqualificou os liberais. Os liberais do ciclo emancipador foram banidos da história das liberdades, qualificados de exaltados, de extremados, de quiméricos, teóricos e metafísicos". FAORO, Raymundo. *Existe um pensamento politico brasileiro?* São Paulo: Ática, 1994. p. 82-83.

114. Alceu Amoroso Lima, no final da vida, recordaria que "(...) a Igreja [representava] de fato, nesse momento, o espírito da contra-revolução. (...) expressava politicamente, como ninguém, a reação ao liberalismo e a tudo quanto se ligava à Revolução Francesa, cujas ideias e princípios mereciam condenação por parte dos pensadores mais eminentes e mais em evidência do catolicismo. (...) É nessa concepção reacionária, de fundo religioso, que Jackson de Figueiredo e seu grupo se abeberam ao iniciarem o movimento de reação católica". LIMA, Alceu Amoroso. Apresentação. *Memórias improvisadas*, cit., p. 23.

115. Padre Leonel Franca, então confessor de Alceu Amoroso Lima, viu "o século XIII (...) o período mais brilhante da Idade Média, e, talvez, o mais glorioso na história do gênero humano. Em nenhuma outra época foi a influência da Igreja mais vasta, mais profunda, mais eficaz. (...) É o tempo da renascença cristã, mais digna, mais nobre, mais humana que a pagã dos séculos XV e XVI". Já "a revolução francesa não foi só uma subversão da velha estrutura política e uma reação contra os abusos do antigo regime; foi outrossim uma tentativa sanguinária de extirpar do coração da França a fidelidade a Cristo para substituir-lhe o culto da deusa Razão, adorada, em apoteose delirante, nas formas impudicas de uma desventurada meretriz. Este é o aspecto satânico do grande movimento que encerrou tragicamente o medíocre e superficial século XVIII". FRANCA, Pe. Leonel. *Noções de história da filosofia*, cit., p. 103. E do mesmo autor: *A crise do mundo moderno*, cit., v. 9, p. 76.

116. Como observou Antônio Carlos Villaça: "A doutrina da ordem, defendida por Jackson, sintetizou-a Hamilton Nogueira, em livro antigo, de 1925. É evidente que Jackson de Figueiredo se coloca na mesma linha de Antônio Sardinha. Henri Massis, Auguste Viatte, Charles Maurras, os ideólogos da *Action Française*, são seus mestres, ao lado de Louis Veuillot e Joseph de Maistre". VILLAÇA, Antônio Carlos. *O pensamento católico no Brasil*, cit., p. 103. Sobre a ligação do pensamento de Charles Maurras ao fascismo, ver: D'APPOLLONIA, Ariane Chebel. De Maurras à Le Pen. *L'extrême droite en France*: Bruxelles: Éditions Complexe, 1988. p. 148.

117. "Barrès está entre a *Revue wagnérienne* e a revista *Décadence*. É o maior prosador da época do simbolismo". CARPEAUX, Otto Maria. *História da literatura ocidental*. Brasília: Senado Federal, 2008. v. IV, p. 2371.

118. Entre outros, conheciam bem a obra de Maurice Barrès: Graça Aranha que o encontrara pessoalmente na França; Alceu Amoroso Lima que talvez o houvesse conhecido, como conhecera a Charles Maurras e a Léon Daudet, nos auditórios de *L'Action Française* em Paris. Afonso Arinos recordaria: "(...) Maurice Barrès (...) leitura dos meus vinte anos. Eu era, então, barrèsiano, (...). Este barrèsianismo me durou até por volta dos trinta anos". É nítida a influência de Barrès no nada estudado livro *Preparação ao nacionalismo*, que Afonso Arinos publicou em 1934, no qual põe o "fenômeno judeu" à base das revoluções francesa, soviética e fascista. Gustavo Capanema, a quem San Tiago, ainda ginasiano teria encontrado em Belo Horizonte, lera Barrès, assim como Gilberto Freyre também lhe conhecia a obra. Sergio Buarque de Holanda, muito moço senhor de notável erudição, refere Barrès, e o seu maior romance, *Les déracinés*, na abertura de sua obra clássica: "Trazendo de países distantes nossas formas de convívio, nossas instituições, nossas ideias, e timbrando em manter tudo isso em ambiente muitas vezes desfavorável e hostil, somos ainda hoje uns desterrados em nossa terra". E a seguir critica-o frontalmente, ao contrário de seus contemporâneos, em mesma linha da crítica que fizera à influência que os autores da *L'Action Française* exerceram sobre Alceu: "A falta de coesão em nossa vida social não representa, assim, um fenômeno moderno. E é por isso que erram profundamente aqueles que imaginam na volta à tradição, a certa tradição, a única defesa possível contra nossa desordem". Ver respectivamente: AZEVEDO, Maria Helena Castro.*Um senhor modernista*. Rio de Janeiro: Academia Brasileira de Letras, 2002. p. 175 e 310; ATHAYDE, Tristão de. *Estudos*: segunda série, cit., p. 199; FRANCO, Afonso Arinos de Melo. *A escalada*. Rio de Janeiro: José Olympio, 1965. p. 310; idem, *Amor a Roma*. 2. ed. Rio de Janeiro: Nova Fronteira, 1982. p. 490; FRAIZ, Priscila. A dimensão autobiográfica dos arquivos pessoais: o arquivo Gustavo Capanema. *Estudos Históricos*, n. 21, ano 1998/1, p. 18; PALLARES-BURKE, Maria Lúcia Garcia. *Gilberto Freyre*: um vitorioso dos trópicos. São Paulo: Ed. Unesp, 2005. p. 178; HOLANDA, Sergio Buarque de. *Raízes do Brasil*, cit., v. 1, p. 3 e 5.

Como observou Otto Maria Carpeaux: "Entre os escritores da *Action Française* não surgiu nenhum gênio; mas havia, infelizmente, muitos talentos. A repercussão internacional foi maior do que se poderia supor". CARPEAUX, Otto Maria. *História da literatura ocidental*, cit., v. IV. p. 2376.

119. DANTAS, San Tiago. Conceito de sociologia cit., p. 199. Por aquela altura, Alceu Amoroso Lima reeditava a sua primeira *Série* de artigos de crítica, e nela San Tiago terá lido o obituário de Maurice Barrès, escrito em 1923: "Para toda a gente, Maurice Barrès foi o apóstolo do nacionalismo francês moderno, o grande culpado do chauvinismo, que mantém aceso na Europa o rastilho das guerras futuras, o sucessor de Déroulède. E, realmente, se a fase anterior foi aquela que ficou na memória de alguns letrados, a fase de ação social foi a que fez irradiar o seu nome e que marcou realmente a sua passagem." LIMA, Alceu Amoroso. *Estudos literários*, cit., v. I, p. 850.

120. Ver: DUBY, Georges. *Histoire de la France:* de 1852 à nos jours. Paris: Larousse, 1987. p. 150.

121. Ver: HUTTON, Patrick H.; *Historical dictionary of the Third French Republic:* 1870-1940. New York: Greenwood Press, 1986. p. 707.

122. No original: "La haine est déjà née, et la force va naître". In: BUTHMAN, William Curt. *The rise of integral nationalism in France*. New York: Columbia University Press, 1939. p. 25-26.

123. Ver: BUTHMAN, William Curt. *The rise of integral nationalism*, cit., p. 37.

124. DANTAS, F. C. de San Tiago. Igualdade perante a lei e *due process of law*. *Problemas do direito positivo:* estudos e pareceres. Rio de Janeiro: Forense, 1953. p. 35 e ss. Sobre Rui Barbosa e o *affair Dreyfus* ver: GUERREIRO, José Alexandre Tavares. *O processo do capitão Dreyfus*. São Paulo: Giordano, 1994.

125. COBBAN, Alfred. *A history of modern France:* 1870-1962. London: Penguin Books, 1965. v. 3, p. 55.

126. MOURRE, Michel. Maurice Barrès. In: *Dictionnaire des auteurs*. Paris: Robert Laffont, 1989. p. 228.

127. Ver: GIRARDET, Raoul. Maurice Barrès. In: CHÂTELET, François; DUHAMEL, Olivier; PISIER, Évelyne. *Dictionnaire des oeuvres politiques*. Paris: PUF, 1986. p. 61.

128. Paulo Pinheiro Chagas registrou em suas memórias a frase – saber, ter e poder – atribuída a San Tiago, ao lhe fazer um exato perfil: "San Tiago era, antes e acima de tudo, o advogado, no sentido mais nobre da palavra. A esse respeito, dele se poderia dizer o que se escreveu de Miguel Couto, a saber, que 'era o mais acabado exemplo da adaptação providencial do indivíduo à sua vocação'. Tudo o mais desmaiava ante a figura do advogado: o jurista egrégio, o professor eminente, o orador lógico, o jornalista exato, o escritor primoroso, alimentado nas fontes clássicas da língua. Tinha solução para qualquer problema. Sua inteligência era fértil em sugerir fórmulas de conciliação ou de luta, de afirmação ou de negação, de remate ou de protelação. Homem do método e do raciocínio construíra pacientemente o seu destino. Na mocidade, debruçara-se sobre os livros; formado, atirara-se ao ganha-pão, amealhando uma sólida fortuna; depois, integrara-se na luta política. Saber, ter, poder, esse o itinerário, que havia traçado para sua vida e que levou a cabo com os desvelos de um lapidário. E se a morte não o colhesse ainda moço, a última etapa do seu caminho

– o poder – teria atingido alturas ainda maiores do que as que atingiu". CHAGAS, Paulo Pinheiro. *Esse velho vento da aventura:* memórias. Brasília: INL; Rio de Janeiro: José Olympio, 1977. Eça de Queirós, o romancista em língua portuguesa preferido por San Tiago, em seu romance póstumo, *A cidade e as serras,* registra a presença dominante de Maurice Barrès ao final do século XIX na literatura francesa; em diálogo travado pelo personagem central, o expatriado Jacintho, residente em Paris, este refere Barrès: "–Tu ainda és do tempo do culto do Eu? O meu príncipe suspirou risonhamente: – Ainda o cultivei". QUEIRÓS, Eça de. *A cidade e as serras.* São Paulo: Hedra, 2006. p. 133.

129. WEBER, Eugen. *My France:* politics, culture, myth. Cambridge: Harvard University Press, 1991. p. 232.

130. Em um artigo denominado "Querela dos nacionalistas", publicado em 1892, Maurice Barrès havia invertido o significado político do vocábulo nacionalismo; segundo ele próprio: "(...) nós traçamos com singular vivacidade, a qual talvez amedronte esses nossos amigos de hoje, todo o programa do 'nacionalismo' e desde então nos chamamos por seu nome (...)". BARRÈS, Maurice. *Scènes et doctrines du nationalisme.* Paris: Librairie Plon, 1925. t. II, p. 15. Ver também: ZELDIN, Theodore. *Histoire des passions françaises:* 1848-1945. Paris: Éditions du Seuil. 1984. t. 2, p. 29-30.

131. BARRÈS, Maurice. *Scènes et doctrines du nationalisme,* cit., p. 178.

132. Idem, ibidem, p. 177.

133. Idem, ibidem, p. 179.

134. Ver: D'APPOLONIA, Ariane Chebel. *L'extrême-droite en France,* cit., p. 141-142. Ver também: DOTY, C. Stewart. *From cultural rebellion to counterrevolution.* Athens, Ohio: Ohio University Press, 1976. p. 143.

135. BARRÈS, Maurice. *Scènes et doctrines du nationalisme,* cit., t. I, p. 15. Segundo Otto Maria Carpeaux: "Nos seus escritos antissemitas notam-se antecipações surpreendentes do nacional-socialismo; mas será mais exato dizer que Barrès tirou as últimas conclusões do arquivelho sentimento racista dos alemães, já antes de os alemães as tirarem. Uma dessas conclusões é a substituição do 'culte du moi', individualista, pelo 'culte des morts', nacionalista. Fora das consequências políticas, o 'culte des morts' deu aos intelectuais franceses uma nova consciência do seu importante papel como intermediários entre o passado e o futuro. Por isso, os intelectuais, sobretudo os jovens, aderiram à doutrina nacionalista. Durante duas gerações Barrès era o mestre, o *régent* espiritual da França". CARPEAUX, Otto Maria. *História da literatura ocidental,* cit., v. IV. p. 2372.

136. Um ano antes, em 1898, Maurice Pujo e Henri Vaugeois haviam fundado a *Ligue d'Action Française,* transformada no ano seguinte na *L'Action Française.*

137. Ver: BOUREAU, Alain. The king. In: NORA, Pierre (dir.). *Rethinking France.* Chicago/London: The University of Chicago Press, 2001. p. 195.

138. A expressão nacionalismo integral foi empregada por Charles Maurras pela primeira vez em um artigo publicado no jornal *Le Soleil,* em 2 de março de 1900, dando Maur-

ras a Maurice Barrès o crédito de ele haver redefinido o sentido do vocábulo nacionalismo. Ver: BUTHMAN, William Curt. *The rise of integral nationalism in France*, cit., p. 110.

139. MAURRAS, Charles. *Mes idées politiques*. Lausanne: L'Age d'Homme, 2002, p. 121. Otto Maria Carpeaux sintetizou bem a defesa instrumental da monarquia feita por Maurras: "Como substituir, provisoriamente, o rei? Substituindo-se a sua sabedoria infalível, porque de origem divina, por uma teoria científica da política, infalível, também, porque inspirada nos ensinamentos políticos da Igreja, que sobreviveu às monarquias e guarda o tesouro das experiências políticas de todos os séculos". CARPEAUX, Otto Maria. *História da literatura ocidental*, cit., v. IV, p. 2374.

140. MAURRAS, Charles. *Mes idées politiques* cit., p. 168.

141. Sobre os *Camelots du roi*, ver: COBBAN, Alfred. *A history of modern France*, cit., p. 87. Alceu Amoroso Lima recordaria essa época vivida em Paris: "O Eddy [Eduardo Alvares Macedo] desenrolou então a língua e nos revelou todo um setor do pensamento moderno de que apenas ouvíramos referências mais ou menos vagas e girava em torno da *Action Française* e das suas colunas mestras Charles Maurras e Léon Daudet. Essa aliança um tanto esdrúxula entre positivismo político e catolicismo reacionário foi o que o Eddy nos trouxe como última novidade, dessa França do *avant-guerre*. (...) Em Paris, nesses dois anos do pré-guerra de 14, ainda mais nos aproximamos. Fazia o possível para me 'converter', tanto ao catolicismo como ao 'nacionalismo integral' maurrasiano. Levava-me às reuniões da *Action Française*, sem que conseguisse abalar o meu cepticismo inveterado. E me revelava, pela primeira vez, a visão de uma perfeita compatibilidade entre o catolicismo e uma cultura atualizada (que me salvou do cepticismo) embora impregnada de direitismo, o que até hoje confirmou e reforçou a minha paixão pela liberdade". LIMA, Alceu Amoroso. Eduardo Álvares de Azevedo Macedo. *Companheiros de viagem*, cit., p. 238.

CAPÍTULO VI. FASCISMO

1. DANTAS, F. C. de San Tiago. A extinção do legalismo. *Mundo Ilustrado*, 1930, p. 9.

2. Cf. BAINVILLE, Jacques. Maximes et jugements. *Almanach de l'Action Française*. Paris: Librairie de L'Action Française, 1927. p. 63.

3. VALOIS, Georges. *L'homme qui vient*: philosophie de l'autorité. Paris: Nouvelle Librairie Nationale, 1923. p. 7.

4. Idem, ibidem, p. 212.

5. Ver: DOUGLAS, Allen. *From fascism to libertarian communism*: Georges Valois against the third republic. Los Angeles: University of California Press, 1992. p. 41, 72 e 73; GUCHET, Yves. *Georges Valois*. Paris: L'Harmattan, 2001. p. 186 e 187.

6. Ver: CHEVALLIER, Jean-Jacques. *Les grandes oeuvres politiques de Machiavel à nos jours*. Paris: Armand Colin. 1996. p. 234. Alfredo Rocco, o jurista que articulou a institucionalização do regime fascista, a sua vez, não escondia sua admiração por Charles Maurras. Na dedicatória autografada que lhe fez ao enviar o seu opúsculo *La dottrina politica del fascismo*, de 1925, Rocco escreveu: "À Charles Maurras hommage de son très dévoué, Rocco". ROCCO, Alfredo. *La dottrina politica del fascismo*. A cura dell'Associazione Nazionale. Discorso pronunciato il 30 agosto 1925 a Perugia nell'Aula dei Notari al Palazzo dei Priori. Roma: Stabilimento Tipografico Aurora, 1925.

7. Em português, fascis ou feixe, de varas, encimado por uma machadinha. Os lictores, guardas que precediam os magistrados em Roma, portavam-na; a eles estava cometida a execução de ordens e a função de polícia. Ver: NASCENTES, Antenor. *Dicionário etimológico da língua portuguesa*. Rio de Janeiro: Livraria Francisco Alves, 1932. v. I, p. 327-328; GUTIERREZ-ALVES, Faustino. *Diccionario de derecho romano*, 3. ed. Madrid: Reus, 1982. p. 439.

8. Ver: STERNHELL, Zeev. *La contestation de l'ordre libéral. La droite révolutionnaire:* les origines françaises du fascisme – 1885-1914. Paris: Éditions du Seuil, 1978. p. 34.

9. Ver: DOUGLAS, Allen. *From fascism to libertarian communism*, cit., p. 134.

10. VALOIS, Georges. *Le fascisme*. 2. ed. Paris: Nouvelle Librairie Nationale, 1927. p. 8.

11. Idem, ibidem, p. 5.

12. Idem, ibidem, p. 6.

13. Ver: GUCHET, Yves. *Georges Valois*, cit., p. 259 e 267.

14. Ver: DOUGLAS, Allen. *From fascism to libertarian communism*, cit., p. 248-249.

15. Como o próprio Jackson reconhecia, "Realmente, como pensa Maurras, um ateu penitente, (...)". FIGUEIREDO, Jackson de. *A reação do bom senso*, cit., p. 39.

16. O destino de Charles Maurras seria o inverso de seu ex-companheiro Georges Valois, herói da resistência aos nazistas. Liberada Paris da ocupação alemã em 1944, Maurras foi levado a julgamento sob acusação de haver colaborado com o inimigo, e condenado em 1945 à prisão perpétua e à degradação nacional. Em sua defesa cega aos fatos, Maurras se disse vítima da "vingança de Dreyfus". A poucos meses de sua morte, em 1952, teve sua pena perdoada pelo governo francês.

17. MILZA, Pierre. *Fascisme français*. Paris: Flammarion, 1987. p. 693-694; GUCHET, Yves. *Georges Valois*, cit., p. 187. Para Leandro Konder: "À liderança da *Action Française*, porém, ainda faltava a coerência política radical de que dariam prova, pouco depois, Mussolini e Hitler. Maurras se mantinha numa atitude demasiado professoral, faltavam-lhe agilidade e energia para baixar palavras de ordem oportunas e fazê-las serem imediatamente cumpridas nas horas cruciais do combate". KONDER, Leandro. *Introdução ao fascismo*. 3. ed. Rio de Janeiro: Edições Graal, 1977. p. 28-29.

18. "Lista de Presença da sessão de 19 de agosto de 1929"; provavelmente manuscrita por Hélio Vianna, registra o comparecimento de onze cajuanos; além dos amigos próximos de San Tiago, constam a assinatura de Monjardim Filho, Deocleciano Martins de Oliveira Filho, Victor Sant'Anna, e duas outras ilegíveis.

19. Essa divisão do tema é a referida na ata de 9 de setembro de 1929; na do dia 13 anterior, no trecho dela disponível, o tema é assim resumido: "racionalística com o reformismo filosófico do século XVIII, originador do liberalismo do século XIX, chegando, após, a queda definitiva desse conceito, já no século XX". Os dois registros são feitos por Hélio Vianna.

20. Ver: Ms. de Hélio Vianna.

21. Ver: CORNER, Paul. State and society, 1901-1922. In: LYTTELTON, Adrian (ed.). *Liberal and fascist Italy*. New York: Oxford University Press, 2002. p. 18.

22. Ver: MILZA, Pierre. *Mussolini*. s.l.: Fayard, 1999. p. 144-145.

23. Cf. GRIFFIN, Roger. *The nature of fascism*. London/New York: Routledge. 1993. p. 60 e ss.

24. Ver: MILZA, Pierre. *Mussolini*, cit., p. 175 e 184.

25. Idem, ibidem, p. 175.

26. O vocábulo *fasci* – grupo ou bando – fora empregado pelos revolucionários sicilianos no século anterior, mas quando Mussolini o utilizou já identificava o grupo caracterizado pela ação violenta e aberto descrédito no regime democrático. O adjetivo bem qualificava o propósito da nova agremiação: organização paramilitar voltada ao combate físico aos adversários de sua linha de ação, a prevalecer sobre um programa político definido. Ver: Foligno e Fowler, apud ROBERTS, J. M. *A history of Europe*. New York: Allen Lane, 1997. p. 483, n. 1.

27. Ver: PIPES, Richard. *A concise history of the Russian revolution*. New York: Vintage Books, 1995. p. 297.

28. Ver: CANDELORO, Giorgio. *Storia dell'Italia moderna*: la prima guerra mondiale, il dopoguerra l'avvento del fascismo. Milano: Feltrinelli, 1996. v. 8, p. 297-299; e BEDESCHI, Giuseppe. *La fabbrica delle ideologie*: il pensiero politico nell'Italia del novecento. Roma: Laterza, 2002. p. 118.

29. Ver: FRANCESCANGELI, Eros. Biennio rosso. In: DE GRAZIA, Victoria; LUZZATTO, Sergio (coord.). *Dizionario del fascismo*. Torino: Einaudi, 2005. v. 1. p. 166. "Em uma carta enviada pela Internacional Comunista aos socialistas italianos, publicada no [jornal socialista] *Avanti!*, de 16 de novembro de 1920, afirmava qua a Itália apresenta hoje todas as condições essenciais a garantir a vitória de uma grande revolução proletária, de uma revolução verdadeiramente popular". In: BRACALINI, Romano. *Otto milioni di biciclette*. Milano: Oscar storia, 2008. p. 5.

30. Ver: CHABOD, Federico. *L'Italia contemporanea (1918-1948)*. Torino: Einaudi, 1961. p. 44 e 46.

31. Antonio Gramsci, a mais brilhante figura intelectual da esquerda e fundador do Partido Comunista Italiano, escreveu então: "O Partido Socialista não pode entrar em concorrência pela conquista do Estado, nem direta nem indiretamente, sem se suicidar, sem se desnaturar, sem se tornar um puro segmento político, alienado da atividade histórica do proletariado, ou seja, sem se tornar um enxame de moscas de carruagem em busca da tigela de manjar-branco na qual ficarão presas e morrerão sem glória. (...) O Partido Socialista não conquista o Estado, mas o substitui; substitui o regime, abole o governo dos partidos, põe no lugar da livre concorrência a organização da produção e das trocas. (...) O Partido Socialista, se quer conservar-se e se tornar cada vez mais o órgão executivo do proletariado, deve observar e fazer com que todos respeitem o método da mais feroz intransigência". GRAMSCI, Antonio. *Escritos políticos*. Rio de Janeiro: Civilização Brasileira, 2004. v. 1: 1910-1920. p. 168-169 e 175.

32. Cerca de mil e oitocentas greves, envolvendo um milhão e meio de operários foram realizadas a partir da primavera de 1919. Ver: CANDELORO, Giorgio. *Storia dell'Italia moderna*, cit., v. 8, p. 281-283.

33. Ver: EVANS, Richard J. *The coming of the Third Reich*. New York: Penguin Books, 2005. p. 57.

34. BALBO, Italo. Diario 1922. In: PUGLIESI, Stanislao. *Italian fascism and antifascism*: a critical anthology. Manchester/New York: Manchester University Press, 2001. p. 48. Ver: também: PAXTON, Robert O. *The anatomy of fascism*. London: Penguin Books, 2004. p. 84.

35. Ver: CANDELORO, Giorgio. *Storia dell'Italia moderna,* cit. v. 8, p. 353.

36. Ver: GRAMSCI, Antonio. *Escritos políticos,* cit., v. 2, p. 66.

37. Ver: DE FELICE, Renzo. *Mussolini il rivoluzionario (1883-1920)*. Torino: Einaudi, 1995. p. 507.

38. Ver: PIPES, Richard. *A concise history of the Russian revolution*. New York: Vintage Books, 1995. p. 291-292.

39. CHABOD, Federico. *L'Italia contemporanea (1918-1948)*, cit., p. 79-80.

40. LYTTELTON, Adrian. *La conquista del potere*: il fascismo dal 1919 al 1929. Roma-Bari: Laterza, 1974, p. 71.

41. Ver: TASCA, Angelo. *Nascita e avvento del fascismo*. 7. ed. Firenze: Laterza, 1982. v. 1, p. 53-54.

42. Ver: CANDELORO, Giorgio. *Storia dell'Italia moderna,* cit.

43. Ver: GENTILE, Emilio. Fascism in power: the totalitarian experiment. In: LYTTELTON, Adrian. *Liberal and fascist Italy.* New York: Oxford University Press, 2002. p. 148.

44. Ver: ACQUARONE, Alberto. *L'organizzazione dello Stato totalitario*. Torino: Einaudi, 1995. p. 6-7.

45. Idem, ibidem, p. 39.

46. Ver: DE FELICE, Renzo. *Intervista sul fascismo*. A cura di Michael A. Ledeen. Roma: Laterza, 1976. p. 38.

47. Ver: GENTILE, Emilio. Fascism in power: the totalitarian experiment. In: LYTTELTON, Adrian. *Liberal and fascist Italy* cit., p. 153.

48. Ver: DE FELICE, Renzo. *Mussolini il fascista*: l'organizzazione dello Stato fascista (1925-1929). Torino: Einaudi, 1995. p. 295-296. E o excelente trabalho de: CUNHA, Rodrigo Giostri da. Análise do modelo corporativista italiano. *Revista do Departamento de Direito do Trabalho e Seguridade Social da Faculdade de Direito da USP*, n. 2, 2006, p. 79 e ss.

49. No Brasil, Cotrim Neto saudou a lei italiana: "Depois das duas leis notáveis e célebres de 3 de Abril e 1.º de Julho de 1962, conhecidas pela denominação de 'lei Rocco', a primeira, e 'Regulamento', a segunda; depois da lei n. 113, de 2 de Julho do mesmo ano, criadora do Ministério das Corporações, daí por diante grande célula revolucionária, aquela lei que o Gran Consiglio Fascista aprovou em sua sessão de 21 de Abril de 1927, e que passou a história sob o denominação de Carta do Trabalho". COTRIM NETO, A. B. *Doutrina e formação do corporativismo*. Rio de Janeiro: A. Coelho Branco Ed., 1938. p. 102-103.

50. Ver: DE CECCO, Marcello. The economy from liberalism to fascism. In: LYTTELTON, Adrian. *Liberal and fascist Italy*. New York: Oxford University Press, 2002. p. 74.

51. Ver: CIPOLLA, Carlo et al. *Storia facile dell'economia dal Medioevo a oggi*. Milano: Arnoldo Mondadori, 1995. p. 174 e ss; e LYTTLETON, Adrian. Italian fascism. In: LAQUEUR, Walter (ed.). *Fascism*: a reader's guide. London: Wildwood House, 1976. p. 139-140.

52. Ver: PANNUNZIO, Sergio. *Il fondamento giuridico del fascismo*. Roma: Bonacci Editore, 1987. p. 185-186.

53. Ver: KELIKIAN, Alice A. The church and catholicism. In: LYTTLETON, Adrian. *Liberal and fascist Italy*, cit., p. 57-58.

54. Ver: ROCCO, D'Alfonso. *Costruire lo Stato forte*: politica, diritto, economia in Alfredo Rocco. Milano: Franco Angeli, 2006. p. 165-166. Ver: também: LYTTLETON, Adrian. *La conquista del potere*: il fascismo dal 1919 al 1929, cit., p. 189.

55. ROCCO, Alfredo. *La trasformazione dello stato*. Roma: Giuffrè, 1938. Os textos constantes desse livro acham-se reunidos nos *Scritti e discorsi politici di Alfredo Rocco*, 3 v. Roma: Giuffrè, 1938. p. 771 e ss. Ver: também: ROCCO, Alfredo. *La dottrina politica del fascismo*, discurso pronunciado por Rocco em 30 de agosto de 1925 a Perugia nell'Aula dei Notari al Palazzo dei Priori, da S.E. Alfredo Rocco, Ministro della Giustizia. Roma: Stabilimento Tipografico Aurora (abertura do discurso de Benito Mussolini), p. 3.

56. ROCCO, Alfredo. *La dottrina politica del fascismo*, cit. Ver também: GRAMSCI, Antonio. *Escritos políticos* cit., v. 1, p. 168-169 e 175.

57. ROCCO, Alfredo. *La dottrina politica del fascismo*, cit., p. 17.

58. Idem, ibidem, p. 17.

59. Idem, ibidem, p. 18, 20.

60. ROCCO, Alfredo. La trasformazione dello stato, cit., v. III. p. 1144.

61. ROCCO, Alfredo. La trasformazione dello Stato (Roma, 1927). *La formazione dello Stato fascista*, cit., v. III. p. 1145.

62. Idem, ibidem, p. 779.

63. In: "La dottrina politica del fascismo". A cura dell'Associazione Nazionale Ferrovieri Fascisti. Discorso pronunciato il 30 agosto 1925 a Perugia nell'Aula dei Notari al Palazzo dei Priori, da S. E. Alfredo Rocco, Ministro della Giustizia. Roma: Stabilimento Tipografico Aurora, p. 22.

64. Ver: ROCCO, Alfredo. *La formazione dello Stato fascista*, cit., p. 1136 e 1140.

65. Ver: MILZA, Pierre. *Mussolini*, cit., p. 362.

66. Ver: BERTONHA, João Fábio. *O fascismo e os imigrantes italianos no Brasil*. Porto Alegre: EdiPUCRS, 2001. p. 87, 88 e 314.

67. "Em fevereiro de 1927, Bernardo Attolico assumiu a representação no Rio de Janeiro, robustecendo a disposição de lutar pela causa do fascismo no Brasil. O novo embaixador julgava a Igreja Católica nacionalista e avessa à influência Italiana, com exceção do arcebispo do Rio de Janeiro, Dom Leme, admirador do regime. Como o clero era poderoso e influente, convinha contaminá-lo com as ideias fascistas e nesse sentido aconselhava Mussolini apoiar a criação do Colégio Eclesiástico Brasileiro em Roma, naquele ano de 1927. Com o "Pio Brasileiro", Attolico supunha que se poderia fazer algo para conquistar a Igreja brasileira à causa da italianidade". Ver: CERVO, Amado Luiz. *O Brasil e a Itália*: o papel da diplomacia. Brasília: Ed. UnB; São Paulo: Istituto Italiano di Cultura, 1992. p. 100.

68. Américo Lacombe, seu colega de faculdade, relembraria San Tiago fluente em francês e em italiano, que estudara sozinho, lendo avidamente as obras políticas importadas pelo gerente-poeta da Livraria Católica. Em sua *Bibliografia orientativa del fascismo*, Renzo De Felice arrola nada menos do que quarenta e quatro obras de interpretação do movimento fascista publicadas até 1929, três biografias sobre Mussolini nesse período e, sobre a rubrica "pubblicistica politica coeva", sempre nesse período, dezesseis obras. Roma: Bonacci, 1991. p. 9, 10, 11, 36, 44 e 45. Depoimento de Américo Lacombe.

69. Sobretudo com o início de publicação, em 1965, da monumental biografia de Mussolini, em sete volumes, escrita por Renzo De Felice.

70. Ver: BERTONHA, João Fábio. *O fascismo e os imigrantes italianos no Brasil*, cit., p. 87, 88, 100, 314 e 315. Ver também: CARONE, Edgard. *A Segunda República*. São Paulo:

Difel, 1974. p. 288. O escritor Afrânio Peixoto, como Alceu Amoroso Lima cunhado de Octavio de Faria, colega de San Tiago, escrevia em 1929, como mostra Wilson Martins: "A verdade é que o 'governo forte', nomeadamente o de modelo italiano, fascinava os espíritos mais diversos. Em artigo datado de Veneza-Rapallo, julho de 1929 (incluído no ano seguinte em *Marta e Maria*), Afrânio Peixoto não escondia seus entusiasmo por Mussolini, pelo Fascismo e pela 'nova Itália': os trens corriam no horário, havia ordem nas ruas e nas finanças do país. Na Itália, esclarecia ele, 'sou reacionário, sou fascista (...) Não concebo, agora, uma Inglaterra fascista e menos uma Norte-América, ou um Brasil, sob o *Fascio*. Na Itália, depois da Guerra, foi providencial'. Apesar dessas ressalvas, as suas impressões são expostas de forma tão calorosa, que correspondiam a propor o Fascismo como modelo. Eis as palavras finais: 'E como na utopia de Platão há uma pedagogia do Estado, Mussolini ensina aos jovens italianos a fé, a disciplina, a perseverança, que estão remoçando a Itália eterna'". MARTINS, Wilson. *História da inteligência brasileira*, cit., v. 7, p. 455.

71. ATHAYDE, Tristão de. *Estudos*: primeira série, cit., p. 284.

72. Citado por MEDEIROS, Jarbas. In: *Ideologia autoritária no Brasil*. Rio de Janeiro: Ed. FGV, 1978. p. 394.

73. Idem, ibidem, p. 394.

74. Muito anos depois, traçando um paralelo com a ditadura militar brasileira imposta em 1964, Alceu Amoroso Lima faria uma síntese exata do fascismo que vira triunfar, com seu aplauso, em sua mocidade: "Quanto ao neofascismo, (...) é um mal que ataca sobretudo os jovens. É uma reação contra o esquerdismo, mas também contra todo tipo de direitismo burguês. É um antiburguesismo violento. Uma apologia da *giovinezza*, como proclamava o hino mussoliniano. É um direitismo com métodos esquerdistas. Um apelo às armas. O culto da violência. O nacionalismo. O estatismo latente. O trabalhismo corporativo. O dirigismo econômico. A Igreja no Estado. Ou o integralismo católico. A disciplina. O autoritarismo. O anticomunismo militante. O anti-semitismo latente. Na América Latina, o militarismo, o ditatorialismo, o domínio das oligarquias, o braço forte, o dedo duro, o vai-ou-racha, e assim por diante". LIMA, Alceu Amoroso. *Em busca da liberdade*. Rio de Janeiro: Paz e Terra, 1974. p. 29-30.

CAPÍTULO VII. O JOVEM PUBLICISTA

1. Carta de San Tiago a João Quental. Rio de Janeiro, 09.04.1931.

2. Carta de San Tiago a João Quental. Rio de Janeiro, 10.01.1930. O curso ao qual San Tiago se refere, assim como as palestras a que assiste naquele ano de 1929 e no seguinte, deve ter sido realizado no Instituto Católico, criado por D. Leme, possivelmente em 1929. "A Universidade do Governo Federal, criada em 1922, mas só inaugurada em 1929, reunia os cursos de Engenharia, Medicina e Direito; não possuía, porém, Faculdade de Filosofia, de maneira que coube ao Instituto Católico 'iniciar no Rio essa preparação cultural em

nível superior' que abriria uma nova era ao pensamento brasileiro. (...) Iniciaram-se, sem demora, no Instituto, os cursos de Teologia, Filosofia e Sociologia, que – ao contrário do que receava a modéstia dos fundadores – atraíram numeroso público estudantil". ROSÁRIO, Irmã Maria Regina do Santo o.c.d. (Laurita Pessoa Raja Gabaglia). *O cardeal Leme*, cit., p. 304.

Dulce conheceu o médico João Quental em casa de Anadia Besouro, amiga de Violeta San Tiago Dantas, e mãe de Lurdes, muito amiga e da mesma idade de Dulce. Depoimento de Inês Quental Ferreira.

3. O recorte do jornal recolhido ao arquivo pessoal de San Tiago traz a observação autografa do autor: "1. artigo publicado, 1929". Contudo, no prefácio à terceira edição de sua obra, cujo título foi alterado para *Introdução à economia moderna*, diz Alceu Amoroso Lima: "Este livro foi escrito de dezembro de 1929 a março de 1930 (...) como tese de um concurso de Sociologia, no Instituto de Educação, que a revolução de 1930 não permitiu se realizasse". LIMA, Alceu Amoroso. *Introdução à economia moderna*. 3. ed. Rio de Janeiro: Agir, 1961. p. 9-10. Outro livro de Alceu Amoroso Lima sobre esse tema, publicado em 1932, *Ensaio sobre a economia prepolítica*, traz em sua bibliografia o ano de 1930 como sendo o da edição da Introdução à Economia Moderna. Antônio Carlos Villaça, em seu *O desafio da liberdade*, ensaio biográfico sobre Alceu, confirma a edição do livro em 1930. Pode-se, portanto, cogitar de um equívoco na datação do artigo feito por San Tiago, sobretudo porque a sua caligrafia, no recorte do jornal recolhido em seu arquivo, indica, também, datação posterior à publicação do artigo, talvez quando San Tiago organizasse seu arquivo, reunindo textos publicados em jornal. O equívoco seria, porém, razoável. Como mostra a carta de San Tiago a seu cunhado, o livro de Alceu fora precedido de um curso possivelmente sobre o mesmo tema, sob a rubrica geral de "Sociologia". Ou seja, o curso a que San Tiago terá assistido. É possível, também, que San Tiago, datando o recorte do artigo posteriormente, tenha se recordado do curso, reunido no livro por ele comentado, e não do livro em si.

4. DANTAS. San Tiago. O grande livro de Tristão de Athayde. *O Jornal*, Rio de Janeiro, 1929.

5. LIMA, Alceu Amoroso. *Introdução à economia moderna*, cit., p. 310.

6. O primeiro número da *Revista do CAJU* trazia a sua composição:

"MOVIMENTO SOCIAL

Departamento do Primeiro-Anno

Está em constituição. Em sessão de 28 de abril passado, defenderam theses, em Assembléia Geral, os Srs. Agnaldo Amado e Carlos de Moraes Pereira, respectivamente, sobre 'Tentativas de Codificação Civil no Brasil' e 'Início da personalidade jurídica'. Os candidatos foram aceitos por unanimidade.

Na Secretaria do Centro encontram-se cinco teses de candidatos a este Departamento, que serão discutidas no decorrer de maio fluente.

Departamento do Segundo-Anno – Em constituição.

Departamento do Terceiro-Anno

Candidataram-se a este Departamento os Srs. João Travassos Chermont, João Corrêa da Costa e Arthur Guimarães Junior.

Departamento do Quarto-Anno

Reuniu-se este Departamento, a 28 de abril preterito, em primeira sessão ordinária, sob a presidência do Presidente do Centro, para o fim de eleger a sua Directoria no corrente exercício, que é a seguinte:

Presidente: Américo Lacombe (reeleito); 1.º Secretario: Ubyrajara Guimarães; 2.º Secretario: Milton Haddad; Thesoureiro: Plínio Doyle.

Em sessão do 5 do corrente, foi empossada a nova Directoria pelo Presidente do Centro.

Candidataram-se a este Departamento os Srs.: Almir Bomfim de Andrade, Clovis Paulo da Rocha e Maria Luiza Doria de Bittencourt, respectivamente, com os seguintes trabalhos: 'Direito e Psychanalyse', 'Defloramento' e 'Extradicção'. A primeira foi discutida nas sessões de 5 e 12 do corrente mez, sendo o seu autor aceito nesta última. As demais pendem de julgamento.

QUADRO SOCIAL

Compõem-se, actualmente, o Centro Academico de Estudos Jurídicos, os seguintes Srs. sócios:

Departamento do Quarto-Anno:

Vicente Constantino Chermont de Miranda, Gilson Amado, Flavio Caldeira Brant, Gabriel Vivacqua, Plínio Doyle Silva, Aroldo Edgard de Azevedo, Américo Lacombe, Deocleciano Martins de Oliveira Filho, Antonio Gallotti, Ubyrajara da Motta Guimarães, Milton da Costa Poncio Haddad, Elmano Martins da Costa Cruz, Almir Bomfim de Andrade e Sylvio de Lacerda.

Departamento do Terceiro-Anno:

Hélio Vianna, Francisco Clementino de San Tiago Dantas, José Monjardim Filho e Darcy Roquete Vaz.

Departamento do Segundo-Anno:

Victor Sant'Anna.

Departamento do Primeiro-Anno:

Agnaldo Amado e Carlos de Moraes Pereira.

Socios Honorários: Dr. Mario Brant, Dr. Narcelio de Queiroz e Srs. Auricelio Penteado e João Guilherme de Oliveira Costa." *Revista de Estudos Jurídicos*, maio 1930.

7. A residência do senador Arnolfo de Azevedo localizava-se na rua Martins Rodrigues, em Botafogo, a poucos metros da avenida Izabel de Pinho, onde San Tiago nascera.

8. "uma referência ao colega Aroldo Edgar de Azevedo. Ele, como eu e muitos estudantes, vivia de mesada do pai. Ele, como eu, só pensava em ser advogado. Com a Revolução de 30, o Senador Arnolfo Azevedo perdeu a senatória, inclusive a presidência do Senado, e foi considerado 'preso' na sua cidade natal, Lorena, onde passou a morar com a família. O Aroldo, sem a mesada, precisava trabalhar e no ginásio local só havia uma vaga: de professor de geografia. Aroldo, que conhecia o assunto como qualquer estudante, aceitou o posto e passou a estudar essa matéria, tornando-se mais tarde o maior geógrafo da época, com inúmeros livros publicados, que serviram para as gerações seguintes." DOYLE, Plínio. *Uma vida*, cit., p. 34-35.

9. "Havia também o grupo comunista que era muito sério e do qual fazia parte o Letelba Rodrigues de Brito, um dos maiores comunistas da turma, e o Chico Mangabeira, antigo católico piedoso que tinha se transformado em comunista." LUSTOSA, Isabel. *Lacombe, narrador*, cit., p. 25. Letelba, filho do sanitarista Saturnino de Brito, seria mais tarde um conhecido advogado do Rio de Janeiro e colega de foro de Chermont de Miranda. Depoimento de Vicente Chermont de Miranda.

10. Em carta a Chermont de Miranda, Américo Lacombe assim qualificava a cena política. Rio de Janeiro, 10.01.1930.

11. Ver: Carta de Américo Lacombe a Vicente Chermont de Miranda. Rio de Janeiro, 10.01.1930.

12. Carta de Hélio Vianna a Vicente Chermont de Miranda. Rio de Janeiro, 06.02.1930.

13. Ms. de Hélio Vianna. Carlos Lacerda, feroz adversário político de San Tiago nos anos 1960, recordaria seus contemporâneos da Faculdade de Direito: "Para o integralismo saíram alguns poucos, para o comunismo muitos, e para um vago liberalismo alguns. Tinha também o grupo do Caju, que era o Centro dos Estudos Jurídicos, com Antônio Gallotti, San Tiago Dantas, (...) Octavio de Faria – gente de grande valor intelectual, provavelmente muito maior do que o nosso – que eram da direita". LACERDA, Carlos. *Depoimento*. Org. de Claudio Lacerda Paiva. 2. ed. Rio de Janeiro: Nova Fronteira, 1978. p. 28.

14. Depoimento de Américo Lacombe.

15. Ms. de San Tiago Dantas.

16. Depoimento de Américo Lacombe. O jornalista Villas-Bôas Corrêa, em entrevista ao Autor, recordou o encontro entre o mestre e o antigo aluno, este já catedrático também. Em 1945, o presidente do CACO levou San Tiago e Castro Rebello ao Ministério da Educação um pouco antes da queda da ditadura de Getúlio para pedirem verbas ao Ministro da Educação, Gustavo Capanema, para reformar o prédio da Faculdade de Direito. Chegando ao edifício do Ministério, recém-inaugurado e vendo os painéis de Portinari, San Tiago e Castro Rebello travaram logo uma discussão a propósito da Arte Moderna. O

curioso, segundo Villas-Bôas, é que o ex-integralista defendia a Arte Moderna, defendia a pintura de Portinari com grande veemência, e o socialista Castro Rebello recriminava a Arte Moderna, defendendo os padrões clássicos. Com a chegada do Ministro Capanema, ganhou a discussão mais um participante e em pouco tempo estavam Capanema e San Tiago defendendo a Arte Moderna contra o velho socialista. Depoimento de Villas-Bôas Corrêa.

17. "Está muito grande esta carta, e eu nem pude falar da Fazenda, nem mesmo do futuro escritório que acabamos de abrir, no Edifício Glória, 3.º andar, sala doze (*excusez du peu*)". O prédio ainda existe, mas a divisão de salas está completamente alterada. Àquela altura, no térreo estava instalado o Cine Glória. Carta de San Tiago Dantas a João Quental, Rio de Janeiro, 10.01.1930.

18. Depoimento de Américo Lacombe.

19. "Os colegas do Caju estão quase todos dispersos por estes Brasis à fora. Estão no Rio, que me conste, o Gilson e o Hélio e Santiago, que estão mantendo com bastante sucesso, (mesmo monetário), um curso para os tolos que estudam exame vestibular". Carta de Américo Lacombe a Antônio Gallotti. Petrópolis, 04.02.1930

20. Ms. de Hélio Vianna.

21. Respectivamente: Carta de Hélio Vianna a Chermont de Miranda, Rio de Janeiro, 06.02.1930; e Carta de Américo Lacombe a Vicente Chermont de Miranda, Rio de Janeiro, 10.01.1930.

22. Ms. de Hélio Vianna e Carta de San Tiago Dantas a João Quental, 10.01.1930.

23. Hélio Vianna recorda o amigo no manuscrito de seu diário, em 1929: "Quanto aos estudos, realizando-os com o excepcional auxílio de San Tiago, consegui vencer bem a fase final do segundo ano de direito, obtendo inesperadas distinções nas provas orais".

24. San Tiago descreve os amigos "Lacombe, em Petrópolis, arquivista paleógrafo. Plínio [Doyle], em São Lourenço, moço em gozo de férias. Gilson, em Copacabana, ora exibindo nas praias a sua nudez olímpica indígena, ora no abandono de um pijama, forjando gloriosamente o Gênio e a Obra. Lê Euclydes com entusiasmo e valor. Nos ócios da alma e do corpo, vai fazendo uma comédia parlamentar cajuana (E é de todos nós o mais feliz e o mais digno, porém é quem melhor equilibra o esplendor da inteligência, que domina os homens, com o esplendor do físico, que escraviza as mulheres; é quem mais despudoradamente explora a fazenda pública, e quem menos sofre com esta dor inútil que é o trabalho.)". Carta de San Tiago Dantas a Vicente Chermont de Miranda. Rio de Janeiro, Carnaval de 1930.

25. "Em 1930 frequentei o segundo ano do Centro de Preparação de Oficiais da Reserva (CPOR). Nele foi encarregado de Instrução Geral o meu cunhado, então Capitão Humberto de Alencar Castelo Branco. A ele coube dar-me as indicações para que o amigo San Tiago Dantas pudesse requerer, no Exército, a certidão de sua invalidez para o serviço militar, por ter miopia de onze e nove graus, nas vistas. O que muito entristeceu a seu

pai, Comandante Raul de San Tiago Dantas, oficial da Marinha, filho e genro de oficiais do Exército, seu pai tendo sido o valoroso e competente combatente do Paraguai, Major Francisco Clementino de San Tiago Dantas, do mesmo nome do neto, que escreveu-lhe a biografia, completada por mim." Essa biografia não se acha entre os papéis de San Tiago, aos quais o Autor teve acesso. Em seus papéis, acham-se notas de San Tiago sobre o avô paterno. Ms. de Hélio Vianna, p. 58.

26. Carta de San Tiago Dantas a João Quental, 10.01.1930.

27. Carta de San Tiago Dantas a João Quental, 10.01.1930.

28. "Brinquei um pouco no Carnaval de 1930, época em que aprendi tangos e sambas com San Tiago." Ms. de Hélio Vianna.

29. Carta sem data de San Tiago a Vicente Chermont de Miranda; é possível, contudo, datá-la: o samba *Na Pavuna* foi lançado no carnaval de 1930, como mostra Edigar de Alencar: "Quanto aos sambas, a nota de sensação seria dada pelo NA PAVUNA (bairro do Rio de Janeiro), de Candoca da Anunciação (Homero Dornelas) e Almirante. Pela primeira vez eram aproveitados instrumentos de percussão, até então ausentes dos estúdios e não admitidos no acompanhamento. A cuíca, o surdo, o tamborim, o pandeiro, o ganzá, o reco-reco, etc., tudo isso era material utilizado privativamente pelas escolas de samba nas suas melodias e nos seus ritmos. (...) A interpretação excepcional de Almirante e de seus companheiros do Banco de Tangarás contribuiu para a rápida popularização do samba, que de tão famoso, principalmente no seu refrão original com batucada, ficou servindo de característica musical do festejado artista, justamente conhecido como a maior patente do rádio". ALENCAR, Edigar de. *O carnaval carioca através da música*. Edição comemorativa do IV Centenário do Rio. Rio de Janeiro/São Paulo: Livraria Freitas Bastos, 1965. p. 173. Hélio Vianna registrou em seu diário, por essa época, uma visita a uma gafieira no bairro de Botafogo, "Caprichosos da Estopa", possivelmente com San Tiago, In Ms. de Hélio Vianna.

30. Carta de San Tiago Dantas a João Quental. Rio de Janeiro, 10.01.1930.

31. Idem, ibidem.

32. Carta de San Tiago Dantas a João Quental, Rio de Janeiro, 10.01.1930. Chermont de Miranda escrevera a San Tiago: "Estou em falta contigo, tendo em vista a promessa que te fiz, ao partir, acerca do projeto de reforma universitária. Carta de Vicente Chermont de Miranda a San Tiago Dantas, Belém, 01.01.1930. E San Tiago respondeu: "Avalia agora que tempo me resta para conversar. Que tempo me resta para 'organizar a Universidade'. Nenhum. Uma tão atribulada faina, que faz digno já de meu preito heroico, o de poeta ou coroa de louro, que na Grécia por isso se divisavam homens, e na Cristandade por muito menos, se ia para a folhinha. Os heróis da Grécia me eram superiores pelo físico. Os santos, pela moralidade. Mas a verdade é que os meus sacrifícios já bastante merecem da munificência humana (...)". Carta de San Tiago Dantas a Vicente Chermont de Miranda. Rio de Janeiro, Carnaval de 1930.

33. AMADO, Gilberto. As instituições políticas e o meio social no Brasil. In: CARDOSO, Vicente Licínio (org.). *À margem de história da República*. Brasília: Ed. UnB, 1981. t. I, p. 45 e ss.

34. Escrevendo antes da Semana de Arte Moderna, Gilberto Amado recomendava: "Todo indivíduo que nos quiser aparecer no Brasil com ares de Anatole France, deve meter-se em pau, mas do bom, do maciço, do implacável, do continuado, que não lhe deixe mais costela. Todo indivíduo que se disfarçar de clássico português, arremedando frases invertidas na ordem indireta, com vocábulos mortos escolhidos nos dicionários a dedo, ou saídos dos cadernos no momento para deslumbrar o leitor – deve ser esbordoado, literariamente já se vê, com todo o vocabulário das descomposturas camillianas". AMADO, Gilberto. *Aparências e realidades*. São Paulo: Monteiro Lobato, 1922. p. 50-51.

35. Carta de San Tiago Dantas a João Quental, Rio de Janeiro, 10.01.1930.

36. Os custos seriam pagos com a publicidade obtida e as assinaturas, o que ditaria a vida breve e incerta da Revista. Carta de Vicente Chermont de Miranda a San Tiago Dantas. Belém, 01.01.1930. Carta de San Tiago Dantas a Vicente Chermont de Miranda. Rio de Janeiro, Carnaval de 1930.

37. "Parecer do Sr. Ministro Procurador Geral A. Pires e Albuquerque"; um artigo do escritor e genro de Rui Barbosa, Baptista Pereira; um "excerto da Conferencia realizada na Escola de Belas Artes, por Gilberto Amado"; "Uma página do grande poeta e pensador Francisco Villaespesa"; um artigo do professor de direito romano da faculdade, Abelardo Lobo; a "Tese com que se candidatou ao Centro Acadêmico de Estudos Jurídicos, em abril de 1929, o Sr. Hélio Vianna, A organização do trabalho no interior brasileiro: aspectos sociais"; o "Discurso pronunciado na sessão solene do aniversário do CAJU, a 1.º de outubro de 1929 por Gilson Amado"; e um artigo de San Tiago, "Organização universitária". Poeta modernista espanhol (1877-1936), então em visita ao Rio de Janeiro. Ms. de Hélio Vianna.

38. *Revista de Estudos Jurídicos* – Órgão do Centro Acadêmico de Estudos Jurídicos – ano I, n. 1, maio 1930.

Diretor: Gilson Amado – Redação: Rua General Polydoro, 131

Sumário

Dos ministros de Estado no regimen presidencial

Parecer do Sr. Ministro Procurador Geral A. Pires e Albuquerque (no Agravo n. 5960) – págs. 3-11

Ratio Brasilitatis

Baptista Pereira – págs. 12-16

O espírito do nosso tempo

Excerpto da Conferencia realizada na Escola de Bellas Artes, por Gilberto Amado – págs. 17-23

Uma pagina de Villaespesa

Do grande poeta e pensador Francisco Villaespesa – pág. 24

Influencia do Christianismo sobre as principaes instituições jurídicas, de Constantino a Justiniano

Abelardo Lobo – págs. 25-28

Organisação universitária

San Tiago Dantas – págs. 29-32

A organisação do trabalho no interior brasileiro: aspectos sociaes

Tese com que se candidatou ao "Centro Acadêmico de Estudos Jurídicos", em abril de 1929, o Sr. Hélio Vianna – págs. 33-39

Discurso pronunciado na sessão solene do annivesario do CAEJ, a 1.º de outubro de 1929 por Gilson Amado – págs. 40-45.

39. DANTAS, F. C. de San Tiago. Organização universitária. *Revista de Estudos Jurídicos*, n. 1, maio 1930, p. 29.

40. DANTAS. F. C. de San Tiago. Crônica universitária: a lição de Córdoba. *Novidades Literárias*, 1.º ago. 1930. Os estudantes da Universidade de Córdoba visitaram o Rio de Janeiro em julho de 1930 e San Tiago os saudou em discurso pronunciado na Federação Acadêmica, que os recebeu em sessão especial. Em resposta ao discurso de San Tiago, o estudante cordobês Luiz Capelinique historiou a reforma recente então promovida naquela universidade Argentina. Dessa exposição, San Tiago retirou as referências presentes em seu artigo. O movimento de Córdoba fora promovido em 1928 por intelectuais argentinos, que defendiam fosse a Universidade um centro de formação das elites dirigentes do país. Ver: PÉCAUT, Daniel. *Os intelectuais e a política no Brasil*, cit., p. 34.

41. DANTAS, F. C. de San Tiago. Crônica universitária: a lição de Córdoba, cit.

42. DANTAS, F. C. de San Tiago. Organização universitária, cit.

43. Idem, ibidem, p. 31-32.

44. Idem, ibidem, p. 31-32.

45. "Edifício Gloria, 3.º andar – sala 14. Eis o escritório do acadêmico San Tiago Dantas, quartoanista da faculdade de direito da nossa universidade. Espírito brilhante, dedicado apaixonadamente aos estudos, San Tiago Dantas possui já uma cultura admirável." Organização universitária e diretrizes da cultura. Entrevista de San Tiago Dantas concedida a Aluísio Barata. *Diário de Notícias*, Rio de Janeiro, 10 mar. 1931.

46. Embora presente, a ação dos comunistas não tinha a dimensão a ela dada por San Tiago. Manuel Bandeira a registra àquela altura: "A ouvir o senhor Otávio Brandão (líder comunista), é perfeitamente possível aqui uma revolução de caráter agrário, e segundo ele o Brasil tem recursos inesgotáveis para arrostar toda uma coligação de potências. E o Bloco Operário e Camponês agita-se sob a vigilância dos investigadores da 4.ª Delegacia

Auxiliar". BANDEIRA, Manuel. A Província, 29 de novembro de 1929. *Crônicas inéditas I*. Org. posfácio e notas de Julio Castañon Guimarães. São Paulo: Cosac Naify, 2008. p. 266.

47. DANTAS, F. C. de San Tiago. Conceito de sociologia. *A Ordem*, Rio de Janeiro, Centro Dom Vital, ano X, n. 3, maio 1930, p. 197 e ss.

48. Carta de San Tiago Dantas a Vicente Chermont de Miranda. Rio de Janeiro, Carnaval de 1930.

49. DANTAS, F. C. de San Tiago. Visita a Pontes de Miranda. *Novidades Literárias*, Rio de Janeiro, 16 ago. 1930. A crítica de San Tiago à literatura jurídica nacional fora feita antes por Gilberto Amado, em termos ainda mais contundentes: "Os nossos livros de direito, por exemplo, na sua maioria, e com exceções que não preciso nomear, são explanações desordenadas do supérfluo. Só hipócritas ou idiotas podem dizer que encontram neles (falo de uma maneira geral) o que aprender realmente, alguma coisa que não seja confusa compilação indigesta de livros estrangeiros". AMADO, Gilberto. *Aparências e realidades*, cit., p. 160.

50. DANTAS, F. C. de San Tiago. Visita a Pontes de Miranda, cit.

51. "Prosseguia, então, o sistema de admissão de membros mediante a apresentação e discussão de teses. Salientaram-se as de Almir de Andrade, sobre 'Direito e Psicanáise'; de Octavio de Faria, sobre 'A desordem do Mundo Moderno'; de Thiers Martins Moreira, sobre tema de Educação; de Maria Luiza Doria Bittencourt, sobre 'Extradição'; de Augusto Rezende Rocha, sobre 'Wilde'; além de outras de Henrique La Rocque Almeida e Osvaldo da Cunha Fonseca, futuros Deputados." Ms. de Hélio Vianna, p. 53.

52. SADEK, Maria Tereza Aina. *Machiavel, Machiavéis*: a tragédia octaviana. Estudo sobre o pensamento político de Octavio de Farias. São Paulo: Símbolo, 1978. p. 126.

53. "Curiosa visita fizemos ao Padre Leonel Franca, luminar dos jesuítas, em seu modesto quarto do Colégio Santo Inácio. O assunto foi, naturalmente, filosofia e religião, em que Octavio de Faria e quase todos nós preferimos nela nada falar e apenas ouvir, o que não fez Almir de Andrade, que do inaciano divergiu, com a afoiteza da mocidade e a constante confiança em seus próprios conhecimentos. A 28 de maio, ali iniciou o Padre Franca uma série de conferências promovidas pelo Centro D. Vital. A primeira sobre 'Vontade e Fé', a terceira sobre a sensualidade como obstáculo à fé, assunto em que, apesar de toda a sua erudição, não o julgávamos autoridade..." Ms. de Hélio Vianna, p. 55.

54. Depoimento de Américo Lacombe.

55. Alceu Amoroso Lima recordaria Jayme Ovalle: "o segredo de Ovalle é que ele se mexia com a mais extrema naturalidade nos seus três mundos, como que para dar a prova viva, in anima nobili, de que todos três são igualmente reais, cada um no seu plano, mas todos três integrados na mesma unidade superior em que Ação, Poesia e Fé se conjugam harmoniosamente para nos darem uma imagem da Realidade". LIMA, Alceu Amoroso. *Companheiros de viagem*, cit., p. 89. Sobre a Livraria Católica, ver: Ms. de Hélio Vianna, p. 57.

56. Hélio Vianna assim recordaria o amigo: "Uma das grandes características de San Tiago foi sempre voltar à infância e divertir-se de modo sadio, conseguindo que também o fizesse [sic], com proveito geral, seus amigos mais íntimos. Seu bom humor, por todos apreciado, raramente foi mal compreendido. San Tiago apelidou o grupo de jovens interessados pela literatura e pelo cinema que então gravitavam em torno de Octavio Faria de 'pintainhos', entre eles, Vinícius de Moraes e Mario Vieira de Mello. Ressentindo-se Octavio ao saber do apelido, San Tiago observou que esta atitude não seria digna da inteligência de ambos, conseguindo desarmá-lo." Ms. de Hélio Vianna.

57. Antônio Carlos Villaça, exímio memorialista, recordará San Tiago: "Sonhou escrever um romance, mas sua vocação não era o romance. Era a crítica. A erudição jurídica e filosófica. O ensaísmo. Era um grande sedutor na conversa. Um encantador de serpentes, como Oswaldo Aranha". VILLAÇA, Antônio Carlos. *O livro dos fragmentos*, cit., p. 76.

58. Depoimento de Plínio Doyle.

59. DANTAS, F. C. de San Tiago. *Diário de Notícias*, 24 abr. 1930.

60. San Tiago referia que a preferência popular [ainda] não reconhecera o maior poeta brasileiro, "*um provincianismo banal. Que o diga o Sr. Carlos Drummond*". DANTAS, F. C. de San Tiago. Movimento literário: libertinagem, cit.

61. *ETC* – Bahia, 8 set. 1930. p. 13. É possível que a publicação desse artigo nesse jornal da Bahia tenha sido feita por intermédio de Jorge Amado.

CAPÍTULO VIII. O FIM DA REPÚBLICA VELHA

1. DANTAS, F. C. de San Tiago. Boletim político. *A Razão*, São Paulo, 18 ago. 1931.

2. Ver: LAFER, Celso. *O Convenio do café de 1976*. São Paulo: Perspectiva, 1979; DELFIM NETTO, Antônio. *Problema do café no Brasil*. São Paulo: Unesp. 2009.

3. Ver: SAES, Flávio A. M. de. *A grande empresa de serviços públicos na economia cafeeira*: 1850-1930. São Paulo: Hucitec, 1986. p. 275.

4. Manuel Bandeira registrou em crônica a crise: "Os jornais da semana refletiram de maneira dramática o pânico em que precipitou as praças de Santos, São Paulo e Rio a condição precária do mercado de café. Provocou-a a baixa perigosa – ninguém sabe onde ela iria parar! – conseqüente ao colapso no financiamento da retenção dos *stoks*, raspados que se achavam os cofres do Instituto do Café e do Banco do Estado de São Paulo. Os armazéns reguladores estão abarrotados, e das fazendas do faroeste paulista, da fronteira do Paraná, do norte fluminense, da mata mineira o café continua a descer. Calcula-se que, suprido o mercado externo, cujo consumo anual orça por 22 milhões de sacas, ficarão no Brasil nada menos que 18 milhões, quer dizer, o equivalente de uma safra inteira! (...) À hora em que escrevo a crise não está ainda resolvida. (...) Aquela 'onda verde' de que falava o senhor Monteiro Lobato, ameaça submergir a economia nacional: há que detê-la. Ora, o que a

inchou, a empinou, a propulsionou foi o otimismo do sistema artificial de valorização. O preço alto, a segurança do mercado que parecia firme, levava os fazendeiros a estenderem cada vez mais as suas plantações. Nos latifúndios do oeste paulista multiplicavam-se os cafezais. Eram sem conta as fazendas novas. Pode-se avaliar o desenvolvimento agrícola na terra roxa pelo surto formidável das cidades no mais remoto serão paulista. Café! Café! Café!". BANDEIRA, Manuel. A província, 21 de novembro de 1929. *Crônicas inéditas*, cit., p. 262-263.

5. A produção de café no Brasil aumentara de um patamar de 100, em 1913, para 167, em 1920, e daí para 280, em 1927. Na verdade, à base da crise conjugaram-se dois fatores: de um lado, a questão interna, com a elevação desproporcional da produção em relação ao consumo, que forçou a queda do preço e quebrou os produtores médios e pequenos, fortemente endividados juntos aos bancos, os quais pressionaram, sem remédio, o Banco do Brasil; e, de outro lado, a crise da bolsa de Nova Iorque, que começou a ver a descida das cotações de seus papéis a partir de final de setembro até o craque, na segunda quinzena de outubro, traduzindo o final espetacular de uma era de prosperidade – os anos 1920 – e o início da maior crise capitalista, que iria se desdobrar por mais da metade da década seguinte, fazendo com que os preços dos produtos primários despencassem em todos os mercados mundiais, sendo que o norte-americano era o maior consumidor do café brasileiro. Ver: TAUNAY, Affonso de E. *Pequena história do café no Brasil*. Rio de Janeiro: Ed. Departamento Nacional do Café, 1945. p. 416. Ver Também: GALBRAITH, J. K. A grande quebra de Wall Street. In: *História do século 20*. São Paulo: Abril Cultural. p. 1344-1347.

6. LIMA SOBRINHO, Barbosa. *A verdade sobre a revolução de outubro – 1930*. 3. ed. São Paulo: Alfa-Omega, 1983. p. 42.

7. Carta de Américo Lacombe a Vicente Chermont de Miranda. Rio de Janeiro, 10.01.1930. Minervino de Oliveira era líder operário, do Partido Comunista, e fora eleito vereador no Rio de Janeiro. Manuel Bandeira registrou em suas crônicas a indicação de Minervino: "o próprio Partido Comunista mostrara a sua fraqueza de orientação indicando para candidato – quem, meu Deus? – o senhor Minervino de Oliveira, um operário que absolutamente não estaria na altura de uma posição de comando. Creio que pela cabeça de Lenine não passaria essa fantasia platônica e sentimental de homenagear por um ato de alcance político e condição de proletário do candidato, e só assim se pode interpretar a escolha do Bloco Operário". BANDEIRA, Manuel. A Província, 29 de novembro de 1929. *Crônicas inéditas* I, cit., p. 267.

8. PEREIRA, Astrojildo. Encontro com Luís Carlos Prestes. *Ensaios históricos e políticos*, cit., p. 128.

9. Astrojildo Pereira fez de sua visita a Luis Carlos Prestes uma série de entrevistas, que foram publicadas no jornal *A Esquerda*, dirigido por Pedro Motta Lima, responsável pela crisma do revolucionário como o Cavaleiro da Esperança. BASBAUM, Leôncio. *Uma vida em seis tempos (memórias)*, cit., p. 69.

10. ABREU, Alzira Alves de; JUNQUEIRA, Ivan. Luís Carlos Prestes. In: BELOCH, Israel; ABREU, Alzira Alves de (coord.). *Dicionário histórico-biográfico brasileiro:* 1930-1983. Rio de Janeiro: Forense, 1984. v. 4, p. 2816.

11. O encontro teve lugar por ocasião da I Conferência Latino-americana dos Partidos Comunistas, como recordará Basbaum: "nossa esperança consistia em conquistar Prestes e usar seu prestígio nacional, popular, para ganhar as massas...". BASBAUM, Leôncio. *Uma vida em seis tempos (memórias)*, cit., p. 69.

12. Idem, ibidem, p. 69. WAACK, William. *Camaradas*. São Paulo: Companhia das Letras, 1993. p. 58.

13. Recordando seu primeiro encontro com Getúlio Vargas, em setembro de 1929, Luis Carlos Prestes dirá: "Na verdade, na época do nosso encontro, minhas ideias já estavam impregnadas pelo marxismo e eu era bastante sectário". MORAES, Dênis de; VIANA, Francisco. *Prestes:* lutas e autocríticas. Petrópolis: Vozes, 1982. p. 48.

14. Ver: Carta de Aroldo de Azevedo a Vicente Chermont de Miranda. Rio de Janeiro, 04.01.1930.

15. CHACON, Vamireh. *História dos partidos políticos brasileiros*. Brasília: Ed. UnB, 1981. p. 308-309; LIMA SOBRINHO. *A verdade sobre a revolução*, cit., p. 64.

16. Ms. de Hélio Vianna, arquivo pessoal de Hélio Vianna Filho.

17. Ver: LIMA SOBRINHO, Barbosa. *A verdade sobre a revolução*, cit., p. 155.

18. Ver: SILVA, Hélio. O ciclo de Vargas. *1930:* a revolução traída. Rio de Janeiro: Civilização Brasileira, 1972. v. 3, p. 383-384.

19. AZEVEDO, Nearch da Silveira e (coord.). Alguns aspectos de sua ação. *Federação Acadêmica do Rio de Janeiro*. Rio de Janeiro: Cátedra, 1984. p. 14-15.

20. Os demais colegas eram: Stélio Bastos Belchior, Fernando Ribeiro e Paschoal Carlos Magno. Ms. de Hélio Vianna.

21. Ms. de Hélio Vianna. Jorge Amado lançou seu primeiro romance, *O país do carnaval*, em 1931, aos dezenove anos.

22. Além de Tasso Fragoso, aguardavam os generais Menna Barreto e Malan d'Agrogne. Ver: LIMA SOBRINHO, Barbosa. *A verdade sobre a revolução*, cit., p. 161-162; MARQUES, Cícero. *O último dia de governo do presidente Washington Luís no Palácio Guanabara*. São Paulo: Sociedade Impressora Paulista, 1930, p. 55-58.

23. LIMA SOBRINHO, Barbosa. *A verdade sobre a revolução*, cit., p. 162.

24. "Afinal, vimos sair pelo portão lateral, hoje inexistente, o auto em que ia o Presidente deposto e preso, com uma das mãos no rosto. Pareceu-me de profunda amargura a expressão que nele apenas por um momento vislumbrei, quando, próximo, ouviu-se tímido e não continuado começo de vaia. Sobre o estribo do carro que o levava ao Forte de Co-

pacabana, reconheci o Tenente Capitão de Carvalho, Instrutor do C.P.O.R." Ms. de Hélio Vianna, p. 64.

25. "San Tiago foi para a casa dos Lacombe, onde amargamente comentou os acontecimentos." Ms. de Hélio Vianna, p. 64-65.

26. LIMA SOBRINHO, Barbosa. *A verdade sobre a revolução de outubro*, cit., p. 167.

27. Idem, ibidem, p. 167.

28. "Senhores da Junta Governativa: Assumo, provisoriamente, o Governo da República, como delegado da Revolução, em nome do Exército, da Marinha e do povo brasileiro, e agradeço os inesquecíveis serviços que prestastes à Nação, com a vossa nobre e corajosa atitude, correspondendo, assim, aos altos destinos da Pátria". VARGAS, Getúlio. Nova organização administrativa do País, 3.11.1930. *A nova política do Brasil*. Rio de Janeiro: José Olympio, 1938. v. I, p. 74. Apud CARONE, Edgard. *A segunda República (1930-1937)*. São Paulo: Difel, 1973. p. 17.

29. "A 31 [de outubro], escreve Hélio Vianna, acompanhei Augusto Frederico Schmidt ao escritório do advogado Sobral Pinto, já contra a Revolução... À noite, fomos a mais uma conferência da série do Padre Franca, no Colégio Santo Inácio, brilhante, como sempre, mas sem me impressionar de modo especial. Lá estavam Tristão de Athayde, Hamilton Nogueira e outros católicos, todos preocupados. Octavio de Faria declarou ter recolhido, na cidade, informações sobre o recém-chegado Getúlio, que, por ser 'homem de ideias largas', pusera em dois de seus filhos, os nomes de Lutero e Calvino" Ms. de Hélio Vianna, p. 64-65. Como observou Wilson Martins: "Com efeito, a reação instintiva dos meios católicos, como se sabe, foi opor-se à Revolução, como se havia oposto à República quarenta anos antes: quanto a isso, a atitude de Alceu Amoroso Lima foi, ao mesmo tempo, exemplar e paradigmática". MARTINS, Wilson. *História da inteligência brasileira*, cit., v. 6, p. 479.

30. Carta de Américo Lacombe a Vicente Chermont de Miranda. Rio de Janeiro, 10.01.1930. Da mesma forma, Hélio Vianna: "Se os meus amigos apoiavam o governo legal, por ele não tinha especiais simpatias. Alguns deles (...) eram filhos e irmãos de deputados e senadores. Eu, mineiro, teoricamente estaria de outro lado, embora tivesse me recusado participar de um Comitê Acadêmico da Aliança Liberal. O fato é que a política não modificava nossas relações; tido e havido como anti-republicano, colocava-me *au dessus de la mêlée*, sem ter esperança de melhoras para o País por via revolucionária, pois, para mim, o mal estava no próprio regime que continuaria".

31. "Levi [Carneiro], presidente do Instituto dos Advogados, havia, da cátedra dessa presidência, protestado vigorosamente contra o propósito – que se atribuía ao Governo revolucionário – de dissolver o Supremo Tribunal. Oswaldo Aranha ouviu, replicou, terminando por aceitar as ponderações do advogado. Através da divergência se iniciava uma amizade, que se prolongaria até à morte, e a segurança de uma colaboração que Levi prestaria ao Governo Provisório, constituindo-se o seu jurista." SILVA, Hélio. *1931: os tenentes no poder*. Rio de Janeiro: Civilização Brasileira, 1966, p. 60-61. A aceitação das ponderações pelo ministro de Justiça do novo governo, Oswaldo Aranha, seria contudo

inócua, pois, a seguir, por ordem sua e do presidente da República, ministros do Supremo foram cassados, violência que o golpe militar de abril de 1964 reproduziria. E Levi Carneiro redigiria as normas legais que estruturaram a ditadura do governo provisório. A 22 de novembro de 1930, depois de haver redigido a Lei Orgânica do Estado Novo, Levi Carneiro foi nomeado Consultor Geral da República. Sobrevindo a redemocratização de 1946, com a queda da ditadura Vargas, Levi Carneiro saudaria a democracia, em estudo dedicado aos, estes sim, liberais incontroversos, Rui Barbosa e Joaquim Nabuco.

32. Decreto de 11 de novembro de 1930, redigido pelo advogado Levi Carneiro. In: CARONE, Edgard. *A segunda República:* 1930-1937, cit., p. 19.

33. Sobre a estrutura legal do regime fascista, ver: ACQUARONE, Alberto. *L'organizzazione dello Stato totalitario.* Torino: Einaudi, 1995. p. 5 e ss. Uma cronologia sucinta sobre as normas com as quais o regime fascista se afirmou depois de 1925, as "leis fascistíssimas", está no verbete de PONZIANI, Luigi. Leggi fascistissime. In: DE GRAZIA, Victoria; LUZZATTO, Sergio. *Dizionario del fascismo.* Torino: Einaudi, 2005. v. 2, p. 19.

34. Vitoriosa a revolução, o Supremo Tribunal Federal a ela se curvou inteiramente, como se lê da decisão que negou *habeas corpus* ao presidente deposto, Washington Luís: "(...) se a Constituição subsiste, debaixo de certos pontos de vista, como quanto às relações de ordem privada, estão suspensas, sem dúvida, as garantias constitucionais, sob o critério político do chefe do Governo, e é notório que a detenção do paciente obedeceu puramente a razões de ordem política, fora de qualquer preocupação de natureza legal ou processual. Nestas condições, o conhecimento do presente pedido de habeas-corpus escapa inteiramente à competência constitucional do Tribunal". SILVA, Hélio. *1931:* os tenentes no poder, cit., p. 59.

35. AMADO, Gilberto. *Presença da política*, cit., p. 152.

36. Ms. de Hélio Vianna. Augusto Frederico Schmidt recordaria, muito mais tarde, aquele período: "João Neves da Fontoura, um dos melhores oradores políticos que tive o ensejo de conhecer em minha vida, tão elegante e veemente ao mesmo tempo. Revejo apenas – mas nitidamente – a figura de Oswaldo Aranha, magro, belo, com os seus trinta e quatro anos, mais ou menos; e, debruçando-me sobre o balcão da memória, surge-me a imagem em conjunto da Câmara dos Deputados de antes da Revolução de outubro de 1930". SCHMIDT, Augusto Frederico. *Antologia política.* Rio de Janeiro: TopBooks, 2002. p. 136.

37. FAORO, Raymundo. *Os donos do poder:* formação do patronato político brasileiro. Porto Alegre: Globo, 1976. v. 2. p. 685-686.

38. A historiografia assimila indevidamente a proclamação da Legião Revolucionária ao seu manifesto; a proclamação foi lançada a 12 de novembro de 1930 em São Paulo, o manifesto a 4 de março de 1931; Raymundo Faoro refere o manifesto, trocando, contudo, a sua data pela data da proclamação da Legião: "A mão disponível de Plínio Salgado traça o manifesto da Legião Revolucionária, escrito a 12 de novembro de 1930, filha primogênita da Revolução...". FAORO, Raymundo. *Os donos do poder*, cit., p. 688. Não se pode precisar

se Plínio redigiu a proclamação de 12 de novembro, mas o manifesto foi efetivamente escrito por ele e publicado a 4 de março de 1931. Ver: Coletânea de artigos. 2. ed. São Paulo, Ed. da Revista Pindorama, 1936, p. 23 e 24, apud FAORO, Raymundo. *Os donos do poder*, cit., p. 685-686.

Certamente reproduzindo a versão ouvida do próprio Plínio, em suas "Memórias", Miguel Reale narra o encontro de Plínio com João Alberto, então delegado militar da Revolução em São Paulo, no qual este teria pedido a Plínio que redigisse o manifesto da Legião Revolucionária: "Esse engajamento de Plínio Salgado na Legião Revolucionária – diz Reale – onde permaneceu por algum tempo, mesmo depois da fundação do integralismo, merece alguns esclarecimentos. Vitoriosa a Revolução de 30, os deputados do PPR, como Plínio Salgado e Menotti Del Picchia, aguardavam ser chamados para depor sobre 'os abusos do PRP'. Quando chegou a vez de Plínio, levaram-no diretamente ao palácio dos Campos Elíseos, informando-o que o capitão João Alberto, nomeado interventor federal no Estado, à revelia da gente paulista, desejava conhecê-lo pessoalmente. Com surpresa, o futuro líder integralista ouviu a informação de que seus artigos sobre os problemas brasileiros, publicados no Correio Paulistano (órgão oficial do PPR) eram lidos com grande interesse pelos oficiais exilados na Argentina, que não haviam comungado com o programa comunista de Luís Carlos Prestes. Eram artigos empenhados na análise da 'realidade brasileira', com afirmações manifestamente colidentes com os artigos de fundo do tradicional noticiário perrepista. (...) Como quer que seja, Plínio Salgado recebeu a crisma da Revolução de 30, saindo do palácio dos Campos Elíseos, armado intérprete ad hoc da nunca plenamente esclarecida "ideologia revolucionária". REALE, Miguel. *Memórias*, cit., v. 1, p. 60.

Paulo Nogueira Filho, escrevendo antes de Reale, dá outra versão à adesão de Plínio Salgado ao novo governo: "João Alberto, moço, inteligente, perspicaz, revolucionário idealista, não resistia, como havia sido previsto, ao tremendo impacto da vida trepidante de São Paulo. O mais lamentável ainda era sua ignorância a respeito dos homens com quem lidava. Segredou-me que as adesões ao seu governo vinham em massa. Ia aceitar a do jornalista Plínio Salgado, do *Correio Paulistano* e de outros mais...". NOGUEIRA FILHO, Paulo. *Ideais e lutas de um burguês progressista*: partido democrático e revolução de 1930. São Paulo: Anhembi, 1958. v. 2, p 591.

À época, Plínio foi duramente criticado por haver rapidamente aderido aos revolucionários, e respondeu, dizendo: "Quando a pátria está nos seus grandes transes históricos – indignos e covardes são os que se esquivam de servi-la, em nome de preconceitos partidários". Diário da Noite, 05.4.1932. SILVEIRA, Tasso da et al. *Plínio Salgado*. São Paulo: Edição da Revista Panorama, 1936. p. 27, nota 6. Três anos depois, contudo, Plínio Salgado, no prefácio de um de seus principais livros de doutrina integralista, "Despertemos a Nação!", refere o combate à Revolução e omite a sua adesão a ela: "Em 1930, segui para a Europa. (...) quando regressei, (...) uma Revolução liberal, chefiada por velhos políticos, rebentou no dia exato em que entrei em águas brasileiras. Saltando em terra, tratei logo de combatê-la. Era a Revolução que defendia um fantasma: a liberal-democracia, concretizada na Constituição de 1891". "Despertemos a Nação!", cit., p. 16. Um ano depois, contudo, em 1936, Plínio é apresentado em outra situação: "Vieram pedir-lhe um manifesto para a Legião Revolucionária. Plínio Salgado respondeu aos emissários que suas ideias eram irredutíveis e que, se quisessem aproveitar o que já tinha escrito – pois se considerava um homem liquidado – eles poderiam salvar nossa Pátria, impondo um pensamento nítido no meio da confusão reinante. Aceitaram com uma condição duríssima, arrasadora: 'Plínio Salgado assinaria com eles o manifesto'. Embora soubesse que seu nome seria arrastado pela rua da Amargura, assinou. E com que desprendimento!". SILVEIRA, Tasso da et al. *Plínio Salgado*, cit., p. 27.

Não se pode precisar a data do encontro de Plínio Salgado e João Alberto, e em que termos ficou acertada a redação do manifesto da Legião pelo primeiro. A adesão de Plínio à Revolução de 1930 foi sem dúvida motivada pelo seu receio de ficar alijado da cena política, embora fatores ideológicos possam ter contribuído para essa decisão. Quanto à narração desse fato pelo seu protagonista, como a de tantos outros, é nítida a reelaboração dele, prática correntemente empregada por Plínio Salgado.

39. "Ata da Quinquagésima segunda sessão da Federação Acadêmica do Rio de Janeiro, em 19 de setembro de 1930. (...) Pede a palavra o Sr. Francisco Mangabeira, pedindo-lhe informar a mesa em que artigo dos Estatutos da Federação, se baseia o Sr. Presidente para ocupar tal cargo. Este responde que, tendo havido alterações no regimento da Federação, não é de admirar que o Sr. Mangabeira desconheça pois ainda não foram mimeografados os Estatutos, sendo natural que peça estas explicações. Lê em seguida o Art. 13 do Regimento e o parágrafo único satisfazendo o pedido do Sr. Francisco Mangabeira". AZEVEDO, Nearch da Silveira e (coord.). Alguns aspectos de sua ação. *Federação Acadêmica do Rio de Janeiro*, cit., p. 175-176.

40. Ver: Ms. de Hélio Vianna.

41. "Afinal, a 6 de dezembro (...) renunciamos aos nossos postos na Federação Acadêmica, (...), deixando o terreno livre aos esquerdistas, que já o farejavam...". Ms. de Hélio Vianna. AZEVEDO, Nearch da Silveira e (coord). Alguns aspectos de sua ação. *Federação Acadêmica do Rio de Janeiro*, cit., p. 20-21.

42. Depoimento de Américo Lacombe.

CAPÍTULO IX. O JOVEM IDEÓLOGO

1. DANTAS, F. C. de San Tiago. A escolha dos caminhos. *A Razão*, São Paulo, 27 ago. 1931.

2. Edgar Carone observou, com precisão: "Ainda não foi suficientemente estudado o problema dos primórdios do fascismo no Brasil. O curioso é que a primeira manifestação se dá prematuramente, em 1922, com a fundação da Legião do Cruzeiro do Sul, possivelmente imitação do movimento dos Fáscios e do episódio da Marcha sobre Roma. Existe em 1928 um Partido Fascista, provavelmente formado por Italianos, com o beneplácito

das autoridades peninsulares no Brasil". Em 14 de novembro de 1930, um Partido Fascista Brasileiro publicou no Jornal do Commercio, então de grande circulação, um manifesto onde conclamava: 'Brasileiros! Sigamos o exemplo da Itália de Mussolini, prestigiando o poder não porque este seja simplesmente o poder, mas pelas inspirações que ele encarna; pelos atos que pratica em defesa do novo Brasil'. – Rio de Janeiro, 12 de novembro de 1930". CARONE, Edgard. *A Segunda República: (1930-1937)*, cit., p. 288 e ss.

3. O papel timbrado "advogado" pertencia ao escritório que seus colegas, Américo Lacombe, Chermont de Miranda e Plínio Doyle, haviam aberto ao início de 1930 ao passarem para o quarto ano de Direito, os quais, na qualidade de solicitadores, estavam habilitados a prestar serviços menos complexos de advocacia. San Tiago, mesmo no terceiro ano da faculdade, associou-se a seus colegas mais velhos. Esse papel timbrado ajuda a estimar a data da concepção do Partido Nacional Fascista, de San Tiago: ao longo de 1930, a tempo de ele ainda conservar consigo folhas timbradas da Federação, cuja presidência deixou em dezembro daquele ano, e antes de sua ida para São Paulo, em abril de 1931, aonde não levaria esses papéis em sua bagagem. Parece-nos provável a concepção do Partido Nacional Fascista ter ocorrido no segundo semestre de 1930, próximo à redação do artigo de San Tiago, "Catolicismo e fascismo", publicado em janeiro de 1931.

4. Nos municípios com "mais de cinco mil eleitores fascistas", haveria um "centro local" e nos municípios com número inferior de eleitores fascistas, um "núcleo local". Cada órgão contaria com uma "secretaria", um "chefe eleitoral" e um encarregado ("chefe" ou "fiscal") "sindical". Na direção do Partido haveria um "chefe da organização política" e "um diretor do Instituto Nacional Fascista", ao lado de um "chefe de formação". Os fundos do partido proviriam de contribuições dos "sindicatos, cooperativas" e de "donativos e taxas". Seriam criados "grupos" integrados por "estudantes, mulheres e empregados do comércio". E "zonas" reuniriam a "universidade", os "meios comercial, operário e doméstico". O "setor universitário" contaria com um "comissariado", um "subcomissariado", um "grupo" e "unidades", relacionados a "setores" e "zonas". Ms. de San Tiago Dantas.

5. Ms. de San Tiago Dantas.

6. Nas notas deixadas por San Tiago há referência a alguns cajuanos, os quais ele provavelmente procuraria atrair para o seu partido fascista, mas não existe em sua correspondência com seus colegas de faculdade, ou em outros papéis seus, menção alguma a esse partido por ele idealizado.

7. A Enciclopédia Treccani, organizada por um dos mais expressivos doutrinadores fascistas, Giovanni Gentile, e propagandeada como um dos grandes feitos culturais do regime fascista, apresenta Giuseppe Toniolo (1845-1918), como o principal organizador da democracia cristã na Itália, liderando a corrente ético-cristã que se opôs ao individualismo na economia. A afirmação da sociedade como uma instituição moral era indispensável para complementar e aperfeiçoar o bem-estar do indivíduo, daí resultando a necessidade de disciplinar a individualidade no interesse do bem comum, dizia Toniolo. Favorável aos sindicatos organizarem-se em corporações, Toniolo opôs-se ao socialismo, defendendo a

justiça social de base cristã. As suas principais obras foram *Tratado de economia social*: a democracia cristã e *Socialismo na história da civilização*. Cf: RATTI, Anna Maria. Giuseppe Toniolo. In: *Enciclopédia Italiana*, v. XXXIII, p. 1029. Istituto della Enciclopedia Italiana – Treccani – MCMXXXVII. Norberto Bobbio contextualizou o pensamento de Toniolo, e apontou a sua falta de maior ressonância na cultura italiana. E apontou, ainda, o seu tradicionalismo, que o inscrevia entre os profetas do passado, que o tornou admirado entre os católicos conservadores no Brasil, Alceu Amoroso Lima entre eles, e a razão de San Tiago o haver citado com tanta ênfase. Cf. BOBBIO, Norberto. *Ideological profile of twentieth-century Italy*. Tradução de Lydia G. Cocrane. New Jersey: Princeton University, 1995. p. 22.

8. Catholicismo e fascismo – ensaio para um estudo sobre a doutrina fascista e a questão social. *A Ordem*, Rio de Janeiro, ano XI (nova série), n. 11, jan. 1931. p. 37. Todas as citações a seguir são retiradas desse artigo, se não indicada outra fonte.

9. Em carta à filha, escrita do exílio em Portugal na década de 1940, Plínio Salgado refere seu conhecimento linguístico, confinado ao francês: "Você e Loureiro no alemão, eu e Carmela no inglês; e como todos falamos francês e um pouco de italiano, podemos até dar a volta do mundo". SALGADO, Plínio. *Tempo de exílio* (Correspondência familiar, I), São Paulo: Voz do Oeste, 1980. p. 50. Note-se que boa parte da literatura fascista italiana era traduzida para o francês, a começar pela obra de Mussolini, por iniciativa do governo italiano. Assim, foi possível aos autores brasileiros familiarizarem-se, e citarem, contemporaneamente, a literatura fascista, lendo-a em francês, e não no original italiano, embora quase sempre a referissem nesse idioma.

10. FIGUEIREDO, Jackson de. Doutrina contra doutrina. 13.08.1924. *A coluna de fogo*. Rio de Janeiro: Centro Dom Vital, 1925. p. 75.

11. Embora a participação dos militares em atividade política fosse expressamente proibida em lei – sempre desrespeitada, ao longo da República – apenas o presidente de Minas Gerais Olegário Maciel foi mantido no cargo, sendo os demais substituídos quase todos por tenentes revolucionários. Ver: McCANN, Frank D. *Soldiers of the pátria*: a history of the Brazilian army, 1889-1937. California: Stanford University Press, 2004. p. 301. Os tenentes foram punidos pela sublevação de 1926 – a Coluna Prestes – mas um dos primeiros atos da Revolução de 1930 foi anistiá-los e promovê-los.

12. Ver: ROSA, Virginio Santa. *O sentido do tenentismo*. 3. ed. São Paulo: Alfa-Omega, 1976. p. 55.

13. Ver: HILTON, Stanley. *Oswaldo Aranha*: uma biografia. Rio de Janeiro: Objetiva, 1994. p. 95. O texto citado é parte da proclamação feita por Oswaldo Aranha e Góes Monteiro, o primeiro ministro da Justiça, e o segundo, chefe do Estado Maior das Forças Nacionais, publicada no *Jornal do Commercio*, em 15 de novembro de 1922. CARONE, Edgard. *A Segunda República (1930-1937)*, cit., p. 260.

14. Raymundo Faoro identificou as correntes ideológicas então em curso: "Entre o nacionalismo dos rebeldes e o nacionalismo da ordem, apesar do confuso campo comum, há diferenças fundamentais, que tomarão corpo depois de 1930, extremando-se no para-

fascismo num lado, e nas tendências socialistas e comunistas do outro. O que os aproxima será o antiliberalismo, a decepção do regime de 1891, na sua estrutura federal e individualista. Nenhum dos dois ramos se apoia no velho nacionalismo liberal, de teor antiaristocrático, já em declínio na Europa, ao findar o século XIX". FAORO, Raymundo. *Os donos do poder*, cit., p. 673.

Como observaria pouco tempo depois, João Neves da Fontoura, o grande tribuno da revolução e seu grande crítico também, sobretudo de seu amigo pessoal, o ditador Getúlio Vargas, com quem teria uma relação acidentada, "no fundo, estavam todos de acordo no prolongamento da ditadura". FONTOURA, João Neves da. *Memórias*. Porto Alegre: Globo, 1963. v. 2, p. 481.

15. HILTON, Stanley. *Oswaldo Aranha:* uma biografia, cit., p. 102.

16. VAMPRÉ, Leven. São Paulo, terra conquistada, apud PEREIRA, Antônio Carlos. *Folha dobrada:* documento e história do povo paulista em 1932. São Paulo: O Estado de S. Paulo. 1982. p. 27. De fato, a divisão dos comunistas era evidente. Luís Carlos Prestes, em carta divulgada a 24 de novembro de 1931, atacou a "farsa democrática" de João Alberto, denunciando o "conluio indecorosos [dos] 'representantes' do partido do proletariado, mais uma velhacaria da nova República burguesa e de seus lacaios". Idem, ibidem, p. 28.

17. Idem, ibidem, p. 31.

Raymundo Faoro delineou o quadro ideológico em que se inscrevia a Legião: "A Legião Revolucionária de São Paulo, fundada por João Alberto, depois de articulações com Juarez Távora e Oswaldo Aranha, fixa o primeiro contorno das aspirações revolucionárias, divorciadas da imediata reconstitucionalização liberal. Reclamam um Estado forte, sem obediência aos sistemas políticos transplantados, comunismo ou fascismo, capaz de combater o latifúndio, os trustes, os monopólios e o imperialismo, sobrepondo-se às classes e às massas. A nota modernizadora do movimento assume feição nacionalista: um direito público, brasileiro, um governo brasileiro, uma política brasileira". FAORO, Raymundo. *Os donos do poder*, cit., p. 693-694.

18. "Nessa cidade houve quase simultaneamente, em novembro do ano passado, numerosas greves: na usina metalúrgica, numa fábrica de sapatos, nas oficinas da Estrada de Ferro de São Paulo, numa fábrica de chapéus etc. (...) A mais importante foi a greve dos têxteis em São Paulo, que englobou mais de 5.000 operários e durou mais de duas semanas (de 10 a 27 de novembro)". O movimento sindical revolucionário do Brasil e seus objetivos (1931). Henri J. Le mouvement syndical révolutionnaire du Brésil et ses objectifs. *L'Internationale Syndical Rouge*, n. 14, jul. de 1931. Apud CARONE, Edgard. *O P.C.B.* São Paulo: Difel, 1982. v. 1, p. 334-335.

19. PEREIRA, Antonio Carlos. *Folha dobrada: documento e história do povo paulista em 1932*. São Paulo: O Estado de S. Paulo, 1982. p. 32-33.

20. VAMPRÉ, Leven. São Paulo terra conquistada. Apud PEREIRA, Antonio Carlos. *Folha dobrada*, cit., p. 27.

21. Idem, ibidem, p. 34.

22. Idem, ibidem, p. 29.

23. Manifesto de autoria de Luís Carlos Prestes dirigido aos revolucionários do Brasil (impresso), datado de 6 de novembro de 1930, (Buenos Aires). GUIMARÃES, Manuel Luiz Lima Salgado et al. (coord.). *A revolução de 30*: textos e documentos. Brasília: Ed. da UnB, 1982. v. 2, p. 347-349.

24. ABREU, Alzira Alves; JUNQUEIRA, Ivan. Luís Carlos Prestes. In: BELOCH, Israel; ABREU, Alzira Alves de (coord.). *Dicionário histórico-biográfico brasileiro: 1930-1983*. Rio de Janeiro: Forense Universitária, 1984. v. 4, p. 2817.

25. "Aquela altura, (...) muitos companheiros da Coluna que me haviam escolhido como chefe militar da revolução de 1930, já tinham se comprometido a apoiar Getúlio Vargas. A partir de 1929, Vargas foi ganhando pouco a pouco os tenentes. Muita gente afirma que recusei o comando militar da revolução. Aconteceu justamente o contrário: eu fiquei sozinho, um comandante sem exército. Ninguém queria ouvir falar numa revolução que mudasse profundamente a realidade brasileira. Só se pensava em apoiar Getúlio Vargas por causa da prometida anistia. (...) Eu não confiava em Getúlio e Oswaldo Aranha. Aliás, nunca me arrependi de não tê-los apoiado. Na verdade, na época do nosso encontro, minhas ideias já estavam impregnadas pelo marxismo e eu era bastante sectário. (...) A questão era a revolução. Foi por isso que fui encontrá-lo no Rio Grande. Eu sabia que Getúlio não queria a luta armada. Queria, sim, usar o prestigio dos tenentes para se eleger. De mim, ele nunca conseguiu uma declaração de apoio". MORAES, Dênis de; VIANA, Francisco. *Prestes*: lutas e autocríticas, cit., p. 14 e 48-49.

O ataque de Prestes aos seus antigos comandados foi duro: "(...) [Juarez] Távora, Miguel Costa, Izidoro e todos os outros estão servindo de instrumentos nas mãos dos politiqueiros. Sacrificaram, com sua traição, a memória dos revolucionários que, com Joaquim Távora, morreram lutando contra [Arthur] Bernardes e Flores da Cunha. Tornaram-se indignos de todos os soldados, operários e camponeses que, com o seu sangue, assinalaram através do País, numa marcha de dois anos, a sua intransigência com os exploradores constantes das grandes massas trabalhadoras". Manifesto de autoria de Luís Carlos Prestes dirigido aos revolucionários do Brasil (impresso), datado de 6/11/1930, (Buenos Aires). Manifesto de autoria de Luís Carlos Prestes dirigido aos revolucionários do Brasil (impresso), datado de 6 de novembro de 1930, (Buenos Aires). GUIMARÃES, Manuel Luiz Lima Salgado et al. (coord.). *A revolução de 30*, cit., v. 2, p. 347-349.

Ainda assim, pelo resto das suas vidas os tenentes próximos a Prestes na coluna de 1926, à parte as posições ideológicas opostas, mantiveram quase uma devoção pelo antigo comandante, como observaria Cordeiro de Farias, três décadas depois, já vitorioso o golpe militar de abril de 1964: "Este é o segredo do êxito da Coluna Prestes. Éramos incrivelmente unidos, como verdadeiros irmãos, e entre nós não havia ciúmes nem segredos. Existia uma união inseparável que nos ligava como membros de uma família". CAMARGO, Aspásia; GÓES, Walter de. *Meio século de combate*: diálogo com Cordeiro de Farias. Rio de Janeiro: Nova Fronteira, 1981, p. 64-65.

Antes desse ataque de Prestes, já separados ideologicamente em razão da crítica aberta de Prestes à Aliança Liberal antes da Revolução de Outubro, em correspondência a ele dirigida, Juarez Távora, respeitosamente chamando-o pela patente superior (a de general, que Prestes havia sido promovido como foram todos os anistiados revoltosos da Coluna, uma vez vitoriosa a revolução de 1930), registrava a sua admiração pelo antigo comandante: "Tal o meu modo de pensar. Fiel a ele, não posso acompanhar o general Luís Carlos Prestes no novo rumo que acaba de imprimir a suas ideias. Não o abandono: sinto-me abandonado. Entre o dilema de ficar com a causa que esposei, ou com o chefe a quem tenho obedecido, eu me abraço comovido àquela, tentando curar-lhe os golpes que, por cegueira ou por caprichos, acaba de desferir-lhe o companheiro querido de longas caminhadas". E, em carta dirigida diretamente ao próprio Prestes, Juarez Távora escreveu: "E menos inteligente do que você, apenas pretendo, guardando seu bilhetinho do dia 10, possuir um lembrete precioso do quanto é falha a justiça humana, mesmo quando distribuída por um desses homens a quem nos acostumados, às vezes, a obedecer e estimar, como se fossem semideuses". BONAVIDES, Paulo; AMARAL, Roberto. *Textos políticos da história do Brasil*. 3. ed. Brasília: Senado Federal, 2002. v. IV, p. 177 e 191.

26. PEREIRA. Antonio Carlos. *Folha dobrada I: documento e história do povo paulista em 1932*, cit., p. 50.

27. "Alfredo Egydio, sempre considerado 'um orientador paterno' (do futuro banqueiro Olavo Setubal) desde a morte de Paulo Setubal, seu cunhado [e pai de Olavo], em 1937; tinha adquirido em 1935 a Companhia Ítalo Brasileira de Seguros Gerais (depois Cia. Seguradora Brasileira), o Banco Central de Crédito em 1945 (depois, Federal de Crédito) e a Duratex em 1951. Ele comandava ainda o Moinho São Paulo com instalações em Campinas e escritório em São Paulo". BRANDÃO, Ignácio de Loyola; OKUBARO, Jorge J. *Desvirando a página*: a vida de Olavo Setubal. São Paulo: Global, 2008. p. 121. O banco, depois de várias incorporações, tomou a denominação de Banco Itaú.

28. "Aconteceu que veio de São Paulo o advogado Alfredo Egydio de Souza Aranha, filho do antigo político Olavo Egydio, parente do ministro da Justiça, Oswaldo Aranha, desejoso de desempenhar algum papel saliente na comédia partidária então representada em seu estado, em primeiro lugar lançando um jornal de apoio à citada Legião Paulista, como da própria Legião de Outubro, esta de âmbito nacional, planejada pelo longínquo parente". Ms. de Hélio Vianna, p. 48.

Augusto Frederico Schmidt deve ter sugerido ao seu amigo Plínio Salgado a presença de San Tiago e dos cajuanos na reunião de Alfredo Egydio com o ministro Oswaldo Aranha, citando-os, sobretudo a San Tiago, como uma das expressões novas e talentosas da direita, apoiada pela Igreja. O artigo de San Tiago, "Catolicismo e fascismo", publicado na revista *A Ordem*, em janeiro daquele ano, mostrava, claramente a posição ideológica de San Tiago e o seu esforço em conciliar a posição da Igreja com o fascismo. Oswaldo Aranha não podia dispensar a aproximação com a Igreja, não apenas pela sua influência sobre a sociedade brasileira, mas também pelo papel decisivo de D. Leme na deposição de Washington Luís, que só aceitou deixar o palácio do governo com a presença do cardeal, evitando assim uma solução de força, a qual os rebeldes não se mostravam inclinados a empregar. Nas fontes que referem esse encontro, a data dele e o número de participantes variam. Stanley Hilton registra-o no início de 1931. HILTON, Stanley. *Oswaldo Aranha:* uma biografia, cit., p. 93-94. A data de 15 ou 16 de novembro de 1930, anota o verbete: MOREIRA, Regina da Luz; PENCHEL, Marcos. Oswaldo Aranha. In: BELOCH, Israel; ABREU, Alzira Alves de (coord.). *Dicionário histórico-biográfico brasileiro,* v. 1, p. 170. O dia 31 de março data o verbete Plínio Salgado, no mesmo *Dicionário histórico-biográfico brasileiro,* p. 3052. Como se vê, os verbetes do mesmo Dicionário divergem sobre a data do encontro. Hélio Silva, como de hábito sem citar a fonte precisa de suas referências, refere a data de 31 de março. SILVA, Hélio. *1931:* os tenentes no poder, cit., p. 75-76. A data registrada por Hélio Vianna parece-nos ser a correta.

29. "Era um *charmeur* quando falava e a oralidade foi mesmo a marca de sua passagem. Será, por isso mesmo, a razão de ser da superioridade, que, nele, o homem teve sobre a obra e atuação política ou intelectual. Ficará, em nossa história, como uma personalidade humana excepcional, mas que nunca chegou a saber ao certo o que queria, oscilando entre a extrema direita e a extrema esquerda, sem se demorar muito no centro. Como foi um tipo de rara varonilidade, a mais bela estatura física de homem da nossa vida pública moderna, desde Nabuco...". LIMA, Alceu Amoroso. *Companheiros de viagem,* cit., p. 154. Carlos Guilherme Mota vê o ministro da Justiça em um contexto mais amplo: "O gaúcho Oswaldo Aranha – bem preparado, decidido e cosmopolita – será doravante a figura de proa do regime. (...) Morreu no Rio de Janeiro em 1960, deixando uma legenda de herói romântico e galante, o que não era difícil naquela galeria de personagens opacos (muitos deles caricaturais, como Lourival Fontes e Góes Monteiro) que se acercou de Vargas, ou foram por ele escolhidos. Figuras que pareciam ter saído de pinturas do expressionismo alemão, do clima de pesadelo do precursor dos filmes de horror *O Gabinete do doutor Caligari* (Alemanha, dir. Robert Wiene, 1919), ou de algum filme mudo de terceira categoria". LOPES, Adriana; MOTA, Carlos Guilherme. *História do Brasil:* uma interpretação. São Paulo: Senac, 2008. p. 654.

30. A descrição da visita está em Ms. de Hélio Vianna; o detalhe da metralhadora. Depoimento de Américo Lacombe.

Ver também: SILVA, Hélio. *1931:* os tenentes no poder, cit., p. 75-76.

31. Ms. de Hélio Vianna.

32. Ms. de Hélio Vianna. Um conto de réis equivaleriam a aproximadamente mil dólares em 2014.

33. "Lourival era muito amigo do Gilberto Amado. Os dois são de Sergipe. O Gilberto fazia muitos elogios a ele e com razão. Escrevia muito bem, era muito inteligente e muito culto. Foi o Gilberto que arranjou para ele o lugar de agente da Prefeitura. Depois,

foi secretário do Pedro Ernesto, foi chefe de gabinete do Pedro Ernesto. (...) Ele tinha ido à Itália chefiando uma delegação esportiva e tinha ficado entusiasmado com Mussolini, com o Fascismo. No fundo, ele era fascista. Nunca foi integralista: era como Francisco Campos, fascista, camisa parda". LUSTOSA, Isabel. *Lacombe, narrador*, cit., p. 32.

34. DANTAS, F. C. de San Tiago. A extinção do legalismo. *Mundo Ilustrado*, 1931, p. 8-9. Nota autógrafa de San Tiago sobre o recorte do jornal diz: "Primeiro artigo escrito depois da Revolução". Na verdade, esse foi o segundo artigo publicado após a revolução; "Catolicismo e fascismo" foi o primeiro, publicado na revista *A Ordem* em janeiro daquele ano. O artigo de Hélio Vianna, publicado no mesmo número, era intitulado "Contra a dispersão salvacionista". Hélio Vianna registrou o aparecimento da revista de Henrique Pongetti: "Na mesma Livraria (Católica) comentavam-se as novas publicações periódicas então aparecidas: o *Mundo Ilustrado*, de Henrique Pongetti, a Revista *Nova*, de São Paulo, *Boletim de Ariel*, de Gastão Cruls e Agripino Griecco, e mesmo as simplesmente cogitadas, como a *Letras*, de José Maria Bello e Tristão da Cunha. Ali nasceu, por exemplo... *Hierarquia*... (de Lourival Fontes)". Ms. de Hélio Vianna, p. 46.

35. *Fuorisciti*: exilados por razões políticas; no caso, antifascistas forçados ao exílio pelo governo de Mussolini, ou que dele se abrigavam para escapar à prisão ou à morte.O fundador e teórico mais importante do Partido Comunista Italiano, Antonio Gramsci, e os deputados socialistas Matteotti e Amendola não tiveram essa sorte; o primeiro morreu em decorrência do longo encarceramento, o segundo assassinado pelos sicários fascistas, e o terceiro morto em decorrência do espancamento que esses lhe infligiram.

36. Como haviam dito o comunista Antonio Gramsci e o fascista Alfredo Rocco.

37. DANTAS, F. C. de San Tiago. A extinção do legalismo, cit., p. 9. A visão de que o capitalismo preparava o terreno ao socialismo era partilhada também pela direita, inicialmente pelos católicos, que desprezavam a República e o seu liberalismo econômico, que viam materialista. Ver: JACKSON, Julian. *France*: the dark years 1940-1944. Oxford: Oxford University Press, 2003. p. 59.

38. FITZPATRICK, Sheila. *The Russian revolution*. 2. ed. Oxford: Oxford University Press, 1994. p. 47.

39. MOURRE, Michel. *Dictionnaire encyclopédique d'histoire*. Paris: Bordas, 1996. p. 4865.

40. Idem, ibidem, p. 4867.

41. GILBERT, Martin. *A history of the twentieth century*. Volume one: 1900-1933. New York: Avon Books, 1997. p. 475.

42. Idem, ibidem, p. 482.

43. Idem, ibidem, p. 482-483.

44. Ver: FITZPATRICK, Sheila. *The Russian revolution*, cit., p. 41.

45. Embora a temesse politicamente, era inegável a admiração de San Tiago à liderança de Prestes. E este também admirava San Tiago. Mais tarde, às vésperas do golpe militar de abril de 1964, Prestes dirá: "Nesse trabalho, um homem teve grande papel: foi San Tiago Dantas. Era uma pessoa com quem se podia conversar. Foi ministro do Exterior e, depois, ministro da Fazenda. Era um homem culto, compreendia o papel do partido. Certa vez, antes de ir à conferencia de Punta Del Leste, ele me procurou e disse que votaria contra o afastamento de Cuba da OEA. Eu lhe disse: 'isto é o que chamamos de coexistência pacífica'. Na conferência, Cuba acabou sendo afastada da OEA. San Tiago Dantas absteve-se na votação. Não votou contra porque a correlação de forças lhe era desfavorável. Sempre o admirei muito. Várias vezes me disseram que defendia a legalidade do nosso partido". MORAES, Dênis de; VIANA, Francisco. *Prestes*: lutas e autocríticas, cit., p. 166.

46. Manifesto de lançamento da Legião de Outubro Fluminense (6 de abril de 1931). Cf. BONAVIDES, Paulo; AMARAL, Roberto. *Textos políticos da história do Brasil*, cit., v. 4, p. 450.

47. Ms. de Hélio Vianna, p. 49.

48. Ms. de Hélio Vianna.

49. Ms. de Hélio Vianna.

50. Hélio Silva dá uma versão do encontro distinta da registrada por Hélio Vianna: "Passado algum tempo houve uma convocação, pelo telefone, para uma reunião no edifício de *A Noite*. Era uma sala magnificamente mobiliada, onde fora instalada a secretaria geral do movimento legionário. Um novo personagem, o professor Raul Bittencourt. Retratos de Mussolini, mais literatura fascista, livros de Margherita Sarfati. San Tiago Dantas, Schmidt, Américo Lacombe e Octavio de Faria, que publicara o *Maquiavel* [*e o Brasil*] com um capítulo chamado Intermezzo Mussoliniano. Raul Bittencourt apresentou organogramas do movimento. Havia um órgão correspondente ao Grande Conselho Fascista. Era difícil organizar. Na Itália houvera uma marcha sobre Roma, de onde saíram os 'grandes' do Conselho. Mas, aqui, onde não houvera acontecimento equivalente, qual seria o critério? Raul Bittencourt propôs que se tomasse como base a Revolução de Outubro. Quem não tivesse tomado parte na revolução não poderia entrar no Conselho. Augusto Frederico Schmidt não concorda. Declara que deve ter havido equivoco na convocação. Nos contatos com Oswaldo Aranha, a intenção não fora de adesão. Julgavam que iriam criar qualquer coisa de novo. Seu grupo combatera a revolução, do que não se arrependia. Ante a sugestão de Raul Bittencourt, não deveria contar com eles, E retiram-se os moços intelectuais".

Como de hábito, Hélio Silva não refere a fonte dessa citação. Embora cajuano e admirador do regime fascista, Octavio de Faria não tinha militância política, ao contrário de San Tiago e seu grupo, e jamais seria integralista, o que não o terá impedido de estar nessa reunião; mas se estivesse, certamente Hélio Vianna teria registrado a presença do colega. Quanto ao livro de Octavio, *Maquiavel e o Brasil*, ele seria publicado em 1931, mas provavelmente no segundo semestre, depois de março, portanto, quando Hélio Vianna data a reunião; na segunda edição de seu livro, Octavio comenta a crítica feita por Pedro Dantas, publicada na revista *A Ordem*, em novembro de 1931, quando o livro foi publicado. Ver: *Maquiavel e o Brasil*. 2. ed. Rio de Janeiro: Civilização Brasileira, 1933, Prefácio, p. XII.

Raul Jobim Bittencourt era médico psiquiatra e viera com Oswaldo Aranha do Rio Grande do Sul, vitoriosa a revolução. Naquele ano de 1931, participou do I Congresso Médico Sindical realizado no Rio de Janeiro, no qual defendeu a sindicalização da classe médica, e foi secretário do ministro interino da Educação e Saúde, Belisário Pena, quando este substituiu Francisco Campos, entre agosto e dezembro daquele ano. E colaborou na revista *Hierarquia*, de Lourival Fontes. Àquela altura seria chefe de gabinete do ministro interino. *Dicionário histórico-biográfico brasileiro*, v. I, p. 398-399. Apud SILVA, Hélio; CARNEIRO, Maria Cecília Ribas. *O Governo Provisório*: 1931-1933. Rio de Janeiro: Editora Três, 1975. p. 81.

51. Ms. de Hélio Vianna.

52. Manifesto de lançamento da Legião de Outubro Fluminense (6 de abril de 1931). BONAVIDES, Paulo; AMARAL, Roberto. *Textos políticos da história do Brasil*, cit., v. 4, p. 450.

53. San Tiago e os cajuanos já conheciam àquela altura, em 1931, o autor de *Problemas de política objectiva*; já o haviam visitado em sua casa em Niterói, levados pelo colega de turma de San Tiago, Thiers Martins Moreira, em retribuição aos elogios que Oliveira Vianna fizera ao primeiro número da Revista do Caju. Ver: VIANNA, F. J. Oliveira. *Problemas de política objectiva*. São Paulo: Companhia Editora Nacional, 1930.

54. "Esta carta vai anunciar pessoalmente a você a minha partida, que será dia 12, domingo, por mar". Carta de San Tiago Dantas a João Quental. Rio de Janeiro, 09.04.1931. Ao menos, Américo Lacombe, Hélio Vianna, Augusto Frederico Schmidt e Gilson Amado estavam presentes à despedida do amigo. E Lacombe explicou o seu atraso; "Venho lhe trazer hoje o abraço que não pude ontem dar. Como você deve ter entendido pelos meus gestos o que se deu foi bem simples. Nada mais, nada menos que o barbeiro. Aquele velho barbeiro alemão. Em seguida um chofer 'amável' fez questão de me levar até a porta do armazém 18. Resultado: esbarrei num portão fechado e tive de, numa brilhante maratona, chegar até o Duílio [certamente o nome do navio, no qual San Tiago embarcou] para avistá-lo de longe. A volta foi triste como você bem pode imaginar. O Hélio resolveu falar sobre as profundas recordações que lhe provoca o Cais do Porto. Diz ele que lá tem embarcado muita mamona e muito couro... O Schmidt parou de rir. O Gilson ficou profundamente abatido". Carta de Américo Lacombe a San Tiago Dantas. Rio de Janeiro, 14.04.1931.

55. Sobre a posição política de Raul de San Tiago Dantas, ver: depoimento de Américo Lacombe. Na dedicatória imposta a uma fotografia tirada em São Paulo em 1931, enviada a Raul, San Tiago, já editor de *A Razão*, escreve: "Para o meu querido papai, com um grande beijo saudosíssimo. S. Paulo, 26.08.31".

56. Carta de San Tiago Dantas a Américo Lacombe. São Paulo, 17.04.1931. Ernani Silva Bruno, um dos mais expressivos historiadores de São Paulo e companheiro de San Tiago na Ação Integralista Brasileira, recorda o *Triângulo* daquela época: "O movimento,

o ruído, os brilhos do Triângulo, com certos prédios de fachadas também requintadas. Alguns com sacadas, de onde se projetavam mastros para o hasteamento de bandeiras. Nessas ruas do Triângulo, homens – todos de chapéu de feltro ou de palheta – e meninos – também de chapéu ou de boné – transitavam pelo meio de bondes, de tílburis, de carroças, de automóveis de capotas reversíveis. Destoavam das lojas, que me pareciam luxuosas – sobretudo na Rua Direita – pequenos restaurantes italianos, em ruas próximas, instalados em casas meio encardidas mas simpáticas, com pipas à porta como rotundas promessas de vinhos fortes para regarem repastos a preços módicos". BRUNO, Ernani Silva. *Almanaque de memórias:* reminiscências, depoimentos, reflexões. São Paulo: Hucitec, 1986. p. 49-50. Depoimento de Carlos Pacheco Fernandes.

57. "este mundo trepidante e frio que rola o fastígio da burguesia da avenida Paulista, dos industriais, comerciantes, turcos, judeus e da mais nobre aristocracia cafeeira de Higienópolis até a gente pobre do Brás, da Mooca e do Bom Retiro." Carta de San Tiago Dantas a Octavio de Faria. Rio de Janeiro, 13.05.1931.

58. Sobre o frio de São Paulo, Carta de San Tiago Dantas a Hélio Vianna. São Paulo, 03.05.1931.

59. Carta de San Tiago Dantas a Américo Lacombe. São Paulo, 17.04.1931.

60. O dia 3 de maio de 1931 caiu em um domingo. Carta de San Tiago a Américo Lacombe. São Paulo, 04.05.1931.

61. Comparando o paulista ao carioca, Joel Silveira escreveu dez anos depois: "O carioca pega a coisa no ar, faz um trocadilho irônico, e esquece. Mesmo porque a *finesse* daqui é *finesse* de praia. De calção de banho é impossível a gente distinguir quem é o milionário Carlos Guinle ou o *book-maker* da avenida. Ambos possuem o mesmo físico e a mesma lábia". 1943: eram assim os grã-finos em São Paulo". SILVEIRA, Joel. *Tempo de contar*. Rio de Janeiro: José Olympio, 1985. p. 122.

62. Carta de San Tiago Dantas a Américo Lacombe. São Paulo, 04.05.1931.

63. O interventor João Alberto recordará em suas memórias aqueles tempos convulsionados: "irromperam greves nas principais indústrias paulistas. Agitadores e demagogos exploravam a classe operária, induzindo-a a pedir aumento de salário e a pleitear reivindicações vagamente mencionadas na plataforma eleitoral do Dr. Getúlio". BARROS, João Alberto Lins de. *Memórias de um revolucionário*, cit., p. 255.

As observações de San Tiago sobre o controle que lhe parecia inevitável das massas pelos comunistas eram apreciadas e apoiadas pelos cajuanos e por seu novo parceiro ideológico, com o qual havia redigido o manifesto da frustrada Legião Fluminense, Lourival Fontes, como lhe informava Hélio Vianna: "Teus comentários sobre bairros operários (onde eu achei que o teu Cambuci era outro bairro qualquer, não esse), sobre política paulista, etc. – têm sido apreciadíssimos, lidos por todo o primeiro *team* cajuano e os últimos também pelo Lourival". Carta de Hélio Vianna a San Tiago Dantas. Rio de Janeiro, 09.05.1931.

64. Carta de San Tiago Dantas a Américo Lacombe. São Paulo, 17.04.1931. O *Diário da Tarde* noticiou a visita de San Tiago à capital mineira: "A renovação política de Minas e São Paulo. (analisada pelo intelectual San Tiago Dantas em entrevista ao jornal)". *Diário da Tarde*, Belo Horizonte, 24 abr. 1931.

65. DANTAS, F. C. de San Tiago. Posição dos moços. Conferência realizada em Belo Horizonte em 21 de abril de 1931. *Revista de Estudos Jurídicos e Sociaes,* 1931, ano II, n. 4, p. 136-141. As citações seguintes são deste texto. A palestra não se realizou, mas o texto foi publicado como indicado. Ms. de Hélio Vianna.

66. Idem, ibidem, p. 139-140.

67. A renovação política de Minas e São Paulo (analisada pelo intelectual San Tiago Dantas em entrevista ao jornal). *Diário da Tarde*, Belo Horizonte, 24 abr. 1931.

68. Idem, ibidem.

69. Carta de San Tiago Dantas a João Quental. Rio de Janeiro, 09.04.1931.

70. Carta de San Tiago Dantas a Hélio Vianna. São Paulo, 03.05.1931.

71. Carta de San Tiago Dantas a Vicente Chermont de Miranda. São Paulo, 08.05.1931.

72. A redação de *A Revista,* formada por Chermont de Miranda, Américo Lacombe, Plínio Doyle e San Tiago, transferiu-se para o escritório dos cajuanos, situado na Praça Floriano, 39, 3.º andar, sala 14, no mesmo piso onde se achava o consultório do médico e poeta Jorge de Lima. Depoimento de Chermont de Miranda e de Plínio Doyle. Gilson Amado continuava na direção de *A Revista*, e Plínio Doyle aparecia na gerência. Havia representantes em São Paulo (Angelo Arruda, amigo de Plínio Salgado e futuro colega de San Tiago na Ação Integralista Brasileira), Bahia (Aziz Maron), Maranhão (Paulo Silveira Ramos) e Pará (Waldemar Almeida). O corpo redacional era composto por Américo Lacombe, Antônio Gallotti, Darcy Roquette Vaz, Vitor Sant'anna, J. A. Frota Moreira e Vinícius de Moraes.

73. Chermont de Miranda escreve a San Tiago a esse propósito: "Escrevo-te, tão somente, sobre o Caju e a sua realização e propaganda aí. (...) Por outro lado, sendo o filho do Alfredo Egydio apenas segundo anista, lembro-te os perigos da organização integral do Centro, caso em que a tua influência, através daquele moço, seria precária, pois, ele mesmo, ver-se-ia em situação de inferioridade aos seus colegas do 4.º e 5.º anos. (...) De fato, é desejo meu, uma vez fundados os Centros daí, da Bahia, de Santa Catarina, Pará e Maranhão – este último já organizado – elaborar os Estatutos dos Centros de Estudos Jurídicos, por todos sancionado, e que será a garantia da unidade de orientação imprescindível. (...) Manda-me dizer quem escolheste para representante da Revista na Faculdade, é claro, pois que, quanto à representação geral, serás tu os exemplares de que precisas, as livrarias em que pretendes consigná-la, etc.(...) Rogo-te, além disso, que me remetas lista das pessoas gradas, intelectuais, etc., daí, a quem a Revista deva ser enviada a título de propaganda ou em virtude do Inquérito". Carta de Vicente Chermont de Miranda a San Tiago Dantas. Rio de Janeiro, 03.05.1931.

74. O Plano Geral do Inquérito vinha assinado pelos membros da sua Comissão: Américo Lacombe, presidente, San Tiago Dantas, relator, Hélio Vianna e Octavio de Faria, secretários. *Revista de Estudos Jurídicos e Sociaes*, n. 3, maio 1931.

75. Preocupado com o futuro do Centro, Chermont de Miranda escreve a San Tiago: "Já entrou para o centro o primeiro sócio do departamento do primeiro ano. Trata-se do Sr. Rui Bernardes. Parece ser muito boa coisa. Para o departamento do segundo ano entrou um Sr. Wilson de Carvalho, com uma tese que foi uma lástima e reduzida na discussão. Para o do terceiro entrou o Antônio Balbino. Para o quarto, o Aarão Reis. Como vês está muito lento o movimento social". Carta de Vicente Chermont Miranda a San Tiago Dantas. Rio de Janeiro, 24.05.1931.

76. Carta de San Tiago Dantas a Vicente Chermont de Miranda. São Paulo, 08.05.1931

77. Carta de Antônio Gallotti a San Tiago Dantas. Rio de Janeiro, 12.05.1931.

78. Carta de San Tiago Dantas a Américo Lacombe. São Paulo, 17.04.1931.

79. Carta de San Tiago Dantas a Américo Lacombe. São Paulo, 04.05.1931.

80. Carta de San Tiago Dantas a Vicente Chermont de Miranda. São Paulo, 08.05.1931.

81. "Acontece porém que também eu estou praticamente impedido de assistir a todas [aulas], por impossibilidade de estar lá às 2 horas, para ouvir o minucioso Porto Carrero (Medicina Pública) e por impossibilidade de aturar o chatérrimo Candido de Oliveira Filho, agora diretor da Faculdade, ou reitor da Universidade, não sei bem, e nesta hipótese sendo diretor o Candido Mendes. Aquele dá Dir. Judiciário Civil, em tom de orador provinciano, intolerável. Outros insuportáveis são os pândegos Abelardo Lobo (Dir. Público Internacional, programa: índice do livro em trocadilhos do Raul Pederneiras) e Mello Mattos que depois de várias visitas a todas as prisões daqui ainda queria persistir em dar Sistemas Penitenciários em vez da parte geral de CRIME, como é do programa...". Carta de Hélio Vianna a San Tiago Dantas. Rio de Janeiro, 21.05.1931.

82. Carta de San Tiago Dantas a Hélio Vianna. São Paulo 13.05.1931. Hélio responde: "A respeito da tua frequência na Faculdade tenho má notícia a dar: as chamadas são feitas pelos professores, desde segunda-feira e em poucas aulas ainda, por ora. Chamam apontando os alunos, ou então lendo os nomes e os números. Falha pois a velha tática de responderem uns pelos outros. Quanto aos bedéis é assunto tentável, talvez cedo ainda pois não se sabe se continuará o sistema, e mesmo se a frequência obrigatória subsistirá, já estando o Diretório 'Lacombico' [Américo Lacombe havia sido eleito presidente do Diretório] dirigindo um memorial ao Ministro pedindo a sua supressão. Convém, pois, esperar um pouco". Carta de Hélio Vianna a San Tiago Dantas. Rio de Janeiro, 21.05.1931. Quatro décadas depois, o sistema subsistia na Faculdade de Direito do estado do Rio de Janeiro. Exibida à porta da sala de aula, a lista de presença continha mais de uma centena de assinaturas; em classe, não raro duas dezenas de alunos presentes, se tanto. Já o emprego de San Tiago na tesouraria da polícia parecia não oferecer maior problema; em carta, Chermont de Miranda informa ao amigo: "Amanhã ou depois, Plínio te enviará a quantia correspon-

dente aos teus vencimentos na Polícia...". Carta de Vicente Chermont de Miranda a San Tiago Dantas, Rio de Janeiro, 03.05.1931.

83. Carta de San Tiago Dantas a Américo Lacombe. São Paulo, 17.05.1931. Carta de San Tiago Dantas a Octavio de Faria. São Paulo, 13.05.1931

84. Carta de San Tiago Dantas a Hélio Vianna. Maio de 1931. Na mesma carta, San Tiago descreve um jantar com o escritor Marques Rebelo, que lançara, havia pouco, com grande sucesso, seu primeiro livro, *Oscarina*: "Marques Rebelo (...) com quem jantei um sensacional 'risoto de frango, capolavoro della cocina sabaúda', em uma 'Pizzeria' aqui da praça da República, regado a um Chianti Rufino, que nos foi à alma". Carta de San Tiago Dantas a Hélio Vianna. Maio de 1931.

85. Ao partir para São Paulo, recebera o apoio desses amigos, inclusive de Alceu Amoroso Lima: "Abraçando-o de novo pelo começo dessa nova fase de sua vida e rogando muito a Deus para que o acompanhe e ilumine, abraço-o muito cordialmente o amigo certo". Carta de Alceu Amoroso Lima a San Tiago Dantas. Rio de Janeiro, 11.04.1931.

86. Carta de San Tiago Dantas a João Quental. Rio de Janeiro, 09.04.1931.

87. Em uma dessas visitas, San Tiago encontrou-se com o futuro fundador da sociedade católica Tradição, Família e Propriedade: "Plínio Corrêa de Oliveira, moço saudável e inteligente, em dia com as encíclicas, [sua mulher] dona Umbelina, distinta e amável, furiosamente apostólica". Carta de San Tiago Dantas a Américo Lacombe. São Paulo, 17.04.1931.

88. Carta de San Tiago Dantas a Américo Lacombe. São Paulo, 04.05.1931.

89. Carta de Antônio Gallotti a San Tiago Dantas. Rio de Janeiro, 12.05.1931.

90. Livro de notas n. 379 – fls. 63. 11.º tabelião Dr. A. Gabriel da Veiga. Rua São Bento, n. 5-A.

91. "Alfredo Egydio, (...) tinha adquirido em 1935 a Companhia Ítalo Brasileira de Seguros Gerais (depois Cia. Seguradora Brasileira), o Banco Central de Crédito em 1945 (depois, Federal de Crédito) (...) Uma das bases do banco era a Companhia Brasileira de Seguros, que tinha sido comprada em 1935 por um grupo de empresários paulistas, como Alfredo Egydio de Souza Aranha, José Ermírio de Moraes, Silva Porto, Edgard Azevedo Soares. A seguradora se desenvolveu e gerou enorme caixa, depositada no Federal de Crédito. Ao longo dos anos, Alfredo Egydio foi comprando as partes dos outros sócios – com a sua morte, a seguradora passou a ser cem por cento do banco e é hoje a Itaú Seguros. (...) O Federal de Crédito tinha sido fundado em janeiro de 1945 pelo próprio Alfredo Egydio e por Aloysio Ramalho Foz. Na época, chamava-se Banco Central de Crédito. Era mais um entre os 327 novos estabelecimentos bancários abertos no Brasil entre 1944 e 1945. (...) [Em 1951, Alfredo Egydio comprou] a Duratex. Ele comandava ainda o Moinho São Paulo com instalações em Campinas e escritório em São Paulo. Porém o momento decisivo, *turning point* na carreira de Olavo Setubal e que determinou todo o seu futuro, aconteceu naquele dia de 1959, quando Alfredo Egydio chamou, outra vez, o sobrinho:

– A Deca é pequena, mas vai de vento em popa, a Duratex está no rumo certo. Estou velho e cansado, vou te entregar o Banco.

– O Banco?

Olavo sabia o que significava. E sua vida mudou inteiramente de rumo".

BRANDÃO, Ignácio de Loyola; OKUBARO Jorge J. *Desvirando a página:* a vida de Olavo Setubal, cit., p. 121, 130 e 166-167.

92. Equivocado, Olavo Setubal recordaria a relação de Plínio com seu tio: "(...) não tinha integralismo ainda, o Plínio Salgado virou integralista depois. O velho Alfredo não aderiu ao integralismo, embora fosse simpatizante e financiador, porque ele, que tinha uma forte noção de mando, não aceitaria ser subordinado a Plínio Salgado, que era *office-boy* dele e assim foi tratado até o final da vida. Não entendo como Plínio pôde ter a projeção que teve". BRANDÃO, Ignácio de Loyola; OKUBARO, Jorge J. *Desvirando a página:* a vida de Olavo Setubal, cit., p. 52. A dedicatória de Plínio Salgado a Alfredo Egydio, em seu livro *O sofrimento universal*, publicado em 1934, Plínio já líder da Ação Integralista Brasileira, mostra o oposto: "Julgo um dever imperioso dedicar este primeiro volume ao meu amigo Alfredo Egydio de Souza Aranha, que, com os maiores sacrifícios, numa hora trágica para a Nacionalidade, abriu, com um jornal alheio à política partidária, uma janela por onde falei ao Povo Brasileiro, despertando a juventude da Pátria". SALGADO, Plínio. *O sofrimento universal*. Rio de Janeiro: Jose Olympio, 1934. p. 7. Certamente, Alfredo Egydio não permitiria a um *office-boy* dirigir-se a ele nesses termos.

93. No endereçamento das cartas a San Tiago lia-se: "Dr. Francisco San Tiago Dantas, por especial favor do Alfredo Egydio de Souza Aranha – Rua Líbero Badaró, 46. São Paulo". Carta de Vicente Chermont de Miranda a San Tiago Dantas. Rio de Janeiro, 05.05.1931.

94. Carta de San Tiago Dantas a Octavio de Faria. São Paulo, 13.05.1931.

95. Carta de Hélio Vianna a San Tiago Dantas. Rio de Janeiro, 18.05.1931.

96. Carta de Augusto Frederico Schmidt a San Tiago Dantas. Rio de Janeiro, maio de 1931. Igual notícia lhe dava também Lacombe: "o Alfredo Egydio estava na terra. O Chermont e eu disparamos para o Palace Hotel. Nada sobre o jornal e nada sobre as outras coisas". Carta de Américo Lacombe a San Tiago Dantas. Maio de 1931.

97. Carta de San Tiago Dantas a Hélio Vianna. São Paulo, 17.07.1931.

98. Carta de Octavio de Faria a San Tiago Dantas. Rio de Janeiro, 25.07.1931.

99. O romancista Jorge Amado recordará o contemporâneo da Faculdade de Direito no Rio de Janeiro: "Octavio de Faria já era autor de sucesso, publicara *Machiavel e o Brasil* e *O Destino do Socialismo*, revelação de ideólogo da direita. Apesar do antagonismo político tornamo-nos amigos: eu frequentava as sessões do Chaplin Clube e foi Octavio quem levou, em 1931, os originais de *O País do Carnaval* à Editora Schmidt para publicação. Escreveu o primeiro artigo a saudar meu romance de estreia, estampado em *A Razão*, jornal paulista de Plínio Salgado. Na data ainda não existia a Ação Integralista e eu ainda não entrara para

a Juventude Comunista". AMADO, Jorge. *Navegação de cabotagem:* apontamentos para um livro de memórias que jamais escreverei. Rio de Janeiro: Record, 1999. p. 422.

100. "A única coisa de que se tem cuidado na escola nesses últimos dias é do decreto sobre o ensino religioso. (...) o meio universitário animou-se de fato (...) mais extraordinário do que tudo isso a AUC entra em cena e brilhantemente lança um Manifesto que é perfeito de bom senso e verdade. Os aucistas espalham-no. (...) ainda agora de tarde felicitei vivamente o Mauricio (...) porque espatifou contra a parede o tal Adão, comunista e outros nomes feios que não me fica bem repetir". Carta de Octavio de Faria a San Tiago Dantas. Rio de Janeiro, 21.05.1931.

101. Em carta anterior Octavio de Faria, San Tiago informava que iria ver na gráfica o livro do amigo, *Maquiavel e o Brasil*, a pedido de Schmidt: "Na carta ao Gilson [Amado], que escreverei esta manhã, darei a você notícias de Maquiavel que vou hoje visitar na Editora Lux". Carta de San Tiago Dantas a Octavio de Faria. São Paulo, 13.05.1931. Hélio Vianna comenta as críticas feitas ao *Maquiavel*: "O livro de Octavio já mereceu críticas burro-elogiosas do Costa Rego no 'Correio' e do Joaquim Ribeiro na 'Flamula'. O Sobral [Pinto] também não entendeu a primeira parte, ameaçando quixotescamente destrui-la em artigo que escreverá. Faça ele isto e teremos ocasião de boa resposta de 'seu Tatá' [Octavio de Faria]...". Carta de Hélio Vianna a San Tiago Dantas. Rio de Janeiro, 11.07.1931. Dias depois, Hélio Vianna enviava mais notícias a San Tiago sobre "Maquiavel e o Brasil: "Hoje saiu a crítica do Tristão [de Athayde; pseudônimo de Alceu Amoroso Lima] com várias restrições. Agora aparecerá ela sempre à quartas-feiras. Eram esperáveis as restrições. Sobral [Pinto, advogado e membro do Centro D. Vital] ontem atacou violentamente em discussão com o [Augusto Frederico] Schmidt esse livro, prometendo escrever tudo o que disse e que esse Veillot [Louis, escritor católico francês, católico e ultraconservador da segunda metade do século XIX, muito lido pelos católicos brasileiros do Centro D. Vital]; de segunda classe' e 'D. Quixote da infantaria' supõe ser arrasador, definitivo. Diz, na verdade, coisas de arrepiar de tão injustas e apaixonadas. Ele precisa de esfrega e das boas". Carta de Hélio Vianna a San Tiago Dantas. Belo Horizonte, 29.07.1931.

102. Carta de San Tiago Dantas a Américo Lacombe. São Paulo, 04.05.1931.

103. Carta de San Tiago Dantas a Vicente Chermont de Miranda. São Paulo, 08.05.1931.

104. Carta de San Tiago Dantas a Américo Lacombe. São Paulo, 04.05.1931.

105. Alceu Amoroso Lima reuniu em livro os artigos que publicou em *A Razão*: ATHAYDE, Tristão de. *Contra-revolução epiritual:* ensaios. Cataguases: Spinola & Fusco Ed. Ver: Carta de San Tiago Dantas a Oliveira Vianna. São Paulo, 01.06.1931. "San Thiago Dantas, no alvorecer da década de trinta, pede-lhe colaboração para o jornal em que São Paulo dirigia com um senhor Plínio Salgado". VILLAÇA, Antônio Carlos. *O livro de Antônio*. Rio de Janeiro: José Olympio, 1974. p. 151. Augusto Frederico Schmidt escreve a San Tiago: "Tenho estado constantemente com o [Francisco] Campos. Diariamente me encontro com ele. (...) hoje almoçamos juntos (...) pedi uma entrevista para *A Razão* que ele se

prontificou a dar. O Campos vai dar uma também para o primeiro número que promete ser sensacional. Uma das minhas grandes impaciências e esperanças é o jornal de vocês". A entrevista não saiu no primeiro número, mas logo depois do lançamento do jornal. Carta de Augusto Frederico Schmidt a San Tiago Dantas, maio de 1931. O escritor Marques Rebelo atende ao pedido de San Tiago: "Hoje mando artigo do [crítico literário Rosário] Fusco. (...) Ele me mandou para publicar onde eu quisesse. *A Razão*". Carta de Marques Rebelo a San Tiago Dantas. Rio de Janeiro, 22.06.1931.

106. A versão de Plínio Salgado sobre a fundação do jornal *A Razão* contraria frontalmente os fatos narrados por Hélio Vianna em suas memórias inéditas, sobre o encontro de Plínio e San Tiago em casa do ministro da Justiça, Oswaldo Aranha, em março de 1931, quando Alfredo Egydio anunciou a criação de *A Razão*, e teve lugar a indicação de Plínio e de San Tiago para, em conjunto, editá-lo. Em sua versão diz Plínio: "Em princípios de 1931, fundei ali um diário, com a inolvidável figura de Alfredo Egydio de Souza Aranha, intimamente ligado ao meu particular amigo Oswaldo Aranha. Esse jornal destinava-se a ser, no tumulto das manchetes dos demais órgãos da imprensa, exclusivamente doutrinário. Imediatamente me dirigi ao Rio de Janeiro e levei o jovem, que era San Tiago Dantas, para trabalhar comigo. Coloquei-o como um dos redatores principais daquele órgão e ali trabalhamos durante o curso de [19]31 a doutrinar o povo brasileiro, tão falto disso naquele instante histórico de confusões ideológicas e de controvérsias políticas". In: SALGADO, Plínio. Elogio fúnebre a San Tiago, proferido por Plínio Salgado na Câmara dos Deputados na sessão de 10 de setembro de 1964, quatro dias depois da morte de San Tiago. SALGADO, Plínio. Discursos parlamentares. Brasília: Câmara dos Deputados, 1982, v. 18, p. 758. Não só contrária à narrativa de Hélio Vianna, a versão de Plínio Salgado contém distorções concretas. Como visto, San Tiago figurava como um dos sócios de *A Razão*, junto a Alfredo Egydio, majoritário, e, em relação Plínio Salgado, em termos iguais, em número de cotas e no posto: ambos editores do jornal, como se tem no contrato social. Logo Plínio não "levou o jovem San Tiago Dantas para trabalhar comigo"; San Tiago não apenas "trabalhou" com Plínio: ele era, de fato, o redator-chefe de *A Razão*, ao seu lado; e San Tiago deixou o jornal antes do final de 1931 (ver certidão de constituição de *A Razão*, acima citada). Por outro lado, nada indica que Oswaldo Aranha fosse àquela altura, ou mesmo depois, "particular" amigo de Plínio. Embora pela linha paterna o então ministro da Justiça tivesse parentes em São Paulo, entre eles Alfredo Egydio, Oswaldo Aranha nascera e fora criado em Alegrete, no Rio Grande do Sul, e viera para o Rio de Janeiro, e não para São Paulo, onde residia Plínio, com a Revolução de 1930; assim, é provável que Plínio tenha conhecido Oswaldo Aranha, ou na reunião narrada por Hélio Vianna, ou antes, mas não muito, apresentado por Alfredo Egydio. A reforçar a inverossimilhança da versão de Plínio sobre a fundação de *A Razão*, o depoimento de um correligionário seu, em livro feito em sua memória, desmente-a também: "Foi então que, sabendo de tudo isso, Plínio surgiu na redação [do Correio Paulistano] para dizer-nos que Alfredo Egydio de Sousa Aranha pretendia lançar, dentro em pouco, um matutino de grande formato – 'A Razão'. Ele, San Tiago Dantas e Gabriel Vendoni de Barros seriam os redatores principais". Ver: PEIXOTO, Silveira. Plínio Salgado – poeta inspirado e romancista vigoroso. *Plínio Salgado:* in memoriam. São Paulo: Voz do

Oeste/Casa de Plínio Salgado, 1985. v. I p. 64. Em carta a Schmidt, datada de fevereiro de 1931, dois meses antes do encontro narrado por Hélio Vianna, Plínio confirmava, sem o citar, a iniciativa de Alfredo Egydio (e não sua, de Plínio) de fundar um jornal, *A Razão*, então como a descreveu Hélio Vianna: "O meu companheiro de viagem [viagem, leia-se a criação do jornal; o companheiro, Alfredo Egydio] está com o negócio quase fechado para a compra, por algumas centenas de contos, de um matutino daqui, o qual terá de desaparecer, para dar lugar a um outro jornal. Esse nosso amigo seguia, a serviço profissional, para a Bahia e, ao partir, declarou-me que o negócio estava fechado; e me incumbia de fazer uma inspeção nas máquinas, o que tenho feito com técnicos no assunto. Esse jornal terá um caráter de nacionalismo radical. É o que, no momento, se pode, fazer". SILVEIRA, Peixoto. *Plínio Salgado*, cit., p. 30-31.

107. "Antes da realização da Semana, Plínio Salgado era parnasiano e sua adesão ao futurismo deveu-se à pregação contínua de Menotti Del Picchia, que escreveu uma crônica no *Correio Paulistano* para saudar a entrada do amigo na nova corrente literária. Nessa crônica Menotti (sob o pseudônimo de Hélios) conta a briga que ambos tiveram devido a uma crítica por ele publicada na *Gazeta* sobre o primeiro livro de versos de Plínio Salgado, *Thabor*, publicado em (...), a quem zombeteiramente se referia como 'Tambor', e narra como, mais tarde, fizeram as pazes, unidos pela solidariedade do trabalho no *Correio Paulistano* e as reminiscências escolares no colégio de Pouso Alegre, embora ainda divergissem em matéria de estética". LOUREIRO, Maria Amélia Salgado. *Plínio Salgado, meu pai*. São Paulo: GRD, 2001. p. 121.

108. SALGADO, Plínio. Introdução. Despertemos a Nação! cit., v. 10, p. 9.

109. SALGADO, Plínio. *O estrangeiro*, cit., p. 39 e 116.

110. Idem, ibidem, p. 195.

111. Idem, ibidem, p. 196.

112. Idem, ibidem, p. 68.

113. Ecoando Maurice Barrès, Plínio escreveu: "Ouviu o apelo do seu sangue e a voz da sua terra. Imaginou trabalhar – modesto mestre-escola –, pela criação da pátria integral, com sua consciência própria, sua aspiração, seu tipo definido". SALGADO, Plínio. *O estrangeiro*, cit., p. 70.

114. SALGADO, Plínio. Literatura e política. *Obras completas*. São Paulo: Ed. das Américas, 1956. v. 19, p. 30 e 45.

115. Idem, ibidem, p. 49-51.

116. Idem, ibidem, p. 90.

117. Idem, ibidem, p. 123.

118. Plínio Salgado dirá, ao longo de toda a vida, ter sido o Integralismo uma doutrina original, formada pela consulta exclusiva à realidade brasileira, acima da influência das correntes estrangeiras de sua época – em especial o socialismo e o fascismo –, o que

não é exato. Em carta a Augusto Frederico Schmidt, Plínio mostra-se a par da trajetória da *L'Action Française*: "A doutrina católica? É aqui que eu desejava ponderar uma porção de coisas a você. Você me fala num jornal 'Ação Brasileira'. Até parece a 'Action Française' (...) Esse jornal quer ter eficiência política? E não será levado, no ardor da refrega, a se encurralar na mesma situação em que se viram Daudet e Maurras?". PEIXOTO, Silveira. *Plínio Salgado*, cit., p. 24-25. Plínio referia-se certamente à proscrição da *L'Action Française* pelo Vaticano, imposta em 1926, que vibrou no movimento, com a perda do apoio dos católicos, um duro golpe. No romance *O estrangeiro* há uma referência expressa a Maurice Barrès, com Maurras o principal ideólogo da *L'Action Française*, cujo nacionalismo marcou fortemente Plínio: "A Mariquinhas do major Feliciano dava em cima do professor. Marcou-lhe, certa vez, um volume de Barrès com uma malva assinalada por um pensamento em caligrafia vertical: 'o amor é uma seta misteriosa...'. Os romances de Barrès, inclusive o principal deles, *Les déracinés*, não foram traduzidos para o português, o que acentua a intervenção do narrador na caracterização, forçando-a, dos personagens. No caso, não há indicação em *O estrangeiro* de que Mariquinhas lesse ou fosse capaz de ler francês. SALGADO, Plínio. *O estrangeiro*, cit., p. 77. Em relação à influência direta de Jackson de Figueiredo e Farias Brito, Plínio a reconheceu prontamente, como recordaria sua filha e biógrafa: "Suas leituras encaminharam-se, então, para o positivismo predominante. Leu Comte. Mas ao ler, depois, Jackson de Figueiredo, aproximou-se cada vez mais das posturas espiritualistas, que já lhe haviam aflorado através da filosofia de Farias Brito". LOUREIRO, Maria Amélia Salgado. *Plínio Salgado, meu* pai, cit., p. 108.

119. FIGUEIREDO, Jackson de. *Algumas reflexões sobre a philosofia de Farias Brito*. Rio de Janeiro: Revista dos Tribunais. 1916. p. 226; PAIM, Antônio. *História das idéias filosóficas no Brasil*. São Paulo: Convívio, 1987. p. 417 e ss.

120. "Crescia em mim o revolucionário, não mais com as revoltas que conhecera aos dezessete anos, mas com o equilíbrio que me inspiraram os escritores espiritualistas e nacionalistas. Entre os primeiros, Farias Brito influiu poderosamente em meu espírito, despertando-me novas inquietações, que pareciam adormecidas sob as leituras dos filósofos do século XIX. Eu regressava, lentamente, à minha fé religiosa." SALGADO, Plínio. *Literatura e política*, cit., v. 19, p. 85.

121. SALGADO, Plínio. *Literatura e política*, cit., v. 19, p. 85.

122. "Em 1927, com o sucesso de *O Estrangeiro*, [Plínio] recebe convite para se apresentar às eleições legislativas e é eleito deputado estadual em São Paulo, juntamente com Menotti Del Picchia." TRINDADE, Hélgio. *Integralismo*: o fascismo brasileiro na década de 30. Porto Alegre: Ed. da UFRGS; São Paulo: Difel, 1974. p. 48. Menotti Del Picchia recordaria: "Plínio e eu, éramos descrentes daquele liberalismo utópico. Plínio já pendia para a direita e eu para o ideal trabalhista". DEL PICCHIA, Menotti. *A longa viagem: 2.ª etapa: da revolução modernista à revolução de 1930*. São Paulo: Ed. Martins/Conselho Estadual de Cultura, 1972. p. 222.

123. TRINDADE, Hélgio. *Integralismo:* o fascismo brasileiro na década de 30, cit., p. 82-83. O crítico literário Agripino Grieco, que visitara Mussolini com uma delegação brasileira de escritores, deu ao jornalista e memorialista Joel Silveira versão diversa do encontro que teve com o ditador: "Em 1936, o governo fascista de Mussolini andou recrutando escritores brasileiros para uma viagem à Itália. Grieco foi um dos convidados. 'Claro que aceitei sem vacilar. Você já calculou uma viagem à Itália, terra do meu pai, com tudo pago?'. Com ele seguiram Henrique Pongetti, Jorge Maia, Licurgo Costa, Abner Mourão, outros mais". "A viagem foi uma decepção", relata Agripino, "só máquinas, canhões, colheita de trigo, e discursos e mais discursos, e '*Viva il Duce!*', e a inflada cara dele pregada em tudo que era muro, em tudo que era parede. Certo dia, acompanhados por Alfieri, um dos *gerarcas* fascistas, fomos finalmente à presença do 'grande homem', lá no Palazzo Venezia. Atravessamos salas e mais salas: aqui, uma repleta de livros; mais adiante, outra pejada de quadros. Na última, quase do tamanho do largo da Carioca, lá estava ele, '*Il Duce*', em pé por detrás de uma mesa sem tamanho, os braços cruzados, todo empertigado. Ao nos ter mais próximos, gritou, isso mesmo: gritou!, para Alfieri: 'Já mostrou tudo! Já deu aos nossos visitantes uma ideia da grandeza do fascismo?' Ah, ia esquecendo. Antes dessa interpelação, ele havia soltado outro berro: 'Quem são? que querem?', como se o truão não soubesse quem éramos e o que ali estávamos fazendo. Um tanto trêmulo, Alfieri entregou ao chefe um papel com a programação de nossa visita. Entregou é uma maneira de dizer. Na verdade, Mussolini arrancou, num safanão, o papel da mão de Alfieri, passou os olhos rapidamente para o que nele estava escrito, gritou mais uma vez '*Benissimo!*' E voltou a berrar: 'não deixem de ir a Herculanum. Têm de ir! Em nenhum lugar da Itália se encontram traços tão profundos de romanidade'. Depois começou a falar do Brasil de Matarazzo, dos portugueses, do seu amigo Salazar, da raça latina, da tal de romanidade, e de canhões, aviões, cada vez mais berrante. E foi só, a coisa toda não demorou mais que dez minutos, talvez menos. De repente, deu-nos as costas e foi postar-se diante do janelão atrás dele e dali fiou a olhar a praça lá embaixo. Era como se não existíssemos. Com um gesto, Alfieri sugeriu que era hora de darmos o fora. E lá fomos nós, o Alfieri quase na ponta dos pés. Esse o Mussolini que vi de perto: que grande palhaço! Aliás, o fascismo inteiro, com aquelas fardas de ópera, aquelas encenações de papelão, aqueles pobres *balilas* com suas espingardinhas, aquele conde Ciano, tão enfatuado quanto o próprio Mussolini, seu sogro, tudo não passava de uma grande palhaçada! Ao voltar ao Brasil, logo na primeira escala, em Recife, ao ser procurado pelos jornalistas locais, fui categórico: 'Fui à Itália e não conheci a Itália. Mas pretendo juntar dinheiro e voltar lá, depois da queda do fascismo. Pois vocês não tenham dúvida: aquilo não vai demorar muito'". SILVEIRA, Joel. *Tempo de contar,* cit., p. 402-404.

124. "Estava eu em 30, convencido da urgência de uma revolução do pensamento nacional, da consciência das massas brasileiras. Meus amigos, que me levaram à estação (e entre eles Menotti Del Picchia e Mario Graciotti) perguntaram-me em que estado de espírito eu partia. 'Voltarei para fazer a nossa Revolução', respondi-lhes." SALGADO, Plínio. Introdução. Despertemos a Nação! *Obras completas,* cit., v. 10, p. 19.

125. Coletânea de artigos. 2. ed. São Paulo: Ed. da Revista Pindorama, 1936, p. 23-24. Apud FAORO, Raymundo. *Os donos do poder*, cit., v. 2, p. 685-686.

126. Trecho da resposta dada à crítica feita pelo jornalista Luiz Amaral, a Plínio Salgado, que, tendo sido deputado pelo Partido Republicano Paulista, aderira à Revolução, poucos dias depois de vitoriosa, e a seguir à Legião Revolucionária. Cf. PEIXOTO, Silveira. *Plínio Salgado*, cit., p. 7, nota 6; e LOUREIRO, Maria Amélia Salgado. *Plínio Salgado, meu pai*, cit., p. 174-175.

127. "Bisogna agire, muoversi, combattere e, se occorre, morire. I neutrali non hanno mai dominato gli avvenimenti. Li hanno sempre subiti. È il sangue che dà il movimento alla ruota sonante della storia!" Contro la neutralità. Discorso pronunciato il 13 dicembre 1914 a Parma, nella palestra delle scuole Mazza. *Scritti e discorsi di Benito Mussolini*. Dall' Intermeato al Fascismo (15 novembre 1914 – 23 marzo 1914).

128. GRACIOTTI, Mario. Artigo de fundo. *A Razão*, São Paulo, 8 jun. 1931.

129. O jornal tinha sessenta e cinco por cinquenta centímetros, equivalente apenas ao *Estado de S. Paulo* e ao *Jornal do Commercio*, editado no Rio de Janeiro, e dois dos maiores e mais influentes jornais do País àquela altura. Cf. Depoimento de Gabriel Vandoni de Barros, prestado no "Sabadoyle", realizado a 9 de março de 1985. Sabadoyle era o nome que tomaram as reuniões de intelectuais realizadas semanalmente na residência de Plínio Doyle, no Rio de Janeiro, a partir da década de 1970, que eram registradas em ata.

130. DANTAS, F. C. de San Tiago. O espírito revolucionário. *A Razão*, São Paulo, 21 jun. 1931.

131. DANTAS, F. C. de San Tiago. Nota política. Atividades pós-revolucionárias. *A Razão*, São Paulo, 19 jun. 1931. Embora não assinada, essa Nota certamente foi escrita por San Tiago.

132. DANTAS, F. C. de San Tiago. O espírito revolucionário, cit.

133. DANTAS, F. C. de San Tiago. A ideologia da revolução. *A Razão*, São Paulo, 24 jun. 1931.

134. Em sua minuciosa análise da obra de Francisco Campos, Jarbas Medeiros observou: "Não encontramos nenhum texto de Campos, ao longo de toda a sua obra, em que ele se reconhece expressamente adepto do fascismo ou do nacionalismo, mesmo na década de 30. Nem mesmo o salazarismo é referido. Como se verá, ele sempre há de se referir à democracia como modelo ideal de regime político, se bem que sempre se declarando decididamente antiliberal. Suas críticas ao Estado liberal, até 1945, foram invariavelmente virulentas e sarcásticas. O que expressamente ele fazia era postular uma democracia 'de novo tipo'". MEDEIROS, Jarbas. *Ideologia autoritária no Brasil*: 1930/1945, cit., p. 42-43. Wilson Martins apresenta Francisco Campos próximo ao fascismo: "Quanto a Francisco Campos, inclinava-se antes para o fascismo, conforme revelou a Maurício de Lacerda pouco antes da posse do Governo Provisório: "Impugnamos vivamente tal orientação opressora, que é a vergonha da história italiana e o opróbio da Europa moderna. Explicou, meio hesitante,

que se tratava de um fascismo de ideias, de espírito, e não de métodos de compressão". MARTINS, Wilson. *História da inteligência brasileira*, cit., v. 6. p. 503.

135. DANTAS, F. C. de San Tiago. O destino da Constituinte (II). *A Razão*, São Paulo, 11 jun. 1931.

136. Idem, ibidem.

137. Idem, ibidem.

138. Idem, ibidem.

139. O banqueiro paulista José Maria Whitaker foi nomeado ministro da Fazenda do Governo Provisório; ao opor-se à queima de café – reivindicavam os cafeicultores que o governo comprasse o estoque não exportado e o queimasse para segurar a queda do preço – foi substituído, em novembro de 1931 por Oswaldo Aranha, que atenderia ao pleito dos produtores. Em verdade, crescia a dissidência entre industriais e cafeicultores. Embora cedendo a estes últimos, Vargas iria apoiar e apoiar-se na classe industrial, preferencialmente. Ver: LOPES, Adriana; MOTA, Carlos Guilherme. *História do Brasil:* uma interpretação, cit., p. 654.

140. "Desde abril, porém, os democráticos estão em contato com militares da Força Pública, num preparar de golpe, que se desencadeia afinal em 28 de abril de 1931. No conluio está o general Isidoro Dias Lopes, que apoia os democráticos e quem articula militarmente o *complot* é o coronel Joviano Brandão. O último precipita os acontecimentos, tentando convencer pessoalmente Miguel Costa de que ele e João Alberto não têm a simpatia dos paulistas, o que adverte o governo da gravidade da conspiração; enquanto o coronel Joviano dialoga, por iniciativa própria, os rebeldes apossam-se de alguns quartéis da Força Pública e prendem oficiais miguelistas, mas o coronel Joviano manda sustar o golpe horas depois, o mesmo acontecendo com o movimento dos estudantes da Faculdade de Direito. O resultado final é a prisão de mais de 200 revoltosos, militares e civis, Miguel Costa torna-se Comandante da Força Pública, e Isidoro Dias Lopes sai do comando da II Região Militar e é substituído por Góes Monteiro (28.05.1931)". CARONE, Edgard. *A Segunda República*: 1930-1937. 2. ed. São Paulo: Difel, 1976. p. 293-294.

141. Carta de San Tiago Dantas a Américo Lacombe. São Paulo, 24.04.1931.

142. DANTAS, F. C. de San Tiago. A renúncia do interventor. *A Razão*, São Paulo, 15 jul. 1931.

143. DANTAS, F. C. de San Tiago. Trégua dos partidos. *A Razão*, São Paulo, 18 jul. 1931.

144. "desde novembro de 1930, quando foi criado o Ministério do Trabalho, Indústria e Comércio. Seguiram-se leis de proteção ao trabalhador, de enquadramento dos sindicatos pelo Estado, e criavam-se órgãos para arbitrar conflitos entre patrões e operários – as Juntas de Conciliação e Julgamento. Entre as leis de proteção ao trabalhador estavam as que regularam o trabalho das mulheres e dos menores, a concessão de férias, o limite de oito horas da jornada normal de trabalho. O enquadramento dos sindicatos foi estabele-

cido pelo Decreto n. 19.770 de 19 de março de 1931, que dispunha sobre a sindicalização das classes operárias e patronais, mas eram as primeiras o foco de interesse. O sindicato foi definido como órgão consultivo e de colaboração com o poder público." FAUSTO, Boris. *História do Brasil.* São Paulo: Edusp, 1994. p. 335. Os comunistas reagiram à nova lei, acusando-a, não sem razão, de "mussolinesca". DULLES, John W. F. *Anarquistas e comunistas no Brasil:* 1900-1935, cit.

145. DANTAS, F. C. de San Tiago. Justiça de classes. *A Razão*, São Paulo, 19 jul. 1931.

146. DANTAS, F. C. de San Tiago. O Brasil e a política. *A Razão*, São Paulo, 22 jul. 1931.

147. DANTAS, F. C. de San Tiago. O Vaticano e a Itália. *A Razão*, São Paulo, 10 jul. 1931.

148. DANTAS, F. C. de San Tiago. Ainda o ensino religioso. *A Razão*, São Paulo, 11 ago. 1931.

149. "As principais medidas adotadas por Francisco Campos na pasta da Educação e Saúde Pública datam de abril de 1931. No dia 11 foram assinados dois decretos. O primeiro, contendo o estatuto das universidades brasileiras, afirmava ser o sistema universitário preferencial ao das escolas superiores isoladas. A fim de dar corpo à ideia universitária, o decreto estabelecia a exigência, para a fundação de entidades universitárias, da existência de três unidades de ensino superior – Direito, Medicina e Engenharia – ou, ao invés de uma delas, a Faculdade de Educação, Ciências e Letras. O segundo decreto dispunha minuciosamente sobre a organização da Universidade do Rio de Janeiro (posteriormente Universidade do Brasil e atual Universidade Federal do Rio de Janeiro). No dia 18 de abril foi decretada a reforma do ensino secundário, retirando-lhe o caráter de passagem para a faculdade. Na verdade, foi a partir de então que passou a existir no Brasil um ensino secundário tal como se concebe hoje. O curso foi aumentado para sete anos, tendo cinco da parte fundamental comum (o que depois se chamou de ginasial) e dois de um curso complementar, 'obrigatório para os candidatos à matrícula em determinados institutos de ensino superior' (o complementar se desdobraria mais tarde em 'científico' e 'clássico', adquirindo vida própria, enquanto o acesso ao ensino superior passava a ser feito através dos exames vestibulares). Finalmente, no dia 30, foi assinado o decreto que reintroduziu, em caráter facultativo, o ensino religioso nas escolas oficiais". MALIN, Mauro; PENCHEl, Marcos. Francisco Campos In: BELOCH, Israel; ABREU, Alzira Alves de (coord.). *Dicionário histórico-biográfico brasileiro:* 1930-1983. Rio de Janeiro: Forense Universitária, 1984. v. 1. p. 575.

150. DANTAS, F. C. de San Tiago. A renovação do exército. *A Razão*, São Paulo, 15 jul. 1931. San Tiago buscou entrevistar Getúlio Vargas, que se recusou a falar. A entrevista com o ministro do Exército foi concedida a San Tiago por intercessão do cunhado de Hélio Vianna, o então major Castelo Branco, que assumiria o poder com o golpe militar de abril de 1964, e pretendeu cassar os direitos políticos de San Tiago. Ms. de Hélio Vianna.

151. DANTAS, F. C. de San Tiago. O valor da Revolução. *A Razão*, São Paulo, 28 jul. 1931.

152. Como observou pouco depois, em 1933, Virginio Santa Rosa: "A vitória da Revolução de Outubro desfez a homogeneidade das forças, que se haviam coligado no combate às oligarquias políticas. Sem a espinha dorsal do sentimento de vingança, que as unia e consolidava, cada uma das agremiações vencedoras começou a se desligar em sua trajetória própria. A admirável estrutura do grande movimento cívico, passados os minutos de entusiasmo e a embriaguez das derrubadas, apareceu descosida e desconexa, como uma velha colcha de retalhos. E não houve milagre de esforço nem vontade capaz de solidarizar os particularismos e os individualismos exaltados". ROSA, Virginio Santa. *O sentido do tenentismo*, cit., p. 55.

153. É bem verdade, registra San Tiago, que o "liberalismo" da Legião era, como o qualificava "o jovem secretário do Interior de Minas, Sr. Gustavo Capanema, (...) acompanhado de um sentido de disciplina e de amor à tradição, de supremacia moral da Igreja, que arrepiaria os bons liberais". DANTAS, F. C. de San Tiago. O decálogo riograndense. *A Razão*, São Paulo, 29 jul. 1931. Em um artigo publicado em junho, um mês antes do de San Tiago, Oswaldo Aranha selara a sorte da Legião, a qual fora identificada desde o seu início com uma caricatura do regime fascista. Virginio Santa Rosa, pouco depois, extremava a crítica à Legião Mineira e ao seu idealizador: "O tenentismo, querendo aproveitar a velocidade adquirida, forcejou aclimar em terras brasileiras o exemplo da Itália, Rússia ou Turquia. faltou, porém, a ambiência indispensável para essa inovação. (...) E o tenentismo, privado de energias ou de audácia para um golpe fulminante, assistiu ao fracasso retumbante das experiências legionárias. Ademais, sobretudo, esse movimento semifascista careceu de seriedade. Foi uma verdadeira mascarada, a formação dos nossos camisas cáquis, figurando os interesses latifundiários mineiros, sob a direção da intelectualidade incaracterística de Francisco Campos, entre os principais encabeçadores do movimento tão ridiculamente iniciado.". ROSA, Virginio Santa. *O sentido do tenentismo*, cit., p. 106.

154. Em junho de 1932 o ex-interventor Laudo de Camargo foi nomeado ministro do Supremo Tribunal Federal. E exerceu uma profícua magistratura. SILVA, Hélio; CARNEIRO, Maria Cecília Ribas. *A revolução paulista*, cit., p. 11. Sobre a atuação de Laudo Camargo no Supremo Tribunal Federal, cf. depoimento de Alberto Venancio Filho.

155. Ver: GOMES, Angela Maria de Castro; LOBO, Lúcia Lahmeyer; COELHO, Rodrigo Bellingrodt Marques. Revolução e restauração: a experiência paulista no período da constitucionalização. In: GOMES, Angela Maria de Castro (coord.). *Regionalismo e centralização política:* partidos e constituinte nos anos 30. Rio de Janeiro: Nova Fronteira, 1980. p. 240-241.

156. PEREIRA, Antonio Carlos. *Folha dobrada I*, cit., p. 124-125. Paulo Nogueira Filho traçou um retrato objetivo do interventor: "apresentando-se como moço suave e sedutor, mal aconselhado ou incapaz de representar esse papel, para o qual se requer engenho e arte, acabou seduzindo suas categorias de elementos repudiados pela quase totalidade da população politicamente atuante: os plutocratas e os forasteiros arrivistas. O resultado foi organizar-se contra o interventor e seu governo um movimento de rara virulência, agindo

por todos os meios imagináveis". NOGUEIRA FILHO, Paulo. *A guerra cívica 1932*: ocupação militar. Rio de Janeiro: José Olympio, 1965, v. 1, p. 172-174.

157. Virginio Santa Rosa, escrevendo em 1933, observou: "O partidarismo faccioso da nossa vida política só viu nas agitações militares e na insatisfação geral, o meio certeiro de derrubar os adversários. Poucos, muito poucos, como Plínio Salgado e o seu grupo do *Correio Paulistano*, viram nas perturbações do organismo nacional o prenúncio de crises e catástrofes futuras, que urgia conjurar". In ROSA, Virginio Santa. *O sentido do tenentismo,* cit., p. 41-42.

158. "O que é necessário, no momento, é trabalhar pelo aperfeiçoamento e elevação moral dos futuros homens públicos", dizia Plínio Salgado. SALGADO, Plínio. Literatura e política. cit., v. 19, p. 123. Como registrou Chasin, "nunca será demasiado repetir, dada a importância básica que desempenha no ideário pliniano, e para registro da constância ideológica de Salgado, que os artigos em geral de *A Razão* reiteram constantemente o espiritualismo como base fundante do integralismo". CHASIN, J. *O integralismo de Plínio Salgado*. São Paulo: Ciências Humanas, 1978. p. 476.

159. SALGADO, Plínio. A Constituinte. *A Razão*, São Paulo, 27 nov. 1931. Apud TRINDADE, Hélgio. *Integralismo:* o fascismo brasileiro na década de 30, cit., p. 91.

160. SALGADO, Plínio. Na véspera da dissolução dos partidos. *O sofrimento universal.* p. 192-193. Apud CHASIN, J. *O integralismo de Plínio Salgado*, cit., p. 387.

161. SALGADO, Plínio. As eleições na Inglaterra. *A Razão*, São Paulo, 1.º nov. 1931. Apud CHASIN, J. *O integralismo de Plínio Salgado*, cit., p. 429.

162. SALGADO, Plínio. Tipos de ditaduras. *A Razão*, São Paulo, 1.º set. 1931. Apud CHASIN, J. *O integralismo de Plínio Salgado*, cit., p. 457.

163. SALGADO, Plínio. Índole do estado fascista. *O sofrimento universal*, p. 117. Apud CHASIN, J. *O integralismo de Plínio Salgado*, cit., p. 458-459.

164. Mais tarde, a biografia de Mussolini escrita pelo alemão Emil Ludwig, seria publicada no Brasil e teria razoável sucesso de público. Entre seus leitores estaria um dos futuros ditadores do regime militar, Ernesto Geisel Ver: GASPARI, Elio. *A ditadura derrotada*. São Paulo: Companhia das Letras, 2003. p. 38.

165. Carta de Octavio de Faria a San Tiago. Rio de Janeiro, 21.05.1931.

166. SALGADO, Plínio. Índole do estado fascista. *O sofrimento universal*, p. 119. Apud CHASIN, J. *O integralismo de Plínio Salgado*, cit., p. 463.

167. SALGADO, Plínio. Democracia e nacionalismo, *A Razão*, São Paulo, 12 dez. 1931. Apud CHASIN, J. *O integralismo de Plínio Salgado*, cit., p. 454.

168. "Estava em vésperas de ser legalizado o movimento do Nacional-Sindicalismo, liderado pelo Dr. Francisco Rolão Preto (1896-1977), que se reclamava do exemplo de Mussolini para instaurar no nosso País uma 'Ordem Nova'. Também os princípios da *Action Française*, de que o escritor Charles Maurras se tornara em França o teorizador,

apareciam subjacentes ao ideário do grupo. O seu chefe era um antigo monárquico que havia participado nas incursões de 1911 e 1912 e se instalara em seguida na Bélgica, onde pertenceu ao grupo fundador do Integralismo Lusitano." SERRÃO, Joaquim Veríssimo. História política, financeira e militar. *História de Portugal* – do 28 de maio ao Estado Novo (1926-1935). 2. ed. Santarém: Editorial Verbo, 2000. v. XIII, p. 232.

169. Carta de Augusto Frederico Schmidt a San Tiago Dantas sem indicação de mês, porém certamente escrita em 1931, remetida para São Paulo.

170. Adolfo Vasconcelos Noronha recordará o temperamento do chefe do Integralismo: "Consubstanciando seu pensamento político na Filosofia Espiritualista; adaptando à realidade brasileira a Doutrina Social da Igreja (a autêntica); tendo como divisa a trilogia Deus, Pátria e Família – Plinio Salgado sempre condenou a violência; (...) um deputado federal – cujo nome omitiremos, por motivo compreensível (...) disse-nos que, ainda estudante, acercou-se de Plínio Salgado para indagar se queria que ele matasse Getúlio Vargas...". Ao que Plínio teria reagido: "(...) 'Santo Deus', que língua devo usar para fazer-me entender?! Escrevi dezenas de livros; publico artigos todas as semanas; tenho feito centenas de discursos, por todos os recantos do País! Sempre, sempre, combatendo a violência! Venho pregando insistentemente o respeito ao ser humano, aos valores morais, aos altos ideais da Pátria e da humanidade!. e vem o senhor aqui, à minha presença, perguntar se eu concordo que mate um homem?!...'" NORONHA, Adolfo Vasconcelos. *Plínio Salgado*: in memoriam, cit., p. 133-134.

171. Ver: SALGADO, Plínio. *Discursos parlamentares*. Brasília: Câmara dos Deputados, 1982. p. 758 e ss.

172. Carta de San Tiago Dantas a Dulce San Tiago Dantas Quental. Rio de Janeiro, 19.08.1931.

173. Carta de San Tiago Dantas a Américo Lacombe. São Paulo, 24.07.1931.

174. Carta de San Tiago Dantas a Octavio de Faria, 1931. Em carta a sua irmã Dulce, datada de 19 de agosto de 1931, San Tiago diz: "eu cuido de me mudar para uma casa de alemães ou de ingleses, onde seja o único inquilino, pois não suporto mais este apartamento e a desordem que acarreta. Se eu pudesse vender os móveis, iria já para um hotel". E faz referência a uma outra morada, "o prazer de tomar aqui, uma noite de garoa, um bonde que me leva à uma hora da manhã, para S. Amaro, onde chego às 2 e tanto, é que é uma cidadezinha aqui perto, um subúrbio de São Paulo...". Não há, todavia, confirmação de que ele tenha residido na "cidadezinha de S. Amaro"; na carta a Octavio, acima citada, diz que se transferiu para um apartamento "numa casa deliciosa, no Jardim América, rua Salvador, n. 4".

175. Carta de San Tiago Dantas a Hélio Vianna. São Paulo, 17.07.1931.

176. Carta de San Tiago Dantas a Vicente Chermont de Miranda. Rio de Janeiro, 13.07.1931.

177. Carta de San Tiago Dantas a Hélio Vianna. São Paulo, 17.07.1931.

178. Respectivamente: Carta de Vicente Chermont de Miranda a San Tiago Dantas. São Paulo, 24.07.1931; e Carta de Hélio Vianna a San Tiago Dantas. Belo Horizonte, 29.07.1931; nesta mesma carta, Hélio acrescenta: "Plano de estudos teu: achei ótimo. Poderás realizá-lo sem dúvida e independente da ideia lamentável da promotoria que pouco adiantaria na prática. Acho que um professorado aqui mesmo resolveria muito melhor a situação". O trecho de autoria de Augusto Frederico Schmidt está em carta dele a San Tiago datada de 1931, sem indicação de dia e mês, mas, pelo seu teor, próxima à dos outros correspondentes.

179. San Tiago pedia aos amigos que buscassem e lhe transmitissem notícia da família; Hélio Vianna atendia ao amigo: "Também tenho telefonado para tua casa dando notícias, tendo também estado ontem na conferência de Venturino com o Quental (cunhado de San Tiago). Teu pai recomenda muito cuidado com o aquecedor: nem deixá-lo funcionando no quarto à noite, nem sair precipitadamente de casa, depois de tê-lo em função, evitando resfriados. Inútil acrescentar que esta última parte é de D. Violeta, que m'a transmitiu para a hipótese de que me telefonasses hoje novamente. D. Geraldina continua bem melhor". Carta de Hélio Vianna a San Tiago Dantas. Rio de Janeiro, 11.07.1931.

180. DANTAS, F. C. de San Tiago. Contra-ordem. *A Razão*, São Paulo, 4 ago. 1931.

181. DANTAS, F. C. de San Tiago. O novo PRP. *A Razão*, São Paulo, 12 ago. 1931.

182. DANTAS, F. C. de San Tiago. A Constituinte e os partidos. *A Razão*, São Paulo, 8 ago. 1931.

183. DANTAS, F. C. de San Tiago. Preliminares. *A Razão*, São Paulo, 15 ago. 1931.

184. DANTAS, F. C. de San Tiago. A escolha dos caminhos. *A Razão*, São Paulo, 27 ago. 1931.

185. DANTAS, F. C. de San Tiago. Problemas políticos e problemas técnicos. *A Razão*, São Paulo, 27 ago. 1931.

186. DANTAS, F. C. de San Tiago. A pior consequência. *A Razão*, São Paulo, 29 ago. 1931.

187. DANTAS, F. C. de San Tiago. O moralista da revolução. *A Razão*, São Paulo, 3 set. 1931.

188. DANTAS, F. C. de San Tiago. O Coringa. *A Razão*, São Paulo, 6 set. 1931. Pouco depois, Virginio Santa Rosa traçou análogo perfil de Getúlio Vargas: "A sua personalidade essencialmente plástica – ou a ausência absoluta de personalidade, como querem outros – consentiu que ele fosse propugnando o equilíbrio entre os extremos. (...) O fato básico, contudo, é que o Governo Provisório sempre procurou equilibrar as forças de ação e reação, as oligarquias e o tenentismo". ROSA, Virginio Santa. *O sentido do tenentismo*, cit., p. 114.

189. DANTAS, F. C. de San Tiago. O coringa. *A Razão*, São Paulo, 6 set. 1931.

190. DANTAS, F. C. de San Tiago. Correição revolucionária. *A Razão*, São Paulo, 23 set. 1931.

191. DANTAS, F. C. de San Tiago. Revolução parcial. *A Razão*, São Paulo, 13 set. 1931.

192. Carta de San Tiago Dantas a Octavio de Faria, sem indicação de dia e mês, mas indicado o ano 1931. Escrevendo suas memórias inacabadas em 1967, Hélio Vianna apoiou a decisão do amigo: "*A Razão* não obteve o sucesso que se esperava. A ela faltou o apoio de São Paulo, onde a Legião Revolucionária era aceita apenas por uma reduzida minoria sob a liderança de Miguel Costa. Faltou também ao jornal apoio publicitário. Desde o primeiro momento era uma iniciativa destinada ao malogro. A San Tiago, jornalista de menos de vinte anos de idade, chocou especialmente o modo pelo qual se conduzia Alfredo Egydio à frente do jornal, motivo o qual, dentro de poucos meses, o fez retornar definitivamente ao Rio de Janeiro". Ms. de Hélio Vianna.

193. Plínio Doyle, um dos formandos daquele ano, recordará a conclusão do curso: "A turma do primeiro ano era de 182 alunos, claro que não iam todos às aulas, pois seria então uma balbúrdia, já que as salas não tinham espaço para tanto. No curso, terminado em 7 de setembro de 1931, quando colamos grau, tivemos doze matérias, e dos professores, na minha opinião, somente três merecem ser destacados: Castro Rebello (Direito Comercial e Falências); Portocarrero (Medicina Legal), que nos levou a uma aula prática do Instituto Médico Legal, para assistir a uma autópsia, e falava muito em Psicanálise, que estava então na moda; e Haroldo Valladão (Direito Internacional Privado). Os demais eram bastante fracos e as respectivas aulas apresentavam sérios defeitos". DOYLE, Plínio. *Uma vida*, cit., p. 30.

194. A expressão "boca de foro" foi ouvida por Claudio Lacombe. Depoimento de Cláudio Lacombe. Anos mais tarde, absolutamente desencantado com a advocacia forense, com as infindáveis filigranas processuais que corrompiam e corrompem a administração da Justiça no Brasil, San Tiago deu todos os seus livros de processo civil e penal a seu colega e amigo Chermont de Miranda, hábil e combativo advogado no foro do Rio de Janeiro. Chermont, agradecido, indagou a San Tiago o que poderia dar a ele em troca de tão rico presente – a melhor literatura italiana e francesa; San Tiago respondeu, "um bom livro de Medicina Legal é suficiente". Chermont não deixou de perceber a gentileza do amigo e também o seu desencanto, mais expressivo por ser San Tiago um dos maiores advogados de seu tempo. Depoimento de Vicente Chermont de Miranda.

195. A restrição inicial ao nome de San Tiago foi feita por Manuel Bandeira. Ver a genealogia dos tipos criados por Jayme Ovalle. Apud BANDEIRA, Manuel. *Seleta de prosa*. Org. por Júlio Castañon Guimarães 4. ed. Rio de Janeiro: Nova Fronteira, 1997. p. 93-94.

Mais tarde, Antônio Carlos Villaça explicou a relação que posteriormente se formou entre Manuel Bandeira e San Tiago: "Manuel Bandeira era gratíssimo a San Tiago Dantas porque o nomeou para a cátedra de literatura hispano-americana da então Faculdade Nacional de Filosofia da Universidade do Brasil, 1943. San Tiago era diretor da Faculdade. Muito moço. Tinha trinta e dois anos. (...) [Manuel Bandeira] Foi ao velório de San Tiago, na bela casa da rua Dona Mariana, 7 de setembro de 1964. Muita gente. Apesar do ostracismo político. (...) Manuel parecia tão condoído". VILLAÇA, Antônio Carlos. *O livro dos fragmentos*, cit., p. 70.

Em sua excelente biografia de Jayme Ovalle, Humberto Werneck esclarece o registro originalmente feito por Manuel Bandeira: "Publicado no *Diário Nacional*, de São Paulo, em 17 de outubro de 1931, esse texto registrou aquela que foi, ao lado do 'Azulão', a mais famosa criação de Ovalle: a Nova Gnomonia. (...) Não fosse Bandeira, essa engenhosa divisão da humanidade em cinco categorias provavelmente teria se perdido ali, como tantas teorias engendradas no fogo de palha das conversas de botequim". WERNECK, Humberto. *O santo sujo:* a vida de Jayme Ovalle. São Paulo: Cosaic Naify, 2008. p. 149-150.

196. O primeiro livro editado por Augusto Frederico Schmidt foi *Oscarina*, uma coletânea de contos de Marques Rebelo. O segundo foi *Maquiavel e o Brasil*, de Octavio de Faria. Ver: HALLEWELL, Laurence. *O livro no Brasil*. São Paulo: T. A. Queiroz Editor/Edusp, 1985. p. 340. Augusto Frederico Schmidt publicou em 1931 *O país do carnaval*, romance de Jorge Amado. AMADO, Jorge. *Navegação de cabotagem*: apontamentos para um livro de memórias que jamais escreverei, cit., p. 422.

197. Ms. de Hélio Vianna.

CAPÍTULO X. O MILITANTE INTEGRALISTA

1. Entrevista com o prof. San Tiago Dantas, sobre a Lei de Segurança Nacional. *O Diário*. publicado em *A Offensiva*, 14 fev. 1935.

2. O ensino secundário teve a sua duração ampliada de seis para sete anos e dividido em dois ciclos, o primeiro destinado a prover o estudante de uma formação humanística geral e o segundo habilitá-lo para o curso superior. Ver: *Nosso Século, 1930/1945*, São Paulo: Abril Cultural, 1980. p. 81. "Notável foi o papel do mineiro Francisco Campos na pasta da Educação, realizando reforma no ensino em todos os níveis – técnico, primário, médio e superior. Data daí a verdadeira criação da universidade, pois o existente antes eram escolas isoladas, algumas recebendo o nome de universidade. A de São Paulo é de 1934, a do Distrito Federal é de 1935". IGLÉSIAS, Francisco. *Trajetória política do Brasil:* 1500-1964. São Paulo: Companhia das Letras, 1993. p. 234.

3. Plínio Salgado dirigia suas cartas ao "meu caro San Tiago" e a ele enviava as "saudades de todos aqui da casa [do jornal *A Razão*]", e "um abraço muito amigo, muito afetuoso do Plínio", mostrando não ter havido entre ambos ressentimento devido à saída de San Tiago de *A Razão*, ou em função das dissidências ideológicas entre ambos. Ver: Carta de Plínio Salgado a San Tiago Dantas. São Paulo, 20.02.1932. Plínio enviava cartas a San Tiago, todas com pedidos de colocações a conhecidos seus, assim como faziam os antigos colegas de *A Razão*. Além desses, outros amigos escreviam a San Tiago com igual propósito; entre eles, o ex-senador Gilberto Amado, a 13 de fevereiro de 1932; e em carta de 15 de abril, Alceu Amoroso Lima solicitava a San Tiago ajuda a um amigo seu para obter um posto no

Ministério. Em agosto do mesmo ano, é a vez de Augusto Frederico Schmidt pedir a San Tiago interceder para obter uma vaga no Colégio Pedro II para sua sobrinha. Àquela altura, o sociólogo Oliveira Vianna, amigo de San Tiago e dos cajuanos, já escrevera: "a síntese de toda a nossa psicologia política é a incapacidade moral de cada um de nós para resistir às sugestões da amizade e da gratidão, para sobrepor às contingências do personalismo os grandes interesses sociais, que caracteriza a nossa índole cívica e define as tendências mais íntimas da nossa conduta no poder". VIANNA, F. J. Oliveira. *Pequenos estudos de psycologia social*. Belo Horizonte: Vianna; São Paulo: Monteiro Lobato & C Editores, s.d., p. 99.

4. Depoimentos de João Batista Alencastro Massot e de Nilo Gomes.

5. Hélio Vianna registrou em suas memórias inacabadas: «Com novo sistema de provas parciais determinado pela reforma do ensino, San Tiago e seus colegas ficaram apenas com uma matéria para o 5.º ano, Processo Penal, a cargo do professor Candido Mendes de Almeida, antecipando assim vários meses a formatura». San Tiago em março de 1932 fora aprovado com grau oito em Direito Judiciário Penal. Certidão expedida pela Faculdade Nacional de Direito. Rio de Janeiro, 05.08.1932.

6. Certidão expedida pela Faculdade de Direito em 1932 registra algumas das notas obtidas pelo aluno San Tiago Dantas: "No curso [da Faculdade de Direito da Universidade do Rio de Janeiro] foi aprovado: primeiro ano – em 14 de dezembro de 1928 – com distinção em Direito Romano, em Direito constitucional e em Direito Civil; segundo ano – em 12 de dezembro de 1929 – com distinção em Direito Civil, em Direito Comercial e em Direito Administrativo e Ciência da Administração. terceiro ano – em segunda época de 1930, foi promovido ao quarto ano, de acordo com o Decreto n. 14.404, de 14 de novembro de 1930. quarto ano – em 1.ª época de 1931, obteve, de acordo com o Decreto n. 20.735, de 28 de novembro de 1931, média 10 em Economia Política e Ciência das Finanças 9, em Direito Público Internacional e em Medicina Legal e 8 em Direito Judiciário Civil. quinto ano – em 4 de março de 1932, com grau 8, em Direito Judiciário Penal. Recebeu o grau de bacharel em ciências jurídicas e sociais aos 5 de agosto de 1932". Certidão da vida acadêmica de San Tiago Dantas. Faculdade de Direito da Universidade do Rio de Janeiro (de 1928 a 1932). Sobre Antônio Gallotti, depoimento de Américo Lacombe.

7. Ms. de Hélio Vianna.

8. Para melhor compreensão do leitor, acrescentamos *e Arquitetura* à denominação de Escola de Belas Artes.

9. O ato de nomeação foi firmado por Getúlio Vargas e Francisco Campos. Sobre a aula, ver: Ms. de Hélio Vianna.

10. Depoimento de Lurdes Montenegro.

11. San Tiago encontrou entre seus alunos na Escola de Belas Artes e Arquitetura seu antigo colega de jardim de infância, Rubens Porto. Depoimento de Rubens Porto.

12. Depoimento de Américo Lacombe.

13. Hélgio Trindade registra os participantes presentes à formação da Sociedade de Estudos Políticos (SEP), em reunião realizada em 24 de dezembro de 1931, liderada por Plínio Salgado em São Paulo, na sede do jornal *A Razão*: Candido Motta Filho, Ataliba Nogueira, Mario Graciotti, João Leães Sobrinho, Fernando Calage e vários estudantes da Faculdade de Direito, entre eles Alfredo Buzaid, Rui Arruda, Roland Corbisier, Almeida Sales e Ângelo Simões Arruda. San Tiago teria seu nome inscrito em um dos setores da SEP voltado à discussão de temas sobre religião, ao lado de Rui Barbosa de Campos, Sebastião Pagano, Plínio Correia de Oliveira. Ver: TRINDADE, Hélgio. *Integralismo:* o fascismo brasileiro na década de 1930, cit., p. 124-127.

14. A 24 de fevereiro de 1932, Getúlio Vargas editou, por meio de decreto, a nova lei eleitoral que estabeleceu o regime sob o qual foram realizadas as eleições daquele ano para a Assembleia Nacional Constituinte.

15. "No tiroteio ali travado, em que os sitiados reagiram a tiros de metralhadoras e com granadas de mão, feriram-se diversas pessoas, morrendo quatro jovens estudantes: Euclides Bueno Miragaia, Mário Martins de Almeida, Dráusio Marcondes de Souza e Antônio Américo de Camargo Andrade. As primeiras letras dos 'nomes de guerra', Miragaia, Martins, Dráusio e Camargo passaram a constituir a sigla M.M.D.C., que titulou o mais importante dos movimentos cívicos englobados pela Liga de Defesa Paulista. Muitos consideram que a Revolução Constitucionalista começou aí, nesses dias de maio". CARNEIRO, Glauco. *História das revoluções brasileiras*, cit., v. 2, p. 399.

16. "Todavia, a esperança da adesão de outros Estados desvaneceu-se inteiramente com a prisão de Antônio Augusto Borges de Medeiros e Artur da Silva Bernardes. A Frente Única do Rio Grande do Sul (Raul Pilla, João Neves da Fontoura, João Batista Luzardo e Lindolfo Collor), num golpe de desespero, conflagrou parte do interior gaúcho. No entanto, num combate a 20 de setembro de 1923, perto do Piratini, contra as forças de Flores da Cunha, o Velho Borges caiu prisioneiro, depois de tenaz resistência, e com ele todo o Estado-Maior da Frente, com exceção de João Batista Luzardo, que conseguiu escapar". CARNEIRO, Glauco. *História das revoluções brasileiras*, cit., v. 2, p. 404.

17. Glauco Carneiro transcreve a patética troca de acusações entre os principais chefes militares da Revolução Constitucionalista, Bertoldo Klinger e Euclides Figueiredo, uma vez derrotados, um ao outro imputando a responsabilidade pela precipitação da revolta. Descoordenação semelhante entre militares rebelados ocorreria no golpe de abril de 1964; dessa feita, contudo, o governo do presidente João Goulart não opôs resistência aos sediciosos. CARNEIRO, Glauco. *História das revoluções brasileiras*, cit., v. 2, p. 401-402.

18. "O governo prontamente deslocou para o Vale do Paraíba (valendo-se de todos os veículos coletivos disponíveis) as forças que sob o comando do general Góes Monteiro ali barraram o avanço constitucionalista. A situação estratégica tornou-se logo irretorquível – e singela. Dificilmente ganharia um dos lados vantagens decisivas naquela frente, disputada palmo a palmo". CALMON, Pedro. *História do Brasil*. Rio de Janeiro: José Olympio, 1959. p. 2225.

19. "O Exército do Sul levava de roldão a defesa sobre a estrada de Sorocaba, enquanto, ao Norte, Eurico Gaspar Dutra ameaçava Campinas. Foi nesse ponto que a Força Pública, numa decisão surpreendente, orientada pelo novo comandante, Cel. Herculano de Carvalho e Silva, tratou da paz em separado, atendendo ao 'canto de sereia' de Góes Monteiro, que, assim, a 29 de setembro de 1932, conseguiu abrir uma cunha na revolução, ocupando as forças da ditadura, logo a seguir, Itapetininga, ao sul, e Guaratinguetá, ao norte. Prosseguiram as defecções das tropas, cansadas de lutar sem esperança contra o país inteiro, abrindo elas outras cidades aos legalistas. Chegou Klinger à conclusão de que outra senha era necessária: 'não mais durar'. Em mensagem ao comandante das tropas do Governo Provisório (Góes), ofereceu a rendição de suas forças. Depuseram-se as armas, consumando-se a capitulação a 1.º de outubro, diante do protesto e da inteira desaprovação da frente do leste". CARNEIRO, Glauco. *História das revoluções brasileiras*, cit., v. 2, p. 407.

20. "Já me foram entregues os trabalhos sobre a cassação dos direitos políticos dos rebeldes, e comunicado que está pronto o projeto de Constituição. O primeiro é trabalho do ministro Melo Franco, e o segundo, do Carlos Maximiliano". VARGAS, Getúlio. *Getúlio Vargas*: diário. Apresentação de Celina Vargas do Amaral Peixoto. Rio de Janeiro: São Paulo: Siciliano, 1995. v. 1, p. 141. "O Decreto n. 22.194, de 8 de dezembro, cassou por três anos os direitos políticos dos revolucionários de 1932, bem como dos que exerciam cargos legislativos ou executivos e que vetaram o reconhecimento dos parlamentares aliancistas eleitos em março de 1930, ou se mantiveram solidários a Washington Luís na Revolução de Outubro". Idem, ibidem, p. 161.

21. A sede do movimento foi instalada em um sobrado na avenida brigadeiro Luis Antonio, 12, de propriedade de Alfredo Egydio de Souza Aranha. Ver: REALE, Miguel. *Memórias*. 2. ed. São Paulo: Saraiva, 1987. v. 1, p 72.

22. CARONE, Edgard. *A Segunda República*: 1930-1937. 2. ed. São Paulo: Difel, 1976. p. 206.

23. SALGADO, Plínio. Como eu vi a Itália. *Hierarquia*, mar.-abr. 1932.

24. O termo totalitarismo teria sido cunhado por Giovanni Amendola, deputado antifascista, e adotado por Mussolini a partir de 1925. Amendola morreu um ano depois, em consequência do espancamento infligido por sicários fascistas. Cf. APPLEBAUM, Anne. *Iron curtain*. New York: Doubleday. 2012. p. 476.

25. Menos de um ano depois, San Tiago, analisando a subida de Hitler ao poder na Alemanha em janeiro de 1933, distinguia o regime nazista do italiano, dizendo que este tinha a afirmação do Estado como a sua finalidade mais importante, enquanto aquele, o povo alemão. Ver: DANTAS, F. C. de San Tiago. A lição do hitlerismo. *A Nação*, 5 fev. 1933.

26. A propósito da familiaridade de Plínio Salgado com o fascismo, Miguel Reale escreveu em suas *Memórias*, cinquenta anos depois: "Plínio Salgado não aprofundara seus estudos sobre a doutrina fascista, não indo além de ideias gerais, que lhe pareciam correspondentes ao espírito do tempo que estávamos vivendo...". REALE, Miguel. *Memórias*, cit., p. 71-72.

27. Wilson Martins registra a pretensão de Plínio Salgado em haver criado, com a Ação Integralista Brasileira, uma doutrina singular: em carta de 1.º de março de 1932, Plínio Salgado comunicava a Olbiano de Melo a fundação em São Paulo da Sociedade de Estudos Políticos, cuja finalidade era "criar uma nova mentalidade": "Vou divulgar, por um sistema que engendrei, a obra de Alberto Torres, de Oliveira Vianna, de Tristão de Athayde, de Octavio de Faria, de Alberto Faria, de Euclides da Cunha, de Oliveira Lima, de Nabuco, a literatura fascista de Rocco, o que Portugal nos oferece de mais interessante e, com o tempo, os trabalhos de escritores franceses, ingleses, americanos e alemães". MARTINS, Wilson. *História da inteligência brasileira*, cit., v. VI, p. 479.

28. SALGADO, Plínio. *Manifesto de outubro de 1932*. São Paulo: Voz do Oeste, 1982. p. 3.

29. Ver: REALE, Miguel. *Memórias*, cit., p. 95 e ss. Apud SALGADO, Plínio. *Manifesto de outubro de 1932*, cit., p. 9.

30. Entre os fundadores, contavam-se ainda Belmiro Valverde, Artur Thompson Filho, José Madeira de Freitas. A inscrição de Chermont de Miranda na Ação Integralista Brasileira, no núcleo do Distrito Federal, situado à rua Rodrigo Silva, 40, telefone 2-0617, trazia o número cinco, e a de Américo Lacombe o número 45. Um recibo datado de 4 de novembro de 1933, em nome de Américo Lacombe, relativo à mensalidade dos meses de outubro e novembro daquele ano, trazia o valor de dez mil réis, indicando uma mensalidade de cinco mil réis. Arquivo pessoal de Vicente Chermont de Miranda. Arquivo pessoal de Américo Lacombe.

31. Escrevendo a seu colega de jardim de infância e mais tarde seu aluno na Faculdade de Belas Artes e Arquitetura, San Tiago dizia: "Meu caro Rubens, hoje recebi o seu cartão que muito me alegrou, mais ainda por vê-lo tão dentro do integralismo, do que pelos parabéns que me dá. Ouvi um dia o nosso comum amigo e mestre dr. Alceu [Amoroso Lima] dizer que só os católicos sólidos deviam outros para o integralismo. Seriam elementos para fixar o movimento num sentido, em vez de se deixarem seduzir pelas falsas pistas. Você é um católico solidisíssimo e um homem que já se mostra senhor da pista real do movimento. Como sei que não é um tímido, mas um homem que corre o risco das suas idéias, espero-o brevemente. (...). Aproveito a ocasião para abraçá-lo pela morte de seu ilustre tio. E para lhe dar o velho aperto de mão do seu antiguíssimo amigo". Bilhete de San Tiago a Rubens Porto, março 1935.

Margaret Todaro Williams, em um ensaio pioneiro sobre a relação entre o Integralismo e a Igreja Católica, precisou a relação que entre ambos. Ver: WILLIAMS, Margaret Todaro. Integralism and the Brazilian Catholic Church. *HAHR – The Hispanic American Historical Review*, Duke University Press. v. 54, n. 3, p. 440, August 1974.

32. "a residência de San Tiago Dantas, em Ipanema, à rua Barão de Jaguaribe, 42. (...) Uma casa de dois andares, (...) com jardim na frente e uma extremosa, que ali permaneceu durante muitos anos." PENNA, Maria Luiza. *Luiz Camilo*: perfil intelectual. Belo Horizonte: Ed. UFMG, 2006. p. 88.

33. Depoimento de Américo Lacombe.

34. Carta de San Tiago a Américo Lacombe. Rio de Janeiro, janeiro de 1932.

35. Depoimento de Inês de San Tiago Dantas Quental, sobrinha de San Tiago.

36. "O inseparável grupo de amigos (...) Vicente Chermont de Miranda, Plínio Doyle, Américo Lacombe, San Tiago Dantas e Thiers Martins Moreira (...) Rosita Martins Moreira, Edméa de San Tiago Dantas, Antônio Gallotti, Gilda Masset Lacombe, Esmeralda Doyle e Juju Chermont de Miranda." DOYLE, Plínio. *Uma vida*, cit., p. 54.

37. O desembargador Elviro Carrilho da Fonseca e Silva era casado com a irmã – Déa – de Raul, pai de San Tiago. Depoimento de Lurdes Montenegro. Rio de Janeiro, 1992. O grande tribuno do júri e contemporâneo de San Tiago na Faculdade de Direito, Evandro Lins e Silva, recordaria essa época: "Poucos sabem que Narcélio de Queiróz também advogou no júri e de lá foram promotores interinos, nesse tempo, os grandes professores José Pereira Lira, San Tiago Dantas e Demósthenes Madureira de Pinho". SILVA, Evandro Lins e. *Arca de guardados:* vultos e momentos nos caminhos da vida. Rio de Janeiro: Civilização Brasileira, 1995. p. 111. Narcélio de Queiróz era amigo de San Tiago desde a Faculdade de Direito, e Demósthenes Madureira de Pinho era companheiro de San Tiago no Conselho Jurídico Nacional da Ação Integralista Brasileira, e, mais tarde, seu colega de cátedra na Faculdade Nacional de Direito, no Rio de Janeiro. Depoimento de Demósthenes Madureira de Pinho Filho. O promotor adjunto substituía os titulares em seus impedimentos. Depoimento de Evandro Lins e Silva.

38. FERREIRA, Marieta de Morais; FLAKSMAN, Dora. A Nação. In: BELOCH, Israel; ABREU, Alzira Alves de (coord.). *Dicionário histórico-biográfico brasileiro:* 1930-1983. Rio de Janeiro: Forense Universitária, 1984. v. 3, p. 2356.

39. Ver: McDONOUGH, Frank. *Conflict, communism and fascism:* Europe 1890-1945. Cambridge: Cambridge University Press, 2006. p. 83.

40. Ver: GILBERT, Martin. *A history of the twentieth century.* Volume one: 1900-1933, cit., p. 525.

41. BULLOCK, Alan. *Hitler:* a study in tyranny. London: Penguin Books, 1976. p. 57.

42. Ver: EVANS, Richard J. *The coming of the Third Reich*, cit., p. 60-61.

43. Ver: MARTIN, Kitchen. *Germany, Cambridge Illustrated History.* Londres: Cambridge University Press, 1966. p. 232.

44. Ver: PIPES, Richard. *A concise history of the Russian revolution,* cit., p. 289.

45. O Regime de Weimar (1919-1933) tomou o nome da cidade onde foi adotada a Constituição da República Federal Alemã.

46. Ver: EVANS, Richard J. *The coming of the Third Reich*, cit., p. 83.

47. Ver: KEYNES, John Maynard. *A revision of the treaty.* London: MacMillan, 1922.

48. Ver: KERSHAW, Ian. *Hitler 1889-1936:* Hubris. New York: W. W. Norton & Co. 1999. p. 121 e ss.

49. HITLER, Adolf. *Mein Kampf.* Tradução para o inglês de Ralph Manheim. Boston: Houghton Mifflin Company, 1971. p. 215. A propósito da oratória de Hitler, ver: EVANS, Richard. *The coming of the Third Reich,* cit., p. 171.

50. Idem, ibidem, p. 173 e 184-185.

51. Ver: EVANS, Richard. *Life in the Third Reich.* New York: Oxford University Press, 2000. p. 43.

52. Hitler ditou a primeira parte de *Minha luta* na prisão e completou-a uma vez liberado, em 1925.

53. Ver: KERSHAW, Ian. *Hitler 1889-1936:* Hubris, cit., p. 147.

54. Ver: HITLER, Adolf. *Mein Kampf,* cit., p. 3 e 295; KERSHAW, Ian. *Hitler 1889-1936:* Hubris, cit., p. 104.

55. Ver: CRAIG, Gordon A. *Germany 1866-1945.* Oxford: Oxford University Press, 1981. p. 550-551.

56. Ver: GILBERT, Martin. *A history of the twentieth century.* Volume one: 1900-1933, cit., p. 777.

57. Ver: JOHNSON, Paul. *Modern times:* the world from the twenties to the eighties. London: Harper Perennial, 1985. p. 278-279.

58. Ver: BULLOCK, Alan. *Hitler:* a study in tyranny. London: Penguin Books, 1976. p. 153-154.

59. Ver: JOHNSON, Paul. *Modern times:* the world from the twenties to the eighties, cit., p. 343-344.

60. Ver: CRAIG, Gordon A. *Germany 1866-1945,* cit., p. 568.

61. Ver: EVANS, Richard J. *The coming of the Third Reich,* cit., p. 318. Gilberto Amado, em Paris, registrou a ascensão de Hitler: "A Paris chegam com estrondo os acontecimentos alemães. Levas e levas de judeus foragidos descem nas gares do norte e de leste, ainda esbaforidos dos sustos e moídos das pancadas recebidas nas ruas de Berlim ou outras cidades". AMADO, Gilberto. *Dias e horas de vibração.* Rio de Janeiro: Ariel, 1933. p. 58.

62. DANTAS, F. C. de San Tiago. A lição do hitlerismo. *A Nação,* 5 fev. 1933. O noticiário da imprensa brasileira informando a ascensão de Adolf Hitler ao poder acha-se compilado e analisado em: GÓES, Maria da Conceição Pinto de. *1933 a imprensa brasileira ante o fascismo*: a tomada do poder na Alemanha. Rio de Janeiro: Goethe, 1983. p. 37-59.

63. DANTAS, F. C. de San Tiago. A lição do hitlerismo, cit.

64. Em currículo apresentado em sua inscrição à disputa por uma cátedra de direito civil na Faculdade Nacional de Direito em final de 1939, San Tiago referiu uma "Coletânea de Comentários aos trabalhos da Comissão Elaboradora do Ante-projeto de Constituição

Federal", datado de 1933. Não há outra referência em seus arquivos a essa "Coletânea", a qual pode ser a reunião de seus artigos publicados em jornal e aqui citados sobre os trabalhos da Comissão.

65. DANTAS, F. C. de San Tiago. A lição do hitlerismo, cit.

66. E arremata San Tiago: "na Justiça moderna o Júri sobrevive sem apoio em nenhuma das bases que o elevaram. Na matéria civil restabeleceu-se a objetividade da prova. Na matéria penal excluiu-se da sua alçada uma série de crimes, que passaram a ser julgados de fato e de direito por magistrados similares. Logo a sua permanência seria uma superfetação na órbita judiciária...". E como tal, não cumpriria mais a sua função. Por outras palavras, as instituições nascidas do idealismo da revolução francesa achavam-se vencidas, conclui San Tiago, invocando a opinião de Alfredo Rocco, que à frente do Ministério da Justiça italiano fora o institucionalizador do regime fascista e, naquele ano de 1933, dirigia a Universidade de Roma. DANTAS, F. C. de San Tiago. O júri na Constituição. *A Nação*, 12 fev. 1933.

67. DANTAS, F. C. de San Tiago. Contra uma falsa política conservadora. *A Nação*, 19 fev. 1933.

68. DANTAS, F. C. de San Tiago. Variações sobre a representação de classes. *A Nação*, 26 fev. 1933.

69. Nesse trecho, San Tiago, revelando a sua atualização com a então recente doutrina política, cita Hans Kelsen, notável jurista austríaco, um dos renovadores da teoria do Estado no século XX. E cita, entre conservadores nativos, a crassa incompreensão sobre o regime classista, como, veemente, afirma: "o próprio Alberto Torres, o velho antepassado da sociologia indígena, queria no seu Senado de classes não representantes de cada grupo de interesses econômicos, mas representantes da Igreja, do Positivismo, dos Professores, da Magistratura, etc". Idem, Ibidem.

70. DANTAS, F. C. de San Tiago. Perspectivas brasileiras da representação de classes. *A Nação*, 7 mar. 1933.

71. DANTAS, F. C. de San Tiago. O ambiente da constitucionalização. *A Nação*, 12 mar. 1933.

72. DANTAS, F. C. de San Tiago. Luz tardia. *A Nação*, 17 mar. 1933.

73. Ver: WILLIAMS, Margaret Todaro. Integralism and the Brazilian Catholic Church, cit., p. 449-451.

74. DANTAS, F. C. de San Tiago. Luz tardia, cit.

75. DANTAS, F. C. de San Tiago. A caminho da Constituinte. *A Nação*, 19 abr. 1933.

76. Idem, ibidem.

77. DANTAS, F. C. de San Tiago. O ambiente da constitucionalização, cit.

78. Como observou Boris Fausto: "As eleições para Assembleia Constituinte mostraram intacta a força das oligarquias regionais, no número de representantes que elegeram; já

os tenentes, que com a Revolução de 1930 pensaram derrotá-las, seus candidatos obtiveram inexpressiva votação". FAUSTO, Boris. *História do Brasil*. São Paulo: Edusp, 1994. p. 351.

79. DANTAS, F. C. de San Tiago. O ambiente da constitucionalização, cit.

80. Idem, ibidem.

81. Ver: GOMES, Angela Maria de Castro. A representação de classes na Constituinte de 1934. In: GOMES, Angela Maria de Castro (coord.). *Regionalismo e centralização política:* partidos e Constituinte nos anos 30. Rio de Janeiro: Nova Fronteira, 1980.

82. Carta de San Tiago Dantas a Américo Lacombe. Rio de Janeiro, 04.09.1933.

83. DANTAS, F. C. de San Tiago. Caminho da vida. [S. L.]. 5 nov. 1933.

84. Entre os revolucionários históricos, então assassinados pela polícia de Stálin, estavam Zinoviev e Kamenev. Ver: KOLAKOWSKI, Leszek. *main currents of marxism*. New York: Norton, 2005. p. 851.

85. Foram eleitos duzentos e cinquenta e quatro deputados, entre eles uma única mulher. Além dos deputados eleitos pelo voto universal, quarenta deputados foram escolhidos por entidades sindicais: dezoito para os sindicatos de trabalhadores, dezessete como delegados dos empregadores, três representando os profissionais liberais e dois funcionários públicos. Ver: *Nosso Século*, 1930/1945. São Paulo: Abril Cultural, 1980. p. 86.

86. BONAVIDES, Paulo; ANDRADE, Paes de. *História constitucional do Brasil*. Brasília: Senado Federal, 1989. p. 279 e ss.

87. Idem, ibidem, p. 279 e ss.

88. Carta de San Tiago Dantas a Américo Lacombe. Rio de Janeiro, 04.09.1933.

89. DANTAS, F. C. de San Tiago. Salário-mínimo. *A Offensiva*, 17 maio 1934.

90. Idem, ibidem.

91. Idem, ibidem.

92. SILVA, Hélio; CARNEIRO, Maria Cecília Ribas. *O Estado Novo*: 1937-1938. São Paulo: Editora Três, 1998. Não há outra referência à candidatura de San Tiago senão esta feita por Hélio Silva.

93. Em seu diário, Getúlio Vargas escreveu: "Afinal, chegou esse dia. Entre festas e demonstração de regozijo, foi promulgada a nova Constituição. Parece-me que ela será mais um entrave do que uma fórmula de ação". VARGAS, Getúlio. *Getúlio Vargas:* diário, cit., v. 1, p. 307.

94. DANTAS, F. C. de San Tiago. François Mauriac. *A Ordem*, set. 1934, p. 178. O próprio San Tiago não teria ficado muito satisfeito com o seu artigo sobre Mauriac, como parece indicar em carta a Thiers Martins Moreira: "O Mauriac ficou melhor. Tenho que deixá-lo aparecer na *Ordem*". Carta de San Tiago Dantas a Thiers Martins Moreira. Lindoia, 29.08.1934.

95. "Pelo menos acho que o que me chama para a Igreja é uma certa precisão de santidade, que estou longe, é claro, de suprir, mas que tem para mim ao menos o mérito de ser um ideal impossível. No fundo, eu vejo a santidade como a única solução universal do problema fáustico e é essa simplicidade dos seus caminhos que me parece pôr a solução ao alcance de todo homem. (...) Santidade sem Igreja é difícil. Mas para mim a Igreja não serve, não se confunde com a santidade". Carta de San Tiago Dantas a Américo Lacombe. Belo Horizonte, 25.01.1935.

96. Carta de Alceu Amoroso Lima a San Tiago Dantas. Rio de Janeiro, 15.02.1934.

97. Carta de San Tiago Dantas a Alceu Amoroso Lima. Rio de Janeiro, 03.08.1934.

98. Idem, ibidem.

99. Idem, ibidem.

100. O poema "O incriado" integra o segundo livro de poemas de Vinícius de Moraes, *Forma e exegese*, publicado em 1935.

101. "Ainda em 1932, ao lado de San Tiago Dantas, Gallotti passou a frequentar o Bar do Palace, onde se reuniam Edmundo da Luz Pinto, Alexandre Marcondes Filho, João Mangabeira, Augusto Frederico Schmidt e Gilberto Amado, entre outros políticos e intelectuais da época. Edmundo da Luz Pinto, seu mestre e amigo, indicou-o a Kenneth McCrimmon, então presidente da empresa canadense Brazilian Traction, Light and Power Company, o qual em 1933, admitiu o recém-formado advogado no contencioso da companhia, evitando assim seu retorno ao estado natal". DIAS, Sônia; JUNQUEIRA, Ivan. Antônio Gallotti. In: BELOCH, Israel; ABREU, Alzira Alves de (coord.). *Dicionário histórico-biográfico brasileiro: 1930-1983*, cit., v. 2, p. 1424.

102. Carta de San Tiago Dantas a Hélio Vianna. Rio de Janeiro, 07.09.1934.

103. Certidão expedida em 22 de novembro de 1934, pelo secretário Nélson Henrique Baptista, da Escola Nacional de Belas Artes.

104. Desde o início de sua carreira no magistério, San Tiago foi convidado a integrar órgãos colegiados em diferentes escolas em que lecionou, a formar em bancas examinadoras de concursos públicos, entre elas as que examinavam para ingresso no Itamaraty. No início de sua carreira de professor, ministrou aulas particulares a contemporâneos seus de faculdade; lecionou Direito Internacional Público a Mario Vieira de Mello, seu contemporâneo na Faculdade de Direito e mais tarde diplomata, e a Luiz Antônio de Andrade e Vitor Santana, sobre Economia Política. Depoimento de Luiz Antônio de Andrade.

105. Carta de San Tiago Dantas a Hélio Vianna. Rio de Janeiro, 07.09.1934. Sobre a capacidade de leitura de San Tiago, Antônio Carlos Villaça escreveu: "Creio que os maiores leitores da história cultural do Brasil foram Rui, Pontes de Miranda, Alceu Amoroso Lima, San Tiago Dantas e o nosso [José Guilherme] Merquior". VILLAÇA, Antônio Carlos. *Os saltimbancos da porciúncula*, cit., p. 68.

106. Carta de San Tiago Dantas a Hélio Vianna, set. 1934.

107. Carta de San Tiago Dantas a Hélio Vianna. Rio de Janeiro, 07.09.1934; Carta de San Tiago Dantas a Thiers Martins Moreira. Lindoia, 29.08.1934. O crítico literário Brito Broca recordou as livrarias de São Paulo naquela época: "Descendo do bonde no largo do Tesouro e tomando a direção de A Gazeta pela Rua XV, não podia deixar de estacionar alguns minutos diante da vitrina da Garraux, onde em meio das novidades nacionais – tão escassas naquela época – destacavam-se as brochuras de capa amarela do Mercure de France, ou de capa verde do Flammarion". BARBOSA, Francisco de Assis (org.). *Brito Broca: memórias.* Rio de Janeiro: José Olympio, 1968. p. 187.

108. Em março de 1934, fora realizado o Congresso de Vitória e aprovados os estatutos e a estrutura da Ação Integralista. Ver: CARONE, Edgard. *A segunda República:* 1930-1937. São Paulo: Difel, 1973. p. 208.

109. DANTAS, F. C. de San Tiago. Integralismo e burguesia. *A Offensiva*, 25 out. 1934. A dificuldade de San Tiago em conciliar a sua posição de defesa do fascismo à de Plínio Salgado não era exclusiva. Octavio de Faria, ardoroso admirador da direita radical católica e do regime mussoliniano, mas que jamais se filiou à Ação Integralista Brasileira, era igualmente crítico à posição de Plínio Salgado. Em carta a Octavio, Antônio Gallotti, embora concordando com Octavio, procurava explicar a posição do chefe integralista: "Quanto ao Plínio, com as suas entrevistas de tom às vezes açucarado, respeito 49% do que dizes e respeitaria 100% se não deixasse os 51% restantes por conta do Brasil, seu temperamento, sua incultura, seu pieguismo que é preciso atender. Ficará você com o direito de proclamar que o fascismo é incompatível com nação inculta e sem tradições, etc., etc. Você sabe que compreendo e vivo muitas das suas restrições ao movimento, mas considero também que não raro você dá vazão a uma certa intransigência pouco em harmonia com a sua superior capacidade de apreender o real". E conclui: "até que ponto (...) o 'chefe' [não] teria resolvido falar docemente para não amedrontar e afugentar a nossa pobre gente boa, suave e mansa... são coisas a ver". Carta de Antônio Gallotti a Octavio de Faria. Rio de Janeiro, 04.02.1934.

110. DANTAS, F. C. de San Tiago. Integralismo e burguesia, cit.

111. DANTAS, F. C. de San Tiago. Começo de um discurso aos moços.*Vida*, Rio de Janeiro, n. 4, jul. 1934. Também publicado no jornal *A Offensiva*, 9 ago. 1934.

112. DANTAS, F. C. de San Tiago. Integralismo e burguesia, cit. Seu companheiro Rolando Corbisier, ao recordar a posição de San Tiago na AIB, disse ser ele um intelectual e não um militante. Depoimento de Roland Corbisier. Rio de Janeiro, 1991.

113. E acrescentava: "Quero mostrar que ordenando a vida nacional segundo um ritmo, enfeixando os atos do governo numa unidade que lhe é conferida pela sua estrutura teórica, o Integralismo ao mesmo tempo que dará à disciplina das forças armadas um conteúdo de incomparável dignidade, furtará o soldado à estreita e efêmera contenda das opiniões de governo. O soldado brasileiro – como, por exemplo, o soldado alemão – terá na política militar do regime a sua missão histórica, a que o predispõe a sua vocação profissional". DANTAS. F. C. de San Tiago. O integralismo e as classes armadas. *A Offensiva*, 1.º nov. 1934.

114. DANTAS, F. C. de San Tiago. O comunismo e a democracia. *A Offensiva*, 15 nov. 1934.

115. SALGADO, Plínio. *O que é o integralismo*. Obras completas. São Paulo: Editora das Américas, 1935. v. 9, p. 40-42.

116. SALGADO, Plínio. *Manifesto de outubro de 1932*, cit., p. 6. E não só no plano literário; segundo Plínio Salgado, "durante mais de cem anos, subordinando a ciência, a literatura, as artes, as religiões, a política, e agindo subterraneamente, livremente, só existe uma realidade vitoriosa: a marcha cega, implacável, dos fatos econômicos, das finalidades e das aspirações econômicas. A derrota do Espírito é completa, apesar de todos os seus rumores. Valem as nações mais ricas, valem as famílias mais ricas, vale o homem mais rico; lavra surdamente a grande batalha da conquista dos bens materiais e dos confortos que a técnica prodigaliza. Essa batalha cria uma moralidade própria, que é a da exploração do homem pelo homem. Multiplicam-se as massas obreiras humilhadas e roubadas". SALGADO, Plínio. *Psicologia da revolução*. Obras completas. Rio de Janeiro: Civilização Brasileira. 1933. v. 7, p. 80.

117. Oliveira Vianna, um dos mais lidos e seguidos entre os representantes do pensamento conservador, já escrevera na década de 1920, antes de Plínio Salgado, nesse sentido: "as antigas, as austeras, as fortes virtudes rurais da nossa raça! É a apologia dessas virtudes hereditárias e históricas, dessas nossas primitivas virtudes fundadoras, que devemos fazer, desde já, pela palavra e pelo exemplo. (...) Para nacionalizar a nossa mocidade não basta instruí-la no manejo da espada – símbolo brilhante desse patriotismo militar, que é alguma coisa; mas, é preciso, sobretudo, ensiná-la a amar a terra, a amar o campo, a amar o arado e a sua jugada – símbolos toscos e obscuros desse patriotismo civil, que é quase tudo". VIANNA, F. J. Oliveira. *Pequenos estudos de psycologia social*, cit., p. 25. Ver também: ARAÚJO, Ricardo Benzaquen de. *Totalitarismo e revolução*: o integralismo de Plínio Salgado. Rio de Janeiro: Zahar, 1988. p. 59.

118. Segundo Plínio Salgado, "Satanás é a indiferença, o comodismo, a negação, e a ruína de uma Pátria", e ele havia se apoderado dos burgueses e de muitos proletários e até entrara nos quartéis, depois de haver entrado nos salões burgueses "entre frases elegantes e costumes fáceis". Por isso era necessário, dizia, que "caminheis para nós, urge que vos salveis burgueses", e arrematava: "na Família, pela Pátria, para Deus (...) Eis a única batalha contra o comunismo". SALGADO, Plínio. *As duas faces de satanás*. Obras completas. São Paulo: Editora das Américas, 1955. v. X, p. 244.

119. A elite dirigente da AIB provinha do estrato superior da classe média dos grandes centros urbanos; já os demais quadros provinham dos estratos médios e inferiores da classe média de pequenos e médios centros urbanos, aos quais se somavam quadros do operariado. A penetração da AIB em cidades do interior do País distinguiu-lhe o perfil, mostrando o sucesso da pregação de Plínio Salgado sempre próxima à da Igreja Católica. Sobre a origem dos quadros dirigentes da AIB, veja-se TRINDADE, Hélgio. *Integralismo*: o fascismo brasileiro na década de 30, cit., p. 145.

120. Expressivos pensadores negaram crédito político à doutrina integralista. Florestan Fernandes, um dos maiores sociólogos e professores brasileiros, escreveu: "Hoje está na moda dizer-se que se deve estudar o integralismo. Não compartilho dessa opinião. Nem mesmo devemos nos preocupar com destruí-lo. Os integralistas desempenharam o papel histórico de cavalheiros da triste figura no seio do pensamento conservador e dentro da burguesia. Se merecem atenção não é tanto por eles próprios, quanto pelo fato de que o pensamento conservador e a burguesia dependente da periferia do mundo capitalista tenham precisado deles (e de outras modalidades igualmente equívocas de defesa do status quo). O que nos coube, na 'virada fascista' da história recente, merece mais a novela picaresca que a investigação sociológica séria. O (...) 'discurso integralista' nasceu naturalmente vazio. A sua análise demonstra que esse discurso possuía consistência e especificidade: era uma variante qualitativa do pensamento conservador nativo, podendo ser confrontado, nessa condição, com o nosso pseudoliberalismo, com o obscurantismo tradicionalista e com o reacionarismo militante dos inveterados donos do poder". VASCONCELLOS, Gilberto. *A ideologia Curupira*: análise do discurso integralista. Prefácio de Florestan Fernandes. São Paulo: Brasiliense, 1979. p. 10. Caio Prado Júnior seguiu pela mesma linha: "Não havia também por parte deles um desejo de conhecer a realidade brasileira? Não. O que Plínio Salgado e toda aquela gente fazia era exibicionismo. Essa era a preocupação deles". PRADO JÚNIOR, Caio. É preciso deixar o povo falar. In: MOTA, Lourenço Dantas (coord.). *A história vivida I*. 3. ed. São Paulo: O Estado de S. Paulo, 1981. p. 305-306. E, ainda, Cruz Costa, professor de Filosofia da Universidade de São Paulo e amigo de Miguel Reale que a política separou, como este em depoimento ao Autor lamentou: "É verdade que fui testemunha, que vivi a época em que se desenrolou o curto – e para nós – curioso e estranho episódio integralista, com as suas marchas, bandeiras, rufar de tambores, anauês e camisas verdes, ridícula imitação de outras marchas e camisas, destinadas estas a um mais trágico fracasso. Que relação teria toda aquela arlequinada com as verdadeiras, autênticas, exigências sociais, econômicas e políticas do povo brasileiro? Talvez, como dizia Monteiro Lobato, uma vez mais, apenas o 'maldito prisma do macaqueamento' que desnatura as nossas realidades...". TRINDADE, Hélgio. Prefácio. *Integralismo*: o fascismo brasileiro na década de 30, cit., p. 5. Note-se que, embora negando-lhe significação, Florestan Fernandes, corretamente, vinculou o Integralismo ao pensamento conservador nativo e não ao fascismo.

121. SALGADO, Plínio. *Psicologia da revolução*, cit., p. 17.

122. Plínio Salgado tinha em alta conta a sua obra *Psicologia da revolução*. Em carta ao amigo Augusto Frederico Schmidt, dizia: "exijo que se faça propaganda de outro modo, porque o meu livro não é somente o melhor, mas o melhor no gênero, não havendo termo de comparação. É um livro fora do comum. Também não gostei das palavras do anúncio do livro de Medeiros de Albuquerque, no volume da 'Psicologia' – são palavras partidárias. Não me confundo com estes diletantes". Na verdade, Plínio Salgado acreditara que o seu livro seria um *best-seller*, como fora *O estrangeiro*, o que não ocorreu. Carta de Plínio Salgado a Augusto Frederico Schmidt. São Paulo, 1934.

123. "Quando estudante no curso colegial tive contato com os socialistas, sobretudo os italianos, pois era aluno do Colégio Dante Alighieri, onde conheci vários republicanos e socialistas mazzinianos. Isso me levou a uma formação, digamos assim, de caráter socialista." REALE, Miguel. O risco é inerente à democracia. Apud MOTA, Lourenço Dantas (coord.). *A história vivida I*. São Paulo: O Estado de S. Paulo, 1981. p. 323.

124. Ver: "Miguel Reale na UnB: conferências e debates de um seminário realizado de 9 a 12 de junho de 1981". Coleção Itinerários. Brasília: Ed. UnB, 1981. p. 130.

125. Dois anos depois, a Seção dos Estudantes Integralistas publicaria uma nota no jornal integralista *A Offensiva*, firmada pelos seus principais membros: "Esta é a palavra dos Integralistas que vos chamam, em nome dos quatro mil estudantes já inscritos sob a Bandeira do Sigma, para a grande obra revolucionária que se fará contra todos os políticos, sem exceção. Pela Seção dos Estudantes Integralistas de São Paulo, a) Loureiro Junior – Alfredo Buzaid – Luiz Saia – Otacílio Pousa Sena – Rui Arruda – Lafaiete Soares de Paula – Amador Galvão de França – Antonio Campos Nóbrega – Francisco Luiz de Almeida Sales – Mario Mazzei Guimarães – Zigler de Paula Bueno – Roland Cavalcanti de Albuquerque Corbisier – Goffredo da Silva Telles Jr. *A Offensiva*, 31.05.1934". LOUREIRO JÚNIOR. Aos estudantes paulistas. *Enciclopédia do integralismo*: estudos e depoimentos. Rio de Janeiro: Livraria Clássica Brasileira, 1958. v. 5, p. 11.

126. REALE, Miguel. O risco é inerente à democracia. Apud PRADO JÚNIOR, Caio. É preciso deixar o povo falar. In: MOTA, Lourenço Dantas (coord.). *A história vivida I*, cit., p. 325.

127. Miguel Reale leu os autores fascistas; além de Alfredo Rocco e Giovanni Gentile, os mais expressivos e conhecidos, Reale citava Ugo Spirito, Ugo Redanò, Georges Valois, muito lido pelos cajuanos, e Sergio Pannunzio, cuja obra era conhecida na Itália, mas não seria no Brasil.

128. "Da revolução francesa saiu o indivíduo com seus direitos de cidadão, com garantias perante o Estado", escreveu Miguel Reale, "valor e garantias que os regimes anteriores haviam desconhecido quase por completo. O Integralismo Brasileiro não desconhece a ação benéfica do movimento de 89 e, nesse como em outros pontos, se afasta radicalmente do Integralismo lusitano. Tudo indica que é este o momento de se tornar efetiva a igualdade perante a lei proclamada pela Declaração dos direitos do homem. O Integralismo sustenta que é preciso dar uma garantia de ordem econômica aos indivíduos para que estes possam realizar os seus direitos". REALE, Miguel. A posição do integralismo. *Obras políticas*. Brasília: Ed. UnB, 1983. v. 3, p. 64. Embora não repudiasse expressamente as garantias individuais afirmadas pela Revolução Francesa, Miguel Reale não lhes aceitava os desdobramentos concretos que os regimes democráticos viriam fixar em suas normas legais. "A experiência italiana", dizia, "demonstra que a revolução deve ser feita no sentido de dar uma base corporativa, e não mais partidária, à nova Democracia, tanto no setor do ordenamento jurídico, da representação política, quanto no domínio das realizações econômicas. O corporativismo, eis o objetivo final de ordem política. E Corporativismo

implica autoridade do Estado, antiindividualismo, ordem, hierarquia, como condições de liberdades concretas. O Fascismo, dessarte, foi uma grande escola de dinamismo, de 'vitalidade'". REALE, Miguel. Nós e os fascistas da Europa. *Obras políticas*, cit., v. 3, p. 230. Sobre a obra de Miguel Reale, veja-se a excelente análise de, ARAÚJO, Ricardo Benzaquen de. *In medio virtus:* uma análise da obra integralista de Miguel Reale. Rio de Janeiro: Ed. FGV, 1988. p. 3-4.

129. REALE, Miguel. A posição do integralismo. *Obras políticas*, cit., v. 3, p. 63.

130. Depoimento de Miguel Reale. E "por ocasião da vinda de Sorocaba do Miguel Reale, que foi uma das mais importantes personalidades do integralismo, aconteceu um episódio interessante. Nós estávamos reunidos em nossa sede, um salão muito grande, duzentos a trezentos integralistas à espera da conferência dele. A conferência seria irradiada com alto-falantes para a praça. Na praça estavam os comunistas; eles foram buscar caminhões e caminhões de seus adeptos na fábrica Votorantim e outros locais, porque um dos maiores centros comunistas do país era Sorocaba. Eles queriam impedir, com altos gritos e ameaças, que Reale falasse. Por diversas vezes ele tentou falar mas gritavam e vaiavam. Afinal então ele decidiu ir em meio aos comunistas para falar com eles. E nisso ele se apressou, ia descendo as escadas sozinho, ia sozinho, nenhum a acompanhá-lo. Eu não prestei atenção quando ele decidiu fazer isso. Prestei atenção quando me chamaram: 'Antônio!'. Eu olhei, era minha mulher que dizia: 'Vamos!' e me indicava que nós devíamos seguir o líder. Eu não tive outro remédio, senão aceitar. E fomos. Aí, ele enfrentou a massa comunista. Eles abriram alas e ele chegou ao meio e falou: 'por que vocês não querem que eu fale? Vocês têm medo da minha inteligência, vocês têm medo do fulgor dos meus olhos?'. Não se falou mais nada, esse pequeno diálogo entre ele e os comunistas foi o bastante. A conferência dele aí terminou e acabou". BOSI, Ecléa. *Memória e sociedade:* lembranças de velhos. 9. ed. São Paulo: Companhia das Letras, 2001. p. 246-247.

131. "O Imperialismo não é a última fase do capitalismo, como pensou Lenine. No mundo ocidental, ele ainda existe, mas há outra força bem mais poderosa, a qual não pertence a Nação alguma e está acima das Nações: o supercapitalismo financeiro. Defender a Nação significa combater violentamente o capitalismo (...) a luta anticapitalista deve se travar nos quadros das Nações, segundo as exigências do nacionalismo integral." REALE, Miguel. *Obras políticas*, cit., v. 2, p. 85 e 87.

132. "Contrapondo-se à explicação de Alfredo Rocco, encontramos um grande número de juristas do Fascismo que não negam esferas autônomas de poderes ao indivíduo, e afirmam, como fazem Antonio Navarra e Ugo Redanó, que entre o Estado e o indivíduo se verifica uma cessão recíproca de faculdades para a realização dos fins éticos comuns. (...) Não se pode, portanto, asseverar, como fazem Tristão de Athayde e Vicente Ráo, que o Estado fascista absorve o indivíduo, a não ser que se queira reduzir toda a ciência jurídica italiana ao totalitarismo de Rocco, quando, na verdade, a agitam discussões fecundas em uma correção corajosa e incessante das posições conquistadas. Eis por que, para evitar confusões e interpretações cavilosas, creio necessário reservar à segunda concepção do Estado, e somente a ela, a denominação de Estado Integral". REALE, Miguel. *Obras políticas*, cit., v.

2, p. 131. Boris Fausto notou a proximidade de Miguel Reale aos autoritários nativos: "Os argumentos de Reale tinham notável semelhança com os utilizados por autores nacionalistas autoritários, como Oliveira Vianna e Azevedo Amaral, com o objetivo de distinguir o autoritarismo, dos regimes de partido único". FAUSTO, Boris. *O pensamento nacionalista autoritário (1920-1940)*. Rio de Janeiro: Jorge Zahar, 2001. p. 17.

133. O que não parecia provável, haja vista a estruturação do regime corporativo divisado pelo próprio Reale: "Verifica-se, no Estado corporativo, uma verdadeira graduação democrática. Segundo a extensão do círculo no qual a autoridade deva se exercer, segundo as dificuldades de ordem técnica desse exercício, segundo os efeitos que a sua ação possa produzir no resto do organismo social, o critério numérico deve ir cedendo lugar ao critério da competência. O Estado é uma pirâmide do ponto de vista do exercício da autoridade: democrático na base, nele deve ir diminuindo a participação direta do povo à medida que se elevem os problemas a planos mais altos e mais complexos. Mas a ação do vértice só pode ser uma ação tendente a se elevar elevando a base...". REALE, Miguel. *Obras políticas*, cit., v. 2, p. 154.

134. A violenta disputa entre capital e trabalho foi eliminada sobretudo pelo maciço e permanente emprego da violência estatal, como de resto foram alcançadas todas as conquistas políticas do fascismo.

135. DANTAS, F. C. de San Tiago. Salário-mínimo, cit.

136. "o próprio Alberto Torres, o velho antepassado da sociologia indígena, queria no seu Senado de classes não representantes de cada grupo de interesses econômicos, mas representantes da Igreja, do Positivismo, dos Professores, da Magistratura, etc." DANTAS, F. C. de San Tiago. Perspectivas brasileiras da representação de classes, cit.

137. Ver: FRANCO, Afonso Arinos de Melo. *Preparação ao nacionalismo*. Rio de Janeiro: Civilização Brasileira, 1934.

138. MARTINS, Wilson. *História da inteligência brasileira:* 1933-1960. São Paulo: Edusp, 1978. v. 7, p. 22.

139. "Esta resposta, com data de 24 de abril de 1934, demonstra [diz Hélgio Trindade] que a posição de Salgado é mais moderada: 'não sustentamos preconceitos de raça; pelo contrário, afirmamos ser o povo e a raça brasileiros tão superiores como quaisquer outros. Em relação ao judeu, não nutrimos contra essa raça nenhuma prevenção. Tanto que desejamos vê-la em pé de igualdade com as demais raças, isto é, misturando-se, pelo casamento, com os cristãos (...). Quanto ao capitalismo judeu, na realidade ele não existe como tal. O que se dá é apenas uma coincidência; mais de 60% do agiotismo internacional está nas mãos israelitas. Isso não quer dizer que sejam eles os responsáveis exclusivos pelas desgraças atuais do mundo (...). A animosidade contra os judeus é, além do mais, anticristã e, como tal, até condenada pelo próprio catolicismo. A guerra que se fez a essa raça na Alemanha foi, nos seus exageros, inspirada pelo paganismo e pelo preconceito de raça. O problema do mundo é ético e não étnico', Panorama, 1(4-5), abril-maio, 36: 3-5". TRINDADE, Hélgio. *Integralismo:* o fascismo brasileiro na década de 30, cit., p. 252. Sobre a crítica de

Plínio Salgado ao nazismo, ver: HILTON, Stanley E. *O Brasil e a crise internacional (1930-1945)*. Rio de Janeiro: Civilização Brasileira, 1977. p. 35.

140. Embora Francisco Campos sempre tenha negado a influência do fascismo em seu pensamento político ver: MEDEIROS, Jarbas. *Ideologia autoritária no Brasil*, cit., p. 14-43, ela era evidente, como se pode constatar lendo-se esse discurso de Mussolini feito em 1922, cujo conteúdo é idêntico ao proposto por Francisco Campos precisamente quando conquistou o poder: "Senhores, uma vez que o problema não é entendido nos seus termos históricos, ele é transformado em uma questão de força. Além disso, toda vez que na história surgem fortes conflitos de interesses e de ideias é a força que finalmente decide estas questões (...) nós criamos o nosso mito. O mito é uma fé, uma paixão. Não é necessário a sua existência ser ele uma realidade. Ele é uma realidade no sentido que é um estimulo, uma esperança, uma coragem, a fé. Nosso mito é a nação, nosso mito é a grandeza da nação! E a tantos subordinamos tudo o mais. A nós a nação não é apenas território, mas algo espiritual... A grandeza da nação é o conjunto de todas essas características, de todas essas condições. A nação é verdadeiramente grande quando ela traduz em realidade a força do seu espírito". Il discorso di napoli (…) 24 Oct. 1922, *Il Popolo d'Italia*, 255, 25 Oct. 1922. Fascism's myth: the Nation. MUSSOLINI, Benito. In: GRIFFIN, Roger (ed.). *Fascism*. New York: Oxford University Press, 1995. p. 44.

141. A observação de Jorge Amado está em: MARTINS, Wilson. *História da inteligência brasileira*, cit., v. 7, p. 17.

142. Ver: DANTAS, F. C. de San Tiago, sobre a Lei de Segurança Nacional. *A Offensiva*, 14 fev. 1935. A frase sobre a inexistência de lugar para os liberais era de Gilberto Amado, tio de Gilson, colega de San Tiago, e com quem San Tiago já firmara uma sólida amizade, sempre cultivada por ambos.

143. "Nunca houve concentração integralista que não saísse barulho. Uma ocasião, havia uma concentração na praça Oswaldo Cruz; quando nós passamos pela avenida Paulista, em frente à casa de René Thiollier [situada na esquina da rua Ministro Rocha Azevedo] havia uma faixa bem grande: SÃO PAULO NÃO É GALINHEIRO, porque os integralistas eram os galinhas-verdes, usavam uniformes verdes. A família do Goffredo da Silva Telles se vestia toda de verde. Eles não desfilavam sem pancadaria porque os comunistas enfrentavam mesmo. Fomos a uma matinê, no Cine Alhambra, na rua Direita, depois daquela concentração no largo da Sé. Por baixo das cadeiras havia camisas verdes: os integralistas para não serem apanhados esconderam as camisas debaixo das cadeiras, com medo dos comunistas. Os comunistas enfrentavam com pedras os tiros da polícia". BOSI, Ecléa. *Memória e sociedade*, cit., p. 336.

144. *O Estado de S. Paulo*, 9 out. 1934. Uma foto a ilustrar o livro *Breve história do Estado de São Paulo*, de Marco Antônio Villa (São Paulo: Imprensa Oficial do Estado de São Paulo, 2009, p. 124-125), tirada em meio ao tiroteio, mostra populares prostrados no chão, e, em uma das calçadas a circundar a praça, um grupo de integralistas protegendo-se rente à entrada dos prédios, os estandartes com a insígnia do movimento já baixados.

Um dos participantes da manifestação integralista recordaria os acontecimentos ocorridos: "Um acontecimento que eu não esqueço foi o (...) da praça da Sé. Era uma grande parada integralista. Viemos de madrugada, no automóvel do Antônio Salem, aluno da Faculdade de Direito, e com Almeida Salles, grande orador. (...) Então fomos à praça da Sé: o Plínio ia passar em revista as legiões. (...) Eu formava na Segunda legião. Tudo era legião. O pessoal estava esperando na praça da Sé. O itinerário devia ser: Brigadeiro, largo São Francisco, rua de São Bento, praça Antônio Prado, Quinze de Novembro e Sé. (...) Os comunistas e a Guarda Civil estavam mancomunados na praça da Sé: atiraram e mataram quatro integralistas. Eu me arrastei com a barriga no chão". BOSI, Ecléa. *Memória e sociedade,* cit., p. 247-248. Sobre o Palacete Santa Helena: idem, ibidem, p. 336. Ainda John W. F. Dulles: "Neste tiroteio, preparado em parte por Mário Pedrosa, os anarquistas dispararam contra os camisas-verdes do alto de um prédio que abrigava sindicatos". DULLES, John W. F. *Anarquistas e comunistas no Brasil:* 1900-1935. Tradução de Cesar Parreiras Horta. 2. ed. Rio de Janeiro: Nova Fronteira, 1977. p. 429, nota 23.

145. Nos papéis de San Tiago, em suas cartas, não há indicação de que ele estivesse em São Paulo naquela data e houvesse participado da manifestação junto a seus companheiros. Contudo, é certo que uma delegação da província da Guanabara acorrera ao chamado da direção da AIB e fora a São Paulo engrossar as fileiras da concentração integralista naquele domingo 7 de outubro. O depoimento de um ex-integralista refere a presença de San Tiago no desfile. Ele, todavia, jamais faria referência a esse episódio. BOSI, Ecléa. *Memória e* sociedade, cit., p. 247-248.

146. Ver: KELLER, Vilma; BENJAMIN, Cesar. San Tiago Dantas. In: BELOCH, Israel; ABREU, Alzira Alves de (coord.). *Dicionário histórico-biográfico brasileiro,* cit., v. 1, p. 1053.

147. In TRINDADE, Hélgio. *Integralismo:* o fascismo brasileiro na década de 30, cit., p. 170.

148. Irônico, mas preciso, o futuro embaixador Pio Corrêa recordaria a parafernália integralista: "Só que, nascido no Brasil, o Partido revestia-se de um certo tropicalismo fantasista. A camisa do uniforme era verde espinafre, o que já tirava um pouco de seriedade à coisa. A saudação proferida com o braço estendido não era Heil nem Ave, mas Anauê, o que avacalhava ainda um pouco mais o assunto. Segundo a teoria oficial do partido, essa forma de saudação haveria sido usada entre os índios brasileiros; mas, quanto a mim, nunca acreditei que dois índios, cruzando-se em uma trilha da selva, tomassem a posição de sentido, estendessem o braço direito e bradassem Anauê. Pelo menos essa curiosa saudação não foi registrada por nenhum cronista." CORRÊA, Manoel Pio. *Pio Corrêa*: o mundo em que vivi. Rio de Janeiro: Expressão e Cultura, 1995. p. 103.

149. Carta de San Tiago Dantas a Vicente Chermont de Miranda. Rio de Janeiro, 07.12.1934.

150. Carta de San Tiago Dantas a Américo Lacombe. Belo Horizonte, 25.01.1935.

151. Carta de San Tiago Dantas a Violeta de San Tiago Dantas. Belo Horizonte, 03.02.1935. Desde moço, e assim até o fim da vida, San Tiago foi acometido de enxaquecas, muitas delas deflagradas em viagens. Vinte anos depois, em viagem aos Estados Unidos, escreve a Américo Lacombe: "A viagem custou-me uma pavorosa enxaqueca, que se repetiu em Washington segunda-feira, prendendo-me no quarto". Carta de San Tiago Dantas a Américo Lacombe. Hot Springs, 23.07.1953.

152. "casa boa – descreve San Tiago a sua nova residência mineira – tem quartos largos e mobílias pesadas, de bom gosto, em canela ou jacarandá, com um ou outro deslize de gosto, e mais nova do que é comum por aqui. Na sala de visitas tem uma bela estante armário. Nos quartos, grossos guarda-roupas e camas pequenas, mas de bom serviço. Arrumei o escritório direitinho. Mesa, cadeira funda, outro armário." Carta de San Tiago Dantas a Américo Lacombe. Belo Horizonte, 25.01.1935.

153. Carta de San Tiago Dantas a Hélio Vianna. Belo Horizonte, 07.02.1935.

154. Carta de San Tiago Dantas a Hélio Vianna. Belo Horizonte, 07.02.1935.

155. Carta de Olbiano de Mello a San Tiago Dantas. Juiz de Fora, 07.04.1935.

156. Carta de San Tiago Dantas a Violeta de San Tiago Dantas. Belo Horizonte, 11.04.1935. Antônio Gallotti escreveu em resposta ao amigo: "Vejo-o de mãos no quadril, cortando de quando em vez com o indicador enérgico o ar parado, cabeça erguida, um agudo olhar dominando a assembleia – a suscitar entusiasmos incríveis com os seus discursos 'do outro mundo'. Aliás, um amigo meu, chegado de Barbacena anteontem, disse-me simplesmente que você levantou a cidade com a sua falação. E para ilustrar o que dizia afirmou que ao seu grito a cidade marcharia sobre Belo Horizonte! Todas essas cousas têm repercutido no integralismo aqui com a intensidade que queremos". Carta de Antônio Gallotti a San Tiago Dantas. Rio de Janeiro, 21.04.1935. Sobre o fardamento integralista, depoimento de Amaro Lanari.

157. Carta de San Tiago Dantas a Américo Lacombe. Belo Horizonte, 10.04.1935.

158. Carta de San Tiago Dantas a Américo Lacombe. São João Del Rey, 08.04.1935.

159. "cadeiras que me servem: todas as de Filosofia (mas, a escolher, prmeira Metafísica, segunda História, terceira Ética, quarta Lógica ...); de Literatura Geral ou do Brasil; alguma de Sociologia pura (mas isto em último caso) ou de Sociologia Brasileira (breve sei isto muito bem); a de História dos Doutrinas Econômicas (que seria ótima); a de Direito Civil ou de Processo Civil teórico (igualmente ótima, em último caso ...)." Carta de San Tiago Dantas a Américo Lacombe. Belo Horizonte, 15.04.1935.

160. Octavio de Faria informou San Tiago da dificuldade em conseguir-lhe a nomeação para a nova escola: "Quando foi da ocasião daquele pedido do Alceu [Amoroso Lima] para o lugar de censor de cinema, para Vinícius [de Moraes], sondei de longe o terreno, para ver se era possível um reforço qualquer dele pelo lado do Anísio [Teixeira, diretor da Universidade], etc. Não fui mais longe julgando inútil qualquer tentativa nesse sentido". Carta de Octavio Faria a San Tiago Dantas. Campo Belo, 15.04.1935. Vinícius de Moraes

foi nomeado censor de filmes, cargo que exerceu por um curto período, em substituição ao jornalista Prudente de Morais Neto, ver: CASTELLO, José. *Vinicius de Moraes:* o poeta da paixão – uma biografia. São Paulo: Companhia das Letras, 1994. Sobre o seu programa de filosofia, San Tiago escreveu: "Penso eu que em matéria de filosofia pode-se fazer uma história dos sistemas (como fez o P. Franca); mas também se pode fazer uma história do pensamento, isto é, das grandes visões e das grandes sínteses. Meu caminho seria assim o estudo dos valores gerais supremos do pensamento, através da história (...) Proust vale dentro dele muito mais que um Malebranche, Dostoievsky, vale como Hegel, por exemplo. Como lei geral da história da filosofia, a evidenciar nas etapas de um curso destes, está a meu ver a afirmação de que nem são as ideias que governam a vida, nem é a vida que governa as ideias. Mas a ideia atua sobre a vida e a vida sobre a ideia". Carta de San Tiago Dantas a Américo Lacombe. Belo Horizonte, 15.04.1935.

161. Carta de San Tiago Dantas a Américo Lacombe. Belo Horizonte, 15.04.1935.

162. "Recebi hoje, aqui em Ouro Preto, onde estou há uns cinco dias, um telegrama de Memória, chamando-me a aulas. Logo há aulas. E vejo-me obrigado a retornar em dias, voltando definitivamente para aí. Seja tudo pelo amor de Deus, e que a alegria de volta me apague este remorso de não ter estudado tanto como devia e podia". Carta de San Tiago Dantas a Américo Lacombe. Ouro Preto, 21.04.1935.

163. "Alguns dos alunos: Danillo Perestrello Câmara (inscrito em História Natural, 1936); no começo do ano letivo de 1938: Maria Rita Soares de Andrade (Filosofia); Prudente de Morais, neto (indeferido por Alceu Amoroso Lima); Nísia Nóbrega; João Paulo Gouvêa Vieira; Bilac Pinto; Álvaro Milanez; José Galante de Sousa; Francisco Clementino San Tiago Dantas (inscrito em Letras Clássicas); Benjamim Miguel Farah; Esther Inglês de Souza; Everaldo Dayrell de Lima (Latim e Grego); Lúcia Magalhães; Zazi Aranha (História da Filosofia, Literatura Francesa, Psicologia); Othon Moacir Garcia". PENNA, Maria Luiza. *Luiz Camillo:* perfil intelectual, cit., p. 481, nota de rodapé.

164. "Passou a Lei de Segurança (...). O ministro da Marinha, que criou tantos entraves à Lei de Segurança, tornou-se entusiasta desta quando teve os muros de sua residência distinguidos por algumas inscrições comunistas. Seus colegas da Guerra e da Justiça divertiram-se com a conversão." VARGAS, Getúlio. *Getúlio Vargas:* diário, cit., v. 1, p. 373.

"Incorriam nos dispositivos da nova lei todos os que tentassem o recurso da força como meio de acesso ao poder, que estimulassem manifestações de indisciplina entre as forças armadas, que atentassem contra a vida de pessoas por motivos de ordem ideológica ou doutrinária e que tentassem executar planos de desorganização dos serviços urbanos e dos sistemas de abastecimento. A lei estabelecia sanções para jornais e emissoras de rádio que veiculassem matérias consideradas subversivas, previa a cassação de patentes de oficiais das forças armadas cujo comportamento fosse considerado incompatível com a disciplina militar e autorizava o chefe de polícia a fechar entidades sindicais suspeitas". KELLER, Vilma; JUNQUEIRA, Ivan. Vicente Ráo. In: BELOCH, Israel; ABREU, Alzira Alves de (coord.). *Dicionário histórico-biográfico brasileiro*, cit., v. 4, p. 2888.

165. Segundo Rui Barbosa, em geral os grandes déspotas procuram "constelar a tirania com a cumplicidade das cabeças mais luminosas do seu tempo. A superioridade do seu gênio compraz-se em reduzir a satélites essas superioridades do talento. Os déspotas de segunda ordem não são indiferentes à vantagem de estribar o seu predomínio no apoio de alguma capacidade poderosa, cuja clarividência os encaminhe, aureolando-os, ao mesmo tempo, com a irradiação do merecimento. A república brasileira caiu, porém, sob o despotismo do infinitamente pequeno. Não é uma tirania de brilho próprio, ou emprestado. É uma opressão de candeia de azeite, acre, fumosa, insalubre [Rui referia-se aos lampiões a azeite usados na iluminação naquela época]". BARRETTO, Vicente (org.). *O liberalismo e a Constituição de 1988*: textos selecionados de Rui Barbosa. Rio de Janeiro: Nova Fronteira/Fundação Casa de Rui Barbosa, 1991. p. 282.

166. DANTAS, F. C. de San Tiago. A lição da Lei de Segurança. *A Offensiva*, 16 mar. 1935. Com fria ironia, Getúlio Vargas anotou em seu diário: "Passou a Lei de Segurança. Enxertaram nela uma disposição contra o integralismo. Estou em dúvida se sanciono ou veto esse dispositivo. O integralismo é uma forma orgânica de governo e uma propaganda útil no sentido de disciplinar a opinião. Contudo, não confio muito nos seus dirigentes, nem eles têm procurado se aproximar do governo de modo a inspirar confiança". VARGAS, Getúlio. *Getúlio Vargas:* diário, cit., v. 1, p. 373.

167. "A criação da ANL foi facilitada pela transformação que ocorreu no PCB, a partir do ingresso de Prestes no partido, em agosto de 1934. A organização deixou de ser um pequeno agrupamento dirigido essencialmente à classe operária para se converter em um organismo mais forte do ponto de vista numérico e com uma composição social mais variada. Entraram para o PCB os militares seguidores de Prestes e membros da classe média. A temática nacional passou a predominar sobre a temática de classe, coincidindo com a orientação vinda da Internacional Comunista. Em poucos meses, a ANL ganhou bastante projeção. Cálculos conservadores indicam que em julho de 1935 ela contava com 70 mil a 100 mil pessoas. Na condução do movimento, seus dirigentes oscilaram entre a tentativa de consolidação de uma aliança de classes e a perspectiva de insurreição para a conquista do poder". FAUSTO, Boris. *História do Brasil*, cit., p. 360.

168. *A Plateia*, 6 jul. 1935. Apud CARONE Edgar. *O P. C. B.* São Paulo: Difel, 1982. v. 1, p. 172-181.

169. "Nos bastidores, o Komintern (a III Internacional) operava de Montevidéu, manipulando a ANL e usando-a como disfarce para operações clandestinas. Informado pelas instruções de Moscou de que a América Latina estava madura para uma revolução, o Komintern planejou insurreições no Chile, Argentina, Uruguai e Peru, assim como no Brasil. Elas não resultaram em nada, mas propiciaram aos oficiais uma justificativa para esmagar a esquerda e focos suspeitos de comunismo. Vargas usou as exigências radicais de Prestes para impor uma lei de segurança nacional draconiana em junho de 1935 e fechar a ANL." LEVINE, Robert M. *Pai dos pobres? O Brasil e a era Vargas*. São Paulo: Companhia das Letras, 2001. p. 69.

170. Os comunistas haviam exagerado o número dos integrantes da ANL, como mostrou William Waack: "a Aliança Nacional Libertadora, que teria, segundo o chefe da Internacional, mais de 1 milhão de membros (...) Prestes reduziu um pouco o número, situando-o em torno de 800 mil...". WAACK, William. *Camaradas*: nos arquivos de Moscou: a história secreta da revolução brasileira de 1935, cit., p. 174. No diário de Getúlio Vargas, há a seguinte referência: "O único ato de protesto contra o fechamento da Aliança Nacional Libertadora ocorreu em São Paulo, com a realização de uma passeata a que compareceram cerca de quinhentos manifestantes, liderados por Miguel Costa e Caio Prado Jr. A manifestação programada no Rio foi impedida pela polícia". VARGAS, Getúlio. 15 de julho de 1935. *Getúlio Vargas: diário*, cit., v. 1, p. 405.

171. DANTAS, F. C. de San Tiago. Guerra na África. *A Offensiva*, 14 out. 1935.

172. Carta de San Tiago Dantas a Vicente Chermont de Miranda. Rio de Janeiro, 13.05.1935.

173. Ricardo Benzaquen de Araújo registrou os números da ação integralista: "(...) o integralismo se torne o nosso primeiro partido nacional, de massa, dispondo em 1935 de 1.123 grupos organizados em 538 municípios e abrigando cerca de 400 mil adeptos, distribuídos de norte a sul do país, (...)". ARAÚJO, Ricardo Benzaquen de. *Totalitarismo e revolução*, cit., p. 25. Hélgio Trindade refere o número citado por Plínio Salgado. Ver: TRINDADE, Hélgio. *Integralismo*, cit., p. 305. Em carta a Octavio de Faria por essa época, Antônio Gallotti observava: "O estado de alma generalizado, cá e lá, nas ruas e nos quartéis, é mais ou menos o desta exclamação: qual, agora só Integralismo! Por outro lado, outro terrível perigo: o do nosso crescimento artificial e patológico". Rio de Janeiro, 16.04.1935. O perigo já se patenteara aos cajuanos que haviam aderido à Ação Integralista Brasileira.

174. Carta de San Tiago Dantas a Vicente Chermont de Miranda. Rio de Janeiro, 13.05.1935.

175. Carta de San Tiago Dantas a Vicente Chermont de Miranda. Rio de Janeiro, 13.05.1935.

176. Carta de San Tiago Dantas a Vicente Chermont de Miranda. Rio de Janeiro, 1935.

177. Carta de Vicente Chermont de Miranda a San Tiago Dantas. Belo Horizonte, 07.06.1935.

178. Prossegue Mauricio Andrade: "(...) não vem no Integralismo o objetivo revolucionário que é a sua única força (...) o Integralismo é um movimento revolucionário que tem nos seus postos principais de comando (incluo, naturalmente, o Chefe Nacional e alguns outros que você sabe), muitos reacionários e conservadores. Daí a sua intensidade revolucionária ter decrescido do princípio (...). Carta de Mauricio Andrade a San Tiago Dantas. Belo Horizonte, 30.09.1935.

179. Centro de Estudos Sociais Brasileiros (CESB) – Circular n. 1 – Aos sócios em geral – Sobre proselitismo. Nov. 1935. Arquivo San Tiago Dantas. San Tiago integrava a

comissão de proselitismo do CESB, cuja missão era "estudar as possibilidades e os meios de propaganda revolucionária de direita, fornecendo ao Conselho Diretor sugestões e material escrito".

180. Escrevendo a 24 de novembro de 1935 do Rio de Janeiro, Antônio Gallotti informava a Octavio de Faria um dia depois de a revolução comunista haver sido deflagrada em Natal, mas não ainda na capital federal, o que só aconteceria três dias depois: "Diz-se que o L.[uis] C.[arlos] Prestes, já no Brasil, está com seu golpe perfeitamente articulado. De fato, há grandes agitações e muito aparato de defesa por parte da Polícia". Carta de Antônio Gallotti a Octavio de Faria. Ver: CARNEIRO, Glauco. *História das revoluções brasileiras*, cit., v. 2, p. 419. Ver também: SILVA, Hélio. *1935: a revolta vermelha*. Rio de Janeiro: Civilização Brasileira, 1969. p. 279 e ss. "Foi um político do município de Seridó, Dinarte Mariz, que depois seria governador do seu Estado, quem, à frente de uma coluna de sertanejos, escassamente armada, desceu de Caicó com destino a Natal, arrebanhando novos elementos até se encontrar com os rebeldes em Serra Caiada, sendo estes batidos e destroçados, deixando mortos e feridos, além de abandonar farto material bélico". CARNEIRO, Glauco. *História das revoluções brasileiras,* cit., v. 2, p. 419.

181. "O terceiro R. I. funcionava no antigo prédio onde, até 1904, havia a Escola Militar do Brasil. O quartel compunha-se de dois edifícios principais: o pavilhão central, com dois pavimentos, que se estendia fronteiro à Av. Pasteur, alcançando suas extremidades as faldas dos Morros da Urca e da Babilônia, e o pavilhão interno, na mesma direção, também, de dois andares". CARNEIRO, Glauco. *História das revoluções brasileiras* cit., v. 2, p. 427. Um registro da alteração climática da cidade do Rio de Janeiro está na reportagem fotográfica dos acontecimentos na praia Vermelha: alguns soldados legalistas que participaram do assalto ao quartel do 3.º Regimento de Infantaria trajavam, em novembro, sobretudos, assim como populares, que se aglomeraram próximos ao quartel rebelado, vestiam pesadas capas de chuva. Ver fotos em: ABREU, Alzira Alves de; FLAKSMAN, Dora. Revolta comunista. In: BELOCH, Israel; ABREU, Alzira Alves de (coord.). *Dicionário histórico-biográfico brasileiro,* cit., v. 4, p. 2931-2932.

182. "O general Dutra mandou um parlamentar – o sargento. Laudemiro das Mercês Ferreira – levar uma intimação, assim redigida: 'Sr. Com. Revolucionário do terceiro R.I. – O general Comandante da primeira R.M. – vosso comandante – vos concita a depor imediatamente as armas e render-vos; vossa situação é insustentável e é aconselhável evitar inúteis sacrifícios." CARNEIRO, Glauco. *História das revoluções brasileiras*, cit., v. 2, p. 430.

183. LEITE, Mauro Renault; NOVELLI JÚNIOR. *Marechal Eurico Gaspar Dutra: o dever da verdade*. Rio de Janeiro: Nova Fronteira, 1983. p. 89.

184. "ADITAMENTO N. 2 AO BOLETIM DIÁRIO Nº 286, DESTA DATA [11 DE DEZEMBRO DE 1935]". In LEITE, Mauro Renault. NOVELLI JUNIOR. *Marechal Eurico Gaspar Dutra:* o dever da verdade. Rio de Janeiro: Nova Fronteira, 1983. p. 91-95.

185. "(...) Os chefes foram, porém, colocados no navio 'Pedro I', transformado em barco-presídio, que ficou ancorado diante da Praia do Flamengo, sob vigilância de dois *des-*

tróiers que o varriam constantemente com seus holofotes". CARNEIRO, Glauco. *História das revoluções brasileiras*, cit., v. 2, p. 431-432.

186. Nélson de Mello, que foi chefe de polícia do Distrito Federal em 1943, em depoimento quase quarenta anos depois, recordaria: "O chefe de polícia de Getúlio, Filinto Müller, foi muito criticado por violências durante o Estado Novo, o que pensa disso?"

"Foi. E eu também fui chefe de polícia. Mas nunca recebi ordem de cometer nenhuma barbaridade. E não diga que o Getúlio foi generoso. No tempo dele, foram cometidas as maiores barbaridades no Brasil".

"O Filinto sempre alegou que estava apenas cumprindo ordens."

"Creio que era realmente um instrumento. Deixava acontecer, mais por comodismo do que por outra coisa. O Getúlio, naturalmente, sabia de tudo. Era o responsável. Mas era incapaz de ordenar o que se fazia". MELLO, Nelson de. Getúlio e Juscelino reconciliaram o governo com o povo. Apud MOTA, Lourenço Dantas (coord.). *A história vivida (II)*. São Paulo: O Estado de S. Paulo. 1981, p. 247.

187. VARGAS Getúlio. *A nova política do Brasil*. Rio de Janeiro: José Olympio, 1938. v. IV, p. 144 e ss.

188. CARNEIRO, Glauco. *História das revoluções brasileiras*, cit., v. 2, p. 434.

189. Em seu impressionante diário escrito clandestinamente durante o regime nazista, Victor Klemperer registra, pouco depois de Hitler haver assumido o poder em 1933, a criação, na cidade de Dresden, de um "Escritório de Combate ao Bolchevismo". KLEMPERER, Victor. *I shall bear witness:* the diaries of 1933-1941. Berlin: Phoenix, 1988. p. 9.

190. CARNEIRO, Glauco. *História das revoluções brasileiras*, cit., v. 2, p. 434. "O juiz federal José de Castro Nunes, em 1.º de fevereiro, denegou a ordem. No dia 7 o ministro Hermenegildo de Barros relatava idêntico pedido à Corte Suprema. O ministro Artur Ribeiro levantou a preliminar, concordando o Tribunal em não conhecer o pedido por ser originário, contra o voto do ministro Eduardo Espínola". SILVA, Hélio; CARNEIRO, Maria Cecília Ribas. *O Estado Novo*, cit., p. 48-49. Edgard Carone fez o balanço da ação repressiva do governo: "O resultado total das medidas é o reforço legal do governo e as prisões e destituições arbitrárias: sem a conclusão do processo, imenso número de sargentos e praças são expulsos do Exército (4-12-1935); no fim deste mês são cassados grande número de oficiais, como os Capitães Agildo Barata e Agliberto Vieira de Azevedo e mais dezoito outros; em abril de 1936, são punidos mais trinta oficiais, na lista encabeçada por Luís Carlos Prestes. Sem culpa alguma, no começo de 1936, prendem-se os professores Hermes Lima e Edgardo Castro Rebelo; em março, chegam 116 presos do Nordeste, entre eles Graciliano Ramos; deputados e senadores, como Abel Chermont e Abguar Bastos são presos (abril de 1936)". CARONE, Edgard. *A Segunda República*: 1930-1937, cit., p. 345.

191. VARGAS, Getúlio. Necessidade e dever de repressão ao comunismo. *A nova política do Brasil*, cit., v. IV, p. 155. Ver também: VARGAS, Getúlio. O levante comunista de 27 de novembro de 1935. *A nova política do Brasil*, cit., v. IV, p. 145.

192. VARGAS Getúlio. *Getúlio Vargas:* diário, cit., v. 1, p. 131.

193. Em suas memórias, Hermes Lima, um dos fundadores do Partido socialista brasileiro e mais tarde primeiro-ministro no curto regime parlamentarista nos anos sessenta, escreveu: "Ao irromper em fins de novembro de 1935 o levante de Natal, Recife e Rio, a sociedade brasileira quedou estarrecida. (...) Além de sangrento, um erro sangrento, o levante envenenou a vida pública, preparou o caminho do golpe de 1937, deu armas à retórica libelista do oficialismo". LIMA. Hermes, *Travessia:* memórias. Rio de Janeiro: José Olympio, 1974. p. 110.

194. Então, Plínio Salgado cuidou de reassegurar ao governo que ele já condenara "os 'complots' subversivos, os movimentos armados", e houvera afirmado que "os processos revolucionários por meio de violência (...) não devem ser adotados no Brasil". Cf. Artigo de Plínio Salgado, *A Offensiva*, 31 jan. 1935. Apud *Enciclopédia do integralismo*. Rio de Janeiro: Livraria Clássica Brasileira, 1958. v. 6, p. 22-23; e VARGAS, Getúlio. *Getúlio Vargas:* diário cit., p. 373. Quando da aprovação da Lei de Segurança Nacional, San Tiago a criticou em artigo publicado em *A Offensiva*, principal jornal integralista, o mesmo em que Plínio Salgado, em seguida à revolta comunista de novembro daquele ano de 1935, iria endossar; por essa altura, Antônio Gallotti escreveu a Octavio de Faria: "Sobre a lei de "segurança" (...) [Octavio estava em um sítio, em Campo Belo, próximo à cidade de Resende, no estado do Rio de Janeiro] infelizmente, a graça que a Providência nos concedeu não foi nem tem sido aproveitada nas infinitas proporções que devia ser. Por ora, valeu-nos mais ou menos tanto como o tiroteio da Sé. *A Offensiva* discreta, Plínio [Salgado], idem. Muita gente borradíssima". Carta de Antônio Gallotti a Octavio de Faria. Rio de Janeiro, 16.02.1935.

195. VARGAS Getúlio. *Getúlio Vargas:* diário, cit., p. 373.

196. LIMA, Alceu Amoroso. *Indicações políticas:* da revolução à Constituição. Rio de Janeiro: Civilização Brasileira, 1936. p. 193 e ss.

197. SALGADO, Plínio. *Cartas aos camisas-verdes*. Rio de Janeiro: José Olympio, 1935. p. 202-204.

198. SALGADO, Plínio. Carta de Natal, 1935. *Madrugada do espírito,* cit., v. 7, p. 429-430.

199. SALGADO, Plínio. *Psicologia da revolução*, cit., p. 17.

200. Leitor apaixonado de Eça de Queirós, que sabia por memória as três últimas páginas do maior romance do escritor português, *Os Maias*, não seria difícil a San Tiago identificar em Plínio Salgado traços do personagem Afonso da Maia: "Mas Eça entendia que o Sr. Afonso da Maia devia descer à arena, lançar também a palavra do seu saber e da sua experiência. Então o velho riu. O quê! Compor prosa, ele, que hesitava para traçar uma carta ao feitor? De resto, o que teria a dizer ao seu país, como fruto da sua experiência, reduzia-se pobremente a três conselhos, em três fases – aos políticos: 'menos liberalismo e mais caráter'; aos homens de letras: 'menos eloquência e mais ideia'; aos cidadãos em geral:

'menos progresso e mais moral'". QUEIRÓS, Eça de. *Os Maias*. Obra Completa. Rio de Janeiro: Aguilar, 1970. p. 381.

201. "Os discursos de Vargas adotavam, nas palavras de Stanley E. Hilton, 'um tom cada vez mais integralista' ao pedir que os 'laços de família, religião e Estado', fossem reforçados e ao alertar contra os comunistas, gente que queria 'aniquilar a pátria, a família e a religião'". LEVINE, Robert M. *Pai dos pobres? O Brasil e a era Vargas*, cit., p. 77.

202. "A publicação intitulada Monumento a Júlio de Castilhos [este Código político, promulgado a 14 de julho de 1891] faz uma completa síntese dos pontos essenciais da Constituição Castilhista, que revela o grau de radicalismo a que chegou a concepção republicana do líder gaúcho. (...): 'Não há parlamento: o governo reúne à função administrativa a chamada legislativa, decretando as leis, porém após exposição pública dos respectivos projetos, nos quais podem assim colaborar todos os cidadãos. A Assembleia é simplesmente orçamentária, para a votação dos créditos financeiros e exame das aplicações das rendas públicas. O Governo acha-se, em virtude de tais disposições, investido de uma grande soma de poderes, de acordo com o regime republicano, de plena confiança e inteira responsabilidade, o que permite-lhe realizar a conciliação da força com a liberdade e a ordem' (...)". BARRETTO, Vicente; PAIM, Antônio. *Evolução do pensamento político brasileiro*. Belo Horizonte: Itatiaia; São Paulo: Edusp, 1989. p. 200. Como mostra Ricardo Vélez Rodrigues, "segundo frisou Getúlio Vargas: 'Júlio de Castilhos para o Rio Grande é um santo' (...) Tudo isso devemos ao cérebro genial desse homem. Os seus correligionários devem-lhe a orientação política. Os seus coetâneos o exemplo de perseverança na luta por um ideal; a mocidade deve-lhe o exemplo de pureza e honradez de caráter". RODRIGUES, Ricardo Vélez. *Curso de introdução ao pensamento político brasileiro*. Unidade VII e VIII. Brasília: Ed. UnB, 1982. p. 28.

203. "Estima-se (...) que a população urbana do país aumentou de 10% para cerca de 30% de 1920 a 1940 (...)". SCHWARTZMAN, Simon. *Bases do autoritarismo brasileiro*. 3. ed. Rio de Janeiro: Campus, 1988. p. 119.

204. BRANDT, Paulo; FLAKSMAN, Dora. Getúlio Vargas. In: BELOCH, Israel; ABREU Alzira Alves de (coord.). *Dicionário histórico-biográfico brasileiro*, cit., v. 4, p. 3448-3449.

205. Foram criados os seguintes órgãos de intervenção do Estado na economia, nesse período: em 1931, o Departamento de Aeronáutica Civil, o Conselho Nacional do Café e a Comissão de Defesa e Produção do Açúcar; em 1933, o Instituto do Açúcar e do Álcool, o Departamento Nacional do Café e o Departamento Nacional de Produção Mineral; em 1934, a Comissão de Similares e o Conselho Federal do Comércio Exterior. Ver: VENANCIO FILHO, Alberto. *Das arcadas ao bacharelismo*, cit. Essa estrutura só começou a ser reformada ao final do século XX.

206. Ver: CAMARGO, Aspásia; GÓES, Walter de. *Meio século de combate*: diálogo com Cordeiro de Farias. Rio de Janeiro: Nova Fronteira, 1981. p. 224.

207. Ver: CARVALHO, José Murilo de. Vargas e os militares. In: PANDOLFI, Dulce Chaves (org.). *Repensando o Estado Novo*. Rio de Janeiro: Ed. FGV, 1999. p. 342.

208. A propósito do enfrentamento da questão social por Getúlio Vargas, Robert Levine observou: "No que se referia ao Brasil, os programas decorrentes da legislação social de Vargas eram essencialmente manipuladores, técnicas enganosas empregadas para canalizar a energia de grupos emergentes – principalmente das classes médias e trabalhadoras assalariadas e urbanas – para entidades controladas pelo governo". LEVINE, Robert M. *Pai dos pobres? O Brasil e a era Vargas*, cit., p. 25. E, em relação ao ensino público, registrou: "O censo de 1940 revelou que menos de um quarto das crianças em idade escolar abaixo de catorze anos frequentava a escola". Idem, ibidem, p. 74.

209. San Tiago escreveu três artigos sobre Ouro Preto. Cf. DANTAS, F. C. de San Tiago. Viagem a Ouro Preto, *Espelho*, jan. 1936.

210. Carta de San Tiago Dantas a Américo Lacombe. Belo Horizonte, 25.01.1935.

211. Depoimento de Vicente Chermont de Miranda.

212. Wilson Martins registrou o reflexo do irrealismo político de Plínio Salgado em sua obra literária: "É o que se observa na carreira de Plínio Salgado enquanto ficcionista: tendo começado com um romance político quando era apenas escritor, iria terminar com um 'poema histórico em prosa' quando era apenas político, evolução inversa que diz muito, não só das singularidades do seu espírito, mas também da progressiva perda de contato com a realidade a partir exatamente do momento em que o Integralismo alcançou o pináculo da expansão. Com efeito, A Voz do Oeste, em 1934, conservando todo o seu característico profetismo e habilidade de doutrinação, é uma fuga da realidade". MARTINS, Wilson. *História da inteligência brasileira*, cit., v. 7, p. 25.

213. Depoimento de Américo Lacombe. Depoimento de Vicente Chermont de Miranda.

214. Carta de Vicente Chermont de Miranda a Plínio Salgado. Rio de Janeiro, 1936. Em outubro de 1942, o jornal carioca *Diário de Notícias* entrevistou alguns ex-integralistas, entre eles San Tiago e Chermont de Miranda. "quando me convenci, em novembro de 1935 [data da revolta comunista], da absoluta ineficiência do integralismo como corpo de luta contra o comunismo, em conseqüência da pasmosa incapacidade da sua chefia". MIRANDA, Vicente Chermont de. Porque deixei de ser integralista. *Diário de Notícias*, out. 1942. Em seu depoimento ao Autor, Vicente Chermont de Miranda recordaria que no dia da derrota da Revolta Comunista no Rio de Janeiro, dirigiu-se à sede da Ação Integralista Brasileira, na travessa do Ouvidor, e lá encontrou o chefe provincial, Barbosa Lima, que não havia recebido de Plínio Salgado instruções para agir. Plínio, naquela altura, estava em Alagoas pronunciando conferências.

215. Vicente Chermont de Miranda saberia depois que a sua carta, da qual conservou o rascunho, jamais fora entregue a Plínio Salgado. Depoimento de Vicente Chermont de Miranda.

216. "Está sendo promovida a vinda do professor San Tiago Dantas, tribuno integralista, para a conferência do dia 1.º", noticiava um jornal mineiro. Ação Integralista Brasileira, *O Debate*, Belo Horizonte, 26 ago. 1935, p. 7.

217. SALGADO, Plínio. *Madrugada do espírito*, cit., v. VII, p. 335.

218. Roland Corbisier, militante integralista que em 1960 elegeu-se pela legenda do Partido Trabalhista Brasileiro – o mesmo partido pelo qual San Tiago elegera-se, dois anos antes, deputado federal – à assembleia constituinte do então criado estado da Guanabara, diria que a participação de San Tiago na Ação Integralista Brasileira era sobretudo intelectual; ao contrário da de Plínio Salgado, "um caipira, com um sotaque terrível, desdentado [mas que] arrebatava pela paixão que exibia". Depoimento de Roland Corbisier. Miguel Real registrou outro ângulo da relação de San Tiago com Plínio Salgado: "Como todo homem de méritos autênticos, tinha [San Tiago] a alegria de admirar e reconhecer o valor alheio, dedicando a Plínio afeição que poderia ser considerada mais do que cordial, afetuosa, pelo respeito ao homem franzino que se agigantava em seu esforço patriótico". REALE, Miguel. *Memórias*, cit., v. 1. p. 96.

219. Manuscrito autógrafo, grafado por Edison Junqueira Passos, e subscrito por San Tiago. Arquivo San Tiago Dantas.

220. Em carta datada de 20 de maio de 1937 a San Tiago, o presidente do Conselho Federal de Engenharia e Arquitetura informa-o: "Tenho a honra de comunicar a V. Exa. que o Conselho Federal de Engenharia e Arquitetura resolveu por unanimidade em sua sessão de 25.08.1936 nomear-vos Consultor Jurídico efetivo do mesmo, atendendo aos inestimáveis serviços que vindes prestando há muitos meses no referido cargo com brilho, competência e exemplar assiduidade. Adolfo Morales de Los Rios [presidente]".

221. Entre 1936 e 1937, na qualidade de consultor jurídico do Conselho Federal de Engenharia e Arquitetura, San Tiago expediu dezenove pareceres, sobre temas variados: 1. Valor bruto ou líquido do terço; 2. Revisão da Resolução n. 10; 3. Direito de exercer a profissão; 4. Registro de empreiteiros; 5. Auxiliares de engenheiros e arquitetos; 6. Empreiteiros da DOP e DER; 7. Contratação de estrangeiro; 8. Registro de título de construtor; 9. Sentido do termo licença; 10. Impedimento do exercício da profissão por motivo de doença; 11. Obtenção de carteira de diplomados por engenheiros geógrafos militares; 12. Multa por infração; 13. Revalidação de diploma; 14. Recurso ao CONFEA e ao CREA; 15. Licença municipal de "arquiteto construtor"; 16. Falta de habilitação para o exercício da profissão; 17. Ato do CREA e direito adquirido; 18. Diplomados da Escola de Belas Artes e Arquitetura de São Paulo; 19. Cobrança de imposto. Em seu arquivo, há vários resumos de pontos de Direito Penal, minuciosos e redigidos à mão por San Tiago.

222. Prossegue o relato: "O Dr. Narcélio de Queiroz pede a palavra e justifica a ausência do Professor Adelmar Tavares, retido na Faculdade de Direito de Niterói, em uma prova parcial. Da mesma sorte, o Dr. Mario Bulhões Pedreira salienta que o Dr. Evaristo de Moraes não tem comparecido às sessões por se achar doente, acamado...". *Revista de Direito Penal*, n. 15, 1936. Narcélio de Queiroz fora contemporâneo de San Tiago na Faculdade de

Direito e se tornara seu amigo, assim como do grupo do CAJU. Mario Bulhões Pedreira era um dos mais notáveis criminalistas de sua época; morto precocemente, seu filho, José Luiz, seria também um grande advogado, e amigo de San Tiago nos anos 1950 e 1960.

223. "Suas grandes recompensas [escreveu San Tiago] têm sido sempre as alegrias alheias a que, em qualquer lugar ou época, sempre a imagino dedicando os seus minutos atarefados e aflitos". DANTAS, San Tiago. Viagem a Ouro Preto, cit.

224. Ms. de San Tiago Dantas. *Dindinha*.

225. O prédio da sede do Jockey Club foi demolido; a sua construção e estilo seguiam o do prédio do Clube Naval, ainda preservado, erguido na esquina oposta.

226. "Durante longas outras noites, ou na Brahma ou no cassino da Urca, ou, às vezes na sua residência nas Laranjeiras... Lembro-me (...) Alberto Leal, Augusto Frederico Schmidt e San Tiago". COSTA, Licurgo. *O embaixador de Ariel*: breve notícia sobre a vida de Edmundo da Luz Pinto. O mais fascinante intérprete oral do Brasil no século XX. Florianópolis: Ed. Insular, 1999. p. 197.

227. DIAS, Sônia; JUNQUEIRA, Ivan. Antônio Gallotti. In: BELOCH, Israel; ABREU, Alzira Alves de (coord.). *Dicionário histórico-biográfico brasileiro*: 1930-1983, cit., v. 2, p. 1424.

228. Augusto Frederico Schmidt recordaria o amigo: "Os jovens de hoje não sabem o que significava a presença de Edmundo [Luz Pinto] nos salões de Gilda Guinle, de Carmen Saavedra, de Adalgisa Faria, grandes damas que recebiam com graciosa dignidade. Seu talento de conversar, suas frases de efeito seguro, suas análises, faziam sempre um sucesso mágico. Em torno do homem triste que era Edmundo da Luz Pinto, reuniam-se todas aquelas elegantes desejosas de ouvir coisas alegres, frases perfeitas que a Cidade repetia." COSTA, Licurgo. *O embaixador de Ariel*, cit., p. 154.

229. CARR, Raymond. *Spain*: 1808-1939. Oxford: Oxford University Press, 1966. p. 652-653.

230. Ver: GILBERT, Martin. *A history of the twentieth century*. Volume two: 1933-1951. New York: William Morrow and Company, Inc., 1998. p. 99.

231. DANTAS, F. C. de San Tiago. Aspectos políticos da crise militar. *Revista da Escola Militar*, ano XVII, ago. de 1936.

232. "O regulamento do exército proibia a 'iniciativa, tomar parte ou tolerar discussões religiosas ou partidárias nas dependências militares' bem como, 'manifestações pública a respeito de tópicos políticos partidários'. Essas normas contudo seriam reiteradamente ignoradas e infringidas". McCANN, Frank D. *Soldiers of the pátria*: a history of the Brazilian army, 1889-1937, cit., p. 301.

233. LEITE, Mauro Renault; NOVELLI JÚNIOR. *Marechal Eurico Gaspar Dutra*: o dever da verdade, cit., p. 91. "Góes Monteiro representou uma exceção. (...) Enquanto os autoritários civis não tinham maior simpatia por soluções militares e nem se dedicaram a

tematizar o papel das Forças Armadas, Góes Monteiro insistiu na missão central do Exército como poder moderador. A instituição não deveria 'fazer política', mas sim intervir diretamente na vida política, sempre que houvesse ameaça de desequilíbrio e de desordem na sociedade." FAUSTO, Boris. *O pensamento nacionalista autoritário (1920-1940)*, cit., p. 63-65.

234. "Dutra deixara claro [a Getúlio Vargas] que a indicação de Góes Monteiro era a condição para ele permanecer à frente do Ministério do Exército. 'Política dos Generais', como Getúlio referiu o episódio, encerrou-se o exército sob o comando de Dutra-Góes. Eles seriam respectivamente Ministro do Exército e Chefe do Estado Maior que por mais tempo ocupariam esses cargos na história do Brasil". McCANN, Frank D. *Soldiers of the pátria*: a history of the Brazilian army, 1889-1937, cit., p. 409-410.

235. Depoimento de Américo Lacombe. Aroldo Azevedo escrevendo a San Tiago por ocasião da morte de sua avó, diz que o procurou por telefone, "mas v. estava no sítio". Carta de Aroldo Azevedo a San Tiago Dantas. São Paulo, 23.09.1936. Sobre a localização do sítio, ver: depoimento de Felipe Quental, Raul Quental, sobrinhos de San Tiago, e de Ana Quental, mulher de Raul Quental. Rio de Janeiro, 1989.

236. Ver: REALE, Miguel. *Obras políticas*, cit., v. 1, p. 6.

237. "Tive, então, a clara intuição de que estaria excluído de um eventual governo integralista". Depoimento de Miguel Reale. Em suas memórias, Reale escreveu: "Pois foi nessa quadra de minha existência que fui alvo da primeira e grave decepção política. Exatamente quando mais me empenhava na elaboração de trabalhos teóricos e práticos, vi--me surpreendido pela minha súbita e imotivada exoneração das funções de Secretário Nacional de Doutrina. Fui substituído por meu antigo colega da Faculdade, Ernani da Silva Bruno, cuja vocação era e continua sendo mais por estudos históricos, de reconhecidos méritos, mas que jamais cuidara e cuidou, especificamente, da teoria integralista com afinco. Nunca entendi a razão desse inesperado gesto de Plínio Salgado. Não ignorava que minha atitude liberal (o termo 'liberal' tem uma conotação ética que favorece sua conotação política) não era do agrado de alguns, que não concordavam com a sistemática oposição da Secretaria de Doutrina ao anti-semitismo, ou à proibição da entrada de maçons nas fileiras da AIB. Sabia também que certos círculos católicos ultramontanos não concordavam com a minha tese de que 'nas questões mistas' (como, por exemplo, com relação à validade do casamento religioso, ou ao ensino da religião nas escolas) devia caber a decisão final ao Estado." REALE, Miguel. *Memórias*, cit., v. 1, p. 110. Em seu livro de memórias, Ernani Silva Bruno refere brevemente sua passagem pela AIB e, embora tendo convivido com Miguel Reale e trabalhado em seu jornal, *Acção*, a ele não faz qualquer referência, nem ao fato de o haver substituído na Secretaria Nacional de Doutrina. BRUNO, Ernani Silva. *Almanaque de memórias*, cit.

238. Em *Acção*, de 12 jan. 1937, 23 jan. 1937 e 1.º dez. 1937, respectivamente.

239. DANTAS, San Tiago. Concepção de Força Armada, cit.

240. DANTAS, F. C. de San Tiago. Integralismo e arte, cit.

241. A posição da AIB, e sem dúvida a de Plínio Salgado, sobre as "Artes" – bem diversa da posição de San Tiago – ficou registrada no Manifesto-Programa, a plataforma de governo anunciada por Plínio Salgado ao lançar sua candidatura à presidência da República naquele mesmo ano de 1937: "O Integralismo, que quer restaurar os valores espirituais, considera as artes como uma das mais belas expressões do espírito humano, a suprema criadora de harmonias, a animadora dos povos, a dignificadora da existência, a intérprete dos sentimentos humanos mais delicados e profundos. Compreende que a arte é a própria interpretação do mundo num dado tempo, em dadas circunstâncias, segundo temperamentos próprios e um ritmo universal inerente à própria essência da sensibilidade e da emoção do homem. Quer, pois, que a Era Integralista se assinale por uma arte que, na sua mais ampla liberdade, exprima o estado de espírito de uma raça renascendo numa gloriosa primavera humana". Extraído do Manifesto-programa do chefe nacional da A.I.B. editado pela Secretaria de propaganda da província da Guanabara, Rio de Janeiro: Casa Gomes, s/d. (folheto de 14 páginas). Manifesto-Programa da Ação Integralista Brasileira à eleição presidencial (1937). In: BONAVIDES, Paulo; AMARAL, Roberto. *Textos políticos da história do Brasil*, cit., v. 5, p. 161.

242. Sobre modernismo e fascismo, ver: GRIFFIN, Roger. Modernity under the new order. The fascist project for managing the future. *A fascist century*. New York: Palgrave Macmillan, 2008. p. 35.

243. Ver: LIMA, Alceu Amoroso. A reação espiritualista. COUTINHO, Afrânio (coord.). *Literatura brasileira*. Rio de Janeiro: Sul Americano, 1969. v. 4.

244. Ver: PAINTE JR, Borden W. *Mussolini's Rome*: rebuilding the eternal city. New York: Palgrave Macmillan, 2005. p. 63.

245. O arquiteto Le Corbusier, em carta ao ministro da Educação, Gustavo Capanema, defendia o seu projeto: "Visitei outro dia a Cidade Universitária de Roma. Está bem, mas é bem pequena e, no fundo, não tem espírito moderno". Carta de Le Corbusier a Gustavo Capanema. Paris, 21.11.1936. In: SCHWARTZMAN, Simon; COSTA, Vanda Maria Ribeiro; BOMENY, Helena Maria Bousquet. *Tempos de Capanema*, cit., p. 350. Lúcio Costa, em carta a Gustavo Capanema, registrou a oposição à contratação de Le Corbusier e a significação de sua obra, o projeto do prédio do Ministério da Educação, no centro do Rio de Janeiro: "Foi, efetivamente, neste edifício onde, pela primeira vez se conseguiu dar corpo, em obra de tamanho vulto, levada a cabo com esmero de acabamento e pureza integral de concepção, às ideias-mestras por que, já faz um quarto de século, o gênio criador de Le Corbusier se vem batendo com a paixão, o destemor e a fé de um verdadeiro cruzado. (...) Assim, pois, este monumento, além da sua significação como obra de arte, possui, ainda, um conteúdo moral: simboliza a vitória da inteligência e da honradez sobre o obscurantismo, a malícia e a má fé". Depoimento de Nestor Goulart Reis. In: SCHWARTZMAN, Simon; COSTA, Vanda Maria Ribeiro; BOMENY, Helena Maria Bousquet. *Tempos de Capanema*, cit., p. 357.

246. Ver: BADARÓ, Murilo. *Gustavo Capanema:* a revolução na cultura. Rio de Janeiro: Nova Fronteira, 2000. p. 248-255. Estranho no exterior, no Brasil verificou-se uma justaposição de linhas contrárias entre si, como mostra Lauro Cavalcanti: "Uma das características principais, que assinala a especificidade do modernismo arquitetônico brasileiro, é o fato de serem o mesmo grupo e praticamente os mesmos personagens que, ao mesmo tempo, revolucionam as formas e zelam pela preservação das construções pretéritas. Na Europa, correntes distintas e antagônicas tratavam dos dois assuntos". CAVALCANTI, Lauro. Modernistas, arquitetura e patrimônio. In: PANDOLFI, Dulce Chaves (org.). *Repensando o Estado Novo,* cit., p. 185. Depoimento de Nestor Goulart Reis.

247. Em depoimento ao Autor, Lucio Costa disse não se recordar de San Tiago na Escola de Belas Artes e Arquitetura. Só o encontraria ministro das Relações Exteriores, quando o visitou em sua casa, em busca de apoio a um trabalho que faria no exterior. San Tiago o recebeu e prontamente atendeu-lhe o pedido.

248. Ver: REALE, Miguel. *Memórias,* cit., p. 115-116.

249. A data do concurso está referida no recurso que San Tiago impetrou contra o indeferimento da decisão que opôs à negativa de adição dos títulos científicos os quais conquistou nos três anos que mediaram entre a abertura da inscrição e a realização do concurso, em julho de 1937.

250. Ver: VARGAS, Getúlio. *A nova política do Brasil,* cit., v. 4, p. 184-185. "Em março de 1936, com a captura de Prestes e a apreensão dos documentos em seu poder, foram sumariamente presos um senador e quatro deputados, ferindo-se a inviolabilidade parlamentar. Três meses depois o Congresso legalizou esse ato ao conceder a solicitada licença para processá-los. Em setembro foi aprovada, também pelo Congresso, a criação (manifestamente inconstitucional) do Tribunal de Segurança Nacional. No curso do mesmo ano de 1936 o Congresso prorrogaria por quatro vezes sucessivas, por 90 dias cada vez, a vigência do estado de sítio". MARTINS, Luciano. Estado Novo. In: BELOCH, Israel; ABREU, Alzira Alves de (coord.). *Dicionário histórico-biográfico brasileiro,* cit., v. 2, p. 1197.

251. A situação do Brasil em 31 de dezembro de 1936. – Saudação ao País, na primeira hora de 1937. In: VARGAS, Getúlio. *A nova política do Brasil,* cit., v. 4, p. 215-216.

252. Instalado o Estado Novo, José Américo diria que Getúlio Vargas jamais o apoiara. LIMA, Valentina da Rocha (coord.). *Getúlio:* uma história oral. Rio de Janeiro: Record, 1986. p. 111.

253. Depoimento de Américo Lacombe. O desconforto de San Tiago e Antônio Gallotti com os desfiles integralistas datava do início do movimento. Em carta a Octavio de Faria escrita em 1934, Gallotti, citando San Tiago, descreve essa sensação, que o tempo agravaria: "Em todo caso, anuncio aqui o melhor assunto para o nosso primeiro encontro: o integralismo, a parada do dia 20, dando guarda ao chefe. Nunca em minha vida venci tamanhas resistências. Nunca fui tão heroico. Ninguém, a não ser talvez o San Tiago, teve o mérito que tive naquela inesquecível tarde de domingo. Para mim aquilo não foi uma parada. Foi como que uma travessia através de um quarteirão que estivesse em chamas. Foi

um verdadeiro banho de fogo. Mas, apesar de tudo, atravessei de camisa verde a avenida, olhando para a frente, firme, vencendo em cada passo uma batalha. Que luta: O San Tiago ao meu lado deve ter passado os mesmos momentos. Só pessoalmente, porém, farei a análise de tudo que se deu: o que me levou à 'via-crúcis', que não foi de nenhum modo, como ao San Tiago, o decantado respeito ao Espírito. Levaram-me à marcha um encadeamento de fatos tal que me vi no dilema de ou comparecer ou, com toda probabilidade, ver o meu nome ao lado do Severino no grande quadro de expulsão. Aqui falaremos". Carta de Antônio Gallotti a Octavio de Faria. Rio de Janeiro, 30.05.1934.

254. BRANDT, Paulo; SOARES, Leda. Plínio Salgado. In: BELOCH, Israel; ABREU Alzira Alves de (coord.). *Dicionário histórico-biográfico brasileiro,* cit., v. 4, p. 3051 e ss.

255. "A missão precípua dos interventores era governar dentro das pressões políticas dos estados, embora atendendo sempre às ordens do poder central. Uma forma de centralização bem grande. Na verdade, nada se fazia em parte alguma sem a orientação e o beneplácito do presidente". In: LIMA, Valentina da Rocha (coord.). *Getúlio:* uma história oral, cit., p. 135. Depoimento de Almir de Andrade.

256. "O governo – a União encarnada no presidente – era senhor de todos os instrumentos de comando político: da lavoura e da indústria, cartelizada e controlada; do operariado, sindicalizado sob as rédeas do Ministério do Trabalho, Indústria e Comércio; grande parte dos Estados, aprisionados ao Banco do Brasil e às ordens do Catete, com o governador de Minas Gerais dócil instrumento das manobras da Capital Federal. As classes, dissociadas internamente em grupos de pressão, desvinculadas dos partidos, aceitam, incapazes de expressão política autônoma, a rédea de cima". FAORO, Raymundo. *Os donos do poder,* cit., v. 2, p. 705.

257. Getúlio, tão logo tomou o poder em 1930, começou a reorganizar as Forças Armadas; o orçamento militar alcançou 30,4% em 1938, contra 19,4% em 1931. Ver: idem, ibidem, v. 2, p. 704. Sobre a "política dos generais", a princípio estes resistiram à nomeação de Góes Monteiro. Ver: McCANN, Frank D. *Soldiers of the pátria,* cit., p. 407 e ss. "Nos dois anos seguintes à revolta comunista de 1935, Góes Monteiro, a *éminence grise* militar de Vargas, tinha levado a cabo o seu próprio plano de neutralizar os Estados cuja liderança política havia entrado em oposição ao governo federal: Bahia (Juraci Magalhães), Pernambuco (Lima Cavalcanti), Rio Grande do Sul (Flores da Cunha) e São Paulo (os partidários de Sales Oliveira). Para Góes Monteiro e Dutra, o objetivo era um 'Exército forte dentro de um Estado forte'. Os esforços de ambos para dar ao Exército nacional o monopólio da força militar coincidiam com os planos de Vargas de uma ditadura pessoal". SKIDMORE, Thomas. *Brasil:* de Getúlio a Castelo, 2. ed. Rio de Janeiro: Saga, 1969. p. 47.

258. Ver: IGLÉSIAS, Francisco. *Trajetória política do Brasil,* cit., p. 245. Oferecido a Plínio Salgado que o recusou, em seu título o Plano *Cohen* visava atrair adicionalmente simpatia antissemita, uma vez que havia uma aberta associação entre a Revolução Russa e os judeus – tese defendida entre outros por Afonso Arinos. O propósito não surtiu efeito, contudo: "O líder máximo dos integralistas rejeitou o trabalho realizado pelo serviço

secreto da AIB por considerá-lo fantasioso demais e por traçar um perfil dos comunistas, quase todos presos na época, muito distante da realidade. Sem reduzir a importância simbólica da peça de retórica política que foi o Plano Cohen, ele não teve maior repercussão no seio da comunidade judaica". MAIO, Marcos Chor. Qual anti-semitismo? Relativizando a questão judaica no Brasil dos anos 30. In: PANDOLFI, Dulce Chaves (org.). *Repensando o Estado Novo*, cit., p. 243 e 244.

259. BONAVIDES, Paulo; AMARAL, Roberto. Solicitação ao Presidente da República da decretação de comoção intestina grave – Exposição de motivos dos ministros militares (29 de setembro de 1937). *Textos políticos da história do Brasil*: Segunda República (1934-1945). 3. ed. Brasília: Senado Federal, 2002. v. V, p. 217.

260. A maioria do governo aprovou o estado de guerra, por 138 votos contra 52, na Câmara Federal; no Senado, por 23 votas contra 5. CARONE, Edgard. *A Segunda República*, cit., p. 371.

261. REALE, Miguel. *Memórias*, cit., v. 1, p. 120.

262. Amaral Peixoto, auxiliar e genro de Getúlio Vargas, recordaria o episódio: "Por que não se consumou a ida de Plínio Salgado para o Ministério da Educação? – O convite não foi efetivado. Não posso precisar até que ponto havia esse compromisso". CAMARGO, Aspasia; HIPPOLITO, Lucia; D'ARAUJO, Maria Celina Soares; FLAKSMAN, Dora Rocha. *Artes da política diálogo com Ernani do Amaral Peixoto*. Rio de Janeiro: Nova Fronteira, 1986. p. 196.

263. Com a mesma fria objetividade de suas manobras políticas, Getúlio registrava os fatos em seu diário: "e recebo o general Newton Cavalcanti. Quando conversava com este, começou o desfile da concentração integralista pela frente do palácio. Fui assisti-la, acompanhado pelos generais Newton e Pinto. Mais tarde, chegou o ministro da Guerra, que assistiu ao resto do desfile. Certamente 20 mil integralistas desfilaram em continência ao chefe da nação." (1.º nov. 1937). VARGAS, Getúlio. *Getúlio Vargas*: diário, cit., v. I, p. 79.

Pio Corrêa descreveu os desfiles integralistas que então assistiu, sob outra ótica: "Depois dos garotões de Ipanema vinham senhores de idade provecta, uns ventripotentes, outros raquíticos, Senhoras, Senhoritas, meninos, gente de todas as idades e de todas as cores. E as calças, as malditas calças multicores destruindo a ilusão marcial! Lá para o fim, desaparecia toda pretensão de passo certo ou de peito estufado: a retaguarda caminhava à vontade, olhando para os lados, rindo, conversando. E, fechando o préstito, ideia fatal, algumas fileiras de babás gordas ou magras, pretas, brancas ou pardavascas, todas de camisa verde e carregando ao colo seus pimpolhos, todos de camisinha verde e agitando bandeirinhas do Partido. O desfile acabava no nível simpaticamente carnavalesco da franca pagodeira, e as babás meneavam instintivamente os quadris. Getúlio podia sorrir: em matéria de força, dois esquadrões de cavalaria varreriam tudo aquilo em dez minutos". CORRÊA, Manoel Pio. *Pio Corrêa: o mundo em que vivi*, cit., p. 107.

CAPÍTULO XI. QUAL DIREITA?

1. Dantas, F. C. de San Tiago. A influência inglesa no Brasil e no mundo moderno. Discurso proferido no dia 29 04 1943, em sessão solene na Faculdade Nacional de Filosofia. Mensario do *Jornal do Commercio*, p. 259.

2. BONAVIDES, Paulo; AMARAL, Roberto. Discurso-Manifesto de Getúlio Vargas (10 de novembro de 1937). *Textos políticos da história do Brasil*, cit., v. 5, p. 265. "Em 1937, havia 63 estações [de rádio], número que passou para 111 em 1945; o número de rádio receptores aumentou de 357.921 aparelhos para 659.762 em 1942. O uso político do rádio esteve voltado para a reprodução de discursos, mensagens e notícias oficiais. Em 1931, foi criado o programa Hora do Brasil, reestruturado em 1939, após a criação do DIP. O programa tinha três finalidades: informativa, cultural e cívica. Divulgava discursos oficiais e atos do governo, procurava estimular o gosto pelas artes populares e exaltava o patriotismo, rememorando os feitos gloriosos do passado. Nas cidades do interior, era reproduzido por alto-falantes instalados nas praças". CAPELATO, Maria Helena. Propaganda política e controle dos meios de comunicação. In: PANDOLFI, Dulce Chaves (org.). *Repensando o Estado Novo*, cit., p. 176.

3. "A notícia do golpe saiu publicada nos jornais da tarde do dia 10. Às sete horas da noite, o dr. Getúlio anunciou pela Hora do Brasil e foi jantar na embaixada da Argentina, justamente para mostrar tranquilidade. Ele tinha um compromisso antigo com o embaixador Cárcano, que era grande amigo dele. O Cárcano telefonou para saber se, com aqueles acontecimentos, o jantar seria adiado. O dr. Getúlio mandou dizer ao Cárcano: 'Mas por que adiar? Vou jantar, e vou com toda a minha família.'" Depoimento de Amaral Peixoto. In: LIMA, Valentina da Rocha *Getúlio:* uma história oral, cit., p. 127.

4. Em depoimento ao Autor, Américo Lacombe disse que Plínio Salgado foi recebido por Francisco Campos às vésperas do golpe de novembro de 1937, e este nada lhe informou a respeito. Lacombe, San Tiago e os cajuanos integralistas ficaram surpresos com a ignorância de Plínio sobre o golpe de 1937. Sobre a consulta de Plínio Salgado a Miguel Reale e a San Tiago Dantas, ver: Depoimento de Miguel Reale. A participação de Plínio Salgado nas tratativas do golpe que levou ao Estado Novo foi descrita pelo próprio Plínio, em carta que a 28 de janeiro de 1938 enviou a Getúlio Vargas. BONAVIDES, Paulo; AMARAL, Roberto. *Textos políticos da história do Brasil*, cit., v. 5, p. 275.

5. Sobre a referência ao perfil de Plínio Salgado, feito por Getúlio Vargas, ver: VARGAS, Getúlio. 28 de novembro de 1937. *Getúlio Vargas*: diário, cit., p. 88. Getúlio registrou em seu diário o encontro com Plínio Salgado: "passei na casa do Rocha Miranda, onde encontrei-me com Plínio Salgado, e ao conversamos sobre a dissolução do integralismo e dos partidos políticos, e sua entrada para o ministério [da Educação], ficou de acordo, ponderando, porém, as dificuldades que encontraria, precisando consultar sua gente e depois responder-me". Idem, ibidem, v. 2, p. 88.

6. "O fechamento da Ação Integralista coincidiu com a formatura da Alzira [Vargas, filha de Getúlio; pouco depois se casaria com Amaral Peixoto] na Faculdade de Direito, em dezembro de 37. A cerimônia, no Teatro Municipal, foi uma demonstração de força do integralismo. A maior parte dos formandos, quando recebia o diploma, vinha para a frente do palco e fazia a saudação integralista sob aplausos. Quando saímos do teatro, o presidente me disse: 'Vá para Niterói, porque já assinei o ato fechando os partidos políticos'." CAMARGO, Aspásia; HIPPOLITO, Lucia; D'ARAUJO, Maria Celina Soares; FLAKSMAN, Dora Rocha. *Artes da política* cit., p. 197.

7. Meio século depois, Miguel Reale, em suas memórias, registraria a inação de Plínio Salgado, ante o apelo de seus liderados: "procuraram demover Plínio Salgado de seu obstinado silêncio, que culminou numa carta, datada de 28 de janeiro de 1938, que praticamente importava recusa do Ministério, sem indicação de qualquer outro caminho. Mais de dois meses haviam, no entanto, passado, afetando nossas possibilidades reais, devido à desarticulação e ao desânimo, com o pior dos males que é a perda de confiança nos chefes (...) no mais, o que houve foi o vácuo, o silêncio complacente e omisso. Era o começo do fim, não tendo valido senão como paliativo a melancólica conversão da AIB em entidade permanente de caráter cultural e cívica". REALE, Miguel. *Memórias*, cit., v. 1, p. 124.

8. Carta de Plínio Salgado a Getúlio Vargas, Rio de Janeiro, 28 de janeiro de 1938. In: BONAVIDES, Paulo; AMARAL, Roberto. *Textos políticos da história do Brasil*, cit., p. 275.

9. "As fotos e textos [fornecidos pelo DNP, depois DIP, aos jornais e revistas] eram da melhor qualidade, já que Lourival [Fontes] havia recrutado o que na época havia de melhor no nosso foto-jornalismo. (...) Jornais contrários ao novo regime ou recalcitrantes poderiam sofrer toda uma gama de castigos, que da advertência, passava pela censura prévia, redução da cota de papel e, finalmente, a supressão total da cota de papel, o que obviamente levava ao fechamento do jornal e da revista. Tudo era muito claro, sem subterfúgios, sem meias-palavras. Em resumo, era aderir ou morrer". SILVEIRA, Joel. *Na fogueira:* memórias. Rio de Janeiro: Maud, 1998, p. 178.

10. GALLOTTI, Antônio. San Tiago Dantas. In: COELHO, José Vieira et al. *San Tiago:* vinte anos depois. Rio de Janeiro: Paz e Terra/IEPES, 1985. p. 53.

11. "Programa de História do Brasil". Arquivo San Tiago Dantas, 1938. Precedendo um manuscrito de quarenta e cinco páginas, contendo apenas a parte relativa ao Império, o sumário é o seguinte: "Império – a agitação proposta contra os governos – a máquina oligárquica falta de órgão conservador das tradições políticas, perda de um sentido político no governo, hipertrofia do Executivo. Washington Luís – a revolução liberal de 1930 – insinceridade ideológica da revolução, que foi sobretudo anti-oligárquica – a ditadura Vargas – a Constituinte de 1934 – o regime efêmero dessa Constituição: sua orientação doutrinária – a democracia de direito – órgãos de provimento, sistema eleitoral – as lutas sociais no País – impotência do regime – revolta comunista de 1935 – decadência da Câmara, sua inferioridade moral e mental – continuação da hipertrofia do Executivo – a sucessão e o golpe de Estado de 1937 – características da atual Constituição brasileira".

12. A nomeação dos participantes na conspiração varia entre as testemunhas. Plínio Salgado refere Otávio Mangabeira, Júlio de Mesquita Filho (proprietário do jornal *O Estado de S. Paulo*), os generais Castro Júnior, Guedes de Fontoura, Basílio Taborda, Euclides Figueiredo e o brigadeiro Eduardo Gomes. E aponta como chefe do movimento o general Castro Júnior. Ver: Entrevista a *O Globo*, Rio de Janeiro, 21 maio 1953, Apud SILVA, Hélio. *1938*: terrorismo em campo verde. Rio de Janeiro: Civilização Brasileira, 1971. p. 241. Hélio Silva ressalva o equívoco do chefe da AIB em incluir em sua relação o brigadeiro Eduardo Gomes. Amaral Peixoto, genro de Getúlio Vargas e então interventor no estado do Rio de Janeiro, observou em seu depoimento: "como no golpe comunista de 35, havia gente que não era comunista, no de 38 – talvez até mais – havia elementos estranhos ao integralismo, que se aliaram para dar o golpe. O Armando de Salles, por exemplo, teria vindo de Minas no dia do golpe, e isso motivou a suspeita de que tinha sido prevenido. (...) Mas ele não era integralista. O chefe do movimento, Severo Fournier, também não era. Eles eram contra o governo. Havia uma aliança de elementos contrários ao governo em torno do integralismo porque aquele era o agrupamento de oposição mais forte e mais organizado". CAMARGO, Aspásia; HIPPOLITO, Lucia; D'ARAUJO, Maria Celina Soares; FLAKSMAN, Dora Rocha. *Artes da política*, cit., p. 195. "A revolta de 11 de maio é compósita, isto é, seus participantes são integralistas, liberais oposicionistas e membros do Exercito, desvinculados de compromissos políticos". CARONE, Edgard. *O Estado Novo (1937-1945)*. Rio de Janeiro: Difel, 1977. p. 201.

13. "E o golpe de 10 de março, qual a sua composição? Pelas informações e a lista dos presos, pode-se constatar que, entre março e abril, todos os julgados são integralistas ou aliciados por eles". CARONE, Edgard. *O Estado Novo (1937-1945)*, cit., p. 201.

14. Ver: CARNEIRO, Glauco. *História das revoluções brasileiras*, cit., v. 2, p. 443-444.

15. Ver: SILVA, Hélio. *1938*: terrorismo em campo verde, cit., p. 155. A referência à presença de San Tiago em São Paulo logo depois do frustrado ataque de 11 de março de 1938 deve-se a Hélio Silva, que cita uma entrevista por ele feita em fevereiro de 1960 com San Tiago, ao que se pode deduzir quando da redação de um artigo escrito por Hélio Silva sobre a revolta integralista e publicado no jornal carioca Tribuna da Imprensa, sob o título "Rapsódia Verde em 5 atos", em janeiro-fevereiro daquele ano. Ver: SILVA, Hélio. *1938*: terrorismo em campo verde, cit., p. 331 e 233, respectivamente. Deixando o Rio de Janeiro depois do fracasso da tomada da Escola Naval, Plínio Salgado teria-se refugiado em São Paulo, com um grupo de integralistas, sendo San Tiago um deles, segundo escreve Hélio Silva, em seu livro *1938*, tendo por fonte o seu artigo (e a entrevista que então teria feito com San Tiago), citados. É possível que San Tiago estivesse em São Paulo no dia 12, ou 13 de março, quando Plínio lá teria chegado, em seguida aos acontecimentos da noite do dia 11 de março de 1938, e San Tiago tenha se encontrado com ele. Certo é que a 16 de março de 1938 San Tiago estava no Rio de Janeiro. Nesta data, escreveu a seu colega de jardim de infância, Rubem Porto, uma carta apresentando o seu cunhado, João Barbosa Quental, então médico da Caixa de Aposentadorias da Light. Carta de San Tiago Dantas a Rubem Porto. Rio de Janeiro, 16.03.1938. Arquivo San Tiago Dantas. Já em relação ao desliga-

mento de San Tiago da conspiração, que teria ocorrido logo depois do fracasso da ação de março de 1938, Hélio Silva, citando a mesma fonte, escreve que, San Tiago, retornando ao Rio de Janeiro, "procurou outra atividade intelectual e fixou-se nos estudos que tinha de empreender para disputar a cátedra de Direito Civil...". Há imprecisões nesse relato. Àquela altura, San Tiago havia muito se dedicava a "outra atividade intelectual"; como visto, em 1937 conquistara uma cátedra de Direito, por concurso também, na Escola de Belas Artes e Arquitetura onde lecionava desde 1932, e no ano da revolta integralista conquistaria outra, na Escola de Economia. Somente no segundo semestre de 1938, abriu-se à disputa a cátedra de Direito Civil, na Faculdade Nacional de Direito, a qual San Tiago conquistaria em 1939. Não há indicação de que San Tiago tenha trabalhado intensamente na "arregimentação da Província de Minas Gerais". Como visto, San Tiago residiu por uma curta temporada em Belo Horizonte, quando maior foi a sua militância, mas não há indícios de que tenha desempenhado esse papel. Quanto ao pedido de Plínio a San Tiago, que lesse no rádio um manifesto, é crível, e ainda mais a negativa de San Tiago. Deve-se, contudo, registrar ter sido essa entrevista, que teria San Tiago concedido a Hélio Silva, a única manifestação pública feita por San Tiago sobre a sua participação na Ação Integralista Brasileira, em forma de depoimento factual.

16. Advertido das ações conspiratórias, Getúlio Vargas anotou, a 5 de março de 1938, em seu Diário: "Descreveram-me um ambiente de franca conspiração no Exército, na Marinha e no elemento civil, dirigido pelos integralistas e secundado por todos os elementos descontentes. E mais, que havia, no Rio, um ambiente de desconfiança, de sobressalto e de alarma. Perguntei ao ministro Campos se já havia conversado com Plínio Salgado, conforme eu o encarregara. Respondeu-me que não, porque este estava ausente. Reiterei-lhe a recomendação, por um dever de lealdade. Ou ele vinha colaborar, ou teria de adotar medidas de repressão contra seus partidários que estavam conspirando". VARGAS, Getúlio. *Getúlio Vargas*: diário, cit., p. 113.

17. Ver: COUTINHO, Amélia; BENJAMIN, César. Severo Fournier. In: BELOCH, Israel; ABREU, Alzira Alves de (coord.). *Dicionário histórico-biográfico brasileiro*, cit., v. 4, p. 1339.

18. Depoimento de Joaquim Alves dos Santos. Arquivo Nacional, Processo n. 600, do Tribunal de Segurança Nacional, p. 503 e ss. Apud SILVA, Hélio. *1938*: terrorismo em campo verde, cit., p. 188.

19. Mais tarde, Taberna do Leme, na avenida Princesa Isabel. Inteiramente reformada, ainda existe como restaurante.

20. Em seu depoimento à polícia, Severo Fournier tentou justificar a sua fuga: "E assim, só, frente à situação desvantajosa e crítica, não tive outro recurso senão abandonar o campo de luta. Custou-me essa resolução e pesaroso segui a imposição dos fatos. Tudo conspirava contra meus desígnios e lutar contra esses elementos era tarefa sobre-humana. Estava fisicamente exausto, alquebrando mesmo de tanto esforço despedido, moralmente arrasado pelo desfecho inglório da luta". Depois de deixar o palácio, "atingimos o alto do

morro, [às] cinco horas da madrugada e alguns minutos (...) saltando muros e cercas chegando à rua Bambina às 8 e meia da manhã. Eu levava o mesmo uniforme da luta: botas culote e camisa de instrução do tipo aviador e com visíveis sinais da contenda. Seria alvo de todos os olhares. Para compor a fisionomia entramos num açougue, onde pedimos permissão para nos servir de um tanque, no qual lavamos o rosto sujo e dali saímos melhorados". NASSER, David. *A revolução dos covardes:* diário secreto de Severo Fournier, reportagens políticas e ordens da censura do ditador, cit., p. 127-133. Apud SILVA, Hélio. *1938:* terrorismo em campo verde, cit., p. 231.

21. "Quem entrou no Guanabara quando os integralistas estavam lá dentro foi o general Dutra. Faço algumas restrições ao Dutra, mas nesse dia sua atuação foi impecável. Ele estava em casa quando foi informado, pegou um carro no forte do Vigia com seis ou sete soldados e foi para o Guanabara. Passou diante do corpo da guarda, onde estavam os integralistas, foi para a guarita e mandou abrir, dizendo: 'Eu sou o ministro da Guerra!' E entrou no jardim. Nesse momento, levou uma rajada de metralhadora. Não chegou a entrar no palácio, mas foi lá tomar pé, conhecer a situação". CAMARGO, Aspásia; HIPPOLITO, Lucia; D'ARAUJO, Maria Celina Soares; FLAKSMAN, Dora Rocha. *Artes da política,* cit., p. 198.

22. Demósthenes Madureira de Pinho, integralista e mais tarde colega de San Tiago na Faculdade de Direito, recordou em suas Memórias as sessões de tortura que presenciou e teve notícia, quando preso, depois da revolta de 1938: "os gritos de dor que só não eram ouvidos da rua, porque as motocicletas no pátio, os abafavam, com o ronco dos seus motores". PINHO, Demósthenes Madureira de. *O carrossel da vida.* Rio de Janeiro: José Olympio, 1974. p. 123.

23. Ver: SILVA, Hélio. *1938:* terrorismo em campo verde, cit., p. 195; e idem, Dominada uma revolta integralista. *Jornal do Commercio.* Rio de Janeiro, 12 maio 1938.

24. "Acredito que era 1:30h quando cheguei ao Guanabara. Eu estava à paisana, desarmado, acompanhado de cinco policiais armados. (...) Às três horas, recebi cerca de 40 soldados vindos do forte de São João". CAMARGO, Aspásia; GOES, Walter de. *Meio século de combate:* diálogo com Cordeiro de Farias, cit., p. 262.

25. Alzira Vargas, filha de Getúlio, relata em suas memórias o diálogo travado com Filinto Müller: "'Alegam que não podem passar do Fluminense F.C., pois todas as ruas de acesso e a entrada do Palácio estão tomadas'. Continuei: 'O general Dutra atravessou só. Não é possível que, com tropa, não possam entrar'. Respondeu: 'Cordeiro não sabe em que ponto do Palácio vocês estão e tem receio de os atingir em vez dos atacantes'. Dei-lhe nossa posição e já nas últimas gotas de paciência: 'Além do mais, se estão com medo de entrar pelo portão principal que ainda está sob o controle do Josafá, há uma pequena porta de comunicação entre o campo de futebol do Fluminense e o jardim do Palácio. Há uma chave que o abre e desse lado do Palácio não há ninguém. Tanto nós, como os atacantes, estamos do lado oposto. Mas, que acabem logo com essa espera'. Mais uns minutos de angústia e outra resposta evasiva: 'Eles não sabem onde está a chave'. 'Pois então que arrebentem a porta

a bala. Eles não estão armados?' retruquei, impaciente". PEIXOTO, Alzira Vargas do Amaral. *Getúlio Vargas, meu pai*, cit. "Parece que, entre o momento em que Cordeiro de Farias chegou ao portão do Fluminense e o momento em que o portão foi aberto, passaram-se quase cinco horas. Um tempo longo demais". CAMARGO, Aspásia; HIPPOLITO, Lucia; D'ARAUJO, Maria Celina Soares; FLAKSMAN, Dora Rocha. *Artes da política*, cit., p. 200.

A versão de Cordeiro de Farias, como era de se esperar, é diversa e defensiva: "Por que as entradas do palácio não estavam sob o controle dos integralistas? – No início estavam, mas ficaram desguarnecidas com a fuga de Fournier. Quando consegui entrar, o movimento estava praticamente extinto. Aliás, Alzirinha se queixa muito de que eu demorei a chegar. Acontece que ninguém conhecia a situação real e eu não tinha ninguém para me acompanhar no assalto. Quando recebi meia dúzia de cavalheiros, penetrei...". Idem, ibidem, p. 265.

26. "O investigador Aldo Cruschen estivera durante toda a noite guardando sozinho a outra ala do Guanabara, justamente a que faz vizinhança com o Fluminense F. C. Ofereceu-se para ir abrir a porta de comunicação e o fez sem ser visto, nem molestado. Os 'salvadores' entraram então pacificamente e sem dar um tiro. (...) A resistência foi pequena, os que haviam aguentado entregaram-se quase que sem combate". PEIXOTO, Alzira Vargas do Amaral. *Getúlio Vargas, meu pai*, cit., p. 193.

27. Em relação ao esconderijo, nas árvores, dos revoltosos em seguida à fuga de Severo Fournier, ver: SILVA, Hélio. *1938: terrorismo em campo verde*, cit., p. 237. A prisão dos revoltosos foi narrada por Cordeiro de Farias: "O tiroteio era inexpressivo. Prendemos os homens, que estavam apavorados porque Fournier, líder do ataque ao Guanabara, havia fugido com seus companheiros. Prendi os que restaram". CAMARGO, Aspásia; HIPPOLITO, Lucia; D'ARAUJO, Maria Celina Soares; FLAKSMAN, Dora Rocha. *Artes da política*, cit., p. 264. O assassínio dos presos, a sangue frio, foi registrado por um dos advogados de defesa dos revoltosos: "A verdade é que os autos nos revelam sete mortes, entre os atacantes, que não foram praticadas em combate. Sete mortes, sobre as quais nenhuma luz se procurou fazer", denunciou o advogado de um dos presos e processados pelo Tribunal de Segurança, Mário Bulhões Pedreira, colega de San Tiago no Instituto. In: Defesa apresentada por Mário Bulhões Pedreira. Arquivo Nacional, Processo n. 600, do Tribunal de Segurança Nacional, 1938.

28. "'O Presidente acaba de sair'. Duvidei e ele confirmou com certo orgulho: 'Saiu, sim senhora. Foi para o Catete a pé'. (...) Alcancei-o quase na metade da Rua Paissandu. (...). Das ruas laterais acorriam pessoas de todas as idades, que o seguiam. Durante todo o trajeto era saudado com palmas e exclamações de júbilo. Imperturbável, retribuía com um aceno ou um sorriso, como se fora um fato comum (...)". PEIXOTO, Alzira Vargas do Amaral. *Getúlio Vargas, meu pai*, cit., p. 195.

29. VARGAS, Getúlio. *Getúlio Vargas*: diário, cit., p. 132.

30. Idem, ibidem, p. 133.

31. Os jornais da capital federal já no dia seguinte, a 12 de maio de 1938, referiam o episódio por "intentona integralista", tomando o termo imposto pela censura do governo à revolta comunista de 1935. Apenas o jornal *O Estado de S. Paulo*, em sua edição da mesma data, referiu a eclosão de um "movimento revolucionário", na capital da República. Ver: *Jornal do Commercio*, Rio de Janeiro, 12 maio 1938; e *O Estado de S. Paulo*, da mesma data. O noticiário, visivelmente redigido pelo Departamento Nacional de Propaganda, exibia praticamente o mesmo texto, com igual conteúdo.

32. VARGAS, Getúlio. A repulsa pelo atentado de 11 de maio. *A nova política do Brasil.* Rio de Janeiro: José Olympio, 1938. v. 5, p. 211- 213.

33. Ver: SILVA, Hélio. *1938*: terrorismo em campo verde, cit., p. 259-260.

34. A frieza e a coragem de Getúlio Vargas surpreenderam o tenente-coronel Cordeiro de Farias: "Deixei Alzirinha (filha de Getúlio) e fui encontrar Getúlio com Beijo (Benjamim, irmão de Getúlio) e mais um rapaz de Itaqui (cidade do Rio Grande do Sul, terra de Getúlio) no lance final da escada, embaixo, com uns revólveres mínimos! Perguntei pela guarda e ele me disse que já não tinha mais ninguém. Getúlio estava incrivelmente frio e se comportou como se estivesse me recebendo para uma audiência: mantinha o domínio completo de seu estado nervoso". CAMARGO, Aspásia; GOES, Walder de. *Meio século de combate:* diálogo com Cordeiro de Farias, cit., p. 264. Em seu depoimento, Amaral Peixoto, genro de Getúlio e à época interventor no estado do Rio de Janeiro, registrou: "Qual foi afinal a justificativa para a demora em tomar providências?

– Não vejo nenhuma. Acho o seguinte: houve indecisão, covardia e talvez um pouco de cumplicidade". "Muitos ficaram doentes naquela noite. Por isso é que eu digo: no dia seguinte deveria haver vários fuzilamentos. Mas o dr. Getúlio tinha essa coisa: era um pouco indiferente."

"E quanto a Filinto Müller? O presidente não ficou chocado com a imperdoável inépcia da polícia?"

"– É muito difícil saber. O dr. Getúlio fazia aquele balanço de forças, compreendem? mas a atitude do Filinto foi indesculpável". CAMARGO, Aspásia; HIPPOLITO, Lucia; D'ARAUJO, Maria Celina Soares; FLAKSMAN, Dora Rocha. *Artes da política*, cit., p. 199 e 201.

Sobre a sua disposição de não se render aos rebelados, Getúlio Vargas já escrevera em outra oportunidade: "Se perdermos dirão que o fizemos por ambição, quem sabe? Sinto que só o sacrifício da vida poderá resgatar o erro de um fracasso". LEVINE, Robert M. *Pai dos pobres? O Brasil e a era Vargas*, cit., p. 45.

35. "Mas, também, se dão as condenações pelo Tribunal de Segurança Nacional, que englobam quase 300 integralistas, muitos deles sendo sentenciados a 10 anos de prisão (Severo Fournier), enquanto os cabeças do Sigma – Plínio Salgado e Gustavo Barroso – são excluídos do processo por falta de prova". CARONE, Edgard. *O Estado Novo (1937-1945)*, cit., p. 207.

36. "Em uma conversa com Plínio Salgado, em agosto de 1963, ele afirmou que o fracassado Putsch contra Vargas de 1938, chefiado por Belmiro Valverde, não teve apoio do movimento integralista. (...) As forças do Putsch, explicou, eram integralistas apenas em parte, pois constituíam uma coalizão de diversas facções desgostosas com a maneira arbitrária com que Vargas tomara o poder. (V. Robert M. Levine, 'The Vargas Regime', págs. 162-3.) Segundo Plínio revelou, na mesma conversa, Valverde era um indisciplinado, e estava sendo usado por outros grupos e pessoas". LAUERHASS JUNIOR, Ludwig. *Getúlio Vargas e o triunfo do nacionalismo brasileiro*. Belo Horizonte: Itatiaia; São Paulo: Edusp, 1986. p. 130. Sobre a versão de Belmiro Valverde, ver: SILVA, Hélio. *1938*: terrorismo em campo verde, cit., p. 244.

37. Na entrevista concedida a Hélio Silva San Tiago teria dito que depois da revolta frustrada de 11 de março de 1938 se desligara inteiramente das articulações. Em depoimento ao Autor, Miguel Reale afirmou que os líderes da Ação Integralista estavam informados da revolta, inclusive San Tiago. San Tiago teria indagado a Reale como identificaria sua assinatura, quando recebesse de Reale a mensagem dando notícia dos acontecimentos; Reale assinou seu nome à frente do amigo, e este disse: "sua assinatura é uma ventania", apontando o traço a circundar o nome, claro na firma do amigo. Depoimento de Miguel Reale. Em um de seus depoimentos ao Autor, Américo Lacombe disse que ele, San Tiago e os cajuanos membros da AIB foram contra a intentona integralista de maio de 1938, e, embora tivessem conhecimento das articulações nesse sentido, nelas não se envolveram.

38. "O plano, elaborado pelo Comando do Movimento de Maio, não era o de assassinar Getúlio Vargas (propósito que jamais passou pela cabeça de ninguém, desde quando se cogitara do assalto ao Palácio Guanabara), mas de prendê-lo. (...) Julgava-se bastante e decisiva a prisão de Getúlio Vargas com a cooperação de sua guarda externa". REALE, Miguel. Memórias, cit., v. 1, p. 130 e 128.

39. "Quanto à parte referente ao atentado pessoal à pessoa do Presidente e sua família, cai, pela realidade dos próprios fatos; é assim que, tendo ao dispor do declarante todos os elementos favoráveis para efetuar qualquer gênero de ação que levasse o declarante manter-se durante quase três horas na expectativa de que o Presidente se entregasse; (...)". Depoimento de Severo Fournier na Polícia Civil do Distrito Federal. Arquivo pessoal de Eurico Gaspar Dutra. Apud SILVA, Hélio. *1938*: terrorismo em campo verde, cit., p. 212. Nelson Werneck Sodré, oficial do exército e membro do partido comunista, comentou a participação de Severo Fournier: "Em abril, [em verdade, em maio, de 1938], um grupo combativo, em que o antivarguismo era maior do que o integralismo, atacou, pela madrugada, o Palácio Guanabara, residência do ditador. (...) Muito de obscuro resta ainda, sobre tal episódio. (...) O tenente Severo Fournier, que comandava o assalto ao Guanabara, ficou preso longo tempo, nos rigores do cárcere foi vítima de tuberculose. Era um bravo oficial que sonhava com a pureza do regime, provavelmente nada tinha de integralista. Como julgava que todos os males provinham de Vargas cuidou que a eliminação destes trouxesse remédio". SODRÉ, Nelson Werneck. *Memórias de um soldado*. Rio de Janeiro: Civilização Brasileira, 1967. p. 142.

40. Edméa San Tiago Dantas concedeu apenas uma breve entrevista ao Autor, na qual entregou-lhe uma cópia xerox do currículo de San Tiago, que consta do livro *Discursos parlamentares*, editado pela Câmara dos Deputados, e observou ter sido uma fatalidade um homem tão inteligente, de tão boa memória, haver morrido tão cedo. E fez saber ao Autor que mais não falaria. Depoimento de Edméa de San Tiago Dantas. Rio de Janeiro, fevereiro de 1989. Em encontro fortuito na casa de Plínio Doyle, colega de faculdade e de escritório de San Tiago, indagada pelo Autor sobre o Integralismo e estimulada a responder por seu amigo, Edméa fez o breve comentário acima transcrito. Rio de Janeiro, março de 1990.

41. Carta de San Tiago Dantas a Américo Lacombe. Belo Horizonte, 12.04.1938.

42. Considerações sobre o morto. Rio de Janeiro, 12 jul. 1938. O recorte não traz indicação do jornal em foi publicado o artigo. Afonso Celso era filho do Visconde de Ouro Preto, que chefiou o último gabinete do Império e exilou-se junto a Pedro II. Historiador e advogado conhecido no foro da capital, feito conde pelo Papa Pio X em 1905, Afonso Celso ficou famoso pelo seu ardente nacionalismo, expresso no livro *Porque me ufano de meu país*; já as suas memórias, *Oito anos no parlamento,* são um documento importante ao conhecimento da política de seu tempo. San Tiago conheceu o conde por intermédio de sua filha, Maria Eugênia Celso, contemporânea e amiga de Violeta, mãe de San Tiago. Maria Eugênia, poeta e feminista, casou-se com Adolfo Carneiro de Mendonça, primo de Violeta. Depoimento de Lurdes Montenegro, prima de San Tiago pelo lado paterno.

43. Essas e as demais citações sobre esse tema foram extraídas do Parecer – Comissão de Ensino e Recursos. Conselho Universitário da Universidade do Rio de Janeiro. San Tiago Dantas, relator. Rio de Janeiro, 12 de julho de 1938. O parecer foi aprovado na mesma data, em reunião havida na sala de sessões, como consta de certidão expedida em novembro de 1938. Arquivo San Tiago Dantas.

44. CAMPOS, Francisco. Diretrizes do Estado Nacional – Entrevista concedida à Imprensa, em novembro de 1937. *O Estado nacional: sua estrutura, seu conteúdo ideológico.* 3. ed. Rio de Janeiro: Jose Olympio, 1941. p. 57-58.

45. Ver: SKIDELSKY, Robert. The growth of a world economy. In: HOWARD, Michael; LOUIS, Wm. Roger. *The twentieth century.* Oxford: Oxford University Press, 1998. p. 50 e ss.

46. DANTAS, F. C. de San Tiago. Reflexões sobre o emprego dos "planos" em administração e economia. *Revista de Economia e Estatística,* ano 3, n. 3, jul. 1938, p. 256.

47. "Persistimos na prática de levar a ação propulsora do poder público a todos os empreendimentos de interesse coletivo, sem coarctar ou absorver a iniciativa privada, antes, amparando-a e favorecendo o surto de novas culturas e indústrias". A situação do Brasil em 31 de dezembro de 1936. Saudação ao país, na primeira hora de 1937. VARGAS, Getúlio. *A nova política do Brasil,* cit., v. IV, p. 209-210. A associação do estatismo e autoritarismo político seria afirmada com a ditadura militar implantada em abril de 1964.

48. Entre estes Oliveira Vianna, que identificou equivocadamente a intervenção democrática feita por meio de órgãos técnicos sob controle do Congresso, promovida por Franklin Roosevelt, à intervenção estatal, marcadamente autoritária, imposta por Mussolini na década de 1920 na Itália. Ver: VIANNA, F. J. Oliveira. *Ensaios inéditos*. Campinas: Ed. Unicamp, 1991. p. 167.

49. DANTAS, F. C. de San Tiago. Reflexões sobre o emprego dos planos em administração e economia, cit., p. 253.

50. "A FCEARJ foi criada em 19 de dezembro de 1938, graças à iniciativa de um grupo do qual faziam parte, além de Eugênio Gudin, Álvaro Porto Moitinho, Eduardo Lopes Rodrigues, Luís Dodsworth Martins e João Carlos Vital, entre outros. Em fevereiro de 1939 a faculdade abriu matrícula para o curso Superior de Administração e Finanças que, em três anos, conferia aos alunos o título de bacharel em ciências econômicas. Em 1945 a FCEARJ foi incorporada à Universidade do Brasil e passou a se chamar Faculdade Nacional de Ciências Econômicas (FNCE). (...) A [faculdade] funcionava na avenida Rio Branco, no último andar de um edifício, creio que ao lado da Galeria dos Empregados do Comércio. (...) O currículo da FCEARJ foi estabelecido pelo Decreto n. 20.158, de 30 de junho de 1931, que previa a criação do Curso Superior de Administração e Finanças. Distribuído em três anos, era composto das seguintes cadeiras: matemática financeira; geografia econômica; economia política; direito constitucional e civil". NOGUEIRA, Denio. *Denio Nogueira: depoimento*. Brasília: Banco Central do Brasil, 1993. p. 32 e ss.

51. "Certidão" da Faculdade de Ciências Econômicas e Administrativas do Rio de Janeiro, 18 de novembro de 1939. Arquivo San Tiago Dantas. Não há, contudo, indicação de que Afonso Arinos haja lecionado nessa Faculdade. Depoimento de Alberto Venancio.

52. DANTAS, San Tiago. A missão do ensino econômico e administrativo na reconstrução brasileira. *Revista de Economia e Estatística*, ano 4, n. 2, abr. 1939, p. 117 e ss.

53. San Tiago cita a obra no original alemão, *Wirtschaft und Gesellschaft*. Embora não haja no texto a referência, a primeira edição da obra de Max Weber data dos anos 1921-1922.

54. Raymond Aron, em suas memórias escritas em 1983, quarenta e quatro anos depois do artigo de San Tiago, referindo-se à caracterização do chefe carismático feita por Max Weber, observou a "neutralidade axiológica" dessa formulação, conjectura se Weber seria capaz de aplicá-la a Hitler. ARON, Raymond. *Mémories*. Paris: Robert Laffont, 2010. p. 107.

55. "Referia-me, outrossim, ao *New-Deal* de Roosevelt, lembrando a observação de Alceu Amoroso Lima de que o plano econômico de Roosevelt não era mais que 'um fascismo à maneira *yankee*'". REALE, Miguel. *Memórias*, cit., v. 1, p. 93.

56. DANTAS, F. C. de San Tiago. A missão do ensino econômico e administrativo na reconstrução brasileira, cit., p. 122.

57. Idem, ibidem, p. 117 e ss.

58. Sobre a origem e a persistência, até hoje, do modelo regulatório autoritário então instituído, e do modelo centralizado da administração pública brasileira, em especial da intervenção do governo (e não do Estado) na economia, ver: DUTRA, Pedro. Regulação econômica: trajetória e perspectiva. In: LIMA, Maria Lúcia Pádua (coord.). *Direito e economia*: 30 anos de Brasil. São Paulo: Saraiva, 2012.

Almir de Andrade, contemporâneo de San Tiago na Faculdade de Direito e depois nela professor de Direito Constitucional, e diretor da revista *Cultura* editada pelo governo do Estado Novo, sintetizou o regime político então vigente – do qual foi um ardente defensor: "a missão precípua dos interventores era governar dentro das pressões políticas dos estados, embora atendendo sempre às ordens do poder central. Uma forma de centralização bem grande. Na verdade, nada se fazia em parte alguma sem a orientação e beneplácito do presidente". LIMA, Valentina da Rocha (coord.). *Getúlio*: uma história oral, cit., p. 135. Almir de Andrade não prestou concurso para a cadeira que ocupava: ocupou-a por nomeação de Getúlio Vargas, que a criou, juntamente com a de Teoria Geral do Estado, desdobrando-a da cadeira de Direito Público Constitucional (Decreto 2.639/1940). Depoimento de Alberto Venancio Filho.

59. DANTAS, F. C. de San Tiago. A missão do ensino econômico e administrativo na reconstrução brasileira, cit., p. 123.

60. DANTAS, F. C. de San Tiago. A revolução francesa. *Revista do Brasil*, jul. 1939, p. 12 e ss.

61. Idem, ibidem, p. 12.

62. Carta de San Tiago Dantas a Alceu Amoroso Lima. Rio de Janeiro, 11.07.1939.

63. Dois recibos de aluguel e a nota fiscal da compra dos móveis foram preservados por San Tiago.

64. Carta de Miguel Reale a San Tiago Dantas. São Paulo, 24.04.1939. No papel timbrado em que Miguel Reale escreveu a seu amigo lê-se: "Miguel Reale – Advogado. Rua 11 de agosto, 64, 6.º andar, salas 34 a 36. tel. 2-6996 – São Paulo".

65. "Em carta de Filinto Müller a Alzira Vargas, o primeiro diz que 'já providenciei o passaporte do Plínio [Salgado]. Ele deseja saber quais os recursos que lhe serão proporcionados. Que determina o Chefe?' [o Chefe, aqui, é Getúlio Vargas; Alzira, sua filha e assessora]". CARONE, Edgard. *O Estado Novo (1937-1945)*, cit., p. 208. A carta de Plínio Salgado ao general Dutra é citada em: SILVA, Hélio. *1938: terrorismo em campo verde*, cit., p. 337. Ver também: BRANDT, Paulo; SOARES, Leda. Plínio Salgado. In: BELOCH, Israel; ABREU, Alzira Alves de (coord.). *Dicionário histórico-biográfico brasileiro*, cit., p. 3058.

66. DANTAS, F. C. de San Tiago. *Conflito de vizinhança e sua composição*. Rio de Janeiro, s. ed., 1939. O livro foi feito imprimir pelo Autor.

67. DANTAS, F. C. de San Tiago. Prefácio. *Conflito de vizinhança e sua composição*, cit.

68. Em 1953, já reputado um dos maiores jurisconsultos brasileiros, San Tiago publicou uma coletânea de pareceres e ensaios: *Problemas de direito positivo*. Rio de Janeiro: Forense, 1953. Postumamente, um de seus alunos editaria suas aulas de direito civil, taquigrafadas entre 1942 a 1945, ao longo da sua primeira turma nessa cadeira na Faculdade Nacional de Direito.

69. DANTAS, San Tiago. *Conflito de vizinhança e sua composição*, cit. A obra se divide em dez capítulos: I) O Conflito de Vizinhança; II) As Normas Administrativas sobre a Vizinhança Industrial; III) O Conflito de Vizinhança no Direito Privado; IV) Os Atos Emulativos e o Abuso do Direito; V) Teorias sobre a Vizinhança (Fundamento da responsabilidade – Lesão do direito – Preocupação); VI) Teorias sobre a Vizinhança (Critério de tolerabilidade e intolerabilidade das imissões); VII) O Conflito de Vizinhança e a Jurisprudência. As Formas de Composição; VIII) O Direito de Vizinhança; IX) Os Deveres e Direitos de Vizinhança; X) Critério Sistemático de Composição de Conflitos entre Vizinhos. Sobre a datilografia dos originais: Depoimento de Américo Lacombe.

70. "Portia: Tarry a little: there is something else. This bond doth give thee here no jot of blood;

The words expressly are a pound of flesh:

Then take thy bond, take thou thy pound of flesh;

But, in the cutting it, if thou dost shed

One drop of Christian blood, thy lands and goods

Are, by the laws of Venice, confiscate

Unto the state of Venice". SHAKESPEARE, William. *The merchant of Venice*, act. IV, Sc. I.

71. Mais tarde, San Tiago diria a seus alunos em conversa fora da aula que no Brasil, historicamente ineficaz o Judiciário, os conflitos de vizinhança resolviam-se ou por acordo ou à bala, situação até hoje em grande medida veraz. Depoimento de Astolpho Dutra, aluno da primeira turma do curso de Direito Civil (1942 a 1945) de San Tiago na Faculdade Nacional de Direito, no Rio de Janeiro.

72. GILBERT, Martin. *A history of the twentieth century*. Volume one: 1900-1933, cit., p. 160.

73. "Corredor polonês assim chamado na Alemanha, na Inglaterra e nos Estados Unidos, era uma estreita faixa de terra de cerca de 15.500 km2, que dava à Polônia acesso ao Mar Báltico e separava a Prússia Oriental do território alemão propriamente dito. Concedido à Polônia pelo Tratado de Versailhes, de 1919, o corredor contava com uma população mista, mas majoritariamente polonesa. No período entre as guerras fora de vital importância econômica e estratégica para a Polônia; para a Alemanha transformou-se em um território a ser recuperado". LATAMSKI. Paul. Polish corridor. In: DEAR, I. C.; FOOT,

M. R. D. (ed.). *The Oxford Companion to the second world war*. New York: Oxford University Press, 1995. p. 906-907.

74. Ver: LICHTHEIM, George. *Europe in the twentieth century*. London: Weidenfeld and Nicolson, 1972. p. 244.

75. Ver: TAYLOR, A. J. P. *The origins of the second world war*. London: Hamish Hamilton, 1961. p. 139 e 148.

76. Ver: GILBERT, Martin. *A history of the twentieth century*. Volume two: 1933-1951, cit., p. 205 e 227.

77. Idem, ibidem, p. 226.

78. Idem, ibidem, p. 141.

79. Ver: SERVICE, Robert. *Stalin: a biography*. Cambridge (MA): The Belknap Press of Harvard University Press, 2004. p. 399-401.

80. Ver: DAVIES, Norman. *Europe at war:* 1939-1945 no simple victory. London: Macmillan, 2006. p. 81.

81. *Drôle de guerre* em francês; *Sitzkrieg* em alemão; *phoneywar*, para os americanos, *borewar* segundo os ingleses. Ver: HART, Liddell. *History of the Second World War*. p. 41-42.

82. Ver: HART, B. H. Liddell. *History of the second world war*. London: Pan Books, 1973. p. 71.

83. Ver: GILBERT, Martin. *A history of the twentieth century*. Volume two: 1933-1951, cit., p. 302; HART, B. H. Liddell. *History of the second world war*, cit., p. 70.

84. CHURCHILL, Winston. A total and unmitigated defeat. In: CANNADINE, David (ed.). *Blood, toil, tears and sweat:* the great speeches. London: Penguin Classics, House of Commons, 13 may 1940. p. 130 e ss.

85. A citação acima reproduz, em tradução livre, os principais trechos do discurso de Winston Churchill pronunciado a 10 de junho de 1940, ao assumir a chefia do gabinete parlamentar inglês, como a imprensa mundial o registrou e no Brasil seria conhecido. Em especial a frase inicial, da qual o substantivo *toil* foi excluído e a ordem dos termos na frase alterada em nome da sonoridade. Eis o texto original do discurso: "I have nothing to offer but blood, toil, tears and sweat. We have before us an ordeal of the most grievous kind. We have before us many, many long months of struggle and of suffering. You ask, what is our policy? I will say: It is to wage war, by sea, land and air, with all our might and with all the strength that God can give us: to wage war against a monstrous tyranny, never surpassed in the dark, lamentable catalogue of human crime. That is our policy. (…) Victory – victory at all costs, victory in spite of all terror, victory, however long and hard the road may be; for without victory, there is no survival. Let that be realized; no survival for the British Empire; no survival for the urge and impulse of the ages, that mankind will move forward towards its goal. But I take up my task with buoyancy and hope. I feel sure that our cause will not

be suffered to fail among men. At this time I feel entitled to claim the aid of all, and I say, 'Come, then, let us go forward together with our united strength'. We shall go on to the end, we shall fight in France, we shall fight on the seas and oceans, we shall fight with growing confidence and growing strength in the air, we shall defend our island, whatever the cost may be, we shall fight on the beaches, we shall fight on the landing grounds, we shall fight in the fields and in the streets, we shall fight in the hills; we shall never surrender, and even if, which I not for a moment believe, this island or a large part of it were subjugated and starving, then our Empire beyond the seas, armed and guarded by the British Fleet, would carry on the struggle, until in God's good time, the new world, with all its power and might, steps forth to the rescue and the liberation of the old". Idem, ibidem, p. 148. Devo a observação sobre a tradução do texto a Paulo Francis. Os discursos de Churchill eram lidos e admirados pelos futuros alunos de San Tiago quando estes ainda cursavam os preparatórios para ingressar na Faculdade Nacional de Direito do Rio de Janeiro. Depoimento de Astolpho Dutra.

86. A caracterização desse período como *anos de consenso* se deve ao grande biógrafo de Mussolini, Renzo de Felice, e deu causa a uma acesa polêmica na Itália nos anos 1970; como registra outro biógrafo do Duce, Pierre Milza. Ver: MILZA, Pierre. *Storia d'Italia: dalla preistoria ai giorni nostri*. Milano: Casa Editrice Corbaccio, 2006, p. 819.

87. Ver: CANDELORO, Giorgio. *Storia dell'Italia moderna*. 6. ed. Roma: Feltrinelli, 1986. v. 9, p. 288.

88. Idem, ibidem, p. 288.

89. Afonso Arinos, amigo de San Tiago, em livro, *Preparação ao nacionalismo*, afirmara que as revoluções francesa, bolchevista e fascista haviam, em sua visão, sido articuladas pelos judeus. Em suas memórias, o diplomata Heitor Lyra mostra a complacência, senão o apoio, em relação ao regime nazista e fascista, presente em fração reduzida, porém expressiva, da elite brasileira: "Naturalmente que não pretendo insinuar que Hitler e Mussolini fossem dois *anjinhos*. Mas também não tenho por que achá-los dois *diabos*. Eram dois homens dotados de excepcionais qualidades de estadistas, que, encarnando os sentimentos patrióticos de seus respectivos povos, se esforçavam por que eles tivessem também *um lugar ao sol* (...). Dir-se-á que, exprimindo ambos as mais justas reivindicações, acabaram por lançar seus compatriotas na desgraça, com todos os sofrimentos e tristezas inerentes. É verdade. Mas isso foi depois que, repudiados pela França e pela Inglaterra em seus propósitos de estabelecerem uma paz geral, viram-se obrigados a uma preparação para resolverem seus problemas pela força, única solução que lhes restava, embora sabendo que teriam pela frente a maior coligação armada já constituída no mundo: a aliança da Inglaterra com a França, a Rússia e os Estados Unidos da América, sem mencionar os pequenos países satélites destas potências, que eram então a Europa Central e o Oriente Próximo. Derrotadas a Alemanha e a Itália em 1945, a propaganda oficial das quatro grandes potências quis fazer crer que a culpa da Segunda Guerra Mundial coubera inteira aos dois ditadores. Porém esta história foi inventada para enganar os tolos. Porque todos aqueles que têm olhos para ver e ouvidos para ouvir, e conhecem os esforços da Alemanha nazista e da Itália fascista, antes

de 1936 (quando não se tinha ainda formado o Eixo Hitler-Mussolini), para fixar a paz em terras europeias, não se deixam embalar por esta cantiga. (...) Para prová-lo basta referir uns poucos fatos anteriores a 1939, hoje sobejamente sabidos, mas desprezados por aqueles que têm interesse em torcê-los, desvirtuá-los ou esquecê-los com o intuito de inocentar as potências aliadas e atirar a culpabilidade integral sobre os ombros de Hitler e Mussolini". LYRA, Heitor. *Minha vida diplomática*. Brasília: Ed. UnB, 1972. t. II, p. 412-413.

90. Em setembro de 1939, atendendo a uma conferência dos países americanos convocada pelo presidente dos Estados Unidos, Franklin Delano Roosevelt, o governo brasileiro, firmou uma declaração de neutralidade do continente em face ao conflito europeu. Ver: HILTON, Stanley. *Oswaldo Aranha:* uma biografia, cit., p. 324; e VARGAS, Getúlio. No limiar de uma nova era, 11.6.1940; *A nova política do Brasil*. Rio de Janeiro: José Olympio, 1940. v. VII, p. 327.

91. DANTAS, F. C. de San Tiago. Guerra na África. *A Offensiva*, 14 out. 1935.

92. Cada homem era, àquela altura, afirma San Tiago em seu artigo, um "filósofo da história", dominado pelas questões que o conflito trazia, "a paz futura, o destino dos povos, o destino e a duração do seu próprio povo". *Camões e a raça,* cit.

93. "Depois, o Hitler invadiu a Áustria, matou o Dollfuss, que era o chefe da Áustria, (...) o Mussolini perdeu completamente a personalidade. Depois, não pôde fazer mais nada. Fez as pazes com o Hitler, deixou de ser um chefe político e passou, como dizia o Otávio de Faria, a ser o secretário do Hitler. Ficou sendo escravo do Hitler. Ele, que a princípio não era anti-semita, que tinha muita coisa mais liberal do que o Hitler, acabou demitindo e expulsando da Itália o Del Vecchio, que foi um de seus conselheiros, porque tinha sangue judeu. Depois que surgiu o Nazismo, a direita tomou uma feição muito diferente. Muita gente que era integralista por amor ao Fascismo, quando veio o Nazismo, começou a esfriar. Foi grande o número de direitistas que não aderiu ao nazismo. O Franco, por exemplo, se recusou a entrar na guerra. O Nazismo era uma brutalidade. O Franco passou uma noite inteira a dizer não ao ministro alemão que queria por força a adesão da Espanha". LUSTOSA, Isabel. *Lacombe, narrador*, cit., p. 32-33.

94. A citação, feita por San Tiago, é extraída da obra do grande filólogo e medievalista alemão Ernst Curtius, *Essai sur la France*. Paris: Édition de L'Aube, 1934. Apud DANTAS, F. C. de San Tiago. *Revista do Brasil*, jun. 1939, p. 12 e ss.

95. Por telegrama, Stálin cumprimentou Hitler por sua conquista. "Tenho o mundo em meu bolso", disse Hitler, senhor da Europa – à exceção da Inglaterra, de onde Winston Churchill reafirmou o seu maior propósito: "derrotar Hitler; isso torna tudo simples para mim". Sobre o telegrama de Stálin e a reação de Hitler, ver: GILBERT, Martin. *A history of the twentieth century*. Volume two: 1933-1951, cit., p. 318-319. A citação de Churchill está em: TAYLOR, A. J. P. *The warlords*. London: Penguin Books, 1977. p. 121.

96. Ver: COBBAN, Alfred. *A history of modern France:* 1871-1962. London: Penguin Books, 1965. v. 3, p. 179.

97. Depoimento de Lauro Escorel, colega de San Tiago na Ação Integralista Brasileira e futuro embaixador.

98. VARGAS, Getúlio. *A nova política do Brasil*, cit., v. VII, p. 327.

99. Ver: HILTON, Stanley. *Oswaldo Aranha:* uma biografia, cit., p. 334.

100. Em seu diário, Getúlio registrou: "Fervem os comentários em torno do discurso do dia 11: os alemães embandeiraram, os ingleses atacaram, os americanos manifestaram-se consternados. Internamente, acusaram-me de germanófilo. Vou publicar uma nota explicativa". VARGAS, Getúlio. *Getúlio Vargas:* diário, cit., v. 1, p. 319.

101. A redação de O Estado de S. Paulo foi ocupada a 23 de março de 1940. De então por diante, até a queda da ditadura Vargas no final de 1945, o jornal foi publicado sob intervenção federal.

102. "Os grupos privados e o próprio Getúlio inclinavam-se por uma associação com capitais estrangeiros, alemães ou americanos. A maior pressão no sentido de se instalar uma indústria fora do controle externo, vinha das Forças Armadas. (...) durante o ano de 1939, os entendimentos do governo brasileiro com a *United States Steel Corporation* dominaram a cena, e o plano chegou a ser estabelecido para a instalação de uma indústria da qual participariam a empresa americana, grupos privados e o governo brasileiro." FAUSTO, Boris. O estado getulista. *História do Brasil*, cit., p. 371.

103. Getúlio Vargas, já ao início da guerra, registrou esse ângulo do confronto europeu: "Setembro de 1939 – Dia 14 (...) O ministro da Guerra [General Dutra] falou-me na sua exposição apresentada na reunião coletiva e nas suas apreensões relativamente ao reflexo interno que poderia ter o resultado da guerra, encarada como luta de doutrinas". VARGAS, Getúlio. *Getúlio Vargas:* diário, cit., v. 1, p. 255.

104. LIMA, Alceu Amoroso. *Meditação sobre o mundo moderno*. Rio de Janeiro: José Olympio, 1941. p. 54.

105. Idem, ibidem, p. 175 e 176.

106. Apud MARTINS, Wilson. *História da inteligência brasileira*, cit., v. 7, p. 174.

CAPÍTULO XII. O MESTRE

1. DANTAS, F. C. de San Tiago. *Palavras de um professor*. 2. ed. Rio de Janeiro: Forense, 2001. p. 2.

2. Na ata do concurso, lê-se: "A comissão crê oportuno salientar que às sessões públicas estiveram presentes o Exmo. Sr. Reitor e grande numero de professores (...)". "Promovi [recordará o então reitor Pedro Calmon] os demais concursos, disputados por grandes juristas, a quem a condição de católicos ostensivos não embaraçou a aplaudida conquista, Arnoldo de Medeiros, Ferreira de Sousa, Haroldo Valadão, San Tiago Dantas, Demósthenes Madureira de Pinho...". CALMON, Pedro. *Memórias*. Rio de Janeiro: Nova Fronteira,

1995. p. 267. Sempre conciliador, o antigo reitor refere por católicos os candidatos então tidos por conservadores, à direita, seguindo, com maior ou menor intensidade, a doutrina social da Igreja e, no caso de San Tiago e Demósthenes, havia pouco tempo, integralistas. Afonso Arinos, amigo de San Tiago, estava na plateia, e recordaria: "revejo o brilhante concurso de Direito Civil, a cujas provas assisti". In: FRANCO, Afonso Arinos de Melo. *A escalada*, cit., p. 264.

  3. O jornal *Meio-Dia* a 29 de julho de 1940 noticiava: "Inicia-se hoje o concurso para catedrático de Direito Civil. Serão candidatos: Arnaldo de Medeiros da Fonseca defenderá a tese *Investigação de paternidade*; San Tiago, *Conflito de vizinhança e sua composição*; e Jaime Junqueira Aires apresentará a tese *Estudos sobre filiação*. O concurso desperta o interesse dada a bagagem científica dos candidatos.". "No dia dois, às treze horas e quatorze minutos, o professor San Tiago Dantas defende, em sessão publica, sua tese *O conflito de vizinhança e sua composição*. Depois de arguido pela comissão, em prova que durou cinco horas, o candidato recebeu as notas, que foram encerradas no competente invólucro.", registra a ata do concurso. A ata do julgamento final do concurso diz: "Declarou o Sr. Presidente que, de acordo com os resultados verificados, o Dr. Arnoldo Medeiros da Fonseca obtivera indicação unânime dos examinadores para o primeiro lugar; para o segundo lugar, o Dr. Francisco Clementino San Tiago Dantas obtivera indicação dos professores José Philadelpho de Barros Azevedo, Henrique Castrioto de Figueiredo e Mello e Hahnemann Guimarães, tendo o Dr. Jayme Tourinho Junqueira Aires as indicações dos professores Lino de Moraes Leme e Alvino Ferreira Lima, pelo que estava indicado para o segundo lugar o Dr. Francisco Clementino San Tiago Dantas. Ao Dr. Jayme Tourinho Junqueira Ayres será conferido o título de docente livre.". San Tiago recebeu as seguintes notas: Alvino Lima, 7,5; Lino Leme, 8,5; Figueiredo e Mello, 8,5; Hahnemann Guimarães, 9,5; Philadelpho Azevedo, 9,25. Arquivo San Tiago Dantas.

  4. Discurso proferido a 30 de agosto de 1940 ao tomar posse na cadeira de Direito Civil na Faculdade Nacional de Direito da Universidade do Brasil. Apud DANTAS, F. C. de San Tiago. *Palavras de um professor*. 2. ed. Rio de Janeiro: Forense, 2001. p. 2. Ao saudar Arnoldo Medeiros da Fonseca na homenagem à sua obra que a Faculdade de Direito lhe prestou, San Tiago recordou o seu concorrente na disputa da cátedra de Direito Civil: "As provas que prestou o Professor Arnoldo Medeiros em 1940, nesta Faculdade, e que lhe valeram, com toda justiça, o primeiro lugar entre os seus concorrentes, foram memoráveis". Idem, ibidem, p. 123.

  5. Àquela altura, San Tiago já havia sido sondado para assumir a cadeira de Direito Romano na Faculdade de Direito da Pontifícia Universidade Católica, que seria instalada no ano seguinte. Ver: <http://nucleodememoria.vrac.puc-rio.br/site/cronologia/cronoanos40.htm>; idem, ibidem, p. 2.

  6. Dois discursos e um soneto. *O Jornal*, Rio de Janeiro, 10 set. 1940.

  7. Churchill conclamou o povo inglês a enfrentar os bombardeios alemães; no original: "Let us therefore brace ourselves to our duties and so bear ourselves that, if the British

Empire and its Commonwealth last for a thousand years, men will still say, 'This was their finest hour'". Confiante, Churchill discursou perante o parlamento Inglês: "Let it roll. Let it roll on full flood, inexorable, irresistible, benignant, to broader lands and better days". "The Battle of Britain – 'The Few'". CHURCHILL, Winston. *Blood, toil, tears and sweat:* the great speeches. Introduction by David Cannadine, cit., p. 192; Idem, ibidem. "Their Finest Hour" – House of Commons, 18 June 1940, p. 178. A referência aos aviadores ingleses foi feita nesse discurso: "Never in the field of the human conflict was so much owned by so many to so few". COHEN J. M. e M. J. *The Penguin dictionary of quotations.* London: Penguin Books, 1979. p. 111.

8. Em sua casa em Cataguases, pequena cidade na zona da Mata mineira, o advogado Pedro Dutra, chefe político local que apoiaria San Tiago em suas disputas eleitorais nos anos 1950 e 1960, em um grande mapa da Europa afixado na parede da sala de jantar assinalava ao fim do dia, com a chegada dos jornais do Rio de Janeiro, a posição das tropas aliadas e do Eixo. O mesmo fazia o médico Nestor Goulart Reis em São Paulo, onde já se notava a inquietação entre os imigrantes originários dos países do Eixo – Alemanha, Itália e Japão – com o desenrolar do conflito. Depoimentos de Astolpho Dutra e de Nestor Goulart Reis Filho.

9. Ver: GILBERT, Martin. *A history of the twentieth century.* Volume two, cit., p. 362.

10. Carta de San Tiago Dantas a Américo Lacombe. São Lourenço, 09.01.1941.

11. Idem, ibidem.

12. Depoimentos de Felipe Quental e Inês Quental Ferreira.

13. San Tiago batizou o filho mais velho de Américo Lacombe, Américo também, e, em férias em São Lourenço, escreve ao amigo: "Como vão os meninos? Quando vejo este parque, e charretes, botes, etc., penso que nosso dever é fazer um dia uma estação com todas as crianças, o que será um prazer admirável". Carta de San Tiago a Américo Lacombe. São Lourenço, 09.01.1941.

14. Américo Lacombe dava nota a San Tiago de sua luta diária no magistério: "Eu fui convidado para um curso de férias no Colégio Sacre Coeur de Marie, a 30$ a aula (...) três vezes por semana dou aula em Copacabana das 5:30 às 6:30 horas. (...) pagarei ao alfaiate e ao dentista; que alívio!". Carta de Américo Lacombe a San Tiago Dantas. Rio de Janeiro, 07.01.1941.

15. Ms. San Tiago Dantas. 07.07.1939.

16. Carta de San Tiago Dantas a Américo Lacombe. Rio de Janeiro, 24.01.1940.

17. ALMEIDA, Rômulo. *Rômulo:* voltado para o futuro. Fortaleza: BNB, 1986. p. 40.

18. Depoimento de Jayme Bastian Pinto.

19. DANTAS, F. C. de San Tiago. A Encíclica Rerum Novarum. *O Jornal,* 25 mai. 1941.

20. SKIDELSKY, Robert. The growth of a world economy, cit., p. 50.

21. Os generais haviam sugerido uma investida concentrada e direcionada à tomada da capital russa, sem distração das forças alemãs visando a alvos geográficos distantes entre si. Ver: HART, B. H. Liddell. *History of the second world war*, cit., p. 167 e 177.

22. Ver: UEBERSCHÄR, Gerd R. Barbarossa. In: DEAR, I. C.; FOOT, M. R. D. (ed.). *The Oxford companion to the second world war*. New York: Oxford University Press, 1995. p. 109.

23. Ver: WEINBERG, L. Gerhard. *A world at arms*. Cambridge: Cambridge university Press, 1994. p. 266.

24. Renovação do Direito. Discurso proferido na sessão magna de 25 de outubro de 1941, comemorativa do cinquentenário da Faculdade Nacional de Direito da Universidade do Brasil, em nome da Congregação de Professores. DANTAS, F. C. de San Tiago. *Palavras de um professor*, cit., p. 14.

25. Decreto-lei 1.190, de 4 de abril de 1939, que organizou a Faculdade Nacional de Filosofia.

26. San Tiago conhecia bem Gustavo Capanema, possivelmente desde a época em que, ginasiano, morara em Belo Horizonte. Sobre a recusa de Alceu Amoroso Lima ao convite para dirigir a Faculdade de Nacional de Filosofia, ver: SCHWARTZMAN, Simon; COSTA, Vanda Maria Ribeiro; BOMENY, Helena Maria Bousquet. *Tempos de Capanema*, cit., p. 218.

27. Então aluno da Faculdade de Filosofia, mais tarde jornalista e editor do jornal carioca *Correio da Manhã*, levado à falência pela ditadura militar, Newton Rodrigues assistiu à posse de San Tiago na Faculdade de Filosofia, em pé, rente à bancada onde se achava San Tiago. Depoimento de Newton Rodrigues.

28. Estudos filosóficos e a sua significação no mundo moderno. Discurso de posse na diretoria da Faculdade Nacional de Filosofia da Universidade do Brasil, proferido em 9 de dezembro de 1941. DANTAS, F. C. de San Tiago. *Palavras de um professor*, cit., p. 136.

29. Depoimento de Henriette Amado. A seguir, Henriette matriculou-se no curso de Filosofia, acatando sugestão de seu amigo San Tiago. Cf. AMADO, Henriette de Hollanda. *Exercício de vida*. Rio de Janeiro: Codecri, 1981. p. 79.

30. Aula Inaugural. Proferida a 20 de março de 1964 na Faculdade de Filosofia da Universidade do Brasil. DANTAS, F. C. de San Tiago. *Palavras de um professor*, cit., p. 143.

31. "Hoje (...) seguiu um trabalho meu, 'Fundamentos do Direito', com que tomo parte no concurso da Filosofia de Direito aqui na faculdade. O concurso terá início por esses quarenta dias. (...) a paixão política é mais forte do que nunca, e a Congregação – em um primeiro momento – teve a ousadia de vetar o meu nome". Carta de Miguel Reale a San Tiago Dantas. São Paulo, 14.04.1940.

32. Em outubro Miguel Reale escreveu a San Tiago: "Obtive alguns pareceres em São Paulo, provando a liquidez de meus direitos. O 'provando' é força de expressão. Como até

agora não recebi a sua carta enviada domingo, peço-lhe que me mande [seus] pareceres por carta expressa, pois há grande demora no correio comum". Carta de Miguel Reale a San Tiago Dantas. São Paulo, 16.10.1940. San Tiago respondeu, encaminhando o texto do parecer e de seu aditamento, em resposta a um quesito adicional formulado por Reale: "Snr. Professor Miguel Reale – Em aditamento ao parecer que, por solicitação de V. Excia., tive a honra de emitir sobre a validade do ato da douta Congregação da Faculdade de Direito de São Paulo, rejeitando a indicação do nome apontado pela Comissão Julgadora para o provimento da cátedra de Filosofia do Direito...". Carta de San Tiago Dantas a Miguel Reale. Rio de Janeiro, 18.10.1940. O parecer de San Tiago foi subscrito por outros professores, como se lê na capa da publicação mandada editar por Miguel Reale, contendo o texto dos pareceres por ele solicitados: "Parecer do Prof. San Tiago Dantas, adotado pelos professores F. Mendes Pimentel e Demósthenes Madureira de Pinho e pelos Drs. Edmundo de Miranda Jordão e Alberto Rego Lins". São Paulo, novembro de 1940.

33. Em suas *Memórias*, Reale creditou a oposição à sua disputa de cátedra à mão invisível da [agremiação estudantil secreta] Bucha. Possivelmente; porém, em boa parte ela se deveu à proeminência doutrinária e política por ele alcançada na Ação Integralista Brasileira como autor de obras políticas ainda muito moço. Não exclusivamente à conta da defesa de posições de direita, como explicitamente defendia o Integralismo, pois estas, à margem do Integralismo, foram também defendidas por outro professor da mesma Faculdade, igualmente de origem italiana, Vicente Ráo (professor de Miguel Reale no curso de graduação), que havia sido ministro de Getúlio Vargas (depois de haver sido por este mandado prender em 1932) e redator da feroz Lei de Segurança, em 1935. Embora em menor grau, San Tiago registrou em seu discurso de posse na cátedra de Direito Civil, que havia pouco conquistara, análoga resistência a ele oposta, devido a sua ação política no Integralismo. Ver: REALE, Miguel. *Memórias,* cit. v. 1, p. 145 e ss.

34. O discurso de San Tiago teve lugar no banquete oferecido a Miguel Reale, em São Paulo, a 31 de janeiro de 1942, como se lê da *plaquette* mandada imprimir por Reale. São Paulo, 1942. Idem, ibidem.

35. Depoimento de Astolpho Dutra, aluno de San Tiago entre 1942 e 1945.

36. As notas taquigráficas foram feitas pelo aluno Victor Bourhis Jürgens e reunidas em livro, sem a revisão de San Tiago. Os poucos exemplares tornaram-se raridades em mãos dos ex-alunos. Um deles, José Bezerra Câmara, mais tarde desembargador no foro do Rio de Janeiro, organizou a primeira edição de um Curso de Direito Civil, com base nas notas taquigráficas, em 1977. Ver: CÂMARA, José Gomes Bezerra. *Programa de direito civil*: aulas proferidas na Faculdade Nacional de Direito [1942-1945]. Parte Geral. Francisco Clementino de San Tiago Dantas. Rio de Janeiro: Sociedade Cultural, 1977, p. 8. Nova edição, coordenada pelo professor Gustavo Tepedino foi tirada em 2001: *Programa de direito civil,* aulas proferidas na Faculdade Nacional de Direito (1942-1945). Teoria Geral. Taquigrafado por Victor Bourhis Jürgens. 3. ed. rev. e atual. por Gustavo Tepedino, Antônio Carlos de Sá, Carlos Edison do Rêgo Monteiro Filho e Renan Miguel Saad. Rio de Janeiro: Forense, 2001.

37. "Do segundo ano em diante, passamos a contar com aulas de direito civil do professor F. C. de San Tiago Dantas, que logo se tornou figura predominante em nossos estudos. Sua imensa cultura, o refinado saber literário dado às preleções, sua voz impostada, as formulações precisas, a facilidade com que propunha um problema jurídico, indo das fontes mais antigas e examinando-o em sua evolução social e política, a intimidade que fruía com Tomás de Aquino, Cícero, Shakespeare, ou Keynes e Weber, gregos, latinos e franceses, tudo fazia dele certamente um ídolo dos que frequentavam a faculdade, de 1941 a 1945. Suas aulas ficavam lotadas, com alunos dos demais anos, e o problema nosso era a ocupação dos lugares na sala, a fim de não termos de permanecer em pé, perto da porta ou da janela". CALÁBRIA, Mário. *Memórias:* de Corumbá a Berlim. Rio de Janeiro: Record, 2003. p. 25.

38. Depoimento de Astolpho Dutra.

39. Depoimento de Astolpho Dutra.

40. Depoimento de Astolpho Dutra.

41. Em fevereiro de 1942, Getúlio Vargas telegrafou ao ministro da Fazenda, o paulista Sousa Costa, em viagem aos Estados Unidos, onde negociava empréstimo para o governo brasileiro adquirir armamento norte–americano: "É muito urgente entrega material bélico acordo nossas encomendas para sabermos se vale a pena ou não ser amigo dos Estados Unidos". Telegrama de Getúlio Vargas a A. Sousa Costa, 14.02.1942, Arquivo pessoal de Getúlio Vargas. v. XXXVII, doc. 30–B. Apud SILVA, Hélio. *1942:* guerra no continente. Rio de Janeiro: Civilização Brasileira, 1972. p. 288.

42. BRANDT, Paulo; FLAKSMAN, Dora. Getúlio Vargas. In: BELOCH, Israel; ABREU, Alzira Alves de (coord.). *Dicionário histórico-biográfico brasileiro,* cit., v. 4, p. 3469. Ver também: MALIN, Mauro; FLAKSMAN, Dora. Eurico Gaspar Dutra. In: BELOCH, Israel; ABREU, Alzira Alves de (coord.). *Dicionário histórico-biográfico brasileiro,* cit., v. 3, p. 1136.

43. Os meios universitários e a guerra. *Anais do Ministério da Educação e Saúde.* Agosto de 1942.

44. Idem, ibidem.

45. Os mesmos *Anais do Ministério da Educação e Saúde* registraram a manifestação dos professores estrangeiros da Faculdade de Filosofia: "Os professores franceses abaixo assinados, lentes da Universidade do Brasil, profundamente emocionados pela nobre reação da Nação brasileira à prova dolorosa que potências de obscurantismo e de violência lhe impuseram, asseguram a S. Excia. o Presidente Getúlio Vargas seu devotamento sem reserva no caminho que tomou, e se colocam à sua disposição para servir à Defesa Nacional do Brasil de todas as maneiras por que o possam fazer – Prof. Antoine Bon, Prof. André Ombredane, Prof. Jacques Lambert, Prof. André Gros, Prof. Francis Ruellan. Prof. René Wusmser, Prof. René Poirier e Prof. Fortunat Strowski". Os meios universitários e a guerra. *Anais do Ministério da Educação e Saúde.* Agosto de 1942.

CAPÍTULO XIII. NOVO NORTE

1. Dantas, F. C. de San Tiago. Rompimento com o integralismo. *Diário de Notícias*, Rio de Janeiro, 6 out. 1942.

2. Ver: WEINBERG, L. Gerhard. *A world at arms*, cit., p. 300; UEBERSCHÄR, Gerd R. *Barbarossa*, cit., p. 113.

3. ZIEMKE Earl. German-Soviet war. *The Oxford companion to the second world war*, cit., p. 439.

4. Finda a guerra, muitos dos soldados russos feitos prisioneiros dos alemães seriam executados por ordem do próprio Stálin ao retornarem à Rússia.

5. A citação diz : "Il ne faut pas hésiter à faire ce que détache de vous la moitié de vos partisans et qui triple l'amour du reste" (Não se deve hesitar em fazer o que separa de si a metade de seus companheiros, mas que triplica o amor dos demais). VALÉRY, Paul. *Regards sur le monde actuel*. Paris: Librairie Stock, 1931.

6. *Diário de Notícias*, Rio de Janeiro, 4 out. 1942.

7. Depoimento de Américo Lacombe.

8. No início de dezembro de 1942, a defesa de Stalingrado era um dos temas centrais nas conversas dos alunos de San Tiago do segundo ano na Faculdade Nacional de Direito, no Rio de Janeiro. O distante conflito no Pacífico entre japoneses e norte-americanos e ingleses não atraía a mesma atenção. Depoimento de Astolpho Dutra. E não só entre os alunos de San Tiago, senão entre todos os universitários, especialmente aqueles de esquerda, que viam na resistência russa uma vitória política do regime comunista. Depoimento de Paulo Mercadante, que havia pouco se filiara ao clandestino Partido Comunista Brasileiro, em sua célula na Aeronáutica, e se preparava para prestar vestibular de Direito no Rio de Janeiro.

9. Carlos Drummond de Andrade, deixando a chefia do gabinete do ministro da Educação, Gustavo Capanema, em 1945, aceitou o convite de Luís Carlos Prestes para coeditar o diário comunista então fundado, *Tribuna Popular*. Pouco depois, deixaria o jornal, por divergir da sua linha editorial. Naquele mesmo ano, Drummond lançou mais um livro de poemas, *A rosa do povo*, um dos quais, "Carta a Stalingrado", celebra a vitória russa em Stalingrado:

"Stalingrado... / Depois de Madri e de Londres, ainda há grandes cidades! / As cidades podem vencer Stalingrado! / Penso na vitória das cidades que por enquanto é apenas uma fumaça subindo o Volga. / Em teu chão calcinado onde apodrecem cadáveres, / a grande Cidade de amanhã erguerá a sua Ordem". ANDRADE. Carlos Drummond de. *A rosa do povo*. Poesia completa. Nova Aguilar, 2002. p. 200. Ver também: HART, Liddell. *History of the second world war*, cit., p. 501. Dos três milhões e meio de prisioneiros capturados pelos alemães desde a invasão da Rússia, cerca de sessenta por cento já havia morrido de fome, exposição ao frio ou de doenças. BEEVOR, Antony. *The second world war*. London: Weidenfeld & Nicolson, 2012. p. 407 e 417. Cf. também: ZIEMKE, Earl. Battle of Stalingrad, cit., p. 1057 e ss.

10. HART: Liddell. *History of the second world war*, cit., p. 277.

11. DANTAS, F. C. de San Tiago. A influência inglesa no Brasil e no mundo moderno. Discurso proferido no dia 29 de abril de 1943, em sessão solene na Faculdade Nacional de Filosofia. *Mensário do Jornal do Commercio*, p. 259.

12. Carta de San Tiago Dantas a Raul Leitão da Cunha. Rio de Janeiro, 10.06.1943.

13. Um resumo das trezentas páginas do *Plano Beveridge* pode ser encontrado em: <http://www.sochealth.co.uk/history/beveridge.htm>. A publicação do plano Beveridge foi noticiada inclusive na Alemanha, em matéria da correspondente em Lisboa do jornal *Frankfurter Zeitung*. Cf. STUDNITZ, Hans-Georg von. *While Berlin burns*: the memoirs of Hans-Georg von Studnitz 1943-1945. Frontline Books. 2011. Edição Digital. Posição 167-175/4779.

14. BRANDT, Paulo; FLAKSMAN, Dora. Getúlio Vargas. In: BELOCH, Israel; ABREU, Alzira Alves de (coord.). *Dicionário histórico-biográfico brasileiro*, cit., v. 4, p. 3469.

15. Cf. IANNI, Octavio. *Estado e planejamento econômico no Brasil (1930-1970)*. Rio de Janeiro: Civilização Brasileira, 1977. p. 47-48.

16. Foram criados a partir de 1937, os seguintes órgãos de intervenção do Executivo na ordem econômica – e não do Estado, como a historiografia majoritária equivocadamente registra: 1937, Conselho Brasileiro de Geografia, Conselho Técnico de Economia de Finanças; 1938, Conselho Nacional do Petróleo, Instituto Nacional do Mate; 1940, Comissão de Defesa da Economia Nacional, Instituto Nacional do Sal, Fábrica Nacional de Motores; 1941, Companhia Siderúrgica Nacional, Instituto Nacional do Pinho; 1943, Coordenação de Mobilização Econômica, Companhia Nacional de Álcalis, Fundação Brasil Central, Usina Siderúrgica de Volta Redonda; 1944, Conselho Nacional de Política Industrial e Comercial, Serviço de Expansão do Trigo. Idem, ibidem p. 23-24. Para uma perspectiva institucional da intervenção do Executivo, cf. VENANCIO FILHO, Alberto. *A intervenção do estado no domínio econômico*. Rio de Janeiro: Ed. FGV, 1968.

17. Cf. DUTRA, Pedro. Regulação econômica: trajetória e perspectivas, cit., p. 326-357.

18. Cf. IANNI, Octavio. Política econômica nacionalista. *Estado e planejamento econômico no Brasil (1930-1970)*, cit., p. 48-49.

19. Cf. MOREIRA, Regina da Luz; FLAKSMAN, Dora. João Neves da Fontoura. In: BELOCH, Israel; ABREU, Alzira Alves de (coord.). *Dicionário histórico-biográfico brasileiro*, cit., v. 2, p. 1322.

20. "Orador, foi dos maiores, senão o maior, do nosso tempo. Corajoso mas prudente, agressivo mas cortês, dicção clara, voz velada porém forte, presença impressionante apesar da exígua estatura, manejando com faiscante presteza os recursos de uma cultura

mais agradável que profunda, memória pronta, atenção constante, senso rápido da oportunidade, eis João Neves na tribuna, o ágil duelista invulnerável no seu estreito terreno. Sua eloquência preparou a revolução nacional, em 1930, e sustentou a revolução paulista, em 1932". FRANCO, Afonso Arinos de Melo. *A escalada*, cit., p. 64.

21. A chefia da consultoria do Banco do Brasil era então o posto mais importante, e, por essa razão, mais cobiçado da advocacia pública no País. O Banco somava às funções de banco comercial, as de banco de fomento e de banco central. Toda a vida econômica do País dependia da ação do Banco, e a palavra do consultor era decisiva. Nos quadros da consultoria jurídica do Banco figuraram grandes advogados da época, alguns deles titulares de conhecidos escritórios privados, como o próprio João Neves. Mesmo sem haver aberto conflito de interesses a resultar do exercício da advocacia privada por parte de consultores jurídicos do Banco, aquela era, sem dúvida, diretamente beneficiada por esta situação, especialmente na captação de clientes, devido ao fácil acesso dos consultores do Banco às empresas, as maiores do País, e a seus dirigentes. E, ao contrário do que ocorria com os demais funcionários do Banco, os integrantes da consultoria jurídica eram nomeados por livre escolha do presidente da República e não selecionados por concurso, e gozavam de um regime de trabalho especial, com salários mais elevados e horários de expediente mais reduzidos. Esses privilégios eram então justificados sob o argumento de permitir ao Banco poder contar com um quadro de experientes advogados, fato amplamente reconhecido. Depoimentos de Astolpho Dutra e Renato Cantidiano Ribeiro.

22. MOREIRA, Regina da Luz; FLAKSMAN, Sergio. Luís Aranha. In: BELOCH, Israel; ABREU, Alzira Alves de (coord.). *Dicionário histórico-biográfico brasileiro*, cit., v. 1, p. 163.

23. Em carta encaminhada a Alceu Amoroso Lima em 11 de fevereiro de 1944, lê-se o timbre do papel do escritório: "SAN TIAGO DANTAS – ADVOGADO. Quitanda, 185 – 4º. Tel.: 43-5739 e 43-0840 End. Teleg. 'TIAGO'. Rio de Janeiro". Note-se que San Tiago não antepunha ao seu nome sequer o qualificativo de professor, embora já fosse àquela altura, assim conhecido. Em outra folha de papel timbrado dessa época constam os nomes de dois advogados, seus colegas de escritório: Jayme Bastian Pinto e José Vieira Coelho.

24. "Nenhum advogado sabia, e podia, cobrar melhores honorários do que San Tiago", declarou seu colega de faculdade, amigo inseparável e mais tarde seu parceiro de escritório, Vicente Constantino Chermont de Miranda.

25. Nos anos 1950, exercendo o magistério há vinte anos, em visita a Bilac Pinto, também professor, San Tiago despediu-se logo após o jantar em casa do amigo, dizendo que deveria preparar a aula que daria na manhã seguinte em seu curso de Direito Civil na Faculdade Nacional de Direito. Depoimento de Regina Bilac Pinto.

26. Sobre o restaurante do Grande Hotel, cf. NABUCO, Carolina. *A vida de Virgílio de Melo Franco*. Rio de Janeiro: José Olympio, 1962. p. 114. O Grande Hotel ficava situado onde hoje se ergue o edifício Marques de Herval, na avenida Rio Branco, próximo à sede social do Jockey Club, também demolida, na mesma avenida.

27. Entrevista de San Tiago Dantas ao jornal *A Manhã*, Rio de Janeiro, 31 maio 1942.

28. Carta de San Tiago Dantas a Carlos Drummond de Andrade. Rio de Janeiro, 06.11.1942.

29. Carta de San Tiago Dantas a Raul Leitão da Cunha. Rio de Janeiro, 19.04.1943.

30. Sobre Jayme Ovalle, ver: WERNECK, Humberto. *Santo sujo*. Rio de Janeiro: Cosac Naify, 2008. Alceu Amoroso Lima, que desde 1941 ocupava a cadeira de Literatura Brasileira na Faculdade Nacional de Filosofia, recomendara a nomeação de Manuel Bandeira a San Tiago, e este dá ao seu amigo conta de seu esforço nesse sentido: "Mais empenhado fico depois de verificar que o senhor também por ela se interessa. Como é do seu conhecimento, há aí uma simples questão de verba, e desde o momento em que disponha dos recursos, proporei ao Conselho Técnico a nomeação". Carta de San Tiago Dantas a Alceu Amoroso Lima. Rio de Janeiro, 31.05.1943. Manuel Bandeira compareceu ao velório de San Tiago, como recordaria Antônio Carlos Villaça: "Manuel Bandeira era gratíssimo a San Tiago Dantas porque o nomeou para a cátedra de literatura hispano-americana da então Faculdade Nacional de Filosofia da Universidade do Brasil, 1943. San Tiago era diretor da Faculdade. Muito moço. Tinha trinta e dois anos. (...) Foi ao velório de San Tiago, na bela casa da rua Dona Mariana, 7 de setembro de 1964. Muita gente. Apesar do ostracismo político. (...) Manuel parecia tão condoído". VILLAÇA, Antônio Carlos. *O livro dos fragmentos*, cit., p. 70.

31. Carta de San Tiago Dantas a Gustavo Capanema. Rio de Janeiro, 02.08.1943.

32. "Seria, escreve San Tiago, do maior interesse que o prof. Matoso Câmara fizesse desde já os seus estudos especializados nos Estados Unidos, enquanto daí vem um especialista para dar um curso extraordinário na nossa Faculdade. Regressando o prof. Matoso Câmara, proporei imediatamente ao Ministro a sua nomeação para a cadeira, a qual, desde já posso assegurar-lhe, ele se pretende dedicar integralmente". Carta de San Tiago Dantas a William Berrien, The Rockefeller Foundation, New York. Rio de Janeiro, 19.01.1943". Ver: Carta de San Tiago a Joseph Piazza, adido à embaixada dos Estados Unidos da América do Norte. Rio de Janeiro, 29.04.1943.

33. Carta de San Tiago Dantas a Pedro Calmon. Rio de Janeiro, 12.10.1942.

34. Ofício da Faculdade Nacional de Direito registra: "O Serviço Auxiliar da Justiça Gratuita anexo à cadeira de Direito Civil do Prof. Francisco Clementino de San Tiago Dantas, professor catedrático da Faculdade Nacional de Direito, tem por finalidade a cooperação com a Procuradoria Geral do Distrito Federal na assistência judiciária gratuita aos indigentes, na forma do dec. lei n. 4768 de 01.10.1942".

35. Ms. San Tiago Dantas. Rio de Janeiro, 02.09.1943.

36. Comentários de San Tiago Dantas à palestra do Dr. Dardeau Vieira. *Revista do Serviço Público*, DASP, ano 6, maio 1943, v. II, n. 2, p. 95 e ss.

37. Roland Corbisier, colega de San Tiago na Ação Integralista Brasileira, mais tarde seu companheiro no Partido Trabalhista Brasileiro e crítico da posição moderada de San

Tiago no governo João Goulart, diria que a San Tiago podia aplicar-se a expressão do poeta francês católico, Charles Péguy: "quem é capaz de tudo explicar, é capaz de todas as capitulações". Depoimento de Roland Corbisier.

38. *Correio da Manhã*, jan. 1942.

39. Ver: WINOCK, Michel (org.). *La droite depuis 1789*: les hommes, les idées, les réseaux. Paris: Éditions du Seuil, 1995. p. 52-53.

40. O texto de Alceu Amoroso Lima, citado por Wilson Martins, continua: "Creio que os interesses da civilização estão pedindo hoje, em primeiro lugar, a derrota da Rússia pela Alemanha, pois só a máquina militar nazista tem força para liquidar a máquina militar soviética. E o esmagamento do comunismo será um bem inapreciável para a civilização. Como o será, depois, a derrota da Alemanha pelo novo eixo Londres-Nova York, isto é, pela coligação das forças navais, aéreas e industriais anglo-norte-americanas, únicas capazes de liquidar com a máquina militar nazista (...)". MARTINS, Wilson. *Hist*ória da inteligência brasileira, cit., v. 7, p. 174.

41. O texto de Alceu Amoroso Lima, acima citado por Wilson Martins, prossegue: "Era a Revolução, a primeira cena do segundo ato do grande Drama do Século XX. Não tardou a Reação. E na Itália, cuja deliqüescência política se traduzia então por alarmantes infiltrações revolucionárias, lançou Mussolini inesperadamente o brado da Contra-Revolução. Esse homem, que a miopia dos socialistas franceses apelidara de 'César de Carnaval', sem atender à imensa importância histórica de seu empreendimento, não só para a sua pátria mas para todos os continentes, esse *condottiere* redivivo ia mudar a face dos acontecimentos (...). O comunismo e o fascismo se opunham como as duas Mecas radicalmente contraditórias do mundo moderno. Roma ou Moscou". Idem, ibidem, p. 125.

42. Sobre Portugal, Alceu Amoroso Lima já dissera ter "uma estrutura essencialmente corporativa e doméstica, e não socialista e estatal, um profundo sentido cristão e tradicional em sua estrutura política, e uma economia de caráter clássico, recuperativo e orgânico e não moderno, destrutivo e mecânico". Ou seja, o regime de Salazar recuperava a tradição anterior à modernidade trazida pela Revolução Francesa, tão combatida pela Igreja Católica. LIMA, Alceu Amoroso. *Meditação sobre o mundo moderno*, cit., p. 54.

43. Ao entrar na guerra, a Itália contava com um exército de um milhão e seiscentos mil homens, comandados por seiscentos generais. O exército de seu aliado alemão contava com quase três vezes mais soldados, cerca de quatro milhões e meio, porém com um terço a menos de generais, quatrocentos e oito. Em seus três anos de guerra, a começar em 1940, a Itália fabricou três mil e quinhentos aviões, enquanto a Inglaterra no mesmo período somou dezessete mil e quinhentos. Cf. KNOX, MacGregor. Armamenti e esercito. In: DE GRAZIA, Victoria; LUZZATTO, Sergio (coord.). *Dizionario del fascismo*, cit., v. 1, p. 99 e 487.

44. Ver: LICHTHEIM, George. The second world war 1939-45. *Europe in the twentieth century*, cit., p. 279. No continente italiano, a aviação inglesa e norte-americana bombardeavam alvos específicos nas principais cidades, inclusive a capital Roma, à exceção, desig-

nada, de seu centro histórico; o contrário ocorria nas cidades alemãs, cobertas por "tapetes de bombas", muitas delas pesando uma tonelada – as "arrasa quarteirão" – despejados dos aviões aliados em ondas sucessivas. BEEVOR, Antony. *The second world war*, cit., p, 443.

45. Cf. ZIEMKE, Earl. Battle of Kursk. In: DEAR, I. C.; FOOT, M. R. D. (ed.). *The Oxford companion to the second world war*, cit., p. 659-660.

46. MANTELLI, Brunello. Prigionieri di guerra. In: DE GRAZIA, Victoria; LUZZATTO, Sergio (coord.). *Dizionario del fascismo*, cit., v. II, p. 424-427.

47. Cf. DEAKIN, F. W. *The brutal friendship*. New York: Harper & Row, 1962. p. 407-408.

48. Idem, ibidem, p. 453.

49. Ver: BEEVOR, Antony. *The second world war*, cit., p. 501.

50. Ver: CANDELORO, Giorgio. *Storia dell'Italia moderna*. 6. ed. Milano: Feltrinelli, 2002. v. 10, p. 242.

51. Carta de San Tiago Dantas a Raul Leitão da Cunha. Rio de Janeiro, 12.08.1943.

52. San Tiago indicava inclusive o seu substituto ao ministro: "Já não será difícil, nem inconveniente, tirar da própria congregação o diretor da Faculdade. É meu dever apontar--lhe, no seio dela, o Prof. Djalma Hasselmann, catedrático efetivo de química inorgânica e analítica, que tem sido, como vice-diretor, o mais dedicado e eficiente colaborador com que eu poderia ter contato nos meus encargos de direção". Idem, ibidem.

53. Seguindo, o texto dispunha: "Excetuam-se desta proibição [de atividade externa à dedicação integral] as publicações de qualquer natureza, os cursos de extensão ou extraordinários em estabelecimento de ensino superior, as conferências e comunicações, as pesquisas em instituto científico e as comissões oficiais de caráter político ou cultural". E a "gratificação de tempo integral para o professor catedrático será de Cr$ 2.300,00 mensais, não podendo o total do vencimento exceder de Cr$ 5.000,00". Projeto de Decreto-lei apresentado pelo prof. San Tiago Dantas ao Conselho Universitário instituindo o regime do tempo integral na Universidade do Brasil. Rio de Janeiro, 10.09.1943.

54. Carta de Francisco Assis Barbosa a San Tiago Dantas. São Paulo, 16.09.1943.

55. Carta de San Tiago a Francisco Venancio Filho. Rio de Janeiro, 1943. Arquivo pessoal de Alberto Venancio Filho.

56. Os cursos regulares citados eram os de Matemática, Física, Química, História Natural, Geografia, História e Sociologia. Entre os cursos temporários, a carta refere três "notáveis"; um sobre relatividade, e dois outros relativos as questões de altas análises, o primeiro ministrado pelo Professor M. Schoenberg, de São Paulo, e os demais pelos Professores L. Hechbin e J. Montello. No texto, há referência aos seguintes professores, sem indicação de disciplina: Costa Ribeiro, Plínio S. Rocha, Cristóvão Cardoso, Djalma Hasselmann, E. Távora e Oliveira Junior. In: Rascunho de carta datilografada, sem data, mas há referência que permite data-la do ano de 1943.

CAPÍTULO XIV. UMA NOVA ORDEM

1. Conferência Interamericana de Ministros da Educação. *A Manhã*, out. 1943.

2. "O Presidente da República (...) resolve designar, de acordo com o art. 124, do Decreto-lei n. 1.713, de 28 de outubro de 1939, Francisco Clementino de San Tiago Dantas, ocupante da função de Diretor da Faculdade Nacional de Filosofia da Universidade do Brasil, do Quadro Permanente do Ministério da Educação e Saúde, Delegado do Brasil na Conferência Interamericana de Ministros de Educação, a realizar-se no Panamá, em 27 de setembro do corrente ano. Rio de Janeiro, em 17 de Setembro de 1943, 122.º da Independência e 55.º da República. Getúlio Vargas."

3. O Douglas DC-3, de fabricação norte-americana, era um bimotor lançado na década de 1930; extremamente versátil, servia ao transporte militar e de passageiros. Uma das mais notáveis aeronaves da história da aviação, cruzava duzentos e oitenta quilômetros por hora. Millôr Fernandes, na década de 1940 foi a Los Angeles em um desses aviões, em uma viagem de quarenta e oito horas, em que os passageiros pernoitavam em caminho, voando durante o dia. Depoimento de Millôr Fernandes.

4. Carta de San Tiago Dantas a Américo Lacombe. Embaixada do Brasil em Lima, 10.10.1943.

5. Conferência Interamericana de Ministros da Educação, *A Manhã*, out. 1943.

6. Idem, ibidem.

7. Idem, ibidem.

8. Idem, ibidem.

9. Idem, ibidem.

10. Em uma carta recolhida ao seu arquivo pessoal, San Tiago listou alguns dos clientes de seu escritório: Companhia Vidreira do Brasil (Covibra); Sociedade de Expansão Comercial Ltda. (Sepa); Deane Conceição e Companhia; Laboratório de Produtos Científicos Novotécnica Ltda.; SCIPA – Sociedade de Comércio e Importação de Produtos Americanos Ltda. O escritório de San Tiago representava o escritório norte-americano Gordon Auchincloss & Co. Arquivo San Tiago Dantas.

11. BRANDT, Paulo; FLAKSMAN, Dora. Getúlio Vargas. In: BELOCH, Israel; ABREU, Alzira Alves de (coord.). *Dicionário histórico-biográfico* brasileiro, cit., v. 4, p. 3472. A União Nacional de Estudantes teve a sua criação proposta em 1938 e foi efetivada formalmente por meio de Decreto-lei 4.080, de 11 de fevereiro de 1942, expedido por Getúlio Vargas. Desde o início da Segunda Guerra, a UNE defendeu a entrada do Brasil no conflito, para combater o fascismo. Cf. CUNHA, Luis Antônio. União Nacional de Estudantes. In: BELOCH, Israel; ABREU, Alzira Alves de (coord.). *Dicionário histórico-biográfico brasileiro*, cit., v. 4, p. 3404.

12. Morto Virgílio de Melo Franco, seu irmão Afonso Arinos, em suas Memórias, chamou a si a ideia original do Manifesto dos Mineiros. Amigo de mocidade e colega de partido de ambos na UDN, Dario de Almeida Magalhães, escrevendo ainda vivo Afonso Arinos, desmentiu-o, creditando a ideia e a iniciativa maior do Manifesto a Virgílio. Virgílio tinha tido um participação ativa na Revolução de 1930, mas não tão significativa quanto ele próprio acreditava e o seu livro, *A verdade sobre a revolução de 30*, faz supor. Amargurado por não ter sido aproveitado no novo regime que se seguiu, como aconteceu a tantos de sua geração marginalizados pelo interventor mineiro Benedito Valadares, Virgílio tornou-se um ferrenho opositor de Getúlio. O tom conservador do Manifesto deve-se a ele, um admirador de Maurice Barrès, assim como seu irmão Afonso, influência igual sentida por Plínio Salgado e pelos conservadores autoritários dos anos 1930; assim o registo da biógrafa de Virgílio: "O que segue, sobre a defesa do patrimônio moral e espiritual (...) isso já estava no esboço de sua [Virgílio] autoria". NABUCO, Carolina. *A vida de Virgílio de Melo Franco*, cit., p. 140 (nota de rodapé).

Dario de Almeida Magalhães, jornalista experiente e à altura do *Manifesto* advogado de sucesso no Rio de Janeiro, havia proposto, e a viu negada, uma redação mais agressiva, como ele próprio recordaria: "Fui um dos redatores. O projeto [a primeira minuta do texto] do Manifesto tinha sido preparado pelo Odilon Braga. Mas embora reiterasse nossa posição, era muito brando, muito suave. O Adauto Lúcio Cardoso estimulou-me a preparar um texto mais incisivo. O meu respeitava o espírito do original, mas era candente. Eu partia do raciocínio de que a reação seria implacável e que então devíamos cobrar em dobro do Getúlio, por antecipação. O Virgílio de Melo Franco achou o texto muito forte e abrandou-o um pouco. Na hora de colher assinaturas, surgiu a turma do tira isso, corta aquilo. Em consequência, ficou aquela água morna". MAGALHÃES, Dario de Almeida. O povo não escolhe pior do que as elites. In: MOTA, Lourenço Dantas (coord.). *A história vivida (II)*. São Paulo: O Estado de S. Paulo, 1981. p. 219.

13. O Manifesto Mineiro foi datado de 24 de outubro em homenagem à Revolução de 1930, que teve seu desfecho nessa data.

14. Aí há um equívoco histórico: o primeiro regime totalitário, com o sentido dado a esse termo mais tarde pelos fascistas, foi o russo, implantado com a Revolução Comunista de 1917. A revolução fascista ocorreria cinco anos depois.

15. O texto completo do Manifesto dos Mineiros está em: SILVA, Hélio. *1945: porque depuseram Vargas*. Rio de Janeiro: Civilização Brasileira, 1976. p. 65.

16. Sobre a qualificação negativa dada ao Poder Moderador por Feijó, v. DUTRA, Pedro. *Literatura jurídica no Império*, cit.

Em carta a Otávio Tarquínio de Souza, autor da biografia de Feijó, San Tiago faz referência ao "grande Feijó". Essa concentração arbitrária de poder em mãos do imperador, que lhe permitia ao seu exclusivo critério pessoal dissolver o parlamento, achava-se estipulada nos termos da famosa cláusula do "poder moderador", inscrita na Constituição do Império e que distorceu a vida política brasileira de então, alijando-a do debate e das conquistas políticas e sociais havidas no século XIX deduzidas da experiência das revoluções norte-americana e francesa verificadas ao final do século anterior. Não menos imprópria a distinguir um regime democrático a referência constante no Manifesto à proclamação da República, feita no âmbito do golpe militar que a afirmou e iria afeiçoar-lhe um militarismo intrusivo na vida política; o Manifesto toma-a como fonte de ideais, alinhando-a à Revolução de 1930, outro golpe de estado também decidido pela força militar, que pôs abaixo aquela fase inicial do regime republicano. O Governo Provisório, imposto em sequência à Revolução de 1930, era, expressamente, denominado de ditadura, e o decreto que lhe deu forma jurídica foi calcado na experiência institucional do regime fascista, então consolidado na Itália.

17. O Manifesto citava como fonte de sua inspiração não a tradição liberal de Minas Gerais, mas lances da posição política, particular, de Minas Gerais: na revolução liberal de 1842, insurgira-se contra o governo monárquico e não contra o regime, assim como Minas participara da Revolução de 1930 para impedir a posse de um presidente eleito nos termos do regime que até então Minas apoiara, mas cuja indicação do vitorioso candidato Júlio Prestes à disputa presidencial desagradara aos mineiros.

18. A expressão "grave senso da ordem" foi inicialmente empregada por João Pinheiro, líder da nova geração de políticos mineiros no início da República Velha; às vésperas da Revolução de 1930 era repetida por Milton Campos, signatário do Manifesto dos Mineiros, primeiro governador eleito de Minas Gerais, em 1946, depois da queda do Estado Novo, e primeiro ministro da Justiça da ditadura militar, cargo ao qual renunciou.

19. Maria Victoria Benevides identificou esse ponto nas afirmações de Virgílio de Melo Franco: "O *Manifesto* foi, portanto, um elemento sutil de luta pelo poder; defendiam-se todas as liberdades individuais e a instauração de um estado de bem-estar, mas principalmente, reivindicava-se maior participação política e econômica para as próprias elites". BENEVIDES, Maria Victoria de Mesquita. *A UDN e o udenismo*: ambiguidades do liberalismo brasileiro (1945-1965). Rio de Janeiro: Paz e Terra, 1981. p. 35-36.

20. Os trechos do discurso de Getúlio aqui citados estão em: BRANDT, Paulo; FLAKSMAN, Dora. Getúlio Vargas. In: BELOCH, Israel; ABREU, Alzira Alves de (coord.). *Dicionário histórico-biográfico brasileiro*, cit., v. 4, p. 3472.

21. "A 10 de novembro de 1943, Getúlio decretou o primeiro aumento geral do salário mínimo. O salário mínimo foi aumentado de trezentos para 360 cruzeiros (em 1940 fora fixado em 240 mil réis). O custo de vida subiu 10%, em 1941, 12%, em 1942, e 14%, em 1943". BRANDT, Paulo; FLAKSMAN, Dora. Getúlio Vargas. In: BELOCH, Israel; ABREU, Alzira Alves de (coord.). *Dicionário histórico-biográfico brasileiro*, cit., v. 4, p. 3473.

22. Política econômica nacionalista. In: IANNI, Octávio. *Estado e Planejamento econômico no Brasil (1930-1970)*, cit., p. 52. Segundo Celso Lafer: "A liderança empresarial desse período (...) foi precisa na definição dos contornos da atuação do Estado. Ela propunha uma atuação regulamentadora do Estado que proporcionasse o fortalecimento do setor privado da economia e objetivava participar desse novo papel regulamentador do Estado, por meio da atuação dos empresários nos órgãos estatais incumbidos de definir e

executar a política econômica intervencionista". LAFER, Celso. *Ensaios liberais*. São Paulo: Siciliano, 1991. p. 192.

23. Cf. MICELLI, Sergio. *Intelectuais à brasileira*. São Paulo: Companhia das Letras, 2001. p. 296.

24. Indicação n. 9, 2.ª reunião ordinária, 5 de abril de 1944. In: DROGHETTI, Bruno. *Pesquisa e planejamento econômico*. v. 4, n. 1, 1974, p. 8.

25. San Tiago foi nomeado por ato de Getúlio Vargas para exercer as funções de membro do Conselho Nacional de Política Industrial e Comercial em 23 de fevereiro de 1944.

26. DANTAS, F. C. de San Tiago. Reflexões sobre o emprego dos 'planos' em administração e economia, cit., p. 253.

27. "O segundo elemento – prossegue San Tiago – diz mais a respeito à técnica do 'plano', e tem sido focalizado especialmente pelos preconizadores do sistema. Digamos apenas que é essencial a existência do *plano* a sua absoluta exatidão e objetividade. Em outras palavras, o *plano* há de se apoiar numa previsão rigorosa do que 'vai suceder', e uma etapa nova não poderá ser atacada sem que primeiro se verifique, através das estatísticas e demais meios de controle, que a etapa anterior ficou integralmente coberta, de modo a possibilitar o êxito do novo avanço". Idem, ibidem, p. 255-256.

28. Idem, ibidem, p. 257. Sobre a intervenção do Estado no café, ver: LANDIM, José Francisco Paes et al. *A intervenção do estado na economia*: o caso café. Brasília: Ed. UnB, 1985. E ainda: DELFIM NETTO, Antônio. *O problema do café no Brasil*. Rio de Janeiro: Ed. FGV. 1979.

29. Apud DROGHETTI, Bruno. *Pesquisa e Planejamento Econômico*, cit., p. 8. Ver Também: SIMONSEN, Roberto C. *Evolução industrial do Brasil e outros estudos*. São Paulo: Edusp, 1973.

30. DINIZ, Eli. O Estado Novo: estrutura de poder. In: HOLANDA, Sergio Buarque de (dir.). *História geral da civilização brasileira*. São Paulo: Difel, 1986. t. III, v. 3, p. 115-116.

31. "O grupo que fundou a escola era uma elite: Gudin, Bulhões, Dias Leite, Kafuri. Havia o grupo dos advogados. Grandes advogados ilustres como Santiago Dantas. Sobre Gudin, Celso Furtado observou: "Gudin, no começo escreveu seu livro que é um clássico. Portanto, o primeiro livro sobre política monetária foi escrito por um engenheiro e até hoje se percebe que o homem tinha visão; uma visão liberal, conservadora, mas uma visão coerente". LOUREIRO, Maria Rita (org.). Entrevista com a professora Maria da Conceição Tavares. *50 anos de ciência econômica no Brasil*, Petrópolis: Vozes, 1997. p. 344.

32. GUDIN, Eugênio. *Rumos da política econômica*. Relatório apresentado na Comissão de Planejamento Econômico sobre a Planificação Econômica Brasileira. Rio de Janeiro, 1945, p. 20-21.

33. Idem, ibidem, p. 20-21. Sobre capitalismo de estado na Rússia na década de 1930, cf. ROSENBERG, Arthur. Il socialismo in un solo paese. In: PEREGALLI, Arturo; TACCHINARDI, Riccardo. *L'URSS e la teoria del capitalismo di stato, un dibattito dimenticato e rimosso (1932-1955)*. Milano: Pantareli, 2011. p. 155.

34. SIMONSEN, Roberto C. O planejamento da economia brasileira (réplica ao Sr. Eugênio Gudin, na Comissão de Planejamento Econômico). São Paulo: Ed. do Autor, jun. 1945, p. 95 e 98. Apud IANNI, Octavio. *Estado e planejamento econômico no Brasil (1930-1970)*, cit., p. 53-54.

35. SIMONSEN, Roberto C. *Evolução Industrial do Brasil e outros estudos*, cit., p. 304.

36. Em sua crítica à proposta de Roberto Simonsen, Eugênio Gudin escreveu: "Alega-se que a iniciativa privada conduz ao desperdício e que um sem número de empresas nos Estados Unidos não resistem aos embates da competição (comentário do Conselheiro Ary Tôrres à pag. 14 do processo). Mas é justamente dos embates dessa competição que beneficia o consumidor, isto é, a comunidade (...). O sucesso dos planos quinquenais na Rússia é indiscutível. O progresso do aparelhamento econômico do País em tão curto prazo ultrapassou o ritmo do que se fizera em qualquer outro pais do mundo, inclusive os Estados Unidos. E o mérito é tanto maior quanto a Rússia não dispunha de qualquer parcela de crédito no exterior, ela pagou à vista ou a curto prazo (...) com trigo, com cereal, com petróleo, com ouro (...) disponíveis de suas imensas riquezas naturais e acessíveis; trigo e cereais arrancados à nutrição de um povo subnutrido e escravizado. (...) os planos quinquenais da Rússia que nenhuma aplicação podem ter a outros Países". GUDIN, Eugênio. *Rumos da política econômica*, cit., p. 42-45 e 59.

Sobre o *New Deal*, cf. SCHLESINGER JUNIOR, Arthur M. *The age of Roosevelt*: the coming of the New Deal. Boston: Houghton Mifflin Co., 1959. p. 87 e ss.

37. Rio de Janeiro, 16 de agosto de 1944. In: SIMONSEN, Roberto C. *Evolução industrial do Brasil e outros estudos*, cit., p. 308.

38. "Não há plano econômico no regime de desordenada inflação, em que vivemos, há tanto tempo, incidindo (...) a emissão de meios de pagamento *mais do que quadruplicou* em 10 anos! Enquanto isso a progressão da Renda Nacional, segundo indicações aproximativas do volume físico da produção, foi muito moderada. Não é pois de admirar que uma tal torrente de dinheiro, defrontando-se com a mesma produção, tenha produzido a violenta alta de preços que presenciamos. Só os ignorantes ou os inconscientes não se alarmarão com essa situação". GUDIN, Eugênio. *Rumos da política econômica*, cit., p. 67-68.

39. "Rdmo. Pde. Leonel Franca, Reitor Mfco. das Faculdades Católicas, Rua S. Clemente, 240, Botafogo", escreve San Tiago, "Aí mando, para sua aprovação, o programa do curso de Processo Civil Romano que me proponho realizar no corrente ano, paralelamente ao curso ordinário dado pelo assistente. O início das aulas deverá ser na segunda quinzena de abril, para que os alunos já tenham vencido a parte introdutória do programa". Carta de San Tiago Dantas a Leonel Franca. Rio de Janeiro, 20.02.1944. No ano anterior, padre Franca pedira a San Tiago que voltasse às suas aulas de Direito Romano na Faculdade Católica:

"Voltar a sua cadeira de Direito Romano na plenitude doutoral encheu-me de esperanças e alegrias muito sinceras. A nossa faculdade precisa não só do prestígio do seu nome mas principalmente da eficiência e elevação do seu ensino". Carta de Leonel Franca a San Tiago Dantas. Rio de Janeiro, 08.02.1943.

40. Cf. STEIN, Peter. *Roman law in European history*. New York: Cambridge University Press, 2010, p. ii.

41. Segundo depoimento de Jorge de Serpa Filho, aluno da Faculdade de Direito da Pontifícia Universidade Católica à época, o curso ministrado por San Tiago era, na verdade, um curso de cultura romana. Depoimento de Jorge Serpa Filho. O economista Antônio Barros de Castro recordaria seu professor de Direito nos anos 1950: "Cursei, no Rio de Janeiro, a antiga Faculdade Nacional de Economia (...) Era uma boa escola, apesar de extremamente conservadora, as figuras marcantes eram: Octávio Bulhões, Roberto Campos, Antônio Dias Leite e San Tiago Dantas. Eram quatro notáveis professores. (...) O mais brilhante era, sem dúvida, o San Tiago Dantas. As suas aulas eram resplandecentes, inacreditáveis". Ver: MANTEGA, Guido; REGO, José Marcio. Antônio Barros de Castro. *Conversas com economistas brasileiros*. São Paulo: Editora 34, 1999. v. II, p. 156.

42. Uma delas tinha por solução a realização de um exame prévio que supostamente mediria a proficiência do professor à frente da cadeira sob sua regência. A outra propunha não um concurso, mas "um cotejo, como a qualificou San Tiago, de eficiência entre o atual interino e outros professores que rejam, há um ano pelo menos, cadeira idêntica ou afim em instituto superior de ensino federal, equiparado ao reconhecido". Voto de San Tiago Dantas na Congregação da Universidade do Brasil. Concurso para professores. Rio de Janeiro, 04.02.1944.

43. "Voto contra a proposta do prof. Rocha Lagoa e também contra o substitutivo do prof. Peregrino Júnior pelas seguintes razões que peço fiquem constando da ata dos nossos trabalhos de hoje". Idem, ibidem, p. 21. O caso foi noticiado em destaque pelo jornal *Diretrizes*: "Aprovaram, eles mesmos, [os professores] uma sugestão ao governo no sentido de serem efetivados sumariamente nos respectivos cargos que ocupam interinamente. (...) a proposta foi encaminhada ao Conselho Universitário, através do Reitor Leitão da Cunha, obtendo de ambos plena aprovação... Em seguida tudo foi parar nas mãos do Ministro da Educação onde está aguardando solução". *Diretrizes*, 3 fev. 1944.

44. Carta de San Tiago Dantas a Gustavo Capanema. Rio de Janeiro, 28.04.1944; e Carta de Gustavo Capanema a San Tiago Dantas. Rio de Janeiro, 04.07.1944.

45. "Ofereço-lhe também a minha casa em Petrópolis, à rua Riachuelo n. 125, e abraço-o afetuosamente." Carta de San Tiago Dantas a Alceu Amoroso Lima. Rio de Janeiro, 11.02.1944.

46. Depoimento de Ferdinand Reis.

47. "Aos poucos, Otto Karpfen transformou-se em um ideólogo de vertente social-cristã, cujo ápice foi seu engajamento no governo de Engelbert Dolfuss. A atuação política

do jovem Karpfen na Viena das primeiras décadas do século passado é confirmada por Andreas Pfersmann. No verbete que escreveu sobre Carpeaux, Pfersmann afirma que o crítico trabalhou 'muy activamente a favor del catolicismo político y del régimen austrofascista, para lo cual colaboró, por ejemplo, en la revista Der christliche Ständestaat (1934-1936)'. Como escreve Albert von Brunn, Karpfen foi um verdadeiro baluarte na Igreja Católica contra o nacional-socialismo, o comunismo e a revolução". VENTURA, Mauro Souza. *De Karpfen a Carpeaux*. Rio de Janeiro: Topbooks, 2002. p. 26. No Brasil, Carpeaux recusava-se a comentar a sua obra política anterior; indagado sobre os livros que publicara na Europa, limitava-se a dizer que estavam "superados". Cf. idem, ibidem, p. 223.

48. *Karpfen* em alemão significa carpas, plural de carpa, o peixe, assim como em francês *carpeaux*. Devo essa observação e a relativa à colaboração de Carpeaux ao chanceler austríaco Dolfuss ao Professor Roberto Schwarz, cujo pai, que também deixou a Áustria e veio morar no Brasil na década de 1930, era conterrâneo e amigo de Carpeaux. Depoimento de Roberto Schwarz.

49. "Carpeaux recorreu ao auxílio do Vaticano, onde recebeu uma carta de recomendação do papa Pio XII dirigida ao escritor brasileiro Alceu Amoroso Lima". CARVALHO, Olavo de. Introdução a exame de consciência. In: CARPEAUX, Otto Maria. *Ensaios reunidos*: 1942-1978. Rio de Janeiro: UniverCidade/Topbooks, 1999. v. I, p. 37.

50. Nesse sentido, San Tiago escreveu ao seu amigo Miguel Reale: "Não tive tempo de lhe falar a respeito da naturalização do Snr. Otto Maria Karpeaux, escritor que você bem conhece, da qual nos estamos ocupando, no escritório, pelo grande prazer que temos em servi-lo. Acontece, porém, que para instruir esse processo precisamos de um atestado de residência, relativo ao tempo que ele passou em S. Paulo, e, para esse fim, lembrei-me de pedir que você fizesse um dos seus auxiliares obter, do Gabinete de Investigação, a certidão a que se refere o requerimento junto. Peço-lhe desculpas por insistir na necessidade de ser breve esta providência, visto que a instrução rápida do processo em apreço depende da reunião desses documentos que, vindos de S. Paulo, poderiam se demorassem, retardar o andamento do mesmo". Carta de San Tiago Dantas a Miguel Reale. Rio de Janeiro, 04.10.1941.

51. "Devo agradecer aos queridos amigos Álvaro Lins e Augusto Frederico Schmidt a regeneração da perdida fé nos homens, o sentimento duma nova vida e duma nova pátria. Devo agradecer: à magnânima ajuda de Aurélio Buarque de Holanda, sem cujo trabalho infatigável e generoso este livro não teria nunca visto a luz; ao impulso irresistível de José de Queiroz Lima e San Tiago Dantas; e a cada palavra de Manuel Bandeira. Os ensaios reunidos neste volume fora publicados durante os anos de 1941 e 1942, no Correio da Manhã, Rio de Janeiro, exceto 'Literatura belga', publicado na Revista do Brasil (dezembro de 1941). Todos foram aumentados e revistos, com a ajuda de Aurélio Buarque de Holanda". CARPEAUX, Otto Maria. *Ensaios* reunidos, cit., v. I, p. 78.

52. Carta de Otto Maria Carpeaux a San Tiago Dantas. Rio de Janeiro, 08.06.1942.

53. Carta de Otto Maria Carpeaux a San Tiago Dantas. Rio de Janeiro, 24.12.1943; e Carta de San Tiago Dantas a Otto Maria Carpeaux. Rio de Janeiro, 28.12.1943.

54. Carta de Otto Maria Carpeaux a San Tiago Dantas. Rio de Janeiro, 17.01.1944.

55. E arremata San Tiago: "Os que sopraram a intriga, que desejam? Que haja uma discussão, e se possível, um inquérito, cujo resultado final, positivo ou negativo, lhes é, aliás, indiferente. Que melhor material para a intriga de segundo grau, do que o 'inquérito'?. (...) O 'estudante' que se prestou a dizer o que sabe ser malévola fantasia, faz parte, como átomo, do mar das vagas contrárias por onde anda o homem público. A tudo oponhamos a paciência, no próprio sentido originário da palavra". Carta de San Tiago Dantas a Otto Maria Carpeaux. Rio de Janeiro, 11.02.1944.

56. Aurélio Buarque de Holanda conheceu Otto Maria Carpeaux logo à sua chegada ao Rio. A pedido de Carpeaux, traduziu os seus primeiros artigos, escritos ainda em francês, publicados na imprensa brasileira; poucos meses depois passou a revê-los já escritos diretamente em português. Carpeaux era capaz de ler em uma dezena de idiomas. Depoimento de Aurélio Buarque de Holanda Ferreira.

57. A legenda da fotografia diz: "Visita do Presidente Vargas a FNFi, tendo à sua esquerda o Ministro Gustavo Capanema e à sua direita o Reitor Raul Leitão da Cunha e o Diretor San Tiago Dantas". FÁVERO, Maria de Lourdes de A. (coord.). Faculdade Nacional de Filosofia – Catálogo do Arquivo da FNFi. Rio de Janeiro: Faculdade de Educação/UFRJ, 1995, p. 34.

58. "Dos 25.334 soldados enviados a Itália, apenas 15.069 entraram em combate, ficando o restante pelos órgãos não divisionários e Depósito de Pessoal". COSTA, Octavio. *Trinta anos depois da volta*. Rio de Janeiro: Expressão e Cultura, 1975. p. 75.

59. Cf. *Nosso Século 1930/1945* – A era de Vargas. São Paulo: Abril Cultural, 1980. p. 228-230. Originalmente, o governo brasileiro considerou enviar três divisões à Itália; ao fim, só uma foi enviada. As condições físicas dos recrutas brasileiros foram registradas pelos médicos do exército norte-americano: "Um problema de grande importância é o médico. A maior parte dos soldados brasileiros já é, de saída, fisicamente deficiente, de acordo com os padrões americanos. Doenças venéreas ocorrem em alto grau. Os cuidados com os dentes foram muito negligenciados – a dieta normal brasileira tem muitas deficiências... [mesmo com exames de seleção] o problema médico será um dos principais". WAACK, William. *As duas faces da glória*: a FEB vista pelos seus aliados e inimigos. Rio de Janeiro: Nova Fronteira, 1985. p. 25-26. O general Cordeiro de Farias recordaria o envio das tropas brasileiras à guerra na Itália: "durante a preparação, as coisas foram feitas da maneira mais desastrosa possível. Nunca compreendi a razão disso. Como sabem, uma divisão de infantaria tem três regimentos. O normal seria que reuníssemos imediatamente esses regimentos aqui no Rio. Mas eles foram distribuídos da seguinte forma, sendo reunidos apenas uns dois ou três meses antes da partida para a guerra: um no Rio, que era o Regimento Sampaio, outro em São João Del-Rey, em Minas Gerais e outro em Caçapava, em São Paulo. Consequentemente, não se formou um amálgama dessas três unidades". FARIAS, Cordeiro de. O tenentismo é mais fantasia do que realidade. In: MOTA, Lourenço Dantas (coord.). *A história vivida (I)*. São Paulo: O Estado de S. Paulo, 1981. p. 83.

60. "Roberto Marinho e Herbert Moses, diretores de *O Globo*; Assis Chateaubriand e Austregésilo de Athayde, dos Diários Associados; Paulo Bittencourt, do *Correio da Manhã* e Horácio de Carvalho, do *Diário Carioca*, que conheciam bem seus funcionários e neles confiavam, não podiam se conformar com isso – e não se conformaram. Queriam mandar seus próprios correspondentes. Foi uma guerra que durou quase dois meses, mas afinal os seis venceram. Diante do ultimato, endossado pelos diretores dos jornais ('ou mandamos nossos próprios correspondentes ou não publicamos nada do DIP referente à FEB. Usaremos apenas o serviço das agências internacionais'), o dr. Lourival Fontes se rendeu. E lá fomos". SILVEIRA, Joel. *Tempo de contar*, cit., p. 236-237. Entre os correspondentes, destacaram-se Rubem Braga e Joel Silveira. A literatura de guerra brasileira, como capítulo próprio, ainda não foi devidamente estudada.

61. Cf. OVERY, Richard. *Russia's war*. London: Penguin Books, 1999. E-book.

62. Tal como a Alemanha nazista, a União Soviética via a sua segurança depender do controle político e militar dos países do Leste Europeu. Cf. MAZOWER, Mark. *Dark continent*: Europe's twentieth century. London: Penguin Books, 1999. p. 254.

63. Ver: BEEVOR, Antony. *The second world war*, cit., p. 512-513.

64. Ver: HASTINGS, Max. *Inferno*. New York: Vintage Books, 2011. p. 307-308.

65. CANDELORO, Giorgio. *Storia dell'Italia moderna*, cit., v. 10, p. 286.

66. DAVIES, Norman. *Europe*: a history. London: Pimlico, 1997. p. 1039.

67. No original: "Paris, Paris outragé, Paris brisé, Paris martyrisé, mais Paris libéré! libéré par lui-même, libéré par son peuple avec le concours des armées de la France, avec l'appui et le concours de la France tout entière: c'est-à-dire de la France qui se bat. C'est-à-dire de la seule France, de la vraie France, de la France éternelle". Disponível em: <http://www.charles-de-gaulle.org/pages/1-homme/dossiers-thematiques/1944-1946-la>. Acesso em: 29 jan. 2013.

68. BEEVOR, Antony; COOPER, Artemis. *Paris after the liberation*: 1944-1949. London: Penguin Books, 2004. p. 56. Disponível em: <http://www.charles-de-gaulle.org/pages/1-homme/dossiers-thematiques/1944-1946-la liberation.php>. Acesso em: 29 jan. 2013.

69. Ver: HASTINGS, Max. *Inferno*, cit., p. 532-533.

70. As referências a esse período e sobre a queda de Getúlio Vargas, quando não diversamente indicado, acham-se no excelente verbete de autoria de Paulo Brandt e Dora Flaksman. BRANDT, Paulo; FLAKSMAN, Dora. Getúlio Vargas. In: BELOCH, Israel; ABREU, Alzira Alves de (coord.). *Dicionário histórico-biográfico brasileiro*, cit., v. 4, p. 3473.

71. Cf. MALIN, Mauro; FLAKSMAN, Dora. Eurico Gaspar Dutra. In: BELOCH, Israel; ABREU, Alzira Alves de (coord.). *Dicionário histórico-biográfico brasileiro*, cit., v. 2, p. 1138-1139.

72. BRANDT, Paulo; FLAKSMAN, Dora. Getúlio Vargas. In: BELOCH, Israel; ABREU, Alzira Alves de (coord.). *Dicionário histórico-biográfico brasileiro*, cit., v. 4, p. 3747.

73. Como se dirigem à Nação os professores da Faculdade Nacional de Direito. *Vanguarda*. Rio de Janeiro, 3 mar. 1945. O Manifesto foi publicado em diversos jornais a 3 de março de 1945. O texto, autógrafo, do Manifesto foi recolhido por San Tiago ao seu arquivo pessoal. Ms. Arquivo San Tiago Dantas. Em artigo publicado no dia 7 de março de 1945, em *O Jornal*, Afonso Arinos refere San Tiago como autor do texto do Manifesto. Firmaram o Manifesto os seguintes professores: José Bonifácio Olinda de Andrada; Arnoldo Medeiros da Fonseca; Arthur Cumplido de Sant'Ana; José Carlos Mattos Peixoto; Haroldo Teixeira Valladão; Helio de Souza Gomes; Oscar Francisco da Cunha; Alcino de Paula Salazar; Benjamim Moraes Filho; Demósthenes Madureira de Pinho; Francisco Clementino de San Tiago Dantas; Francisco Oscar Penteado Stevenson; Joaquim Pimenta; José Ferreira de Souza; José Cândido Sampaio de Lacerda; Lineu de Albuquerque Mello; Carlos Ivan da Silva Leal.

74. O povo que veio às ruas quando do afundamento dos navios brasileiros por submarinos alemães arrancou do ditador a declaração de guerra ao Eixo, a qual ele hesitou inicialmente porque acreditava – e os fatos então assim indicavam – que a Alemanha nazista poderia derrotar as forças aliadas. Getúlio creditou ao povo a declaração de guerra, e a seguir, como se viu, tentou conter a expressão de sua vontade em sua própria terra.

75. Segundo Francisco Campos poderia ter havido, "ao lado ou à sombra da Constituição de 1937, ideologias ou individualidades fascistas. Eram, porém, fascistas frustros, ou inacabados, sem o fundo das grandes culturas históricas, cujo espírito os autênticos fascistas europeus haviam traído assimilando o seu aspecto técnico e dinâmico e esquecendo os seus valores de sentido e direção". Entrevista. *Correio da Manhã*, 3 mar. 1945. In: PORTO, Walter Costa (org.). *Constituições brasileiras*: 1937. Brasília: Senado Federal, 2001. v. IV, p. 39-52.

A entrevista de Francisco Campos foi por ele redigida – datilografada por Otávio Tyrso de Andrade, jornalista e amigo de San Tiago – e publicada imediatamente depois da divulgação do Manifesto dos Professores redigido por San Tiago; indica que o autor da Constituição de 1937 estava advertido da posição dos professores e especialmente da posição de seu antigo colaborador e aluno. San Tiago sempre manteve uma relação próxima com Francisco Campos, sem que o seu trânsito ideológico, de uma posição autoritária, vizinha à de Campos, para uma posição francamente democrática, interferisse na relação pessoal de ambos, como, de resto, aconteceu com outros companheiros de San Tiago. Américo Lacombe, em depoimento ao Autor referiu encontros de Francisco Campos e San Tiago, e mesmo um encontro de ambos com Getúlio Vargas, que os teria chamado para deles ouvir uma avaliação sobre a situação política de seu governo. Lacombe não precisou a data em que esse encontro teria tido lugar, e a recordação dele, quase cinquenta anos depois, não nos permite confirmá-lo. Todavia, se esse encontro de fato ocorreu, ele terá tido lugar em 1945, ou pelo final de 1944, quando Campos sugeriu a Getúlio algumas medidas que o ditador acabou por não seguir. Depoimentos de Américo Lacombe e de Otavio Tyrso de

Andrade. Getúlio, a sua vez, mais do que nenhum político brasileiro guardava uma distância de seus interlocutores que lhe permitia com eles dialogar, em qualquer situação em que este se achasse, inclusive de mais nítida oposição. Getúlio pediu a Campos para orientar o processo de transição democrática "em 1945 (...) mas este se recusou, e ele se valeu então do Agamenon Magalhães e do Marcondes filho – políticos de grande experiência e de imaginação, e manobristas desenvoltos e ágeis. Mas não lograram êxito na empreitada, apesar dos expedientes engendrados, como o da 'Constituinte com Getúlio', que teve o apoio ruidoso dos comunistas". O povo não escolhe pior do que as elites. MAGALHÃES, Dario de Almeida. *A história vivida*, cit., p. 229.

Mais tarde, Francisco Campos creditaria a falência institucional do Estado Novo ao fato de Getúlio Vargas não haver realizado o plebiscito previsto na Constituição que redigira. Segundo Campos, fora realizado o plebiscito, o povo teria sido ouvido e conferido ao Estado Novo a legitimidade que só ele, o povo, poderia lhe dar. No contexto da época, ainda segundo Campos, a democracia, nascida do liberalismo, teria sido rejeitada, e assim as eleições diretas por sufrágio universal; em seu lugar, o plebiscito seria o instrumento de aferição popular legitimador de um governo nascido de um golpe de Estado. O argumento era especioso; com ele, Campos procurava descaracterizar o irrecusável caráter ditatorial da Carta que redigira e susteve Getúlio à frente do poder por oito anos. Os regimes russo, nazista e fascista jamais cogitaram em ouvir seriamente o povo, como se sabe; seus líderes diziam representar singularmente o povo. Tampouco era exato dizer, como Campos, que o regime democrático fora rejeitado; a adoção de regimes totalitários verificou-se na Alemanha e na Itália; na Rússia verificou-se a substituição de um regime autoritário por um totalitário. Porém na Inglaterra e nos Estados Unidos, o regime democrático subsistiu, e as suas forças, como visto, contribuíram para derrotar os nazistas e os fascistas nos campos de batalha.

76. MALIN, Mauro; PENCHEL, Marcos. Francisco Campos. In: BELOCH, Israel; ABREU, Alzira Alves de (coord.). *Dicionário histórico-biográfico brasileiro*, cit., v. 1, p. 580.

77. Respectivamente: *Diário Carioca*, Rio de Janeiro, 3 mar. 1945 e *Correio da Manhã*, Rio de Janeiro, 3 mar. 1945.

78. Manifesto dos Jornalistas. In: BONAVIDES, Paulo: AMARAL, Roberto. *Textos políticos da história do Brasil*, cit., v. 2, p. 524-527. LEITE, Mauro Renault; NOVELLI JUNIOR. *O marechal Eurico Gaspar Dutra*, cit., p. 100-103. Manifesto dos artistas plásticos. Idem, ibidem, p. 103-104. Manifesto dos Paulistas. Idem, ibidem, p. 99.

79. Entrevista à "Associated Press" concedida por Plínio Salgado, em abril de 1945. *O que é o integralismo*, cit., v. IX, p. 346-347.

80. Ainda no ano anterior, Alceu Amoroso Lima saudara Salazar pela fidelidade do regime que ele implantara em Portugal à doutrina social da Igreja Católica. Ver a excelente biografia de Antônio Oliveira Salazar, escrita por Felipe Ribeiro de Meneses, que registra a admiração de Salazar por Mussolini. MENESES, Filipe Ribeiro de. *Salazar*: biografia definitiva. Tradução de Teresa Casal. São Paulo: Leya, 2011. p. 206, foto n. 16.

81. MAIA, Jorge Miguel; BENJAMIN, Cesar. João Alberto. In: BELOCH, Israel; ABREU, Alzira Alves de (coord.). *Dicionário histórico-biográfico brasileiro*, cit., v. 1, p. 44-45.

82. A aproximação de Getúlio Vargas foi mais tarde registrada pelo próprio Luís Carlos Prestes, que percebeu que não cumpriria toda a pena a que fora condenado: "Nos primeiros meses de 1945, Getúlio começou a se aproximar de mim. (...) Por escrito, eu mandava dizer que os comunistas deviam apoiar o governo. A situação tinha mudado radicalmente desde o dia 14 de março de 45, quando Getúlio passou a permitir que eu recebesse visitas. Eu me senti aliviado. Era a prova de que eu não ficaria 47 anos na cadeia". MORAES, Dênis de; VIANA, Francisco. *Prestes*: lutas e autocríticas, cit., p. 97. A Declaração de Prestes está em ABREU, Alzira Alves; JUNQUEIRA, Ivan. Luís Carlos Prestes. In: BELOCH, Israel; ABREU, Alzira Alves de (coord.). *Dicionário histórico-biográfico brasileiro*, cit., v. 4, p. 2820.

83. Em suas Memórias publicadas em 1958, Agildo Ribeiro recordaria: "O objetivo dessa transferência era colocar-me em contato com o meu ídolo recém-converso à linha do apoio incondicional a Getúlio em quem chegou a descobrir 'pendores democráticos' segundo telegrama que enviou ao ditador e ao qual este deu a mais ampla publicidade, causando grande alarme e desassossego nas hostes democráticas e oposicionistas". BARATA, Agildo. *Vida de um revolucionário*. São Paulo: Alfa-Omega, 1978. p. 321-322.

84. BRANDT, Paulo; FLAKSMAN, Dora. Getúlio Vargas. In: BELOCH, Israel; ABREU, Alzira Alves de (coord.). *Dicionário histórico-biográfico brasileiro*, cit., v. 4, p. 3475.

85. "Estou convencido", registrou Agildo Ribeiro em suas Memórias, "que ele, Prestes, aconchavou com Getúlio pela sua liberdade, por intermédio do diplomata Orlando Leite Ribeiro". Militar integrante da Coluna Prestes e mais tarde diplomata, Orlando Leite Ribeiro sempre manteve contato com seu antigo chefe militar, a quem visitou na prisão. Aproximando-se de Getúlio, foi o interlocutor entre o ditador e o líder comunista nas tratativas que precederam à libertação de Luís Carlos Prestes. Cf. Orlando Leite Ribeiro. In: BELOCH, Israel; ABREU, Alzira Alves de (coord.). *Dicionário histórico-biográfico brasileiro*, cit., v. 4, p. 2981. "A liberdade de Prestes – prossegue Agildo Ribeiro – e, nas suas águas a de todos nós outros, presos políticos, foi o resultado de uma barganha: Prestes apoiaria Getúlio em suas pretensões continuístas e, em compensação, o ditador mandaria pô-lo em liberdade. Contra Getúlio vinham-se levantando, se organizando e se unificando todas as forças políticas do País. Getúlio só contava com alguns generais (que ele mesmo promovera), com alguns áulicos palacianos e com os pelegos do movimento sindical. A posição que Prestes assumia era, assim, para Getúlio, de um significado muito grande. Não pelo valor absoluto desse apoio, mas por sua significação moral e política, uma vez que até a campanha da anistia perderia muito de sua força e vigor se a principal figura em benefício da qual se erguia o clamor do movimento democrático da anistia, se o alvo predileto da odiosidade do Estado Novo, se uma de suas principais vítimas, se o próprio Prestes erguesse sua voz para apoiar a periclitante ditadura de Getúlio". BARATA, Agildo. *Vida de um revolucionário*, cit., p. 321-322.

O Partido Comunista Brasileiro estava dividido sobre apoiar o governo, e Prestes deveria decidir qual facção apoiar. Segundo Agildo, "Prestes teria de apoiar-se num dos dois grupos esquerdistas que existiam fora da cadeia e que se disputavam o título de ser o Partido Comunista do Brasil. Sua escolha, em função do acordo que fizera com Getúlio, tinha de recair sobre o grupo cuja palavra-de-ordem era a de apoio incondicional a Getúlio – a CNOP. Esta, por sua vez, sabia que o apoio de Prestes significava, de imediato, o apoio internacional e a possibilidade de rapidamente crescer à sombra do prestígio pessoal do antigo tenente". Idem, ibidem, p. 322.

Hélio Silva, escrevendo em 1976, sem citar as Memórias de Agildo Ribeiro publicadas dezoito anos antes, diz que "o apoio de Prestes a Vargas, entretanto, pareceu confirmar os boatos existentes, antes da anistia, sobre acordos políticos entre Vargas e os comunistas liderados por Prestes. Com um desenvolvimento posterior da campanha 'queremismo', esses boatos tornar-se-iam cada vez mais fortes e contribuiriam para a derrubada de Vargas em 29 de novembro de 1945". Cf. SILVA, Hélio. *1945: porque depuseram Vargas*, cit.

86. Cf. OVERY, Richard. *Russia's war*, cit., Posição 3568/8137

87. Cf. ZIEMKE, Earl. Fall of Berlin. In: DEAR, I. C.; FOOT, M. R. D. (ed.). *The Oxford companion to the second world war*. New York: Oxford University Press, 1995. p. 125-126; BEEVOR, Antony. *The second world war*, cit., p. 737-754.

88. CANDELORO, Giorgio. *Storia dell'Italia moderna*, cit., v. 10, p. 233.

89. Cf. MILZA, Pierre. *Mussolini*, cit., p. 870-875.

90. KERSHAW, Ian. *Hitler 1936-1945:* Nemesis, cit., p. 808-809.

91. Cf. CANDELORO, Giorgio. *Storia dell'Italia moderna*, cit., v. 10, p. 339.

92. LUZZATTO, Sergio. Piazzale Loreto. In: DE GRAZIA, Victoria; LUZZATTO, Sergio. (coord.). *Dizionario del fascismo*, cit., v. 2, p. 368.

93. Sobre o assalto das tropas soviéticas aos civis alemães especialmente às mulheres, ver: BEEVOR, Antony. *The second world war*, cit., p. 750.

94. Idem, ibidem, p. 756.

95. Depoimento de Astolpho Dutra.

CAPÍTULO XV. ARREMATE

1. DANTAS, F. C. de San Tiago. A influência inglesa no Brasil e no mundo moderno. Discurso proferido no dia 29 04 1943, em sessão solene na Faculdade Nacional de Filosofia. Mensario do *Jornal do Commercio*, p. 259.

2. "Hoje não temos outra escolha; o mundo não se divide mais em facções. Ou melhor, o bloco extra-democrático é o soviético, e é muito mais difícil inaugurar no Brasil um autoritarismo soviético do que, digamos voltar à monarquia. Falta-nos tudo para isso. Fal-

ta-nos acima de tudo a autarquia econômica da Rússia, este país de prodigiosa riqueza, que pode separar-se do mundo e viver sozinho. (...). Tenho ouvido insensatos pronunciarem que falta autoridade ao sr. José Américo, porque conduziu mal a sua campanha no tempo de candidato; que falta autoridade ao sr. Campos porque é autor da Constituição que agora destruiu em formidável exercício de raciocínio jurídico e político; que falta autoridade ao sr. San Tiago Dantas, redator do admirável manifesto dos professores de Direito, porque foi integralista; que falta autoridade ao sr. Oswaldo Aranha porque só há pouco deixou o governo; que falta autoridade ao general Dutra para ser promotor, fiador e guardião da liberdade de que depende a paz, porque foi parte do golpe de Estado. Não há loucura, não há insensatez mais perigosa do que a desta atitude. Não falta autoridade a ninguém, nunca faltou a ninguém autoridade para trabalha em bem do Brasil". FRANCO, Afonso Arino de Melo. Cuidado inútil. *O Jornal*. Rio de Janeiro, 7 mar. 1945.

3. Decreto-lei 7.440, de 5 de abril de 1945.

4. Declarações do Prof. San Tiago Dantas, 09.11.1944.

5. Carta de San Tiago Dantas a Gustavo Capanema. Rio de Janeiro, 10.04.1945.

6. Carta de Gustavo Capanema a San Tiago Dantas. Rio de Janeiro, 11.05.1945.

7. MICELLI, Sergio (col.). Brasil na guerra. *Nosso século: 1930/1945 – a era de Vargas*. São Paulo: Abril Cultural, 1980. p. 235.

8. Entrevista de José Américo de Almeida ao *Correio da Manhã*. Rio de Janeiro, 22 fevereiro 1945. Apud BONAVIDES, Paulo; AMARAL, Roberto. *Textos políticos da história do Brasil*, cit., v. V, p. 462.

9. Cf. FAUSTO, Boris. O Estado getulista. *História do Brasil*, cit., p. 388. Góes Monteiro diria mais tarde: "naquele mês de outubro de 1945, uma grave crise política ocorrera em Buenos Aires. O General Perón, que era Vice-Presidente da Argentina e já enfeixava nas mãos a maior soma de poder ditatorial, fora aprisionado pelas forças navais e detido na ilha Martin Garcia, mas libertado, no dia 17 do mesmo mês pelas forças do Exército apoiadas pelo proletariado argentino. Não tenha dúvida, pois, (...) que foi sob o influxo desses acontecimentos no país vizinho, de mistura com o que se passava no Brasil, que surgiu uma quarta fase para a atitude final do Presidente Getúlio, a qual culminou na jornada de 29 de outubro". COUTINHO, Lourival. *O general Góes depõe*. Rio de Janeiro: Coelho Branco, 1956, p. 429-430.

10. MICELLI, Sergio (col.). *Nosso século: 1930-1945 – a era de Vargas*, cit., p. 239.

11. No próprio dia 29 de outubro Góes Monteiro lançou uma proclamação na qual expunha a razão por que havia deixado o Ministério da Guerra: "para tentar desesperado esforço no sentido de impedir que o exército se tornasse presa de políticos sem entranhas, em consequência, se dividisse e se afundasse no facciosismo em vez de continuar como garantia da ordem e da integridade nacional", e concluía que, "enquanto continuasse a dispor de alguns alentos de vida, não decepcionarei os meus camaradas do Exército, da Marinha e da Aeronáutica que têm me dados mostras cabais de solidariedade para enfrentarmos ir-

manados, sobre a própria bandeira a onda de anarquia que se aproxima". E concluía "ainda poderei ser útil a minha pátria, enquanto não for um pais destituído de seus quadros legais e o exercito não puder voltar ao seu papel natural na comunidade brasileira". Afastamento de Vargas. (29 outubro 1945). In: BONAVIDES, Paulo; AMARAL, Roberto. *Textos políticos da história do Brasil*, cit., v. V, p. 608. (Extraído do *Jornal do Brasil*. Rio de Janeiro, 30 de outubro de 1945). É significativa a ordem de exposição de Góes. Primeiro refere o fardo de responder pelo País, salvando-o de uma gravíssima crise política. E, a seguir, dirige-se às Forças Armadas (na verdade ao Exército), às quais creditava o resgate da sociedade de agitadores que haviam obrigado o exército a deixar seus quartéis em missão de redenção da pátria.

12. Discurso de posse de José Linhares na presidência da república" (29 outubro 1945). In: BONAVIDES, Paulo; AMARAL, Roberto. *Textos políticos da história do Brasil*, cit., v. V, p. 613 (extraído do *Jornal do Brasil*, de 30 de outubro de 1945).

13. Feitas as primeiras nomeações dos parentes do presidente da República, começou a correr e se disseminou entre a população da capital federal o chiste de que o *Diário Oficial* publicara um decreto assinado pelo presidente José Linhares estipulando que todo aquele cidadão cujo sobrenome fosse igual ao do presidente deveria apresentar-se para imediata nomeação a um cargo público. Depoimento de Vicente Chermont de Miranda.

14. Ao contrário do golpe desfechado a 29 de outubro de 1945, o golpe de novembro de 1937 com o qual Getúlio instaurou o Estado Novo não mobilizou a tropa do exército; então, bastou a cavalaria da polícia militar da capital federal para cercar os prédios do Senado Federal e da Câmara dos Deputados.

15. "Em 1945, ao final do Estado Novo, existiam no Brasil 873 sindicatos de empregados oficialmente registrados no Ministério do Trabalho, não contando as federações e confederações. Se calcularmos uma média de dez dirigentes por sindicato, somente no tocante às organizações de primeiro grau, a nova camada de burocratas sindicais compreenderia pouco menos de nove mil membros". RODRIGUES, Leôncio Martins. Sindicalismo e classe operária (1930-1964). In: *História geral da civilização brasileira*. São Paulo: Difel, 1986. t. III, v. 3, p. 528-529.

16. Carta de Getúlio Vargas a João Neves da Fontoura. Santos Reis, 18 de novembro de 1945. In: SILVA, Hélio. *1945: porque depuseram Vargas*, cit., p. 300.

17. Carta de Eurico Dutra ao Partido Trabalhista Brasileiro. Rio de Janeiro 21.11.1945 e São Paulo 24.11.1945. Idem, ibidem, p. 313 e 317-318. "Descarregar votos" significava os chefes políticos municipais orientarem seus eleitores "de cabresto" – que cegamente obedeciam ao chefe político local pois dele dependiam economicamente – a votarem em um candidato que naquele município não seria ordinariamente votado, para ajudá-lo a eleger-se.

18. Manifesto de Getúlio Vargas. São Borja. 25.11.1945. Idem, ibidem, p. 319.

19. DANTAS, F. C. de San Tiago. *Palavras de um professor*, cit., p. 31-32.

FONTES

BIBLIOGRAFIA DE SAN TIAGO DANTAS

ARTIGOS

DANTAS, F. C. de San Tiago. A caminho da Constituinte. *A Nação*, 19 abr. 1933.

DANTAS, F. C. de San Tiago. A Constituinte e os partidos. *A Razão*, São Paulo, 8 ago.1931.

DANTAS, F. C. de San Tiago. A encíclica Rerum Novarum. *O Jornal*, 25 maio 1941.

DANTAS, F. C. de San Tiago. A escolha dos caminhos. *A Razão*, São Paulo, 27 ago. 1931.

DANTAS, F. C. de San Tiago. A extinção do legalismo. *Mundo Ilustrado*, 1931.

DANTAS, F. C. de San Tiago. A ideologia da revolução. *A Razão*, São Paulo, 24 jun. 1931.

DANTAS, F. C. de San Tiago. A lição da Lei de Segurança. *A Offensiva*, 16 mar. 1935.

DANTAS, F. C. de San Tiago. A lição de Córdoba. *Novidades Literárias*. Rio de Janeiro. 1.º ago. 1930.

DANTAS, F. C. de San Tiago. A lição do hitlerismo. *A Nação*, 5 fev. 1933.

DANTAS, F. C. de San Tiago. A missão do ensino econômico e administrativo na reconstrução brasileira. *Revista de Economia e Estatística*, ano 4, n. 2, abr. 1939.

DANTAS, F. C. de San Tiago. A pior consequência. *A Razão*, São Paulo, 29 ago. 1931.

DANTAS, F. C. de San Tiago. A renovação do exército. *A Razão*, São Paulo, 15 jul. 1931.

DANTAS, F. C. de San Tiago. A renúncia do interventor. *A Razão*, São Paulo, 15 jul. 1931.

DANTAS, F. C. de San Tiago. A revolução francesa. *Revista do Brasil*, jul. 1939.

DANTAS, F. C. de San Tiago. A saudação de San Tiago Dantas. *O Jornal*, Rio de Janeiro, 15 set. 1940.

DANTAS, F. C. de San Tiago. Ainda o ensino religioso. *A Razão*, São Paulo, 11 ago. 1931.

DANTAS, F. C. de San Tiago. Aspectos políticos da crise militar. *Revista da Escola Militar*, ano XVII, ago. 1936.

DANTAS, F. C. de San Tiago. Atividades pós-revolucionárias. *A Razão*, São Paulo, 19 jun. 1931.

DANTAS, F. C. de San Tiago. Cinema – Caminho da Vida, de Nicolai Ekk. *Literatura*, Rio de Janeiro, n. 9, 5 nov. 1933.

DANTAS, F. C. de San Tiago. Catholicismo e fascismo – ensaio para um estudo sobre a doutrina fascista e a questão social. *A Ordem*, Rio de Janeiro, ano XI (nova série), n. 11, jan. 1931.

DANTAS, F. C. de San Tiago. Começo de um discurso aos moços. *Jornal Vida*, Rio de Janeiro, n. 4, jul. 1934. Também publicado no jornal *A Offensiva*, 9 ago. 1934.

DANTAS, F. C. de San Tiago. Comentários de à palestra do Dr. Dardeau Vieira. *Revista do Serviço Público*, DASP, ano 6, v. II, n. 2, maio 1943.

DANTAS, F. C. de San Tiago. Conceito de sociologia. *A Ordem*, Rio de Janeiro, Centro Dom Vital, ano X, n. 3, maio 1930.

DANTAS, F. C. de San Tiago. Concepção de Força Armada. *Acção*, 12 jan. 1937.

DANTAS, F. C. de San Tiago. Contra-ordem. *A Razão*, São Paulo, 4 ago. 1931.

DANTAS, F. C. de San Tiago. Contra uma falsa política conservadora. *A Nação*, 19 fev. 1933.

DANTAS, F. C. de San Tiago. Correição revolucionária. *A Razão*, São Paulo, 23 set. 1931.

DANTAS, F. C. de San Tiago. Crônica universitária: a lição de Córdoba. *Novidades Literárias*, 1.º ago. 1930.

DANTAS, F. C. de San Tiago. Francisco Campos. *Jornal do Commercio*, Rio de Janeiro, 24 jun. 1962.

DANTAS, F. C. de San Tiago. François Mauriac. *A Ordem*, set. 1934.

DANTAS, F. C. de San Tiago. Gide e a Rússia. *Acção*, 1.º dez. 1937.

DANTAS, F. C. de San Tiago. Guerra na África. *A Offensiva*, 14 out. 1935.

DANTAS, F. C. de San Tiago. Integralismo e arte. *Acção*, 23 jan. 1937.

DANTAS, F. C. de San Tiago. Integralismo e burguesia. *A Offensiva*, 25 out. 1934.

DANTAS, F. C. de San Tiago. Justiça de classes. *A Razão*, São Paulo, 19 jul. 1931.

DANTAS, F. C. de San Tiago. Luz tardia. *A Nação*, 17 mar. 1933.

DANTAS, F. C. de San Tiago. *Manifesto da Congregação da Faculdade Nacional de Direito*, 2 mar. 1945.

DANTAS, F. C. de San Tiago. Movimento literário: Libertinagem, de Manuel Bandeira. Bahia, *ETC*, 8 set. 1930.

DANTAS, F. C. de San Tiago. Notas de uma viagem a Ouro Preto. *Panorama*, ano I, abr.-maio 1936.

DANTAS, F. C. de San Tiago. O ambiente da constitucionalização. *A Nação*, 12 mar. 1933.

DANTAS, F. C. de San Tiago. O Brasil e a política. *A Razão*, São Paulo, 22 jul. 1931.

DANTAS, F. C. de San Tiago. O comunismo e a democracia. *A Offensiva*, 15 nov. 1934.

DANTAS, F. C. de San Tiago. O Coringa. *A Razão*, São Paulo, 6 set. 1931.

DANTAS, F. C. de San Tiago. O decálogo riograndense. *A Razão*, São Paulo, 29 jul. 1931.

DANTAS, F. C. de San Tiago. O destino da Constituinte (I). *A Razão*, São Paulo, 11 jul. 1931.

DANTAS, F. C. de San Tiago. O destino da Constituinte (II). *A Razão*, São Paulo, 12 jul. 1931.

DANTAS, F. C. de San Tiago. O espírito revolucionário. *A Razão*, São Paulo, 21 jun. 1931.

DANTAS, F. C. de San Tiago. O grande livro de Tristão de Athayde. *O Jornal*, Rio de Janeiro, 1929.

DANTAS, F. C. de San Tiago. O homem político Poincaré. *Gazeta de Notícias*, 30 out. 1934.

DANTAS, F. C. de San Tiago. O integralismo e as classes armadas. *A Offensiva*, 1.º nov. 1934.

DANTAS, F. C. de San Tiago. O júri na Constituição. *A Nação*, 12 fev. 1933.

DANTAS, F. C. de San Tiago. O moralista da revolução. *A Razão*, São Paulo, 3 set. 1931.

DANTAS, F. C. de San Tiago. O município. *A Razão*, São Paulo, 6 set. 1931.

DANTAS, F. C. de San Tiago. O novo PRP. *A Razão*, São Paulo, 12 ago. 1931.

DANTAS, F. C. de San Tiago. O Quinze, de Rachel de Queiróz. *Novidades Literárias*, 1.º out. 1930.

DANTAS, F. C. de San Tiago. O valor da revolução. *A Razão*, São Paulo, 28 jul. 1931.

DANTAS, F. C. de San Tiago. O Vaticano e a Itália. *A Razão*, São Paulo, 10 jul. 1931.

DANTAS, F. C. de San Tiago. Organização universitária. *Revista de Estudos Jurídicos*, n. 1, maio 1930.

DANTAS, F. C. de San Tiago. Os fundamentos da justiça penal. *Revista de Estudos Jurídicos e Sociaes*, Rio de Janeiro, n. 1, abr. 1933.

DANTAS, F. C. de San Tiago. Perspectivas brasileiras da representação de classes. *A Nação*, 7 mar. 1933.

DANTAS, F. C. de San Tiago. Posição dos moços. Conferência realizada em Belo Horizonte em 21 de abril de 1931. *Revista de Estudos Jurídicos e Sociaes*, ano II, v. II, n. 4, 1931.

DANTAS, F. C. de San Tiago. Preliminares. *A Razão*, São Paulo, 15 ago. 1931.

DANTAS, F. C. de San Tiago. Problemas políticos e problemas técnicos. *A Razão*, São Paulo, 27 ago. 1931.

DANTAS, F. C. de San Tiago. Prova de literatura brasileira. *Vestibular*, Rio de Janeiro, 16 mar. 1928.

DANTAS, F. C. de San Tiago. Prova de história. *Vestibular*, Rio de Janeiro, 19 mar. 1928.

DANTAS, F. C. de San Tiago. Reflexões sobre o emprego dos "planos" em administração e economia. *Revista de Economia e Estatística*, ano 3, n. 3, jul. 1938.

DANTAS, F. C. de San Tiago. Revolução parcial. *A Razão*, São Paulo, 13 set. 1931.

DANTAS, F. C. de San Tiago. Rompimento com o integralismo. *Diário de Notícias*, Rio de Janeiro, 6 out. 1942.

DANTAS, F. C. de San Tiago. Salário-mínimo. *A Offensiva*, 17 mai. 1934.

DANTAS, F. C. de San Tiago. Trégua dos partidos. *A Razão*, São Paulo, 18 jul. 1931.

DANTAS, F. C. de San Tiago. Variações sobre a representação de classes. *A Nação*, 26 fev. 1933.

DANTAS, F. C. de San Tiago. Viagem a Ouro Preto. *Espelho*, jan. 1936.

DANTAS, F. C. de San Tiago. Visita a Pontes de Miranda. *Novidades Literárias*, Rio de Janeiro, 16 ago. 1930.

DISCURSOS

DANTAS, F. C. de San Tiago. A influência inglesa no Brasil e no mundo moderno. Discurso proferido no dia 29 de abril de 1943, em sessão solene na Faculdade Nacional de Filosofia. *Mensário do Jornal do Commercio*.

DANTAS, F. C. de San Tiago. *Camões e a raça*. Palestra proferida no gabinete Português de Leitura. Rio de Janeiro, 10 jun. 1940.

DANTAS, F. C. de San Tiago. Discurso de posse na diretoria da Faculdade Nacional de Filosofia da Universidado do Brasil, proferido em 9 de dezembro de 1941.

DANTAS, F. C. de San Tiago. Discurso proferido a 12 de dezembro de 1945, na cerimônia de colação de grau dos bacharéis da Faculdade Nacional de Direito.

DANTAS, F. C. de San Tiago. Discurso proferido a 30 de agosto de 1940 ao tomar posse na cadeira de Direito Civil na Faculdade Nacional de Direito da Universidade do Brasil.

DANTAS, F. C. de San Tiago. Discurso proferido na sessão magna de 25 de outubro de 1941, comemorativa do cinquentenário da Faculdade Nacional de Direito da Universidade do Brasil, em nome da Congregação de Professores.

DANTAS, F. C. de San Tiago. Discurso proferido na sessão solene de aniversário do Centro Acadêmico de Estudos Jurídicos em 1.º de outubro de 1929. *Revista de Estudos Jurídicos*, 1.º maio 1930.

DANTAS, F. C. de San Tiago. Posição dos moços. Conferência realizada em Belo Horizonte em 21 abr. 1931. *Revista de Estudos Jurídicos e Sociaes*, ano II, v. II, n. 4, s/d.

ENTREVISTAS

ENTREVISTA de San Tiago Dantas concedida a Aluísio Barata. Organização universitária e diretrizes da cultura. *Diário de Notícias*, Rio de Janeiro, 10 mar. 1931.

ENTREVISTA de San Tiago Dantas concedida a José Amádio. Gente que faz notícia. *O Cruzeiro*, Rio de Janeiro, 26 dez. 1959.

ENTREVISTA de San Tiago Dantas. Ginásio-escola para a formação de professores. *A Noite*, Rio de Janeiro, 20 mar. 1942.

ENTREVISTA de San Tiago Dantas. Porque deixei de ser integralista. Concedida ao *Diário de Notícias*, Rio de Janeiro, 4 out. 1942.

ENTREVISTA de San Tiago Dantas sobre a Lei de Segurança Nacional. *A Offensiva*, Rio de Janeiro, 14 fev. 1935.

LIVROS

DANTAS, F. C. de San Tiago. *Conflito de vizinhança e sua composição.* Rio de Janeiro: [s.ed.], 1939.

DANTAS, F. C. de San Tiago. *D. Quixote:* um apólogo da alma ocidental. Rio de Janeiro: Agir, 1948.

DANTAS, F. C. de San Tiago. *Discursos parlamentares.* Brasília: Câmara dos Deputados, 1983.

DANTAS, F. C. de San Tiago. *Dois momentos de Rui Barbosa.* Rio de Janeiro: Casa de Rui Barbosa, 1949.

DANTAS, F. C. de San Tiago. *Figuras do direito.* Rio de Janeiro: José Olympio, 1962.

DANTAS, F. C. de San Tiago. *Palavras de um professor.* 2. ed. Rio de Janeiro: Forense, 2001.

DANTAS, F. C. de San Tiago. *Política externa independente.* Rio de Janeiro: Civilização Brasileira, 1962.

DANTAS. F. C. de San Tiago. *Problemas do direito positivo:* estudos e pareceres. Rio de Janeiro: Revista Forense, 1953.

DANTAS, F. C. de San Tiago. *Programa de direito civil.* Rio de Janeiro: Ed. Rio, 1979. vs. I, II e III.

DANTAS, F. C. de San Tiago. *Rui Barbosa e o Código Civil.* Rio de Janeiro: Casa de Rui Barbosa, 1949.

MANUSCRITOS

MANUSCRITO de San Tiago Dantas. *Dindinha.*

MANUSCRITO de San Tiago Dantas. *Fazenda do Faleiro.*

MANUSCRITO de San Tiago Dantas. *General Felippe José Correa de Mello.*

MANUSCRITO de San Tiago Dantas. *Ligeiro subsídio para a genealogia dos Carneiros de Paracatu.*

MANUSCRITO de San Tiago Dantas. *Mensagem à junta da freguezia de Santiago D'Antas,* 9 set. 1948.

MANUSCRITO de San Tiago Dantas. *O major San Tiago Dantas.*

PARECER

DANTAS, F. C. de San Tiago Dantas. Parecer – Comissão de Ensino e Recursos. Conselho Universitário da Universidade do Rio de Janeiro. San Tiago Dantas, relator. Rio de Janeiro, 12.07.1938.

BIBLIOGRAFIA GERAL

ABREU, Alzira Alves; JUNQUEIRA, Ivan. Luís Carlos Prestes. In: BELOCH, Israel; ABREU, Alzira Alves de (coord.). *Dicionário histórico-biográfico brasileiro: 1930-1983*. Rio de Janeiro: Forense Universitária, 1984. v. 4.

ABREU, Alzira Alves de; FLAKSMAN, Dora. Revolta comunista. In: BELOCH, Israel; ABREU, Alzira Alves de (coord.). *Dicionário histórico-biográfico brasileiro: 1930-1983*. Rio de Janeiro: Forense Universitária, 1984. v. 4.

AÇÃO integralista brasileira, *O Debate*, Belo Horizonte, 26 ago. 1935.

ACQUARONE, Alberto. *L'organizzazione dello stato totalitario*. Torino: Einaudi, 1995.

ALENCAR, Edigar de. *O carnaval carioca através da música*. Edição comemorativa do IV Centenário do Rio de Janeiro. Rio de Janeiro/São Paulo: Livraria Freitas Bastos, 1965.

ALMEIDA, Rômulo. *Rômulo*: voltado para o futuro. Fortaleza: BNB, 1986.

ALMEIDA JUNIOR, Antônio Mendes de. Do declínio do Estado Novo ao suicídio de Getúlio Vargas. In: FAUSTO, Boris. *O Brasil republicano*: sociedade e política (1930-1964). São Paulo: Difel, 1986.

AMADO, Gilberto. *Aparências e realidades*. São Paulo: Monteiro Lobato, 1922.

AMADO, Gilberto. As instituições políticas e o meio social no Brasil. In: CARDOSO, Vicente Licínio (org.). *À margem de história da República*. Brasília: Ed. UnB, 1981. t. I.

AMADO, Gilberto. *Dias e horas de vibração*. Rio de Janeiro: Ariel, 1933.

AMADO, Gilberto. *Mocidade no Rio e primeira viagem à Europa*. 2. ed. Rio de Janeiro: José Olympio, 1958.

AMADO, Gilberto. *Presença da política*. Rio de Janeiro: José Olympio, 1960.

AMADO, Gilson. San Tiago Dantas. *Correio da Manhã*, Rio de Janeiro, 5 set. 1965.

AMADO, Henriette de Hollanda. *Exercício de vida*. Rio de Janeiro: Codecri, 1981.

AMADO, Jorge. *Navegação de cabotagem*: apontamentos para um livro de memórias que jamais escreverei. Rio de Janeiro: Record, 1999.

AMARAL, Azevedo. Realismo político e democracia. In: ANDRADE, Almir de (dir). *O pensamento político do presidente*. Rio de Janeiro: Imprensa Nacional, 1943.

ANDRADE, Carlos Drummond de. A rosa do povo. *Poesia completa*. Rio de Janeiro: Nova Aguilar, 2002.

ANDRADE, Carlos Drummond de (sel.). *Brasil, terra & alma*: Minas Gerais/ Rio de Janeiro: Ed. do Autor, 1967.

ANDRADE, Carlos Drummond de. Da velha cidade. *Crônicas:* 1930-1934. Belo Horizonte: Ed. Formato, 1987.

ANDRADE, Carlos Drummond de. *O observador no escritório*. Rio de Janeiro: Record, 1985.

ANDRADE, Mário de. *A lição do amigo:* cartas de Mário de Andrade a Carlos Drummond de Andrade, anotadas pelo destinatário. Rio de Janeiro: José Olympio, 1982.

ANDRADE, Mário de. *Aspectos da literatura brasileira*. São Paulo: Martins Ed., 1972.

ANJOS, Cyro dos. *A menina do sobrado*. Rio de Janeiro: José Olympio, 1979.

ANNAN, Noel, *Our age*: portrait of a generation. London: Weidenfeld and Nicolson, 1990.

ANTÔNIO, João. É preciso deixar que a musa descanse à noite. *O Estado de S. Paulo*. São Paulo, 2 set. 1995.

APPLEBAUM, Anne. *Iron curtain:* the crushing of Eastern Europe 1944-1956. New York: Doubleday, 2012.

ARAÚJO, Ricardo Benzaquen de. *Medio virtus:* uma análise da obra integralista de Miguel Reale. Rio de Janeiro: Ed. FGV, 1988.

ARAÚJO, Ricardo Benzaquen de. *Totalitarismo e revolução:* o integralismo de Plínio Salgado. Rio de Janeiro: Zahar, 1988.

ARON, Raymond. *Mémories*. Paris: Robert Laffont, 2010.

ASSIS, Machado de. *Dom Casmurro*. Rio de Janeiro: Civilização Brasileira, 1975.

ASSIS, Machado de. *Esaú e Jacó*. Rio de Janeiro: Civilização Brasileira; Brasília: INL, 1975.

ATHAYDE, Tristão de. *Contra-revolução espiritual:* ensaios. Cataguazes: Spinola & Fusco Ed. 1933.

ATHAYDE, Tristão de. *De Pio VI a Pio XI*. Rio de Janeiro: Edição do Centro Dom Vital, 1929. v. XIII. Série Jackson de Figueiredo.

ATHAYDE, Tristão de. *Estudos*: primeira série. Rio de Janeiro: Ed. A Ordem, 1929.

ATHAYDE, Tristão de. *Estudos:* segunda série. Rio de Janeiro: Terra de Sol, 1928.

ATHAYDE, Tristão de. *Problema da burguezia*. Rio de Janeiro: Schmidt Editor, 1932.

AZEVEDO, Aroldo de. *Arnolfo Azevedo:* parlamentar da Primeira República. São Paulo: Editora Nacional, 1968.

AZEVEDO, Maria Helena Castro. *Um senhor modernista*. Rio de Janeiro: Academia Brasileira de Letras, 2002.

AZEVEDO, Nearch da Silveira e (coord.). *Federação Acadêmica do Rio de Janeiro*. Prefácio de Américo Lacombe. Rio de Janeiro: Cátedra, 1984.

BADARÓ, Murilo. *Gustavo Capanema:* a revolução na cultura. Rio de Janeiro: Nova Fronteira, 2000.

BAER, Werner. *A industrialização e o desenvolvimento econômico do Brasil*. Rio de Janeiro: Ed. FGV, 1977.

BAINVILLE, Jacques. Maximes et jugements. *Almanach de l'Action Française*. Paris: Librairie de L'Action Française, 1927.

BALBO, Italo. Diario 1922. In: PUGLIESI, Stanislao (ed.). *Italian fascism and antifascism*: a critical anthology. Manchester, NY: Manchester University Press, 2001.

BANDEIRA, Manuel. *Crônicas inéditas I*. Org., posfácio e notas de Julio Castañon Guimarães. São Paulo: Cosac Naify, 2008.

BANDEIRA, Manuel. *Seleta de prosa*. Org. por Júlio Castanôn Guimarães. 4. ed. Rio de Janeiro: Nova Fronteira, 1997.

BARATA, Agildo. *Vida de um revolucionário (memórias)*. São Paulo: Alfa--Omega, 1978.

BARBOSA, Francisco de Assis (org.). *Brito Broca*: memórias. Rio de Janeiro: José Olympio, 1968.

BARBOSA, Francisco Assis. Introdução. In: REBELLO, Edgardo de Castro. *Mauá & outros estudos*. Rio de Janeiro: Livraria São José, 1975.

BARBOSA, Francisco de Assis. *Juscelino Kubitschek*: uma revisão na política brasileira. Rio de Janeiro: Guanabara, 1988.

BARBOSA, Francisco de Assis (org.). *Raízes de Sergio Buarque de Holanda*. Rio de Janeiro: Rocco, 1988.

BARRACLOUGH, Geoffrey. *An introduction to contemporary history*. Middlesex: Penguin Books, 1973.

BARRÈS, Maurice. *Scènes et doctrines du nationalisme*. Paris: Librairie Plon, 1925. t. II.

BARRETO, Lima. *Impressões de leitura*. São Paulo: Brasiliense, 1956.

BARRETO, Lima. Vera Zassúlitch. *Bagatelas*. São Paulo: Brasiliense, 1961.

BARRETTO, Vicente (org.). *O liberalismo e a Constituição de 1988*: textos selecionados de Rui Barbosa. Rio de Janeiro: Nova Fronteira/Fundação Casa de Rui Barbosa, 1991.

BARRETTO, Vicente; PAIM, Antonio. *Evolução do pensamento político brasileiro*. São Paulo: Edusp; Belo Horizonte: Itatiaia, 1989. Col. Reconquista do Brasil, 2.ª série, v. 150.

BARROS, João Alberto Lins de. *Memórias de um revolucionário* (1.ª parte: A marcha da coluna). Rio de Janeiro: Civilização Brasileira, 1954.

BASBAUM, Leôncio. *Uma vida em seis tempos (memórias)*. São Paulo: Alfa-Omega, 1976.

BEDESCHI, Giuseppe. *La fabbrica delle ideologie*: il pensiero politico nell'Italia del novecento. Roma: Laterza, 2002.

BEEVOR, Antony. *The second world war*. London: Weidenfeld & Nicolson, 2012.

BEEVOR, Antony; COOPER, Artemis. *Paris after the liberation:* 1944-1949. London: Penguin Books, 2004.

BELLO, José Maria. *História da República*. São Paulo: Ed. Nacional, 1959.

BELLO, José Maria. *Memórias*. Rio de Janeiro: José Olympio, 1958.

BENEVIDES, Maria Victoria de Mesquita. *A UDN e o udenismo:* ambiguidades do liberalismo brasileiro (1945-1965). Rio de Janeiro: Paz e Terra, 1981.

BERLIN, Isaiah. Joseph de Maistre and the origins of fascism. *The crooked timber of humanity*. New York: Vintage Books, 1992.

BERTONHA, João Fábio. *O fascismo e os imigrantes italianos no Brasil*. Porto Alegre: EdiPUCRS, 2001.

BESSEL, Richard. *Life in the Third Reich*. New York: Oxford University Press, 2000.

BLAKE, Augusto Victorino Alves Sacramento. *Diccionario bibliographico brazileiro*. Rio de Janeiro: Imprensa Nacional, 1893. v. 2.

BOAVENTURA, Maria Eugênia. *O salão e a selva*. Campinas: Ed. Unicamp; São Paulo: Ex Libris, 1995.

BOBBIO, Norberto. *Ideological profile of twentieth-century Italy*. Tradução de Lydia G. Cochrane. New Jersey: Princeton University, 1995.

BOECHAT, Ricardo. *Copacabana Palace:* um hotel e sua história. Rio de Janeiro: DBA, 1998.

BONAVIDES, Paulo (comp.). *Francisco Campos*. Brasília: Câmara dos Deputados; Rio de Janeiro: José Olympio, 1979. Col. Perfis Parlamentares 6.

BONAVIDES, Paulo; AMARAL, Roberto. *Textos políticos da história do Brasil*. 3. ed. Brasília: Senado Federal, 2002. v. IV.

BONAVIDES, Paulo; AMARAL, Roberto. *Textos políticos da história do Brasil*. Segunda República (1934-1945). 3. ed. Brasília: Senado Federal, 2002. v. V.

BONAVIDES, Paulo; ANDRADE, Paes de. *História constitucional do Brasil*. Brasília: Senado Federal, 1989.

BOSI, Ecléa. *Memória e sociedade:* lembranças de velhos. 9. ed. São Paulo: Companhia das Letras, 2001.

BOUREAU, Alain. The king. In: NORA, Pierre (dir.). *Rethinking France*. Chicago/London: The University of Chicago Press, 2001.

BRACALINI, Romano. *Otto milioni di biciclette*. Milano: Mondadori, 2008.

BRANDALISE, Carla. *O fascismo na periferia latino-americana*. Porto Alegre: Ed. da UFRGS, 1992.

BRANDÃO, Ignácio de Loyola; OKUBARO, Jorge J. *Desvirando a página*: a vida de Olavo Setubal. São Paulo: Global, 2008.

BRANDT, Paulo; FLAKSMAN, Dora. Getúlio Vargas. In: BELOCH, Israel; ABREU, Alzira Alves de (coord.). *Dicionário histórico-biográfico brasileiro:* 1930-1983. Rio de Janeiro: Forense Universitária, 1984. v. 4.

BRANDT, Paulo; SOARES, Leda. Plínio Salgado. In: BELOCH, Israel; ABREU, Alzira Alves de (coord.). *Dicionário histórico-biográfico brasileiro*: 1930-1983. Rio de Janeiro: Forense Universitária, 1984. v. 4.

BRITO, Mário da Silva. A revolta modernista. In: COUTINHO, Afrânio (dir.). *A literatura no Brasil*. Rio de Janeiro: Sul Americana, 1970. v. 5.

BROCA, Brito. *Brito Broca:* memórias. Org. por Afonso Arinos de Melo Franco. Rio de Janeiro: José Olympio, 1968.

BRUNEAU, Thomas. *O catolicismo brasileiro em época de transição*. São Paulo: Ed. Loyola, 1974.

BRUNO, Ernani Silva. *Almanaque de memórias:* reminiscências, depoimentos, reflexões. São Paulo: Hucitec, 1986.

BRUNO, Ernani Silva. *História e tradições da cidade de São Paulo*. Rio de Janeiro: José Olympio, 1954. Col. Documentos Brasileiros. v. 3.

BUENO, Antônio Sérgio. Entrevista. *O Estado de S. Paulo*, São Paulo, 9 out. 1976.

BULLOCK, Alan. *Hitler:* a study in tyranny. London: Penguin Books, 1976.

BURKE, Edmund. *Reflections on the revolution in France*. London: Pelican Books, 1969.

BURKE, Edmund. *Reflexões sobre a revolução em França*. Tradução de Renato de Assumpção Faria, Denis Fontes de Souza Pinto e Carmen Lidia Richter Ribeiro Moura. Brasília: Ed. UnB, 1997.

BURNS, E. Bradford et al. Sobre as relações internacionais do Brasil durante a Primeira República. In: HOLANDA, Sergio Buarque de; CAMPOS, Pedro Moacyr (dir). *História geral da civilização brasileira*. 3. ed. São Paulo: Difel, 1985. t. 3, v. 2.

BUTHMAN, William Curt. *The rise of integral nationalism in France*. New York: Columbia University Press, 1939.

BUZAID, Alfredo. *Ensaios literários e históricos*. São Paulo: Saraiva, 1983.

CALÁBRIA, Mario. *Memórias:* de Corumbá a Berlim. Rio de Janeiro: Record, 2003.

CALICCHIO, Vera; FLAKSMAN, Dora. Partido Republicano Mineiro. In: BELOCH, Israel; ABREU Alzira Alves de (coord.). *Dicionário histórico-biográfico brasileiro:* 1930-1983. Rio de Janeiro: Forense Universitária, 1984. v. 3.

CALICCHIO, Vera; JUNQUEIRA, Ivan. Augusto Frederico Schmidt. BELOCH, Israel; ABREU, Alzira Alves de (coord.). *Dicionário histórico-biográfico brasileiro:* 1930-1983. Rio de Janeiro: Forense Universitária, 1984. v. 4.

CALMON, Pedro. *História do Brasil*. Rio de Janeiro: José Olympio, 1959.

CALMON, Pedro. *Memórias*. Rio de Janeiro: Nova Fronteira, 1995.

CÂMARA, José Gomes Bezerra. *Programa de direito civil:* aulas proferidas na Faculdade Nacional de Direito [1942-1945]. Parte Geral. Francisco Clementino de San Tiago Dantas. Rio de Janeiro: Sociedade Cultural, 1977.

CAMARGO, Aspásia; GÓES, Walder de. *Meio século de combate:* diálogo com Cordeiro de Farias. Rio de Janeiro: Nova Fronteira, 1981.

CAMARGO, Aspásia; HIPPOLITO, Lucia; D'ARAUJO, Maria Celina Soares; FLAKSMAN, Dora Rocha. *Artes da política:* diálogo com Amaral Peixoto. Rio de Janeiro: Nova Fronteira, 1986.

CAMARGO, Aspásia; PANDOLFI, Dulce Chaves; GOMES, Eduardo Rodrigues; D'ARAUJO, Maria Celina Soares; GRYNSZPAN, Mario. *1937*:

O golpe silencioso: as origens da república corporativa. Rio de Janeiro: Rio Fundo, 1989.

CAMPOS, Francisco. Entrevista concedida ao jornal Correio da Manhã, 03.03.1945. In: PORTO, Walter Costa (org.). *Constituições brasileiras*. Brasília: Senado Federal, 2001. v. IV: 1937.

CAMPOS, Francisco. *O Estado nacional*: sua estrutura seu conteúdo ideológico. 3. ed. Rio de Janeiro: José Olympio, 1941.

CAMPOS, Francisco. *Pela civilização mineira*. Belo Horizonte: Imprensa Oficial, 1930.

CAMPOS, Milton. *Testemunhos e ensinamentos*. Rio de Janeiro: José Olympio, 1972.

CANÇADO, José Maria. *Os sapatos de Orfeu*. São Paulo: Scritta, 1993.

CANDELORO, Giorgio. *Storia dell'Italia moderna:* il fascismo e le sue guerre. Milano: Feltrinelli, 1988. v. 9.

CANDELORO, Giorgio. *Storia dell'Italia moderna*: la prima guerra mondiale, il dopoguerra, l'avvento del fascismo. Milano: Feltrinelli, 1996. v. 8.

CANDELORO, Giorgio. *Storia dell'Italia moderna:* la seconda guerra mondiale, Il crollo del fascismo, la resistenza. 6. ed. Milano: Feltrinelli, 2002. v. 10.

CANO, Wilson. *Raízes da concentração industrial em São Paulo*. São Paulo: Difel, 1977.

CAPELATO, Maria Helena. Propaganda política e controle dos meios de comunicação. In: PANDOLFI, Dulce Chaves (org.). *Repensando o Estado Novo*. Rio de Janeiro: Ed. FGV, 1999.

CARDOSO, Elizabeth Dezouzart et al. *Copacabana:* history of the boroughs. Rio de Janeiro: Index, 1986.

CARDOSO, Vicente Licínio (org.). *À margem da história da República*. Brasília: Ed. UnB, 1981.

CARLYLE, Thomas. *The French revolution*. New York: Modern Library, 2002.

CARNEIRO, David. *O Paraná na história militar do Brasil*. Curitiba: Tip. João Haupt, 1942.

CARNEIRO, Glauco. *História das revoluções brasileiras*. Rio de Janeiro: O Cruzeiro, 1965. v. 1 e 2.

CARNEIRO, Levi. *Dois arautos da democracia*: Rui Barbosa e Joaquim Nabuco. Rio de Janeiro: Fundação Casa de Rui Barbosa, 1954.

CARONE, Edgard. *A República Velha: I*. Instituições e classes sociais. 3. ed. São Paulo: Difel, 1975.

CARONE, Edgard. *A República Velha (evolução política)*. 2. ed. São Paulo: Difel, 1974.

CARONE, Edgard. *A Segunda República:* 1930-1937. São Paulo: Difel, 1973.

CARONE, Edgard. *O Estado Novo:* 1937-1945. Rio de Janeiro: Difel, 1977.

CARONE, Edgard. *O P.C.B.* São Paulo: Difel, 1982. v. 1: 1922-1943.

CARONE, Edgard. *Revoluções do Brasil contemporâneo.* São Paulo: Ática, 1989.

CARPEAUX, Otto Maria. *Ensaios reunidos:* 1942-1978. Rio de Janeiro: UniverCidade/Topbooks. 1999. v. I.

CARPEAUX, Otto Maria. *História da literatura ocidental.* Brasília: Senado Federal, 2008.

CARR, Raymond. *Spain:* 1808-1939. Oxford: Oxford University Press, 1966.

CARVALHO, Antônio Gontijo de. A constante liberal de Minas Gerais. In: CAMPOS, Milton. *Testemunhos e ensinamentos.* Rio de Janeiro: José Olympio, 1972.

CARVALHO, Daniel de. *Capítulos de memórias.* Rio de Janeiro: José Olympio, 1957.

CARVALHO, José Murilo de. As Forças Armadas na Primeira República. In: FAUSTO, Boris (org.). *História geral da civilização brasileira:* o Brasil republicano. São Paulo: Difel, 1975. t. III, v. 1.

CARVALHO, José Murilo de. Vargas e os militares. In: PANDOLFI, Dulce Chaves (org.). *Repensando o Estado Novo.* Rio de Janeiro: Ed. FGV, 1999.

CASASSANTA, Mário. O jovem Abgar. In: RENAULT, Abgar. *Obra poética.* Rio de Janeiro: Record, 1990.

CASTELLO, José. *Vinicius de Moraes:* o poeta da paixão uma biografia. São Paulo: Companhia das Letras, 1994.

CASTILHOS, Júlio de. *Curso de introdução ao pensamento político brasileiro.* Unidade VII e VIII. Ricardo Vélez Rodrigues. Brasília: Ed. UnB, 1982.

CASTRO, Claudio de Moura. Reitores mandam no ensino médio. *Veja.* 14 nov. 2012.

CAVALCANTI, Lauro. Modernistas, arquitetura e patrimônio. In: PANDOLFI, Dulce Chaves (org.). *Repensando o Estado Novo.* Rio de Janeiro: Ed. FGV, 1999.

CERQUEIRA, Dionísio. *Reminiscências da campanha do Paraguai*: 1975-1870. Rio de Janeiro: Biblioteca do Exército, 1980.

CERVO, Amado Luiz. *O Brasil e a Itália:* o papel da diplomacia. Brasília: Ed. UnB; São Paulo: Istituto Italiano di Cultura, 1992.

CHABOD, Federico. *L'Italia contemporanea (1918-1948)*. Torino: Einaudi, 1961.

CHACON, Vamireh. *História dos partidos políticos brasileiros*. Brasília: Ed. UnB, 1981.

CHAGAS, Paulo Pinheiro. *Esse velho vento da aventura*: memórias. Brasília: INL; Rio de Janeiro: José Olympio, 1977.

CHASIN, J. *O integralismo de Plínio Salgado*. São Paulo: Ciências Humanas, 1978.

CHEVALLIER, Jean-Jacques. *Les grandes oeuvres politiques de Machiavel à nos jours*. Paris: Armand Colin, 1996.

CHILCOTE, Ronald H. *The Brazilian communist party*: conflict and integration 1922-1972. New York: Oxford University Press, 1974.

CHURCHILL, Winston. *Blood, toil, tears and sweat*: the great speeches. Ed. by David Cannadine. London: Penguin Classics, House of Commons, 13 May 1940.

CIPOLLA, Carlo et al. *Storia facile dell'economia dal Medioevo a oggi*. Milano: Arnoldo Mondadori, 1995.

COARACY, Vivaldo. *O Rio no século dezessete*. Rio de Janeiro: José Olympio, 1965.

COBBAN, Alfred. *A history of modern France*: 1871-1962. London: Penguin Books, 1965. v. 3.

COELHO, José Vieira; MOREIRA, Marcílio Marques; ARCHER, Renato; JAGUARIBE, Hélio; GALLOTTI, Antônio. *San Tiago Dantas vinte anos depois*. Rio de Janeiro: Ed. Paz e Terra/IEPES, 1985.

COLLOR, Lindolfo. *Europa 1939*. Porto Alegre: Fund. Paulo do Couto e Silva; Rio de Janeiro: Fundação Casa de Rui Barbosa, 1989.

CORNER, Paul. State and society, 1901-1922. In: LYTTELTON, Adrian (ed.). *Liberal and fascist Italy*. New York: Oxford University Press, 2002.

CORRÊA, Manoel Pio. *Pio Corrêa:* o mundo em que vivi. Rio de Janeiro: Expressão e Cultura, 1995.

COSTA, Licurgo. *O embaixador de Ariel:* breve notícia sobre a vida de Edmundo da Luz Pinto. O mais fascinante intérprete oral do Brasil no século XX. Florianópolis: Ed. Insular, 1999.

COSTA, Octavio. *Trinta anos depois da volta*. Rio de Janeiro: Expressão e Cultura, 1975.

COSTA, Vanda Maria Ribeiro. *Origens do corporativismo brasileiro*. Rio de Janeiro: Ed. FGV, 1991.

COSTA, Virgílio Pereira da Silva. *Duque de Caxias*. São Paulo: Editora Três, l974. v. 6. Col. A Vida dos Grandes Brasileiros.

COSTA E SILVA, Alberto da. *Invenção do desenho*: ficções da memória. Rio de Janeiro: Nova Fronteira, 2007.

COTRIM NETO, A. B. *Doutrina e formação do corporativismo*. Rio de Janeiro: A. Coelho Branco Ed., 1938.

COUTINHO, Afrânio (dir.). *A literatura no Brasil*. Rio de Janeiro: Sul Americana, 1970. v. 5.

COUTINHO, Amélia; BENJAMIN, César. Severo Fournier. In: BELOCH, Israel; ABREU, Alzira Alves de (coord.). *Dicionário histórico-biográfico brasileiro:* 1930-1983. Rio de Janeiro: Forense Universitária, 1984. v. 4.

COUTINHO, Lourival. *O general Góes depõe*. Rio de Janeiro: A. Coelho Branco Ed., 1956.

CRAIG, Gordon A. *Germany 1866-1945*. Oxford: Oxford University Press, 1981.

CUNHA, Luís Antônio. Centro Acadêmico Cândido de Oliveira. In: BELOCH, Israel; ABREU, Alzira Alves de (coord.). *Dicionário histórico-biográfico brasileiro:* 1930-1983. Rio de Janeiro: Forense Universitária, 1984. v. 1.

CUNHA, Luís Antônio. União Nacional de Estudantes. In: BELOCH, Israel; ABREU, Alzira Alves de (coord.). *Dicionário histórico-biográfico brasileiro:* 1930-1983. Rio de Janeiro: Forense Universitária, 1984. v. 4.

CUNHA, Rodrigo Giostri da. Análise do modelo corporativista italiano. *Revista do Departamento de Direito do Trabalho e Seguridade Social da Faculdade de Direito da USP*, n. 2, 2006.

CURTIUS, Ernst Robert. *The civilization of France*: an introduction. New York: Vintage Books, 1962.

D'APPOLLONIA, Ariane Chebel. *L'extrême-droite en France*: de Maurras à Le Pen. Bruxelles: Éditions Complexe, 1988.

DAVIES, Norman. *Europe:* a history. London: Pimlico, 1997.

DAVIES, Norman. *Europe at war:* 1939-1945. London: Macmillan, 2006.

DE CECCO, Marcello. The economy from liberalism to fascism. In: LYTTELTON, Adrian (ed.). *Liberal and fascist Italy*. New York: Oxford University Press, 2002.

DE FELICE, Renzo. *Bibliografia orientativa del fascismo*. Roma: Bonacci, 1991.

DE FELICE, Renzo. *Intervista sul fascismo*. A cura di Michael A. Ledeen. Roma: Laterza, 1976.

DE FELICE, Renzo. *Mussolini il fascista*: l'organizzazione dello Stato fascista (1925-1929). Torino: Einaudi, 1995.

DE FELICE, Renzo. *Mussolini il rivoluzionario (1883-1920)*. Torino: Einaudi, 1995.

DEAKIN F. W. *The brutal friendship*. New York: Harper & Row, 1962.

DEL PICCHIA, Menotti. *A longa viagem, 2.ª etapa:* da revolução modernista à revolução de 1930. São Paulo: Martins Ed./Conselho Estadual de Cultura, 1972.

D'ELBOUX, Pe. Luiz Gonzaga da Silveira. *O padre Leonel Franca*. Rio de Janeiro: Agir, 1953.

DELFIM NETTO, Antônio. *Problema do café no Brasil*. São Paulo: Ed. Unesp, 2009.

DIAS, Fernando Correia. *João Alphonsus*: tempo e modo. Belo Horizonte: Centro de Estudos Mineiros da UFMG, 1965.

DIAS, Romualdo. *Imagens de ordem*: a doutrina católica sobre autoridade no Brasil – 1922-1933. São Paulo: Unesp, 1996.

DIAS, Sônia; BENJAMIN, César. Francisco Mangabeira. In: BELOCH, Israel; ABREU, Alzira Alves de (coord.). *Dicionário histórico-biográfico brasileiro:* 1930-1983. Rio de Janeiro: Forense Universitária, 1984. v. 1.

DIAS, Sônia; JUNQUEIRA, Ivan Antônio Gallotti. In: BELOCH, Israel; ABREU, Alzira Alves de (coord.). *Dicionário histórico-biográfico brasileiro:* 1930-1983. Rio de Janeiro: Forense Universitária, 1984. v. 2.

DINIZ, Eli. O Estado Novo: estrutura de poder. In: FAUSTO, Boris (dir.). *História geral da civilização brasileira*. São Paulo: Difel, 1986. t. III, v. 3.

Dois discursos e um soneto. *O Jornal*, Rio de Janeiro, 10 set. 1940.

DOTY, C. Stewart. *From cultural rebellion to counterrevolution*. Athens, Ohio: Ohio University Press, 1976.

DOUGLAS, Allen. *From fascism to libertarian communism*: Georges Valois against the third republic. Los Angeles: University of California Press, 1992.

DOYLE, Plínio. *Uma vida*. 2. ed. Rio de Janeiro: Casa da Palavra/Fundação Casa de Rui Barbosa, 1999.

DOYLE, William. *The French revolution*: a very short introduction. Oxford: Oxford University Press, 2001.

DOYLE, William. *The Oxford history of the French revolution*. 2. ed. Oxford: Oxford University Press, 2002.

DROGHETTI, Bruno. *Pesquisa e Planejamento Econômico*, v. 4, n. 1, 1974.

DUARTE, Paulo. *Mário de Andrade por ele mesmo*: cartas de Mário de Andrade. São Paulo: Edart, 1971.

DUBY, Georges. *Histoire de la France:* de 1852 à nos jours. Paris: Larousse, 1987.

DULLES, John W. F. *Anarquistas e comunistas no Brasil:* 1900-1935. Tradução de Cesar Parreiras Horta. 2. ed. Rio de Janeiro: Nova Fronteira, 1977.

DUTRA, Pedro. As elites em debate: San Tiago Dantas e Eugênio Gudin. *Jornal do Brasil,* 3. nov. 1991.

DUTRA, Pedro. Correspondência: Jackson de Figueiredo e Alceu Amoroso Lima. *Revista Brasileira de Filosofia,* São Paulo, v. 39, fasc. 167.

DUTRA, Pedro. *Literatura jurídica no Império.* 2. ed. Rio de Janeiro: Padma, 2004.

DUTRA, Pedro. Regulação econômica: trajetória e perspectivas. In: LIMA, Maria Lúcia Pádua (coord.). *Direito e economia:* 30 anos de Brasil. São Paulo: Saraiva, 2012.

ESCOREL, Lauro. *Introdução ao pensamento político de Maquiavel.* Rio de Janeiro: Organização Simões, 1958.

EVANS, Richard J. *Life in the Third Reich.* New York: Oxford University Press, 2000.

EVANS, Richard J. *The coming of the Third Reich.* New York: Penguin Books, 2005.

FAORO, Raymundo. *Existe um pensamento politico brasileiro?* São Paulo: Ática, 1994.

FAORO, Raymundo. *Os donos do poder:* formação do patronato político brasileiro. 2. ed. Porto Alegre: Globo, 1976.

FARIA, Octavio de. *Maquiavel e o Brasil.* Rio de Janeiro: Civilização Brasileira, 1933.

FARIA, Octavio de. San Tiago Dantas, as palavras de um professor. *Jornal do Brasil,* Rio de Janeiro, 23 ago. 1975.

FARIAS, Cordeiro de. O tenentismo é mais fantasia do que realidade. In: MOTA, Lourenço Dantas (coord.). *A história vivida (I).* São Paulo: O Estado de S. Paulo, 1981.

FAUSTO, Boris. A Revolução de 30. *Nosso Século: 1930/1945.* São Paulo: Abril Cultural, 1980.

FAUSTO, Boris. *História do Brasil.* São Paulo: Edusp, 1994.

FAUSTO, Boris (dir.). *O Brasil republicano.* São Paulo: Difel, 1975. t. III, v. I.

FAUSTO, Boris. *O pensamento nacionalista autoritário (1920-1940)*. Rio de Janeiro: Jorge Zahar, 2001.

FERNANDES, Clea Alves de Figueiredo. *Jackson de Figueiredo:* uma trajetória apaixonada. Rio de Janeiro: Forense Universitária, 1989.

FERREIRA, Marieta de Morais; FLAKSMAN, Dora. A Nação. In: BELOCH, Israel; ABREU, Alzira Alves de (coord.). *Dicionário histórico-biográfico brasileiro:* 1930-1983. Rio de Janeiro: Forense Universitária, 1984. v. 3.

FIGUEIREDO, Jackson de. *A reação do bom senso*: contra o demagogismo e a anarquia militar. Rio de Janeiro: Edição do Anuário do Brasil, 1922.

FIGUEIREDO, Jackson de. *Algumas reflexões sobre a philosofia de Farias Brito*. Rio de Janeiro: Revista dos Tribunais, 1916.

FIGUEIREDO, Jackson de. *Do nacionalismo na hora presente*. Rio de Janeiro: Livraria Católica, 1921.

FIGUEIREDO, Jackson de. Doutrina contra doutrina: 13.08.1924. *A coluna de fogo*. Rio de Janeiro: Centro Dom Vital, 1925.

FIGUEIREDO, Jackson de. *Literatura reacionária*. Rio de Janeiro: Centro Dom Vital, 1924.

FIGUEIREDO, Jackson de. *Pascal e a inquietação moderna*. Rio de Janeiro: Centro Dom Vital, 1922.

FITZPATRICK, Sheila. *The Russian revolution*. 2. ed. Oxford: Oxford University Press, 1994.

FONTOURA, João Neves da. *Memórias*. Porto Alegre: Globo, 1963.

FORTY, George. *The illustrated guide to tanks of the world*. London: Lorenz Books, 2011.

FRAGOSO, Augusto Tasso. *História da guerra entre a Tríplice Aliança e o Paraguai*. v. 2.

FRAIZ, Priscila. A dimensão autobiográfica dos arquivos pessoais: o arquivo Gustavo Capanema. *Estudos Históricos*, n. 21, ano 1998/1. Disponível em: <www.CPDOC.fgv.br/revista>.

FRANCA, Pe. Leonel. *A crise do mundo moderno*. 2. ed. Rio de Janeiro: Agir, 1951. Col. Obras completas do Pe. Leonel Franca, v. 9.

FRANCA, Pe. Leonel. *A Igreja, a reforma e a civilização*. 3. ed. Rio de Janeiro: Agir, 1934.

FRANCA, Pe. Leonel. *Noções de história da filosofia*. 24. ed. Rio de Janeiro: Agir, 1990.

FRANCESCANGELI, Eros. Biennio rosso. In: DE GRAZIA, Victoria. LUZZATTO, Sergio (coord.). *Dizionario del fascismo*. Torino: Einaudi, 2005.

FRANCO, Afonso Arinos de Melo. *A alma do tempo*: memórias formação e mocidade. Rio de Janeiro: José Olympio, 1961.

FRANCO, Afonso Arinos de Melo. *A escalada*. Rio de Janeiro: José Olympio. 1965.

FRANCO, Afonso Arinos de Melo. *Amor a Roma*. 2. ed. Rio de Janeiro: Nova Fronteira, 1982.

FRANCO, Afonso Arinos de Melo. *Preparação ao nacionalismo*: carta aos que têm vinte anos. Rio de Janeiro: Civilização Brasileira, 1934.

FRANCO, Afonso Arinos de Melo. *Rodrigues Alves*: apogeu e declínio do presidencialismo. Rio de Janeiro: José Olympio, 1973. v. 2.

FRANCO, Afonso Arinos de Melo. *Um estadista da República*. Rio de Janeiro: José Olympio, 1955. v. I e II.

FURET, François. *The French revolution*: 1770-1814. Oxford: Blackwell, 2000.

GALBRAITH, J. K. A grande quebra de Wall Street. *História do século 20*. São Paulo: Abril Cultural.

GALLOTTI, Antônio. San Tiago Dantas. In: COELHO, José Vieira et al. *San Tiago*: vinte anos depois. Rio de Janeiro: Ed. Paz e Terra/IEPES, 1985.

GASPARI, Elio. *A ditadura derrotada*. São Paulo: Companhia das Letras, 2003.

GENTILE, Emilio. Fascism in power: the totalitarian experiment. In: LYTTELTON, Adrian (ed.). *Liberal and fascist Italy*. New York: Oxford University Press, 2002.

GILBERT, Martin. *A history of the twentieth century*. Volume one: 1900-1933. New York: Avon Books, 1997.

GILBERT, Martin. *A history of the twentieth century*. Volume two: 1933-1951. New York: William Morrow and Company, Inc., 1998.

GIOCANTI, Stéphane. *Maurras:* le chaos et l'ordre. Paris: Flammarion, 2006.

GIRARDET, Raoul. Maurice Barrès. In: CHÂTELET, François; DUHAMEL, Olivier; PISIER, Évelyne. *Dictionnaire des oeuvres politiques*. 1. ed. Paris: PUF, 1986.

GÓES, Maria da Conceição Pinto de. *1933, a imprensa brasileira ante o fascismo*: a tomada do poder na Alemanha. Rio de Janeiro: Goethe, 1983.

GOMES, Angela Maria de Castro. A representação de classes na Constituinte de 1934. In: GOMES, Angela Maria de Castro (coord.). *Regionalismo e centralização política:* partidos e Constituinte nos anos 30. Rio de Janeiro: Nova Fronteira, 1980.

GOMES, Angela Maria de Castro; LOBO, Lúcia Lahmeyer; COELHO, Rodrigo Bellingrodt Marques. Revolução e restauração: a experiência paulista no período da constitucionalização. In: GOMES, Angela Maria de Castro (coord.). *Regionalismo e centralização política:* partidos e Constituinte nos anos 30. Rio de Janeiro: Nova Fronteira, 1980.

GRAMSCI, Antonio. *Escritos políticos*. Edição de Carlos Nelson Coutinho. Rio de Janeiro: Civilização Brasileira, 2004. v. 1: 1910-1920; v. 2: 1921-1926.

GREAVES, Anthony A. *Maurice Barrès*. Boston: Twayne Publishers, 1978.

GRIFFIN, Roger. *A fascist century*. New York: Palgrave Macmillan, 2008.

GRIFFIN, Roger. *The nature of fascism*. London/New York: Routledge, 1993.

GUCHET, Yves. *Georges Valois*. Paris: L'Harmattan, 2001.

GUDIN, Eugenio. *Rumos da política econômica*. Relatório apresentado na Comissão de Planejamento Econômico sobre a Planificação Econômica Brasileira. Rio de Janeiro, 1945.

GUERREIRO, José Alexandre Tavares. *O processo do capitão Dreyfus*. São Paulo: Giordano, 1994.

GUIMARÃES, Manuel Luiz Lima Salgado et al. (org.). *A revolução de 30*: textos e documentos. Brasília: Ed. UnB, 1982. v. 2.

HALLEWELL, Laurence. *O livro no Brasil*. São Paulo: Edusp, 1985.

HART, B. H. Liddell. *History of the second world war*. London: Pan Books, 1973.

HASTINGS, Max. *Inferno:* the world at war, *1939/1945*. New York: Vintage Books, 2011.

HILTON, Stanley. *O Brasil e a crise internacional* (1930-1945). Rio de Janeiro: Civilização Brasileira, 1977.

HILTON, Stanley. *Oswaldo Aranha*: uma biografia. Rio de Janeiro: Objetiva, 1994.

HIPPOLITO, Lucia. *De raposas e reformistas*: o PSD e a experiência democrática brasileira (1945-64). Rio de Janeiro: Paz e Terra, 1985.

HITLER, Adolf. *Mein Kampf*. Boston: Houghton Mifflin Company, 1971.

HOLANDA, Sergio Buarque de. *Raízes do Brasil*. Rio de Janeiro: José Olympio, 1936. Col. Documentos brasileiros. v. 1.

HORTA, Cid Rebelo. Famílias governamentais de Minas Gerais. *Segundo seminário de estudos mineiros*. Belo Horizonte: UFMG, 1956.

IANNI, Octavio. *Estado e planejamento econômico no Brasil (1930-1970)*. Rio de Janeiro: Civilização Brasileira, 1977.

IGLÉSIAS. Francisco. Estudo sobre o pensamento reacionário: Jackson de Figueiredo. *História e ideologia*. 2. ed. São Paulo: Perspectiva, 1981.

IGLÉSIAS, Francisco. *Trajetória política do Brasil:* 1500-1964. São Paulo: Companhia das Letras, 1993.

JACKSON, Julian. *France:* the dark years 1940-1944. New York: Oxford University Press, 2003.

JOHNSON, Paul. *Modern times:* the world from the twenties to the eighties. London: Harper Perennial, 1985.

KELIKIAN, Alice A. The church and catholicism. In: LYTTELTON, Adrian (ed.). *Liberal and fascist Italy.* New York: Oxford University Press, 2002.

KELLER, Vilma; BENJAMIN, Cesar. San Tiago Dantas. In: BELOCH, Israel; ABREU, Alzira Alves de (coord.). *Dicionário histórico-biográfico brasileiro:* 1930-1983. Rio de Janeiro: Forense Universitária, 1984. v. 1.

KELLER, Vilma; JUNQUEIRA, Ivan. Vicente Ráo. BELOCH, Israel; ABREU, Alzira Alves de. (coord.). *Dicionário histórico-biográfico brasileiro 1930-1983.* Rio de Janeiro: Forense Universitária, 1984. v. 4.

KENNEDY, Paul. *The rise and fall of the great powers:* economic change and military conflict from 1500 to 2000. London: Fontana Press, 1989.

KERSHAW, Ian. *Hitler 1889-1936:* Hubris. New York: W. W. Norton & Co. 1999.

KERSHAW, Ian. *Hitler 1936-1945:* Nemesis. New York: Allen Lane Penguin Press, 2000.

KEYNES, John Maynard. *A revision of the treaty.* London: MacMillan and Co, 1922.

KITCHEN, Martin. *Germany.* London: Cambridge University Press, 1966. Col. Cambridge Illustrated History.

KLEMPERER, Victor. *I shall bear witness:* the diaries of 1933-1941. Berlin: Phoenix, 1988.

KNOX, MacGregor. Armamenti. In: DE GRAZIA, Victoria; LUZZATTO, Sergio (coord.). *Dizionario del fascismo.* Torino: Einaudi, 2005. v. I.

KNOX, MacGregor. Esercito. In: DE GRAZIA, Victoria; LUZZATTO, Sergio (coord.). *Dizionario del fascismo.* Torino: Einaudi. 2005. v. I.

KOLAKOWSKI, Leszek. *Main currents of marxism.* New York: Norton, 2005.

KONDER, Leandro. *A derrota da dialética.* Rio de Janeiro: Campus, 1988.

KONDER, Leandro. *Introdução ao fascismo.* 3. ed. Rio de Janeiro: Edições Graal, 1977.

KOSERITZ, Carl von. *Imagens do Brasil.* Tradução de Afonso Arinos de Melo Franco. São Paulo: Martins Fontes/Edusp, 1972.

L'ACTION FRANÇAISE ET LE VATICAN. Préface de Charles Maurras et Léon Daudet. Paris: Flammarion, 1927.

LACERDA, Carlos. *Depoimento*. Org. de Claudio Lacerda Paiva. 2. ed. Rio de Janeiro: Nova Fronteira, 1978.

LAFER, Celso. *Ensaios liberais*. São Paulo: Siciliano, 1991.

LAFER, Celso. *O convênio do café de 1976*. São Paulo: Perspectiva, 1979.

LAMEGO, Alberto Ribeiro. *O homem e a Guanabara*. Rio de Janeiro: IBGE, 1948.

LANDIM, José Francisco Paes et al. *A intervenção do Estado na economia*: o caso café. Brasília: Ed. UnB, 1985.

LAQUEUR, Walter. *Fascism:* a reader's guide. London: Wildwood House, 1976.

LATAMSKI, Paul. Polish corridor. In: DEAR, I. C.; FOOT, M. R. D. (ed.). *The Oxford companion to the second world war*. New York: Oxford University Press, 1995.

LAUERHASS JUNIOR, Ludwig. *Getúlio Vargas e o triunfo do nacionalismo brasileiro*. Belo Horizonte: Itatiaia; São Paulo: Edusp, 1986.

LEAL, Víctor Nunes. *Coronelismo, enxada e voto*. 2. ed. São Paulo: Alfa-Omega, 1975.

LEFEBVRE, Georges. *The coming of the French revolution*. New York: Princeton University Press, 1962.

LEITE, Mauro Renault; NOVELLI JÚNIOR. *Marechal Eurico Gaspar Dutra:* o dever da verdade. Rio de Janeiro: Nova Fronteira, 1983.

LEVINE, Robert M. *Pai dos pobres? O Brasil e a era Vargas*. São Paulo: Companhia das Letras, 2001.

LICHTHEIM, George. *Europe in the twentieth century*. London: Weidenfeld and Nicolson, 1972.

LICHTHEIM, George. *Thoughts among the ruins:* collected essays on Europe and beyond. New York: Viking Press, 1973.

LIMA, Alceu Amoroso. A reação espiritualista. In: COUTINHO, Afrânio (coord.). *Literatura brasileira*. Rio de Janeiro: Sul Americano, 1969. v. 4.

LIMA, Alceu Amoroso. *Adeus à disponibilidade e outros adeuses*. Rio de Janeiro: Agir, 1969.

LIMA, Alceu Amoroso. *Cartas do pai:* de Alceu Amoroso Lima para sua filha madre Maria Teresa. São Paulo: Instituto Moreira Salles, 2003.

LIMA, Alceu Amoroso. *Companheiros de viagem*. Rio de Janeiro: José Olympio, 1971.

LIMA, Alceu Amoroso. *De Pio VI a Pio XI*. Rio de Janeiro: Centro Dom Vital, 1929.

LIMA, Alceu Amoroso. *Em busca da liberdade*. Rio de Janeiro: Paz e Terra, 1974.

LIMA, Alceu Amoroso. *Estudos literários*. Org. por Afrânio Coutinho. Rio de Janeiro: Aguilar, 1966. v. 1.

LIMA, Alceu Amoroso. *Indicações políticas:* da revolução à Constituição. Rio de Janeiro: Civilização Brasileira, 1936.

LIMA, Alceu Amoroso. *Introdução à economia moderna*. 3. ed. Rio de Janeiro: Agir, 1961.

LIMA, Alceu Amoroso. *Meditação sobre o mundo moderno*. Rio de Janeiro: José Olympio, 1941.

LIMA, Alceu Amoroso. *Memórias improvisadas:* diálogos com Medeiros Lima. Petrópolis: Vozes, 1973.

LIMA, Alceu Amoroso. *Pela ação católica*. Rio de Janeiro: Ed. da Biblioteca Anchieta, 1935.

LIMA, Alceu Amoroso; FIGUEIREDO, Jackson de. *Correspondência:* harmonia dos contrastes. (1919-1928). Org. por João Etienne Filho. Rio de Janeiro: ABL, 1991.

LIMA, Heitor Ferreira. Apresentação. In: PEREIRA, Astrojildo. *Ensaios históricos e políticos*. São Paulo: Alfa-Omega, 1979.

LIMA, Hermes. *Travessia:* memórias. Rio de Janeiro: José Olympio, 1974.

LIMA, Valentina da Rocha (coord.). *Getúlio:* uma história oral. Rio de Janeiro: Record, 1986.

LIMA SOBRINHO, Barbosa. 3. ed. *A verdade sobre a revolução de outubro –1930*. São Paulo: Alfa-Omega, 1983.

LIMONGI, Dante Braz. *O projeto político de Pontes de Miranda*: Estado e democracia na obra de Pontes de Miranda. Rio de Janeiro: Renovar, 1998.

LINHARES, José. Discurso de posse na presidência da República (29 outubro 1945). In: BONAVIDES, Paulo; AMARAL, Roberto. *Textos políticos da história do Brasil*. Brasília: Senado Federal, 2002. v. V.

LINS, Álvaro. *Correio da Manhã*. jan. 1942.

LINS E SILVA, Evandro. *Arca de guardados:* vultos e momentos nos caminhos da vida. Rio de Janeiro: Civilização Brasileira, 1995.

LIRA NETO. *Getúlio 1882-1930*: dos anos de formação à conquista do poder. São Paulo: Companhia das Letras, 2012.

LIRA NETO. *Getúlio 1930-1945*: do governo provisório à ditadura do Estado Novo. São Paulo: Companhia das Letras, 2013.

LISBOA, José da Silva. *Extratos das obras políticas e econômicas do grande Edmund Burke*. 2. ed. Lisboa: Editora Viúva Neves e Filhos, 1822 (1. ed., 1812).

LOPES, Adriana; MOTA, Carlos Guilherme. *História do Brasil*: uma interpretação. São Paulo: Senac, 2008.

LOPES, José Reinaldo de Lima. *O direito na história*. São Paulo: Max Limonad, 2000.

LOUREIRO, Maria Amélia Salgado. *Plínio Salgado, meu pai*. São Paulo: GRD, 2001.

LOUREIRO, Maria Rita (org.). Entrevista com a professora Maria da Conceição Tavares. *50 anos de ciência econômica no Brasil*: pensamento, instituições, depoimentos. Petrópolis: Vozes, 1997.

LOUREIRO JUNIOR. Aos estudantes paulistas. *Enciclopédia do integralismo*: estudos e depoimentos. Rio de Janeiro: Livraria Clássica Brasileira, 1958. v. 5.

LUSTOSA, Isabel. *Lacombe, narrador*. Rio de Janeiro: Fundação Casa de Rui Barbosa, 1996.

LUZZATTO, Sergio. Piazzale Loreto. In: DE GRAZIA, Victoria; LUZZATTO, Sergio (coord.). *Dizionario del fascimo*. Torino: Einaudi, 2005. v. 2.

LYRA, Heitor. *Minha vida diplomática*. Brasília: Ed. UnB, 1972. t. II. Col. Temas Brasileiros.

LYTTLETON, Adrian. Italian fascism. In: LAQUEUR, Walter (ed.). *Fascism*: a reader's guide. London: Wildwood House, 1976.

LYTTELTON, Adrian. *La conquista del potere*: il fascismo dal 1919 al 1929. Roma-Bari: Laterza, 1974.

LYTTELTON, Adrian (org.). *The seizure of power*: fascism in Italy 1919 1929. London: Weidenfeld and Nicolson, 1973.

MACAULAY, Neill. *A coluna Prestes*. São Paulo: Difel, 1977.

MAGALHÃES, Bruno de Almeida. *Arthur Bernardes*: estadista da República. Rio de Janeiro: José Olympio, 1973.

MAGALHÃES, Dario de Almeida. O povo não escolhe pior do que as elites. In: MOTA, Lourenço Dantas (coord.). *A história vivida (II)*. São Paulo: O Estado de S. Paulo, 1981.

MAGALHÃES, Dario de Almeida. *Figuras e momentos*. Rio de Janeiro: Nova Fronteira, 1985.

MAGALHÃES, João Batista. *Osório:* síntese de seu perfil histórico. Rio de Janeiro: Biblioteca do Exército, 1978.

MAIA, Jorge Miguel; BENJAMIN, Cesar. João Alberto. In: BELOCH, Israel; ABREU, Alzira Alves de (coord.). *Dicionário histórico-biográfico brasileiro:* 1930-1983. Rio de Janeiro: Forense Universitária, 1984. v. 2.

MAINWARING, Scott. *A Igreja Católica e a política no Brasil (1916-1985)*. Tradução de Heloisa Braz de Oliveira Prieto. São Paulo: Brasiliense, 1989.

MAIO, Marcos Chor. Qual anti-semitismo?. Relativizando a questão judaica no Brasil dos anos 30. In: PANDOLFI, Dulce Chaves (org.). *Repensando o Estado Novo*. Rio de Janeiro: Ed. FGV, 1999.

MAISTRE, Joseph de. *Écrits sur la révolution*. Paris: Quadrige/PUF, 1989.

MALIN, Mauro; FLAKSMAN, Dora. Eurico Gaspar Dutra. In: BELOCH, Israel; ABREU, Alzira Alves de (coord.). *Dicionário histórico-biográfico brasileiro:* 1930-1983. Rio de Janeiro: Forense Universitária, 1984. v. 3.

MALIN, Mauro; PENCHEL, Marcos. Francisco Campos. In: BELOCH, Israel; ABREU, Alzira Alves de (coord.). *Dicionário histórico-biográfico brasileiro:* 1930-1983. Rio de Janeiro: Forense Universitária, 1984. v. 1.

MANGABEIRA, João. *Rui, o estadista da República*. 3. ed. São Paulo: Martins Ed., 1960.

MANOÏLESCO, Mihaïl. *O século do corporativismo*. Tradução de Azevedo Amaral. Rio de Janeiro: José Olympio, 1938.

MANTEGA, Guido; REGO, José Marcio. Antônio Barros de Castro. *Conversas com economistas brasileiros*. São Paulo: Editora 34, 1999. v. II.

MARINHO, José Antônio. *História da revolução de 1842*. Brasília: Ed. UnB, 1978.

MARQUES, Cícero. *O último dia de governo do presidente Washington Luís no Palácio Guanabara*. São Paulo: Sociedade Impressora Paulista, 1930.

MARTIN, Kitchen. *Germany, Cambridge Illustrated History*. London: Cambridge University Press, 1966.

MARTIN, L. W. O início da corrida naval. *História do século 20:* 1900/1914. São Paulo: Abril Cultural, 1968. v. 1.

MARTINS, Luciano. Estado Novo. In: BELOCH, Israel; ABREU, Alzira Alves de (coord.). *Dicionário histórico-biográfico brasileiro:* 1930-1983. Rio de Janeiro: Forense Universitária, 1984. v. 2.

MARTINS, Wilson. *A crítica literária no Brasil*. 3. ed. Rio de Janeiro: Livraria Francisco Alves, 2002.

MARTINS, Wilson. *História da inteligência brasileira*. São Paulo: Cultrix/Edusp, 1978. v. 6: 1915-1933.

MARTINS, Wilson. *História da inteligência brasileira*. São Paulo: Edusp, 1978. v. 7: 1933-1960.

MATOS, Henrique Cristiano José. *Um estudo histórico sobre o catolicismo militante em Minas, entre 1922-1936*. Belo Horizonte: O Lutador, 1990.

MAURRAS, Charles. *Enquête sur la monarchie*. Paris: Nouvelle Librairie Nationale, 1924.

MAURRAS, Charles. *Mes idées politiques*. Lausanne: L'Âge d'Homme, 2002.

MAZOWER, Mark. *Dark continent:* Europe's twentieth century. London: Penguin Books, 1999.

McBRIEN, Richard P. *Os Papas:* os pontífices de São Pedro a João Paulo II. 2. ed. São Paulo: Ed. Loyola, 2004.

McCALLUM, R. B. Dreadnought. *História do século 20:* 1900/1914. São Paulo: Abril Cultural, 1968. v. 1.

McCANN, Frank D. *Soldiers of the pátria:* a history of the Brazilian army, 1889-1937. California: Stanford University Press, 2004.

McDONOUGH, Frank. *Conflict, communism and fascism:* Europe 1890-1945. Cambridge: Cambridge University Press, 2006.

MEDEIROS, Jarbas. *Ideologia autoritária no Brasil:* 1930/1945. Rio de Janeiro: Ed. FGV, 1978.

MELO, Olbiano de. *A marcha da revolução social no Brasil*. Rio de Janeiro: O Cruzeiro, 1957.

MENESES, Filipe Ribeiro de. *Salazar:* biografia definitiva. Tradução de Teresa Casal. São Paulo: Leya, 2011.

MICELLI, Sergio (col.). Brasil na guerra. *Nosso século:* 1930/1945 – A era de Vargas. São Paulo: Abril Cultural, 1980.

MICELLI, Sergio. *Intelectuais à brasileira*. São Paulo: Companhia das Letras, 2001.

MILZA, Pierre. *Fascisme français*. Paris: Flammarion, 1987.

MILZA, Pierre. *Mussolini*. s.l.: Fayard, 1999.

MILZA, Pierre. *Storia d'Italia:* dalla preistoria ai giorni nostri. Milano: Casa Editrice Corbaccio, 2006.

MIRANDA, Vicente Constantino Chermont de. Porque deixei de ser integralista. *Diário de Notícias*, out. 1942.

MONTANELLI, Indro; CERVI, Mario. *Storia d'Italia:* l'Italia littoria 1925-1936. 7. ed. Milano: Rizzoli, 2006.

MONTEIRO, Norma de Góes (coord.). *Dicionário biográfico de Minas Gerais*: período Republicano, 1889-1930. Belo Horizonte: Assembleia Legislativa de Minas Gerais, 1994. v. 2.

MONTEIRO, Norma de Góes. Francisco Campos: trajetória política. *Revista Brasileira de Estudos Políticos*, Belo Horizonte, n. 53, jul. 1981.

MONTEIRO, Norma de Góes (coord.). *Idéias políticas de Arthur Bernardes*. Brasília: Senado Federal, 1984. v. 1.

MORAES, Dênis de; VIANA, Francisco. *Prestes:* lutas e autocríticas. Rio de Janeiro: Vozes, 1982.

MORAES, Laetitia Cruz de. Introdução geral, Vinicius meu amor. In: COUTINHO, Afrânio (org.). *Vinicius de Moraes:* poesia completa e prosa. Rio de Janeiro: Aguilar, 1974.

MORAES, Vinicius de. *Forma e exegese*. Rio de Janeiro: Irmãos Pongetti, 1935.

MORAES FILHO, Evaristo de (sel. e intr.). Entrevista a Roberto Lyra e Pedro Motta Lima. *O socialismo brasileiro*. Brasília: Instituto Teotônio Vilela, 1998. Col. Pensamento Social-Democrata.

MORAES FILHO, Evaristo de (org.). *Idéias sociais de Jorge Street*. Rio de Janeiro: Fundação Casa de Rui Barbosa; Brasília: Senado Federal, 1980.

MORAES FILHO, Evaristo de (org.). *O socialismo brasileiro*. Brasília: Ed. UnB/Câmara dos Deputados, 1981.

MORAES FILHO, Evaristo de. Sindicato e sindicalismo no Brasil desde 1930. *As tendências atuais do direito público*: estudos em homenagem ao Prof. Afonso Arinos. Rio de Janeiro: Forense, 1976.

MOREIRA, Regina da Luz; FLAKSMAN, Dora. João Neves da Fontoura. In: BELOCH, Israel; ABREU, Alzira Alves de (coord.). *Dicionário histórico-biográfico brasileiro:* 1930-1983. Rio de Janeiro: Forense Universitária, 1984. v. 2.

MOREIRA, Regina da Luz; FLAKSMAN, Sergio. Luís Aranha. In: BELOCH, Israel; ABREU, Alzira Alves de (coord.). *Dicionário histórico-biográfico brasileiro:* 1930-1983. Rio de Janeiro: Forense Universitária, 1984. v. 4.

MOREIRA, Regina da Luz; PENCHEL, Marcos. Oswaldo Aranha. In: BELOCH, Israel; ABREU, Alzira Alves de (coord.). *Dicionário histórico-biográfico brasileiro:* 1930-1983. Rio de Janeiro: Forense Universitária, 1984. v. 1.

MORÉL, Edmar. *A revolta da chibata*. Rio de Janeiro: Pongetti, 1959.

MOURA, G. de Almeida. *O fascismo italiano e o Estado Novo brasileiro*. São Paulo: Revista dos Tribunais, 1940.

MOURÃO, Paulo Krüger Corrêa. *História de Belo Horizonte*: de 1897 a 1930. Belo Horizonte: Imprensa Oficial, 1970.

MOURRE, Michel. *Dictionnaire encyclopédique d'histoire*. Paris: Bordas, 1996.

MOURRE, Michel. Maurice Barrès. In: LAFFONT, Robert. *Dictionnaire des auteurs*. Paris: Robert Laffont, 1989.

MUSSOLINI, Benito. Il discorso di Napoli. In: GRIFFIN, Roger (ed.). *Fascism*. New York: Oxford University Press, 1995.

NABUCO, Carolina. *A vida de Virgílio de Melo Franco*. Rio de Janeiro: José Olympio. 1962.

NABUCO, Maurício. *Reflexões e reminiscências*. Rio de Janeiro: Ed. FGV. 1982.

NASCIMENTO JUNIOR, Vicente. *História, crônicas e lendas*. Paranaguá: Prefeitura Municipal, 1980.

NAVA, Pedro. *Beira-mar*: memórias 4. 3. ed. Rio de Janeiro: Nova Fronteira, 1985.

NEMO, Philippe. *Histoire des idées politiques*: aux temps modernes et contemporains. 2. ed. Paris: PUF, 2003.

NOGUEIRA, Denio. *Denio Nogueira*: depoimento. Brasília: Banco Central do Brasil, 1993.

NOGUEIRA, Hamilton. *Jackson de Figueiredo:* o doutrinário católico. Rio de Janeiro: Terra de Sol, 1927.

NOGUEIRA FILHO, Paulo. *A guerra cívica 1932:* ocupação militar. Rio de Janeiro: José Olympio, 1965, v. 1.

NOGUEIRA FILHO, Paulo. *Ideais e lutas de um burguês progressista:* partido democrático e revolução de 1930. São Paulo: Anhembi, 1958. v. 2.

NOLTE, Ernst. *Three faces of fascism*. New York/Chicago/San Francisco: Holt, Rinehart and Winston, 1966.

NORONHA, Adolfo Vasconcelos. Um homem como exemplo. In: *Plínio Salgado:* in memoriam. São Paulo: Voz do Oeste/Casa de Plínio Salgado, 1985.

NUNES, Ismaília de Moura. A toponímia de Belo Horizonte. In: GOMES, Leonardo José Magalhães (org.). *Memória de ruas*: dicionário toponímico da cidade de Belo Horizonte. Belo Horizonte: Secretaria Municipal de Cultura/Museu Abílio Barreto, 1992.

OLIVEIRA, Itamar de. *Francisco Campos, a inteligência no poder.* Belo Horizonte: Libertas, 1991.

OVERY, Richard. *Russia's war.* London: Penguin Books, 1999. E-book.

PAIM, Antonio. *História das ideias filosóficas no Brasil.* São Paulo: Convívio, 1987.

PAINTE JR; Borden W. *Mussolini's Rome:* rebuilding the eternal city. New York: Palgrave Macmillan, 2005.

PALLARES-BURKE, Maria Lúcia Garcia. *Gilberto Freyre:* um vitorioso dos trópicos. São Paulo: Ed. Unesp, 2005.

PANG, Eul-Soo. *Coronelismo e oligarquias*: 1889-1934. Rio de Janeiro: Civilização Brasileira, 1979.

PANNUNZIO, Sergio. *Il fondamento giuridico del fascismo.* Roma: Bonacci Editore, 1987.

PAXTON, Robert O. *The anatomy of fascism.* London: Penguin Books, 2004.

PAYNE, Stanley G. *The Franco regime.* London: Phoenix Press, 1987.

PÉCAUT, Daniel. *Os intelectuais e a política no Brasil:* entre o povo e a nação. São Paulo: Ática, 1990.

PEIXOTO, Alzira Vargas do Amaral. *Getúlio Vargas, meu pai.* Porto Alegre: Globo, 1960.

PEIXOTO, Silveira. Plínio Salgado – poeta inspirado e romancista vigoroso. In: *Plínio Salgado:* in memoriam. São Paulo: Voz do Oeste/Casa de Plínio Salgado, 1985.

PENA JUNIOR, Afonso. Jackson de Figueiredo. *Digesto Econômico.* s.d.

PENNA, Maria Luiza. *Luiz Camillo:* perfil intelectual. Belo Horizonte: Ed. UFMG, 2006.

PENNA, Octávio. *Notas cronológicas de Belo Horizonte.* Belo Horizonte: Fundação João Pinheiro, 1997.

PEREIRA, Antônio Carlos. *Folha dobrada I:* documento e história do povo paulista – 1932. São Paulo: O Estado de S. Paulo, 1982.

PEREIRA, Astrojildo. Encontro com Luís Carlos Prestes. *Ensaios históricos e políticos.* São Paulo: Alfa-Omega, 1979.

PINHEIRO, Paulo Sérgio. As classes médias urbanas: formação, natureza, intervenção na vida política. *Brasil Republicano III. 2. Sociedade e Instituições (1889-1930).* 3. ed. São Paulo: Difel, 1985.

PINHEIRO, Paulo Sérgio. Posição do Brasil na Primeira Guerra Mundial. *História do século XX (1914/1919).* São Paulo: Abril Cultural, 1968.

PINHO, Demósthenes Madureira de. *O carrossel da vida*. Rio de Janeiro: José Olympio, 1974.

PINTO, Alfredo Moreira. *Apontamentos para o dicionário geográfico do Brasil*. Rio de Janeiro: G. Leuzinger & Filhos, 1888. v. 2.

PIPES, Richard. *A concise history of the Russian revolution*. New York: Vintage Books, 1995.

PONTES DE MIRANDA, Francisco Cavalcanti. *Anarchismo, comunismo, socialismo*. Rio de Janeiro: Adersen, 1933.

PONTES DE MIRANDA, Francisco Cavalcanti. *Fontes e evolução do direito civil brasileiro*. Rio de Janeiro: Forense, 1981.

PONTES DE MIRANDA, Francisco Cavalcanti. *Introdução à sociologia geral*. Rio de Janeiro: Forense, 1980.

PONTES DE MIRANDA, Francisco Cavalcanti. *Os fundamentos actuais do direito constitucional*. Rio de Janeiro: Empresa de Publicações Technicas, 1932.

PONTES DE MIRANDA, Francisco Cavalcanti. Preliminares para a revisão constitucional. In: CARDOSO, Vicente Licínio (org.). *À margem da história da República*. Brasília: Ed. UnB, 1981. v. II.

PONTES DE MIRANDA, Francisco Cavalcanti. *Sistema de ciência positiva do direito*. Rio de Janeiro: Jacintho Ribeiro dos Santos Ed., 1922. v. 1.

PONZIANI, Luigi. Leggi fascistissime. In: DE GRAZIA, Victoria; LUZZATTO, Sergio (org.). *Dizionario del fascismo*. Torino: Einaudi, 2005.

PORTO, José da Costa. *Pinheiro Machado e seu tempo*. Rio de Janeiro: José Olympio, 1951.

PORTO, Walter Costa (org.). *Constituições brasileiras:* 1937. Brasília: Senado Federal, 2001. v. IV.

PRADO JUNIOR, Caio. É preciso deixar o povo falar. In: MOTA, Lourenço Dantas (coord.). 3. ed. *A história vivida I*. São Paulo: O Estado de S. Paulo, 1981.

QUEIRÓS, Eça de. *A cidade e as serras*. São Paulo: Hedra, 2006.

QUEIRÓS, Eça de. *Os Maias*: obra completa. Org. geral, introdução, explicações e apêndices de João Gaspar Simões. Rio de Janeiro: Aguilar, 1970.

RATTI, Anna Maria. Giuseppe Toniolo. In: TRECCANI, Giovanni. *Enciclopedia Italiana*. Roma: Istituto dell'Enciclopedia Italiana, 1937. v. 33.

REALE, Miguel. A posição do integralismo. *Obras políticas*. Primeira fase: 1931-1937. Brasília: Ed. UnB, 1983. v. 3.

REALE, Miguel. Atualidade de um mundo antigo. *Obras políticas*. Primeira fase: 1931-1937. Brasília: Ed. UnB, 1983. v. 1.

REALE, Miguel. *Memórias:* 2. ed. São Paulo: Saraiva, 1987. v. 1: Destinos Cruzados.

REALE, Miguel. O estado moderno. *Obras políticas*. Brasília: Ed. UnB, 1983. v. 2.

REALE, Miguel. O risco é inerente à democracia. In: MOTA, Lourenço Dantas (coord.). *A história vivida I*. São Paulo: O Estado de S. Paulo, 1981.

REIS, Aarão. Officio n. 26. 23 de março de 1895 In: GOMES, Leonardo José Magalhães (org.). *Memória de ruas*: dicionário toponímico da cidade de Belo Horizonte. Belo Horizonte, Secretaria Municipal de Cultura/Museu Abílio Barreto, 1992.

REIS, Nestor Goulart. *Quadro da arquitetura no Brasil*. 6. ed. São Paulo: Perspectiva, 1987.

RENAULT, Abgar. Coro. *Obra poética*. Rio de Janeiro: Record, 1990.

RENAULT, Abgar. Diplomacia como estilo de vida. Rio de Janeiro, *O Globo*, 31 jan. 1993.

RENAULT, Abgar. Endecha do funcionário no Palácio da Educação. *Obra poética*. Rio de Janeiro: Record, 1990.

RENAULT, Delso. *Chão e alma de Minas*. Rio de Janeiro: Livraria Francisco Alves, 1988.

RHEINGANTZ. Carlos G. A descendência dos primeiros povoadores do Rio de Janeiro. *O Globo,* 13 jul. 1965.

RIBEIRO, Darcy. Entrevista. *Roda Viva*. 17 abr. 1995.

RICARDO, Cassiano. *Viagem no tempo e no espaço:* memórias. Rio de Janeiro: José Olympio, 1970.

RIOS, José Arthur. Para uma história do Centro Dom Vital. *A Ordem*, 2003.

ROBERTS, J. M. *A history of Europe*. New York: Allen Lane, 1997.

ROCCO, Alfredo. *La dottrina politica del fascismo*. A cura dell'Associazione Nazionale Ferrovieri Fascisti. Discorso pronunciato il 30 agosto 1925 a Perugia nell'Aula dei Notari al Palazzo dei Priori. Roma: Stabilimento Tipografico Aurora, 1925.

ROCCO, Alfredo. *La formazione dello Stato fascista:* 1925-1934. Prefazione di S. E. Benito Mussolini. Milano: Giuffrè, 1938. v. III.

ROCCO, D'Alfonso. *Costruire lo stato forte:* politica, diritto, economia in Alfredo Rocco. Milano: Franco Angeli, 2006.

ROCHA, João Clímaco da. *Dicionário potamográfico brasileiro*. Rio de Janeiro: Gráfica Lux, 1958.

RODRIGUES, Leôncio Martins. Sindicalismo e classe operária. In: FAUSTO, Boris. *História geral da civilização brasileira*. São Paulo: Difel, 1986. t. III, v. 3.

RODRIGUES, Nelson. *A menina sem estrela*. São Paulo: Companhia das Letras, 1993.

RODRIGUES, Ricardo Vélez. *Aliança liberal*. Brasília: Câmara dos Deputados, 1982.

RODRIGUES, Ricardo Vélez. *Curso de introdução ao pensamento político brasileiro*. Unidade VII e VIII. Brasília: Ed. UnB, 1982.

ROMANO, Roberto. *Brasil*: Igreja contra Estado. São Paulo: Kairós, 1979.

ROMITA, Arion Sayão. *O fascismo no direito trabalhista brasileiro*. São Paulo: LTr, 2001.

ROSA, Virginio Santa. *O sentido do tenentismo*. 3. ed. São Paulo: Alfa-Omega, 1976.

ROSÁRIO, Irmã Maria Regina do Santo. o.c.d. (Laurita Pessoa Raja Gabaglia). *O cardeal Leme (1882-1942)*. Rio de Janeiro: José Olympio, 1962.

ROSENBERG, Arthur. Il socialismo in un solo paese. In: PEREGALLI, Arturo; TACCHINARDI, Riccardo. *L'URSS e la teoria del capitalismo di stato, un dibattito dimenticato e rimosso (1932-1955)*. Milano: Pantareli, 2011.

SADEK, Maria Tereza Aina. *Machiavel, Machiavéis*: a tragédia octaviana. Estudo sobre o pensamento político de Octavio de Faria. São Paulo: Símbolo, 1978.

SAES, Flávio A. M. de. *A grande empresa de serviços públicos na economia cafeeira*: 1850-1930. São Paulo: Hucitec, 1986.

SALGADO, Plínio. A Anta e o Curupira (considerações sobre a literatura moderna). *Obras completas*. São Paulo: Ed. das Américas, 1955. v. 10.

SALGADO, Plínio. A Constituinte, *A Razão*, São Paulo, 27 nov. 1931.

SALGADO, Plínio. A Offensiva, 31 jan. 1935. *Enciclopédia do integralismo*. Rio de Janeiro: Livraria Clássica Brasileira, 1958. v. 6.

SALGADO, Plínio. As duas faces de Satanás. *Obras Completas*. São Paulo: Editora das Américas, 1955. v. 10.

SALGADO, Plínio. As eleições na Inglaterra. *A Razão*, São Paulo, 1.º nov. 1931.

SALGADO, Plínio. Carta a Luiz Amaral. *Panorama*, São Paulo, 1936.

SALGADO, Plínio. *Cartas aos camisas-verdes*. Rio de Janeiro: José Olympio, 1935.

SALGADO, Plínio. Como eu vi a Itália. *Hierarquia*, mar-abr. 1932.

SALGADO, Plínio. Democracia e nacionalismo. *A Razão*, São Paulo, 12 dez. 1931.

SALGADO, Plínio. Despertemos a nação! *Obras completas*. São Paulo: Ed. das Américas, 1955. v. 10.

SALGADO, Plínio. *Discursos parlamentares*. Brasília: Câmara dos Deputados, 1982.

SALGADO, Plínio. Epicuristas e estóicos. *Madrugada do espírito*. São Paulo: Guanumby, 1934.

SALGADO, Plínio. Literatura e política. *Obras completas*. São Paulo: Ed. das Américas, 1956. v. 19.

SALGADO, Plínio. *Manifesto de outubro de 1932*. São Paulo: Voz do Oeste, 1982.

SALGADO, Plínio. *O estrangeiro*. Rio de Janeiro: José Olympio, 1972.

SALGADO, Plínio. *O que é o integralismo*. Entrevista concedida à Associated Press. São Paulo: Ed. das Américas. 1955. v. IX.

SALGADO, Plínio. O que é o integralismo. *Obras completas*. São Paulo: Ed. das Américas, 1935. v. 9.

SALGADO, Plínio. *O sofrimento universal*. Rio de Janeiro: José Olympio, 1934.

SALGADO, Plínio. *Psicologia da revolução*. Rio de Janeiro: Civilização Brasileira, 1933.

SALGADO, Plínio. *Tempo de exílio* (Correspondência familiar, I). São Paulo: Voz do Oeste, 1980.

SALGADO, Plínio. Tipos de ditaduras. *A Razão*, São Paulo, 1.º set. 1931.

SALLES, Joaquim de. *Se não me falha a memória*: políticos e jornalistas do meu tempo. Rio de Janeiro: Livraria São José, 1960.

SALLES, José Bento Teixeira de. *Milton Campos*: uma vocação liberal. Belo Horizonte: Vega, 1975.

SANMARTIN, Olyntho. *O capitão Dantas e o episódio dos muckers*: cartas do engenheiro Alphonse Mabilde. Porto Alegre: Livraria do Globo, 1947.

SANTOS, Joaquim Justino Moura dos. *Tese sobre a freguezia de Inhaúma*, de 1743 a 1920.

SANTOS, José Maria dos. *A política geral do Brasil*. Belo Horizonte: Itatiaia; São Paulo: Edusp, 1989.

SARTHOU, Clóvis. *Passado e presente da baía de Guanabara:* 1565-1965. Rio de Janeiro: Freitas Bastos, 1964.

SCANTIMBURGO, João de. *O Brasil e a revolução francesa.* São Paulo: Pioneira, 1989.

SCHLESINGER JUNIOR, Arthur M. *The age of Roosevelt:* the coming of the New Deal. Boston: Houghton Mifflin Co., 1959.

SCHMIDT, Augusto Frederico. *Antologia política.* Rio de Janeiro: TopBooks, 2002.

SCHMIDT, Augusto Frederico. *O Galo Branco:* páginas de memórias. Rio de Janeiro: José Olympio, 1957.

SCHUPP, Ambrósio. *Os Mucker:* a tragédia histórica de Ferrabrás. 4. ed. Tradução de Arthur Rabuske. Porto Alegre: Martins Livreiro, 1993.

SCHWARTZ, Jorge. *Vanguardas latino-americanas:* polêmicas, manifestos e textos críticos. São Paulo: Edusp/Iluminuras/Fapesp, 1995.

SCHWARTZMAN, Simon. *São Paulo e o estado nacional.* São Paulo: Difel, 1974.

SCHWARTZMAN, Simon. *Bases do autoritarismo brasileiro.* 3. ed. Rio de Janeiro: Campus, 1988.

SCHWARTZMAN, Simon; COSTA, Vanda Maria Ribeiro; BOMENY, Helena Maria Bousquet. *Tempos de Capanema.* São Paulo: Edusp; Rio de Janeiro: Paz e Terra, 1984.

SCURR, Ruth. *Fatal purity:* Robespierre and the French revolution. New York: Metropolitan Books, 2006.

SERRÃO, Joaquim Veríssimo. História política, financeira e militar: *História de Portugal – do 28 de maio ao Estado Novo (1926-1935).* Santarém: Editorial Verbo, 2000. v. XIII.

SERVICE, Robert. *Stalin:* a biography. Cambridge: The Belknap Press of Harvard University Press, 2004.

SHAKESPEARE, William. The merchant of Venice, Act IV, Sc. I.

SHAPIRO, Fred. The Yale Book of quotations. *New York Times:* book review, 6 jan. 2013.

SILVA, Hélio. Carta de Getúlio Vargas a João Neves da Fontoura. Santos Reis. 18 nov. 1945. *Porque depuseram Vargas.* Rio de Janeiro: Civilização Brasileira, 1976.

SILVA, Hélio. *1922:* sangue na areia de Copacabana. Rio de Janeiro: Civilização Brasileira, 1964.

SILVA, Hélio. *1930:* a revolução traída. Rio de Janeiro: Civilização Brasileira, 1972.

SILVA, Hélio. *1931:* os tenentes no poder. Rio de Janeiro: Civilização Brasileira, 1966.

SILVA, Hélio. *1935:* a revolta vermelha. Rio de Janeiro: Civilização Brasileira, 1969.

SILVA, Hélio. *1938:* terrorismo em campo verde. Rio de Janeiro: Civilização Brasileira, 1971.

SILVA, Hélio. *1942:* guerra no continente. Rio de Janeiro: Civilização Brasileira, 1972.

SILVA, Hélio. *1945:* porque depuseram Vargas. Rio de Janeiro: Civilização Brasileira, 1976.

SILVA, Hélio; CARNEIRO, Maria Cecília Ribas. *A revolução paulista:* 1931-1933. São Paulo: Editora Três, 1998.

SILVA, Hélio; CARNEIRO, Maria Cecília Ribas. *O Estado Novo:* 1937-1938. São Paulo: Editora Três, 1998.

SILVA, Hélio; CARNEIRO, Maria Cecília Ribas. *O governo provisório:* 1931-1933. Rio de Janeiro: Editora Três, 1975.

SILVA, Romão J. da. *Denominações indígenas na toponímia carioca.* Rio de Janeiro: Brasiliana, 1966.

SILVEIRA, Joel. *Na fogueira:* memórias. Rio de Janeiro: Maud, 1998.

SILVEIRA, Joel. *Tempo de contar.* Rio de Janeiro: José Olympio, 1993.

SILVEIRA, Victor. *Minas Gerais em 1925.* Belo Horizonte: Imprensa Oficial, 1926.

SILVEIRA, Tasso da et al. *Plínio Salgado.* São Paulo: Ed. Revista Panorama, 1936.

SIMONSEN, Roberto C. *Evolução industrial do Brasil e outros estudos.* São Paulo: Edusp, 1973. Col. Brasiliana, v. 349.

SINGER, Paul. *Desenvolvimento econômico e evolução urbana.* São Paulo: Ed. Nacional/Edusp, 1968.

SNYDER, Timothy. *Bloodlands*: Europa between Hitler and Stalin. New York: Basic Books, 2012.

SKIDELSKY, Robert. *John Maynard Keynes.* London: Macmillan, 1983.

SKIDELSKY, Robert. The growth of a world economy. In: HOWARD, Michael; LOUIS, Wm. Roger. *The Oxford history of the twentieth century.* Oxford: Oxford University Press, 1998.

SKIDMORE, Thomas E. *Brasil:* de Getúlio a Castelo. 2. ed. Rio de Janeiro: Saga, 1969.

SODRÉ, Nelson Werneck. *Memórias de um soldado.* Rio de Janeiro: Civilização Brasileira, 1967.

SOREL, Georges. *Reflections on violence.* New York: Dover Publications, 2004.

SOUZA, Carlos Alves de. *Um embaixador em tempos de crise.* Rio de Janeiro: Livraria Francisco Alves, 1979.

STEIN, Peter. *Roman law in European history.* New York: Cambridge University Press, 2010.

STERNHELL, Zeev. *La droite révolutionnaire:* les origines françaises du fascisme – 1885-1914. Paris: Éditions du Seuil, 1978.

STUDNITZ, Hans-Georg von. *While Berlin burns*: the memoirs of Hans-Georg von Studnitz 1943-1945. Frontline Books. 2011. Edição Digital.

TASCA, Angelo. *Nascita e avvento del fascismo.* 7. ed. Firenze: Laterza, 1982.

TAUNAY, Affonso de E. *Pequena história do café no Brasil.* Rio de Janeiro: Ed. Departamento Nacional do Café, 1945.

TÁVORA, Juarez. *Uma vida e muitas lutas*: memórias. Rio de Janeiro: Biblioteca do Exército/José Olympio, 1974. v. 1.

TAYLOR, A. J. P. *Europe: grandeur and decline.* London: Penguin Books, 1967.

TAYLOR, A. J. P. *The first world war.* London: Penguin Books, 1970.

TAYLOR, A. J. P. *The origins of the second world war.* London: Hamish Hamilton, 1961.

TAYLOR, A. J. P. *The warlords.* London: Penguin Books, 1977.

TEIXEIRA FILHO, Alvaro. *Roteiro cartográfico da baía de Guanabara e cidade do Rio de Janeiro*: séculos XVI e XVII. Rio de Janeiro: Livraria São José, 1975.

THOMSON, David. *Europe since Napoleon.* Middlesex: Penguin Books, 1972.

TOCQUEVILLE, Alexis de. *The Ancien Régime & the French revolution.* Manchester: Collins/Fontana, 1976.

TREVELYAN, G. M. *A shortened history of England.* London: Penguin Books, [s.d.].

TRINDADE, Hélgio. *Integralismo:* o fascismo brasileiro na década de 30. Porto Alegre: Ed. da UFRGS; São Paulo: Difel, 1974.

UEBERSCHÄR, Gerd R. Barbarossa. In: DEAR, I. C.; FOOT, M. R. D. (ed.). *The Oxford companion to the second world war.* New York: Oxford University Press, 1995.

UNIVERSIDADE DE BRASÍLIA. *Miguel Reale na UnB*: conferências e debates de um seminário realizado de 9 a 12 de junho de 1981. Brasília: Ed. UnB, 1981. Col. Itinerários.

VALÉRY, Paul. *Regards sur le monde actuel*. Paris: Librairie Stock, 1931.

VALOIS, Georges. *Le fascisme*. 2. ed. Paris: Nouvelle Librairie Nationale, 1927.

VALOIS, Georges. *L'homme qui vient:* philosophie de l'autorité. Paris: Nouvelle Librairie Nationale, 1923.

VARGAS, Getúlio. *A nova política do Brasil*. Rio de Janeiro: José Olympio, 1938. v. IV: novembro-1934 a julho-1937.

VARGAS, Getúlio. A repulsa pelo atentado de 11 de maio. *A nova política do Brasil*. Rio de Janeiro: José Olympio, 1938. v. V.

VARGAS, Getúlio. Nova organização administrativa do País, 3.11.1930. *A nova política do Brasil*. Rio de Janeiro: José Olympio, 1938. v. I.

VARGAS, Getúlio. No limiar de uma nova era, 11.6.1940. *A nova política do Brasil*. Rio de Janeiro: José Olympio, 1940. v. VII.

VARGAS, Getúlio. *Getúlio Vargas:* diário. Apresentação de Celina Vargas do Amaral Peixoto. São Paulo: Siciliano, 1995. v. 1 e 2.

VASCONCELLOS, Gilberto. *A ideologia curupira:* análise do discurso integralista. Prefácio de Florestan Fernandes. São Paulo: Brasiliense, 1979.

VENANCIO FILHO, Alberto. *A intervenção do Estado no domínio econômico:* o direito público econômico no Brasil. São Paulo: Ed. FGV, 1968.

VENANCIO FILHO, Alberto. *Das arcadas ao bacharelismo*: 150 anos de ensino no Brasil. São Paulo: Perspectiva, 1977.

VENTURA, Mauro Souza. *De Karpfen a Carpeaux*. Rio de Janeiro: Topbooks, 2002.

VIANNA, F. J. Oliveira. *Ensaios inéditos*. Campinas: Ed. Unicamp, 1991.

VIANNA, F. J. Oliveira. *Pequenos estudos de psicologia social*. Belo Horizonte: Vianna; São Paulo: Monteiro Lobato & C Editores, s.d.

VIANNA, F. J. Oliveira. *Problemas de direito corporativo*. Rio de Janeiro: José Olympio, 1938.

VIANNA, F. J. Oliveira. *Problemas de política objectiva*. São Paulo: Companhia Editora Nacional, 1930.

VILLA, Marco Antonio. *Breve história do estado de São Paulo*. São Paulo: Imprensa Oficial do Estado de São Paulo, 2009.

VILLAÇA, Antônio Carlos. *O desafio da liberdade:* a vida de Alceu Amoroso Lima. Rio de Janeiro: Agir, 1983.

VILLAÇA, Antônio Carlos. *O livro de Antonio.* Rio de Janeiro: José Olympio, 1934.

VILLAÇA, Antônio Carlos. *O livro dos fragmentos.* Rio de Janeiro: Civilização Brasileira, 2005.

VILLAÇA, Antônio Carlos. *O nariz do morto.* Rio de Janeiro: JCM, 1970.

VILLAÇA, Antônio Carlos. *O pensamento católico no Brasil.* Rio de Janeiro: Zahar, 1975.

VILLAÇA, Antônio Carlos. *Os saltimbancos da porciúncula.* Rio de Janeiro: Record, 1996.

WAACK, William. *As duas faces da glória:* a FEB vista pelos seus aliados e inimigos. Rio de Janeiro: Nova Fronteira, 1985.

WAACK, William. *Camaradas:* nos arquivos de Moscou a história secreta da revolução brasileira de 1935. São Paulo: Companhia das Letras, 1993.

WEBER, Eugen. *L'Action Française.* Paris: Fayard, 1962.

WEBER, Eugen. *My France:* politics, culture, myth. Cambridge: Harvard University Press, 1991.

WEINBERG, L. Gerhard. *A word at arms.* Cambridge: Cambridge University Press, 1994.

WERNECK, Humberto. *O desatino da rapaziada.* São Paulo: Companhia das Letras, 1992.

WERNECK, Humberto. *O santo sujo:* a vida de Jayme Ovalle. São Paulo: Cosaic Naify, 2008.

WILLIAMS, Margaret Todaro. Integralism and the Brazilian Catholic Church. *HAHR – The Hispanic American Historical Review.* Duke University Press, v. 54, n. 3, August 1974.

WINOCK, Michel (dir.). *Histoire de l'extrême droite en France.* Paris: Éditions du Seuil, 1994.

WINOCK, Michel (org.). *La droite depuis 1789:* les hommes, les idées, les réseaux. Paris: Éditions du Seuil. 1995.

WINOCK, Michel. *La belle époque.* Paris: Éditions Perrin, 2002.

WIRTH, John. Minas e a nação: um estudo de poder e dependência regional. In: FAUSTO, Boris (dir.). *História geral da civilização brasileira:* o Brasil Republicano. São Paulo: Difel, 1975. t. 3, v. 1.

ZELDIN, Theodore. *Histoire des passions françaises.* 1848-1945 Paris: Éditions du Seuil, 1984. t. 2. Col. Points Actuels.

ZIEMKE, Earl. Battle of Kursk. In: DEAR, I. C.; FOOT, M. R. D. (ed). *The Oxford companion to the second world war*. New York: Oxford University Press, 1995.

ZIEMKE, Earl. Battle of Stalingrad. In: DEAR, I. C.; FOOT, M. R. D. (ed). *The Oxford companion to the second world war*. New York: Oxford University Press, 1995.

ZIEMKE, Earl. Fall of Berlin. In: DEAR, I. C.; FOOT, M. R. D. (ed).*The Oxford companion to the second world war*. New York: Oxford University Press, 1995.

ZIEMKE, Earl. German-Soviet war. In: DEAR, I. C.; FOOT, M. R. D. (ed). *The Oxford companion to the second world war*. New York: Oxford University Press, 1995.

OUTRAS FONTES

ARQUIVOS CONSULTADOS

Arquivo da Cúria Metropolitana do Rio de Janeiro
Arquivo da Faculdade Nacional de Direito
Arquivo da Marinha de Guerra
Arquivo da Universidade do Brasil
Arquivo do Exército Brasileiro
Arquivo do Museu do Telefone
Arquivo Gustavo Capanema (CPDOC)
Arquivo Nacional
Arquivo pessoal de Alberto Venancio Filho
Arquivo pessoal de Américo Lacombe
Arquivo pessoal de Antônio Gallotti
Arquivo pessoal de Felipe de San Tiago Dantas Quental
Arquivo pessoal de Francisco de San Tiago Dantas Quental
Arquivo Pessoal de Hélio Vianna Filho
Arquivo pessoal de Inês Quental Ferreira
Arquivo pessoal de José Gregori
Arquivo pessoal de Lúcia San Tiago Dantas Quental

Arquivo pessoal de Maria San Tiago Dantas Quental
Arquivo pessoal de Miguel Reale
Arquivo pessoal de Octavio de Faria
Arquivo pessoal de Plínio Doyle
Arquivo pessoal de Regina Fernandes
Arquivo pessoal de Vicente Chermont de Miranda

CORRESPONDÊNCIA

Carta de Felippe José Correa de Mello a Mariano. Ouro Preto, 1897.

Carta de San Tiago Dantas a João Quental, s/d.

Carta de San Tiago Dantas a Vicente Chermont de Miranda, s/d.

Carta de Raul de San Tiago Dantas aos filhos. 07.06.1916.

Carta de Raul de San Tiago Dantas aos tios Déa e Elviro. Juiz de Fora, 11.10.1919.

Carta de Antônio Carlos ao ministro da Marinha, enviada a Raul de San Tiago Dantas em 25.05.1927.

Carta de Jackson Figueiredo a Alceu Amoroso Lima, 22.07.1927.

Carta de Octavio de Faria a Américo Lacombe. Paris, 02.07.1929.

Carta de Plínio Salgado a Augusto Frederico Schmidt. São Paulo, 1930.

Carta de San Tiago Dantas a Vicente Chermont de Miranda. Rio de Janeiro, Carnaval de 1930.

Carta de Vicente Chermont de Miranda a San Tiago Dantas. Belém, 01.01.1930.

Carta de Aroldo de Azevedo a Vicente Chermont de Miranda. Rio de Janeiro, 04.01.1930.

Carta de Américo Lacombe a Vicente Chermont de Miranda. Rio de Janeiro, 10.01.1930.

Carta de San Tiago Dantas a João Quental. Rio de Janeiro, 10.01.1930.

Carta de Américo Lacombe a Antônio Gallotti. Petrópolis, 04.02.1930.

Carta de Vicente Chermont de Miranda a Gilson Amado, 05.02.1930.

Carta de Hélio Vianna a Vicente Chermont de Miranda. Rio de Janeiro, 06.02.1930.

Carta de San Tiago Dantas a Octavio de Faria, 1931.

Carta de San Tiago Dantas a João Quental. Rio de Janeiro, 09.04.1931.

Carta de Alceu Amoroso Lima a San Tiago Dantas. Rio de Janeiro, 11.04.1931.

Carta de Américo Lacombe a San Tiago Dantas. Rio de Janeiro, 14.04.1931.

Carta de San Tiago Dantas a Américo Lacombe. São Paulo, 17.04.1931.

Carta de San Tiago Dantas a Hélio Vianna. Maio de 1931.

Carta de Augusto Frederico Schmidt a San Tiago Dantas. Rio de Janeiro, maio de 1931.

Carta de Vicente Chermont de Miranda a San Tiago Dantas. Rio de Janeiro, 03.05.1931.

Carta de San Tiago Dantas a Hélio Vianna. São Paulo, 03.05.1931.

Carta de San Tiago Dantas a Américo Lacombe. São Paulo, 04.05.1931.

Carta de Vicente Chermont de Miranda a San Tiago Dantas. Rio de Janeiro, 05.05.1931.

Carta de San Tiago Dantas a Vicente Chermont de Miranda. São Paulo, 08.05.1931.

Carta de Hélio Vianna a San Tiago Dantas. Rio de Janeiro, 09.05.1931.

Carta de Antônio Gallotti a San Tiago Dantas. Rio de Janeiro, 12.05.1931.

Carta de San Tiago Dantas a Hélio Vianna. São Paulo, 13.05.1931.

Carta de San Tiago Dantas a Octavio de Faria. São Paulo, 13.05.1931.

Carta de Américo Lacombe a San Tiago Dantas. Rio de Janeiro, 17.05.1931.

Carta de Hélio Vianna a San Tiago Dantas. Rio de Janeiro, 18.05.1931.

Carta de Hélio Vianna a San Tiago Dantas. Rio de Janeiro, 21.05.1931.

Carta de Octavio de Faria a San Tiago Dantas. Rio de Janeiro, 21.05.1931.

Carta de Vicente Chermont Miranda a San Tiago Dantas. Rio de Janeiro, 24.05.1931.

Carta de Marques Rebelo a San Tiago Dantas. Rio de Janeiro, 22.06.1931.

Carta de Octavio de Faria a San Tiago Dantas. Rio de Janeiro, 25.06.1931.

Carta de San Tiago Dantas a Oliveira Vianna. São Paulo, 01.06.1931.

Carta de Almir de Andrade a Américo Lacombe. Rio de Janeiro, 03.07.1931.

Carta de Hélio Vianna a San Tiago Dantas. Rio de Janeiro, 11.07.1931.

Carta de San Tiago Dantas a Vicente Chermont de Miranda. Rio de Janeiro, 13.07.1931.

Carta de San Tiago Dantas a Hélio Vianna. São Paulo, 17.07.1931.

Carta de San Tiago Dantas a Américo Lacombe. São Paulo, 24.07.1931.

Carta de Octavio de Faria a San Tiago Dantas. Rio de Janeiro, 25.07.1931.

Carta de Vicente Chermont de Miranda a San Tiago Dantas. São Paulo, 27.07.1931.

Carta de Hélio Vianna a San Tiago Dantas. Belo Horizonte, 29.07.1931.

Carta de San Tiago Dantas a Dulce San Tiago Dantas Quental. Rio de Janeiro, 19.08.1931.

Carta de San Tiago Dantas a Américo Lacombe. Rio de Janeiro, janeiro 1932.

Carta de Gilberto Amado a San Tiago Dantas. 13.02.1932.

Carta de Plínio Salgado a San Tiago Dantas. São Paulo, 20.02.1932.

Carta de Alceu Amoroso Lima a San Tiago Dantas. Rio de Janeiro, 15.04.1932.

Carta de Augusto Frederico Schmidt a San Tiago Dantas. Agosto de 1932.

Carta de San Tiago Dantas a Américo Lacombe. Rio de Janeiro, 04.09.1933.

Carta de Plínio Salgado a Augusto Frederico Schmidt. São Paulo, 1934.

Carta de Antônio Gallotti a Octavio de Faria. Rio de Janeiro, 04.02.1934.

Carta de Alceu Amoroso Lima a San Tiago Dantas. Rio de Janeiro, 15.02.1934.

Carta de Antônio Gallotti a Octavio de Faria. Rio de Janeiro, 30.05.1934.

Carta de San Tiago Dantas a Alceu Amoroso Lima. Rio de Janeiro, 03.08.1934.

Carta de San Tiago Dantas a Thiers Martins Moreira. Lindoia, 29.08.1934.

Carta de San Tiago Dantas a Hélio Vianna. Rio de Janeiro, 07.09.1934.

Carta de San Tiago Dantas a Vicente Chermont de Miranda. Rio de Janeiro, 07.12.1934.

Carta de Raul de San Tiago Dantas a Dulce San Tiago Dantas Quental, 29.12.1934.

Carta de San Tiago Dantas a Vicente Chermont de Miranda. Rio de Janeiro, 1935.

Carta de San Tiago Dantas a Américo Lacombe. Belo Horizonte, 25.01.1935.

Carta de San Tiago Dantas a Violeta de San Tiago Dantas. Belo Horizonte, 03.02.1935.

Carta de San Tiago Dantas a Hélio Vianna. Belo Horizonte, 07.02.1935.

Carta de Antônio Gallotti a Octavio de Faria. Rio de Janeiro, 16.02.1935.

Bilhete de San Tiago Dantas a Rubens Porto. Rio de Janeiro, março de 1935.

Carta de Olbiano de Mello a San Tiago Dantas. Juiz de Fora, 07.04.1935.

Carta de San Tiago Dantas a Américo Lacombe. São João Del Rey, 08.04.1935.

Carta de San Tiago Dantas a Américo Lacombe. Belo Horizonte, 10.04.1935.

Carta de San Tiago Dantas a Violeta de San Tiago Dantas. Belo Horizonte, 11.04.1935.

Carta de Octavio de Faria a San Tiago Dantas. Campo Belo, 15.04.1935.

Carta de San Tiago Dantas a Américo Lacombe. Belo Horizonte, 15.04.1935.

Carta de Antônio Gallotti a Octavio de Faria. Rio de Janeiro, 16.04.1935.

Carta de Antônio Gallotti a San Tiago Dantas. Rio de Janeiro, 21.04.1935.

Carta de San Tiago Dantas a Américo Lacombe. Ouro Preto, 21.04.1935.

Carta de San Tiago Dantas a Vicente Chermont de Miranda. Rio de Janeiro, 13.05.1935.

Carta de Vicente Chermont de Miranda a San Tiago Dantas. Belo Horizonte, 07.06.1935.

Carta de Mauricio Andrade a San Tiago Dantas. Belo Horizonte, 30.09.1935.

Carta de Antônio Gallotti a Octavio de Faria. Rio de Janeiro, 24.11.1935.

Carta de Vicente Chermont de Miranda a Plínio Salgado. Rio de Janeiro, 1936.

Carta de San Tiago Dantas a Alceu Amoroso Lima. Rio de Janeiro, 30.03.1936.

Carta de Aroldo Azevedo a San Tiago Dantas. São Paulo, 23.09.1936.

Carta de Rubens Porto a San Tiago Dantas, Rio de Janeiro, 15.10.1936.

Carta de Le Corbusier a Gustavo Capanema. Paris, 21.11.1936.

Carta de Adolfo Morales de Los Rios a San Tiago Dantas. Rio de Janeiro, 20.05.1937.

Carta de San Tiago Dantas a Rubens Porto. Rio de Janeiro, 16.03.1938.

Carta de San Tiago Dantas a Américo Lacombe. Belo Horizonte, 12.04.1938.

Carta de Miguel Reale a San Tiago Dantas. São Paulo, 24.04.1939.

Carta de San Tiago Dantas a Alceu Amoroso Lima. Rio de Janeiro, 11.07.1939.

Carta de Miguel Reale a San Tiago Dantas. São Paulo, 14.04.1940.

Carta de Miguel Reale a San Tiago Dantas. São Paulo, 16.10.1940.

Carta de San Tiago Dantas a Américo Lacombe. Rio de Janeiro, 24.01.1940.

Carta de San Tiago Dantas a Miguel Reale. Rio de Janeiro, 18.10.1940.

Carta de Américo Lacombe a San Tiago Dantas. Rio de Janeiro, 07.01.1941.

Carta de San Tiago Dantas a Américo Lacombe. São Lourenço, 09.01.1941.

Carta de San Tiago Dantas a Miguel Reale. Rio de Janeiro, 04.10.1941.

Carta de San Tiago Dantas a Pedro Calmon. Rio de Janeiro, 12.10.1942.

Carta de San Tiago Dantas a Carlos Drummond de Andrade. Rio de Janeiro, 06.11.1942.

Carta de San Tiago Dantas a Alberto Venancio Filho. Rio de Janeiro, 1943.

Carta de San Tiago Dantas a Otávio Tarquínio de Souza. Rio de Janeiro, 06.01.1943.

Carta de San Tiago Dantas a William Berrien. The Rockefeller Foundation, New York. Rio de Janeiro, 19.01.1943.

Carta de Leonel Franca a San Tiago Dantas. Rio de Janeiro, 08.02.1943.

Carta de San Tiago Dantas a Raul Leitão da Cunha. Rio de Janeiro, 19.04.1943.

Carta de San Tiago Dantas a Joseph Piazza. Rio de Janeiro, 29.04.1943.

Carta de San Tiago Dantas a Alceu Amoroso Lima. Rio de Janeiro, 31.05.1943.

Carta de San Tiago Dantas a Raul Leitão da Cunha. Rio de Janeiro, 10.06.1943.

Carta de San Tiago Dantas a Gustavo Capanema. Rio de Janeiro, 02.08.1943.

Carta de San Tiago Dantas a Raul Leitão da Cunha. Rio de Janeiro, 12.08.1943.

Carta de Francisco Assis Barbosa a San Tiago Dantas. São Paulo, 16.09.1943.

Carta de San Tiago Dantas a Américo Lacombe. Embaixada do Brasil em Lima, 10.10.1943.

Carta de San Tiago Dantas a Thiers Martins Moreira e Hélio Vianna. Hotel Carrera, Santiago do Chile, 19.10.1943.

Carta de Otto Maria Carpeaux a San Tiago Dantas. Rio de Janeiro, 24.12.1943.

Carta de San Tiago Dantas a Otto Maria Carpeaux. Rio de Janeiro, 28.12.1943.

Carta de Otto Maria Carpeaux a San Tiago Dantas. Rio de Janeiro, 17.01.1944.

Carta de San Tiago Dantas a Otto Maria Carpeaux. Rio de Janeiro, 20.01.1944.

Carta de San Tiago Dantas a Alceu de Amoroso Lima. Rio de Janeiro, 11.02.1944.

Carta de San Tiago Dantas a Otto Maria Carpeaux. Rio de Janeiro, 11.02.1944.

Carta de San Tiago Dantas a Leonel Franca. Rio de Janeiro, 20.02.1944.

Carta de San Tiago Dantas a Gustavo Capanema. Rio de Janeiro, 28.04.1944.

Carta de Gustavo Capanema a San Tiago Dantas. Rio de Janeiro, 04.07.1944.

Carta de San Tiago Dantas a Pedro Calmon. Rio de Janeiro, 30.12.1944.

Carta de San Tiago a Gustavo Capanema. Rio de Janeiro, 10.04.1945.

Carta de Gustavo Capanema a San Tiago Dantas. Rio de Janeiro, 11.05.1945.

Carta de San Tiago Dantas a Américo Lacombe. Hot Springs, 23.07.1953.

DEPOIMENTOS

Abram Eksterman
Affonso Ferreira Filho
Alberto Venancio Filho
Alexandre Kafka

Almino Afonso
Almir de Andrade
Almir de Castro
Aluísio Salles

Amaro Lanari
Américo Lacombe
Américo Masset Lacombe
Ana Maria Quental
Antônio B. de Carvalho
Antônio Carlos Villaça
Antônio Dias Leite
Antonio Paim
Araujo Netto
Arnoldo Wald
Aroldo de Azevedo Filho
Arthur João Donato
Arthur José Poerner
Astolpho Dutra
Benito Savassi
Calil Ghea
Carlos Chagas
Carlos Flexa Ribeiro
Carlos Pacheco Fernandes
Casimiro Ribeiro
Celso Lafer
Celso Passos
Claudio Bojunga
Claudio Penna Lacombe
Cleanto de Paiva Leite
Cyro dos Anjos
Dario de Almeida Magalhães
Demósthenes Madureira de Pinho Filho
Dóris Pires Gonçalves
Ebert Vianna Chamoun
Edgar Flexa Ribeiro
Edméa de San Tiago Dantas

Eduardo Augusto Guimarães
Elio Gaspari
Emmanuel de Morais
Ernani Maia
Eros Grau
Evandro Lins e Silva
Evaristo de Moraes Filho
Fábio Lilla
Fabio De Mattia
Felipe Daudt d'Oliveira
Felippe San Tiago Dantas Quental
Ferdinand Reis
Francisco Iglésias
Francisco Masset Lacombe
Francisco Mendes Xavier
Francisco San Tiago Dantas
Franco Montoro
Franklin de Oliveira
Gabriel Vandoni de Barros
Genésio T. Filho
Gilberto Paim
Goffredo da Silva Telles
Gumercindo R. Dória
Helba Sette Câmara
Hélio Jaguaribe
Hélio Vianna Filho
Henriette Amado
Hilton Rocha
Horvânio Brandt
Hugo Faria
Inês Quental Ferreira
Israel Klabin
Jayme Bastian Pinto

João Batista Alencastro Massot
João Geraldo Piquet Carneiro
João Pedro Gouveia Vieira
João Pinheiro Neto
John Forman
Jorge de Serpa Filho
José Alexandre Tavares Guerreiro
José Carlos Sousa
José Gomes Talarico
José Gregori
José Guilherme Merquior
José Leite Lopes
José Luiz Bulhões Pedreira
José Mindlin
Lauro Escorel
Léa Paim
Leopoldo Brandão
Lincoln Gordon
Lurdes Montenegro
Lucas Lopes
Lúcia Montenegro
Lúcia San Tiago Dantas Quental
Lucio Costa
Luiz Alberto Bahia
Luiz Antônio de Andrade
Luiz Gonzaga Nascimento e Silva Filho
Luiz Mario Gazzaneo
Luiz Olavo Batista
Manuel Alceu Affonso Ferreira
Marcelo Medeiros
Marcílio Marques Moreira
Marcio Moreira Alves
Marco Antônio Coelho
Marco Antônio Coube Marques
Maria da Glória Machado
Maria San Tiago Dantas Quental
Mario Barros
Mario Gibson Barboza
Mário Pimenta Camargo
Mario Vieira de Mello
Mauro Salles
Miguel Lins
Miguel Reale
Millôr Fernandes
Milton Reis
Modesto Carvalhosa
Murilo Badaró
Neiva Moreira
Nestor Goulart Reis
Newton Rodrigues
Nilo Gomes
Norma Góes Monteiro
Olga Rego Freitas
Oscar Lourenço Fernandes
Oswaldo Peralva
Otávio Tirso de Andrade
Paulina Moscovitch
Paulo Egydio de Souza
Paulo Ferreira Garcia
Paulo Francis
Paulo Freitas Mercadante
Paulo Geyer
Paulo Nogueira Batista
Pedro Salles
Plínio de Abreu Ramos

Plínio Doyle
Rafael de A. Magalhães
Raul Ryff
Raul San Tiago Dantas Quental
Regina Bilac Pinto
Regina Fernandes Meirelles
Regina Meirelles
Renato Archer
Renato Cantidiano Ribeiro
Roberto Andrade
Roberto Assunção
Roberto Campos
Roberto Cesar Andrade
Roberto Schwarz
Roland Corbisier
Rubens Porto

Rubens Ricupero
Rui Coutinho do Nascimento
Sinval Banbirra
Sylvia Amoroso LimaFerreira
Sylvia Ribeiro Póvoas
Teódulo Pereira
Thais Varnieri Ribeiro
Valentim Pereira Ferreira
Vicente Chermont de Miranda
Villas-Bôas Corrêa
Violeta San Tiago Dantas Quental
Virgílio Veado
Waldomiro F. Freitas
Walther Moreira Salles
Wilson Figueiredo
Zoraide Rosas

OBRAS DE REFERÊNCIA

BELOCH, Israel; ABREU, Alzira Alves de (coord.) *Dicionário histórico-biográfico brasileiro:* 1930-1983. Rio de Janeiro: Forense Universitária, 1984.

BÉLY, Lucien (dir.). *Dictionnaire de L'Ancien Régime*. Paris: PUF, 2003.

BERGER, Paulo. *Dicionário histórico das ruas de Botafogo*. Rio de Janeiro: Fundação Casa de Rui Barbosa, 1987.

BLAKE, Augusto Victorino Alves Sacramento. *Diccionario bibliographico brazileiro*. Rio de Janeiro: Imprensa Nacional, 1893. v. 2.

BOMBIERI, Cristina (coord.). *Encyclopédie de l'art*. Milano: Garzanti, 1986.

BOTTOMORE, Tom (ed.). *A dictionary of marxist thought*. Oxford: Blackwell, 1991.

BOYER, Paul S. *The Oxford companion to United States history*. New York. Oxford University Press. 2001.

CDPB – CENTRO DE DOCUMENTAÇÃO DO PENSAMENTO BRASILEIRO. *Dicionário biobibliográfico de autores brasileiros*. Salvador: Senado Federal, 1999.

CHÂTELET, François; DUHAMEL, Olivier; PISIER, Évelyne. *Dictionnaire des oeuvres politiques*. Paris: PUF, 1986.

COHEN, J. M. e M. J. *The Penguin dictionary of quotations*. London: Penguin Books, 1979.

CUNHA, Antônio Geraldo da. *Dicionário etimológico Nova Fronteira da língua portuguesa*. Rio de Janeiro: Nova Fronteira, 1982.

DAUZAT, Albert; DUBOIS, Jean; MITTERAND, Henri. *Nouveau dictionnaire étymologique et historique*. Paris: Larousse, 1971.

DE BERNARDI, Alberto; GUARRACINO, Scipione (org.). *Il fascismo*: dizionario di storia, personaggi, cultura, economia, fonti e dibattito storiografico. Milano: Bruno Mondadori, 1998.

DE GRAZIA, Victoria; LUZZATTO, Sergio (coord.). *Dizionario del fascismo*. Torino: Einaudi, 2005.

DUBY, Georges. *Atlas historique mondial*. Paris: Larousse. 1987.

FERNANDES, Francisco. *Dicionário de verbos e regimes*. Porto Alegre: Globo, 1951.

FERNANDES, Francisco. *Dicionário de regimes de substantivos e adjetivos*. Porto Alegre: Globo, 1974.

FRANCE, Peter (ed.). *The new Oxford companion to literature in French*. London: Clarendon Press, 1995.

FURET, François; OZOUF, Mona. *Dictionnaire critique de la révolution française*. Paris: Flammarion, 1988.

GOMES, Leonardo José Magalhães (org.). *Memória de ruas*: dicionário toponímico da cidade de Belo Horizonte. Belo Horizonte: Secretaria Municipal de Cultura Museu Abílio Barreto, 1992.

GRANDE Enciclopédia Portuguesa e Brasileira. Lisboa: Ed. Editorial Enciclopédia, 1945.

GUERRERO, Andrés de Blas (dir.). *Grande enciclopédia del nacionalismo*. Madrid: Tecnos, 1997.

GUTIERREZ-ALVES, Faustino. *Diccionario de derecho romano*. 3. ed. Madrid: Editorial Reus, 1982.

HUTTON, Patrick H. *Historical dictionary of the Third French Republic*: 1870-1940. New York: Greenwood Press, 1986.

IBGE. *Enciclopédia Brasileira de Municípios*, 1959.

ISIDRO PEREIRA, S. J. *Dicionário grego-português e português-grego*. Porto: Imprensa Moderna, 1951.

KRIEGER, Joel (ed.). *The Oxford companion to politics of the world*. New York: Oxford University Press, 1993.

LAFFONT, Robert. *Dictionnaire des auteurs*. Paris: Robert Laffont, 1989.

LIDDELL, H. G.; SCOTT, R. *Greek-English lexicon*. London: Oxford at the Clarendon Press, 1999.

MACHADO, José Pedro. *Dicionário etimológico português*. 1. ed. Lisboa: Editorial Confluência, 1956.

MELO, Luís Correia de. *Dicionário de autores paulistas*. São Paulo: Comissão do IV Centenário, 1954.

MINERBI, Alessandra. *História ilustrada do nazismo*. São Paulo: Larousse, 2009.

MONTEIRO, Norma de Góes (coord.). *Dicionário biográfico de Minas Gerais*. Belo Horizonte: Assembleia Legislativa de Minas Gerais, 1994. v. 2 – Período Republicano: 1889-1930.

MORAES E SILVA, Antônio de. *Dicionário da língua portugueza*. 7. ed. Lisboa: Typographia de Joaquim Germano de Souza Neves, 1877. t. I.

MOURRE, Michel. *Dictionnaire encyclopédique d'histoire*. Paris: Bordas, 1996.

NASCENTES, Antenor. *Dicionário etimológico da língua portuguesa*. Rio de Janeiro: Livraria Francisco Alves, 1932. v. 1.

ONIONS, C. T. (ed.). *The Oxford dictionary of english etymology*. London: Oxford University Press, 1966.

ORGEL, Stephen; BRAUNMULLER, A. R. *William Shakespeare*: the complete works. London: Penguin Books, 2002.

OXFORD UNIVERSITY PRESS. *The compact edition of the Oxford English dictionary*. New York: Oxford University Press, 1971.

PEREZ, Renard. *Escritores brasileiros contemporâneos*. Rio de Janeiro: Civilização Brasileira, 1960.

RAYNAUD, Philippe; RIALS, Stéphane. *Dictionnaire de philosophie politique*. Paris: PUF, 2003.

RÓNAI, Paulo. *Dicionário universal Nova Fronteira de citações*. Rio de Janeiro: Nova Fronteira, 1985.

SARAIVA, F. R. dos Santos. *Novíssimo dicionário latino-português*. 5. ed. Paris: Garnier, s.d.

SILVA, Benedicto (coord.). *Dicionário de ciências sociais*. Rio de Janeiro: Ed. FGV, 1987.

TACCHI, Francesca. *Storia illustrata del fascismo*. Firenze: Giunti, 2000.

TADDEY, Gerhard. *Lexikon der deutschen Geschichte*. Stuttgart: Kröner, 1983.

TRECCANI, Giovanni. *Enciclopedia Italiana*. Roma: Istituto dell'Enciclopedia Italiana, 1937. v. 33.

TULLARD, J. et al. *Histoire et dictionnaire de la revolution française*: 1789-1799. Paris: Robert Laffont, 1987.

VELHO SOBRINHO, João Francisco. *Dicionário bio-bibliográfico brasileiro*. Rio de Janeiro: Irmãos Pongetti, 1937.

VENANCIO FILHO, Alberto. A *intervenção do estado no domínio econômico: o direito público econômico no Brasil*. Rio de Janeiro: Ed. FGV, 1968.

VITERBO, Fr. Joaquim de Santa Rosa do. *Elucidário das palavras, termos e frases que em Portugal antigamente se usaram e que hoje regularmente se ignoram*. Lisboa: A Casa do Editor A. J. Fernandes Lopes, 1865.

PÁGINAS DA WEB CONSULTADAS

http://www.charles-de-gaulle.org/pages/1-homme/dossiers-thematiques/1944-1946-la liberation.php. Acesso em: 29 jan.2013.

http://www.sochealth.co.uk/history/beveridge.htm. Acesso em: 15 jan. 2013.

PERIÓDICOS

- A CIDADE
- A ESQUERDA
- A NAÇÃO
- A NOITE
- A OFFENSIVA
- A ORDEM
- A RAZÃO
- A REVISTA
- ACÇÃO
- CAMINHO DA VIDA
- CORREIO DA MANHÃ
- DIÁRIO DA TARDE
- DIÁRIO DE NOTÍCIAS
- DIÁRIO DO COMMERCIO
- DIRETRIZES
- ÉPOCA
- ESPELHO
- ESTADO DE MINAS
- FOLHA DA MANHA
- HIERARQUIA
- JORNAL DO COMMERCIO
- MEIO-DIA
- MOVIMENTO LITERÁRIO
- NOVIDADES LITERÁRIAS
- O CRUZEIRO
- O DEBATE
- O ESTADO DE S. PAULO
- FOLHA DE S. PAULO
- O GLOBO
- O JORNAL
- PANORAMA
- REVISTA BRASILEIRA DE FILOSOFIA
- REVISTA DE ESTUDOS JURÍDICOS E SOCIAES
- REVISTA DO DEPARTAMENTO DE DIREITO DO TRABALHO E SEGURIDADE SOCIAL DA FACULDADE DE DIREITO DA USP
- REVISTA FORENSE
- SOMBRA
- VANGUARDA
- VEJA

ÍNDICE ONOMÁSTICO

Abreu, José Correa de, 23, 504
Abreu, Sílvio Lacerda de, 98
Aguiar, Frota, 538
Aguiar, Souza, 359
Aires, Jaime Junqueira, 401, 658
Albuquerque, Medeiros de, 92, 620
Aleixo, Pedro, 69, 70, 527, 530
Alexandrino, almirante, 32
Alexander, George, 470
Alfieri, Dino, 599
Almeida, Candido Mendes de, 592, 609
Almeida, Guilherme de, 92
Almeida, José Américo de, 185, 260, 344, 345, 470, 639, 682
Almeida, Lacerda de, 539, 552
Almeida, Mário Martins de, 610
Almeida, Rômulo de, 406
Alphonsus, João, 527
Álvares, Nuno, 346
Alves, Castro, 515
Alves, Rodrigues, 32, 51, 511
Amado, Agnaldo, 566, 567
Amado, Gilberto, 33, 77, 92, 99, 100, 175, 176, 182, 199, 263, 512, 530, 532, 571, 573, 586, 608, 614, 617, 624
Amado, Gilson, 99, 100, 101, 127, 152, 171, 177, 182, 183, 198, 199, 257, 263, 295, 374, 411, 538, 567, 571, 572, 589, 591
Amado, Henriette, 411, 660
Amado, Jorge, 182, 196, 235, 307, 574, 576, 594, 608, 624
Amaral, Azevedo, 623

Amendola, Giovanni, 587, 611
Andrada, Antônio Carlos, 74, 104
Andrade, Almir Bomfim de, 567
Andrade, Almir de, 539, 573, 640, 652
Andrade, Antônio Américo de Camargo, 610
Andrade, Carlos Drummond de, 68, 73, 339, 436, 529, 530, 574, 663, 666
Andrade, Luiz Antônio de, 617
Andrade, Mário de, 68, 69, 91, 232, 529, 536
Andrade, Maurício, 316, 629
Andrade, Oswald de, 68, 69, 93, 94, 117, 232, 529, 537
Anjos, Cyro dos, 524, 525, 527
Aquino, Tomás de, 662
Aranha, Alfredo Egydio de Souza, 585, 591, 593, 594, 596, 597, 607, 611
Aranha, Graça, 117, 121, 545, 552, 556
Aranha, Luís, 406, 433, 665
Aranha, Olavo Egydio de Souza, 214, 585
Aranha, Oswaldo, 200, 202, 210, 214, 215, 220, 221, 231, 232, 235, 245, 256, 257, 260, 406, 416, 417, 476, 477, 574, 577, 578, 582, 583, 584, 585, 586, 588, 589, 596, 601, 603
Aranha, Themístocles da Graça, 545
Arruda, Ângelo, 591
Arruda, Rui, 610, 621
Assis, Machado de, 25, 91, 511, 532
Athayde, Austregésilo de, 677
Athayde, Tristão de, 91, 107, 116, 169, 170, 256, 263, 545, 546, 551, 552, 556, 565, 566, 577, 595, 612, 622

Ver também: Lima, Alceu Amoroso
Attolico, Bernardo, 564
Ayres, Jayme Tourinho Junqueira, 658
Azambuja, Antônio Patrício de, 29
Azambuja, Justa Patrícia, 29, 30, 37, 41, 42, 44, 45, 48, 56, 510, 515, 516
Azevedo, Aroldo de, 98, 192, 198, 533, 538, 576
Azevedo, Agliberto Vieira de, 631
Azevedo, Arnolfo, 171, 533, 538, 567, 568
Azevedo, Aroldo Edgard de, 567
Azevedo, Artur, 549
Backheuser, Everardo, 542
Badoglio, Pietro, 444, 445
Balbino, Antônio, 592
Bandeira, Manuel, 183, 184, 185, 264, 402, 437, 549, 572, 574, 575, 607, 608, 666, 675
Baptista, Nélson Henrique, 617
Barata, Aluísio, 572
Barbosa, Rui, 35, 36, 44, 52, 90, 107, 140, 192, 303, 312, 511, 513, 534, 539, 542, 557, 571, 578, 627, 628
Barrès, Maurice, 125, 126, 138, 141, 142, 143, 149, 150, 185, 237, 333, 355, 381, 556, 557, 558
Barreto, Lima, 115, 116, 447, 518, 519, 544
Barreto, Menna, 576
Barros, Adhemar de, 363, 412
Barros, Gabriel Vandoni de, 231, 600
Barroso, Gustavo, 305, 306, 648
Basbaum, Leôncio, 105, 191, 541, 575, 576
Belchior, Stélio Bastos, 576
Bello, José Maria, 514, 536, 587
Benda, Julien, 551, 552
Bernanos, Georges, 152

Bernardes, Arthur, 194, 528
Bernardes, Rui, 592
Besouro, Anadia, 37, 41, 515, 566
Besouro, Sabino, 37
Beveridge, William, 428, 429, 430, 445, 456, 500
Bezerra, José Gomes, 661
Bilac, Olavo, 453, 543
Bittencourt, Maria Luiza Doria de, 539, 567, 573
Bittencourt, Raul Jobim, 221, 589
Blum, Léon, 333
Bonaparte, Napoleão, 132
Bonifácio, José, 74, 541, 678
Braga, Odilon, 351, 670
Braga, Rubem, 677
Brandão, Aureliano, 270
Brandão, Edmée, 270
Brandão, Ignácio de Loyola, 585, 594
Brandão, Joviano, 601
Brandão, Leopoldo, 524
Brandão, Octávio, 540
Brasil, Assis, 258
Brasil, Pedro Chrysol Fernandes, 520
Braun, Eva, 586
Braz, Wenceslau, 103
Brígida, Joaquina, 24, 505
Brito, Farias, 182, 239, 546, 598
Brito, Letelba Rodrigues de, 171, 568
Brito, Mário da Silva, 536, 549
Brito, Saturnino de, 568
Broca, Brito, 618
Bruno, Ernani da Silva, 337, 637
Bueno, Pimenta, 534
Burke, Edmund, 133, 137, 287, 553, 554, 555
Buzaid, Alfredo, 303, 610, 621
Calage, Fernando, 610
Caldeira, Flávio, 98, 567
Calmon, Pedro, 401, 499, 610, 657,

666
Câmara, Danillo Perestrello, 627
Câmara, Hélder, 273
Câmara, Matoso, 666
Camargo, Maria das Mercês de Almeida, 27, 507
Camões, Luiz de, 391, 392
Campos, Francisco, 69, 75, 76, 77, 89, 145, 190, 200, 202, 213, 221, 225, 234, 235, 243, 247, 248, 249, 260, 261, 264, 265, 269, 270, 295, 306, 324, 339, 345, 347, 352, 354, 355, 356, 358, 361, 362, 366, 367, 373, 394, 416, 423, 431, 432, 437, 440, 476, 477, 480, 525, 528, 529, 530, 531, 533, 587, 589, 595, 600, 602, 603, 608, 609, 624, 642, 678, 679
Campos, Milton, 69, 70, 75, 527, 530, 571
Campos, Roberto, 674
Campos, Rui Barbosa de, 610
Campos, Siqueira, 53, 54, 55, 59, 520
Capanema, Gustavo, 67, 68, 69, 70, 75, 76, 145, 310, 339, 340, 343, 355, 366, 410, 417, 436, 465, 466, 492, 523, 524, 525, 526, 530, 556, 568, 569, 603, 638, 639, 660, 663, 666, 674, 676, 682
Capelinique, Luiz, 572
Cárcano, Ramón, 642
Cardoso, Cristóvão, 668
Carlina, Josefa, 27, 506
Carlina, Vitória, 27
Carlitos, 48
Carneiro, Levi, 198, 577, 578
Carpeaux, Otto Maria, 467 468, 469, 470, 556, 558, 559, 674, 675, 676
Carvalho, José Vieira de, 406
Carvalho, Vicente de, 78
Carvalho Neto, 540

Casassanta, Mário, 69, 527
Cascardo, Hercolino, 521
Castelo Branco, Humberto de Alencar, 197, 569, 602
Castilhos, Júlio de, 324, 501, 633
Castro, Almir de, 547, 549
Castro, Antônio Barros de, 674
Castro, Leite de, 248
Castro Júnior, general, 360, 644
Cavalcanti, Lauro, 639
Cavalcanti, Newton, 641
Caxias, barão de, 27
Cearense, Catulo da Paixão, 73
Celso, conde Afonso, 535
Cervantes, Miguel de, 271, 296, 536
Chagas, Paulo Pinheiro, 557
Chamberlain, Neville, 381, 382, 383, 385, 386
Chateaubriand, Assis, 91, 468, 677
Chermont, João Travassos, 567
Choltitz, Dietrich von, 474
Cícero, Marco Túlio, 271, 662
Cochrane, comandante, 360
Coelho, Custódio, 23
Collor, Lindolfo, 221, 324, 610
Comte, Augusto, 82
Corbisier, Roland, 610, 618, 621, 635, 666, 667
Corrêa, Villas-Bôas, 568, 569
Costa, Lucio, 339, 340, 638, 639
Cunha, Flores da, 344, 356, 584, 610, 640
Cunha, Oscar Francisco da, 678
Cunha, Pedro Leitão da, 410, 465
Cunha, Raul Leitão da, 411, 446, 664, 666, 668, 676
Cunha, Rodrigo Giostri da, 563
Cunha, Tristão da, 587
D'Agrogne, Malan, 576
D'Annunzio, Gabriele, 91

Dantas, Antônio, 26, 504
Dantas, capitão 29, 506, 508, 509
Dantas, Déa Clementina de San Tiago, 46, 509, 613
Dantas, Diva Eresina de San Tiago, 509
Dantas, Edméa de San Tiago, 19, 270, 277, 293, 296, 309, 364, 365, 379, 613, 650
Dantas, Raul de San Tiago, 29, 30, 31, 32, 35, 36, 37, 41, 42, 44, 45, 46, 47, 48, 49, 50, 51, 56, 57, 60, 63, 67, 74, 78, 79, 81, 82, 96, 97, 124, 174, 223, 226, 278, 404, 507, 509, 510, 512, 514, 515, 516, 517, 518, 519, 520, 522, 523, 529, 531, 569, 589, 613
Dantas, Stella Dulce de San Tiago, 509, 514, 516, 518
Dantas, Violeta de Mello San Tiago, 17, 30, 37, 41, 42, 45, 48, 51, 58, 63, 80, 81, 97, 174, 226, 277, 566, 606, 625, 626, 650
Daudet, Léon, 126, 138, 141, 144, 548, 551, 552, 556, 559, 598
Daudt d'Oliveira, João, 459
De Felice, Renzo, 562, 563, 564, 655
De Gaspari, Alcide, 274
Del Picchia, Menotti, 73, 93, 232, 236, 563, 579, 597, 598, 599
Del Vecchio, Giuseppe, 656
Déroulède, Paul, 139, 557
Dindinha Ver Mello, Geraldina Luiza Carneiro de
Dollfuss, Engelbert, 466, 467, 656
Dornas Filho, João, 527
Dornelas, Homero, 570
Dostoiévsky, Fiódor, 627
Doyle, Plínio, 17, 99, 101, 171, 177, 182, 257, 263, 295, 404, 525, 533, 534, 538, 550, 567, 568, 569, 574, 581, 591, 592, 600, 607, 613, 650
Doyle, William, 553
Dreyfus, Alfred, 140, 141, 143, 145, 333, 346, 557, 560
Dutra, Astolpho, 18, 528, 653, 655, 659, 661, 662, 663, 665
Dutra, Djalma, 59
Dutra, Eurico Gaspar, 54, 317, 318, 335, 345, 346, 347, 356, 358, 360, 363, 378, 379, 415, 423, 432, 477, 482, 483, 493, 494, 495, 498, 499, 630, 636, 637, 640, 646, 649, 652, 657, 662, 677, 679, 682, 683
Dutra, Pedro, 513, 515, 531, 534, 541, 554, 652, 659, 664, 670
Eisenhower, Dwight David, 444, 474, 485, 487
Eisner, Kurt, 279, 280
Ekk, Nicolai, 291
Ellis Junior, Alfredo, 536
Engels, Friedrich, 191, 540
Ernesto, Pedro, 586
Escorel, Lauro, 657
Espínola, Eduardo, 631
Faria, Adalgisa, 636
Faria, Alberto, 546, 612
Faria, Augusto, 100
Faria, Hugo, 270
Faria, Octavio de, 100, 125, 138, 172, 173, 175, 181, 182, 183, 233, 234, 252, 263, 295, 405, 538, 539, 540, 546, 547, 551, 564, 568, 573, 574, 577, 588, 590, 592, 593, 594, 595, 604, 605, 607, 608, 612, 618, 626, 629, 630, 632, 639, 640, 664
Farias, Cordeiro de, 360, 363, 496, 584, 633, 646, 647, 648, 676
Fausto, Boris, 511, 519, 523, 602, 615, 616, 623, 628, 637, 657, 682

Ferdinand, Franz, 43
Fernandes, Florestan, 620
Fernandes, Marieta, 66, 67, 68, 75, 81, 523, 524, 526
Fernandes, Millôr, 669
Fernandes, Raul, 292, 312
Fernandes, Regina, 524
Ferreira, Inês Quental, 566, 659
Ferreira, Laudemiro das Mercês, 630
Ferreira, Procópio, 91
Figueiredo, Euclides, 357, 610, 644
Figueiredo, Henrique Castrioto de, 658
Figueiredo, Jackson de, 112, 113, 114, 115, 116, 117, 118, 119, 120, 121, 122, 123, 126, 127, 128, 138, 153, 164, 169, 179, 180, 182, 207, 210, 220, 239, 262, 439, 445, 542, 543, 544, 545, 546, 547, 548, 549, 550, 551, 554, 555, 560, 582, 598
Fiorito, Catarina, 529
Fonseca, Arnaldo Medeiros da, 658
Fonseca, Djalma Álvares da, 318
Fonseca, Euclides Hermes da, 53
Fonseca, João Severino da, 509
Fonseca, marechal Hermes da, 34, 35, 36, 44, 53
Fonseca Filho, Hermes da, 520
Fontes, Lourival, 182, 215, 220, 221, 222, 273, 354, 363, 416, 423, 477, 586, 587, 589
Fontoura, Guedes de, 644
Fontoura, João Neves da, 190, 406, 432, 433, 477, 482, 498, 578, 583, 610
Fortes, Bias, 76, 523
Fournier, Severo, 357, 359, 360, 363, 364, 378, 433, 644, 645, 646, 647, 648, 649
Foz, Aloysio Ramalho, 593

França, Amador Galvão de, 621
Franca, padre Leonel, 122, 123, 124, 125, 126, 127, 138, 182, 197, 207, 300, 338, 463, 548, 549, 550, 551, 555, 573, 577, 627, 673, 674
France, Anatole, 73, 91, 571
Francis, Paulo, 655
Franco, Afonso Arinos de Melo, 88, 183, 305, 355, 365, 370, 491, 511, 514, 515, 517, 518, 520, 523, 527, 528, 533, 534, 556, 623, 640, 651, 655, 658, 665, 670, 678, 682
Franco, Afrânio de Melo, 89
Franco, Melo, 611
Franco, Virgílio de Melo, 665, 670, 671
Freire, Luís José de Sá, 505
Freitas, José Madeira de, 612
Freitas, Olga Rego, 508, 516, 518, 526,
Freyre, Gilberto, 391, 556
Gabaglia, Laurita Pessoa Raja, 550, 566
Gallotti, Antônio, 99, 101, 171, 173, 182, 201, 214, 228, 230, 257, 263, 270, 276, 293, 295, 328, 329, 332, 344, 354, 404, 405, 534, 535, 538, 541, 545, 567, 568, 569, 591, 592, 593, 609, 613, 617, 618, 626, 629, 630, 632, 636, 639, 640, 643
Gambetta, Léon, 139
Garcia, Othon Moacir, 627
Gaspari, Elio, 604
Gentile, Giovanni, 260, 581, 621
Gide, André, 73, 337, 341, 545
Goethe, Johann Wolfgang von, 271, 536
Gomes, Eduardo, 53, 55, 318, 478, 482, 593, 494, 520, 644
Gomes, Nilo, 609
Gomes, Perillo, 542, 544

Goulart, João, 201, 377, 610, 667
Graciotti, Mário, 599, 600, 610
Gramsci, Antonio, 162, 274, 562, 563, 587
Grieco, Agripino, 587
Gudin, Eugênio, 77, 370, 461, 462, 463, 531, 651, 672, 673
Guerreiro, José Alexandre Tavares, 557
Guilherme II, Kaiser, 279
Guimarães, Mario Mazzei, 621
Guimarães Junior, Arthur, 567
Guinle, Carlos, 590
Guinle, Gilda, 636
Guinle, Otávio, 521
Haddad, Milton da Costa Poncio, 567
Hasselmann, Djalma, 668
Hasselmann, Sebastião, 551
Hasslocher, Paulo Germano, 451
Hegel, Georg Wilhelm Friedrich, 627
Hilton, Stanley, 582, 583, 586, 624, 633, 656, 657
Hindenburg, Paul von, 278, 284, 285
Hitler, Adolf, 278, 280, 281, 282, 283, 284, 285, 286, 287, 291, 294, 301, 306, 334, 337, 341, 362, 371, 372, 375, 376, 381, 382, 383, 384, 385, 386, 387, 388, 389, 390, 392, 394, 396, 403, 407, 408, 415, 421, 422, 426, 428, 441, 442, 444, 445, 467, 468, 471, 472, 474, 484, 485, 486, 560, 611, 613, 614, 631, 651, 655, 656, 681
Holanda, Aurélio Buarque de, 675, 676
Holanda, Sergio Buarque de, 391, 506, 545, 550, 551, 552, 556, 672
Iglésias, Francisco, 544, 608, 640
Jesus, Clementina Maria de, 25, 27, 505, 506

Jesus, Ignácia Maria de, 23, 24, 504, 505
João Alberto, tenente, 59, 210, 211, 212, 213, 214, 216, 227, 231, 244, 245, 249, 250, 251, 271, 432, 482, 483, 495, 521, 579, 580, 583, 590, 601, 680
João VI, Dom, 137, 539, 555
Jodl, general Alfred, 487
Jordão, Edmundo de Miranda, 661
Justiniano, imperador, 463, 572
Kamenev, Lev, 616
Karpfen, Otto. *Ver* Carpeaux, Otto Maria
Kelsen, Hans, 615
Kerensky, Alexander, 218, 219, 280, 375
Keynes, John Maynard, 50, 280, 613, 662
Klinger, Bertoldo, 272, 273, 610, 611
Konder, Leandro, 540, 541, 560
Konev, general, 485
Kopke, João, 542
Kubitschek, Juscelino, 70, 513, 524, 525, 526, 527, 631
Lacerda, Carlos, 48, 92, 183, 313, 478, 568
Lacerda, Maurício de, 92, 103, 105, 195, 535, 600
Lacerda, Sylvio de, 567
Lacombe, Américo, 107, 116, 119, 120, 125, 171, 172, 173, 174, 182, 183, 190, 192, 196, 201, 202, 214, 223, 224, 225, 230, 245, 255, 257, 263, 276, 277, 291, 293, 295, 296, 311, 328, 336, 354, 365, 403, 404, 405, 407, 515, 522, 525, 531, 533, 536, 537, 538, 539, 541, 544, 545, 549, 550, 551, 564, 567, 568, 569, 573, 575, 577, 580, 581, 586, 587,

588, 589, 590, 591, 592, 593, 594, 595, 601, 605, 609, 612, 613, 616, 617, 625, 626, 627, 634, 637, 639, 642, 649, 650, 653, 656, 659, 663, 669, 678
Lacombe, Américo Masset, 542
Lacombe, Claudio, 607
Lacombe, Domingos Lourenço, 106
Lacombe, Francisco Masset, 542
Lacombe, Gilda Masset, 613
Lacombe, Isabel Jacobina, 106, 542
Lafer, Celso, 18, 574, 671, 672
Lagoa, Rocha, 674
Lambert, Jacques, 662
Lampião, 233
Lanari, Amaro, 626
Le Corbusier, 340, 638
Le Pen, Jean-Marie, 556
Leães Sobrinho, João, 610
Leão XIII, papa, 543
Leal, Alberto, 636
Leal, Carlos Ivan da Silva, 678
Leal, Victor Nunes, 513
Leclerc, general, 474
Leite, Antônio Dias, 550, 672, 674
Leme, Dom Sebastião, 111, 112, 115, 116, 120, 122, 123, 164, 196, 207, 220, 289, 290, 339, 410, 548, 550, 564, 565, 566, 585
Leme, Lino de Moraes, 658
Lênin, Vladimir Ilitch, 104, 105, 106, 156, 158, 191, 218, 219, 252, 294, 313, 337, 372, 375, 396
Leslie, Eleanor, 542
Levine, Eugen, 280
Liebknecht, Karl, 279, 280
Lima, Alceu Amoroso, 66, 100, 107, 115, 116, 117, 118, 119, 120, 121, 122, 123, 124, 125, 126, 127, 138, 152, 161, 165, 169, 170, 179, 180,
182, 206, 207, 208, 209, 220, 221, 234, 235, 235, 248, 270, 277, 289, 294, 295, 321, 339, 372, 376, 395, 396, 406, 410, 439, 440, 466, 468, 525, 539, 541, 542, 543, 544, 545, 546, 547, 548, 549, 550, 551, 552, 555, 556, 557, 559, 564, 565, 566, 573, 577, 582, 586, 593, 595, 608, 612, 617, 626, 627, 632, 638, 651, 652, 657, 661, 665, 666, 667, 674, 675, 679
Ver também: Athayde, Tristão de
Lima, José de Queiroz, 675
Lima, Manoel, 107
Lima, Negrão de, 345
Lima, Raimundo Barbosa, 357
Lima Sobrinho, Barbosa, 363, 575, 576, 577
Lincoln, Abraham, 484
Linhares, José, 496, 497, 683
Lins e Silva, Evandro, 613
Lira, José Pereira, 613
Lobato, Monteiro, 236, 571, 574, 620
Lobo, Abelardo, 571, 572, 592
Lopes, Isidoro Dias, 59, 522, 601, Lopes, Lucas, 526, 532
Lourenço Filho, 451
Luís, Washington, 74, 80, 189, 190, 193, 194, 196, 197, 211, 287, 290, 359, 576, 578, 585, 611, 643
Luxemburgo, Rosa, 280
Luzardo, João Batista, 175, 610
Macedo, Eduardo Álvares de Azevedo, 559
Machado, Abílio, 70, 527
Machado, Pinheiro, 35, 44, 51, 52, 513, 516
Maciel, Olegário, 194, 249, 530, 582
Magalhães, Dario de Almeida, 69, 518, 525, 526, 670, 679

Magalhães, Lúcia, 627
Magno, Paschoal Carlos, 576
Maia, Jorge, 599
Maisonette, Homero, 196
Maistre, Joseph de, 113, 114, 115, 126, 135, 136, 137, 138, 153, 163, 239, 548, 552, 554, 556
Malebranche, Nicolas, 627
Mangabeira, Francisco, 191, 201, 541, 568, 580
Mangabeira, João, 513, 617
Mangabeira, Otávio, 92, 293, 357, 644
Marcondes Filho, Alexandre, 453, 460, 476, 617, 679
Marinho, José Antônio, 506
Marinho, Roberto, 677
Maritain, Jacques, 152, 440, 551, 552
Mariz, Dinarte, 630
Maron, Aziz, 591
Martins, Luís Dodsworth, 651
Marx, Karl, 83, 104, 104, 106, 540
Massis, Henri, 551, 552, 555
Massot, João Batista Alencastro, 270, 609
Matarazzo, conde Francisco, 164
Matos, Clemente Martins de, 23
Matteotti, Giacomo, 587
Mattos, Mello, 592
Mauriac, François, 294, 295, 551, 616
Maurras, Charles, 114, 115, 126, 138, 141, 143, 144, 145, 149, 150, 151, 152, 180, 294, 393, 556, 558, 559, 560, 598, 604
McCrimmon, Kenneth, 617
Medeiros, Antônio Augusto Borges de, 58, 194, 610
Medeiros, Arnoldo de, 657, 658, 678
Medeiros, Jarbas, 565, 600, 624
Mello, Basílio José Correa de, 509
Mello, Custódio de, 31

Mello, Geraldina Luiza Carneiro de, 28, 30, 37, 41, 42, 44, 45, 47, 49, 56, 58, 63, 66, 67, 80, 81, 97, 174, 223, 230, 257, 296, 310, 311, 332, 379, 379, 507, 517, 523, 524, 529, 606
Mello, José Felippe Correa de, 30, 37, 509, 510, 514
Mello, Lineu de Albuquerque, 678
Mello, Mario Vieira de, 574, 617
Melo, Olbiano de, 273, 310, 311, 512, 612, 626
Memória, Archimedes, 312, 339, 340
Mendonça, Adolfo Carneiro de, 650
Mendonça, Antônia Domitila Carneiro de, 507
Mendonça, Arthur Carneiro de, 507
Mendonça, João Carneiro de, 27
Mendonça, Vitória Eugênia Carneiro de, 507
Merquior, José Guilherme, 539
Mesquita Filho, Júlio de, 644, 671
Mindlin, José, 527
Miranda, Juju Chermont de, 613
Miranda, Rocha, 642
Miranda, Vicente Constantino Chermont de, 98, 99, 171, 175, 176, 177, 180, 182, 190, 198, 199, 201, 214, 227, 228, 256, 257, 263, 276, 291, 295, 309, 316, 328, 329, 404, 525, 538, 539, 541, 567, 568, 569, 570, 571, 573, 575, 576, 577, 581, 591, 592, 593, 594, 595, 605, 607, 612, 613, 625, 629, 634, 665, 683
Monjardim Filho, 256, 561, 567
Montaigne, Michel Eyquem de, 536
Monteiro, Góes, 193, 197, 210, 325, 335, 345, 346, 347, 352, 358, 415, 423, 432, 476, 477, 478, 494, 582, 586, 601, 610, 611, 636, 637, 640, 682
Monteiro, Norma de Góes, 528, 530

Montello, Josué, 668
Montenegro, Lúcia, 518
Montenegro, Lurdes, 508, 509, 515, 518, 521, 532, 535, 537, 550, 609, 613, 650
Montgomery, Bernard, 427, 442, 485
Moraes Filho, Benjamim, 678
Moraes Filho, Evaristo de, 533, 540, 552
Moraes, Evaristo de, 635
Moraes, José Ermírio de, 593
Moraes, Vinicius de, 295, 539, 574, 591, 617, 626
Moreira, Delfim, 51, 88
Moreira, Thiers Martins, 98, 181, 182, 201, 257, 276, 295, 328, 404, 538, 539, 573, 589, 613, 616, 618
Mota, Jeovah, 273
Motta Filho, Cândido, 536, 609
Motta, Arthur, 233
Moura, Hastimphilo de, 211
Mourão, Paulo Kruger Correa, 526, 529, 531
Mourão Filho, Olympio, 346
Müller, Filinto, 320, 357, 360, 361, 363, 416, 477, 631, 646, 648, 652
Mussolini, Benito, 77, 114, 123, 128, 150, 152, 154, 155, 156, 157, 158, 159, 160, 161, 162, 163, 164, 165, 166, 177, 180, 205, 208, 209, 210, 221, 240, 241, 243, 246, 247, 252, 253, 260, 273, 274, 275, 282, 283, 286, 287, 294, 301, 302, 305, 314, 334, 337, 340, 341, 343, 368, 372, 376, 382, 387, 388, 380, 393, 394, 396, 403, 428, 429, 431, 440, 442, 443, 444, 445, 454, 455, 467, 468, 477, 482, 485, 486, 487, 552, 560, 561, 562, 563, 564, 565, 580, 582, 586, 587, 588, 599, 600, 604, 611, 624, 624, 638, 651, 655, 656, 667, 679, 681
Nabuco, Joaquim, 33, 216, 242, 358, 578
Napoleão III, imperador, 138
Nascimento, Júlio, 357
Nava, Pedro, 69, 70, 524, 525, 526, 527
Navarra, Antonio, 622
Neves, Alzira Perpétuo, 524
Niemeyer, Oscar, 339, 340
Nóbrega, Antônio Campos, 621
Nogueira, Denio, 651
Nogueira, Hamilton, 182, 543, 551, 555, 577
Nogueira Filho, Paulo, 579, 603
Noronha, Adolfo Vasconcelos, 605
Noronha, Júlio, 31, 32
Oliveira, Armando de Salles, 325, 343
Oliveira, Minervino de, 575
Oliveira Junior, 668
Oliveira Neto, Luiz Camilo, 310
Osório, Ana, 29, 515
Ouro Preto, visconde de, 650
Ovalle, Jayme, 183, 263, 264, 436, 573, 607, 608, 666
Pannunzio, Sergio, 563, 621
Pio VI, papa, 552
Pio X, papa, 151, 650
Pio XI, papa, 120, 126, 151, 552
Pio XII, papa, 393, 468, 675
Paraná, marquês de, 87
Pascal, Blaise, 536, 542
Passos, Edison, 331, 635
Passos, Gabriel, 523, 524, 525
Passos, Pereira, 46, 64, 514
Patton, general, 442, 485
Peçanha, Nilo, 52, 53, 58, 530
Pedreira, Mário Bulhões, 635, 636, 647, 672
Pedro II, Dom, 87, 515, 650

Pedrosa, Mário, 625
Peixoto, Afrânio, 100, 546, 564, 565
Peixoto, Amaral, 416, 476, 493, 641, 642, 643, 644, 648
Peixoto, Carlos Augusto, 525
Peixoto, Celina Vargas do Amaral, 611
Peixoto, comendador, 48, 518
Peixoto, Floriano, 72, 140, 312, 528
Peixoto, José Carlos Mattos, 678
Pena, Afonso, 32
Penna, Dom Irineu, 551
Penteado, Auricélio de Oliveira, 98, 567
Pereira, Astrojildo, 105, 191, 540, 575
Pereira, Baptista, 571
Pereira, Carlos de Moraes, 566, 567
Pereira, Lafayette Rodrigues, 515
Perón, Juan Domingo, 496, 682
Pessoa, Epitácio, 51, 53
Pessoa, João, 192, 194, 233
Pétain, marechal, 392
Petacci, Claretta, 485, 486
Pfersmann, Andreas, 675
Piacentini, Marcello, 340
Piazza, Joseph, 666
Pilatos, Pôncio, 362
Pilla, Raul, 610
Pinho, Demósthenes Madureira de, 613, 646, 657, 658, 661, 678
Pinto, Bilac, 69, 70, 627, 665
Pinto, Edmundo da Luz, 332, 617, 636
Pinto, Jayme Bastian, 406, 522, 659, 665
Pinto, Regina Bilac, 665
Pinto, Sobral, 182, 235, 263, 343, 551, 577, 595
Piragibe, Vicente, 332
Pirandello, Luigi, 91
Pitanga, Ercília, 518

Platão, 565
Poirier, René, 662
Pongetti, Henrique, 216, 587, 599
Pontes de Miranda, Francisco Cavalcanti 95, 96, 126, 137, 165, 176, 180, 181, 182, 220, 222, 413, 537, 539, 546, 554, 555, 573, 617
Porto, Rubens, 80, 518, 532, 551, 609, 612
Póvoas, Sylvia Ribeiro, 531
Prado, Newton do, 55
Prado Júnior, Caio, 515, 620, 621, 629
Prestes, Júlio, 190, 193, 200, 231, 240, 671
Prestes, Luís Carlos, 59, 182, 190, 191, 192, 193, 200, 210, 211, 212, 213, 214, 215, 216, 219, 222, 250, 299, 307, 313, 314, 316, 318, 343, 482, 483, 487, 488, 494, 495, 522, 575, 576, 579, 583, 584, 585, 587, 628, 629, 630, 631, 639, 663, 680, 681
Preto, Francisco Rolão, 604
Proust, Marcel, 68, 73, 125, 271, 627
Pujo, Maurice, 143, 558
Queirós, Eça de, 91, 557, 632
Queirós, Narcélio de, 93, 536, 567, 613, 635
Queiroz, Isabel Correia de, 504
Queiróz, Rachel de, 185, 233
Quental, Felipe San Tiago Dantas, 507, 637, 659
Quental, João, 169, 230, 277, 277, 404, 565, 566, 569, 570, 571, 589, 591, 593, 605, 606, 644
Quental, Lúcia San Tiago Dantas, 510, 514, 526
Quental, Maria San Tiago Dantas, 531
Ramos, Graciliano, 320, 631
Ramos, Paulo Silveira, 591

Ráo, Vicente, 212, 312, 319, 327, 343, 622, 627, 661
Reale, Miguel, 88, 276, 299, 302, 303, 304, 305, 306, 330, 336, 337, 342, 352, 377, 411, 412, 534, 579, 611, 612, 620, 621, 622, 623, 635, 637, 639, 641, 642, 643, 649, 651, 652, 660, 661, 675
Rebecchi, Emília, 518
Rebello, Edgardo Castro, 631
Rebelo, Marques, 593, 596
Redanò, Ugo, 621, 622
Reis, Aarão, 64, 523, 592
Reis, Ferdinand, 674
Reis, Nestor Goulart, 523, 638, 659
Renault, Abgar, 67, 68, 74, 75, 77, 451, 525, 526, 527, 529, 530, 531
Rezende, Leônidas, 105, 319, 541, 541
Ribeiro, Agildo Barata, 483, 631, 680
Ribeiro, Costa, 668
Ribeiro, Fernando, 576
Ribeiro, Orlando Leite, 680
Ribeiro, Renato Cantidiano, 665
Ricardo, Cassiano, 73, 93, 232, 529, 536
Rio Branco, barão do, 530
Rios, Adolfo Morales de los, 340, 635
Robespierre, Maximilien, 131, 132, 553
Rocco, Alfredo 162, 163, 164, 181, 182, 247, 304, 305, 368, 388
Rocha, Augusto Rezende, 573
Rocha, Clovis Paulo da, 567
Rocha, Hilton, 526
Rocha, Plínio S., 668
Rodrigues, Mário, 79
Rodrigues, Nelson, 79
Rodrigues, Newton, 660
Röhm, Ernst, 282
Romero, Nelson, 182
Romero, Sílvio, 182
Rommel, general 426, 427, 441, 473
Roosevelt, Franklin Delano, 341, 342, 370, 372, 375, 407, 415, 416
Rosário, irmã Maria Regina do Santo, 550, 566
Rosemberg, Alfred, 286
Rousseau, Jean-Jacques, 296
Ruellan, Francis, 662
Sá, Estácio de, 23
Saavedra, Carmen, 636
Salazar, Alcino de Paula, 678
Salazar, Antônio de Oliveira, 253, 340, 351, 440, 481, 599, 667, 679
Salem, Antônio, 625
Sales, Francisco Luiz de Almeida, 621
Salgado, Plínio, 93, 94, 96, 121, 126, 143, 149, 150, 165, 180, 200, 214, 215, 220, 221, 223, 226, 231, 232, 234, 235, 236, 237, 238, 239, 240, 241, 242, 243, 246, 251, 252, 253, 254, 256, 257, 262, 270, 271, 273, 274, 275, 276, 289, 292, 293, 294, 296, 297, 298, 299, 300, 301, 302, 303, 304, 305, 306, 307, 308, 313, 315, 316, 320, 321, 322, 323, 326, 327, 328, 329, 330, 336, 337, 339, 344, 345, 346, 347, 348, 352, 353, 354, 356, 357, 362, 363, 364, 365, 378, 379, 406, 412, 455, 481, 482, 515, 536, 537, 549, 578, 579, 580, 581, 582, 585, 586, 591, 594, 595, 596, 597, 598, 600, 604, 605, 608, 611, 612, 618, 619, 620, 624, 625, 629, 632, 634, 635, 637, 638, 640, 641, 642, 643, 644, 645, 648, 649, 652, 670, 679
Salles, Almeida, 625

Salles, Campos, 31, 35, 60
Salles, Joaquim de, 528
Salles, Pedro, 525
Santiago, Maria da Gloria Fernandes, 25
San Tiago, Dionízio de, 24, 25, 26, 501, 505
Santa Rosa, Virginio, 603, 604, 606
Santiago, Maria da Glória Fernandes, 25
Santiago, Pedro de Albuquerque, 25
Sarfati, Margherita, 588
Scatimburgo, João de, 550
Schmidt, Augusto Frederico, 120, 121, 122, 125, 126, 180, 182, 183, 184, 199, 200, 215, 220, 221, 233, 235, 241, 253, 256, 264, 265, 402, 405, 432, 433, 436, 546, 548, 549, 551, 577, 578, 585, 588, 589, 594, 595, 596, 597, 598, 605, 606, 608, 617, 620, 636, 675
Schwarz, Roberto, 675
Sena, Otacílio Pousa, 621
Serpa Filho, Jorge de, 674
Setubal, Olavo, 231, 585, 593, 594
Shakespeare, William, 271, 380, 653, 662
Shaw, Bernard, 91
Sheen, Fulton, 116, 214, 544
Sieyès, Emmanuel-Joseph, 132
Silva, Elviro Carrilho da Fonseca e, 46, 278, 613
Silva, Evandro Lins e, 613
Silva, Heitor Lira da, 542
Silva, Herculano de Carvalho e, 610
Silva, Luiz Gonzaga Nascimento e, 529
Silva Filho, Luiz Gonzaga Nascimento e, 529
Silveira, Joel, 590, 599, 677

Simoni, Amaro, 182
Simonsen, Roberto, 460, 461, 462, 463, 672, 673
Soares, Felipa de Abreu, 23, 24, 27
Soares, Joana de Abreu, 23, 504
Soares, Raul, 59, 70, 76, 514, 527
Sousa, José Galante de, 627
Souza, Dráusio Marcondes de, 610
Souza, José Carlos de Melo e, 551
Speiski, Samuel, 540
Spirito, Ugo, 621
Stálin, Josef, 234, 252, 292, 341, 369, 376, 390, 392, 407, 415, 421, 422, 441, 442, 445, 471, 472, 475, 484, 616, 654, 656, 663
Stevenson, Francisco Oscar Penteado, 678
Street, Jorge, 540
Strowski, Fortunat, 662
Tagore, Rabindranath, 91
Távora, Belizário, 80
Távora, Joaquim, 584
Távora, Juarez, 53, 59, 194, 210, 222, 522, 583, 584, 585
Tepedino, Gustavo, 661
Teresa, madre Maria, 545
Thiollier, René, 624
Thompson Filho, Artur, 612
Toledo, Anibal de, 540
Toniolo, Giuseppe, 208, 581, 582
Torres, Alberto, 262, 304, 305, 336, 612, 615, 623
Torres, Ary, 673
Torres, Magarinos, 331
Trindade, Hélgio, 598, 599, 604, 609, 610, 619, 620, 623, 625, 629
Valadão, Haroldo, 534, 657
Valadares, Benedito, 76, 325, 345, 352, 456, 457, 476, 482, 493, 670
Valerio, coronel, 486

Valois, Georges, 138, 149, 150, 151, 152, 165, 234, 252, 539, 560, 560, 621
Valverde, Belmiro, 357, 363, 378, 612, 649
Vargas, Alzira, 360, 361, 496, 643, 646, 647, 652
Vargas, Benjamin Dornelles, 495
Vargas, Getúlio, 83, 112, 160, 164, 190, 191, 192, 193, 194, 197, 198, 210, 211, 213, 215, 243, 244, 245, 246, 247, 251, 254, 258, 261, 269, 272, 273, 275, 285, 289, 290, 292, 293, 294, 307, 312, 313, 314, 318, 319, 320, 321, 322, 324, 325, 326, 327, 328, 329, 335, 337, 338, 339, 340, 341, 342, 343, 344, 345, 346, 347, 348, 351, 352, 353, 354, 355, 356, 359, 361, 362, 363, 364, 367, 368, 371, 373, 376, 379, 393, 394, 395, 403, 406, 413, 414, 415, 416, 417, 423, 425, 427, 429, 430, 431, 432, 433, 434, 438, 445, 453, 454, 456, 457, 458, 459, 460, 463, 466, 470, 476, 477, 478, 479, 480, 482, 483, 485, 487, 488, 493, 494, 495, 496, 497, 498, 499, 500, 525, 541, 568, 576, 577, 583, 584, 590, 602, 605, 606, 609, 610, 611, 616, 627, 628, 629, 631, 632, 633, 634, 637, 639, 640, 641, 642, 643, 644, 645, 646, 647, 648, 649, 650, 652, 656, 657, 661, 662, 664, 669, 670, 671, 672, 677, 678, 679, 680, 681, 682, 683
Vasconcelos, Ana Rosa Reborda de, 505
Veiga, Ângelo Gabriel da, 593
Venancio Filho, Alberto, 526, 603, 651, 652, 668
Verne, Júlio, 48
Veuillot, Louis, 556
Vianna, Oliveira, 181, 182, 222, 228, 235, 262, 595, 609, 612, 619, 623, 651
Vianna, Hélio, 91, 98, 101, 125, 153, 171, 172, 173, 175, 181, 182, 183, 194, 196, 198, 214, 215, 221, 222, 226, 229, 233, 241, 256, 257, 263, 276, 295, 296, 309, 404, 507, 516, 522, 523, 532, 534, 535, 538, 539, 544, 549, 551, 560, 561, 567, 568, 569, 570, 571, 572, 573, 574, 576, 577, 578, 580, 585, 586, 587, 588, 589, 590, 591, 592, 593, 595, 596, 597, 602, 605, 606, 607, 608, 609, 617, 618, 626
Vianna, Mello, 60, 63, 74, 75, 78, 522
Vianna, Oduvaldo, 91
Vianna Filho, Hélio, 535, 576
Vicente, José, 542, 551
Villaça, Antônio Carlos, 539, 542, 546, 548, 549, 551, 555, 556, 566, 574, 595, 607, 617, 666
Villaespesa, Francisco, 571
Villegaignon, Nicolas Durand, 503
Vittorio Emanuele III, rei, 159, 275, 443
Vivacqua, Gabriel, 567
Von Paulus, general, 426
Weber, Max, 371, 409, 510, 651
Werneck, Humberto, 526, 608
Whitaker, José Maria, 601
Wilde, Oscar, 91, 573
Wirth, John, 523, 527
Wusmser, René, 662
Zedong, Mao, 384
Zhukov, general, 421, 422, 426, 441, 484, 485, 487

ESTE OBRA FOI COMPOSTA EM MINION PRO CORPO 11
PELA MICROART DESIGN EDITORIAL E IMPRESSA EM OFF-SET
PELA GEOGRÁFICA SOBRE PAPEL PÓLEN SOFT DA SUZANO PAPEL E
CELULOSO PARA A EDITORA SINGULAR EM AGOSTO 2014